要乖

温小姐喜欢乖的

温小姐这样的人

要很多爱才能打动她

谢商笑了。

温长鹜不由自主地看他，他此刻的眼神该怎么形容呢。她曾经有段时间喜欢过天文。

浩瀚无际的银河里，星系与星系碰撞，恒星爆炸，原本布满尘埃和大片黑色气体的宇宙散发出无数星光，数万颗闪耀着蓝色和红色光芒的新恒星正在形成。

天文学里管这种现象叫星暴。

- 玖ª月晞 -

入画

顾南西 著

上 册

青岛出版集团 | 青岛出版社

图书在版编目（CIP）数据

入蛊 / 顾南西著. -- 青岛 : 青岛出版社, 2025.
ISBN 978-7-5736-2691-2

Ⅰ. I247.5

中国国家版本馆CIP数据核字第2025TB0963号

		RU GU
书　　名	入　蛊	
作　　者	顾南西	
出版发行	青岛出版社（青岛市崂山区海尔路182号）	
本社网址	http://www.qdpub.com	
邮购电话	18613853563	
责任编辑	郭红霞	
校　　对	王子璠	
装帧设计	梁　霞	
照　　排	梁　霞	
印　　刷	三河市良远印务有限公司	
出版日期	2025年4月第1版　2025年4月第1次印刷	
开　　本	16开（710mm×980mm）	
印　　张	48.5	
字　　数	998千	
书　　号	ISBN 978-7-5736-2691-2	
定　　价	89.80元（全3册）	

编校印装质量、盗版监督服务电话 4006532017　0532-68068050

目录

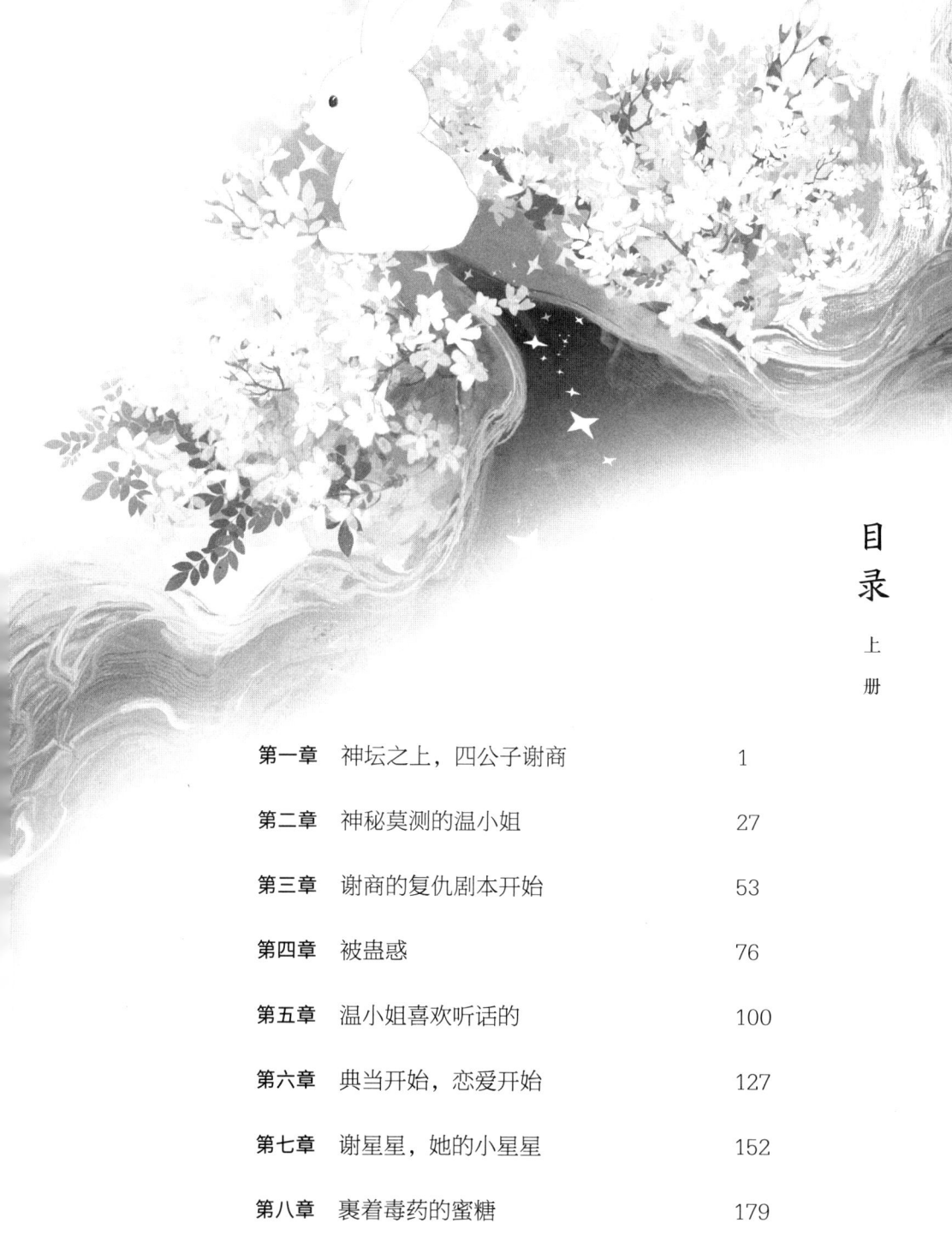

上册

第一章　神坛之上，四公子谢商　　　　1

第二章　神秘莫测的温小姐　　　　　　27

第三章　谢商的复仇剧本开始　　　　　53

第四章　被蛊惑　　　　　　　　　　　76

第五章　温小姐喜欢听话的　　　　　　100

第六章　典当开始，恋爱开始　　　　　127

第七章　谢星星，她的小星星　　　　　152

第八章　裹着毒药的蜜糖　　　　　　　179

第九章　潘多拉魔盒在蠢蠢欲动　　　　204

第十章　终是动心，终于认输　　　　　232

目录

中册

第十一章	温长龄的复仇剧本开始	259
第十二章	他的温小姐是只刺猬	282
第十三章	要给温小姐很多爱	307
第十四章	强强联合，绝杀时刻	332
第十五章	我是拥有过星星的人	359
第十六章	求而不得，痛不欲生	385
第十七章	希望温小姐可以爱我	411
第十八章	星星，我在爱你	434
第十九章	你输了，谢先生	459
第二十章	救命之恩，失聪之痛	485

目录

下册

第二十一章　温小姐，你的马甲掉了　　　　513

第二十二章　它叫断肠草，全株有毒　　　　537

第二十三章　沉冤得雪，恶有恶报　　　　561

第二十四章　他在等她，坚定且忠诚　　　　585

第二十五章　为她翻天覆地，为她众叛亲离　　　　611

第二十六章　我们复合吧　　　　638

第二十七章　星星，我日有所思的是你　　　　663

第二十八章　欢迎来到怪物的世界　　　　690

第二十九章　长龄，我很需要你　　　　717

第 三 十 章　种一棵香椿树，愿温小姐长寿　　　　741

番　　　外　温家多了一颗小星星　　　　760

第一章
神坛之上，四公子谢商

4月的北城，槐花烂漫，枇杷树被果子压弯了腰肢。

这几天气温有所降低，乍暖还寒。

"长龄。"说话的是水果店的老板娘陶姐，她站在店门口，朝温长龄挥手，"来吃枇杷了。"

此时正是吃枇杷的季节，陶姐上午摘了一箩筐。

温长龄从对面过来，走进水果店。

她在临终关怀病房工作，平日里经常早出晚归、昼夜颠倒。她也不爱和人打交道，搬来荷塘街大半年了，只和水果店的陶姐稍微相熟，还是因为上个月陶姐的儿子发高烧，温长龄正好在医院值班，搭了一把手，两个人才熟悉起来。陶姐人好，念着温长龄帮过自己，有什么好吃的都会喊上她。

荷塘街是一条待拆的老街，路很窄，设施也很老旧，好几次都有传言说要拆，每次又不了了之。街坊们说，荷塘街到处都是老院子、老胡同，居住的多是本地人，几进几出带前庭后院的老房子多的是，一般人拆不起。

温长龄坐在门口的小凳子上，剥着枇杷。夕阳的光芒落在她的脸上，风吹起左耳边的发，露出一截透明材质的助听器，是耳背式，平时被头发挡着，并不明显。

"看什么呢？"陶姐问。

温长龄仰着头，看着对面新开的当铺——如意当铺。

陶姐说："这当铺开张了大半个月，一个客人没见着，八成是有钱人家开着玩的，没有个开店的样子，开张这么久，老板脸都没露一个。"

这年头，当铺已经很少见了。温长龄也没见过当铺的老板，对这位没露过脸的老板只有一个印象：生意不好，开店不积极。

她扶了扶鼻梁上镜片厚厚的眼镜，扒拉两下头发，让额头两边的刘海儿遮住半张脸。

枇杷吃完了，她起身回家。她租的房子就在如意当铺的旁边，房东是一位独居的老婆婆。婆婆姓朱，老伴儿年前走了，只剩下一个女儿，在银行上班。

朱婆婆的女儿离婚了，偶尔会把孩子送过来小住。房子是二进二出的，前年刚翻新过，朱婆婆住在前面，开了个钟表店，店面的右边另外开了扇小门，温长龄住在后面，小门的过道直通后院。朱婆婆年纪大了，腿脚不好，弯不了腰，后院都是温长龄在打理。她种了时令蔬菜，还移栽了一株钩吻，本以为会养不活，没想到长得很好，疯长的藤蔓已经爬上了桂花树，越过围墙，爬进了隔壁院子。

隔壁就是如意当铺。

她听朱婆婆说，当铺的老板以市场价的三倍全款买下了隔壁院子。水果店的陶姐猜得没错，这位老板是有钱人，难怪做生意不积极。

对了，钩吻还有个别称——断肠草。断肠草全株有毒，尤其是嫩叶，剧毒。

温长龄工作的医院叫帝宏医院，她所在的科室属于肿瘤科，肿瘤科的关怀病房也就是大家常说的临终病房。

被转来关怀病房的，都是阎王老爷已经写下了名字的人，一只脚踩进了棺材里，治疗基本已经没有用了，所以关怀病房的主要工作是给病人减轻痛苦。

谷老先生是文学界的泰斗，得了肺癌，在关怀病房里已经住了一个多月。这两天谷老先生状态还不错，但是是回光返照，去世应该就是这两天的事了。老先生想回家，主治医生万主任已经批准了，而且让两位医生、两位护士随行。温长龄就是其中之一。

医院的车刚到谷家外面，同行的乔医生就叮嘱了："进去后不要东张西望，拿好东西跟上。"

谷家不是普通人家，这样的人家会有很多规矩。

乔医生和钟医生推着谷老先生先进去了，温长龄和同事佳慧拿着药箱跟在后面。天空昏沉沉的，细雨绵绵，好在车上有伞。

"这雨怎么说下就下？早上还是大太阳。"

北城的4月就是这样，忽晴忽雨，善变得很。

踏进谷家大门后，最先映入眼帘的是假山流水、锦鲤荷塘，佳慧第一次来这种地方，忍不住四处张望，脚步也不由自主地慢下来。

"这房子真气派。"

当然气派，花间堂是北城最贵的房产项目，里面仅有19栋园林别墅，每一栋都有2000平方米大的园林。这个别墅区坐落在北城的中央，后面是华国最大的淡水湖——落叶湖，各位业主能于闹市之中品山水之怡、灵泉之致。

这里的别墅不是光有钱就能买到的。

温长龄和佳慧穿过长廊，来到前庭。西边的五角凉亭里有人在说话，稍稍年长的那位是谷家的家政经理明经理，另外年轻的两位是家政园艺师小尹、小夏。

明经理穿着谷家的工作制服，裙子齐膝，头发被盘得很低，显得她刻板又严厉："你戳在这做什么？"

小尹作为下属，有点儿唯唯诺诺："我看下雨了，过来给客人准备伞。"

明经理盯着她的脸："你化妆了？"

小尹立马低头："没有。"

谷家有专门负责接送、招待客人的人，送伞这种事轮不到园艺师，明经理并不想听小尹狡辩，直接命令道："去把脸洗干净。"

"我说了没化。"

旁边看戏的小夏来了一句："描眉毛、涂口红一个不落，这还没化？"

明经理已经失去耐心了："去洗了。若被大太太看到，你明天就得卷铺盖走人。"

谷家是讲究的人家，考虑到这么大的园林别墅需要人照看，因此雇了好几个有园艺师资格证的家政人员。

谷老先生一生刚正，但谷家的两个儿子昏庸好色，和家里的家政人员纠缠不清是常有的事。大太太没辙，就规定在谷家工作的女家政人员一律不准化妆。

明经理训斥道："你也不是第一天来这里工作，还不记得规定？"

小尹不吭声。

小夏看不惯似的，在旁边拱火："是因为谢先生要来吧。"

"你胡说什么？！"

"我有没有胡说，鬼知道咯。"

小尹被戳中了心思，面红耳赤。

明经理这才搞明白这描眉涂唇的小姑娘打了什么样的主意："你还真敢想。"

明经理又上上下下瞧了瞧她：是个有样貌身段的，但那位谢先生……

"赶紧去洗脸，别一天天的净做梦。"

三个人先后离开凉亭。

雨越下越密，蒙蒙烟雨里，屋檐下写着"谷"字的灯笼轻轻晃动，灯笼下坠的流苏若隐若现。这景美得不真实，像一帧有年代感的电影画面。

佳慧有感而发："住在这种地方，换作我，我也做梦。"

她们又穿过一条走廊。

"走廊上挂的画是真迹吧？电视剧都不敢这么拍。"

佳慧是个话痨，一路上嘴巴没停，不止一次感慨这谷家装潢考究，飞檐翘角，粉墙黛瓦，处处都彰显着主人家不俗的品位。

这时，迎面走来一个人，他穿着一身黑色正装，撑着一把黑色的雨伞，正穿过月洞门，脚步很慢。

伞打得低，温长龄看不见他的脸。

佳慧骤然收声，眼睛不住地往男人那边瞧，瞧他被雨水溅湿也丝毫不狼狈的裤脚，瞧他那把看着不起眼却价值不菲的雨伞，瞧他握伞的手——戴着银色的素戒，修长而骨感，是一双会让人描眉涂唇、白日做梦的手。

假山间的小路狭窄，挤不下两把撑开的伞，温长龄正要往旁边让，男人先收了伞，侧身走到路边，示意女士优先。

比起他的样貌，温长龄最先注意到的是他的发色——介于白色和金色之间，甚至有一点点不明显的粉色，是很大胆、很不寻常、一般人驾驭不了的发色。

通常来说，敢做这样尝试的人不会很听话，至少不大听长辈的话，可他的样貌又是难得的正派端方，没有攻击性，好看得很有分寸感。

他皮肤冷白，视线落在他处，侧着头，山根是漂亮的流线型，唇峰明显，五官分开来看很秀气，只是他身上有种与长相相悖的气质，比起贵子，更像浪子。

温长龄和佳慧与他擦身而过。

路的另一头，一个年轻的声音高喊："四哥，怎么才来？"

"雨下得大，路上堵车了。"

男人的声音很好听，低沉的音色，从容的语调，好像他说什么都很优雅。

"你不是从谢家过来的？"

"从当铺过来的。"

他姓谢。

温长龄心想，他应该就是那位害得人家女孩子做梦的谢先生。

两个人的交谈声离远了，佳慧这才找回被男色勾走的魂，忍不住回头，脱口给出了两个字的评价："极品。"

温长龄也很俗气地想到了一句诗：恂恂公子，美色无比，诞姿既丰，世胄有纪。

谷老先生怕是熬不过这两天了，谷家人都来了，谷家在邳城的旁支也都来了。富贵人家过得极其讲究，来了客人，会有专门的司香师负责点香。

温长龄站在二楼，被一楼桌案上那个精致的香炉吸引住了。

"你们两个怎么这么磨蹭？"乔医生等了有一阵儿了。

佳慧怎么可能承认她是被男色绊住了脚："房子太大了，走岔了路。"

"谷先生住这间房，给他输完液不要乱逛，你们临时休息的地方在走廊最里面。"

乔医生还在叮嘱，说谷家是讲规矩的人家，要注意这个、注意那个。温长龄有点儿走神儿，一开始注意力在香炉上，后来看到那位谢先生进来了。

"我来吧。"

原本在点香的司香师退到了一旁。

谢先生把脱下的西装外套交给家政人员，稍稍躬着身，去点香炭，从温长龄那个角度可以看见他白衬衫里露出来的那截白皙后颈。

铺好了香灰，他慢条斯理地从香盒里挑了一小块香品，轻轻嗅过后，放到香炉里的云母薄片上。

今日来了很多客人，他没有与其中的任何一位攀谈，投入地给客人们点香，优雅自如，像极了旧时书香门第出身、学识渊博、焚香读经的贵胄公子。偏偏贵胄公子染了一头白金色的发，客厅里有不少视线似有若无地从他的身上掠过。

在这样的场合，他的发色显得格格不入，可袅袅浮烟里，他站在这里，好像就属于这里，就该在这里，在满室喧闹里，如一幅沉寂的、笔轻墨淡的画。

乔医生终于叮嘱完了。

温长龄和佳慧这才推开门，进到谷老先生的房间。

那位方才在外头高喊"四哥"的青年此时也在房里，正蹲在床边和老先生说话："爷爷，四哥来了，就在楼下。"

谷老先生大限将至，谢家老四是唯一一个被请来但不姓谷的客人。

老先生身边离不开医护人员，温长龄在房间里守了一瓶药的时间，之后换成佳慧。这期间，有不少谷家人在房间里进进出出。

不过谢先生还没有过来。

临时给医护人员休息的地方在走廊左边，要往里走，会路过一间书房——应该是书房，门没关严，温长龄路过门口时，能看见墙边的书架，也能听到里面说话的声音。

"我也是谷家的一分子，老爷子病重，我凭什么不能在这儿？"

说话的这位叫谷尚斌。

谷家的事，温长龄在医院的时候也听说了一些。

谷家的长子、次子都十分昏庸，守不住家业，谷老先生早就立下遗嘱，将名下财产均分，每个孙子一份，不论长幼。

谷家有三个孙子，两个是男孙——长孙谷开云、老幺谷易欢。

谷尚斌虽然也姓谷，但不是从正经谷夫人的肚子里出来的，而是谷易欢的父亲在外面的私生子。他不知道从哪儿听到了消息，闻着味儿就来了。

去月洞门接谢先生的就是谷家的小孙子谷易欢，很年轻，才二十岁出头。

"你这个不要脸的玩意儿，也不瞧瞧自己什么德行，就你也配姓谷？"

谷易欢是谷家的老幺，最受宠爱的一个，也是被惯得最张扬任性的一个。他素来厌恶他父亲的私生子，要不是堂兄和四哥还在场，他早动拳头了。

谷尚斌是个脸皮厚的，一身社会气，无赖得很："配不配我都姓谷。"

"你……"

谷易欢拳头都扬起来了，被堂兄谷开云拉住。

"小欢，客人还在楼下。"

不像谷易欢，谷开云是长子长孙，情绪稳定，是个好脾气的主儿。

谷易欢恼火地"哼"了一声，没再吱声，磨着牙散发冷气，恨不得冻死那没脸没皮的私生子。

谷开云拿来一张支票："拿了钱安静地离开。"

这不是谷尚斌第一次上门要钱，今天谷家的长辈都来了，眼下不适合把事闹大，不能叫外人看了笑话。

谷尚斌却不配合，把支票往桌上一甩："瞧不起谁呢？我又不是叫花子。"

很明显，谷尚斌是来分家产的，仗着自己也姓谷。

"是对金额不满意？"

仿佛玉珠落银盘，这是老天爷都赏饭吃的声音，一下子能把所有人的注意力拉过去。

谷尚斌循着声音望过去："你是谁啊？"

是谢先生。

他原本在沏茶，一个人在一旁。

他放下茶壶，徐徐抬头："如果不满意，你可以自己填金额。"

谷尚斌没见过他，以为他就是个沏茶的，态度十分傲慢猖狂："谷家的事还轮不到你一个沏茶的来插嘴。"

屋子里有淡淡的茶香。

谢先生起身，走过去，谷易欢立马往旁边挪了个位子。

"你说你姓谷，"谢先生坐下，在谷易欢和谷开云的中间，他稍稍往后靠，整个人是很放松的姿态，"DNA验了吗？"

不待谷尚斌开口，他又问："找谁验的？"

"这不是大家都知道的事？还要验什么DNA？"谷尚斌13岁那年被他妈带来谷家认祖归宗，谷老爷子不认，谷二先生可是认了的。

"如果你要继承遗产，"谢先生似乎很擅长谈判，进退有度，循序渐进，"那这一步少不了。"

"验就验。"

"验出来你不姓谷的话……"谢先生说了一半，停下来。

"你瞎说什么！"

"那就是诈骗。"

"你胡说！"

仿佛有一只无形的手扼住了谷尚斌的喉咙，他呼吸急促，急赤白脸。

谢先生游刃有余，一步一步地给人铺好路，铺一条死路："你会因为诈骗入狱。"

谷尚斌慌了，不由自主地拔高了声量，虚张声势："我就是谷家人！"

谢先生好像没听到他说的，继续自己的假设。他有一副好嗓子，音调低低的，听着温柔："你会死在牢里。"

"我……"

谢先生看着他："可能是意外，也可能是病逝。"

本来还欲争辩的谷尚斌瞬间噤了声。

谢先生把支票推到他面前，白皙干净的手指轻轻地落在纸面上，自始至终从容不迫："遗嘱有法律效力，你想分一份儿，要按这套流程来。"

谷尚斌要按谢先生的规矩来。

他是谁？

谷尚斌终于意识到了，他不只是个沏茶的。

"我就是谷家人。"

谷尚斌没有刚刚叫得那么大声了，尽管对方温声细语，但就是会让听的人后背发凉，感觉如同毒蛇爬上了背脊。

"那不是你说了算的。"

之后书房里就安静了。

温长龄听出来了这个声音，谈吐很优雅，是那位点香的谢先生。看来谢先生是个不怎么循规蹈矩的人，很温柔，也非常残忍。

下午3点4分，谷老先生辞世，走得很安详。

傍晚时分，雨停了，温长龄与同事一起回医院。她手里拿了很多东西，有器械，还有药箱，走在最后面。

刚出大门，急性子的佳慧就在车上催她喊她。

"长龄。"

几乎同时，青年的声音从另一头传来。

"谢商。"

一条路的两端，两个人同时回头，目光对上。几秒钟后，双方平静地移开视线，就像没有对视过。

温长龄知道了谢先生的名字——谢商。

她加快脚步，上了医院的车，与同事一道离开。

你从什么时候开始发现自己在注意一个人？

从别人叫她的名字，我会立马回头开始。

谢商的车停在别墅对面的路边，谷开云过来："听小欢说，你的当铺搬了地方，好端端的怎么突然搬了？"

谢商玩笑似的回答："生意不好，经营不易。"

谷开云当然不信这种话："搬去哪儿了？"

"荷塘街。"

20天前，如意当铺还坐落在最繁华的章江商业区，紫檀木做的当铺牌匾与现代化的商圈格格不入。四周高楼林立，车水马龙，唯独如意当铺是个单层的独栋别墅，外部装潢一点儿都不奢华，却占了寸土寸金的地儿，路过的人谁都忍不住停下来多瞧上一眼。

虽然位置得天独厚，但如意当铺生意并不红火，门庭冷清，连门口那盆丝兰都蔫了吧唧的。如意当铺的老板姓谢，单名商。

谢商的母族姓苏，苏家祖上是开当铺起家的。随着典当行业日渐衰落，苏家转行投资起了银行，只剩这一家如意当铺还在经营。当铺已经传了十几代，传到谢商手里性质就变了，不只能以物当物、以物当钱，只要谢老板高兴，用什么当什么都行。

但谢老板有一条规矩：只接受死当，不接受赎回。

店里的装修和旧时当铺的装修没什么两样，两个柜台，两个职员——张小明和钱周周。前者小学没毕业，后者毕业于顶尖学府伯臣理工大学，可见谢老板用人的标准不是学历。

张小明以前在催债公司上班，脖子上有大片文身，但人长得十分清秀，野兽的身材配了一张秀气的脸。

他刚上班，就看见工位上有块蛋糕。

"今天你生日？"

钱周周穿着小香风的套装，从电脑屏幕前抬头："18岁，谢谢。"

这时，门口自动感应的风铃"叮叮当当"地响了起来。有客人来了。

钱周周站起来招待："欢迎光临。"

客人是位女士，看上去二十来岁，圆脸，杏眼，一张脸毫无攻击性，但气场很强："我要典当。"

"好的。"

钱周周打开摄像头，开始做档案记录："请问您要当什么东西？"

女士推过来一张名片："我想见你们老板。"

名片是纯黑色的，背面空白，正面印着"如意当铺"四个烫金字。拥有黑色名片的都是当铺的VIP客户，整个华国不超过20位。

钱周周接过名片，放进特殊的仪器里核实真假，确定名片是真的之后，从柜台旁边的通道下来："您这边请。"

她在前面领路，带着VIP客人去了柜台后面的老板办公室。办公室的门关着，她走过去轻轻敲了三下门。

"老板。"

"请进。"

钱周周推开门。

房间里面采光很好，细碎而金黄的阳光铺了一地。正对门的那面墙很长很高，胡桃色的实木书柜直接通到房顶，一眼望过去全是书。

书柜旁边随意放了一架登高用的梯子。屋里很宽敞，但东西很少，只有一张书桌、一张茶桌、两张长沙发、一株木本盆栽。

书桌上的炉子里点着沉香，青烟袅袅，细细一缕。

"请坐。"

谢商坐在沙发上，面前的茶桌上放着一块蛋糕、一壶茶、一本纸页泛黄的老书。

屋里充盈着茶香、沉香，两种香混合在一起，却一点儿也不让人觉得杂乱，反而融合得很好，味道淡淡的，尾调悠长，闻着让人感觉很舒适、很放松。

VIP女士上前入座。钱周周随即出去，并贴心地带上门。

谢商给客人倒了一杯茶，没有问她名片是从哪里得来的，只是问："当品是什么？"

如意当铺的规矩是先看当品，鉴定、评估完价值之后，再决定要不要收当。

女士从包里拿出一个原木盒子。盒子有点儿老旧，但保管得很好，她打开盒子，里面装着一个贵妃玉镯。

"这是我外祖母的嫁妆。"

种水透亮，这是上好的翡翠镯子。

谢商只是瞧了一眼，并不是很有兴趣。

女士也不意外，毕竟这位是如意当铺的主人，出身谢家，母族又是苏家，自然什么好东西都见过。她还有一件当品："我听说如意当铺的老板喜欢听故事，我这里还有一个附赠的故事，谢老板要不要听一听？"

如意当铺的老板喜欢听故事，故事只要够动听，就可以作为当品。

谢商为女士添茶，示意她往下讲。

"香城有个美称，叫花都。花都风镇有一户姓温的人家，那家的女儿都随母姓，姓温。她们从祖辈开始就避世而居，很少同人往来。听说她们会下蛊，那种能让男人神魂颠倒的蛊。被下蛊的男人都不会有好下场，不是死于非命，就是殉情或出家，迄今为止，无一例外。"

这个故事谢商听过，他小叔谢清泽就死在了花都风镇，被找到时，尸骨不全。

谢商合上装着贵妃镯的盒子："我这里只有死当。"

"我知道。"

"你想要什么当金？"

这位VIP客人不是冲着钱来的。

她回了一个名字："温长龄。"

姓温。温家的女儿。

一刻钟左右，VIP客人出来了。钱周周起身相迎，把人送到门口，并附上甜甜的微笑："谢谢光临。"

等客人走远，钱周周再回到柜台后面。

老板正在她的工位旁边。

"蛋糕不错。"谢商把装着贵妃玉镯的盒子放在她桌上，作为生辰礼物，"祝你生辰快乐。"

价格六位数的镯子，钱周周乐得快昏过去了。

见到温长龄之前，谢商就知道了她的名字，所以在谷家，他下意识地回了头。

如意当铺搬到荷塘街转眼快一个月了，那位开店不积极的老板仍然没有露面。

神神秘秘，奇奇怪怪，这是水果店陶姐对那位老板的评价。

昨晚电闪雷鸣，下了一场暴雨。可能因为天气突变，路况不好，且路面湿滑，交通事故发生率急剧升高，急诊室一大早就忙得不可开交。

温长龄被临时调过去帮忙。

16号床的病患骑车摔断了腿，片子已经拍完了，结果还没有出来。病患骨折部位特殊，可能需要做手术，急诊医生让温长龄先给病患处理外伤、抽血化验。

"护士小姐，我这腿能治好吧？不会残了吧？"

温长龄没有接话，专心消毒。

16号床的病患年纪轻轻，吊儿郎当，荤话张嘴就来："这条腿可不能残，残了另一条腿就使不上力了。"

这个护士虽然戴着个丑得要死的眼镜，看着普通，但身材好啊，腰肩比绝了。

温长龄没有理会他。

"护士小姐，你耳朵上那玩意儿是叫助听器吧？"16号床病患说着说着，抬手去摸，"高科技啊。"

温长龄往后躲，同时用力按下手里的棉签。

16号床病患立马疼得倒抽一口气："啊啊啊，轻点儿轻点儿！"

温长龄也没抬头，继续消毒，清理创面，鼻梁上的眼镜因为低头的动作稍微往下滑动，少了镜片的遮挡，眼睛的轮廓更加明显。

她的睫毛好长，浓密乌黑，弯弯的像把小扇子。

他心想：这护士小姐要是不戴这么土这么丑的眼镜，是好看的。好看的女人嘛，有脾气可以原谅。

"生气了？"他拖着残腿没脸没皮地往前凑，"你们残疾人还挺有意思的嘛。"他说着，上上下下在温长龄的身上扫视，重点落在锁骨、腰、臀、腿上，他无一处不满意。

温长龄把眼镜扶正，抬头看了他一眼，默不作声，转头去拿采血针。

"我还没交过残疾人女朋友呢。"16号床病患笑嘻嘻地说，"小姐姐，给个手机号呗？要是我残了，咱俩正好配一对。"

温长龄不理他。

"你不会还是哑巴吧？那有点儿可惜，叫不出声。"他想，聋哑聋哑，聋的人大多会哑。

他越说越下流，手也越来越不规矩，试图用手指去够温长龄的护士服下摆。

隔断的挂帘"唰"的一下被拉开，温长龄下意识地看过去。

白金色的发，琥珀色的眼。

一生绕遍，瑶阶玉树，如君样，人间少。

谢商。

他身上有一种比慵懒更具张力的随性感，眼睛谁也没看，盯着自己还沾着血的左手，当着温长龄和16号床病患的面打电话："保安室吗？3号急诊室，"他淡淡地看了一眼邻床的病床号，"16号床的人性骚扰医护人员，麻烦过来处理。"

· 10 ·

电话那边的人可能在询问他的身份。

"我？"

他说："我是证人。"

16号床的病患立马就气急败坏了："谁性骚扰了？！"

谢商从旁边的医用推车上拿了片纱布擦了擦手，挂断通话，打开录音。

"生气了？你们残疾人还挺有意思的嘛。"

"我还没交过残疾人女朋友呢。"

"小姐姐，给个手机号呗？要是我残了，咱们俩正好配一对。"

"你不会还是哑巴吧？那有点儿可惜，叫不出声。"

谢商关掉录音，看向16号床那人，没有一句多余的话。

16号床病患哑口无言了半天，眼珠子一转，突然大叫："哎哟！"他作势捂住患肢，"我的腿都断了怎么还不来个人？！什么破医院，老子不治了！"

他欺软怕硬，见势不妙，一瘸一拐地下了床，回头甩了个凶狠的眼神以及那句被用烂了的狠话："你给我等着！"然后，他一瘸一拐地溜了。

温长龄看着手里的采血针，一时无语。

"麻烦帮我包扎一下。"

她的注意力被拉回来。

谢商在身后放了个枕头，半躺半靠，正看着她。

他脸上有血迹，额头上有一道很小的口子，冷白的皮肤沾染了刺眼的红，竟有一种诡异的残破美。

温长龄把采血针放回推车上，拿来棉签和碘伏，走到17号床边，先看了看谢商的伤势——都是外伤，主要出血点在腹部。

温长龄掀开谢商黑色衬衫的衣角。伤口还在流血，他却连简单的急救措施都没有做，就那样放任鲜血流淌。

她半蹲下，用无菌的消毒棉签轻轻擦拭掉伤口周围的污染物和碎屑。由于离得近，她能闻到他身上很淡的沉香味，清新，淡雅。

她没有抬头："谢谢。"

她声音很轻，吐字清晰。

"你会说话？"

在谷家，谢商也没听过她开口，原以为她不会说话。

她这时抬头，像小鹿，躲在厚厚的迷雾后，睁着乌黑的眼睛，天真，但并不无邪，藏着一丝很克制的攻击性。

她说："我会说话。"

她有着一副很好听的嗓音，只是不太爱说话。

她不是天生的听力障碍患者，12岁那一年，因为高烧，她的右耳彻底失去了听力，左耳只有残余听力，需要借用助听器才能听见声音。

"我叫温长龄。"

她胸前的工作牌上写着她的名字。

"我知道。"他们在谷家见过。

他知道她姓温，花都风镇会下蛊的那个温家人。

"被人欺负怎么也不吭声？"

她怎么一副这样好欺负的样子？

"吭声没有用。"她处理伤口的动作很利索，但力道很轻，浸了碘伏的无菌棉签在伤口边缘擦了一圈又一圈，"你怎么知道保安室的电话？"

谢商不像个患者，谈谑之际，从容优雅："我不知道。"

谢商的手机这时响了，他挂掉电话。没一会儿，他的手机又响了。

谢商接了，按了免提。

"四哥，你刚刚干吗呢？什么性骚扰？谁性骚扰？"

温长龄对声音的记忆力很好，她一下就听出电话那头是谷家那个"易燃易爆"的小少爷谷易欢。

谷易欢没听到回应，就一直嚷嚷："四哥？

"四哥？

"四哥！"

通话被谢商挂断了。

他刚来急诊室，怎么可能这么快就知道保安室的电话？

温长龄明白了，心里感叹了一句"好聪明"，然后继续她的工作："伤口需要缝合，可能会留疤。"

"嗯，留就留吧。"

他的口吻听上去一点儿也不在意。

缝合不是温长龄来做，是急诊室的庄医生，一共缝了六针。

庄医生建议谢商住院观察，交代完医嘱，回头对温长龄说："你回科室忙吧，这边交给我。"

温长龄回了科室。

她没有和谢商告别，毕竟他们一点儿也不熟。她走的时候，谢商闭着眼在养神，丝毫没有理会周围一道又一道偷看他的目光。

温长龄刚回到肿瘤科，佳慧就急匆匆地喊她。

"长龄！长龄！"佳慧举着手机激动地跑过来，"是不是他？是不是他？谷家那个极品！"

佳慧姓牛，不喜欢别人喊她的姓，说一听就觉得五大三粗。

佳慧的手机离得太近，温长龄花了好几秒才看清上面的照片。她点头，说"是"。

"谷家那个极品"是佳慧给谢商取的代号，虽然不礼貌，但是好贴切。

佳慧沉迷于照片，神魂颠倒："这张好有一种破碎之美，比平常更好看！"

那张充满破碎美的脸,温长龄刚刚近距离见过真实的,很难不认同。

"只恨我不在急诊科。"佳慧拉着温长龄的胳膊,一脸期待地问,"他的腰怎么样?绝不绝?"

脸到腰,过渡好快。温长龄有些茫然,没跟上话题转变的节奏。

"不是你给他包扎的吗?他的腰你可是亲自上过手的。"佳慧平时就爱看男艺人的腹肌,"绝不绝?好摸吗?"

温长龄很认真地想了想:"是绝的。"

但是她没摸。她是有职业素养的,万一谢商找来医务科的电话,投诉她性骚扰,那就不好了。

佳慧内心:啊啊啊!

佳慧嘴上:"早知道今天我就去急诊室帮忙了。"她好悔恨啊。

佳慧忍痛保存照片。

谢商照片来源:帝宏医院护士总群。

此时群里——

劝人学护理天打雷劈:"哇!"

小儿外科王嬷嬷:"哇!!"

往事随风:"天哪!!!"

没文化真可怕,看到极品男人都只会用语气词来表达心情。

劝人学护理天打雷劈:"把病床号给我,我现在就过去好好看看!"

肿瘤科佳慧:"姐们儿,胆子别太大啊,我和长龄之前见过这位,在花间堂。"

能出入花间堂的是什么级别的人,可想而知。

但大家的热情并没有消退,反而更高了,群里要组团去围观谢商的人越来越多,平时一潭死水一样的护士群今天格外热闹。

大雨过后的傍晚很舒服,空气湿湿凉凉的,混合着青草的味道,轻轻柔柔地拂过脸。温长龄下班之后在医院附近的餐馆吃了晚饭,沿着阳隆江从昏暗橘黄的黄昏走到了灯光璀璨的夜晚。

北城的夜景很美,就是有点儿吵。江的上游很热闹,温长龄往人少处走,风将她的渔夫帽吹到了江里。她的思绪跟着风、跟着被江水卷着荡来荡去的帽子一起远去。

明黄色的帽子落在星光斑驳的水里,像一朵绽开的花。

温长龄没有想太多,往水深处走去。

"喂。"

后面有人喊她,应该是喊她,因为附近没有其他人。

她停下来,回头,看到了那位谢商先生。

他果然不是听话的人,不遵从医嘱,没有住院观察。那身带血的衣服已经被他换下了,他穿着一件白色的长袖,长袖上什么图案也没有,长袖衫很单薄,他也不怕冷。

"你多大？"隔着老远，他突然问。

温长龄被问得很茫然，但还是诚实地回答："25岁。"

"玩过滑雪吗？"

她摇头。

"潜水呢？"

她又摇头。

谢商往前走了两步。远远地，温长龄看不清他脸部的轮廓，但他那头白金色的发很显眼，存在感极强。

他像在闲聊："乌达拉美盛产一种沉香，叫蜂香楠木，它的味道很淡，有点儿像栀子花香，但闻久了会让人产生幻觉，看到你想看到的一切。因此它有个别名，叫日有所思香。"

如果声音可以具象化，谢商的声音应该是海水，咸的，会让人越喝越渴。

他问温长龄："神奇吗？"

温长龄点头："神奇。"

她从来没听过这么奇幻的香，想点一盘，看看自己日有所思的盛景。

"西洲十大无人区莱利图占了两个——库不颠沙漠和冥茫雪山，而莱利图的国花美人葵就长在库不颠沙漠和冥茫雪山的交界处。那里的景色很美，黄色沙漠和白色雪山之间长满了美人葵。美人葵有很多种颜色，可以用来染头发。"

他讲述着温长龄从未见过的世界，那里充满了冒险，充满了惊奇。

温长龄平时并不是好奇心很重的人，肯定是谢商的声音有魔力，她才会被他的话带着走："你的头发就是在那里染的吗？"

他笑："不是。"

他额头上的纱布对他那张近乎完美的脸一点儿都没有影响，反而给他增添了一种神秘的、令人蠢蠢欲动的叛逆和迷乱，像堕落后的神。

"你想不想去那里染头发？"

温长龄被蛊惑了："想。"

她也想见一见美人葵，她的眼睛都比刚才亮了。

谢商毫无预兆地出现，又毫无预兆地转头离开，走了几步，回头。

"水不凉吗？"

帽子已经被江水卷走了，漂去了好远的地方，算了，她不捡了。

温长龄跟着谢商上了岸，鞋子和裤脚都湿了，风一吹，很凉，她原本有些昏昏沉沉的头脑顿时清醒了许多。

哦，她想明白了，谢商好像以为她要跳江自杀。

"谢商。"

他回头："嗯。"

不知道为什么，她看着他，卡壳了。佳慧说，谢商有一双盯着狗都会让狗觉得很深情的眼睛。

佳慧说得对。

谢商等了片刻，没等到后续，就先走了。

温长龄吹了一小会儿冷风，然后也转头，两个人一个朝左一个朝右，各走各的，就好像没有遇到过。

上面绣着小白花的帽子在蜿蜒曲折的江上漫无目的地漂着。

谢商的车停在桥上，车内放着一首曲子，曲调很安神，他听着却走了神儿。

温家的人不是会下蛊吗？温长龄怎么混得这么惨？他想：要不就算了。

谢商没想到，温长龄自己又撞了上来，在江边相遇那晚的一周后，在异国他乡的雪山下，她不会控制滑雪板，笨拙、傻气、莽莽撞撞地朝他撞过来。

谢商没有伸手接她，被她撞得一起倒在雪地里。

"谢商？"

她似乎觉得很不可思议，在全是金发碧眼的人的国外，随随便便就能撞到华国人。

谢商掸了掸帽子上的雪："真巧。"

她心情似乎很好，眉眼比平时生动了很多："你说这里的风景很美，我来看看。"

虽然跳江自杀不是真的，但疲惫和麻木是真的。她是个容易倦怠又很内向的人，并不是很爱旅游，这是她第一次说走就走，想见一见黄色沙漠和白色雪山之间长满的美人葵是不是真有谢商说的那么美。

"顺便染了头发。"她把被帽子紧紧压着的发梢解救出来。

她染了看着挺规矩的亚麻灰色。

谢商看着她，没说话。

她被看得有点儿混乱，耳边"呼呼"作响的风让她的头脑清醒不了。

"滑雪学会了吗？"

"还没有。"

谢商起身："我教你。"

这下怪不得我了，是你自己朝我撞来的。

他很擅长滑雪，站在最高处，叫温长龄的名字："温长龄。"

她笨拙地、跟只小鸭子似的走向他。

隔着厚厚的手套，谢商握住她的手腕："张开手，看远处。"

她听话地张开手，一点儿也不怕，因为谢商说不会让她摔倒。他带着她，一起坠落。那种从高空高速落下的失重感真的会让人上瘾，会让人不自觉地握紧手心所能触到的一切。

于是，她紧紧地抓住了谢商的手。

谢商是一位很好的老师，她真的没有摔倒。

夜宿的帐篷被搭在了库不颠沙漠。这里虽然被西洲评为无人区，但其实并不是真的没有人，当地政府大力发展冒险性旅游，有很多自驾游的旅客在沙漠里落脚，零零落落的灯像一颗一颗陷进黄沙里的星星。

头上是一望无际的浩瀚星空，谢商和温长龄各自坐在自己的帐篷外，中间隔着三四个人的距离，灯光把人影映在白色的尼龙帐布上。

"哪天回国？"

"我请了一周年假，还有五天。"

谢商撑着身体往后靠，他侧脸的剪影落在帐篷上，像一幅精雕细琢的版画。他这个人很难被定义，有水墨画的高雅清新，也有油画的张扬明艳。

他仰着头，在看星星："要不要一起玩？"

这句话像恶魔的诱饵。

温长龄几乎没有想就应道："要的。"

就这样，谢商要开始作恶了。

温长龄把原本的旅游攻略扔掉了。很明显，谢商不是第一次到莱利图，他对这里很熟，甚至会当地的语言。

第二天，她和谢商去跳伞了。直升机上风声太大，她听不清谢商说的话。

他从后面过来，靠近她："噪声太大，不适合戴助听器。"然后他先一步跳下了直升机。

温长龄摘下助听器，由教练陪同，也跳了下去。没戴助听器，3000米的高空她只能听见很微弱的"嗡嗡"声，强有力的风刮得皮肤疼，那种疼伴着剧烈的心跳和急促的呼吸，每一个细胞都在感受劫后余生的畅快。

下午，他们去了莱利图的海底世界。和国内的海底世界不太一样，这里不适合儿童，是成年人狂欢的地方。

莱利图的海底世界有一个很疯狂的生存游戏——深海逃脱。参加挑战的人需要签生死状，主办方会提供一个在海底可以使用15分钟的氧气瓶，然后绑住挑战者的手脚，把他们锁在海底的密室里。

挑战者如果成功逃脱，就能拿到500万莱币，实现一夜暴富。当然，中途任何一个时刻，挑战者都可以放弃。

好疯狂的游戏。

从两个人进场，四面八方的惊呼声就没有停过。温长龄第一次来这种地方，放眼望去，看台上全是人，男男女女，各种肤色，海面上目前很平静。

"会有人玩吗？"

这是赌命。

虽然挑战者可以放弃，但海底世界变幻无穷。

"会。"谢商把温长龄带到了第一排的位置，"下去的都是赌徒，在巨大的金钱诱惑面前，搏命的人很多，真正放弃的反而寥寥无几。"

他似乎很了解这里的生存法则。

"在这里等我。"

温长龄诧异的视线紧紧地追着他，看得出来她很不安："你也要参加？"

可他分明不是缺钱的人。

"我不是来看别人玩游戏的。"

他把外套放在椅子上，走下看台。

工作人员询问他是否确定参加。他说"是"，然后签了生死状。

下海之前，隔着很远，他看向看台，找到温长龄的位置，很平静地看了她一眼，无波无澜，然后转身跳进大海。

陆陆续续，赌徒们开始搏命。

看客纷纷下注，赌谁会放弃，谁会逃脱，谁会葬身海底，这一切都被展示在左边巨大的电子显示屏上。疯狂、错乱，在这样的环境里，你会不止一次怀疑，大家疯了，这个世界疯了。

不到三分钟，海面上有人冒头。看台上押错了赌注的看客扫兴地骂了一句"尿货"，转而将目标投向下一个冒险者。

谢商说得没有错，在巨大的诱惑面前，放弃的人反而寥寥无几。

温长龄不停地看时间，最后忍不住站起来，在一望无际的海面上找寻谢商的身影。时间越来越接近氧气瓶的极限使用时间，她越来越紧张，手心开始出汗。

15 分钟到，计时的电子屏上，绿色的数字变成了红色。接下来是死亡 3 分钟，3 分钟后，专业潜水员将会下去打捞还没有上浮的人。

有人成功逃脱，有人沉在海底，有人大笑，有人哭喊。温长龄心脏狂跳，觉得一切都好混乱，像一场梦——不断刺激着神经却怎么也醒不过来的梦。

17 分 42 秒，已经平静的海面突然水花四溅。

谢商是最后一个自主从海底逃脱的挑战者。

不知道是谁在欢呼，温长龄出了一身汗，时间在她的身上仿佛停住了，她怔怔地看着谢商朝她走来，海水顺着白金色的发梢滴在他锁骨的那颗痣上。他那双看谁都深情的眼浸了水，寸寸秋波，眼底有股叛逆的邪气，尽管他举止优雅。

"你的脸色很不好。"他坐在温长龄旁边，用毛巾随意地擦着湿发，脸色很正常，没有一点儿缺氧的症状，"担心我了？"

温长龄一动不动，还没回过神，嗅觉比其他感觉先一步工作。

谢商身上有一种木质香，不知道又是哪种奇幻的沉香，也可能是檀香，后调有几分厚重感。

"抱歉，我应该提前告诉你，这个游戏我在 18 岁的时候玩过，不是新手。"他语气平淡，只是叙述一个事实，"2 分 58 秒，我的逃脱纪录还没有人打破。"

温长龄是有一点儿生气的："那你为什么那么久才上来？"

"想试一试氧气瓶里氧气的量够不够用 15 分钟。"

他的是够的，有的人的不够，因为在极度紧张的情况下，人会过度吸入氧气。

"你要玩吗？我可以陪你下去。"

温长龄果断地摇头。

谢商点头，表示理解，不勉强她。

温长龄想不明白。他看上去富贵无忧，一身书香门第养出来的贵气，她见过他低头点香的样子，从容优雅，但就在刚刚，她也见到了他不眨眼地签下生死状，被束紧双手沉入海底的模样。

他身上有种强烈的矛盾感，可以尊贵优雅，亦可以疯狂刺激。他的世界充满了惊涛骇浪。

第三天，谢商带着他在海底世界赢来的500万莱币，带着温长龄，去了地下拳击场。昨天是赌命，今天谢商要赌钱。他把500万莱币全部押给了一位来自瑞纳的冷门选手。

当莱利图的选手被瑞纳的选手压制得一动不动的时候，谢商在满场呼喊声中问温长龄："感受到了吗？"

她转头看谢商。

这是一副很绝的皮囊，但很奇怪，谢商所富有的那种极强的引诱力，并非来自他的皮相和骨相。他身上有种类似定时炸弹一般，濒临失控的张力，那是一种难以形容的、似有若无的性感。

她的反应慢了半拍："什么？"

"兴奋。"

她感受到了，想大喊出声的兴奋，还有不管不顾、只争朝夕的刺激。

下午两个人回酒店。

温长龄住在38楼，谢商住在16楼。电梯停在了16楼，但谢商没有下去。

"晚上7点，不夜城有面具舞会，想不想去？"

温长龄迟疑了一下才回答："我没有面具。"她也没有礼裙。

"我来准备。"

电梯到了38楼，等看见温长龄进了房间，谢商才重新按了16楼的按键。

5点，酒店的侍者敲响了温长龄房间的门。

"女士，这是您的同伴为您准备的。"

谢商为她准备的除了只能遮住半张脸的面具，还有一条红色的裙子。面具是彩绘的，画着温长龄看不懂的图案，形状像一只兔子。

她穿戴好后下楼。

谢商已经在门口等着，见到她后，稍微打量了一下，眼神克制礼貌，并不冒犯，然后谢商为她开了车门。

"很适合你。"他说。

除了她没有摘下的眼镜。

裙子很合身，收腰，露背，开衩到大腿，将温长龄的身材优势全部显露出来。

舞会很热闹，来了很多人，大多是游客。来之前温长龄做过功课，莱利图的不夜城还有个别名——艳遇之都。

谢商一进场，无数目光就落在了他的身上。即便是在发色、人种不同的异国他乡，即便戴着狐狸造型的半脸面具，他依然是绝对引人注目的存在——身高和身材都是顶级，宽肩窄腰，天生的西服架子。

他应该是第一次和人结伴旅游，不怎么习惯，总是忘了还有个温长龄，以至温长龄老是能看见他的背影。他走在她的前面，穿梭在戴着各种各样动物面具的人群里，偶尔又会突然想起他这次带了个尾巴，然后回头，眼睛慢慢聚焦，神色专注地去找温长龄这个尾巴，看她跟没跟上，若是她没跟上，他会停下等，但并不催促她。每每这个时候，温长龄就会提着裙子，跑过去追他。

拥挤的人潮、烟花、啤酒、女郎摇曳的裙摆、人群里有意无意的肢体触碰，无形中多了一股隐秘的、澎湃的、成年人之间的欲望。

怪不得这里叫艳遇之都。

7点整，舞曲响起，烟火漫天，男男女女欢呼雀跃，面具舞会正式开始。

温长龄扶了扶她鼻梁上存在感极强、跟她的裙子和面具完全不搭的眼镜，低下头，不想被注意。

"这位先生，可以请你跳支舞吗？"

这已经是第四位邀请谢商跳舞的女士了。

他礼貌地婉拒："抱歉，我已经有舞伴了。"

温长龄在吃东西的闲暇，用余光偷看谢商拒绝女士，被拒绝的女士们很失落，恋恋不舍。

"你是来吃东西的吗？"

被温长龄咬了一半的小蛋糕差点儿从嘴边掉下去，她不好意思地舔了舔唇。她是吃得有点儿多，可是面具舞会上的食物真的很好吃，是她没尝过的异国风味，就是每一块都做得很小。

"你不尝尝？很好吃。"

温长龄又拿了一块咸味的小蛋糕。

谢商在离她不远的地方坐下，拿了杯酒，只尝了一口就放下了，然后就百无聊赖地坐着，什么也不做。静态的他眼神有点儿放空，举手投足间很有书香门第的贵气，只是那神情可不正派，优雅、自如、潇洒、随性都盖不住他身上那股总是蠢蠢欲动的疯狂。他好像随时要叛逆，好像犯错才是常态。

等到温长龄吃完第六块蛋糕，喝了一口饮料，找地方坐下，谢商才起身，走到她面前："要不要跳支舞？"

他刚刚是在等她用餐。

"我不会跳舞。"

"没有关系。这里没有人认识我们，你可以跳错。"

谢商左手背于身后，半弓腰，伸出右手，绅士而礼貌："温小姐，可以请你跳舞吗？"

温长龄犹豫了片刻，怯怯地伸出了手。

谢商牵着她，带她进舞池。他很懂男女之间的界限，分寸拿捏得很好，扶在她腰上的手并没有完全碰到她，还留有让人自在的余地。

他的教养一定很好。

或许他的母亲教过他，不能冒犯女士。

"很无聊吗？"

温长龄抬头："嗯？"

他戴着半脸面具，面具造型是一只紫色的狐狸。紫色很称他，也跟他的袖扣很配。因为面具对五官的遮挡，她看他时注意力很容易被吸引到他的眼睛上，那是一双很漂亮很漂亮的眼睛，明珠也难及，漂亮到会让人词穷。他家也许有混血基因，他的虹膜颜色明显不同于普通人的，越是在明亮的光下，异域感越重，虽然"勾人"这个词形容男士很不恰当，但他真的很勾人。

"你在走神儿。"

是的，她投入不了："你身上的味道很好闻。"她没有多想，脱口而出，"是日有所思香吗？"

她只知道这种香，还是从他那里听来的。

"不是，是另外一种沉香，叫幽渡木。"谢商语速很慢，耐心地给她解释，"它的香味很难出来，是硬丝沉香，要入火焚烧，但味道很霸道，染上了需要很久才能挥发干净。"

煎香煮茶，现在很少人有这样的爱好了。

"你很喜欢沉香？"

"嗯，我有个小叔，他喜欢香，他的梦想是当一名司香师。"

温长龄感觉到手被他握紧了些。她没有再继续这个话题。

"抱歉。"温长龄第五次踩到谢商的脚。

"没有关系。"

他一笑置之，教了她一遍又一遍，尽管她依旧跳得不好，他也没有不耐烦，情绪很稳定。

舞会结束后，温长龄还是没有学会跳舞，但她吃得很饱。她将面具摘下来，小心地收进包里，打算带回去。

刚上车，谢商问："离这儿不远有一个红酒庄园，要不要去偷酒喝？"

"啊？"她茫然地配合，"哦，好。"

虽然她跟谢商连朋友都算不上，但她就是毫无理由地相信，谢商一定能喝到酒，而且肯定不是"偷"喝酒。

红酒庄园距离不夜城只有不到30分钟的车程。

庄园很大，灯火通明，但很奇怪，连个看守的人都没有，看家的狗也没有一条，庄园的主人不怕被偷酒吗？

谢商熟门熟路地带温长龄去了酒窖，挑了一瓶色泽很艳丽的红酒，颜色很像她身上穿的裙子的颜色。

露天的西式餐厅里，除了她和谢商，没有其他人。庄园的主人一定是个很有品位、很浪漫的人，连香氛蜡烛上的防风罩都被雕刻了很精致漂亮的纹路。

"尝尝吧。"

谢商只拿了一个杯子，倒上酒。

面具和领带被他随手放在了椅子上，规整的西装外套此时被解了扣子，随意慵懒地敞开着。

"你不喝吗？"

温长龄头发被盘起后，显得脸更小，厚而笨重的眼镜让她整个人看上去有种模糊的神秘感。

她总是收着目光，不怎么直视人，谢商觉得她很像一本还没翻到最后一页的童话书。

她宛如书里误入城堡的森林小鹿，走到未知而神秘的宫殿前，叩响门，像来求救，也像来刺杀。

"我喝过。"谢商解释说，"莱利图没有那么安全，我们两个要有一个保持清醒。"

温长龄看着那杯酒："我出来玩之前，我的房东太太提醒我，在国外不要太相信别人，要时刻保持警惕。"

谢商听出了她的言外之意："现在才警惕，是不是有点儿晚啊，温小姐？"

温小姐认同地点了点头："是有点儿晚。"她想了想，决定补救一下，"那我可以看你的身份证吗？"

她看着谢商，很少这样定定地直视人。

她身上有种很奇怪的故事感，好像电影里那个带着秘密、突然出现又突然消失的人，让人难忍好奇。

谢商把外套拿过来，翻出身份证，将反面朝向温长龄："要拍个照吗？发给你国内的朋友之类的。"

她说"要的"，随即拿出手机，对着谢商的身份证拍了一张照片，然后发给国内的房东太太。

谢商的证件照好看得超出国内的证件照平均水平太多了，温长龄甚至怀疑拍照的工作人员贪恋谢商的美色，给他单独修了图。这就有点儿过分了。

温长龄想到了自己被修得发际线堪忧的证件照。

谢商把酒杯推过去："尝尝吧，不会拐走你的。"

温长龄端起酒杯好奇地看了看,还摇了摇,然后试探性地、小小地抿了一口。

"怎么样?"

她的嘴角小幅度地弯了弯,表情跟她在不夜城吃到美食后那种满足的表情一模一样:"很甜。"

这酒一点儿都不烈。

她忍不住又尝了一口。

"这是蜂蜜红酒,适合女孩子,喝了没那么容易醉。"

"那我可以多喝一点儿吗?"

"可以。"

就像谢商说的,要有一个人保持清醒,所以他滴酒未沾,只在一旁陪着。

可能是喝了酒,温长龄话多了起来。她说起了她的房东太太,说对方是个心软嘴硬的婆婆;说起了房东太太的猫,说它是只狸花猫,叫花花,超级会抓老鼠。她还说,荷塘街有一条非常凶狠的狗,喜欢咬别人的裤脚。

她说了很多,但都是别人的事,没有说她自己的事。谢商只是听着,偶尔在她喊他名字的时候答应她,表示自己还在听。

她喝了很多,但没有喝醉,那酒的确不容易醉人,而且她酒量好。她头脑很清醒,就是有点儿头晕,莱利图的风太大了,吹得她犯困。灯光晃眼,她眯起了眼睛,眼前开始出现重影,然后她把一个谢商看成了一群谢商,一个叠一个,一群美人。

她趴在桌子上,想歇一歇,昏昏欲睡间,听到谢商用标准的外语跟人交谈。

那人应是红酒庄园的主人。

"那位美丽的女士是谁?"

谢商语气懒懒的,像是微醺,但他分明没有喝酒:"库不颠沙漠捡的。"

他们之间听起来十分熟稔,应该是朋友,怪不得谢商敢半夜来"偷酒"。

"温长龄。"

谢商弯下腰跟她说话。

她把脸转到另一边去了。

"回酒店吗?"

她"嗯"了一声,没动。

"还能走吗?"

她要是不能走,谢商会不会用酒窖里那辆拉酒的车拉她?

可能会,谢商是绅士,不会随便碰异性。

温长龄忍着睡意,挣扎着站起来:"能走。"

她的脚步有点儿飘。谢商没有贸然扶她,只是跟在后面,看着她的背影,做她的尾巴。这几天,除了跳舞的时候他牵过她的手,他们没有任何肢体接触,毕竟他们是陌生人,只是临时结伴,甚至连电话号码都没有交换。谢商不是那种会在艳遇之都和人艳遇的人,看着就不是。

躺在酒店床上的时候，温长龄那点儿酒意已经全醒了，脑子里全是谢商——很疯狂、很叛逆、很优雅的谢四公子。他的身体里好像居住着两个灵魂，一个是天使，另一个是恶魔。

这四天，谢商带她看了一个不一样的世界，一个她从未看过的、新奇的、刺激的、神秘的、令人胆战心惊的世界，从海底到天空，从血腥的地下拳击场到浪漫香甜的红酒庄园。

次日早上。温长龄收拾好行李才去酒店的餐厅吃饭，谢商已经在那儿了，她坐过去。

"几点的航班？"

"下午3点。"

温长龄订的是今天的航班，回华国。

谢商说："我暂时还不回国，下午我送你去机场。"

他早上吃得少，已经用完餐了，把手边那瓶没有动过的鲜奶推到温长龄面前。

温长龄很喜欢这家酒店餐厅特供的鲜奶，但是鲜奶数量有限，她来得晚些就没有了，昨天早上她没喝到。

"谢谢。"温长龄语气很真诚，就差鞠躬了，"这几天谢谢你当我的向导，我玩得很开心。"

"既然开心，下次就别去江边玩了。"

温长龄觉得还是要解释一下："我是去捡帽子。"不是自杀。

谢商沉默了几秒："哦。"

温长龄低头喝奶。

这次游玩很顺利，是可以打100分的完美旅途，回程中却发生了意外。因为温长龄的手机没充上电，闹钟没响，她午睡起晚了，走国道来不及，谢商借了酒庄主人的越野车，抄近路送她去机场。

那条路与森林交界，人烟稀少。半路上，一声枪响打破了野外的宁静，子弹穿过越野车的前窗玻璃，射进了后座的靠背里。

正如谢商所说，莱利图不是很安全。这不，飞来横祸。

匪徒光着上身，肌肉虬结，双手举着枪："举起手，下车。"

在莱利图的野外遇到匪徒拦路打劫是很常见的事，谢商并不惊慌，叮嘱了温长龄一句："在车里待着。"

随后谢商下了车，用当地的语言和对方交谈。对方应该是劫财。

谢商没有犹豫，把钱包里的现金全部取出来放在了地上。他回头看了温长龄一眼，她懂了他的意思，立马也把现金全部取出来，从车窗扔了出去。

那匪徒又说了什么，温长龄听不懂。

"车不能给你们，我还得送她去机场。"谢商拒绝了匪徒的无理要求。

匪徒没说话，似乎在思考。

谢商看了一眼手表，温长龄快要赶不上航班，他没有再耽搁，拉开车门上车。

温长龄以为安全了，正准备重新系好安全带，谢商突然拽了她一把，然后她就听见"砰"的一声，子弹几乎从她的耳边擦过去。如果谢商反应慢一秒，她应该已经没命了。

劫匪不是一个人，旁边的灌木丛里还有一个他的同伙。

"趴着，别起来。"

是华国的语言，是谢商的声音，那么让人安心。

温长龄埋着头，只听见谢商打开车门的声音。上车前，温长龄注意到车上有枪，是一把猎枪，应该是那位庄园主人的——在莱利图，持猎枪并不犯法。

温长龄还是没忍住，偷偷朝车窗外探出头。

她看见谢商熟练地把子弹推上膛，对准灌木丛，毫不犹豫地开了枪。此时，地上已经躺下了一个人，血溅得很远。

她愣住了。

"不是让你别起来吗？"谢商站在越野车前，透过前窗玻璃，正看着温长龄。

从温长龄的角度直视过去，玻璃上由小到大、杂乱延伸的裂缝刚好遮住谢商的半只眼睛，这一刻他仿佛被割开，残破感和美感撞到一起，两种极端的感觉诡异地在他的身上融合。

温长龄沉默了片刻，等到情绪平复才问他："你会开枪？"

"猎枪算吗？"

他会打猎，在野外猎场里玩过。

温长龄反驳他："可他们是人。"

"哦。"谢商很从容，一点儿都不慌张，"他们和畜生有区别吗？"

没有区别。

但穿戴了人皮的畜生的命在法律上被认定为人命。

"不开枪，你和我都要死在这里。"

那两个人不只劫财，还要灭口。

谢商看了一眼时间，这下彻底赶不上飞机了。他熟练地拆掉弹匣里剩余的子弹，没有上车，而是走到副驾驶座的车窗旁："别怕，我不会有事，你更不会。"

他的语气里带了安抚，话语让人绝对信服。

随后，谢商拨了电话，自己报警，用流利的外语说自己伤了人，又打了急救电话，和医护人员说了地址，还说明了是枪伤，甚至详细指出了猎枪的口径和子弹型号以及匪徒的出血量。第三通电话谢商说的是华国话，对方应该是律师，谢商言简意赅地说了自己的处境。

挂掉电话后，谢商对温长龄说："你今天应该走不了了。"

温长龄推开车门，想要下去。

谢商按住车门，摇了摇头："别下来，不安全。"他的手越过温长龄，打开车载音乐播放器，找了一首安神的钢琴曲，"等会儿警察过来后，你不需要撒谎，不需要给我遮掩，如实说就好，剩下的交给我。"

他真的好厉害，怎么能在连开了两枪之后，还给人这么强烈的安全感？那种智珠在握的从容，那种绝不让你担一丝风险的笃定，像一种魔力，独属于谢商的魔力。

他从越野车的后备厢里找到了干净的毛巾，给匪徒做止血急救。整个过程他出奇地冷静，偶尔会查看一下车里温长龄的状态，看她怕不怕、慌不慌。

大概过了 20 分钟，也许是 30 分钟——温长龄没有看时间，已经失去了时间概念——救护车把人带走之后，当地的警察就赶来了。

温长龄和谢商是分开上的车，到警局之后，谢商被单独带进了一间房。大概过了半个小时，一群西装革履的律师浩浩荡荡地走进来，签了一系列文件之后，把谢商保释了出来。

从审讯室出来的时候，谢商看见温长龄坐在凳子上等，低着头，头发遮住了脸，双手搭在膝盖上，坐姿乖巧，单纯得像一只从来没有出过兔窝的兔子。

他走过去："吓到你了？"

温长龄抬起头。

"抱歉。"他弯下腰，递给她一块手帕。

手帕上有沉香的味道，能安神。温长龄接过，什么也没说。

她比谢商以为的要镇静。

其实，一只兔子竟然有胆子从车里探出头来看猎人打猎，这就很不寻常。

她是一只胆子非常大、非常不寻常的兔子，尽管她看上去很惨、很温顺，有时候还有点儿消极。

"我还要留下来处理点儿事。"谢商安抚完温长龄，转头对身边穿西装的男人说："送她回酒店。"

送温长龄回酒店的男人也是华国人。

一路上她都很担心，有点儿坐立难安。

"谢商不会有事吧？"她问前面开车的男人。

"不会的，谢先生开枪是出于自保，而且他收着了，并没有伤到那两个人的要害，也做了急救处理。"

收着，这个说法就很耐人寻味。

男人这时接了个电话，温长龄听见了 K、E 两个字母。

KE，全称 King & Eagle，是一家跨国律师事务所。KE 在华国境内拥有 56 个办公点，在全球拥有 1.3 万名职员，服务超过 70 个国家的客户，业务遍及各洲。他们的业务包括且不限于投资与并购、诉讼与仲裁、银行与金融、破产重组与清算、跨境投资、国际贸易……

KE 的联合创始人之一就姓谢，谢商也姓谢。

那他应该不会有事了，毕竟谢家拥有全球顶级的律师团。

谢商凌晨 1 点多才回到酒店。

他脱了外套和鞋子，将它们直接扔进垃圾桶，走进浴室，打开水龙头，按了很多洗手液，一遍一遍地搓洗双手。他似乎不怎么爱惜他那双好看的手，洗得很用力，很快就把手搓红了。

手好脏啊。

他有点儿受不了，镜子里，他的眼角微微泛着红。这个时候，他原本该睡觉的。他不是个爱好熬夜的人，他的生活很规律。

有人来敲门。

谢商赤着脚走过去开门。来的人 50 多岁，穿着黑西装，精心打理过的头发有些凌乱，是 KE 律师事务所在莱利图分部的负责人，姓成。

"先生。"

成律师毕恭毕敬地打招呼。

谢商把人撂在一边，去倒了杯温水，喝了一口："来得真是快。"

这话拖腔拉调的，是反讽。

成律师立马神经紧绷，感觉手里的饭碗摇摇欲坠。

谢商解了领带，松了两颗扣子，坐在床上，单手撑着被子，整个人放松地后仰："人我自己救，保释也是我来做。成律师，要你有什么用呢？"

他看着对方的眼睛，一句反问说得很平静，你甚至听不出来他在责备。

成律师却恨不得以头抢地、以死谢罪："对不起，先生。"

谢家四公子没当律师，但他懂法，也有执业证书，如果他愿意当律师，也许没他爹什么事。

第二章
神秘莫测的温小姐

那两个匪徒没什么大碍，就是出了点儿血，而且两个人都有案底在身，已经被当地警方刑事拘留了，所以谢商没有被限制出境。他临时改变了主意，和温长龄一起回国。他还开那辆越野车，还走那条人烟稀少的路，还带那把猎枪。他真的好大胆，不吃教训，只让别人吃教训。

谢商坐的是头等舱，温长龄坐的是经济舱，谢商在检票的时候跟温长龄说了"再见"。

她也回："再见。"

他挥挥手，先进去了，走的是 VIP 通道。

他们回华国要飞 13 个小时，飞机落地时已经是华国时间半夜 12 点 8 分。

刚下飞机，温长龄就接到一通电话。

"到哪儿了？"

对面是一个非常年轻的声音。

"在拿行李。"

对方说："我在机场的 1 号出口等你。"

温长龄取了行李箱，拖着它往 1 号出口走。一路上有三个出租车司机问她要不要打车，她礼貌地拒绝了，脚步快了些。

1 号出口的前面就是马路，人行横道左边放了四个挡车的石墩，晏丛正坐在石墩上打盹儿，时不时忍着睡意，撑开困得直打架的眼皮望向出口。

偶尔一两个旅客路过，目光会在他的脸上停留。

温长龄出来了。晏丛一下子醒了，立马站起来，小跑过去。他接过她的行李，打了个哈欠，鼻音重重地抱怨："怎么坐这么晚的飞机？我等得都困死了。"

光听声音，他像大户人家里那个最受长辈偏爱的小少爷，总是被惯，所以有点儿小脾气。但因为他生得好看——那种雌雄皆宜、让人丝毫没有抵抗力的好看，所以那点儿小脾气也会被原谅。

他看着年纪小，少年感很强，皮肤特别白——像那种常年不见阳光的白。他个子生得高，但是非常瘦，这样的身形让他看上去有种病态的脆弱感，偏偏他锋芒毕露，神态举止里有种轻狂少年才有的桀骜。

"我说了不用来接。"

温长龄想把箱子接过来自己拎。晏丛手一甩，绕到另一边，一双过分修长的腿很委屈地小步小步地迈着，跟温长龄同步。

"这么晚，你一个人打车不安全。"他又打了个哈欠，真的好困，"旅途顺利吗？"

"很顺利。"

"你染头发了。"晏丛一眼就看出来了。

"嗯。"

他走慢一步，在后面伸出一根手指，蹭了一下温长龄的发梢，痒痒的。他摸摸手指，又快步去追温长龄。

前面路边停了一辆车，黑色的，不是很高调的车，除了车牌。

温长龄看到了谢商，他同样看到了她。他只是点了点头，并没有上前打招呼，随后坐进了那辆车牌不低调的车里。

旅途结束，他们又成了陌生人的关系。

晏丛叫的车就在附近。

"怎么晚了一天回来？"

"多玩了一天。"温长龄没有提遇到劫匪的事。

司机下车，接过行李放进后备厢，正要去帮客人开车门，晏丛已经拉开门，在旁边等温长龄先上去。他也坐在后面，跟温长龄一起。

"明天还上班？"

"嗯。"

他又开始犯困，没骨头似的往后靠着，将头朝着温长龄那边，眼皮要合不合地看着她："别去了，歇几天。"

"没有年假了。"

"我去帮你请。"他没觉得这有什么，一副理所当然的样子，"我的面子你们院长还是会看的。"

晏丛家里是做运动器材生意的，他父亲是已经退役的世界网球冠军，虽然公司的大本营不在北城，但他们晏家在这边也有几分影响力。而且帝宏医院和明德医疗是合作关系，明德医疗的董事长是晏丛的姑父，晏丛的面子院长确实要给几分。

晏丛子承父业，之前也是练体育的——冰球。两年前他打进了国家队，后来生病了，转去了商学院，今年大一。

温长龄不愿意搞特殊:"别去了,会被人说闲话。"她和晏丛走得近,医院很多人知道。

"让他们说好了。"

她总是这样,总想跟他撇干净。晏丛有点儿生气,将头朝向另外一边,不再理温长龄。过了大概三分钟,他赌气似的拽了拽副驾驶座背后的网格袋,翻了个身,坐起来,手臂绕过前面的椅背,把放在副驾驶座上的盒子拿过来,塞给温长龄。

"给你。"盒子里是一个小蛋糕。

晏丛是温长龄的朋友,他们是在医院认识的。两年前,晏丛在帝宏医院做化疗。当时他才17岁,是个脾气非常不好的天之骄子,动不动就发火,来打针送药的护士除了温长龄,没有一个没被他砸过枕头。

因为他的药很苦,只有温长龄会提前准备糖。他吃不得苦,嗜甜。也只有温长龄会在他痛得不停翻滚的时候,挑没人时小声跟他说:"你还没有成年,是小孩子,小孩子很疼的时候可以哭。"

当然了,他才不会哭,死都不会。他就是有一点点害怕地拽了一下温长龄的衣服:"我不会死对吗?"

"嗯,你不会死。"

那一次,他没死,命还算大。后来,他就很信温长龄,她说什么他都信。

温长龄不放心晏丛一个人回去,让司机先送他,然后才回荷塘街。她到家的时候已经快1点了。

她推开门,花花出来迎接她。花花就是房东朱婆婆养的那只超会抓老鼠的狸花猫。花花跑到她的脚边,用脑袋蹭她:"喵。"

"回来了。"朱婆婆也在院子里,还没有睡。院子里所有的灯都亮着。

温长龄向朱婆婆道谢:"谢谢您给我留门。"

朱婆婆脸上是不高兴的表情:"下次别这么晚,你不睡我还要睡。"

朱婆婆其实人很好,是位嘴硬心软的老太太,煮了什么好吃的都会留一份给温长龄。

"我给您买了礼物。"

温长龄把行李箱打开,拿出她在莱利图买的礼物。

朱婆婆嘴上说"钱多得没地方烧",眼睛却忍不住去瞄行李箱。

"我没买贵的。"

院子里有一张废弃的竹床,但被擦得很干净,花花团着身体窝在上面,温长龄和朱婆婆坐在另一头。

朱婆婆拆开盒子:"这是什么?茶叶?"

"美人葵晒成的干花,泡在水里可以染头发。"温长龄摸了摸自己新染的头发,"这是染黑色的。您不是说想染头发吗？这个好，一点儿都不伤头皮，只要放一点点，就可以把头发染得很黑。"

朱婆婆嘴角的弧度以肉眼可见的速度拉大："我去烧水。"

温长龄笑："我帮您染。"花花也跳下竹床，跟着去了。

染完头发后剩下的水，温长龄用浇花壶装上，细细地喷洒在钩吻的藤蔓上。卖美人葵的商贩说，美人葵还是天然的肥料。不知道她的钩吻什么时候才能开花。

旅游结束，温长龄的日子又变得跟往日一样。

帝宏医院肿瘤科的护士排班都是"白、白、夜、下、休"，五天一轮。今天刚好周一，温长龄上白班，7点40分到医院，8点准时交班，9点左右配完了药，开始为病人输液。

4号房6号床病人的家属在闹，声音大得整层楼都听得到。

"为什么不进行抢救？！为什么不插管？！"家属姓陈，情绪很激动，"我家每个月交那么多住院费，你们就这样敷衍病人？"

佳慧耐心地解释道："陈女士，这些问题我们之前和您以及您的母亲都解释过，你们也签署了相关的同意书，同意不进行一切创伤性的医疗抢救。"

肿瘤科治不好的病太多了，当一只脚已经迈过阴阳交界后，会有一部分病人考虑放弃毫无尊严的续命治疗，转入关怀病房。转入关怀病房之前，病人都要签署相关的文件。

临终关怀的原则是减轻病人的痛苦，让他们有尊严地过完最后一段时间，这也意味着不再插管，放弃创伤性的抢救措施，包括心肺复苏。

这些事情医院都会提前告知病人或家属。陈女士大概忘了相关文件上的内容："我是同意了不抢救，但你们还不是照样收钱？"或者她只是不满意住院费，"只收钱不做事，就没有你们这样黑心的医院！我要去网上曝光你们，让大家都看看你们是怎么坑病患的！"

佳慧忍着快要爆发的脾气，尽力安抚对方："陈女士，您先冷静……"

陈女士不冷静，一个甩手，一把推过去。佳慧跟跄了好几步，后背撞到了推着护理推车路过的温长龄，温长龄立刻伸手去扶推车，眼镜却被佳慧的手肘不小心打掉。眼镜一落地，没站稳的佳慧一脚踩上去，镜片碎了。

佳慧扶着墙，这才站稳，先看温长龄："没事吧？"然后看地上，她很抱歉，"眼镜被我踩坏了。"

温长龄低下头，额头两边的刘海儿遮住了侧脸："没事。"

佳慧刚要去细瞧温长龄的眼睛，温长龄就跟变魔术似的，从口袋里掏出一副一模一样的眼镜戴上。她扶了扶镜框："我还有备用的。"

这个场景就很……魔幻？

见温长龄被波及，陈女士立马反咬，声音比刚才更大了："什么垃圾医院，一个声子都能当护士！"

同事被人身攻击佳慧就不能忍了："陈女士，你再这样我叫保安了。我们医院的走廊都有监控探头，已经拍到了你刚才的无礼行为。"

帝宏是私立医院，虽然服务至上，但保安团队和律师团队都是顶级配置，像陈女士这样出尔反尔、蛮不讲理的家属，医院有一套成熟的应对办法。陈女士抬头找了一圈监控探头，骂骂咧咧的声音果然小了。

温长龄把碎掉的镜片收拾完，推着装满药品的护理推车去了病房。

佳慧把陈女士"劝说"走之后，看见地上还有块被遗漏的碎镜片，顺手捡了起来，准备扔进垃圾桶。她随手摸了摸，镜片很厚，可是没有弧度，是平光的。佳慧停下脚步，有点儿困惑：温长龄戴的好像不是近视眼镜，那她戴的是什么眼镜？

午饭的时候，佳慧和温长龄坐在一块儿："长龄，你不近视吗？"

"近视啊。"温长龄抬起头，厚厚的镜片挡着眼睛，"怎么了？"

"你的眼镜怎么像平光的？"

佳慧也是近视眼，近视眼镜的镜片不都是有弧度的吗？

"就是这样的。"温长龄解释道，"我找朋友专门帮我配的。"

"这样啊。"

佳慧吃着鸡腿，心想：这位朋友的审美一般啊。温长龄这副眼镜的镜框太大了，边框很厚，镜片反射的蓝光非常明显，温长龄脸又小，这眼镜戴着显得笨重累赘，连眉头都遮住了，太压低颜值了。

佳慧突然凑近温长龄："仔细看你的眼睛挺好看的。"

以前自己怎么没发现？温长龄长得很有特点，脸部轮廓虽然有点儿钝，但是好有故事感，是一张好适合拍胶片电影的脸。大概是眼镜的存在感太强，让人忽略了她的五官。

发现佳慧盯着自己，温长龄立马别开脸。

"高度近视的人戴了眼镜会显得眼睛小，你要是不戴眼镜肯定更好看。"佳慧说，"你可以戴隐形眼镜啊。"

温长龄低着头，用勺子舀汤喝："我不习惯戴隐形眼镜。"

好吧。也不是每一个女孩子都爱美，至少温长龄不爱美。佳慧没见过她盛装的样子，她总是素颜，总是留刘海儿，总是把存在感降到最低。就这样，温长龄的皮肤还是一点儿毛孔都看不到。

佳慧羡慕啊。佳慧边吃边刷手机。

"早上晏丛送你来的？"

"嗯。"

"他的摩托车被人拍到了。"温长龄不怎么关注医院的八卦消息群，佳慧在旁边给她实时转播，"乔漪又在群里发酸言酸语。"

做手术那年，晏丛在医院住了很久。他家、他父亲都很出名，他在年少时也打进了国家队，是冰球队那年最受瞩目的黑马。那张让人一眼难忘的脸上过电视和热搜，当大家都以为这个漂亮的少年要在体坛大杀四方或者转战娱乐圈的时候，他又突然消失，再无半点儿消息。

网上现在还有关于晏丛的传说，但他的爷爷很保护他，不允许媒体过多地挖掘他的消息。晏丛刚来医院那天，是院长亲自安排的病房，病房在VIP楼栋的最高层。可能因为他的脸长得实在太好看，医院很多医生、护士到现在都还记得他。

后来他出院了，和温长龄还一直保持联系，而且只和她联系。这让不少想和晏家攀关系的人眼红，乔漪就是其中一个。乔漪原先也是肿瘤科的护士，和温长龄、佳慧都是同事，后来不知道找了什么关系，去了有钱人扎堆的VIP楼栋。

VIP乔漪："这是晏丛弟弟的车吧？"

VIP乔漪："命真好啊，有这么贵的车接送。"

VIP乔漪："传授传授经验呗，怎么哄得小弟弟这么乖？"

酸言酸语连刷三条，她生怕全院不知道温长龄早上坐了晏丛的摩托车。

佳慧吐槽："还弟弟，谁是她弟弟？"

佳慧看不惯乔漪很久了。乔漪这人毛病一大堆，眼睛长在头顶上，但她也有一个优点，那就是从来不掩饰她想飞上枝头的野心。

"听VIP楼栋的姐妹说，乔漪以前勾搭过晏丛。她这么忌妒你，看来是真的。"佳慧"吃瓜"吃得津津有味。温长龄只听着，不发表意见。

佳慧掩着嘴，小声问："长龄，你和晏丛真没什么？"

有眼睛的人都看得出来，晏丛对温长龄很不一样。他是多不可一世的小少爷啊，但佳慧看见过晏丛像小狗一样蹲在路边，求着央着温长龄送他回家。

温长龄的表情一本正经得像个老长辈："晏丛还小。"晏丛还没到19岁。

佳慧明晃晃地搞双重标准："也不小了，已经成年了，可以自主立遗嘱了。"

"佳慧，不要开他玩笑。"

看温长龄这么严肃，佳慧打住了。很奇怪，温长龄一严肃，她就无端地害怕，温长龄分明说话挺温柔的，可就是有股无形的气场。

下班的时候，温长龄在门口等车，一辆白色轿车停在了她面前。车窗被降下，露出一张好明艳的脸："要不要顺路送你一程？"

是蒋尤尤，蒋医生。蒋尤尤是帝宏医院最漂亮的女医生，至少在温长龄看来是。你只要看她的脸一眼，不需要细看，就会发现：哇，好漂亮！

温长龄不明白女人的漂亮为什么要分那么多种类型，比如有攻击性的漂亮，比如像狐狸精一样漂亮，再比如男人最喜欢的漂亮——她就经常听见科室的女护士这样形容蒋尤尤。不带任何前缀的赞美不行吗？

"不用了，我叫了车。"温长龄拒绝了蒋尤尤的顺风车邀请。

"哦。"蒋尤尤踩了一脚油门，飞也似的开车走了。

温长龄打开手机，看看司机师傅到哪里了。她后面还有两位等车的女同事，可能是等得无聊了，闲谈起来。

"蒋医生又换车了。"

"医生工资有那么高吗？"

"不一定要用工资买啊。"

两个人相视一笑，各自一副意味深长的表情。

蒋尤尤是肿瘤科的医生，和温长龄一样，人缘不是很好。温长龄是因为独来独往不合群，蒋尤尤是因为长得美，虽然上班时间穿得严严实实，但有胸有腿，还有蛮腰和豪车。年轻漂亮的女士如果开豪车，可能就会引来一些莫名其妙的、充满恶意的揣测。

温长龄和蒋尤尤关系还可以，说得上话。

车来了，温长龄核对完车牌号后才上车。

今天是建材肖家的公子肖聪聪的生日，寿星公肖聪聪在皇庭摆了桌酒，叫上圈里一众好友，围桌畅饮。

寿星公喝酒上了头，撸起袖子开始侃天侃地。

"他谢商有什么了不起的，不就是会投胎？要是没他爷、他外公，他又算哪根葱？我就看不惯他那副谁都不放在眼里的样子！"

左边穿小香风套装的女人："你当年高考多少分？"

这是肖聪聪的痛："你管我多少分！"

小香风女士："谢商是当年全省的理科状元。"

肖学渣对此不屑一顾："还不是没当成律师？亏他还是法学世家出身。"

他看不惯谢商好久好久好久了！

小香风女士："他不喜欢当律师。"

瞧这人，说得还有鼻子有眼的。

"怎么？谢商在你枕头边告诉你的？"

小香风女士面露不悦，警告道："你醉了。"

肖聪聪觉得他没有。他怎么会醉？他是海量好不好？他站起来，右脚踩在椅子上："他那是不想当吗？他是当不成。"肖聪聪不服地哼哼，"律师做不成，只能开开当铺了。"

这件事肖聪聪也是从长辈那里听来的。长辈们批判完谢商，每次呢，又要恨铁不成钢地附带一句"可惜了个好苗子"。理科状元嘛，可不就是好苗子？

小香风女士："沈非要是不惹谢商，谢商能打他？"

小香风女士对面的吊带裙女士也帮腔，呛寿星公："人家谢商琴棋书画样样精通，你会什么？还好意思编派人家。"

看看，看看这些女人！肖聪聪摇头，觉得这些女人都被养废了："你们都被谢商灌了迷魂药，啧，没救了。"女人是不是都很迷恋那种亦正亦邪、很勾女人又不碰女人的男人？

肖聪聪把酒杯一搁，指点江山："谢家一家子学法律的，偏偏出了这么个谢商——好竹子堆里养出来的歹笋。""歹笋"是梁家老太爷说的，原话是："谢家书香门第，怎么就养出了谢商这棵歹笋？"

谢商写得一手好字，书法造诣很高，梁老太爷惜才，想收谢商当弟子，谢商他爷爷答应了，结果拜师宴上，谢商面都没露一个。不过，这事在谢商干的事里都不算什么，毕竟他不尊老，不重道，不服从管教，不走老一辈走的路，离经叛道，随心所欲。

肖聪聪向右扭头，寻求认同："是吧？"

他右边坐的是贺冬洲，秦家的养子。

贺冬洲笑着点头，一副十分赞同的表情："是的，他就是棵歹笋。"

肖聪聪刚想顺着再来上几句，贺冬洲握着酒杯抬了抬手，笑得全场最欠揍："哟，歹笋来了。"

肖聪聪脑壳里的酒意瞬间去了七分，他摇摇脑袋，睁大眼睛，定睛一看，还真是谢商！

怎么回事？他没邀请谢商啊！

谢商径直走向贺冬洲："资料呢？"

贺冬洲把座位上的文件袋递给他，很不见外地邀请："喝一杯呗，寿星公也在呢。"

谢商看了一眼寿星公，拉开椅子坐下。

寿星公："……"

谢商："生辰快乐。"

寿星公："哦……"

谢商给自己倒了杯茶："刚刚说什么呢？"

寿星公立马斜眼扫过全场：谁出卖朋友谁是狗！

贺冬洲笑起来很阳光、单纯，一张脸挺周正的，笑的时候还有一个梨涡，看着像一个好人："说你是谢家竹林里唯一的歹笋。"

肖聪聪："……"贺狗，老子谢谢您！是谁传谣说谢商和贺狗关系不好的？！

谢商打开文件袋，拿出里面的资料。

贺冬洲凑上去："你认识她？"

资料上的是周氏集团董事长的续弦，傅影。

傅影也算个传奇人物，年纪轻轻嫁进豪门，不到数月就成了周家的半个话事人。

谢商说："一个客户。"

贺冬洲知道他当铺的规矩，没有多问。

"听谷开云说你在莱利图待了一周？"

"嗯。"

"你去那儿干吗？"

谢商翻了一页资料："玩。"

贺冬洲侧身坐着，单手搭在椅背上，撑着脸，面朝谢商，边看他边打趣："有家产继承就是好啊，都不用工作。"这话只是调侃。除了经营当铺，谢商还要调香，他身上的香气换得越勤，说明他越忙。

肖聪聪在旁边看得眼珠都要掉出来了：这贺狗跟谢四眉来眼去的。

这俩人关系不好？关系好得能睡一张床吧！他记起来了，贺狗和谢四留学的学校是同一所来着。

谢商突然抬眸。

肖聪聪赶紧挪开眼，这条件反射的动作快得他差点儿扭到脖子。

"冬洲，你信有人会下蛊吗？"这么荒诞不经的问题，不像谢商能问出来的。

贺冬洲摩挲摩挲酒杯，思考后回答得颇为正经："我看你就会。"

一桌6个女生，最少有5道目光落在谢商的身上，5个光明正大，1个偷偷摸摸。

谢商的"桃花"一向多得泛滥。

虽然他是棵歹笋，书香门第不该有的反骨、邪气他有，但书香门第该有的渊博知识、礼仪教养他也有。他会琴棋书画，会司香读经，偶尔礼礼佛。他是棵优雅的、有禅意的歹笋。

他穿着黑衬衫，腕上戴着檀木珠串，坐在那儿漫不经心地翻着纸页，漂亮的眼睛里似装有千斛明珠，无比蛊惑人心。

谢商合上资料："走了。"

贺冬洲挥了挥手，表示不送。谢商来这儿就是来拿资料的，不是来叙旧的。

旁边的寿星公起身，小声说了句："蛋糕还没切。"

"不吃了。"谢商起身离开。

这是生气了？肖聪聪揪了揪头发，带着满脸的不情愿，飞快地跟了出去。追至走廊，肖聪聪硬着头皮上前："谢四哥……"

我都叫"四哥"了，你多多少少看着给点儿面子呗。

谢商放慢了脚步，耐心地听他说话。肖聪聪摸摸头，摸摸耳朵，倔强地挺了一会儿，最后还是异常艰难地认了怂："我喝高了，刚刚是胡说八道，你别记我仇。"

谢商记仇，很记仇，记了就要报，报仇还不够，还要讨利息。谢商停下来："那你道个歉。"他虽然记仇，但又不容易动怒，教养极好，情绪很稳定。

肖聪聪态度诚恳："对不起。"

谢商笑了："好，原谅你了，不记你仇。"

嗯……肖聪聪突然就觉得他好温柔。醒醒！肖聪聪你醒醒！不要被灌迷魂汤！肖聪聪瞬间一个激灵，酒彻底醒了："那谢四哥，你慢走。"

"回见。"谢商走了。

肖聪聪站在原地发怔：怎么会有下得这么温柔的暴雨呢？过了好一会儿，肖聪聪回过神来，擦擦手心并不存在的汗：好险，差点儿跟那些女人一样，被谢商灌了迷魂汤。

酒店门口。

"谢商。"出声的是小香风女士。

她鼓足了勇气:"我喝了酒,你可以送我一程吗?"她和谢商在一些场合见过,但并不熟。

谢商和女士都不熟,有人说他性格不好,不过他朋友其实挺多,就是从来都不交女性朋友。

"不好意思,不顺路。"可是他都没有问她去哪儿。

他很礼貌,也很绅士:"需要我帮你叫车吗?"

小香风女士摇了摇头:"不麻烦了。"

这天边月不是谁都碰得到的,她有自知之明,也不想自讨没趣,向前走了一步就够了,试过了就够了。

"那我先走了。"

谢商颔首。女士先一步离开。

皇庭提供泊车服务,工作人员帮谢商把车开过来,递上钥匙。谢商上车后接了个电话。

"星星。"电话那边的人这样喊他。星星是谢商的乳名,现在很少有人这么叫他。取乳名是因为他的母亲苏南枝不喜欢他的大名。

他以前叫谢殇,在谢家同辈里排行老四。他上面有哥哥姐姐,都夭折了。二叔家的堂姐排老三。

他爷爷谢景先请人算命,算命先生说谢家这一代子嗣福缘浅薄,老四这个孩子恐怕很难养大。谢老夫人问如何化解,算命先生说取个可以瞒天挡灾的名字,故家里人给老四取名为谢殇,意思是告知天神地鬼,谢家老四人已夭折,索命无常勿再纠缠。

谢殇是个不信鬼神的,18岁成年后给自己更名为谢商。谢景先另外给他取了字:季甫。

荷塘街是老街,路很窄,车子不太好掉头,温长龄没让司机师傅开进巷子里,在街头下了车。

这次的司机师傅对路不是很熟,停车的地方不是温长龄熟悉的地方。这一带的巷子很深,又纵横交错,加上之前搞城市建设,房子都刷了一样的漆,盖了一样的瓦,种了一样的花,还挂了一样的灯笼,看着相差无几,这里像个迷宫,路很难认。

最重要的是,温长龄方向感非常差,是个路痴。她兜兜转转,来来回回,几次都走到同一个地点。天快要黑了,天黑了路就更难找,头顶还乌压压的,看着要下雨。朱婆婆年纪大了,腿脚不好,温长龄也不好麻烦对方来接,就找了家馆子,点了份儿馄饨,吃饱之后继续找路。

第四次了,她又绕进了这条死胡同。天已经彻底黑了,她走错的这条路没有路灯,她烦躁地踢着地上的石子儿,犹豫着要不要麻烦水果店的陶姐。

身后有人在笑，温长龄转头，在闪电一闪而过的光里看到了谢商。他像从天而降，突然出现在她的面前，毫无预兆。

"街道号。"

她蒙蒙的。

谢商走近："问你，街道号。"

温长龄慢慢回神，报了朱婆婆家的街道号。

谢商用手机的手电筒照明，走在前面："跟着我走。"

温长龄小跑了两步，跟上谢商："你也住这附近吗？"她走在谢商的左后方，没有离得很近。

"刚搬来。"谢商把光源往左边移了些，"你在这儿住多久了？"

温长龄算了算："半年多了。"

谢商侧过脸："半年了还迷路？"

手机的光从斜下方照过来，把谢商侧脸的剪影投在墙面上，被光放大的睫毛像一只振翅的蝴蝶。再往上，一枝红蔷薇从墙那边的院子里探出头。

美人和花，漂亮的东西总爱扎堆。

温长龄欣赏完，解释说："这一带的巷子很多。"而且很乱，很深，很相似。找不到路不完全是她的问题。

"是挺多。"

墙面上的影子低了头，和旁边纤细的女孩儿的身影突然重叠。

温长龄很自觉地往后挪了一步，听见谢商又说："重度路痴也算一种病。"她感觉谢商在嘲笑她。

蔷薇是有刺的，美人也有刺，漂亮的东西会扎人。

不知道谢商是用什么方法认路，他三拐五拐就把温长龄带出了"迷宫"，一点儿冤枉路没走。

他关掉手机的手电筒："到这儿了，现在认得路吗？"这条街上灯火通明。

"认得。"前面就是朱婆婆家，陶姐的水果店还没有关门，沿路的小店不少还亮着灯，荷塘街的夜市也算得上热闹。

"回见。"谢商这次说的是"回见"。

温长龄看见他转头走向朱婆婆家隔壁的如意当铺。她恍然大悟：原来他就是那个生意不好、开店不积极的当铺老板啊。

"谢商。"

谢商站在当铺的牌匾下，回了头，头顶的灯笼在摇晃，他眼睛里的流光也跟着摇晃。

"你等我一下。"温长龄跑进屋里，很快又出来，小跑到谢商面前，把手帕递给他。这帕子是他们在莱利图警局时谢商给她的，当时她没有细看，后来才发现上面绣了图案和她看不懂的字。

她去过谷家，知道讲究的人家会在私人物品上做标记。

"已经洗干净了，上次忘了跟你道谢，"她看着谢商，表情很真诚，"谢谢。"

"不客气。"谢商接过帕子。

听说如意当铺的谢老板长得人模人样的，这是街头老年情报小组最新的八卦话题。

杨熙宁是个全职画手，一幅画卡了一上午，没有灵感，画不出来。她干脆趿拉着拖鞋出门遛弯儿。

她妈江兰英女士喊她给客人剪头发。不可能，大画家才不会当剪头妹，她是有节操和风骨的。

她走进如意当铺，抬起一条胳膊压在柜台上："你们这儿什么都能当？"

"经过专业的评估组评估鉴定之后，如果您的当品有价值，都可以当。"钱周周露出职业微笑，"请问您要当什么？"

杨熙宁摆了个让人怀疑她脖子疼的姿势，尽显她的高贵："你看我值多少？"

钱周周："……"

此时无声胜有声。

啧，"狗眼看脸低"的玩意儿。杨熙宁翻了个白眼，正准备走人，余光瞄到门后的院子。她能看到的就院子一个角，门后露出来一只手，在浇花。

杨熙宁走不动道儿了，身子下意识地弯成90度，脖子前倾，然后半张脸映入了她的视线。

这侧脸，好绝！她突然理解"柜台姐"了，天天对着这张脸，想不"狗眼看脸低"都难。

外面，她妈江兰英女士的嗓门儿震耳欲聋。

"杨熙宁！

"过来给客人剪头！

"不来这个月的生活费别想要了！"

杨熙宁收回偷窥的目光："来了，催什么催？！"

诗和远方暂且放弃，对毫无名气的小画手来说，每个月的生活费才是头等大事。杨熙宁飞似的跑出了当铺。

"第三个了。"陶姐在给葡萄喷水。

温长龄吃着陶姐专门给她留的哈密瓜："嗯？"

陶姐指指对面的当铺："今天第三个女客人。"

温长龄单纯地以为："他生意变好了。"

"好个屁，都是进去瞧谢老板的。"陶姐如果不开水果店，估计也是街头情报小组的一员，"在这条街上开当铺，亏他想得出来。"

温长龄点头，赞同陶姐的看法。

"你见过那谢老板了没？"

"见过。"

"那长相,"陶姐跟温长龄说悄悄话,"开什么当铺,去当艺人发家致富不是很简单的事?"

温长龄低头偷笑。

"老板娘,这杧果怎么卖?"

陶姐过去招呼客人。

男房东从楼上下来,打开冰柜,在里面翻找了一番,拿出一盒草莓,撕了包装袋,往嘴里塞了一个,吐掉上面的萼片。

他走到陶姐身后,长袖秋衣外穿,衣摆往上缩,滚圆的肚皮一半露在外面:"怎么没有榴梿?"

"不怎么好卖,没进货。"进了货也是进这狗玩意儿的肚子。

这狗玩意儿捏了一把陶姐的臀:"明天进点儿,我爱吃。"

陶姐是寡妇,带着两个儿子,在荷塘街租了这个店面卖水果。男房东是个老单身汉,家里有几个店面,也不工作,成天无所事事,吃吃喝喝。陶姐店里的水果他经常不问自取,从来没给过钱。

陶姐瞪着楼梯口,尽管气得咬牙,还要收着声:"呸,烂手烂脚的狗玩意儿!"

温长龄戳了戳塑料盒里的哈密瓜,眼睫乖乖地垂着。

朱婆婆做了芝麻糍粑,傍晚温长龄又去了一趟水果店,给陶姐送了一点儿。陶姐在忙,温长龄自己去了后面的厨房。

7点左右,谢商看见温长龄从主街后面的死胡同里走出来。

"又迷路了?"

她说:"我在散步。"

"前面没有路。"

荷塘街的电表都在前面那条胡同里,为了防止小孩子触电,社区工作人员在路中间放了一排小石碓。

"我知道,所以现在往回走。"

她往回走,谢商与她同路。

她悠闲地走着,好像心情不错,难得主动展开了话题:"我听人说,你的当铺里什么都能当。"

"值钱的话、我感兴趣的话,都能当。"

这人好乱来啊,是因为家里面律师多吗?

温长龄很好奇:"人也可以当吗?"

谢商没有说"不能",而是反问:"你想当了你自己?"

他小臂上搭着外套,整个人闲适懒散。温长龄见多了他穿黑色衣服,今日这一身白色让他看上去温润了不少。他适合黑色,也适合白色。他很难被定义,很难被框住。

"我随便问问。"温长龄用不太在意的口吻评价自己,"我当不了,不值钱。"

"你知道我在莱利图警局交了多少罚金吗？"

她摇头。

谢商看着她："温小姐，你很贵的。"

温小姐呆呆地"哦"了一声。

老远处有条狗在冲他们吠，凶得很，也没拴绳子，龇牙咧嘴，像是要冲上来咬人。

温长龄挡到谢商前面，朝着狗跺了一脚，叫了一声："嗷！"她的声音听着好凶。

谢商笑了："你学它叫什么？"

她学得也不像啊，哪条恶犬会叫得这么像刚出生的狗崽子？

温长龄极力解释道："你刚搬来不知道，这条狗在荷塘街是出了名的恶犬，特别欺软怕硬。你要是不比它凶，它会追着你咬你的裤脚。以前它还咬坏过我的裤子。"

就是它啊，在莱利图的红酒庄园，她说起过这条喜欢咬人裤脚的狗。

"所以你刚刚是在跟它对话？谈了什么？"谢商略做思考，歪着头，请教温小姐，"滚开，老子超凶？"

温长龄："……"

恶犬叫小黑。这一刻，温长龄有一个小小的愿望：小黑啊小黑，去咬谢商的裤脚吧，让他也尝尝社会的险恶。然而，小黑只冲她吠。

夜里，小黑叫得更凶了。房东朱婆婆的狸花猫无故跳上了树。

"喵。"

"喵。"

花花一直叫。朱婆婆不知是被吵醒的，还是本就没有睡，披着衣服走到院子里。

温长龄正蹲在围墙下面，给她的多肉植物浇水。

"外面怎么这么吵？"朱婆婆问。

温长龄剪掉徒长枝："不知道是谁家叫了救护车。"

是水果店，房东家。

次日，温长龄上早班。她起得很早，收拾好后去街对面的米粉店吃早饭，吃到一半，看见谢商打着哈欠走过来。可能因为他太困了，他那双清醒时特别诱人的眼睛竟然水汪汪的。

温长龄短暂地被美色扰乱了一下心神。

这个点客人不是很多，有许多空着的桌子，谢商直接坐在了温长龄那一桌，扫了一眼菜单，手都懒得抬起来。

"有推荐的吗？"他的声音有一点点刚起时的懒散，不哆，很性感。

温长龄推荐了她在吃的那款："三鲜粉。"

谢商耷拉着眼皮，眼神有点儿放空，不怎么有精神，头发是潮的，应该是往脸上扑水时被弄湿了。

"你没睡好吗？"

他点了一碗三鲜粉："昨晚太吵。"

他应该是第一次住隔音效果如此差的房子。邻桌的两位大哥正好也聊起了昨晚发生的事情。

不方便透露姓名的李大哥："我听说是热水器漏电了。"

不方便透露姓名的张大哥："人还在不？"

李大哥吸溜了一口粉："命保住了，烧伤了手。"

张大哥还挺幸灾乐祸的："东子那家伙平时就喜欢对女人动手动脚，我看哪，这就是报应。"

大家都是几十年的老街坊，谁还不知道谁的德行，水果店的陶老板不知道被占了多少便宜。

李大哥一口一个小麻团，吃得津津有味："谁说不是？那电压跟见了鬼似的，刚好就电伤了他的手，看他以后还怎么占人家便宜。"

不方便透露姓名的张大哥和李大哥干掉了手里的豆浆，觉得大快人心。

温长龄又要了一笼小包子、一碟小菜。小菜里的酸豆角切得很碎，和着肉一起炒，味道很好，加在面里很开胃。

谢商的三鲜粉好了。

等他尝完三鲜粉，温长龄问："味道好吗？"

"还不错。"他吃饭很慢，不会发出声音，虽然穿着一身价格不菲的衣服，但也丝毫不介意小摊上的油污和烟火。被别桌的小孩儿洒汤弄脏了衣服，他也毫不在意，抽了纸巾先给那小孩儿擦手，问他烫没烫着。

他和小孩子说话时会蹲下来，真的很温柔。

温长龄用公筷把半碟酸豆角搛到自己碗里，剩下的就着碟子推到了桌子中间，想给谢商尝尝。

但是他一筷子都没有搛。

肿瘤科有两个护士值班室。

今天白班下班后，护士长简单地开了个小会。这个点值班室已经没什么人了，钟燕和徐娜琳说话也就没刻意收着声。

"你真要跳槽？"

"干最多的活儿，拿最少的钱，没意思。"徐娜琳积了一肚子怨气，"上周我儿子发烧，硬是没请到一天假。"

钟燕叹了一口气："同人不同命啊，有人上周请了一周假去国外玩。"

这个人是谁，两个人不指名道姓，彼此心照不宣。

"哪儿能跟她比？人家是有后台的。"

钟燕刚调来肿瘤科不久："她和晏丛真是那种关系？"

徐娜琳一副笃定的口吻："不然呢？又不是亲姐弟。"

"没看出来啊，温长龄还挺有本事的。"

"她才不是什么……"

储物柜对面的更衣帘突然被拉开，徐娜琳没说完的话被噎在了喉咙里。

温长龄没有生气，走过去很平静地解释道："护士长给我批假是因为我工作两年没有请过一天事假。护士长没给你批假是因为你那个月请了四次事假，其中三次是夜班，已经没有人愿意跟你换班。"

徐娜琳脸黑了。

钟燕很尴尬："我们不是那个意思。"

无所谓，温长龄不在乎这些，她是来医院做事的，不是来做人的。她把护士服放好，然后出去。

晏丛刚好在外面的走廊上。

温长龄看到他，第一反应是担心："你怎么来了？哪里不舒服？"

"我来取药。"晏丛比上次温长龄见他时好像又瘦了点儿，衣服都显得空荡荡的，"别不开心了，我陪你玩。"

他听到了刚刚值班室里的对话。

他从口袋里摸出一把糖："喏。"他口袋里总有糖。所以温长龄不喜欢别人开晏丛的玩笑，他还小，还是会拿糖哄人的年纪。

温长龄只拿了一颗："我没有不开心。"

"那你陪我玩。"

考虑到他的身体状况，温长龄想拒绝。

晏丛最懂怎么让温长龄心软了，轻轻地叫她"长龄"："我想去酒吧。我爷爷之前管我很严，除了冰球，什么都不让我碰，现在他不拘着我，我想出去疯玩。"

温长龄不和病患、病患家属私下接触，只有晏丛例外。

晏丛很像阿拿，她的弟弟阿拿也很怕苦，很喜欢甜食。

"那你等我一会儿，有个办住院手续的病人家属把身份证落在我这里了，我给他送过去。"

他在温长龄这里很容易满足："我在大门口等你。"

温长龄跑着去还身份证。

晏丛在原地看着她跑远，等她不见了，他也没有走，依旧等在门口，等里面的两个人出来。

"温长龄不会记仇吧？"

"记仇又能怎么样？"

"万一她……"

两个人推开门，同时愣住。少年冷着脸，虽然脸色苍白，但气势丝毫不减。

"以后别在背后说温长龄。"他经常被人夸五官精致，像橱窗里被精心打扮过的人偶，如果忽略他那双狼一般凶狠的眼睛，"我在你们医院住过挺长时间，你们应该听说过，我脾气不好，会打人。"

两位女士脸色难看。

晏丛不再看两个人，接了个电话，边走边说。

"我晚点儿回去。"

"去玩啊。"

"有什么好担心的，我跟长龄一起。"

电话那边的人是晏丛的爷爷，晏爷爷不放心他，打电话打得很勤。

晏丛没有驾照，温长龄没有买车，他们是打车去的。因为晏丛是第一次去酒吧，温长龄选了一家被评价为"很安全"的酒吧。

整个酒吧是下沉式，里面的装潢很有特色，屋顶做了不规则的弧形设计，凹凸不平的微水泥里镶嵌了各种吸顶灯具，纵横交错的黑色龙骨外露，搭配明装的筒灯和射灯，特别有氛围感。

这家酒吧的生意非常火爆，这个时间段是高峰期，客人爆满。

"这里好热闹，我喜欢。"

晏丛走在前面。他第一次来酒吧，看什么都新鲜，一边拨开人群，一边回头喊温长龄："酒吧里乱，长龄你跟紧点儿。"

这里不乱的。温长龄在车上做过攻略，这家酒吧是北城某位家里有钱有势的公子哥儿开的，没有人敢在这里撒野闹事。

吧台后面那一整面墙的名酒就充分说明了，这儿的老板不简单。吧台正好有座位，晏丛把两张高脚凳拉到一起，叫温长龄过来坐。他也坐，就在她旁边。

"要两杯酒。"

柜子里形状各异的精致酒瓶琳琅满目，很像艺术品，晏丛没见过，觉得有趣。他家算是体育世家，他从小练冰球，家里人管他管得很严，从来不准他喝酒，也不藏酒。

调酒师问："要什么酒？"

晏丛懒得找酒名："一杯醉人的，一杯不醉人的，你看着调。"

调酒师很专业，没有随便调，而是先礼貌地观察了两位客人，大概了解了一下他们给人的感觉，然后跟着感觉去调。

一杯是辣喉的烈酒，一杯是入口温和的甜酒。甜酒不醉人，杯底汩汩冒出的微小气泡带动蓝色的液体翻滚，像幽蓝而神秘的大海。

不醉人的酒被给了温长龄，她尝了一口，对调酒师说："很好喝。"调酒师笑了笑。

一杯酒见底，温长龄在拥挤的舞池里看到了一个很熟悉的身影。她不敢确认，又仔细看了看。

"那好像是蒋医生。"她还是不太确定。

晏丛视力好："就是她。"

温长龄又一次被蒋尤尤惊到了。上一次是在医院的停车场，温长龄撞见蒋尤尤跟她的新任男友在车里接吻，新任男友是个小有名气的艺人。平时穿得端庄严实的蒋医生在发现温长龄后，淡定地抹掉嘴上被亲花的口红，隔着车窗玻璃，用口型说：别说出去啊。

温长龄嘴巴很严，从来没有私下谈论过一句别人的私事。大概是因为这件事，之后蒋尤尤每次在门口碰到等车的温长龄，都会问她要不要搭顺风车。

蒋尤尤也看到了他们，不过她没有立刻过去打招呼，而是跳完了音乐的高潮部分之后，才推开贴着她的男舞伴，边走呼吸，边往吧台那边走。

她找空位子坐下，裙子太短，一双漂亮的长腿不知道惹来了多少异性的视线："你们俩来酒吧，就光喝酒？"

"我们还看你跳舞了。"温长龄真心地夸奖，"你跳得真好，跳得最好。"蒋尤尤扭得比蛇还要灵活。

蒋尤尤撩了撩卷成波浪的头发，热情地邀请温长龄："一起？"

一只手横到温长龄面前，是晏丛的。他隔开蒋尤尤，满眼防备，如同一只护鸡崽子的母鸡："你别教坏人。"

舞池里不知道有多少借机揩油的，晏丛不放心。蒋尤尤跟晏丛比跟温长龄还要熟。她和温长龄说得上话，其实跟晏丛也有点儿关系。她的导师是晏丛的主刀医生。另外，她母亲和晏丛的二婶是堂姐妹，所以两个人也算得上远房亲戚。

行吧，蒋尤尤就不带坏纯真小护士了："你们慢慢喝，我去玩了。"

蒋尤尤离开没多久，灯光突然暗了。几秒钟后，一束橙色的光落在了DJ台上。

橙光太刺眼，温长龄下意识地眯了眯眼睛，因为镜片的折射作用，她的视线里出现了短暂的重影。慢慢地，重影相叠，拼成了一个清晰的轮廓。

温长龄以为她出现幻觉了，于是把手伸到镜片后面，擦了擦眼睛。

"晚上好，我是谢商。"

简简单单的一句介绍，话落，音乐起。这是很吵很吵的音乐，动感，刺激，催得人心跳加速。温长龄仔细听，舞曲里竟藏着童谣的调子。童谣是《小星星》，在舞曲里的调子和古筝版本的天差地别。

温长龄想起昨日，谢商教朱婆婆的外孙女彤彤弹古筝。

如意当铺的谢老板很快就在荷塘街出了名，这也不令人意外，毕竟他长了那样一张脸，有着那样一身气质。毕竟，出尘之表，掷果潘郎谁不慕？

朱婆婆4岁的外孙女彤彤也很喜欢谢商，嗲嗲地叫他"哥哥"。

"哥哥，为什么要戴这个？"

"要保护手。"谢商低着头，仔细地给小朋友的手贴上胶布，"而且戴了指甲，筝声会更好听。"

彤彤年纪还小，似懂非懂。但谢商教得认真，而且耐心。

"这里是触弦点，最好的触弦点在发音弦段八分之一的地方。"他又指了指另一个位置，"按弦的位置在这儿。"

他说了好多，不知道彤彤有没有听懂，反正在隔壁听墙根的温长龄完全没听懂。对了，荷塘街的房子是不隔音的，所以，她也不算听墙根对不对？

"古筝是五声音阶，没有4和7，依次是宫、商、角、徵、羽。"

彤彤拨了几下筝弦："哥哥，我还是不会。"

"我教你。"他带着彤彤的手，教她拨弦。

温长龄听出来了，是《小星星》。

彤彤也听出来了："是《小星星》！"

对，是《小星星》，是谢四公子的乳名。

DJ台上的他，甚至连正装都没有脱下，只是松了领带。他或许是临时被"抓"上去的，但绝对不是去凑数的。他很专业，动作利索干净，有张力，却不是单纯的性张力，他给人一种近乎神圣的不可侵犯感。可他越是这样，好像越能激发别人的欲望。

原来谢先生不只会弹筝，还会打碟。温长龄出神地想：怎么会有他这样的人？热烈疯狂，又沉静得像一杯茶。

气氛沸腾到了极点，欢呼声和尖叫声大到令人耳鸣。温长龄并不喜欢吵闹，但很奇怪，她没有觉得不适，反而感到畅快，那种放纵后重重呼吸的畅快。音乐快到尾声时，温长龄看见蒋尤尤捂着嘴往外跑。

"你在这里等我，我去看一下蒋医生。"

温长龄赶紧追出去。

晏丛酒量不行，感觉头很晕，干脆趴着。听说酒吧里的臭男人喜欢给漂亮女孩子的酒杯里放些乱七八糟的东西，于是他双手环抱，把温长龄的杯子紧紧地围在双臂之间，然后眼睛盯着门口的方向，一眨不眨地等温长龄回来。

有女孩子过来搭讪，问可不可以一起喝一杯。晏丛不理她，一点儿应付人的耐心都没有。

女孩子笑了笑，主动坐下。他立马把椅子拉走，用上了职业运动员的反应速度："走开，这位子有人！"他的表情是恶狠狠的。

"……"女孩子气鼓鼓地走了。

温长龄在酒吧门口附近找到了蒋尤尤，她蹲在路沿石旁边，在吐。

温长龄买了瓶水，走过去。

"还好吗？"

蒋尤尤还在吐，应该是喝了不少。

温长龄把瓶盖拧开，把水给她。

她接过去，灌了一大口。

温长龄拿了包出来，包里有纸巾，她把干净的纸巾叠好，递给蒋尤尤："你男朋友呢？"

"分了。"

那刚刚贴着她跳舞的……

蒋尤尤一副不在意的模样："临时找的玩伴，不熟。"

"哦。"

温长龄觉得自己在这方面有点儿理解欠缺。

蒋尤尤又灌了口水，不说话，温长龄也不说话，陪着她坐着。温长龄有种奇怪的直觉：蒋尤尤是孤独的、不开心的，尽管她的娱乐生活很丰富，尽管她一个接一个地换男朋友。

两个人坐了有十来分钟，直到对面巷子里传来嬉笑声。

"四哥就上去玩了一趟，我手机都被打爆了，全是问他的。"

温长龄听得出这个声音，这是谷家的小孙子，谷易欢。谷易欢就是那个传闻中家里有钱有势的酒吧老板，开酒吧的理由很简单：他有个歌手梦，但整个北城没有一家酒吧肯让他上台，都嫌他唱得难听，他气不过，开了个酒吧想要证明自己。事实最后证明，他还是不能经常上台，不然客人会跑光。

今天的DJ有急事，没法儿演出，谢商是被临时推上去救急的。他也没系统学过打碟，就私下里玩儿票性质地练过几次。

巷子里一共五个人，除了谢商和谷易欢，还有两男一女。他们是酒吧乐队的成员，女生是主唱，另外两个是吉他手和贝斯手。

主唱女孩儿手里握着一把仙女棒，是表演用剩下的道具。她借了谷易欢的打火机点仙女棒玩，突然提议："周末去不去冲浪？"

谷易欢第一个回："算我一个。"

吉他手和贝斯手也举了手。主唱女孩儿最后看向谢商。

"不去。"

谢商低着头，在看手机。

温长龄的手机响了，是谢商发来的消息。

谢商："你在酒吧？"

温长龄："嗯。"

他们交换了联系方式，就在今早，一起吃三鲜粉的时候。温长龄付了钱，连同谢商的一起付了。谢商让她报了手机号码，中午发了好友申请，温长龄在快下班的时候才同意，同意之后，谢商发过来转账消息。

谢商的社交账号名就是他的大名，头像是条金毛。温长龄的社交账号名也是她的大名，头像是随手拍的花花草草。两个人的风格如出一辙，都很像老年人。

"去呗，人多好玩。"主唱女孩儿靠墙站着，左手边就是谢商。

他摇了摇头，是不去的意思，仍在看手机。

谢商："看到你了。"

温长龄："我也看到你了。"

"四哥，和谁聊呢？"谷易欢凑过去瞧。

谢商关了对话框："没谁。"

谷易欢递过去一根男士烟。

谢商接了。

他是什么都会尝试的性子，但对什么都不上瘾。刚满18岁，他就自己买了包烟，尝了尝，学会之后就没兴趣了——尼古丁也没什么特别的。

他平时不带打火机。

"火借我。"

谷易欢甩了甩手里那个打火机，很不巧："坏了，打不着。"

女孩儿笑着把仙女棒举到谢商面前："用这个点。"

仙女棒挺长的，距离足够。

谢商叼着烟，低下头，靠近仙女棒尾端的火光，白烟袅袅，他半合着眼，幽蓝的烟火炸成花的形状，把影子落在他的脸上。

女孩愣住了。

烟点燃后，谢商抬头，缭绕的烟雾里，他的目光和巷子外面的温长龄的目光撞了个正着。

温长龄先收回视线，当作没看见他，扶着蒋尤尤去路边等车。

蒋尤尤已经清醒得差不多了："你认识他们那群人？"

"认识其中的一个。"

谷易欢不算，在谷家的时候，温长龄和他没有正面碰上过。

蒋尤尤随口一猜："谢商？"

温长龄立马看向蒋尤尤。

"你也认识他？"

蒋尤尤说："我朋友的朋友到了年纪，家里人逼她结婚，她说非谢商不嫁。父母没有办法，只好厚着脸皮去谢家。谢商没出面，叫人去医院送了个花篮。"

"是他辜负人家了吗？"

"没，他连人家的名字都不记得。"

温长龄第一反应是难以理解，又想了想，觉得好像也不奇怪，那个人可是谢商，连恶犬小黑见了都摇尾巴的谢商。

蒋尤尤用轻浮的口吻叫了温长龄一声"妹妹"，把她的思绪拉回来，语重心长地跟她说："这样的人才危险。"

是的。谢商很危险，这一点温长龄在莱利图就知道了。

蒋尤尤应该也是谢商那个圈子里的，就算不是，也是能接触到那个圈子的人。温长龄把蒋尤尤送上车，还拍了车牌号，然后回去找晏丛。

载着蒋尤尤的那辆绿皮出租已经驶过了红绿灯路口，在路口左转。巷子口站着一个人，盯着路口出租车驶离的方向。

"思行，这儿。"

谷易欢喊他。

他还是一动不动。谷易欢就过来了，也探头看了一眼："看什么呢？"

"没什么。"

关思行收回视线，往谢商那边走。他手里提着帆布袋，上面印着：第七物理研究院。

和一身图案夸张的朋克装的谷易欢不同，关思行白衣黑裤，衣服款式朴素，配的眼镜是无框的方形镜片。在这个浮躁的时代，少有人像他这样，身上有那么浓的书卷气。

快 11 点了，朱婆婆还没有睡，说花花不见了。

温长龄帮着找，找了一圈，发现花花趴在院墙上面，仰着脑袋，像在赏月。花花很通人性，平日里它一靠近院子后面的那株钩吻，温长龄就会把它拎开，对它摇头，几次之后，花花就明白了，那株植物不能靠近。

今晚不知为什么，花花竟窝在了爬着藤蔓的院墙上。温长龄搬来梯子放好，之后小心地爬上去，等高度能够着了，她半个身子趴在墙上，伸手去抓花花，还没碰到呢，就被发现了——"温长龄。"

她被隔壁邻居发现了。他应该是刚洗完澡，头发还是湿的。温长龄心想：要不要解释一下？他会不会误会她是偷窥他洗澡的采花贼？

"你在干吗？"

她解释道："抓猫。"她真的不是在偷窥。

花花突然纵身一跃，跳进了谢商的院子。

温长龄："……"

她觉得好烦。

谢商仰着头，在墙的下面，就那样饶有兴趣地看着她窘迫的样子："走正门。"

"哦。"

温长龄下了梯子，磨磨蹭蹭地从谢商家正门进去。

谢商跟个老年人似的，躺在院子里的那把竹椅上，旁边的椅子上点了一盘熏香。他无事可做，闲散得很，但也不过去帮忙，就看着温长龄埋着头，像个小偷一样束手束脚地满院子抓那只犹如吃了兴奋剂的猫。

温长龄根本放不开手脚，谢商的院子里种了好多她不认识的花草，看着就不是凡品。她抓着抓着，猫跑没影儿了。

她满头大汗，快要哭了。

谢商终于舍得开尊口了："别找了，丢不了。"

温长龄也确实不想找了，掸了掸裤子上沾的叶子，回头看了一眼谢商，把迈出去的脚又收回来。

"谢商。"

他"嗯"了一声。

她走近，借着光仔细看他的脸和脖子："你是不是过敏了？"

谢商别开脸："蚊子咬的。"

温长龄听得出来，他此刻非常非常烦躁。

温长龄特地绕过去，就盯着他的脸。不只脖子，他的额头上也有一个好大好红的……蚊子包。

荷塘街花花草草多，不用到5月就会有蚊子，而且蚊子很毒。

蚊子比小黑争气多了，终于让谢商见识了社会的险恶，温长龄突然没那么郁闷了。

"等我一下。"

她跑回自己的院子，管朱婆婆借了杵臼。

钩吻的藤蔓已经爬进了谢商的院子，她扶着墙踮脚摘了几片叶子，放进杵臼里捣碎，捣出绿色的汁水。

谢商一直在挠脖子，弄出了很多红色的痕迹。他头发未干，穿着没有任何图案的白色上衣，灯光、香气、他的眼睛，这些因素叠加，让他看上去有点儿香艳，像……事后。好吧，这个形容有点儿冒犯人，温长龄停止乱想。

"你刚刚要是帮着抓猫，不坐着不动，可能就不会被蚊子咬了。"温长龄一不小心把心里话讲出来了。

"怪我咯。"

心情不好的谢商，脑袋上有蚊子包的谢商，非常生动，他像胸口堵着一口气，很克制地把这口气撒在了温长龄身上。

温长龄选择沉默，继续捣药。

"这是什么植物？"谢商问。

"钩吻。"

"断肠草？"

温长龄诧异地看着他："你知道？"

钩吻这个名字太迷惑人，很少有人知道它的别名叫断肠草。

"听过。"谢商说，"断肠草不是有毒吗？"

温长龄点头，拿着杵臼上前，把椅子上的熏香放到地上，自己坐在椅子上，示意谢商靠近点儿。

他不动，眼睛牢牢地盯着他。

"温长龄，我只是没有帮你找猫。"

他的表情在说：温小姐，你要毒死我啊？

温小姐不生气，给谢先生科普。

"内服是有毒，但外敷可以拔毒止痒。"

谢商仍坐着不动，看着温长龄，目光专注。

那位非君不嫁的女孩儿是不是也被他这么注视过？他认真看别人的时候，确实能产生一种可以让人为他做任何事的蛊惑力。

"你不相信我吗？"

谢商终于低下头，把脸靠向温长龄："毁容了你要负责。"

她负不起。他这张脸如果买保险，保险金估计是天价。

手头上没有涂药的工具，温长龄只能用手。她很小心地蘸了一点点钩吻嫩叶捣出的汁水，点涂在谢商的额头上，动作很轻，轻到仿佛没有碰到他。

他垂着的眼睫毛偶尔会扇动。原来，他也可以乖乖的。

他左边脸上的蚊子包也被仔细地涂上了药，温长龄不忘嘱咐："涂药的地方如果用手碰了，一定要洗手。"

她的手很凉，很止痒。

被放在地上的熏香因为风，燃烧得很快，愈疮木的味道萦绕在四周，是淡雅清爽的木质香。这分明是让人凝神的香，谢商的思绪却难以集中，他缓缓地应了一声："嗯。"

温长龄迟疑了一下："脖子上要涂吗？"

谢商没说什么，直接仰起头，把脖子露出来。喉结凸起的弧度因为仰头的动作变得明显，两根纤细的颈骨从冷白的皮肤里凸出来，周边有被指甲挠出来的红痕。

温长龄蘸了药汁的指腹刚碰到他脖子上的红痕，他的喉结就动了一下。温长龄并没有注意。

谢商把脸侧向另一边："你为什么在院子里种断肠草？"

"因为荷塘街蚊子很多，用得上。"

光线不太好，温长龄不自觉地从椅子上站了起来，弯着腰给谢商涂药。她眼神干净，毫无杂念，因为低头的动作，眼镜稍稍滑落，谢商能看见她眼尾处那条眼皮线——弯弯的，微微上挑，纯真又倔强的样子。

"涂好了。"

温长龄往后退，拉开距离。

"谢谢。"谢商整理好衣领。

谢商的院子里有水池，温长龄借用了一下，把杵臼洗干净。

"我回去了。"她走了几步，回头，"谢商。"

谢商不小心踢到了地上的熏香盘，香灰沾了他一身，他没管，看着温长龄，在等她的后一句话。

"你如果不是想追那个女孩，不要用她的仙女棒点烟。"

谢商沉默了几秒，而后问："为什么？"

"她会心动。"

他突然笑了："我记住了。"

这两天降温了，天天刮风。

温长龄昨晚值了夜班，本来打算白天睡一上午，躺下后刚有点儿睡意，就因为没摘助听器，听见外面有人争吵。她听得出其中一个声音属于朱婆婆的女儿，吴浩敏。

温长龄换完衣服，起身出门。

"你还是个人吗？！"

吴浩敏在跟人吵架，情绪很激动。

她捂着女儿彤彤的耳朵，崩溃地冲着对方大吼："去我公司闹还不够，你还跑来我妈这里！"

跑来闹的那个是吴浩敏的前夫，名叫孙争。

孙争瘦瘦高高的，戴个眼镜："你要是不想我闹，就赶紧把钱还了。"

"彤彤的抚养费你一分钱没出过，还有脸找我要钱？"

孙争有脸，很有脸，硬气得很："为了娶你，我买房买车欠了一屁股债，结婚头几年你没工作，你妈做手术也都是我出的钱。你吃我的、花我的，把离婚协议一甩，就想拍拍屁股走人？"

吴浩敏气红了眼，忍无可忍："那分明是你赌博欠的债！"

孙争抱着手，一副不给钱就要没完没了的架势，绝口不提赌博的事，就死皮赖脸地要钱："你妈的手术费你也没还我。"

"你现在住的房子，装修都是我出的钱！"当初为了尽快离婚，除了彤彤的抚养权，吴浩敏什么都没要，完全是净身出户。

孙争见说不动，又换了副嘴脸，恶言威胁："你给不给？不给就别怪我把你的私照发出去。"

"孙争！"吴浩敏彻底崩溃了。

"你这个畜生！"她双手捂着彤彤的耳朵，眼泪滚下来，几乎是在求他，"你能不能放过我？！"

孙争手一摊："那就给钱啊。"

他就是个无底洞。指望一个家暴、出轨、赌博成性的男人有良心，还不如指望他出门被车撞死。吴浩敏甚至盘算过，要不干脆同归于尽算了。

朱婆婆出来了。

"妈，你怎么出来了？"

朱婆婆前阵子刚用美人葵染黑的头发又生出了白发："再不出来，你都要被这畜生生吞活剥了。"

"我自己能解决。"

母亲年事已高，吴浩敏不想她再为这些腌臜事操心。

朱婆婆没多说，过去把彤彤牵走，带到温长龄面前，嘱咐了一句："长龄，你帮我带彤彤出去玩一会儿。"

"好。"

温长龄牵着彤彤的手，带她出门。彤彤红着眼，一直回头看，走到门口后，就不愿意再走了。

温长龄蹲下来:"怎么了,彤彤?"

"我不想走。"彤彤红着眼眶,"我妈妈打不过他。"

彤彤亲眼见过,那个她称作"爸爸"的人,把她的妈妈按在地上打。

温长龄摸了摸小朋友的头:"有外婆在,他不敢。"

年轻的时候朱婆婆在荷塘街是出了名的厉害人物,而且街坊邻居都在,孙争不会讨到好。

温长龄小声问彤彤:"要不要姐姐帮你教训他?"

彤彤有点儿害怕,但还是鼓起了勇气问道:"可以吗?"

"可以。"很温柔的两个字,却充满了力量。

彤彤重重地点头:"姐姐,你帮我教训他。"

"好。"温长龄牵住彤彤的手,"那我们去玩吧。"

第三章
谢商的复仇剧本开始

一大一小，两个人都不太会认路，所以没有走远，就在附近几条街上玩。今天是周末，与荷塘街相隔千米的柳絮街很热闹。温长龄买了两串棉花糖，跟彤彤一人一串，边走边吃。

前面有家银行，银行的门口站着一个小孩儿，小孩儿在等她的妈妈，手里抱着一只小兔子公仔，小兔子公仔手里抱着一根胡萝卜。

彤彤被那只兔子公仔吸引了，看了好几眼。

"想要那个吗？"

彤彤懂事地摇头。

"你不想要啊，"温长龄吃了一口棉花糖，很甜，"可是姐姐想要。"

于是，她带着彤彤走进那家银行。银行大门口的右边铺了一块红毯，毯子上堆了很多礼品，有床上用品四件套、花生油、空气炸锅……还有抱着胡萝卜的兔子公仔。

旁边有工作人员，而且很巧，温长龄认得她，她去朱婆婆的店里修过手表。

温长龄过去询问："请问这个公仔可以卖给我们吗？"

见是熟人，工作人员非常友好："不好意思，女士，这是在我们银行存款送的奖品，不买卖的。"

"要存多少钱才能有这个？"

工作人员说："5万块就可以了。"

温长龄才想起来，她出门只带了手机，没带银行卡，也没带身份证。可彤彤很喜欢那个兔子公仔，自己要不要现在回去拿银行卡和身份证？温长龄正考虑着，隔壁自助取款的小房间里出了点儿意外。

"欸？这机子怎么回事？卡上的钱扣了，现金却不出来。"

"我这台也是，把我的钱吞了。"

两位取款客户遇到了一样的问题，一起急吼吼地冲到大厅里。

刘客户人高马大嗓门儿亮："你们银行怎么回事？故意吞我们钱是吧？"

赵客户情绪也非常激动："难怪我总觉得卡里少了钱，肯定是你们偷摸扣了！"

工作人员立马过去沟通、交涉，发现机子确实有问题。

工作人员先安抚客户："应该是操作系统出现了问题，我已经联系了技术人员，请两位先生稍等。"

事关金钱，是大事。两位客户在大堂里骂骂咧咧，原本等待存钱的客户这下也不敢存了。事情发生没多久，行长来了，技术员也来了。

技术员一顿操作，系统问题依旧没得到解决，不光取款机，柜台那边的操作系统也出了问题。这下乱套了，本来存钱的客户现在都吵着要取钱。"再不取，钱就要被银行吞了！"不知是谁这样喊。

行长极力解释，但大厅里声音太多，他的保证收效甚微。

这时——

"那个……"

一大一小两个人从人群里挤出来，挤到行长跟前，她们两个人各拿一串棉花糖，一串红的，一串绿的。

"我会修系统，可以试试吗？"

温长龄就是想要那个兔子公仔。

行长怀疑地看向她："你会？"

温长龄不敢打包票，把棉花糖给彤彤拿着："你们可以让技术员全程在旁边盯着，我不会做别的事情。如果还是不放心，你们也可以录像。"

按照规定，这样做是不行的，外部人员不能操作银行的内部电脑。认识温长龄的那位工作人员走到行长身边，告知了行长温长龄的住址，以表明温长龄是这附近的住户，应该不是商业间谍或者网络骗子之类的。

情况紧急，行长也只好冒险，死马当活马医了。他像煞有介事地大声宣布了一下，好让所有人都听到："我们的技术顾问来了，大家不要急，问题马上就能解决！"

突然就当上了技术顾问的温长龄："……"

行长亲自把温长龄带到内部机房，亲自安排人将温长龄的脸录入人脸识别系统，甚至谨慎到还录了彤彤的脸。然后他给技术员使个眼色，意思是盯紧点儿。

彤彤坐在旁边的椅子上吃着棉花糖。

温长龄熟练地操作着电脑。知道银行的系统涉及金钱，她很小心，每操作完一步就会停下来，主动等银行的技术员查验，待他确认了，她才进行下一步。

大概过了一刻钟。

"好了。"

技术员立刻过去查看。

温长龄在旁边解释道："是电脑兼容性的问题，你们的防御系统也有点儿问题，不过都已经修复了。"

技术员做完测试，对行长说："没问题了。"

行长看温长龄的眼神一下子就变了，他连敬辞都用上了："您是做这一行的？"

"不是。"温长龄说出了自己的目的，"能给我一个兔子公仔吗？"她有点儿抱歉地说，"我没有带银行卡和身份证，存不了5万块。"

最后行长大方地给了温长龄四个公仔，她和彤彤一人抱两个。彤彤很高兴，温长龄也很高兴。

温长龄还带彤彤去坐了旋转木马，吃了冰激凌跟糖葫芦，快吃午饭的时候才回家。路过林奶奶院子的时候，她看见谢商在里面，在画灯笼。

温长龄听说了，屋檐上挂的灯笼已经一年多了，政府一直致力于有特色街道的城市建设，要把旧灯笼换新。荷塘街的林奶奶就是做手工灯笼的，这制作新灯笼的活计政府特地给了林奶奶，算是变相给孤寡老人补贴。

林奶奶的院子在温长龄隔壁的隔壁，和谢商的当铺相邻。

陶姐搬着一箱菠萝路过，跟温长龄闲扯了一句："这谢老板还挺多才多艺的。"

灯笼上要画水彩，谢商正在描图，温长龄远远地看过去，他应该是在画兔子。温长龄心想：当铺的生意真的好差啊，谢老板也太闲了。

温长龄带彤彤回到家里时，孙争已经走了。

吴浩敏在朱婆婆这里住了两晚。第三天上午，吴浩敏接到一个电话，是警局打来的，她挂了电话后匆匆出了门。

吴浩敏到晚上才回来，和母亲打完招呼，就去敲了温长龄的门。

"睡了吗？"

温长龄说："没有。"

"我进去了。"

"好。"

吴浩敏推门进去。她是第一次来温长龄的卧室。这后面两层楼都是温长龄在用，朱婆婆和吴浩敏很少过来，温长龄住在一楼靠东边的那间屋子。

房间里摆设很简单，不像女孩子的卧室，连梳妆台都没有，只有书桌、书柜和衣柜，唯一有点儿少女气的就是床上那两只银行行长送的粉色兔子公仔。

"彤彤也有两个，是你送的吧。"

温长龄不居功："是银行的行长送的。"她坐在床上，应该洗过澡了，穿着素净的睡衣。

吴浩敏拉了一把椅子坐下："孙争自己去警局自首了，承认他用我的照片威胁、勒索我。"

"哦。"温长龄听完表现得很平静。

"孙争还受了伤，是被人抬进警局的，好像是车祸。"吴浩敏甚至想过，是不是她的祈祷成真了,那个畜生真被车撞了。

"哦。"温长龄只是听着。

"彤彤说,是姐姐帮了她。"吴浩敏问得很直接,"长龄,是你吗?"

温长龄没有一点点迟疑,很爽快地认了:"是我。"

"你给了他钱?"吴浩敏想不出来温长龄一个弱女子还能用什么办法让孙争那样的无赖主动去自首。

"没有,就想了个很粗暴的法子。"温长龄坐在那儿,文文静静的,"我在他的车上装了刹车控制器,孙争很孬,被吓尿了裤子。车撞墙后,我把要求写在了他车里的液晶屏上,他以为是自己中了邪,被鬼盯上了。"这世上没有鬼,但有人心虚。

吴浩敏听得半懂不懂:"什么是刹车控制器?"

"我自己做的一个小东西,没有多少技术含量。"温长龄把兔子公仔上的胡萝卜取下来,拿在手里玩,"不过那东西只能吓吓孙争那种只敢窝里横的软蛋。"吓吓就可以了,安装的时候她留了分寸,不会伤人性命。

"你还会做那种东西?"那东西听着就很难做。

温长龄点头,并没有炫耀的成分,只是平静地陈述一个事实:"我以前读书的时候成绩很好。"

吴浩敏感觉重新认识她了:"你看着挺乖的。"

温长龄没有接话。她不乖,从来都不。

"长龄,你为什么会来荷塘街?你的家人呢?"

温长龄垂着头:"我没有家人了。"

那一瞬间,吴浩敏在温长龄的身上感觉到了让人毛骨悚然的阴郁感,那是一种很矛盾的、纯真与邪恶并存的感觉。吴浩敏没有继续追问,只是再三嘱咐她,刹车控制器这件事不能和任何人说。

朱婆婆应该也知道了孙争的事,没说什么,就炖了一锅牛骨汤,把肉多的骨头都搛给了温长龄,还给她煮了一碗糖水土鸡蛋。

周一,温长龄上白班。

帝宏医院的肿瘤科是大科,被细分成肿瘤内科、肿瘤放射治疗科、肿瘤外科。温长龄所在的关怀病房被划分在肿瘤外科,肿瘤外科有两位护士长。

屠启珍护士长一直都很照顾温长龄,觉得她话少、做事仔细、有责任心。屠启珍不止一次公开表扬温长龄。

医院里关于温长龄和晏丛的小道儿消息屠启珍没少听说,每次听到,她都替温长龄生气。他们要是传两个人在谈恋爱也就算了,总是传温长龄抱大腿之类的,甚至还有更难听的,而这么传不是因为谁真的看到了什么,仅仅是因为两个当事人的家境和经济条件不对等。

下午,屠启珍趁着闲暇,把温长龄叫到一边,和她说私话。

"长龄,明天下班了有时间吗?"

"有的。"

温长龄平日里没什么娱乐,也不社交,下班了有大把的时间。

屠启珍就不绕弯子了:"我有个同学,她表弟在律所上班,各方面条件都不错,长得也还可以,父母都是公务员,家里有房有车,你要不要去见见?"

哦,相亲啊。

温长龄不太想相亲:"不了。"

"见见嘛,反正也没什么坏处。见完了你要是不满意,就回来跟我说,我去帮你拒绝。"

温长龄把头摇成拨浪鼓。

"你就当给我个面子,一起吃个饭,好吗?"

屠启珍很会软磨硬泡,见实在盛情难却,温长龄只好答应了:"好吧。"

"那我来约。"

温长龄交接完班时,刚过下午5点。朱婆婆打来电话,让温长龄回家吃晚饭,说做了红烧排骨和清蒸鱼。

这次的司机师傅又不熟悉路,停车的地方不是温长龄常走的那个路口。她兜兜转转,绕了不少路,到家时天已经快黑了。

如意当铺外面的灯笼亮了。今天气温高,谢商正在给门口那盆被晒得蔫头耷脑的丝兰浇水。他抽出空,瞧了一眼绕路绕得灰头土脸的温长龄。

"又迷路了?"

温长龄是有点儿倔强在身上的:"没有。"

谢商把浇花壶随手放在一旁,起身,站在檐下:"下次再找不到路,你抬头看灯笼。"

温长龄抬头,才发现街上的灯笼已经都换新了,如意当铺挂的是兔子灯笼,朱婆婆的钟表店也挂的是兔子灯笼。这些灯笼都用彩墨描了色,画得很精致,应该就是前几日谢商帮着林奶奶画的。

"你跟着画兔子的灯笼走,就不会迷路。"

荷塘街前前后后几条街几条巷都挂上了新灯笼,灯笼上面都画了小动物。谢商不如不要开当铺,做个画师算了。

温长龄走近一点儿。谢商很高,她要抬着下巴看他:"你是不是什么都会啊?"

他会点香,会弹筝,会打碟,还会画灯笼。

"也不是。"

温长龄觉得他太谦虚了。

他告诉了温长龄一个很少有人知道的他的小秘密:"我不怎么会用筷子。"他站在丝兰的旁边,郎艳独绝,如芝兰玉树,"上次你点的酸豆角切得太碎了,我根本攥不起来。"

怪不得那碟酸豆角他没有动一下筷子。

温长龄笑了。屋檐下的灯笼把光摇进了谢商的眼睛里,他的眼睛明亮得像星星。温长龄不爱笑,至少在他面前不爱笑。

次日,气温持续升高。谢商回了花间堂谢家。他成年之后就搬了出去,不经常来这边。

见他回来,玫姨都露出了笑脸:"四哥儿回来了。"

玫姨是谢老夫人的远房亲戚,在谢家工作已经有三十多个年头了。谢商是她看着长大的,她习惯喊他"四哥儿",谢老夫人在世的时候也经常这么喊。

谢商把从周记带回来的蛋黄酥给了玫姨,这是她爱吃的。

"怎么还带吃的回来?"玫姨嘴上这么说,心里是十分欢喜的。她先去盥洗房拿了消毒毛巾给谢商擦手,然后才朝客厅喊道:"老先生、大先生,四哥儿来了。"

谢商的爷爷谢景先先生有三儿一女,谢商的父亲谢良姜是长子。谢良姜看着像位儒商,身上的西装裁剪妥帖,做工考究,金丝编织的领针被端端正正地别在衬衫第一颗与第二颗纽扣之间的位置上。

"留下吃饭吧。"

他只说了这么一句,然后继续看他的新闻。

谢商答:"还有事。"

父子间很生疏,几乎没有交流。谢良姜和谢商的母亲苏南枝女士在十年前就离婚了,不过这不是他们父子关系生疏的原因,谢商从小就和谢良姜不亲近,和小叔谢清泽关系最好。

谢景先在一楼书房旁边的房间里。谢商敲了门,第一下轻,后面两下重,然后他退后,等里面的人回应。这是敲门的礼仪。

"进来。"

谢商推门进去。这间房以前是谢清泽的房间,现在里面被搬空了,只有遗像。

谢景先有四分之一的西方血统,虹膜的颜色偏金黄。到了谢商这一辈,只有他的虹膜有几分像谢景先。

"我就知道你今天会来。"谢景先年过古稀,头发灰白,站在遗像前,"每年的今天你都来。"

今天是谢清泽的生日。

谢商上前,倒茶,点香,躬身作揖:"爷爷,您还记得小叔的样子吗?"

除了这张因为年岁久远有些失真的遗像,家里没有摆放谢清泽的其他照片——他生前不爱拍照。

"季甫,人要向前看。"

谢景先这样劝,好多人这样劝。

谢清泽已经去世七年了,整个谢家好像只有谢商还没放下,只有他还记得花都风镇,还记得那个温家女。

从房间出来后,谢商没停留,直接离开。

"谢商。"谢良姜叫住他。

谢商的母亲苏女士和外婆翟女士喜欢喊谢商"星星",老爷子叫他"季甫",玫姨和司机仲叔都叫他"四哥儿",二叔喊他"小商",而谢良姜,喜欢连名带姓地叫他。

要不是会被骂大逆不道,谢商也挺想连名带姓地叫谢良姜。父子两个其实也没什么深仇大恨,就是磁场不合、三观不合、处事不合,哪里都不合。谢商小时候是左撇子,谢良姜非让他改,行吧,谢商改用右手了,不会使筷子了。

"你也不小了,该做点儿正经事了。"谢良姜端坐着,尽管在仰视谢商,但他身为上位者的从容一点儿都没有减损。

谢商礼貌是做足了的:"您指的是……?"

"来律所帮我。"

开当铺不正经,调香、司香不正经,就只有他谢良姜的事业正经。

谢商好声好气地提醒:"父亲,我要是去了律所,您就得退休了。"

谢良姜沉默了。

谢商没有留下来吃饭——他有约了,在林生小院。林生小院的老板就叫林生,小院经营茶馆,也有杂耍、说书、戏曲。林老板是个人才,生意做得红火。茶馆一共有五层楼,二楼是茶室。

二楼的经理姓景。

今天有贵客,由景经理亲自招待。他领着店里弹曲弹得最好的姑娘去雅间,进去之前特地嘱咐:"别再跟昨天似的,板着个脸。"

这姑娘叫宁素,是音乐学院的,相貌好,身段好,弹得也好,就是性子太清高。

"我是弹曲的,又不是卖笑的。"

听姑娘的语气,她有点儿瞧不上这份兼职。因为喜欢摆冷脸,她已经被投诉了两回。

景经理也不惯着她,话说得直戳肺管子:"你还别不爱听,大部分客人听不懂你的曲子。"景经理把话撂这儿了,"这钱你可以不赚,但若你还想赚,就别把下巴抬得太高。"

宁素被说得脸色不好看,但也没反驳。她需要这份兼职,林生小院给的钱多。

"进去吧,这房间里面是贵客,说话、弹琴都小心点儿。"

宁素推门进去,最先入目的是国画屏风。她从屏风的右边进,这是茶室的规矩,客人的茶桌在左侧,中间隔着珠帘。

宁素拂了拂旗袍的下摆,落座后直接开始弹曲,从头到尾没有抬一次头。她并不关注客人,也希望客人不要关注她,那种借着聊曲来撩拨的人,她见过太多了。一曲过半,有客进来。

"谢总,不好意思,让您久等了。"

一前一后进来两位男士,说话的那位姓何,是华地集团的董事之一。

谢商斟了两杯茶,七分满:"是我来早了。"

熟悉谢商的人都知道,他最讨厌等人,所以赴约都会早到,但不等人。

何董主动介绍跟他一起来的那位:"谢总,这是我们公司的法务小李。之前的合同有哪里不满意您直说，正好小李在，改起来也方便。"

小李跟着叫了句"谢总"，把纸质的合同文件放到桌子上。

谢商用杯盖撇了撇漂在水面上的茶叶，然后放下，一半的盖子压在了文件上。他并没有翻开文件的意思："哪里都不满意。"

何董的心脏都提起来了："这……"

"先把商场代言人换了吧。"

代言人不是您亲戚吗？

何董搞不懂了："这……"莫非是什么弦外之音？

"换不了？"谢商抬眸。

"换。"何董毫不犹豫，"换！"

"您怎么不坐？"

何董立马坐下。

谢商将茶杯轻推过去："这份合同作废，重新拟好的合同我会让人给您送过去。"

何董试探道："您来拟？"

"不然您来？"

谢商句句是敬辞，句句和风细雨，眉眼毫无戾气，优雅和善。

何董的心脏七上八下的："不了不了，您是律师出身，当然还是您来。"

谢商是午渡的高级调香师。华地百货去年最畅销的高奢香水就是出自谢商之手。谢商的入驻合约今年到期，董事会给何董下了死命令，一定要续约成功，只要是在可退让的范围内，谢商提什么要求，何董都无条件同意。

正事算是谈完了，何董把摆盘精致的绿豆千层酥推到谢商面前："这是这里的特色点心，谢总，您尝尝。"

小院的雅间是何董约的，茶和茶点也是他提前点的，挑的都是最好的东西。谢商只浅尝了一口，就放下了。

何董尴尬地干喝茶，心里直抱怨：这人的嘴真挑。

"这曲子弹得不错。"谢商随口夸了一句。

何董很识趣，立马起身，走到珠帘前，主动掀开帘子。何董不是第一次约人来林生小院谈生意，夸曲子弹得好的男人，十个有九个是想瞧姑娘的脸。

珠帘被掀起，宁素猛然抬头，在看到谢商的那一瞬间，她弹错了两个音。

公子只应见画，此中我独知津。

林生小院的一楼有先生说书，说的是《镜花缘》。

"你居然听不见？！"

齐女士用离了大谱儿的表情看着温长龄，满脸嫌弃。齐女士是温长龄的相亲对象陶俊先生的母亲。

"搞什么，是残疾人也不提前说，这不是耍我们吗？"齐女士盯着温长龄左耳的助听器，说话的声音丝毫没有收着。

可能她觉得温长龄是聋子吧。

温长龄提醒齐女士："我听得见。"不要那么大声说话，毕竟是公共场合。

"那你也不是正常人，正常人谁耳朵上戴那玩意儿？"齐女士非常气愤，提着包起身："走走走，浪费时间。"

陶俊拉了拉齐女士，声音挺小："妈，来都来了。"

他用余光打量温长龄。除了耳朵，他其实对她挺满意的，他喜欢这种看着乖乖巧巧、文文静静的女孩子。齐女士只好坐回去，开始仔细地盘问："你这病会不会遗传？"

温长龄回答："不会。"

"做过检查吗？谁知道会不会？"

温长龄还是那句："不会。"

齐女士不耐烦了，语气很冲："到底做没做过检查？"

温长龄已经不想回答了，甚至不想再待下去。可是她这样走人的话，护士长会不会被为难？

算了，王八念经，不听不听。她这样告诉自己。

"我听说你不是本地人，那应该没有本地户口。房子也没有吧，你们护士的工资就那么点儿。我家俊俊已经买房了，在北城最大的律所上班，KE律所你听说过吧，一年年薪有这么多！"齐女士用手比了个数字，显然对自己的儿子非常满意，"想跟他谈朋友的女孩子不知道有多少，你这条件也太差了，根本不相配。"

是啊，估计要仙女才配得上他。

"我家俊俊……"此处省略5000字，大致内容是把俊俊先生从小到大夸了一遍，连幼儿园拿了几朵小红花都没有遗漏。总而言之，她家俊俊优秀得天上有地上没，虽然很多女孩子想高攀，但都配不上。

温长龄怕齐女士说得口干，贴心地给她添了茶，然后放下茶壶："不好意思，我去一趟洗手间。"

温长龄拿了包，起身，一不小心，包包的边缘碰到了齐女士的茶杯。她刚添满的茶是热的。

齐女士"啊"了一声，被烫得差点儿没跳起来，手忙脚乱地掸着裙子上的茶水："你怎么回事？！这么毛手毛脚！"

"对不起，对不起。"温长龄赶紧抽纸给齐女士擦，边擦边表情内疚地道歉，惹得四周的客人都看过来。

齐女士不想丢脸，只好熄火："算了算了，我自己擦。"

二楼看戏的谢商笑了。这姑娘，是把软刀子。

"先生。"说话的是弹曲的那位。

她走到谢商旁边："我明天还在这里弹奏，先生还来吗？"

她在这里工作了几个月，见过了形形色色的人，当中也有不少有权势有地位的人，只有他不一样。他是真的在认真听曲，也是真的不关心弹曲的人，所以帘子被掀开的那一瞬间，他第一眼看的是古筝的弦，在她弹错了之后，他才抬起头，露出可惜的神情。

他可惜的是那架古筝。

"不来。"

"先生不喜欢我弹的曲吗？"

谢商摇头，笑了笑，很温柔地说："不喜欢弹曲的人。"

宁素的脸瞬间涨红了。谢商不再进行无趣的对话，继续看戏。

温长龄已经回到桌边了。

"你处过男朋友吗？处过几个？"齐女士说的虽然是问句，但并不给人回答的余地，"没和正常人处过吧，一般家庭的父母怎么会同意自己的儿子跟残疾人处朋友？"

温长龄低头喝茶。不听不听，王八念经。

"我们家虽然开明，但也不是什么普通人家，你耳朵不好，要是以后真跟我儿子在一起了，婚前检查一定得做。生了小孩不能你带，必须我们来带，还有……"

齐女士的话被人打断了。

"糖蒸酥酪，七巧灯盏糕，八宝水晶冻，白玉如意酥。"来人是林生小院一楼的负责人陈经理，他亲自过来上茶点，"请慢用。"

这四道都是小院的招牌点心，价格不菲，连装盘用的碟子都是景窑烧制的上等瓷器。

齐女士非常警惕，以为这是强制消费："我们没点这些东西。"

陈经理看向温长龄："这是谢先生点给温小姐的。"

"谁？"

陈经理没有回答齐女士的问题，对温长龄点头示意后就走了。

齐女士不悦地质问温长龄："谁是谢先生？"

温长龄下意识地抬头，环顾四周："我的邻居。"

"你们是什么关系？他还给你点茶点。"

林生小院太大了，温长龄没有看到谢商，她心不在焉地回答齐女士："邻里关系。"

齐女士想发作，但没有合适的由头。她把茶点全都推到自己儿子面前，才继续刚刚的话："以后你要是和我家俊俊结婚了，就把工作辞了，反正你的工资也没有多少，护士这行要值夜班，你上班不好照顾俊俊。我们家都是男主外女主内，俊俊是律师，不能做家务，家里的事要你来做。俊俊胃不好，每天要吃四餐。他的衣服不能用洗衣机，必须手洗。早上6点要给他烫衬衫，晚上……"

齐女士正说到要紧处，陈经理又来了。

"晚甘霖，漏南春。"这次是两壶茶。

齐女士再次被打搅，顿时火气上头："又是那位谢先生送的？"

陈经理微笑，情绪稳定："是的。谢先生说晚甘霖和七巧灯盏糕很配，漏南春和糖蒸酥酪更搭，什么样的茶就应该配什么样的点心，不然就是焚琴煮鹤，牛嚼牡丹。"陈经理慈父一般看着温长龄："温小姐可以尝尝。"

温小姐还没说话，齐女士一拍桌子站起来："你说谁是牛？"

陈经理表情很无辜："我有说谁是牛吗？"

"你……"

很多人在看这里，陶俊拉住齐女士。齐女士忍着火气坐下，狠狠地瞪着温长龄："那位谢先生什么意思？你跟他到底什么关系？跟别的男人不清不楚怎么还好意思来相亲？"

陈经理还没走呢。

"温小姐，"陈经理还有句话要转达，"谢先生说他不赶时间，您和朋友可以慢慢聊，他在外面等您一起回去。"

温长龄望向门口，没看见谢商。

"不聊了。"她不想再待了，指了指被齐女士推到陶俊面前的四碟点心，"这些可以帮我打包吗？"

"可以的。"

陈经理叫人送来打包盒。

温长龄拿起包，转身时，包带钩住了茶壶。

热茶洒出，齐女士"啊"了一声。

她的两条腿都湿了，这下对称了。

温长龄感到很抱歉："对不起啊。"她露出可惜的神情，对陈经理说："茶就不打包了。"

晚甘霖全洒了，齐女士的裙子上全是茶色，她气得简直要跳起来，但腿疼得一时起不来，眼神恨不得吃了温长龄。

"你故意的！"

温长龄很老实："是的。"

"你……"

齐女士扶着后颈，眼白外翻，好像要昏过去。陶俊赶紧给齐女士拍背顺气。

茶点已经打包好了，温长龄将茶点提在手上，向陈经理道谢，走之前还有句话要说："陶先生，我真诚地建议你，下次相亲不要带着你的母亲。她的面相，"她看了一眼富态的齐女士，然后用一本正经的、神秘兮兮的语气说，"会影响你的桃花运和财运。"

齐女士气得七窍生烟："你这个小贱……"

温长龄把助听器拿下来，然后全世界都安静了。

齐女士在后面不停地骂骂咧咧。

温长龄走出大门。

谢商的车停在街对面，他站在车门旁边。北城的5月，天说变就变，乌云笼罩，天边阴沉沉的，大风刮过，把谢商的头发吹得有点儿乱。满大街找不到第二个白金发色的人，好多人在看他。他抬起头，看见了温长龄。

"走吧。"

温长龄会唇语。

"好。"

小院里的说书先生从《镜花缘》说到了《恒女传》。《恒女传》讲的是一个状元郎被孤女骗得丢官身死的故事。

齐女士气不过，还要追出去骂。

陶俊从玻璃窗里看到了一个熟悉的身影，问陈经理："请问谢先生是哪个谢？"

陈经理是个人精："花间堂谢家。"

KE律所创始人那个谢。

"妈，别骂了。"

齐女士还在骂："你还护着她？你是不是信那小贱蹄子的话了？"

"谢先生是我律所老板的公子。"陶俊有幸见过谢商一次。

齐女士顿时眼前一黑。

应该是要下雨了，天色很暗。街道两边的银杏树被风吹得腰肢乱颤。

车开得很慢，温长龄坐在副驾驶座上，假装调整安全带，适时地转头。

"看我做什么？"

小动作被发现了。温长龄光明正大地看："我没见过你戴眼镜。"

谢商看着前面的路："我眼镜度数不高，偶尔会戴。"

他戴的是那种很平常的眼镜，镜片很薄，无框。谢商的脸其实很适合戴眼镜，因为五官周正。他戴上眼镜后，有点儿像旧时的文人英杰，偶尔桥头煮茶，偶尔凭栏抽烟，既有清名，也有傲骨。

他这皮相、骨相，真的可以随便折腾。温长龄不是个沉迷美色的，满足完了好奇心就不看了，打开打包糕点的盒子，言归正传："谢谢你刚才帮我解围。"

路口绿灯转红灯，车子停下来。

谢商转头看她："温长龄。"

"嗯？"

温长龄一口七巧灯盏糕还没咽下去。

"你很着急谈恋爱吗？"

谢商问得很突然，她有点儿被噎到。

车上有水，谢商拧开盖子后将水递给她，又把纸巾放到她伸手能够到的地方，也不催她回答，等她喝完水，等她吃完那块七巧灯盏糕，才又看向她，目光不偏不斜，是在等她回答的意思。

绿灯亮了，后面的车在按喇叭催促。

温长龄抽了张纸擦了擦手："没有很着急。"

"既然不急，那慢慢挑。"

谢商这才重新挂挡，启动车子。

后面他就没怎么说话。温长龄也不主动找话题，就那么安静地、无聊地看着手里的矿泉水瓶子，瓶身上面印的是外文。

这水很贵，温长龄知道，但是即便是这么贵的水，和七巧灯盏糕仍是不搭。七巧灯盏糕太甜，还是和带一点点苦的晚甘霖更配。

因为风很大，谢商开车很慢，路上还有点儿堵车，平日40分钟的车程这次用了将近一个小时。可能要下暴雨了，天黑得像要塌下来。

温长龄刚下车，一股风迎面吹过来，她的眼睛瞬间被刺痛。

谢商把车锁好，见她还站着不动："怎么了？"

"沙子进眼睛里了。"

两只眼睛都睁不开，温长龄下意识地用手揉。

"不要用手揉。"

谢商拉住她的袖子，将她的手"拎开"。

"睁得开吗？"

她摇头，眼睛很难受，眼皮一直在动。她几次尝试睁开眼，都因为刺痛放弃了，睫毛被沁出来的眼泪沾湿。她仰着头，因为看不见路，也不敢动，摸瞎似的去找谢商的车扶着，样子有点儿好笑，还有点儿可怜。

"睁不开就别睁了，闭着吧。"

谢商握住她的手臂，隔着衣服，也没有握实："跟着我走。"

温长龄慢半拍地"哦"了一声，然后小心翼翼地跟着谢商。他其实走得很慢，但她因为看不见，脚下踩得没有安全感，总怕摔着，忍不住用另一只没被握住的手去摸。

她摸得还是挺准的，一下子抓住了谢商后腰的衣服，然后就拽住不放。

谢商回头看了一眼，没说什么。依照温长龄几乎等于没有的方向感，她觉得他们好像在往朱婆婆家走。

"前面门槛，抬脚。"

"哦。"

她果然没有方向感，他们是在往如意当铺走。

温长龄把脚抬得高高的，有点儿滑稽地跨过门槛。谢商这边的小院和朱婆婆家的差不多，都有一扇侧门，穿过小道，能直接进院子里。

"在这儿等着。"

谢商把她的手放在石桌上，好让她有扶的地方。

然后他走了。温长龄摸到椅子，坐下来，开始使劲儿眨眼。她眼睛里进的估计是细碎的沙粒，光靠眨眼弄不出来。

脚步声过来，有人靠近，存在感极强的气息一下子笼罩下来。地上两个人影，一个坐着，一个弯着腰，两张脸越靠越近。

"温长龄，抬一下头。"谢商声音很温柔，像在同小孩子说话，他跟彤彤说话就是这个语气。

温长龄闭着眼睛，仰起下巴。

"可以摘下你的眼镜吗？"

温长龄犹豫了一下，点头："可以。"然后，她感觉到谢商的手指碰到了她的耳朵，轻轻的，有微微凉的温度。他好像洗过手了，她闻到了洗手液的味道。

眼镜被摘下后，被放在石桌上。温长龄什么也看不见，嗅觉在这一刻变得格外灵敏，四周铺天盖地全是谢商的气息，温润好闻，却带着他独有的、极强的侵略性。她感觉到眼角附近有冰冰凉凉的液体流动，慢慢渗入眼角。

"眼药水吗？"

"嗯。"

谢商动作很小心，耐心地、一点儿一点儿地给她滴眼药水。因为她不敢睁眼，所以眼药水流出来的多，滴进去的少，滴眼药水花的时间就长了。他也没有不耐烦，一直弯着腰。

等眼眶不那么烫了，温长龄配合地尝试睁开眯紧的眼睛，尽管很艰难。药水这才顺利地滴进去了一些，里面不知道是不是有薄荷，凉凉的，眼睛的刺痛感慢慢得到了缓解。

谢商把眼药水盖好："可以了，睁眼。"

温长龄缓缓地睁开眼睛，药水混着眼泪，在睫毛扇动的那一瞬间，成串地落下。她仰着脸，没有眼镜的遮挡，整张脸露出来，谢商一时出了神。在目光对上的那一刻，两个人的磁场近距离相撞，他有种莫名其妙的不适感，像被蚂蚁啃咬。

怪不得她要戴眼镜。她的眼睛里像住着一只妖精，一只不谙世事、只知道遵循邪恶本性的妖，会毫不掩饰地、直勾勾地诱惑人，清纯而魅惑。

"你的眼睛很漂亮。"漂亮到像真的会下蛊。

谢商想起那位 VIP 客人讲的故事。"香城有个美称，叫花都。花都凤镇有一户姓温的人家，那家的女儿都随母姓，姓温。她们从祖辈开始就避世而居，很少同人往来。听说她们会下蛊，那种能让男人神魂颠倒的蛊。被下蛊的男人都不会有好下场，不是死于非命，就是殉情或出家，迄今为止，无一例外。"

"我这里只有死当。"

VIP 客人是有备而来："我知道。"

谢商收了玉镯："你想要什么当金？"

她说了一个名字："温长龄。"她的眼里有强烈的恨意，她说，"我要她求而不得，痛不欲生。"

谢商接了这单典当生意，甚至亲自实施。他想看一看温家女到底是不是真的会下蛊，如果不是，他小叔谢清泽又到底中了什么邪。还在世时，谢清泽跟谢商关系最好，谢清泽对谢商来说亦师、亦友、亦父。谢商不喜欢谢家，但很喜欢谢清泽。

香城有花都的美称，七年前，谢清泽慕名而去，迷上了凤镇的采茶女温沅，爱得一发不可收拾。温沅当时有儿有女，谢景先当然不会同意，数次催促谢清泽归家，谢清泽却一心扑在爱人身上。在一个雷雨天，他本是出去寻温沅晚归的女儿，然后再也没有回来。

那一年谢清泽才33岁，无妻无子，尸骨不全，他的魂永远地留在了花都风镇。都说温家女会下蛊，爱上她们的男人没一个有好下场，早死惨死的一大把。

温沅很爱自己的女儿，为她取名长龄，盼她长寿。

温家女会下蛊是吗？被蛊惑，深爱，爱而不得，痛不欲生，这是谢商给温长龄准备的剧本。

"你的眼睛很漂亮。"

温长龄回了一句"谢谢"，谢谢他的夸奖，也谢谢他的眼药水。

次日，温长龄上夜班。晚上整个科室都很安静，不怎么忙。

"护士长。"

屠启珍应了一声，放下手头的事。

温长龄过来："昨天的事……"

"我已经听说了。"

应该是齐女士告状了，温长龄刚想表达一下歉意。

屠启珍问她："你昨天跟那对母子聊了多久？"

"十几分钟。"

"你耐心真好。早上我接到齐女士的电话，听了不到三分钟，火气就涌到了这儿。"屠启珍比了一下自己的脑门儿，火气很大的样子，"不知道那位齐女士哪儿来的优越感，好像全世界的女人加起来都配不上她的宝贝儿子俊俊，说话一点儿口德都没有，还好意思来告状。怪我，怪我，相信了我那同学的鬼话，还以为那真是什么青年才俊律师精英。"吐槽完，她问温长龄，"没吃亏吧？"

温长龄摇头："没吃亏。"

"那就好。不管他们母子说了什么，赶紧统统忘掉。"不用想也知道那位齐女士的狗嘴里吐不出象牙，屠启珍很自责，"下次我再给你介绍真正的青年才俊，一定不让你吃亏，我亲自把关。"

屠启珍就想给温长龄挑个好的，不仅要家世好，还要人品好。

"我不着急谈恋爱，"温长龄腼腆地说，"我要慢慢挑。"

屠启珍顺着话问："那你喜欢什么样的？"

温长龄想了一下："乖的。"

不止如此——

"要很乖。"

这个回答令屠启珍很吃惊。屠启珍以为温长龄会喜欢那种在性格上凌驾于她的，毕竟温长龄那么温顺，没想到她的喜好跟她平时表现出来的性格有这么大的反差。

夜班结束之后，温长龄休息了两个白天。周五中午，佳慧给温长龄打电话，邀她去聚餐。

晚上的局是谷易欢组的，他一个半吊子酒吧歌手，人菜瘾大，隔三岔五就把人约出来，在 KTV 开"个人演唱会"。十次谢商能来个一两次。谷易欢唱歌有瘾，就他一个人在唱，一副调都不准的烟嗓，偏偏喜欢唱情歌，歌越酸他越爱，鬼哭狼嚎，撕心裂肺的。

就这样的环境，关思行还能开着电脑推演物理公式。关思行这人，脑子里只有物理。他小时候因为太沉迷物理，不跟人交流，被人以为得了自闭症。关老爷子为了改改他的性子，特地把他送去了花间堂的谷家。谷家和关家是姻亲，谷易欢打小就多动，关老爷子想着一静一动的俩小孩能互补，可互补了十几年了，静的还是太静，动的还是太动，两个人的磁场不是很合。

不过，他们跟谢商都挺合的。谢商在走神儿，而且这个状态持续很久了。贺冬洲认识他十几年，看一眼就知道他有心事。

"你在想谁？"

温长龄。指间的烟早就燃成了灰烬，谢商这才把烟头摁进烟灰缸里。他在想温长龄，想早上她蹲在门口的样子。

她一个人，抱着双膝，蹲在门口，低着头，安安静静地盯着地面，身体一动不动，像一块没有灵魂的木头。

谢商路过那里："在看什么？"

她没有抬头："蚂蚁搬家。"

因为要下雨，蚂蚁要找新家。好多只蚂蚁，成群结队，排成长长的一列。

"好羡慕它们。"她帮蚂蚁群把前面的石头等障碍物踢掉，垂着脑袋，像在自言自语，"它们都有伴儿。"

温长龄没有伴儿。她的妈妈、弟弟都不在了。

谢商对自己的认知一直都很准，他呢，没有多少慈悲心，有仇报仇，连本带利。但就是这么一句很平常的话，让他短暂地动了恻隐之心。

缓慢、艰难爬行的蚂蚁挺像温长龄，像迷路时候的她，绕来绕去，就是不停。

酒杯旁边有朵玫瑰，不新鲜了，花瓣恹恹地耷拉蜷缩着，也像温长龄，像抱着双膝无精打采的温长龄。

怎么什么都像她？见鬼一样。谢商刚拿起玫瑰，这时有人来敲包间的门，没有节奏地乱敲，他的心情在这一刻烦躁到了极点。

门没锁，拧一下就能开，敲门那人进来了。

"谢商。"

谢商抬了抬眼皮，看向门口，没说话，指尖摩挲着玫瑰上的刺。他动作轻，手上传来扎人的痒意。

他现在觉得玫瑰的刺也像温长龄。鬼哭狼嚎的歌声停了，除了关思行，包间里的几个人都看向门口的人。来者是乔漪，帝宏医院 VIP 楼栋的乔漪。

她进来，扭扭捏捏了半天才开口："我跟我同事在玩冒险游戏，你能跟我去一趟我们包间那边吗？"她的目标是谢商，"露个面就可以了，不会耽误你很久。"

这种戏码在娱乐场所很常见。

谢商没有耐心应付："抱歉，不方便。"

若是这样回去，她一定会丢脸。乔漪放软语气请求："能不能看在盈盈的面子上帮我这一次？"

她口中的"盈盈"叫方既盈。

方既盈是谢商姑姑的继女，谢商和她是没有血缘关系的表兄妹，而乔漪跟方既盈是闺密，因为这层关系，乔漪也认得谢商。

"你误会了。"谢商语气不怎么好，旁人都听得出他心情不佳，"方既盈的面子在我这里没什么用。"

乔漪丢了脸，有点儿难堪："不好意思，打扰了。"

乔漪走之后，贺冬洲问谢商："谁啊？"

"不熟的人。"

小插曲过了，谷易欢继续鬼哭狼嚎。

谢商一根一根地把玫瑰上的刺拔下来，刚才不见有耐心，这会儿对着一朵玫瑰，动作倒是不疾不徐。

又有人来敲门。门外应该是换了个人，门敲得很懂礼貌，敲完等了几秒之后，才将没关严的门推开。谢商抬头，玫瑰的刺突然扎进了指尖，血流出来。他看见了温长龄，在昏暗的光线里。

温小姐，你又自己撞上来。

谢商放下玫瑰，抽了张纸，擦掉指尖的血："你也玩游戏输了？"

温长龄没进来，就站在门口："嗯。"

"他们让你做什么？"

"带一个人回去。"她补充，"异性。"

谢商起身："走吧。"

半个小时前——

佳慧因为找停车位，晚来了几分钟。一行人往订好的包间去，佳慧探头找了一圈，没看到温长龄。

她问同事："长龄呢？"

"不知道。"

佳慧有点儿生气。

温长龄是路痴，这地方的过道又跟迷宫似的，她可能走错了路，没跟上。这些人一点儿同事爱都没有，居然都没发现少了个人。

佳慧自己去找温长龄。

这次聚餐来了十几个人，都是肿瘤外科的医护人员，除了乔漪。乔漪在调去VIP楼栋之前，也是肿瘤外科的，聚餐的组织人跟乔漪玩得好，就把她也叫上了。包间是提前订的，位置很偏。

他们脚下这地方叫九三城，是北城出了名的娱乐销金窟。

路的最前面有个拐角，拐角那边的人还没露出身影，先传来声音。

"四哥。"

是个年轻的男人，他毫无负担地撒娇。

"我求你了。"

没人理他，他就软磨硬泡："再帮我登一次台嘛。我混那么久，粉丝加起来还没你打一次碟吸引的人多。你看你看，都有人给你建超级话题了，我到现在都没有超级话题。"

语气是又羡慕又忌妒。

"四哥，好吗？好吗？你帮我伴奏，我上去唱，一定能吸引很多粉丝。"

好意思在谢商面前这么不要脸地死缠烂打的，也就只有谷易欢了，他这家伙的脸皮厚得能做鼓皮。

"你还没放弃唱歌？"贺冬洲一开口，语气里满是嘲讽。

谷易欢厚着脸皮发言："这是我的梦想。"

"这是痴心妄想。"

几个好友当中，贺冬洲看上去最开朗，有梨涡，还爱笑，人也风趣，见人能说人话，见鬼能说鬼话。

但谷易欢知道，贺冬洲是笑面白皮黑肠子，最会阴人。

"你可以诋毁我，但我不准你诋毁我的梦想。"

贺冬洲毫不客气地嘲笑："你再唱下去，酒吧就要倒闭了。"

谷易欢气得夸了一头模仿谢商染的白毛："贺老狗，死吧你！"

贺冬洲笑得更大声了。

谷易欢追上去踹他，刚好到拐角，一脚踹空，他身体往前跟跄了一下，不慎撞到了人。

"抱歉。"

谷易欢立马道歉。

"没关系。"

乔漪注意到了走在谷易欢后面的谢商。

乔漪第一次见谢商是在方既盈家。当时她站在二楼的窗台边，谢商在一楼的泳池旁逗猫，她看呆了。方既盈走过来，用力拉上窗帘。光这一个动作乔漪就明白了，谢商是她想都不能想的人。

谢商他们去了走廊尽头的包间，那边是A区，房间很难订，如果没有人脉，至少要提前两个月排队。

"怪不得说这里有很多有钱人出入，刚刚那四个，一看就是公子少爷们。"说话的女生是肿瘤外科的实习医生朱明露。

男同事廖志刚酸了一句:"什么年代了,还公子少爷的!"

"你还别不服,有的人就是命好,生来就和普通人不一样。"朱明露用眼尾目光扫他,"别的不说,那脸就和你的不一样。"

廖志刚"哧"了声:"花痴女。"

朱明露的小姐妹立马帮腔:"刚刚是谁在门口看美女看得走不动道儿?"

来啊,咱们互相伤害啊。

廖志刚举手认输,把刚抬起来的杠放回去。

朱明露的小姐妹叫何叶,是肿瘤外科的护士,她在护士总群里的昵称是"我是院花我怕谁"。

"院花"谁也不怕,见过道里黑灯瞎火,她大胆发言:"尤其是穿风衣的那个,简直完美符合我对男人的幻想。"

后面的女同事不确定地插了一嘴:"他是不是上次来咱们医院的那个?群里还发了他的照片。"

何叶想起来了,她还在群里放过狠话要去勾引他呢。不过这话纯属吹牛,她没那贼胆。

"是他。"乔漪走在最前面,"他叫谢商。"

她的语气听上去好像她跟人家很熟。

"你认识?"

"认识啊,还挺熟的。"

这话有点儿炫耀的成分了。

何叶耸耸肩,不信:"你说熟就熟呗。"

乔漪这人大家都知道,她喜欢包装自己,广交富人好友,朋友圈天天晒车晒酒,就是不知道是真是假。

"他是我闺密的竹马。"

何叶:"哦。"

乔漪有个有钱还有名的闺密,她经常挂在嘴边。

温长龄本来不想来聚餐,护士长和蒋尤尤也没来。佳慧非拖着她来,说要合群一点儿,不然会变成别人眼中的异类。异类通常会被排斥、被诋毁。

她迷路了一小会儿,直到佳慧来把她带出"迷宫"。她和佳慧到包间的时候,场子已经热起来了,吵闹的音乐开着,红红绿绿的激光灯边转边闪。

旋转的酒瓶慢慢停下来,瓶口对准了乔漪。

何叶是转瓶的庄家:"真心话还是大冒险?"

好土的游戏。

佳慧拉着温长龄挤进拥挤的沙发。温长龄努力地缩了缩身体,尽量把自己缩成一张纸,不占空间。

乔漪:"大冒险。"

男男女女一起敲桌子，酒瓶子被震得滚来滚去，气氛一下子被烘托起来。温长龄把目光放到了水果盘里的葡萄上。

何叶这人是懂怎么借机拆台的："你闺密的那个竹马，去把他带过来。你不是说认识他吗？应该不难吧。"

其实何叶和乔漪还有一段恩怨：何叶刚来医院那会儿，有个男医生追她，本来她都快松口了，那个男医生跑去当了乔漪的备胎。

"去就去。"

没到一刻钟，乔漪空手而归。

何叶装模作样地看了几眼门口，明知故问："人呢？"

她就知道乔漪带不来人：乔漪多大脸啊，那位"男神"看着就很不随便，怎么可能随便跟人玩大冒险的游戏？

乔漪面不改色："人家在忙，我也不好打扰。"

"你说什么就是什么咯。"何叶把酒推过去，"喝酒吧，你的任务失败了。"

乔漪没二话，一口干了杯中酒。

下一轮开始，酒瓶子再一次转起来，这次转到了温长龄。她嘴里含着两颗葡萄，鼓起来的腮帮子都没来得及收回去，笨重的眼镜衬得她整个人很呆板，额头两侧被剪坏的刘海儿被强行压下去，用发卡固定着，看上去奇奇怪怪的。

温长龄不想玩，她满脸的表情都在说：不想玩。

佳慧立马帮她打圆场："长龄难得出来一次，你们手下留情啊。"

这轮的庄家还是何叶："大冒险还是真心话？"

温长龄都不想选，但还是说了一个："大冒险。"

她是有秘密的人，有秘密的人不能说真心话。

何叶本来要出的题目是让对方打电话给教授表白，看到温长龄忠厚老实的样子，她放了点儿水："那和上轮一样吧，去路尽头的包间里随便带一个异性回来。"

温长龄因为迟到了，并不知道路尽头的包间里有谁。

佳慧安慰她："别怕，带不回来也没关系，酒我帮你喝。"

"你也玩游戏输了？"

"嗯。"

"让你做什么？"

"带一个人回去。"温长龄补充说，"异性。"

谢商起身："走吧。"

包括乔漪在内，所有人都惊呆了。平时不显山不露水的温长龄居然还真把谢商带来了，从出去到回来，她只用了3分钟。

原本吵吵闹闹的包间因为谢商的出现突然陷入了安静。音乐早被关了，在密闭的空间里，谢商的声音温柔地响起。

"需要我喝酒吗？"

温长龄说:"不用。"她的任务是把人带过来。

球形激光灯没关,蓝色的光斑错落地打在谢商的眼尾和领口微开的颈间。他应该是没注意,外套的扣子上卡了一瓣红玫瑰。

"那要做什么?"

他耐心的询问给人一种错觉,就好像他会配合温长龄完成所有合理、不合理的游戏规定,就好像他对她有求必应。

于是,没等温长龄说话,佳慧大胆地喊道:"亲一个!"

温长龄:"……"

温长龄好想捂住佳慧的嘴巴。

别人都没吭声,就佳慧,好显眼,还在那里"亲一个!亲一个!"。她还像看演唱会那样,有节奏地举手打气。

温长龄用眼神制止佳慧,可是没有用,佳慧已经彻底兴奋了。温长龄看向谢商,想要看看他有没有生气。

谢商也在看她。她好像很着急,很无措。

谢商懂她的意思了:"这可能不行。"他从托盘上拿起干净的杯子,倒上满满一杯酒,一饮而尽,"不要太为难她。"他拒绝的理由是不要为难温长龄。

佳慧被语言细节触动了:啊啊啊啊啊啊,他好宠长龄!她宣布,她喜欢上这一对了!

因为他们包间的门开着,隔壁包间的门也开着,那边的声音传了过来,有人在唱摇滚,很吵。谢商走近了两步,低了低头,弯下腰和温长龄说话:"还有别的事吗?"任谁都看得出来,他们相熟。

"没有。"

"那我走了。"

"嗯。"

"你们继续玩,我就不打扰了。"

谢商打过招呼才离开,从头到尾彬彬有礼,进退有度,没有表现出一点儿不耐烦和敷衍,最大限度地让温长龄体面和自在。等人走后,在场的女性默契地同时看向温长龄。

佳慧冲到"吃瓜"一线——温长龄的邻座:"温长龄,"她竖起大拇指,"厉害啊。"

温长龄摸摸眼镜,看天看地,就是不看同事。她不想被八卦,不想被注意。

佳慧没那么容易放过她:"从实招来。"佳慧尽量克制,不让自己的声音被第三个人听到。

温长龄没跟上佳慧的节奏:"什么?"

"你们私下认识吧?"

佳慧还不知道谢商的名字,暂且用她之前取的代号。

就凭"谷家那个极品"上前那两步,还有弯下腰的弧度,佳慧敢肯定,这两个人不可能没猫儿腻,凭她在感情方面的经验,八字已经有一撇了。

温长龄如实交代："认识。"她立马补充，"但不熟。"

佳慧很兴奋，比自己谈恋爱还要兴奋。恋爱果然还是要看别人谈，她不管，这两个人就是在谈："快展开说说，你们怎么认识的？"

"我们是邻居。"

佳慧是会找重点的，差点儿跳起来："你也住花间堂？！"

那可是寸土寸金的花间堂！同事们的目光又一次齐刷刷地射过来。

温长龄恨不得把头都摇断："不是不是，我不住那里。"她降低音量跟佳慧说，"谢商的店面在我房东隔壁。"

"缘分啊。"佳慧右手握拳，小声地用托孤的语气为温长龄打气，"温长龄，把握住，姐们儿的以后就靠你了。"

"……"

温长龄一抬头，对上了乔漪的视线。乔漪恨不得把她瞪穿了。

何叶在旁边幸灾乐祸呢："你闺密的竹马不是在忙吗？我看也没多忙吧。"看乔漪不痛快，何叶就很痛快，因而看温长龄的眼神慈祥了好多："还是我们长龄面子大。"

我们……长龄？

温长龄发誓，除了在工作上，她跟何叶都没有讲过话。她受宠若惊。

乔漪拿起包，"哼"了一声，出去了。

她出去给方既盈打电话。

"盈盈。"

方既盈的声音听上去温和轻柔："这么晚，有事吗？"

"你认不认识温长龄？"

"不认识，她是谁？"

"我们医院的一个护士，刚刚玩大冒险游戏，她把谢商带来了。"

方既盈的声调立马变了，她问得很急："四哥也在？"

"不是跟我们一起，他跟朋友在另外的包间玩。"

乔漪的口吻像在汇报。

她和方既盈高中同校不同班，那时候就认识了。虽然她对外总说方既盈是她的闺密，但她自己也清楚，方既盈一个千金大小姐，怎么可能真把她当闺密？方既盈只是需要一个跑腿的、一个陪聊的、一个逛街帮忙拎包还不会对自己造成威胁的陪衬。

"那个护士还做了什么？"

乔漪说："这倒没有，谢商就过来露了个面。"

方既盈似乎松了一口气："四哥心情好的时候，只要对方不越界，他都挺好说话的，会帮你同事一个小忙也没什么。"

可是谢商一点儿都不看你的面子。乔漪聪明地把这句话咽回了肚子里。

谢商回了包间，还没坐稳，贺冬洲就过来问了。

"刚刚那个，认识？"

贺冬洲不是爱八卦的人，主要是这样的情况前所未有。谢商这个人对异性虽然挺讲礼节的，但是边界感太强，从来不给别人越界的机会，自己更是克己复礼，洁身自好得不像个俗世里的人。

谢商可从来不玩男欢女爱的游戏。

他这么回答："邻居。"

贺冬洲不太信。

谷易欢突然从沙发后面冒出来，像个鬼："她的声音听着好耳熟，脸没看清，眼镜也有点儿眼熟。"

先前谷老先生从医院回家，温长龄是两位随行护士之一，谷易欢跟她应该在花间堂碰过面。但谷易欢这个脑子，容量不大。

谢商用下巴指了指屏幕，示意道："你的歌。"这是谷易欢的原创歌曲。

谷易欢的梦想是成为一名歌手，一名原创歌手。但现实很残酷，为了在KTV能够搜到他自己的歌，他花了好大一笔钱。他的歌唱事业，到目前为止，还需要他源源不断地贴钱。

谷易欢立马拿起话筒，深情演唱。

谢商和贺冬洲有一搭没一搭地聊，聊酒，聊茶，聊午渡的香水，聊生意，没有固定主题。本来男人最喜欢聊的话题应该是女人，但谢商不喜欢，贺冬洲也不喜欢。

"你最近有点儿怪。"贺冬洲说。

谢商给自己倒了酒："怎么怪？"

谢商不贪杯，因为他酒量很一般，不是必要场合，他是不爱饮酒的，也很少主动倒酒。

"说不上来。"贺冬洲用掌心压了压左边的耳朵，实在是被谷易欢吵得耳朵疼，"搬了店生意怎么样？"

"不怎么样。"

"你应该不是去做生意的。"贺冬洲没骨头似的半躺着，一只手撑着脸。即便是这副姿态，他的仪态也是没的挑的，随手一拍都像一幅画报，他手里把玩着一个橘子："荷塘街一定有什么让你很感兴趣，比如刚刚那个女邻居。"

要不怎么说两个人是十几年的狐朋狗友呢，贺冬洲一猜一个准。

谢商没承认，也没否认。

"门口那么暗，那姑娘人也没走进来，都看不清脸。"贺冬洲一副看戏的模样，"她还没开口你就认出她来了，跟我说说，怎么认出来的？"

怎么认出来的？这是个问题，谢商也不是很清楚。温长龄推开门时，他只看到了模糊的轮廓，然后身体比他的大脑更快地做出了反应。

仇人嘛，印象总是要深刻一点儿的。谢商懒得多说，敷衍道："猜的。"

贺冬洲不信他的鬼话："这么会猜，你怎么不去算卦？"

第四章
被蛊惑

那边关思行第三次端起杯子喝饮料，却喝了一口空气。他不在意地看了一眼杯子，然后放下杯子，继续沉浸在物理世界里。

谢商走过去，给他的杯子添满温水。

"思行。"

关思行慢半拍地回答："嗯？"

谢商指了指耳朵："吵不吵？"

"吵。"

好吵。

关思行揉了揉耳朵。关思行是个物理天才，但生活技能为零，社交技能为负数。谷家和谢家住得近，关思行住在谷家那几年，谷易欢不愿带着他玩，多数时候是耐心好、脾气稳定的谢商带着他。

谢商走到包间的控制面板前，把声音调小。

"还吵吗？"

关思行点头。

谢商把声音再调小一点儿。

正唱到兴起的谷易欢："……"他的歌唱不值一提是吧。

谷易欢是不会怪谢商的，朝关思行翻了个白眼。

他和关思行不合，也有一点儿谢商的缘故。他 7 岁还是 8 岁的时候，有一次，关思行在谢商家住了，两个人睡一张床。他和他堂哥都没睡过谢商的床，他气得要死，质问谢商："你是不是更喜欢那个自闭症儿童？！"

谢商第一次批评他："小欢，你不能这样说你哥哥，去那边面壁。"

他很不服地去面壁了。他打上幼儿园起就这样，除了他堂哥谷开云，他最怕也最服谢商。

"四哥可疼他了。"

有很长一段时间，这句话是谷易欢的口头禅。

包间里有自助餐，但温长龄没吃饱。谢商离开之后，同事们看她的眼神就很异样，她吃得很不自在，提前离场了。

时间不算晚，她打算叫一辆车，在路边等司机接单。花坛石上落了几片叶子，她盯着叶脉看得很认真。

路灯在她后面，散发的光斜着打过来。

地上的影子由一个变成了两个，温长龄回头。

"在等车？"

谢商过来。

"嗯。"她看了一眼手机，还没有司机接单。

谢商的影子比她的长，比她的宽，她的影子被他的遮住了。

孤月在天空中挂着，像一个白瓷盘子。盘子把莹白的光倒下来，洒在落叶上，洒在枝上梢头，洒在美人的睫毛上。

夜色美不美，其实和人也有关，谢商就是例子。

"你喝没喝酒？"

"没喝。"

佳慧说，那群同事不靠谱儿，在不靠谱儿的人面前要保持清醒，千万不能喝醉，所以佳慧往可乐里兑红柚汁，假装是红酒，在喝酒的时候和她一起蒙混过关。

"有驾照吗？"谢商问。

温长龄回答："有。"

"代驾司机拒了我的单，能麻烦你载我回荷塘街吗？"

温长龄想了想，作答："应该可以。"她取消了自己的打车订单。

开始谢商还没明白这个"应该"是什么意思，直到温长龄坐在他的车的主驾驶座位上，抬头挺胸，坐得笔直，打开导航，把转向灯开成了远光灯。

谢商："……"

她解释道："我拿到驾照后还没有开过车。"她给谢商打了个预防针，"可能开得不是很好，你要是怕，就等代驾司机吧。"

夜里车不是很多，路况还好。

谢商仔细确认："还记得怎么启动吗？"

"记得，我的记忆力很好。"她刚刚只是手误，熟练了就好了。

谢商没再说什么，只是目光没敢离开，一直看着她操作。

她重新来过，正确打开车灯，放下手刹，启动前先鸣笛，观察左右后视镜。教练说的她一步都没忘，是满分学生。

她松开脚刹，车动了，怠速前进。温长龄立马坐得更直了，握紧方向盘。

"不用紧张，你慢慢开，剐坏了算我的。"

谢商的车应该很贵，怪不得被代驾司机拒了单。

温长龄没敢扭头，就盯着前面的路，很真诚地问了一句："那有人受伤了呢？"

谢商笑："也算我的。"

然后温长龄踩油门了。

她聚精会神地盯着路，脖子不自觉地往前伸，但除了脖子，全身都保持着一个僵直的姿势，一动不动，很像一只探着脑袋战战兢兢的乌龟。谢商很少见她这么生动。

5月不算热，不需要开空调，车窗被降下来，风里带着让人舒适的温度，路灯迷人眼。谢商喝了酒，靠在副驾驶座的椅背上，旁边开车的分明是个新手，他却出奇地觉得安心，甚至有点儿犯困。

"谢商。"

他轻轻地应："嗯。"

温长龄声音紧绷："你别睡啊，我怕。"

他还以为她没什么怕的，在莱利图都敢探出头去看他开枪。

他坐直了，听她的话："好，不睡。"

温长龄匀速开着车。可能因为谢商的车贵，也可能因为车以龟速前进，而且开车的人坐姿僵硬，一看就是新手，一路上几乎没有车来靠近谢商的车，都躲得远远的。路上也不堵车，畅通无阻。

转弯的时候，谢商会适时地提醒她什么时候转，转多少度。新手开车，旁边坐一个情绪稳定的陪练太重要了。

40分钟的车程温长龄开了69分钟，还算顺利，至少没出什么大岔子，就是侧方位停车的时候遇到了点儿……麻烦。

温长龄停不进去，来来回回，就是停不进去，甚至不敢靠近，怕剐蹭到别人的车。

谢商给了她很长的调整摸索时间之后说道："我来吧。"

"你喝了酒。"

"没事，就停个车。"

温长龄义正词严地拒绝："不行，不能酒驾。"

"……"

这人还挺遵守交通规则的。

谢商看着她，不催，随她："那成，你慢慢停。"

温长龄继续摸索，脚没敢离开刹车，前前后后左左右右地挪，但就是进不去，雷达一直响。

"你科目二怎么考过的？"

谢商也没下车。

温长龄疑惑地想：他都不怕她把他那张美人脸撞花吗？

她专心找点，心不在焉地回答："考试的车和考场的地上都有标记，对准了就可以了。"

她好像没什么开车的天赋，虽然她会做刹车控制器，也懂一些车的基本工作原理，但懂和开是两码事。

谢商提议："要不我下去给你做个标记？"

温长龄立马转头，眼神都不一样了："可以吗？"她点头，"好的。"

谢商下了车，目测了一下距离，在车门和地上做好打方向盘的标记。

温长龄一下子就停进去了。

月色下，围墙边，院子里的花探出头。他一直在笑，温长龄低着头，有点儿恼他。

帝宏医院。

温长龄做完晨间护理回来，看见护士站的桌子上有两个打包盒，里面装的应该是甜品，盒子很精致。

佳慧说："那一份儿是你的。"

"我没有点单。"

"乔漪那个有钱的闺密请的，请了全院的护士。"佳慧挺意外的，"还以为乔漪吹牛呢，没想到她还真有个有钱的闺密。"

食物不能放在工作台的台面上，温长龄过去把东西收起来。

"长龄。"屠启珍在叫她，"你来一下。"

护士长的办公室就在旁边，白、中、夜班共用。

门开着，温长龄敲了两下门才进去。

屠启珍递给她一份体检单："体检楼有位客户，你去带一下。"

"我去吗？"

温长龄是肿瘤科的，不负责体检楼。

屠启珍解释道："是医院的VIP，人家指定你陪同。你不用紧张，没什么跨科室的事情，就是帮她领领路，按单子上的项目走一遍。"

温长龄翻开体检单看了一眼名字——方既盈。

帝宏医院是私立医院，服务至上，VIP的待遇很好，体检时是一对一专人陪同。温长龄在体检楼的休息室里见到了这位方小姐。

她上前："你好，方小姐。"

方既盈摘下帽子和口罩。她比在电视里要好看，可能因为不上镜。网上有人说，方既盈美得很平淡，仿佛清汤寡水。但再平淡，她也是美的。她是专业女棋手，围棋专业七段。她成名很早，在围棋圈里地位很高。

宠辱不惊，人淡如菊，这是方既盈的粉丝对她的评价。温长龄也看过她的比赛视频。

"你就是温长龄？"她说话很和善，脸上带着淡淡的笑，身材清瘦，脸色比寻常人要苍白一些。

温长龄来之前看过她的病历，她的身体不是很好。

"是，我是温长龄。"

方既盈起身："不好意思，冒昧让你过来。"表达完歉意之后，她解释道，"本来是乔漪陪同我去体检，刚好赶上她在忙，她就向我推荐了你，希望没有打扰到你。"

她看着是很好相处的人。

温长龄认真接待："没事，不打扰。"

"这是我的体检单。"方既盈递上单子。

温长龄已经有一份单子了，但还是接过去，帮忙拿着。

体检开始之前，温长龄先询问："方小姐，您早上吃过饭或者喝过水吗？"

"没有。"

"那先去抽血可以吗？抽血的地方在二楼，离得近。"

"可以。"

因为体检项目很多，温长龄先带方既盈去做了需要空腹的项目，随后带她去VIP餐厅用餐，用完餐后继续剩下的项目。

中途，方既盈说想休息一下，温长龄带她去了专门的休息室。

她把包包放在软皮沙发上："温小姐，可以帮我倒杯水吗？"

"可以，您稍等。"

直饮机就在旁边，温长龄倒了一杯温水过来。

方既盈刚伸手碰到杯子，又将手收回去。专门下棋的一双手白嫩干净，非常娇贵。她礼貌地笑问："太烫了，可以换一杯吗？"

"我给您换。"

温长龄换了一杯凉一点儿的水。

方既盈接过去喝了一口，皱了皱眉："太凉了。"她把杯子放在茶几上。

"抱歉，我再给您换。"

温长龄收回她对方既盈的第一印象。

方既盈自始至终没红过脸，态度礼貌，恬淡和善："是我说'抱歉'才对，我这个人比较挑剔，麻烦你了。"

"不麻烦。"温长龄再去换了一杯水。

方既盈这次没有再挑剔，接过杯子道了谢，但没有喝水。因为是VIP客人，不需要排队，不到两个小时，方既盈就做完了所有的检查项目。检查结果要等到明天才能拿到，明天会有专业的医生来与方既盈对接。

来接方既盈的助理已经到了。

方既盈重新戴好口罩和帽子，走之前向温长龄道谢："今天谢谢你。"

"不用谢。"

VIP是上帝。温长龄虽然不是VIP楼栋的，但也听过这句有点儿离谱儿却也很现实的话。

等送走了VIP，温长龄折回大厅——从大厅的电梯可以回肿瘤科的病房。她等电梯的时候，蒋尤尤也在。

"蒋医生。"

蒋尤尤瞥了一眼门口的保姆车："你认识方既盈？"

温长龄摇头："今天第一次见她。"

蒋尤尤用过来人的口吻建议她："离她远点儿，她有毒。"

下午，温长龄就"中毒"了。

屠启珍把她叫到办公室，跟她说："你被VIP投诉了。"

这是温长龄从业以来第一次被投诉。

"理由是什么？"

"VIP说你态度不好。"

态度不好，这个就不好辩驳了，毕竟仁者见仁，所以温长龄没有辩解。

"我去人事科问问，看能不能不留记录。"撤销投诉不太可能，屠启珍只能尽量消除影响。

帝宏医院客人的投诉归人事科管，护士如果有投诉记录，会影响晋升。

屠启珍跟温长龄共事了两年，知道她的为人——她虽然不怎么爱说话，但一向懂分寸知轻重，性格温顺文静，不可能态度不好，肯定是VIP那边的问题。

"不麻烦了。"温长龄不喜欢给人添麻烦。

"有什么麻烦的，碰碰嘴皮子的事。"

屠启珍立马打电话给人事科的熟人。

方既盈下午4点有个活动，6点，助理来接她回去。

助理是个小姑娘，年纪看着很小，叫曼曼："姐，东西给我。"

方既盈把棋奁和棋盘交给她："你去还东西，我自己开车回去。"

曼曼把东西放到保姆车上："还是我送你吧，你正好在车上休息。"

"不用了，你还完东西就早点儿下班。"

"好的，谢谢姐。"

曼曼就先走了。

方既盈的车停在旁边，颜色是白色的，车型很低调。这款车的车主多为男士，谢商有辆黑色的。

路口绿灯亮起，白色轿车行驶在直行车道上，开得不算快。辅路上停着一辆红色摩托，摩托的主人在白色轿车开过去没多久戴上头盔，发动车子追上去。等到临近下个路口时，摩托的主人丝毫没有犹豫，朝着白色轿车的车尾加速撞了上去。

减速行驶中的轿车急刹车停下来，但因为冲撞力，整个车身震动着往前平移，发出剧烈的声响，车尾瞬间凹进去一大块。因为惯性，方既盈的头结结实实地磕在了方向盘上，整个人痛苦地趴在方向盘上面，好半响没缓过来。

摩托的车主摘下头盔，抓了把头发，板着一张漂亮的脸，过去敲响车窗。

"喂！"

车里面的人没给反应。他接着敲，声音越敲越响，不知道的还以为他在拆车。

方既盈忍着痛按下车窗，额头的血流入眼睛，模糊的视线里闯进来一张格外年轻的脸。他抱着红色的头盔，站在那儿，俯视着她，不慌不忙。

"你是怎么开车的？"

方既盈的声音听着挺虚弱的，不过她还没晕倒。

晏丛道歉："不好意思，我车技不好。"他头都没低一下，道歉的语气毫无诚意。

方既盈全身都疼，没有力气跟他吵，就见他优哉游哉地靠着车头，在那儿报警，空着的另一只手没事干，把玩着头盔上的护目镜。

"你好，我的车跟一辆白色私家车撞了。"他说，"摩托。"

然后他说了一下车的型号。

警察问地址，他都如实答了："崇山路和星光大道交叉的路口。"

那边的人应该是在问伤者的伤势。

晏丛看了一眼方既盈："死不了。"

方既盈："……"她从来没见过这理直气壮的肇事方。

晏丛挂掉电话，举着手机在方既盈眼前晃了晃，像是在确认她是醒是晕："是我帮你叫救护车，还是你自己叫？"

方既盈按着额头上的伤口，自己叫了救护车。肇事者晏丛没跑路，在现场等，还很"懂事"地拍了几张现场的照片保留证据，另外对着方既盈的脸也拍了两张。

交警最先到现场，随后是方既盈的助理，最后才是救护车。方既盈由助理陪同，被送去了医院。晏丛连人带摩托去了交警队。

快下班的时候温长龄才听佳慧说，方既盈出了车祸，住进了VIP病房，额头还缝了针。佳慧还说这是恶人自有恶人磨。

温长龄没发表任何看法。她的投诉记录消不掉，她一年内晋升没指望。不过无所谓，她来帝宏本就不是冲着晋升来的。

下班刚到家，温长龄就接到晏丛的电话。

"长龄，你来接我。"

温长龄到了交警队才明白，不是恶人自有恶人磨，是晏丛乱来。交警判了他全责，温长龄很确定，这场事故不是他无意造成的。

等两个人走远了，温长龄才问："谁告诉你的？"

晏丛不说话。

"蒋医生吗？"

他一点儿都没觉得自己有错："这重要吗？"

"你知道你在做什么吗？"温长龄很少用这么严肃的语气跟他说话。

"知道啊。"他嘴硬，看着旁边的树，就是不看温长龄的眼睛，"我在路上开车，车技不好，一不小心撞了别人的车。"

这话只能骗骗别人。

今年2月，晏丛骑摩托载她去五苓山，在开得最快的下坡路上，他说："不用怕，我车技很好，你闭上眼睛，让风吹一下，吹一下就不难过了。"

因为她说很难过，晏丛就告诉她，人在高速下降时会有畅快感，会忘记所有的伤心事。那么高的坡，那么快的速度，他带她走了16次，怎么可能车技不好？

"晏丛。"

温长龄绕到他面前。

他脾气倔，比她还倔："我没错。"

"你不是小孩子了。"

"方既盈也不是小孩子。"他不想讲道理，讲什么道理，遗书他都写过了，"她能耍威风，我怎么不能？"

不知道从什么时候开始，晏丛做事开始自暴自弃、不管不顾。

如果是别人，温长龄一定会告诉他，这种伤敌一千自损一千二的做法很愚蠢，会受伤。但这个人是晏丛，她很清楚他为什么不惜命。

"有没有受伤？"

她语气放软了。

晏丛知道，这是她不生气了的表现。

他这才笑了："当然没有，我车技可好了。"他是吃软不吃硬的性格，只要温长龄不生气了，他就会立马服软，然后以最快的速度跟她和好，"你别生气了，我知道分寸的。"

温长龄拦了一辆车："我送你去医院。"

"不去，我要回家。"

"去医院。"

温长龄打开后座的车门。

晏丛不情不愿地钻进车里："你怎么比我爷爷还烦？"

谢商的姑姑叫谢研理，在家中排行老三。

"是我。"

接到谢研理的电话时，谢商正在打开门口灯笼的开关。

谢研理对他的态度一如既往，没有一句迂回婉转，张口就是典型的长辈式命令："盈盈出了车祸，人在帝宏医院，你去看看她。"

温长龄还没回来，不知道是不是迷路在半道儿了。

谢商看了一眼路口："姑姑，我不是医生。"

"盈盈怎么说也算你半个妹妹，她受了伤，你就不能去看看她？"谢研理的理由是，"你有律师执业证，要是肇事方不讲理，你在场，盈盈也不会吃亏。"

毕竟对方是长辈，该给的礼貌谢商都给，他态度谦逊："我父亲也算方既盈的半个舅舅，他当律师比我有经验，姑姑，我建议您找他。"

谢研理语气不是很和善："要不是你，盈盈能是现在这副身体？"她责备道，"谢季甫，做人要有良心。"

又扯陈年旧事，这就没意思了。

谢商直接挂断了电话。一阵风吹得灯笼左右晃悠，远处地上的人影被慢慢拉长，谢商下意识地抬起头。温长龄从他的面前走过去，没有看他。

谢商看了看灯笼上的兔子，然后转身进门，把灯灭了。

朱婆婆给温长龄留了饭，在锅里热着，自己也还没吃，盛好了饭菜在等温长龄——温长龄经常和朱婆婆一起吃饭。温长龄会定期给朱婆婆打生活费，不过朱婆婆总是不收，温长龄只好变着法儿给她添置东西。

温长龄换好衣服，过来吃饭。

朱婆婆说："长龄，你把桌上那碗菌子汤端去给隔壁谢老板。"

谢老板教彤彤弹古筝，朱婆婆是知恩图报的人。

温长龄把桌上的两碗菌子汤都端到自己面前："不给了吧，我今天很饿，不够吃。"

温长龄听蒋尢尢说，方既盈痴迷谢商。

这就能解释，为什么她会被投诉。想来昨晚他们在KTV里玩大冒险的事情，乔漪没少通传。

朱婆婆也看出来温长龄心情不佳。

"行，那不给谢老板了。"

虽然朱婆婆知恩图报，但她也护短。

于是，那两碗菌子汤都进了温长龄的肚子。

于是……

谢商在房间里，忽然听到外面树枝摇动，"簌簌"作响，不停地扰人清净，也不像是风。他用灭烛铃熄掉木香蜡烛，出了房间。

隔壁朱婆婆家后院有一棵年岁很老的桂花树，茂盛的枝丫越过围墙，伸进了谢商的院子。方才摇动的就是这桂花树的树枝，"始作俑者"还趴在树上。

桂花树的树枝不够粗，她也不怕摔下来。

谢商走到树下："你在树上干吗？"

温长龄用脸贴着树皮，过了好几秒才反应过来有人跟她说话，抱着树，往下看："刺猬要扎我。"

说着，她鼓起腮帮子，不停地吹气，行为很异常。

"你喝酒了？"

她摇头，神志不算清醒，但语言功能没有丧失："我漏气了。"

"……"

这精神状态看着不对。

谢商回房间拿了床被子出来，铺在温长龄的正下方。随后他打开了院子里所有的灯，再去隔壁。

隔壁的门没关，谢商刚进院子就看到房东朱婆婆抱着个瓦罐，一边吐，一边哄温长龄下树。

谢商过去，先问房东太太："您这是怎么了？"

"吃了菌子，中毒了。"

怪不得温长龄"漏气"了，她吃的应该是致幻型毒菇。

"叫救护车了吗？"

"叫了。"朱婆婆吐得更厉害了。

谢商先扶老太太去旁边歇着，然后去树下哄中毒更深的某人："温长龄，下来。"

温长龄噘着嘴，还在那儿吹气。

梯子就在树旁边。谢商把梯子放稳，踩上去。

"温长龄。"

她扭头看他。

他伸手过去："手给我。"

她不给，把手藏到背后："你要放我的气吗？"

谢商不好直接过去，怕她稀里糊涂把两只手都藏起来，不抱着树，她八成要摔下去。温长龄嘴里还在胡言乱语，一会儿"漏气"，一会儿"放气"。

"温长龄，你是什么？"

她坚定不移地回答："我是气球。"

"……"

菌子汤喝太多了，她中毒不浅。

谢商担心她摔着，只能好声好气地半骗半哄："你过来，我给你打气。"

听到要打气，温长龄果然伸出了手，乌龟一样慢吞吞地挪动。她先伸一只脚，踩住梯子，再伸手，乖乖地搂住谢商的脖子，另一只手捏着正在"漏气"的指腹。

她要去打气了呢。

谢商顾不得会冒犯温长龄，手绕过她的腰："抱紧点儿。"

"嗯！"

她这会儿乖得很，抱着谢商的脖子，顺从地把下巴搁在他的肩膀上。

谢商是第一次这样真切地感受到男女之间的体型差异，从懂得男女之防开始，他就不曾和异性这样亲近过。

女孩子的腰好像能轻易地被折断，比他外祖母钟爱的那个白玉瓷瓶还要脆弱。

他不太敢用力，小心翼翼地托着温长龄，慢慢地从梯子上下来。他刚落地，一根手指戳到他的唇边，温长龄很着急的样子："谢商，我瘪了，你给我吹气。"

与谢商亲近的人都知道，他其实很吃撒娇那一套，不然谷易欢为什么总是不要脸地软磨硬泡？还不是谢商给过甜头。

谢商看着她，她跟平时很不一样。平时的她很孤独，再怎么温顺，和人交际时都会保持别人难以逾越的安全距离，不像现在，她的保护壳彻底碎掉，她本人毫无防备地待在离他很近的地方，一只手拽着他的衣角不放。

看见他一动不动，她催促道："你快吹啊。"

她中毒了。谢商这样告诉自己，然后低下头，唇贴上她的指腹，轻轻地吹。他不知道温长龄会不会痒，只知道她的手指蜷着蹭他，弄得他很痒。

这世上如果真的有妖，他只能想到温长龄，刚出山的她，诱人而不自知。他有点儿失神。

温长龄拿开了手指，很高兴，说她又鼓了。鼓了没多久，又"没气"了，她又要谢商吹，就这样反反复复，大概断断续续吹了10分钟的气吧，救护车终于来了。朱婆婆的女儿不在，朱婆婆又没有其他监护人，只能由谢商陪同。

佳慧刚进急诊室，就被眼前的一幕惊住了——平时像个闷蛋似的温长龄抱着谢商的手，脖子扭得像条蛇。

佳慧："……"姐们儿好勇敢啊。

佳慧按捺住激动的心和颤抖的手，上前。对不起，她不是幸灾乐祸，是嘴角它不听话，非要往上翘："长龄啊，你这是怎么了？"

温长龄都没看她一眼。没关系，这是小事。佳慧笑眯眯地看向谢商，礼节性地客套道："谢先生，真是麻烦你了，要不我来照顾她？"

谢商想抽出手，手却被温长龄抱得更紧了。佳慧再一次露出了老母亲般的笑容。

"不麻烦，还是我来吧。"

佳慧求之不得："好的，好的，那就继续辛苦谢先生了。"

谢先生看着耐心好好的样子。

"你继续说，城堡里还有什么？"

温长龄坐在病床上，谢商握着她输液的那只手，禁止她的手乱动。她靠着谢商，分享她所看到的奇幻世界："有巫婆，她的头是一棵仙人球，她想用刺扎破我。"

她的眼睛睁得很大，五颜六色、歪歪扭扭的世界里都是带刺的仙人球在飞，她赶紧躲到谢商的后面："好多仙人球。

"都要来扎我。"

她只是一个无力自保的气球："好痛。"

佳慧："……"

她一定是在做梦。不，是温长龄在做梦。

朱婆婆的女儿吴浩敏来了，她着急忙慌地拉住护士问："我妈怎么样了？"

那一袋菌菇是朱婆婆的远房亲戚送的，吴浩敏先前嘱咐过不要吃，老太太非说煮熟了就没事。

护士说："老太太喝得少，已经没什么大碍了。"

朱婆婆的症状轻很多，她也出现了轻微的幻觉。和温长龄不一样，她那边的幻觉不是气球，是蜈蚣，她说有好多蜈蚣。

朱婆婆的病床挨着温长龄的病床，朱婆婆已经睡下了。

吴浩敏又问护士："那长龄呢？"

温长龄汤喝得就太多了。

"我被扎到了，在漏气。"温长龄歪着头看着谢商，把手指伸过去，"谢商，你快用线把我绑住。"

在温长龄的幻觉里，她的手指是她的出气口。谢商用缝针的线给温长龄的手指绑了一个蝴蝶结，以防漏气。

吴浩敏："……"

佳慧不厚道地用手机拍了视频，拍完发了一条朋友圈——

"红伞伞，白杆杆，吃完一起躺板板。

风干干，白杆杆，身上一起长伞伞。

温馨提示：菌子不要乱吃。"

温长龄第二天醒来的时候，手指上的蝴蝶结还在。她住的是单间病房，看陈设是在VIP楼栋。她的眼镜和助听器都被放在她伸手能够到的地方，她拿来戴上。

谢商不在病房，她听见了佳慧的声音，在门口。

"佳慧。"

佳慧请完假，挂了电话："醒了？"

温长龄感觉胃有点儿不舒服，缓了一会儿慢慢坐起来："朱婆婆呢？"

"做检查去了。"

"她有没有事？"

"症状比你轻，没什么大事。"佳慧用手背碰了碰温长龄的额头，发现她已经不烧了，"你现在感觉怎么样？"

温长龄昨晚受了不少罪，吐空了胃之后就一直发烧。

"有点儿头晕。"

温长龄脸色很不好。

"那你再躺会儿。"佳慧扶着她重新躺下，自个儿坐在病床边，"昨天晚上的事还记得吗？"

温长龄点头，十分懊恼地扯掉了手上的蝴蝶结。早知道她会中毒这么深，分一半汤给谢商好了。

"谢商呢？"她问佳慧。

"刚走。"佳慧托着下巴，表情意味深长，"长龄，我有预感，谢商早晚是你的。"

"你在乱讲什么？"温长龄还在懊悔昨晚的举动，不断地自省。

"昨晚你吐了谢商一身，他一点儿没嫌弃，又是给你擦脸，又是给你擦手。"

本来屠启珍还嘱咐佳慧留下来多照看点儿，结果她什么忙也没帮上，用药、催吐都是谢商亲力亲为，除了给温长龄换衣服。

温长龄的衣服是佳慧帮忙换的，谢商还道了谢来着。

"谢商是不是在追你？"

温长龄辟谣："没有，我们只是邻居。"

佳慧不这么认为。她虽然跟谢商不熟，但还是看得出来，谢商绝对不是那种会跟异性暧昧的人，他的边界感很强，但他允许了温长龄跨过他的社交界限，换个词来讲，这叫领地入侵。

方既盈也在 VIP 楼。

"四哥。"

在这里遇到谢商，她很诧异，满眼欣喜。

"你怎么在这儿？"她快步上前，"你是来看我的吗？"

谢商在等电梯。他昨晚没睡到觉，心情不太好，背对方既盈，看着电梯显示屏上缓慢变动的数字，简单明了地回道："不是。"

"四哥，我们谈谈好不好？"方既盈的语气里带了讨好。因为身体不好，她脸色很苍白，额头上还裹着纱布，病快快的，站在那里，的确是一枝惹人怜爱的扶风弱柳。

谢商没打算跟她独处，站在原地，周围有人来来往往："你想谈什么？私事还是公事？"

昨天事情发生得急，温长龄爬桂花树的时候，谢商刚洗完澡，没来得及换衣服，只随手拿了件外套。外套被温长龄吐脏了，被他扔进了垃圾桶，他身上的长袖睡衣很薄，米白色，是柔软的针织料子，让他看上去多了几分居家的随性。

"是公事。"方既盈神情、语气小心翼翼，"华地的负责人联系我了，说换代言人是你的意思。"

谢商很直接："是我的意思。"

方既盈的眼尾微微泛红："是我做得不够好吗？我可以努力达到你的标准。"

谢商转过身来："你是真的不知道我为什么换了你吗？"

她没说话，眼睛越来越湿。

之前在某个局上，谢商听谷易欢的某个狐朋狗友聊女人，说女人的眼泪都是武器，会让男人毫无办法。

谢商觉得这话太绝对了。他觉得眼泪很烦。

"你知道。你那么聪明，不会不知道人和人相处需要保持界限。"

他的意思是，她越界了。他和华地集团续约的传闻出来之后，方既盈找到华地，也要合作，从那时开始，她就越界了，因为她在试图挤进别人不对她开放的领地。

"盈盈，"他们一起长大，但成年之后，谢商就很少这么叫她，此时换回这个称呼，不是亲近，是告诫，"不要越界。"

从病房过来的谢研理刚好听见了这一句话。

"你怎么这么跟盈盈说话？"

谢商看了一眼显示屏上的数字，电梯还没下来。

谢研理走到方既盈的身前，怒斥谢商："当初要不是盈盈救你，你活得到今天吗？"

"妈！"方既盈制止道，"别说了。"

谢研理振振有词："我说的哪一句不是事实？"

"妈，我……"

方既盈情绪激动，一口气没上来，捂着心口重重地喘息。很快，她开始气促咳嗽，越喘越急。

谢研理立马去摸她的口袋，口袋里面却是空的："盈盈，你的药呢？"

方既盈蹲下去，喘不上气。

谢研理大喊："医生，医生！"

电梯门开了，谢商没有停留，进去后，按下关门键。

方既盈有哮喘。

谢商刚出生时，谢景先找人给他算过。谢家这一代福缘浅薄，前头已经夭折了两个，谢商在年幼时期身体也不好，谢家人都担心他会养不活。他13岁那年溺水，是路过的方既盈救了他。

在那之后，谢商的身体渐渐好转，方既盈却突然得了哮喘。

方既盈是谢研理第二任丈夫的女儿。

谢研理是个脑子糊涂的。当初为了家族联姻，她未嫁得良人，一度过得很不顺遂。老爷子谢景先心疼她，觉得亏欠了她，在她离婚之后，对她万般纵容，也从没有薄待过她的继女方既盈。但谢研理拎不清，总拿当年谢商溺水的事挟恩图报，说方既盈得哮喘是给谢商挡了灾，一门心思想要谢商把方既盈娶了。

谢研理总说做人要有良心，要知恩图报。

谢商的母亲苏南枝女士还是有良心的，在方既盈18岁生日当天拟了一份嫁妆单子，当场认了她当干女儿，并承诺待到他日她出嫁，嫁妆一定全数送上。

下午，晏丛的爷爷来了一趟帝宏医院，亲自向方既盈致了歉，说该赔赔，该训训，但方既盈没听见他训自己孙子一句。话里话外，老爷子都护短得很。

晏家也不是什么普通人家，在体育竞技圈很有话语权，晏老爷子还亲自来了，这个台阶方既盈得顺着下。

交警判了晏丛全责，住院费、修车费、精神损失费、误工费……晏老爷子都积极地赔，之后……没有之后，这件事就这样了结了。

每一个喜欢乱来的熊孩子背后都有一个喜欢惯孩子的熊家长。

温长龄只住了两天院，护士长另外给她放了两天假，让她回家好好休养。路过如意当铺时，她看见谢商从一辆看着就贵气逼人的车上下来。

红色的车，十分张扬。

"星星。"车里的女士喊他。

他又折回去。

女士跟他说了什么，另外给了他一个很精致的雕花盒子，之后驱车离开。

温长龄继续往朱婆婆家走。

"温长龄。"谢商叫住了她。

她回头："嗯？"

她的模样忠厚又老实。

谢商手里抱着雕花盒子——红木的，颜色很称他的手，温长龄一时不知道是看漂亮盒子好，还是看漂亮的手好。

"我听说你是因为护食，不肯分我菌子汤，才中毒那么深。"

温长龄："……"

荷塘街就没有秘密吗？是的，荷塘街没有秘密。

如意当铺的谢老板被有钱女人看上了。

不到24小时，这个"秘密"就传遍了整条荷塘街，连深巷里那条专门咬人裤脚的恶犬小黑都知道谢老板的事了。流言传得很快，比滚雪球还快，而且说得有鼻子有眼。

传得最广的版本是这样的——

"怪不得不好好做生意，心思都用来哄女人了。"

"他那个当铺，没几个客人，不知道要亏多少，看来那女人很宠他嘛。"

"那可不，他们还有爱称呢，我亲耳听到的，富婆叫他……"包子铺的老板娘都不好意思了哟，"心心——"

"小心心？"

点心铺老板娘："听错了吧，是小心肝儿。"

"哎哟，酸的嘞。"

坐在门口啃玉米的温长龄："……"

原来如此。怪不得街上有传闻，说她是在医院太平间给人收尸的，比起爱称"小心肝儿"，在医院收尸好像也不是那么离谱儿。

温长龄给"小心肝儿"发了条消息。

温长龄："钱你还没收。"

温长龄的住院费是谢商代缴的，她转账给他了，他还没收。

谢商："算了。"

温长龄："我不能占你便宜。"

谢商："以后还。"

当晚，富婆的小心肝儿上了热搜。因为那不是普通的富婆，是当红的实力派电影女演员。照理说，小心肝儿会被骂很惨，但这是个看脸的世界。虽然小心肝儿的脸拍得不是很清晰，但不妨碍火眼金睛的网友发现美。

"还得是我枝枝！"

"枝枝"是粉丝给这位女演员的昵称。
"图这么模糊，还这么帅。"
"这门婚事我同意了！"
"这个脸，这个身材，还有什么不能原谅的呢？"
"他想要个姐姐怎么了？给他！"
"我也想体会这种快乐。"
"这哥哥看着就很贵的样子。"
…………

这个话题在热搜榜上挂了整整一天。有人说这次事件是故意炒作，因为女演员的电影要上映了。也有人说，和女演员一起被拍的人八成是要出道了，蹭一下女演员的热度。把没凭没据的东西说得有理有据，这是当代网友的一大能力。

朱婆婆也要休养，吴浩敏就带着彤彤过来小住。家里有两个病号，吴浩敏天天炖汤，温长龄跟着享福，休了一个很滋润的短假。

午饭后，温长龄接到蒋尤尤的电话。

"长龄，晚上来不来我家玩？"

温长龄和蒋尤尤虽然说得上话，但没怎么一起玩过。

"玩什么？"

"打牌。"蒋尤尤在电话里说，"我爸突然抽风，说要给我过生日，让我请朋友来。我哪儿有朋友？我只有前男友，凑是能凑一桌，就怕他们打起来。"

温长龄还在犹豫。

"你来吧，晏丛也来。"

晏丛是蒋尤尤的远房亲戚。

温长龄问："去的话，需要穿得很正式吗？"

"不用，就我们几个。"

电话结束之后，蒋尤尤把地址发给了温长龄。傍晚6点左右，温长龄带着礼物和水果去了蒋尤尤家。蒋尤尤家在别墅区，门口停的全是豪车。别墅大门建得很高大，很气派。门口有位面善的阿姨，是特意等在这里的。

"是温小姐吗？"

"是。"

"五小姐让我过来接你。"阿姨接过温长龄手里的水果，在前面领路。

别墅里面好像在办派对，很热闹，一路上温长龄看见了好几个端着托盘的男服务生。不知道是哪里出了错，眼下的状况并不是温长龄所想的朋友小聚，更像晚宴。她迟疑了一下，还是跟着领路的阿姨进去了，打算把礼物交给蒋尤尤再回家。

蒋家的别墅前有一块很大的草坪，草坪上聚了很多人，他们各个都盛装出席。温长龄出现的时候，谢商正在牌桌上，一身正装，没打领带，黑色衬衫外裸露的皮肤白得发光。他就是那样的存在，能让人在人群里一眼找出他。灯光美酒，众人簇拥，这是属于他的光鲜亮丽的世界。

温长龄不自觉地停住了脚步。他们玩的是纸牌，她离得远，不知道游戏规则，只能看见谢商抽牌的手白皙修长。他懒散地坐着，游刃有余，不难看出来，这一局是他的主场。

谢商的对手已经输红了眼，将最后一张牌翻开之前，他起身，眼睛扫视全场，最后锁定了目标。他要加码。

"这把谁输了，谁就得跟那位'小龙女'共度良宵。"

很不幸，温长龄被选中了。因为她没有穿礼服，因为她在一群衣着艳丽的名媛千金里最普通、最好践踏，因为她戴着助听器，是个"小龙女"，所以她要被当成输家的惩罚。

谢商抬头，视线穿越人群，在看到熟悉的脸之后，定格了。此刻，所有人的注意力都落在了温长龄的身上，带着不同意味的探究与好奇。

蒋尤尤第一个冲过来，穿着昂贵而精致的裙子，毫不顾及形象地对始作俑者破口大骂："沈非，你有病吧！"

拿温长龄做赌注的那人叫沈非，家里是从事制造业的。沈家就得这一根独苗，惯得他无法无天。

"没你的事。"沈非完全不给寿星公面子。

谢商不近女色在圈里尽人皆知，他故意如此，就是想羞辱谢商。

蒋尤尤深吸一口气，很努力地克制自己不骂脏话："她是我请来的朋友。"

沈非嘲讽道："你还跟'小龙女'做朋友呢。"

"你……"

蒋尤尤想要一巴掌扇过去。

她的父亲蒋正豪喝止道："尤尤！"蒋正豪用眼神警告她：没你的事，你插什么嘴？

"拿别人赌有什么意思？"谢商开口了，所有人都安静下来，场中只有他的声音，"敢不敢拿你自己赌？"

纵浪大化中，不喜亦不惧。

谢商平日里与人往来并不会给人很强的压迫感，可能因为他是律师家庭长大的，应对任何事情的从容像被刻进了他的基因里。

当然，特殊时候他也会发疯，不然怎么会被人戏称为"优雅的疯子"？

18岁的时候谢商打过沈非，在一个雷雨天。原因是沈非踹了一脚环卫工人的垃圾桶。他就踹了一脚垃圾桶，谢商突然发疯，把他往死里打。虽然两家表面上和解了，但这件事一直是沈非心里的一根刺。

这么多人在场，沈非怎么着也要争一口气："赌什么？"

谢商坐着，悠悠地望向远处，和温长龄短暂地对视之后，便收回目光，并没有过多地把注意力放在温长龄身上，以至她被忽视，没有人再去打量她，再盯着她的耳朵。

"我要是输了，打你那顿让你讨回去。"谢商不疾不徐地重新规定赌约，"你要是输了，跪着过去，给人家好好道歉。"

这才是谢商，他不会拿人作赌，即便那个人不是他的"熟人"。

"可以不讲规则，但得讲礼貌。"谢商微微抬起下巴，两个人一站一坐，他却依旧是控场的那一个。他语气淡淡，建议道："不然就别做人了，做狗吧。"

沈非恼羞成怒："谢商，你别欺人太甚！"

面前还有一张牌没翻，谢商看都不看一眼："不敢啊？"

他这个人从不说粗话："尿货。"

"你……"

沈非的好友及时拉住他："算了，就一把牌，输了就输了，何必搞砸人家的生日宴？"

沈非丢了面子，也是真忌惮谢商，摔下手里的牌，愤然离场。

好友追上去，路过温长龄时，赔了个笑："抱歉啊，我朋友喝多了，我代他向你道个歉。"

道歉主要是道给谢商听的，因为他知道，谢商这人记仇。

蒋尤尤"哼"了一声："什么喝多了，我看他是抽风了，有病。"她拉住温长龄："走，去我房间。"

温长龄被蒋尤尤带走了。

谢商收回看似悠闲随意的视线，继续与周围的人谈笑。这牌他是没兴致继续玩了，不用再洗牌。

沈非摔在桌子上的底牌明晃晃地露了出来，是一张红心 A。这时有人忍不住去翻谢商面前的牌，黑桃 5。

这一局，如果继续，谢商会输。翻牌的人看不懂这牌局了，表情复杂。

蒋尤尤的房间在二楼。

"对不起，长龄。"

蒋尤尤诚心道歉。

"没关系。"房间里的陈设看着都很昂贵，温长龄挑了一把最不起眼的椅子坐下，"怎么回事啊？怎么来这么多人？"

说到这个，蒋尤尤也头疼："我也不知道怎么就成了这个场面，除了你跟晏丛，还有我的一个女性朋友，外面那些宾客没有一个是我请来的。"

"那是谁请的？"

"我爸。"蒋尤尤头一次跟温长龄讲起家里的事，语气很平常，就跟讲别人家的事似的，"给我过生日就是个由头。我爸前阵子得了块上好的玉，关家的老爷子喜欢收藏玉，他就把东西送去了关家，就这样攀上了关系。这次他借着给我过生日的由头给关家的小孙子关思行发了邀请，没想到关思行还真应邀了。关思行跟谢商关系好，谢商面子大，就这样，来了一堆我爸想结交的权贵。"

蒋尤尤家是养鱼发家的，后来转做房地产，家里只有钱，没有名，也没有地位，更没有人脉关系，圈子里有些人背地里会说她家是暴发户。

"晏丛呢？"温长龄刚刚粗略找了一圈，没有看到晏丛。

"我跟他打了招呼，他不来了。"蒋尤尤说，"我刚刚还打电话给你了，你没接到。"

温长龄翻出手机，发现手机被调成了静音模式。

她从包里拿出准备好的礼物："生日快乐。"

礼物是一个艾草的护颈脖套——蒋尤尤有颈椎病，前两日还在医院拍了片子。

"谢谢。"

蒋尤尤接过去，试了试，低头闻闻，闻到了很淡的药味："我正好需要。"她把脖套取下来放好，然后去衣帽间拿了一条裙子出来，"这条裙子我没有穿过，是新的，你去试试。"

"不用了。"

温长龄想回去了。

蒋尤尤一脸失望："今天我是寿星公呢。"

好吧。温长龄想到寿星公说她没什么朋友，只有前男友，觉得她还蛮可怜，于是接过裙子——都听寿星公的。

"我在下面等你。"

蒋尤尤先出去了。温长龄把眼镜放在桌子上，去洗手间换裙子。

蒋尤尤的卧室里有一面粉色的立式镜子，温长龄在路过镜子时停下来，看着镜子里没有戴眼镜的自己。

小龙女。是啊，她是"小龙女"，可"小龙女"也是有耳朵的。

突然有人敲门，第一下轻，后面两下重，现在很少有人这么懂老祖宗的敲门礼仪了。温长龄把眼镜戴上。

"进来。"

她以为是蒋尤尤。

"好了吗？"是谢商的声音。

谢商没有推门进来，可能是因为这是女孩子的闺房。他向来是很懂分寸的人，所以当沈非莫名其妙把她扯进赌局的时候，温长龄就知道谢商不会真的拿她赌，因为无论输赢都是对她的不尊重。

温长龄去开门。谢商站在门口，没有往里面走："蒋小姐被她父亲叫去应酬了，托我过来和你说一声。"

温长龄"嗯"了一声，说"知道了"。

"裙子很漂亮，很适合你。"

"谢谢。"

谢商从来不吝啬赞美。

蒋尤尤眼光很好，挑的裙子的确很适合温长龄，裙身是很深的宝蓝色，方领，长摆，好看却不扎眼。

"晚饭吃了吗？"谢商问。

"没有。"

"走吧，去吃点儿东西。"

温长龄把门关好，和谢商一起走。

因为裙摆很长，她走路不是很方便，谢商放缓了脚步，走在她的外侧，没有离她太近，中间留了一个人的距离。

蒋尤尤家很大，这条走廊长得过分，有点儿像艺术馆的长廊，沿路的墙壁上都挂着画。

"皮筋掉了。"

温长龄看向谢商："嗯？"

他蹲下，捡起掉在她裙摆上的黑色皮筋，然后还给她。

她看了一眼自己的裙子，思考着要不要背过身去整理——裙子的领口开得有点儿大。

"需要帮忙吗？"

"你会？"她太好奇了，忘了拒绝。

"会一点儿。"

谢商走到她身后。墙壁上的画都装了玻璃框，干净的透明玻璃把人照得清清楚楚。他们之间已经没有一个人的距离了，因为距离拉近，男女身高的差异在这个时候体现得格外明显，她要抬头才能看到玻璃画框上谢商的眼睛。从这样的角度看过去，谢商的睫毛很长，弯弯的，眼尾处双眼皮的褶皱最深。他低着头时，很容易让人产生一种错觉，就好像他是那种听话的类型。他的虹膜真漂亮，像琥珀，这样的眼睛哭起来一定很好看。温长龄仰着头在看玻璃上的影子，脑海中突然就闪过这个念头：想看谢商哭。

"别看我，低头。"

"哦。"

温长龄收起脑子里越来越野的思绪。这样的姿势，一男一女，一般来说会很暧昧，但谢商刻意拉开了些距离，不会让人觉得越界。

温长龄也不知道眼睛看哪里合适，就盯着自己的裙摆。宝蓝的礼服做得很精致，裙摆上有亮片，被灯一照，一闪一闪地发亮，像天边的星星。她突然想起那位富婆女士对谢商的称呼——星星。

谢商小心地避开她左耳的助听器，梳理头发的动作很轻，轻到她只感觉到发梢扫过脖颈的痒意，原本收好的野心思又一次跑了出来。谢商红着眼睛求人会是什么样子？

"皮筋给我。"

温长龄抬起眼皮，恢复了忠厚老实的模样，把皮筋递给谢商。

"好了。"

谢商退后一些，两个人之间的距离再次被拉开。

温长龄摸了摸头发:"你还会编发?"

"我妈教的。"

两个人继续往前走,走到拐角,一起下楼梯。温长龄走在靠扶手的那一侧,她一只手扶着楼梯,一只手提着裙摆。

"教你讨好女孩子吗?"

谢商笑:"不是,教我孝敬她。"

谢商的妈妈真是个妙人。她一定是位很优秀的女士,谢商被她教得很好,身上没有半点儿富家子弟的不良习气,尊重女性,很懂得相处的分寸和界限。

"那你妈妈知道吗?"

"什么?"

温长龄不太关注网上的消息,也没看清那位女士的脸,随口提了一句:"我听说你做了富婆的小心肝儿。"

谢商突然停下来。他在她下面一级台阶上,她差点儿没刹住脚,身体前倾,宝蓝色撞到了黑色,裙摆碰到了西装。

"那位富婆是我妈。"

荷塘街情报组的"情报"果然不靠谱儿,温长龄觉得此时还是沉默比较好。谢商也没再说什么。下了楼梯之后,他说:"用餐的地方在左边,需要我带你过去吗?"

"不需要。"温长龄说,"谢谢。"

她先一步走了。谢商太惹眼了,她觉得在这样的场合还是不要跟他走得太近。可能因为她换衣服了,加上蓬松的编发挡住了耳朵,她不再是不同于人群的存在,没有人特别注意她。她乐得自在,挑人少的路走,走到放了食物的地方。

刚好,蒋尤尤也在餐桌附近。她的父亲蒋正豪也在,在给她牵线引见。

"这是我的女儿,尤尤。"

对方是一位身穿高定服装的男士,微胖,个子不高,和穿高跟鞋的蒋尤尤差不多高。

男士主动打招呼:"你好。"

蒋尤尤回:"你好。"

男士稍微打量了一下蒋尤尤,脸上露出了欣赏的表情。

蒋正豪的目的非常明显,达到目的之后,他眼力见儿十足地说:"你们年轻人聊,我就不在这儿碍眼了。"

蒋正豪给蒋尤尤使了个眼色,然后让出空间,让两个人好好"发展"。

男士对蒋尤尤很感兴趣:"蒋小姐是做什么工作的?"

蒋尤尤打扮得很端庄,裙子是最保守的长袖款,不过依旧遮不住她的好身材。她眼皮微微下垂,适当地表现出与男人相处时的生疏和不自在:"医生。"

"医生好啊,救死扶伤多伟大。"

学医是蒋正豪要求的,蒋正豪说医生啊、老师啊这些是贵太太们最喜欢的儿媳妇的职业，不过蒋尤尤觉得蒋正豪的想法过于落伍了。

男人主动展开话题："当医生很忙吧？"

"还好。"蒋尤尤把碎发别到耳后，双手交叠放在身前，说话轻声细语的，十分淑女乖巧，"我在私立医院上班，没有那么忙。"

"那平时不忙的时候，蒋小姐喜欢做什么？"

蹦迪、喝酒、打游戏。蒋正豪说这位家里是做丝绸生意的，富了好几代。淑女嘛，爱好不能太野，蒋尤尤在男士有意靠近的时候适当"惊慌"地退后一步："我不太爱出门，平时就在家里绣绣花，看看书。"

"你还会绣花？"男士表现出前所未有的兴趣和惊讶。

她腼腆一笑："会一点儿。"

"你真不像现在的人。"男士兴致勃勃地问，"你一定没去过酒吧吧？"

她捂嘴，一脸惊讶、难以置信的表情："女孩子怎么能去那种地方？"

就在旁边的温长龄："……"她好像认识了一个假的蒋医生。

蒋尤尤看到温长龄，跟男士说了声"失陪"。

"长龄。"

她来到温长龄这边，先是欣赏了一番，然后惋惜地问道："你这肩、这腰，平时藏着干吗？"

她觉得温长龄低调得过分了，有种"眼镜一戴谁都不爱"的架势。

"蒋医生，你有双胞胎姐妹吗？"温长龄问出了她的疑问。

"我有四个姐姐，不过没有双胞胎姐妹。"

所以她眼前这个不是假的蒋医生。

那位男士还在不远处，温长龄特意小声地问："你真的会绣花吗？"

蒋尤尤背对人群，往嘴里塞了一个小蛋糕："十字绣算不算？"

"……"

温长龄手里的蛋糕被她不小心捏瘪了。

虽然晏丛和蒋尤尤沾亲带故，但温长龄向来不爱打探别人的私事，因此蒋尤尤的家事她知道得不多。

"我们家姐弟六个，除了我弟弟是掌中宝，我和我四个姐姐都像是我爸的商品。"蒋尤尤擦了擦嘴，不在意地说，"要乖巧听话，要端庄淑女，要成为名媛，要下得厨房上得厅堂，这样在婚恋市场才有价值。"

怪不得她即使富裕，也过得并不快乐。蒋尤尤笑了笑，漂亮的眼眸只是短暂地黯了一下，然后依旧明亮："不要把我想得太可怜，我不可怜。我爸很舍得在我身上投资，我有穿不完的衣服、背不完的包包，也有豪车、豪宅，见识过一般人一辈子都见识不到的东西，衣食无忧，要什么有什么。比起自己奋斗，做这样的乖乖女也没什么不好。"她凑近，悄悄告诉温长龄，"我交了一箩筐的男朋友，我爸都没发现。"

不过她从来不交圈子里的男朋友，免得毁了她苦心经营的"贤妻"形象。

她仰着头看天上，笑得明媚："我要趁自己还没有嫁出去，好好享受单身的快乐，然后相夫教子，大富大贵，最后寿终正寝。"

这是她以后要走的路，她大姐出嫁的时候，她就看清楚这条路了。所以她告诉自己，不要走心，使劲儿地玩，以后就不要遗憾，不要不甘。

"也挺好的。"她喝了一口红酒，"毕竟这么好的酒也不是谁都喝得到的，人还是要知足。"她很豁达，也很清醒。

这算是温长龄第一次真正了解她。

"刚刚你帮我骂了那个打牌的，会不会影响……"温长龄想了想合适的措辞，"影响你的形象？"

蒋尤尤大气地摆摆手，不放在心上："没关系，沈非该骂，我骂他也情有可原。"

温长龄把她觉得好吃的蛋糕分了蒋尤尤一块。

蒋尤尤吃完蛋糕，拍了拍手上的蛋糕屑："我爸在叫我了，我要过去表演了。"

接着她转过身去，一秒钟就换了一副表情，迈着秀气斯文的步伐走到父亲蒋正豪身边，在每一位蒋家女婿候选人面前扮演温柔贤惠的蒋家千金。这不是什么生日宴，是交际场。

装食物的盘子都太小，一盘就一小块，温长龄吃空了一小片区域的盘子之后，不好意思再吃。她给蒋尤尤发了条消息，说要回去，然后去楼上换了衣服，把蒋尤尤的裙子装好，打算拿去干洗。

别墅门口都是豪车，她走远一点儿，用手机叫车。

"温长龄。"她这才注意到在路对面接电话的谢商。他挂掉电话，踩着一地从树叶缝隙里漏出来的月光斑，朝她走来。

正装的外套被他随意地拿在手里，他丝毫不在意料子昂贵的衣服蹭到地上的灰尘："要回去？"

"嗯。"

"这里不好叫车。"

温长龄看了一眼手机，没有人接她的单。

谢商拨了个电话："开云，车借我。"

谷开云说"好"。

然后通话结束。

"你喝酒了吗？"

谢商说："没喝。"

温长龄关掉打车软件，安静地等。

没过一会儿，谷开云过来了。他看到温长龄后只是点了点头，目光礼貌，没有过多地探究。他把车钥匙给谢商："小欢好像有事拜托你，你不等他？"

"让他电话联系我。"谢商找到车，发现车停得有点儿远，"我先走了。"

他看了一眼温长龄，示意她跟上。谷开云的车在一众五花八门的豪车里异常低调，内饰是纯黑色真皮，没有一点儿花里胡哨的东西。

谢商先打开后座的车门。

温长龄上车之前道谢："麻烦你了。"

"不麻烦，顺路。"

谷易欢是和关思行一起来的，晚到了半个小时。迟到的原因是谷易欢非要开那辆底盘很低的车，结果他车技不行，半道儿上车漆被刮掉了一小块，他不肯再开，又要回去换车。

关思行给他摆了一路的冷脸。

谷易欢也不爽："你不是一向都不喜欢这种聚会吗？"

"是不喜欢。"

那你别来啊，蹭车还这么大脾气。

谷易欢阴阳怪气地说道："今天太阳打西边出来了？"

"来见个人。"

关思行站在原地，环视一圈，在找人。

谷易欢最八卦了："谁？"

"不告诉你。"

关思行走在前面，将谷易欢甩开一大截。

谷易欢白他一眼："谁稀罕知道。"他甩头转向了另一边。

这两个人磁场不合。谷易欢嫌关思行古板没情调，整天泡在研究院，人都泡傻了。关思行嫌谷易欢就知道吃喝玩乐，脑袋空空，无知鲁莽。总之，两个人很不合。但他们又都和谢商交好。

谷开云在人少的那桌，不喝酒，不跳舞，不玩手机，就坐着，手边放着一杯清水。

"哥，"谷易欢过去，"四哥呢？"

"走了。"

"不是让他等我吗？"

"他跟一个姑娘走了。"

"姑娘？！"谷易欢急了，口无遮拦，"又是哪个小妖精勾引他？！"

谷开云蹙眉："小欢，说话要注意分寸。"

谷开云和谷易欢的性格一个天上一个地下，大不相同。谷易欢是总也长不大的毛孩子，谷开云是18岁就活得像60岁的老古板。

老古板长了一张清俊的脸，气质、仪态都好，搁那儿坐着就是一幅清风朗月的画。

"你跟我说说，拐走四哥的是谁？"

"少管别人的私事。"

谷开云的嘴巴一向很严，他是少见的正人君子，君子有所言有所不言。

第五章
温小姐喜欢听话的

蒋尤尤作为寿星公，被她爸领着敬了一圈酒，主打的就是一个广撒网，宁错不漏。她爸的意思：这一池子的金龟婿，总能钓上来一个。

"蒋尤尤。"

谁在叫她？她睁大眼睛看过去。棕榈树旁站着一个人。

蒋尤尤看不清，眯着蒙眬的醉眼看："你是谁？"

那人走过来，很高。

谁啊？她不认识，以为这也是蒋正豪的女婿候选人之一，于是醉醺醺地问这位青年才俊："你家里有矿吗？煤矿不行，要金矿、钻矿、玉矿。要是没有就不要跟我说话，我可是要嫁进高门的女人。"

她喝醉了，在这儿胡言乱语。胡言乱语完，她把高跟鞋蹬掉，两只脚踩在花园椅上，双手抱住腿，仰起头，不知道是在看路灯还是在看月光。

关思行坐到椅子的另一头："你还没有跟我喝酒。"

她睁着水汪汪的醉眼："我为什么要跟你喝酒？"

"你跟他们都喝了。"

都怪谷易欢，害他迟到。

蒋尤尤歪着脑袋，一副茫然懵懂的样子："他们是谁？他们有矿吗？"她撑着椅子突然凑过去，上上下下地把他看了一遍，"你好像个男大学生。"

两个人离得太近，她的目光像要把人全身的衣服都剥干净。关思行也不躲，就那样迎着蒋尤尤的目光跟她对视，从脸到脖子被她的气息烫红了一大片。

她又坐了回去："我最喜欢男大学生了。"她捂着嘴，坏笑不断从眼睛里跑出来，"他们很乖，而且最会了。"

100

关思行维持原来的姿势缓了缓，等肢体不那么紧绷僵硬了，才往她那边挪了一点儿，只是一点点，她不会察觉。

"你交往过很多男大学生？"

男大学生有什么好，都很蠢，他布置的物理题他们都做不出来，没有一个能进他的实验室。

蒋尤尤没有回答，思绪掉线了，自顾自地发呆。关思行戳了一下她的肩，用手指，轻轻一下。

断掉的语言神经被接好了，她转过头，眼睛一眨不眨，突然发问："你会不会啊？"

关思行没听懂："会什么？"

她抓住他的袖子，用力一拉。

关思行身体失衡，还没反应过来，怀里就挤进来女孩子软乎乎的身体。在他呆滞的片刻里，她噘着嘴往他的唇上磕，很重的一下，疼过之后，是湿湿软软的麻。

关思行没养过宠物，不过谷易欢以前养过猫，那猫跟谷易欢不亲，倒是跟他亲，喜欢舔毛，也喜欢舔他。他下意识地抬手摸"猫猫"的头。然后他被推开了。

蒋尤尤撇了撇嘴，很不高兴地舔了舔被磕疼的唇："你一点儿都不会。"说完她倒头栽在了关思行身上。

车开到高架桥上时，温长龄才发现这不是她熟悉的路。

她问谢商："不回荷塘街吗？"

"你不是没吃饱吗？"

她在蒋家确实没吃饱。

她看着车窗上谢商的影子，感叹他的洞察力惊人。

车子在主路上跑了差不多有20分钟，然后拐进一条巷子，七转八转地又开了十来分钟，最后在一家装修很不起眼的私房菜馆子前停了下来。这家菜馆子很特别，不接受点菜，只问客人有没有忌口。

谢商看向温长龄。她摇头。

谢商嘱咐这位亲自出来招待的主厨："菜别切太碎。"

主厨冷淡地说："你可以用勺子。"

这俩人认识啊。知道谢商不太会用筷子的人，那应该和谢商是很熟的关系。温长龄不禁好奇地望向主厨。主厨长了一张像是会经常换女友的花心脸。

主厨也在看温长龄。

谢商轻敲桌面提醒："看够了吗？"

主厨这才收回视线："两位稍等。"然后他才去了后厨。

桌上有茶壶。谢商用手背碰了一下茶壶的边缘，感觉不烫。他倒了一杯茶水，放在温长龄的右手边："他是我舅舅。"

苏北禾。温长龄知道这个名字。

她摸了摸手臂，有点儿冷，把椅子往右边挪了挪："你舅舅是厨师？"

"算半个吧，厨师是他的副业。"

谢商起身，去调了一下空调出风口的方向。

她喝了一口茶，是果茶，甜的："为什么没当主业？"

"家里人不同意。"

"为什么？"温长龄觉得厨师是挺不错的职业。

谢商的语气很平常："有一堆银行要他继承。"

温长龄："……"

苏家是开当铺起家的，发展到现在，主营业务是投资银行。摩林（Marlon）集团是国内规模最大的投资型银行，业务范围很广。因为部分业务和商业银行业务的区别不大，一些财经媒体也将其列入银行范畴。

后厨里，苏北禾正在打电话给他的母亲翟文瑾女士："您的宝贝外孙带女孩子来我这里吃饭。"

翟文瑾女士反应很大，电话里甚至传来了福到的叫声。福到是翟女士养的金毛，按照辈分，谢商要叫福到一声"小舅舅"。

两个人吃完饭到家时已经过9点了。荷塘街的路很窄，街上偶尔有车往来，谢商和温长龄一前一后步行。很自然地，她靠墙，在前，他走外侧，在后。两道影子时近时远。

外套被谢商搭在手臂上，黑色衬衫的袖子被挽了起来，手臂上隐隐有青筋浮现，那一双不沾阳春水的手，反而很有力量。他身上除了手表没有任何饰品，黑色衬衫是经典的基础款，锁骨上的痣很会长，位置刚好，将衬衫解开一颗扣子就能看到。

走到当铺门口的时候，温长龄突然停下来，问谢商："星星是你的小名吗？"

她想起酒吧的那首DJ版《小星星》了。

"你听见了？"

她解释道："我不是故意偷听的，你妈妈叫你的时候刚好听到了。"

"小时候的名字，现在不怎么用了。"

谢商懂事后就不太喜欢这个小名，太乖了。他问过苏南枝女士：为什么取了个这么纯真乖巧的小名？不应该取更凶狠一点儿的吗？压一压他那让算命先生都摇头的命格。苏女士说，因为生他的那晚天上有星星。苏女士还说，迷信害人。

谢商学会的第一首古筝曲子是《小星星》，祖母亲自教授的。祖母说："星星，这首曲子是你的名字。"

尽管如此，他依旧不怎么喜欢这个奶里奶气的乳名，尤其是谷易欢皮痒了故意叉着腰矫揉造作地喊他"小星星"的时候。

夜晚的风不干不燥，很舒服，温长龄整个人很放松，所以脱口而出："以后抬头看星星的时候,我都会想起你。"

谢商突然盯着她。她摸摸脖子,这才反应过来她的话不妥,连忙转移话题:"晚安。"

她快步回家了。谢商还待在原地,抬起头,去看天上的星星。过了很久,久到脖子发酸,心脏的地方有莫名其妙的紧绷感,他才后知后觉地收回目光。

10点左右,谢商接到了苏南枝女士的电话。
"听你舅舅说,你今天带女孩子过去吃饭了?"
"嗯。"

苏南枝也不是八卦的人,就是觉得稀奇。谢商刚满18岁,苏南枝就给他上了成年性教育课,大致就是教他尊重女性,可以谈恋爱,但不能滥情,可以情不自禁,但必须保护女方不受伤害。他很从容地听完了全部课程。谢商从小就自律,苏南枝平时很少约束他的行为,对他算是放养。

他说了一句苏南枝至今都记得的话:"连自己的身体都控制不了的人,劣等。"之后苏南枝也确实没见过他胡来,反而偶尔见他礼佛读经、焚香煮茶。苏南枝就怕他哪天看开了,觉得红尘太没意思,直接剃度出家。所以他带女孩子去吃饭是大新闻。

"女朋友?"
谢商说:"不是。"
翟女士在那头见缝插针地问道:"什么时候带回来看看?"
翟女士也不是八卦的人,就是攒了几箱珠宝,没地方送。
"不是女朋友。"
"还没追上?"苏南枝吐槽,"浪费我给你生的那张脸了。"
谢商不想继续这个话题。
"妈,您上网辟个谣。"
"哪个?"
不好意思,当红女演员的绯闻实在太多,离谱儿的也不少。
"富婆的小心肝儿那个。"
苏南枝凑了整点,11点发微博。
苏南枝V:"这小心肝儿是我生的。"
没到半个小时,这条微博就挂在了热搜榜上。
荷塘街有三家理发店,温长龄常去的那家离朱婆婆家最近,叫兰英理发店。兰英理发店的老板娘就叫兰英,江兰英。

今天周末,店里人挺多。

江兰英刚给一位客人洗完头,将毛巾搭在家人肩上,见温长龄进来,问:"剪头还是洗头?"

温长龄说:"剪刘海儿。"

江兰英安顿好手头的客人，把温长龄领到最左边的空位前。

"坐这儿。"

温长龄坐下。江兰英刚给温长龄系好围布，烫梨花小卷的客人就催命似的催："老板娘，我这头发好了没？这药水都涂多久了。"

小本经营，店里没有打下手的，江兰英朝着楼梯口吼："杨熙宁！"

杨熙宁，一个靠稿费还吃不饱饭但坚信自己未来一定会闯出一片天地的全职画手。她趿拉着拖鞋下楼，穿着宽大的T恤衫，顶着鸟窝头："干吗？我创作呢。"她正在创作一个以当铺谢老板为原型的纯爱大作。

"你过来帮她剪刘海儿。"江兰英转头笑眯眯地宽慰温长龄："放心，我闺女学过，不会给你剪坏的。"

温长龄有种不好的预感。杨熙宁三两下给自己扎了一个非常凌乱的丸子鸟窝头，拿着剪刀过来："八字刘海儿吗？"

"嗯。"

"要多长？"

温长龄比到下巴的位置："这么长。"

杨熙宁剪了起来。起初一切正常，直到——邻座的两位客人开始聊八卦消息。

"不是富婆的小心肝儿，别瞎传。"

杨熙宁竖起耳朵去听。她很激动：又要有新素材了！

客人收着嗓门儿："我女儿跟我说了，那是谢老板他妈。"

"亲妈？"

"对，就是亲生的。"

"我说他们怎么长得有点儿像。"

杨熙宁听得太入迷，没顾上手上，直接一剪刀下去。温长龄傻了。

杨熙宁反应过来，看到镜子里的温长龄，也傻了，尴尬地抓着那一缕刘海儿，丢也不是，不丢也不是："对不起啊。"

杨熙宁剪得太短了，有多短？短得刘海儿翘起来后都不能自主垂下去了。

温长龄按了一下，刘海儿下不去。

杨熙宁非常不好意思："要不……我给你接回去？"

"杨熙宁！"温长龄还没发怒，江兰英先发怒了，提着剪刀冲过来，"你这个天杀的！！！"

杨熙宁一边躲她妈的飞毛腿，一边给温长龄道歉。

事已至此——

"没关系。"温长龄干笑。

江兰英暂且放过逆女，先收拾烂摊子，赔着笑脸对温长龄说："我给你修一修吧。"

"哦，好。"

但修不好了，只能修得两边一样短，江兰英吹了很久，还用了定型膏，才暂时让左右那两撮儿刘海儿垂下去。最后江兰英实在过意不去，没收温长龄的钱，还给了她一堆剪头券和一个火龙果当作补偿。

温长龄按着一出理发店的门就翘起来的短刘海儿，低着头回家。

"温长龄？"

突然有人叫她，她下意识地回头，脸上的表情一瞬间变得僵硬。那人额头的右边有一道一指长的疤。

温沅去世之后，温长龄在舅姥爷家住过一段时间。曾志利是舅姥爷大儿子的养子，和温长龄同龄。他们上次见面是在法庭上，曾志利作为被告，温长龄是原告。算算时间，他应该是刚出狱。

曾志利比七年前更瘦，两颊的凹陷明显，他看到温长龄的正脸，先是发笑："你果然住这儿。"

温长龄转头就跑。

曾志利追上来，拽住她的手："跑什么呀？这么怕我？"

人远离屎是因为怕吗？是因为脏。温长龄甩开曾志利的手，防备地退后。

他上上下下地打量温长龄，因为额头上有疤，他两边的眼角不对称："怎么还戴上眼镜了？"他摩挲着碰过温长龄的手指，表情像在回味，"你还是不戴眼镜好看。"

朱婆婆刚好出来。

"长龄。"看门口多了个獐头鼠目的家伙，朱婆婆扫了一眼放在角落的扫把，问温长龄，"他是谁啊？"

温长龄走到朱婆婆的身边："不认识的人。"

朱婆婆推了推温长龄，示意她先进去，自个儿搬了把椅子，坐在大门边上。

老太太一把年纪，头发花白，身子骨硬朗，眼神犀利，有股不怕事的劲儿。

曾志利去旁边的铺子里喝了一碗糖水，抖腿晃脑地坐了一会儿就走了。

次日。温长龄下班回来，先去了一趟陶姐的水果店，陶姐开了一个哈密瓜，让温长龄带一半回去。

陶姐的小儿子爱民有几道数学题不会，温长龄没急着回去，坐下来给爱民讲题。温长龄讲题时耐心很好，陶姐十分佩服——不像她自己，讲着讲着容易上火掀桌子，并教训孩子。

"长龄。"

"嗯？"

陶姐朝门口抬了抬下巴："外面那人你认识吗？"是曾志利，他又来了。

温长龄平静地把目光收回："不认识。"

"那他怎么一直盯着你？"

贼眉鼠眼，不像好东西。陶姐瞪了曾志利一眼。

给爱民讲完题——对了，爱民的哥哥叫爱国——温长龄起身回家。

"我回去了。"

陶姐又剪了半挂香蕉，装好塞给温长龄，嘱咐她："你小心点儿。"

"嗯。"

温长龄从水果店出来。陶姐站在门口，目送她。那贼眉鼠眼的家伙跟上去了，走在温长龄后面，隔着两步的距离。

"你应该不想别人知道你那点儿事吧？"

曾志利的声音不大，只有温长龄听得到。

她没回头："我有什么事？"

"害我坐牢的事。"

她并不怕曾志利，只是很烦躁，非常烦躁，很想做点儿什么事来发泄。她在忍耐："别跟着我。"

曾志利抱着手，不远不近地跟着她，厚颜无耻地说："我是因为你才有了案底，现在工作也找不着，饭都吃不饱，你不得赔我啊？"他突然凑近，"准备好钱，我下次来拿。"

温长龄停下，装着水果的塑料袋子被抠出一个洞来。

"长龄。"

两个人又被朱婆婆撞上了，她第二次问："这人到底是谁？"开始她以为这人是登徒子，现在看着不像。

没等温长龄说话，曾志利冲朱婆婆"嘿嘿"一笑，龇着个牙，像个地痞："我是长龄的表哥，特地过来看她。"

他拍了拍温长龄的肩膀："我还会再来看你的，表妹。"

温长龄攥紧了手里的袋子。男人已经消失在拐角了，朱婆婆不放心，拉着温长龄进屋。

"真是你表哥？"

温长龄点了点头，其余的什么都不提。朱婆婆知道她什么性子，没追问。

温长龄提着袋子去了后院。她站在桂花树下，抬头看着那株长得枝繁叶茂的钩吻。钩吻的嫩叶最毒了。

她告诉自己：要忍耐，要遵纪守法。

两天后，曾志利第三次出现，守在温长龄必经之路的街角。温长龄已经在那儿站了两分钟了，一动不动，和旁边五金店门口竖的那块木招牌竟有几分神似。

谢商走过去："怎么不走？"

她愣愣地回头："我迷路了。"

过了这条街就能看到朱婆婆家的院子，还有灯笼指路，她迷的哪门子的路？谢商可一点儿也不信。

"谢商。"这是求助的口吻，声音有点儿软。

这很难得。谢商"嗯"了一声，示意她尽管提。

"你带我回去可以吗？"她很自然地、很老实地走到谢商的左手边，跟他的距离已经小于正常的社交距离，她很少出现这样依赖的姿态，"不走这条路，可以吗？"

像"可以吗""好吗"这样表示请求的句子只要从温长龄的嘴里说出来，听着就很顺耳，谢商很爱听，也愿意去满足。

他往街角的方向看了一眼，什么也没问："走吧。"他掉转方向，换了一条路。

温长龄跟上，像个尾巴。走了一段，谢商发现后面的"尾巴"越离越远，跟得一点儿都不尽职尽责。

他停下："温长龄。"

"嗯？"温长龄明显心不在焉。

"你不是路痴吗？走路还不专心。"谢商在原地等，"能不能跟紧点儿啊，温小姐？丢了我可不找你。"

某个路痴这才小跑着跟上来。

谢商绕的这条路挺远的，但能直接到朱婆婆家的后门口。

谢商走在前面，跟她闲聊："你的头发在哪儿剪的？"

他身上的香味又变了，但很淡，若有若无。

温长龄听当铺的员工钱周周说过一嘴，谢老板如果不在当铺，就会在研发室调香。他应该是一名调香师。

"兰英理发店。"温长龄积极聊天儿，积极分享，"你也要去剪吗？我有很多剪头券，可以分给你。"

"我不去。"谢商看了一眼她的刘海儿，轻描淡写地说，"我哪儿驾驭得了？"

温长龄："……"这明褒暗贬的语言艺术，这人不愧是律师世家出来的。

夕阳下落，天边慢慢褪去亮色，像一幅正在调色的画，鸦青色似被一支饱蘸了清水的羊毫抹开，薄薄的一层，似烟似雾。

谢商把温长龄送到了朱婆婆家的后门口。

"进去吧。"

她回："再见。"

等她进去，谢商才抬脚准备回当铺。

"谢商。"

他停下来，回头。

温长龄已经进了院子，不过身体还在往外探："我酿的枇杷酒可以喝了，你要尝尝吗？"

谢商并不爱饮酒。

他说："好啊。"

温长龄酒量很好，一般人不知道。谢商酒量很一般，温长龄听当铺员工张小明说过。

树下有张老旧的竹床。温长龄把酒搬出来,酒的颜色酿得极好看,是淡淡的枇杷黄,晶莹剔透的。她是跟母亲温沅学的酿酒,她学酿酒,阿拿学制茶。

她坐下,把酒放在她和谢商的中间:"要不要玩个游戏?"

谢商把外套随手扔在竹床另一头:"怎么玩?"

温长龄去房间里把扑克拿来。扑克还是新的,没有拆封,她把里面的王和人物牌挑出来,盘着腿与谢商面对面坐着。

"你怕喝醉吗?"她把杯子分给谢商一个。

谢商说:"不怕。"

于是温长龄说规则,规则非常简单:"抽到的牌的点数大的人可以问点数小的人一个问题,被问的人如果不回答,就要喝酒,差多少个点喝多少杯。"

规则是很简单,但赌酒赌得很大。

谢商看了一眼面前的杯子:"我酒量很一般。"

他的意思是:拿那么大的杯子,温小姐存的什么心啊?

温小姐真心实意地建议:"那你就好好回答问题啊。"

"你还挺会玩。"谢商把牌打乱,"开始吧。"

温长龄客气了一下:"你先抽。"

谢商随手抽了一张牌,翻开:3。温长龄抽到了5。

谢商手撑着竹床,微微往后仰。他姿态很放松,并无紧张感。

年少轻狂的时候,他觉得天也就那么高,什么都敢试,什么都敢玩。城西的地下赛车场有个很变态的心跳游戏:两个赛车手迎面加速相撞,谁先刹车、转向谁就输。这个疯狂的游戏他从无败绩。只要敢玩,他就输得起。

"问吧。"

温长龄的第一个问题没什么攻击性:"你谈过几个女朋友?"

"没谈过。"

谢商重新抽牌,第二局,他抽到了9,很大的点数。

谢商问:"喜欢晴天还是阴天?"

温长龄错愕了一下,对谢商问的问题感到意外。

她回答:"阴天。"

下一局,还是谢商赢。

"喜欢什么颜色?"

他的第二个问题仍然没有攻击性,好像真的只是在陪她玩,不窥探,无目的。

温长龄回答:"白色。"

第三局,她抽到了8。

谢商是4。

"为什么没有当律师?"

他的外套无意间被推到了她那边,她也没注意,压着他的衣服坐,他看了她一眼,没管:"我的父亲是律师,我从他身上学到了一个道理,坏人还是别当律师的好。"

目前为止,他们的杯子都还没有沾过酒。

温长龄自然地延伸了问题:"你的父亲是坏人吗?"

谢商看向她,月光被揉碎了,融在他的眼睛里:"这是下一个问题。"

下一局,还是温长龄赢。她继续刚才的问题:"你的父亲是坏人吗?"

谢商没有迟疑:"是。"

两个人重新抽牌。谢商连赢两局,他问的问题一如之前,简单又随意。

"猫和狗,更喜欢哪一个?"

"猫。"

"珠宝和甜品呢?"

"甜品。"

他只好奇这些吗?温长龄产生了一种错觉:她是猎人,他是猎物,她拿着捕兽夹步步紧逼的时候,他不逃,反而躺到她的脚边,用被捕兽夹夹伤的腿轻轻地蹭她。这不像他,在蒋家牌桌上运筹帷幄、大杀四方的才是他。

温长龄抽到了10。她发问:"你也是坏人吗?"

是他说坏人还是别当律师的好。他没当律师。

"算是。"

两个人抽牌的速度很快,谢商把玩着刚抽的牌,轮到他问了:"空闲的时候喜欢做什么?"

"什么都不做。"

温长龄第二次抽到10,她今晚的运气很好。

"你说你父亲是坏人,那他做过什么坏事?"

这一局谢商的点数很小。他没有犹豫,直接倒酒,差6个点,他慢条斯理地喝了6杯酒。

下一局还是温长龄赢,平时温顺的她在这次的游戏局里攻击性却很强:"你做过的最坏的事是什么?"

谢商再一次沉默。片刻之后,他给自己倒酒,一共4杯。

他仰头喝下,甜酒入喉并不呛人。温长龄酿的酒跟她这个人一样,看着温和清淡,尝了才知道,是烧心灼肺的烈酒。

他已经喝了10杯酒。朱婆婆家的杯子,3杯酒可能就有一两。他喝酒不上脸,看着没有异常,赌酒游戏还在继续。

他再次抽牌。点数比温长龄的大,他赢了:"你有什么愿望?"

这算什么问题?猎物还用受伤的爪子蹭她,都不反击。

"恶有恶报,世界和平。"这都是实话,温长龄没有撒谎。她真的希望恶有恶报,做过坏事的人都能被惩罚。

"你是在影射我吗?"他刚刚就说了,他算是坏人。

温长龄一脸平静地反问:"你已经坏到会有报应的程度了吗?"她很狡猾,谢商笑了笑。

下一局,她赢了。

"你如果爱上一个人,能做到什么地步?"

她问的问题真是一个比一个不好回答。谢商笑着叹气:"你一点儿都不手下留情吗?"

他倒酒,喝酒,放下杯子,重新抽牌。

这次他抽了个1。还好赌的不是命,不然今晚他得死在温长龄手里。

她的下一个问题是:"能为了她背叛至亲吗?"

谢商继续倒酒。

一直赢的人还不开心了:"谢商,你怎么一直喝啊?你不是酒量不好吗?怎么还不好好回答问题?"

"回答不了。"谢商倒是没有一点儿着急,好像输得心甘情愿,喝过酒,嗓子都被泡软了,"温小姐,我没谈过啊。"

他的确不知道他爱上一个人能做到什么地步,会很疯狂吗?应该会吧。毕竟他恨一个人也会很疯狂。

小酒缸里的枇杷酒快见底了,温长龄到现在一杯酒也没喝。谢商的问题不仅不尖锐,甚至可以说像闲聊。温长龄不知道是他留情了,还是他感兴趣的问题原本就是最平常的她的喜好。

她撑着竹床,凑近去看他。

"谢商。"

"嗯。"

"你醉了吗?"

谢商望着她,眼角微湿、微红,像3月初沾了露水的桃花,漂亮得能入诗人的笔。

他轻轻地回:"醉了。"

温长龄目测了一下剩下的酒——应该还有五六杯的量,于是跟他商量:"那我们再玩最后一局,输了的喝光,好吗?"

温长龄的"好吗"像有魔力。

"好。"

这一次,谢商重新洗了牌。温长龄先抽。

最后一局,她拿到了1,谢商拿到了10。

"温长龄,"他水雾氤氲的双眸仿佛有着烫人的温度,他望着她,整个身体前倾,"你的择偶标准是什么?"

唇红、肤白,酒后的美人更美,容易让人产生强烈的破坏欲和施虐欲。

谢商没有问温长龄是不是坏人。如果他问,她一定会告诉他,是的,她也是坏人。

她抱起酒缸,倒上满满一杯,这是她今晚的第一杯酒。在她碰到杯子的那一秒,谢商握住了她的手腕。这个时候的他才是蒋家赌局上的那个他，侵略性在这一刻在他的眼底汹涌翻滚："告诉我。"

运筹帷幄，不动声色，哪怕是喝醉的谢商，也非常不好搞。

温长龄平静地反握住谢商的手，轻轻推开，目光始终清醒。她清醒而温和地提醒他："谢商，你犯规了。"

她可以拒绝回答，这是游戏的规则。她面不改色地喝完了剩下的酒。

贺冬洲上午9点到研发室时，谢商已经在里面了，并且换上了白大褂。实验台上放着装有各种香料的器皿，室内温度很低，谢商在……补眠。

门被推开的时候，谢商就睁开了眼。

贺冬洲问他："怎么这副样子？"

谢商的脸白得不太正常："昨晚喝多了。"

宿醉啊，稀奇了。

贺冬洲很好奇："你跟谁喝的？"

昨天的酒后劲很强，胃里现在还有灼烧感，谢商说话都没什么劲儿，有点儿敷衍："你不认识的人。"

"邻居？"

谢商不回答。那就是贺冬洲猜对了。其实也不难猜，贺冬洲的朋友圈跟谢商的高度重合，他不认识，且能让谢商宿醉的人，他只能想到上回那位特别的女邻居。

"这次是心情很好，还是很不好？"贺冬洲问。

谢商不爱饮酒，更爱喝茶。他很少喝酒，酒量也很一般，烈酒的话，就四五小杯的量，喝了不上脸，醉了也不闹。他不喜欢喝醉，因为讨厌失控，希望自己时刻保持清醒。只有心情很好或者很不好的时候，他才会有喝醉的酒兴。

"不知道。"谢商这样回答。

贺冬洲觉得他最近很异常："不知道？"

"嗯。"

赌局好像从开始就是温长龄在主导，清醒后谢商记不清当时的心情，记忆犹新的是他意识飘忽之后，温长龄俯身看他，声音像是从远处飘来的魔咒。

"谢商。"她低下头，发梢掠过他的手。

他答应了一声。

"能走吗？"

酒的后劲已经上来了，他枕着那个已经被喝空的酒缸，眼睛望着很远很高的地方，在找今晚的星星。不吵不闹，他喝醉了也是个让人省心的。

温长龄起身："把手给我。"

他朝她伸出手，手的指节很漂亮，被月光照成了微微透明的莹白色。他的头昏昏沉沉的，行为跟着本能走。

温长龄像他之前那样，隔着衣服拉着他的手腕，送他回当铺。搭在他手臂上的外套总是拖到地上，于是她说："谢商，拿好了。"

　　他把外套卷成一团，这次拿好了。

　　温长龄将他牵到了当铺门口。

　　他用最后的清醒，固执地再问了一次："你的择偶标准是什么？"

　　游戏结束，温长龄没有义务再回答他的问题。

　　她说："要听话。"

　　谢商的反应比清醒的时候慢了很多，还在思索这三个字是命令还是标准的时候，他又听见温长龄说："低头。"

　　思考全部暂停，他在她的面前低下头，不知道够不够，就又低了一点儿。可能是大脑被酒精麻痹了，他像被温长龄牵着线的人偶，服从成了本能。

　　她把他头上的落叶拂掉："好了，就送你到这里。"

　　她松开手，转身回家。

　　要听话。谢商早上睁开眼的时候，脑子里反复播放着这三个字。这是她的标准吗？还是她当时的命令？如果是标准，那就太不巧了，他的爷爷谢景先生就指责过他离经叛道，不服管教。他算是野蛮生长的，连他的母亲苏女士也从未要求过他听话。

　　"这是新香？"贺冬洲这才注意到桌上有个黑色的香水瓶，试香纸上还存留着很淡的气味，带着点儿苦，后调复杂，总是很奇特。

　　谢商起身，将那瓶香水放进研发室的冰箱里："调废的。"

　　调废的他还不扔掉。

　　贺冬洲的电话刚好响了，他去外面接，是医院打来的。

　　"她醒了吗？"

　　电话那边的人是护工。护工每天都会跟贺冬洲通五次电话，通话的内容是汇报病房里那位小姐的身体状况。

　　那位今天发低烧了。

　　"周医生在不在旁边？"

　　"在的。"

　　"让周医生接电话。"

　　贺冬洲挂完电话，跟谢商打了声招呼："我去趟医院。"

　　贺冬洲有女朋友，但他的女朋友常年住在医院。

　　半年前，贺冬洲突然戴起了戒指，说自己告别单身。他身边的人都没见过他的女友，谷易欢软磨硬泡了很久，也没问到具体的身份信息，只知道女孩儿叫小疤，贺冬洲在电话里总是这么称呼她。

　　贺冬洲经常跟小疤通电话，但每次通话的时间都不长，因为小疤的身体不好。贺冬洲把人藏得很严实，没有人知道小疤的真名，没有人见过她。只有一次，谷易欢偷听到一句，知道了小疤的故乡在花都。

VIP楼栋离急诊大楼很近，穿过急诊大厅，从后门出，过一条走廊就能看到VIP楼栋的电梯。

"我找温长龄。"

声音从分诊台那边传过来，贺冬洲在听到"温长龄"三个字的时候停下了脚步。

分诊台的护士说："这里是分诊台。"

曾志利一条胳膊往台子上一搭，蛮横地重复："我找温长龄。"

"先生，我们这边只分诊，找人要去对应的科室找。"

曾志利不管，就赖着不走，吹着口哨四处打量，简单就是一个无赖。

分诊的护士见他额头上有伤疤，实在发怵，怕惹上事，于是透露了："温长龄不在这儿，她是肿瘤科的。"

交接完班时，临近5点，温长龄刚走出肿瘤科的大楼，就被人堵住了路。

"温长龄。"

温长龄从旁边绕开。曾志利扔掉手里抽了一半的烟，追上去。

"钱准备好了没有？"

温长龄走得很快："我没钱。"

曾志利死缠烂打地跟着："在这么大的医院工作会没钱？"他边说边伸手去扒拉温长龄的包。

温长龄往一边躲开。

"你再跟着我，我就报警了。"

曾志利抱着手，原地抖腿："又叫警察来抓我？"他一副死猪不怕开水烫的无赖样儿，"这次告我什么？还告强奸？"

七年前，曾志利因强奸未遂入狱。他额头上的疤便是被温长龄打伤后留下来的，那是温长龄用她全国竞赛的奖杯打的。

"牢白坐了。"她情绪依旧稳定，眼神平静冷漠，好像正在看的是一件死物，"你还是没长教训。"

曾志利被她激怒，扬起了手。她眼皮都没动。

曾志利想起了七年前，她就是这副表情，毫无波澜地看着他脱衣服，毫无波澜地摸到奖杯，把最尖利的地方刺向他。她想刺的是眼睛，但被他躲开，刺偏了。然后她不紧不慢地去洗手，像看脏东西一样看着他在地上哀号，等他的血流够了，才报警。

很多人被温长龄骗了，是谁在害谁天知地知。

曾志利咬着牙，收起高高举起的手："不给钱，给人也可以。"他额头上的疤很狰狞，凹凸不平，随着他情绪的变化蠕动，像血管里爬动的虫子，"温长龄，你做过什么，别人不清楚，我最清楚。是你把我害成这样的，我这辈子过不好，你也别想好过，反正我贱命一条。"

曾志利和孙争那种软蛋不一样，威胁恐吓对他没有用，曾志利这样的人只有在监狱里或在遗照里才会老实。

温长龄在想她是不是走错了一步棋，她似乎高估了自己的忍耐力，她想打人。

"等着吧，"曾志利笑得很贱，"我们会经常见面的。"

哦，她等着。

周二大雨。

周三天晴。

周四是谷易欢的生日，他是个爱热闹的，提前一周就开始约人。他平时不住花间堂，因为受不了他妈的唠叨，他现在住的是他堂哥谷开云的房产之一。

他本来也是有房产的，开酒吧的时候被他卖了。家里人不支持他玩音乐，非逼着他念商学，他根本就不是做生意的那块料，要不怎么到现在还没顺利毕业呢？

负一楼被改成了娱乐室。谢商和谷开云姗姗来迟。

谷易欢审美独特，穿得像棵圣诞树："四哥，你迟到了，罚酒一杯。"

"开车来的，不喝酒。"

"晚上在我家住就行了。"谷易欢端着酒黏上去，在谢商跟前，他可以毫无负担地不要脸皮，"我不管，我今天是寿星。"

谢商接过酒，喝了。

"行了吧。"

谷易欢眨巴着眼，像个……大眼甜妹，伸着双手讨要："礼物。"

谢商扔给他一把车钥匙。钥匙所属的这辆车是他的"梦中情车"，他跟他妈要了很久，烦得他妈搬出了许久不用的高尔夫球杆，说打死他了就出去再生一个，正好还他爸一个私生子。

"四哥，我爱你。"

谢商："滚。"

"好的。"

谷易欢"滚"到谷开云面前："哥，到你了。"

受不了他，谷开云把手机丢到桌子上："自己转。"

谷易欢乐得犹如过大年。现在知道他为什么要组生日局了吧？这可都是在为他的歌唱事业添砖加瓦。

今天来了不少人，谷易欢的同学、酒吧乐队的朋友、发小儿圈里几个和他臭味相投的人都来了。年轻人玩起来跟没有明天似的，烟酒不忌。

谢商来之前这群人已经玩过一轮了，沙发上沾了不少酒渍，他挑了处稍微能坐人的地方："去把窗户开开，乌烟瘴气的。"

谷易欢哼着歌去开了窗，然后打开音乐，吆喝着要玩游戏。

谢商兴致不高，神色怏怏。

谷开云坐在他旁边："昨晚没睡好？"

"嗯。"

"手伸过来。"

谢商把手伸过去。

谷开云替谢商号脉——他是一名中医医师。

"最近有烦心事？"

谢商说："没有。"

他这两天的睡眠质量很差。

大问题没有，应该是因为心事，谷开云也不多问："等会儿我给你开点儿助眠的药。"

谢商半躺着继续养神。一杯水被递到他面前。

"喝点儿蜂蜜水吧。"

萧丁竹是谷易欢酒吧乐队的主唱。谷易欢爱热闹，经常邀好友去酒吧，谢商偶尔会去，一来二去也能和乐队的人说上几句话。上次邀他去冲浪的便是萧丁竹。

谢商接过杯子："谢谢。"

他把水杯放在桌子上。上次温长龄说不要用女孩子的仙女棒点烟，那自己是不是也不应该喝女孩子专门倒的蜂蜜水？

这里实在太吵了，吵得他思绪更加混乱。

他起身："我上去睡会儿。"

他上楼去了，桌上的蜂蜜水没有动过。

一轮酒结束后，谷易欢才发现少了人："四哥呢？躲懒去了？"

谷开云叮嘱道："玩你的，别去吵他。"

谷易欢经常在负一楼鬼哭狼嚎地练歌，谷开云特地对负一楼做了隔音处理，楼下再怎么吵，楼上关上了门也听不到一点儿声音。

谢商有点儿认床，睡不沉，保持迷迷糊糊的状态挺久，睁眼看时间，才过了一个小时。他洗了个脸，下楼。楼下众人吵吵闹闹，玩得正兴起。

"给你的初恋女友打电话，说你忘不了她。"

提游戏要求的是谷易欢的狐朋狗友之一，万嘉禾。

"我没初恋女友。"谷易欢振振有词，"我以后可是要出道当歌手的，不能有黑料，谈不得恋爱，恋爱会导致形象崩塌。"

看看，这就是一个准职业歌手的素养。

贺冬洲冷不丁地来了一句："六年前，抱着我家灯杆骂'坏女人'的是鬼吗？"

往事不堪回首。

谷易欢瞥了一眼揭人老底的贺冬洲："这都是哪年陈芝麻烂谷子的事。"他耸肩耍赖，"打不了，没号码，我又不认识她。"

狐朋狗友"吃瓜"："一见钟情？"

"钟个屁，酸不酸哪你？"谷易欢不想提这件事，坚决不允许自己形象崩塌，"换个惩罚，这个做不了。"

另一个狐朋狗友贱兮兮地说："那就说说你跟你初恋情人的故事。"

谷易欢好气："都说了不是初恋情人！"好烦哪这些人，"没故事，玩游戏的时候碰到的，就见过一回，她长什么样我都忘了。"

他只记得她的眼睛很好看，她的同伴叫她"Ling"。其他的就没有了。

丢人的往事谷易欢不想再细聊，赶紧翻篇儿："这轮完了，下一轮。"他一抬头，看见楼梯口的谢商，立马恶人先告状："四哥，你快来帮我，贺冬洲跟江越两个人针对我一个。"

江越是酒吧乐队的贝斯手。关思行也来了，刚来。他不怎么合群，一个人坐在一边，戴着耳机，用电脑看资料。他从进门开始看到现在，也不知道是什么深奥的物理难题，竟让"141工程"最年轻的物理工程师也皱了眉。

141工程是第七研究院的保密项目，谷易欢也不知道141工程到底是研究什么的，总之别问，问就是很危险。

现在谢商来了，谷易欢重整旗鼓，吵着要换游戏，要玩"我有你没有"。江越说俗，谷易欢说有不俗的玩法，让每个人都往杯子里倒了半杯白兰地。

规则是，一次"没有"，就往白兰地里加一小杯马利蓝。马利蓝是国外调酒师自制的酒，国内很少有人知道。

白兰地和马利蓝会发生化学反应，两种酒混合后饮酒者更容易醉，混入的马利蓝到达一定浓度时，酒的颜色会变红，变红了就要喝掉，留到最后的人就是赢家。

这是爱玩的人们喜欢的酒桌惩罚之一，在酒变红的那一瞬间，杯口会有火焰升起，因此它还有个别名，叫红色炸弹。游戏的方式总是在变，但红色炸弹是游戏桌上的常客。

吃喝玩乐，谷易欢最在行。从开局，他就一副"老子独一无二"的架势："我小时候喝过农药。"

众人："……"

万嘉禾损他："你寻死呢？"

"我尝尝味道不行啊？"谷易欢催，"快快快，没做过的赶紧加酒。"

开局就是绝杀，在场所有人全部加了一杯马利蓝。

到江越了："我吃过蛇肉。"

谷易欢的狐朋狗友齐贤和宋三方都吃过，吉他手王元青也吃过。

到王元青："吃蛇算什么，我蚯蚓都吃过。"

宋三方："我咬过狗。"

这题学渣会，谷易欢学渣举手，异常兴奋："我也咬过！"

齐贤："我穿过我妈的高跟鞋。"

嘿，不巧了，江越欠揍地笑："我也穿过。"

这都是些什么牛鬼蛇神。

谷开云挺正常的:"我记得高考数学卷子的第二道题。"

谷易欢:"……"这人有毛病!

谷易欢的目光扫过全场,谢商没加酒,贺冬洲也没加,其他人都加了。呵,学霸了不起咯。关思行也是学霸,他还是刚刚那个姿势,似乎在研究什么高深的题。提到学渣、学霸这个话题,谷易欢都同情自己,不知道自己运气怎么这么背,从小被学霸环绕,这种强烈的对比惹得他妈更加嫌弃他,他在成长的道路上不知道为此挨了多少打。

话题扯远了。

轮到鼓手乔港了:"我会五种乐器。"

除了谢商,其他人都加了一杯马利蓝。谢商会的乐器挺多的,乐器之间有一定的共通性,他师承他的祖母管月清。管月清生前是一名乐团指挥家,精通数种乐器。

谢家是沉淀了很多代的真正的书香门第,一般人说会琴棋书画可能就只是会,但谢商不是。

方既盈能成为职业棋手和谢商有很大的关系——方既盈是跟着谢商去学的围棋。谢商学围棋是因为谢景先的要求,谢景先觉得围棋能磨炼人的耐心和思维能力。谢商去学了,围棋道场的老师很看好谢商,但谢商只点到为止,没有走职业棋手的路,反而是方既盈成了职业棋手。

谢商更喜欢赛车、跳伞、潜水、滑雪,一切让人心跳加速的刺激运动他都尝试过,还玩过一段时间的拳击。拳击他也是随便玩玩,但就是玩出了名堂,被人求着打职业赛。他好像就是这样,什么都擅长,好像没有能难倒他的事情,连他不怎么喜欢的琴棋书画他也都会,而且擅长,尽管他没有花特别多的时间在上面,只是年少时学着玩,应付家里的长辈。

他向来学什么都快。他不是一个做什么都认真的人,很多时候反而漫不经心,但只要他认真了,到目前为止,还没有他玩不透的东西。

贺冬洲说他太顺了,早晚要栽个大跟头。他不以为然,并不觉得谁有那个能耐让他伤筋动骨。

"我曾经暗恋过我的老师。"萧丁竹说完之后,下意识地往谢商那边看了一眼。

谢商似乎在走神儿。他今天状态不太好,一直都心不在焉,哪怕在游戏局里也没有投入。他加了一杯酒——没暗恋过老师。

到贺冬洲了,他用很不在意的口吻说了一个他的秘密:"我是领养的,押子。"

谷易欢表情变了,有点儿气的样子:"你说这个就过分了。"

宋三方追问:"什么是押子?"

新婚夫妻在婚后没有生育,或者生育的孩子夭折了,为了有自己的孩子,先去领养一个别人的小孩儿,这种做法在一些地区叫作押子,也叫压子。被领养的这个小孩儿通常是原家庭里最不受欢迎的那一个,是多余的。

贺冬洲就是秦家为了押子领养的小孩儿。后来秦家有了自己的小孩儿，他就被送了出去。再后来秦家又没了自己的小孩儿，他又被接了回来。他姓过周，姓过秦，也姓过贺。

宋三方看谷易欢不做解释，继续追问："先解释一下，什么是押子？"

谷易欢有时候心还是挺细的："别问那么多，加酒就是了。"所有人都要加。

轮到谢商了，他兴致不高："我改过名。"

这事简单，但通杀。之后又是一轮牛鬼蛇神的狂欢。

第三次轮到谷易欢的时候，桌上还一杯酒都没有红，但也快了。

谷易欢说："我没接过吻。"

贺冬洲有女朋友，谷易欢就是针对他的：不管，我要第一个把贺狗送走，免得他再说什么他姓秦姓贺的往事。

没有意外，贺冬洲的酒变红了。

谷易欢正要得意，突然——

"你谈女朋友了？"

开口的是谷开云，但他问的不是贺冬洲，是谢商。谢商的酒也红了，一簇火焰在杯口嚣张地升腾。

所有人都看向谢商，连关思行都把目光从电脑屏幕上挪开了。谷易欢整个人都震惊了："什么时候的事？！跟谁？！"他怎么不知道？！

谢商满足他的好奇心："没谈，前天，跟邻居，还是托了你的福，行了吗？"他喝掉杯子里已经变红的酒。

游戏有点儿没劲，他起身："你们玩，我出去透口气。"

谷易欢二话不说就要跟上去。

谷开云制止道："少去烦他。"

他还烦？谷易欢都快烦死了。四哥是第一次跟女人亲密接触，没什么经验，万一被骗了感情怎么办？

谷易欢在屋里兜着圈来回走，时不时地往门口瞄两眼，余光无意间扫到了关思行的电脑屏幕，他整个人都要裂开了。

"你在看什么？！"

关思行把电脑屏幕转了一个角度，没理谷易欢，继续观看。他不是在研究物理。

谷易欢怀疑自己眼睛瞎了，一惊一乍地跟谷开云说："哥，这孩子学坏了，居然在看别人接吻的视频！"

关思行嫌谷易欢吵，抱着电脑去了楼上。

谷易欢跟关思行虽然磁场不合，但是，他们是表兄弟，做弟弟的能不管哥哥？谷易欢追在他后头，啰里啰唆，像个管家婆："你别走，给我说清楚，你到底是跟谁学坏的？"

"哐啷"！房间的门被摔上了。

谷易欢:"……"这种感觉怎么形容?就好像小时候他跟谢商和关思行炫耀他新挖的泥巴,他们却说要去上幼儿园了,以后不玩泥巴了。

现在他们要去玩成人世界的游戏了。说真的,谷易欢有点儿焦虑。

"前天,托了我的福?"他仔细回想。

前天晚上8点多,谷易欢给谢商打过一通电话。

"四哥……"他在电话里支支吾吾,"你现在有空吗?"

"说。"

他很心虚的样子:"你能不能来警局一趟?"

他在酒吧唱歌,有人骂他唱得难听,让他滚下去,他和那个人发生了冲突。把来龙去脉说完,他开始装可怜,装无辜:"是那胖子先挑衅的,他说我唱的是狗屎。他才是狗屎,他全家都是狗屎!"

谷易欢是个炮仗性格,易燃易爆,闯了祸不敢找家里人,通常找谢商。

"谁先动的手?"

他闷声回答:"我。"

谢商又问:"人家还手了吗?"

"没。"

谢商没作声。

谷易欢低低地叫了声"四哥":"你会来吧?"撒娇示弱的流程他很熟,"你来嘛,你是律师,忍心看我被人家起诉吗?"

他不能找家里人,会被他妈打死。

"我20分钟后到。"

"四哥,我爱你。"

谢商挂断了电话。

有了靠山,谷易欢就有了底气,恶狠狠地瞪那胖子:"我做律师的亲哥马上就来。"

胖子的头上已经起了包,他不甘示弱地瞪回去,一副谁怕谁的表情:"怎么?你哥还能把我送进去?"

谷易欢的语气很欠揍:"看我心情咯。"然后两个人对骂。

巡逻的民警路过,用警棍敲了敲墙壁:"都给我安静点儿。"

谷易欢安静了。胖子也安静了。两个人各坐一边,用眼神打架。

隔壁,值班民警小钟正在处理另一桩打人案件。打人者是个姑娘,身上穿着从头遮到脚的黑色雨衣,端端正正地坐着,看着文文静静,说话也斯斯文文,不像会打人的。

"姓名。"

"温长龄。"

小钟边做记录边询问:"住址。"

"荷塘街532号。"

"为什么打人？"

她知无不言，说打人是因为私怨。

小钟一查，还真是。

谢商开车到警局花了不到20分钟。

温长龄和谷易欢在两个相邻的隔间，就隔了一道墙，墙只有半人高，上半段是玻璃。谢商先看见的是温长龄——没有刻意找，进门后自然而然地一眼认出了她的后脑勺儿。

他路过谷易欢那个隔间，去了温长龄那边。

"温长龄。"

她回头。

小钟抬头一看："你是她家属？"

谢商没有立刻作答，而是半蹲下，低声问温长龄："闯什么祸了？"

她说："打了人。"

谢商看看她身上，见没什么异常，问："有没有哪里受伤？"

"没有。"

他起身面向小钟："你好，我是温小姐的律师，我姓谢。"

隔壁，谷易欢看到谢商了。墙的上半段是玻璃，谷易欢是坐着的，于是只看到了站着的谢商，没看到温长龄。

他激动地喊了一声："四哥！"

四哥没答应。不打紧，四哥肯定是在给他办保释手续，于是他对胖子说："那是我四哥。KE知道吧？创始人是我四哥家里人。"

胖子"哼"了一声："你尽管叫人，反正老子没动过手。"没说出口的后半句是：今天非诋死你！

温长龄打的人是曾志利，人现在在医院做伤情鉴定。曾志利拒绝和解，谢商打了通电话。挂完电话，谢商拉了把椅子坐下，隔着段不远的距离坐在温长龄的旁边，问她："晚饭吃了吗？"

她摇头。

谢商看向值班的小钟。小钟立马感受到一股无形的、不友善的压迫感：这位律师好强的气场啊。小钟说："不是我们不给她吃，是她自己不吃。"

温长龄帮着解释："没有不给我吃饭，是我不饿。"

谢商把目光从小钟身上又移回温长龄身上，同一双眼，看不同的人，眼神是不一样的："再等会儿，不用很久，结束了带你去吃饭。"

和在莱利图一样，他给了温长龄很强的安全感，好像只要有他在，她什么都不用怕，什么他都能解决。

他说不会让她等很久，就真的不会很久。曾志利同意和解了，先是打了电话过来，后面人也来了，但没出现在温长龄的面前。

她只签了个字，连上面的内容都没有看——她完全信任谢商。

"需要我道歉吗？"

她脱下雨衣，放在一旁，雨衣还在滴水。

"不需要。"谢商把自己的外套盖在她的腿上，完全不介意外套的袖子已经拖到地上，"我出面就行，你在这里等我。"

谢商替她出面，她全程没有再见到曾志利。

过了十来分钟，谢商回来了："走吧。"

两个人路过隔壁屋子的时候，谷易欢立马站起来，先跟胖子炫耀："我哥来了。"他招手："四哥！"

然后——谢商路过他所在的房间，走了。

他去追，被负责调解的民警同志按住了："事情还没解决，给我坐好了。"

事情还没解决？不可能，谷易欢不相信，伸长了脖子，冲谢商喊："四哥！

"我在这儿呢！

"你怎么走了？四哥！

"四哥！！！"

四哥没有管他，直接走掉了。

谷易欢："……"他好绝望，好窒息。

旁边的胖子疯狂嘲笑："你亲哥？"胖子无情地吐槽，"牛在天上飞啊。"

谷易欢："……"

傍晚的时候下了一场雨，路面有积水，沿路的路灯把影子沉在积水里面，发着光，像一颗颗浸在水底的珍珠。水滴顺着雨衣的边角落下，掉进积水中，漾开一圈圈波纹。

温长龄站着没有动，在看路的两头。

"我把他打发走了。"

不用看到曾志利，温长龄稍稍松了一口气。

"谢谢。"她既客气又诚恳。

谢商拿着她的雨衣："想吃什么？"

她想了一下，说："想吃甜的。"

他们去了苏北禾店里。苏北禾不在，但另外一个主厨在。八宝甜饭、挂霜丸子、甜酥肉、南瓜盅、甜烧白，菜都是谢商点的，他没怎么吃，温长龄吃了挺多。

等她吃完，谢商给她倒了一杯山楂茶："现在可以告诉我为什么打人了吗？"

调解的时候，谢商给了足够的好处，曾志利识趣地把责任揽了过去，说是自己出言不逊在先。

温长龄把茶喝完，给朱婆婆发了一条消息，说自己要晚点儿回家。谢商也不催促她。

灯光合适，空调的温度也合适，四周很安静，主厨把大门关上，挂上请勿打扰的牌子。一切都刚刚好，是适合倾诉的环境。

"曾志利是我一个亲戚的养子,我妈妈过世后,我在亲戚家住过一段时间。"

她很少说自己的事,这些事情朱婆婆都不知道。

"有好几次曾志利偷看我洗澡。"讲到这里她停下来。

谢商问:"然后呢?"

他一直看着她,视线没有移开过。

她很平静:"有一天晚上我没锁门,曾志利半夜过来找我。"

一个品行恶劣的男人半夜进女孩子的房间有什么目的,不言而喻。

"他头上的疤就是被我砸伤后落下的,他强奸未遂,被判了3年。"

刑期居然只有3年。

温长龄嘴角弯了弯,笑得不明显:"不过后面他在牢里又犯了事,坐足了7年牢才被放出来。"

谢商只听,不往下问。他不喜欢追根究底,这一点跟他小叔很像。温长龄讲她愿意讲、可以讲的就行。

他重新为她添茶。山楂茶酸酸甜甜的,是她喜欢的口味。

她又喝了第二杯茶,心情变得更好了:"我悄悄告诉你一个秘密。"

她招招手。谢商很配合地附耳过去。

她很小声地说:"那天晚上,我是故意不锁门的,还故意在床头放了奖杯。"

曾志利认为得很对,她确实不是纯白无瑕的好人,但现在,谢商也知道了。

两个人离得近,谢商能碰到温长龄的头。

他伸手,拍了拍她的头:"很厉害。"

温长龄愣愣地看着他,已经很久没有人夸过她了。

他自然地收回手,往后靠,重新拉开距离:"明明这么厉害,为什么要用打人这么笨的方法去解决问题?"

温长龄不是笨拙莽撞的人,相反,她很聪明。谢商一直都知道,她大胆而有城府,只是看着温顺。

"我打他不是为了解决问题。"

"为了什么?"

"为了自己舒服,为了把堵着的那口气撒出去。"

当然,她也不是莽莽撞撞地去打人。她跟踪了曾志利一整天,挑了合适的时机——曾志利喝了几杯小酒,正晕头转向。

她还挑了合适的地点——狗也不去的旮旯里。

"我本来都规划好了路线,不会被摄像头拍到。"

她还借了麻袋,用麻袋套了曾志利打的。她把雨衣一穿,口罩一戴,事情本该万无一失的。

"那怎么被抓住了?"

她十分懊恼,甚至有点儿生自己的气:"逃走的时候迷路了。"因为是她不熟的路。

谢商："……"

刚好谢商有电话进来，缓解了突然陷入沉默的尴尬。

"我接个电话。"

电话是谷易欢打来的，谢商刚接通，那头的怨气就穿过手机滚滚而来："你为什么撂下我走了？！"

谢商把手机拿远一点儿："陈律师到了吗？"

谷易欢的质问声震耳欲聋："你为什么撂下我走了？！"

谢商说："我让陈律师去了。"

去跟曾志利谈和解事宜的时候，谢商想到了谷易欢，就给他叫了个律师。

谷易欢不理解，不原谅，不依，不饶："你为什么撂下我走了？"

谢商没解释："手续办完了吗？"

那边的声音仿佛恶龙咆哮："你为什么撂下我走了？！"

"声音这么大，应该办完手续了。"

手续办完了，谷易欢已经出来了，赔了钱，还被那胖子狠狠地嘲笑了一顿。这些都不是重点，重点是他当成亲哥的四哥把他抛弃了。要是放在男女关系里，这就是背叛，是出轨。

谷易欢深呼吸，还是好气："休想转移话题！"

"有急事。"敷衍！

谷易欢刨根问底："什么事能比我的事还急？"

"正事。"敷衍！

谷易欢气冲冲地喊："我不信！"

"小欢。"

谢商的口吻变了，声调往下沉："不要闹了。"

谢商和谷易欢没有一丁点儿血缘关系，往上查多少代都没有，但谷易欢总能感受到来自血脉里的压制。这下有理也成了没理，他不敢反驳，根本不敢反驳。

谢商说："下次不许随便动手。"这一句有训斥的成分。

谷易欢态度老实起来："知道了。"

谢商对面的温长龄对号入座，以为在说自己，也变得老实巴交："知道了。"

谢商挂掉电话："没说你。"

哦，他在说电话里的那位啊。那位也打了人，怪不得自己会在警局碰到谢商。

"吃好了吗？"

"嗯。"

谢商拿过她的雨衣："那走吧。"

雨后的夜晚有风。今年的夏天来得晚，裹了水汽的风是凉的，拂过身上不刺骨，有种很熨帖的感觉。

谢商开车很慢，温长龄有点儿犯困，不太想说话，将头靠在窗上，看着外边，飞速后退的路灯匀速地闪过，催得人昏昏欲睡。车载电台的声音很小，有歌手在唱歌，歌声很动听。

路上用了半个小时，车停在了院子后门口。温长龄先下车，谢商后下来，手里拿着她的雨衣。她问他："你给曾志利钱了吗？"

"嗯。"

温长龄本来也打算花钱和解，曾志利那种人用钱解决最快。他不是要钱吗？把他打一顿，再给和解金和医药费，这种给钱方式温长龄勉强能接受。

"多少？我还给你。"

"不用了，没多少。"

不可能没多少，曾志利贪得无厌，一定狮子大开口了。温长龄没有再追问，打算回去就给谢商充话费。转账的话他不一定收，充话费他拒收不了，就是不知道有没有单日额度限制。

"我又欠了你一次。"她又说了一次"谢谢"，她今天已经说了很多次。

谢商发现，她好像跟谁都很见外，像是不想和任何人产生过多的交集。她很温顺，但也很凉薄。

这一刻，他对温长龄的好奇到达了顶峰，他忽然产生了一种莫名其妙的急切，不想慢慢来。

"能不能问你一个问题？"

"你问。"

"你真的会下蛊？"那么多人说花都风镇的温家女会下蛊，都21世纪了，在谢商看来，怪力乱神尽是胡扯。

温长龄并不避讳这个问题，眼神坦荡："曾志利和你说的？"

"嗯，他说你会给男人下蛊。"

曾志利还说，温长龄是个害人精，跟她在一起要倒大霉。他还说任何一个跟温家女扯上关系的男人，最后都不得善终。

曾志利甚至提到了谢商的小叔，说七年前就有个倒霉男人，因为温沅母女死掉了，尸骨都没留个全的。

"要是真会下蛊，你就用不着打人了。"

温长龄难得笑了笑："我才不会给那种人下蛊。"

这是她对熟人才会有的语气，爱憎分明，毫不掩饰。

"这么说你还真会啊？"谢商从来不信邪。

温长龄抬起头，往前迈了一步，离他更近，然后踮起脚，以目光去够他的眼睛。他不知道她在做什么，身体没有动。

她忽然伸出右手，用指甲修剪整齐的食指点了一下他的额头，凉凉的皮肤一触即分，接着是眼皮……她一一点过去，轻轻地。

眼睛因为应激反应本能地闭上，被指尖碰到的眼皮不受控制地轻微颤动，像一滴雨掉进平静的海面。再睁开眼时，谢商发现温长龄在笑，很开心地笑。

皮肤上仿佛还残留着她的温度，有种后知后觉的痒，他下意识地想抬手去碰碰，手指蜷缩了一下，忍住了。

"你刚刚在干什么？"

温长龄一副神秘兮兮的样子："在对你下蛊。"

她说得有鼻子有眼，做得有模有样，就好像她真的会下蛊。谢商见过她眼睛的全貌，他画画的水平不差，几次动笔却画不出来她眼中神韵。她给他的感觉很矛盾，纯真而又邪恶。他突然想起年幼时偶然读过一本童话书，不是儿童读物，是在父亲的书房里看到的，写给成年人看的童话。

森林里住着一位很漂亮的女巫，女巫很喜欢红色，最爱穿红色的斗篷。森林里每次有旅人迷路，女巫就会出现。她提着一篮子颗颗饱满鲜红的苹果，问饥渴交加的旅人，愿不愿意和她做个交换，用身上的一样东西换一颗苹果。

旅人问："什么都可以吗？"

女巫很温柔："不，我只要一样东西。"

"什么？"

女巫说："心脏。"

然后旅人被吃掉了心脏，胸前的窟窿里被塞进了一颗苹果。

此时，"下蛊"的温长龄就很像那位女巫。

"那我应该做什么？"

她说："我已经对你下蛊了，你应该爱我。"

昏暗的月亮，摇晃的灯笼，被风吹动的发梢，围墙上重叠的人影，还有她那双因为灯笼的红被映上了颜色的眼睛，这些画面叠加，织出了很梦幻的东西。她的眼睛在此刻变成了森林女巫的苹果。

雨衣被扔在地上，谢商的手绕过她的腰，缓缓收紧，手臂上的青筋微微凸起。她的腰甚至能被他用单条手臂轻松圈住，纤细和强壮的对比被放大到了极致。他低头，吻了她，很轻的一下，隐忍克制。然后他退开，等她的反应，等她给的信号。

她没有推开他。他再次低头，不再浅尝辄止。他好像中了女巫的蛊，在此时此刻，竟忘了自己是猎人。

他们都是生手，磕磕碰碰的深吻却有一种极致兴奋下的窒息感。谢商的吻跟他的人一样，给你狂风暴雨之后，再让你喘息。他也会退让，在温长龄喘不上气的时候才会。

他会短暂地收回攻势，安抚般地轻吻。他没有闭上眼，就那样看着，看她不同以往的样子，看她眼角与耳尖终于染上了生动的颜色。然后隔靴挠痒式的中场结束，他继续。

"咚"的一声，奶茶掉到地上。

温长龄听到声音，扯了一下谢商的衣角。他"嗯"了一声，松开手，把她挡在后面，看向不识趣的那位。

杨熙宁结巴了："你……你们……"

她看到了什么？！啊啊啊，她看到了什么？！餐风饮露、不屑于人间俗物的谢老板在亲人！！

餐风饮露、不屑于人间俗物是杨熙宁的漫画里谢老板的人物设定。

"杨小姐，看够了吗？"

杨小姐捡起奶茶，撒腿就跑。第三人退场，四周重新安静下来，刚才那股失控的冲动已经冷却，温长龄开始不自在。

"我先进去了。"

她没看谢商的反应，自己先走。谢商也没叫住她。走到门口，她还是停下来，回过头："我不会下蛊。那些都是谣言。"解释完，她就进了屋，关上门。

谢商点了根烟，就那样任烟烧着。他抬头看檐下挂着的那盏兔子灯，眼底还有没褪干净的红。等到烟灰落满青砖，他捡起温长龄落下的雨衣，转身回屋，拨通了电话。

"帮我做件事。"

有些事铺垫得够久了，该进入主题了。

第六章
典当开始，恋爱开始

那之后，温长龄好些天没有再见到谢商。哦，对了，交话费有额度限制，一天交一点儿很麻烦，所以她用其他支付软件给谢商转了钱，不小的一笔。

这周六是帝宏医院每月一次的公益日，这次轮到肿瘤外科出人。活动地点在北城大学，一共来了9位医护人员，免费为大学生体检，场地设在了体育馆内。

周六的体育馆，年轻的体育生弟弟随处可见。已经入夏了，弟弟们穿得凉快，在球场上挥洒汗水，佳慧大饱眼福。

"长龄。"

这会儿没人体检，温长龄在歇着。

佳慧激动地拉她的衣服："快看！3点钟方向，有个大帅哥！"

温长龄不想动，好热，6月快来了，天气燥热，尤其是这几天。

大帅哥走过来，坐到了蒋尤尤面前。他戴着眼镜，斯文俊秀，手里拿着一本《应用物理》。

蒋尤尤看了他一眼："体检？"

对方没说话。

蒋尤尤例行公事："请出示学生卡。"

他还是不说话，盯着蒋尤尤。

"同学，请出示学生卡。"

他有点儿迟疑的样子，慢吞吞地翻了翻两个口袋，找出来一张学生卡，正面朝上，放到桌子上。

"你不记得我？"

他终于说话了，声音很有辨识度，听着有点儿耳熟。

蒋尤尤特地把学生卡翻过去,看了看上面的名字:物理系,王善喜。名字很陌生,难道这是她抛弃过的男大学生之一?蒋尤尤反省了几秒钟,不应该啊,这样的脸不可能被她忘记。

所以她很肯定地说:"弟弟,你认错人了。"然后她指了指旁边,"到那边领表格,量了身高、体重再过来。"

弟弟。也是,他比她小了3岁。

"王善喜"过去领表,然后量身高、体重。身高体重机超大声地念出数字,惹得很多目光投向他,他好像完全没有注意,面无表情地走完前面的流程,之后重新坐到蒋尤尤面前。

"手伸过来。"

他伸手,叫她:"蒋尤尤。"

蒋尤尤把工作证上有名字的那一面翻过去,提醒这位"同学":"叫医生。"

他不作声了。

测量完,蒋尤尤填了数字,再签了个名:"可以去做下一项了。"

他还坐着没有动,看人的目光尤其认真。他身上有一种能让人沉下心来的安静和专注。

"你不记得我。"这一句在强调,语气不再是疑问,是肯定。他脸上一点儿生气的样子都没有,但就是能让人感知到他在不满。

同事都在看,蒋尤尤很正经严肃:"王善喜同学,请不要妨碍我工作。"

"王善喜"同学转身走了。

从篮球场出去有一条很长的走廊。走廊上,一个男同学急急忙忙地跑过来:"教授。"男同学的脸都热红了,"您怎么来体育馆了?实验室在那边。"

实验室在与体育馆相反的方向。

教授把手里的学生卡交给男同学,声音低沉,情绪不佳:"王同学的学生卡掉了,帮我还给他。"

关思行是北城大学物理系的客座教授,比这群学生大不了几岁。

场馆里,大学生体检还在继续。蒋尤尤的脸和身材是真出众,一个小时内她被要了四次微信号。这就有人阴阳怪气了:"到底是来工作还是来招惹人家学生的?"

声音不大,刚好,坐得最近的佳慧听到了。瞥了一眼这位听说相了几十次亲还没成功并且还在相亲的同事,佳慧也阴阳怪气:"人长得美,怪蒋医生咯;有的人没被人搭讪,怪蒋医生咯。"

佳慧这张嘴啊。护士长经常说,她升不上去跟这张嘴可能脱不了干系。佳慧不像是来当护士的,更像是来整顿职场的,每天刺天刺地地刺同事刺领导,眼里是看不得一点儿脏东西。

佳慧继续大胆发言:"我要是有蒋医生这张脸,势必把男人们犯过的错全都犯一遍,想想就爽。"

被她嘲讽的同事翻了个大白眼。

现在的大学生啊，都很勇敢，这不，搭讪的又来了。

"这位姐姐，可以加你的微信吗？"

"不可以。"没等温长龄拒绝，晏丛从后面突然出现。

温长龄回头看。

晏丛冷着张脸，正看向那要微信的家伙。那家伙显然也是认识晏丛这个体育小霸王的，知道惹不起他，识趣地走了。

晏丛这人，都不屑于背后说人家，人还没走远他就光明正大地说："这家伙是篮球队的，我跟他打过球，球品不行，配不上你。"

在晏丛的标准里，100个男人里头至少有99个配不上温长龄。温长龄是仙女，俗物配不上。

"你怎么来学校了？"

晏丛很久不上学了。

"来退学。"他问，"你还有多久结束？"

"说不准。"

体检本来是有时间规定的，但学生们拖拖拉拉，结束时间可能要延迟。晏丛拉着椅子坐到温长龄身边，没再打扰她，自个儿埋头打游戏。他打得也不是很专心，偶尔抬头看看温长龄的头发，放空，发呆。

他在游戏里死了一遍又一遍。终于，温长龄收工了，晏丛跟温长龄一起走。医院有大巴，但他不想坐大巴——上次和温长龄坐大巴，她有点儿晕车。

"长龄，"晏丛不喜欢拐弯抹角，对亲近的人很直接，"你送我回去。"

"何先生呢？"

晏丛的爷爷不放心晏丛独自出门，何先生是晏爷爷给晏丛雇的司机。

"我让他先回去了。"他只对他爷爷和温长龄这样，想被满足，软着声去索取想要的，"你送我。"

"我没有车载你。"

晏丛说："我送你辆车。"然后他固执地说，"你打车送我回去。"

温长龄说"好"，说完去跟佳慧打了声招呼。社会车辆进不了校区，两个人要走一段路才能打到车。晏丛就像一个听话的影子，老实地跟在温长龄后面。

冰球运动员不能太瘦，现在的晏丛打不了冰球了。

出了校门就有出租车。上车之后，晏丛刷着刷着手机，突然问温长龄："你喜欢什么车？"

他在看车。他自己没汽车驾照，平时只开摩托车。

温长龄拒绝："我用不着。"

晏丛的消费观她是知道的，很极端。如果不是他爷爷不同意，他还想收购帝宏。晏爷爷当时说："你以为帝宏是小卖部，你想收就收？人家高层傻啊，会卖给你？"

"那就想法子。"

"想什么法子？"

他是认真想过的，"把它的名声搞臭，低价收过来。"

晏爷爷："……"

晏爷爷了解自己的孙子，他真干得出来。

"你不顾你姑父的死活了？"晏丛的姑父和帝宏是互惠互利的合作关系。

晏丛不吭声，看来是打算不顾。

晏爷爷气得吹胡子："别想了，我的财产绝不分给你这个败家子儿。"

晏丛不信。

晏丛把某品牌的车型介绍网页从最上面滑到最下面："你不认路，开车有导航。"他给温长龄看，"喜欢哪一辆？"

温长龄严词拒绝："别买。"

她不选他就都买。晏丛没再问她，自己看自己的。

车窗关上了，空调开了，车里很安静。护士长在群里发了新的通知，是关于值班的，温长龄一条一条地看。

佳慧发消息过来吐槽，说那位经常相亲的同事又在嘲讽蒋医生，温长龄偶尔回一句，证明自己在看消息，但不参与吐槽。

有东西掉下去，是晏丛的手机。温长龄才发现，他闭上眼睛了。

"晏丛。"

他没有反应。

温长龄轻轻推了他一下："晏丛。"

"晏丛。"

温长龄叫不醒他，怎么都叫不醒。

她慌了："师傅，去医院，快去医院！"

司机师傅也吓了一跳："这是怎么了？"

温长龄没有心思解释："师傅，麻烦您开快一点儿。"

师傅立马踩油门加速。温长龄拿手机联系护士长，请求帮助。车子开得很快，晃动得厉害，她慢慢看不清屏幕上的字了。

"长龄。"

温长龄停下所有动作，怔怔地抬头。

晏丛醒了，看她眼睛有点儿红："我刚刚只是睡着了，听见你叫我就醒了。"他伸手去碰她的眼睛，手在半空中又停下了。

那些男人都配不上温长龄，他自己更配不上，所以他不会喜欢温长龄的，一定不会。

温长龄别过头，看窗外。

"我送你去医院。"

温长龄再见到谢商是3天后，在当铺门口。他们之间的氛围变得很奇怪，她不知道该不该打招呼，又该怎么打招呼。

于是，她发出了老掉牙的问候："好久不见。"

"才7天，也没多久。"

温长龄像寻常朋友一样问他近况："你去莱利图了吗？"

谢商染头发了，染回了原本的发色。他的五官本来就生得端正，现在的发色让他看上去更像个旧时高门的翩翩公子。

东家之子，惑阳城，迷下蔡。

谢商站在那里，好像从书里走出来的人。

他点头："嗯，去了一趟莱利图。"

他还去了上次和温长龄一起去过的红酒庄园，庄园的主人是他早些年玩深海逃脱时结识的好友。

好友问他："上次那位女士怎么没有和你一起来？"

好友还记得温长龄。

谢商反问："我为什么要和她一起来？"

贺冬洲说，晚上喝酒能助眠。谢商喝了酒，不是小酌，喝了不少。

好友坐下陪他喝："她不是你的爱人吗？你看她很不一样。"

当然不一样。

"是仇人。"

路过的汽车突然鸣笛，车离得太近，温长龄感觉耳朵不适，调了调左耳的助听器。

"你好像很喜欢莱利图。"

谢商看着她："我小叔的骨灰被撒在了冥茫雪山。"所以谢商每年都会去莱利图。

这时，3辆车相继开进了巷子，停在了当铺附近。即使是不怎么关注车的温长龄也认得这个车标，从最前面那辆车上走下来的人温长龄见过，在电视上。

上周发生了一件大事，鹤港的"船王"突发疾病，4个儿子因为遗产之争闹上了法庭。来见谢商的这位正是"船王"的大儿子，容经图。

谢商的当铺要做生意了，温长龄就回家了。

次日，温长龄当值的时候，候诊大厅里正在放鹤港的新闻，她路过时听了几句。"船王"的遗嘱曝光，容家的航运业和博彩业被传给了长子，剩下的三个儿子分别继承了容家的酒店业、物流业、航空业。

连温长龄都知道，容家最值钱的产业是船业，不然不会有"船王"之称。只一个晚上，轰动整个鹤港的遗产之争就落幕了，如意当铺比她想象的还要深不可测。

刚入夜，没有路灯的深巷一片漆黑，几束手电筒的光照在墙面上，障碍物挡住光，将影子映在墙上。5个人影，4个站着，1个躺着，蜷缩在地。

此处偏僻，只有拳打脚踢的皮肉碰撞声和呼天喊地的惨叫声。

"别打了！"

"别打了！"

"钱我会还，我一定还！"

蜷缩在地的男人抱着头，身体缩成一条虫，不停地保证。

挨着墙抽烟的男人是这伙人的头儿。他叼着烟，红黑色的文身从脖子开始，爬满了他整个下颌。他叫翔哥，地下赌场的人都这么叫他，没人知道他的真名。

翔哥抬了抬手，他的人才停下来。他走过去，脚踩在曾志利的背上，问道："什么时候还？"

曾志利满嘴的血水，说话含含糊糊："下次，下次一定还。"

翔哥直接捏住曾志利的腮帮子，把点着的烟头塞进他的嘴巴里。他"呜呜"乱叫，痛得直翻白眼。

等教训够了，翔哥才松手，嫌恶地将手上沾到的血水抹在曾志利的脸上。曾志利立马吐出烟头，半张脸是麻的，嘴合不上，血水顺着嘴角往下淌。

"什么时候还？说日子。"

曾志利哪儿敢再含糊："下……下周。"

"下周我要是再看不到钱，"翔哥踢了踢他的左臂，"你就用你这条胳膊抵。"

两天后。街头的情报组换了新话题。

"朱老太家那个房客知道吧？"

那位房客独来独往，知道她名字的人不多。

"在太平间收尸那个？"

"就是她。"刘大妈压低声音，很神秘的样子，"我听说她会下蛊。"

王大婶惊愕地问："下什么？"

"下蛊。"

旁边有人不信，"哈哈"一声，差点儿惊醒怀里抱着的小孙子，连忙轻拍几下孩子的背："胡扯吧这是，什么年代了，飞船都上月球了，还下蛊？"

"她家亲戚亲口说的，说她家因为给人下蛊还遭了报应。"

朱老太家那个在太平间收尸的房客有个远房表哥，他人还怪可怜的嘞，从老家过来打工，路上被人偷了钱包，没钱住旅馆，只能睡在天桥下，这不，还被一群抢地盘的流浪汉打了，鼻青脸肿的。

昨天晚上，那个鼻青脸肿的远房表哥就在这个街头等他表妹，看能不能借点儿钱回老家。热心的刘大妈还给了他一个苹果充饥。

包子铺里，几个出来买早餐的大妈也在说这事。

"在太平间收尸的那个温小姐知道吧？"有人还有更重磅的消息，"她弟弟是杀人犯。"

常年窝在这一亩三分地里的大爷大叔大妈大婶们哪里听过这么骇人的事，都露出吓了一大跳的表情。

"真的假的？"

"那还有假？她弟弟都死在牢里了。"

"什么时候的事？"

"应该好几年了吧。"

…………

传着传着，故事的内容就有点儿变了。

口口相传嘛，传的人总会适当地艺术加工一下。

下面是傍晚时分路边卖毛鸡蛋摊子上的版本。

"怪不得朱婆婆家那个房客不爱说话，我听说她弟弟杀人了，被判了死刑，执行了枪决。"

"这么吓人？枪决啊，那得是多丧心病狂的罪犯。"

"对啊，她妈接受不了，也自杀了。"

"天哪！"

几个大爷大妈说得正起劲儿，突然传来一声吼——

"喂！"

是兰英家那个不找工作天天窝在家里画画的小女儿，她穿着拖鞋，凶巴巴地叉着腰："造谣多少钱一斤啊？你们搁这儿搞批发呢。"

她手里拿着根超级长的麻花，一副要用麻花打人的样子，好可怕嘞。

"我们可没造谣，这些都是朱老太家房客的亲戚亲口说的。"

倒也不是这些街坊有多大恶意，他们就是闲在家里，生活无聊，需要调味品，又不愿意说自己家里的鸡飞狗跳，所以就热衷说别人家的离奇曲折。

杨熙宁"哼"了一声："你们还没造谣？前一阵你们不是还说谢老板被富婆包养了吗？这么快就忘了？"

几个人不占理，面面相觑，都不说话，毕竟背后说别人家的闲话不是什么光彩的事。

杨熙宁从小横到大，可不怕这群嘴碎的街坊，谁还不知道谁家里那点儿事："实在太闲就回家给你们的大龄儿子找媳妇，不然就去催生，催不动自己生也行啊，找点儿事干。"

家里儿子36岁还没娶上媳妇的刘大爷："……"

儿媳妇死活不肯生孩子的王大姐："……"

四五十岁意外怀孕，老脸挂不住偷偷流产的张大姐："……"

荷塘街有秘密吗？没有。杨熙宁她妈也是街头情报组的。说闲话的众人各自顶着五颜六色的脸散了。

杨熙宁回身，走到拐角："你别听他们乱说，我去割阑尾的时候，他们还说我得了痔疮呢。"

还有更离谱儿的,她画主角亲亲的时候被她弟看到,现在荷塘街的街坊都以为她在从事漫画事业。

温长龄道谢:"谢谢。"

杨熙宁挠挠头:"之前不是剪坏了你的头发吗?帮你说两句也是应该的。"她把她的大麻花从中间折断,把其中一半裹着包装纸递过去,"吃不?很脆的。"

温长龄接了:"谢谢。"

杨熙宁觉得温长龄是好人。为什么这么说?她的漫画根本无人问津,她有段时间都放弃了,断更。有一次在米粉店,从来没跟她说过话的温长龄走过来,跟她说了第一句话:"你画得很好。"

这句话杨熙宁能记一辈子。

朱婆婆回老家了。温长龄跟着画着兔子的灯笼绕了好几圈才到家。天黑了,吵吵闹闹的荷塘街才稍微安静下来。很远就看见曾志利守在朱婆婆家门口,温长龄并不意外。曾志利这种人,不铲除干净,就会一直赖着。

偶尔有人看向这边。

温长龄走上前,平静自若:"钱花完了?"

曾志利这两天应该过得很惨,脸上全是伤,眼睛肿得不能看。他非常焦急:"给我30万块,我拿了钱以后再也不来了。"

假的。她给了他钱,他只会更加贪心,无底洞怎么可能被填满?

"我家里的事都是你散布的吧。"

他还是这么下作。

"这才哪儿到哪儿,光你弟那事,搭台子唱出戏都唱不完。"曾志利没有时间跟她慢慢磨,"你要是还想安生地在这里住下去,就把钱给够了,就当花钱买清净,我拿了钱就消失。不然不只你住的地方,你工作的地方我也会去搭台子唱戏。反正我这辈子已经被你毁了,就算死,也要拉你垫背。"

没有钱,他会被打死。要不是那笔和解金,他根本不会去地下赌场,不会欠一屁股债。他死之前,一定要拉上温长龄。

温长龄还是那句:"我没有钱。"

曾志利的表情越发阴狠,咬牙切齿的样子像要和她同归于尽:"让你那个律师男朋友给,他开那么好的车,不缺那点儿钱。"

"律师男朋友"指的是谢商。

谢商也被曾志利赖上了。谢商把温长龄从警局带出来的那个晚上给她发过微信,他说:"如果那人再来找你,我可以帮你。"

"好。"

温长龄答应得太爽快,曾志利倒是愣了一下。她打开门,曾志利只犹豫了几秒,就跟着她进去了。

只要能拿到钱,火坑曾志利都会跳。温长龄把他带到后院,再去了一趟房间:"你在这里等着，我去找他拿钱。"

然后她从后门出去，在外面落上锁，去了如意当铺。当铺的门没关，她从外面敲门。

"进来。"

温长龄走到院子里。谢商像是在乘凉，或者在赏月，悠闲地坐在藤编的椅子上，手里有书，旁边沏了一壶茶。他在看《道德经》。

"这么晚有事吗？"

温长龄走到他面前："我没有其他值钱的东西。"她把银行卡放在茶壶边上，道明她的来意，"这里面是我所有的积蓄，我可以用这些钱典当一件事吗？"

谢商放下书："可是温小姐，我不缺钱。"

除了财物，如意当铺可以当的东西还有很多，只要谢老板有兴趣。

温长龄思忖过后，说："我没有其他可以当的。"

"你有。"

她抬起眼睫，看着谢商。

"忘了吗？我跟你说过。"这一次，森林女巫的苹果在谢商手里，挖心脏的主导权在他了，"温小姐，你很贵的。"

他要的当品是人，而温长龄，是聪明人。

地上放着驱蚊用的香炉，谢商从香盒里取出新的线香："我给你一炷香的时间考虑，你要不要当。"

他取下炉中燃到一半的香，点上新的。《道德经》被放在一边，风吹动书页。茶已经冷了，他重新点火，温茶。

他不急。网已经撒下去了，他只需要等。

夜里有风，线香燃得很快，轻轻的一缕烟在温长龄的眼睛里绕啊绕，绕出了一朵白茫茫的、看不真切的花。这香不仅驱蚊，也安神。

"我当。"

"想要我帮你做什么？"谢商耐心很好，"你可以慢慢想，你现在是我的VIP，没有任何限制，想要什么都行。"

温长龄不需要慢慢想。她来敲门的那一刻就很清楚自己的目的："曾志利在我的院子里，今晚之后，我再也不想见到他。"

"好。"谢商用剪刀把没燃完的线香剪断，忽然问，"那天打过瘾了吗？"

温长龄很诚实地回答："没有。"

"那今天让你过瘾。"

谢商过来，牵着她进了自己的卧室。

他房间里其他的东西很少，但书很多，天文地理、机械动力、经书散文，什么都有，他阅读的书籍种类很丰富，知识涉猎很广。书柜旁边有两个玻璃柜，里面放着各种各样的香具，还有几个香水瓶。

他去柜子里拿了一个新的枕头。

"你在这儿睡一个小时，一个小时后我来叫你。"

温长龄顺从地接过枕头。谢商走了，轻轻地关上门。

温长龄取下眼镜、助听器，将它们依次摆放在床头柜上。她躺下，把自己窝进谢商的被子里，任由他的气息肆无忌惮地沾染到她身上。

她和谢商以后做不了邻居了……

迷迷糊糊地，她不知道自己有没有睡着，也不知道过了多久，直到被子被人轻轻地拍了拍。她睁开眼，摸到助听器戴上。

"长龄。"谢商第一次不带姓氏地叫她。

温长龄慢慢回神，然后爬起来，把眼镜戴上。

红苹果已经准备好了，森林女巫要去猎杀了。

那是一所废弃的学校，从荷塘街出发，开车要一个多小时。路上很颠簸，坑坑洼洼的水泥路越延伸越偏僻。这所学校背靠山，应该被废弃很久了，到处都是尘土，蜘蛛网随处可见。

只有一间教室亮着灯，谢商推开门。屋顶上的老式电风扇被取下，上面挂了一段粗绳，一头系在钢筋上，另一头吊着一个人——还在喘气却一动不动的活人。那个活人看见温长龄后，开始"呜呜"地叫，只是他嘴里被塞了东西，说不出话。

谢商在温长龄眼里没有看到丝毫害怕，反而看到了兴奋。

他捡起一根棍子，牵着她，走到曾志利被倒挂的地方，用自己的帕子包住棍子的一头，确保不会留下任何她的痕迹。

"做你想做的。"

他把棍子给她。他用的是他自己的帕子，上面绣了他的表字：季甫。这表示今晚所有发生在这间教室里的事，都由他担责。

温长龄被蛊惑了，举起了手里的棍子。

这个世界上绝对找不到第二个像谢商这样的人，他真的很疯，但温长龄很喜欢，喜欢这种不顾一切的冲动，这种有怨报怨的畅快感。

旁边有洗手间，等温长龄教训完人，谢商带温长龄去洗手。绣着他表字的帕子被随意地扔在地上，他丝毫不在意，在旁边看着温长龄洗了一遍又一遍，直到她把手搓红。

谢商走过去，关掉水龙头："可以了。"

谢商取下一颗他珠串上打磨过的沉香木珠，用打火机点燃，放在洗手台上。等香气出来，他握着温长龄的手，放在沉香上方，让烟拂过她的指尖。这种香味和他被子里的味道很像，但又不同。他的品位很好，每一种香都能精准地抓住温长龄的喜好。

"堵着的气撒完了吗？"谢商问她。

"嗯。"

沉香的烟不烫手，是温热的，缠绕在他们的手指上。

温长龄发现了，谢商已经不与她保持社交距离了，不知道是因为那晚那个失控的吻，还是因为刚才他们之间的那桩典当生意，总之两个人都在越界，她自己也在越界。

"把他送去监狱吧，他那样的人，仔细找一找，应该不缺罪证。"

曾志利受的只是小伤，温长龄刚才虽然有点儿失去理智，但动手的时候仍然留了分寸——她不能让绣了谢商表字的帕子成为证物。

谢商答应了："好。"

外面有脚步声，是两个人，他们走过来。

谢商把温长龄挡在身后，以免来的人看到她的脸。

"谢先生。"

温长龄躲在谢商后面，只能看到男人的半张脸——下颌满是红黑色的文身。

谢商礼貌周到："麻烦你们了。"

"您客气了。"

男人和他的同伴出去了，去教室收尾。

谢商带温长龄离开，走之前，她把被谢商扔掉的帕子捡起来，一并带走了。

车开出了学校。

王小伟站在教室的窗边，看着已经跑远的车辙辘："翔哥，谢先生到底是什么意思啊？直接寻个由头把人送进去就能成的事，折腾这么一遭是要干什么？"王小伟飞快地转动他那自认为有点儿小聪明的脑袋瓜子，"是不是在放长线钓大鱼？可曾志利那么个玩意儿，用得着放这么长的线吗？"

翔哥利索地用麻袋把地上的人装起来："干你的活儿，不该问的少问。"他们只是拿钱做事的人，不需要知道雇主的鱼是哪条。

回到荷塘街，温长龄没有半分迟疑，直接跟着谢商进了他的院子。夜深人静，乌云笼月，静悄悄的昏暗最适合放纵。

钩吻的毒藤不知何时爬满了谢商的一大面墙。它在疯长，就像有些人心里的种子，放肆地占领土地。

"长龄，"谢商的目光很温柔，"现在该你付报酬了。"

温长龄的理解是，他要人。

于是，她抓着上衣的衣摆，慢慢掀起。衣摆刚过腰，她的手腕被谢商握住。

她困惑地抬头：不是要人吗？

谢商帮她把衣服放下去，整理好，过程中没有碰到她一分一毫："温长龄，你以为我要什么？"

对她的称呼又变成"温长龄"了，他好难伺候。

温长龄便问："你要什么？"

他眼神滚烫："要你爱我。"

森林女巫的苹果换的是心脏。谢商的苹果果然也不能乱吃。

温长龄不会傻兮兮地去问他是否喜欢自己。谢商是讲规则的人，她也是。

她把从废弃学校带回来的帕子拿出来，压在茶壶的下面。帕子上面有血迹，"季甫"两个字被染成了红色。不知道谢商有没有染过红色的头发，她潜意识里觉得红头发一定很适合他，红玫瑰也很适合他，一切浓烈而优雅的名词都与他适配。

　　"我教训了人，你会被查到吗？"

　　"不会。"谢商说，"就算被查到了也不要紧，是我做的，你什么都不知道。"

　　待在谢商的领域里，她永远都不必担心会有来自外界的危险。

　　"我不会赖账。"温长龄带着试探，小心翼翼地握住了谢商的手，郑重地承诺，"我会对你很好。"

　　谢商纠正，寸步不让："你要爱我。"

　　温长龄点头："好。"

　　典当交易达成。如意当铺只接受死当。

　　第二天早上，温长龄在米粉店碰到了谢商。

　　她哈欠连连，无精打采。谢商坐在她对面，点了一碗三鲜粉，老板娘很快把粉端过来。

　　筷子使不利索的谢商拿了双筷子："昨晚没睡好？"

　　她萎靡不振："做了一晚上的梦。"

　　"梦到了什么？"

　　她没有什么胃口，把汤粉里的花生米从碗的一边一粒一粒地捡到另一边："梦见你给我送牢饭。"

　　谢商笑了。

　　"谢商。"

　　"嗯？"

　　温长龄像有话要说，脸上的表情很严肃。

　　她看看四周，见没有她的熟人，小声地问谢商："我们是在交往吗？"

　　谢商刚捡起一颗花生米，一秒不到，花生米就又掉了回去，他放弃了，不再试图用筷子捡任何小东西："不然呢？要流氓啊？"

　　就这样，他们开始交往。

　　温长龄照常上下班。这天下班回来，她听陶姐说，朱婆婆上午跟人吵架了，起因是那人说温长龄的闲话，说杀人犯的姐姐可能也有杀人的基因。

　　平日跟谁都好的朱婆婆发了很大的脾气，在街上跟那人对骂了很久，还说以后要和那人老死不相往来。

　　温长龄回到家时，天色已晚。

　　朱婆婆坐在厨房门口，屋里屋外没有开灯，她戴着老花镜，借着余晖在给花花织帽子。

　　花花在旁边玩毛线球。

"怎么回来这么晚？饭都冷了。"

温长龄今天加了一个小时的班。

朱婆婆放下手头的活计："玉米在电饭煲里，你先吃根玉米，我去给你热一下菜。"

温长龄跟着进了厨房。朱婆婆嫌她碍事，给了她一根玉米，就挥手赶她出去。

"婆婆，"她尝了一口，玉米很甜，"谢谢。"

"谢什么，吃一锅饭的。"朱婆婆点着灶火，往里面添柴。孙争那事，她一直记着。

温长龄搬来小凳子，坐到灶边上："您不问吗？"

外面都在传她弟弟的事，传了好几天，朱婆婆却一句都没问过。

"不用问，等你想说了再说。"她老太婆一个，走过那么多路，吃过那么多盐，见过那么多双眼睛，哪一双是黑，哪一双是白，她多少能看出来一点儿。人不用活得太明白，心里有杆秤就行。

温长龄低头啃玉米。玉米快啃完的时候，她说："我弟弟叫阿拿，没有杀过人，死在了牢里。"她家的故事两句话就能说完，还有一句是，"我妈妈是自杀，她吃了断肠草的叶子。"

这个时候的朱婆婆并不知道后院那株钩吻就是断肠草。

两个人交往后好像也没什么不一样，温长龄不黏人，谢商也有自己的事。他们并不经常打电话，不会发"早安""晚安"，也没有肢体接触。

不过谢商要了温长龄的排班表，最近几天他们都一起吃早饭。谢商早上总是很困，说话懒懒的，没精神，这是他一天当中看着最好欺负的时候。

据温长龄观察，隔壁的灯在晚上总是关得很早。谢商应该不怎么熬夜，粗略算算，他一天可能要睡十个小时。怪不得说，美人都是睡出来的。

温长龄是一个体贴的女朋友，不耽误美人睡觉："你要是起不来，可以不一起吃早饭。"

老板娘放小料放错了，给谢商加了豆子。他不吃豆子，却也没让老板娘重新上，打算自己把豆子挑出去。只是撅一颗掉一颗，弄得他瞌睡全醒了，他脸上的神色明显变得烦躁。

温长龄以为他没听见："你要是起不来……"

他放下筷子，把碗推到温长龄那边，眼底还有被筷子惹烦的情绪："我撅不起来。"

"哦。"

温长龄想起自己的筷子还没用过，就没换，一颗一颗地帮谢商把豆子挑出来。豆子扔了可惜，她就都挑到自己碗里了。

"我没说起不来。"

谢商在看温长龄用筷子的手法。

她终于挑完了："我去给你拿个勺子吧。"

谢商拒绝了："不用。"

好吧。以前她没发现，还以为他是玉做的人，不食人间烟火。原来他也有固执任性的时候，筷子使不好，还不爱用勺子。

"我家里有个堂弟，4岁，吃饭用勺子。"

温长龄表示疑惑：所以……？

"我26岁。"他8岁的时候，谢良姜就要求他背下整本《刑法学》。他不能是左撇子，用餐不能不得体，否则就是不成样子、没有规矩。谢商不是不敢当逆子，是不喜欢示弱。

温长龄不知道的是，谢商在外人面前，在谢家，不会用筷子去撺任何圆乎乎的东西，使不好筷子算他一个秘密。

晚饭后，温长龄难得主动了一次，给谢商发了消息。

"你吃晚饭了吗？"

"嗯。"

"要不要去散步？"

"在当铺门口，你过来。"

温长龄出门的时候，花花非跟着，她踩了一脚，把花花赶了回去。

谢商在当铺门口等她，她没挨他太近，走到边上，鬼鬼祟祟地看了看四周，然后用头朝路口示意了一下，意思是：走啊。

谢商："……"

他跟上。温长龄走在前面，与谢商离得蛮远的。她不知道别人谈恋爱会不会像他们这样，在关系过渡的初期，有一点儿尴尬。

交易的那天晚上不算，那晚的气氛下，她跟谢商做更亲密的事都不奇怪。现在不一样，现在他们在谈恋爱，她没谈过，不会谈。

于是，温长龄走慢了些，然后没话找话："你晚饭吃的什么？"

谢商倒是很自在，慢悠悠地走着，顶着那张回头率很高的脸，旁若无人，不远不近地跟在温长龄的左后方。

他回答："粥。"

"你自己做的吗？"

"叫的外卖。"

"你会做饭吗？"

一问一答，这样才不会冷场。温长龄的社交能力很一般，这已经是她衔接很顺畅的结果了。

"会，但不常做。"

她刚想再问问谢商会做什么菜。

"不用刻意找话题。"谢商突然拉了她一把，帮她避开右后方的电动车之后松开手，"你要是不想说话，不说也可以。别看我这边，走路看路。"

"哦。"温长龄正视前方。

她不是个爱说话的人，更喜欢安安静静的。这条路走到后面，人越来越少，夕阳将落，地上残影幢幢，是风在摇树。

"谢商。"

"嗯。"

温长龄有些纠结："要不要牵一下手？"

"随你啊。"

谢商一副很好说话、什么都配合的样子。

温长龄用碎步挪近一点儿，手慢慢地伸过去。谢商握住她的手，没太用力。她不留指甲，指尖钝钝的，擦过他的掌心时，有一种奇怪的酥痒感。

她的体温比他的要低，手很小，也瘦，他能摸到她的骨骼，伶仃纤细。他们间的距离越近，好像男女体型的差异就会越明显，谢商甚至怀疑，如果他用全力，会折断她。那么，他要小心地对她，在他想折断她之前。

恶犬小黑又在叫唤，冲每一个从它家门口路过的行人龇牙。但小黑不会对谢商龇牙，温长龄想着，有谢商在，小黑应该会收敛，所以这次靠近狗窝的时候，她就没有跺脚恐吓小黑。

然后——小黑猛地一跃，朝她扑过来。她的条件反射让她迅速做出了反应：用力甩开谢商的手，独自逃跑。被狗追过的人大概都有这个条件反射。

温长龄跑了很远，等小黑不叫了，才停下来，顺了会儿气，后知后觉地回头。谢商眼神微妙地看着她。

啊。

她更尴尬了，这恋爱谈的。刚刚温长龄跑得太快，之前被剪坏的刘海儿因为奔跑翘起来了。她压了压两边的刘海儿，硬着头皮走回去，但不敢太靠近谢商，以免被小黑咬裤脚。

"你怎么不跑啊？"她问了一句废话。

谢商不说话。

温长龄惭愧地低下头，第一次在心里骂一条狗：它现在居然不叫，它不叫！

"那天晚上是谁说会对我好来着？"谢商不骂人，慢条斯理地扇了两下睫毛，端正他那张又魅惑又正直的脸，盯着人。

温长龄："……"

这个情景很像念书的时候，她犯了大错，被老师抓包。

她辩解道："狗它咬我。"

"所以你就甩开我，自己一个人逃跑吗？"谢商尾音轻轻的，并不咄咄逼人，好似只是在阐述事实。

"小黑很喜欢你，不会咬你的。"温长龄敢保证。

小黑蹲在谢商的后面，在摇尾巴。看吧，它不会咬谢商的裤脚，这一点就不如荷塘街的蚊子。

谢商只看结果："你甩开了我的手。"

"它不会咬你。"

"你甩开了我的手。"谢商有点儿理解为什么谷易欢喜欢重复说废话了,因为产生了意见,且改变不了结果。

温长龄略作思考,然后认错:"对不起。"

谢商短暂地沉默后,走上前,牵住温长龄。这一次他比刚刚用力,收着脾气温和地跟她讲明:"这次原谅你,下次不可以。"

温长龄连忙点头,像个乖学生。谢商伺候是难伺候,但情绪稳定,哄也容易哄。

就是这次之后,小黑被拴上了狗绳,因为小黑的主人被谢商找了。小黑的主人跟小黑一样,是荷塘街一霸。小黑的主人跟小黑一样,也看脸说话。

天色已晚,不适合走亲访友,挺适合"偷鸡摸狗"。谷易欢东张西望地走进当铺。谢商搬店之后,他是头一次过来。说实话,这店的选址不太行,他的车开进来的时候被刮了底盘。他四下看看。

钱周周从柜台后探出脑袋:"找什么呢?"

"我四哥呢?"

钱周周见过谷易欢,并且"有幸"听过他唱歌,对他印象很深刻:"老板这会儿不在店里。"

"我去里面等他。"

这老院子几进几出,谷易欢兜兜转转才来到后面的院子,东摸摸西摸摸地逛了逛,还给不认识的花花草草浇了水。

院子里刚好有梯子。谷易欢当即扔下浇花壶,去搬梯子,先将梯子靠到右边的围墙上。他爬上去,探出头,看到了一个老太太。

应该不是这个。谷易欢爬下来,把梯子搬到左边的围墙前,又爬上去,悄然观察。左边院子里有灯,但没人。围墙上爬了很多绿藤,有点儿挡视线,他用手肘把叶子压住。

"在干吗?"

做贼心虚的谷易欢被惊得差点儿脚打滑摔下去,他平复平复剧烈的心跳,先不回头:"看星星呢。"然后他回头,"呀,星星回来了。"

这蹩脚的演技。

谢商把被扔在地上的浇花壶捡起来放好,不急不忙:"你胳膊下压的那叶子有毒。"

谷易欢猛地一缩手。

"你吃没吃?"

他拿胳膊蹭衣服,使劲儿蹭:"我没事吃这玩意儿干吗?"

"你吃过农药。"

"⋯⋯"

谷易欢觉得左边院子里的这位邻居很古怪——谁会没事在院子里种毒草?这位该不会就是拿了四哥初吻的那位吧?

谢商哪里会看不出谷易欢的那些花花肠子，自下而上、似笑非笑地看着他："就这么好奇？"

他能不好奇吗？

谷易欢还记得自己最叛逆的那年，在外面结交了几个不正经的"兄弟"，"兄弟"说要带他去找女人，还给他传授了一大堆经验。他当时傻，信了这话，蠢蠢欲动。

他爸妈管不住他这个逆子，就找来了谢商。谢商也没说他，带过来一箱片子，还放给他看。开始他是很兴奋的，觉得四哥太懂他了，太帅了，是吾辈楷模。

直到——谢商让他不间断地看了3天，到后面他视觉、身体双重疲劳，眼睛都快睁不开了。谢商问他："还想去跟女人玩吗？"

他一个字一个字艰难地吐出来："我……不……想。"

"去洗洗，睡一觉起来做卷子。"

洗完澡，睡了一觉，醒来他问谢商："四哥，你看这个都没一点儿反应吗？"

谢商当时拿着一本硬壳的英文书在看，眼都没抬，对男性的生理话题没有丝毫兴趣："做你的卷子。"

所以说谷易欢能不好奇吗？这得是什么奇人，能让谢商开先例？

"半夜爬墙像什么样子，别胡乱看，下来。"

"我还没看到人。"

谷易欢不肯下去。

谢商懒得跟他磨蹭："不用看了，你见过。"

"我见过？什么时候？在哪儿？"

"在你家。"

谷易欢开始回忆，可惜鱼的脑容量太小。

谢商坐下面喝茶："她是帝宏医院的护士。"

谷易欢终于想起来了，只是当时来了两个随行护士，他对她们印象都不深。

"哪一个？"

谢商声音略低，缓慢而清晰地念那三个字："温长龄。"

戴眼镜、戴助听器的护士，这是谷易欢对温长龄唯一的印象。

隔壁院子传来响动，谷易欢立马转头，只见一道残影扑面而来。

"喵！"

有句话怎么说来着？好奇害死猫，现在应该改一改，好奇被猫害"死"。

花花的一爪子让谷易欢眼前一黑，接着整个人往后栽。

"啊！"

他的腿——好像断了。

温长龄原本是上白班，上夜班的同事家里有点儿事，问温长龄能不能帮忙值几个小时的班。温长龄和这个同事很少说话，听护士长说，同事的婆婆患了阿尔茨海默病，在家里大闹。

温长龄答应了,帮同事值班到9点。

她从医院出来时,门口刚好有辆出租车。车开到她前面,司机降下车窗。

"去哪儿?"

温长龄拍下车牌,上了车:"荷塘街。"

上车之后,司机师傅没有开导航,温长龄自己用手机开了。她有点儿犯困,闭上眼想眯一会儿,但没有睡着,听到导航软件说"已重新规划路线",她睁开眼。

"师傅,你偏离路线了。"

司机师傅背对着她,身材圆圆胖胖的,温长龄从内后视镜里能看到他的脸。他开车开得很快:"这条路我熟,走桥下更近。"

温长龄拒绝了司机的提议:"远一点儿也没关系,麻烦你按照导航走。"

对方不高兴,言语激烈:"你这姑娘怎么不知道变通,明明有更近的路偏不走?"说完他又解释,试图说服温长龄,"按我说的走,能快个10分钟,早送完你,我也好早点儿回家。"

导航软件又说了一遍"已重新规划路线"。

温长龄把包包的拉链拉好,手扶住门框上边的把手:"请你在前面掉头。"

司机师傅冲她发火:"听我的没错,你有被害妄想症啊?车上都有监控,我还能卖了你不成?"

交涉无果,温长龄打算报警。刚好有电话打进来,看到来电显示,她接了。

电话是谢商打过来的:"你今天不是白班吗?"

往日这个点,温长龄和谢商都散完步了。

"我帮同事值班了。"她一直在看路,见离掉头的地方已经很近了,再一次提醒司机:"在前面掉头。"

对方极度不耐烦,一脚油门踩下去,快速驶过了允许调头的路口:"都快到桥下了,现在掉头要绕更远。"

谢商没有说话,在听。

温长龄没发火,也不慌张:"麻烦你停车。"

司机态度很恶劣,好像谁声音大谁就占理:"你怎么这么不识好赖?你自己上网查,看看这条路能不能到你家。"

温长龄的耐心告罄。

"长龄。"

谢商在叫她。她把眼里的恶龙关回去。

"把位置共享给我。"

温长龄在报警和谢商之间选择了谢商。她把位置和车牌照片一起发过去。谢商挂断电话,改用视频通话。

视频通话一接通,他就说:"长龄,开后置摄像头。"

温长龄照做。

"往左一点儿。"

她把镜头往左边挪了一点儿。

副驾驶座前面有司机师傅的工号：312558。

谢商借用医院的电脑，登录出租车公司的官方网站，核实司机身份，然后谈判："工号312558，李先生对吗？"

司机不吭声。他本以为年轻女孩子胆子小，吓唬吓唬就能赚这一单，之前也不是没这么干过，现在的人大都是能忍就忍，刺儿头少，但现在事情变得麻烦了。

"我已经打了投诉电话。"视频里，谢商谈吐清晰，冷静镇定，不带任何激烈的情绪，有条有理，"李先生，我在你们公司的官网上看到了一条规定，投诉之后3分钟内会有电话回访，回访的时候还可以撤销投诉。前面第二个路口左转进入2961国道，500米后有个电话亭，在电话亭旁边停车，全程差不多3分钟时间。我女朋友下车后，我会在电话回访里撤销投诉，你如果不信，我可以用另外一部手机开免提。但3分钟后你若不停车，我会立刻报警。"

谢商并没有威逼司机，但毫无疑问，他给出的是最优方案。

司机知道这次踢到铁板了，也不想把事情闹大，嘴上骂骂咧咧，但车速是降下来了："服了你们了，我停车行了吧。"

谢商挂断视频通话换成电话打过来。

温长龄不认路。谢商几乎是一步一步地教她，帮她处理好所有的后顾之忧："你要是在车上看不清国道数字，就认旁边的建筑物，那附近有个钢铁厂。"

她答"好"。

他大概担心她会怕，在电话里详尽地告诉她："我去官网核实过他的身份，他是出租车司机没错。一个小时前，文华路发生重大事故，他带你走的那条路是会近一些，但15分钟后就会堵在路上，最少要堵一个小时。出租车公司上个月出台了新的堵车补贴规定，他是想赚那个钱，所以才偏航。"

温长龄在想：谢商到底是怎么做到几分钟之内找到官方，查到附近的路，了解路况，完成投诉的？执行效率和逻辑思维都不是一般的强，他不做律师确实可惜。

"司机不是人贩子，也不是歹徒，你不要跟他起冲突，不要跳车，一直保持警惕就行。"

"嗯。"

谢商嘱咐她，事无巨细："等会儿下了车，去人多的地方等我。"

"好。"

女性对安全感的需求天生就大于男性，这是在进化时就留在了基因里。如果有一天，温长龄爱上谢商，一定不是爱他的皮囊。

停车的位置是谢商挑的，不算偏僻，钢铁厂的宿舍就在附近，来往的车辆很多，偶尔还有行人，是很安全的地段。

司机停车之后，车门和车窗还锁着，他要求谢商："你先撤销投诉。"

回访电话准时打过来。谢商投诉时留的是谷易欢的号码，因为他自己的手机要保持和温长龄的联系。确定司机停车后，他又换回视频通话，以便对方确认。

投诉被撤销之后，司机才开车门锁，恼火地赶人："下去下去！真是倒了八辈子霉，碰到两个被迫害妄想症！"

温长龄下车。司机踩油门走了。

"手机还有电吗？"

"有。"

谢商说："那别挂掉，我 30 分钟后到。"

温长龄只是嘱咐他："慢慢过来，不用开那么快。"

视频通话没有关。

谢商在和别人说话："给你哥打电话，让他过来。"他把借用的手机还给谷易欢。

谢商和谷易欢这会儿还在医院。

谷易欢不是摔到了腿吗？他的腿没真断，但骨头确实伤到了。他躺在病床上，刚刚医生给他检查骨头，痛得他脸惨白惨白的："你要走？"他还没打石膏。

谢商"嗯"了一声："车借我。"他拿了车钥匙，往外走，手机的视频通话一直开着，但屏幕里的画面很暗："长龄，你换个亮点儿的地方等，那边太暗了，我看不清。"

温长龄，四哥的例外，这是谷易欢给温长龄的第一个标签。

视频通话一直开着，谢商隔一段时间会喊温长龄一声，其余时间都很安静，手机听筒里传来"呼呼"的风声。

他开的是跑车。谷易欢改装过的车，谢商开不惯，但胜在速度快，没用 30 分钟，21 分钟就到了目的地。

这车花里胡哨的，尤其是车灯，红的紫的，轮毂灯还会变色，夜里特别引人注目。直到看清从车上走下来的人，温长龄才确定这真的是谢商。

不远处有江，这边风很大，昼夜温差也大。温长龄关掉已经发烫的手机，从电话亭里出来："你冷不冷啊？"

谢商没有穿外套，上衣是短袖，很薄。风很懂事，会挑角度，把谢商腹部的肌肉轮廓吹得若隐若现。谢商生活很规律，一周两次常规运动，经常进行极限运动。

"不冷。"

温长龄握了一下他的手，好凉。她给他搓搓手。谢商被她弄得痒也没把手抽走。在路上的时候他还想着说她几句，好让她提高防范心，这会儿全忘了。

"刚刚怕不怕？"

"不怕。"

她的胆子真大。

谢商倒希望她能胆小一点儿、顺从一点儿，不要总是跑出他预设的轨道。

"以后晚上别一个人打车，不安全，需要出行的时候跟我说。"

"嗯。"

回去的路谢商开了40多分钟。如果是往常，这个时间点谢商应该要睡了，温长龄有些不好意思，下车很迅速，不再耽误他："今晚谢谢你，我回去了。"

荷塘街老年人居多，11点以后街上就很安静，周遭静悄悄的，月也躲在云里。

温长龄转身的时候，谢商拉住了她，她回头，他也没有松手。

"怎么了？"

"抱一下吧。"他目光很深，情绪被夜色掩盖，温温柔柔的，模模糊糊的，有点儿不真切，他说，"抱一下，你总要习惯我。"

苏南枝女士说，在亲密关系里，拥抱比亲吻更容易让人放下防备，然后依赖、深爱。他索求完，然后等，等温长龄主动。

她反应了一下，走过去，两只手同时抬起来，笨拙地绕过他的腰，虚虚地把他抱住。她独来独往惯了，对与人亲近这种事很生疏。

谢商无奈地叹了口气，抓过她的手，贴着放在自己的腰上："人都是你的，你碰一下怕什么？"

他衣服穿得单薄，她的手指能感受到他腰腹的肌肉——有一种绝对的力量感。他给她的感觉一直如此，像处在千军万马的中心，很安全的同时，也很危险。

她把脸靠在他的身上，让自己习惯这样的亲近。他的身体很热，一直在干扰她的思绪，她觉得应该说点儿什么。鼻尖蹭到他的衣领，她说："你身上的香味很好闻，每一种都好闻。"

"调香的时候沾上的。"

司香师是谢清泽的梦想。与现代的调香师略有不同，"司香"这个词更古老。调香师注重制香，而旧时的司香师偏重掌香与供香。比起研制香品，谢清泽更喜欢为人挑选香品的这个过程，为每一种心境焚香是他热爱的。谢商没有非做不可的梦想，然后谢清泽的梦想就成了他一直在做的事。

温长龄突然很好奇："你都没有跟我说过你的副业。"她仰着头，想听。

荷塘街上都是老房子，部分老房子还保留了高门槛，朱婆婆家的房子就有这种门槛。谢商把温长龄抱起来，让她的脚踩在门槛上——这样的高度她不用仰头。

他的祖母是她那个时代传统人家的千金，所以家里规矩很多。他小时候祖母说过，踩门槛是一种无礼的行为。

温长龄可以对他无礼，毕竟是他不怀好意无礼在先。

"我有个朋友，叫贺冬洲，他很会做生意，开了一家专门制香的公司。他负责经营，我偶尔调香。"

国内的香水公司温长龄只知道一家："是午渡吗？"

"嗯。"

佳慧喜欢香水，所以温长龄多多少少从她那里听到过一些相关的事，据说午渡的香水款款都是爆品，国外很多大牌香想仿制，但根本调配不出相似的味道。

佳慧还说，午渡的瓶子也很好看，瓶子上都是非遗彩绘，很难搜集，经典款的全套瓶子能值一套二线城市的房子。

不难看出，贺冬洲很会赚钱。温长龄由衷地夸赞："你的朋友好厉害。"

谢商"嗯"了一声，表示认同："我呢？"

她笑："你也厉害。"

温长龄站的地方刚好在灯笼下面，杏黄的光线正正落在他们身上，她稍微一低头，就能看清谢商锁骨上的小痣。造物者真的很眷顾他，在他身上的每一笔都落得恰到好处。

"你这里有一颗痣。"

温长龄用手指碰了一下那颗痣，脑子里没有想很多，就那样鬼使神差地碰了，分明她刚刚还不敢用力地抱他。

她还盯着那颗痣。谢商也不拉衣领，让她看："你喜欢？"

她一向很诚实："嗯。"她想咬，咬出血。

谢商笑着应，有种近乎纵容的顺从："哦，知道了。"

她抬头。

他知道什么了？知道她真正的想法吗？

她再一次伸手，去碰他锁骨上的痣。她想露出牙齿，咬破它。

"咯。"

突然响起的咳嗽声把温长龄刚冒出头的施虐欲摁了回去。她立马撒手，松开谢商的腰，从门槛上下来。

"我先进去了。"

她匆匆跑进屋，关上门，把谢商留下。

屋里，朱婆婆背着手，在门口附近佯装踱步消食。不过消食的点早就过了。

"婆婆。"

朱婆婆问了句："晚饭吃了吗？"

"在医院食堂吃了。"

朱婆婆摆摆手，意思是赶紧去睡，她自个儿也往自己屋里走，走到门口，没忍住，多问了一句："你和谢老板在谈朋友？"

这老房子不隔音，朱婆婆的听力又很好。其实她也早看出了苗头，毕竟谢老板那人跟谁都距离感很强，但和温长龄走得近。

温长龄点头："嗯，在谈。"

朱婆婆不免担忧："谢老板人挺好的，就是……太不普通了。"有时候普通和平淡也是一种福气。

谢商的家境在荷塘街都传遍了——祖父那边是开大律所的，外祖父那边是开银行的，这样家世的人整个北城都找不出几个，而温长龄只是个护士。至少在朱婆婆看来，他们的家庭背景相差太大了。

温长龄只是笑了笑，一点儿都不在意的样子："婆婆，我也不普通。"

朱婆婆又想起孙争那事：是啊，长龄又怎么会普通？朱婆婆放心了，扇着蒲扇赶蚊子："跟他好好谈，我看他挺看重你的。"

朱婆婆回屋去了。

温长龄也回了自己屋。后院的两层楼都是她在用，她一起租了，朱婆婆从来不会未经允许过来她这边。

通往二楼的台阶上落了些灰尘，她拾级而上，几乎没有发出脚步声。过道儿的灯泡用了很久，光线很暗，上面粘满了飞蛾和其他虫子的尸体。

温长龄用钥匙打开一扇门的锁——那种老式的锁，她推门进去。

里面没有开灯，微弱的光来自电脑屏幕。房间里没有摆放家具，只放了六台电脑、一个很大的垃圾桶、一面可以推动的白板墙，墙上面贴满了照片。

电脑屏幕里，一群人在狂欢。

"泰实，酒没了，拿酒来。"

酒瓶摇晃，"砰"的一声，瓶盖开了，酒液瞬间喷洒得到处都是。

温长龄走到白板墙前，屏幕里已经陷入狂欢的那位主角此时被框在照片里，一双眼睛被刀片划烂了。

曾志利进监狱了，罪名是敲诈。这个消息是上次负责调解的民警小钟告诉温长龄的。散步的时候，温长龄问起了这件事。

"他什么时候敲诈你的？"

谢商说："你在我家睡觉的那一个小时里。"

曾志利一见到他就开口要钱，他就撒了点儿诱饵。曾志利也很"上道儿"，在知道了他和摩林集团的关系之后，果然把金额翻了百倍。

让一个贪心且无知的法盲多蹲个几年监狱，对谢商来说，轻而易举。

"你一开始就打算用这种方法对吗？"

这个方法好用，还不弄脏手。谢商是个爱干净的人，不喜欢弄脏手，点点头："嗯，我是很遵纪守法的人。"

温长龄没接话。她觉得谢商不是很遵纪守法的人，他是很懂法的人，因为懂，所以玩得溜。

"明天晚上有空吗？"

"有。"

温长龄昨晚值了夜班，今天和明天都休息。

谢商邀请她："一起去给苏女士贡献点儿票房吧。"

苏南枝的电影上映了。温长龄去电影院之前特地上网做了功课，知道电影的男主演叫梁述川，是一位实力派男演员。温长龄还刷到了粉丝给苏南枝和梁述川剪的视频。评论里说，他们是青梅竹马，但很遗憾，梁述川晚生了几年。

票订的是 8 点 30 分的场次，电影院里人很多。谢商去取票，温长龄去洗手间。她洗完手出来，看见有女孩儿在和谢商说话，在爆米花机旁边。他们具体说了什么温长龄听不清，不过也不难猜，女孩儿的情绪都写在脸上了。

温长龄停下来，没有再上前，等他们说完。女孩儿被拒绝之后，失望地离开了。

谢商早看到温长龄了，她倒悠闲，在跟旁边被家长抱在手里的小婴儿眼对眼，小婴儿冲她吐泡泡，她对那个泡泡产生了莫大的兴趣。

"长龄。"

温长龄这才过去。谢商把爆米花给她："你刚刚怎么不过来？"

温长龄抱着一大桶爆米花，只露出半张脸。桶里的爆米花装得很满，她往前凑凑就吃得到："那位女士在跟你说话。"

打扰别人说话不太礼貌。

"她在要微信号。"

温长龄丝毫不惊讶："看出来了。"

谢商来了句："那你还挺大方。"不然她去扯那位女士的头发吗？

温长龄摸了摸自己的刘海儿。扯头发不行，她出门前喷了好多水，才把剪得过短的刘海儿强行弄下去。

电影还有 20 分钟开场，温长龄找了地方坐下。谢商买了一瓶纯净水和一杯热饮，热饮是给她的。

她边吃边喝边等，喝热饮喝得有点儿热，她把外套脱掉，搭在椅子上。

谢商叫她："温长龄。"他久违地连名带姓地叫她。

温长龄疑惑地看着谢商。

她手上沾到了爆米花的糖，谢商把干净的帕子放在她手边："以后再有刚才那样的情况，你要过来，告诉别人我不是单身。"在谢商看来，这是一种契约精神。

他身边在认真谈恋爱的人不多，贺冬洲算一个，他舅舅苏北禾算一个。不过贺冬洲把女友藏得很严，没有参考价值，谢商唯一能参照的对象只有苏北禾。

要是宁宋跟别的男人多聊上一句，苏北禾能晾宁宋一天。

"你不可以自己解决吗？"温长龄跟别人不一样，有一套自己的理论，"我觉得男人应该自觉。"

谢商沉默了几秒。他说不赢她。

"行。"他妥协，随她吧，VIP 嘛。

在等待检票期间，温长龄接到了佳慧的电话。

"长龄，明天去看电影吗？"

"什么电影？"

佳慧说："《3913》。"

不巧了，苏南枝和梁述川主演的电影就是《3913》。

温长龄说："我正要进场。"

佳慧立马问:"和谁?你一个人?"

温长龄是一个不会主动社交的人,也不怎么爱看电影,如果不是别人邀请,一年都不会来电影院一次。

她看了一眼旁边的谢商,这样回答:"和邻居。"

佳慧反应迅速:"谢商?!"

温长龄捂住听筒,不想佳慧的话被谢商听到。

佳慧果然很兴奋:"姐妹,进展神速啊!"

佳慧还不知道温长龄和谢商交往了,除了朱婆婆,温长龄没有跟任何人说这个。

已经8点20分了,检票的工作人员拉开了过道儿的隔离带。温长龄对佳慧说:"电影要开始了。"

"去吧去吧,黑灯瞎火,好好发展。"

佳慧比温长龄还猴儿急地挂了电话。

温长龄拿起吃的和喝的:"我们去检票吧。"

谢商把她手里的东西接过去:"里面温度低,你把外套穿上。"

影厅里面几乎满座。播放片头曲的时候,谢商说了句什么,温长龄当时正很专注地在听邻近座位观众的谈论声。

两个女生在说谢商,电影院的音响声音又很大,温长龄没听清谢商在说什么。

他靠过来一些:"你是不是该改改称呼了?"

改称呼?温长龄想了想,用不确定的眼神看着谢商:"星星?"

谢商错愕了一下。

"我是说'邻居'。"

温长龄:"哦。"

她继续听两个女生谈论谢商,没注意到谢商的目光还在她身上。

影厅里的温度并没有他想的那么低,相反,有一点儿热。前排的人一直在说话,谢商有点儿烦躁,拧开瓶盖,喝了两口水。

电影的前15分钟,谢商没有看进去。

《3913》是悬疑片,是一个分离性身份障碍患者的杀人实录。主角患有分离性身份障碍,最后被判定杀掉副人格,案件编号3913。

"我赢了。"这是电影的结尾。

梁述川的台词功底很好,他仅凭一句台词,就把悬疑的味道拉满了,让人毛骨悚然。

5月的最后一天,谢商没睡好,做了一个很荒唐且毫无逻辑的梦。梦里他变成了一条星星形状的魔毯,温长龄坐在他身上,手里抱着一根扫把,穿得像个女巫。

女巫命令魔毯:"星星,你快点儿跑,带我去看星星。"

她坐在他的身上,去看别的星星。

谢商一大早心情就不好。

第七章
谢星星，她的小星星

今天是六一儿童节。8点过7分，平常这个点儿谷易欢大概率在会周公，但今天他不仅清醒着，还兴奋得像打了几桶鸡血，在微信上疯狂地"轰炸"谢商。

谷家口歌神："四哥，有重大好消息！晚上7点，来澳汀！"

给谢商发完，谷易欢复制消息内容，粘贴给谷开云，一字不改。

谷家口歌神："四哥，有重大好消息！晚上7点，来澳汀！"

他粘贴给贺冬洲。

谷家口歌神："四哥，有重大好消息！晚上7点，来澳汀！"

他粘贴给关思行。

谷家口歌神："四哥，有重大好消息！晚上7点，来澳汀！"

他又粘贴给一众狐朋狗友。

贺冬洲第一个回他："复制粘贴的时候多少改一下称呼。"

这不重要。

谷家口歌神："来不来？"

贺冬洲："再说。"

谷家口歌神发了两个"狗头"表情。

谷开云回复了。谷易欢点开看。

谷开云："没空。"

真是，这帮人好扫兴啊。

谷家口歌神："就你忙是吧。"

谷家口歌神："是不是亲生的堂兄弟？"

谷家口歌神："是兄弟就来分享我的快乐。"

谷易欢连发 3 条消息，那边的人半天没回。

这堂兄可以不要了。

谷家口歌神："说话，别逼我割袍断义。"

谷开云："晚一个小时到。"

谷易欢正准备回个表情，谢商的消息来了。他退出和谷开云的对话框，查看谢商的回复。

谢商："有事。"

谷家口歌神："什么事？"

谢商："今天是儿童节。"

谷家口歌神："你又没孩子，管他儿童节不儿童节。"

"对方正在输入"闪了几秒就没了。

谢商没回。

谷家口歌神："四哥。"

谷家口歌神："四哥！"

谷家口歌神："四哥！！"

谷易欢："……"

四哥这已读懒得回的毛病，谁能给治治？

关思行的回复来得最晚，在一个多小时之后。关思行回了一个句号。

谷家口歌神："什么意思？"

关思行回的语音消息："我在忙。"

他不方便打字。

谷家口歌神："四哥也来。"

谷易欢就是平平无奇的虚假宣传小能手。

关思行："我在修塔。"

谷家口歌神："你在干什么？"

关思行："修祥林寺塔。"

谷家口歌神："你要出家？"

关思行："不是。"

这一个个的，都忙。

就某人闲，打着石膏在家养伤，闲得石膏都要长芽了。

说好晚上 7 点有重大好消息，某人上午 9 点 14 分就按捺不住了，连发了 3 条朋友圈："我要出道了！！"

今天是个好日子，是儿童节，小孩子的节日。

"驾！"

"驾！"

谢家一楼大厅，一个小胖团子正在骑马，骑的是他爹谢继文这匹老马。

"驾!"

谢继文也50岁了,跑不动了。

背上的小胖团子嫌马慢,踢踢脚丫子:"爸爸,你跑快点儿。"

这小胖团子叫谢子钰,今年5月刚满4岁,留着锅盖头,是谢家孙辈里最小的一个。谢继文老来得子,小胖团子就是他的宝贝肉疙瘩。

"抱紧了,爸爸要加速了。"

谢继文拼了老命晃动他的老腰。

谢子钰在"马"背上"咯咯咯"地笑,突然打了个嗝,笑不出来了。

"哥哥。"

谢商回来了。

他随口问道:"在骑马?"

谢子钰立马下来,站好。

谢继文这才从地板上起来,拍拍手上的土,笑得像佛祖:"嘿嘿,小商来了。"

"二叔。"

谢景先有三子一女,谢继文是老二,是谢家律所里输官司最多的律师。后来谢继文干脆不接官司了,是接不到还是不接,先打个问号,总之就是他赋闲在家,天天打打牌、养养花、逗逗儿子。

谢商与这位二叔不亲也不疏。

"中午留下来吃饭,刚好你二婶今天下厨。"

谢商应下。

厨房门口原本露出了半个身子的女人默默地缩回去,吮了吮刚刚因为听到谢商的声音不小心切破的手指。

谢商走到谢子钰面前,蹲下来,摸摸他的锅盖头:"儿童节快乐。"他将手里的袋子放下,是礼物。袋子上面扎了谢子钰喜欢的绿色彩带。

谢子钰将彩带拆开,拿出袋子里的木雕小马。

"谢谢哥哥。"

谢子钰打小就喜欢马。

谢商问他,轻声细语,很温柔:"想骑真马吗?"

谢子钰不想,但不敢不想:"想……"

"下次教你。"

"好的,哥哥。"

谢商上楼去了。

谢继文因为是老来得子,惯得谢子钰皮得不行。谢家夭折过两个孙子,谢景先对小孙子也是十分宠爱。

谢子钰当真是家里的小霸王,但小霸王很怕谢商这个哥哥。哥哥一说话,他就乖乖地耷拉着头听着,绝不敢造次。

他为什么这么怕哥哥？哥哥没打骂过他，虽然不常见面，但哥哥和他说话时会蹲下来，语气也很温柔，然而他就是怕。哥哥要是心情好，会给他糖吃，给他买玩具，六一儿童节给他送礼物，偶尔还耐心地教他几句听着就很吓人的大道理，比如他打架了，哥哥端着他的胖脸看他的伤："打架很粗鲁，脑袋不是用来扣锅盖的。"

可是他的锅盖头明明就很可爱啊。偶尔哥哥还会教他骑马，给他选最高的成年马，把他吓哭了会给他擦眼泪，温柔地安慰他，说哭几次就会了。总之哥哥就是很吓人。

谢子钰也不敢再骑他爸爸这匹老马了，跑去厨房，扑到妈妈怀里，寻求安慰。

"妈妈，我好怕哥哥。"

妈妈叫严美美，年轻漂亮。严美美也很无助啊："我也怕……"是的，严美美也怕谢商，虽然她是"长辈"。她在酒店当服务员之前，在按摩店工作过，这是她的秘密。

她以前见过谢商，当时他被一群人簇拥着进了按摩店。其他人在享受，只有谢商在和一位小姑娘聊天儿，也算不上聊天儿，因为他只问了一句："你成年了吗？"

小姑娘刚来，年纪很小，但长相很突出。

按摩店是正规的按摩店，小姑娘家里出了事，经理就暗示她赚钱的"捷径"。后来按摩店就换了经理，新经理一来就定了一条规矩：年纪太小的员工，只能当学徒。

严美美再次见到谢商是在自己的婚礼上。她一眼就认出了他，心想着这下完了，在按摩店的黑历史要暴露了。

当时谢商走过来，礼貌地称呼了她一声"二婶"。因为这段黑历史，严美美一直很怕谢商。

"老公，"严美美转头扑进谢继文的怀里，柔弱地"嘤嘤嘤"，"人家切到手了。"

谢继文赶紧来哄小娇妻。严美美是谢继文的第六任妻子。谢继文的风流韵事很多，一万字都讲不完。他这个人吧，花心得毫不掩饰，有过的女人是很多，但每一任都名正言顺。他从不背地里瞎搞，因为他把那些女人都娶了，长的十几年，短的几个月，婚礼一茬儿接一茬儿地办，礼金一茬儿接一茬儿地收，现任老婆严美美比谢继文的大女儿谢姝还小几个月。

严美美进门之后谢姝就出国了，逢年过节都很少回来。严美美是未婚先孕嫁进谢家的，因为是小门小户出身，贵妇圈那群长舌妇三天两头编派她。

陶姐外出，朱婆婆在水果店里帮忙看店。

温长龄原本今天要上白班，之前她帮过忙的同事替了她的班，于是她得了空，也在水果店里帮忙。

陶姐 10 点多才回来。

朱婆婆问她："那老太太没什么事吧？"

"人没事，钱花了不少。"陶姐说，"老太太要求做检查，花了施芳 2300 多块。"

刘施芳也是荷塘街的街坊。

去年夏天，她丈夫下海救人，搭进去了一条命。她婆婆受不住白发人送黑发人的打击，中风偏瘫了。去年冬天，她小孩儿又被查出了心脏病。

陶姐本来是要去学校看爱国和爱民的儿童节表演，半道儿上碰到了刘施芳。刘施芳骑电动车剐蹭到一个老人家，自己也受了伤。陶姐热心肠，就没去看表演，陪同刘施芳去处理事故了。

"做了什么检查这么贵？"朱婆婆打电话问过，老人家只是被蹭了一下，不严重。

"做了全身检查。"陶姐说，"先去的大医院，按老太太的检查要求，大医院要三四千块。那老太太说自己知道一家私人医院，虽然规模不大，但也是正规医院，去那边检查能便宜一点儿。我们看老太太的情况也不严重，就叫车去了小医院做检查。"

"没被坑吧？"

不是朱婆婆多疑，是现在碰瓷的手段越来越五花八门，让人防不胜防。

"应该没有，我看着人去做的检查。"陶姐一脸愁容，"施芳自己的手也受伤了，她舍不得花钱，片子也没拍，就在药店买了两瓶红花油。她前两天刚失业，汪汪的手术费还没着落，又搭进去了两三千块，老天还真是专挑一根麻绳来扭。"

朱婆婆也叹气。汪汪快5岁了，心脏手术不能再拖了。

在旁边一直没开口的温长龄突然问陶姐："有照片吗？"

"什么照片？"

"事故现场的照片。"

"有，我拍了。"

陶姐把照片翻给温长龄看。温长龄认识这位老人家，前阵子这位老人家在帝宏医院门口也被人撞倒过，撞人的也是骑的电动车，老人家也说知道一家更便宜的私人医院。

下午。

一个小朋友抱着一张太阳花形状的塑料凳子走进了当铺。小朋友用凳子垫脚，去够当铺的柜台。他太矮了，钱周周都没发现他。

他踮着脚，在就快够到柜台的时候被人抱了下来，抬起头，看见一个大人。

"不能爬高，会摔下来。"

谢商回来了。

"老板。"钱周周站起来后才看到小朋友。

他叫汪汪，还没有上幼儿园，因为他身体不好，不能跑，不能跳，幼儿园不敢收他。

"你是老板吗？"

谢商蹲下："我是。"

汪汪口齿清晰，表达能力很强："王奶奶说，这里可以用东西换钱，那我可以用东西跟你换钱吗？"

除了只接受死当这条规矩之外，如意当铺还有一条规矩：不跟未成年人做交易。

但今天是儿童节，谢商可以破例："你想用什么换？"

汪汪把他藏在衣服里面的长命锁掏出来，长命锁有婴儿拳头那么大："这个可以吗？我妈妈说这个是我外婆送的，是银子做的。"

"这个不收。"谢商帮他把小锁收好，放进衣服里。

汪汪很失望，因为他没有更好的东西了。

"能用你的糖换吗？"

汪汪手里有两根棒棒糖，是灯笼铺的林奶奶给的。

谢商耐心地同他商量："只要一根就够了，今天过节，叔叔家里有个大朋友还没收到礼物。"

汪汪立马高兴起来："可以！"

他把更喜欢的葡萄口味棒棒糖给了谢商。

谢商收了糖，放进口袋里："你想要换多少钱？"他没有用大人的口吻，而是用的一个当铺老板和 VIP 对话的口吻，他们是平等的关系。

汪汪说："2300 块。"

"你要 2300 块做什么？"

汪汪表述得很清楚，虽然他还没有 5 岁："我妈妈丢了钱，丢了 2300 块，我看到她躲起来哭了。要是我跟她说我捡到了 2300 块，她一定会很高兴。"

谢商帮他提着他的太阳花小凳子："走吧，叔叔带你去捡钱。"

一个小时之后，汪汪的妈妈刘施芳来了一趟当铺，走的时候眼睛是红的。

傍晚的时候，温长龄听陶姐说汪汪的手术费有着落了，专家也找好了，后天汪汪就能住院。陶姐还说不知道是哪位好心人帮的忙。

晚饭后，温长龄独自去散步。

"散步啊，温小姐。"

声音来自后方，是谢先生。

"怎么不叫我一起？"

温长龄停下来，等谢商："你好像挺忙的。"

她今天路过了当铺好几次，都没看见谢商。

"是挺忙，忙着给某人准备礼物。"

谢商递过来一根葡萄味的棒棒糖。温长龄一脸疑惑地接过去。

"今天是儿童节。"

温长龄知道啊，她觉得疑惑的是："我不是小朋友。"

谢商笑："温小姐，大朋友也要过生日啊。"

6 月 1 日是温长龄的生日，她已经很久不过生日了。

她诧异谢商竟然知道："你怎么知道的？"

"在莱利图看到过你的身份证。"

去海底世界的时候要实名登记，谢商那时候看了一眼温长龄的身份证，温长龄的生日很好记，他的记性也不差。

"谢谢。"

道完谢，温长龄拆掉糖纸，把棒棒糖放到嘴里吮了吮。

"好吃吗？"

"嗯。"

谢商说："那还挺值。"

温长龄不知道，这是2300块的糖。

他们绕了一圈，糖也吃完了。

在路口，温长龄打算和谢商分开走："我回去了。"

"去我那儿。"谢商抬头看了看天，天终于黑了，"还没有吹蜡烛。"

于是温长龄跟着谢商去了他的院子。他把蛋糕拿出来，点上蜡烛——只点了一根。蛋糕是粉色系——谢商不会挑，拍了照片让苏南枝女士帮忙挑的。

苏南枝女士问是不是送给她的，因为她的电影大卖了。谢商说不是。

他关掉灯，牵着温长龄走到生日蜡烛前："除了恶有恶报，世界和平之外，还有别的愿望吗？"

赌酒的时候，她说过她的愿望是恶有恶报，世界和平。

温长龄摇头。蜡烛跳跃的火焰像星子，映在她的眼睛里。

"那你就许跟我有关的愿望吧。"

她说"好"，闭上眼睛，许愿：愿谢商百岁长龄。然后她吹灭蜡烛，抬头看谢商，借着6月第一晚的月光。他真的生得很好看，像一件艺术品，即便她对男色并不关心，也不能否认，他有一具让人难以移开视线的皮囊。

"你说过比起珠宝更喜欢甜品，但我觉得还是要送你珠宝。苏南枝女士说，任何一位女士收到珠宝都会很高兴。"谢商没有送女士礼物的经验，"你也会吗？"

温长龄回答："我也会。"

他为她戴上手链，链子上的绿宝石被切割成星星的形状。

"长龄，生辰快乐。"

这是温长龄的25岁生日，有绿宝石，有满天星辰，还有一颗谢星星。

晚上7点39分，谷易欢发了条朋友圈。

谷家口歌神："我当不成歌手了！"

温长龄去陶姐家送蛋糕了，谢商在这个时间点给谷易欢回了一通电话。

"怎么又当不成了？"

谷易欢诉苦，很气愤："我被人骗了，那根本不是什么正经的经纪公司，我交完培训费他们就把我拉黑了！"

谢商倒没有很意外，谷易欢的唱歌水平就摆在那里，会找上来的大概率不是想认真棒歌手的。但对方上来就骗钱，一般人没那么傻，轻易被骗，谷易欢不接家里的生意是对的。

"你22岁了，还这么好骗。"

"他们跟我聊梦想，我一聊梦想就激动。"

谢商不想跟他聊梦想："被骗了多少？"

"这不是钱的问题。"

"那是什么问题？"

谷易欢非常失落："我不能出道了。"

"……"

这人还没放弃啊。谢商往门口看了看，风吹进来，老旧的门"吱呀"作响，朱婆婆的狸花猫过来串门了，送蛋糕的温长龄还没回来。狸花猫用脑袋把门给顶上了。

"四哥，"谷易欢突然振奋，"你能不能开个经纪公司？要是你来运作，我肯定能红。"

"不早了，洗洗睡吧。"

谢商挂掉电话，走过去把被猫合上的门重新打开。

澳汀酒吧。谷易欢撑着脸趴在吧台上，萎靡不振，唉声叹气。

谷开云看到朋友圈后没来，贺冬洲过来嘲笑了一番就走了，狐朋狗友们玩的玩、跳舞的跳舞，人类的悲喜并不相通。

平时经常断网的关思行应该是没看朋友圈，9点多来了酒吧。

说实话，看到他时，谷易欢有点儿感动。

"关思行，这儿！"

关思行听见自己的名字，像乖学生第一次来酒吧一样，皱着眉不熟练地找了一圈。找到谷易欢后，他才动脚，走过去。

他坐下，开口第一句是："不要叫我关思行。"

谷易欢一脸困惑地看着他。

难道又是研究院开展了什么保密项目？他连名字都不能对外使用？

"以后叫我王善喜。"

谷易欢："……"

什么？

谷易欢歪着头打量他："你修塔摔到脑子了？"

关思行要了杯水。谷易欢手疾眼快一把抢走水杯："关思行，别装哑巴。"

关思行是一本正经的表情："叫我王善喜。"

谷易欢："……"

关思行为什么突然改名呢？这件事还要从上午讲起。上午，蒋尤尤跟她爸蒋正豪大吵了一架，起因是蒋正豪擅自替她答应了一次邀约。约她的是位男士，上次她生日这位男士也来了，是蒋正豪的准女婿候选人之一。

朋友告诉蒋尤尤，这位男士私生活很混乱，没结婚就有了私生子，外面也不知道养了多少个女人。蒋尤尤把这件事告诉了蒋正豪，蒋正豪却说只要不闹到明面上，以后她嫁过去，碍不着她跟她将来的孩子。

这算盘打得真响，蒋正豪连将来的孩子都畅想出来了。

蒋尤尤都气笑了："爸，二姐这个活生生的例子您是一点儿都没看见是吗？"

她的二姐夫也是这样的人，"小三""小四"天天上门。二姐夫的妈和稀泥，嘴上说着外面那些不三不四的人她一个都不认，但不三不四的人生下的孩子她个个都当宝，还劝儿媳妇看开，没什么比家族开枝散叶更重要。

她二姐都抑郁几年了。提起这些事，蒋正豪还不满："那是你二姐太软弱，在婆家一点儿话语权都没有。"

看看，这就是亲爹说的话。

蒋尤尤都懒得跟他讲道理，反正也讲不通："我也软弱，我柔弱不能自理。"她柔弱不能自理般地扶着头，"你要我结婚可以，但你给我挑个消停点儿的，不要去垃圾堆里找，柔弱不能自理的我在垃圾堆里活不下去，只能住温室。"

"别跟我扯东扯西，我已经答应了人家，你就去见见，又没让你现在就嫁过去。"

蒋尤尤背过身翻了个白眼："谁答应的谁去。"

蒋正豪恼火地指着她训道："唐正到底哪里配不上你？你再这么挑三拣四，等到了30岁，谁还要你？"

唐正？堂堂正正？他真好意思叫这名儿。蒋尤尤今天也不装了，端庄淑女什么的见鬼去，破罐子破摔，站起来，嗓门儿比蒋正豪的更大："不要更好，老娘一个人过！"

蒋正豪被她的粗鲁震惊到："你怎么说话的？我花那么多钱送你去上礼仪课，你就只学会了用粗话跟我顶嘴？"

老娘学会的东西多着呢，说出来怕气死你。

一旁的申丽过来打圆场："尤尤啊，你别跟你爸置气，他也是为了你好。"

他是为了你儿子好。

"听阿姨一句劝……"听不得，一句都听不得，蒋尤尤抬脚就走。

蒋正豪冲她吼："你去哪儿？"

"去出家。"

"你给我站住！"

蒋尤尤跑着走了。她真去了寺里，寺里的地藏殿供着她妈的牌位。她和4个姐姐是一母同胞，蒋正豪的宝贝儿子是申丽生的。蒋正豪发家之前就是个养鱼的，原配陪他吃了十几年的苦，后来蒋正豪发达了，赶上了时代红利，做起了房地产生意，口袋里有钱了，身边的诱惑也多了。

申丽以前是蒋正豪的秘书，为蒋正豪生下儿子之后母凭子贵，名正言顺地来找原配，让原配成全她"伟大的爱情"。

懦弱了大半辈子的原配把一锅滚烫的粥泼在丈夫身上，之后摔门出去，再也没进过蒋家的门。

她临终前跟5个女儿说，男人都那样，没有一生一世的爱情，爱他们不如爱自己。她还有一句嘱咐："你爸的钱绝不能都留给'小三'的儿子。"

所以蒋尤尤从小就听话，蒋正豪也很疼爱她，至少表面上是。蒋正豪对她寄予厚望，给她买车买包置办房产。

蒋尤尤是无神论者，但这不妨碍她跪在蒲团上，在这一刻诚心许愿："菩萨啊菩萨，信女尤尤，不求姻缘，但求钱财，远离垃圾，富贵一生。"

话音刚落，一颗钉子从横梁上掉下来，掉到蒋尤尤的脚边。

她抬头："王善喜？"

关思行皱眉："你认错人了。"

王善喜是他的学生。

"不可能认错。"蒋尤尤很肯定，"我们在学校见过，我是给你体检的医生，你不记得我了？"

关思行木着脸："记得。"

他不像某人，记忆力那么差。他从梯子上下来，蹲下去捡掉在她脚边的钉子。刚好她起身，宽大的裙摆匆匆擦过他的手背。

钉子再一次掉在了地上。他盯着自己的手，懊恼。

"你刚刚在上面干吗？"蒋尤尤好奇地抬头四处看。

"修塔。"

他又去捡钉子。不知道是不是蹭到塔顶的横梁了，他头上沾到了灰尘。

蒋尤尤有点儿强迫症，很想揉他的头发，把灰弄掉。不能耍流氓，她告诉自己，忍住："你还会修塔啊？"

"嗯。"

祥林寺的建寺历史很悠久，塔老化严重。寺里的住持和关思行的爷爷是旧相识。住持原本是想让关老先生推荐人过来修缮，因为建塔时用了榫卯结构，一般的建筑工人修不了，没想到老先生直接叫了自己的小孙子过来。

第七研究院的物理工程师亲自过来修塔，住持受宠若惊。

"王同学。"

有人说过，最喜欢男大学生。

关思行抠着手里的钉子，跟自己犟了很久，最终答应了她这声"王同学"："嗯……"

"你知道这里的膳房怎么走吗？"

蒋尤尤饿了。

关思行带她去了膳房，膳房有寺里的小师父在。

她用看亲人的眼神看着小师父，问可不可以提前开饭，小师父说可以，她笑眯眯地跑去拿碗，看见王同学还在门口。

"谢谢啊，王同学。那你回去继续修塔吧，辛苦了，王同学。"

用完就扔，这很符合蒋尤尤的风格。

"王同学"闷头走了。

他没去修塔，走到十米开外的菩提树下，蹲在树荫里，看厨房，看蒋尤尤笑眯眯地端着碗，让小师父给她多舀点儿菜。

她吃了两碗斋饭。

关思行用钉子在地上写了"蒋尤尤"三个字，又在旁边写上："但求钱财，富贵一生。"

他给母亲谈令兰女士打了一通电话。

谈女士接到电话又惊又喜："宝贝，你竟然给妈妈打电话了！"她可是逢年过节都很难接到宝贝儿子的一通电话。

"妈妈，我们家有钱吗？"

"哈哈哈，有的有的。"谈女士可太意外了，她家的物理机器终于对别的东西感兴趣了，"怎么了宝贝，是不是钱不够花了？"

"不是。"关思行平时吃住大多在研究院，对钱没有概念，"有很多吗？"

谈女士谦虚了一下："还是蛮多的。"

"能富贵一生吗？"

"能的能的。"谈女士欣慰极了，"儿子你别担心，好好搞学术，钱爸爸妈妈赚着呢。"

"嗯。"

关思行挂了电话，嘴角翘起了小小的弧度。

蒋尤尤吃完饭后，去母亲的牌位前跪了一会儿，然后揉揉膝盖，打道回府。

三四点的时候，扫地僧正在扫石阶上的落叶，空中突然有惊雷炸响。

"天这么黑，要下雨了吧。"

"应该已经下到了半山腰。"

两位僧人继续扫地。

关思行还没有修完塔，听见雷声后出来了，问其中一位僧人："地藏殿的那位香客走了吗？"

"已经走了，半个小时前动的身。"

半山腰在下大雨。蒋尤尤举高手机，找了半天还是没有信号。她气得蹬掉了该死的高跟鞋，被扯到的脚踝痛得她眼泪都要掉出来了。

都怪蒋正豪，害她气昏了头，穿着高跟鞋就来寺里了。她忍着痛，咬牙扶着山壁站起来，抬起头，瞬间被雨淋了一脸。她抹了把雨水，目测了一下山壁最上面的高度。

她是摔下来的——鞋跟卡进了石头缝，她用力拔的时候没站稳。山壁陡峭，她两条腿都摔伤了，尤其是右边的脚踝，动一下都疼，爬上去根本不可能。手机也没信号，下雨了这里也没有路人经过，她可能要死在这里了。她破罐子破摔，也不躲雨了，负气坐下。

死了也好，死了她就去寺里陪她妈。可是她银行卡里的钱还没有花完，蒋正豪在经济上待她不薄，她的钱不花完以后估计要落到申丽手里，还有她的房子、她的车、她的包……她突然就不想死了，蒋家的钱她还没花够，不能便宜了那对母子。

她伸手够到树枝，折下一片大叶子，撑在头上遮雨，又去捡了一块石头，敲了敲石壁。

"有没有人啊？"

"有没有人啊？"

"……………"

"有没有人啊？"

"有没有人啊？"

到后面，她的声音越来越有气无力："有没有人……"

突然，脑袋被什么东西砸了一下，蒋尤尤抬头。

"王同学！"

她的脸上和头上都是泥水，滚下来的时候衣服也被剐破了，狼狈得不得了，但眼睛亮晶晶的，她激动又兴奋地问："你是来救我的吗？！"

王同学穿着一身黑色雨衣，表情高傲冷淡："我路过。"

才不是，他身后还跟着两位寺里的师父。他将绳子的一头绑在自己身上，放下绳子，然后顺着绳子慢慢往下爬。三四米的高度，脚落地后，他解开绳子，走到她躲雨的树下，皱着眉看她。

她的手上、脚上都有伤。

"除了手和脚，还有没有别的地方受伤？"

不用照镜子蒋尤尤也知道，此时此刻的她一定丑死了。她把脸上粘的头发拨开，露出一张被大雨淋白了的脸："背上。"

关思行若有所思地盯着她的后背几秒，走过去，弯下腰，伸出一根手指，挑了一个不会冒犯她的位置，按了一下。

"这样按疼吗？"

蒋尤尤打了一个哆嗦，不知道是不是冷的："有一点儿。"

他又按了一下。

蒋尤尤感觉怪怪的："别按了，我是医生，没伤到骨头，就是皮外伤。"

哦。

他忘了她是医生了。他从背包里拿出一双运动鞋，蹲下来，把鞋放在她的脚边，然后抬头看她，漆黑漂亮的眼珠一动不动。

蒋尤尤的三姐养过一条拉布拉多犬，她觉得王同学很像那条拉布拉多犬。

"你穿上。"

"谁的鞋？"

"借的。"关思行说，"是干净的。"

"哦，谢谢啊。"

蒋尤尤把鞋穿上，左手在滚下山时磨伤了，拉鞋带使不上力。

他看出来了她手疼。

"我帮你。"

上面两位师父还在等，蒋尤尤怕再耽搁时间，也不扭捏，把脚往前伸："谢谢王同学。"

他没有立即动手，而是先看着，像在研究什么。

蒋尤尤也歪头去看：鞋带上有花吗？

他开始给鞋带打结，把鞋带绕了一圈，再绕一圈。

"你怎么这样打结啊？"

他抬起头，看着她，表情茫然。

蒋尤尤两个脚尖碰了碰："这是死结。"

他又埋头去解鞋带。他不会系鞋带，从小就不会。以前在家里，是他妈妈给他系；后来去了谷家，是谷易欢给他系；再后来长大了，他就不解鞋带，不解开就不用重新打结。

被雨水打湿的鞋带摩擦力增大，非常难解，他低着头，弄了很久。

"别解了，就这样吧。"

"哦。"

关思行把长出来的带子绕过蒋尤尤的脚脖子，打上结。

蒋尤尤心想：王同学一定是个生活技能不强，但很严谨执着的人，两边的鞋带他能错系得一模一样。

他脱下雨衣，两只手递给她。

他的唇角有一颗很小的痣，一点儿都不明显，因为他抬着头，蒋尤尤才能看见。

听说祥林寺的菩萨很灵验。蒋尤尤在心里叹气：可是菩萨，我求的不是姻缘，是富贵啊。

"能走吗？"

"能走。"

蒋尤尤接过雨衣，穿好之后，自己扶着石头站起来，一瘸一拐地走着，关思行跟在后面。

两个人一前一后地被拉了上去。

因为大雨，寺里封了路，蒋尤尤只好又上山，待到天快黑了才重新下山。蒋正豪还有点儿良心，叫了人来接她。

山下一片干爽，没下过雨。

关思行也收了工，在她后面走着。

一路上蒋尤尤都没有再说话，因为她在纠结一件事：要不要留联系方式？按照她以前的风格，这根本不是一个需要纠结的问题，那她为什么要纠结啊？

蒋家的车就停在山下，蒋尤尤上了车。

车开走了。开了200米，车停下，她又下来。关思行还跟刚刚一样，站在路边，一动不动，就像是在等她。

算了，她不纠结了。

"王同学，加个微信呗。"

王同学可能用的是2G网络，或者没怎么用过手机，缓慢又极其不熟练地调出了二维码。

"今天谢谢你帮忙，下次有机会请你吃饭。"蒋尤尤用这个理由说服了自己留了联系方式，"再见，王同学。"

"再见。"

蒋尤尤回到车上，往后视镜里看了一眼。

关思行还站在那个地方，还是那个姿势。

蒋尤尤想起了年幼还在渔港的时候，她早起去上学，她家的狗狗就是这样站在码头上。她挥手它也不走，但只要她招手，它就会拼了命地奔向她，这是养狗的人才知道的快乐。

后来，那条狗被狗贩子偷走了。

在蒋家的车开出500米后，关思行通过了蒋尤尤的好友申请。关思行看着蒋尤尤的头像陷入了深思——她的头像是一个背着身抓屁股的美少女。

"冲浪达人"谷易欢第一个发现关思行改了微信名，这是关思行用这个社交软件以来第一次换名字。

他把名字改成了：王善喜。

谷易欢："……"

谷易欢意识到了事情的严重性，连发3条语音消息过去，试图骂醒他。

"你改名就算了，还改姓。"

"你不当关家子孙这事你爷知道吗？你爸知道吗？"

"你这是受什么刺激了？"

"王善喜"根本不回复。

谷易欢心底生起一种家里孩子非要叛逆的无力感。

10分钟后，"王善喜"的父亲关正安打电话给"王善喜"，委婉地问："儿子，你是不是最近压力太大了？"

"不是。"

"那是有别的什么不顺心的事吗？"

"没有。"

"研究项目还顺利吧？"

关思行是研究核物理的。

关正安这个当爹的也只知道这么多——再多就要出事了，都是国家机密。

"顺利。"

那你为什么突然改名改姓？

"难道是……"关正安大胆猜测，"你妈要改嫁？你继父要你改的？"

"不是。"

关正安松了一口气。不是他多疑，是他一个小时前刚跟他老婆吵完架——他本来打高尔夫打得好好的，他老婆突然把高尔夫球杆没收了，让他去赚钱，不要不思进取。

他的下属当时都在，他感觉面子挂不住，就顶了几句嘴。

既然儿子不是要跟继父姓："那是……？"

"王善喜好听。"

关正安："……"怪他，工作太忙，忽略了对孩子的教育。

祥林寺山上是昨天下的雨。

山下的雨姗姗来迟。

温长龄原本是下午4点30分交接班，科室临时接收了两个其他院转过来的临终病人，主治医生出了新的医嘱，她执行完医嘱早就过了下班时间。

从医院出来，温长龄叫了个车。6月的天说变就变，狂风突至，接着下起了倾盆大雨。这会儿是下班高峰期，加上天气的缘故，交通拥堵。平时半个小时的车程，今天用了一个半小时。天都黑了，温长龄还没到荷塘街，出租车被堵在了合阳路上，半天挪不动，比乌龟爬还慢。

这条路温长龄认识——她每天都要从这里经过，离家已经不远了。

"师傅，我在前面的路口下。"

司机师傅很乐意，前面一带都是老街，很多年没修过路，堵得更厉害，车子移动得太慢，还不如走路，另外，车子如果开进去了，等出来时又是个难关。

司机师傅开了车门锁："姑娘，我这车上也没伞啊。"

"没关系，雨已经小了。"

温长龄下了车。合阳路有好几个交叉路口，开始的路口还比较好认，拐进去之后就是纵横交错的老街。雨太烦人，看她没伞，越下越嚣张。更烦人的是，今天的灯笼都没亮，天已经暗了，她看不清灯笼上的图案。

她正在想要不要给谢商打个电话，手机很合时宜地响了。

"下班了吗？"

"下班了。"

谢商问她："在哪儿？"

她环顾一圈，找到了地标建筑："王老三五金店。"

"在禁止停车的路标前面左转，走200米，看到路口后，再左转。"

谢商指完了路，温长龄正要照着走，耳边又传来谢商的声音："算了，你找个可以躲雨的地方，在原地等我。"

她说"好"，挂了电话，在奶茶店外面的遮阳棚下躲雨。遮阳棚的支撑杆上趴着一只蜗牛，不知道是不是也在躲雨。

她在观察蜗牛的触角。蜗牛的眼睛长在触角上，触角如果断了，会再长出来，这是阿拿告诉她的。阿拿喜欢看书，是移动的"百科全书"。

"长龄。"

她回头，在杂乱的车流人潮里一眼找到了谢商。他穿了一身黑色的衣服，撑着一把红色的雨伞。红色很称他。好像越浓烈的颜色越称他。

"怎么这么快？"温长龄看了眼手机，距离她挂掉电话还没有5分钟。

"刚好在这附近。"

温长龄走到伞下，谢商把雨伞往她那边倾斜。两个人中间隔着半个人的距离。

"灯笼是坏了吗？都不亮。"

"电线杆被风刮倒了，几条街都断了电。"谢商停下，稍稍举高伞，等温长龄先绕过水坑，"你今天下班晚了很多。"

"今天医院很忙。"

雨下得很密，"滴滴答答"地打在伞上。

谢商随着温长龄的脚步，走得很慢。她把朝她这边倾斜的雨伞推过去一点儿："你都淋到了。"

谢商单手绕过她的后腰，把她往伞下带了带，白色的短卫衣终于碰到了黑色的衬衫。

荷塘街的街头有家干果铺子。铺子里的老板娘本来在跟客人说话，说得眉飞色舞，看到温长龄后，老板娘立马闭上了嘴。客人察觉了，也侧头看了温长龄一眼，眼神在说：就是她啊。她们在谈论她，谈论阿拿的事。

温长龄走快了一些。

"长龄。"

陶姐在水果店里冲温长龄招手："你来一下。"

温长龄过了马路，走进水果店。陶姐的店面不大，店里的过道儿两边摆放着各种水果。谢商没有进去，等在外面。

"我开了个瓜，这一半你提回去吃。"陶姐已经把瓜装好了。

西瓜才上市，卖得贵。

"太多了。"

温长龄拿出手机要转账。

陶姐把她的手机推开："不多，不是给你一个人的。浩敏带彤彤过来了，你们院人多，拿回去分着吃。"

陶姐开这个店没赚到钱，温长龄觉得有她的原因在——她只是偶尔给爱国、爱民补习课业，陶姐却每天都给她分水果，从不肯收钱。

陶姐又从外面的水果筐里割了半串卖剩的香蕉。她看到了门口的谢商。

"谢老板不忙啊。"

"不忙。"

谢商接过温长龄手里装着西瓜的袋子。

陶姐装香蕉的动作顿住:"你们……"她怀疑是自己多想了,"在谈对象?"

谢商没有遮遮掩掩,大方承认:"嗯,我们在谈对象。"

陶姐:"……"啊,我们长龄不显山不露水啊。

从水果店出来后,温长龄不解地问谢商:"你为什么要说啊?"

她以为谢商已经默认了不公开他们俩的关系。

"为什么不说?"

她低下头,胡说:"因为我喜欢谈地下恋情。"

"你还有这嗜好?"谢商笑,漂亮的眼睛里蒙着一层雨后的水汽,眼波湿润,像含了情,"我们可以私下玩,对外还是别藏了。"

我们私下怎么玩?谢先生真是见多识广。

温长龄掩饰性地扶了扶眼镜:"我开玩笑的。"

这个话题不适合深聊。

刚好——温长龄停下脚步:"来电了。"

满街灯笼一瞬间全亮了,雨也停了,世界颠倒,倒映在地上的积水里,檐上的水滴砸下去,于是满世界开始动荡。

谢商收起伞,腾出空的那只手,自然地牵住了温长龄。她疑惑地回头。

来电了,灯火通明,各个铺子里的人相继出来,街上从人影寥寥慢慢变得热闹起来。

有人在看他们。

温长龄下意识地缩回手,谢商却稍稍握紧手:"明天估计就会有人谈论我们的恋情。"

她疑惑地看着他:"你喜欢这样?"

这么高调,不是谢商的风格。

他没有回答她的问题,问她:"你平时会关注娱乐新闻吗?"

"一点点。"

"那你知不知道平息舆论风波最快的办法是什么?"

温长龄摇头:"什么?"

谢商低下头,靠近她耳边,近得像在亲吻:"出现新的事件。"

他一句不提阿拿,但温长龄都听懂了。温长龄不喜欢别人谈论阿拿的事,谢商是她见过的最心细如发的人。

很多街坊看到了,如意当铺的谢老板和荷塘街的租客温小姐手牵着手,一起进了朱婆婆的院子。

然后,消息开始人传人。

谢商回到自己院子时,楚官林已经在西边的客房里等了他好一阵了。

他看完了楚官林带过来的资料，不多，就几页纸。

"就只有这些？"

楚官林是谢商的大学同学，之前在香城的法院工作，现在调来了北城。

"4年前，法务系统遭外部黑客恶意破坏，温招阳案子的资料全部被删除了。案子过去太久，当时是不公开审理，法院没有留下视频材料，现有的这些都是后来人工补上的。"楚官林说，"检察院那边应该有一份纸质版的存档，但设了很高的查阅权限，我找了几个人，都查阅不了。"

温招阳是温长龄的弟弟，一胎双生的弟弟。7年前，温招阳因杀人入狱，案子一审结束没多久，温招阳就死在了狱中，资料里写的是畏罪自杀。

"谢老板。"豪爽的声音从院外传来。

谢商把资料放好，起身出去见客。是甜水铺的汪老板来了。

汪老板手里正拿着谢商的手机："谢老板，你的手机落我店里了。"

汪老板把手机递给谢商。他是专程过来送手机的。

谢商道完谢，给汪老板倒了一杯茶："不好意思，麻烦您跑了一趟。"

"没事，又没多远。"汪老板接过茶，豪放地一口饮下，"人等到了吧？"

"等到了。"

喝完茶，汪老板摆摆手："那我回去了。"

汪老板走了。

楚官林靠在门口，听了这一出，笑谢商："你什么时候也开始丢三落四了？"

同学4年，谢商这人跟不是人似的，从来没犯过低级错误。大的错误他倒是犯过不少，不，那也不叫犯错，那叫变更规则，比如把法学院留学名额的不透明操作流程搬上话剧舞台，然后送走了学校副校长和法学院院长，再捎带一个教务主任。

楚官林刚走，贺冬洲的电话就打了进来。

"怎么一直不接电话？"

"手机掉了，刚找回来。"

"下午邹董把电话打到我这里，旁敲侧击地问，今天中午的饭局怎么他刚到你就走了？"

"他迟到了。"

贺冬洲问："多久？"

"6分钟。"

贺冬洲没说什么。这是谢商一直以来的习惯，他时间观念很强，赴约都会早到，但过时不候。

谢商不喜欢等人。

今天傍晚，突然而至的狂风吹倒了荷塘街的一根老电线杆，方圆数里全部停电。灯笼的线就被接在那根电线杆上。

天色渐渐变暗，谢商拿了雨伞出门。甜水铺子的汪老板看他撑伞站在屋檐下，招呼他进店里。

"谢老板，等人啊。"

"嗯。"

"下着雨呢，要不进来等？"

谢商道了谢，走进店里，挑了个视野很好的地方坐下。汪老板端来一碗糖水，他尝了尝，太甜。

他偶尔看向路口。他在店里坐了40分钟左右，走的时候落下了手机。

如谢商所说，第二天街坊邻里就都知道了温长龄跟谢商的关系，他们"喜新厌旧"，很快不再谈论阿拿的事，开始想象温长龄以后嫁入豪门的各种艰难困苦：肯定不会一帆风顺啦，肯定会遇到门第之见啦，肯定会被谢老板的父母拿钱逼分手啦，电视剧里都是这么演的。

"100万元吧。"

麻将桌上，李大婶觉得100万元已经是天价分手费了。

李大婶的下家是杂货铺的老板娘徐姐。

"估计不止。"徐姐打出一张三万，"我听我女儿说，谢老板外婆家可不是一般人家，那样的人家，随便给点儿分手费都够我们普通人吃一辈子了。"

徐姐的对家，卖化肥的宋老板碰了三万："这你就不知道了，越是有钱的人越小气，不小气怎么攒得到那么多钱？"

这话有道理。

李大婶是保守派，见牌就和，不贪自摸："要我说，还不如拿了钱分手，免得人财两空。"

徐姐是野心派，不是大牌她都不和："分什么手，想方设法嫁进去，搞得好能分一半的财产。"

徐姐的下家觉得不可思议："能分这么多？"

"那就要看小温的本事了。"徐姐拿了张新牌，都不用翻过来看，老手儿只要大拇指轻轻那么一搓——徐姐嘴角一勾，把手里的牌一摔，"二筒自摸，清一色！"

小温表示很满意，分不分财产不要紧，不要再谈论她弟弟的事就可以。

6月的第一个周末，关庆雨回国了。关庆雨是关思行大伯的女儿，接风宴照常由谷易欢组局，地点定在阳湖附近一家派对性质的农家小院里。

她推门出去时，刚好门口有人进来。

是旧相识，谢商。

关庆雨主动打招呼："好久不见。"

谢商也说："好久不见。"

"我出去接个朋友。"

关庆雨先出去了。

关庆雨出生那年，南方干旱，于是关老先生给长孙女取名庆雨。

今天是熟人局，大家都自在，谢商随便找了个地儿坐下。

谷易欢最闹腾。

"王善喜，"他脚上打着石膏，像个祖宗，一个人占两个座，大爷一样地使唤按族谱他应该叫"哥"的"王善喜"，"把空调温度调低点儿。"

"王善喜"放下正在看的资料，去调空调温度。

谢商的手机振了一下，他点开消息。

温长龄："陶姐朋友圈第一条，帮她点个赞。"

谢商："没加好友。"

温长龄："我推给你。"

一分钟后，温长龄："加上了吗？点赞了吗？"

谢商："点了。"

然后，一个"再见"的表情被发过来。

温小姐还真是……

关庆雨接朋友回来了，是个叫鸣鸣的女孩儿，她把鸣鸣介绍给她的朋友们。

谢商是最后一个。

"认识一下吧，我小学同学，谢商。"关庆雨把鸣鸣拉到身边："我闺密，鸣鸣。"

鸣鸣大方地笑了笑："谢商先生，久仰大名。"

谢商起身，点头致意："你好。"

人间极品。这是鸣鸣对谢商的第一印象。

简单地引见过后，两位女士去了吧台区。这边没什么人，两位女士可以畅聊。

鸣鸣是建筑系的高才生，见过的青年才俊不少，但谢商在她这里依旧可以拿超高分。这不单单是因为长相，谢商身上有种一般家庭养不出来的气度。

她打趣好友："终于知道你为什么不交男朋友了。"

关庆雨笑："为了学习，我爱学习。"

"得了吧你。"鸣鸣第一次听关庆雨谈起谢商就看出端倪来了，"喜欢就去争取啊。"

关庆雨苦笑。

她争取过。高中毕业之后，谢商和她都选择了留学深造，一个去那本，一个去普兰利亚。她不打算更改学校，她也有她的梦要追。出国的前一晚，她约了谢商出来。

谢商来赴约了。在她开口之前，他礼节性地问了她的航班："明天几点的飞机？"

"4点。"

"留学礼物。"礼物是一本书，用纸袋装着，没有任何多余的装饰，谢商说，"祝你前程似锦。"

那本书叫《莫尔的冬天》，写的是一位留学生的故事，主人公就叫莫尔。留学期间，莫尔爱上了学校的素描老师伊里安。4年间，莫尔从未将心事表露。毕业之际，她用未来的职业规划作为借口，试探伊里安："我该回国，还是留下？"私心里，她希望伊里安挽留她。

故事的结尾是，伊里安把推荐信和一封手写信邮寄给了莫尔，手写信上只有一句话："祝你前程似锦。"

信封的火漆印章上面粘了一束风干的荆兰花，荆兰花的花语是错的人。原来伊里安一直都知道。有些东西不宣之于口是一种体面。

"这不像你啊，关庆雨。"呜呜觉得她太没斗志。

关庆雨往谢商那边看了一眼，已经释怀了："我还喜欢天上的星星呢，摘得下来吗？"

这边有厨房，午饭是这群人自己做的，但大部分是呜呜做的，呜呜烧得一手好菜。

席间，有朋友开起了玩笑。

"庆雨，你在国外这么多年，就没拐个金发碧眼的男朋友回来？"

关庆雨不介意朋友拿她说笑，四两拨千斤地把话又扔回去："哪儿比得上你行情好，你倒教教我啊，怎么拐？"

关庆雨在学生时代是很多人的"女神"，学习好，长得好，待人和善，家庭教养好，可以说没有缺点。这位朋友以前追过关庆雨。

他被拒绝的理由有点儿好笑，关庆雨说她喜欢学习好的。现在他都结婚了，也愿意帮帮老同学。

"还单着呢。"他仰了仰下巴，指向谢商，"正好谢商也单着，要不你们俩凑合凑合？"

一直没开口的谢商回应了这个玩笑："我不是单身。"

所有人都很意外。

包括谷易欢："你和她发展得这么快？"

谷易欢算是半个知情者，可也没想到谢商已经和人家开始谈恋爱了，还当众公开。

一众人都在等谢商的下文。这时，他的手机响了。

他看了一眼来电显示："我接个电话。"接通电话的同时，他起身往外面走。

坐在他旁边的贺冬洲无意间看到了屏幕上的名字：温小姐。

"谢商。"

"嗯。"

谢商等了几秒，温长龄还没开口。

他推门出去，走到安静的地方："怎么不说话？"

"你在忙吗？"

这个开场，跟谷易欢有求于他的时候相似度很高。

"没在忙。"

温长龄有点儿为难地开口："那你方便过来接我吗？"

这是交往以来，钢铁做的温小姐第一次主动提出请求，还挺难得。

"你在哪儿？"

"交警大队。"温长龄小声解释，底气似乎不是很足，"我骑电动车不小心撞到了行人。"

温长龄不常骑电动车,今天陶姐店里很忙,走不开,她帮忙去学校接爱国、爱民,所幸是去的路上发生了事故,没有载人。

谢商问:"你自己有没有受伤?"

"脚崴到了。"车被扣了,不然她不会打电话给谢商。

"等我过去。"

谢商挂了电话。

他的车钥匙被他搁在了牌桌上,他去棋牌室拿了钥匙,路过饭桌时,顺道打了声招呼:"不好意思,我先走了。"

贺冬洲问他:"怎么了?"

"有点儿事。"

其他的谢商没有多说,先走了。

谷易欢刚喝了酸梅汁,很酸:"肯定是他女朋友找他。"

大家对谢商的私生活都很好奇。

虽然在长辈眼里,谢商是一棵歹笋,但对他示好的异性从有性别意识的年纪开始,就从来没有断过。然而这么多年过去,别说风流韵事,谢商身边连个走得近点儿的女性朋友都没有。说他对异性完全没兴趣吧,娱乐场所他也去,只不过他自己不玩,看别人玩。

所以谢商不是不懂,他什么样的花样、什么样的女人都见过,是在风花雪月里依旧能保持头脑清醒的人。

圈子里有个嘴上没把门儿的人说过一句令人震惊的荤话:"谁不想搞谢商。"

但没人敢。

饭桌边的一朋友问谷易欢:"你见过他女朋友?"

"见过啊。"

立马就有人问:"什么样的人?是不是国色天香?"

这不好评价。

说实话,谷易欢对温长龄的印象不深。在谷家的时候他根本没仔细看过她,警局那次他当时也没注意到谢商身边站的人,还是事后才对上号,在他的印象里,温长龄戴副眼镜,存在感不强,还不爱说话,就……挺平平无奇的,也不知道是不是有什么过人之处。

谷易欢都不知道该怎么形容,就说了一句:"四哥不是看脸的人。"

朋友很意味深长地"哦"了一声:"不美啊。"

谷易欢立马维护道:"你这人怎么这么庸俗?"

庸俗的朋友自觉地闭上了嘴,看了一眼对面的关庆雨。她有点儿失魂落魄。

温长龄坐在交警大队外面的椅子上,没有等很久。谢商的车停在了对面,她扶着椅子站起来。

她看上去没什么异常,身上也没有伤痕。

"哪只脚崴了?"

"右脚。"

谢商蹲下来,把她的裤脚挽起来。她右边的脚踝已经肿了,骨节处有一大片青紫,但没有破皮流血。

谢商把她的裤脚放下:"我们去医院。"

温长龄是护士,知道自己的伤情:"没有伤到骨头,也能走路,不用去医院。"

他短暂地沉默了几秒,压低后的声音像在哄人:"我朋友是中医,去他那里看看行不行?"

他都问"行不行"了,温长龄哪里好再拒绝,点了头,随后一瘸一拐地自己往车那边走,扶都不用人扶。

谢商上车后给谷开云打了一通电话。

"开云,你在不在医馆?"

"在。"

谷开云今天很忙,缺席了关庆雨的接风宴,这个点人还在医馆。

谢商启动车:"我半个小时后到你那儿。"

"受伤了?"

"不是我。"谢商说,"我女朋友。"

女朋友?

谷开云也是第一次听说谢商的女朋友:"嗯,过来吧。"

谢商挂掉电话。

某位女朋友手抓着安全带,老老实实本本分分地坐在副驾驶座上。车里开了空调,门窗紧闭,她觉得车里的气压有点儿低,想开窗。

"你撞到的那个人伤得重不重?"谢商现在才问。

温长龄伸出去一半的手指又收回去,暂停开窗动作,手在腿上放好:"伤到了腿,人现在在医院,我同事在帮我照看。"

被撞的是位老太太,姓廖,也是前几天刘施芳撞到的那位。

"责任划分出来了吗?"

"还没有,发生事故的地方没有监控。"温长龄是过来做询问笔录的。

谢商看着前面的路:"为什么没有第一时间给我打电话?"

她想也没想就回答:"因为不是大事。"

车里安静下来。等到下一个路口,红灯,谢商停了车,转过头看着温长龄,窗外的路灯缩成小小的光斑,变成他眼睛里灼灼发烫的明珠。

"这不算大事,那什么才算?"

温长龄后知后觉地问道:"你生气了?"

谢商很烦躁。他讨厌这种失控感。

他移开目光:"没有。"

绿灯亮了,谢商重新起步,顺带开了右边的车窗。

温长龄捋捋被吹乱的头发，主动服软："我下次不这样了。"

她说得好听。谢商"嗯"了一声。

微燥的晚风吹进车里，温长龄把脸往窗口凑，让风扑面，睁着眼睛，清醒而淡漠地看着城市的霓虹灯。

医馆不算远，开车过去半个小时左右。温长龄先前在谷家见过谷开云，但今天才真正和他打照面。他身上的白大褂很干净，不染纤尘的样子，身上有淡淡的中药味，不刺鼻，很温和。他整个人都很温和，书里的君子如玉，应该就是这般模样。

"你好。"

"你好。"温长龄不觉得自己有让人过目不忘的特质，认为还是要自我介绍一下，"我姓温。"

谷开云知道她姓温，现在还知道她是哪个温了，花都风镇的温。

"请坐。"

温长龄坐下。

谢商在旁边站着。

谷开云把后面的椅子拉过来："把脚放上来。"

温长龄照做。

谷开云稍稍俯身，简单地查看后，戴上医用手套，托着受伤的脚踝，轻微地左右活动关节。

"这样痛吗？"

温长龄回答："一点点。"

他轻轻按压红肿部位旁边的地方，转动大关节，抬头看病患，是询问的意思。

"不痛。"

检查完了，谷开云摘下手套，看向谢商："骨头没事，韧带轻微拉伤。"

"需不需要去医院拍片？"

谢商以前练过一段时间的拳击，这点儿伤他应该有判断力。若搁在自己身上，他估计都不会来医馆。

他谨慎得让一向最了解他的谷开云都有些意外。

"不需要。"谷开云补充道，"你要是不放心也可以去。"

谢商在考虑。

他身边的人拉了拉他的衣服，对他摇了摇头。

做主的是这位温小姐啊。谷开云看明白了，起身去旁边的药房取来针灸用的工具。他走到专门的洗手池边，仔细洗手，再重新戴上手套，给患处消毒，下针。

"要多久？"谢商问。

"留针15分钟。"

15分钟后。

谷开云来为温小姐取针，给患处缠上弹力绷带，再开了一些舒筋活血的外用药，并嘱咐旁边的"家属"。

"这两天尽量少走路。"

谢商拿了药："回头打电话给你。"

谷开云应道："嗯。"

谢商扶着温长龄，避开椅子的边角，走出中医馆。谷开云一句看病以外的私事都没有问。

回荷塘街的路上，车开得很慢。靠边停车的地方离朱婆婆家门口还有一段距离，谢商先下车，绕到副驾驶座那边开门，温长龄已经解开了安全带。

她准备下车。

"你的脚要少走路。"谢商谨遵医嘱，俯着身，轻声问温小姐，"是要我抱还是背？"

他没有给第三个选项。

"背。"

他蹲下。温长龄一只脚踮在地上，小心翼翼地趴到他的后背上，两只手扶在他的肩上。

这个点，街上没有什么人。温长龄喜欢安静，安静的时候束缚感会减弱，她可以放纵自我。

"谢商，我重吗？"

"不重。"

温长龄很轻，谢商几乎感觉不到什么重量。

刚开始，她是很老实的，手脚不乱动，像一块木头一样乖，然后她不小心碰到了谢商的头发。

她左耳的助听器很贵的，头发掠过助听器时她会有感知——会有电流流窜带来的轻微不适。

她本能地去按谢商的头发，然后惊奇地发现："谢商，你的头发好软啊。"

"……"

温小姐的手很凉，碰到了他的耳朵。

"别摸了。"

温小姐身上是有几斤反骨的："为什么？"

她又摸了摸。

她其实还对谢商的眼睫毛感兴趣，不知道它们是不是也这样软。

谢商停下脚步，侧过头看她："别摸，很痒。"

他有记忆之后，就没人这么碰过他的头发，他觉得不适，很不适。

"哦。"

温长龄把手收好，重新老实起来。

很奇怪，她明明发生了交通事故，明明伤了腿，心情却出奇地好，可能因为那个故意倒在她的车轮子旁边的老太太伤得更重，不知道以后还能不能走。

她突然很想喝酒，想骑马，想点燃粉末，看一场刺痛耳膜的爆炸。

她按下所有危险的想法。

明天一定是个晴天，满天都是星星。

颅内疯狂之后，身体开始发懒，她用手垫在自己的下巴下面，靠在谢商的肩上，喊他："谢星星。"

谢商没答应。

她戳他肩颈的地方，示意他不要惹一个思想正在发疯的人："你怎么不答应？"

"别这么叫。"

谢商不喜欢被叫乳名。

今天的温长龄是"十万个为什么"："为什么？"

她离他的耳朵太近，说话的气息扰得谢商有点儿心烦。

平时除了长辈，没人叫他"星星"——他不让，也就谷易欢那个嘴欠的家伙偶尔讨打地"星星"来"星星"去。

"很肉麻。"他说。

那她不叫了，她开始唱歌，不知道哪里来的兴致："一闪一闪亮晶晶，满天都是小星星，挂在天空放光明，好像许多小眼睛。"唱完一段，她歪着头，对着谢商的耳朵发问，"好听吗？"

谢商诚实地说："你跑调了。"

温长龄没有唱歌的天赋，这一点和谷易欢一样。

她搂住谢商的脖子，稍微用力："好听吗？"

谢商失笑："好听，行了吧，温小姐？"

温小姐满意了，松开手，仰起头，也不怕自己摔下去，整个人往后倒。

"谢星星你看。"她指着天上西南方向，用发现了新大陆的语气，惊叹地说，"那里有一颗你的兄弟，好闪！"

"……"谢商被气笑了。

一段短距离的路，谢商因为温长龄奇奇怪怪的表现走了很久。

谢商怀疑地问道："温长龄，你是不是喝假酒了？"

温长龄坚决否认："没有。"

她就是心情好而已。她每次做了坏事，心情都会很好，然后忍不住想做更坏的事。

两个人几米开外停着一辆灰色的车，是关庆雨的车。她自己也不知道她为什么要在这儿等，很看不起她自己这样。

谢商刚刚笑了，笑了好几次。认识他这么多年，说实话，她没怎么见过他笑。早该结束了，在《莫尔的冬天》结尾的地方就该结束。

关庆雨启动车子，回家。

谢商把温长龄带去他那里，给她擦药，她哼着《小星星》的调子，很配合。

他帮温长龄把裤脚卷好，洗干净手，将药水倒在手上，用掌心搓热了，轻轻敷上去。他刚刚问过谷开云了,知道药水最好热敷,停留一段时间,所以,他的掌心一直没有拿开。

温长龄一点儿疼都没感觉到,脚踝热热的。

天上好多颗星星。

谢商蹲着。他这一颗,掉在了她的脚下。

眼睛有点儿痒,她一只手撑在藤编桌上,用另外一只手去揉眼睛。谢商抬起头,才发现她的眼镜边缘裂开了一道缝,很小。

谢商擦了擦手,取下她的眼镜。

"眼睛也磕到了吗?"

温长龄眨了两下眼,没有不适:"不痛。"

应该是电动车倒下去的时候,车子的反光镜碰到了温长龄的眼睛。

谢商靠近看她的眼角,有一道很小的划痕。他去房间拿了药膏,再洗了一遍手,抹了一点儿在手指上,涂上去。

她眼睫一动不动地看着谢商。

她微仰着头,总是遮挡面部轮廓的刘海儿被风吹开,眼睛没有了镜片的阻隔,明亮而灵动。

她身上有一种很矛盾的特质,仿佛看透了人情世故,又仿佛初涉人世。小鹿一样的眼睛,天真,倔强,不屈服,不迎合。

"谢商。"

"嗯。"

她在笑,不知道在开心什么。

她喊他:"谢星星。"

谢商没有答应。

"我叫你,你要答应。"

她没有戴眼镜,漂亮的眼睛像魔女的镜子。镜子会蛊惑人脱掉皮囊,照出自己都不认识的样子。

"谢星星。"

她又喊了一声。

谢商抹药的动作停下来:"嗯。"

"星星。"

"嗯。"

他答应了。

温长龄笑得更开心了,仰着脸把眼角凑过去,让谢商给她擦药。

谢商有个习性他自己也不知道:他不喜欢别人叫他的小名,可又对所有可以叫他"星星"的人都很纵容,比如他的外祖母、他的母亲,还有讨打时候喊他"星星"的谷易欢。

第八章
裹着毒药的蜜糖

被温长龄撞倒的老太太姓廖。廖老太的右脚骨折了,身上有多处挫伤,在帝宏医院住院。交警老程给她做询问笔录的时候,她激动地指控温长龄:"她是故意轧我的腿的!"

老程觉得老太太这是糊涂了。

"人家怎么故意了?"

廖老太怒气冲冲地说:"我摔倒的时候,她的电动车已经停了,她装作没看见我,还加速从我的腿上轧过去了,她是故意轧我的腿的。"

另一位当事人不是这样说的。

另一位当事人说:老太太突然冲出来,电动车的车速太快,来不及刹车她才不小心轧到了老太太的腿。

老程更相信另一位当事人的话。

"人家小姑娘跟你有什么仇什么怨,要故意轧你的腿?这话说出来你自己信吗?"

廖老太愤愤不平:"我哪儿知道她为什么轧我的腿?可能她就是天生的坏种,专门欺负老人家。"

老程什么人没见过,这老太太这么厉害,可不好欺负。

秉持着公平、公正、公开的调查原则,老程询问:"那你有什么证据能证明人家是故意的吗?"

"我的腿都受伤了,这还不是证据?"廖老太扯着大嗓门儿在病房里叫嚷,"我要告她谋害人命!"

"唰"的一声,旁边的帘子被拉开了。

"我还要告你敲诈勒索呢!"

是陶姐。

你说巧不巧，温长龄就在邻床，因为她的腿有一点儿肿，关爱同事的护士长非让她找个床位吊瓶消炎的药。

汪汪要在帝宏医院做手术，所以刘施芳也在。

陶姐是来探病的，不来不知道，一来老太太的言论就给她撞了个正着。陶姐吃不得这亏，一点儿都吃不得："交警同志，我有个情况要跟你反映一下，我怀疑这位老太太是专业碰瓷的。"

廖老太急忙反驳道："你胡说八道！"

要不是廖老太腿受伤，估计要扑上去打人。

陶姐才不管她，继续鸣不平："交警同志，这位老太太呢，上周刚和我邻居发生剐蹭事故，当时我邻居也是骑的电动车。"陶姐把有点儿内向不喜欢作声的刘施芳拉过来，"这位就是当事人，我们一起送老太太去的医院。"

刘施芳连忙点头。

陶姐有理有据，伸张正义："这才几天，老太太就又被电动车撞了，真是会撞，专挑没有行车记录仪的电动车。交警同志，你说可疑不可疑？"

交警同志老程也觉得可疑。

廖老太坐不住了，拖着骨折的腿，上前骂人："你这死了老公的泼妇，少在这里泼脏水！"她说得很大声，恨不得让路过的人都听见，都来评评理，"她们是一伙儿的，肯定是不想赔钱，故意来诬陷我这个老太婆！"

老程就问廖老太："那你上周有没有跟人发生剐蹭？"

听到这个问题廖老太就闪烁其词："这是两码事，上周的事已经解决了，我又没要她们一分钱。"

陶姐"呵"了一声："检查可花了2300元。"

"那还不是因为她撞到了我，我一把年纪，不做检查，万一有个好歹谁负责？"

你承认了吧。

陶姐朝交警同志投去一个"看吧，碰瓷"的眼神，接着嘲讽老太太："真是巧了，电动车不撞别人就偏偏撞你，还一周撞一次。"

廖老太眼珠子都要瞪出来了："你们撞人的还有理了！"

"没你碰瓷的有理。"

"嘴这么贱，怪不得你死了老公！"

陶姐瞬间火冒三丈，忍不了了，撸起袖子："再骂一句，老娘就是被讹死也要打死你这个老刁婆！"

刘施芳和温长龄赶紧一左一右拉住了陶姐——

不能打，肯定会被讹。

廖老太"呸"了一口，偏要把脑袋往陶姐手上顶："来来来，你打啊，往这儿打，打不死我，你就是狗！"

"……"

她还没见过这么厚颜无耻的人。

陶姐的火都被拱到天灵盖了。

旁边的老程天灵盖也疼了,站到中间,分开二人:"行了行了,这里是医院,闹什么闹!"他向另一位当事人温长龄保证:"这事我们一定会调查清楚,如果真是碰瓷,绝不姑息。"

廖老太听见这话,哭天抹泪地开始骂世道不公,欺负老人家,骂完给家里的孙子、儿子、侄子打电话。

4点左右,谢商回来了。

钱周周从柜台后探出一个脑袋:"老板,谷先生在里面等你。"

谷开云半个小时之前就过来了,人在茶室。茶室是谢商前不久搭的,是四面开窗的半开放式。

谷开云已经为自己倒了茶。

"你怎么有空过来?"

他说:"今天比较闲。"茶室的桌子上摆放了棋盘,他问谢商,"要不要手谈一局?"

谢商坐下来。

围棋的规则是长者或段高者抓子,猜先。

谷开云从棋套中抓了一把白子,谢商出示两颗黑子。随后谷开云松开手,白子一共8颗,是偶数。

谢商猜中了,执黑子先行。

再说医院那边。

交警老程不查不知道,一查发现这廖老太是个惯犯,光近两年就与人发生过6次交通事故,专挑没有行车记录仪的电动车。这个数字还只是记录在案的,不包括私下协商解决的事故。

廖老太牙没几颗,嘴却很硬,死活不承认自己碰瓷,交警问她话,她就撒泼打滚儿呼天抢地。

老程的同事还去查了廖老太做检查的私人医院,发现医院创伤中心的主任是廖老太的侄子。两个人一个负责碰瓷,一个负责从检查费里抽成。

私人医院那边得知情况后,当即就报了警,交通事故转为了敲诈案件。考虑到廖老太还在住院,警方暂时没有收押她。

廖老太已经闹了一下午了。

她砸了护士的托盘,死活不肯打针:"把那个姓温的叫过来!"

小詹护士把东西一样一样捡起来:"她不是我们科室的。"

廖老太耍横:"不叫过来我就去投诉你!"

都要进去了,你嚣张什么?

小詹护士懒得跟廖老太说,走过去想要制住她,没承想她力气大得出奇,一把把小詹护士推得撞在了桌子上。

"我不打针，你给我走开！"

小詹护士无语，刚要喊外面的看守人员，只见温长龄走过来。因为腿受了伤，她走路有一点点跛。

"我来吧。"

小詹点了点头，出去之前不忘嘱咐温长龄："你小心点儿，这老太婆力气大得很。"

同房的病人去做检查了，三人间的病房里只有廖老太一个人。

温长龄关上门。刚才还嚣张跋扈的廖老太顿时有点儿慌："你关门干吗？"

温长龄戴着口罩："你太吵了。"

她把带过来的医用托盘放到桌上，猜到了老太太会摔东西，托盘里放着重新准备的药品、注射器、输液针头。

她拿起注射器，拆开包装。塑料的包装袋发出"嚓嚓"的响声。

廖老太听着这声音就心慌，立马拔掉针头："我不要你给我打针。"

温长龄把注射器的针头插入西林瓶，抽出里面的气体，注入稀释液，动作不疾不徐，很专业："那你要干吗？"

"你是故意轧我的腿的？"

温长龄摇摇头："我不是。"她晃动西林瓶，让药粉充分溶于稀释液。

想到事故现场，记忆慢慢清晰，廖老太记起了当时看到的那个眼神。肇事者冷漠地对着她笑，好像在说：不怪我，你自找的。

"你是！你就是故意的！"

温长龄走到床前，把注射器中的药液推入输液袋。

廖老太目瞪口呆。

温长龄放下注射器，取来新的输液针头。

廖老太本能地往后躲："我不输液，我不输这个药！"

这个女人一定是想害她，一定是！

廖老太拼命地捶床挥手："我不输！你滚开，滚开！"

"不打针就好不了。"

若是好不了，你什么时候才能进局子？

温长龄握住了老太太的手，稍加用力，按着她的手臂，把针头插进皮肉里。

"你……你……"

廖老太挣不脱，惊恐得说不出话。

温长龄给针头贴上胶带，重新调整好滴液的速度，转头看着瘫软在床的老太太，好心地、温柔地劝告道："以后不要出去碰瓷，不是每一次都能这么走运，这次只是被轧了一条腿，下次呢，就说不准了。"

廖老太被吓破了胆子，木讷地看着那双令她毛骨悚然的眼睛。

温长龄说话文文静静的："对我的同事也要客气一点儿。"

说完，她收拾好医用垃圾，端着托盘，一瘸一拐地走出了病房。

天边浮起黄昏色，铺了一片橘红的霞。

"我输了。"

谷开云放下手里的白子。

谢商问："还下吗？"

谷开云摇头。

他和谢商不经常对弈，偶尔手谈，也是互有输赢。茶已经冷了，他重新添上，静坐着，还没有走的打算。

谢商直言："你有话说。"

谷开云却说："我是来听你说的。"

谷开云知道谢商所有的事，是最了解他的人。

"她叫长龄，"谢商说，"是温沅的女儿。"

这和谷开云猜想的差不多，他知道谢商要做什么，谢清泽的死是谢商一直没有解开的心结。

谷开云不想劝，只是阐述事实："你小叔的死不能全怪她。"

谢清泽是死于意外。

在雷雨天，他为了寻温沅的女儿，独自上山，失足坠崖。

"那怪谁？"谢商平静而冷漠，"温沅吗？"

"那是意外。"

是意外又怎么样？

那时候他小叔尸骨未寒，他孤身去风镇，想看一看温家母女到底有什么魔力。

他没有看到温长龄的正脸，18岁的女孩儿背对着他，手里拿着扫把，将前来挖新闻的记者打出家门，冷漠地说："那个人跟我们家没有关系。"

那个人。她这么称呼一个因出去寻她而丧生的人，毫无愧疚感。

谢清泽的葬礼上，温沅母女没有出现，他们一家人悄无声息地搬走了。"温长龄"这个名字，从谢商19岁开始就成了他的执念。

"我有几次想过算了，是她自己撞上来的。"

是温长龄一而再再而三地出现在他的视线里，一遍一遍地提醒他，他小叔死得不值。他甚至怀疑，温长龄连他小叔的名字都不知道，或者说，不记得。

谷开云听完之后，沉默了许久，然后问了一个很突兀的问题："你爱上她了吗？"

谢商笑，觉得可笑。

"温小姐这样的人，要很多爱才能打动她。"

所以他会给她很多很多爱，只有这样，才剖得开她那颗石头做的心。

谢商起身："我得去接温小姐了。"

次日。碰瓷的廖老太转院了。

温长龄养伤的这几天，谢商每天都会接送她。荷塘街的街坊们都传他们很恩爱，可能家族棒打鸳鸯都打不开，说温小姐发达了，以后要分到一半的银行了。

周一，如意当铺来了一位客人，是位30岁出头的男客人。

钱周周接待了他："请问先生贵姓？"

这位先生应该是偷偷摸摸来的，很没安全感，频繁地望向门口，鬼鬼祟祟："我姓邹。"

"邹先生，您要当什么？"

邹先生趴到柜台上，小声地说："我要见谢老板。"

老板只亲自接待VIP客人。钱周周刚想寻个借口把他打发走，邹先生又神秘兮兮地说了一句，像是怀揣着什么惊天大秘密："我要当的东西跟你们老板娘有关。"

老板娘？温小姐？

这就不能大意了，钱周周从柜台后面出来："您稍等。"

没一会儿，钱周周回来，把客人带到了后院的茶室。

邹先生手臂下面夹着个电脑包，还用另一只手捂着，像捂着什么宝贝。进了后院，他忍不住东张西望。都是老院子，这里和别处很不一样，院里种了很多花草，叫不上名，但看着都不是凡品。

他这个大老粗都闻到了一股很细腻的香气，像某种木头的香。

"请坐。"

谢商给客人倒茶。邹先生坐下来。

"可以看看你的当品吗？"

邹先生把电脑从包里拿出来，打开后，插上U盘。他的当品是一段视频，是他的行车记录仪无意间拍到的。

谢商看完，关掉视频，问邹先生："你想要什么？"

钱周周竖起耳朵，以为会听到一场惊天阴谋。

只见邹先生眼眶通红，抽抽搭搭地说："我想跟我老婆离婚。"他委屈愤恨地指控，"她家暴我！"

钱周周："……"

也不是每个来如意当铺的客人都野心勃勃，也有不堪生活重负的。

邹先生还有一个要求，他重点强调："离婚后，孩子得归我。"

谢商应允了："可以。"

谢商答应得太快，邹先生有点儿不敢相信："真的可以吗？"虽然他听说谢老板的家里人都是大律师，如意当铺什么都能办到，但是，"我老婆很厉害的，一般男人打不过她，你真的可以帮我拿到抚养权？"

"可以。"

邹先生这下放心了。

谢商取下U盘："这个视频你有没有留备份？"

他抬眸，看向对面的邹先生。

扑面而来的压迫感让邹先生背脊一凉，当即举手发誓："我没有，除了这份都删干净了，我发誓。"

他没这个胆子。

他要是有这个胆子，就不会总在家里挨打了。

帝宏医院。温长龄刚吃完午饭，在值班室休息。

同事过来知会她："长龄，外面有人找你。"

温长龄起身出去，看见等在外面的人之后，皱了一下眉。

她上前："方小姐。"

来的是蒋尤尤口中那位"有毒"的方既盈小姐。

仿佛上次的投诉事件不存在一样，方既盈眉眼柔和，温婉可人："这里不方便说话，我们换个地方可以吗？"

温长龄随方既盈去了楼梯间。

这边没人，也没监控，说话都有回声。

方既盈先开的口，她应该是有些急的，即便她隐藏得很好："知道我为什么来找你吗？"

"知道。"

方既盈痴迷谢商，痴迷到什么程度？

蒋尤尤是这么形容的："方既盈把每一个在谢商身边出现过的异性都当成假想敌。"

"那你应该也知道我是谢商的表妹吧？"

温长龄点头。

她还知道方既盈和谢商没有血缘关系。

"我听说你跟我四哥在交往。"方既盈绕了一圈，终于切入了主题。

温长龄没打算装蒜，没什么表情地承认了："是。"

"你凭什么？"

这一句，方既盈冲口而出，带着满腔的愤怒与不甘。

没有人能和她共情，没有人知道她听到这个消息的时候有多崩溃，她很想质问谢商：为什么千挑万选了一个这么差劲的？

她居然输给了一个聋子。意识到自己的失态，她深吸一口气，很快调整好心态，语气又平和下来："温小姐，我没有其他的意思，只是想提醒你一下，你和我四哥不是一个世界的人。我四哥的婚事家里会做主，你这样的，"她看了看温长龄的耳朵，"和他不相配，谢家和苏家的长辈们不会同意的。"

温长龄就听着，不生气，不反驳。

方既盈表现得很善解人意，句句动之以情："我知道这些话很残忍，但同为女性，我还是希望你能好好考虑一下，既然是没有结果的事，何必浪费时间，还不如及时止损，毕竟女孩子的青春也没有几年，耗不起。"

温长龄感到很奇怪。

"你上次投诉我是因为谢商，对吗？"她不理解，不理解这么浅显的伪装方既盈为什么还要做，"那你现在在装什么？你明明很讨厌我。"

咬牙才得以维持的假面具瞬间被撕破，方既盈脸色难看到了极点，脖子上的青筋都凸出来了。

"你很得意是不是？当上了谢商的女朋友很得意是不是？"她站在台阶上，俯视着温长龄，毫不掩饰她的贬低和鄙夷，"温小姐，你觉得你配吗？"

人淡如菊，不争不抢。网友的评论和荷塘街的传闻一样，很不靠谱儿。

见方小姐这么愤恨激动，温长龄好声好气地提醒："方小姐，不要激动，这里没有监控，要是你发病，别人会以为是我的责任。"

有人"扑哧"一声。

温长龄抬头往上看，一截墨绿色的裙摆进入了视线。

"不好意思啊。"

裙摆的主人走下来，步伐款款，没有一点儿偷听被抓的窘迫。裙子很漂亮大方，裙子的主人也很漂亮大方，她是单眼皮，不过眼睛很大，红唇丰满，笑容明媚。

她走到温长龄的身边："温小姐，你不用担心，她要是发病，我可以帮你做证，我亲眼看到是她自己发疯，跟你没有关系。"

方既盈怒喊："关庆雨！"

关庆雨转过头去，做了个双手下压的手势，同时做了个深呼吸的动作："别激动，千万别激动，会发病的。"

方既盈有哮喘。

她扶着楼梯扶手，呼吸变重，脸色在关庆雨出现之后白了一个度。

"你认识我吗？"温长龄确定，她没有见过这位关小姐。

"我是谢商的同学，我听说过你。"

关庆雨对温长龄很好奇，目光忍不住落在她的身上。尽量克制一点儿，尽量表现得不那么奇怪。关庆雨告诫自己，对温长龄友好地笑了笑。

谷易欢是什么眼光，这分明是颗蒙尘的明珠，性子也有趣。

同事在外面喊温长龄。

关庆雨爽快地摆摆手："你去忙吧。"

午休时间已经过了，温长龄要去工作，对关庆雨点了点头，无视方既盈，先走了。

等楼梯间的门关上，关庆雨收起脸上的笑，泰然自若地瞧着方既盈："你说人家不配，那谁配？你吗？"

方既盈答非所问："我以为你会跟我一个阵营。"

她和关庆雨从小就认识，对彼此的想法都心知肚明。

关庆雨不以为然地笑笑："谁跟你一个阵营了，别往自己脸上贴金。"关庆雨是关家的长孙女，真正的天之骄女，她的眼神永远自信、明朗，"我从来没把你当成对手。以前虽然不知道谢商会喜欢什么样的，但肯定不是你这样的，你差远了。"

说完她转身就走，裙摆张扬，动作利落。方既盈死死地抓着扶手，拿出包里的药，放到嘴里，深吸。呼吸平稳之后，她睁开眼，眼角通红。

这个月的农历十四，是关慕生老先生的寿辰。

关老在学术界的地位很高，前来贺寿的宾客涵盖了各行各业。老先生身子骨硬朗，在前厅亲自招待客人。

有老友问道："怎么没看到思行？"

关慕生有二子一女，孙儿三个。长孙女关庆雨学建筑，外孙谷易欢学……啥也没学成，只有小孙子关思行继承了关慕生的衣钵。

提及小孙子，关慕生眼底笑意难掩："他在研究院，上面又下来了新项目。"

老友实在羡慕："这群后辈里头，真没几个比得上你家思行的，年纪轻轻就当上了总工程师，不像我们家那个。"

老友姓肖，家里有个不肖子孙肖聪聪，除了败家，还是败家，都没脸带出来。

关慕生宽慰老友："领域不同，不能一概而论。"

老友叹气。

"伯父。"

是苏南枝来了，身边还跟着个人。苏南枝的父亲生前与关慕生是密友，两家素来走得近。她走过来，送上礼物："祝您生辰快乐，身体健康。"

年轻时苏南枝是出了名的美人，现在也是，岁月没有在她的身上留下多少痕迹。谢商的样貌就是随了苏南枝。

关慕生接过礼物，交给一旁的次子关正安，问道："你母亲怎么没来？"

"她腿疼，好几天没出门了。"

"去医院了没？"

"老太太固执得要命，就是不肯去，年纪越大越跟个小孩儿似的，我们说也不管用。"苏南枝说，"晚些时候让谢商带她去。"

没办法，翟女士就只听外孙的。

说到谢商，关慕生想起一事："小商今天来了吗？我有幅画想找他看看。"

"来了，在楼上呢。"

跟在苏南枝身边的人一直安静地站着，没说话，斯斯文文的。

不远处，有人注意到了这位在苏南枝身边寸步不离的男士。

"你儿媳妇身边跟着的那个，是梁家的老幺吧？"

南梁北关。

北关指的是关慕生，南梁是梁述川的父亲梁若修。关家出物理学家，梁家出艺术家，一理一文都赫赫有名。

谢景先听闻这话，不悦地皱起了眉："一把年纪，说话怎么还这么没分寸？"

对方老头儿撤回了一个笑容，讪讪地闭了嘴。

苏南枝和谢良姜离婚已经十数年，再怎么算，苏南枝现在也算不得谢家的儿媳妇。

和长辈寒暄完，苏南枝正打算去觅食，却被人叫住了。

"舅妈。"来人叫得很亲热。

苏南枝抠了一下包包上的皮，优雅地转过身："盈盈最近又漂亮了呢。"

梁述川低头，笑了笑，知道她不耐烦了。

方既盈上前来："舅妈说笑了，我还是老样子啊。"

方既盈小的时候，苏南枝也很疼爱她，毕竟她救过溺水的谢商。后来姑娘长大了，心思越来越多了。

苏南枝干脆认了方既盈当干女儿。

方既盈没改口，仍叫苏南枝"舅妈"，说习惯了改不过来。

随她吧，有些事情也不是称呼能决定的。苏南枝是个大度的人："这么漂亮，可以嫁人了，要不要舅妈给你介绍几个？"

方既盈病恹恹的，气色不怎么好："您就别取笑我了。"

我不是取笑，是提醒你，别再惦记了。

"四哥交女朋友的事您知道吗？"

苏南枝刚知道，却不露声色："知道啊，怎么了？"

方既盈犹犹豫豫，似乎不怎么好开口，但还是开口了："您见过那个女孩儿吗？"

她的小心思太多了。

苏南枝喜欢直截了当："你有什么话可以直说。"

"那个女孩儿……"她支吾了一下，露出担忧的神色，"她的条件不太好。"

"怎么个不好法儿？"

"她的耳朵有点儿问题。"

这么说来，谢商真有女朋友了。

苏南枝挺欣慰，可以去翟女士那里交差了，她的心情都愉悦了不少："不错啊。"

苏南枝对谢商的另一半没有任何要求，只要谢商自己满意就行。

用人端酒路过。

梁述川小心地扶着苏南枝往旁边避开。

方既盈没料到苏南枝会是这个反应，还想再说什么，被苏南枝打断了。

"盈盈，我尊重我家星星的选择，希望你也尊重。"她理了理旗袍外面的流苏云肩，"好了，我现在要去找东西吃，你自己去玩吧。"

苏南枝转身去觅食。

她为了拍杂志封面照片，已经好几餐没吃主食了，早就饿昏了头。

梁述川跟在她后面："枝枝，走错了，厨房在那边。"

谷易欢给关慕生准备的贺礼是一只金子打的乌龟。

因为贺礼的问题，他在家里被他妈念叨了一个多小时。他没觉得乌龟不好：乌龟多长寿啊，金子多实在，怎么就俗不可耐了？

总之因为挨骂，他来得晚了，拄个拐杖，10点多才到。

今天关家的客人很多，谷易欢在前厅找了一圈，没看到谢商，打电话过去："四哥，你和我哥在哪儿呢？"

"2楼。"

"我这腿怎么上去啊？"打了石膏他就是祖宗，"你下来接我。"

"冬洲在门口，你跟他一块儿上来。"

谢商挂断了电话。

谷易欢觉得谢商变了。他在前厅等了一会儿，秦家的人来了，来了3个，贺冬洲走在最后面。

谷易欢拄着拐杖过去，看了看左边的中年男人，又看了看右边的，两个人长得一模一样。

曾经有狐朋狗友在谷易欢面前炫耀女伴多。狐朋狗友是个喜好专一的，女伴全是大眼睛、小嘴巴、圆脸、长头发。谷易欢问他怎么分得清她们，看照片都长得一样。狐朋狗友"嘿嘿"一笑："都叫'宝贝'咯，错不了。"

谷易欢是懂举一反三的。

"秦叔。"

他又叫另外一个："秦叔。"

前面那个秦叔对他点了点头，回头跟贺冬洲说："你跟他们年轻人聚吧。"

等两个秦叔走了，谷易欢问贺冬洲："你分得清他们两个吗？"

"只有你分不清。"

秦齐戴眼镜，手腕上常年戴着一串奇楠手串。秦克是秦齐的双胞胎弟弟，是个禽兽。

这个禽兽是贺冬洲的养父。

年轻人都在2楼。

谢商在和人下棋。

"我又输了。"和谢商下棋的这位叫岳邵群，朋友都开玩笑叫他"岳少"。

岳少棋艺还不错，就想跟谢商讨教几把。家里的长辈最喜欢夸谢商，他想着若是能赢谢商，他也能扬眉吐气一番，结果连输了3盘。

佟家的老二佟泰实在旁边幸灾乐祸："跟谢商下棋，你不是纯找虐吗？"

这时方既盈上来了。

岳少立马搬救兵："方七段来了！"他过去把人拉来，不要脸皮地让出自己的座位给救星坐，"来来来，你帮我下。"

方既盈是职业七段，在围棋圈有"神之手"的称号。网上说，方既盈如果不是身体不好，段位还能再上一个台阶。

岳少有了王牌，气焰也高了，拍了拍方既盈执棋的那只"神之手"，乐呵呵地冲谢商挑衅："怕了吧，这可是职业棋手。"

方既盈赧然一笑："别取笑我了。"说着她便要起身。

谢商忽然开口:"下一盘吧。"

她喜出望外:"好啊。"

谢商把棋盘上的棋子一颗一颗捡起来,装进棋盒。这棋子是用玉石打磨而成,被谢商拿在手里,莹润剔透,漂亮极了。

"加点儿赌注怎么样?"他把玩着棋子,看向对面,"你赢了可以随便提要求。"

"随便提"这3个字,对方既盈的诱惑太大。

她根本没去想输了会怎样,立刻就点了头,满心欢喜。她上一次和谢商下棋还是很多年前,在围棋道场。

即便是以前,谢商也不经常和她对弈,那时候她下不过他,但是现在她已经是职业七段了。

谷易欢拄着拐杖上来的时候,猜先刚结束。

方既盈执黑子先行。

谷易欢随便揪了个人来问:"他们俩怎么下起棋来了?"

"就这样那样。"这是废话。

谷易欢把围着看热闹的人挤开,站到谷开云边上。

"哥,什么情况?"

谷开云在看棋盘,没说话。

谷易欢拍了一下前头有座位坐、跟他不太熟的哥们儿。

那哥们儿回头。

谷易欢抬了抬自己打了石膏的右腿,用眼神交流:给残障人士让座。

那哥们儿无语,起身让座。

谷易欢坐下,把椅子往前拖拖,拖到谢商旁边,凑过去看第一手热闹。

谢商下棋很快,不怎么停下来思考。反观方既盈,习惯每一步棋都深思熟虑,下得很谨慎。

谷易欢刚开始还看得挺认真,后面时间长了,就忍不住玩手机了,因为他看不懂,他就会五子棋。

"周围都是黑棋的子力,悬咯。"

谷易欢抬头瞅瞅,黑子好像是多一点儿。围棋是谁棋多谁赢?

他不知道,等他用手机查查。

谷易欢还没查完,岳少在旁边得意地感叹:"果然还得是职业棋手啊。"

"什么意思?"

谷易欢扭头问谷开云:"四哥要输了?"

"别吵。"

谷开云看着不急。

谢商也不急。

谷易欢急,要急死了。

方既盈又下了一子。谢商两指拿棋，棋子不紧不慢地落在了中腹。

一子落，局势逆转。

白棋开始反攻。

之后的每一步，方既盈思考的时间都很久。

谷开云最了解谢商的下棋风格——先布局，再进攻。白棋可以吃子了。

围观的人里，有人夸了句："这一手厉害啊。"

谷易欢全程一脸蒙。

谁厉害？到底谁赢啊？

方既盈的手心已经出汗了，她放下手里的棋子："我输了。"

"你不是职业棋手吗？"没看到谢商输棋，岳少很郁闷，"怎么连业余的都下不过？"

方既盈倒是没有不开心，下得很畅快："四哥很厉害的。"她看向谢商，目光含羞，"四哥要是走职业道路，我就混不上饭吃了。"

他们在道场学围棋的时候，一开始被选上的就是谢商。

方既盈有些意犹未尽："再下一盘吧。"

"可以。"谢商把黑棋一颗一颗捡起来，"先把赌注清了。"

方既盈愣了一下，才想起来这局棋有赌注。

"四哥。"

她软着声叫人，是讨饶的意思。

谢商没看她，看了一眼旁边桌面。

谷易欢是个人精，一秒会意，拄着拐杖，"健步如飞"地去把桌上的酒拿来，放到棋盘上。

谢商言简意赅地说道："喝了吧。"

那瓶酒是关庆雨刚刚开的，关庆雨喜欢烈酒。她突然被她父亲叫走了，酒开了，还没开始喝，满满一瓶。

方既盈脸色难看。

这时有人怜香惜玉抱不平，但也不敢太明显，知道谢商是什么性子，就半开玩笑地说："谢商，哪儿有你这样欺负女孩子的？"何况人家还是你表妹，虽然不是亲的。

方既盈表情有些委屈："四哥，我喝不了酒。"

谢商不说话，就那样看着。

谷易欢当然要帮自己人说话："喝不了你早说啊，赌了又不认是吧？"

他不喜欢方既盈这人，打小就不喜欢。方既盈小时候就喜欢黏着四哥，赶都赶不走，又喜欢哭，还老是告状。

"盈盈有哮喘，算了吧。"岳少有点儿过意不去，毕竟是他把人拉过来的，他也爽快，就说，"要不我来喝？"

岳少伸手去拿酒。

谢商轻推酒瓶，避开他的手："有开云在，死不了人。"

这下谁都看出来了——谢商是有意为难他这位表妹。

岳少尴尬地收回手。没有人再求情,谢商要做的事,谁来都管不了。

方既盈小脸发白,眼睛已经红了,咬着唇僵持了一会儿,依旧等不来谢商松口。大家都看着她,她实在难堪,只能硬着头皮,拿起酒瓶,含着泪往嘴里倒酒。

她平时几乎不沾酒,何况是这样的烈酒,一大口下去,被辣得直咳嗽。

"四哥……"

她求饶,梨花带雨地看向谢商。

谢商手里捏着颗棋子,敲了敲棋盘:"喝完。"

连谷易欢都忍不住猜测,方既盈是不是干了什么蠢事惹到了四哥,不然四哥不会这么不饶人。

瓶子里的酒还剩很多。方既盈要是喝完,估计得进医院。不知道是因为委屈还是因为难受,她开始喘,眼泪掉个不停,好不可怜的样子。

谢商不喜欢看人哭,觉得烦。

"没意思。"

他起身,走了。方既盈提着裙子去追。跑了几步,她喘不上气,扶着楼梯,看着谢商越走越远,情绪崩溃,哭着质问:"是不是温长龄向你告状了?"一定是。

谢商停下来。温长龄要是肯告状就好了,是关庆雨提了一嘴。

"她跟你说了什么?说我欺负她?"她不甘心,心里的怨愤堵得她快要窒息,"你才认识她多久?你就这么偏袒她?那我呢?你问都不问一句,连解释的机会都不给我!"

她以为她是不同的。她以为他们有一起长大的情谊,还有谢研理这层关系。

她以为……

"你不需要解释,你要明白的是另一件事。"谢商在楼梯下面,冷漠地看着她,"我和你没有亲缘关系,也不是朋友,你没有资格代表我,没有资格代表谢家和苏家的任何一个人。你去见她就错了,哪怕不是去'欺负'她,你也没有立场和资格以我的名义去见任何一个跟我相关的人。"

"我……"

没有再听辩解的必要,谢商直接走了,留下方既盈坐在台阶上哭。有人来安慰她,唯独谢商,没有回头看一眼。

谢商出了大门,一位身穿深红色礼服的女士追上了谢商的脚步。

女士调侃:"美人哭得梨花带雨都不心软,谢老板好狠的心。"

谢商回:"比不上傅总,枕边人也能送进重症监护室。"

傅影嫁进周家快一年了。

万事俱备,就等东风起。这件事是傅影的秘密,不过她一点儿也不诧异谢商会知道——只要是如意当铺的客人,都要被谢商挖一挖老底。

"日后温长龄哭的时候,"傅影眼底的笑意渐渐消失,"希望谢老板也不要心软。"

求而不得,痛不欲生,这是傅影用一个贵妃镯和一个故事跟谢商做的交易。

谢商现在才问他这位 VIP:"你跟温长龄有什么仇怨?"

"你应该查过吧,她的弟弟温招阳杀过人。"

楚官林给谢商的资料里有记载,温招阳案子的受害者是个男孩儿,18岁,姓傅。

傅影的身份谢商之前也查过,履历很干净,干净得像精心准备的,大概率是假的,或许姓是真的。

12点整寿宴开席,一共摆了8桌,里面4桌,外面4桌。

谢商是唯一一个坐在关慕生那一桌的小辈,还是关慕生亲自叫过去的。谢家的这棵歹笋呢,虽然很多人对他持不认同态度,但他素来很得文人老头儿们的偏爱。

用餐期间,谢商的手机振动了,他没有接。那边的人挂断电话之后,屏幕上有消息弹出,是钱周周发过来的。

谢商看完消息,倒了一杯酒。

"关爷爷,"他致歉,"抱歉,我临时有事,要先行离席。"

旁边的谢景先不悦地道:"什么事非得你去?长辈还在,手头的事都先搁一搁,等吃完饭再说。"

关慕生没谢景先那么多规矩,和蔼地问谢商:"很重要的事?"

"嗯,得去一趟。"

关慕生摆摆手:"去吧,别耽误了正事。"

"我敬您,您随意。"

谢商把酒喝完,随后起身离席。

谷易欢坐在外面的宾客席上,看见谢商出来,立马探头问:"去哪儿啊,四哥?"

谢商没理他,找到关家请来的酒店工作人员,询问是否可以代驾。

"可以的,谢先生。"

20分钟之前,如意当铺来了一位"退货"的客人。

看外表,客人60岁上下。他进来先问:"这里就是如意当铺?"

钱周周在整理资料,客人是张小明接待的。

"是的,先生。"张小明待客礼貌,"请问您要当什么?"

"我来赎东西。"对方往柜台上放了一张卡,"这卡里有2万块,把我家的烛台还给我。"

他不是来当东西的,是来赎东西的。

张小明耐心解释:"不好意思先生,如意当铺不接受赎回。"柜台下面大字写着呢,看不见啊?

客人一听,火气很大:"强买强卖是吧?"

张小明从位子上起身,把柜台上面的玻璃窗打开。他生得人高马大的,但秀气的脸就巴掌大:"先生贵姓?"

"姓陈。"

大名陈福贵。

张小明打量着陈福贵的脸:"陈先生,你好像没有来我们当铺当过东西。"

"我儿子当的。"

"您儿子是……？"

"陈春山。"陈福贵说，"上个月 18 号，他在你们这里当了一对烛台。"

张小明记得，烛台是他找人鉴定评估的。

他从桌上的文件堆里找出陈春山的单子："是这样的，陈先生，我们当铺在接受典当之前，都会告知客人，当铺不接受赎回，都是死当，客人同意并签字，才能典当成功。陈春山先生在典当烛台之前，是知道当铺规定的。"张小明把典当单子展示给陈福贵看，"您看，这是他本人的签字。"

陈福贵把典当单子抢过去，往地上一扔。

他一个字都不看。

"我不管，我儿子就是被你们忽悠的。今天你们要是不把东西还回来，我就去市场监管局投诉你们！"

张小明之前是催债的，什么老赖没见过？

他摸摸脖子上的文身："那您去吧。"

陈福贵撸起袖子，一脸凶相："好啊，死皮赖脸是吧？"

谁死皮赖脸了？

张小明的耐心就到这儿了，再激他，他就要手痒了。

钱周周把手头的事先放下，捡起地上的典当单子："陈先生，首先，我们当铺的所有手续都是合法合规的，不存在强买强卖。其次，这上面写明了当金，您儿子在我们当铺典当所得款不是 2 万块，是 20 万块。"

"你是什么意思？什么 20 万块？"

你被你儿子骗了。

陈福贵反应过来，嗓门瞬间拔高："你们现在要 20 万块？"

钱周周重申："我们不接受赎回。"

陈福贵踹了一脚柜台，恶霸似的高声嚷嚷："你们这不是强盗吗？你们老板是谁？把你们老板叫出来！"

"我们老板不在店里。"

陈福贵蛮横不讲理，目光跟要吃人似的，撂下狠话："今天你们要是不把烛台还回来，我就砸了你们当铺！"

温长龄闻声出来。

"怎么了？"

她原本在院子里帮谢商浇花。

"你是老板？"陈福贵不管三七二十一，冲温长龄喊，"把我家的东西还我！"

那对烛台是陈福贵家的传家宝，被他儿子偷出来卖了，他怎么着都要讨回去。

温长龄说："我不是老板。"

"你从后面院子出来，不是老板是什么人？"陈福贵认定是店大欺客，没有耐心慢慢磨，上前一把拽住温长龄，"你们就是想要赖，想私吞我家的传家宝！"

温长龄皱了皱眉，眼里有一闪而过的嫌恶跟不耐烦："这位先生，请你松手。"

"你先把东西还我！"

张小明和钱周周见状，赶紧从柜台后面出来。

钱周周怒道："你再这样我们报警了！"

听到对方要报警，陈福贵瞬间怒气飙升，发狠推了温长龄一把，拿起旁边桌上的花瓶就朝地上砸。

温长龄往后趔趄了几步，后腰结结实实地撞上了桌角。花瓶应声落地，顿时四分五裂。陈福贵还嫌不够，又去砸凳子。

钱周周傻眼了，那个花瓶……

温长龄扶着桌子站定，面无表情地说道："报警吧。"

陈福贵冲上去要打人，被张小明架住了。

钱周周先报了警，之后给谢商打了通电话，谢商没接，她就又发了条消息，把事情简明扼要地说了，重点说了温长龄也在。

过了二十来分钟，民警来了，陈春山也来了。他睁着眼说瞎话，说自己不知情，是被骗的，演出一副受害人的姿态。

你随便扯吧，反正当铺存有录像，嘴越硬死得越快。钱周周看向门口："老板。"

谢商来了。

他看了一眼地上的花瓶碎片："谁摔的？"

"他。"钱周周指着陈福贵，"他故意砸的，砸店不够，还要打人。"

陈福贵狡辩，说是张小明先动的手。

谢商径直走向温长龄："你先回去，这里我来处理。"

"嗯。"

她起身离开。

民警过来协调，本着少一事是一事的原则："规矩是可以变通的嘛，做生意和气生财最重要，陈先生也承诺了会写欠条。"

温长龄揉了一下腰。谢商注意到了，上前拉住她，掌心轻轻覆在她的后腰上："怎么了？"

"撞到了。"

温长龄说完，钱周周适时地补充道："他推的。"她指着陈福贵。

民警上前去教育陈福贵，说怎么能动手推人，说有问题就好好协商，不能动粗。

陈福贵说他不是故意的。

"去我房间等我。"谢商和温长龄说完，转过身去，脸色冷下来："不用调解，直接立案。"

民警说："立案不至于吧？"

陈家父子应该不知道，如意当铺的老板是学什么出身的。

"他砸的这个花瓶应该够他坐几年牢。"

陈家父子直接傻掉。

"把监控录像调出来。另外，"谢商不急不忙，"把这些碎片收好，拿去鉴定。"

张小明："好的，老板。"

张小明心想，老板不愧是读了很多书的文化人，要是他这种粗人，只会撸起袖子蛮干。那对闹事的父子魂都要吓没了的样子真是令人身心舒畅。

陈福贵没了刚才的嚣张气焰，结结巴巴地说道："不……不就一个花瓶吗？"

谢商"嗯"了一声，表示知道了："去跟法官说。"

陈家父子这下哑火了。

接着谢商联系律师，在电话里概述了情况，再把典当的合约和签字文件发了过去。

在现场的民警都看呆了。

谢商挂了电话："不用做笔录吗？"

民警："要……要做。"

调监控、取证、配合出具花瓶的鉴定单……所有流程进行得有条不紊。

这是行家啊。陈家父子除了号，就会号。

但他们号也没用，陈福贵摔碎的那个花瓶是古董，拍卖行都弄不到的几百年前的货，价值巨大。陈福贵故意毁坏他人财物，且有伤人意图，警方该侦查侦查，该拘留拘留。踢到了铁板的人，只能自认脚倒霉。

陈家父子被带走之后，当铺门口看热闹的人群才慢慢散去。

张小明去了鉴定行。钱周周在门口挂上了暂停营业的牌子。温长龄还在房间里等，谢商先去拿药。

她在看谢商柜子里的香水。

谢商进来后，她问："这里面的香水都是你调的吗？"

"嗯。"

柜子里面还放着各种温长龄不认得的调香工具、香盒，还有各种锡罐装着的沉香木。

温长龄它们很感兴趣："我可以打开看看吗？"

"可以。"

她打开柜子的玻璃门。

手刚伸进去，她就发现里面的温度比室内的温度低。

谢商解释道："有些香料需要低温保存。"

香好神奇。

"可以闻吗？"

谢商点头："喜欢的话，可以带走。"

温长龄拿起一个锡罐，打开闻了闻，目光又被一个形状很奇怪的香水瓶吸引住了。瓶子放得很高，她要踮起脚才能够到。她把瓶子拿下来："这个瓶子很漂亮。"像她以前看到过的鬼火。

她打开瓶盖，想闻一闻味道。

谢商制止了："这瓶不能闻，其他的都可以。"

瓶子里面的液体是剔透的晶蓝色，也不完全是，晃动的时候蓝色会淡一些，透出雾蒙蒙的、不怎么明显的绿调。

午渡的香水很出名，不只瓶子造型独特，香水的颜色也总是很特别。

温长龄对未知领域充满了好奇："这瓶有什么不一样吗？"

"先过来擦药。"

温长龄把香水瓶暂时放在谢商用来看书的实木长桌上。

谢商擦干净手。

她靠着桌子："我自己擦。"

"你看得到吗？"

她磕到的地方在后面，就算自己擦药，也是要"衣衫不整"的。她想了一下，坐到旁边的长椅上，双手放在桌面上，是半趴着的姿势。

谢商坐到了长椅的另一边，手刚碰到她的衣服，她就下意识地去抓他的手。

他停下来："你介意的话，我让周周过来。"

他们交往之后没有很多亲密接触，拥抱，牵手，仅此而已。温长龄慢热，谢商也不急，都按照她的节奏来。

她还抓着谢商的手，没有放开，摇了摇头。

"我不介意，只是不习惯。"

她给了自己几秒的时间适应，然后松开手，背过身去，重新趴好，把后背留给谢商。

谢商掀起她的衣服，露出到受伤的位置，没有再往上。

房间里开着空调，温度不冷不热，刚刚好。温长龄侧身对着谢商，这样就看不到他的脸，不会觉得很尴尬。

"你家里一直备着药吗？"

"你上次用剩的，我问过开云，可以用。"

谢商把手掌覆在她腰上青紫的地方。

她瑟缩了一下。

谢商手停下来不动："疼？"

"很痒。"

温长龄很怕痒。

谢商动作缓下来，掌心温热："我轻一点儿。"

可是轻一点儿她也痒啊。

她控制不了，被碰一下就缩一下。

她被撞的地方在后腰，但瘀青蔓延得很大，加上她一直在动，谢商的手指会不小心碰到她衣服里面。

女孩子的贴身衣物有明显的痕迹。

谢商的手指微微蜷了一下，避开："别动了。"

"哦。"

她嘴上答应着，身体很诚实，还是一碰就动。

因为她一直动，被掀起的衣服滑落了，落到了谢商的手臂上。光透进来，她腰部的轮廓在薄薄的衣服下若隐若现，谢商的手在她的衣服里面，撑得衣服微微凸起。

她不知道，这样有多暧昧。

谢商重新把衣服掀起，将手拿开，倒上另一种药，搓热后，用掌心敷上去，动作尽量放轻。

"长龄。"

"嗯。"

他突然问起："你是故意轧那位老人家的腿吗？"

温长龄转身，因为动作太过急促，手肘不小心碰到了放在长桌上的香水瓶。瓶底滑过桌面，香水瓶掉在地上，在一声响之后，液体四散溅开。

她低头去看，漂亮的瓶子摔得四分五裂。

她立刻道歉："对不起，我摔坏了你的东西。"

"没有关系。"谢商又问了一遍刚刚的问题，"是故意轧的吗？"

温长龄抬起头，看着谢商的眼睛，不回答。

他识趣地不再问了，关于那位被家暴的先生拿过来的当品也只字未提。

"觉不觉得我心狠？"

谢商没有回答。

温长龄诚实地剖析自己："谢商，我不是什么好人，你看走眼了。"

"没看走眼。"

谢商一开始就知道，温长龄有尖牙和利爪，有城府和秘密。

话题暂时结束。

温长龄忽然发现："这个香水怎么没有味道？"

晶蓝色的液体把木地板都染上了清淡的颜色。

谢商说："等一会儿就有了。"

那瓶香水里有琏凝素，琏凝素可以和空气中的氧气发生化学反应。

温长龄等了一会儿。

"有了。"

味道出来了。

温长龄仰着头嗅了嗅："像青柠的味道。"

她喜欢这个味道。

一整瓶香水都洒了，味道却不浓，要细嗅才能闻到。但它的后调很奇怪，和前调反差很大，竟有种呛喉的灼烧感。

她转头，发现："谢商，你的耳朵被晒红了。"

夏日正午的阳光很烈，她伸手去够窗帘，想要将它拉上。

谢商抓住她的手："不是晒的。"

"嗯？"

他的声音很轻，带着几分无奈："长龄，这一瓶是催情香。"

温长龄愣愣地回头。

谢商看上去没有什么异常，只是耳朵红了。

"你调这种香做什么？"

谢商说："调着玩的。"他想看看能不能调出来，更闻所未闻的香他都调过。

呛喉的灼烧感好像比刚才更强烈了，温长龄不由自主地放轻了呼吸："那这个香有用吗？"

"应该有用。"

别人试过，谢商自己没试过。

温长龄还是觉得太奇幻："我看看有没有用。"

她很大胆，也不知道是不是珑凝素起了作用，她伸手去摸谢商的脖子，然后慢慢移到锁骨上。刚刚谢商也碰了她的身体，就当还回来。她这样想。

掌心触碰到的温度令她很惊奇："果然。"

谢商身上很热，温度比他平时的体温要高。

温长龄想干坏事的兴致总来得非常突然："那我们是不是要做点儿什么应应景？"

她好像也有点儿热，怪怪的，想闯祸。

谢商没有制止她，甚至低了低头："你想做什么？"

她想看谢商发疯。她可能是疯子。她抱住谢商的脖子，将他拉向自己，仰起脸，凑上去，亲他的眼角。她最喜欢谢商的眼睛，哭起来一定很好看的眼睛。

谢商一动不动，耳尖上的红蔓延到了脖子："你在做什么？"

她笑，像一个妖精，堂而皇之地蛊惑人："在爱你啊，这不是你要的吗？"

珑凝素在这一刻释放出大量的、足以迷惑人的催化剂。

"不是这样。"

谢商摘掉她的眼镜，低头吻她。一定是香水，是香水在作祟。这一刻，他的心脏剧烈跳动，身体在发热，大脑极度缺氧。

他单手把温长龄抱起来。她很轻，他一只手毫不费力地托起她的腰，手掌避开她后腰的伤，搂紧她，一边吻她一边变换姿势。

他坐下，把她放在自己身上。她的两条腿垂放在椅子两旁，拖鞋掉在了地上，脚背微微弓起，被阳光铺上了颜色。

这是他们交往后的第一个吻，热烈，潮湿，混合着青柠香味。亲吻的间隙，他们对视，太阳从窗帘的缝隙漏进眼睛里。谢商抬起温长龄的脸，再次吻住了她。

太阳使瞳孔缩小，以免摄入光线过多。在视线模糊时，我们最有可能陷入爱情。他们亲吻了很久。在失控之前，谢商停下来，手扶在温长龄的腰上，心脏仍在发紧。

"这里不能待了，这个香水的气味会停留很久。"

"嗯。"

温长龄低着头,全身都是红的。抱了一会儿后,谢商带她出去。

夏夜,晚风燥热。夜深人静,连蝉都睡了。

"星星。"

"星星。"

…………

谢商听见温长龄叫他,于是睁开眼,看见她坐在他身上,穿着白天的那身衣服。

"星星。"

他怔住。

温长龄用指尖轻轻点他的眼角,用软软的声音命令:"我叫你,你要答应。"

这是她说过的话。

谢商的记性一向很好。

"星星。"

他答应:"嗯。"

她趴在他的怀里,把他的衣领往下扯:"你这里有一颗痣。"

她搂住他的脖子,凑过去咬那颗痣,用牙齿轻轻地磨。

"温长龄。"

"温长龄。"

她不答应。

他分明可以推开她,却什么都没做,任她放肆,任她点火。

"谢星星,你看走眼了。"她在笑,得意得像个胜利者,"我是个坏人。"

她把他的手放在她后腰受伤的地方。他闻到了,青柠的味道,浓烈的灼烧感席卷了整个身体,琏凝素开始发生反应。他掀起她的衣服,混乱中一直在喊她的名字。

她在笑,笑他看走了眼。

他摘掉她的眼镜,把她抱到了下午的那张桌子上。

然后一切都乱了……

"喵。"

"喵。"

猫叫声打散了梦境。谢商骤然睁开眼,一切混乱终止。他坐起来,身体不动,放空了很久,空调的温度调得很低,他依旧出了一身汗。

空气里还有隐约的青柠香,谢商起身,拉开窗帘,打开窗户。外面月光很亮,隔壁的狸花猫正站在他的窗前,淡褐色的眼睛盯着他。

"喵。"它在嘲笑他。

他毫无睡意,从书柜下面的抽屉里翻出一包烟,点着烟,用力抽了一口,让烟入肺。

谢商啊谢商,原来你也是劣等人,一瓶香水都能让你失态。

下了夜班回来，温长龄在家里补眠，睡得急，没摘助听器，没有睡多久，就被外面的声音吵醒了。再睡也睡不着，她起床，洗了脸才出去。

朱婆婆在院子里，看见她出来，关心地问："吵醒你了？"

院子里有客人，温长龄并不认识："你是？"

女士怀着孕。

"温小姐，"她说，"我是陈春山的妻子。"

陈春山的妻子姓白，和陈春山是相亲认识的，去年年底结的婚。

温长龄把旁边的椅子搬过来，放在白女士的旁边——孕妇久站不好。

"你来找我有事吗？"

白女士半个小时前就来了，朱婆婆让她先回去，她不肯走，非要见温长龄。

"我想请你帮帮忙，你可不可以劝劝你男朋友，让他放过我公公？"

陈福贵在拘留中，温长龄听说他拒绝赔偿。谢商的花瓶也不是大风刮来的，没理由被白白砸了。

温长龄拒绝了白女士的请求："抱歉，这件事我不会插手。"

白女士红着眼，低声下气地恳求："我求你了，温小姐，谢老板是你男朋友，只要你开口，他一定会网开一面。"她为陈福贵辩解说，"我公公他只是一时冲动，而且他知道错了，他可以来跟你道歉。"

她一句不提赔偿。哪怕赔不起，你总要有态度。

白女士还在求："你们就当做好事，把起诉撤销了可以吗？我婆婆在家都病倒了，我老公现在也不着家，这个家眼看就要散了，我还大着个肚子。"白女士声泪俱下，"温小姐，你帮帮忙可以吗？你也不想看到好好的一个家庭就这么散了吧。"

温长龄不喜欢听这种话："你们家散不散跟我没有关系，跟我男朋友也没有关系，做错事的不是我们，是你公公和你丈夫。"

白女士还想再求求情。

温长龄过去把椅子推到白女士后面，白女士坐不坐就随她的意。温长龄把话说清楚："我不会替犯错的人求情，犯了错不是只道歉就可以。你也不必再来求我。你不如好好想一想，一个偷卖了家里的东西后只会挥霍，撒谎，推脱责任，收拾不了烂摊子就逃避的人，值不值得你在这里为了他卑躬屈膝地求人。"

白女士不作声了，捂着嘴无声地哭泣。

如意当铺这桩事街坊们也都听说了。

陈春山用一对祖宗传下来的烛台当了20万块，对家里人谎称只当了2万块。钱他不到一周就挥霍完了，打赏给了3个美女主播。

陈福贵被拘留的第二天，陈春山不见踪影，是因为去外省见女主播了。陈福贵得知花瓶的价值之后拒绝赔偿，甚至放话说那破花瓶不值那个价，是当铺借机勒索，总之，就是不赔。谢商没有撤诉，按法律来，该怎么处置就怎么处置。

哦，还有桩事。邻近的五里行大道一邹姓男子当街抓到妻子出轨。妻子不仅不知悔改，还为了维护情人，把邹姓男子的头给打破了。

这位妻子不知道被情人灌了什么迷魂汤，宁愿净身出户，也要离婚，孩子也不要，只要情人。

这事传得十里八村都知道了。

邹姓男子很坚强，勇敢直面倒霉的人生，每天笑盈盈地接一双儿女上下学，日子照常过。

翟女士固执，腿疼了几天也不肯就医，苏南枝就把谢商叫了去。检查做完时4点多，翟女士坐苏南枝的车回去，谢商说还有事，没有一起走。

肿瘤科的大厅在2楼，这个时间医院人不多，谢商给温长龄打了通电话。

"快下班了吗？"

"快了，在交接班。"

谢商找了个地方坐下："我在肿瘤科2楼的大厅，你交接完我们一起回去。"

温长龄在电话里问："你怎么来医院了？"

"带家里的老人过来检查身体。"

"结果出来了吗？"

"出来了，骨质疏松。"

有人喊温长龄。

她应了声，对谢商说："我先去忙。"

"嗯。"

谢商挂了电话。

一个皮球滚过来，谢商伸手去捡，手在半空中碰到了另外一只手。

两个人几乎同时转头，视线对上。

谢商先开口："你好。"

对方戴着一顶暗红色的鸭舌帽："你认得我？"

"我们见过。"

谢商知道晏丛，以前在体育频道看到过。

他和温长龄从莱利图回国的那个晚上，是晏丛来接的温长龄，还有酒吧那次，温长龄也是和晏丛一起去的。

晏丛收回手，坐直，背往后靠，两条长腿懒懒散散地伸着。他很白，身上有种略带青涩、介于少年和青年之间的野性，穿着宽松的白色T恤衫，T恤衫的正面印着夸张的、颜色鲜活的图案。

谢商把皮球捡起来，还给前来捡球的小男孩儿。

"谢谢叔叔。"

"不客气。"

小孩儿抱着球跑走了。

等人的时候谢商不爱看手机，旁边的晏丛也什么都没干，两个人各坐一边，各坐各的——不熟，没必要交流。

没几分钟，丢皮球的小孩儿又跑了过来，手里没抱球，抱着个手机。小孩儿生得招人喜欢，白白嫩嫩的，像个圆滚滚的球："叔叔，我可以扫一下你的二维码吗？"

这是来给大人跑腿的。

谢商问小孩儿："这是谁的手机？"

"我小姨的。"小孩儿的眼睛望向了左后方。

他的小姨现在就藏在左后方那排候诊椅的下面，抱着头，在偷瞄，是个在校的女大学生。

谢商没有回头看："抱歉，叔叔已经有女朋友了，不能给你扫。"

"哦。"

小孩儿失望地回去找小姨——没有扫到微信，拿不到奥特曼了。

"小丛。"是晏丛的爷爷在喊他。

晏丛起身，走了。爷孙两个一前一后，老爷子晏伯庸在前面，唠叨不停，晏丛在后面，漫不经心，思绪游离。

晏伯庸还没念叨完，晏丛就拿出了手机，给温长龄打电话。

温长龄在忙交接班，电话响了很久才接。

"你跟谢商在一起了？"

"嗯。"

晏丛沉默了一阵才问："进展顺利吗？"

"顺利。"

晏丛"哦"了一声，没说别的，挂了电话。因为走得太慢，已经和晏伯庸拉开了一段距离，他跑过去。

"爷爷。"

晏丛这么正经地叫人，一般是有事。

晏伯庸看着他最疼爱的宝贝孙子，光是这么看着都会心酸："怎么了？"

晏丛语气很认真，并不是在开玩笑："本来给我的那份儿，能不能给温长龄？"他指的是晏伯庸的财产。

晏伯庸直接一个巴掌扇过去，打在晏丛的后背上，但没有使力，雷声大雨点小，他舍不得真打："跟你说多少遍了，不准说这种话。"

晏丛一点儿都不在意的样子："反正我也用不了。"他不想把财产留给他那对不会为了他流一滴眼泪的父母。

"给温长龄行不行？"

晏伯庸红着眼吼了一声："你还说！非要老头子我的命是吧？"

行吧，他不说了。

第九章
潘多拉魔盒在蠢蠢欲动

走廊的尽头是放射治疗科。交完班，5点过5分了，温长龄简单收拾了一下，急急忙忙跑到大厅。

"有没有等很久？"

"没有。"

谢商接过她手里的帆布袋。

从2楼到1楼不用坐电梯，他们往楼梯口走，路上碰到了和温长龄同科室的两个同事。

平时对温长龄不怎么热情的那个同事今天主动过来打招呼："长龄。"同事看向谢商，"这是……？"

她如果说是邻居，谢商会生气吗？

温长龄说："这是我男朋友。"

谢商朝那两位同事点了点头："你们好。"

两位同事的表情都有点儿……不可思议。比起容貌顶级的谢商，总是戴着一副老土眼镜的温长龄确实显得有点儿朴素。

"我们先走了。"

温长龄和谢商先下了楼梯。

主动打招呼的那个同事问身边的同伴："是不是上次包间那个？"

"是他。"

以那张脸的辨识度，错不了。

同事"啧"了一声："温长龄有点儿东西啊。"

上次乔漪就说，她闺密的竹马有多么多么优秀，家里怎么怎么样有钱，还有个身为著名女演员的妈……夸赞长达15分钟词都不带重复的。

同事拿出手机，对着已经走远的两个人拍了一张照。

帝宏医院护士总群。

肿瘤外科周敏敏："惊！"

肿瘤外科周敏敏发了一张照片。

这个总群不是官方的工作群，医院领导都被踢出去了，年轻的护士们平时就喜欢在里面聊八卦。现在是下班时间，群里人不多。

普外肖芳："女的是你们科的温长龄吧，男的是谁啊？看不到正脸。"

肿瘤外科周敏敏："温长龄的男朋友。"

肿瘤外科周敏敏："你们知道是谁吗？"

肿瘤外科周敏敏："上次包间聚餐，温长龄带来的那个。"

天天加班要秃头："正脸，给你们找来了。（附带一张照片）"

之前谢商来帝宏医院急诊科处理过伤口，这几张照片就是那时候急诊科的护士偷拍的。

VIP乔漪："别传谣了。"

肿瘤外科周敏敏："你还别不信，当事人亲口承认的。"

VIP乔漪："只是交往，又不是结婚。"

肿瘤外科何叶："谁酸了我不说。"

乔漪没再说话。

路上，温长龄接到了佳慧的电话。

"喂。"

佳慧很激动："你告诉我，是不是真的？！"

温长龄蒙蒙的："什么？"

"你跟谢商在一起了？！"

温长龄看了一眼主驾驶座，然后捂住手机的听筒，头往副驾驶座的车窗玻璃那边靠："嗯。"不仅荷塘街没秘密，帝宏医院也没秘密。

"什么时候的事？"

"有一段时间了。"

"虽然你没告诉我让我有点儿不高兴，但我还是很为你高兴。"佳慧笑嘻嘻地说，"恭喜啊，温护士，终于脱单了。"

温护士："谢谢。"

平时总是不正经的佳慧护士今天突然好正经："好好谈，以后的事情以后再说，享受当下。"

通话结束。

车停下来，在路口等红绿灯。这个红灯的时间好长，温长龄闲得无聊，盯了谢商十几秒。

"谢商。"

"嗯？"

谢商转过头来听温长龄说话。

她突然抬起手，碰了碰他的额头——她猜得没错："你在发烧。"她刚刚就发现了，谢商今天没什么精神，车里空调的温度开这么低，他额头上还有汗。

谢商自己用手量了一下："有吗？"

"有。"

他烧得不轻。绿灯亮了，后面那辆车的司机是个急躁的，一直按喇叭催促。

谢商没管那个司机，轻踩油门，很慢地开过路口。

等到了路口对面，温长龄说："你靠边停，我来开吧。"

"你不怕？"

温长龄开车还不熟练。

她看谢商嘴唇都有些发白，应该是很不舒服："开慢一点儿没关系。"

谢商靠边停车。两个人换了位置，温长龄系好安全带，转头看谢商，等他也系好了安全带才发动车子。可能因为在发烧，他动作比平时要慢一些。

"我们别去外面吃了，回家吃吧。"

"嗯。"谢商把座椅调低。

温长龄一边小心地开车，一边问谢商："是不是那个香水有什么副作用？"

"不是。"

研发的时候谢商做过测试，那瓶香水没有副作用。有副作用的东西他不会留。

"只是感冒而已。"他说。

"那除了发烧还有没有别的症状？"

"没有。"谢商提醒，"该变道了。"

"哦。"

马上要右转了，温长龄慌慌张张地去打转向灯，前面就是实线，没等到转向灯闪3秒，她就赶紧变道过去了。

谢商觉得，以后还是少让她开车。中途，温长龄停了次车。

她解开安全带："你在车上等我一下。"

"你去哪儿？"

"去买药。"

马路对面有个药店，温长龄下了车，人行横道上的灯一变绿，她就跑向对面。

谢商把车窗放下来，侧着头躺在椅背上，不太想动。车窗外车水马龙，下班的路人行色匆匆，街上有不少小吃摊，繁忙而热闹。高烧让他反应很慢，眼神呆滞，单单看着一个方向，瞳孔里的影子慢慢地变成了一个小小的圆点。

温长龄买了退烧药。两个人回到家时快6点了。

温长龄买药的时候问了药剂师，被告知这个退烧药可以饭前吃。她倒了杯温水给谢商："你把药吃了。"

谢商接过水，把药片吞了，又躺回躺椅上。

"去房间里睡。"

他"嗯"了一声，从躺椅上起来。

他生病了不怎么说话，动作变慢，但服从性很高。

"等饭好了我叫你。"

"你做？"上次朱婆婆回老家，温长龄天天准时去粉店报到，谢商有点儿怀疑，"你会做饭？"

她点头："还可以吧。"

谢商这边的厨房是半开放式，他在卧室里能看到温长龄。她忙忙碌碌，来来回回，还跑出去了一趟，回来时，两只手上都拿了鸡蛋。

窗帘没拉，夕阳刚开始有些晃眼，慢慢地，慢慢地，天变暗了。

"谢商。"

"谢商。"

谢商睁开眼，低色温的灯悬挂在屋顶上，有点儿刺眼，他用手挡了一下，温长龄的脸从他的指缝钻进视线里。她把头发都扎起来了，发簪上面插着一根筷子。

"饭做好了，起来吃吗？"

谢商坐起来。

"长龄。"

"嗯。"

不知道是不是高烧把他的嗓子烧哑了，或者因为他刚睡醒，他问："你还闻得到青柠味吗？"

温长龄摇头。

或许是因为谢商经常和香料打交道，嗅觉比常人要灵敏，也或许是因为他对珵凝素的耐受度很低，他还是闻得到那股青柠味。昨晚醒来之后，他就没有再睡，把空调温度开到最低，那样耗着到了天亮。这会儿天已经完全黑了。

温长龄什么都没让谢商做，他就坐在院子里的椅子上等着吃饭。她在厨房里盛菜盛粥，还做了汤，雪梨炖苹果炖红糖。

谢商用一只手支着下巴，看着厨房。灯光、围裙、被温长龄弄得乱糟糟脏兮兮的灶台、没有关好还在滴水的水龙头、满院子的烟火气息、草丛里的萤火虫……一切都是很好的模样。

只是——谢商吃了一口青菜："你放了多少盐？"

"不多啊。"

温长龄不是第一次做饭，不是生手。

她自己尝了尝："不咸啊。"她觉得味道很淡。

谢商喝水。

她再尝了尝，这一筷子青菜是咸的："哦，应该是盐没有炒开。"问题不大。

她站起来，拿过谢商的碗，往碗里又添了一勺鸡蛋瘦肉粥："咸的话就多喝点儿粥，这样就不咸了。"

谢商："……"

这就是温小姐说的做饭"还可以"。

瘦肉粥和土豆丝倒没出什么大错，就是不好吃也不难吃。温长龄对吃的不讲究，熟了就可以。吃完饭，温长龄去刷碗，谢商过去帮忙，她摆手，说不用。谢商点了一根驱蚊的香，放在厨房里，他坐在院子里，看她忙。

夜幕星河，晚风习习。温长龄收拾好，擦干手，过去摸谢商的头。她刚洗了手，掌心是凉的，谢商下意识地仰了下头，将额头贴紧她的手。

"还是有点儿烫。"她说，"要不要去趟医院？"

"不用去。"

谢商现在一点儿都不想动。

"等我一下。"

温长龄跑了出去。

谢商盯着门口，坐了一会儿，起身，去房间。

房门没关，半敞着，温长龄回来之后直接推开房门。屋里，谢商刚把上衣脱下。很少有男人在性感的同时还给人芝兰玉树的感觉，唯有谢商，哪怕衣衫不整，依旧透着股清风明月般的清雅。

他的身体明明很诱人，那张脸却有种难以亵渎的冷淡感，好割裂的感觉，会让人忍不住想破坏。

温长龄慢吞吞地转过身去："对不起。"她带上门，去外面等。

谢商把睡衣换上："好了，可以进来了。"

温长龄这才重新推门进去，拉来一把矮一点儿的椅子。

"你坐这里。"

谢商坐上去。他穿着黑色睡衣，扣子没有扣到最上面，露出的皮肤被黑色衬得更白，头发在换衣服的时候被弄得有点儿乱。这样的他，身上多了生活气息。

温长龄拆开退热贴的包装袋，半蹲着，弄开谢商额前的头发，把退热贴贴上去。

谢商捡起被她扔在桌子上的包装袋。

"这是什么？"

"退热贴啊，你不认识吗？"

她把退热贴抚平。

谢商没见过这东西，包装袋上画着个婴儿。

"这不是小孩儿用的吗？"

"大人也可以用。"

温长龄又撕开一张退热贴，歪着头，将它贴在了谢商的脖子上："这是上次给彤彤用剩的，正好快过期了。"

谢商："……"

退热贴有个角没贴好，粘到了一起，温长龄凑近去弄。谢商一动不动，任由她摆弄。

她把角弄出来，抚平："贴好了。你去睡吧，我回去了。"

谢商拉住她的手。他还是很不舒服，退热贴的起效速度很慢，不如她手指擦过皮肤带来的凉意。

"等会儿再回去。"

他起身，抱住温长龄。他又闻到了，青柠味。温长龄抬起手，抓着他腰上的衣服。

"谢商。"

她突然问："你大名叫季甫吗？"

谢商的印章上刻的是季甫，帕子上绣的也是季甫。

"季甫是我的表字。"

"伯仲叔季，你排行第四吗？"网上有谢家的资料，上面写谢商是谢良姜的独子。

"我是苏女士的第三个孩子，加上我二叔家的堂姐，我排行四。"谢商还在发烧，浑身乏力，任由自己靠在温长龄的肩上，"我上面的哥哥姐姐没有养大，夭折了。算命先生说，我父亲没有子孙福。"

有没有一种可能……温长龄抱着谢商，话没有说出口，是你父亲坏事做多了。

她松手，从谢商的怀里抬起头："我该回去了。"

"我送你。"

这几日，天气炎热。

都快下午 4 点了，阳光依旧炙热，到处被烤得滚烫。

"谢商。"

是温长龄的声音。

谢商抬头，没看到人。

"这里。"

钩吻的藤被扒拉开，温长龄的脑袋从围墙上探出来。

谢商放下书，从茶室走过去："爬这么高做什么？不怕摔下来啊？"

她在上面问："你吃瓜吗？"

"什么瓜？"

"我种的瓜。"

她还往上爬。

谢商不由自主地往前走："你别摔下来。"

她一只脚迈过围墙，坐到上面，一只手扶着墙头，另一只手提着一个红色网兜。她吃力地把网兜提上来。网兜里装着个西瓜，很大，带子把她的手指都勒红了。

她喊谢商："接着。"

谢商伸手去接。沉甸甸的西瓜落到了他手上。

"这是我摘的第一个瓜，送给你。"

温长龄在院子里一共种了几棵瓜苗，结的瓜不多，甜不甜不知道，但她给谢商的这个是最大的一个。

"谢谢温小姐。"

他笑了。他应该开心的，毕竟收到了礼物。

朱婆婆和陶姐都没有收到这么大的瓜。

温小姐说"不客气"："冰一下会更好吃。"她用脚尖小心翼翼地去够梯子，"我走了。"

她又爬下去了。谢商站在树下，抱着瓜，笑了。

傍晚，谢商发了一条朋友圈，没有配任何文字，就放了一张图片，晒了一个并没有成熟的瓜。

谷家口歌神回复："四哥你竟然发朋友圈了！！！四哥，这是要有什么'大瓜'了吗？"

娱乐圈确实有"大瓜"——著名饶舌歌手被爆料有一个孩子。

值班室里，小蔡一边换衣服，一边刷手机。"啪"的一声，手机掉在了地上。

小蔡很烦躁，捡起手机往储物柜里一扔，跟旁边的同事小庞吐槽："好烦这种，每次都是小作文。"

"有明确的证据吗？"

"就几张聊天儿记录截图。这种截图我都会伪造，找个号换上 OG 的头像就行了，现在造谣都没有成本。"

"OG"是艺名。

OG 的大名叫佟泰实，是一名饶舌歌手。粉丝都说，他们的偶像要是不好好说唱，就得回家继承家产。

总之，他们的偶像不仅有才，还有财。

"这女的图啥呀？"

OG 那么好，小蔡都不用想："图人气呗。"

帝宏医院是私立医院，秉持着一切为患者服务的原则，设立了 VIP 楼栋。整栋楼的每一层都有保安 24 小时站岗，私密性很强。

VIP 楼栋和肿瘤科大楼之间连着一条露天连廊。

有人在连廊上打电话，正是那位不好好说唱就得回家继承家产的饶舌歌手。

"宝贝，你要不要这么单纯啊，别人说什么你就信什么。"

"不是都告诉你了吗？我跟她半年前就结束了。"他的语气里透着不耐烦，"鬼知道她的孩子是谁的。"

佟泰实还真不知道这孩子是谁的，那个学生妹被他带去过很多场合。

他觉得自己太冤枉了，那怎么就成他的孩子了？

他没那个耐心哄人："不说了，宽哥喊我排练。"

"我也想你。"

"晚上找你。"

他挂了电话，这才发现有个人经过。

他上前拽了一把对方的护士服："你刚刚听到什么了？"

温长龄回头。

这里是VIP楼栋，不会有人傻到把在这里听到的事情说出去。

佟泰实看到了温长龄的助听器："聋子啊。"

拖腔拉调的三个字，配合他带着侮辱性的眼神。

温长龄开口纠正："我不是聋子。"

"那你说说，你都听到什么了？"

她不说话。

佟泰实看她的眼神更加嫌恶："你要说你什么都没听到。"他把温长龄挂着的工作牌扯过去看了一眼，"我知道你是谁了，你要是敢出去乱说，我就让你变成真聋子。"

警告完，他把口罩戴上，一边倒退着走，一边盯着温长龄，还用手点了点自己的耳朵，做了个切掉的手势。这个世界上有很多恶心至极的垃圾，温长龄7年前就明白了这个道理。

她路过走廊。

有间病房的房门没关严实，说话的声音从里面传出来，但不会有人特意驻足去听，因为这里是VIP楼栋，有钱人的世界有你想象不到的肮脏。

"你再好好想想，不要只想你自己，想想你弟弟、你爸妈。"

"我要是你，就把孩子打了，拿了钱，回去好好读书。"

温长龄没有停下脚步，继续往前走，走到走廊尽头，敲了敲门。

"进来。"

温长龄进去："程女士。"

温长龄是来带程女士去做检查的。

程女士是一位乳腺癌患者，已经决定放弃毫无生活质量的癌症治疗，转去肿瘤科的临终病房。

放弃生命是一件很难的事情，只要还有路走，只要有人肯拉一把——

"你需要帮助吗？"

准备从楼顶一跃而下的女孩儿在这一刻停下了脚步。但她没有回头："没有人能帮我。"

楼顶很暗，没有灯光，只有半圆的月亮吝啬地洒了一点点光。

风很大，吹着温长龄的声音："就这样死了，你甘心吗？"

女孩儿没有动。

"你死了，佟泰实会很开心。"

女孩儿猛地回头。她很年轻，才19岁，一年之前还是个学生。她只是想找一份兼职，然后就被恶魔拽进了地狱。

佟泰实的经纪人让她想想弟弟，想想父母。她想来想去，只有一死。

"你知道？"

对面的温长龄点头："我知道你的事。"

很多人知道这件事，她发到了网络上，得到的结果是大家都在骂她。

"你愿意相信我？"

温长龄往前走了一步："我相信你。"

她的声音很好听，那么干净，那么平和。女孩儿觉得自己马上就要被救赎了。

"荷塘街有一家当铺，叫如意当铺。当铺的老板今天心情很好，他心情好的时候很好说话。你去找他，他会帮你。"

温长龄在地上放下一张名片。名片是纯黑色的，正面印着"如意当铺"四个烫金字。

女孩儿迟疑了片刻，迈出脚，从楼顶的边缘走下来，捡起了地上的名片。

"我该怎么做？"

"他很爱听故事。"温长龄告诉女孩儿，"你给他讲一个故事吧。"

崔瑛讲的故事很短。"7年前，4位富家少爷去小镇游玩。他们看上了一个很漂亮的女人，女人不从，他们就给她灌药。一个兼职的少年不小心撞见了他们的恶行，然后被他们打死了。"这个故事是一桩命案。

"佟泰实是4个凶手之一？"

"是。"

谢商把玩着手里的名片："这个故事是谁告诉你的？"

崔瑛坐在桌子对面，端着杯子的手不由得握紧了，她低着头："佟泰实喝醉酒的时候自己说漏了。"

"另外3个人是谁？"

"我不知道。"

谢商不再追问："你想用这个故事当什么东西？"

她抬起头，眼神变得坚毅："我希望佟泰实受到惩罚。"

"可以。"

如意当铺的老板如果心情好，真的会很好说话，也不会吝啬当一回好人。

从如意当铺出来，崔瑛一直往前走。走到路中间，她回头，看着钟表店。钟表店右侧的小门没有关，那位给她名片的护士姐姐站在门口。

崔瑛用口型无声地说：谢谢。

温长龄能读懂唇语。

"不用谢。"

她关上门,进屋。

两日后,佟泰实的粉丝如愿以偿地求得了证据。

"佟泰实肮脏大礼包"在中午12点整炸瘫痪了整个微博服务器。8个女孩儿一共提供了13段录音、5个视频。事件影响太大,半个小时之内,佟泰实的作品全部被下架。

"喵。"

"喵。"

花花在叫唤,仰着头亲昵地蹭着温长龄的脚。温长龄把手里的西瓜和勺子都放下,从竹床上下来,揉了揉花花胖乎乎的肚子:"是不是饿了?"

吴浩敏在院子里收床单:"半个小时前我刚喂过。"

那就不是饿了。

温长龄又问花花:"是馋了吗?"

"喵。"

花花已经很胖了。温长龄去给它拿小鱼干。小鱼干被放在院子里的冰箱里,或者说,"柜子"里——朱婆婆舍不得扔掉已经没用的冰箱,就把它当成柜子在用。

温长龄给花花抓了一大把鱼干,放在它的饭盆里。傍晚的太阳还是很烈,温长龄特地把花花的饭盆放在树荫下面。

"吃吧。"

花花啃着鱼干。

彤彤在葡萄藤搭的凉棚下面弹古筝,虽然调不成调,但是她弹得极为认真。

温长龄抱着井水冰镇过的西瓜,用勺子挖着吃。她坐在竹床上,光着的脚晃来晃去,嘴里哼着歌,虽然也调不成调,但她也哼得很是认真。

吴浩敏笑着问她:"今天心情很好?"

温长龄点头:"今天天气很好。"

吴浩敏抬头看了一眼大太阳。

30℃啊,天气哪里好了?

温长龄哼着歌。

彤彤听出来了:"是《小星星》。这个我会,谢商哥哥教我了。"

彤彤太小,学得慢,只学会了《小星星》这一首曲子。

她边弹边唱。

"一闪一闪亮晶晶,满天都是小星星,挂在天空放光明,好像许多小眼睛……"

轰隆。

晚上突然响雷,晴了几天,好像就等这一场暴雨。

谢良姜扣上杯盖,上好的瓷器发出了刺耳的声响:"你知不知道你把佟家得罪了个干净?"

谢商语气淡淡地回他:"知道。"

"知道还要做?"

佟家不是普通人家,既有财富,也有人脉,舆论的声音再怎么大,也顶多是佟泰实不出现在公众视野。佟泰实是混账,但他的经纪人、他的团队都是佟家花了大价钱请的,只要没有实质性的犯罪证据,别人伤不到佟家的根本。

反而是谢商,平白给自己树了敌。

"父亲,这是我的事情。"

谢良姜对他的态度很不满,银丝镜片后,目光锋利如刀:"怎么?我管不得你?你姓谢,你的态度在外面代表了谢家。"

谢商进退有度,礼貌,但冷淡:"我也可以不姓谢。"

谢商从小就不服管。比起他的父亲,他更敬重他的小叔。

谢良姜重重地摔下手中的杯子,杯盖被震得滚落下来,砸在了地上。

瓷器碎裂的声音刚落,门就被推开了。

"谢良姜,"苏南枝进来,裙子衬得腰肢纤细,肩上披着条绸缎料子的围巾,抱着手,指甲做得漂亮,脚上踩着高跟鞋,"你跟谁摔杯子呢?"

他真当她好脾气啊?

谢商还真可以不姓谢,她当初妥协是看在老人家的面子上,不是苏家争不过他谢家。

谢良姜皱眉:"我跟谢商在谈话。"

"都摔杯子了还有什么好谈的?"苏南枝看了一眼谢商:"走吧。"

谢良姜穿着妥帖考究的正装,身后是满墙的法律书籍。他从不低头,永远在审判:"你这个态度,怪不得教出这样的儿子。"

"怪不得",苏南枝最讨厌他说这3个字。

当初她的两个孩子相继夭折,他也是这个口气:"成天忙着你那所谓的事业,怪不得保不住孩子。"

苏南枝冷笑回敬:"我儿子什么样的都无所谓,只要别是你这样的。"

苏家的旧宅也在花间堂。苏南枝和谢良姜离婚之后,苏家就搬走了,这边的宅子一直空着。

苏家和谢家是门当户对,两边的老人相熟多年,苏南枝和谢良姜很自然地走到了一起,可能也有过爱情,但分开的时候相看两相厌。

关于离婚的原因,苏南枝当时是这么跟谢商说的,用开玩笑的语气:"你爸八字太硬,克妻。"

真正的原因谢商知道,他家苏女士是翱翔天空的鹰,谢良姜却只想把鹰困在家里,养成金丝雀。

谢商曾经说过:"你看人不行。"

苏南枝笑:"要不是我看人不行,哪儿有你?"

她不后悔，没有人能保证一辈子都不做错选择，不用回头看，看了也改变不了过去。

当时谢商是这样说的："没有我也可以。"他从来不觉得自己非存在不可，"没有我，你有梁述川。"

那时候苏南枝已经离婚一年了。

她变得爱笑了："我现在也有啊。"

可是晚了很多年。

梁述川等了苏南枝17年，从16岁等到33岁。

要下雨了，谢商随苏南枝回了苏家的旧宅子。花间堂都是园林别墅，弯弯绕绕、小桥流水是其特色，但苏南枝不喜欢花间堂，更喜欢现在的苏宅，这边种了很多果树。

苏家人不住花间堂，但留了人在这边照看宅子。

"四哥儿来了。"

谢商问了好。

乔姨欢喜地去沏茶，老宅这边还放着谢商爱喝的茶叶。

谢商问苏南枝："您怎么过来了？"

"我来这边拿点儿东西，乔姨说看到你进了谢家的门，我想着你应该是去挨骂的。"苏南枝坐下，屋子里不冷，她把肩上的围巾取下扔到一旁，"佟泰实那事怎么回事？"

"没怎么回事，当时心情好，看不得脏东西。"

苏南枝自己也在娱乐圈，佟泰实确实是个脏东西。

窗外电闪雷鸣，雨点忽然"哗啦啦"砸下来。雷雨天是谢商最讨厌的天气。

苏南枝的初衷是谈谈会让谢商心情好的人，于是她说道："听方既盈说你交了女朋友。"当妈的，对此难免好奇，"上次带去你舅店里那个？"

"嗯。"

苏南枝问过苏北禾："什么样的？"

苏北禾说："女的。"

这话说了跟没说一样，加上上次谢商让她帮着挑生日蛋糕，她更加好奇了。

"什么时候带来见见？"

谢商的情绪并不见好，和外面的天气一样糟糕："不用见了。"

"不用见是什么意思？"苏南枝坐直，表情严肃，"你只是玩玩？"

"她姓温。"

苏南枝立刻就明白了。这还不如玩呢。

她正色问："星星，你知道你在做什么吗？"

谢商眼底压着情绪："知道。"

苏南枝表态："我不赞同你这么做。"

她对谢商一直是放养，放着放着发现，谢商养成了任何东西也圈不住的性格，他的身上同时具备了黑和白两个极端。

"会结束的。"他这么说。

"怎样算结束？"

他看着手腕上的珠串，上面缺了一颗沉香木珠——上次温长龄嫌手上有血味，他取下一颗，烧掉了。

"等她爱我、需要我，就结束了。"

苏南枝没法儿认同。谢商从小喜欢极限运动，喜欢不可预知的危险和刺激，但每一个心跳游戏赌的都是性命，谁能保证他次次都赢？

苏南枝经历过婚姻，爱过也恨过，知道感情这个东西不比极限运动安全，搞不好也要伤筋动骨。旁观者清，苏南枝虽然还没见过那个姓温的女孩儿，但见过谢商给她挑绿宝石的模样。

"星星，你以后会后悔的。"

谢商起身："我回去了。"

苏南枝看了看雨势："外面在下暴雨。"

"我院子里的花没人管。"

乔姨端了茶过来。

谢商说"不喝了"，拿了雨伞出门。

花间堂的路修得很宽，开飞机都够了，但还是有人把外面的路当成自己的地盘，开车擦着路沿石高速飞过人行横道。车主急打方向盘之后刹住了车，将车窗打开一条缝骂人。

"没长眼睛啊！"

谢商抬高手里的雨伞。

车主愣了一下："谢……谢商。"

"轰隆"一声，雷声响得人浑身一激灵，闪电劈开黑夜，把人的脸分割成明暗两块。

雷雨天、黑色雨伞、谢商，要素跟7年前他差点儿被谢商打死的那个晚上一模一样，沈非甚至觉得自己遇到的是索命的鬼。

谢商撑着伞，就那样站着，一言不发地看着人，身后杂乱而喧嚣的雨幕与他静得可怕的眼形成了鲜明的对比。

沈非总记得他妈在他十几岁教育他时说过的一句话："越漂亮的人，越危险。"

他妈当时说的其实是外面的女人，到现在他见过无数女人，这句话却只在对上谢商时才会被记起。

沈非把车窗再降下来一点儿，心里很怵，但表面上不服输，依旧很横："干吗？我又没撞到你。"

谢商没说话，取下袖扣。

"谢商，"沈非大喊，"你敢！"

谢商敢。他是死亡游戏深海逃脱的纪录保持者。他有多疯狂，众所周知。他捏着宝石袖扣，沿着跑车后视镜的底端，慢悠悠、面无表情地一路划过去。

沈非崩溃了："谢商！！！"

谢商随手一掷，将袖扣扔进垃圾桶，手伸到伞外，接了一掊雨，净手。

沈非看着爱车上的划痕，快气疯了，降下车窗，探出头来，气急败坏地吼道："谢商，你给老子……"

沈非瞬间闭上了嘴。他不明白那些女人到底迷恋谢商什么，难道她们看不出来，谢商有多危险吗？

谢商站在狂风暴雨里，丝毫不在乎衣服被淋湿，眼里全是对这个世界的冷漠和厌恶，即便他嘴里说着温柔的话。

"下次要尊重人，知道吗？"他很矛盾，优雅又残忍，步入雨幕之后，又停下脚步，沉默着，过了好久，才说了一句，"别乱喊人家'小龙女'。"

小龙女？这是多久以前的事了，居然在这儿等着？！

沈非难以置信，冲着谢商的后背脱口骂道："疯子！"

啊啊啊！沈非气得一边踹自己的车，一边乱喊乱叫。

谷易欢这个时候追来了，还挂着拐杖。他接到苏南枝的电话，特意出来寻人，老远看见谢商撑着伞，背影渐渐消失在模糊的雨雾里。

"四哥！"

"四哥！"

谢商不等人。

路过沈非的车时，谷易欢瞥了一眼车上的划痕："你又惹我四哥了？"

沈非极度狂躁："是他惹我好不好！老子倒了八辈子血霉，老是在雷雨天碰到他！"他快要疯了，"我刚买的车！"

他一拳捶在方向盘的鸣笛开关上："告诉谢商，别太狂，早晚有人给他苦头吃！"

谷易欢护短："滚！"骂完，谷易欢去找谢商。

谢清泽去世那天就是雷雨天。

谢家接到死讯的时候是半夜，没人拉得住谢商，也没人能想象他是怎么一个人在电闪雷鸣的晚上开车去风镇的。

谢清泽的骨灰是谢商亲自接回来的。那之后，克己理智的谢商，一到雷雨天，情绪就无常，有时候伤的是别人，也有时候伤的是自己。

暴雨未歇。满街的灯笼通明，纸上画的兔子安静地蛰伏在雨夜里。有人抱着白酒酒瓶，脚步歪歪扭扭，走在老街的深巷里。恶犬看见生人，狂吠不停。

"汪！"

"汪！"

"汪！"

醉汉扛着伞，一脚踩住狗链："叫什么叫！"

小黑狗被狗链扯住脖子，摔在了泥里。醉汉一脚踹上去："再叫老子宰了你！"
　　小黑翻身起来，抖了抖泥水，"嗷呜"了两声。
　　醉汉教训完狗，扛着伞，拖着踉踉跄跄的脚步，在暴雨里游荡，醉醺醺地唱着歌："茫茫的黄土坡，岁月悠悠过，稀慌的老农民，命运太蹉跎，命运太蹉……嗝！"他打了个酒嗝儿，继续唱，"走不完的弯弯路，翻不完的山坡坡，路上洒下几滴……"
　　积水漫过了路面，醉汉一脚踩进水洼，身体趔趄地往前撞。前面有个人，醉汉撞上去。一把黑伞掉在了地上。醉汉跌倒，肥硕的身体重重地压在伞上，金属的伞骨硌到了他的腰，他痛得号了一嗓子，晃晃悠悠地爬起来，摇了摇酒瓶，里面的白酒洒了个精光。他抹了把脸上的雨水，眯着醉眼看人。
　　这是个比他年轻的。年轻人真莽撞。
　　醉汉喝了几两"马尿"，谁都看不进眼里，顶着雨骂："走路不带眼睛，撞死老子你赔啊？！"
　　对方没有出声。
　　醉汉双眼蒙眬地打量着对方："穿得倒是人模人样。"他"嘿嘿"一笑，捡起自己那把破雨伞，扛在肩上，"小子，有钱吗？赔钱。"
　　谢商很烦：为什么都要来惹他？
　　雷声"轰隆"不停，闪电把人脸照得惨白。醉汉还不知自己已经将人惹怒，不清醒的脑子甚至还盘算着坑上一笔："老子的腰被你撞坏了，儿子都还没有，不赔钱你就给我当儿子。"
　　醉汉喝了酒，胆子壮，脑子晕。用二锅头的瓶子抵着谢商的肩，醉汉用力推了推瓶子，身体吊儿郎当地晃着："乖儿子，有钱没？"
　　谢商捡起自己的伞，收拢，用手指抹掉伞尖上的泥。锋利的伞尖镀了银白色的金属表层，在灯下闪着光。
　　黑犬立马钻进狗窝。谢商后面传来声音——
　　"谢商。"她的声音并不大，暴雨却盖不住。
　　谢商回头，雨水浸湿了发红的眼角，眼底收不住的情绪彻底暴露，残忍又冷漠。
　　温长龄走过来，没有急着说什么，接过谢商手里的伞，举高，挡住他头上的雨。
　　她用伞尖对着醉汉："滚。"
　　女孩子的低音调能凶到哪里去？可是，伞尖对准的是醉汉的喉咙。醉汉不知是被吓住了，还是见对方有两个人，他识时务，骂骂咧咧了几句，绕过他们走了。
　　温长龄转过身。谢商在看她。
　　她抓着谢商的袖子，踮着脚去擦他脸上的雨水："都淋湿了。"
　　谢商身体不动："你怎么在这儿？"
　　"我来接你。"
　　喜欢迷路的温小姐第一次出门接人。
　　她好会挑日子，偏偏挑了雷雨天。

"走吧。"

她拉住谢商，往家的方向走。她撑着一把雨伞，拿着一把雨伞，只能分出两根手指，拽着谢商少了一颗袖扣的袖子。

谢商比她高，在她身后，有最好的视角，能肆无忌惮地把她钉在视线里。

她将谢商带到了当铺的门口："你快去洗澡，不然容易感冒。"

潘多拉的魔盒在蠢蠢欲动。魔盒里装着各种人性的恶：愤怒、痛苦、欲望、疯狂、谎言……

谢商轻轻擦掉温长龄助听器上被溅到的雨水："跟我进去吗？"

她思考了几秒钟，点了头。进屋之后，她把雨伞收好放在门口："我去给你做姜汤。"

谢商不想喝姜汤。温小姐每次都这样，每次都不合时宜地闯进他的领域，搅乱他好不容易才压制下来的汹涌情绪。

谢商关上门，把温长龄按在墙上，滚烫潮湿的掌心扣住她纤细脆弱的后颈，将她拉过来，咬破她的唇。

她没有推开，皱着眉承受。血液在沸腾，湿气蒸发，潮湿的暧昧里充斥着滚烫的热度。

在谢商呼吸的间隙，温长龄低声问他："你心情不好吗？"

他整个人都很烦躁。

"你很生气。"后背硌在了门闩上，温长龄有点儿疼，往他那边靠了一点点，"谢商，你在生谁的气？"

谢商吻掉她嘴角的血。

"疼吗？"

"疼。"

"活该。"把血弄干净后，他继续咬，"非要来招我。"

矛盾，反复，他把她咬出血，又小心地去吻。脑子混乱至极，整个人被割裂成两半，他不知道自己在做什么。他想要发泄，想要温长龄跟他一样疼，一样疼得深刻。

他双手托着她的腰，从门口到院子，在暴雨里接吻。房间的门被撞开，她的鞋子松了，掉在了外面。门被关上。

谢商把温长龄放在了那张他梦里出现过的长桌上。这一次，没有青柠香。他在吻她，桌子后移发出声响。

"谢商。"

"嗯。"

谢商抬头，等温长龄说话。

可她又不说话了。眼镜在混乱间掉在了地上，她的眼眸很清澈，鼻尖微微上翘，有一种突兀的、强烈的叛逆感。

温小姐这样的人，会哭吗？谢商想象不出来。他伸手摸到毯子，盖住两个人的身体,然后俯身,和吻一起落下的还有他的手。

"谢商。"

她又叫他。

"谢商。"

她偏偏不说其他的。

谢商混沌的大脑里只有一件事:怎么才能让温长龄哭?

"不要一直叫我。"也不要看我。

谢商抬手,遮住了温长龄的眼睛,低下头,咬住她肩上的皮肉。

不要心软,不要停下来。谢商这么告诉自己。

"星星。"

毯子里瘦弱的身体在发抖,好像有一个开关被突然触发了,掐在温长龄腰上的手慢慢地放轻了力道,谢商阴郁的眼睛开始清明。

算了,她是女孩子,弄哭可以,不能弄疼了。肌肉紧绷蓄势待发的野兽突然收起了攻势,耐心地舔着刚刚还被他残忍按在爪下的猎物。

"温小姐。"

谢商好像很喜欢叫她"温小姐"。

"如果不愿意,就扯一下我的头发。"谢商一反刚才的凶狠,变得异常耐心,吻也很轻,似有若无。他亲了她的右耳,突然很想知道,她是怎么听不见的。

衣服被剥落,吻落在她单薄骨感的肩颈上,温长龄慢吞吞地抬起手,扯了一下谢商的头发。然后所有的动作戛然而止。

"好了,不继续了。"

谢商毫不迟疑地扣上衬衫的扣子,从温长龄的身上起来,用毯子裹紧她,之后拉来一把椅子,坐下后翻出底下抽屉里的烟,点了一根。他没有烟瘾,但尼古丁能让人冷静。

他身体自然地舒展,往后仰,手撑着桌子,下颌微抬,露出洁白的脖颈,这样的姿势喉结很明显。他把被打湿的头发都捋到头顶,漂亮的五官毫无遮挡,衣服没有遮住肩颈,肤色冷白,眉目冷淡,但就是有一种仿佛被面纱遮住了的诱惑力。

他在抽烟,半眯着眼,很优雅。

温长龄披着毯子坐在桌子上。

"是什么味道?"

谢商侧过头看她:"好奇?"

"嗯。"

她很好奇。她其实抽过烟,以前在国外的时候,但她不喜欢,只是浅尝了一下,没有学会。她好奇的不是所有的烟,只是谢商手里的这根。

谢商修长的手指夹着烟,递到她嘴边:"自己尝。"

温长龄鬼使神差地张嘴,含住他咬过的地方,用力吸了一口。

"喀喀喀。"

她不知道怎么吐烟雾，瞬间被呛得红了眼睛。

"呛？"

她点头。

谢商却笑："温小姐，不要什么都好奇。"

他毫不介意烟被温长龄尝过，将烟叼在嘴里，熟练地吐出烟雾，眼神却在放空。

温长龄的上衣都湿了，被扔在了地上，她没有捡起来，就那样裹着毯子，坐在桌子的边缘，腿挨着谢商的衣服。

"谢商。"

"嗯。"

她坐得高，垂着眼睫看谢商微仰的脸："现在可以告诉我，你在生谁的气吗？"

谢商没有正面回答，手随意地搭在桌子上，指间夹着烟，让烟就那样燃着："我跟我父亲不亲。我是我小叔带大的。"

谢清泽比他大了一轮多。

"我幼时身体不大好，家里人不放心送我去学校，我小叔就当了我的老师。"

他跟谢清泽甚至比跟苏女士还要亲。谢清泽之于他，亦父亦兄，亦师亦友。

"他教我调香，教我知识，教我明理。"

谢清泽正派坦荡。如果说人都有黑、白两面，那么谢商白的那一面大多是谢清泽教导出来的，至于黑的那一面，当然是源自他的好父亲谢良姜了。

他很长时间不说话，温长龄问："然后呢？"

哪儿有什么然后，谢清泽死的时候才33岁。

谢商的语气没有什么波澜："我小叔死的那天是雷雨天。"

你不记得吗，温小姐？

他看着温长龄，久久才收回目光，起身，脱掉身上的湿衣服，打开柜子，随便拿了一件衣服套上，再翻出一件新的，放到温长龄手边。

"穿上，送你回家。"

温长龄抬起头，盯着他，用眼神示意。

谢商失笑，转过身去。她把毯子拿掉，穿上谢商的衣服，是白色的家居服，有点儿长。她把自己的衣服捡起来，戴好眼镜："我好了。"

谢商送她回去。外面的雨不知何时停的，雨后的空气很好，风也舒服，不像刚刚暴雨的时候，仿佛末日要来了。

谢商把温长龄送到了房间门口。朱婆婆早就睡了，院子里的狸花猫听见声音，从猫窝里直起身体，看见是谢商之后，又倒头继续睡。

"去洗澡吧，早点儿睡。"

温长龄站着没进去："你还想发泄吗？"

她知道，谢商刚刚是在发泄情绪。

谢商看着温长龄脖子上被咬出来的痕迹——很明显，明显得会让人心情变好："怎么？还想扯我的头发啊？"

"不是，我是想问你，要不要吃西瓜？"她目光干净，没有一点儿别的想法，"我听别人说，吃甜的心情会变好。"

现在挺晚了，谢商不喜欢熬夜。

他说："你先去洗澡，我等会儿过来。"

"好。"

谢商回了自己那边洗漱。

温长龄现在已经会挑瓜了，陶姐教了她。她把摘下后堆放在墙角的西瓜挨个儿用手拍了拍，仔细听发出的声音，然后挑出一个声音听起来最熟的，用刀切成两半，一切开，瓜瓤果然很红。

温长龄给了谢商一半西瓜，然后放了一条长凳在门口，和他一人坐一边。

她用勺子舀了一大勺瓜瓤，嘴巴被塞得满满的，像只仓鼠。一口咬下去都是汁水，她满足地眯起了眼睛："好甜啊。"

谢商看了她几秒，捧着她的脸，转过来："被我咬破了。"他用指腹碰了一下她唇上的伤口，"疼不疼？"

"有一点儿。"

他摩挲着那一处："对不起。"

温长龄把他的手拿开，吃了一口西瓜，鼓着腮帮子说："原谅你了。"

谢商笑了笑。她还挺大度的。

手机响了，谢商看了一眼来电显示，接了。

"四哥。"

"嗯。"

谷易欢吞吞吐吐地问："那个……"你没搞出什么大事吧？

"什么事？"

听声音，四哥的情绪还挺正常。谷易欢直接问："你没事吧？"

谢商说："没事。"

谷易欢不放心。

上一次雷雨天，谢商去月半山赛车，那么大雨，这种行为简直是玩儿命。那次谢商确实受了伤，但谷易欢不知道的是，谢商那次的伤是在急诊室帮忙的温长龄给包扎的。

他受伤时候的照片到现在都还在帝宏医院的护士总群里流传。

说远了。

谷易欢说正事："我在你当铺门口，你给我开一下门。"不看一眼他不放心。

"我不在家。"

"你在哪儿？"

谢商说："我女朋友家。"

谷易欢沉默了可能有半分钟:"那你女朋友没事吧?"你没搞出什么人命吧?

谢商挂掉了电话。

温长龄抱着瓜,在看天空。

"你在看什么?"

温长龄仰着头,目不转睛:"看星星。"

刚下过暴雨的夜空只有一望无际的黑。

"没有星星。"谢商在想,温小姐抬头看星星的时候,会不会如她之前说的那样想起他?

"有的。"她很认真,"只是被乌云遮住了。"

她的身边也有一颗。

谢商出神地看了她很久,不由自主地伸出手,她一转头,他的手指刚好碰到了她的助听器。他尽量不弄出声音,沿着外耳的轮廓轻轻触碰。

温长龄主动说:"我不是天生的听损患者。"

她的右耳是完全听不到的,左耳借助助听器可以正常听见声音。

"是高烧导致的。"

其他的,温长龄没有细说。

帝宏医院,耳鼻喉科。

晏丛挂的是专家号,他问专家:"耳朵可以捐赠吗?"

专家愣住:"耳朵?"

"我朋友听力不好,我想把我的听力给她。"晏丛不懂这些医学的东西,"眼角膜不是可以捐赠吗,鼓膜呢?鼓膜可不可以?"

专家给了专业的意见:"可以让你的朋友来医院做检查,看具体是什么原因导致的听力障碍,然后再考虑能不能做下一步的修复或再造。"

晏丛觉得这个过程太复杂,他想得很简单:"她需要什么我给什么不行吗?"

专家摇头:"国内目前还没有耳膜、耳蜗异体移植的先例。"

"国外呢?"

"据我所知,也没有。"

晏丛很失望:什么破医学,这个都研究不出来。

他起身,走了。

晏伯庸到处找晏丛,急得又多了几根白头发。看见他从电梯里出来,晏伯庸立刻赶过去:"你去哪儿了?"

他恹恹的:"没去哪儿。"

晏伯庸背着手,犹犹豫豫地开口:"你爸爸打电话给我,说你妈妈过来了,想见见你。"

"不见。"

晏丛拒绝得很果断。

晏伯庸想劝："小丛。"

"我不想见，我跟她没有话说。"

晚上 9 点多，温长龄在值夜班，接到了晏伯庸的电话。

"长龄啊，不好意思这么晚打扰你。"晏伯庸用恳求的语气问她，"你能不能来一趟我家？"

温长龄停下手头的事："是晏丛状态不好吗？"

"下午他妈妈过来了一趟，晚上他就不肯吃药，一直疼到现在，也不肯去医院。"

温长龄立马说："我现在过去。"

"不着急，你先跟你同事打个招呼，我叫人去接你。"

"好。"

挂断电话，温长龄打电话给佳慧，问她能不能和自己换班。

佳慧答应得很爽快。她住得近，十几分钟就赶来了医院。

"出什么急事了吗？"

温长龄已经换好了衣服："我要去看看晏丛。"

晏丛的情况佳慧也知道，但——

"你对晏丛……"佳慧不知道怎么问。刚刚在电话里，她明显感觉到温长龄很焦急。温长龄平时是个情绪很淡的人，少有这么着急忙慌的时候。

"晏丛他很像我弟弟，"温长龄说，"他们长得很像。"

她和阿拿不是真正的双胞胎，他们长得不像，阿拿比她还要好看。

"你弟弟他……？"

温长龄声音很轻地说："他不在了。"

离开人世的时候阿拿刚刚 18 岁，比现在的晏丛还要小。

司机把温长龄送到了晏家在北城的住处。

晏伯庸在院子里等，看见温长龄进来，急忙拄着拐杖上前。

"晏爷爷。"

晏伯庸眼睛通红，身子再硬朗的老人家遇到了事，背也是弯的："又要麻烦你了，帮我哄哄他。"

这不是温长龄第一次来晏丛家，这里她很熟。

客厅的沙发上坐着一位女士，女士穿着漂亮，妆发完整，五官和晏丛的有些相似。她应该就是晏丛的妈妈。

温长龄对女士点了点头，然后上楼。她听见晏伯庸跟女士说话。

"你回去吧。"

"小丛他……"

"回去吧。"

回去吧，晏丛不需要她，小时候不需要，长大了更不需要。

温长龄敲了敲门。

房间里传来一个字:"滚。"

温长龄推开门,走进去。房间里面很黑,床帘拉着,灯关着。她打开灯,房间左边的墙上有满满一墙的奖杯,那是曾经意气风发的少年攒下的荣誉。

晏丛把自己埋在被子里。

温长龄走到床边:"晏丛。"

被子里的身体动了动,慢慢露出消瘦又苍白的脸,他的头上都是汗。他很能忍,温长龄来之前不喊一声疼。

他赌气似的抱怨道:"每次都叫你来,他烦不烦。"

床头柜上有水杯,有药,温长龄碰了碰杯子的边缘,水还是温的。她端起杯子,坐到床边:"先把药吃了。"

晏丛坐起来,头转到另一边,是很任性的样子。

"我不想吃。"

"不吃药会很疼。"

晏丛低着头,自厌情绪在这一刻达到了顶峰:"疼才好。"

"晏丛。"

温长龄叫了他一声。

他终于转过头来:"长龄,"他忍了好久了,看到温长龄,眼睛才红,"她把她二儿子也带来了,我看见她哄那小孩儿,叫他'小宝'。"

晏丛出生的时候,他的父母正在闹离婚。他的母亲那时候患上了产后抑郁,把和丈夫的感情危机都归咎在刚出生的晏丛身上。直到晏丛2岁,晏伯庸才发现孙子不对劲:不肯开口说话,身上总是有伤痕。晏伯庸这才把晏丛接走。

晏丛有时候也想,可能真的是他的错,他被接走之后,他那对父母又好上了。

两年前,他被确诊为胰腺癌,他的父母得知后做的第一件事是去医院检查身体。一年前,小他18岁的弟弟出生了,可不可笑?

晏丛吞下药片:"长龄,"他红着眼,很难过,"药好苦啊。"

温长龄张开手心,像变魔术一样:"我给你准备了糖。"

她撕掉糖纸,把糖放到他手里——草莓味的,很甜。

"晏丛,住院吧。"胰腺癌到了后期会很疼。

晏丛没有了力气,让自己靠着温长龄,手抓着被子,指尖发白:"我不想待在医院,浪费时间。"

不想死在医院,不想让温长龄看见他难看的样子,他要在她看不到的地方死。

温长龄抽了纸,给他擦汗:"住院,好吗?"

她很害怕晏丛一个人昏倒在外面,没有人帮他,没有人救他。

她想象不了那个画面。

"住院好不好?"她轻声地哄,"嗯?"

少年性子倔，不肯松口。

"晏丛。"

温长龄扯了扯他的衣服。晏丛很喜欢温长龄哄他。他妈妈没有给过他的糖，温长龄给了他。

他埋着头，用额头蹭她的衣服，像一只孤独虚弱的小兽："好。"

住院也挺好，他可以每天看到温长龄。等到晏丛睡着，温长龄才离开。晏家的司机把她送回了荷塘街。因为很晚，街上没有人，只有孤零零的灯，孤零零的影子。

她低着头，游荡着，像一只没有灵魂的鬼。

"长龄。"

她呆呆地抬头。

谢商站在前面的门口，朝她走过来，应该是特意在等她："我刚刚打电话去医院，他们说你请假了。"

温长龄的电话打不通，她没接。

谢商看出了她的魂不守舍："出什么事了吗？"

"没什么事。"她态度敷衍。

谢商耐着性子："告诉我。"

她看他，眼神很冷漠："不要问。"她浑身都是刺。

"好，我不问。"

谢商抱住她——要给温小姐很多爱。他压低身体，一只手绕过她的腰，另一只手揽住她的肩，因为男女体型的差异，这样的拥抱可以完完全全地遮住她，是绝对安全、包容的姿态："你如果想发泄，可以发泄到我身上。"

他说："可以咬我。"

但是温小姐没有，温小姐用力地抱紧他。

谢商愣了一下，低下头，亲亲她的脸。

晏丛给温长龄买的车到了，一共3辆。她没有拒绝，都收下了。她租了一个有锁的车棚，把车停放在里面，盖上防尘罩，妥善地保管。等晏丛好了，她要开着新车，带他去她的故乡看茶园。

温长龄处理好车子回到家时，谢商正在她的院子里，不知道是不是在等她。

之前谢商情绪不好，事后跟她说了原因，但是她不想跟谢商多说，即使她昨晚的态度有点儿不好，她也不想解释。关于阿拿，关于晏丛，她都不想说。

她决定先发制人："昨天晚上的事，我希望你不要多问。"她的语气是很坚决的，一副有错没错都不打算改的样子，"你如果觉得我很奇怪，就觉得吧。"

她那样是挺奇怪的。谢商没说什么。

她又问了："你觉得我脾气大吗？"

谢商坐在院子里的旧竹床上，自在得像在自己家里："有点儿。"

"哦。"温小姐的道理一套一套的，"男人可以婚前、婚后两个样，那我也可以恋爱前、恋爱后两个样吧。"

"……"

这逻辑，他反驳不了。

谢商起身，走到温长龄跟前："温小姐，我是过来问你要不要一起去摘杨梅。"

"要……"

谢商笑了。他最近挺爱笑的。

林奶奶种的杨梅该采摘了，但是林奶奶家里只有她一个人，她又腿脚不便，所以今儿个来了好多街坊，荷塘街上闲着没事的都来了。甭管平时谁家爱说谁家的坏话，这个时候，该帮忙的还是会来帮忙。

爱国、爱民也都来了，陶姐没空，要看店。

果园在山上，有点儿远，粮油铺的闻老板开了他的货车过来，货车上坐着一群街坊。街坊王婶和楚姐是互相说过坏话的关系，很不对付，所以货车上氛围不是很好。谢商自己开车，载了温长龄和朱婆婆，还有未来的漫画家杨熙宁小姐。

林奶奶家的果园好多年了，里面的杨梅树都是有些年头的树，老树繁茂，枝丫亭亭。

林奶奶给每个人发了一个她自己编织的竹篮子，说慢慢摘，随便吃。

杨熙宁宅久了，一到户外就像一匹脱缰的马，异常兴奋："奶奶，摘红的吗？"

林奶奶说："红的先不摘，摘紫的。"

紫的杨梅都成熟了，颗颗饱满，汁水很多。杨梅的清香混在山间的风里，在夏日沁人心脾。但……6月的太阳依旧是炽烈的。

来的年轻女孩儿里头，就温长龄帽子都不戴一顶，穿个短袖，两条白皙的胳膊明晃晃地露着。

谢商看了看她的脸。

她迷茫地看着他："我脸上有东西吗？"

"涂没涂防晒霜？"

"没涂。"

温长龄平时很少化妆。以前她的同事带妆上班，被患者的家属投诉，说她同事勾引病患。那位病患都40多岁了，同事图他什么？没钱还不洗澡吗？

后来科室的女孩子们都不怎么化妆了。

谢商说她："你也不怕被晒伤。"

她不在意："我皮厚。"

"……"

旁边果园有人在休息。这一片是杨梅林，但不全是林奶奶家的。

谢商过去，礼貌地问人借了一顶草帽。

温长龄诧异地说道："她竟然借给你了。"杨熙宁刚刚去借就被拒绝了。

谢商随口应了句："嗯，看我长得好。"

"……"

他给温长龄戴好帽子，系上帽子上的带子，又把帽子上自带的遮阳布在她的下巴下面打了一个结，包得只露出鼻子和眼睛。

温长龄心想：这样好像一个小偷啊。

杨梅树很高，大家都带了梯子。温长龄把林奶奶给的竹篮子挂在脖子上，准备开工。

谢商嘱咐道："你在下面摘，不要爬上去。"

谢商自己上去了。

林奶奶想着他是贵公子，有点儿担心，生怕树枝钩坏他的衣服，不过他自己倒是一点儿也不在意，专往枝杈繁杂的地方去。他个子太高，存在感强，强烈的阳光打在他的脸上，郁郁葱葱的叶子遮不住他偶尔露出的轮廓，隔壁果园的女孩子们都在偷偷瞧他。

温长龄默不作声地上了树。

谢商一转头，看见了她："温长龄，你怎么爬上来了？"

她踮着脚，攀着高枝，摘到了一颗很大很饱满的杨梅，放进嘴里："上面的更甜。"

谢商叫她："你站过来点儿。"

温长龄过去了点儿。

没一会儿——

温长龄摘远处的，他说："别够那么远的。"

温长龄两只手去摘，他说："你用一只手扶一下。"

温长龄踮脚去摘，他说："你这样容易摔下去。"

温长龄有点儿烦："你好啰唆，能不能不要管我了？"

行吧，温小姐脾气挺大。

谢商走到她那边，把两个人的距离控制在他伸手能碰到的范围里。杨熙宁在树下面找好角度，疯狂地拍拍拍。

啊，构图有了。她之前不是画了一本以谢老板为原型的纯爱漫画吗？现在她已经改大纲了，改成了穿书攻略题材。

女主角穿书，攻略餐风饮露、不屑于人间俗物的当铺大佬。由于题材大变，她本就不多的几个读者跑路了一大半。不打紧，反正也是吃不饱饭，她自己爽了再说。

她继续拍拍拍。啊，这构图，这氛围，这暧昧感。

接近 10 点了，温度太高了，所以大家今天就摘到这里。

谢商过去还帽子。

"谢谢。"

帽子的主人是位 30 岁出头的女士，讲话有一点点外地口音："小伙子啊，跟女朋友很恩爱的嘞，什么时候结婚啊？"

谢商摇了摇头，没说话。他回头看，温长龄跟爱国、爱民蹲在一处，在吃被弄破了的杨梅。吃到一颗酸的，她舍不得吐掉，皱巴着脸吞下。

朱婆婆在林奶奶那里买了 10 斤杨梅，用来做杨梅酒：把洗干净的杨梅装在密封的玻璃容器里，用白酒没过杨梅，再加上糖，泡几个月就可以喝了。

温长龄在旁边看。

护士长的电话打过来。

"长龄。"

护士长沉默了一会儿才开口："晏丛他……"护士长的语气很沉重，"转来我们关怀病房了。"

关怀病房全称临终关怀病房。转来关怀病房的，都是阎王老爷已经写下了名字的人。

"我知道了。"

温长龄挂断电话，和家里的狸花猫一起蹲着，继续看朱婆婆泡酒。

朱婆婆泡了三个玻璃罐的杨梅酒，看了看剩下的白酒："酒有点儿多，长龄，帮我再拿点儿杨梅来。"

温长龄蹲着不动。

"婆婆，多的酒可以给我喝吗？"

朱婆婆说："这是白酒，度数很高。"

街上贪杯的老张头儿就喜欢喝这种辣喉的白酒，十饮九醉。

"没有关系，我酒量很好。"

朱婆婆也不知道温长龄怎么突然起了酒兴，也不扫她的兴，连桶带酒都给她："拿去喝吧，我给你弄点儿花生米。"

朱婆婆去给温长龄弄下酒的菜。温长龄去拿了个碗，坐到竹床上，给自己倒上半碗酒。

院子里的钩吻都已经缠到桂花树上了。钩吻生物碱是神经性毒素，人中毒后首先表现出口腔及咽喉灼痛、呕吐、腹痛等消化道症状，继而出现眩晕、吞咽困难、瞳孔散大等类似阿托品中毒的症状，最后因呼吸中枢麻痹窒息而死。

藤叶长得这么好，怎么不开花呢？

"喵。"

温长龄扭头看花花："你也想喝吗？"

"喵。"

她又倒了半碗酒："你不可以喝。"

她习惯喝慢酒，小口小口地喝，不用人作陪，一个人喝，从四五点喝到日落。

她酒量真好，这样都醉不死。

"长龄，"朱婆婆在厨房喊她，"吃饭了。"

"哦，来了。"

温长龄放下酒碗，起身，朝着大门的方向走去，脚步有一点点踉跄。隔壁如意当铺今天来了客人，是位穿着不俗的男士。谢商在一楼放档案的房间里，张小明敲了门进去。

谢商的手里拿着一本书，眼睛却看着别处。屋子里点着锥香，这香是略带烟雾的那种，但不眯眼，也不呛鼻，让人有种误入了旧时书香家的错觉。

"老板，"张小明把名片拿出来，"是VIP。"

谢商仍然看着别处:"你来接待。"

"我?"张小明困惑地看着他,"那您……"

谢商放下书,起身。张小明顺着谢商刚才视线的方向,从小窗户里看到了隔壁的温小姐。温长龄漫无目的、摇摇晃晃地走在路上。

街上卖鱼的香林嫂喊她:"小温,这条鱼你帮我……"

温长龄仿若未闻,一直往前走,偶尔会抬头看灯笼,找出去的路。谢商看得出来,她喝了很多酒,走路都走不了直线。她走了十几分钟,走到了公交车站点,坐在站点的椅子上,是很乖的坐姿。来一辆车,她就转一下头。

147路公交车来了。温长龄起身,上了公交车。摸摸口袋,没有硬币,她塞了一张20元的纸币进去,也不要找零,司机师傅喊她她也不答应,往最近的座位去,坐了靠窗的位置,看着外面。谢商坐到最后一排。原来喝醉酒的温小姐是这个样子,孤独得好像这个世界上只有她一个人。

车上语音播报声响起:"车辆到站,请从后门下车。"

温长龄起身,走下车,脚步晃悠,路越走越歪,但看得出来她是要去帝宏医院。谢商也下了车。她去了肿瘤科关怀病房区。这里她很熟,是她工作的地方,她闭着眼睛都不会迷路。她一间一间病房地找过去。

关怀病房很安静,死一样地安静。也对,病人再怎么被关怀也是临终,不可能有一点儿欢声笑语。

温长龄找到了目标。她进去,不忘把门合上。

谢商在外面,听到她喊了一声"阿拿!",然后便没有了声音。

温长龄在里面坐了很久,大概有半个小时。她出来之后,谢商看了一眼病房里的人——并没有醒,是晏丛。

温长龄又坐147路公交车回去。温长龄到家的时候,朱婆婆不在院子里,她坐到花花旁边,继续喝她还没有喝完的白酒,晚风把叶子吹下来。

她突然开始唱歌,来来回回只有一句。

"一闪一闪亮晶晶,满天都是小星星。

"一闪一闪亮晶晶,满天都是小星星。

"一闪一闪亮晶晶,满天都是小星星。"

谢商本来不想打扰一个酒兴正好的人,但最后还是没有忍住。

"温长龄。"

温长龄慢半拍地回头,眼睛润润的:"哇,是谢星星。"

然后她改了歌词:"一闪一闪亮晶晶,满天都是谢星星。"

谢商愣在原地。

他看见了,温小姐哭了。他走过去,蹲下来,抬起手。随后,他整个人呆住了。

谢清泽死的时候,温小姐一点儿都不伤心。谢商一直想让温小姐哭,接傅影的典当生意,出现在荷塘街,出现在朱婆婆的院子里,出现在温小姐面前,都是为了要她痛，要她把欠的眼泪还上。

现在她哭了。他的本能却是蹲下来，去擦她的眼泪。他猛地后退，眼底的平静全部被打破。不应该这样，不该这样，他需要冷静。他转过身，试图走出这个到处都有温长龄痕迹的院子。

温长龄在叫他："谢星星。"

不要叫他。

"星星。"

温家女会下蛊原来是真的。后面所有的行为好像都不受大脑的掌控，谢商折返，走到温长龄的面前。

"为什么哭？"因为晏丛吗？因为阿拿吗？

她眼睫扇动，眼泪滚落："是沙子进眼睛了。"

她在说谎。

谢商见过她眼睛进沙子时候的样子，不是这样。

"谢星星，你给我吹。"

温小姐有时候喜欢用直白的语气，像指令。谢商蹲下来，抱住温小姐。

"不要哭。"

想要弄哭温小姐的人，到头来，哄她不要哭。谢商感觉自己要疯了。怀里的人很安静，乖乖地靠着他。她吸了吸鼻子，蹭着他的衣服，把眼泪都蹭干，久久不说话。因为酒意，她慢慢睡着了。

在平静的湖面上砸了巨石的人居然睡得这么安稳，谢商想把她弄醒，问她到底给他下了什么蛊。他保持着一个动作，直到身体僵硬，才将她抱起来，送回房间。

她的房间跟她这个人一样，风格硬邦邦的，像块石头。谢商把她放在床上。房间里的空调盖着一块从旧床单上扯下来的布，显然是不常开的样子。谢商打开老式的电风扇，风扇的扇叶"吱呀呀"地转，房间里明明有噪声，却给人一种诡异的沉寂感。

温长龄换了个姿势，把自己弯成一条毛毛虫，双手抱着身体，眼睫毛还没干，沾着湿湿的水珠。

谢商看着她，不知道在问她，还是在问自己："如果有一天，我伤害了你，你也会这么哭吗？"

你的心不是石头做的吗？

"喵。"

花花趴在房门口，懒洋洋的，很惬意。

"喵。"叫声吵人得很。

谢商抬头看过去："出去。"

花花很通人性，听得懂人语气里的喜怒，知道"男主人"的情绪快要到崩溃的边缘了，它立马起身，逃出了房间，避免被殃及。因为喝了酒，这个晚上温长龄难得睡得沉。

第十章
终是动心，终于认输

　　因为温长龄，谢商大脑清醒地发疯。已经过了凌晨，他却没法儿入睡，一闭上眼，思绪就更乱。他起来，为自己点香。

　　司香师要根据品香人的心境和情绪来选择香品。该给自己点什么香？谢商打开柜子，看着琳琅满目的香盒，思考了很久，最后拿了角落最里面的黑檀木盒子。

　　书桌旁有香几。谢商从旁边的柜子里拿出香炉，在炉中铺上香灰，点燃香炭，埋进炉中，用香押细致地整理好香灰，再放上云母片。

　　黑檀木盒子里只放了一小块沉香木，他用香夹将沉香木取出，放在云母片上，这才盖上香炉。顷刻，烟雾袅袅，慢慢弥漫于室内。这种香要闻时间久一点儿，久一点儿才能有效。

　　谢商去书柜里取了书，坐于窗边，翻开第一页，久久，目光还在第一页。今日他不知道中了什么邪，书也看不进去。他闭上眼，静静地养神。

　　耳边忽然响起声音，是女孩子的声音，轻轻的，很清脆，像香匙碰撞铜炉。

　　"我会说话。"

　　"我叫温长龄。"

　　…………

　　"谢商。"

　　"你说这里的风景很美，我来看看。"

　　"顺便染了头发。"

　　…………

　　是温长龄的声音。温小姐又来扰他清净。

　　"我酿的枇杷酒可以喝了，你要尝尝吗？"

"你也是坏人吗?"

"你做过的最坏的事是什么?"

"你如果爱上一个人,能做到什么地步?"

"能为了她背叛至亲吗?"

....

谢商没有睁开眼,慢慢地,有个轮廓变得清晰,似乎就在眼前。她总是站得笔直,瘦瘦的,不爱漂亮。她不爱说话,但有时候声音像海妖的歌声。她总是戴着眼镜,其实她有一双漂亮到可以蛊惑人心的眼睛。

"谢商。"

"要听话。"

"低头。"

....

"我悄悄告诉你一个秘密。"

"那天晚上,我是故意不锁门的,还故意在床头放了奖杯。"

"我本来都规划好了路线,不会被摄像头拍到。"

"逃走的时候迷路了。"

....

"我才不会给那种人下蛊。"

"在对你下蛊。"

"我已经对你下蛊了,你应该爱我。"

"在爱你啊,这不是你要的吗?"

....

手里的书被越握越紧,谢商想睁开眼,却像被梦魇住了。古人真的会下蛊吗?他们都是怎么下蛊的?中蛊的人会怎么样?动不了吗?身不由己?心不由己?像傀儡一样,魔音绕耳,然后丧失所有的自我意识,是这样吗?

"谢商。"

"谢商。"

....

别叫他。

不要再叫他。

"我没有其他值钱的东西。这里面是我所有的积蓄,我可以用这些钱典当一件事吗?"

"我不会赖账。我会对你很好。"

"觉不觉得我心狠?"

"谢商,我不是什么好人,你看走眼了。"

....

别说了。

不要再发出声音，不要再蛊惑他。

"星星是你的小名吗？"

"谢星星。"

"你怎么不答应？"

"谢星星你看，那里有一颗你的兄弟，好闪！"

"谢星星。"

"我叫你，你要答应。"

"谢星星。"

"星星。"

"一闪一闪亮晶晶，满天都是谢星星。"

…………

谢商猛然睁眼，在瞳孔还没有完全聚焦的时候看到了温长龄的脸，下意识地伸手，碰到的却只有空气。

眼前有好多好多个她，手里的书掉在地上，他去捡，低头。

"谢星星。"

"你怎么不答应啊？"

谢商捡起书，抬头。

"一闪一闪亮晶晶，满天都是小星星。"

"谢商。"

"谢商。"

谢商的身体仿佛被定住了，书再一次掉在地上。他抬头是温长龄，低头也是温长龄，他的世界里漫山遍野都是温长龄。

他看向香炉，香烟缭绕。

"乌达拉美盛产一种沉香，叫蜂香楠木，形状很像蜂巢。它的味道很淡，有点儿像栀子花香，但闻久了会让人产生幻觉，看到他想看到的一切。因此它有个别名，叫日有所思香。"

谢商点的，是日有所思香。

贺冬洲曾经戏谑说："蜂香楠木应该叫情人香。"

谢商有潜水证，凌晨2点，他把自己沉入深海。

海里没有青柠香，没有蜂香楠木。他潜到深处，闭上眼片刻，重新睁开。

"谢商。"

海里也有温长龄。

岸上。潜店的万经理和他店里4个技术最好的水肺潜水教练都在。晚上的海风很大，吹得人心绪难安。

万经理的心脏都快悬到嗓子眼儿了："下去多久了？"

旁边的教练说："比规定时间超了7分钟。"

谢先生潜水的时候不喜欢被人打扰。以往还好，今天谢先生很反常，无视了潜伴制度，独自深潜。

这是玩儿命啊！这到底是考验谁的心脏？！谢商先生是玩过极限潜水的人，但万经理不是啊，他心脏承受能力弱，急得像热锅上的蚂蚁，频频看手表："怎么还不上来？"他顾不了那么多了，"赶紧下去捞人，这要是出了事……"

万经理不敢想象后果，那可是谢家和苏家的眼珠子。

4个教练刚准备下水，海面有了动静。

谢先生上来了。万经理松了一口气，赶紧过去："谢先生。"他仔细察言观色，"您没事吧？"

"没事。"

从潜店出来，谢商独自开车，上了环山公路。他把车窗全部打开，将油门踩到底，路灯飞速后退，声浪震动耳膜，迎面来的风狂乱肆意。

下了环山公路，交叉口有一家24小时营业的便利店。

谢商把车停在路边，进便利店买了烟和打火机。烟是他没有抽过的牌子，他随意拿的，烟丝很粗糙，呛喉。

不过他觉得还好，劣质烟丝带来的不适能稍微缓解心脏被疯狂挤压一般的窒息感。那种感觉类似于不穿戴任何防护装备潜到水下50米时，水压造成的窒息感。

凌晨4点28分，贺冬洲的手机响了。他怀疑自己看错了，又确认了一遍来电人和时间。的确是谢商。

"谢四公子，你不是不喜欢熬夜吗？知道现在几点吗？"

谢商没说话。

贺冬洲掀开被子坐起来："吵醒我又不说话，搞什么啊？"

"冬洲。"

谢商的声音不对劲。

贺冬洲"嗯"了一声，等着他说话。

"你爱你的小疤小姐吗？"

这是谢商第一次问起贺冬洲的感情生活。

贺冬洲没有开玩笑，认真地回答："爱。"

"你能为她做到什么地步？"谢商在户外，路过的车在鸣笛，夜晚，两个音轨不相融的声音重叠，有种奇异的宿命感，"能为了她背叛至亲吗？"

任何一个人问这样的问题贺冬洲都不会觉得奇怪，除了谢商。贺冬洲从来不认为谢商会真正爱上一个人。哪怕谷易欢天天嚷着谢商谈恋爱了，贺冬洲也始终觉得，谢商没有凡心。

现在，贺冬洲改变了看法。

他回答："能为她死。"

谢商骂："疯子。"

这个世界疯了。

谢商挂断电话，点燃了第二根烟。他不会到这种地步，那个人是温小姐，他不会。

谢商在玉帘苑住了两天。贺冬洲本来就住这边，在谢商楼下。谷开云过来给谢商送安神的药，谷易欢非跟着来。谷易欢的话是真的多。

最近又有"经纪公司"联系他，他觉得靠谱儿，不过还是想让谢商帮他把把关。他分析了一大堆："四哥，你觉得呢？"

谢商在沙发的另一头，抬起眼皮："什么？"

他精神不太好，倦意很浓。

"你有没有在听啊？"

"没有。"

"……"

谷易欢想重复一遍，谢商已经垂下了眼，睫毛懒懒地耷拉着。

贺冬洲在煮咖啡，谷易欢过去。

"你有没有觉得四哥这两天情绪有点儿……"谷易欢低声问，"不稳定？"谢商好像对什么都很烦躁，对什么都提不起精神。

昨天谷易欢跟谢商打游戏，谢商把他的游戏人物炸死了。

贺冬洲往客厅那边看了一眼，只说："别惹他。"

谷易欢看向窗外，也没打雷下雨啊。

谢商起身："我去睡会儿。"

谷开云叮嘱了一句："别吃药了，你这两天服药过量了。"前天给谢商的安眠药，他刚刚过去看，少了很多。

谢商"嗯"了一声，去了卧室。

他把窗帘全部拉上。放在桌上的手机振动了一下，他站着看了它一会儿，才拿起来。窗帘不透光，手机屏幕的光照在他的脸上，四周却黑漆漆的，明暗对比之下，铺着光的轮廓像黑白胶片里的影像。

温长龄："你今天晚上回来吃饭吗？"

温长龄："朱婆婆晚上要做板栗烧鸡，问你回不回来。"

谢商没回，把手机扔到桌子上。他走到床头，拿出药瓶，没有遵医嘱，倒出来一粒药。

"四哥这两天可太奇怪了。"虽然房子隔音效果很好，谷易欢还是降低了音量，"他昨天跟小区里的张老头儿下棋，居然输了。"

谷开云在接电话。

贺冬洲搅动咖啡，接了句："哪个张老头儿？"

"张达科。"

达科地产的董事长，棋差瘾大是出了名的。

谷易欢凭直觉猜测："他是不是跟温小姐吵架了？"不然他怎么不回当铺？

吵架了温小姐都不来哄四哥，不合格。谷易欢在心里给温小姐打了个负分。

听见开门声，谷易欢立马抬头，看见谢商从房里出来，都没睡到10分钟："四哥，你怎么又起来了？不睡了？"

"我出去一趟。"

谢商吃了安眠药，开不了车，就叫了个车。司机师傅开车很稳，谢商闭着眼，有些昏沉，将睡未睡。中途他睁开眼，外面的高楼和人群在倒退，形状被扭曲，可能是安眠药起了作用，现实和梦境一边分离一边纠缠，他有点儿耳鸣、恍惚。

车停了，他没有急着下车。

"先生。"

师傅提醒道："帝宏医院到了。"

谢商道了谢，下了车。

他来得不是时候，急诊室里有人在闹事，吵得他头疼。他这个人，不爱管闲事，没有多看那边一眼，径直路过。

有人大喊："长龄！"

男人很用力，温长龄被他重重地推了一下，胳膊撞在了放满了医用工具和药品的推车上。她没摔倒，推车整个翻了，医用工具和药品掉了一地。

男人迅速捡起剪刀，指着温长龄，面部轻微抽搐，精神处于癫狂状态："要我说多少遍，我很痛！"

"快给我打芬太尼！

"给我打芬太尼！"

男人一边狂躁地怒吼，一边朝着温长龄挥动剪刀。温长龄目光定住，瞳孔里突然闯进谢商的影子。他拿起椅子，朝着男人的颈部，毫不迟疑地砸下去。

男人立马倒地。有女医护人员惊慌地大叫。混乱里，温长龄看见谢商面无表情地走向男人，举起椅子，一下一下地砸着。他脸上的表情镇定得可怕，仿佛在清醒地发疯。

男人哀号求饶，没有用，谢商记仇。他踩住男人推人的那只手，捡起地上的剪刀。

"谢商！"

谢商停下，本能一样，回头看向温长龄。他的眼睛里有血丝。几秒钟后，他不再看温长龄，继续刚才的动作，抬起手，锋利的剪刀尖对准男人的手心。

温长龄从后面拉了一下他的衣服："够了。"

又是这个语气，直白的指令。谢商感觉自己不太清醒，安眠药让他思考不了，大脑会习惯性地服从某个特定指令。

温长龄说"够了"。他收手，把剪刀扔给赶过来的保安，用手帕细致斯文地擦手，简单的白衣黑裤盖不住一身的贵气："报警吧，他是瘾君子。"

保安被谢商这前后判若两人的气场镇住了，愣愣地点头。谢商拉着温长龄，转头离开。到了人少的走廊，他松开手："以后遇到那种人，你能不能躲开点儿？"

他的语气很重，眼里仿佛有星火混乱翻涌，快要燃烧起来。

温长龄平静地看着他的手："你的手受伤了。"

"你听没听见我的话？"

她说："你在这里等一下。"

她回急诊室去了。

谢商靠着墙，重重地呼吸。刚刚若温长龄不拉住他，他会做到什么地步？后背出了汗，潮湿的黏腻感让他很不适，他觉得热，身体像要被撕开，药物试图催眠他的大脑，意识却在反弹，有什么东西疯狂地涌出来，他越压抑，那东西越汹涌。

他抬头，视线不自觉地去找温长龄。温长龄和急诊科的护士长说明了情况，拿了药。

她回到谢商这边："跟我来。"

谢商跟着她。温长龄找了个空床位，放下托盘，把帘子拉上。谢商默不作声，只是跟着。温长龄推了推他的胳膊，他就顺势坐下，目光都在她身上。

"你还说我。"温长龄坐下来，拉过他的手，用棉签仔细消毒，"你能不能小心一点儿？"

他刚刚拿剪刀的握力点不对，伤到了自己。

"温长龄。"

温长龄抬起头："嗯？"

你到底对我做了什么？

谢商把心口不停挤压冲撞的情绪压下去："我晚上不回去吃饭。"

"你过来只是为了说这个？"温长龄诧异完，继续涂药，给他缠上绷带，"你可以用手机回复。"

他很奇怪。

温长龄把手套取下来，摸摸他的额头："有点儿烫，是不是生病了？"

谢商拿开她的手："你忙吧。"

他起身，掀开帘子。

"谢商。"

谢商停下，回头。

温长龄不太确定，问得小心翼翼："你是在生我的气吗？"

"没有。"他说，"这几天有事。"

他走了。他在生自己的气。他讨厌这种失控感，连自己的理智和身体都掌控不了，这样的挫败感快要把他逼疯了。

两天后。

温长龄交完班，蒋尤尤问她去不去蹦迪。她摇头。

"谢商不让你去吗？"

"没有。"

谢商这几天都不在当铺，也许在忙，温长龄不查岗。

澳汀酒吧。关思行最近有项目，项目保密度很高，他在研究院待了快一个月，今天刚从研究院回来，就被谷易欢的5个连环电话叫了出来。

他是从家里的被窝里出来的，路上又睡了一路，后脑翘着一绺被压弯的头发，整个人还处在刚睡醒的状态，蒙蒙的："你叫我来干吗？"

"这个电吉他的音箱不响，帮我查一下是什么问题。"

关思行不是搞物理的吗？谷易欢觉得他能修。

关思行有起床气，脸上难得出现愤怒的表情："就这个事？"

"对啊。"

谷易欢在电话里说的是"江湖救命，十万火急"。

关思行木着脸。他不会说脏话，每次骂人都是同一句："你有病。"

"……"

救命，你骂人能不能不要用从被窝里带出来的奶音？

谷易欢真的丝毫感受不到这话的攻击力。改天他一定要教教关思行怎么骂人。他催促："快修快修，我等会儿上台要用。"

蒋尤尤今天没有跳舞的兴致。她要了杯酒，坐在吧台边。

有个男人过来，在她旁边坐下："美女，一个人啊？"

蒋尤尤没有搭理他。

男人调笑道："穿得这么性感，怎么光在这里喝酒？一起跳舞呗。"

"不跳。"

"心情不好？"

没有心情不好，她只是不跟长得丑的男人玩。

"来杯跟她一样的。"男人热情不减，吊儿郎当地跷着腿，锃亮的鞋尖有意无意地挨到蒋尤尤的小腿，"我叫阿斌，美女怎么称呼啊？"

蒋尤尤想踹人。

她忍了忍，换了个坐姿，离不识趣的人远一点儿。

"都来酒吧玩了，装纯洁就没意思了。"

蒋尤尤冷着一双漂亮的狐狸眼："你没看出来我不想搭理你吗？"

阿斌嗤笑，目光露骨，把人从头到脚打量了一遍，重点落在腰上："不想被搭讪，你还穿成这样？"

蒋尤尤穿得很漂亮，是真的漂亮，女人见了一定会回头的那种漂亮。她的裙子不短，裙摆到膝盖上面一点点，长袖的款式，会露出肩膀和锁骨，搭配黑天鹅形状的贴颈项链刚刚好，黑色明艳又大方。

她身材好，穿上裙子后显得凹凸有致。她从小漂亮到大，蒋正豪为了把她嫁进高门，对她的穿着管得很严，她只有私下才能穿自己喜欢的裙子。她打扮漂亮不是给这些眼睛脏的人看的。

"我穿成哪样了？"

阿斌凑过去，暧昧地嬉笑。蒋尤尤拿起酒杯。

阿斌被人从后面"偷袭"了。

蒋尤尤："……"不是她打的，她没来得及打。

阿斌扭头，双目喷火："谁啊？！"

对方个子高高的，脸生得清俊斯文，手里拿着一把扳手，表情很专注，认真地在骂人："你有病！"

阿斌摸摸后脑勺儿："浑蛋！"

他抄起手边的凳子。谷易欢正在捣鼓乐器。

"易欢，"乐队的王元青指了指吧台那边，"那个是你表哥吧？"

谷易欢瞧过去，就看见一个头发理得像劳改犯的男人举着凳子，要砸关思行。谷易欢跟关思行虽然气场不合，从小吵到大，但也是货真价实的表兄弟，还能让别人欺负他？

谷易欢扛起拐杖，单脚跳下台："劳改犯！你砸谁呢？"

"劳改犯"阿斌一转头，就被拐杖迎面砸了一下。

阿斌被砸得趔趄了几步，整个人狂怒，不等站稳，直接把手里的凳子摔出去。凳子不偏不倚砸中了关思行的左脚——他都不知道躲！

谷易欢气疯了，二话不说冲上去，压在阿斌身上打。他那石膏都还没拆的腿就跟出现了医学奇迹似的，一钩，就压住了阿斌的大腿。

王元青跟江越赶紧去拉，倒不是担心谷易欢会被人怎么样，是怕本就亏钱的酒吧会因为赔偿问题雪上加霜。

王元青和江越费了九牛二虎之力才把两个人分开，并按住其中一个。

谷易欢爬起来，一瘸一拐地走到关思行面前："思行，你没事吧？"

关思行声音不大："叫我'善喜'。"

"……"

只见他一瘸一拐地走到一个漂亮姑娘面前："你能送我去医院吗？"

谷易欢："……"

虽然没有证据，但谷易欢怀疑关思行是故意一动不动，等着被砸。

人人都夸关思行聪明，是天才，是物理界冉冉升起的新星，除了性格有点儿自闭不爱说话，没有缺点。

谷易欢不这么觉得。他一直觉得关思行很会装，但没人信。就举一个例子吧，以前关思行在谷易欢家住的时候，闯祸没漏过一次，虽然人不爱说话，但扎轮胎、掏鸟蛋、用鞭炮炸邻居的宠物鸭……关思行都去了，可是挨罚的人里永远没有他。

谷易欢呢？挨自己那份儿打不够，还要挨带坏关思行的打。这还不是会装？

蒋尤尤看着关思行的左脚："能走吗？"

他扶着吧台："走不了。"

蒋尤尤今天是单独出来的，没有伴，找不到搭把手的人。她看了看周围，找到了熟面孔："谷易欢。"

谷易欢诧异地看着她："你认识我？"

"我们见过。"

"你是……？"

这人很面熟来着。

唉，谷易欢的脑子总是装不了很多东西。

"我是蒋尤尤。"

蒋家那个端庄贤良的五小姐？

谷易欢跟她见过几次，在这样那样的场合，但没正式打过照面，他对她的印象不深。他倒是听狐朋狗友说起过蒋家的五小姐，听说是个喜欢在家绣花的淑女。

"能借你的拐杖用一下吗？"

谷易欢双手奉上："能啊，怎么不能？"

他家"王善喜"总不能一辈子跟物理过吧。

蒋尤尤和关思行去了医院，谷易欢自己给自己收拾烂摊子。

谢商也在酒吧，在卡座那边，离吧台很远，插不上手，就没有管。这点儿事，谷易欢自己能搞定。

萧丁竹刚唱完一首歌，现在中场休息，就来了谢商这边。谢商这两天情绪都不太好，来酒吧点了酒，却一滴不沾。这么吵闹的环境里，他就那么坐着，什么也不做，半合着眼，仿佛是来酒吧睡觉的。有时会有异性过来搭讪，他也不开口。

萧丁竹主动挑起话题："谢商，关教授刚刚帮的那个女孩儿你认识吗？"

"不熟。"

"是你们圈子的？"

"不清楚。"

谢商心思不在这儿，对什么都提不起兴致。

"易欢冲动也就算了，怎么关教授今天也这么乱来？"

桌子上有仙女棒，卡座专门配的，给年轻男女玩。

萧丁竹点燃了仙女棒。

谢商抬起眼皮。

"谢商，你如果不是想追那个女孩儿，不要用她的仙女棒点烟。"

"她会心动。"

这是温小姐说过的话。温小姐的话是咒语，这几天一直在折磨他。谢商看着那根正在燃烧的仙女棒，若是以前，他不会这么直接："萧小姐，你喜欢我，是吗？"

萧丁竹愣在那里。谢商以前是怎么称呼她的？萧丁竹想不起来。谢商好像没有叫过她的名字。

她没想到谢商会把窗户纸捅破。她挣扎了很久，奈何拗不过那点儿卑微的心思，还是点了头。周围的光线很暗，她借着焰火的光看向谢商。

面对谢商这样的人，女孩子很难不心动吧。

她第一次见谢商是在谷易欢家里。当时谢商在烹茶，屋里点着好闻的香，他随口问了一句："喝茶吗？"

他真的是随口问了一句。

"不要喜欢我。"

温长龄会不高兴。

谢商起身，离开卡座。

朱婆婆说，快递的纸盒子不要扔掉，塑料瓶子也不要扔掉，捆好放到门口，林奶奶每天会赶早去收。温长龄用袋子装好纸盒子，将袋子靠着墙放好。

远处停了一辆车，车身是黑色的，太远看不清车牌，温长龄正要走近去看，朱婆婆在屋里叫她："长龄，你来一下。"

"来了。"

温长龄回屋去了。

大门没关，花花跑了出去，跑到黑车那里，用爪子去扒拉车门。

"喵。"

车门打开，花花跳上了车。

谢商本来要回玉帘苑的，却莫名其妙地开车到了这里，他这几天做了很多莫名其妙的事。谷开云昨天跟他聊起中医病症，说有些病被压抑得太久，爆发的时候就会来势汹汹。

"喵。"

谢商把猫抱起来，放在副驾驶座上。猫很老实，趴着给自己舔毛。

他又开始做莫名其妙的事情——他问这猫："温小姐这两天过得好吗？"

"喵。"

"温小姐还会哭吗？"

"喵。"

"温小姐有没有再迷路？"

"喵。"

谢商觉得自己有病。花花用异色的眼睛盯着谢商。他揉了揉猫咪的脑袋，手上的动作很温柔："告诉温小姐，我过得不好。"

她不是他女朋友吗？尽点儿责啊。两个人两天没联系，她一个电话都不打，谁当初说会对他好来着？温小姐真是石头做的心，还没有这狸花猫有良心。

谢商打开车门，放狸花猫回去"报信"。

"去吧。"花花一步三回头地回了家，跑进厨房。温长龄在给朱婆婆烧火。她不太会烧火，只敢一点儿一点儿地添柴，不敢离开灶。

花花跑过去蹭温长龄的腿："喵。"

"怎么了？"

"喵。"

温长龄摸摸它："要乖。"

要乖。

温小姐喜欢乖的。

帝宏医院。

关思行左脚踝轻度骨裂，被打了石膏。

蒋尤尤扶着他去病房："抱歉，害你受伤。"

"没关系。"

关思行走得很慢。他用不惯拐杖，索性将它丢在了一边。

"你没做错事情，"他表情很认真，"是那个男的有病。"

蒋尤尤整理了一下肩头吊带上的黑色花朵。她就像她脖子上戴着的项链上的那只黑天鹅，笑得漂亮而自信："我知道，长得美没有错。"

她很美。关思行觉得她比他命名的那颗行星还要好看。

"我给你办好了住院手续，要不要联系你家里人？"

他摇头："他们都很忙。"

他父亲最近被他母亲督促着赚钱，真的很忙。

"那我给你请个护工。"

"好。"

等护工来的时间里，关思行坐在病床上，蒋尤尤在削苹果。苹果是邻床大爷给的。蒋尤尤应该没削过苹果，苹果都快被削得没肉了，但她削得很专注。

护工来了。

蒋尤尤把所剩不多的果肉切成小块，放在床头："那我回去了。"

关思行摘下眼镜，他的眼睛很黑，很少有成年人的眼睛这么清澈，里面没有一丝杂质："你明天会来吗？"

他好像不会藏心事。

他到底知不知道他这样很容易让花心的女人动坏心思啊？

蒋尤尤自认是个花心女，不过她还有点儿良心："会来，我在这家医院上班。"她回头嘱咐了护工几句，这才跟关思行道别，"我走了。"

关思行探头，目送她："嗯。"

人走了。关思行坐着吃苹果，嘴角一直弯弯的，打着石膏的左脚搁在枕头上，忍不住小幅度地晃晃。他如果有尾巴，尾巴一定会摇。

谷易欢的电话打来了。

"你说，你是不是故意被砸的？"

关思行咬着脆脆的苹果，心情好好："我不是。"

"你是。"

"我不是。"

"你是。"

"我不是。"

谷易欢："……"

算了。他不是行了吧。

谷易欢问："王善喜是怎么回事？"

关思行因为心情好，所以愿意说："她喜欢大学生。"

"那也不能骗人吧。"

"她先认错的。"

谷易欢对男女那点儿事也不在行，评价不了，但有几句话他必须叮嘱："谈恋爱可以，不可以太快发生关系。"某人20岁出头就活成了老父亲，"万一真的要发生关系，也一定要做好措施。"

谷易欢终于体会到他妈的心情，就是眼睁睁地看着孩子长大了要出去飞，有点儿沉重的那种心情："避孕套会用吗？你爸爸有没有教过你？"

"谷易欢，你有病。"

关思行把电话挂掉，耳尖通红。

炎炎夏日转瞬又过去了3日，朱婆婆说，今年比往年要热一些。

温长龄前天晚上值了夜班，今天休息。早饭时她在米粉店吃粉，碰到了陶姐。

"长龄，怎么好几天都没看到谢老板？"

温长龄用勺子喝汤，垂着的睫毛微微颤动，一副有心事的样子："他在忙。"

那天在医院，谢商说这几天有事。

"忙什么？"

"不知道。"温长龄不喜欢问东问西。

陶姐替她操心："你们吵架了？"

她表情失落："没吵。"

但谢商好像在生她的气，好像不愿意理她。

"你这样可不行。"陶姐苦口婆心地劝道，"你要是还想跟谢老板处，就不能完全不管他。谢老板那个条件不用我多说吧，在外面肯定很吃香，你不盯紧点儿，被别人抢走了怎么办？"

温长龄说话很文静，吃饭也斯文："别人抢得走的话，我就不要了。"

"……"

陶姐以前以为温长龄是那种温顺绵软的女孩子，会很听话，会乖巧地依附另一半，现在感觉她不是。

"你还想不想跟人处？"

温长龄老实地点头："想的。"

"那就抓紧点儿。"

温长龄后知后觉地意识到，她已经有5天没有见到谢商了。她前天晚上打过一个电话，但是谢商没有接。她在通讯录里给谢商存的名字是：A谢老板。谢老板又不接她的电话。

下午，温长龄去了一趟澳汀酒吧。这个时间点酒吧还没有客人，吧台后，调酒师在擦杯子。

温长龄过去："你好。"她问调酒师，"请问你们老板在吗？"

"你找我们老板有事吗？"

"有事。"

调酒师放下手头的东西："你稍等。"

蒋尤尤跟温长龄说过，这家酒吧的老板是谷易欢。她上次和晏丛一起过来玩，在酒吧也看到过谢商跟谷易欢。

谷易欢出来了。

温长龄先问好："你好，谷先生。"

谷易欢看见人，很诧异。

之前他没仔细看，现在发现温小姐这张脸好熟悉啊。

"谷先生。"

谷易欢不纠结还在哪儿见过这张脸了："你是来找四哥的吧？"她还算有点儿良心，知道来哄人，但良心不多，现在才来。

谷易欢忍不住审视这位温小姐：她看着也没什么大不同的，到底有什么本事，能把四哥搞得天天吃安眠药？

"是的。"温长龄礼貌地询问，"你能告诉我谢商在哪里吗？"

谢商昨天刚从莱利图回来，现在的话，谷易欢中午听他哥说了一嘴："他在望背山。"

望背山的环山赛车场有个夺命九弯，是很多赛车手的噩梦。

"谢谢你告诉我。"

温长龄道完谢，转身离开酒吧。

萧丁竹从后面出来："谁啊？"

谷易欢说："四哥的女朋友。"

萧丁竹看向门口。

谢商这些天的反常就是因为她吗？

望背山上有条环山赛道，全长 11 千米，是国内最长的场地赛道，很多职业赛在这里举办。

望背山赛道还有个特别之处：这里是国内唯一可以合法举办公益"车彩"赛事的场地。赛事主办方是上面指定的，赛车手不是，而且主办方对热河赛车驾照的赛车手不设限。

比赛之前，主办方会发行一定数量的赛车彩票，车迷可以选择性购买。车彩的盈利不给车迷，也不给主办方和赛车手，而是以车彩购买人的名义全部捐给慈善机构。这是一种娱乐性质的慈善行为，所以上面很支持，想博好名声的赞助方也很多，比赛每 3 年举办一次。

公益赛事的内容，温长龄是从山脚的宣传栏上看到的。入口处有保安，温长龄走过去询问："你好，请问怎么进去？"

保安指路："到右边买票。"

温长龄去右边。右边有个亭子，亭子里坐着位大婶。

"你好，买票。"

大婶在电脑上操作了一番，转过头问："看台前面的票都没有了，只有最后一排的，要吗？"

"要。"

"扫码，380 块。"

温长龄扫码付钱。

排队进场的时候，温长龄前面是两个女孩儿，穿得很漂亮，撑着遮阳伞。

黄裙子女孩儿手里拿着一个小风扇："今天人好多。"

"当然了，'季神'来了。"

"'季神'是谁啊？"

温长龄闲来无事，听了听。

黑吊带女孩儿给黄裙子女孩儿介绍："华国赛车圈的神咯。"她"嘻嘻"一笑，"是我们女车迷私下取的外号啦，不过他的技术真的很好。'季神'很少参加公开赛，没发现今天看车赛的女生很多吗？都是冲着'季神'来的。"

"长得很帅吗？"

"隔老远见过一次，没看清脸，不过他身材跟气质都是顶级。"

"黄裙子"有点儿不相信："要不要这么夸张？"

赛车圈算是冷门圈子。

"黑吊带"表情超夸张："一点儿都不夸张好不好！听我圈里的朋友说，'季神'不混职业圈，玩极限赛车比较多，很少玩场地赛车。夺命九弯知道吗？'季神'是最快单圈纪录的保持者，在前年的 GT 赛（耐力赛）上，直接一战封神。"

"黄裙子"的好奇心被勾了起来："那他不是稳赢吗？"

"你可以押他赢,不容易出错。""黑吊带"说,"押他输的话,万一他真输了,你就赚大发了。"

这个"赚大发"温长龄是知道的。

宣传栏上有说,车彩1注起买,赢了10注就可以跟主办方兑换一枝红玫瑰。

"季神"的赔率是1∶100。

"有人押他输吗?"

"有啊,玫瑰险中求嘛。"

玫瑰险中求。

温长龄觉得这话有道理,就买了10注,押"季神"输。

彩票上有地图,环山赛道分外场和内场两个部分。看台上的观众是看不到外场的,但是看台周围设置了超大的电子显示屏,会实时转播外场的赛况。外场九道弯结束之后,车手进入内场,终点被设置在内场。

四周的看台可以容纳5000人。宣传栏上说,一场公益赛事最少可以帮助建立10所小学。

温长龄找到自己的位子,坐下来,开始找谢商。谢商会开赛车,这她是知道的,所以他不会在看台上,应该在赛道上。

很巧,"黄裙子"和"黑吊带"坐在了温长龄前面一排。

"'季神'是几号?"

"04号。"

赛车手的名单出来了,被打在巨大的电子显示屏上:04号,Ji。导播还给04号赛车切了个特写镜头。

女车迷尖叫。

啊,好吵。

温长龄有点儿想回家。赛车手开始入场,温长龄的左耳开始疼,因为现场声音太大,她的助听器对声音信号很敏感,呐喊声和赛车的声浪一起摧残着她的耳朵。

电子显示屏上正在实时转播赛况,解说员很激动,夺命九弯上的战况可以用"惨烈"来形容,连续两辆赛车在第4个右弯上侧翻。

8个电子显示屏,温长龄不知道该看哪一个。

第4个右弯结束之后是一条直道,赛车开到这里时,时速都是300千米以上。88号红色赛车过弯后想超车,往右打了方向盘,后轮和右边24号黄色赛车的前轮发生碰撞,88号车子横了过来,被24号赛车顶飞后撞上了护墙,车子的后半部分瞬间支离破碎。

这是温长龄第一次这么直观地感受赛车的速度和惊险。

前排的两个女孩儿突然站起来,是04号赛车出现了,在正前方的显示屏上。解说员的声音从这一刻开始,激昂亢奋起来。

04号赛车高速漂移过弯,过弯后连续急速飞坡。望背山的环山赛道之所以成为职业赛车手的噩梦，最大的原因是坡陡，非常陡。在夺命九弯上还敢将油门踩死贴地飞行的人没有几个，04号赛车连转3个弯，飞坡落地。

两辆车紧随其后，正中央的电子显示屏却在这时候切掉了画面，悬念生起：到底哪一辆车最先进内场？

"来了来了！"

温长龄扶了扶眼镜，但她看不到——前排的女孩子正站着，挡住了她的视线。

前排女孩儿激动地大叫："04！是04！"

温长龄捂了一下助听器。

04号赛车是黑色的，和全场"五颜六色"的炫酷赛车一比，像个误入了年轻人群的老干部，稳重得不像一辆赛车。

内场的最后3圈是决赛圈。

前排的黑吊带女孩儿声音已经喊哑了："就知道第一个肯定是04！"

同伴"黄裙子"："你押了他赢？"

"没，我买了10注，押他输。"

玫瑰险中求，押04号输的人还是有很多的。大家花钱做公益，其实并不是那么在乎输赢。

"那你激动什么？04号都要赢了。"

"'季神'这么帅，输钱我也乐意。"黑吊带女孩儿终于意识到自己好像挡了后面人的视线，说了声"抱歉"，坐了下来，"要做'季神'的女朋友，得多会开车……啊！怎么回事？"

04号赛车掉头了。

车子高速漂移，停在了看台的8号入口前，场内突然安静下来。

"季神"下车了。

原来"季神"的季是伯仲叔季的季，是谢季甫的季。温长龄认出他来了，即便04号赛车手还戴着赛车头盔。

正如温长龄前面的女孩儿说的，他的身材和气质都是顶级。

赛车场上，在高速冲刺的赛车前下车是很危险的行为，这是温长龄一个"赛车小白"都懂的道理。

隔着很远，谢商好像在看她。他走到护墙边，取下头盔，应该是说了什么，但离得太远，温长龄看不清口型。

前排的女孩儿疑惑地问："'季神'在干吗？"

谢商抬起手，温长龄这次看清了，是手语——下来。

她迟疑了片刻，起身，走下去。

她以前没见过谢商穿赛车服的样子——很耀眼，让人移不开目光。

"谢商，"她先开口，"你输了吗？"

谢商所站的位置是安全区。他和温长龄之间隔着一道半人高的护墙。

因为他中途停车，一辆辆赛车从旁边的赛道上呼啸而过，声浪此起彼伏。电子显示屏上，Ji 的排名正以翻滚的形式不断地往下掉。

"季神"掉下神坛了。

他丝毫不在意，只看着温长龄："你怎么在这儿？"

"谷先生说你在这儿，我来找你。"

"找我做什么？"

"我联系不到你。"温长龄不确定，所以用了试探的口吻，"谢商，你是想和我分手吗？"

谢商没有否认。

温长龄的不确定变得稍微确定了，于是她开始自我剖析，开始很体贴地给谢商找分手的理由："我可以理解。我不漂亮，性格也不好，你想分手很正常，但我觉得至少应该当面说。"

不吵不闹，温小姐真是好脾气，把分手说得这么轻易。

谢商一言不发，眼波也平静，但任谁都看得出来，他在克制情绪，平静的外表底下藏着濒临失控的情绪。

等不到回答，温长龄失落地低下头："我明白了。"如果分手，她会是一个合格的前任女友，"我不会纠缠你。"

她转身，肩膀刚刚侧过去，谢商就拉住了她。她看向谢商。

他对着组委会那边，单手做了一个手势。这个手势大概是赛车专用手势，温长龄看不懂："你在做什么？"

他握着温长龄的手腕，不自觉地用力，很用力："认输。"

这是望背山车彩赛事的规则：环山赛道凶险，赛车手可以在任意路段弃赛认输。他的名字、代表他的04号，在这一刻，彻底消失在显示屏上。有人开始欢呼，接着，越来越多的人欢呼。

1∶100 的赔率，从无败绩的"季神"输了。

为求刺激押高赔率的车迷们都将收到"季神"认输的玫瑰，这样的反转，值得狂欢。

一时间，无数道目光落在温长龄的身上，大家想看一看，是谁让本该夺冠的赛车手白白认了输。

"你输了吗？"温长龄抬头去看显示屏，上面已经没有04号了。

"嗯，我输了。"

她的手被抓红了。谢商在揉那一处，没有多余的注意力去管其他的事、其他的人。

"那我赢了。"温长龄知道谢商拉住她就代表不会分手了，挺开心的，"我押了04号输，赔率1∶100，我赚了好多玫瑰。"

温小姐，你赚的可不只是玫瑰。

谢商松开手："这里太吵，你待久了耳朵会不舒服。你去出口那里等我。"

"你呢？"

谢商已经弃赛，不用再回赛道。

"去善后。"虽然比赛是公益性质，但他是主动认的输，赔率那么高，总不能让主办方和赞助方买单。

谢商站在原地目送温长龄离开看台之后，才去组委会那边。

这次公益赛的负责人是谢商玩车时认识的朋友，朋友看了一整出热闹："怎么回事啊，谢商？"

"出了点儿状况。"

"我们可都看到了。刚刚那位，你女朋友？"

"嗯。"

朋友打趣道："女朋友来了也用不着弃赛吧。"这倒不是什么大事，娱乐公益赛嘛，输赢没那么重要，就是"季神"的招牌被砸咯。

"免得分心。"谢商这样回答。

这一周谢商试过很多方法，深潜、跳伞、越野、速降……他让心脏到了极限，都没能打破温小姐的魔咒。

他去了莱利图，在撒了谢清泽骨灰的地方坐了一晚上，却无话可说。

温长龄在出口又碰到了前排的"黑吊带"，两个人一人捧着一大束红玫瑰。"1∶100的赔率，10注能换100朵红玫瑰。

双方相顾无言，略显尴尬。

"那个……""黑吊带"觉得有点儿羞耻，"不好意思啊，不知道'季神'是你男朋友。"

温长龄很友好："没关系。"

"黑吊带"应该是在等同伴，觉得干站着不太好，就跟温长龄闲聊："你也是赛车手吗？"

"不是。"

"那你开车厉害吗？"

温长龄摸摸刘海儿："我是停车困难户。"

"挺好的，"黑吊带小姐善解人意地帮忙挽回面子，"就挺互补的。我爸妈也是，我爸一米九，我妈一米五，我取中间数，一米七。"

温长龄："……"

谢商出来了。

他走到温长龄身边："花我帮你拿。"

"不要。"

战利品要自己拿。

温长龄抱着花，嗅了嗅，朝黑吊带小姐点了点头，和谢商先走了。

谢商的车停得不远，他给温长龄开了车门。

她坐进副驾驶座："你什么时候学的手语？"

"前不久，看视频随便学的，复杂的不会。"

温长龄的问题好多："我赢的钱会被捐出去吗？"

"会。"

"那有证书吗？"

谢商上车，关上车窗："有。"

"证书什么时候……"

谢商拿开玫瑰，抱住温长龄。他忍了一路了。

他抱紧她，头埋在她的肩上，急切地摄取她身上的气息，声音有些嘶哑："这些天，有想我吗？"

"有的。"温长龄抬起手，乖乖地抱着谢商的腰。

他在亲她，亲她的耳郭和脖子，极度缺乏耐心，没有一点点章法："是谁说你既不漂亮性格也不好的？"

这个时候，他竟然还记着这句。

温长龄有点儿痒，躲了躲："我自己说的。"

谢商缓了缓，慢慢平复剧烈的心跳，气息依然是烫的："你对你的定位怎么这么不准？"

"那我漂亮吗？"

谢商抬起眼睛看她："嗯。"

"性格好吗？"

"嗯。"

虽然她有脾气，但他就是觉得温小姐要有点儿脾气，不用好说话，也不用善良，不用乖巧，不用跟任何人低头。

温长龄歪着头，凑近了看他，试图看穿他的本性："你好奇怪啊，一会儿冷淡，一会儿热情。"

谢商的回答是："温长龄，我很想你。"

他又抱住她。

"你如果爱上一个人，能为她做到什么地步？"

温小姐问过他："能为了她背叛至亲吗？"

能。从此刻起，他要开始背叛谢清泽。

玫姨把烤好的饼干从烤箱里拿出来，端到客厅。谢子钰在客厅里玩遥控车。

"子钰，你哥哥呢？"

"在空房间里。"

谢子钰年纪小，只知道那个房间很空，不知道那是谁的房间。

"还没出来？"玫姨看向房间门口。

谢商是下午不到1点过来的，现在临近5点了。桥耳熏炉里的香篆已经燃完了，《罪业经》他也抄完了。他合上书，搬开书案，从蒲团上起身，因为久跪，膝盖已经没有了知觉。他把手抄的经书放在了遗像旁。

他看着遗像："您对温长龄有怨吗？"遗像回答不了他，他也不需要答案。

"若是有，记在我头上吧。"他字字掷地有声，希望泉下的人能听到，"小叔，我现在要偏心温小姐了，所以，请不要记她的过。"

他把熏炉和书案放好，走出房间。见他终于出来，玫姨这才放下悬着的心："四哥儿，快来尝尝我做的饼干。"

谢商过去，尝了一块。

"味道好吗？"

"味道很好。"

"还有别的口味。"玫姨去厨房拿。

温小姐喜欢甜的。

谢商跟过去问："玫姨，可以给我打包一份儿吗？"

"当然可以，我做了很多，给你多装点儿。"

玫姨去打包，拿了4个大盒子。

谢商在客厅等。

谢子钰也在客厅。他在玩，在用笔戳插座的孔。

"子钰。"

谢子钰立马站直，顶着锅盖头，一副老实巴交的模样："哥哥。"

谢商对小孩子向来是温柔的，这次也没说重话："不能玩插座。"

"好的，哥哥。"

谢子钰坐好。

玫姨在厨房笑：四哥儿教小孩儿很有一套，这以后要是有了孩子，肯定会教养得很好。

下午6点，钱周周还没下班。今天有个当品的评估书来得太迟了，她还没忙完。

谢商回来了。

十佳员工钱周周微笑相迎："老板，您回来了。"

谢商走过来："你现在有空吗？"

"有的，老板。"

"去院子里说吧。"

钱周周先放下手头的事，跟着去了茶室。

谢商在泡茶。温壶，闻香，烫杯，分茶，每一步都细致入微。

钱周周不懂茶，就是觉得赏心悦目。老板亲自泡茶，她受不起啊："不用这么客气的，老板。"

谢商把茶杯端给她："之前你过生日，我送你的生辰礼物，还在不在你那里？"

"在的。"

钱周周喝了一口茶，虽然不懂这是什么茶，但是她知道好喝。

"能否把它还给我？"

钱周周答应得十分爽快："可以可以。"

钱周周知道谢商的为人，他会开这个口，肯定是因为必须开这个口。

谢商做了解释："那个贵妃镯是客人的东西，她的生意没有做成，所以镯子要归还。"

那是傅影的当品。他现在一腔心思都落在了温长龄身上，那桩典当生意自然要终止。

如意当铺都是死当，做不了的生意根本不会接，这是钱周周就职以来第一次碰到生意做不成的情况。

她不免好奇："那位客人要的当金，连您都办不到吗？"

"嗯，我办不到。"

谢商没有细说。

钱周周也机灵，不刨根儿问底儿："镯子在我家呢，我明天带过来。"

"抱歉，我处事不当，给你造成了困扰。"谢商从旁边的茶柜里取出一个纸袋子，放在桌子上，"这是新的生辰礼物，你如果不喜欢，也可以直接告诉我你想要的。"

钱周周打开纸袋看了一眼，顿时心花怒放："喜欢！"

古董手链，她可太喜欢了！这样的老板，她能赴汤蹈火为他卖命五百年。

隔壁院子。

彤彤在院子里玩橡皮泥，用泥捏团子。突然，光被挡住了，彤彤抬头。

"哥哥。"

坐在竹床上择豆芽的温长龄听到了声音，回头看。

谢商递给彤彤一个袋子："给你的。"

袋子里面是从花间堂打包的饼干。

彤彤开心地抱住袋子，笑得小酒窝都露出来了，甜甜地说："谢谢哥哥。"

还有一份儿是给温小姐的。

温小姐双手接过，学彤彤："谢谢哥哥。"

谢商："……"

他都没反应过来，温小姐就演完了，又恢复成钢铁做的温小姐，不记得面前还有个男朋友，没指甲打不开盒子她就张嘴去咬。谢商无奈地接过盒子帮她打开。她说"谢谢"，吃了一块饼干，拍拍手上的饼干屑，继续择豆芽。彤彤不喜欢吃豆芽上面的黄豆子，她要一根一根摘掉。

谢商在温长龄旁边坐下："你先吃，我帮你择。"

"好。"

她把菜篮子给了谢商，端着盒子吃饼干。饼干的甜度很合她的口味，口感酥酥脆脆的。

"好吃吗？"

"嗯。"

温长龄给谢商喂了一块饼干。

太阳快要落山了，天边是暗橘色的，夏日的风微微发烫，把树上焦黄的叶子摇下，叶子转着圈圈晃晃悠悠地落下来。

温长龄抬起手。

谢商下意识地低下头，她的手在空中停顿了一下。

"还够不到吗？"

谢商把头再低下来一点儿。

温长龄把落在他头上的半片枯叶拿掉，考虑到拿了饼干后油乎乎的手可能弄脏他的头发，她说："有叶子。"

谢商是很骄傲的人。

他并不是那么容易低头的人。

次日。

谢商在问灵轩约见了傅影，把贵妃镯和装着贵妃镯的原木盒子完璧归赵。

如意当铺只有死当，从来没有主动退还当品的先例。

傅影没有打开盒子："谢老板这是什么意思？"

"你的生意我做不了。"

傅影是聪明人，很快就猜到了原因，表情诧异："你爱上温长龄了？"

谢商没有一丝迟疑："是。"

傅影笑，眼神很冷："居然承认得这么爽快。"

话说得这么明，谢老板是有备而来。

他慢悠悠地倒了一杯清水，润了润嗓："得让你知道，我现在是温长龄阵营里的人，是你的敌人。"

傅影爱惜地摸了摸盒子上的纹路。盒子里装的当品是她外祖母的嫁妆，要当温长龄求而不得、痛不欲生，没想到到头来给自己招了个敌人。

"我这算搬起石头砸了自己的脚吗？"

谢商把放在椅子上的文件袋推到傅影面前。他是很讲规矩的人："我违约在先，理应赔偿，这份资料你应该很需要。"

傅影打开文件袋看了看。

确实很需要，有了这份资料，她可以早一点儿收网。

谢商不急，耐心地等她看完资料，问："傅小姐，我取消交易，你接受赔偿吗？"

他不疾不徐，处理得游刃有余。他太懂得怎么先发制人，打蛇打七寸。

傅影根本拒绝不了："接受。"

她接受了赔偿，后面就要按照谢商的规矩来。

"那典当的事揭过了，现在说你和温长龄之间的事。"温长龄的事是私事，他就没那么好说话了，"温招阳那个案子疑点很多，我建议查清楚再去寻仇。如果你非认定温招阳就是凶手，那也行。你可以选择继续向温长龄复仇，但我作为她阵营里的人，会竭尽所能地阻止你。"

他身体后靠，单手搁在桌上，举手投足间尽是举棋若定的从容："另外，我这个人比较记仇，你对温长龄不利，我也会对你不利，所以请傅小姐三思而后行。"

傅影神色冷然："你威胁我？"

谢商不否认："你可以这样理解。"他起身，态度已经表明，没有必要再耽误双方的时间，"傅小姐慢慢喝。"

谢商先走了，并将门带上。傅影独自坐了一会儿。杯子里的水已经凉了，她用手指蘸着水，在桌上写了一个字：温。温长龄的温。

她笑。如星似月的人又怎么样，还不是一样让温家女蛊惑了？

傅影拿起谢商留下的那份资料放进包里，转身离开。

她推开门。门口笔直地站着一个男人，将近一米九的身高，光是站在那儿都能给人极其强烈的压迫感。

"夫人。"

她是周家老头儿的续弦，很多人叫她"夫人"或者"周夫人"。

男人叫陈白石，是她那个孝顺的继子在她差点儿被车撞死后特意请来保护她的保镖。

那个孝顺的继子也是有点儿脑子的，为了塞个人过来，把车祸弄得有模有样。她要是不收下陈白石，都对不住继子的良苦用心。

陈白石这个人，如果要用一种动物来形容他的性格，阿拉拜咬狼犬很适合：凶猛强壮，不喜欢主动进攻，但领地意识强，对主人很忠诚。换个说法，他是一条忠诚度很高的狗。

两个人刚上车，陈白石的手机就响了。

傅影坐在后排，用裸粉色的高跟鞋踢了踢前排椅子的靠背，笑着讥讽他："怎么？又在跟周晟汇报呢？"

他把手机扔进扶手箱："不是。"

作为一个眼线，陈白石演技差了点儿，可能因为他是军人出身，做事一板一眼。这样的人做什么不好呢，非要做眼线。

傅影都懒得陪他装，稍稍起身，纤细的腕子绕过主驾驶座的头枕，葱白的手指似有若无地点着他的肩膀。

"陈白石，周晟给了你多少钱？"她生了双杏眼和一张圆圆的脸，笑起来时显得特别有亲和力，她说，"要不你当我的人，我给你双倍的酬劳。"

陈白石坐得端正笔直，脸上的表情丝毫不见松动，浑身的肌肉没有一块不是硬的，整个人永远正经八百："夫人，车子要开动了，请你坐好。"

他嘴里的那位夫人已经把手指伸进了他的衣领，他一身粗糙坚硬的肌肉与女人细嫩绵软的手形成了极为鲜明的对比。

淡淡的香水味从身后妖妖娆娆地过来。

"如果不要钱，人也行啊。"

陈白石人如其名，是一块撩不动的石头："夫人，请坐好。"

傅影的脸色一秒转变，漂亮的美甲在硬如石头的肌肉上抓出一道红痕来："都是做狗，非要做周晟的狗，没意思。"

她坐好，闭上眼，不再和"石头"说一句话。

陈白石这人，别人若不开口，他能一辈子不说话。做过降噪处理的车里没有一点儿声音，陈白石开车很稳。

傅影睡着了，又在做噩梦，嘴里含混不清地念着一个名字。

别人都叫她"周夫人"。

但周夫人其实也才 27 岁。

陈白石把车停到路边，关掉车内全部的灯，然后什么也不做，就那样等着。

谢商在路口停下，远远地看见温长龄在和一个陌生男人说话。

路过的车突然鸣笛，温长龄没听清，男人便凑近了一些，不知道在说什么，说了有好几分钟。

男人一副心情很好的样子，笑得很开朗。等男人走了，谢商才过去，随意地问："他是谁？"

温长龄说："不认识的人。"

她刚下班，现在回家。

"你也刚回来？"

"嗯，去见了个客户。"谢商走在温长龄的右边，"不认识的人怎么找你说话？"

"他向我问路。"

那人是游客。他问温长龄梅花巷子怎么走，还问这附近都有什么好吃的、好玩的。

温长龄拿着手机，在看朱婆婆发的消息，没有看人："谢商，你喜欢吃咸粽子还是甜粽子？"

过几天就是端午节了。

谢商反问她："你喜欢哪种？"

"我喜欢甜粽。"

他说："甜的吧。"

温长龄回复朱婆婆，说她跟谢商都吃甜粽。她一只手抓着谢商的衣服，跟着他走。偶尔脑袋会顶到他的后背，她也不看路，一直看手机："朱婆婆说明天包粽子，问你有没有忌口。"

"没有。"

她低头打字，歪歪扭扭地走到了路沿石上。

谢商停下脚步，扶着她的腰，把她带下来："走路别看手机了。"

温长龄"哦"了一声，好好走路。

快到家的时候，谢商突然说："刚才那男的，眼神不太好。"

温长龄回头："嗯？"

他怎么又说回去了？

"他看不出来你是路痴吗？还找你问路。"

所以他到底是在说别人眼神不好，还是在提醒路痴要有自知之明？温长龄摸摸鼻子，无法理解男人的思维："谢老板，你说话好毒啊。"

谢商不说话了。

到家了，温长龄回自己院子。过了门槛石，她回头："你不回家吗？"

谢商进来，拉过她一只手，抱住她。

她有点儿蒙。

"对不起。"谢商压低嗓音向她道歉，"我刚才说错话了。"

他刚才语气不好，是介意那个男的离温长龄那么近，介意那个男的一直和温长龄说话。

温长龄用下巴蹭蹭他的衣服，很喜欢他身上的沉香味："不用道歉，我没在意。"

"对不起。"

谷开云说得很对，有些病症被压抑得太久，爆发的时候会来势汹汹。他目前还处在病症来势汹汹的阶段，所以处理得不太好。

"长龄。"

"嗯。"

"不要忘记我们的约定。"谢商搂紧温长龄的腰，最近他的身体总是不受控，想跟她更贴近，"你要爱我。"

他迫切地想被温小姐爱上，迫切地想被她标记。

温长龄抬头，看向飘过去的云，目光清明："我没有忘记。"

你如果爱上一个人，能做到什么地步？

能为了她背叛至亲吗？

终日打雁的人，被雁啄了眼睛。

温长龄才是猎人，伪装成猎物，来到他身边。

被蛊，被惑，刺激，深爱，爱而不得，痛不欲生——这是他给温长龄准备的剧本，也是温长龄给他准备的剧本。

入画

顾南西 著

中 册

青岛出版集团 | 青岛出版社

第十一章
温长龄的复仇剧本开始

2楼的灯亮着,电脑一直开着。温长龄进来后关上门。

"长龄。"声音从电脑里传来。

温长龄坐到电脑前。那头的人在倒酒,有液体碰撞杯子的声音响起:"游戏可以开始了。"他举杯,碰了碰电脑,"长龄,祝你顺利。"

温长龄也说:"祝你顺利。"她关掉语音通话,把微型摄像头里的视频画面调出来。岛屿,别墅,海浪声。男男女女,摇晃着身体,正在狂欢。

两天后。佟泰实被拍到坐着豪华游艇前往私人岛屿,还带着4位女性友人。护士们在闲聊时说起了这个八卦消息。

"我还以为他进去了。"

小蔡以前是佟泰实的忠实粉丝,现在是黑粉,每次说起佟泰实都犹如吞了苍蝇:"背景硬呗,被那么多人出来指证,也顶多是混不了娱乐圈,日子照样过得滋润。"

温长龄对着电脑,在看医生刚开的医嘱。

佟泰实是过得很滋润。她给崔瑛的那张当铺名片只是道开胃菜,正席还没开始呢。

肿瘤科大楼的每一层都有一个儿童之家,是专门给儿童患者建的乐园。儿童之家里面小朋友众多,还有一个大朋友。

小朋友问大朋友:"哥哥,你觉得我投得进去吗?"

大朋友敷衍作答:"投得进去。"

"不是这样,你要说我投不进去,然后我再投给你看。"小朋友重新问了一遍,"哥哥,你觉得我投得进去吗?"

"投得进去。"

小朋友要被气哭了:"妈妈,我不跟哥哥玩了。"就会哭着找家长,就你有家长是吧。

"晏丛。"

大朋友晏丛立马转头,嘴角高高翘起——他的家长也来了。

温长龄一眼就能看到他——他在病号服的外面套了一件荧光绿的卫衣。少年身形单薄,却穿什么都好看。

"里面好玩吗?"

"不好玩,小孩子吵死了。"

晏丛跟着温长龄回到病房,她把药给他:"今天好些了吗?"

晏丛昨天一直发高烧。

他点头,把药吃了:"今天不疼。"

温长龄剥了一颗糖给他。

"医院好无聊,"他跟温长龄抱怨,"我家老头子游戏都不让我玩,长龄,长龄,我快要长草了。"

温长龄看不得他这种求人似的眼神,想着他状态好了不少,就心软了。

"那要不要跟我出去玩?"

"要。"

晏丛立马从病床上起来,去柜子里翻出门要穿的衣服。

温长龄的表情很纠结:"哪里都可以吗?"

"哪里都可以。"

他可以跟温长龄去天涯海角,可以跟温长龄去刀山火海。他们还真去了海角天涯。海角天涯是一家顶级俱乐部,是国内营业面积最大的娱乐场所,坐落在北城高消费商圈的金三角区,海角天涯的东家姓佟。

1楼是接待厅,用来接待贵宾。今天1楼有客,何经理正在做安排。安保室的齐主任匆匆赶过来:"何经理。"

"什么事?"

"安保室那边出了点儿问题。"齐主任说,"监控好像坏了。"

何经理先放下手头的事,过去处理。

海角天涯的4层、5层都是包间,根据最低消费水平被划分为3个等级。6层是顶楼,顶楼只接待贵宾和佟家的客人。

一对年轻男女在电梯口被保镖拦下了。

"先生,请出示您的邀请函。"

男孩儿看上去年纪很小,但全身上下都是高定服饰,气质一看就是金堆玉砌养出来的。他问身边的女伴:"龄龄,那张烫金的纸呢?"海角天涯顶楼的通行证正是一张烫金的邀请函。

两位保镖一同看向那位叫龄龄的女孩儿。她穿着一条设计很特别的黑色裙子,右边的衣领松松垮垮地挂在胳膊上，露出里面的黑色吊带，吊带的带子是两条细长皮带，配合金色的链子，其中一条带子绕过肩膀，在腰间收紧，脖子上配了同色的贴颈项链。裙摆长到脚踝，左边高开衩，隐隐约约露出白皙的大腿。她的身材比例很好，这条裙子更突出了她的腰和肩。她个子本就不矮，脚上穿的又是黑色的绑带细高跟鞋，于是更加引人注目。这一身穿戴又甜又酷，漂亮得让人移不开眼。

再看她的样貌，她的一双眼睛实在灵动，像林中的梅花鹿，有着不谙世事的单纯。不能单单用"漂亮"去形容她，她身上兼具两种互相矛盾的特质，既有纯真感，也有成熟感，性感而不自知。

她玩着头发，公主切（一种前短后长的发型）很适合她："换衣服的时候扔在哪儿来着？忘了。"

那他们就是没有邀请函。保镖只能公事公办："不好意思，顶楼需要邀请函才能进去。"

"新来的？"男孩儿性子傲慢，但五官生得精致，趾高气扬地仰头看人竟也不惹人生厌，"连我都不认识。"

这语气一听就是少爷。北城内，少爷很多。

保镖反复打量、斟酌，就怕不小心得罪了人："您是……？"

男孩儿不耐烦地说："把你们少东家叫来。"

另一位保镖说："我们少东家他不在。"

少东家要晚点儿过来。

叫龄龄的女孩儿娇气地抱怨着："搞什么呀？"她不满地冲身边的男孩儿发小脾气，"你跟他们废什么话，直接打电话给佟泰实，问问他晚上9点的派对还搞不搞了。他把人叫来，又不让进，烦死了！"

晚上9点少东家要在顶楼的大包间搞私人聚会，这事两位保镖都知道。

这信息都对上了，保镖生怕真惹怒了少爷小姐，搞不好要丢饭碗，于是放行："不好意思，小姐，是我们疏忽了。"保镖让开路，亲自为客人刷电梯卡，态度毕恭毕敬，"两位，这边请。"

两位贵客搭乘电梯到了6层。叫龄龄的女孩儿还生着气，语气不大好："不用跟着了，我们知道地方。"

两位保镖识趣地没有下电梯，恭送客人。电梯门关上。温长龄和晏丛不约而同地走向了楼梯间——得先找个没有人的地方。

"晏丛，帮我望风。"

"好。"

温长龄拿出包包里的电脑。海角天涯平时接待的客人非富即贵，尤其是专门接待贵宾的6层，网络防御系统自然是顶级的，但是，不到10分钟，所有VIP房间的门全部自动解锁，包括6013房间的门。

宋三方很是诧异："欸，门怎么自己开了？"刚刚门还是锁着的。

谷易欢睁着眼胡说八道："老天在助你。"

为什么这么说呢？因为他们是来捉奸的，就差临门一脚了，宋三方在那儿犹犹豫豫的。

作为宋三方的狐朋狗友，谷易欢看不下去了："磨磨蹭蹭的干什么？还捉不捉奸了？"

宋三方死要面子："要真是她怎么办？"

"分啊，不然留着给你织绿帽子啊？"

谷易欢受不了他的优柔寡断，抬起还没拆石膏的脚，一脚踹开了门。屋里的男女瞬间犹如惊弓之鸟，从床上弹起来。

谷易欢目瞪口呆：屋子里面……一个女的，两个男的。宋三方一把抢过谷易欢的拐杖，冲进去打人。

6019是大包间，平时是佟家人在用，没有准许谁都不能进。这会儿门开着，里面有人，她穿着服务人员的工作制服。

6层的经理姓褚："你在里面干吗？"

工作人员被吓得不敢抬头，小声回答："扫地。"

"这里不用你打扫。"

她怯怯地解释："我看门开着。"

褚经理冷着脸呵斥："出去。"

工作人员出去后，沿着过道儿一直走，然后右拐，走进了一间工具房。片刻之后，穿着黑色裙子的温长龄出来了。她去了楼梯间。晏丛正坐在台阶上，听见开门声，立马站起来，见是温长龄。

"晏丛，走了。"

晏丛手里拿着她的东西："弄好了吗？"

"弄好了。"温长龄把包接过去，"是不是很无聊？"

他摇头，有点儿失落："我都没帮上忙。"

"帮上忙了，而且我本来就是带你来玩的。"

1楼安保室。墙上的监控显示屏终于恢复了，负责的程序员松了一口气："修好了。"

何经理问："刚刚怎么回事？原因查到了吗？"

程序员没查到，根本无从下手，但怕被追责，就应付说："应该是电路的问题。"

何经理倒没多想，只是再三嘱咐："你再仔细排查排查，晚点儿少东家和他朋友过来玩，可别搞出什么岔子。"

现在是北城时间8点57分。从警局出来后，谢商就没再说一句话。

车里太安静了，谷易欢怵得慌："四哥。"

"以后这种事情找你哥。"

谷易欢可不敢找，谷开云会罚他抄 100 遍《道德经》的，那他宁愿去蹲拘留所。

他额头上有块瘀青，底气不足地狡辩："也不能全怪我吧，宋三方非拉我去的。"

谢商没看他一眼，平稳地开着车："你该反省反省，为什么这种偷鸡摸狗的事别人总喜欢邀请你？"

谷易欢真诚发问："为什么呢？"

"……"

谢商有再好的耐心都被他折腾没了："把嘴闭上。"

谷易欢："哦。"

车开了一段距离，谷易欢发现车走的不是回家的路。他看看窗外，夜晚的路有点儿难认。

"四哥，这是去哪儿啊？"

谢商的车停在了帝宏医院门口的停车位上。

谢商先下了车："自己去挂号。"

谷易欢把拐杖弄丢了，一瘸一拐地下来："那你呢？"

温长龄说，今天要晚一点儿回去。谢商直接按数字拨号，按了 4 个数字之后，温长龄的号码就出来了，他拨过去。

下一秒，铃声从后面传来。谢商回头。

谷易欢走了几步，发现谢商站着不动："四哥，你看什么呢？"他也看过去。

然后他震惊了。

Ling……6 年前只是匆匆一见，健忘的谷易欢早就忘了她的样子，再看到这双眼睛才想起来。如果她的脸是 100 分，那她这双眼睛能占到 70 分。

谢商站在原地："长龄。"

谷易欢再次震惊。温长……Ling。他不可思议地看着眼前没有戴眼镜、穿着甜辣风黑裙子的温长龄：她们是同一个人？！

温长龄小跑到谢商面前："你怎么来了？"

"来接你。"谢商看了一眼她的裙子——很漂亮，漂亮得他想把人藏起来，"你去哪儿了？"

"去玩了。"

路对面，晏丛慢悠悠地走过来。谷易欢心想：这是……捉奸现场？

出于礼貌，谢商先开了口："你好。"

在谷易欢看来，这就是正宫的雍容大度。

晏丛懒洋洋地站着："你好。"

在谷易欢看来，这就是外室的恃宠而骄！

温长龄主动跟谢商介绍："他是晏丛。"她补充说，"是我的朋友。"

根据以往捉奸的经验，谷易欢坚定地认为：男女之间没有纯友谊。他看向他四哥，只要四哥发出信号，他一定当场就捉。

谢商神色如常："我知道，我们见过。"

晏丛没有接话，看上去没什么精神。

温长龄担心晏丛的身体，不再在外面耽搁时间："晏丛，我穿成这样不方便，你自己进去可以吗？"

"嗯。"

温长龄说："明天见。"

晏丛先进去了。温长龄不太放心，拿出手机给值班的佳慧发了一条消息，拜托她到病房帮忙看看。

"明天见。"

温小姐很少同晏丛说这句话。

谢商看着谷易欢："你不去挂号？"

就这样？四哥也不质问一下？小时候，四哥的古筝、四哥的狼毫小楷笔、四哥的茶杯、四哥的香具都是不让人碰的，四哥是完美主义者，对自己的所有物有强烈的占有欲。

女朋友跟异性朋友一起出去，还是在晚上，而且穿得那么漂亮，放在任何人身上，都不可能一点儿都不介怀。谷易欢有时候觉得，情绪太稳定不一定是好事。人嘛，讲究一个平衡，情绪要是只进不出，等到极限了，就会爆发。

就比如雷雨天。四哥平时从来不提谢清泽，不是忘记了，是一直在克制情绪，等到一个引爆时机，比如雷雨天，情绪就会开始肆虐。Ling 小姐是温小姐这件事，谷易欢还需要再拎拎。

"四哥，我回头打电话给你。"

他先去挂号，捉奸的时候腿伤到了。

"长龄，我们回去。"

"哦。"

温长龄跟着谢商上了车。谢商打开车上的空调，车里还很热，他开着车窗等车里的温度降下来。裙子开衩太高，温长龄坐下的时候有点儿不适应，扯了扯裙摆。谢商递给她一条毯子，她将毯子放在腿上盖好。

车里已经不热了。谢商关上车窗，发动车子。他也不清楚自己具体是什么时候养成的习惯，载温长龄的时候，他总是开得很慢。

路上没什么车，谢商问温长龄："你们去哪儿玩了？"

"夜店。"

海角天涯也算夜店。

谢商问："好玩吗？"

她闭着眼，像一只懒倦的动物。裙子的配饰充满了重金属风格，让她整个人看上去冷艳张扬，充满了神秘感。

她说:"还可以。"

路口红灯亮起。谢商没有在第一时间刹住车,车头越过了停止线,他握着方向盘的手指收紧了几分:"下次我带你去。"

"好。"

后面谢商没有再说话。车子匀速行驶,温长龄靠着头枕,有点儿犯困,只是有根神经还拉扯着她,她有几次想开口,又都忍住了。到了荷塘街,谢商把她送到了门口。街上有一些人,但不多,摊贩还没收工,偶尔会有"夜猫子"下来觅食。炎夏的夜晚热烘烘的,星星总是会出来。

"早点儿睡。"谢商只说了这一句。

温长龄走到门槛前,又折了回来:"谢商,你是不是生气了?"

谢商的语气没多少波澜:"没有。"不要生气,他要给温小姐很多很多爱。

温长龄肯定地说道:"你生气了。"

谢商没接话,没承认,也没否认。两个人就那样各站一头,温长龄乖巧安静地等,等谢商消气。

谢商拗不过某人:"你不哄一下吗?"

啊,她要哄他啊。温长龄朝他走了两步,慢吞吞地抬起手,拉了拉谢商的衣服。

"星星,"她声音软软的,今天的发型很漂亮,像城堡里某位高傲、不听话、脾气有点儿坏的狡黠公主,"不要生气了。"

温小姐好聪明,只叫了几次"星星",就摸准了他吃这一套。他对叫他"星星"的人都狠不下心,尤其是温长龄。

谢商提出要求:"至少抱一下吧,温小姐。"

"哦。"温长龄主动抱住谢商,态度良好,"你是不是不喜欢我去夜店玩啊?"

她今天穿了跟很高的鞋子,谢商低下头,刚好能吻到她裸露的右肩。她的腰细细一截,他只用一只手就能全部掌控:"你想去哪里玩是你的自由,只要是安全的,我不会限制你的任何娱乐方式。我介意的是,你找玩伴的时候,第一选择不是我。"

他眼底的情绪被压着,声音也被压着,低沉,克制:"长龄,跟你相关的所有事,你可不可以多给我一点儿参与权?"

关于阿拿,关于那个疑点重重的案子,关于她的一切,他都想从她那里知道。他已经认输了,决定好好爱温小姐。可是温小姐还是一只裹着厚厚外衣的刺猬,心还是石头做的。他第一次产生这种挫败感,越无力,越想要。只有她能成全他,能让他在陌生的失控感里找到平衡。

他抱得很紧。温长龄也乖乖地不动:"和晏丛一起出去是临时决定的。"她解释给他听,"晏丛身体不好,一直在住院,想出去透透气。"

"你跟晏丛的关系很好吗?"

那次他们从莱利图回来,那么晚,来接她的是晏丛。温长龄窝在谢商的怀里点头:"我们认识两年了,是关系很好的朋友。"她说完,想到什么,抬起头看向谢商,"你不要吃他的醋。"

谢商不咸不淡地回道："哦，原来温小姐看出来了。"

"……"

她应该把人哄好了吧？

又抱了一会儿，温长龄说："我回去了。"谢商"嗯"了一声，却没有松开手。

"裙子很漂亮。"他眼里除了滚烫的情潮，还有不加掩饰的赞赏和认可，"温长龄也很漂亮。"他要多夸夸温小姐，免得她说自己不漂亮、性格不好。

温长龄低头笑了。谢商真的好好哄。

洗漱完，已经临近 10 点，谢商还没有睡意。他从柜子里拿出许久未用的砚台和墨条，往砚台里加了少许水，用墨条细细研墨。待到墨汁调匀，他铺上元书纸，用镇纸压住，然后坐下来，提笔蘸墨，书写《法华经》。他的书法师承名家，加上他算是学什么都快的类型，也学出了一些名堂，只是他志不在此，琴棋书画都不是他热爱的。

"佛前有花，名优昙华，一千年出芽，一千年生苞，一千年开花，弹指即谢……"笔锋顿住，谢商的心不静。

"他是晏丛。"

"我的朋友。"

谢商把沾染了大片墨汁的纸张扔掉，重新铺纸，再次提笔："佛前有花，名优昙华，一千年出芽，一千年生苞，一千年开花，弹指即谢，刹那芳华。如是因，如是缘，如是果，如是报……"

"晏丛，我穿成这样不方便，你自己进去可以吗？"

"明天见。"

刚刚和他告别时，温长龄就没有说"明天见"。

谢商撕掉纸，重写："长夜安隐，多所饶益。以慈修身，善入佛慧。通达大智，到于彼岸。"

温长龄说："我们认识两年了。"

温长龄说："你不要吃他的醋。"

谢商低头看笔，才发现自己写了一个"温"字。他只能又把纸扔掉。

"我慢自矜高，谄曲心不实，于千万亿劫，不闻佛名字，亦不闻正法，如是人难度。"墨汁滴在纸上，晕开成黑色的斑点，他的书法都学到狗肚子里去了。谢商把笔放在笔搁上，撕掉纸。

他不喜欢经书，不喜欢佛法，这些都是他小叔喜欢的。佛度不了他，他根本就没他自己想的那么大方，他恶劣，行事疯狂，不是一个良善的人。谢商铺上熟宣纸，换了支笔，在纸上几笔勾出了轮廓。他下笔很快，温长龄的眉眼、鼻梁、骨骼……他都不需要想。

"星星。"
"不要生气了。"
"星星。"
"谢星星。"
"………"

提笔的手停住,谢商看着画里的眼睛。夜色、灯光、淡淡墨香,还有窗外躁动的虫鸣,一切编织到一起,画里的人就活了,从目光里跑到思绪里。这世上没有妖,妖都是人的贪念和欲望所化。谢商放下笔,仰头,光铺在下颌的轮廓上。

蛊又开始作祟了。他纠结、挣扎,睁着眼直视灯光,然后被光烫热了眼,最后妥协、认命……他握笔的手终究没有被管住,在满地经文面前。他手上的动作有种自暴自弃的粗鲁。

"温长龄……"谢商闭着眼,眉头轻蹙,一重更胜一重的欲望,悉数堆于眼角……这幅画终究没画完。

待到平静下来,谢商睁开眼,看向只留了一丝缝的窗户。身体还没有完全平复,后背汗湿,大脑仍然在缺氧,他放空自己。

谢商啊谢商,你真的好卑劣。遇见温长龄之前,他从未这样爱过一个人,从压抑、认输,到放纵,他解开了所有的束缚,现在却发现他控制不住这些很陌生的情绪,连身体都管不住。他开始无休止地自厌。

他想听听温长龄的声音。桌上只有宣纸,他抽了很多张,将手擦了一遍又一遍,直到掌心发烫才停下来,用已经擦干净的手指按下一串烂熟于心的数字。

铃声只响了两次,温长龄就接了。那边老旧的电风扇有点儿响,她晚上讲话会下意识地把音量压低,带着轻微的鼻音:"你怎么还不睡啊?"

"谢星星,"风扇对着吹的声音清脆好听,"你不是不熬夜的吗?"

他早就不是了。跟温长龄交往之后,出于这样那样的原因,谢商睡眠质量奇差。

"我吵醒你了?"

温长龄睡觉有时候不摘助听器。她是一个缺乏安全感的人,不习惯长时间把自己置于完全被隔离的状态里。谢商见过她戴着助听器午休,那样对耳朵不好,他给她买了一个可以把手机提示音转换成振动的手环。她有时会用这个手环。

她说:"没有,我还没有睡。"

谢商的声音有点儿干:"在干吗?"

"玩手机。"

谢商沉默了挺久,克制着,呼吸声很轻,怕惊扰温长龄。他身体的热度好像又在攀升。

"长龄。"

"嗯?"

他叫完温长龄的名字,又不说话。他分明有话想说。

温长龄等了他一会儿才问:"谢商,你怎么不说话呀?"她觉得谢商今晚很奇怪,"你在干吗?"

我在冒犯你,温小姐。在变得更混乱之前,谢商主动结束通话:"晚安。"

"晚安。"

谢商挂了电话,静坐了一会儿,起身去洗漱,踩过满地被撕碎的《法华经》。

次日,夏日炎炎。谷易欢本来养得差不多的腿,因为捉奸打架,又要换石膏了。昨晚来医院太晚,刚好也有空的病床,谷易欢干脆办了住院手续,特地跟关思行一个病房。表兄弟两个一个左脚打石膏,一个右脚打石膏,还真是难兄难弟。

平时不说话会死的谷易欢今天异常沉默,像个僵尸一样侧躺着,和床成45°角望着窗外,满脸深沉和苦恼。他转了个身。

"思行。"

关思行在看物理论文。谷易欢坐起来,实在管不住嘴,不说出来难受:"问你个事。"

关思行"嗯"了一声,示意他有话就说。

谷易欢酝酿了一番,开场白是:"我有一个朋友。"

关思行抬头,没打断。谷易欢想了想怎么措辞才能说得简单明了:"我朋友他最好的朋友交了一个女朋友,这个女的呢,"该怎么形容温长龄,谷易欢语文不好,描述不一定准,总之他搜肠刮肚,这么描述,"她是那种看上去很会玩的人,但是我朋友的朋友不知道,还以为他女朋友是老实本分的护士。"

关思行重新低头:"温长龄怎么会玩了?"

谷易欢:"……"

为什么他身边这些男的一个个都是不好糊弄的高智商的人?就很烦。谷易欢不承认,面不改色地胡扯:"我没说是她。"

一个朋友的朋友的女朋友是护士,这个"朋友的朋友"不就是谢商吗?关思行懒得戳穿,配合某人:"你朋友的朋友的女朋友怎么会玩了?"

"我朋友之前在国外见过这个女的,玩游戏的时候……"谷易欢略过细节,"反正就是有点儿渊源。我朋友当时就觉得这是个坏女人,太会玩了。"谷易欢三两句概括完来龙去脉,真正想问的问题来了,"你说,我朋友该不该告诉他最好的朋友?"

"告诉他朋友什么?"

谷易欢露出纠结又担忧的表情:"告诉他朋友别被坏女人玩弄了。"

关思行说:"四哥不会。"

谷易欢急了:"怎么不会了?你是没看到四哥那副……"不管温长龄做什么他都全盘接受、全部原谅的样子。

谷易欢立马收住嘴,严肃否认:"不是四哥,四哥怎么会被玩弄呢?我说的是我朋友最好的朋友。"

关思行："哦。"

谷易欢把话题拉回："你说我该怎么办？"

对谷易欢嘴里的坏女人，关思行不好评价，毕竟谷易欢的语言表达能力也只能到这种程度了。

关思行说："什么也别干。"

啊？谷易欢再一次陷入了深思。6年前，谷易欢去国外参加一个夏令营。晚上沙滩上有篝火晚会，他去了，和一群非常开放的外国友人玩起了勇气游戏。他输了，惩罚是向第一个路过他们篝火堆的异性问一个问题：你的内衣是什么颜色的？

对，惩罚就是这么冒犯和恶俗。但他不能认输啊，不然别人会以为泱泱华国的人玩不起。第一个路过他们篝火堆的异性跟他一样，黑头发，黑眼睛。她皮肤白白的，看着年纪不大，穿着露腰的吊带背心，腰上画了图案大胆鲜明的彩绘——像火把，又像形状扭曲的花。她的黑色短裤很短，搭配绑带的长靴。她把头发挑染成粉色，化着当地流行的那种眼影很重的妆，是个很酷、很漂亮又很特别的女生。她的眼睛那么明亮，却给人一种迷离的感觉，她又美又颓废，身上充满了故事感，像是从电影里跑出来的。

16岁的谷易欢穿得很率性不羁，扭扭捏捏地走过去："喂。"离得挺远，他问女生，"你也是华国人吗？"

女生转头看过来："你在跟我说话吗？"她手里拿着啤酒瓶。谷易欢知道那个啤酒是当地才有的，是特别烈的酒。他声音挺大，为了给自己壮胆："出门在外，遇见老乡不容易，帮个忙吧。"

女生很爽快："好啊，你说。"她笑起来时眼睛很漂亮，像有由亿万颗微缩的星星组成的小小宇宙住在里面。

"那个……那个……""那个"了半天，别扭少年觉得羞耻，感到舌头烫嘴，含糊快速地说，"你的内衣什么颜色？"他当时觉得，他被扇一巴掌都是正常的，毕竟这算要流氓了，但是女生没有扇他，也没有骂他"流氓"。

她把啤酒瓶里的酒喝完，扔掉瓶子，走过去，抓着他的手，放在她裸露的腰上，那一处正好是彩绘颜色最重的地方。

她笑，像一个纯真无邪的妖精："什么颜色自己看啊。"

谷易欢被吓得立马缩回了手。

她笑得更开心了，温柔地说："弟弟，你还小，不能玩大人的游戏。"

"Ling。"

她的同伴用外语喊她过去，她对谷易欢这个在异国他乡碰到的老乡挥了挥手，转身走了。很温柔、很会玩的坏女人，这是16岁的谷易欢对Ling的第一印象。他后来回去找过，Ling已经不在沙滩上了。他之所以回去找，可能是因为当时正处于青春期，觉得自己被坏女人戏耍了，丢了身为男性的面子，也可能有点儿别的心思，抑或只是纯粹不服，毕竟，16岁的少年年少轻狂，眼高于顶，又容易对异性产生好奇。

再后来他就忘了Ling。对他这种脑子里不搁事的人来说，只见过一次的人，印象深刻不到哪里去。他一开始没认出温长龄，主要是因为她戴了副笨重老土又显眼的眼镜，看起来文静老实，穿着打扮也与Ling判若两人。

从温长龄的反应来看，她应该也忘了谷易欢。她忘了也好，不然两个人多尴尬。可是江山易改本性难移，温长龄肯定不是老实的小白兔，前后判若两人，有点儿不寻常。比起担心自己当年那点儿蠢事暴露，谷易欢更担心谢商被温长龄玩弄。

谷易欢纠结地在床上翻来滚去良久，爬起来，给谢商打电话。

"四哥。"

他酝酿酝酿："你跟温小姐发展得还顺利吧？"

"嗯。"谢商的回答略敷衍，是不细聊私事的意思。

"四哥，你在干吗呢？"

"打香篆。"

打香篆最好选敞口矮扁的炉子。谢商把香灰倒进香炉，少量多次，装七分满。手机被放在桌子上，开着扬声器。

"四哥，我跟你说件趣事。"

谢商"嗯"了一声，示意自己在听。谷易欢思考了一下怎么开口："我有一个朋友。"

谢商懒得接话，拿起香押，将香炉中的香灰压实，从四周慢慢到中间，一点儿一点儿理平。

"他谈了一个女朋友。"谷易欢讲得有鼻子有眼，"我这个朋友他是个爱情至上主义者，最后你猜怎么着？"

高潮来了。谷易欢都不等人猜，自己揭晓答案："哈哈哈，他被他女朋友骗了100万块钱，哈哈哈。"

旁边的木盒子里放着各种图案的香篆，谢商从其中挑了一个树叶形状的，放进香炉中。

故事讲完了，谷易欢没得到反馈，立马追问："你有没有在听啊，四哥？"

"在听。"

"那你觉得我朋友他傻不傻？"

谢商"嗯"了一声，取来香勺，往香篆里添加沉香粉，粗粗填满之后，用香押压平，再加香粉，再压平，不断重复这一过程。这是个缓慢的过程，需要很多耐心。添香的过程中，香篆不能移动，香粉要压实，否则会断篆。

谷易欢讲完故事，还要做总结："从这件事，我领悟到一个道理，什么道理呢？"他自己问，自己答，"男人千万不能太看重爱情，太看重爱情倒大霉，太看重爱情吃野菜。"

听到没有啊，四哥？不要太看重爱情！

"四哥，你觉得呢？"

最后一步：起篆。谢商用香勺的手柄轻轻敲打香篆的边缘，等香篆和香粉松动后，垂直地取出香篆。谢商把香篆擦净放好："我觉得你被宋三方女朋友的奸夫打到脑子了。"

谷易欢："……"

他白说了。所以说，不要劝你那满脑子只有恋爱的朋友，让他去吃爱情的苦吧。

傍晚。温长龄在跟花花玩"你扔我捡"的游戏。游戏规则就是温长龄把老鼠公仔扔出去，花花去叼回来，然后温长龄奖励它一条小鱼干。多无聊的游戏，然而一人一猫玩得不亦乐乎。

粥已经煮上了，朱婆婆坐在院子里择菜。晚上她们吃豆角。温长龄搬着凳子坐过去："婆婆，我帮你。"

花花也跑过来，嘴里还叼着老鼠公仔。朱婆婆问："是有什么好事吗？"

"嗯？"温长龄眼睛弯弯的，在笑。

朱婆婆说："看你笑得这么开心，是不是有什么好事发生了？"

她点头，笑盈盈地说："我刚刚开了一个瓜，超级甜。"

晚上7点整，网上爆了一个"大瓜"。首先是一个专发八卦消息的博主发了一个视频：高清，打马赛克，男男女女在房间里群魔乱舞。

整个视频时长2分钟，视频里一共出现了13个人，只有1个人的脸没有打马赛克：TTS，佟泰实。视频放出来不到10分钟，就被博主删了。

娱乐圈红叶先生："刚刚那条不是我发的！！！我的号被人盗了，名字也被改了！"

网友回复："刚起来，平时你造谣的时候可没怕过。"

娱乐圈红叶先生："真的是被盗了！！！"

因为红叶先生删得快，所以视频没有激起多大水花。

7点30分，娱乐圈绿叶先生发了一个视频，视频和红叶先生发的一模一样。

这次久一点儿，大概20分钟，绿叶先生删掉了视频。

娱乐圈绿叶先生："被盗号了，还被改名字了。"

网友回复："又一个被盗号的？！"

你说是不是见鬼了？还有更见鬼的。晚上8点整，娱乐圈黄叶先生发了一个视频，还是那个2分钟的视频，还是TTS的脸不打马赛克。

网友要疯了。

娱乐圈黄叶先生在10分钟内删掉了视频，并辟谣："视频是假的。"

网友回复："被绑架了你就发个微笑的表情。"

娱乐圈黄叶先生发了一个微笑的表情。

8点30分，娱乐圈蓝叶先生发了一个视频。

又来？！这行事风格主打的就是一个让所有雪亮的眼睛都看到世间的肮脏。

娱乐圈蓝叶先生删了视频："对不起，被盗号了。"

9点整，娱乐圈青叶先生发了一个视频。

"我现在相信视频是真的了。"

"大佬，挺住啊，佟家要出手了！"

…………

娱乐圈青叶先生删除了视频。娱乐圈青叶先生："抱歉，视频不是真的，有人在造谣。"

10点，红叶、绿叶、黄叶、蓝叶、青叶，还有TTS、海角天涯全都被挂在了头条上，后面都跟着一个红彤彤的"爆"字。

有网友分析：几位叶子先生有两个共同点——粉丝多，但平时不干人事。应该就是出于这两个原因，他们才被盗号者选上。从盗号者不愿误伤无辜者这一点来看，TTS绝对不无辜。接着官方下场，表明立场：一定严查。

佟二爷、佟三爷都被佟家老爷子叫了回来，全都在海角天涯的顶层。这场风波若是处理不好，不止佟泰实一个人，整个佟家都要跟着元气大伤。

视频一被发出来，佟二爷就动用了所有关系，第一时间封口、善后，并且追查背后的人。佟氏请了一个庞大的互联网技术团队，追踪那位盗号贼。两个小时，技术团队查了无数个地址，全部是假的。

佟二爷一连接了4个老爷子的电话，现在整个人就像被架在火上烤："找到源头了吗？"

技术团队的老大叫乔海："还没有。"

佟二爷一脚踹翻了椅子："你们这些废物，快点儿！"

下一秒，所有的电脑都黑屏了，接着，一只身穿粉色睡衣的兔子从屏幕边缘蹦出来，蹦蹦跶跶，抱着一根胡萝卜。

乔海在互联网上混了20多年，江湖人称"第一黑客"。此时，黑客先生差点儿捶爆键盘："浑蛋！"

老爷子第五通电话打过来，佟二爷走到旁边去接："爸。"

老爷子问事情的进展。

"还在查。"

"公关团队那边已经在准备了。"

佟家找了顶级的公关团队，商议了一个晚上，于次日早上8点，回应了这次网络事件。

佟泰实因为之前的丑闻，号早就被封了，此次由经纪公司出面回应。

千舟娱乐："很抱歉占用了公共资源，本司前艺人TTS已经退圈，一直居国外养病，其行程与视频中显示的不相符。不信谣，不传谣，谢谢。"

为证明视频里的人不是佟泰实本人，佟泰实工作室还上传了佟泰实在国外医院的照片、IP属地、行程机票。百万公关团队果然名不虚传。只可惜网友并不买账，主要还是因为佟泰实之前的行为太恶劣，大家早就不相信他了。

北城的夏天昼长夜短，太阳总是拖拖拉拉，赖着不肯走。快要下午6点了，阳光还是很烈。南桥坝公交车站点的挡雨棚前几日塌了，太阳晒得人头昏眼花，温长龄用两只手抵在脑袋上，挡挡光。

一辆出租车在她的面前停下来，司机师傅打开车窗拉客："小姑娘，打车不？"

小姑娘文文静静的："不打车。"

"算你便宜点儿，上来吧。"

她摇摇头，温声拒绝："我等人。"

司机师傅没拉到客，开车走了。来了，她等的人。她对面往前100米，有个红绿灯路口，红灯亮起后，一辆全新的黑色轿车停在了左转车道上。黑色轿车后面紧跟着一辆破旧的银色皮卡，皮卡跟车太近，没有刹住，撞上了黑色轿车的车屁股，"咣"的一声，撞得挺狠。

皮卡司机立马下车，也没查看自己车的情况，直接去敲黑色轿车的车窗："不好意思啊，撞了你的车。"

轿车车窗没有降下来，上面贴着黑色的玻璃膜，从外面看，车里面黑乎乎的。皮卡司机又敲了敲车窗："你下来一下呗，谈一下赔偿。"

绿灯亮了，但路口堵车。轿车车窗降下来一点点，露出一条缝，里面的人戴着口罩和帽子，是个男人，声音很浑厚："不用你赔。"

这时候交警过来了，警号016782。南桥坝这条路总是很堵，状况频出，是以这条路上经常有交警。交警的手里拿着交通指挥棒，他走过来，先看了看两辆车相碰的地方："怎么回事？"

皮卡司机老实交代："刹车不灵敏，不小心碰了一下。"他面相憨厚，跟交警赔了个笑脸，"交警同志，我可没逃逸啊，我们正在协商呢。"

交警拿出酒精测试仪："吹一下。"

皮卡司机摆摆手，一脸被冤枉的表情："我没喝酒。"

"让你吹就吹。"

皮卡司机吹了一下，仪器显示未饮酒。交警走到黑色轿车的车头边："你也吹一下。"

轿车车主不动。

"快点儿！"016782交警的同事听到动静，过来协助。轿车车主把车窗降下，摘掉口罩，对着仪器吹了口气。仪器显示轿车车主也没有喝酒。

他把口罩重新戴上，脸上并无表情："我能不能先走？我赶时间。"

皮卡司机一听，赶忙说："还没赔你钱呢。"

"不用赔了。"

皮卡司机看上去本分老实,说"那怎么行",并且热心地主动承担责任:"我刚刚好像听到了叫声,你没受伤吧?别逞能了,去医院看看,我又不是不负责。"

"没有。"轿车车主冷着脸,问交警:"我能不能先走?"

他一副赶时间的样子。交警正要放行,不知道何时跑到车尾的皮卡司机拍了拍轿车的车屁股:"声音好像是从后备厢里传来的。"

交警凭借多年值岗的经验,嗅到了一丝不寻常,脑中立马敲响了警钟:"把后备厢打开一下。"轿车车主并未有所动作。

皮卡司机把耳朵贴到车屁股上去听,然后惊奇地大喊:"交警同志,这里面真的有声音!"

有古怪。两位交警交换了个眼神,其中一位联系公安同事,另一位上前,命令道:"把后备厢打开。"轿车车主露出了一丝慌乱的神色。

"我再说一遍,把后备厢打开。"

轿车车主一不做二不休,一脚油门踩下去,车头刚过栏杆,方向盘就往左打死。

就在这时候,不知何时回到自己车上的皮卡司机二话不说,超车,用力撞上去,逼停了轿车。皮卡司机探出脑袋:"嘿嘿,不用谢,不用谢,我这人最见不得违法乱纪的事了。"

交警:"……"

不管怎么说,轿车是被拦下了。两位交警协力把轿车车主拽下车,皮卡司机主动过去帮忙,打开了后备厢。后备厢刚一打开,两个人就滚了出来,一男一女,抱在一起,没穿衣服。男的正是"居国外养病"的佟泰实。

"哇!"皮卡司机赶紧拿出手机,直接对准佟泰实的脸拍了起来。

温长龄刚起身,准备离开,谢商的电话打了过来。

"喂。"

"还没下班吗?"

"下班了。"

谢商问:"在哪儿?"

"我迷路了。"温长龄说,"在北桥坝。"

她旁边有块站牌,上面写着"南桥坝"。

"在那里等我,我过去接你。"

"好。"

温长龄挂断电话,走到前面的路边打车。

好几辆出租车排着走,磨磨蹭蹭,车窗都降下来了。华国人简直把爱看热闹刻进了基因里。温长龄招停了一辆出租车,上车。

"师傅,去北桥坝。"

司机师傅头都要钻出车窗了,恨不得飞到对面去,好看第一手热闹。

温长龄提醒道:"师傅,"她小声地催促,"可以走了吗?"

司机师傅意犹未尽地回神："哦，走走走。"

出租车开出去不到 200 米，司机师傅就拨了个电话，兴奋地跟他的车友说："南桥坝有一男一女，吸毒上头了，在后备厢里乱搞，被交警当场抓获，那男的以前还是个名人。"

温长龄从包包里拿出一部老旧的手机。

她发了一条短信："已汇款。"

皮卡司机将事情做得很好，她汇了两倍的钱。她把手机关机，扔到窗外，手机在空中画出一道曲线后，掉下大桥，沉入江底。

南桥坝到北桥坝开车开得快的话，30 分钟就能到。温长龄先到地方，等了 10 多分钟，谢商来了。温长龄上车。谢商接过她的包，放到后座上："等很久了吗？"

"没有。"

谢商在前面掉头，温长龄在车上，他照常开得很慢："没有打车吗？怎么迷路了？"

温长龄看着窗外："我扫的单车。"

"下次直接让我去接你。"

"好。"

温长龄很佩服华国网友的传播能力。

她还没回到家，南桥坝的事就被传得快要尽人皆知了，"吃瓜"群众排排坐，好生热闹。

温长龄刷评论刷得很开心。

某人突然扫兴："别看了。"

她抬头："嗯？"

谢商在去接温长龄的路上就通过谷易欢那个"大喇叭"知道了当下的热点事件。谷易欢在电话里骂了 10 多分钟，大概意思是，这种垃圾都能当饶舌歌手，他一个热爱歌唱的良好市民为什么不能出道？

谢商说："脏眼睛。"

温长龄刚完成一桩事，心情太畅快，于是回答得快了点儿："更脏眼睛的我都看过。"

谢商的表情变严肃了："你看过什么？"

温长龄面不改色、一本正经地回答："动作片。"

谢商："……"

"谁给你看的？"

温长龄沉默了几秒，没有说真话："我自己。"

18 岁的时候，她跟妈妈一起看的。妈妈教她，要懂得保护自己。

谢商不擅长跟异性谈这些，尤其这个人是温长龄："以后别看了。"

"为什么？"

温长龄目光坦荡，看着谢商。

"你现在有男朋友。"

"哦。"温长龄一副恍然大悟的表情,大胆、直白地把目光从谢商的脸上移到他的腹上,甚至往下扫,分明是很出格的举动,她做起来却非常坦荡,眼神清澈,有股不自知的勾人意味,"那看你吗,男朋友?"

车头的方向稍微偏了。谢商把车头调直,脸上表情不变,喉结轻微滚动:"你别说话了,我在开车。"

温长龄甩头看向窗外:哼,开不起玩笑。

北城公安局景丰分局。审讯室里,佟泰实正在发疯。

从被带过来到现在,他癫狂了将近4个小时,提审人员换了3拨,依旧什么都没问出来。

他疯狂地挣扎,鬼吼鬼叫,一副神志失常的样子。

"让我见律师,我要见律师!啊啊啊!"

他掀翻桌子,面目扭曲,青筋暴起,嘴里声称:"我病了,我有病!送我去医院!啊啊啊!"他用头猛烈地撞墙,歇斯底里。

审讯室外,负责这个案子的大队长林耀平刚开完会回来。

"还在发疯?"

副队长张谦说:"估计是装疯卖傻。"要是真疯,佟泰实就不会这么有目的性,一会儿要见律师,一会儿要外出就医。

佟家请的律师10点多来了。律师姓魏,身穿西装,手提公文包,胸前别着一枚精致的金属胸针,胸针上面有 KE 律所的 LOGO。魏律师和他的当事人说的第一句话是:"你一定要记住,你不是组织人。"

佟泰实跷着二郎腿坐着:"让我爷爷把我弄出去。"他是佟老爷子最疼爱的孙子。

魏律师说:"你这事,舆论声音太大,不能太明目张胆。"

佟泰实把腿放下去,半边身子趴到桌子上,像一只爬行动物一样往前凑,通红的眼球因为药力凸出眼眶:"那就偷偷摸摸地把我弄出去。"

魏律师没有接话。佟泰实暴躁地拍着桌子:"我不要待在这个鬼地方,快把我弄出去!"

"什么病都行,把我保出去!"

"听见没有?!"

端午节快到了,要开始包粽子了。温长龄今天休息,朱婆婆带着她上杂粮铺的万姐家包粽子。陶姐也来了,隔壁的秦大婶和她儿媳妇小芬也在。

屋里,万姐的小女儿妙妙在哭。妙妙在幼儿园读大班,今天是哭着回来的,原因是同班的一个小男孩儿指着妙妙说她长得丑,全班最丑,叫她"小黑妞"。

妙妙现在到了听得懂美丑褒贬的年纪,被伤到了自尊心。

秦大婶手上麻利地包着粽子:"还哭着呢?"

"哄不好，等她爸来吧。"万姐心里也不得劲儿，还气着呢，"现在的小孩儿真是不得了，才多大，就对女孩子评头论足。"

陶姐说："开黄腔的都有。"

小芬也接腔："我姐家那个也是。让她别给小孩儿玩手机，她非不听，现在孩子学得一口网络用语，说话气死个人。"

秦大婶问万姐："那小孩儿的父母也不管管？道没道歉？"

说起这个，万姐更气："管个屁，在旁边笑呢，说他儿子词汇量大，听着都来气，真想上去扇他们一巴掌！"

一直没吭声的温长龄突然说话了，声音小小的，像在自言自语："不会教小孩儿的家长也要教训。"

"嗯？"陶姐没听清。

温长龄往糯米里塞了蜜枣，把绳子绑好，转头问朱婆婆："婆婆，是这样缠的吗？"就好像她刚才没开过口一样。

"对。"朱婆婆教她，"要绑紧一点儿，不然糯米会漏出来。"

"哦。"

温长龄缠得很紧，一点儿都没让米漏出来。

现在是北城时间 20 点 3 分。海角天涯有部客梯，从地下车库直通 6 层不对外开放的会客区。会客区的整个区域都使用了高级电子锁，没有权限的人来不了这个区域。

褚经理把客人带到了 6019 号包房："樊先生，杜先生，里面请。"

两位先生进入包间，佟二爷和佟三爷已经在里面等候多时。

此时此刻。温长龄坐在电脑屏幕前，用朱婆婆的杵臼把新鲜的凤仙花捣碎。凤仙花是小芬给的，小芬说今年的凤仙花开得比往年早。

凤仙花可以染指甲。温长龄在指甲周围的皮肤上贴上胶带，再把捣碎的凤仙花瓣敷到指甲上，然后缠上保鲜膜，绑好。

好了。她张开五指，放在灯光下面，从指缝里看向屏幕上一张张令人恶心的嘴脸。她起身，走到白板墙前。因为指甲被包着，她要很小心。她拿起匕首，对着佟泰实被划烂的眼睛，再划下一刀。

她又坐到屏幕前。让她想想，这视频她投放在哪里好呢？北城的广达广场因为地理位置好，人流量大，最近成了网红的打卡地，这个地方的广告位听说是天价。广场上有块裸眼 3D 大屏，一到晚上，许多家长会带小孩儿到广场上来看免费的 3D 科技秀。

人太多了，一个小孩儿拉了拉他爸爸的衣服："爸爸，我看不到。"

孩子爸爸就把小孩儿抱到肩上坐着："现在看得到不？"

"看得到。"

今天的科技秀是个恐龙大片，小孩子最喜欢了。

小孩儿很兴奋："爸爸你快看，恐龙！"

孩子爸爸正在跟旁边的人聊天儿，抽出空抬了一下头。屏幕上已经没有恐龙了，恐龙消失了。屏幕上出现了4个男人。佟二爷还不知道他正在被千人观赏，以为海角天涯的会客区是铜墙铁壁："樊先生，我那个不争气的儿子又要麻烦您了。"

樊先生50多岁，为难地说："这次的事恐怕没那么容易。"佟二爷把提前准备好的东西推过去："烦您多费心了。"

广场上一片哗然。小孩子全都一脸蒙，吵着说恐龙不见了。大人看得很兴奋，比看大片还兴奋，纷纷拿出手机来拍。

佟三爷开口了，叫了声"杜先生"："我们海角天涯的那批货还被扣着，您给想想办法。"

杜先生喝茶："等等吧，风头过了再说。"

一个身穿黑西装的男人突然冲进包间，正是海角天涯的褚经理，他挡着自个儿的脸，神色焦急："二爷！"

他过去耳语了几句，佟二爷立马神色大变。接着5人掩面，仓皇逃离。3D显示屏上的画面安静了十来秒，接着恐龙又出来了，小孩子集体欢呼。

此时，海角天涯内已经乱了套。佟二爷发了好大的火。

"哪儿来的摄像头？！"

6层的会客区不对外开放，门也都是安装的高级电子锁。褚经理手心直冒汗。前几天确实出现过一次异常，但当时监控坏了，什么都没拍到。

"找到了。"摄像头被藏在柜子上的书后面。底下人将其取出来，递给佟二爷。佟二爷把东西摔到地上，一脚踩碎："什么时候放进去的？！谁放进去的？！"

褚经理不敢答。没有人敢说话，直觉告诉他们，佟家的天可能要塌了。

见底下的人都是一问三不知，佟二爷气得踹人："你们这群废物，还不去查？！"

老爷子的电话打了过来。

佟二爷去旁边接电话："爸。"

距离变故发生已经过去了半个小时，网络上开始热闹，"叶子家族"的叶子账号再一次出现了。

娱乐圈紫叶先生、娱乐圈橙叶先生、娱乐圈白叶先生、娱乐圈黑叶先生同时发了一个视频，视频是同一个，海角天涯那个。还是老规矩，被盗号的4位都是人气高又不干人事的黑心博主，"叶子先生"依旧秉着不误伤、不放过的原则。

对了，"叶子先生"是网友给这次连环事件的盗号人取的新代称。

佟家请的技术团队已经追踪了4个多小时了。佟二爷从愤怒暴躁到惊慌失措，现在已经开始寻思后路了。

"查到了没有？"

作为曾经的"江湖第一黑客"，乔海第一次遭受这么重大的挫折，整个人都被对方碾压到麻木了："对方的电脑技术太高了。"

佟二爷跟他儿子佟泰实一样，喜欢捶桌子："废物！废物！废物！"

屏幕里又弹出来一只兔子，这次兔子没穿睡衣，穿着黑色小裙子，戴着胡萝卜形状的发箍，后面还跟着一句话："你们好慢啊。"

温长龄关掉电脑，重启。重新启动的3秒内，计算机里的数据库会自动删除所有用过的虚拟地址。她敲了几下键盘，停下来，看着自己的手。包裹手指的保鲜膜松了，要重新弄了。

凤仙花染过的指甲是那种橙色，温长龄只染了淡淡的一层，朱婆婆说好看。温长龄今天要值夜班，白天在家里。谢商上午外出了，下午4点多回了荷塘街，过会儿送温长龄去医院接班。

她刚睡醒，在院子里的水龙头下面洗脸。谢商应该是对美甲之类的一无所知，看着温长龄的手问："你的手怎么了？"

她把两只湿漉漉的手递到谢商面前："这是我新染的指甲，好看吗？"

谢商的母亲苏南枝女士就热衷于做指甲。苏女士喜欢造型夸张的款式，钻石、珍珠、亮片都是苏女士的心头好。谢商在这一方面没有鉴赏能力。

"用什么染的？"

温长龄说："凤仙花。"

谢商回答她的上一个问题："好看。"他在想：是不是要多送温小姐好看的珠宝和漂亮的裙子？毕竟她染了好看的指甲。

温小姐突发奇想："你要不要染？"

"不要。"谢商拒绝：也不能什么都惯着她吧。

温长龄这两天心情好。她心情好的时候，性子会活泼很多，有时候也会开一些无伤大雅的小玩笑。

比如现在。她拉拉谢商的袖子："染一下，嗯？"她的语气像撒娇，也不太像，是商量的口吻，就最后一个字，声调里掺了一点点软软的音。一点点就够了，她只要流露出一点点示好的迹象，谢商就能让很多很多步。

他妥协，认命似的打开水龙头，洗干净手："我还要出去见人，温小姐稍微手下留情。"

"好的。"

温长龄跑着去拿凤仙花。她特意挑了几朵最新鲜最好看的花，放在杵臼里捣碎。

"手给我。"

谢商把手递过去。那是很有力量感的男人的手，骨节分明，指甲修得干净整齐，经常握笔和运动的手并不会很细嫩，谢商从来都不是温室里的兰花，如果要比喻，他更像战地荆棘。

温长龄细致地在他指甲的周边贴上胶带："我给你染淡一点儿。"她笑得很开心，像只偷到了荤腥的小狐狸，有一点儿坏坏的得意，温柔地夸赞谢老板的手生得好看。

　　她不知道，谢老板的手已经抄不了经书了，因为那晚沾染了世俗的欲望。他看着她弯弯的眉眼，心想：怎么会有这样一个人，所有的样子都能让他心脏失控？

　　不过是给她玩玩手而已，有什么不能给的？

　　谷易欢还在住院。

　　早上，谢商过来了，贺冬洲也过来了。当然，谢商是过来接温长龄下夜班的，贺冬洲是来陪小疤小姐的，看谷易欢和关思行就是"顺便"。

　　关思行是个书虫闷蛋，一天憋不出一句话，谷易欢终于逮到人说八卦消息了。

　　"这'叶子先生'到底是谁啊？你们觉得他是男是女？"谷易欢剥了根香蕉，跷着打了石膏的腿，不像在住院，像在度假，"我觉得是男的。"

　　说完，他自个儿又摇了摇头："我听说那些追踪他的电脑里都弹出了一只兔子，他会不会是女的啊？"

　　关思行在看书，没有参与话题。

　　"你管他是男是女。"贺冬洲坐在关思行的病床上，一只手撑着，身体往后仰，一把好腰，肌肉线条很流畅，"他电脑技术这么厉害，那些背地里干坏事的人以后多少会收着点儿。"这次的事也算是个警示。

　　"我觉得吧，应该是佟家做了什么伤天害理的事，'叶子先生'是来报仇的。"谷易欢扭头："四哥，你觉得呢？"

　　"恶有恶报，世界和平。"

　　谢商在网络上看到过这条评论。恶有恶报，世界和平也是温长龄的愿望。

　　"'叶子先生'做得挺好。"

　　椅子靠窗放着，早晨8点的阳光从窗户洒进来，像细细的碎金，铺在谢商的肩上，白色的衣服很称这个颜色，很称光，很称人。

　　谢商的手搁在椅子的扶手上。

　　谷易欢突然瞪大了眼："四哥，你的手怎么了？"

　　温长龄手下留情，只染了一层很淡的颜色，也只染了食指和小指的指甲，水洗过之后，染的色有点儿偏肉粉，像幼猫肉垫的颜色。

　　谢商的语气有些无奈，但任谁都听得出来，无奈里有对温小姐的纵容："温小姐染着玩的。"

　　谷易欢："……"就是宋三方那个在前女友面前最软的软蛋，也没让女人在他身上乱搞过这种花样。

　　"那你就让她染？"

　　谢商"嗯"了一声："温小姐非要染。"

　　谷易欢："……"温小姐怎么上不了天？！原来她还是那个Ling，真会玩。

　　谢商看了看时间，差不多该去找温小姐了。他起身，先走。谷易欢踢了一脚被子。

贺冬洲问他："温小姐全名叫什么？"

"温长龄啊，我没告诉过你吗？"

温长龄……温家女。贺冬洲现在才知道温小姐的温是哪个温，真是巧，都凑一起了。

他起身，出去。

"你也要走？"

贺冬洲回头："我不是来看你的。"

谷易欢"哼"了一声："滚吧，死狗。"

贺冬洲要去陪小疤小姐了。

第十二章
他的温小姐是只刺猬

温长龄交完班时是 8 点 20 分。她不想被人议论私事，就让谢商在医院的停车场等她。

她一整晚没闭眼，状态很差，整个人都很颓废，莫名其妙地显得有些阴郁。她懒懒地耷拉着眼皮，甚至不想动。谢商给她系好安全带。

"去吃早饭吗？"

她闭上眼，声音低低的，很沮丧："回家吧，困了。"

"你睡会儿，到家了叫你。"

谢商把空调的温度调高了些。温长龄没有睡意。她不困，怎么睡得着。她有满腔的烦躁发泄不出来。就在一个小时前，她接到了一通电话。

"佟家老爷子昨天晚上去了谢家，谢良姜有可能亲自出马。"

谢良姜亲自出马，那等于出动整个 KE。KE 有着华国最优秀的一群律师，那些个人，能把活的说成死的，能把他杀说成自杀，能把有罪辩成无罪。

谢家，谢良姜，谢商……

"长龄。"

"长龄。"

温长龄睁开眼。到家了，她下车，谢商也下了车。

"我去给你买早饭。"

温长龄拉住谢商。谢商低下头，目光很温柔："怎么了？"

"我不想吃早饭。"她要做点儿什么，不然她会发疯。

她拉着谢商往院子里走。往房间里走，谢商很困惑，看着她，试图解读她。她关上门，抱住谢商的脖子，踮脚去亲吻他的脸，不说一句话。

谢商把身体压低，迁就她的身高："长龄。"他回应她，扣住她的腰，手掌轻抚，

"你怎么了?"

她周身的气压很低,像暴雨来临之前,充斥着潮湿、闷热,有种让人呼吸不过来的憋闷感。

"没怎么,想亲你。"她亲亲谢商的下巴,"你不喜欢我亲你吗?"

谢商深深地看着她,想从她的眼神里找到蛛丝马迹。她不让,钩住他的脖子把他拉过去,亲他的眼睛:"回答啊,不喜欢吗?"

谢商认命地闭上眼:"喜欢。"

她胡乱地亲,很急躁,染了凤仙花颜色的指甲在他的后背上毫无章法地作乱,偶尔扯他的衣服,偶尔抓他的身体,像在发泄。吻到他的脖子时,她突然停下来。

"谢商。"

"嗯?"谢商半闭着眼,因为是温长龄主动,哪怕没有真正接吻,他身体给的反应也很强烈,大脑缺氧,皮肤发烫,眼角染上了平时不会有的艳色。

温长龄在他的耳边问:"我可不可以咬你?"

女巫在下蛊,问可不可以。可以,什么都可以。谢商回答:"可以。"

温长龄张嘴,咬在谢商锁骨的那颗痣上。她突然很兴奋。

"星星,出血了。"

谢商的呼吸越来越急,紧扣在她腰上的掌心出了汗。他的皮肤冷白,血的颜色太称他了,有种妖异、阴森又残破的美感。

"长龄。"

她抬头,唇色殷红。谢商摘掉她的眼镜,放在一边,拉来椅子,单手抱起她坐到椅子上,分开她的腿,让她跨坐在他身上。因为悬殊的力量,她几乎任他摆弄。

"还想咬吗?"

温小姐以前就说过,喜欢他锁骨的痣。她点头。谢商解开领口的第一颗扣子,微微仰头,露出最脆弱的脖颈和喉结,把自己送到温长龄的嘴边。

她咬下去。不是很疼,谢商闭上眼,压抑身体反应慢慢换气。他明显感觉到,温长龄的情绪在慢慢平复,她在舔他的伤口,把所有有痕迹的地方都吹了一遍气。

谢商单手扶着她的腰:"还想发泄吗?"

"对不起。"

温长龄摸了摸被她咬破皮的地方。多好看的一块羊脂玉,被烙上了标签。

"没关系。"谢商虽然呼吸还乱着,但情绪很稳定,"长龄,现在可以告诉我为什么不开心吗?"

温长龄低着头,帮他系扣子。

"恶人没有恶报,他们有很多帮手。"

谢商理解能力很强,几乎立马猜到:"你指佟家?"

她抬头,问:"谢家会做佟家的帮手,对吗?"她有很确切的判断,"佟家现在需要顶级的律师团队,KE是最好的选择。佟泰实的代理律师魏明阑就是KE律所的,现在佟二爷、佟三爷都要接受调查，KE这次打算派谁出马？"

她没有戴眼镜，黑白分明的眼眸明亮炽热，有着看透世事的清醒和果断。她很聪明，谢商一直都知道。

"为什么这么在意佟家的事？"他问她。

温长龄毫不掩饰地表示她的憎恶："我讨厌佟泰实。"她少有这么直接表达好恶的时候，带着脾气，像在告状，"他欺负我，在医院。"

"你吃没吃亏？"

"没有。"温长龄说，"只是让他骂了几句，拽了几下。"

"他还拽你？"

"嗯。"

谢商扶在她腰上的手明显比刚才用力了几分："下次发生这种事，早点儿告诉我。"

他被咬的地方又有血渗出来，一点点。温长龄把他的扣子解开，够到桌上的纸巾盒，从里面抽出一张纸，揉成一团，轻轻压到伤口上。

她再一次道歉："对不起，这里留下印子了。"

这种透红的牙印，谁都看得出来是她的杰作。

谢商不在意："没有关系。"

等到温长龄睡着，谢商给律所打了一通电话，谢良姜不在律所。谢商去了花间堂。

玫姨给他开的门："四哥儿来了。"

"我父亲在吗？"

"在楼上书房。"

谢商上楼，停在书房外面，敲门。

"进来。"

他推门进去。谢景先这几年已经放权，KE现在基本是谢良姜在管理。

谢良姜正在打电话。

"保一个。"

"佟文昌那里让秦律去谈。"

"必要的时候，把佟文昌的妻女送出国。"

佟家要弃车保帅，佟文昌是被放弃的那一个。

谢良姜挂掉电话："有事？"若无事，谢商不会来见他。

谢商礼节周到地喊了声"父亲"："佟家的案子，KE不要插手。"

谢良姜把放在桌子上的眼镜戴上，用手指撑了撑镜架："你是来教我做事的？"

谢良姜也生得一副好皮相，温润儒雅。苏女士以前开玩笑，说自己年轻的时候就是被那张脸给骗了。

"是来跟您谈生意的。"谢商走上前，把带过来的资料放在桌上。

谢良姜看了看他，拿起资料，翻开看了几页，是鹤港容家的经济并购案。

"父亲，这桩生意比起佟家的如何？"

谢商不会毫无准备地过来，更不会来打感情牌——没感情，装不出来。他这位好父亲是逐利的商人，利益交换比什么都好用。

谢良姜合上文件："你能代表容经图？"

"晚点儿他的秘书会联系您，前提是，我们谈得顺利。"

谢良姜没有考虑很久。两口茶的工夫，他放下茶杯，给秘书打电话："佟家的案子全部停下来。"

名声败光的佟家哪里比得上鹤港的首富"船王"？对这个结果，谢商一点儿都不意外。

谢良姜挂掉电话，看向谢商："容家的遗产之争，是不是也有你的手笔？"

不然容经图为什么要舍近求远？鹤港就有最出名的经济律师。

"容家的遗产分配都是遵守了老'船王'的遗嘱，那可是公证文件，谁也作不了假。父亲，您是律师，措辞还是严谨些的好。"

谢商也是律师。这措辞，多严谨。

谢良姜辩不过他，虽然父子两个不亲厚，但这个儿子谢良姜心里是欣赏的："不管你是用什么方法拿下这个案子的，都说明你很适合做律师。"

"适合就要做吗？我还很适合坐您的那个位子，"谢商泰然发问，"父亲，您让吗？"

谢商一口一个"父亲"，一口一个敬辞。你说他不孝吧，他言辞上少有冒犯的时候；你说他孝吧，他不肯帮衬，篡位倒是肯。谢良姜被谢商说得无语。让不了，他还在壮年，还有蓝图没有绘完。

老生常谈还谈不到一起的话题就不说了，谢良姜问："你从来不管家里的生意，这次是为什么？"

谢商略做思考，给出了回答："佟泰实不懂礼貌，他拽人。"

谢良姜："……"他也不知道自己生了个什么玩意儿。

谢商起身："不打扰您了。"

从书房出来，谢商碰到了刚好来谢家的谢研理和方既盈。方既盈见到他，很开心："四哥。"

谢商微微点了下头，又礼貌地叫了声"姑姑"，问了长辈好，然后告辞离开。

谢研理就算想揪错，也揪不出来，板着脸去楼上找老爷子。

方既盈追到玄关："四哥，马上到饭点儿了，留下来一起吃饭吧。"

"不了。"

谢商在换鞋。方既盈刚好看到他的衣领里面："你的脖子怎么了？"猜到答案后，她脸上顿时全无欢喜，只剩气愤、震惊，"你居然让温长龄在你身上留下这种东西！"

在方既盈的眼里，谢商就是那天上星、井中月，是最完美无缺的人，是她踮脚伸手都够不到衣角的人。温长龄凭什么能……？

"方既盈。"

她的心都揪紧了。

谢商眼神冷漠，一丝情面不留："你的教养呢？你作为一个成年女性，在没有立场的情况下，不该去过问别人情侣之间的事情。"

方既盈的眼眶立刻就湿润了。谢商直接走了。

谢家在北城是风向标一样的存在，没有人会主动去得罪一个几代人都活跃在法庭上的律法世家。KE拒绝了佟家的代理委托，之后，墙倒众人推。佟家因贿赂、走私、税务作假等一系列嫌疑被立案调查，佟二爷、佟三爷、佟家长孙、佟家女婿全都被请到了警局"喝茶"。

佟老爷子直接进了医院。佟家一众泥菩萨都在过江，谁还顾得上佟泰实？那些当初被他侵害过的女孩儿以强奸、组织卖淫、强迫他人吸毒等多项罪名，联名起诉了佟泰实。富贵了几十年的佟家算是到头了。

北定区看守所。佟泰实今天又被同一个房间的"大哥"打了。"大哥"是抢劫犯，家里3个妹妹，最瞧不上佟泰实这种因为侵害女性进来的家伙。

"你轻点儿！"

赵医生是看守所医务室的值班医生："还以为自己是少爷呢。"赵医生什么犯人没见过，"搞清楚，这里是看守所。"

该轻轻，该重重，消完毒，赵医生拉开抽屉一看，药用完了。

"老实点儿。"

赵医生把人铐在病床上，出去拿药。

佟泰实挣了几下，挣不脱，一脚踹翻面前的凳子，响声刚落，另外一个穿医生制服的男人开门进来。

男人叫了声："佟泰实。"佟泰实进来也有几天了，但眼前的人很面生："你是谁啊？"男人的长相没有丝毫记忆点，面部也没有什么表情："有人让我来给你讲个故事。"

他原封不动地转述："7年前，4位富家少爷去小镇游玩。他们看上了一个很漂亮的女人，女人不从，他们就给她灌药。一个兼职的少年不小心撞见了他们的恶行，然后被他们打死了。"

这个故事还有后半段。男人停顿了几秒，继续讲："接着他们找来了一个替死鬼，最后，替死鬼也死在了牢里。"

佟泰实听完故事反应很大，手下意识地扯动手铐，带动整张床都在晃。他惊恐地看着男人："谁？！谁让你来的？！"

男人讲完故事，转头出去。

"你站住！"

佟泰实五官扭曲，像个疯子一样喊："是谁？！是谁在搞我？！"他不需要知道是谁。他只需要知道，他的地狱生活将在监狱里正式开始。

咚、咚、咚。院子后面有人在敲门，朱婆婆有些耳背，温长龄起身去开门。她看见客人，并不惊讶："崔小姐。"

崔瑛手里提着水果篮,特地选择了后门,好避开别人的视线。

"我是来道谢的。"她把水果篮双手递上,"谢谢你帮我。"如果不是温长龄,她应该已经从医院的楼顶跳下去了。

"不用谢。"温长龄接过篮子,"我也不全是帮你。"

那晚在医院的楼顶,崔瑛看出来了,温长龄的眼睛里有故事。

"你让我去当铺讲的那个故事……是你身边人的故事吗?"

温长龄目光平静:"崔小姐,我没有跟你讲过什么故事。"

崔瑛听懂了。她一定会守口如瓶。

"温小姐,保重。"

温长龄关上门,提着水果篮进屋。朱婆婆洗漱完出来,看见篮子,问了句:"谁送来的?"

"一个病人的家属,过来感谢我。"

"还挺有心的。"

"您吃吗?"

"要睡了。"

朱婆婆嘱咐完温长龄早点儿睡,自个儿就回房了。温长龄坐在院子里的旧竹床上,剥了一个柑橘——有点儿酸,她一瓣一瓣吃完,没有浪费。

吃完后,她起身,去了2楼。她把白板墙上佟泰实的照片取下来,去房间里拿了打火机,蹲在院子里的那株钩吻旁,点燃照片,看着照片被烧成灰。这株钩吻是从阿拿和妈妈的坟墓旁边移栽过来的。突然刮来一阵讨厌的风,把灰烬吹到了她的眼睛里,弄红了她的眼睛:"阿拿,你不要哭,那些人姐姐一个都不会放过。"

她回到2楼,把新的照片贴到白板墙的中央,看着照片里的人:下一个……到你了。

7年前的7月,温长龄的弟弟温招阳因杀人入狱。同年11月,温招阳在狱中自杀。1周后,温长龄的母亲温沅在家中自杀。后来,温长龄辍学,离开花都。

几页纸,不到500个字,敷衍又随意地概述了温长龄的过往。温招阳那个案子,法务系统里的资料被外部黑客恶意删除了,检察院的存档被设了最高查阅权限,知情者少之又少,很大概率是有人在刻意遮掩。

谢商打电话给贺冬洲。

"冬洲,帮我个忙。"

"你说。"

"找个由头,把如意当铺的名片送到祝焕之手里。"名片被送到之后,怎么让人来当铺,谢商自有办法。

贺冬洲知道祝焕之:"那位年轻的祝法官?"

"嗯。"

"怎么?不想当律师,想去当法官啊?"

"不是,私事。"

祝焕之是温招阳案件的一审法官。

贺冬洲没有多问:"搞定了给你消息。"

贺冬洲的商业池很深,朋友多,路子野的朋友也多。谢商挂了电话,去隔壁院子。

温长龄又在倒腾她用来种西瓜的那一亩三分地。她也不擦防晒霜,穿着短袖和背带裤,任由太阳烤。花花趴在地上,看见谢商过来,悠闲地"喵"了一声。

温长龄把西瓜藤扒拉开,回头跟谢商炫耀:"谢商,你看,这里有个好大的瓜,我真是个种瓜天才!"

谢商过来,抱住她。她戴着朱婆婆的大草帽,仰着的小脸像向日葵中间的花盘:"我身上很脏。"

谢商把她快要被挤掉的帽子扣好:"嗯,脏就脏吧。"

她滑稽地摊着两只手,不敢抓谢商的衣服:"你不嫌我臭吗?"

"不嫌。"

温长龄自己嫌,恨不得把没洗过的手举到天上去:"可是我刚刚浇粪了,没有洗手。"

谢商:"……"

"臭不臭?"温长龄耸着鼻子嗅嗅,倒是没闻到味道。

谢商平时是多讲究的一个人,这会儿倒是一点儿都不嫌弃温长龄,还抱着她:"你能不能不要说话?"

温长龄当面吐槽:"你好难伺候啊。"

谢商:"……"到底是谁难伺候?

长街小巷里,有人在放歌谣:

"五月五,过端午,包粽子,挂菖蒲,赛龙舟,敲锣鼓,家家户户庆端午。五月五,过端午,插艾草,挂香包,吃粽子,蘸白糖,龙舟下水喜洋洋。"

今天是端午节,街上比往日热闹得多,许多铺子在门口摆上了节日商品,有手绳、香囊、纸鸢,还有各种口味的粽子和鸭蛋。一群半大的孩子在跳房子,其中两个玩着玩着拌起了嘴。

大点儿的是粮油铺家的小孙子,爱国:"这是我奶奶给我编的。"

爱国挺起胸膛,炫耀胸前的蛋兜。小点儿的是爱民,他也有:"这是我妈妈给我编的。"

爱国哼哼:"我的更好看。"

爱民也哼哼:"我的更更好看。"

爱国一拍脑袋:"我有老虎。"爱国的脑门儿上有用雄黄酒画的老虎。

爱民不甘示弱:"我也有。"

爱国把他蛋兜里的咸鸭蛋掏出来:"我的蛋更大。"

爱民也把自己的咸鸭蛋掏出来:"我的更更大。"

路过的杨熙宁:"……"对不起,不该思想不纯洁,我有罪,罪该万死——杨熙宁在心里这样反省。

朱婆婆在厨房炸糖糕。糖糕要一个一个翻面，一锅不能炸太多，第一锅留给家里人吃，后面几锅都送给街坊，过节嘛，大家都尝尝鲜。

朱婆婆盛好一碗糖糕："长龄。"

温长龄应了一声，跑来了。

"帮我把这个送去廖奶奶家。"

"好。"

去年中秋节，吴浩敏工作的银行给员工送了中秋礼盒，那个礼盒的包装是个竹编的食盒，朱婆婆没舍得扔，现在刚好用上。她把装着糖糕的碗放进食盒里，再交给温长龄。

温长龄去"送餐"了。

吴浩敏来到厨房，徒手拿了块糖糕——刚出锅的，烫手，她边吹边吃："妈，你能不能别总是使唤长龄？"

朱婆婆又盛了一碗糖糕，用菜篮子装上："那你把这个送去甜水铺。"

吴浩敏乖乖闭嘴，吃她的糖糕。这不是她不送，是她忙。今天过节，过节她要干吗？过节她要给客户送祝福。

"刘女士，好久没联系，最近还好吗？

"祝您端午节安康。

"我们摩林银行最近出了一款新的投资产品……"

摩林集团家的外孙就在隔壁呢，在给小孩儿画额。建国和爱民额头上的老虎便是谢商画的。他会作画，小老虎画得憨态可掬，引得整条街的小孩儿都来他院子了。

雄黄酒画额是北城的端午习俗，在小孩儿的额头上画个"王"，或者画个老虎，雄黄驱毒虫，老虎驱邪。

"哥哥，可以给我画恐龙吗？"

谢商托起小朋友的脸，下笔："要画老虎。"

"为什么呀？"

"老虎驱邪。"

"哦。"

谷开云的外祖父是国画大师，收过3个弟子——谷开云、谢商、谷易欢。谷易欢第一个月就被逐出师门了。他也很冤枉啊，他那一手仿佛鸡爪子抓出来的字就能说明他没有绘画天分了，他妈还非把他塞进去蹭课，看吧，自取其辱。

小朋友都在排队等着画老虎，温长龄过来送糖糕，看到谢商很忙，就没过去打扰他，把东西放下，自己坐下来吃。

谢商这儿有茶，温长龄不知道是什么茶，很配糖糕。彤彤过来了，问温长龄可不可以给她编一个蛋兜，她妈妈不会编。温长龄见陶姐给爱国、爱民编过："我试试。"

见温长龄答应，彤彤搬椅子过来坐。

"那个……"温长龄听到声音抬头。

干果铺子的老板娘牵着她家的大孙子，原本在排队，特意过来温长龄这边。老板娘一副很难开口的样子:"那个……小温啊。"

小温表情茫然。

"之前说了你一些不好听的话,我给你赔个罪。"老板娘很不好意思,他们那一辈的人啊,好像都不怎么擅长道歉,"我真没别的意思,就是管不住这嘴巴,喜欢说三道四,对不住啊,你别往心里去。"

朱婆婆近来经常带小温跟大家接触。大家呢,觉得小温这姑娘蛮好的,也不是什么太平间收尸的,就是孤零零一个人,离开了故乡,在陌生的城市,不爱说话。

"没关系。"

温长龄不擅长处理这种人际关系,拿了一块糖糕,问老板娘家的大孙子:"你吃吗?很甜的。"

老板娘的大孙子小名叫莽莽。莽莽接了糖糕。

这就算讲和了,老板娘笑起来:"莽莽,还不快谢谢姐姐?"

"谢谢姐姐。"

莽莽凑上前去,看温长龄给彤彤编蛋兜:"小温姐姐,你可以给我也编一个吗?"

"可以。"

温长龄一共编了3个蛋兜。谢商那边画完了,小孩子们都散了。

"长龄。"

"嗯?"

她才发现,糖糕只剩了两个,她有点儿撑了。谢商叫她过去。

她擦了擦手,坐过去:"你要给我画吗?"

"嗯。"

不知道那雄黄酒里还加了什么,颜色亮黄亮黄的。温长龄觉得要是顶着一只黄老虎,她是不好意思出门的:"大人不用画。"

"大人也可以画。"

好吧。她也不能拒绝谢老板,谢老板很难伺候的。谢商抬起她的脸,用笔蘸酒。

隔壁,林奶奶在沐兰汤。两座院子共用一堵墙,根本不隔音,两个人能听见老人用沧桑的声音念着:"五月五,沐兰汤,驱邪祟,无病痛。"

画额祈愿,愿温长龄小姐邪祟不侵,无灾无痛。

"好了。"

"我照照。"温长龄拿起旁边的镜子,"这是'王'字吗?"

她伸手去摸。谢商拿开她的手:"还没有干。"

他给她画了个"王",用的古体字。

"好好看。"

"王"字小小的,像一朵额间花。

温长龄真诚地夸道:"谢商,你好厉害。"夸完,她从口袋里摸出一个蛋兜,"你给我画了'王',这个送给你。"

她用五颜六色的绳子编的蛋兜。

谢商看了它好几秒："这是小孩儿戴的。"

"大人也可以戴。"

她把蛋兜塞到谢商手里。手沾到了糖油，她去洗。

苏北禾发了消息过来："怎么还不过来？翟女士在等你。"

谢商把温长龄编的那个五颜六色的蛋兜放在桌上，起身后，想了想，又拿起来，装在衣服里："长龄。"

温长龄在洗手。谢商过去："我要回苏家过节。"他给小孩儿画老虎的羊毫笔是在一个拍卖会上拍的，笔杆是玉做的，放在了爱国的颜料盘里一起洗。

温长龄"哦"了一声："那你去吧。"

"要不要一起去？"

翟女士说攒了很多珠宝。谢商挺想带温长龄过去的，给她赚件珠宝也好。温长龄半秒都没纠结："不要，我要去看赛龙舟。"她对赛龙舟表现出了极大的兴趣，兴致勃勃地跟谢商说，"朱婆婆说，荷塘街代表队里有几个很不错的小伙子，我们要去给浩敏姐物色。"

笔洗到一半，谢商将其放进池子里，没再管："你物色什么？"

"身材啊，浩敏姐喜欢身材好的。"仿佛钢铁做的温小姐笑了笑，"我听说他们划龙舟都不穿上衣的。"

谢商沉默。

她看了看手机："时间差不多了，我要走了。"

她挥了挥手，往外跑了。

谢商："……"

珠宝别给她了，给苏北禾家那位吧。

樵女河上全是人，人山人海。

四周太吵，吴浩敏捂着一只耳朵在旁边跟客户打电话。

温长龄右手牵着彤彤，左边挨着朱婆婆，站在岸边的人群里。荷塘街的龙舟队出场了，围观的街坊热情呐喊，不知道朱婆婆在温长龄耳边说了什么，她笑得很腼腆。

谢商有点儿心烦。苏北禾的电话打过来。

"还不来？"翟文瑾女士一直在催。

"在路上。"

谢商的车几乎移不动，人太多，道路拥堵很严重。车载蓝牙连了手机蓝牙，从苏北禾那头传来了宁宋的声音。

"苏北禾，你姨妈给我塞了个红包。"宁宋惊叹道，"妈呀，老子多少年没收过红包了！"

苏家现居西山首府，别墅不算大，够住。翟文瑾女士不喜欢铺张浪费，买珠宝除外。今天端午节，翟文瑾女士的两个妹妹都过来了。姐妹三个都上了年纪，不在一处定居，好几年没聚了。

两位老太太今儿个都是第一次见宁宋,特地准备了红包。翟秋瑾女士笑得合不拢嘴:"北禾那对象还挺有意思的,我刚刚给她红包,他祝我含笑九泉,哈哈哈……"

翟月瑾也合不拢嘴:"那我还算好的,他祝我婀娜多姿,哈哈哈……"

翟文瑾女士:"……"

她这两个妹妹,以前在家里做姑娘的时候就没个正行,老了还不收敛。

翟文瑾端庄地坐着:"小宋在国外长大,不会用成语。"

翟秋瑾女士:"哈哈哈哈……"

翟月瑾女士:"哈哈哈哈……"

翟文瑾女士:"……"她根本插不上话。

"太太,"家里的阿姨过来说,"小商来了。"

翟文瑾看了看时间:这都快吃午饭了,现在才来。

她朝刚进门的谢商瞥了一眼,哼了哼,明明嘴角翘起,很高兴,脸上偏要摆出不高兴的表情:"还知道回来呢。"

翟文瑾不到40岁失去了丈夫,摩林集团这些年在她手里,规模扩大了两倍不止。她是商界出了名的铁娘子,雷厉风行,金刚手段,也就在外孙面前像个老小孩儿。

谢商过来,先向长辈问好。

翟秋瑾有好几年没见过谢商了:"星星真是越长越俊了,像我们南枝。"

翟文瑾心想:那是当然,老谢家那基因哪里比得过老苏家的?她嘴上谦虚:"光长了张脸,就会点儿没用的琴棋书画。"

翟秋瑾还能不知道自己这老姐姐在夸人:"星星有女朋友不?要不要姨姥姥给你介绍一个?"

谢商回话:"有女朋友了。"

翟秋瑾正要细问,翟文瑾知道谢商不喜欢跟人聊私事,帮他寻了个由头躲过去:"你上楼去吧,你舅刚刚找你呢。"

谢商起身上楼,还没走到上面,翟文瑾又寻了由头追过来。

"星星啊。"

翟女士前一阵子还因为骨质疏松,腿疼得走不了路。

谢商过去扶她:"您慢点儿。"

翟文瑾小声问:"是上回带去你舅店里的那个不?"

"嗯。"

"有没有照片?给我看看。"

谢商手机里只有一张温长龄的照片。温长龄不喜欢拍照,谢商自己也不喜欢拍照,就一张温长龄的照片还不是他拍的,是朱婆婆拍的。朱婆婆拍好照片发了给温长龄,温长龄转发给了他,发的不是原照片,是编辑过的,用红色加粗的线条圈出了地上的3个瓜。

朱婆婆的手机用了很久,像素不行,照片里的温长龄模糊得几乎让人认不出,穿着一条超市发的那种围裙，戴着顶渔夫帽，手里拿着把锄头。

翟文瑾有点儿老花眼，把手机拿远了看。

"她这是在干吗？"

谢商笑："松土。"

宝贝外孙喜欢，翟文瑾就喜欢："这姑娘真水灵，还会松土呢。"翟文瑾顺手把照片转发给了自己，"什么时候带回来给我看看？"

"看她吧。"

翟文瑾是过来人，一句话就能听出来，她家星星是被主导的那个。

2楼没设客厅，弄了个休闲区，谢商刚过来，就听见宁宋骂人的声音。

"这群傻帽儿会不会打？"

苏北禾在旁边办公，抬了一下头："再说粗话，就把你扔出去。"

得，他不说行了吧。宁宋对着游戏里面的队友说："你们这群狼心狗肺的衣冠禽兽，赶紧驾鹤西去吧！"

苏北禾："……"

宁宋家里是做风险投资的，在他很小的时候就移民了。他在国内拢共没待过几年，华国话水平很差，成语用得最差，而且又菜又爱说。但，华国话水平很差的他，骂人的时候溜得不行。苏北禾家教严，不喜欢宁宋说粗话。

谢商过来了。宁宋踢了踢苏北禾的裤脚："你外甥来了。"他跟谢商见过，但不是很熟。

苏北禾没抬头："嗯。"

3个人各忙各的。苏北禾忙着处理银行的事，宁宋忙着在游戏里跟人干架，谢商在等温长龄的消息。

"还在看龙舟？"消息是他10分钟前发的，温长龄还没有回。

苏南枝有活动，午饭结束了才过来。

谢商在2楼抄书。翟文瑾女士喜欢阅读，但不喜欢电子书。书本上的字太小，翟文瑾是老花眼，总是看得眼睛不舒服。

谢商得了空了会给她抄书。他写得一手好字，跟拓印出来的没多少区别。

苏南枝端了杯咖啡坐过来："翟女士炫耀你女朋友来着。"她懒懒地躺在椅子上，优雅得像只波斯猫，"你不是说很快就会结束吗？怎么还告诉了翟女士？"

谢商抄书的笔顿住。苏南枝看他的反应就知道了："你来真的了？"

谢商也不藏："嗯。"

他把笔放在旁边的笔搁上，暂时停下来。

"在我的意料之中。"苏南枝又换了好看的美甲，很配她身上的裙子。她语气比较轻松，对谢商的感情问题继续保持观望的态度："你是我生的，我还能不了解你？要不是对人家有了感情，你以为你演得出来深情？哪年来着，有个姑娘撞你身上了，你那不适的表情我到现在都记得。"

293

苏南枝之前还自我怀疑过，是不是她给谢商灌输了太多要尊重女性、不能冒犯女性的言论，导致他成年之后，跟异性没有亲近的欲望。

苏南枝有个疑问："你跟温小姐什么时候开始有肢体接触的？"

"挺早的。"最早是在莱利图，他请她跳舞的时候。什么时候爱上了温长龄，这个问题谢商在点完日有所思香之后想过无数次，但他没有找出答案，他脑子里关于温长龄的记忆从一开始就很深刻。

苏南枝算是看出来了，谢商在男女感情方面没有做其他事情那么在行，她这个旁观者都比当事人看明白得早。

不过有些跟头还是要谢商自己去栽，疼了才会长记性，疼了才会理解深刻，这是苏南枝一直以来的放养原则。

谢商刚重新拿起笔，手机就响了。他放下笔。

温长龄："11点30分结束了，现在在吃饭。"

他等这条消息等了一个多小时。一个讨厌等待的人，正在变得越来越擅长等待。

帝宏医院。蒋尤尤刚下手术，脖子很酸，扭头活动时，看见办公室外面的椅子上坐着一个人。

她走过去："王同学，你没回家啊？"

"回了，回去吃了午饭。"

关思行站起来，把手里的袋子递给蒋尤尤。蒋尤尤本来想拒绝，看见他宝石一样亮的眼睛，没忍心，接了过去："给我带的？"

"嗯。"关思行知道她做了5个小时的手术，到现在都没有吃饭，"你不回家吗？"

"我要值班，病人又不能挑日子生病。"

蒋尤尤是一名很出色的医生，至少关思行看到的是这样。住院的这些天，他偷偷去看过她好几次，她总是在忙碌，总是在奔走。她上班的样子和下班的区别很大，上班的时候她表情很严肃。关思行听到过护士说她的坏话，但也看到过病人家属流着泪抓着她的手一直道谢。

她的手机又响了，科室的护士找她。

"我现在过去。"

她挂掉电话，跟关思行说："我去忙了。"

"嗯。"

走了几步，她回头，笑着问："王同学，你是不是该出院了？"

没等关思行回答，她走了。她知道聪明的王同学听得懂。

饭蒋尤尤是没空儿吃的，今天留院值班的医生不多，所以她格外忙。

"梅梅，你带14号床的柳先生去做个心电图。"

"好。"

蒋尤尤问护士站的另一名护士："张振中的家属来了吗？"张振中患者明天要手

术，今天蒋尤尤要找家属做术前谈话。

"已经来了。"

"我去趟病房，你让他们先去我办公室等，我马上过去。"

"好。"

蒋尤尤去了病房。12号床的病人很敏感，不信任护士，不愿意让护士插管，要蒋尤尤亲自来。

给病人插完胃管，她还要去跟家属做术前谈话。忙完这些，快2点了，她刚喘口气，她二姐给她发了条消息，她正准备打电话过去，有电话进来。

"蒋医生，14号床的柳先生呕血了。"

蒋尤尤立马往重症病房赶："老师呢？"

"主任还在手术。"

患者的情况很糟糕，需要紧急手术。原本手术是由蒋尤尤的老师来做，但病人情况突然恶化，等不了，征得家属的同意后，由蒋尤尤来主刀。

谷易欢昨天出院了，病房里除了关思行，还有一位来自外地的大爷。护士来给大爷换药。

关思行问护士小姐："医院的病床很紧张吗？"

"不紧张，王先生你想住多久都可以。"

VIP楼栋的主任特别交代过，"王先生"是重要人物，用什么名字住院，要住多久，都随王先生的意思。

关思行挫败地合上书："帮我办出院手续吧。"

"好的，王先生。"

手术结束时，已经过了晚上8点。蒋尤尤已经筋疲力尽，但病人家属还在外面，她打起精神再出去。

"医生，我老公怎么样了？"

"手术很顺利。"说完结果，蒋尤尤又补充道，"手术部位特殊，出血比较严重，好在手术顺利完成了。"

患者的妻子还大着肚子："谢谢医生，谢谢医生。"

"不用谢，应该的。"

和家属交代完后续事宜，蒋尤尤扶着酸痛难忍的脖子往办公室走。同科室的医生看见她回来，跟她说："蒋医生，你的手机刚刚一直在响，你赶紧看看吧，不知道是不是有什么急事。"

手机被她锁在了抽屉里。一共30多个未接来电，都是她几个姐姐打来的。

她选了一个号码拨回去："大姐。"

"你赶紧过来吧。"她大姐在电话里哭，话都说不清楚，她只断断续续听清了几个词：2点……二姐……抢救……怎么不接电话……

手机里还有几条蒋正豪发的信息。

"快点儿过来。"

"不要穿得太随便。"

"大郑家的人都在，你要得体一点儿，多结识一些人。"

二姐夫家姓郑，但是是郑家的"旁支"，大郑家是二姐夫的大爷爷那一脉，帝宏医院就是大郑家的。

2点……蒋尤尤把消息往下滑。她二姐给她发消息的时候是1点48分。

"尤尤，不要像二姐，你要走你自己的路。"

关思行在医院等了谷易欢和宋三方两个小时。谷易欢说，他们本来早就出发了，宋三方在加油的时候又碰到了给他戴绿帽的那个家伙，油都没加完，谷易欢和宋三方两个幼稚鬼就开车追上去骂，结果上错了高架桥，然后车在高架桥上没油了。

宋三方叫了他弟弟宋肆林去接关思行，宋肆林把车停在了医院的地下停车场，让关思行直接下负一楼。

关思行跛着脚一路找过去。被红色轿车挡住的角落里有个人，她蹲在那里。

关思行在旁边看了很久，才出声叫她："蒋尤尤。"

开始只是肩膀在抖，慢慢地哭出声来，她抱着自己，拼命压抑却压抑不住，然后大声痛哭。

停车场很大，哭声一直在回荡。关思行不知所措。

"蒋尤尤。"

"蒋尤尤。"

他很傻，只会愣愣地叫她，也不会抱抱她。

"蒋尤尤。"

她终于转过头来，停止哭泣，擦了一把眼睛，从角落里走出来："王同学，你是不是喜欢我啊？"

关思行点头。

"我也挺喜欢你的。"她的手背上全是指甲抓出来的血痕，"你要不要跟我谈恋爱？以后会结婚的那种。"

关思行没有思考，很郑重地回答："要。"

她又哭，哭着跟他道歉：对不起啊，王同学，要利用你了。

五月初五，过端午。

五月初五，一抔土，可怜荒垄穷泉骨。

五月初九，宜丧葬。初八的傍晚，宾客前来吊唁。温长龄和护士长屠启珍一起，到殡仪馆去吊唁之前照顾过的病人。两个人走着，屠启珍突然停下来："那不是蒋医生吗？"

温长龄看过去，是蒋尤尤，她穿了一身黑色的衣服。

屠启珍叫了她一声："蒋医生。"

蒋尤尤恍若未闻，背着个包，走得很快。

屠启珍觉得奇怪："她包里装的是什么？"

是砖头。蒋尤尤二姐自杀的事，温长龄从晏丛那里知道了，不放心："我过去看看。"

山海殡仪馆很大，1楼有4个吊唁厅，郑家的灵堂设在了场地最大的那个厅，宾客来到了很多，厅中还摆了吃食和小酒，弄得像社交场。

蒋正豪看到蒋尤尤进来，板着脸走过去："你怎么现在才来？"他打量完她身上的穿着，露出不满的神色。

蒋正豪眼睛是红的，可能哭过吧，毕竟是亲女儿，但哭也不妨碍他卖下一个女儿。

"小姨。"

二姐的小女儿菁菁今年9岁，性格像她妈妈，胆小善良。

"菁菁，小姨的手机落在车上了。"蒋尤尤把车钥匙给小外甥女，"你能去帮小姨拿过来吗？"

"好。"

蒋尤尤看着小孩儿出去。

蒋正豪催她："赶紧去上炷香。"

蒋尤尤走到灵前，小郑家的大儿媳给了她3根点好的香，她上前作揖、插香、跪拜。从头到尾她都很冷静，没哭没喊，表情麻木。

她的二姐夫郑律华站在遗照旁边，跟每一个吊唁的宾客应酬。

"二姐夫。"

郑律华向来不喜欢这个对他从来没好脸色的小姨子，但还是要装模作样："你跟你二姐关系最好，你……"

蒋尤尤掏出从殡仪馆的花坛里捡来的砖，眼都不眨地朝郑律华的脑门儿砸下去。温长龄在门外就听到了声音。

男人暴怒地大喊："蒋尤尤，我弄死你！"

蒋尤尤的大姐身体不舒服，三姐和四姐扶她去休息厅了，都不在场，蒋正豪被申丽拉着不能上前。

申丽的儿子——蒋家的老六就干看着。温长龄快步过去，迅速地拽了蒋尤尤一把，郑律华手里的凳子这才砸偏，摔在了地上。因为温长龄拉人的力气很大，她和蒋尤尤都没站稳，一起撞向了旁边的桌子，温长龄本能地用左手支撑了一下。

她的眼镜因为撞击掉在了地上。她没管眼镜，立刻把蒋尤尤拉到桌子后面。郑律华的头被砸破，那块砖也裂成了两半，蒋尤尤是拼了命砸的，不留余力，见血是肯定的。郑律华捂着头，气得还要冲上去，蒋家的三女婿和四女婿一左一右拉着他。

郑律华的母亲陆女士心疼自己的儿子被砸，怒气冲冲地斥责："蒋正豪，你看看你教出来的女儿！"

蒋家的二女儿是高嫁到小郑家，蒋正豪自己没权没人，房地产行业这几年也不行了，他以后还要靠几个女婿帮衬，不会轻易得罪人。

他连连赔礼："亲家公、亲家母，实在是不好意思，你们也知道，尤尤跟她二姐关系最好，也是因为伤心过度，才会举止失常。"

顾忌还有外人在，郑律华忍着怒火，愤愤地盯着蒋尤尤："脑子不正常就别出门！"

这话把蒋尤尤都逗笑了，她素面，一张脸白得没有血色："谁不正常啊？你们都在装什么？你们不都知道我二姐为什么自杀吗？"

蒋正豪立马呵斥道："别在这儿胡说八道！"

很多宾客在看着。蒋尤尤看了一眼遗照，她4个姐姐里，二姐跟她长得最像，性格却差得最多，二姐软弱、良善，从来不跟人红脸。

蒋尤尤指着凶手——郑律华和郑家夫妻。

"你，还有你们，是你们逼死了我二姐。"她视线冷漠，一一扫过这些恶心的面孔，"一家子垃圾。"

小郑家的那些腌臜事根本不是什么秘密，但这么当众被戳破，陆女士丢不起这个人，当下就威胁道："蒋尤尤，你别给脸不要脸，不要以为两家有姻亲，我们郑家就不能拿你怎么样。"

"二婶。"

宾客里，有人出来打圆场："客人都还在呢。"

此人叫郑律宏，大郑家的长孙，帝宏集团的总经理，也是帝宏医院的管理人。

他发了话，陆女士和郑律华就没再出声。蒋正豪寻到机会，绕到蒋尤尤身边："你还不赶紧出去？"蒋尤尤再看了一眼她二姐的遗像，拉着温长龄走了。

出来后，温长龄问她："你没事吧？"

"没事。你怎么在这儿？"

温长龄说："齐太太明天出殡，我和护士长过来吊唁。"

"刚才谢谢你。"

温长龄有几天没见到蒋尤尤，她真的瘦了很多，那么好看的眼睛都没有光彩了。

温长龄语重心长起来："蒋医生，不要为了那些人去做会对你自己不利的事。"

"我知道。我只是来泄个愤，这么多人看见了，他们郑家反而不敢对我怎么样，他们理亏。"而且小郑家还要忙着给外面的"狐狸精"生的儿子办百日宴呢。

两个人一起往外面走。后面有人叫住她们。

"小姐。"

温长龄和蒋尤尤都回了头。来者是刚刚打圆场的郑律宏，他走到温长龄面前，彬彬有礼地双手递上手里的东西："你的眼镜。"

温长龄面无表情地接过去："谢谢。"

"不客气。"

温长龄转过身，把眼镜戴上，嘴角紧抿。

关正明女士本来是来吊唁的，没想到看了这么一出戏。

从灵堂出来，她有感而发："女孩子还是温柔文静点儿好。"用砖拍人也太彪悍了，她叮嘱她家逆子，"你以后可别给我找那种张牙舞爪的。"

逆子谷易欢："妈，你放心，我单身到死。"

关家老夫人在生几个子女的时候，智商应该是没有均分，往下看几个孙辈也看得出差别——关庆雨、关思行、谷易欢。关正明女士如果在宅斗剧本里，就是那种第一集就会"领盒饭"的原配，根本没看出来小郑家那一出是在闹什么。

关正明女士横了她家逆子一眼，表情肃穆："这里是殡仪馆，你说什么死不死的，赶紧吐掉。"

"吐什么？"

"晦气话。"关正明女士还挺迷信的。

"哦。"谷易欢心不在焉，两片嘴皮子一合，对着空气干喷，"噗——"

"……"

关正明女士赶紧帮着"呸呸呸"了几下，心里默念：逆子童言无忌，逆子童言无忌。

温长龄在回家的路上接到了谢商的电话："喂。"

谢商的声音有些低："你在哪儿？"

"在外面。"

"在哪儿？我去接你。"

温长龄看看车窗外的路："不用接，已经在回去的路上了。"

谢商短暂地沉默了一会儿，"嗯"了一声。

温长龄先挂了电话，因为她差不多要下车了。附近的街道都挂了灯笼，温长龄不担心迷路，通常让司机师傅在容易掉头的路口停车。

"师傅，前面路口停。"

车还没停稳，温长龄就看见了谢商。他站在路口的指路牌旁边，微微低着头，好像在发呆。

温长龄付了钱，很快下车，跑到谢商面前："你是出来等我的吗？"

"嗯。"

谢商牵着她，往荷塘街走。

"你下午去哪儿了？"

"殡仪馆，去吊唁之前照顾过的病人。"

有车路过，谢商拉了温长龄一下。她皱了一下眉，动了动被谢商拉着的那只手腕。

谢商察觉到她的动作，带她走到没人没车的墙边，停下来，查看她的手。她左边手腕上有一小块瘀青。

"怎么弄的？"

温长龄一语带过："不小心摔了一下。"

谷易欢这个人爱夸张，对殡仪馆发生的事进行了充分的艺术加工，谢商没听完，就从香水展上离开了。他一直在等，等温长龄给他打电话，但是她没有。如果他不联系温长龄，她好像不会主动给他打电话。她很独立，并不那么需要他。

"温长龄。"

温长龄很久没听到谢商这么叫她了。他穿着正装，虹膜在阳光下面，琥珀色更加明显。他是典型的气质大于五官，眉眼间只要稍微有变化，整个人给人的感觉都会不一样，少一分优雅从容的松弛感，他身上的强势就会显露无遗。

"对你来说，我是你什么人？"

温长龄不懂他突然变化的情绪，回答："男朋友。"

"你有把我当成你男朋友吗？"

所以，这是在责怪她？她没说话。

"为什么不说你去了郑家的灵堂？为什么不说是郑律华伤到了你？"

她为什么要说？温长龄不懂："这不是什么大事。"

谢商平时对她有求必应，很少像这样一步不让："那你告诉我，什么是大事？"

这个问题，温长龄又回答不了。

"你连小事都不愿意和我说，会和我说大事吗？"谢商最后的理智告诉他，不要过激，要对温小姐冷静，要有耐心，他尽量把语调和情绪调整到平常状态，"你总是不告诉我你的行程，不告诉我你要去见什么人、做什么事。"你总是让我一直等。

温长龄把被他牵着的手抽走。她在殡仪馆里见到了最不想见的人，压不住心里的烦躁："我为什么要告诉你？"

她没有分享欲，讨厌被窥探，有很多秘密。她从来都不是什么小白兔，有一身的刺："跟你交往之前我就是这样的，你如果接受不了，就不应该跟我开始。"

他们一个不温不火，一个患得患失。这就是矛盾：感情不对等。

谢商沉默了很久，放软语气："我们不要吵架。"

温长龄"嗯"了一声："我先回去。"

谢商走在她后面，好几次抬起手，却没有碰到她。他们各自回了自己的院子。

上次用剩的药放在了哪里？他居然想不起来，他的好记性被温长龄三言两语弄没了。

"咣！"他拉得太用力，抽屉整个被抽出，里面的药酒瓶子摔碎在地上。

药酒的味道瞬间填满了整个屋子，味道刺鼻，能让人的嗅觉一瞬间麻木。谢商停下所有动作，失神地看着地上的玻璃碎片。

放在桌上的手机响了很久，谢商走过去接听。

"你怎么突然离场了？"

下午4点到8点，午渡在美术馆办香水展。谢商作为午渡的高级调香师，这个时间点应该在美术馆现场。因为谷易欢的一通电话，他打乱了所有的行程。

"突然有点儿事。"

贺冬洲听得出谢商情绪不太对："你还过不过来？"

"晚点儿再过去。"

谢商挂了电话，打给谷开云："开云，你在不在医馆？"

"在。"

"我现在过去。"

谢商拿起车钥匙，突然想起了前两日，他和温长龄说："你后天休假，要不要跟我去个地方？"

温小姐当时在给她的钩吻修枝、浇水。

"什么地方？"

"午渡的香水展。"

"在哪里办？"

"北城艺术馆。"

谢商很少参加公开的活动，这次贺冬洲问他去不去，他当时想到了温长龄，想带她去，想让他的朋友、同行，让认识的人、不认识的人，都见一见他的温小姐。

"会有很多媒体吗？"

"嗯。"谢商说，"你如果不想露脸，我不会让他们发你的照片。"甚至，不让媒体去都可以，他无所谓，全都可以迁就温长龄。

她仔细剪掉越长越乱的杂枝："我不去了。"她说，"我不懂香水，也不懂艺术。"

可是温小姐，我是在邀请你进入我的圈子。

谢商当时的回答是："嗯，不想去就算了。"

谢商先去了谷开云那边，快7点才到美术馆。谢商不爱应酬，香水展是贺冬洲在安排。馆外的草地上人没那么多，比美术馆里面安静。展品的陈列都外包给了美术馆，灯光布置得很好，打在陈列台的香水瓶上，形状各异的瓶子把形状各异的影子投在地上、墙上。

没有多少人知道谢商就是午渡的高级调香师，他也乐得清闲，找了个人少的地方，静静地坐着。

他需要想一些事情。他忍不住想温长龄。总有人喜欢问他的香水有什么故事，为什么别人模仿不了。事实是，没有故事，他只是有天赋而已，凭借良好的嗅觉、良好的感知能力、良好的审美，还有对市场的把控，随便调的。

他不会把自己的故事制作成商品，他的故事要给个别人收藏，比如他的温长龄小姐。

"谢总。"有人来扰他的清净。谢商点了一下头，没什么交谈的兴致。

男人领着一个女孩儿过来："这是我们公司的艺人。"男人拍了一下女孩儿的肩："颜颜，还不敬谢总一杯？"

女孩儿是演员，应该挺红的。苏南枝的电影《3913》就有她参演。

"谢总，我敬您。"

旁边的桌子上就有酒。谢商没有起身。这样坐着不礼貌，但是今晚，他没有丝毫闲心去应付不相干的人："我开车，不喝酒。"

女孩儿也识趣，笑得大方："我喝就行，谢总，您随意。"

谢商在看一个瓶子。午渡的香水瓶不是他设计的，有专门的设计师，是贺冬洲高价从国外挖来的。这位设计师设计风格很大胆，也很费钱，他能在一个瓶子上镶一整块宝石。今天展览上展示的都是限量款或者绝版香水，绝版香水只有一瓶，有很高的收藏价值，有些瓶子的造价高得离谱儿。

贺冬洲是个十足的奸商，有最敏锐的商业嗅觉："贵才有人趋之若鹜，便宜了就配不上他们的身价了。"

那个瓶子的形状像一只刺猬，刺猬的肚子上有宝石，除此之外都是刺。

谢商想到了温长龄。男人给身边的女孩儿使了个眼色，女孩儿上前："谢总。"

谢商起身："两位请便。"

他带走了那个刺猬香水瓶。不会有人拦他，午渡是纯粹的私人产业，这个展会上的所有展品都归谢商和贺冬洲本人所有。

谢商找了块草坪，点了根烟，叼着，把手里的瓶子翻来覆去地看，刺猬真的扎手。烟是他在来的路上买的。

"先生，"美术馆的工作人员过来提醒，"这里不能抽烟。"

今天还真是什么都不如他的意。

"抱歉。"谢商把烟摁灭，扔进垃圾桶里。

贺冬洲过来："有心事？"

谢商摸着"刺猬"肚子上的宝石："温小姐伤到了手，我不太放心。"

"伤得很严重？"

他摇头："当时拌了两句嘴。"

贺冬洲失笑："你还会跟人拌嘴？"

相熟的这群人里，谷开云和谢商是情绪最稳定的，会动手，但不跟人吵架。如果把他们两个比作两潭水，谷开云是水太清，谢商则是水太深，都是不容易起波澜的性子。

谢商的外号是"优雅的疯子"，优雅在前，疯子在后。他律师家庭出身，处事游刃有余，从容不乱是刻进了骨子里的，除了特定情况下会做得很疯、玩得很疯，平时很少会失了风度、失了分寸。

"冬洲，"谢商自嘲，"我只是个普通人。"他会忌妒，会掌握不好分寸，会战战兢兢，会患得患失。

贺冬洲哑然。

"剩下的你应付吧，我先回去了。"谢商带走了那个刺猬瓶子。

美术馆门口。一位戴着口罩的男人携女伴，被美术馆的工作人员拦下了。

男人还戴了帽子，帽子下面的额头上贴着医用胶带："为什么我们不能进去？"他身边的女人在娇滴滴地闹。

工作人员说："这是主办方的意思。"

男人脾气暴躁，不耐烦，声音很大："我这份邀请函就是主办方发的。"

工作人员一副例行公事的口吻："主办方临时改变了想法。"

邀请函是一个月前发的，但这位男士的名字临时被主办方画掉了。

男人被激怒了："哪个主办方？让他出来！"

工作人员泰山崩于前而色不变，淡定应对："先生，你再这么喧哗，我就要叫保安了。"

这一幕被没有邀请函的某记者完整拍下。午渡门槛很高，是国内的顶级香水品牌，他们的展会一般媒体进不去，某记者所在的传媒公司只是个小公司，拿不到邀请函，但他也不算白来。

发妻明天出殡，负心汉携女伴夜逛展会，道德沦丧，毫无良知！

这个话题肯定会爆。某记者正兴奋，一回头，相机差点儿没拿住："谢……谢先生。"

某记者是见过世面的，KE谢律家的公子他认得，跟拍苏南枝的时候有幸拍到过，就是没敢正面曝光。

"拍到了吗？"

某记者心一颤，立马保证："您放心，我不会乱发的，午渡的香水展才是今晚唯一的主角。"他这点儿眼力见儿还是有的，"哪儿能做这么喧宾夺主的事？"

谢商言简意赅地吐出两个字："发吧。"

"啊？"

某记者蒙了。谢商把玩着手里的香水瓶子："铺天盖地地发，要是郑家人找上你，你就说是我的意思。"没有办法，他记仇。

某记者脑子有点儿死机："好的……"

两个小时前。门外朱婆婆在敲门。

"长龄。"

温长龄把写满了重要事项的纸翻过面，夹在书里："门没锁。"

朱婆婆推门进来，手里拿着两瓶药。

她把药放在温长龄的桌上："这是周周送过来的。"周周是帮她老板跑腿的。

朱婆婆关切地问："你哪里受伤了？伤得严不严重？"

温长龄把袖子卷起来，给朱婆婆看伤处："不严重，就手腕磕了一下，青了一点点。"

朱婆婆一把年纪，看事情比年轻人看得透："你跟谢老板吵架了？"不然谢老板怎么会让周周来送药？

温长龄有些懊悔，闷头擦药："不算吵架吧。"是她没控制好情绪。

朱婆婆一路看着两个人过来的，不忍看他们闹别扭，苦口婆心地劝道："你们也没谈多久，现在还在磨合期，不管有什么矛盾，都不要拖，也别都忍着不说，两个人坐下来摊开说说，不然再好的感情也会冷掉。"

温长龄乖巧地应道："嗯，我知道。"

朱婆婆走后，温长龄去了谢商那边。她有谢商房间的钥匙，谢商屋里所有的东西她都可以碰，谢商说，想要的她都可以带走。

谢商还没有回来，她坐下来等。一样的院子，他这边好像静一些，空气也不一样，他的屋子里总是有淡淡的香味。

柜子里的香料都被妥善保管着，味道不会跑出来，房间里的味道应该是从谢商身上散出来的。

桌上有块沉香木，被玻璃罩子罩着。香木的形状很奇怪，表面有密密麻麻的小孔，像蜂巢。

温长龄会点香，前些日子和谢商学的。她打开香炉，按照谢商说的步骤，一步一步地把香点上。桌上还有瓶酒，金黄色的洋酒。谢商不爱喝酒，温长龄之前没在他这边看见过酒。

温长龄给自己倒了一杯酒。喝完酒，有点儿发困，她趴在桌子上，想眯一会儿。香炉里的香气慢慢溢出来，渐渐弥漫了整个房间。

温长龄不知道自己什么时候睡着的。她是被手机铃声吵醒的。睁开眼，瞳孔聚焦后，她盯着一个地方，伸手去碰，却抓了个空。

手机还在响。她愣怔了很久才去接电话。

电话是晏伯庸打来的："长龄，你能不能来一趟？"

谢商回来先去了温长龄那边。

朱婆婆和花花在院子里乘凉。

"婆婆，长龄呢？"

朱婆婆手里拿着把破旧的老蒲扇："刚刚急匆匆出门了，不是去找你的吗？"

温长龄去了帝宏医院。40分钟前，晏丛的心跳停了。关怀病房的病人被转入关怀病房之前，家属都需要签字，因为抢救也只是做没有生活质量的短暂生命延长，病人反而会更痛苦，所以关怀病房是默认放弃无谓的创伤性抢救的。

但晏丛的爷爷反悔了，他求着医生救救他家的孩子。他说温长龄还没来，至少要等到温长龄来。他在病床前一直喊，让晏丛再等等。

然后，晏丛从鬼门关前回来了。

"长龄。"

晏丛没有插管，能说话。

"嗯。"

温长龄很平静，非常平静，平静得像没有灵魂。晏丛拉了拉她的手指："那几个人，只要你开口，我都可以帮你解决掉。"

"不要。"温长龄看着晏丛的手，"你的手是打冰球的手。"

拿过那么多荣誉的手，不能被弄脏。

晏丛不是第一次这么提议。他胰腺癌复发那次，医生给了诊断，做不了手术了，癌细胞转移了，他当时就问过温长龄。

"要不要我帮你杀了他们？反正我活不了多久，去坐牢也不亏。"

他知道温长龄所有的事情。

温长龄第一次喝了酒叫他"阿拿"的时候就跟他说了所有的事情。他也是那时候才知道，为什么温长龄当初会给他准备糖。

因为阿拿喜欢甜食，因为他长得很像阿拿。

温长龄总是说她欠了阿拿的，也不说欠了什么。

"阿拿。"

她突然叫他"阿拿"。她和病房外的晏伯庸一样，失了魂，或许因为喝了酒，或许因为点了香，或许因为抓着她的那只手好像快要抓不住了。

晏丛纠正她："我不是阿拿。"

她还是很平静地喊："阿拿。"

晏丛戳戳她的手背："长龄，我不是阿拿。"他不想当阿拿。

"阿拿。"

他沉默了一下，答应了："嗯，姐。"

温长龄抱住他："不要走，我还没有做好准备。"

"好，我不走。"

晏丛让医生给他插管了，因为他舍不得走了，被病痛折磨、变得丑陋也没有关系。

晏伯庸让司机送温长龄回去，他自己也在车上——晏丛非让他亲自来送。

老人家的白头发好像总是突然长出来，一个晚上就多了很多。

"对不起啊，长龄，总是这样麻烦你。"晏伯庸也知道这样不好，但他真的已经没有什么可以为晏丛做的了。

"我没有关系。"温长龄看上去很冷静，只是眼神很空，有些呆。下车之前，她说："晏爷爷，请您保重身体。"

她下车。谢商就站在不远的地方，在等她。

他上前："你去哪儿了？"

"我去医院了。"

"去见晏丛了吗？"

"嗯。"

温长龄没有说其他的。谢商也不再问。

"手给我看看。"

温长龄把手伸出来。

谢商轻轻碰了碰青紫的地方："擦药了吗？"

"擦了。"

谢商先道歉："对不起，今天是我态度不好。"

"我态度也不好，"温长龄拉住他的手，"对不起。"

明明是夏天，她的手却很凉。

谢商抱住她："长龄。"

"嗯。"

你说过会爱我。

谢商沉默着，抱紧她。房间里的窗户关着，蜂香楠木在谢商出门去等温长龄之前就已经灭了，不过香味还没有散掉。

他已经不会像第一次那样不知所措，能平静地坐在满是香味的屋子里，等着温长龄到访。
"他是晏丛。"
"我的朋友。"
"晏丛,我穿成这样不方便,你自己进去可以吗?"
"明天见。"
"我们认识两年了。"
"你不要吃他的醋。"
"我去医院了。"
…………

温长龄,你知不知道,你点的是日有所思香?你所思所想的,是谁?晏丛吗?
"为什么要告诉你?"
"跟你交往之前我就是这样的,你如果接受不了,就不应该跟我开始。"
"星星。"
"你输了吗?"
"那我赢了。"
"我押了04号输,赔率1∶100,我赚了好多玫瑰。"
…………

他输了。

温长龄有些恍惚,没有听出敲门声的不同,以为是朱婆婆:"婆婆,我要睡了。"
"是我。"是谢商。
"等我一下。"温长龄穿好衣服,去开门,"你怎么还没睡?"
谢商没有进去:"有东西要给你。"
她伸出手。谢商在她的手上放了一个香水瓶,瓶子有一点点扎手。
"是刺猬。"
谢商把瓶子翻过来,露出刺猬的肚子:"是宝石。"
温长龄双手捧着:"很漂亮。"
谢商说:"晚安。"
"温长龄,你的择偶标准是什么?"
"要听话。"
不能拔掉刺猬的刺,刺猬有要守护的宝石。

第十三章
要给温小姐很多爱

御临半岛。被蒋正豪批评了半个小时之久,蒋尤尤一句嘴都没回,等蒋正豪说渴了,她上楼,把收拾好的行李拿下来。蒋正豪以为她在闹脾气。

"我生你养你,还说不得你两句?"

"爸,"她没有闹脾气,非常冷静地问,"你还记得二姐以前站在凳子上给你做饭的事情吗?"

那时候蒋家穷,大人要出去赚钱,她妈妈还在世的时候跟她说,她大姐做饭不好吃,都是二姐做的。二姐个子最矮,很小就开始给家里做饭。以前他们一家也和和气气过,就像无数普通家庭那样,柴米油盐,琐碎平常。

蒋正豪被问得眼睛一红:"是她命不好,想不开。"

蒋尤尤觉得好笑:"你刚发达的时候不是这么说的,你说咱们蒋家的命真好,以后都不用再过苦日子了。"

"你过过苦日子吗?你是家里最小的女儿,我从来没短过你吃穿,给你的都是最好的。"

蒋尤尤把发绳、项链、手表、鞋子……一样一样摘下来。她拿出包里的证件和手机,把包和行李箱扔在地上:"你买的,我自己买的,都给你,以后就不当你蒋家的商品了。"

她一身轻松,转身走人。蒋正豪在后面摔杯子:"你今天要是出了这个门,就再也别回来!"

她头也没回。

"蒋尤尤,你给我站住!"

蒋尤尤出门走了1000米,一辆出租车都没看到,手机的电量岌岌可危,软件上依然没有司机接单,故意跟她作对似的。柏油路走得她脚疼,她在路边找了个座位坐下,思考着要去哪里。

她抬头：菩萨，信女这次不求富贵了，求个住的地方。

手机响了。蒋尤尤笑，菩萨好灵。她看了一眼电量——只有1%了，接了电话："喂。"

"你在做什么？"

这是她的新男朋友。新男朋友每天固定打5通电话，问她在做什么，吃了什么，再说自己在做什么，吃了什么，一点儿都不擅长聊天儿。

蒋尤尤说："在离家出走。"她想到只有1%的电量，迅速报了地址，"你能不能来接我啊？然后给我买双鞋子。"

手机屏幕黑掉了。

蒋尤尤："……"他有没有听到啊？

蒋尤尤坐在椅子上等。以前村里的老人骗小孩儿说，人死了会变成萤火虫。她在旁边的草堆里找了找，一只萤火虫都没有。她二姐应该已经被她妈妈接走了吧。

"蒋尤尤。"

她仰起头，眨了眨眼，等眼睛干了，才转头："你来得好快。"

关思行跟司机师傅说："麻烦等一等。"

他下车，把袋子里的鞋子拿出来："怕你等。"

他买了一双不用系鞋带的鞋子。蒋尤尤穿上鞋子。

"合脚吗？"

她站起来，走了两步："合脚。"

"你有地方去吗？"

她摇头。她不能去几个姐姐那里，她们过得也不是那么如意，她不能再去添麻烦。

"你如果不介意，可以去我租的房子住。"关思行怕她误会，马上补充说，"我不住那里。"

他的眼神太干净了。说实话，蒋尤尤有点儿不知道该怎么对他。她以前交男朋友有一个准则——只找情场老手，因为她不想负责，不能祸害好人。等对方想要更进一步，或者试图跟她结婚，那她就会直接甩掉对方。她是个享乐主义者，拒绝付出，拒绝一切索求。

王同学是她第一个不是因为玩开始交往的对象。她这个人虽然花心，但不喜欢说谎。她坦承道："跟你在一起，我其实是抱着目的的。我不想被我爸卖出去，想自己选，你是我当时唯一想到的选项，对不起，如果你想反悔……"

他一双眼睛亮亮的："我不想。"

"那好，"她把手链摘下来，"这个是房租。"也是嫁妆。

这是除通信工具和身份证，她唯一从蒋家带出来的东西，造型是一把小金锁，她妈妈在世的时候打的，她和4个姐姐每个人都有一条。

她的表情很郑重。关思行没有拒绝，收了她的金锁。关思行租的房子在研究院附近，是几年前租的。当时研究院的宿舍离研究院很远，他就租了个房，他妈妈付了一笔钱。

刚刚他问房东，房子还可以住多久。房东说，13年零9个月。房子是两室一厅，里面很干净，会有人定期过来打扫。关思行把蒋尤尤领进屋，将钥匙放在她放身份证的桌子边缘。

"王同学,有充电器吗?"

关思行把充电器拿来:"我有话跟你说。"

"我先去一下卫生间。"

关思行说"好",在外面等她。

她进去之后把门锁上。然后他听见了水声,所有的水流声汇在一起,声音很大,他要仔细听才能听到,水声里有拼命压抑的哭声。

她应该忍了很久。以后再说吧,以后他再告诉她他不是王同学。

关思行打开电视,把声音调到最大。

"发妻明天出殡,负心汉携女伴夜逛展会,道德沦丧,毫无良知!"这标题取的。

贺冬洲评价:"这位记者胆子挺大。"

公众都在骂负心汉,讨论香水展的没几个。

"我让他发的。"谢商用滴管取出微量的液体,滴在试香纸上,轻轻扇动着闻香。

"郑律华得罪你了?"谢商记仇贺冬洲是知道的。

"嗯。"

乌木香太重,味道不是谢商想要的。谢商拿起笔,在纸上修改配方。

贺冬洲穿着白大褂,打着哈欠,在旁边八卦:"和温小姐还没和好?"

谢商取了新的原液,滴进培养皿里,滴完之后,发现这是上一个配方的培养皿。他重新取原液,取新的培养皿,眼皮微微垂着:"和好了。"

那你为何心不在焉?谢商放在置物盒里的手机响了。

谢商看了一眼,摘掉手套:"我接个电话。"

他出去接电话:"长龄。"

谢商低着头,站在走廊上。窗口的一束光刚好打在他的身上,路过的研发人员忍不住驻足看他。这身气质,又正又邪,那是在书香门第里野蛮放养才养得出来的,既斯文优雅,又很有野性的张力,旁人见多少次都会惊叹。

这个点温长龄应该在上班:"周日晚上你有时间吗?"

"有时间。"

温长龄说:"我抽到了我们医院周年庆的晚会名额,但是邀请函上写最好带伴侣入场,因为有跳舞环节。"她解释完,问道,"谢商,你可以陪我去吗?"

温小姐,你怎么打一巴掌就给个枣啊?

"可以。"

谢商眼底压了一天的阴郁情绪终于消散了些。挂了电话之后,谢商在外面站了会儿,迎着刺眼的阳光,遗传了谢景先混血基因的虹膜被光照射得像溢彩的琉璃。

他闭眼吸气。压抑的情绪被悄然抚平,让他得以喘息。

谢商一进去,贺冬洲就问:"温小姐打来的电话?"

谢商"嗯"了一声。

贺冬洲此时只有一个想法：温小姐很厉害。

4点30分，白、夜班交接班的时间。两位医护人员结伴从医院出来，路过门口的保安亭时，不约而同地看向那里站着的人——一个手里举着牌子的男人。他已经被晒得有些脱水，嘴唇干得脱皮。

"那个人怎么又来了？"小江是小儿外科的护士，"会不会真是医疗事故？"

男人已经来了好几天了，每天都在同一个地方，举着同一块牌子，牌子上写着："帝宏医院发生医疗事故，还我妹妹公道！"

小楚是肝胆科的护士："我听我们肝胆科的医生说，医院出示了病例和处方，都是没有问题的，他妹妹是无过错输血感染引起的并发症。"

"做事故鉴定了吗？"

"没有，患者做过器官捐赠登记，摘除手术做完后，她父母把尸体领回去火化了。"

小江站在医护人员的角度并没有产生多少同情，不是她冷血，是现在的医患关系太复杂了："那现在不就说不清了？"

小楚听了很多"一手消息"，心里认定这就是医闹："他父母前两天还过来闹，不知道从哪儿听来的，说捐赠器官能拿钱，让医院把钱给他们。这么无理的要求，医院怎么可能满足？"

"那就还是钱的问题咯。"

"八成是。"

因为男人一直在门口"抗议"，造成了很不好的影响，保安再一次过去赶人。男人很执着，被轰走后又会回来。保安忍无可忍，一把将他推倒在地。他因为中暑，一时站不起来，却也不肯离开，就坐在那里举牌。

"你这样是没有用的。"

男人无动于衷。

温长龄稍微弯下腰："需要帮助吗？"

他终于抬起头，看向温长龄。

这两天很热，气温一度超过30℃，西瓜藤都被晒蔫了。朱婆婆说差不多可以拔掉西瓜藤了，已经摘了很多个瓜了，应该不会再长了。

温长龄跑去扒开藤，指着里面藏着的两个还没有褪毛的幼果："还有呢。"朱婆婆笑。

温长龄是有几分种瓜的天赋的，就5棵瓜秧，保守估计收了100千克的瓜。

她正在给瓜藤浇水。

"长龄。"

她扭头："嗯？"

谢商手里抱着去他家串门的花花，也不嫌弃花花掉毛严重，一只手抱得十分轻松悠闲："我们去买衣服吧。"

"怎么突然要去买衣服啊？"

趴在谢商手臂上的花花都变得优雅了，尾巴摇得从容自在，偶尔"喵"一声，舔舔毛，看上去高贵不可侵犯。

"你有适合去参加周年晚会的新衣服吗？"

温长龄对新衣服没有追求欲："不一定要穿新的。"

谢商把猫放下："可是我想给你买。"她上次和晏丛出去，穿的裙子是她以前没有穿过的。

"那你和我一起浇，浇完我们就去。"

"我来吧，你去阴凉的地方歇会儿。"

"好。"

温长龄坐在朱婆婆的老摇椅上，扇着蒲扇，看谢商浇水。

华地百货的4楼有餐厅，温长龄不挑食，谢商带她去吃了蟹肉粥。2楼、3楼都是奢侈品的专柜。温长龄还看到了午渡的专柜，里面很多客人。她没有什么特别喜欢的服装品牌，就就近挑了一家。进店之前，她假设性地问谢商："我穿成这样进那种店，销售人员会给我白眼吗？"

白T恤衫配长裤，是温长龄夏天最常见的搭配。谢商倒是真想了一下，回答温长龄："她要是给你白眼，你就把店买下来，然后解雇她。"

钱当然是用他的。温小姐是护士，护士的工资能有多少？

温小姐一脸老实人的正经表情："谢星星，你好老土啊。"

谢商："……"

实际上，他们没有遇到店员给白眼的情况。店员受过专业训练，看人方面的眼光是很毒的，有些人不用用大牌去堆，往那里一站，气质就能反映家世。

如果是两个人进店，是情侣、夫妻，还是其他关系，谁听谁的，他们也是几眼就能看出来。眼前这两个人虽然没有牵手，女士走在前面，男士在后面，但是只要两个人离得远了一点儿，或者行人离女士近了一点儿，男士就会把女士拉到自己身边，小心护着，视线半刻不离开对方，对方说话，他会低头认真去听。

一般来说，情侣进店，大多是男士在休息区等，打个电话，喝个水，看个杂志什么的。这一对情侣不是。男士离着不远不近的距离，目光一直在女友身上。

店员直接走到温长龄面前，热心地为她导购。

"女士，这边都是当季的限量新款，有您喜欢的吗？"

温长龄随意看了看。店员保持职业微笑："如果不喜欢，里面还有高定款。"

温长龄没有去所谓的里面，就在不起眼的地方拿了两条裙子，都是红色，一条短的，一条长的。

店员适时地建议："要是拿不定主意，也可以问问您男朋友的意见。"

温长龄选了长的那一条："这件。"全程不到5分钟。

店员能看出来，这位客人是很果敢独立的性子。店员帮忙把衣服取下，领着客人去试衣间。

谢商坐下来等。

"那不是谢商吗？"说话的是方既盈圈子中的闺密，叫谈弯弯，是一位颇有名气的演员，"你要不要过去打个招呼？"

方既盈早就停下了脚步，看着谢商的方向。

"不用。"

她们在外面，与那家店只隔着几米，看得很清楚。

店里的店员过去跟谢商说了什么。

他起身，往试衣间那边走。

试衣间里有人，一只手从里面伸了出来，手腕很细、很白，很明显是女人的手。

"谢商他交女朋友了？"

谈弯弯脱口而出之后，立马去看方既盈的脸色，这话果然惹得她不快了。

她盯着试衣间，瞳孔仿佛被定住："玩玩而已。"

谈弯弯闭嘴不言。圈子里谁不知道，谢商不玩感情。

为了保证一对一接待的服务质量，有些店会限制客流，所以店里并没有很多客人。

温长龄在空中抓了两下："给我呀。"她以为外面是店员小姐。然而店员小姐非常识趣地把谢商请过来了。

谢商站近了些："你要剪刀做什么？"

"剪头发，头发被拉链缠住了。"

店员小姐站在一旁，并没有把手里的剪刀递过去。怕剪坏衣服只是很小一部分原因，她的服务意识告诉她，不如把客人的男友请过来，让客人多一些新奇的试衣体验，有助于增加满意度。

"衣服穿好了吗？"谢商在外面问。

"穿好了。"

"方不方便让我进去？"

隔了几秒，温长龄回答："你进来吧。"

谢商进去，把门带上，但没有关严实，留有一丝缝隙。外面等候的店员自然明白为什么不锁门，不锁门是在表示，没有什么见不得人的。店员体贴地站到旁边，方便服务客人。

温长龄将衣服穿好了，一只手按着领子，是拉链没有拉好。谢商让她站到墙那一边，用自己挡住她。

"让我看看。"

温长龄转过去。她本来就白，红色的裙子衬得她更白，冰肌玉骨。

拉链被她拉到了蝴蝶骨处，再往上就拉不动了——拉链头被头发缠住，因为她方才暴力扯过，两者已经卡成了一团。

温长龄说："还是剪了吧，我刚刚解了，解不开。"

谢商把她没有被缠住的头发拨到颈侧："你要慢慢地解。"

"费时间。"

他失笑:"温小姐,有点儿耐心好不好?"

温小姐没接话,低着头,看着自己的鞋子。谢商解头发的动作很轻,没有扯到她,所以不会疼,就是发梢偶尔扫到皮肤,有点儿痒痒的。

谢商耐心真好。

温长龄觉得这就是一剪刀的事。试衣间里有镜子,温长龄抬头就能看见镜子里谢商的脸。他比她高许多,低着头,睫毛安静地垂着。

谢商的手也比她的巧,一缕一缕绕绕转转,乱麻慢慢地就被解开了。

"好了。"

温长龄转过来。她身上的裙子是两件套的,上身是吊带,下身是长裙。长裙分两层:外面一层是红色纱料,蓬蓬松松的;里面那层应该是嵌了某种丝线,被光照到的时候会有若隐若现的光闪动。上身的吊带很短,边线贴紧腹部,把她整个腰都露了出来。设计师还给裙子配了一双红色的复古手套,不过手套被温长龄扔在了旁边的椅子上。

裙子的风格大胆、张扬、热烈,很适合温长龄。

谢商毫不吝啬地夸奖:"很漂亮。"

温长龄的腰很细,只有很薄一层肌肉,总给谢商一种他稍微用力就能轻易折断的感觉。他上前,单手绕过她的腰,指腹贴着皮肤一寸一寸慢慢地触碰。

成年男性的一只手臂就能够把她完全抱住,平时看不出来,这种裙子让体型差更明显,镜子里,他能把她整个笼罩住。

谢商怀疑自己有某种自己都不知道的癖好——他很喜欢这种能把她藏进身体里的视觉冲击。

她缩了一下,躲开他的手:"很痒。"

"太漂亮了,不舍得给人看。"谢商抱着她,看着镜子里从他衣服边缘露出的红色裙摆,好想把人藏起来,"但我更希望你能随心所欲,穿你喜欢的,做你喜欢的,选择你喜欢的。"

温长龄垂眸不语。如果没有强大到足以保护自己的力量,美丽会成为一种罪,这是她的妈妈温沅留下的遗言。

当面对一群豺狼虎豹时,你该怎么击杀?收敛锋芒,伺机而动,这是她的恩师孟先生说过的话。随心所欲,谈何容易。

谢商松开手:"出去吧,不好待太久。"

"你怕人误会啊?"

"误会什么?"

温长龄总是一本正经地说不正经的话:"误会你是那种会在试衣间里乱搞的人。"

谢商说:"我无所谓。"他不是在乎名声的人,一棵歹笋,在外人眼里,什么荒唐事做不出来呢?只是——他说,"误会你不行。"

谢商推开门,带温长龄出去。店员小姐看见她,愣在了原地,明显惊艳了。

换衣服的时候，温长龄已把眼镜摘了。谢商牵着她走到镜子前面："喜欢这件吗？"

"嗯。"

"那就这件。"

她看着镜子里面的自己，仿若看到了7年前那个肆意的温长龄，短暂地恍惚了一下："我去换下来。"

谢商摘下她随便套在手腕上的发绳，帮她绑好头发："拉拉链的时候注意一下。"

"嗯。"

温长龄去换衣服了。谢商走到左边的展览柜那里："这双鞋有37码的吗？"

店员说有的。她去把鞋拿出来，红色的鞋子被设计成珍珠绑带形式，很配女客人身上的那条裙子。这位先生的眼光真独到。

店员小姐夸赞说："您女朋友真漂亮。"

"是很漂亮。"谢商礼貌地道了谢。

温长龄的排班是5天一轮，这周四她上夜班。给晏丛换药的时候，她问道："退股的事，你跟你姑父说了吗？"

晏丛的姑父和帝宏医院是长期合作关系，手上还持有帝宏集团的一部分股份。温长龄不想误伤他姑父。

"说了。"

"那退股顺利吗？"

她之前就跟晏丛说过，如果造成损失，由她来承担。

"嗯，有的是抢着要的人。"晏丛觉得她还是太投鼠忌器了，"你不用顾忌那边，按你的计划来。"

她点头。

"周末的晚会谁陪你去？"

晏丛的血管很细，温长龄把输液的速度调慢一些："谢商陪我去。"

晏丛以前想过，温长龄的伴侣应该是什么样的人。这个男人一定要有一个健康的身体，这是最基本的。除此之外，他还要有足够强大的能力，要无条件听温长龄的话。这最重要的3点，谢商都符合。

"谢商对你好不好？"

温长龄沉默了一会儿，低低地"嗯"了一声。

人事科的科主任正好路过，看见晏丛病房的门开着，就顺道进来刷个脸，多发展一点儿人脉总是没错的。

"小丛啊，"科主任关切地问，"今天好点儿了吗？"

少年抬了抬眼皮，态度敷衍："还行。"

"小温也在啊。"晏丛和温长龄关系好科主任也是听说了的，"我听保安说，门口那个闹事的是你给劝走的。"

保安真多嘴。温长龄没作声。

科主任一直管人事，做人力资源的，嘴巴都挺能聊："没想到小温你还有这样的口才。这次你帮了医院大忙，我跟上面申请申请，看晚会上能不能重点表扬你一下。"晏丛的姑父是医院合作方兼集团股东嘛，他该客气客气。

温长龄看着科主任，口吻很认真："只有口头的吗？"

"呃……"

科主任为难了。他真的就是客气一下，表扬十佳员工的时候提一嘴，没打算来实际的。

温长龄一副憨厚不懂人情世故的模样："我刚好想调职。"

话都说到这个份儿上了，科主任也就只能接茬儿了："那你想……调去哪儿？"

"VIP楼栋。"

这……

VIP楼栋考核很严的，小温你上次还被VIP投诉了，不记得了吗？

半躺半靠的少年问了句："不行吗？"

晏丛的姑父是医院合作方兼集团股东嘛。

"行……"这真是祸从口出啊，他没事刷什么脸，没事夸什么人，没事给什么表扬。

科主任告辞，去打点温长龄之前被投诉的事。

人走了，晏丛说："长龄，你反应好快。"

"你反应也好快。"

两个人相视一笑。

帝宏集团包下了整个度假酒店。现在是下午6点50分，还有10分钟，周年晚会开始。

帝宏是高级私立医院，重点服务的对象是金字塔尖那群非富即贵的人，所以周年庆不是普通的周年庆，不面向全体医护人员，只是每个科室给了几个参加名额。

私下相熟的医护人员就约好了一起参加晚会，还有几个人没到，其他人在酒店外面等。

"那是……"张医生嘴巴张得像个没见过世面的，"温长龄？！"

大家都看过去。穿红色衣服的人在人群里是最显眼的存在，漂亮的女人更是。长鬈发、小细腰、金属流苏耳环、白皙修长的小腿、嵌着白珍珠的红色高跟鞋，没有一样能和平时土土的温长龄挂上钩。

李医生开始怀疑自己的眼睛："不是吧，温长龄有这么漂亮吗？"温长龄不是近视吗？

"就是温长龄。"上次包间事件之后，何叶跟温长龄亲近了那么一点，她确定来者就是温长龄，"谢商都在呢，不是她是谁？"

谢商穿着正装，搭配红黑两色的领带，站在身穿红裙的温长龄身侧。他低着头，脸侧向温长龄那一边，在听她说话。

隔着一段距离这样看，温长龄在人群里白得发光。

张医生惊叹："她竟然这么漂亮，以前完全没看出来！"

张医生今天带来的女伴是他女朋友，女朋友捏了捏他的耳朵："看够了没？"

"够了，够了。"

张医生被他女朋友提着耳朵先进去了。剩下的几个人里，有人阴阳怪气地嘟囔了一句："真会装。"

何叶翻了个大白眼：到底是谁约的人，不知道她最烦乔漪吗？忍不了，她一点儿都忍不了。

"不是，你有毛病是吧？见不得人家原装的比你整出来的美？"

乔漪整容这件事，在医院就不是什么秘密，大家都知道她以前什么样，但乔漪自己不认，对外声称是拔了牙。拔牙还能把 A 罩杯拔成 C 罩杯？

何叶的目光往乔漪胸前那么一扫。

乔漪脸都气红了："你才有病！"

何叶摊手："对，我有厌蠢症。"

"……"

乔漪骂了句"精神病"，拉着同伴先进去了。

何叶赢了乔漪一局，走路都带风，一扭一扭地往酒店里走。突然，她停下来，捂住胸口，弓着背。

同伴问她怎么不走了。她挥挥手："你先进去。"

同伴走后，她看了看四周，没看到其他相熟的女同事，就冲不远处的温长龄招了手。

"长龄。"

温长龄过来了。

"帮个忙。"何叶凑到温长龄耳边说明情况。

温长龄点了点头，跟谢商说："你先进去吧。"

谢商猜到是女孩子家的事，就先进去了，但没有走远，在晚会外场的喷泉广场那里等。

到了卫生间，何叶开始抱怨："早知道就不贪便宜买这件了，带子好容易松。"

这件礼服哪里都好，就是背后的绑带设计像以前那种老式婚纱的，绑带勒人不说，还很滑溜，总是往下掉。

温长龄和何叶一起进了隔间，帮她整理裙子。帝宏这次周年庆请了很多业内业外人士，除了一些合作方，还请了部分在医院建过档的 VIP。

露天广场上人来人往。一群年轻人结伴过来，为首的是晚会东道主大郑家的小孙子，郑律桥。

郑律桥突然停下来："谢商？"

郑律桥很意外，谢商跟他们家没交情，别说帝宏的周年庆了，就算是 KE 自家的周年庆，也未必请得动谢商这尊佛，谁这么大面子把人请来了？郑律桥过去打招呼："真是你啊，怎么不进去？"

谢商和郑律桥见过几次，不熟。

316

"等人。"

"等谁啊？谷易欢也来了？"

郑律桥和谷易欢还蛮熟的。

后面的喷泉起起落落，水下有灯光，蓝色一瞬间变成了紫色，谢商站在水汽氤氲的喷泉旁边，侧脸的轮廓线条被灯照得很清晰。

"等我女朋友。"他往远处看了一眼，"她是帝宏的护士，今天陪她过来的。"

郑律桥没想到谢商会解释，倒是诧异了一下："那你慢慢等。"

他和朋友们往晚会内场那边走。等走远了，朋友谈论道："谢商还真有女朋友，我还以为是谣言。"关庆雨的接风宴结束之后，谢商不是单身的消息就在互相有交集的圈子里传开了。

不是大家八卦，是谢商是很特殊的存在。谢商家里是开律所的，业务遍布国内外，而有点儿产业的家族一般离不开律师或者法务，跟谢家或多或少有些交集。年纪和谢商差不多的，大都从家里长辈的口中听到过谢商的名字，光全省理科状元这一点，家长们就能反反复复拿出来做正面素材。

理科状元后来打人、赛车、去海底世界玩命、调香、开当铺，家长们又能反反复复拿出来做反面素材。郑律桥手插着兜走在最前面："那有什么奇怪的，谢商也是男人，男人就没有不找女人的，暂时不找那都是没碰到合口味的。"

另一个朋友说："我听说谢商的女朋友长得很一般，非常普通。"

有人惊讶地说："不是吧，谢商那样的条件，他挑什么样的不行？"

郑律桥抱着手不走了："我倒想看看有多普通。"

受邀的宾客陆续进场，广场上的人越来越多。谢研理也在受邀之列。她在年轻的时候也做过律师，跟第二任丈夫结婚后，改做投资，因为商业眼光一般，陆陆续续亏了不少钱，这两年搭上了医疗器械这班车，跟大郑家走得近。

她看到谢商，走了过去："谢商。"

对待长辈，谢商向来斯文有礼："姑姑。"

"你怎么来了？"

谢商不喜欢参加商业活动，谢研理很少在这样的场合碰到他。她没等谢商回答，直接说："正好盈盈没伴儿，你跟她一起吧，她在里面。"

谢研理的朋友这时过来了，是位穿着很讲究的富太太。

"这是你家谢商吧？"

谢研理转头跟谢商介绍："这位是合通物流张董的夫人。"

谢商点了点头。

张夫人眉眼含笑地打趣："跟盈盈还真是天造地设的一对。"

张夫人跟谢研理也算交好。谢研理以前就跟张夫人说过，舍不得继女方既盈远嫁，要把她留在谢家。谢家除了只有4岁的谢子钰，跟方既盈同辈的就只剩谢商了。谢研理还说两个小辈少年时就结了缘，方既盈对谢商有救命之恩。

张夫人自然就以为谢商跟方既盈是一对。

张夫人夸赞的话刚说完，谢商就否认了："我跟她不是一对。"

红黑色的领带但凡颜值不是顶级的人，都很难驾驭住，但戴在谢商身上，没有半点儿喧宾夺主，红色带来的反差甚至给他增添了一丝沉着和优雅。他的眉宇之间也有不可侵犯的冷淡感。

他进退有度，面上不矜不伐："姑姑，您也做过律师，又跟张夫人交好，怎么也没告诉她，造谣传谣也是要负法律责任的？"

被当众下了面子的谢研理瞬间黑了脸。

张夫人脸色也不好看。谢家一家子都是律师，谢商也是考了证的。她可听说了，谢商开了个当铺，涉及不少敏感地带，但这么多年一点儿事都没有，这就说明一件事：谢商不仅懂法，还擅长运用法律，这可不是一般律师做得到的。

张夫人笑得很僵硬："可能是我听错了吧。"总不能说是你亲姑姑在造谣传谣。

红色身影出现在了人群里。她东张西望的，不看路，被路过的服务生撞了一下。

谢商的神色不复刚才的从容："不好意思，失陪了。"

谢商往门口去了。

张夫人有些不满："你不是说你家盈盈不外嫁，你要留在自家吗？我看你侄子也不是很想要。"

谢研理被刺得哑口无言，暗暗捏紧了手。

张夫人看着谢商那边："那是……？"

谢商拉住温长龄的手，把她带到自己身边。

"撞到哪儿了？"

温长龄掸了掸裙子："只是洒了点儿酒。"

谢商身上的压迫感太强，闯了祸的服务生更加胆战心惊，连忙再次道歉："对不起先生，对不起小姐。"

谢商没松口，琥珀色的眼睛淡淡地看着人。

温长龄拉了他一下，转头对服务生说："我没事，你去忙吧。"

服务生再三道歉后才离开。

"怎么也不小心点儿？"谢商帮温长龄把被她自己弄乱的裙摆整理好。

"光顾着找你了。"

谢商扶着她的腰，拿出手帕。

来来往往好多人，温长龄扯扯他的袖子："你干吗？"

"沾到酒了。"

喷泉的灯光亮起来，许多宾客不由自主地被喷泉表演吸引，然后纷纷看到，谢商弯下腰，给女孩子擦腰上沾到的酒。水底的光变成了杏黄色，在红裙的后面黯然失色。

郑律桥把抱着看戏的手放了下去。

"你管那叫很普通？"

先前说谢商女朋友普通的那位朋友也觉得离谱儿："谷易欢说的，不是我说的。"

谷易欢在关庆雨的接风宴上说的原话是："四哥不是看脸的人。"

不看脸的话……她的身材更绝。

郑律桥的目光肆无忌惮："有胸有腰，身材真好，要是……"

朋友笑他："谢商的女朋友你也敢想？"

郑律桥嚣张地耸了耸肩："想想又不犯法，谢商还能送我去坐牢啊？"

晚会开始了。场地分两块，内场和外场。外场是交际场，宾主觥筹交错，互相敬酒。内场年轻人多，郑家请了歌手和小提琴家，娱乐为主。

现在是晚宴时间，活动安排在后面。

可是温长龄发现，就餐区几乎没什么人。她问谢商："那些吃的都是摆着看的吗？怎么没有人拿？"除了她的同事们。

内场摆了很多椅子。温长龄不喜欢引起关注，所以和谢商坐在了灯光很暗的最左边。她医院的同事们也在旁边，好像只有她的同事们是真正来参加周年庆的：吃东西，看表演，等待老板上台抽奖。

内场的空调温度开得有点儿低，谢商把外套盖在温长龄的腿上："想吃吗？"

朱婆婆晚上煮了糖水蛋，温长龄嘴馋，吃过才来的。

她点头，想吃。

"我去帮你拿。"

她拉住谢商，嘱咐道："要多一点儿。"

"好。"

谢商去帮她拿吃的。

等谢商的时候，温长龄看见了一张熟面孔——郑律宏的妻子，林婉容。

温长龄把服务生叫过来："麻烦你和那位先生说一下，我去一趟洗手间。"

"好的，女士。"

温长龄起身，把谢商的外套叠好，放在椅子上。她认得林婉容，在医院看到过几次。

林婉容去了洗手间。

她正在和她的律师通话："这些话你已经说过了，不用再重复。我跟郑律宏在婚前就做了财产公证，我们没有共同账户。"

林婉容情绪有些激动，和律师谈得不愉快。

"股份我可以不要，我只要槐槐的抚养权。"

她看了一眼洗手间，见里面没有人，就把手包放在洗手台上，打开水龙头："没有出轨证据，他怎么可能让我抓到出轨证据？那是你该想的事情，我花那么多钱雇你帮我打官司，你就应该满足我的诉求。"

看到有人进来，林婉容立马终止谈话："我现在在参加周年庆，下次再谈吧，暂时还不能跟他撕破脸。"

挂了电话，她去洗手，扫了一眼镜子里的另一张脸，然后关掉水龙头，转身出去。

"郑夫人。"

林婉容停下脚,回头。

温长龄捡起洗手台上的手包,递给林婉容:"您的包。"

她接过:"谢谢。"

她知道温长龄——

谢家四公子的女朋友。刚刚在外场,很多人在谈论这位名不见经传的小护士。温长龄的确很美,怪不得连谢商那样出身的贵公子都会为之折腰。

"其实也不一定需要出轨证据。"温长龄看似很随意地抽了两张纸,擦擦手上的水,"郑夫人,犯罪证据也可以。"

林婉容一时错愕。走近了看,温长龄更美,尤其是眼睛。大多数人喜欢把美人比作花,温长龄不像花,林婉容觉得她像被天狗咬掉了一半的月亮,美丽之下,更多的是一种充满了诡异的危险,那双眼睛好像会下蛊。

林婉容几乎是脱口而出:"你究竟是什么人?"

"可以帮你的人。"

林婉容离开之后,两个女孩子进了洗手间。其中一个是大郑家的孙女,郑澜。另外一个是林婉容的堂妹,林肖雅。

林肖雅因为来得晚,没见着谢商的女朋友,但一来就听说了很多对方的事情。

"谢商的女朋友你看到了吗?"

郑澜在补妆:"看到了。"

林肖雅特别好奇:"他们说她很漂亮,真的假的?"

"是挺漂亮的。"

林肖雅在跟她姐姐发消息:"我跟我姐说谢商陪他女朋友来参加晚宴,她还不信。"

"你姐还没死心?"

谢商在学生时代就很有名。林肖雅的姐姐林肖楠跟谢商是同级,以前念书的时候喜欢过谢商。

"应该死心了吧,她跟谢商都没说过几句话。"林肖雅洗了个手,喷了点儿香水,"最气的应该是方既盈吧。我听说谢商年少的时候游泳溺水,是路过的方既盈救了他,方既盈的继母仗着救命之恩,想把她嫁给谢商,这下被人截和了吧。"

"截不截得了还不一定。"郑澜的妈妈跟谢研理挺熟,郑澜没少听说谢家的事,"谢商的那个女朋友只是个护士,门不当户不对,谢家那样的家庭哪儿有那么好进?你看谢商的姑姑,年轻的时候不也要联姻?谢商的妈妈更不用说了,那是什么出身。"

"我不这么看。我觉得谢家做不了谢商的主。谢家要是管得了他,他就不会开当铺,就当律师去了。"

"你还挺了解他的。"

"我姐喜欢他那么多年嘛,我以前天天听她讲谢商。"

"你姐也……"

声音远了。

温长龄从隔间里出来，摸了摸小腹。她的例假很懂事，每次会在来之前的几个小时令她的肚子稍微痛一痛，让她有准备。

晚会的内场搭了表演台，有小提琴家在上面演奏。温长龄还没有回来，谢商拿了衣服出去寻她。

方既盈一言不发地坐着，手里抓着的裙摆被她拧出了褶皱。旁边有人出声，怕她听不到似的，刻意提高了音量："人家的正牌女友都来了，她怎么还待得下去？我要是她，都没脸见人了。"

周围的人都在笑。大家都知道这是在说谁。

"一个假妹妹，天天'四哥''四哥'的，不知道的还以为谢商真是她的呢。她也不看看自己什么出身，亲生母亲不认，谁有钱谁就是她妈。"

说话完全不避着人的这个女孩儿叫楚然。楚然和方既盈在很小的时候就认识，方既盈的生母张爱珍以前是楚然家的保姆。方既盈父母离婚之后，她父亲方秀民带着她和谢研理组建了新的家庭。之后，方既盈就很少去楚家看望张爱珍。

方秀民去世之后，方既盈选择跟谢研理生活，张爱珍就辞职回老家了。

方既盈在北城的千金圈里人缘很不好，一来她总是柔柔弱弱病恹恹的，没人爱跟她玩，二来她很喜欢把"四哥"挂在嘴上。

四哥四哥，就她能这么喊呗，毕竟是假妹妹。楚然挺喜欢张爱珍的，所以很讨厌方既盈："死皮赖脸当了十几年的假妹妹有什么用呢？瞧不上就是瞧不上。"

楚然的朋友使了个眼色，小声说："你别说了，人家身体不好。"

"喘了十几年了，也没见咽气。"

楚然的声音很大，方既盈听得一清二楚。周遭的嘲笑和讥讽钻进她的耳朵里，全部变作不甘和愤怒，她紧握的拳头微微发抖。

所有人都在看她的笑话，都瞧不起她。

她起身，咬着牙，像什么都没发生一样，面无表情地往外面走。

乔漪立马追出去。

"盈盈。"

"盈盈。"

方既盈越走越快。乔漪追上去安慰她："你别难过了，盈盈，温长龄那样的人怎么能跟你比？谢商就是图一时新鲜，跟她玩玩而已。你对谢商有救命之恩，要不是你，他早就……"

方既盈回头怒吼："你懂什么？！"

乔漪不说话了。

方既盈一转头，看到了泳池对面的温长龄，温长龄绕了半圈，闲庭信步般走过来，红色裙摆慢悠悠地晃着。

两个人即将擦肩而过的时候，方既盈停下脚。

"原来你长这样。"

温长龄也停下来，漫不经心地看着方既盈因为忌妒而发红的眼睛。

"你是故意扮丑接近我四哥的吧？是为了引起他的注意？"

我四哥……

温长龄不太喜欢这个称呼。

"方小姐，你应该换个思路。"温长龄一副天真无邪、老实又坦诚的模样，"谢商得多喜欢我啊，就算我长得丑，他也喜欢我。"

杀人诛心。

"温长龄！"

方既盈猛吸一口气，剧烈地咳嗽起来。

温长龄懒得管方既盈，继续找她的路，酒店太大了，她迷路了，找不到回去的路。她身后传来方既盈暴怒的吼声。

"瞎了眼吗？！滚开！"

不小心挡了路的服务生连忙道歉。

"对不起。"

"对不起。"

方既盈一肚子火气无处发泄，摔了服务生托盘里的杯子。

温长龄回头。这人真没礼貌。温长龄突然想起了在洗手间里听到的八卦："我听说谢商年少的时候游泳溺水，是路过的方既盈救了他，方既盈的继母仗着救命之恩，想把她嫁给谢商。"

今天是帝宏的周年庆，应该来了很多厉害的医生吧？温长龄低头看了看自己的鞋子，珍珠很漂亮，好可惜，她才穿了一次。她小心地提着裙摆，露出右边的脚踝，弯下腰去，扯断绕着脚踝的那根绑带。带子断掉，上面的珍珠掉进她手里。

她看着断掉的带子，露出了惋惜的表情："坏了呢。"

她松开手，珍珠滚落，她就这样看着数时间：1、2、3、4……

高跟鞋踩到圆滚滚的珍珠——

"啊！"

方既盈倒栽着落水，泳池里瞬间溅起巨大的水花。

乔漪大喊："盈盈！"

温长龄安静地看着。泳池里的方既盈慌乱地挣扎，张着嘴想呼救，池水却瞬间灌满了她的喉咙和鼻腔。她疯狂地咳嗽、喘气，很快开始翻白眼。

泳池的水深比人高，乔漪不会游泳，只能大声呼救："快来人！

"有人落水了！

"有没有人啊？！"

郑律桥那群公子哥儿正好在附近，最先赶到。

但他们没一个下水的，都在你推我推你，你喊他他喊你。

混乱间，有人提着裙摆，悄无声息地走到郑律桥后面，把他踹了下去。

她还提着裙摆，轻手轻脚地转身——谢商在她后面，在笑。

温长龄突然有点儿生气，走过去："你笑什么？"

谢商牵着她的手离开："你在做什么？"

"我在救人啊。"她提着裙子，在踩自己的影子，"我记得郑业达以前接受访谈的时候说过，郑律桥是游泳协会的。"

谢商看到了她的鞋："鞋子怎么了？"

她把右脚露出来："坏了。"

鞋子少了脚踝的一根绑带，穿起来很松，有点儿磨脚。

谢商也没问怎么坏的，把自己的西装外套垫在花坛石上。

"你坐下。"

温长龄坐下。

谢商蹲下来，单膝点地，把她的裙摆稍微往上提了提，露出脚踝。他拿出手帕，好在帕子薄，能穿过鞋上的绑带环扣，绕过脚踝一圈，剩下的长度刚好够打结。

"我听说，方既盈救过溺水的你。"温长龄习惯性地摸了一下助听器，突然问，"那她怎么不会游泳？"她垂着眼，浓密的睫毛遮住了眼底的情绪。

谢商帮她把裙摆整理好："说是那次留下了阴影。"

"这样啊。"

温长龄伸长脖子往泳池那边看了看，人已经被救上来了，医护人员也过去了。

她拉过谢商的手，把剩下的最后一颗珍珠放到他手里："送给你。"她心情很好，笑着看谢商，"现在郑律桥是方既盈的救命恩人了，她不能再赖上你了吧。"

灯下，谢商的眼眸炙热而明亮。

"长龄。"他克制着满怀欣喜，不确定地、小心翼翼地向温长龄确认，"你是有一些喜欢我的，对不对？"哪怕你日有所思的不是我。

她没有回答，垂下睫毛，又摸了摸助听器。

"长龄。"

温长龄别开头："我饿了。"

谢商无声地叹气，把珍珠收好，带她去吃饭。

这次晚会，帝宏把整个度假酒店都包下来了，所有的房间宾客都可用于休息。3012房间的门紧紧地关着，里面两个人在密谈。

"你想想办法，我家老头儿还不能咽气。"

周晟，周氏集团的总经理。他口中的"老头儿"是他的父亲，周康仪。据周晟所知，他的好父亲早就立了遗嘱，遗嘱的内容他尚不知晓，但依照那老头儿的糊涂程度，指不定把家产都留给傅影那个贱女人了。

"我能想什么办法？"坐在周康仪对面的是郑律宏，"我又不是阎王老爷，想谁什么时候死谁就什么时候死。"

周晟一副理所当然的样子，仿佛正在讨论的不是人命："什么不行就换什么，这不是你们郑家的老本行吗？"

郑律宏沉了脸："你说话给我小心点儿。"

门外。傅影侧耳在听，突然肩膀被人拍了一下。她出于防御本能，立马抓住那只手，随即转身，以手为刃，朝着对方的脖子直接狠劈下去。对方动作很快，迅速截住了她的手腕，用力扣紧。傅影正要反击，对方拽着她，单手拧开隔壁的门，野蛮地把她推进去。因为体型和力气上的差异，她反抗无果。

这些年，陈白石也不知道是吃什么长的，又硬气力又大。傅影甩开他的手，揉揉自己被弄疼的手腕，很不爽地开口讥讽："这么紧张，怕我听到你主人的秘密？"

陈白石不跟她犟嘴，看了看室内环境。房间里有床，床上有玫瑰花瓣。这是酒店的情趣房。

陈白石转头出去。傅影一只手撑住门，偏不让他出去："要去汇报啊？"

陈白石面无表情，像个上了发条的机械木头疙瘩："是。"

"你现在装都不装了？"

他说："夫人，你太心急了。"

是，她太心急。她恨不得现在就把周晟千刀万剐，她一刻都等不得。

"陈白石，"她漂亮的杏眼里全是狠辣和冷漠，上前警告道，"不要妨碍我，逼急了我什么都做得出来。"

陈白石拿开她挡在门上的手，她扑上去，抱住了他。他愣住。

"陈白石，你就一点儿都不念旧吗？"她抬起脸看陈白石，圆圆的杏眼明亮水润，"师弟，高中的时候，我还教过你散打呢。"

在陈白石来傅影身边当保镖之前，他们就认识。他们是一个高中的，陈白石家里不宽裕，读书晚，比傅影低一届。那个时候，傅影还不叫傅影，是散打青少年组的冠军；他是学习不好的体育生，会恭恭敬敬叫她一声"师姐"。

后来他们再见面，他被周晟领过来，叫她"夫人"，和多年前一样，恭恭敬敬。

陈白石掰开她的手，还是要出去。傅影踮起脚，搂住了他的脖子："做周晟的狗有什么好的？他能给你的，我也能，他不能给你的……"

她吻在陈白石的脖子上，牙齿轻轻地磨。身体靠得太近，女人香缠绕上他的气息，她已经不是当年那个意气风发的少女，她长大了，成熟了，身材窈窕，纤细的手能精准地摸到他的后腰，撩拨着，纠缠着。陈白石一动不动。

"傅影，你不是说我是狗吗？"

她咬住他的耳朵，身体像一段柔软的柳条。他喉结滚动，木讷黝黑的脸终于松动："可是你在对狗摇屁股。"

她抬头，媚眼如丝地笑："嗯，那你要不要做我的狗？"

陈白石搂住她的腰，手臂上的肌肉鼓起，一米八八的身高能轻而易举地把她整个提起来，粗暴地往自己身上按，让她感受到他身体的变化。

他在警告："知道怕了吗？"

傅影却笑。

"原来有作用啊。"

她伸手，指甲似有若无地蹭着陈白石硬邦邦的身体。

他慌了似的，粗鲁地把她推开。她跌倒在床上，摆成心形的玫瑰花瓣瞬间散乱，红色的花瓣落在了她白色的旗袍上，红与白的极致反差让她看上去那么妖艳、迷人。

她的视线像一根根细小的丝线，缠绕上他，从脸到腹，不怀好意看遍他的全身："你还要去告状？"

陈白石沉着一张黝黑的脸："你的脚磨破了。"

他转身出去。傅影笑，阿拉拜咬狼犬也没有多忠诚嘛。陈白石管酒店的工作人员要了医药箱。

傅影躺在床上，不合脚的高跟鞋被扔在了床尾，她一只手撑着脸，一副理所当然被人伺候的样子。

"陈白石，以后做我这边的人，好不好？"

她声音软软的，用另一只脚去踢他的袖子。

陈白石直接把被子扯过来，盖住她小腿以上的部位。他的掌心温度很高，按着她破了皮的那只脚。

"傅影，你是不是对谁都这样？"

傅影又恢复了那副嘲讽人的表情："不叫'夫人'了？"

他低着头，没有坐在床上，而是坐在椅子上，重复问道："你是不是对谁都这样？"

他真的是一块石头，固执，不知变通。他五官没有特别突出的，组合在一起还算耐看，一身蛮力和荷尔蒙。

他为什么要来当保镖？为什么要阻碍她？

傅影一脚踹开他的手："你以为你是谁？可以这么问我。"

陈白石扯过她的脚，摁住，用蘸了药的棉签按在伤口上。

傅影疼得倒抽一口气，抽了抽腿，挣不开，带着怒气喊他："陈白石！"

"我是周先生的人。"

陈白石这么回答，但手上的动作到底放轻了。

傅影捡了瓣玫瑰，扔到某块石头身上："可是你在给我擦药呢。"

他抬头，看着她："我是周先生的人。"

"随你吧。"

傅影叹气：果然是条悍犬，难驯哪。

温长龄吃饱喝足后，懒懒地靠着椅子，裹着谢商的西装外套揉揉肚子。

"还要不要？"

"不要了。"

谢商接过她手里的盘子和勺子,自然地吃掉了她剩下的半块蛋糕。

邻桌座位。张医生的女朋友看得十分羡慕,不满地踢了踢只顾着自己吃的男朋友:"你看看别人的男朋友,都会吃女朋友吃剩的。"

张医生看了一眼他女朋友盘子里的牛排:"那你也剩点儿给我吃。"

她立马护食地把盘子往怀里藏:"我自己都不够吃。"

张医生:"……"

晚宴结束之后,周年庆内场活动才正式开始。

台上,帝宏集团的总经理在给十佳员工颁奖。温长龄坐得不踏实——小腹有点儿不适,她那懂事的例假应该快来了。

"谢商。"她侧头,低声说,"我们回去吧。"

"好。"

他们本就坐在不起眼的位置,离开得悄无声息。通往电梯的那条过道有点儿长,温长龄身上披着谢商的外套,由谢商牵着,走得迟缓散漫。傅影和她的保镖从对面走过来。傅影的那位保镖存在感很强,温长龄不禁多看了两眼。

地上一左一右的人影重叠,傅影突然停下,目光落在了温长龄身上。温长龄的神色并无波澜,与她对待其他陌生人时无异。

谢商把她挡在了身后。傅影笑了笑,主动打招呼:"谢老板。"

傅影对当初的典当交易保持了沉默,这也是谢商想要的结果,他不想让温长龄知道他一开始的目的。

温长龄对待傅影的表现没有异常。两个人没有见过吗?谢商目前还没有查到傅影真正的来历,傅影这个名字是假的,履历也是假的。

谢商礼节性地回应:"周夫人。"

"谢谢你上次的资料,很管用。"

"不客气。"

两个人一来一往,语气不冷也不热,就似寻常的商业社交。

傅影说:"谢老板慢走。"

随后她和自己的保镖继续前行。等人走远,温长龄随意地问了一句:"她是你的客人吗?"

"嗯。"

温长龄没有多问。

快到电梯口的时候,她回了一下头。正好,傅影也回了头。两个人很短暂地对视了一眼,都没有任何表情,然后,各自转头,各朝东西。上车之后,温长龄把副驾驶座的靠背往后调了一些,身体往后躺着,盖上谢商的外套。

"很累吗?"

"有点儿困。"温长龄的声音有一丝乏力,"你开快一点儿。"

"好。"

谢商调了一下空调的出风口。他把车开得比平时快，但车子很稳，几乎是匀速。

车子等第四个红绿灯的时候。

"长龄。"

她睡着了。谢商拨了苏南枝的电话。

到家之后，温长龄也没有醒。谢商把车停好，叫醒她："长龄。"

"嗯？"她迷迷糊糊地睁眼，眼神茫然。

谢商给她解开安全带："到家了。"

"哦。"温长龄抱着西服下车。等谢商锁了车，她把衣服还给他。她准备进屋的时候，谢商叫住了她。

"你晚上吃得很杂，要不要喝点儿东西？"

谢商煮的茶很好喝，他还会煮奶茶和莲子羹。他好像没有什么不会的。也不是，他筷子使不利索。

"要喝。"温长龄的瞌睡已经醒了，"我先去洗漱，你给我留门。"

温长龄先回了自己的院子。谢商把门打开，但是没有进去，而是去了一趟街头的干果铺子。

铺子的老板娘在看电视，声音开得很大。

"赵老板。"

谢商习惯称呼老板娘为赵老板。赵老板暂停了电视："谢老板怎么这么晚过来了？"

"来买点儿东西。"

温长龄的例假果然准时到访。她洗完澡，吹完头发，准备出门的时候，手机收到了两条消息。

肿瘤外科何叶："长龄，你怎么先走了？"

肿瘤外科何叶："我跟你说，我抽奖抽到了一辆电动车！！"

温长龄回复："恭喜你。"

她其实和何叶不是很熟，但是何叶主动示好了，为了显得更友好，她又发了一朵花过去。回复完，她拿了件开衫外套，搭在手臂上，关上房间的门。

用作钟表店铺的那间屋子还亮着灯，那屋的灯泡亮，朱婆婆在那边给彤彤缝衣服，见温长龄出来，询问她："还不睡呢？"

"我去谢商那边喝东西。"

年轻人都喜欢晚睡，朱婆婆懂："要不要给你留门？"不留也没事，温长龄在谢老板那边留宿她也是放心的。

温长龄说："要留。"

她去了谢商房间。门没有关，里面开着空调，陶瓷炉上放着玻璃茶壶，谢商在煮东西。

她坐过去："你在煮什么？"

谢商把旁边的毯子递给她："不知道叫什么，放了红枣、桂圆、黑糖，还有少量的玫瑰花。"谢商说，"是我家苏女士的配方。"

他在回来的路上特意问了苏女士。

温长龄嗅了嗅，枣味很浓。水已经沸腾有一会儿了，谢商断掉电，把茶壶放在茶承上，取来杯子，倒了一杯茶给温长龄。

"有点儿烫，吹吹再喝。"

谢商的杯子很漂亮，瓷很剔透，跟玉一样好看。温长龄吹了吹，尝了一口："甜甜的。"

"好喝吗？"

她又吹了吹，喝光了。

"这个杯子好小，还要。"

谢商的眼睛不知是被煮茶的水汽熏的还是怎么的，琥珀色的眸子温润透亮："我给你换个杯子。"

杯子在茶室。

温长龄看着谢商身上的白色家居服，突然想起了他当时在莱利图的样子，他玩深海逃脱游戏、去地下拳击场、喝酒。那时候的他疯狂、危险，像野生动物里最为优雅和高贵的狮子。她当时想过，狮子如果被驯服，会是什么样子。

桌子上有个精致的木盒。温长龄打开看了一眼，里面放着她随手送给谢商的那颗珍珠。狮子会收起尖牙，小心地珍藏珍珠。

谢商回来了，给她换了个宽口的茶碗，这应该是他最大的杯子，他还拿了勺子。

"马上就要睡觉了，不能喝太多。"

"嗯。"

温长龄用勺子舀桂圆吃，煮过的桂圆软软的。她喝了很多黑糖水，小腹热热的，吹着空调感觉刚刚好，很舒服。

谢商坐在长椅的另一头："舒服点儿了吗？"

温长龄想明白他为什么煮红枣黑糖茶了："你怎么知道的？"

"上个月朱婆婆给你炖乌鸡汤，偶然听到的。"

谢商记性好，记下了日子。温长龄的例假一直都很准时。他坐过去一点儿，把手覆在她的小腹上，隔着衣服轻轻地揉。

温长龄很坦诚："你在揉什么？我不痛啊。"

女性生理知识是谢商的知识盲区，他手上的动作迟疑了："不痛吗？"

"不痛。"

她只会在例假来之前痛一下，后面不会痛。但是她会很懒，会不想动，会想抱着东西。

她把茶碗推开，抱住谢商。

"星星。"

"嗯。"

她又不说话了，一点儿力气都不想使，把整个身体都靠在谢商身上，只有手愿意动，玩着谢商没有吹干的头发。

谢商心都被她弄软了。她这么挂在他身上，弄得衣服缩了上去，一点儿防范都没有，露着白白的肚皮。谢商很想亲那里。他不知道自己哪儿来的这些乱七八糟的癖好。他把毯子拿过来，披在她身上。

"我好困。"

"回去吗？"

温长龄摇摇头，不想动，就那样窝在谢商怀里，做一只悠闲的猫。谢商把身体压低，让她靠得舒服点儿。桌上的红枣黑糖茶慢慢冷却，但依然散发着淡淡的玫瑰香。苏南枝女士说，玫瑰不能放太多，要看女孩子经血的量。

谢商从小被教育要君子、要绅士，从未听闻过、谈论过这类话。女孩子果然都是很娇的，仿佛钢铁做的温小姐也一样，要仔细地养，要给很多爱。

"长龄。"

她睡着了。谢商轻轻抱起她，放到床上，把被子打散，给她盖上。

她翻了个身，抓住他的衣服，不安地梦呓着："阿拿……"

她日有所思的是阿拿吗？他不该忌妒的，不管是阿拿还是晏丛，可是他忍不住计较。他很贪心，那种贪心克制压抑不了。

他俯身，在她耳边轻声说："叫'谢商'。"

她没有醒，却跟着喊了："谢商。"

好乖啊，温小姐。谢商摸摸她的头，笑了。他在床边坐了一会儿，什么也没做，看她蜷缩着睡觉。

他起身，将窗户敞开一丝缝，在桌上点了一盘安神的香，盖上香炉的盖子，然后关掉房间的灯，只留了桌子上一盏光线偏暗的台灯。

他又回到床边，蹲下，在温长龄的唇上落下吻："晚安。"

他出去，关上门，去了客房。

醒来的时候温长龄有点儿蒙，呆呆地坐了一会儿。手机不在身边，她不知道时间，拉开窗帘，外面有微弱的天光。她起床，把昨晚带过来的开衫外套穿上，关了空调再出去。

外面蒙蒙亮，她以为自己看到了幻觉，揉揉眼睛，不是幻觉，是谢商，一人一猫蹲在那棵没结过杏子的杏子树下面。

谢商在给花花喂猫粮，用一个很漂亮精致的盘子。

"谢商。"

他听见温长龄叫他，放下手里的猫粮袋子，去旁边的水池洗了手才过去："你怎么醒得这么早？"

你更早啊。

她问谢商："你没睡吗？"

"睡了，刚起来。"

主卧和客房只隔了一堵墙,温长龄在另一边,谢商一晚上都没怎么睡熟,天未亮就被外面的猫叫声吵醒了。

温长龄扒拉着睡得乱糟糟的头发:"你怎么这么早就给花花喂食?"

"它好像是来寻你的,一直吵,不给吃的堵不住它的嘴。"

这猫通人性,还知道来谢商家寻温长龄。花花走过来,用脑袋亲近温长龄:"喵。"

谢商去茶室,倒了一杯水过来,给温长龄。

她坐在院子里的藤编椅上,端着杯子喝水。谢商在水里放了蜂蜜,水微甜。

她抱起猫,放在腿上:"你有起床气吗?"

"分人吧,对你没有。"

谢商把花花从温长龄身上拎起来,放在地上:"对它有。"天没亮它就扰人清净。

花花"喵"了两声,跑开了。

"谢商,"温长龄指着远处的天空,"太阳出来了。"

荷塘街是老街,建筑都不高,在院子里能看到远处的山头。原本如烟似雾的鱼肚白被红日划破,晨光密密麻麻地洒下,把山峰染上了颜色。

"长龄。"

"嗯。"她回头,清晨的风吹动她的发梢。

谢商看着她:"阿拿是你弟弟吗?"

提到阿拿,温长龄会本能地防备:"你怎么知道的?"

"猜的。"

她上次醉酒后去医院,叫晏丛"阿拿"的时候,谢商就猜到阿拿是谁了。

因为那次她哭了。

"你睡着的时候叫了'阿拿'。"这是谢商第一次主动提起阿拿。

他想知道温长龄所有的事情。

"我还说了什么?"

"没有。"

温长龄仰起头去看日出,用沉默结束了关于阿拿的谈话。

东方既白,隔壁传来林奶奶晨起开门的声音,早餐店的炊烟升起来,摊贩的三轮车碾过马路上的石子儿,早起的主人家关掉了他家门前亮了一整夜的灯笼。

晨光洒在温长龄的脸上,她的轮廓被铺上了颜色,四周处处是人间烟火,唯独温长龄像一幅美丽却不真实的画。

谢商拉住她的手:"一起去吃早饭吧。"

帝宏集团周年庆过后的第三天,谢商被谢景先叫去了花间堂。谢景先把家里其他人都打发走,祖孙两个坐在别墅外面的亭子里。亭子三面环水,池中种满了荷花。水中红鲤悠闲地游来游去。茶是谢商泡的,他泡的茶向来最合谢景先的喜好。

"我听说你谈了个女朋友。"

"是。"

"她家里是做什么的？"

谢景先不喜欢兜兜转转。这一点谢商也是。

"爷爷，她家里做什么、她做什么，和您、和谢家都没有什么关系。"

关于谢商的女友，谢景先是从去参加帝宏周年庆的老友那里听来的，老友说得十分夸张，说从来没见谢商对谁么言听计从过。

谢商就从来没听过谢景先的话，给他找好的书法老师他不要，让他当律师他不当，叫他别碰那些玩命的东西他不听。现在谢商谈了女朋友，他这个当爷爷的，还要从别人的口中知道。

"如果只是谈恋爱，我不会干涉你，但如果你考虑到了婚姻，我希望你能找一个在认知和见识上都能跟你匹配的人。"谢景先还听说那姑娘有点儿残疾，"我知道你不喜欢盈盈那孩子，我会跟你姑姑说明白，让她以后不要再提以前的事。"

谢商心平气和地听完："我以后会跟我女朋友结婚。"

谢景先把茶杯重重一搁，里面的茶水全洒了："你没有听明白我的意思吗？你的结婚对象……"

"爷爷，请您不要干涉我的私事。"

这是一点儿都不让管了？谢景先拉下了脸。

"既然您把我叫过来了，我就跟您表个态。"谢商重新给谢景先斟上茶，"我知道自己要什么，您也了解我，除了我自己，没有人能做我的主。

"也不对，现在有了，我女朋友可以做我的主。

"我非常爱慕她，如果她同意，我可以立刻和她领证。我恳请您不要去打扰她，她本来就不是很爱我，如果她被惊跑了，我也不知道我会做出什么大逆不道的事来。

"爷爷，我不依附于谢家，谢家也束缚不了我。"

真是会说，这么会说，你怎么就是不去当律师？！

谢景先怒气上涌："我就说了几句，你能顶我几十句。我还没做什么呢，你就要大逆不道了，谁教的你这么目无尊长？！"

谢商低下头："对不起，爷爷，是孙子不孝。"不能告诉您她是温沆的女儿。

谢景先一甩衣袖，这谢商泡的茶他是一口也不想喝了："滚吧。"

谢商起身。谢景先还是气不过，横眉又问："你哪里不如她了，她居然还看不上你？"

他平日是对谢商严格了些，但谢商是他几次三番请算命先生，愁白了头才盼来的孙子，他怎么可能不疼爱谢商？

他的孙子有多优秀他能不知道？外面说谢商是歹笋的，哪一个不是忌妒他？

那姑娘有残疾就算了，还不是很爱谢商？

谢商一脸无奈的表情："她喜欢乖巧听话的。"

谢景先："……"

谢商跟乖巧听话确实一个字都沾不上边。

第十四章
强强联合，绝杀时刻

温长龄刚打完饭，听见佳慧叫她。

"长龄。"

温长龄端着餐盘坐过去。除了佳慧，还有两个关怀病房的同事也在。

佳慧问她："在VIP楼栋还适应吗？"

"适应。"

"那边累不累？活儿多不多？"

温长龄有问有答："不累，活儿也不多。"

佳慧把手机里的照片找出来。照片是何叶发给她的，她把手机屏幕举到温长龄面前："这是你吧？"

"嗯。"温长龄说，"化妆化的。"

"别自我否定，我眼不瞎。"佳慧凑近观察温长龄的脸，厚厚的镜片让她的眼睛看上去小了一圈，她果然是被眼镜和刘海儿封印了颜值，当然，每一件丑衣服也不无辜。

佳慧靠近温长龄，悄悄地问："长龄，你是不是故意戴着眼镜的？"

"嗯。"

果然。

"你应该有你的理由，原因我就不问了。"佳慧继续吃她的鸡腿。

温长龄还是和之前一样，戴着土土丑丑的眼镜，留着总是挡脸的"八"字刘海儿，低调得好像周年庆那晚让人惊艳的不是她。午休过后，温长龄去给她负责的病人测量生命体征。病房门没有关，她刚推开门，就听见里面传来男人浑厚有力的声音。

"你们快点儿过来，对面房子里有好几个孙子。"

"过去干他。"

VIP楼栋的病房是一室一厅一卫，都配备了沙发，男人激动地一个鲤鱼打挺从沙发上坐了起来。

"扶一把，扶一把。"

温长龄走过去："洪先生。"

男人回头："你是谁啊？"

温长龄看到了男人的脸。她扶了一下眼镜，低头道歉："对不起，先生，我走错了病房。"

男人极其不耐烦地赶人："出去，出去。"

温长龄再次道歉后转身出去。洪先生的病房在走廊的尽头，给洪先生量完生命体征之后，温长龄要回护士站。走在路上，她被人叫住。

"温小姐。"

温长龄回头。郑律宏穿着正装，戴着一副无框眼镜："还记得我吗？我们见过。"他看温长龄的眼神里有探究，是那种男人对女人的探究。漂亮的女人，谢商的女人，这两点足够激发男人的探究欲。

温长龄回答："记得。"

"我听说你是最近才调来VIP楼栋的，还习惯吗？"

她就像普通员工对待老板那样，拘谨，本分，有问必答："习惯。"

"你负责这边的病区吗？"

"是。"

郑律宏表现得像一个毫无架子的上司，随和地笑道："我的临时办公室也在这边，看来以后会常见面了。"

不会常见面，你很快就会进监狱。郑律宏的手机响了，他收回打量的视线："你忙吧。"

温长龄转身，眼神一瞬间冷下来。

晚上。温长龄洗完澡，披着还在滴水的头发去了2楼。她坐到电脑前，摘下眼镜，取出镜框侧边的储存卡，装进读卡器，连接到电脑上。屏幕上有窗口弹出来，是月上线了。温长龄打开白天录的影像，共享给月。

"你们快点儿过来，对面房子里有好几个孙子。"

"过去干他。"

"扶一把，扶一把。"

"洪先生。"

"你是谁啊？"

"对不起，先生，我走错了病房。"

"出去，出去。"

视频结束。月的声音从电脑的另一头传过来："看出什么问题了？"

"气色太好了。"温长龄说，"他做肝移植供体手术还不满两周。"

高江电子的董事长肝硬化，其儿子为父捐肝的新闻前几天还上了热搜，受了不少网友的夸奖。切了那么大一块肝，两周不到这位董事长之子就活蹦乱跳了。

月说："八成又是大郑家的老本行。"

温长龄走到照片墙前，把郑律宏的照片贴到最上面。

16日是翟文瑾复查的日子。平日里最不喜欢去医院的翟女士今日很是积极，一大早就催着苏北禾载她去帝宏医院。她直奔肿瘤科。

苏北禾提醒道："挂号在另一边。"

"等会儿再挂号。"翟文瑾来到肿瘤外科的护士站："护士小姐，请问温长龄是在这边上班吗？"

何叶抬头："您是……？"

"我是她亲戚。"

眼前这老太太虽然穿得朴素，但脖子上戴的珠宝可不朴素。

何叶见老太太面善，看着不是坏人，就如实说了："长龄不在这边了，她调去了VIP楼栋。"

"谢谢啊。"

翟文瑾又往VIP楼栋去。苏北禾走在后面。尽管他长了一张看上去能说会道、很会撩拨女性的浪子脸，但脸上表情不丰富，显得他非常不近人情："谢商知道了会生气的。"

"你不说，我不说，谁知道？我就偷偷看一眼。"

她都来医院了，怎么可能不看一眼未来的外孙媳妇？翟文瑾之前体检都是在帝宏医院，是医院的VIP，1楼接待的护士专门给她带路，护士边走边介绍各个楼层和科室。

一行三人刚走到电梯口，警报声突然响了。翟文瑾看向屋顶的警报器："这是怎么回事？"

"是消防警报。"苏北禾把手递过去，让翟文瑾扶着，"先出去再说。"

翟文瑾的腿有骨质疏松，走得很慢，不过好在他们在1楼，倒也不急。她边走边问苏北禾："你知不知道星星家温小姐的电话号码？"

"不知道。"

"你快给星星打个电话。"

起火点在7楼，经过初步检查，原因是有人偷偷抽烟，烟头烧到了电路。VIP楼栋第一时间出了紧急应对方案，保安和医护人员使用移动呼吸机和氧气瓶，有序地组织病人转移。

医院安保人员的消防营救效率很高，毕竟VIP楼栋里的病人个个都金贵。另外还有一位金贵的——集团的总经理。

楼栋的安保主任亲自上去接人："郑总，这边。"郑律宏从办公室出来，用帕子捂着口鼻，由人带领，进入了安全出口。护士站只剩下温长龄一个人，她负责的病人已经都安全转移了。她知道，她等了很久的机会终于来了。

她打开护士站的电脑，插上U盘，用程序操作，关掉VIP楼栋的所有监控系统。做完这些之后，她摘下助听器，将它扔在地上，踩碎，再捡起来。VIP楼栋病例的查看权限很高，用的是单独的系统，层层防御，机房就在7楼。

翟文瑾在楼下没走，越等越焦急。楼栋里面的患者一拨一拨地往外转移，最后安保人员也出来了。他们在门口拉上了隔离带。

"怎么封锁了？"翟文瑾找工作人员问，"护士小姐，里面的人都出来了吗？"

护士小姐也不确定，含糊地说："应该都出来了。"

"北禾，那姑娘出来了没有？"翟文瑾心急如焚，在人群里找了找，"这我也认不出来啊，我就见过照片。"

"别急，谢商马上到了。"

苏北禾已经和谢商通了电话，谢商让苏北禾直接找院方，院方会看苏家和谢家的面子。搜救的人已经被派进去了，科室那边也找过了，但目前仍然没有联系到温长龄。

过了十来分钟，谢商到了。

翟文瑾急忙喊："星星！"

谢商过来。

"你快找找，看人出来了没有！"

温长龄不在转移出来的人群里，她的手机打不通。VIP楼栋的护士长和肿瘤外科的护士长谢商都已经联系过了。他看着眼前浓烟翻滚的大楼："她可能还没出来。"

翟文瑾安慰说："消防员已经进去了，应该没事。"

他直直地往前走。翟文瑾立马拉住他："你干吗？"

谢商看上去很冷静："我进去看看。"

"不能进去。"翟文瑾一脸严肃，不由着他乱来，"你再等等，火还没灭完。"

"外婆。"

谢商很少用这样的语气求人。他在恳求。他的脸上没有情绪外露，他向来擅长克制，擅长冷静而理智地发疯和豪赌："不要拦我。"

翟文瑾想了想，还是松开了手——拦不住的。而且她相信谢商。

门口有医院的保安守着，准出不准进，除了要保证人身安全，还要保证医院的财产安全，局面越是乱，他们越要盯紧。看见有人靠近，保安立刻伸手拦截："先生，里面不能进。"

他刚说完，拦人的那只手被对方截住，保安还没反应过来，手腕就被一个反扭扣到了背后，对方将他往前一推，他半点儿反击之力都没有，趔趄地撞在了玻璃门上。

他按着发麻的肩膀，回头大喊："先生！"

"先生！"

谢商越过隔离带，进了大楼。火其实不算大，在控制范围之内，谢商完全可以等。但他等不了——温长龄不一样，她可能听不到。

7楼，机房。手机屏幕上的数字从99%跳到了100%。木马植入完成，温长龄拔掉数据线，借着机器的遮挡，确认外面没有人之后，才从藏身的角落走出来。

椅子上有件衣服，她取过来，去旁边的洗手间打湿后遮住口鼻，沿着走廊，压低身体往安全出口去。机房在7楼的北边，离起火点较远，这边没有明火，但有烟雾。安全出口的指示牌就在前面，亮着绿灯，温长龄加快了脚步。

"长龄。"

她听不到。谢商过去，拉住她的手。她瞬间回头，在缭绕的烟雾里看到了谢商的脸。他为什么会在这儿……他嘴唇张合得很慢，以便她看清口型："先出去。"

温长龄呆呆地被他拉着。隔着烟，视线不清晰，她盯着谢商的后背，有种很奇怪的感觉：不真实，仿佛置身幻境。他是来寻她的吗？到了1楼的安全地带，谢商先给苏北禾打了一通电话报了平安，让苏北禾先送翟女士回家。

他挂断电话，看着温长龄："手机呢？为什么不接电话？"

温长龄愣愣地看着他。他用手语，同时放慢了语速："为什么不接我的电话？"

她在植入木马时，手机会自动拦截来电。"没有听到。"温长龄拿出口袋里已经裂开的助听器，"我的助听器坏了，我在配药室里配药，听不到。"

配药室的报警器前几天刚好坏了，所以她故意踩坏了助听器——没有第一时间出去，她需要一个正当且不引人怀疑的理由。

谢商上前，抱住她："没事就好。"绷了很久的弦猛然松开，他的声带微微战栗。温长龄被拥抱着，听不到声音。她抬起手，摸到了谢商脖子上的汗，心里的某个地方忽然有什么刺进来。

她想起了曾经问过谢商的问题："你如果爱上一个人，能做到什么地步？"

VIP楼栋的病人暂时都转移到了肿瘤科大楼。火势没有蔓延到其他楼层，损失不算严重，医院第一时间就安排好了修缮工作以及VIP病人的安抚和赔偿事项。佳慧得空儿后立刻去找温长龄，看见人没事她才放下心。

"谢商给我打电话的时候把我吓了一跳。我说怎么打到我这里来了，原来是联系不上你。"佳慧说，"他给咱们护士长也打了电话。"她这个外人都看出来了，谢商有多看重温长龄。

温长龄站在连廊上，一动不动地看着楼下。

"你怎么没请个假回去休息休息？"

温长龄说："我没什么事。"

"你的助听器不是坏了吗？"佳慧看她左耳的助听器是好的呀。

"这一个是备用的。"

佳慧"哦"了一声："我刚听护士长说，抽烟的那个人找到了，是一位VIP患者的家属，被警察带走的时候他还特别嚣张。所幸今天的风朝南，火灾没有造成伤亡。"

温长龄没有接话，心不在焉。

"长龄。"

她回过头："嗯？"

佳慧朝下面看了看："你在看什么？"

温长龄摇了摇头。谢商的车还停在下面。温长龄回了肿瘤科，给她负责的病人换了药。VIP楼栋的值班护士长针对这次的事件简单地开了个临时会议，然后组织大家把VIP楼栋的器械转移到肿瘤科大楼。

等她们做完这些，已经快11点了。温长龄再次路过连廊，谢商的车还在。她打电话给谢商："你怎么还没回去？"她站的地方能看到谢商那辆车的车头，"我看到你的车了。"

其实隔得很远，但她感觉她好像看到了，谢商抬起头，朝她看过来。他说："长龄，我需要缓一缓。"

温长龄挂了电话，下楼。车窗的玻璃被敲响。谢商下了车："你怎么下来了？不忙吗？"

温长龄掏出口罩，戴上，掩耳盗铃地假装没人认得出即将偷懒的她："我感觉你好像更需要我。"

谢商笑："反正没人知道是你，抱一下吧。"她也有此意，主动抱住了谢商。

"长龄，你把你配助听器需要的参数和检查数值发给我。"

"你要这些做什么？"

谢商用力地抱紧她："给你配最好的助听器。"他说，"你就在所有能放的地方都放上备用的。"

温长龄低声应了一句"好"。

其实刚刚佳慧问了她一件事。"长龄，"佳慧小心翼翼地问，"你的耳朵能治吗？"

"治不了。"她是听神经重度受损患者，这种损伤是不可逆的，右耳完全丧失了听力，左耳只有残余听力，只能借助助听器。

"我以前听护士长说过，你听不到不是先天性的。"佳慧问她，"那是怎么弄的？"

"11岁那年下水去救人，丢了双耳朵。"

那一年，谢商13岁。温长龄抬手摸了摸他的耳朵。谢商，若是当年我没有下水，听不到的会是你吗？

温长龄松开手："好了，我要去上班了。"谢商隔着口罩亲了一下她的脸："我晚点儿过来接你。"

"好。"

这次事故，VIP楼栋一共有4间病房、1间药房、1间彩超室、2间理疗房被损毁。郑律宏的办公室是完好的，没有被殃及。

办公室的门开着，郑律宏在里面等。钟副院长敲了敲门。

"进来。"钟副院长是 VIP 楼栋的直接负责人。

"郑总,"他把办公室的门关上,"损毁物品已经清算好了,您看要不要提起诉讼?"

他把清算文件递上。郑律宏翻看了几页:"不用。"

在病区抽烟的那个是北城蓝盟高尔夫球场家的小公子。郑律宏的处事原则是:钱能解决的事,没必要开罪人。

"另外还有件事有点儿蹊跷。"钟副院长事无巨细一一汇报,"事故发生的时候,VIP 楼栋的监控系统出现了故障。"

"是什么原因?"

钟副院长是个做事仔细的人,已经找人查过了:"是护士站的电脑被人入侵了,入侵所使用的程序可以定时,暂时还不能确定是谁入侵了电脑。"

VIP 楼栋的护士站设立在人来人往的接待区,一般人不太可能明目张胆地去动电脑,外面的人也轻易进不来,此人很大概率是这栋楼里的护士。

在帝宏医院就职两年以上是调入 VIP 楼栋的基本条件,如果真是这栋楼的护士做的,那这个人最少在医院工作了两年。

"所有有可能接触到那台电脑的人,一个一个查。再让技术组的人把系统重新排查一遍,尤其是里面的客户资料和病例,都要重新加密。"

"我马上去安排。"

私房菜。

这名字取的……宋三方进门后打量了一番店里面的装修:"就在这儿吃?"他有点儿嫌弃,"看着不怎么样啊。"

这家店装修很朴素,门庭冷清。谷易欢在前面领路:"你懂什么?这是我四哥他舅开的店。"刚说完,谷易欢就看见了谢商,顿时兴奋得像只土拨鼠:"四哥!"

真是太巧了。谢商坐在靠窗的位子上。谷易欢直奔谢商过去:"你也来这里吃饭了。"他拉开谢商对面的椅子坐下,"刚好,坐一起。"

"这个位子有人。"

谷易欢看了一眼桌上,有两个杯子:"谁啊?"

后面有脚步声,谷易欢回头。他就知道是她,让四哥"恋爱至上主义者吃野菜"的温小姐。

温小姐很大方地让出了座位,坐到谢商旁边:"我坐这边吧。"

谷易欢有点儿想走。宋三方这个傻子看不出来气氛,"嘿嘿嘿"地坐下了。

"我们已经点完餐了。"谢商把温长龄的杯子帮她拿过去,"你们吃什么自己叫。"

谷易欢只好坐下,就感觉椅子上有钉子,让他不自在。当年被自己问过内衣什么颜色的异性成了自己最好兄弟的女朋友,他有种说不清道不明的尴尬,就好像被人揪住了小辫子。

"易欢,有什么推荐的吗?"

谷易欢战术性喝水："随便。"

"没有菜单啊。"

谷易欢继续战术性喝水："随便。"

宋三方："……"

后厨的人这时候过来了，不是苏北禾，苏北禾今天不在店里，是另外一位厨师。厨师向第一次来的宋三方解释，这里不接受点菜，只问有没有什么忌口。

宋三方不吃葱姜蒜。谷易欢不吃辣。

厨师说："好的，稍等。"

先被端上来的几盘菜都是甜口的，谷易欢用脚指头都想得到，肯定是温小姐喜欢吃甜的，他四哥以前又不喜欢甜的。

恋爱至上主义者吃野菜。谢商盛了碗汤给温长龄。宋三方是个自来熟，给自个儿盛了饭，随口就聊起来："四嫂是哪里人？"

四嫂？！闭嘴吧你。谷易欢好无语，一抬头，看见谢商侧着脸在看温长龄。见温长龄没有反驳，谢商嘴角微扬，显然被宋三方的称呼取悦到了。

温长龄回答说："香城风镇人。"

"我知道香城，别名花都对不对？"宋三方是吃喝玩乐的行家，很多地方他都能聊上几句，"听说那里很美，有很多茶叶。"

"是很美。"

"四嫂家里也是种茶叶的吗？"

"以前是。"

宋三方正要继续聊，谷易欢给他攫了个虾头："吃都堵不上你的嘴。"

宋三方闭上嘴，心想：谷易欢今天真奇怪，话少得像得了病。

不知道是不是因为有外人在，温长龄没怎么攫菜。她喜欢吃青豆，谢商用公筷给她攫。只是那豆子圆滚滚的，谢商攫了两次也没攫起来。

谷易欢手疾眼快，攫起一颗豆子放到谢商碗里："你不是不爱吃豆子吗？"

谷易欢是为数不多的知道谢商筷子用不利索的人之一。自幼相识的几个人里，谷易欢是年纪最小但操心最多的那个人。他只是看着吊儿郎当，其实是个老母亲性格，帮谢商攫菜，给关思行系鞋带，他打小就做得很顺手，都养成习惯了。

谢商抬眼看他。

"还要？"

谷易欢又攫起一颗豆子，放到谢商碗里。谢商放下公筷，拿起勺子，舀了一勺青豆给温长龄。

谷易欢："……"

他应该在桌底。恋爱至上主义者吃野菜。吃完饭，谢商去开车过来。谷易欢没开车，他坐宋三方的车。这小巷子里车位很少，宋三方的车也停得远。

温长龄和谷易欢两个人在店门口等，一左一右，各站一边。那种被人抓住小辫子

339

的感觉又来了，谷易欢手揣在兜里，看看天，看看地，不小心一扭头，目光和温长龄的撞了个正着。

谷易欢立马扭过头，抬起下巴，摆出一副"别跟我说话，我跟你一点儿都不熟"的高傲表情。

温长龄冷不丁地说了一句："你比以前长高了很多。"

谷易欢目瞪口呆：她记得！她居然记得！万年的狐狸，成了精了！

谷易欢羞恼万分，恶狠狠地说："那件事不准告诉我四哥！"

温长龄表情纯真无辜："哪件事？"

"就是……"谷易欢烦躁地抓了抓头发，"那件事！"

温长龄不咸不淡地回答："哦。"

"……"

谷易欢就像一拳打在了棉花上。

晚上9点，澳汀酒吧。台上，乐队的主唱很投入，在唱摇滚，唱到高潮时，跳得比他的高音都高。左边卡座上，两个小姑娘在喝酒。

"这个人是主唱吗？"

"好像是主唱之一。"

"跑调成这样也能当主唱？"

"人家是酒吧老板。"

"那怪不得。长得还挺帅的。"

澳汀酒吧有个长期活动：凡是老板登台的日子，酒水一律打九折。看来这位老板挺有自知之明的。

谷易欢刚下台，谢商的电话就打过来了。

"四哥。"

"唱完了吗？"

"唱完了。"

谷易欢就唱一首，唱多了怕客人跑光。

"我在卡座这边，你过来一趟。"

谷易欢挂了电话，兴冲冲地跑去找谢商。谢商在老地方坐着，那个卡座是谷易欢专门留给自己人的。谷易欢刚唱完摇滚，脑子还很兴奋："四哥，你是专门来听我唱歌的吗？"

谢商的面前只有一杯冰水，他双手随意地搭在沙发两侧，身体微微后仰，跷着二郎腿，坐姿不是很端正，整个人慵懒、优雅。

"来问你个事。"

谷易欢招手，叫了杯酒："什么事？"

谢商不疾不徐地拿起面前的杯子，白天进了火场，吸了浓烟，嗓子有些痒："你跟温长龄发生过什么我不知道的事？"

谷易欢一惊。四哥怎么知道的？温长龄告状了？她虽然不像好人，但也不像是会出尔反尔的人。谷易欢告诉自己镇定。

谷易欢挠头："没有。"他摸摸耳朵，"怎么可能？"他摸摸下巴，"毫无依据，道听途说。"

谢商喝了口冰水，将咳意压下去："你这个演技，少撒点儿谎。"

"……"

吃晚饭的时候，谢商就看出了谷易欢的古怪，他那双眼睛藏不了一点儿事。

谷易欢嘴硬不说，一扭头："你问温长龄去，问我干吗？"

"你不是想换音响吗？"

"……"

哪有这么引诱人的？谷易欢抓了抓皮沙发，挣扎了不到10秒，就向音响妥协了："我跟她以前见过一次。"

"多久以前？"

"6年前。"谷易欢边说边看谢商的脸色，"我去参加夏令营那次，在沙滩上玩游戏，碰到了温长龄。"

"什么游戏？"

谷易欢不说。谢商摇了摇杯子，冰块碰到玻璃，发出不规律的撞击声。他没有逼问，骨节分明的手指握着杯子，随意地轻叩着，就那样不说话看着谷易欢，不急不躁地等着。

谷易欢很怵谢商这副模样。他爷爷还在世的时候就总说，谢商身上有股子带着叛逆的禅意。

"就问了一下……"谷易欢心虚，声音越来越小，吐字含混，快速地说，"她那什么什么的颜色。"

谢商眯了一下眼睛，没发火。

"接着说。"

谷易欢不敢说自己还被叫了"弟弟"，还摸了温长龄的腰："没了。"

谢商把杯子里的冰水一口喝完。嗓子有点儿哑，他语速极慢地说了一句："原来你的那个初恋对象是温长龄。"

谷易欢立刻否认："没有，贺冬洲乱说的，我当时才多大。"辩解完，他瓮声瓮气地说，"那都是多久以前的事了，四哥你怎么还翻旧账啊？"

谢商把跷着的腿放下，往后靠，收了收眼底的情绪："她以前是什么样子的？"

"你去问她。"

"她不会跟我说的。"

谷易欢表情夸张："你这么怕她吗？她不说你就不能问了？"

"是挺怕的。"

"……"

爱情太恐怖了。易欢更加坚定了不谈恋爱只搞事业的决心，语重心长地告诉谢商："很会玩，属于坏女人类型。"你要小心。

谢商起身："走了。"

这就走了？

"你不再说说我？"

"说你什么？"

谷易欢知道谢商的独占欲很强，对温长龄又极其看重，贺冬洲玩游戏的时候把温长龄当作他的初恋对象讲了出来，也不知道谢商听进去了几分。

既然都摊牌了，谷易欢就想全部说开："不准靠近温长龄之类的。"

"小欢，你不是那样的人。"

刚刚是谁凶得要死？

哼。

谷易欢大声地提醒："我的音响别忘了。"

谢商推开院门。

"喵。"花花过来蹭他的脚。他把门关上。

"你回来了。"是温长龄。原来被温长龄等是这种感觉：不敢高声语，唯恐惊醒人。

她从茶室跑过来："你怎么才回来？"

"在等我？"

"嗯。"

谢商想抱她。她拉住他的手，把他带去了茶室，桌子上放着一个老式的搪瓷杯，她把盖打开："你把这个喝了，这是朱婆婆炖的，她说吸了浓烟要喝这个清肺。"这是一碗银耳雪梨汤。

谢商坐下："你喝了吗？"

她坐在他旁边："我已经喝过了。"

汤很甜，是温长龄喜欢的口味。温长龄坐了一小会儿，没等谢商喝完，起身说："我回去了。"

谢商拉住她，把勺子放下，因为坐着比她矮，所以抬着头看她："我这么晚回来，你也不问问？"

她表情迷茫："问什么？"

谢商无奈地说："女朋友，你查一下岗行吗？"

哦，女朋友还要查岗啊。她问："你去哪儿了？"

"酒吧。"

"哦。"

她查完了。谢商拉着她的手没有松开："要问我去见了谁。"

温长龄很配合地问："你去见了谁？"

"谷易欢。"

"哦。"

她又查完了。谢商失笑："温小姐，查岗也要我来教啊。"

温长龄认真地想了想。然后她抬起谢商的脸，用手指托着他的下巴。

"星星，你把眼睛闭上。"

谢商不知道她又要玩什么，但已经习惯了无条件服从，于是闭上眼睛。温长龄的唇落在他两边的眼角上，很轻地一边啄了一下，然后来到他的唇上，轻轻柔柔地贴着，但就是不深入。

谢商会下意识地遵循亲近的本能，环住她的腰，抬起脸，微微张嘴，去够女孩子柔软的唇。温长龄手指抵住他的肩膀，温柔地命令他："你不可以动，只有我能动。"

谢商听话地不再动了，克制着欲望，等她来给予。

"好乖啊。"

他睁开眼，看见温长龄在笑，像只使坏得逞的小狐狸。

她摸摸他的唇，笑得好不开心："你这样乖，我觉得不用查岗。"

谢商抓住她的手，眼角已经被她弄得有些红，喉结不自觉地滚动："温长龄，你别玩我了。"

她站在他的双腿间，看着坐着仰头的他，碰了碰他发烫的耳尖，一点儿都不怜悯他，清醒地结束："我要回去了。"

会玩的坏女人。谷易欢对她的定位很准。

谢商抱着她，过了一会儿，松开手："嗯。"

用了1周时间，VIP楼栋修缮好了。今天温长龄上夜班，下午4点，谢商送她到医院，车停在医院的地下停车场。

温长龄下车之前，谢商说："明天早上过来接你。"因为她经常迷路，只要有空闲，谢商就会接送她。

"明天早上不用来，我要去佳慧家给她过生日。"

"刚下夜班不累吗？"

"我可以在她家睡会儿。"

"那结束了给我打电话。"

"好。"

电梯口那边，有同事在喊温长龄："长龄！"电梯快要走了。

"我上班去了。"温长龄打开车门，下车后也没关门，急急忙忙去赶电梯。谢商下了车，把副驾驶座的车门关好，没急着走，站在车身旁，等看见温长龄进了电梯才回车里。

电梯里有3个人，温长龄、乔漪，另外一个同事也是VIP楼栋的。这部电梯是VIP楼栋的专用梯，要刷员工卡才能进。

"你男朋友送你来的啊？"

另外那个同事叫于莎莎，性格外向，温长龄调来 VIP 楼栋后，她是第一个主动同温长龄打招呼的人。

温长龄点头回复。

乔漪在旁边接话："别太高调了。"她瞥了温长龄一眼，拿出小镜子补妆，"没听说过吗？秀恩爱，分得快。"

VIP 楼栋里患者不多，每个科只设有两间病房，不是因为没有空房间，而是因为如果开设太多了，那就不稀缺了。资源、服务都是越稀缺越值钱，越有人趋之若鹜。

因为患者少，这边的夜班很空闲。已经过了 12 点，于莎莎刚给病人换完药回来，打了个哈欠："长龄，我去值班室眯一会儿，有事你按铃叫我。"

"好。"

值班室在护士站后面，是一个单独的小房间。乔漪最近和一位患者家属打得火热，从刚才起就没看见人影。护士长去妇产科安排明天的会诊了。

护士站这边只有温长龄一个人守着。四周静悄悄的，她看了一眼时间，12 点 11 分。她打开护士站的电脑，入侵安保系统，把实时监控影像更换成上周同时间段的监控影像。

做完这些，她拿了手机，左拐，去郑律宏的办公室。郑律宏的办公室要他的指纹才能开锁，上周起火后，温长龄趁乱采到了他的指纹。四下无人，她将贴了指纹仿造皮的手指按到感应区上。

3 秒之后，门自动打开。温长龄进去，把门关上。郑律宏的办公室很大，后面有两排柜子。她目标明确，直接走到电脑前，打开电脑，连接自己的手机。

10 分钟后。7 楼的电梯门打开，郑律宏和钟副院长从里面走出来。钟副院长低声汇报："人已经找好了，现在在石川分医院。"

帝宏医院是高级私立医院，主要面向的群体是付得起高昂医疗费的那小部分人。照理说，帝宏医院没有必要在三线以外的城市开设分院，比如石川这样的小县城。但事实上，帝宏医院在很多小地方开有分院，对外的说辞是"回馈社会"。

"这次处理干净点儿，别又像上次那样留尾巴。"

钟副院长回话："您放心，已经嘱咐过下面的人了。"

两个人走到办公室门前。郑律宏用指纹开了门。

"乔董那边等不了，你这边抓紧点儿。"

钟副院长跟着进去："已经在安排手术了。"

郑律宏突然停下脚步。他有强迫症，所有的东西必须居中摆放，但桌上的鼠标不在正中间的位置，显然被人动过。他与钟副院长交换了个眼神。

钟副院长立马会意，从口袋里摸出一支注射器，小心地走上前。办公室里一览无余，能藏人的地方只有一个，钟副院长一把拉开办公桌下的椅子。

郑律宏走过去，看到了一双漂亮的、惊慌失措的眼睛。

"是你啊。"

12点48分，7楼的护士长从妇产科回来，护士站里只有乔漪在。护士长问了一句："温长龄呢？"

乔漪在看手机："不知道，躲哪儿偷懒去了吧。"

护士长觉得奇怪，温长龄不是那种会偷懒的人。

时间往前拨——11个小时前，北城时间下午1点36分。钟副院长去7楼见了郑律宏："郑总，这几个都是那天接触了那台电脑的人。"

郑律宏翻开名单看了看，目光停在了其中一页上。钟副院长上前补充道："这个护士前不久刚转来VIP楼栋。"

她来帝宏医院刚满两年。郑律宏把资料上贴的照片撕了下来："她是谢商的女朋友。"

"KE谢家？"

帝宏医院和谢家没什么牵扯。钟副院长猜测："如果是她，那会不会是谢家授意的？"

"谁知道呢？"郑律宏把照片撕碎，扔进垃圾桶里。

12点19分。郑律宏接到了技术组的电话："郑总，护士站的电脑又被人入侵了。"

这个人这么明目张胆啊。

"去看看是哪个人。"

太阳东升，早上8点半，温长龄的手机打不通。或许她还在交接班。过了20分钟，谢商再打电话过去，仍然打不通。他将电话打给了温长龄的同事佳慧。

"你好，我是谢商。"

"谢先生，长龄怎么还没过来？电话也打不通。她是忘记了跟我约的时间，回家了吗？"

"她不在你那边？"

"不在啊，她没回家吗？"

谢商立刻起身往外走："如果她联系你，麻烦你告知我一声。"

温长龄失联了。她的手机一直打不通。VIP7层的护士长说温长龄用手机请了假，凌晨3点左右离开了医院，之后没有人再见过她。医院大门的监控器也拍到了温长龄走出医院的画面。

晏丛很肯定："那不是温长龄。"

那的确不是。哪怕对方穿着温长龄的衣服、戴着温长龄的眼镜，谢商也认得出来，那不是温长龄。

帝宏医院很配合，愿意调出监控视频。最可疑的是，凌晨2点14分，有一辆救护车从医院开出去，早上7点才开回来。

谢商和晏丛单独在病房。

"晏丛，把你知道的告诉我。"

晏丛短暂地迟疑了一下，告诉他："VIP楼栋里有很多见不得人的东西。"

他能说的，只有这个。从医院出来，谢商先联系了钱周周："把所有跟郑家相关的资料都调出来。另外，放消息出去，只要是跟帝宏医院相关的当品全都收，当金任开。"

如意当铺什么都能当，比如消息、秘闻、把柄。谢商戴着蓝牙耳机，把车开得很快，握着方向盘的手指因为用力而有些发白。他给贺冬洲打了一通电话。

"冬洲，帮我。"

贺冬洲一句废话都没问："你说，怎么做？"

现在是北城时间上午10点18分。钟副院长的注射器里放了药。

温长龄感觉眼皮很重，耳边有模糊不清的交谈声。

"庞医生，这个脱不下来。"是女护士的声音。她在用力地脱温长龄手腕上的镯子，镯子刚好卡住了骨头，她怎么用力都脱不下来。

然后一个有点儿苍老的声音说："不用管，等会儿这手就没用了。"

温长龄这时睁开了眼，最先入目的是手术台上的无影灯。因为光照，她立马下意识地合上眼睛。

"醒了呢。"

她再一次睁开眼，看清了对方的脸。这是个上了年纪的男人，两鬓有白发，身上穿着绿色的无菌手术衣："醒得还挺早。"他手里正拿着注射器。

温长龄这才注意到，她被换上了病号服："你们要做什么？"她望着那位男医生，"我知道你，你是眼科的。"

眼科的庞医生，一年前退了休。"答对了。"庞医生对温长龄笑了笑，"接下来要取你的眼角膜。"温长龄露出了类似慌乱的神色："我要见郑律宏。"

庞医生取来麻醉药品，用注射器吸入，宽慰说："别怕，会给你麻醉的。"

"我这里有他感兴趣的东西，我只要一通电话的时间。"她试图劝说庞医生，"只要你给他打一通电话。"

庞医生想了想，放下注射器，摘掉手套，边给郑律宏打电话，边往外面走："郑总，凌晨送过来的那位小姐说要见你。"

庞医生出去之后，女护士再一次尝试脱掉温长龄的手镯。温长龄的衣服是她换的，助听器没摘，但她检查过了，不摘助听器是因为手术中可能要确认病人的意识。现在只剩这个镯子取不下来。

"怎么就脱不下来？"

温长龄的手都红了。当然拔不下来，若拔得下来她就不会带它来了。庞医生回来了，把手机开了免提。

郑律宏在电话里问："你说的'感兴趣的东西'，是指你自己吗？"

"我不值钱，我这里有更值钱的东西。"温长龄"循循善诱"，"你知道佟泰实是怎么进去的吗？"

佟泰实和郑律宏是发小儿。温长龄不紧不慢地抛出她的谈判筹码："郑总，你还记不记得7年前，你和你的3个好友在花都风镇做过的事？"

北城时间上午10点29分。白日梦电竞城。服务生敲了敲门，里面的人没有回应，他直接推门进去。包间里面的4位客人都戴着耳机，玩得正兴起。

服务生走到郑律桥的身后："郑少，"他提高音量，"外面有人找您。"

郑律桥不耐烦地摘掉一只耳机："干吗？"

服务生重复："外面有人找您。"

郑律桥手上飞快地操作着："谁啊？让他进来。"

"他让您出去。"

郑律桥子弹没瞄准，被游戏里的敌人打到快没血，瞬间来火："让我出去我就出去？老子是他的狗啊？滚！"

骂完服务生，郑律桥跟游戏里的人对骂。服务生没走，等了等，趁郑律桥喘口气的工夫，又上前："郑少。"

郑律桥一摔耳机："谁啊？！有完没完了？！"服务生说了个名字。

"他找我干吗？"游戏没打完，郑律桥起身，出了包间。

北城时间11点13分。威海海域上，一艘巨大的私人游艇正逆风行驶，游艇两侧翻起数米高的海浪。细听，海浪声里还夹杂着另外一个声音。

"啊啊啊！"

这是男人的惨叫声。他在咒骂："谢商，你不得好死，老子要杀了你！"

被骂的谢商在游艇的顶层，手机开着免提放在桌子上，他用手指敲了两下桌子，吩咐道："放绳。"

升降绳被放下去，原本能在海面露出头的郑律桥瞬间被海水淹没，他的手脚都被绑着，一张嘴，海水猛灌。防水的摄像头跟着浸入水里，录下"咕噜"的水声。

谢商的面前放着两杯水、一台电脑，电脑在实时转播游艇下面的情况。升降绳又被拉了起来。

郑律桥冒出头，一边咳嗽一边骂："我要杀……"

谢商又敲了敲桌子。郑律桥的脑袋再次沉入海里。升降绳再被拉起。

"我……"绳子被放下。海水重新盖住了郑律桥的口鼻。就这样，上上下下，反复折磨，反复喂海水，游艇越开越快，被绳子挂在游艇下面的人越来越崩溃，越来越有气无力。

疯子。谢商这个疯子，他怎么做得出来？郑律桥投降，等头一冒出来，他立马大喊："妈！"

"妈！"

"救我，快救救我——"郑律桥再一次沉入了海水中。

谢商看向对面的人:"想好了吗?郑太太。"

郑律桥的母亲,左唐英,20分钟前被请上了游艇。左唐英是郑业达的第二任妻子,是郑律宏的后妈,郑律桥的亲妈。

她盯着电脑屏幕,心揪成了一团:"我什么都不知道。"她还是不说。

谢商的耐心已经用完了,他把手机免提关了:"放着吧,人不用拉起来了。"说完,他挂断了电话。左唐英死死地盯着屏幕。人没有被拉起来,海浪在不停地翻滚。游艇飞快地前行,海面喧嚣,水花乱溅,看不到一丝人在挣扎的痕迹。

这是杀人,谢商不敢,他一定不敢。左唐英咬紧牙,握紧的手心里全是冷汗:"你威胁我也没用,我什么都不知道,你快放了我儿子!"

谢商看着手表,慢悠悠地念道:"1分56秒。"

海面有一瞬风平浪静了,绳子下面隐约有气泡冒出来,很微弱,很快就被卷土重来的风浪掩盖。

谢商甚至没看屏幕,淡然地数着时间:"2分42秒。"

左唐英大喊:"谢商!"

他停顿片刻,继续念:"3分7秒。"

时间一秒一秒过去。再不把人拉起来,再不……

左唐英的心理防线快要崩溃了,她目眦尽裂:"谢商!!"

他未曾抬头,食指敲着手表,游刃有余地掌控全局:"3分10……"

左唐英打断他的话:"我要是说了,郑业达不会放过我的。"

她要是说了,郑律宏就完蛋了,那她的丈夫也不会容她。

谢商终于抬头:"他会放过你的。"

他说完,推过去一份资料。左唐英立马打开来看,资料里面的东西够郑业达蹲个几年牢了。这些东西,谢商到底是怎么弄来的?他这么费尽心思,甚至不惜沾上人命,究竟是为了什么?

左唐英看向屏幕:"我说。"管不了那么多了,她要先救自己的儿子。她报了一个地址,心急如焚地催促道:"我已经告诉你地方了,你快把我儿子拉上来!"

谢商抬了抬手。甲板后面传来声音,左唐英回头。

郑律桥被塞住嘴架了上来,身上的衣服一滴水也没沾,他冲着他妈"呜呜"乱叫。

左唐英傻了:"他……"她又转头去看屏幕,屏幕上的画面一动不动,她反应过来,"谢商,你诈我!"

视频不是实时拍摄的,甚至不是真的。

"郑太太,"谢商起身,"我是遵纪守法的人。"

5年前,高阳中医院搬到了市区。老医院的房子没拆,坐落在北城和高北的交界带。因为修路,附近的小区陆陆续续迁走了。

去年,老医院被帝宏医院盘了下来,用作储药仓库。

中午1点56分。仓管员照常巡查，突然听到声音，声音像是从尽头的太平间传来的。仓管员走近一看，太平间的门半开着。

仓管员站在门口："谁在里面？"没有人应声。仓管员推开门，走进去。太平间里面黑乎乎的，他伸手去摸灯的开关，一转头看见地上有个影子，还没来得及出声，后颈就被人重击，他应声倒地。

门外的光线从门缝里漏了进来，照到了半张脸，戴着口罩、帽子和眼镜，但依旧看得出来是个女人。

她打开冰冻柜。柜子里面有尸体。她扶了扶眼镜，拍完照之后，用手指敲了两下腕上的镯子。

温长龄的双手被绑在椅子后面，手腕上的镯子轻微振动之后，她同样敲了两下镯子。

这里是1楼的手术室，但布置得很随意。

"人呢？"郑律宏的声音响起。

庞医生说："在里面。"

人终于来了。郑律宏走进来，先看了一眼温长龄，然后把一并进来的人支走："你们都出去。"

庞医生和女护士出去后带上了门。郑律宏走到温长龄面前，俯身，捏着她的下巴，迫使她抬起头："7年前的事，谁告诉你的？"

温长龄躲开郑律宏的手。

她敢肯定，郑律宏今天不打算留活口。那么现在，她在郑律宏的眼里就是"将死之人"。

为了"死得瞑目"，她先问："我想知道，你取我的眼角膜要卖给谁？"

果然，郑律宏很大方地回答了一个"将死之人"的问题，一点儿都没设防："当然是卖给愿意出钱的人。"

温长龄露出害怕的表情："章露丹也是这么被你们害死的吗？"

郑律宏神色困惑："章露丹是谁？"

"你居然连她的名字都不记得。"被捆在身后的双手不动声色地解着绳子，温长龄像只惊慌的兔子一般，挪动椅子往后躲，直至后背抵住墙，"前不久，我见过章露丹的哥哥，他说章露丹做的本来只是个小手术，却出了医疗事故。帝宏医院把事故伪装成并发症引发的意外，还骗他的父母签了遗体捐赠合同，把章露丹的肝脏移植给了高建平董事长。"

"那个学生啊，"郑律宏一副轻松的口吻，"是有这么回事。"

温长龄怒斥："你们这是犯法！"

郑律宏笑，笑她天真："这个世界的规则就是这样。连病都看不起的人，还有必要那么辛苦地活在这个世界上吗？多累啊。"

她"惊恐"得说不出话来。

"到你了。"郑律宏看着她这双漂亮得不像话的眼睛，倒有几分舍不得，"说吧，7年前的事，你是怎么知道的？"

温长龄敲了3下镯子。这是她和月的暗号，意思是，可以收尾了。郑律宏看她不说话，拿起器械托盘里的手术刀，在手里掂了两下："不说也没关系，反正你以后不会有机会开口了。"

他握着手术刀上前。温长龄松开握在手心的绳子，手术刀离她越来越近。

机会来了。她突然站起来，双手各执绳子的一端，在郑律宏反应过来之前，用绳子勒住他的脖子，双手拽紧，拼尽全力往后拖。

郑律宏的手臂撞上了手术室的吊塔，手里的手术刀掉落，他用一只手扯住勒颈的绳子，俯下身去够地上的刀。

温长龄一脚踹在他膝盖后面的腿窝上，郑律宏直接跪在了地上。温长龄第一时间捡起手术刀，抵在他的后颈上。月教过她一点儿擒拿、一点儿散打，就一点点，但月不是花架子，是受过真刀真枪特训的那种，而且是拿过冠军的水平，她学一点点足够对付普通人了。

局势反转，温长龄把郑律宏的狠话还给他："不会有机会开口的人，可能是你哟。"

郑律宏气恼地挣扎，刚一动，脖子上的绳子和后颈上的刀子就一起加了力道。她居然来真的！

"你残害病人，做器官交易，被我无意间得知。我路见不平，伸张正义，然后你试图杀人灭口，把我绑来。"这是温长龄给自己准备好的剧本。

她用手术刀的刀尖刺进郑律宏的皮肤："进去以后要这么说，记住了吗？"

郑律宏骂了句粗话，本想叫人，又怕秘密泄露。

温长龄还是那副"任你再怎么愤怒我依旧平静"的表情："你要是敢向你的另外两位好友通风报信，我就让你再也没有机会开口。具体操作步骤你应该比我熟，当年那个替罪羊不就是这么悄无声息地闭嘴了吗？"

郑律宏回头，面露惊恐之色："你到底是谁？"她怎么会知道这么多？

"你连章露丹的名字都不记得，应该也不记得替罪羊的名字吧？"他是不记得那个人的名字，只记得姓温。

温……突然，手术室的门从外面被人踹开。

温长龄以为是月来接应她了，立马抬头。

下一秒她就愣住了："谢商……"

绳子、刀子、地上的人。谢商扫视完这一切，走到温长龄身边："长龄，把刀给我。"

这个局面，温长龄觉得应该解释一下，于是她说："他要挖我的眼角膜。"

这是部分事实。她只能选择性地坦白。

谢商看了郑律宏一眼，那个眼神别人不懂，一起进来的贺冬洲懂——郑律宏触碰到谢商的底线了。谢商其实不容易真正动怒，他的情绪调节能力很强。谢家的公子嘛，书香门第，又是学法律的，还是很有分寸的。但一旦有人越过了他的底，他就会变成另外一个极端。

谢商把情绪控制得很好，没有任何过激行为，语气里带着安抚，对温长龄说："警察马上就到，你不能伤人，把刀给我。"

谢商的处理方式是对的。他是律师，律师永远会让委托人"利益最大化"。

温长龄没有犹豫，把刀给了谢商，同时一把推开了郑律宏。郑律宏双膝着地，直接趴在了地上。他翻身挣扎，被离得最近的贺冬洲踩住了后背。

"别反抗，越反抗判得越久。"温长龄的背后有谢商，谢商的背后有谢家和苏家。

郑律宏这下真慌了。谢商握着温长龄的手，稍稍抬起来，看她身上有没有伤。她还穿着病号服。

"有没有哪里受伤？"

温长龄摇头："他们给我打了针。"

她估计那是麻醉剂之类的，但药量不大，只是让她有点儿犯困和乏力。

"冬洲，"谢商说，"我先带她去医院。"

"去吧，这里我盯着。"

温长龄离开时特地四下看了看，没有看到月。去医院的路上，温长龄睡着了，不知道是因为药效，还是因为体力透支，她醒来时人已经在医院了。除了她，病房里只有朱婆婆在。

"醒了。"

她坐起来，第一时间找谢商："谢商呢？"

"去警局了。"朱婆婆把桌子上的保温壶拿过来，"你一天没进食了吧，先吃点儿东西。"

朱婆婆还带了碗，这时把碗拿到洗手间去冲了冲水。温长龄呆愣愣地坐着，缓了一会儿，然后把手腕上的手镯取下来。手镯的卡扣在内侧，有一个很小的凸起点。取下手镯后，她将手镯放在枕头底下。

她的手机在桌上，应该是谢商帮她找回来了。她打了个电话，是没有存的号码，接通后问："你安全到家了吗？"

月回答："嗯。"

整个计划都很顺利，谢商是不在计划之中的变数。

VIP楼栋起火那日，温长龄就告诉了月她的计划。温长龄在帝宏医院待了两年，深知郑律宏这个人喜欢找替罪羊，如果不拿到直接证据，要将他的势力连锅端很难。所以温长龄故意暴露了护士站的电脑。

月反对："我不赞同这么做，太冒险了。"

温长龄说："不入虎穴，焉得虎子？"

"万一你……"

"没有万一，我信你。"

月会去接应，而温长龄完全信任她。

24日，12点11分。温长龄再一次暴露了护士站的电脑。
"鱼饵已经抛出去了。"
凌晨2点14分。车牌号HHG322的救护车从帝宏医院的地下停车场驶出。在距离医院1000米的路口，一辆黑色摩托车跟上了救护车。
凌晨4点51分。救护车到达目的地——高阳的老中医院。月顺着空调外机管道爬到2楼，打开一扇窗户，翻窗而入。
这是一间药房。药房外面有值班的护士路过。
"怎么这个点还送人过来？"
"钟副院长亲自送过来的，可能要得比较急吧。"
等人走远，月从药房出来。前面拐角处有人。月立马进了楼梯间。
"郑总，人已经送到了。"
"您放心，一定处理干净。"
等人走了，月才出来。温长龄猜中了，郑律宏怕留下把柄，他的老巢里保安很多，没有安监控系统。月第一时间找到了温长龄的位置，她在1楼的一间手术室里，有护士守着，里面暂时没有任何动静。
温长龄目前是安全的。月花了1个小时熟悉这个所谓的"储药仓库"。
早上6点7分。温长龄所在的那间手术室里，人走空了。
月立马进去。
"长龄。"
"长龄。"温长龄不知道被注射了什么药物，叫不醒。
上午9点23分。一位上了年纪的男医生出现在温长龄所在的那间手术室的门外。月在对面的空手术室里。
"庞医生。"
"手术用的东西都准备好了吗？"
女护士回答："已经准备好了。"
"人醒没醒？"
"还没醒。"
上午10点18分。月看见女护士推着医用推车进了温长龄所在的那间手术室，推车上摆放了各种药品。月看了看走廊，见没有人，于是移动到对面的手术室门口。
"庞医生，这个脱不下来。"
"不用管，等会儿这手就没用了。"
月压了压帽子，准备推门。
"醒了呢。醒得还挺早。"
"你们要做什么？"是温长龄的声音，"我知道你，你是眼科的。"

温长龄终于醒了。计划可以继续进行。

中午 1 点 56 分。月找到了太平间。一个储药仓库有太平间很不正常。太平间里还有尸体，这又是一个铁证。

仓管员巡查路过："谁在里面？"

月把人劈晕。

下午 2 点 18 分，温长龄发来收尾的暗号。

月刚赶到 1 楼，医院外面传来动静。

谢商来了。这是计划里唯一的变数，谢商找到了郑律宏的老巢。月直接从窗户离开，她的摩托被停放在天桥下面。手机这时候响了。

"夫人，"电话那边的人询问行踪，"你在哪里？"

"要你管。"

月直接挂断电话，戴上头盔，骑摩托离开。

下午 5 点。温长龄去警局录口供。询问室里坐着两位刑警，女刑警稍微年长，叫路晴，男刑警叫何北国。

"温小姐，24 日凌晨，你是怎么被绑走的？"

"郑律宏的办公室门没关严，我偷偷进去被他发现了。"

路晴又问："你为什么要偷偷进去？"

温长龄很配合，冷静而沉着地回答："我怀疑帝宏医院的 VIP 楼栋有不合法交易。"

没等路晴问，温长龄拿出一只镯子。

"这个镯子可以录音。"她按动上面的凸起点，取出里面的储存卡。

何北国出去拿了读卡器过来，把储存卡插到电脑上，卡里面有一段录音。

"我想知道，你取我的眼角膜要卖给谁？"

"当然是卖给愿意出钱的人。"

"章露丹也是这么被你们害死的吗？"

"章露丹是谁？"

"你居然连她的名字都不记得。前不久，我见过章露丹的哥哥，他说章露丹做的本来只是个小手术，却出了医疗事故。帝宏医院把事故伪装成并发症引发的意外，还骗他的父母签了遗体捐赠合同，把章露丹的肝脏移植给了高建平董事长。"

"那个学生啊，是有这么回事。"

"你们这是犯法！"

"这个世界的规则就是这样。连病都看不起的人，还有必要那么辛苦地活在这个世界上吗？多累啊。"

录音就到这里。这是坐实郑律宏违法的铁证。

路晴有一个疑问："温小姐，你为什么会随身携带一个可以录音的镯子？"就好像早有准备。

"它只是个镯子，"对面的女孩儿平平静静的，没有一丝慌乱，"是格利亚正规发售的产品。"

路晴给何北国使了个眼神。何北国查了一下，还真是，而且这是情侣产品，里面的磁卡可以相互感应。何北国还查到这镯子有个专利，是个学物理的搞出来的，免费授权给了格利亚公司。

难道这只是巧合？录音里提到的章露丹的哥哥，在警方封锁帝宏医院 VIP 楼栋之后前来报了案。

"温小姐，你和章明重是怎么认识的？"

"他在医院门口示威抗议，我请他喝了一杯咖啡。"

路晴继续提问："他和你说了什么？"

"章明重说他妹妹做的本来只是个小手术，却出现了无过错输血引起的并发症。有位医生告诉他的父母，捐赠器官可以拿到钱，他的父母年迈无知，被骗得签了同意书。器官捐赠手术后，章露丹的遗体当天就被火化了。"

路晴有点儿看不透对面的温长龄：这个女孩儿究竟是太诚实，还是心理素质极强？她条理清晰，镇定得不像刚刚经历过绑架。

"章明重觉得这里面有问题。刚好高江电子的董事长高建平做肝移植手术上了新闻，高董事长做手术和他妹妹捐赠器官差不多同时，所以章明重怀疑，他妹妹的并发症是人为的，帝宏医院存在违法交易。"

笔录已经做完了，路晴重新阅览了一遍内容。

"很奇怪。"直觉告诉她事情没有这么简单。

"哪里奇怪？不是和章明重的笔录都对上了吗？"

"那个镯子你不觉得奇怪？"

"没有啊。"何北国发自内心地赞扬，"我觉得温小姐人不错，很有正义感。"

温长龄做完笔录后，谢商把她送回了荷塘街。一路上，谢商都没怎么说话。天快要黑了，夕阳西落时的荷塘街烟火气很浓，云霞铺满天，处处升炊烟。温长龄跟着谢商进了他的院子。她在警局说了很多话，谢商给她倒了一杯温水。

"你怎么不问啊？"

谢商坐下："我在等你主动说。"

温长龄主动拉起他的手，带着些讨好的意味："我从一个患者家属那里知道了 VIP 楼栋里存在不合法交易，本来想找找证据，没想到被郑律宏发现了。"

她没撒谎，只是也没说得很详细。她很懂谢商的弱点，会在适当的时候服软："我知道我很鲁莽，我错了。"错她认得很快。

谢商把手抽走："哪儿错了？"

温长龄想了想："不该多管闲事。"

"长龄，我记得你跟我说过你的愿望。"

恶有恶报，世界和平。这是温长龄的愿望，赌酒的时候她和谢商说过。谢商记得她的每一句话，也愿意遵循和服从她所有的规则和想法。但她还是喜欢独来独往。

"你想做什么，我不会阻止你。"谢商压下那些因为后怕而滋生出来的负面情绪，"但我希望你能学会向我求助，能稍微依赖我。"

她很乖顺地道歉，拉住他的衣服晃了晃："对不起。"

谢商把她的手拉过去，仔细看她手腕上的红痕，用指腹轻抚着："你也就嘴上认错。"

"我差点儿被杀人灭口，你不安慰安慰我，还要一直跟我生气吗？"这句抱怨是软软的语调。温长龄把眼镜摘下来，睁着宝石一样的眼睛，拱着脑袋往谢商跟前凑，难得撒娇："星星，你看我的眼睛，这么漂亮的眼睛，差点儿就瞎了。"

谢商摸摸她的眼角。那温小姐你知不知道，你不见的那5个小时里，我在想什么？我在想婚姻，想刑法，想后事。我带你跳过伞，你是否能懂那种长时间处于自由落体状态的感觉？痛感迟钝，大脑麻木地保持高速运转。

然后我找到了你，所有的情绪烟消云散，只剩下庆幸。

幸好。我怎么会生气？我只是心有余悸。

谢商抱住温长龄，趴在她的肩上，终于松懈下来，深深地呼吸："后面的事，我来处理。"

"好。"

温长龄乖乖地被他抱着。这是她计划里的一环：谢商来收尾，郑律宏不会再有任何翻盘的机会。

她突然摸到谢商的手掌凹凸不平，拉过去一看，他的掌心有新伤口结的痂："你的手怎么了？"

"点香的时候被烫了一下。"

当时他在等郑家的消息，安神的香安不了他的神，他本来是去灭香，手被烫了一下，不怎么痛，却出奇地让他静了下来。他鬼使神差地又伸手去碰线香的火星，直到掌心被烫出一个伤口。

温长龄起身："我去买药。"

谢商拉住她："放心吧，没什么事。"

"不行。"

谢商没放她走，抱起她，让她脚离地，坐在自己身上。他单手环住她的腰，箍紧，另一只手扣着她的后颈，稍稍用力，让她伏到他的颈间。

夏天的衣服容易被弄乱。谢商锁骨下的小痣暴露在她眼前。

"长龄，"谢商哑着声音表达他的诉求，"我想要你咬我。"

他可能真的不正常了。他喜欢温长龄给的身体上的痛感，那能让他真实地感受到，他在被她拥有。

她说"好"，张嘴，咬破了那一处的皮肤。

355

郑律宏的案子又有了新动态。郑律宏的妻子林婉容举报郑律宏行贿，并且向警方提供了关键证据。证据来源是一对袖扣。

林婉容前阵子送给郑律宏一对袖扣，原本是想拍下丈夫的出轨证据，不料却拍到了郑律宏与数位知名人士的违法交易。据传，林婉容为了争取孩子的抚养权，此前已经向法院提起了离婚诉讼。

警方还收到一份来自"叶子先生"的举报资料，里面有帝宏医院VIP楼栋部分病人的资料和病例，病例中存在多处违法行为，其中就包含违反《人体器官捐献和移植条例》的行为。所有涉案人员全部在第一时间被警方拘留。

另外，警方在帝宏医院的储药仓库里发现了一具尸体，经核实，死者是一名脑死亡患者。患者家属已经认罪，承认在患者脑死亡之后与帝宏医院的副院长达成了不合法交易的事实。

北定区看守所。郑律宏这几天应该过得很不好，面容憔悴，见到律师后，焦急万分："我要见我父亲！"

姜律师是郑家聘请来的。他不是KE的律师，KE拒绝代理这个案子。

"你现在见不了任何人。"

"那你帮我带句话给他。"郑律宏上前，压低声音，"他要是不救我，郑家人一个都别想脱身。"

姜律师听到威胁的话一点儿都不意外："你父亲刚好也有句话让我带给你。"他原封不动地转述郑业达的话，"闭上嘴才能活命。"

郑律宏难以置信："他怎么能这么对我？我是他亲儿子！"

姜律师只说了一句："你得罪了不该得罪的人。"

郑律宏立马想到了谢商，瞬间面如死灰。郑家就这样放弃了郑律宏，放弃了帝宏医院。因为案件性质恶劣，郑家旗下的产业全部大受影响。在这风口浪尖上，郑业达计划把二儿子郑律桥送出国，结果人在机场被扣下了，原因是服用违禁药品。

郑家接二连三受创，根基基本上塌了。郑律宏犯下数罪，估计要把牢底坐穿。明德医疗接了帝宏医院这个烂摊子，第一件事就是关闭VIP楼栋，配合相关部门上下整改。这里说句题外话，明德医疗的董事长是晏丛的姑父。

晏丛之前不是还想收购帝宏吗？晏伯庸当时说："你以为帝宏是小卖部，你想收就收？人家高层傻啊，会卖给你？"

"那就想法子。"

"想什么法子？"

"把它的名声搞臭，低价收过来。"

明德医疗收购帝宏医院没花什么力气，晏丛也算一语成谶了。

这里就不得不说一下谢研理这个倒霉鬼了，她投资医疗器械，和郑家上了一条船还没多久，这次亏得是血本无归。

她跑去谢景先那里哭诉。

"我听郑太太说了，谢商去过郑家。他走之后，郑家就彻底放弃了郑律宏和郑家的医疗生意。"谢研理愤愤不平，"谢商是故意跟我作对吧，他明明知道我跟着郑家投了医疗生意。"

谢商一声招呼都不打，直接和郑家作对，连累她损失了这么大一笔钱，她实在气不过："我们KE那么多律师，就不能拉郑家一把，帮郑家化解危机？"

谢景先听到她口出狂言，怒斥道："你给我住口！"

谢景先的4个儿女都学过法律，谢研理也没例外，但她把曾经背过的法律条文都丢光了，说话行事哪里还有一个律师该有的分寸？

谢景先板着脸训斥她："你是想看谢家将来有一天也被口诛笔伐吗？你当法律是什么？能随便玩弄？"

谢研理不服："那我投的钱怎么办？"

郑家出了这样的事，人命关天的案子，她还在想那点儿钱。

谢景先对她失望至极："你真是越活越糊涂。也怪我，这些年惯得你不知天高地厚。"

谢研理顶撞道："我要是不糊涂，当年能乖乖听你的话嫁到成家联姻吗？"就是这桩旧事，让谢景先心中有愧，这些年才对她百般纵容。

谢景先被她闹得头疼，挥挥手，赶人："出去。"

"你眼里就只有谢商那个宝贝孙子，他做什么你都支持。你就惯着他吧，早晚有一天，他能把谢家败光！"

说完，谢研理扭头出了书房。

晚上，贺冬洲把谢商叫了出来，在谷易欢的酒吧聊了聊，话题中心人物是谢商家里那位温小姐。贺冬洲说："温长龄做笔录的时候给警方提供了证据，具体是什么不清楚。"

他问谢商："这些她没告诉你吗？"

谢商给自己倒了杯酒："她不会告诉我。她有事总是藏着掖着。"

贺冬洲觉得温长龄奇怪，谢商也奇怪，一个不坦诚，一个还全盘接受，两个人关系不对等、不和谐，不像正常恋爱。

"你跟温长龄是正常恋爱吗？"

谢商喝了酒，难得愿意多聊几句私事："不怎么正常吧。"他的语气里有种认命的无奈，"我很爱她。"

谢商并不是一个感情很丰富的人，随性、淡漠，在乎的人和事不多，虽然也会和人玩笑打趣，但他不过心的，能在他眼底、心里留一丝痕迹的人，一只手数得过来。看他对他父亲的态度就知道了，他这个人心肠硬得很。

贺冬洲曾经真的以为谢商不会深爱哪个人，就算真碰到了有感情的，也不会到宣之于口的地步。

"那温长龄呢?"

谢商沉默了挺久才回答:"不知道。"

不知道。原来温长龄连个明确的答复都没给过他。说实话,贺冬洲很震惊。谢商向来擅长掌控全局,做什么都游刃有余,但在跟温长龄的这段关系中,贺冬洲一个外人都看出来了,谢商完全没有主动权。

贺冬洲有些话要提醒他:"你的温小姐的自保能力很强,那天刀和绳子都在她手里。"

还有件事,他现在还不确定适不适合告诉谢商。但他可以肯定:"谢商,她很不简单。"

"我知道。"从一开始谢商就知道,温长龄不是温顺的兔子。

贺冬洲言尽于此。

"四哥,四哥!"谷易欢跑到卡座这边来,兴冲冲的样子,"你听出来了没?贵的就是贵的,音响超赞。"

"嗯。"

谷易欢坐下,突然发现:"四哥,你的脖子怎么了?"

痕迹很明显,谢商拉了一下衬衫的衣领,没回答,脸上也没什么不自然的表情,好像那只是寻常的印子。

谷易欢还想再问,旁边的贺冬洲踢了他一脚。谷易欢没有谈过恋爱,那方面反应很慢,被贺冬洲提醒了才明白过来那是什么痕迹。没想到有生之年还能在被他当成神的四哥身上看到那种痕迹,他心里好不是滋味:四哥那个金贵的身子……

他突然瞪大了眼,盯着谢商的手:四哥的手也……

谢商看了一眼时间,喝完杯子里的酒,起身:"走了。"

现在还不到8点,不算晚。谢商走远了,谷易欢立马问贺冬洲,是一惊一乍的口气:"冬洲,你看见了没?四哥手上也有伤!"

他一副不可思议的表情:"有点儿像烫伤。"

四哥的脖子上还有咬痕。他沉思了几秒,得出了一个难以置信的结论:"我感觉四哥被温长龄虐待了!"

贺冬洲很淡定:"他要是不乐意,谁能虐待他?没准儿是情趣呢。"

情趣?!谷易欢从来没想过他新世界的大门会由谢商打开:"虽然这么说,但是这种情趣……"他还是个比较传统保守的人,"四哥是不是有点儿不正常啊?"

"你少管人家情侣之间的事。"

贺冬洲走了。谷易欢还沉浸在震惊当中,心想谈恋爱太恐怖了。

后面卡座的漂亮姑娘鼓足勇气上前:"帅哥,可以给个微信吗?"

谷易欢胡说八道:"我不喜欢女的。"

"……"姑娘惊恐地离开。有时候胡说八道能省掉很多麻烦。

第十五章
我是拥有过星星的人

  温长龄那边通往谢商院子的侧门开着。谢商进去，看见温长龄坐在院子里的旧竹床上，面朝桂花树，鞋子被踢得很远。她东倒西歪，光着腿，也不怕有蚊子。
  "门怎么也不关？"
  她回头看谢商，笑吟吟的："谢星星，你来了。"
  竹床上放着一壶酒、一个碗。她喝了酒，眼睛润润的。谢商在她身边坐下："你怎么还喝上酒了？"
  他早就看出来了，温长龄有点儿贪杯，酒量好，也爱喝酒。
  她晃了晃脚："因为我心情好。"她心情好或者不好，都喜欢喝点儿小酒，偶尔还会放纵放纵，任由情绪爆炸，闯个小祸。
  "为什么心情好？"
  地上有一团还没熄灭的火星子，她盯着它们，没喝醉，却胡言乱语："因为今天的星星很亮。"
  谢商抬头："哪儿有星星？"
  明天可能是阴天，今晚星星都被云遮住了，一点儿都不亮。温长龄转过头看谢商，拉着谢商腰间的衣服，摇了摇，说："这里就有一颗，谢星星。"
  看来她心情真的很好，嘴特别甜。她端起她的酒碗，喂到谢商嘴边："你喝。"
  谢商低下头，张开嘴，就着她的碗，喝她碗里剩下的酒。等谢商喝完，她又倒上新的一碗。
  谢商看到了地上烧完东西后剩下的一摊灰："你烧了什么？"
  "不喜欢的照片。"郑律宏的照片，她烧给了阿拿。
  她不想聊照片的话题，问谢商："你怎么这么晚回来？去哪里了？"

· 359 ·

"去谷易欢的酒吧了。"

"去见了谁?"谢商有点儿意外,温长龄平时话不多,更不会主动问他的行踪。

他回答:"见了贺冬洲。"

温长龄又问:"你喝酒了吗?"问问题的时候,她眼睛一直看着谢商,表情很专注。洗完澡后她没有戴眼镜,灯光下,眼睛像夜里的明珠。

"喝了。"

"喝得多不多?"

"不多。"她的问题很日常,甚至有点儿像废话,不过谢商很喜欢,喜欢她这样过问他的生活,最好尽尽女朋友的责,多管他一点儿。

她又问:"是叫代驾司机开车回来的吗?"

"是。"谢商眼里的笑意很浓,他把放在两个人之间的酒碗拿开,坐过去一点儿,"今天怎么问这么多?"

温长龄一副好学认真的模样:"我在查岗啊,不是你教的吗?"都算不上情话的一句话,却正正好戳在谢商心脏里最柔软的地方,欣喜和满足一瞬间蔓延全身,那种感觉像喝了很多酒,全身都轻飘飘的。

他用掌心轻轻地按了按她洗完头后不听话翘起来的刘海儿,笑着夸她:"学得很快。"

她乖的时候乖得要命,不乖的时候坏得要命。她躲开谢商压着刘海儿的掌心,随即把额头贴上去,像小动物一样蹭了蹭:"谢商,我今天心情很好。"

"嗯,我知道。"心情好的时候,她喜欢由着性子来。

她爬到谢商的腿上坐下来,拿起旁边的酒碗,喂到他嘴边,在他喝之前命令他:"不可以吞下去。"

谢商喝了一口酒,顺从地含在嘴里。温长龄双手搂住他的脖子,岔开双膝,低下头主动吻住他,去抢他口中的酒。

谢商被她突然的举动弄得有些措手不及,呼吸和节奏都很乱,被她带着走。

梅子酒洒了。她一路亲下去。谢商本能地往后仰,一只手撑着竹床,手臂的肌肉绷得很紧,引而不发,克制着被她轻易挑起来的欲望。

他怕她摔着,另一只手一直扶在她的腰上:"温长龄,你干什么啊?"她好像把他当成……

她说:"我在跟你玩。"对,她把他当成玩具了。

这次她喝了一口杨梅酒,双手攀着谢商的脖子,又去吻他,带着很强的目的性和侵略感,毫无技巧地横冲直撞。来不及吞下的酒滴在了谢商的衣服上,颜色是杨梅果肉的那种红。

温长龄几乎将所有重量都压在了谢商身上,他情不自禁地张嘴配合,喉咙本能地吞咽着,眼角和耳尖都染上了颜色。

顺其自然地,谢商往后躺下。她好像最喜欢他的眼睛,放弃了接吻,摸了摸他的眼睫毛，然后去亲。

"长龄。"

"长龄。"

谢商一直叫她。温长龄觉得他有点儿扫兴，她难得兴起。

"长龄。"

她停下来，看他。

"这是外面。"谢商已经情动，因为隐忍，微微蹙着眉。

温长龄喝了酒，烧了照片，大脑处于兴奋中。谢商的衣服被她弄乱了，脖子上有她咬出来的痕迹，她恶劣的破坏欲又跑了出来，颅内处于精神高潮状态。她很想发泄，想看谢商漂亮的眼睛含泪，她像个变态一样。

"朱婆婆已经睡了。"她说。

谢商到底还有点儿理智："我们进屋好不好？进去了随你怎么玩。"

她不听："我心情很好，你不能在我心情好的时候扫我的兴。"

她坐到谢商身上。谢商抬起的手停在半空中，过了几秒，放了下去。他拒绝不了温小姐的任何要求。他认命地闭上眼，搂紧温长龄的腰，手插进她的发梢里，扣住她的肩，把她按在怀里。吻从耳后开始，越来越重，越来越粗暴。

他开始急切，与她深吻。星星躲在了云后，院子里只亮着一个灯泡，四周很安静，夜风燥热，空气里带着夏日的闷。

"星星。"

温长龄轻轻推开了谢商。

她抬起头，笑着看他："你……"紧贴着的身体说了所有他没说的话。

"温长龄，"谢商深深地呼吸，迫使自己清醒下来，"别玩了。"

温长龄没打算真怎么样，不然不会在院子里。两个人越相处，她的本性暴露得越明显，她才不文静，才不是乖乖女，她任性的时候就是这样坏。

她毫不留恋地停下所有亲密的动作，从谢商身上下去，躺在旁边。

"星星。"

"嗯。"谢商还在缓，身体的情潮退得很慢。

"你是不是爱上我了？"她侧躺着，撑着脸看谢商。谢商怕她翻身摔下去，托着她的腰，把她往自己那边带了带："我表现得那么明显，你才发现啊。"

不是，她只是更加确信了。温长龄又突然兴起，提议："我们继续以前玩过的那个赌酒游戏吧。"她说，"就玩一局，不回答问题的人就要把壶里的酒喝光。"

酒碗和酒壶在刚刚他们亲热的时候被挤到了竹床的边缘。

谢商坐起来："怎么玩？"

"你转过身去。"

谢商背过身。温长龄没穿鞋子，赤着脚走到桂花树下，钩吻的藤很嚣张地缠满了桂花树的枝丫。她薅了一把钩吻的叶子下来，坐到竹床上，拉了拉谢商的衣服。

谢商转过身来。她伸出手，握着拳头："单数还是双数？猜对了算你赢，错了算我赢。"

谢商说："双数。"

她张开手，掌心里有5片钩吻叶子："你输了。"

她获得了提问权。她盘腿坐着，和谢商面对面，问的还是之前那个问题："你爱上一个人，能做到什么地步？能为了她背叛至亲吗？"

谢商看着她的眼睛，没有犹豫："能。"他相信自己的判断，也相信温长龄的判断，她不会无缘无故让他背叛谁，而且，她想听到的是毫不犹豫的肯定。她好像很需要确定某种东西，虽然他不知道那东西是什么。

云后的星星做证——谢商承诺："长龄，你不用怀疑，我对你比你想的要忠诚，我绝不会背叛你。"

温长龄点了点头，笑了。她赢了呢。

"开心吗？"

"嗯。"

谢商趁着温小姐心情好："那能不能再玩一局？"

"好。"温长龄用手遮了一下谢商的眼睛。

他将眼睛闭上。她抓了几片钩吻叶子握在手里。

"猜吧。"

谢商说："双数。"

温长龄松开拳头，掌心里有4片叶子。谢商赢了。

"你想问什么？"他想问她有没有一点儿喜欢他。话到嘴边，谢商又胆怯了。他没有把握，半点儿都没有。算了，不要问，万一铁石心肠的某人直接说不呢？她始终那么清醒，不像他，越陷越深。

他换了问题："觉得我听话吗？"

温长龄没有犹豫，点头："嗯。"得到了肯定的答复，谢商起身，去端了一盆水过来。

他至少达到她的择偶标准了。她喜欢听话的。

"钩吻的叶子有毒，以后还是不要徒手去摘。"

"哦。"

温长龄洗完手，甩甩水："星星。"

"嗯？"谢商去倒水。她看着酒壶里的酒，大概还有四分之一，这种小壶的酒她一个人就能喝一壶半："剩下的酒，我们分了吧。"

谢商说："已经很晚了，酒喝多了对身体不好。"

"那你别喝了，反正你酒量也不好，我一个人喝。"

温长龄直接抱着壶喝。

谢商："……"行吧，他根本管不了她。

她喝完了酒，肚子很饱，躺在竹床上不想动。谢商把被她随手扔在鞋子旁边的空酒壶放到竹床底下去，免得绊到人。

"星星。"

"嗯。"

她指着天上："你的一颗兄弟出来了。"

谢商坐在温长龄边上，抬头看天。云层不知道何时散开了，有一颗星星露出来，嵌在黑色的夜幕里。

"啪！"

温长龄一巴掌拍在自己腿上："有蚊子。"

谢商说："回屋吧。"

她不愿动，闭上了眼睛。朱婆婆纳凉时用的蒲扇就放在旧冰箱上面，谢商去拿过来，坐回温长龄身边，扇风给她赶蚊子。

夏夜安静又燥热，一颗孤星在天上，钩吻的藤爬到了桂花树最高的地方，花花趴在围墙上，草丛里有一只萤火虫，空酒壶招来了蛾子，地上的鞋子东倒西歪，还有人的影子。

竹床上的人很快睡着了。谢商依旧扇着风，看她慢慢地蜷成一团，手无意识地抓着衣服。

他低下头，亲吻她的手，无声地说：晚安。

郑律宏的罪行已经是板上钉钉了，温长龄还是照常去帝宏医院上班。VIP楼栋已经关了，她回了肿瘤外科，照看晏丛。

医院还在整改，但名声已经不好听了，很多病人转了院，医护人员也有不少离职的，高层领导还在调整变动。温长龄这几天事情都不多。正好，她可以静下来想想下一步的安排。她把右下角的照片贴到白板墙的正中间，下一个到他了。

电脑开着，月说："这次的事，谢商应该会起疑。"

"起疑就起疑吧，反正他早晚都会知道我所有的事。"温长龄拿起匕首，把照片里男人的眼珠子刮掉，"你那边顺利吗？"

月说："差不多可以收网了。"

这两天，温度降低了。谢商刚开完视频会议，还没挂，那边的会议室只剩贺冬洲在。

"设计稿已经发给你了，你有空看一下。"

"嗯。"

谢商低着头，在画东西。从贺冬洲的角度看不见画纸，他问："画什么呢？"

"瓶子。"美术和设计不分家，谢商学过画，出设计图稿对他来说不难，但他以前从来不参与香水瓶的设计。

贺冬洲问："你要自己出设计稿？"

"不是。"那就是私人设计了。

贺冬洲没有多问："挂了。"

谢商合上笔记本电脑。有人敲门。

"进来。"门没有关。是温长龄来了，她推开门，但没进去："谢商。"她扒着门，头探出去，笨重的眼镜滑下来，她用手扶了扶，"你要不要跟我去约会？"

怎么回事啊？温小姐突然这么主动。谢商把画纸放进抽屉里，起身走到门口："去哪儿？"

"游乐园。"温长龄刚说完地址，一个小脑袋从她后面探出来，是扎着4个小辫子的彤彤："哥哥。"

朱婆婆和吴浩敏到乡下吊唁去了，白事不好带着彤彤过去，因为彤彤会害怕，会做梦，两个人就托温长龄帮忙带一天，正好她今天休息。

谢商弯着腰，问彤彤："是你想去游乐园，还是姐姐想去？"

彤彤很诚实地说："是我想去。"

谢商就知道是这样，看着温长龄："你倒是会找理由。"还约会，哪儿是什么约会，温长龄是找他帮忙带小孩儿。她这个女朋友当得不尽职得很，两个人交往这么久，就一起看了一次电影，还是他主动提的。

温长龄拉了拉谢商的衣服："那你去不去？"

谢商"嗯"了一声："外面太晒了，你去戴个帽子。"

温长龄："好。"

谢商操心完大的还有小的："你也回家戴帽子。"

彤彤："好。"

今天是周末，游乐园人山人海，海盗船项目外面排了很长的队，旁边搭了台子，有人在表演，扮演的大多是动画片里的角色，所以围观的小孩子很多。两个女孩儿正在排队。

"怎么这么多人啊？"

"周末嘛。"其中一个女孩儿用手肘碰了碰正在玩手机的同伴，"前面前面。"

同伴抬头，乌泱泱的人群里，她一眼看到了最高的那个，对方穿着一件没有任何LOGO的黑色短袖，站姿很随意，却又端正。他没有玩手机，没有东张西望，认真地排着队，偶尔随着大部队缓慢往前走，脚步徐徐，仪态很好，和周围被夏日烤得狼狈不堪的游客对比鲜明。

女孩儿小声地和同伴说："身材好好。"她撑了撑眼镜，拿出画纸。

人很多，周围很吵，表演台上还放着音乐，谢商没有听清温长龄说什么，转过头去，低下头。

"你说什么？"

温长龄戴着黄色的渔夫帽："彤彤说她看不到。"

彤彤也戴着黄色的渔夫帽，帽子上面绣着小鸭子。谢商把彤彤抱起来，因为左手要拿东西——彤彤的儿童水壶和小书包，只能一只手抱。

"看到了吗？"

彤彤很开心："嗯！"

队伍排了好几列，移动得很缓慢。可能因为听力受损，温长龄对环境的感知比一般人要敏锐得多，她发现："前面有位太太一直在看你。"

谢商顺着看过去。

温长龄猜："可能是看上你了。"

"……"那位太太手里牵着一个四五岁的小男孩儿，假装看台上的表演，但又忍不住频频回头，目光几次三番落在温长龄和彤彤身上，看得出来她很好奇。

谢商说："是见过面的长辈。"在谢研理主办的聚会上。

温长龄"哦"了一声："那要去打个招呼吗？"

"不用。"他和对方不熟。谢商没有上前去，只是朝那位长辈点了点头。

敏锐的温小姐又发现了："那边有位小姐姐也在偷看你。"她猜，"可能是看上你了。"

"……"

她的口吻听起来像事不关己。别人是不是在偷看，谢商不在意，他比较在意温长龄的态度："温小姐，你是来看戏的吗？"

温小姐自觉地闭上了嘴。

过了几秒钟。"你是不是觉得我应该吃醋？"她感觉谢商不太高兴，解释说，"可是你这个长相，要是别人看你一眼我都要吃醋，那我会被酸死的。那看就看吧，也没损失。"

谢商："……"温长龄总有本事气他。

海盗船一轮结束了，新一轮的游客上船，后面排队的人心急地往前挤。人群把温长龄从谢商身边挤开了，她在看台上的表演，没管。

"长龄，不要站得太远。"

"哦。"

温长龄往谢商那边挪过去一点儿，挨着他站。没一会儿，她又离远了。谢商要顾着彤彤，还要随时随地地找温长龄。他拉过温长龄的手，将其放到自己腰间："你拉着我的衣服。"

温长龄拉着他。海盗船又结束了一轮，人群前进的时候，温长龄松开了手。她一松手，谢商就知道了："这里人很多，你要拉紧我。"

"哦。"

她拉住他。中途她看了一下手机，就又忘了。

"……"谢商叹气，把彤彤的水壶和书包换了一只手拿，依旧单手抱小孩儿，腾出左手来，搂住温长龄的腰，免得她总离得太远。坐完海盗船后，温长龄带彤彤去上厕所,出来的时候,后面有人在喊:"小姐姐。"

温长龄回头:"你在叫我吗?"

两个女孩子走过来。其中戴眼镜的那个递给温长龄一张画纸:"刚刚在你后面排队,闲着没事画的,送给你。"

温长龄接过去:"谢谢。"

戴眼镜的女孩儿和同伴走了。画纸上画了一页漫画,简笔勾勒,有5个镜头:谢商拉着温长龄的手放在腰上,温长龄走开了,温长龄抓着谢商的衣服,温长龄又走开了,谢商搂住她。

画里的彤彤坐在谢商的手臂上,小黄鸭的帽子歪着。漫画很可爱,画得很是生动传神。谢商等在外面,见温长龄出来,接过她手里彤彤的书包。

"哪儿来的画?"

温长龄说:"别人送的。"

谢商看了看:"画得挺好。"

温长龄把画叠好,放到彤彤的书包里。彤彤说,还想坐旋转木马。旋转木马上都是孩子和女士,没有一位男士。

"我带彤彤去坐旋转木马,你在这里等我们。"

"嗯。"

旋转木马的外围有栏杆,谢商在栏杆外面等。游乐园很大,游玩的人络绎不绝,因为是周末,游乐园比往日还热闹,各个娱乐设施旁边都有摆摊儿的,卖零食、饰品、玩具、饮料的都有,还有卖亲子装、玩偶服的。

旋转木马附近还有个摆摊儿算卦的,摊子很简陋,一辆小三轮车和一套折叠桌椅,三轮车上贴了"算卦"两个潦草的大字。算卦先生生意不好,见人就揽客。

"先生,算一卦吧。"他戴着墨镜,盯上了谢商。

谢商在原地看着。算卦先生一副世外高人深不可测的表情:"趋利避祸,不灵不要钱。"

谢商是无神论者。不过他爷爷谢景先挺迷信的,他外婆翟女士也挺迷信的,不然不会他一出生就给他算命,连名字都要取来挡灾。

苏南枝女士不迷信,说他幼时身体不好和命没有关系,是她这个做母亲的身体不够好,没能给小孩儿最好的孕育环境。算卦先生站起来,背着手,用高深莫测的口吻说道:"先生最近有感情方面的烦恼吧?来来来,算一卦吧。"

谢商看了一眼旋转木马,温长龄转到他看不到的地方去了。他最近有个不好的习惯,不知道怎么养成的,看不到温长龄他总会感到不安。

他走到算卦的摊子前坐下。算卦先生笑眯眯地拿出一个二维码:"先扫码。"

20元一次。谢商觉得自己大概昏了头,不信这玩意儿,却还是扫了码。

"先生想算什么?"

"姻缘。"

算卦先生拿出一张红纸："在这张纸上写下你的名字。"

谢商写了名字。

算卦先生又拿出一个木盒子，盒子里有一沓明黄色的卡片："抽一张。"谢商抽了一张。

卡片下面用红绳穿着竹质薄片，薄片上有字："下下签。"

算卦先生看了看卡片上的图案："先生，你这支签……"

"不用解了。"

谢商没有听，起身离开。他不信这个。谢商离开之后，他刚刚站过的地方又有人来，也是在等人。算卦先生目光锁定新的客人："女士，算一卦吧。"

他用的是跟刚才一模一样的揽客话术，一个字都没改："趋利避祸，不灵不要钱。"

女士姓蒋，头上戴着那种会发光的、游乐园特别销售的特大蝴蝶结发箍，暂且称呼她为蒋女士。

蒋女士没有过去。算卦先生锲而不舍，掐指一算："女士最近有感情方面的烦恼吧？来来来，算一卦吧。"

蒋女士犹豫了一番，可能等得太无聊，过去了。

算卦先生双手指引方向："这边扫码。"

"……"

桌子边上放着上一位客人的红纸和签文，都没有拿走，看上去这个算命先生很不靠谱儿。

蒋女士扫码付了 20 块钱。

"女士想算什么？"

蒋女士纠结了一下："算财运吧。"

算卦先生拿出红纸："在这张纸上写下你的名字。"

蒋女士写了。算卦先生又拿出他吃饭的家伙——木盒子："从这里面抽一张。"

蒋女士伸手，手又收了回去，看得出来，她挣扎得很厉害，对钱财的向往最终败给了另一个未知领域："能改吗？我想算姻缘。"

算卦先生再一次双手指引方向："这边扫码。"

"……"

蒋女士又扫码付了 20 块。算卦先生重新给了她一张红纸："重新写名字。"

后面是一样的步骤。算卦先生接过红纸，端详完之后，拿出木盒子："抽一张。"

明黄色的签文卡片下面，竹质薄片被风吹得来回摆动，红线流苏跟着摇晃，薄片上写着"中签"。

蒋女士看了看算卦先生的表情，对方笑得像弥勒佛。

"是好的吗？"

算卦先生说："女士，你今年会有很大的收获。"

蒋女士连忙问："什么意思？"

"你会收到一份儿礼物。"

礼物？蒋女士参不透啊："可以再说明白点儿吗？"

算卦先生不知道从哪里摸出来一把折扇，"唰"地将扇子打开，脸上是神秘兮兮的表情："天机不可泄露。"突然一阵风吹来，把桌上上个客人写名字的红纸吹飞了。

"……"

蒋女士感觉自己被骗了。

"尤尤。"

蒋女士的大名：蒋尤尤。

她等的人来了，她起身离开了算卦的摊子。关思行把买来的冰激凌给了她。

她接过冰激凌，盯着他。他怕她久等，回来得着急，一路小跑的，此时额头上有细密的汗，脖子也因为热而红了："怎么了？"

"你是礼物吗？"

"嗯？"

关思行的表情很蒙。是的吧，他在她最需要的时候出现了。蒋尤尤把自己头上的蝴蝶结头箍拿下来，戴在关思行的头上，主动牵住他的手："我们去坐那个吧。"

他抿嘴笑了笑。

"好。"

"谢商……谢商。"温长龄叫了两声，谢商才转过头去。

"你在想什么？"

"没什么。"可是从刚刚起，他就心不在焉。

时间也不早了，温长龄牵着彤彤问他："我们去哪里吃饭？"

路上游玩的人少了很多，快到午饭的时间点了。谢商站在原地看了看，他的正前方有家饮品店："长龄，我要去个地方，你和彤彤在饮品店等我一下。"

他很奇怪。

温长龄问："你去哪儿啊？"

"钱包掉了"。

温长龄"哦"了一声，带着彤彤去饮品店。谢商沿着之前的路折返。

忽然而来的一阵风卷着一张红纸吹到了温长龄的帽子上，她刚推开饮品店的门，红纸就掉在了她的脚边。

红纸上面有字，她看清字后，把纸捡了起来。谢商又回到了刚才那个算卦的小摊。

"先生，你怎么又回来了？"

谢商坐下："解签文。"

他抽的签文卡片还在桌子上。算卦先生把二维码往前一推："那得重新扫码。"

谢商付了钱。算卦先生拿起谢商之前抽的那张签文看了看，上面的不是字，是图案，忽高忽低、歪歪扭扭的图案。

"不合。"算卦先生"啧啧"两声，摆摆手，"你们不合。"

他不该回来。谢商目光深沉，所有情绪都在平静的眼波底下压着："我该怎么做？"

算卦先生刚要开口，一位大妈从远处飞奔过来，边跑边骂："好你个神棍，你还敢出来摆摊儿！"

算卦先生取下墨镜，定睛一看：不好。他立马开始收桌子。

大妈怒气冲冲地追上来："去年你跟我说我儿子会榜上有名，我还给你包了大红包。"她撸起袖子是要干仗的架势，"你这神棍，我儿子已经连着考砸了两年，你还我红包钱！"

"我也没说哪个榜啊。"

大妈一把拽住算卦先生的衣服："你这个骗子，快把钱还我！"

算卦先生看了一眼谢商还坐着的椅子，心想，算了不要了，反正才九块九："先生，有缘再见了。"

他甩开大妈的手，蹬着他的三轮车，飞也似的跑了。那张下下签的签文卡片随着车轮子的滚动，被风吹走了。

"神棍！别让老娘再碰到你！"

三轮车已经跑远了，大妈气得跺了跺脚，扭头对谢商说："小伙子，那是个骗子。"

谢商起身，道了谢，走了。温长龄给自己和彤彤一人点了一杯奶茶，给谢商点了一杯名字很长忘了叫什么的茶。

谢商回来了。

她起身："钱包找到了吗？"

"找到了。"

"那走吧。"

温长龄拿上东西。谢商把她手里的东西都接过去，彤彤的书包底下有张红纸掉出来。

谢商停住，看着地上的纸："这是哪儿来的？"

"刚刚在路上捡的。"温长龄捡起它，就是觉得上面的字迹有点儿像谢商的，"好巧，上面有你的名字，是你写的吗？"

"嗯，写着玩的。"

这是他算卦时写的名字。他从温长龄手里接过纸，扔进垃圾桶里，心里原本快要平息的那点儿不安毫无预兆地被疯狂放大。

温长龄在给彤彤整理帽子，突然问："你不是改过名吗？你原来叫什么？"

"谢殇。"

"哪个 shang？"

殇，寓意夭折。

算命先生说要取个可以瞒天挡灾的名字，告知天神地鬼，谢家老四人已夭折，索命无常勿再纠缠。被放在桌上的奶茶杯子上，水汽凝成了水珠。

谢商用水在桌子上写了个"殇"字。

"这个殇啊。"温长龄很随意地说了一句，有玩笑的成分，"那跟我还挺不合的，你叫殇，我叫长龄。"一个寓意早殇，一个寓意百岁长龄。

那个算卦的骗子先生也说他们不合。怎么什么都要跟他作对？骨子里的反叛欲和犯错的念头在这一刻突然疯长，谢商很好地控制住情绪："走吧。"

"给你点的茶没拿。"

"不要了。"

谢商在手机上订了位子，从游乐园开车去餐厅要半个小时左右。上午还人山人海的游乐园，在他们离开的那个时间，人走得差不多了。

天气预报显示今天晴转多云。温长龄看了看天上厚厚的乌云："好像要下雨了。"她和彤彤坐在后座，问主驾驶座上的谢商，"车上有伞吗？"

"嗯。"那就好。

"彤彤，不要喝了，马上要吃午饭了。"彤彤听话地把剩下的奶茶装进了袋子里。

"长龄。"温长龄抬头，目光在车内后视镜里和谢商的目光不期而遇。车速突然变得很快，风从车窗灌进来。

谢商的声音像某种低音弦乐器："长龄，我已经更名了。"

"啊？"温长龄不知道他为什么又突然提起这个。他的眼神在那一瞬执拗又倔强，带着强势到令温长龄都感到陌生的、不容置疑的侵略感，他说："我们的名字没有不合。"

她后知后觉地反应过来了："我只是随便说说。"你随便说说的一句话已经掀起惊涛骇浪了，温小姐。

谢商把车速降下来。他不安，很不安。那支签让他很介意，哪怕他知道那是个骗子。用了大概半个小时，他们到了餐厅。温长龄和彤彤在点餐，谢商去了一趟洗手间，接了冷水，浇在脸上。谢商旁边有位男士一边动作很大地洗手，一边夹着手机在打电话。关完水龙头，他懒得拿纸，甩了甩手上的水，一转头，看见旁边有人。

水被甩在了谢商的衣服上。男士挂了电话，眼神里带着优越感，极其敷衍地道了个歉："对不住了。"他转身出去，顺手点了根烟。

"站住。"两个字，果断，气场十足。男士回头，看清了谢商的眼睛。他眼睛的颜色有别于大部分东方人，是很淡的琥珀色，精致好看的同时带着原始的野性、异域的神秘感。

有个不恰当但很贴切的形容：谢商身上有种类似顶级 alpha 的支配力和压制力。他站在那里，波澜不惊，甚至不用多说话，就足够让人心惊肉跳。

被叫住的男士瞬间让这气场压得头皮发麻，再加上谢商一身贵气，男士立刻端正态度："对不起。"

冷水顺着谢商的脸部轮廓往下滴："没看见吗？禁烟。"若有人遇到心情不好的谢商最好离远点儿。他疯起来是会殃及无辜的。

男士看了一眼墙上的禁烟图标，赶紧把刚刚转身时顺手点的烟掐掉："不好意思，没有看到。"

男士用纸包住烟，将其扔进垃圾桶后，才快步离开。点的菜没有那么快上来，温长龄让服务员先把彤彤的餐具换成儿童餐具。

"温小姐。"温长龄听见有人叫她，看过去。傅影从电梯门口走过来，身边跟着她的保镖陈白石。

"我是傅影。"傅影主动伸手。

温长龄站起来，握了一下傅影的手。

"一个人带小孩儿出来啊，谢先生没陪你吗？"

傅影突然过来打招呼，温长龄感到诧异："你是找他吗？"

"长龄。"

谢商过来，把温长龄直接挡到身后，隔开她与傅影，眼神里充满了戒备和警告："周夫人有事吗？"

傅影笑着后退两步，表情得意，是那种抓到了人痛处和把柄的得意，仿佛在说：这么心虚紧张啊。

"没什么事，刚好在这边吃饭，就过来打个招呼。"傅影越过谢商，看了温长龄一眼，很快又收回视线，"那就不打扰你们用餐了。"

傅影转身离开。陈白石跟在她后面。进了电梯，陈白石看见傅影笑了："你笑什么？"

"你不觉得很有意思吗？"傅影觉得有意思极了，谢商刚才的表情别人一定没看过，谢、苏两家的公子什么时候这么草木皆兵过，可太有意思了。

她笑："食物链倒过来了。"

"你和那位温小姐之前认识吗？"

陈白石隐藏情绪的本领很差，眼里的探究和疑虑显而易见。

"怎么？又想打探我的事？"

他否认："没有。"

傅影抱着手看他，她的长相其实很有亲和力，只是身上散发的气场会让人忽视她的长相："你这么尽职尽责，你的主人给你加工资了吗？"

陈白石不说话。他擅长沉默，表情没有丝毫松动变化。

"我私下见张董的事，不就是你透露给他的吗？"傅影往前走，陈白石也不后退，两个人的距离越来越近，她穿着高跟鞋，仰着头，几乎要碰到他的下巴，"你是怎么知道的？在我不知道的地方装了摄像头吗？"

陈白石没有否认，消息是他透出去的。

"那你会偷看我洗澡吗？"

他面无表情："没有。"

傅影抬起手，搭在他的肩上，手指拂过他的衣领："没偷看还是没装摄像头？"

"夫人……"

她一巴掌打在他的脸上，很重，他侧过头去。

"早就让你滚了，你偏不听。"

当年同校那点儿少得可怜的旧交情，在陈白石选择继续帮着周晟阻碍她的时候，就什么都不剩了。

电梯门开了，傅影看都没再看他一眼，直接出了电梯。陈白石摸了摸脸，跟上去。

外面在下雨，雨滴砸得很凶。陈白石把寄存在门口的伞取来，走上前，给傅影撑伞，一整把伞都倾向她，他自己几乎整个暴露在雨里。

车停在路边。傅影从陈白石的手里接过伞，自己打开车门上车，锁上车门："你在这里站着，这是惩罚。"

她把车窗升上去。车子没有开动，她坐在车里，陈白石在外面。陈白石的手机响了，是傅影的继子周晟打来的。

他接了电话："周先生。"

"傅影在哪儿？"

他如实汇报："丛林大厦。"

周康仪快不行了，周晟已经坐不住了，恨不得立马除了傅影这个眼中钉，而陈白石是一个合格的奸细，因为他忠诚。

他站在雨里，一动不动。这场突如其来的大雨淋湿了很多人。

蒋尤尤和关思行没有带伞，关思行把 T 恤衫外面的短袖衬衫脱下来，给蒋尤尤挡雨，自己浑身都湿透了。

蒋尤尤关上门："都湿了，我去拿毛巾。"

关思行跟着进了浴室。她在这个出租屋里没有住多久，但屋里已经到处都是她的痕迹。洗手台上放着各种各样的瓶瓶罐罐，还放着她的粉色发箍。她有很多条毛巾，把架子挂得满满当当。

关思行很喜欢这种连呼吸的空气里都有蒋尤尤的气息的感觉。很多人说他不懂生活，活得很没意思，他的确不懂，只懂物理书里的世界。现在他终于懂了书本以外的世界——有趣、有颜色的世界。

蒋尤尤取来干毛巾，一回头看见关思行正在看她，用湿漉漉的眼睛很专注地看她。

"尤尤。"

"嗯。"

他不善言辞，但眼睛学会了说话。

蒋尤尤给他擦脸上的水，被这样注视着，心脏像被泡进了橘子汽水里，吸饱汽水之后，疯狂地膨胀："你是不是很喜欢我呀？"

关思行用力地点头。

"什么时候喜欢我的？"

16 岁那年。他说："是一见钟情。"

蒋尤尤用毛巾盖住他的头，她的手拉着毛巾的两端，使了一点儿力，把他的头拉近。她踮起脚，够到关思行的唇，吻上去。

他很生涩，都不知道接吻的时候可以抱女孩子的腰，但是又很会取悦她，张着嘴，小心翼翼地把舌头探出去，轻轻地、慢慢地勾勾缠缠，呼吸的时候叫她的名字。

"尤尤，"他红着脸问，"我会吗？"

上次被她说不会之后，他看了很多很多视频啊。他是研究院最年轻的物理工程师，学习能力一直都是最好的。

他握住蒋尤尤的手腕，急切地看着她，耳朵都红了，急着想要反馈："我做得好不好？"

他好真诚。没有人能拒绝这么赤诚热烈的喜欢。

"做得很好。"蒋尤尤把毛巾丢在一边，"你很好。"

她抱住他，深吻。潮湿的衣服，发烫的身体，还有纠缠在一起的气息，都在说这个夏季的雨后余热有多嚣张。

下午2点，雨还没有停。因为下雨，游乐园歇业了。

一位职员有东西落在了安保室，回来取东西，看见大门还开着，问保安："怎么还没关门？"

"有位先生包了下午场。"

"这么大雨包场？"职员探头往里看，没有看到人，只看到地上放着一把黑色的雨伞，"几个人啊？在里面干吗呢？"

保安说："就一位先生，好像丢了什么东西。"

雨傍晚才停。温长龄听见推开门的声音，立马跑出茶室。谢商外出回来了，身上的衣服全部湿了，头发在滴水，皮肤上蒙了一层凉气，显得更加冷白。

"你去哪里了？没有打伞吗？怎么都湿了？"

谢商还没回答，温长龄又急忙催他："你快去洗澡换衣服，不要感冒了。"

她朝谢商跑过来的时候，他就想抱她，但是他一身雨水。他先去浴室洗漱，洗完出来时，温长龄已经不在他的院子里了。

天将黑未黑。谢商进了卧室，没开灯，找出抽屉里的火柴盒，取出一根火柴，火柴划过盒子磷面的同时，一簇火光燃起。他打开点香的炉子，手里拿着那支潮湿的签，卡片泡了水，烧得很慢，他换了好几根火柴。

午饭结束之后，他问过翟文瑾女士，翟女士说，抽到了下下签，一定要将签烧掉。他是真不信这东西，但也是真的去游乐园找了4个小时。

"谢商。"

门没关，温长龄端着一个碗进来了。炉子里的火还没灭尽，在谢商抬头的瞬间，火光和温长龄一起跑进了他的眼里。

"你把这个喝了。"谢商闻到了很重的姜味。那碗里的东西乌黑乌黑的,不知道她加了多少红糖。谢商端起碗,喝了一口——有点儿烫,甜得腻人。

窗外湿气很重,雨后的空气里有草的味道,入夜前的最后一抹光恋恋不舍地离开窗台,炉子里那支让谢商焦躁不安了许久的签已经变成了灰烬。

"长龄。"

"嗯。"太暗了,温长龄看不清谢商的脸,她走到他面前。

"你以后会爱上别人吗?"谢商问得突然,没头没脑。他只要不分手,只要温长龄不爱别人。

房间里越来越暗。温长龄突然抱住了谢商。

"不会。"

"一定不会吗?"

"一定不会。"温长龄第一次这么郑重,"我是拥有过星星的人,起点太高了,不会再有别人,不会爱别人。"

她的一句话抚平了谢商所有的不安。

一大早,谷易欢给谢商打电话。

"四哥。"

他支支吾吾了半天:"我听说……你有一个孩子。"

谢商刚把温长龄送到帝宏,现在开车去午渡的研发室。

"你听谁说的?"

谷易欢说:"我听我妈说的,我妈听我大伯母说的,我大伯母听王太太说的,王太太说看见你带你女儿去游乐园玩。四哥,你什么时候有孩子了?"

谷易欢听到的那个版本的故事反正说得有鼻子有眼的,跟真的似的,还说小孩儿好几岁了,长得像她妈。

"假的。"

那位王太太昨天也在游乐园,就是温长龄误会看上了谢商的那位太太。

"吓我一跳,我还以为温长龄是离异带娃呢。"要真是这样,他四哥估计也舍不得分手,那就要当便宜爹了。

谢商挂断了电话。没过多久,他的手机又响了,这次是苏南枝女士打过来的。

谢商到研发室外面接。

"我听说我当奶奶了。"

看来那位王太太没少传谣。

"假的。"

苏南枝猜到了:"孩子谁家的?"

谢商说:"温小姐房东家的。"

真相跟她想的一样。贵太太们就是太闲了,一天天的没事干,一点点风吹草动她们都能夸大成两国交战。

不过有件事苏南枝还是要嘱咐一下:"虽然我也挺想当奶奶的,但是星星你要有分寸,在温小姐有生育计划之前,注意避孕。"

谢商刚满18岁,苏南枝就给他上了成年性教育课。现在谢商交女朋友了,婚恋生育的事苏南枝也是要说的。

"怎么不说话?有不同意见?"

话题比较私密,谢商考虑到还在走廊上,将声音压低了些:"我们没到那一步。"

这个问题谢商考虑过。他都考虑到结婚了,怎么可能没想过这些?在他的计划里,同居、结婚、生育都让温长龄做主。

"哦,那祝你早日到那一步。"

苏南枝挂了电话,心中感叹:进度真慢。

下午6点。蒋尤尤下班,路过值班室时,值班的实习医生叫住她:"蒋医生,候诊大厅有两位女士,不知道是不是来找你的,我听见她们提到你的名字来着。"

蒋尤尤特地去了一趟候诊大厅,没看到实习医生说的那两位女士。

"尤尤。"蒋正豪在大厅。蒋尤尤没有搭理他,直接往电梯那边走。

蒋正豪跟过去:"尤尤。"

她态度冷淡:"你来干吗?"

"不放心你,来看看你。"

蒋正豪眼下乌青,看上去憔悴了不少。蒋尤尤盯着电梯上方显示屏上变化的数字:"我过得很好,没什么不让你放心的。"

"你现在住哪儿?找到合适的房子了吗?"

"我……"一转头,看到蒋正豪明显变得苍老的脸之后,蒋尤尤把到嘴边的重话咽了回去,"住我朋友家里。"

蒋正豪一脸关切,就好像回到了以前他们还在渔港的时候:"钱够不够用?不够用爸爸给你转点儿。"

她别开脸,烦躁地按了好几下电梯按键:"我那天已经说得很清楚了。"

"你再怎么赌气,我们也是亲父女。"

现在来演父女情深,你早干什么去了?

"你如果是来看我的,那现在看到了,你可以回去了。"蒋尤尤没看蒋正豪的脸,"不用担心我过不好,我有手有脚,饿不死。"

电梯快到了,停在了上面一层。

"尤尤,"蒋正豪看了一眼楼层数字,开始着急,"咱们家出了点儿事。"

蒋尤尤突然觉得好笑:刚刚她还天真地以为,蒋正豪是真的担心她在外面过得不好。她想不明白,一个人怎么能变化这么大?还是她儿时的记忆骗了她,美化了父亲这个角色?

这样也好，她也不用再顾念什么："这才是你来找我的目的吧。"

蒋正豪是真的很急，迂回的时间都省了："郑家出事之后，蒋氏有几笔货款被银行冻结了，资金出现了缺口，要是补不上，蒋氏就要破产了。"

"你打算让我怎么帮你？"

"唐正你还记得吗？你和他结婚，1年就够了，1年之后你再离婚。"

蒋尤尤听不下去了："我有男朋友。"

蒋正豪愣了一下，然后立马说："这跟你结婚不冲突，只要不被发现就行了。"

"就像你当年那样？"

电梯到了，蒋尤尤进去。蒋正豪不死心地跟了上去。他们这边的电梯门一关上，对面的电梯门口，王太太露出一副果然如此的表情："听见了吧？我就说蒋家那姑娘心思不正，你还不信。"

蒋家那姑娘段数高着呢，外面都传她淑女端庄，看吧，果然都是装的。王太太认识蒋家五姑娘还是因为她家里的小儿子，小儿子嫌弃家里安排的相亲对象丑，说要找蒋尤尤那样的，因此，王太太对蒋尤尤的印象很差。

谈女士皱起了眉："我们思行不可能跟那种人交往。"

谈女士今天是来帮她母亲拿药的，在内科碰到了王太太。王太太就跟她说了两桩事，一桩谢商的，一桩她家关思行的。

"我亲眼看到他们两个人在游乐园玩，没交往怎么可能那么亲密？"王太太这个人嘴碎，"不过也可能是思行被蒋家的五姑娘给骗了，毕竟那姑娘的样貌确实是一等一的好。但你们家思行那个性格，还是要找家世干净一点儿的，蒋家是什么样的人家，圈子里的人都知道。"

谈女士面露不悦："还没影儿的事，你别到处乱传。"

关思行在第七研究院，有新的保密项目。

下了电梯，蒋正豪还跟着，周围还有同事，蒋尤尤也顾不上了，直截了当地跟蒋正豪摊开说："别再来找我，蒋家的死活跟我没有半点儿关系，我很快就会和我男朋友结婚，嫁妆都已经给了。"

蒋正豪才发现自己一点儿都不了解这个小女儿，还以为她是个乖的："你什么时候谈的男朋友？"

"跟你无关。"

蒋尤尤脚步加快，去外面打车。这个点是下班高峰期，出租车不好打。一辆私家车停在了蒋尤尤面前。车窗降下来，温长龄坐在副驾驶座上："蒋医生，要搭顺风车吗？"

"麻烦了。"蒋尤尤上了谢商的车，把追出来的蒋正豪扔在了马路上。

谢商先把蒋尤尤送到了她住的小区，再回荷塘街。

温长龄拿水喝的时候，在扶手箱里看到了一张邀请函，她打开邀请函看了看，问谢商："这个拍卖会，你可以带我去吗？"

"你想去?"

"我没见过拍卖,想去看看。"

"好。"

华艺拍卖行和砚禾堂画廊都是周氏集团旗下的产业,这次拍卖会的拍品都是艺术品,于是华艺把拍卖会的地点定在了砚禾堂的7号展览厅。除了收藏家,现场还来了很多对艺术品投资感兴趣的各界人士。

谷易欢今天也来了,他妈关正明女士是陶器艺术品的爱好者。听贺冬洲说,谢商今晚也会过来,谷易欢一进画廊就东张西望地找人。

他看到谢商了:"四哥。"

还有温长龄。温长龄今天穿了条白色缎面的长裙,像朵小白花。很多男士今晚带了女伴过来,大多是女伴挽着男士,谢商和温长龄不是,他牵着温长龄。

温长龄的裙子太长,谢商走得很慢。关正明因为好奇,在原地等他们。

谢商过来:"关姨。"

谢家和谷家住得近,关正明和苏南枝关系不错。她刚刚就注意到谢商身边的人了:"这位是……?"

"我女朋友。"谢商低着头,和温长龄说:"这是小欢的妈妈。"

温长龄点头致意。关正明盯着她,眼神也没收一收,像看什么稀罕物一样。

谷易欢拽了一下关女士的包:"妈。"

关正明女士这才收回打量的目光:"我们先进去了。"

等进了展厅,谷易欢就问关正明女士:"你干吗盯着人家?"

"长得多好看。"

关正明没认出温长龄来——她之前在小郑家的灵堂上看到过温长龄。关正明看人的眼光一向都不准,不然她怎么会看上谷易欢他爸那个花心浪荡子?她这么评价温长龄:"文文静静的,看着乖巧。"

谷易欢在心里嘀咕:温长龄才不乖巧。

7号展厅很大,椅子被摆放在展厅中间,展厅的正上方是玻璃展台,右上方是拍卖台,两边都站着保安。

拍卖行把谢商的座位安排在了第二排。今天来了不少温长龄熟悉的面孔,比如左上方谢家那位。

"谢商,你爸在看你。"

谢商还没有带温长龄见过谢家的人:"你认得他?"

"在网上看到过他的照片。"温长龄看了一眼谢良姜的方向,"你不过去打招呼吗?"

"我跟他在公众场合很少交流。"

谢良姜知道谢商交了女朋友,但不知道她是谁,只听说是个护士。谢良姜管不了谢商的事,打电话问过一次,谢商一句都没透露。

谢清泽当年出事，温沅带着一双儿女在葬礼举办之前就搬离了风镇，谢商不清楚谢良姜对温沅的女儿知道多少。

谢商暂时不想让谢家人跟温长龄接触。他很自然地挡住了谢良姜的视线："拍卖快要开始了。"

今天的拍卖会是匿名形式，即在拍卖过程中不公开艺术品作者的名字，让竞拍者仅凭作品本身的好坏去竞价。

这是华艺拍卖行独有的拍卖形式，华艺对外的解释是：市场的投资者买画只看重作者名声，而忽视作品本身，导致艺术品市场越来越商业化，第1件拍品被拿了上来，是一幅油画。每个竞拍者都有一个号码，谢商是018号。

温长龄小声问："举牌是258模式吗？"

"嗯。"不过华艺的258模式稍有不同，竞价阶梯的单位会随拍品价值的改变而改变，1万元、10万元、100万元都有。如果某件拍品竞价阶梯的单位是10万元，那第2次举牌就是20万元，再然后是50万元、80万元、100万元、120万元……以此类推。如果某拍品竞价阶梯的单位是100万元，那第2次举牌就是200万元，然后是500万元……以此类推。

第2件拍品是瓷器，造型是一只三脚的动物。

谢商问温长龄："想要吗？"

她摇头。

第3件拍品是一把扇子。

谢商又问："这个呢？"

她依旧摇头。

"我只是来看热闹的，不买。"

第13件拍品是一幅绣品——《姚舟图》，绣的是姚舟的梯田茶园。

这件拍品的竞价阶梯的单位是10万元，竞拍到200万元的时候，谢商举了牌。

拍卖师念道："018号，220万元。"

033号举了牌。

温长龄趁这个空当问谢商："你喜欢这件？"

"给你的。"谢商再次举牌，"你刚刚一直看它，不是喜欢吗？"

"018号，280万元。"

有人举牌加价，还是033号。

谢商正要继续，温长龄拉住他的手："我不喜欢，你不要举了。"

《姚舟图》绣的梯田茶园很像风镇的茶园，温长龄只是想到风镇，出神了而已，并不是想要这幅作品。

这时，有人举牌了。

"009号，320万元。"举牌的是谢良姜。

谢商和温长龄都往那边看了一眼。几轮之后，033号放弃了竞拍，《姚舟图》最终以 420 万的成交价格被谢良姜拍下了。

第 21 件拍品是一幅书法作品，起拍价 10 万元，竞价阶梯的单位是 10 万元。

拍卖行的号码牌有两种——红色和蓝色，其中，持红色号码牌的是匿名竞买人，匿名竞买人可以要求拍卖行对其身份保密。

"067 号，620 万元，还有出价的吗？"

067 号竞买人的是红色号码牌。

"067 号，620 万元 1 次。067 号，620 万元 2 次。067 号，620 万元 3 次。"拍卖师敲槌，"成交。"

这是目前为止成交价最高的一件拍品。谢商往后看了一眼。祝焕之坐在倒数第 2 排，难掩喜色。谢商给贺冬洲发了一条消息："编号，F418，祝焕之。"

最后一件拍品是一尊铜雕麒麟，今晚的重头戏，竞价阶梯的单位是 100 万元。

在拍卖师敲槌的那一秒，展厅的一位员工走了出去，到外面打了一通电话。

"夫人，铜雕麒麟成交了。"

"成交价多少？"

"3500 万元。"

这是今晚成交价最高的拍品。

9 点 40 分，拍卖会结束。

砚禾堂的主展楼是一座三角形的建筑，顶部是画廊最高的地方，从落地窗俯瞰，整个砚禾堂尽收眼底。

"你太心急了。"

站在落地窗前的男人不知道在看什么，盯着一处很久了，玻璃上的影子一动不动，像潜伏在暗夜里蠢蠢欲动的狩猎者。

"我家老头儿没剩几天了，我总不能眼睁睁地看着傅影那贱人拿走我周家的家产。"

这时，拍卖师进来。

"周总，这是今天所有拍品的成交价。"

周晟看了看："佣金照常，手脚要干净点儿。"

"是。"

站在窗前的男人转过身来，拍卖师称呼他："江少。"

男人拿了外套，走了。谢商的车停在画廊对面的路边，车灯开着，车没有开动。

"怎么不走啊？"

谢商说："等谷易欢。"

温长龄问："他坐我们的车吗？"

"嗯，他要去我那里拿东西。"

温长龄降下车窗，想吹一吹夜风，一转头，对面来的车刚好停下。那是一辆白色的车，在她看过去的那一瞬间，白车的车窗降了下来，一只手从车里伸出来，手指长而细，有种骨感美。那只手抖了抖烟灰。

手的主人正堂而皇之地盯着温长龄。香烟的烟雾袅袅上升，风卷起地上的落叶，在某个时刻，烟雾与落叶在半空相遇，两双眼睛穿过烟和叶的缝隙，毫无阻隔地对视。

几秒之后，温长龄移开视线，关上车窗。谢商没等很久，谷易欢上了车。

"走吧，四哥。"车子启动，与白车背道而驰。

"江少，"白车的主驾驶座上坐着一位非常美艳的女士，红唇鬈发，人间尤物，"看什么呢？"

男人抽着烟，漫不经心地吞云吐雾："看美人。"

多了谷易欢这个电灯泡，温长龄一路上没说话，打起了瞌睡。10点多到了荷塘街，温长龄一下车，就看见当铺门口有个人，那人西装革履，戴着一副眼镜。他手里拿着一个半人长的木盒子，走到谢商面前。

"谢先生。"他是谢良姜的助理，宋金。

他打开盒子，递过去："这是主任给您的。"盒子里装的是《姚舟图》。

谢商没接："拿回去还给他。"

"这是主任专门给您拍的，他还有句话让我带给您——"宋金把盒子直接放在地上，原封不动地转达谢良姜的话，"不喜欢可以扔掉。"

不喜欢可以扔掉，但不能让出去——谢商年幼的时候，谢良姜这样教过他。谢商没有长成谢清泽那样端方温良的正人君子少不了谢良姜的"功劳"。

东西送到了，宋金放下盒子之后，转头离开。盒子孤零零地躺在地上，温长龄不忍心，将它捡了起来，问谢商："给我可以吗？"

"嗯，可以。"

"我走了，明天见。"和谢商道完别，温长龄望向谷易欢，十分礼貌周到地也跟他道别："再见，谷先生。"

谷易欢一副"我跟你不熟"的高傲表情。谷易欢是来找谢商拿蜂香楠木的。梁家的老太太快不行了，吊着一口气，嘴里一直念叨已经离世的小女儿。关正明听说点了蜂香楠木就可以见到日思夜想的人，就差谷易欢来找谢商讨点儿蜂香楠木，帮梁老太太圆临终前的梦。

谢商取了一块蜂香楠木用盒子装好，给了谷易欢。

"这个就是蜂香楠木啊。"谷易欢摸了摸，又皱着鼻子闻了闻，"四哥，你点过没有？真的能看到日思夜想的人吗？"

"嗯。"

谷易欢觉得好神奇："那你看到谁了？"

"温长龄。"

"……"

当他没问。他还有件事："四哥，我听贺冬洲说，你有那种可以催情又对身体无害的香水，能给我一点儿吗？"

"你要来做什么？"

"给宋三方，他被戴绿帽子之后好像对女人失去兴趣了，我给他试试，要是还没用，就带他去看医生。"

那个香水谢商测试过，没什么副作用："我这里没有，过几天给你。"

手机响了，电话是贺冬洲打过来的。谷易欢看谢商在接电话，挥了挥手，先走了。

"你猜得没错，祝焕之找周晟洗钱了，估计要不了多久就会去如意当铺找你。"这件事贺冬洲也经了手，知道一部分内情，"你是故意给祝焕之制造麻烦的，为什么？"

谢商先是给祝焕之送了如意当铺的 VIP 名片，之后祝焕之的弟弟就闯了祸。贺冬洲了解谢商，这里面一定有他的手笔，为的是让祝焕之解决不了麻烦，只能找上如意当铺。

"他那里有我要的东西。"

"什么？"

谢商说："一桩案子。"

走到门口的时候，谷易欢听见了猫叫声，是隔壁院的狸花猫跳过围墙到这边院子里来了。

就是这只狸花猫，之前害他摔伤了腿。谷易欢看着它就来气，过去拎起猫的后颈皮。围墙上有梯子，他爬上梯子，准备把这喜欢爬别人家墙的猫给扔回去。

然后他看见了温长龄。她把那幅《姚舟图》丢在地上，往上面不知道倒了什么液体，拿出打火机，慢条斯理地点火、焚烧。

"喵。"

温长龄闻声，抬头。谷易欢来不及躲，目光和她的目光撞上，火光照在她的半张脸上。

你知道那种一只阴冷的手爬上后背的感觉吗？知道那种毒蛇缠颈的感觉吗？谷易欢现在就有那样的感觉，看鬼片的感觉。

他扔掉猫，迅速爬下梯子。温长龄为什么要烧那幅《姚舟图》？她好奇怪，好像一个城府极深的恶毒女反派。他要不要跟四哥说？

算了，估计他说了也没用。要变天了，突然起了大风，天气预报说明天有暴雨。

晚上，温长龄做了一个梦，梦见了凤镇白桃村茶园后面的那座山。山里有雾，有动物在叫唤，风很大，吹得树猛烈地摇晃。她独自一人走在林间，没有鞋子穿，赤着脚，一直走，一直走。她很冷，可是怎么都走不出那座山。

她听见了雷声。她垂下头，看见蚂蚁在搬家，一只很大的蚂蚁从她的脚背上爬过。

"蹲在这里数蚂蚁呢。"

她抬头。画面在那一瞬间变换了。风停了，雾散去，阳光穿过大树的缝隙，洒下的斑驳光影落在了少年的脸上。

她笑了："阿拿。"

少年的眼睛和太阳一样明亮温暖："这条路都走多少次了，怎么还迷路？"

她抱怨："山路好难认。"

少年拉起她:"回家吧。"

她低头去看,脚上有鞋子,蚂蚁不见了。

"下次要是再迷路,你别自己找路,"少年指着山峰的最高处,和她约定,"你去最高的地方,等我接你。"

"好。"

突然,拉着她的那只手变成了钩吻的藤。她顺着藤看过去,少年不见了,钩吻黄色的花堵住了林间所有的空隙,织成了一张细密严实的网,朝她压下来。

"阿拿。"

"阿拿。"

…………

凌晨3点多。朱婆婆冒着雷雨去敲谢商家的门。

"谢商!"

"谢商!"

雨太大了,不知道里面的人听不听得到,朱婆婆正要打电话,门打开了。

朱婆婆着急忙慌地说:"谢商,你快去看看长龄。"夜里打雷,朱婆婆起来关窗,看见温长龄房间的灯亮着,窗户也没关,就去喊她。她可能没戴助听器,听不见,始终没有回应。朱婆婆用备用钥匙进了屋,才发现雨打湿了她的被子,她被梦魇着了,叫不醒。

谢商先把电风扇关了。床靠着窗,被子被雨水打湿了一半,温长龄整个人缩在里面,脸也被盖住了。谢商把被子掀开一个角,她的脸露出来,头发都被汗打湿了。

谢商摸了摸她额头的温度。

"她发烧了。"他问朱婆婆,"您这儿有药吗?"

朱婆婆把湿的窗帘拉到旁边:"我去拿。"她嘱咐谢商,"这床都湿了,你把长龄抱到浩敏那屋去。"

今天早上温长龄就有点儿不舒服,朱婆婆催她吃药,她只喝了点儿红糖水。这几天的天气有点儿反复无常,时冷时热,彤彤也感冒了,家里正好备了药。桌上放着温长龄的助听器,她听不到雷声,很多雨水从窗户打了进来,不只被子,她睡衣的袖子也湿了。

房间里有个老式的衣柜,谢商打开柜子,睡衣刚好放在最外层。他拿了衣服,坐到床头。

"长龄。"谢商轻轻推了推她。她不知道在做什么梦,蜷缩着,没有醒。

谢商把她抱起来,让她靠在他的身上。他把被子往上拉,盖住她的身体,手伸进被子,摸到衣服的扣子。他尽量不碰到她,只是她一直在动,扣子解得很不顺利,被雨打湿的被子沾上了人的体温,又潮又热。指尖碰到了正在发热的皮肤,谢商停顿了一下,手上的动作继续。温长龄很没有安全感,即便在深睡的状态下,整个人也处于防御的状态,手臂僵直。睡衣扣子已经被解开了,但她的手还抓着衣服。

谢商握住她的手背,稍微用力:"长龄。"

她握成拳头的手慢慢松开了。谢商小心翼翼地脱掉她的上衣,盖着被子重新给她穿上干净的衣服。他拿了桌子上的助听器，用毯子裹着着，抱她出去。

朱婆婆已经铺好了床。谢商把温长龄放到床上："您去休息吧，我留在这里。"

有谢商照看温长龄，朱婆婆很放心："你先给她喂药，要是体温降不下来，你再叫我。"

"好，麻烦您了。"

朱婆婆出去，把门关上了。外面在下雨，门窗紧闭着，屋里的人能听到雨打屋檐的声音，偶尔响起惊雷。8月的北城，晚上已经有了几分早秋的凉意。

桌上放着退烧药和感冒药，都是冲剂。谢商冲好药，将杯子放在床头柜上，把温长龄抱起来，一只手扶着她。

"长龄。"她眼皮动了，在说梦话。

"阿拿，不要去山上。"

"不要去……"

谢商轻轻地晃她的手："长龄。"

"长龄。"

她缓缓地睁开眼，眼睛里有些许血丝。她刚刚做了一个很不好的梦，眼角的泪还没干。

"谢商，我梦见阿拿死了，从山上摔下去了。"她坐起来，看看自己的手腕，上面没有钩吻的藤了。她好像松了一口气，长长地吐气："还好是梦。"

不对。阿拿真的死了。

温长龄坐着发怔，嘴里呢喃道："是我害死的。"今天之前，她已经很久很久没有梦到过阿拿，阿拿一定在怪她，才不想见她。

她低着头，像失了魂一样，自言自语："是我害死了阿拿。"

谢商从来没有这么无力过，想知道她身上发生过什么，想用力地拥抱她，想给她所有，想拉她出深渊，想陪她在深渊。

他抬起她的脸，让她能看到他说话。

"不是你。"

温长龄摇摇头。你不知道，什么都不知道。死的人本来应该是我。她端起药，一口喝掉。谢商倒了水给她。她漱了漱口，把助听器戴上，意识已经从梦里抽离，恢复了平日的平静和清醒。助听器刚戴好，她的耳边就响起一声惊雷。

窗帘没拉严，她看了看窗外："谢商，你是不是很讨厌雷雨天？"

"嗯。"

"我也是。"

身体的不适加上讨厌的天气令温长龄异常烦躁："星星，你教我抽烟吧。"

尼古丁不是什么好东西。

谢商不想教她，推托说："没有烟。"

温长龄知道吴浩敏的烟藏在哪儿。她有不穿内衣睡觉的习惯，衣服里一丝不挂。她把毯子披上，穿上鞋，下了床，走到书桌前，从最下面的抽屉里找到烟和打火机。

"浩敏姐压力大的时候会背着朱婆婆偷偷抽烟。"

温长龄从烟盒里抽出一根烟,递到谢商嘴边。谢商张嘴,叼着。她点燃打火机,怕有风,用手护着火,去点香烟的尾巴。谢商轻轻地吸了一口,烟就点上了,他用手拿着烟,转开脸,吐出烟雾:"不要学了,抽烟对身体不好。"

温长龄抓着毯子,站起来去抢。谢商把夹着烟的手抬高,另一只手抓住温长龄抢烟的手,扣到她身后,手掌顺便按住她的腰,不让她乱动。

"你听一次话行不行?不要学。"谢商怕弄疼她,手上的力道不大,温长龄稍微挣扎一下,手就自由了。她没有再去抢,站在谢商的双腿之间:"那你想个办法,让我不烦躁。"

谢商把烟放在床头柜上,任由点燃的那一头接触空气,自行燃烧。房间里有一股尼古丁的味道。

谢商提议:"你可以发泄在我身上。"

晚上打雷下雨,他原本也情绪不好,到凌晨都没有睡。他经历过情绪失控,知道最有效的解决方法是什么——发泄和放纵。

温长龄将双手从毯子里伸出来,白皙纤细的腕子搭在谢商的肩上:"你这么爱我吗?你以前不这样。"她突然笑起来,"你以前可高傲可难搞了,在莱利图的时候,我都有点儿怕你。"

谢商侧了一下脸,用额头碰了碰她裸露的手腕,她身上还有点儿烫。

"真的怕我?"当然是假的。

"爱我吗?"温长龄突然问。

谢商没有犹豫:"嗯。"

她抱住谢商的脖子,趴在他的肩上笑。她好像不在意走光。谢商没有那么好的定力,帮她把滑下肩膀的毯子整理好。她踢掉鞋子,踩着谢商的腿坐到床上,扬扬得意地笑着说:"那我以后要骑在你头上作威作福。"

以后……她嘴角的笑突然僵住了。谢商察觉到她的情绪上上下下的,问她怎么了。

她扔掉毯子,躺下来,往内侧挪了挪:"谢商,你躺上来,陪我睡。"

谢商迟疑了一下,起身去把床头柜上的烟摁灭,用纸包着扔掉,回到床边,掀开被子,躺下。

温长龄翻了个身,面向他:"你明天要是比我先醒,不要叫醒我。"

"好。"

"要帮浩敏姐把烟藏好。"烟盒和打火机放在枕头旁边。

"好。"

温长龄闭上眼:"帮我请假。"

"好。"

谢商摸了摸她的额头,温度降下来了些。他的手从枕下穿过,把她拥进怀里。

第十六章
求而不得，痛不欲生

一觉醒来，11点多，温长龄拉开窗帘，又回到床上坐着让自己清醒。大概过了5分钟，她披着毯子下床。她推开门，院子里的谢商看过来，她说了句"早"，然后快速地回了自己房间，换好衣服，再去外面的水龙头那里刷牙。

院子里晾着昨晚被雨打湿的被子。天气预报不准，今天没有下暴雨，是有风的阴天。可能昨晚云把眼泪哭干了，里面已经没有雨水了。温长龄洗完脸，坐在谢商旁边。

"婆婆呢？"竹床旁边放着实木的边儿，谢商的笔记本电脑放在上面，花花惬意地趴在旁边。

"去吴小姐那边了。"谢商摸了摸温长龄的额头——不烫，体温正常。

他昨晚没怎么睡，怕她发烧会反复，隔一段时间确认一次。

"我们中午吃什么？"温长龄因为感冒，昨天晚上没吃多少，现在非常饿。

"在家里做饭。你想吃什么？"

"你做吗？"她之前问过谢商，他说他会做饭。

"嗯。"

"你会做糖醋排骨吗？"温长龄想吃甜的。

谢商没做过这个："应该会。"电脑里突然发出声音，温长龄这才看向谢商的电脑屏幕。谢商开着视频，在开会。午渡的一个员工听见老板的私事，不小心打翻了杯子。电脑里十几双眼睛都在看"老板娘"，充满了好奇。谢商不是单身大家都听说过，但没见过他私下和女朋友相处的样子，也想象不出来。

某女员工心想：贵公子下神坛，好有人夫感。温长龄反应过来后，立马坐远了，有点儿不满地抱怨："你怎么开着摄像头？我都没有梳头。"她的头发一定非常乱。她扒拉扒拉头发，看着谢商，眼神充满责怪。

谢商笑:"对不起,不知道你没梳头。"他和午渡的同事说:"我先下了,结束后把记录发给我。"他关掉视频。

温长龄回房间梳头了,另外给医院打了个电话。出门就有买菜的地方,谢商买好东西后回了自己的院子,用他那边的厨房做饭。厨房里的工具基本是新的,他很少开伙。

温长龄收拾好了过去。

"需要帮忙吗?"

谢商在洗菜:"不用,没有多少活。"

温长龄拉来一把椅子,坐在厨房门口,拿出手机,点开没怎么玩过的游戏。她突然想到一件事:她睡觉不穿内衣。

操作手机的手停了下来,她不是很自然地问谢商:"昨天晚上,我的衣服是你换的吗?"

"嗯。"

谢商看着她,如果她介意,他会解释。这个话怎么接啊?温长龄难得迟钝地沉默了几秒,然后回了句:"谢谢。"

她摸摸耳朵,走出了厨房。谢商看着她的小动作,笑了笑。温小姐进攻的时候很大胆,但有些时候,比如非她主动的时候,她的脸皮又很薄。她敢摸他的身体,但他亲亲她的脖子,她的耳朵就会很红。

谢商做饭很快。温长龄只玩了几把小游戏,就被喊吃饭了。她感冒还没全好,谢商做了瘦肉粥,除了她点的糖醋排骨,还做了两个素菜。温长龄吃了一口排骨。

"合你口味吗?"

"比我预料的好吃很多。"就事论事,谢商的厨艺比她的要好得多,"你跟谁学的做饭?"

会琴棋书画,也会做饭,谢商好像什么都做得很好。

"没刻意学过,看家里的阿姨做了几次,自然就会了。"但他不常下厨,只在留学的时候做过几次饭,所以刀工很一般。

温长龄真心地夸赞:"你学东西好快,真厉害。"

饭后,谢商洗碗。温长龄要帮忙,他没让。

下午温长龄回医院上班了。她听佳慧说,周氏集团的董事长周康仪转来了帝宏医院。帝宏医院虽然名声不好了,但高层领导花了大价钱,国内顶尖的神经外科医疗团队仍然在帝宏。温长龄在护士站的电脑上看医嘱。两个同事做完了自己的事情在聊天儿,说话声音很小,但温长龄听得到。

"哪个是周夫人?"

"重症监护病房外面最漂亮的那个。"周康仪在重症监护病房,周家来了很多人,但谁最漂亮,有眼睛的都看得出来——那个圆脸、长着一双杏眼的。

"那么年轻?"那位周夫人虽然穿着很正式的套装,但看上去非常年轻。

"她又不是周董事长的原配，好像去年才嫁进周家，本来只是周氏的一个员工，现在半个周氏都是她在管。"

"有点儿手段啊。"

"人家手里拿的是'大女主'……"

同事突然噤声。温长龄抬头，看见傅影正往这边过来。她的秘书追上来，叫住了她："夫人。"

秘书在她耳边说了什么，她掉头，往重症监护室的方向去。

每个月的初一，出去住的周家人都会回老宅吃晚饭。傅影也会回去，毕竟周康仪还没死，表面功夫她还是要做的。周康仪的大女儿周莱又闹了一通，砸了傅影之前住的房间。傅影无所谓，她早就不住这边了。

不知道是不是周莱的尖叫声太吵了，傅影有点儿头晕，提前下了饭桌，去了3楼的客房。她在浴室洗脸，突然听见开门声。

她分明锁了门的。她从浴室出来，看见周晟堂而皇之地坐在床边的椅子上。

"谁让你进来的？出去。"

周晟比傅影还要大上2岁，但在法律上，他是儿子。他把手里的烟摁在烟灰缸里："我听保姆说，你身体不舒服，我特地过来尽尽孝心。"

傅影怒斥："出去！"她的后背在出汗，身体开始变得奇怪。

周晟跷起二郎腿。他的面部扁平，唯独眼睛有点儿外凸，此时得意又兴奋地盯着傅影："是不是觉得身上很热，手脚无力？"

傅影扶着墙，呼吸变重："你在我的酒里加了什么？"

"让你听话的东西。"

看来周晟是真被她逼急了，开始乱咬人，这种能轻易被抓到小辫子的下三烂手段都用上了。

他起身，威胁道："我两个堂弟都在下面，要不要我把他们叫上来陪你玩玩？"

周家二叔的两个儿子都是只有下半身没有脑子的家伙。周晟的目的当然不是这个。

"遗嘱在哪儿？"

周康仪在第一次脑出血进医院的时候立了一份遗嘱。遗嘱的内容周晟没看到过，但他听见过周康仪亲口说，把周氏留给他不如给傅影。周康仪早就进了重症监护室，说不了话，遗嘱也下落不明。

周晟走向傅影，目光越来越不规矩地在她的身上流连："把遗嘱交出来，我就勉强放过你，如果你配合，让你做小周夫人也不是不可以。"

"小周夫人？"傅影看着他，眼神仿佛在看一堆垃圾，"你也配。"

周晟的脸瞬间变色。

"嘴倒是硬，待会儿可别求我。"

他从口袋里拿出一支注射器、一只装着药液的西林瓶，当着傅影的面，把瓶子里

· 387 ·

的药液抽入注射器内。

"知道这里面是什么吗？"他朝着傅影逼近，眼神跃跃欲试，"今晚你就算被他们玩废了，那也是因为你用药过量。"

傅影拧了拧门把手，门被从外面锁了。楼下全是周家人，他们都是一丘之貉，她求救也是枉然。在针头即将碰到皮肤的那一瞬间，她绕到周晟身后。因为药效，她的移动速度变慢，眼睛迅速地在房间内环视一圈。

桌上有杯子。杯子可以当武器，她就算只剩一口气，也能割断周晟的脖子。当然，她不需要割断他的脖子。

"窗户都不知道关，蠢货。"

话音刚落地，她用脚踩住椅子，在周晟伸手来拽她之前，拼尽全力，纵身一跃，从窗户跳了下去。

这里是3楼。这间房的窗户下方，往前不到1米，有个深水泳池。"扑通"一声，巨大的水花引来了大厅里众人的注目。

但是没有一个人上前。可能过了有半分钟之久，水里的人才冒出水面，散乱的头发遮住了半张脸，她吃力地游到岸上。鞋子掉了，她一身狼狈地爬起来，撩开湿漉漉的头发，转头看了一眼那群人，然后收回目光，赤着脚，毅然离开。

陈白石在门口待命，看见她浑身湿透地出来，立刻走到她身边。

"夫人。"

她几乎快要站不住了，伸手抓住了陈白石的衣服。这栋房子里，她谁都不信任，包括陈白石，但他又是她唯一的选择。

"送我回岳柳苑。"

陈白石什么也没问，直接抱起傅影，上了车。车速很快，4扇车窗全都开着，但吹进来的风依旧没法儿让傅影保持清醒，她只能用手链上锋利的薄片割破手心。

异样感仿佛万蚁噬心，一点儿一点儿地摧毁着人的意志力。岳柳苑是傅影的私宅。陈白石第一次没有等在门外，跟着进去了。傅影阻止不了——她连走路都困难。

陈白石几次伸手想要扶她，她都吼着让他滚。她跟跟跄跄地去厨房，拿出冰箱里所有的冰块，扶着墙进了浴室，把冰块倒进浴缸，再放上一缸冷水。

她很热，身体像在被煎烤，极度需要降温。陈白石过去拉住她："我送你去医院。"

她用力甩开他的手，双眼早就被欲望折磨得通红，理智岌岌可危："你给我滚远点儿！"

她根本不管他还在场，直接脱衣服。陈白石立马转过身去。

"去医院。"他说。

他的身后只有水声。傅影脱了衬衫直接躺进浴缸，冰水瞬间打开她所有的毛孔，那一刻她的触感几乎麻木。

陈白石背着她站着，没有出去，就站在那里等，手臂上的肌肉始终紧绷着。浴室不小，但因为他身材高大，空间似乎也变得局促起来。他耳力好，能听到水声，能听到她的呼吸声从急促慢慢地归于平静，水漫出来，浸湿了男士皮鞋的鞋底。

就这样过了很久。

"夫人。"没人回应。陈白石立马转身，看见傅影躺在白色的浴缸里，双目紧闭，一动不动。

他过去，屈膝跪在浴缸旁，小心翼翼地去摸她颈动脉的脉搏，发现颈动脉还在跳动。

"傅明月。"

"傅明月。"

傅明月。

有多久没有人这么叫过她了。她睁开眼，看着陈白石的脸："你比以前黑了好多。"说着，她眼睛就湿了。

"这样不行，必须去医院。"

陈白石脱下外套，盖住傅影，把她从浴缸里抱出来。水滴得到处都是，他的衬衫也被洇湿了。

他把她放到床上，用被子裹紧，立刻打急救电话。

"这里是……"

话还没有说完，手机就被傅影抢了过去，她挂断电话，把手机扔到床下，伸手拽住他的手，用哭过的眼睛看着他，是求助的语气。

"陈白石，帮帮我。"

泡过冰水的身子还没有回暖，她身上很冷，仿佛有蚂蚁在啃食她的理智，体内到处都痒，到处都难受。头发还在滴水，她上身只穿着内衣，他的外套早就滑落在了一边。他视线所及之处皆是晃眼的白。

"抱我。"两个字，又轻又软，却是命令。

陈白石像一块石头，纹丝不动地坐着："你现在不清醒。"

她还是那两个字："抱我。"陈白石抱住了她。她扯开他的领带、衣服。开始他没有任何动作，直到她冷冰冰的手指抚到他的背。他闭眼吸气，几秒后睁开眼，托住她的腰，一边吻她，一边翻身。他用大掌扣住她的后腰，将她摁进怀里。

她很疼。两个人都是第一次，不顺利。

"陈白石，"她抓破了他的皮肤，闭着眼战栗，"不要背叛我。"

"好。"

阿拉拜咬狼犬很忠诚，永远不会背叛主人。后半夜，傅影发烧。陈白石找了家私人诊所，让医生带着药上门，给她输液、抽血。

早上8点，傅影还没醒，周晟的电话打到了陈白石的手机上。

他出去接："周先生。"

周晟语气嘲弄，又似乎不意外："你跟傅影睡了？"

"是。"

"你倒是诚实。"周晟昨晚就知道是陈白石带走了傅影,"这样也好,你就待在她身边,等找到了遗嘱,我不会亏待你的。"

周晟资助过陈白石,在他上学的时候。一开始陈白石来周家,是以报恩的名义。

阴雨持续了两天,之后天又放晴了。秋老虎来了,到处点火,天气又开始热了起来。温长龄昨晚上了夜班,今天睡到中午才起床,下午在院子里倒腾,翻了土,旁边放着水桶、水瓢和锄头。

谢商过来:"你在种什么?"

她蹲在土上挖坑:"萝卜。"撒点儿种子浇点儿水,她的架势有模有样。

"喜欢吃萝卜?"

她摇头:"我觉得我有种菜的天分。"地闲着也是闲着,她能把西瓜种好,肯定也能把萝卜种好。谢商是温长龄说什么他就是什么:"嗯,是有天分。"他随意地问道,"你以前念书的时候,最喜欢哪门学科?"

"物理。"

"那为什么学了护理?"

为了搞死郑律宏。温长龄低着头,说:"因为后来不喜欢物理了。"这也是真话。

谢商接了傅影的典当生意之后就查过温长龄的履历,只是不够详细——

12岁,全国物理竞赛金奖。

14岁,国际青少年物理奥林匹克竞赛金奖。

16岁,拿到黄猷昆奖学金,赴车车利尔,就读于金洲顿大学物理系。

18岁,辍学。

20岁,回国攻读护理学。

23岁,就职于帝宏医院肿瘤外科。

不过有一件事谢商不知道——外籍华裔物理学家黄猷昆带过两个华国籍的学生,一个是温长龄,另一个是谢商的熟人,关思行。

傅影,27岁。

4岁,父母双亡,她被风镇天使孤儿院收养。

10岁,被车车利尔一对夫妇领养。

18岁,就读于金洲顿大学金融系。

22岁,就职于世界十强的博克森公司。

26岁,被挖到周氏集团,任高级销售总监,之后和周康仪在阆图登记结婚。

这是傅影对外的履历,真假参半。

她披着夏日的薄被,站在窗前,已经喝了3杯红酒。她似乎很喜欢半夜起来喝到微醺,前天晚上也是这样。

"当初在周家见到我,是不是吓了一跳?"

陈白石从后面抱住她："没有。"

她转过身来，把没喝完的酒送到他的嘴边："所以你觉得我本来就是那种为了钱可以伺候老头儿的女人？"

陈白石张嘴，来不及吞咽的红酒滴在锁骨上。他没有穿上衣，常年户外锻炼的手臂黝黑结实，单手环住她的腰绰绰有余："你不是。"

空杯子被傅影随手扔在厚厚的地毯上。纤细的手臂攀上男人的脖子，被子掉在地上，她的吊带裙很短，随着她踮脚的动作，裙摆往上窜。

"师弟，话别说太满，你又不了解我。"

"为什么改名？"

傅影钩着陈白石的脖子，细致地用手指擦掉他身上的酒："那你先告诉我，为什么没告诉周晟我的名字是假的？"

陈白石说："读高中时你教过我跆拳道和散打。"

"还我人情？"

"嗯。"

"那就是欠一次还一次咯。"嫁进周家之前，为了更像履历上的傅影，她几乎武装到了头发丝儿，一身皮肤养得雪白细腻，唯独手上的茧子弄不干净，硬硬的，摩擦着陈白石的胸口，"我算算这几天你欠了我多少次。"

她嘴里没有一句正经的话。

陈白石抓住她的手，低头去堵她的嘴。她一边接吻一边笑着去捏他发烫的耳朵，在闪躲的空隙里继续调侃他："第一次是我求你的，后面可不是。"

陈白石摁了摁她的腰，警告她："傅明月。"

"不叫'夫人'了？"

落地窗是单向可视的，不需要担心外面的人会看到什么。陈白石把傅影放在沙发下的那张地毯上，他一身结实的肌肉，能轻轻松松托起她的身体，让她整个人都依附于他。

傅影骂道："陈白石，你这个禽兽。"

他笑。傅影两只细白的腕子搭在他的肩上："你还会笑啊。"她声音娇娇地哼了哼，"我看错你了，还以为你是块石头。"

每当这种时候，她话总是很多，十句有九句要点火。陈白石跟她相反，性子很内敛，能不说话就不说话。昨天晚上被她逼着喊几句"夫人"当作情趣，他喊了；现在他叫她的名字，又被她调笑。

他动作很温柔，就是总是板着一张脸："你别说话了。"

"你有本事就把我弄到说不出话来。"

"……"

这几天，他们过得很混乱。那天，他们越界过后，她醒来，第一句是："陈白石，你是狗吗？"

她在不满他弄出了痕迹。他难得低头，是被驯服的姿态："你说过我是。"两个人都是硬骨头，都没一句软话。

　　傅影当时打电话给秘书，让秘书送来了药和成人用品。就这样，陈白石自然而然地踏进了傅影的领地。

　　北城8月的晚上还是有些凉。陈白石把掉在地毯上的被子捡起来，裹着傅影，抱她去卧室。她困了，沾到枕头后翻身背对着他睡。不知道男性的体温是不是都比女性的高，反正陈白石跟火炉似的，他靠过来，她的手脚很快就暖和了。

　　在她昏昏欲睡的时候，他问："傅明月，告诉我，你想要的到底是什么？"

　　她撒谎："周氏集团。"

　　"又骗我。"

　　这几日她打电话都没有避着他。她知道周晟正在准备转移资产，如果她想要的是周氏，这个时候就不会什么都不做。

　　陈白石猜测："遗嘱上的内容对你不利，对吗？"

　　她把冰凉的脚贴在他身上，贪婪地从他那里摄取暖意，没有回答，反而问他："我现在是你的主人吗？"

　　陈白石没有丝毫犹豫："是。"

　　他们已经是最亲密的关系，但都默契地没有谈过半句和情爱有关的话题。她好像默认了他们只是身体交易的关系。

　　她说："从头到尾都没有遗嘱。"

　　周康仪哪里舍得放弃他那个废物儿子，甚至为了防她，婚前就让她签了放弃继承遗产的协议。但周康仪想错了一点——她想要的本来就不是周氏集团。

　　她要的是："我要周晟去监狱里忏悔他犯过的罪。"是时候收网了。

　　一周后。傅影接到秘书的电话："傅总。"

　　傅影在客厅，陈白石在厨房。

　　秘书说："蓝桥项目被周晟暂停了。"蓝桥项目是周氏集团和海外合作的项目，这是明面上的说辞。暗地里，蓝桥项目是周晟用来转移资产的手段。这个项目，周晟在以为傅影手里有遗嘱的时候就开始准备了。现在项目停了。

　　傅影挂掉电话，看向陈白石。他关掉水龙头，走过来："怎么了？"

　　"陈白石，"傅影的眼神冷漠、失望，当初刚知道他是周晟的奸细时，她就是这样看他的，"原来你是一条会咬人的狗。"

　　"发生了什么？"

　　陈白石去握她的手，被她甩开："周晟知道了我手里没有遗嘱。"

　　没有遗嘱，周晟就不用费尽心思转移资产了。傅影看着陈白石，等他解释。

　　他沉默着。傅影上前，身体贴着他，就像这段时间无数次拥抱时那样亲近，手摸到桌上的水果刀："你不狡辩一下？"

"是我说的。"

在傅影握紧刀的那一瞬间，陈白石抓住了她的手腕。她不知道，以他的身手，真要近身搏斗，哪怕是接受过特殊训练的她，也未必能在他这里占到上风。

她那么骄傲，输了会不高兴的。他握着她的手，亲自带着她手里的刀，抵在自己胸口。

"傅明月……"你想要的，我都会成全你。

然后他松手，让刀尖刺进皮肉。他用这种方法让她记住教训。刀尖越扎越深，血透过衣服，沾上了傅影的手。

带着他体温的血是热的，她猛地抽开手，刀掉在了地上。她没有吵闹，很平静地跟他决裂："陈白石，你给我滚。"

陈白石在住进来的时候没有带行李。这些天，傅影家里多了很多他的东西，有些是傅影让秘书送过来的，有些是他们一起去超市买的。前后也不过半个月，她这里就到处都能看到另外一个人生活过的痕迹。阳台上还晒着他的毛巾。

他站在楼下，没有管还在流血的伤口，望着阳台，过了很久才收回视线，招了一辆车，上车后给周晟打电话。

"周先生，傅影手里有你转移资产的证据。"

"我知道了。"

"她已经不信任我了。"

周晟说："你回来吧，我有别的事交给你做。"

遗嘱的事，傅影是故意告诉陈白石的。周晟转移资产的证据她已经拿到了，那所谓的"遗嘱"就没有用了。

她自始至终都没有信任过陈白石。他们之间本来就没有信任，一开始就是敌对关系，后来也只是身体交易而已，根本没有感情。她不需要感情那种东西，只要周晟生不如死，哪怕是利用他人，不择手段。

为了达到这个目的，她甚至不惜嫁进周家。她设计让周晟以为有遗嘱，周晟不负她所望，果然开始洗钱、转移资产。可是这些罪名还不够，周晟欠的是人命。所以打电话的时候，她没有避着陈白石。

如果陈白石不背叛她……他背叛了她，果然是一条忠心的咬狼犬。

周晟现在知道她手里有他犯罪的证据，下一步应该是杀人灭口。

计划全部按照傅影的预想在进行，周晟那个蠢货上钩了，3天后，她得到了想要的结果。

"30号上午，东站十字，车牌号北H·HA280。"

那个路口是人民路和桦林路的交叉口，附近是火车东站，因此得名东站十字。

"跟我猜的差不多。"

电话那边的人说："月月，太冒险了。"

"你不是说过吗？不入虎穴，焉得虎子？"

"这不一样。"

"放心,我那辆车花了大价钱,死不了人。"

傅影不怕死。血海深仇,她等了7年,怎么会怕死?

30日那天,天气晴朗。傅影的计划很顺利,在她去公司的必经之路上,在东站那个十字路口,那辆车牌号为北H·HA280的大货车出现了。

但她的计划也不顺利,在大货车撞上来的那一刻,右边车道上的一辆黑色车子抢行,挡在了她的车前面,整个车身被撞翻。

大货车司机是踩着油门撞上来的,即便隔着一辆车,傅影的车子也受到了剧烈的撞击,前车盖凹陷严重。

受到撞击的那一瞬间,声音仿佛能刺破耳膜,她头晕目眩了很久,一直耳鸣,手臂是麻的。她费力地抬起来,去开车门,变形的金属被牢牢卡住,她推不开。

货车司机下来看了一眼,回到车里,驾车离开。

傅影晃了晃头,去找联系用的耳机,模糊的余光看到了挡在前面的那辆车的后挡风玻璃。那辆车里面的人开了车门,爬出来,一瘸一拐地朝她走来。

他满头的血顺着耳朵往下滴。是那条阿拉拜咬狼犬。傅影忘记了所有的动作,大脑空白,呆滞地看着他。他的手臂被车玻璃扎破了,在他用力拉开车门的时候,血甚至喷溅出来,但他跟个傻子一样,仿佛不知道痛。

"你有没有事?"

他为什么会在这儿?傅影质问他:"陈白石,你什么意思?!"陈白石拔掉手臂上的玻璃,拉住她的胳膊,把她从车里拽出来。眼皮被血粘住,他看不清,又问了一遍:"你有没有事?"

傅影红着眼睛,眼泪滚下来,脑子里很混乱。她很讨厌这个人,他为什么一直跟她作对?

"你不是奸细吗?你在干什么?为什么要替我挡?"

声音这么大,她应该没事。陈白石松开手,身体晃了晃,倒了下去。

傅影接住他,整个人跌坐在地上。她僵着身体,不敢再晃动。

"陈白石。"他没答应。

他总是这样,总喜欢沉默。以前读书的时候她就不喜欢他这闷不吭声的性子,每次被她摔疼了也不说话。

他就是块石头。

"你说话。"

"你说我不了解你,不是,我很了解你,我知道你想要什么。你不是总骂我是狗吗?"他抬起手,把一个上面满是血的东西塞到她手里,"哪儿有狗背叛主人的?"

这是最后一句,说完他就闭上了眼,再也不开口了。

那个沾着血的东西是个U盘。傅影一只手抱着他,血流到了她的手臂上,他的头受伤了,她不敢动,只能喊。

"长龄。

"长龄,你快来!"

30日晚上,陈白石进了重症监护室。

31日,周晟因为涉嫌洗钱罪、职务侵占罪、挪用资金罪、故意杀人罪被警方紧急逮捕。他拒捕,逃到车库,慌里慌张地关上车门,却发现车子启动不了。他想要下车,车门却开不了,像见了鬼一样。

对,见了鬼,偌大的车库里忽然传来高跟鞋的声音,"嗒""嗒""嗒"……周晟猛地回头。

车库门口是唯一有光照进来的地方,女人一身黑衣,披着长发,从明亮的光里走到暗处。

女人是傅影。她走过来,弯下腰,头贴在车窗上。这一刻,周晟只觉得头皮发麻,身体本能地往远离傅影的那个方向后退:"我知道这些事情都是你搞的鬼,你要财产我都给你,只要你放我一马。"

她手肘撑在车窗上,带着十二分的兴趣,像在看小丑表演:"我不要财产。"

他声音战栗:"那你要什么?"

她歪了歪头,眼睛盯着周晟的脖子,天知道她要费多大的力气才能忍住扭断他脖子的冲动:"还记得傅明奥吗?"

傅明奥……

"他是我弟弟。"

周晟想起来了,立马狡辩:"傅明奥不是我杀的,是那个叫温招阳的,是他杀的。"

傅影更想扭断他的脖子了,但要忍住,都忍了7年了。她深呼吸:"阿拿也死了,一共两笔账。"

两个男孩子都死在了18岁。

老天不开眼,让凶手逍遥法外,这怎么行?

门口传来声音,是警察来了,来得好慢,晚了7年。

傅影把头钻进车里,小声地给了最后一句"忠告":"等你进去了,我会好好招待你的。"

31日晚上陈白石的家属才赶到医院。来的是个小姑娘,看着年纪很小,不知道成年没有。

傅影也在,两个人刚好打了个照面,在重症监护室外面。

女孩儿眼睛是红的,应该是在路上哭过了:"你是傅明月吧?"她说,"我叫陈崔安,是陈白石的妹妹。"

上高中的时候傅影听陈白石说过,他有个念小学的妹妹。

"我以前见过你,不知道你记不记得,我帮我哥给你送过情书,不过他那个傻子没敢写名字。"

傅影记得陈白石的情书，字很丑的那封。其实那封根本算不上情书，因为他写了4张纸，通篇没有一句喜欢之类的话，几千字就表达了一个意思：她比罗慧慧强，输掉比赛只是因为状态不好。

傅影那一年大小赛事就输过一场，所以对这封"情书"记忆深刻。

"你嫁进周家的时候上了新闻，我哥看到之后就去找周晟了，说要报恩。"陈崔安哽咽了，"报个屁恩，他是去找你的。"

傅影透过玻璃，看向躺在里面浑身插满了管子的陈白石。

陈崔安问她："傅明月，你现在得偿所愿了吗？"

陈白石给的U盘里有周晟买凶杀人的铁证，比她手里的还要详细。她得偿所愿了。她离开重症监护室，去楼顶，抽烟。她在想陈白石当时用水果刀扎自己的时候在想什么，在想如果陈白石的车不挡在她前面，她还能不能毫发无伤。

"月月。"有人过来，来陪她，"给我一根。"

傅影弹了弹烟灰，熟练地吸了一口，让烟过肺，再慢慢吐出来："你不是不会抽烟吗？"

"你教我。"

烟可不是什么好东西。傅影蹲下，把烟灭掉，抬头，笑了笑："长龄，我们成功了。"

"可是你很难过。"温长龄也蹲下来，"因为陈白石吗？"

怎么会？傅影摇了摇头。她为什么要难过？她都得偿所愿了。

温长龄靠过去，抱住傅影。她们是至交。阿拿和傅明奥也是。当年，温长龄在国外参加保密项目，回国的时候，阿拿已经死了，所有人都说是阿拿杀了傅明奥，阿拿是畏罪自杀，是罪有应得。

温长龄拉着傅影去两个弟弟的坟前，哭着说："月月，不是阿拿杀的，阿拿不会杀人。"

傅影当时就是这样蹲下来，抱住她："我知道，我从来没有怀疑过。"

阿拿和傅明奥是从小一起长大的至交。

时间倒回8月30号。上午9点27分，谢商打电话给温长龄。

"长龄，你在哪儿？"

温长龄说："我在上班。"

"在医院吗？"

"没有，在出外勤。"她问，"怎么了？"

谢商当时就在医院，陪翟女士去的，程女士想要见见她。

"没什么，想你了。"

冷淡的温小姐："哦，知道了。"

她挂了电话。

她按了一下助听器后面的一个按钮："月月，我到了，在救护车上。"

她是来接应傅影的，找晏丛安排了一辆救护车。虽然傅影的车花了大价钱，但她们还是要以防万一。

"不要离得太近，以免被发现。"

"嗯。"温长龄也不敢离得太远。

过了十来分钟，温长龄从助听器里听到了车辆的撞击声，声音大到让人耳鸣不适。

"月月。"

"月月。"

没有得到回应，温长龄很着急："刘师傅，东站十字，快点儿。"

帝宏医院的救护车刚好"路过"东站十字，刚好碰到车祸现场，刚好抢救了伤员。

上午 10 点 19 分，陈白石被推进了手术室。他脑部受伤，身上有多处外伤，出血严重，情况很危急。

陈白石的家属没有到，傅影等在手术室外面，身上全是血，一个人默不作声地坐在椅子上。

手术时间很长，傅影连姿势都没有换过。中途她的秘书来了，给她拿来了干净的衣服，她也没去换。

温长龄想要过去，隔着远远的距离，傅影对她摇了摇头，用口型说：我没事，不用过来。

傅影的秘书到护士站来了。

"温小姐。"

秘书把沾着血的 U 盘给了温长龄。当天晚上，温长龄以叶子先生的名义，用虚假的 IP 地址，把所有证据打包发给了警方和检察院。

酒驾肇事逃逸的货车司机当晚就被抓了，一开始他不承认故意杀人，只说喝酒喝晕了，错把油门当成了刹车，但铁证一出来，他就什么都招了，指认了雇主周晟买凶杀人。

8 月 31 日，周晟被逮捕。31 日晚上，谢商因为周家的事去了一趟花间堂。周家想请 KE 律所代理案子，谢景先没有同意。谢商回来的时候，温长龄院子里的门还没关，她在喝酒。

温小姐真的很爱喝酒。谢商过去："怎么这个点喝酒？"

温长龄在庆祝，庆祝又抓住了一个恶鬼。这本来是值得高兴的事，可是她不开心，因为月月不开心。

陈白石没有背叛，为了成全月月，为了让她得偿所愿，甘心让她利用，做她的棋子，甚至命都不顾。

那月月喜欢陈白石吗？怎样才算喜欢？怎样才算爱呢？

温长龄把手里的酒碗放下："谢商。"

"嗯。"

她脸上是没有任何邪念的表情，仿佛正在探讨的是一个深奥的问题，她问谢商："你对我有性冲动吗？"

"……"

谢商将视线移开。他不是谈性色变的人，上过性教育课，去过风月场，富家子弟们聚在一起玩的那些或低俗或高雅的花样他也都见过，在理论上他不是一张白纸。

只是温长龄的眼神太干净了，他反而不敢看。他有过的念头可没那么干净。

见他不回答，温长龄扯他的袖子："嗯？"

温小姐到底知不知道，她这么问他都会有念头。

他回："嗯，有。"

怎么可能没有？温长龄又问："那你对别人有吗？"

"没有。"

温长龄"哦"了一声，一副果然如此的表情："你果然是爱我的。"

她刚刚用手机查：怎么确定爱上了一个人。搜索结果里，有一个她觉得有道理：从"身体语言"去判断。该结果还引经据典，说个体心理学派创始人阿德勒在《自卑与超越》中指出："人们也许认为爱还在，但性吸引停止了。这绝对是假的。嘴巴会说谎，理性有时也会糊涂，但身体反应不会说谎。"

温长龄第一次对爱这个东西产生了思考。

"为什么突然对这些好奇？"

温长龄喝了一口酒："我有一个朋友，有个人因为我朋友受了很重的伤，我朋友很难过，我很久没见过她那么难过，她是不是喜欢上那个为她受伤的人了？"

谢商很理智客观地说："也可能只是出于感动、愧疚、心软。"

也对，爱情好烦。谢商还要她爱他，他也好烦。

"长龄。"

"嗯。"

温长龄自顾自地倒酒。月亮像明珠，明珠在谢商的眼睛里，亮亮的，他温柔地看着身边的人："我是你第一个男朋友，对吗？"

"对啊。"

他凑近去看她的眼睛："是不是只亲过我？"

"是啊。"

谢商笑。

温长龄某些时候略迟钝："你笑什么？"

谢商端起壶，喝温长龄的酒。你说笑什么，我吃到了甜头呗。

温长龄哼哼："你好烦。"

陈白石一直没醒，主治医生说，家属要做好心理准备。9月2日，周康仪呼吸停止，享年61岁。周氏集团因为周晟被捕大受牵连，但周家做了这么多年艺术品生意，旗下拥有多家拍卖行、画廊、鉴宝行，还有瓷器、玉器工厂，就算是烂船也有三斤钉。周康仪死了，周晟在监狱里，又没有遗嘱，周家二叔、周家的出嫁女、周家的旁支亲戚都想分一杯羹。周家开始乱了，一窝蜂争得头破血流。

作为周康仪法律上的妻子，傅影没有参与争夺，全程旁观。也是在2日，如意当铺来了9月的第一位客人。钱周周领路，把人带到招待VIP的房间："祝先生，里面请。"

门被打开，一股清冽的木质香迎面扑鼻，味道很淡，令人仿佛置身于书香之中。谢家四公子擅长司香果然不假。祝焕之抬脚进去。

谢商在里面，已经恭候多时。祝焕之上前："谢老板。"

"请坐。"祝焕之坐下，把前阵子得来的如意当铺VIP名片放到桌子上。实木桌上放着纸笔、香炉，还有一本有些旧的《诗经》。这房间里不管是陈列在墙上的档案，还是桌椅、香炉，都有种岁月沉淀的质感。

哪个说谢四公子是歹笋来着？这分明是高门贵子。祝焕之收起发散的思绪："谢老板，我想当点儿东西。"他把带过来的东西放到桌上，"这是我的当品。"

当品用精致的盒子装着。谢商没有打开盒子："祝先生想要什么？"

祝焕之其实心里还是有顾虑的，毕竟谢商是半个律师，这让他心里很没底："我的弟弟遇到了点儿麻烦，另外我也遇到了点儿麻烦。"

他言简意赅地说，今年是他弟弟晋升的关键时期，偏偏他弟弟这个时候迷上了赌博，他为了给弟弟填窟窿，在砚禾堂拍卖了一幅书法作品，现在周家出事，砚禾堂要被彻查，他既怕弟弟出事，又怕自己被殃及。

他想求谢老板帮忙解除困境。

"祝先生，您的困境我可以帮您解决。"谢商的手随意地搭在椅子的扶手上，坐姿很放松，甚至有些懒散，却丝毫不显得失礼，有种应付自如的松弛感，"不过这个当品，我不太满意。"

祝焕之很上道："谢老板想要什么当品尽管说，只要我这里有。"

"对您来说很简单。"谢商抬起手，将手放在桌子上，身体微微往前倾，"还记得您审理的第一个案件吗？"

7年前的温招阳案是祝焕之当上法官之后接手的第一个案子。

祝焕之没有考虑太久："你要我做什么？"

"我想知道所有关于这个案件的事情。"

"这个案子的资料遗失了，我需要时间整理。"

这个案子很明显有人在刻意遮掩，痕迹被抹得很干净。

谢商泰然自若地提醒祝法官："我等得起，就看祝先生您等不等得起了。"

9月5日，梁家老夫人出殡。依照老夫人家那边的习俗，亲友4日傍晚吊唁，灵堂被设在了周山殡仪馆。谢商坐谷易欢的车过去，途中，手机邮箱收到了祝焕之发来的邮件。

"小欢，带电脑了吗？"

"只有平板电脑，在储物箱里。"谢商用平板电脑打开邮件的附件。祝焕之发来的资料很详细，笔录、尸检报告、案发现场的照片等都有。受害人傅明奥，死因是外力重击头部，导致颅内出血。另外他脾脏破裂，身上有多处被施暴留下的击打伤。

凶手温招阳在第一案发现场，目击证人看到他手持凶器。人证、物证、指纹、死亡时间都吻合。杀人动机是温招阳不满傅明奥抢了本该给他的保送名额。一审故意杀人罪成立，受害人家属出具了谅解书，温招阳被判处 10 年有期徒刑。

同一时间，除了温招阳和证人，监控摄像头还拍到了另外 4 个出现在案发地附近的人，他们是到风镇游玩的外地人。警方给他们都做了笔录，笔录上有他们的签字。

那 4 个名字，谢商都不陌生，他久久没有说话。谷易欢觉得太静了，没话找话："四哥，"他旁敲侧击地问，"上次你爸送的那幅《姚舟图》还在吧？"

他亲眼看到温长龄烧了《姚舟图》，故意这么问就是想给谢商提个醒。谢商不知道在想什么，平板电脑的屏幕已经暗了，他还一动不动地看着。谷易欢觉得谢商的状态有点儿不对。

"四哥。"

"小欢，安静一点儿。"

"哦。"

四哥好奇怪。谷易欢感觉到一股密不透风的、让人窒息的气场。之后的一路上，谢商没有说过话，谷易欢也不敢说话，车厢里只听得到跑车的声浪和从窗户外猛烈灌进来的风声。

6 点 28 分到了周山殡仪馆，谷易欢跟谢商一起，上香吊唁。梁老夫人的长子梁振钦特地过来。

"谢商。"

谢商回道："梁伯父。"

谢商的祖母生前与梁家老夫人很是要好。

梁振钦是过来道谢的："你给的蜂香楠木起了作用，老太太走得很安详，多谢。"

谢商今日有些寡言，回答礼貌而简单："您客气了。"

梁振钦又望向谷易欢："小欢，帮我跟你妈说一声，麻烦她了。"

谷易欢代他妈回："不麻烦，不麻烦。"

又有新的亲朋进来吊唁，梁振钦过去接待。

谢商说："走吧。"

谷易欢看了看手机上的消息："我妈她们马上就到，你妈也在，不等等吗？"

"我先走了。"

谢商不等，直接往外走。

谷易欢觉得很不对劲，谢商的情绪控制能力一流，但这会儿的他不仅寡言，还耐心不佳，十分反常。

"四哥。"谷易欢赶紧追上去。

周山殡仪馆今天设了好几处灵堂，周家的葬礼也在这边办。傅影收到消息，从殡仪馆里面出来。温长龄正蹲在一棵大树下面等她。周围的栏杆比蹲着看草的她高，她看上去体形娇小。

傅影过去："你怎么来了？"

温长龄立马抬头："我来看看。"她站起来，围着傅影绕了一圈，"周家人有没有往你身上砸鸡蛋？"

温长龄从小就是天才，天才的思维总是与众不同。

"谁跟你说他们要往我身上砸鸡蛋的？"

"我窃听到的。"

温长龄对自己人是很袒护的，绝不容许别人砸自己人鸡蛋。

傅影说："没有，他们不敢。"

这时，一个男人经过，低头在玩手机，撞到了傅影的手臂，没抬头，敷衍地说了句："对不起了。"

庞世方，周晟的表弟。温长龄几乎本能地往前迈出脚，目光冷得骇人。傅影拉住她，摇了摇头。

温长龄这才压下情绪，没有上前："你的手怎么这么凉？"傅影的手跟冰似的，温长龄握住，给她搓搓，"你冷不冷？"

"我不冷。你回去吧，别被人看到了。"

"嗯，我回去了。"温长龄挥挥手，回家。

谢商突然停下。谷易欢差点儿撞上去："四哥。"

谢商看着外面。

"你怎么了，四哥？"他好像没听到，就那样站着，似乎处于灵魂出窍的状态，对周围的一切都置若罔闻，仿佛世界上只剩他目光所及的那一处。

谷易欢顺着谢商的目光看过去："那不是你家温小姐吗？"他看温小姐好像要走，"四哥，要过去吗？"

"不要过去。"周遭的空气里涌动着一种诡异、沉寂、扭曲、混乱的磁场。

谢商静立在原地，眼里掀起了惊涛骇浪："不要惊动她。"

原来，温长龄和傅影关系这么亲近。阿拿不是凶手，凶手是那4个人。

傅明奥有一个姐姐。所有的事情都串起来了，为什么温长龄会讨厌佟泰实，为什么她要管帝宏医院器官交易的事，为什么郑家出事她会喝酒。

她的愿望是恶有恶报，世界和平。谷易欢说，追踪叶子先生的电脑里都弹出了一只兔子。贺冬洲说，刀子和绳子都在她手里，她不简单。

她是来报仇的，她、傅影，她们是来报仇的……

当初傅影来如意当铺，他问："你想要什么当金？"

"温长龄。"傅影说，"我要她求而不得，痛不欲生。"

求而不得、痛不欲生的变成了他自己。

好厉害啊，温小姐。

谢商觉得他需要冷静。他在荷塘街的街尾站了3个多小时，对面铺子的屋檐下挂的一只兔子灯笼快要被他盯穿了。是他自作自受，带着目的接近她。他一开始就知道温长龄不是无害的兔子，有利爪，会咬人，他还偏偏要受她蛊惑。

他推门进屋，温长龄在他的院子里等他。

"你怎么回来这么晚？"

因为我不敢见你。谢商站着不再上前。温长龄走到他的面前，一眼就识破了他情绪不对："你怎么了？"

"温长龄。"你从头到尾都在骗我是吗？

没有得到回应，温长龄抬着脸仔细地看谢商，又问了一次："怎么了？"

全部都是假的，你说会爱我是假的，说会对我好也是假的。

温长龄困惑地看着他，温声轻语地说："为什么不说话啊？"

你想要什么？要我帮你复仇，还是要我痛不欲生？

"谢商。"

他叫她的名字："温长龄。"

为什么？这个案子和我有什么关系？和谢家有什么关系？除了那4个人，你还要报复谁？你只是利用我吗？

你要我怎样？我要怎么做？

温长龄皱起眉："你到底怎么了？你再不说话，我进去了。"

她刚要转身，谢商拉住她。

"不要走。"

他有很多疑问，但不敢问，不敢戳破。温长龄不爱他，一旦他戳破真相，他们就结束了。

她太厉害了，把他逼到了已经没有选择的地步。他只能投降，只能求她怜悯，打碎硬骨、卑微地求她，握着她的手都在战栗："温长龄，你怎么样都可以，别抛弃我。"

谢商从来没想过，他会因为一个人屈服到这种地步。谢商能理解贺冬洲的话了，贺冬洲说，能为他的小疤女士死。温长龄不知道谢商怎么了，但能感觉到他的情绪在激烈地起伏："我没有要抛弃你，我只是进去睡觉。"

谢商没有松手，不愿意她走："我心情不好，长龄，抱抱我可以吗？"

温长龄张开手抱住他。

"为什么心情不好？你不想告诉我吗？"

谢商把手收紧，愤怒、害怕、不确定带来的惶恐让他濒临失控，恨不得把她揉碎："嗯，不想告诉你。"

不能让她知道，她知道了，他就没有利用价值了，没有利用价值的东西会被丢弃。

温长龄说:"不想说那就不说了。"

他不断地收紧手。温长龄抬起头,手拉拉他腰间的衣服:"谢商,别抱太紧,我喘不过气了。"

可是温长龄,我也喘不过气了。

谢商松开手。理智和思想都在分裂、撕扯,他陷入了激烈、极端的矛盾里,大脑在发疯发狂,手上的动作却怕惊到她一分一毫。

他极力维持平静,不让她察觉:"很晚了,你回去吧。"

温长龄有些迟疑,等了一会儿,还是放弃了追问,转身回了自己的院子。

谢商还在外面。已经是深夜,街上没有一个行人,四下很安静,只有兔子灯笼在放肆地和夜风拉扯,天上零零星星地有几颗星子,皎洁的月亮半圆。他要做点儿什么,他得做点儿什么。要怎么样,他才能压下咬着温长龄的脖子疯狂进入她、占有她的冲动?他果然是个可怕的疯子。

他驱车去了谷开云的医馆。谷开云没有走,在医馆里等他。他说要下棋,下棋能让人平静。

"我输了。"

这是谢商输的第5盘,虽然他的棋艺不比谷开云的差。现在已经过了凌晨4点。谢商收拾棋盘,都不猜先,直接拿黑子,重来。谷开云握住他的手腕,拿开他的手,收走了棋子:"别下了,你心不静。"谷开云很了解他,看得懂他有多挣扎。

"温小姐让你很痛苦吗?"谢商心里在否认,在给他的温小姐找借口,他说:"我很爱她。"

他一开始也目的不纯,不能怪她。

"这段关系对你来说,已经不是良性的了。"谷开云的意思是,谢商或许该试着放手。

谢商很固执偏激:"我很爱她。"除了这个他不知道说什么,没人能度他。

谷开云叹息,起身,把水和药端过来:"把药吃了,去睡会儿吧。"

谷开云开的药量不大,谢商不知道自己是什么时候睡着的。他的梦里全是温长龄。

"星星,你好堕落啊。"她赤裸地坐在高高的台阶上,冷漠地打量着他。他被束着手脚,跪在她的脚边,祈求她解开绳索,说要献祭。

这是个很荒诞、很诡异的梦,里面有他的贪欲,也有他称臣的屈服。

谢商彻夜未归,温长龄早上给他打了一通电话,没有人接。她打车去了帝宏医院,要上白班。晏丛的状态越来越差了,他已经不能自主进食,整个人被折磨得消瘦不堪。他身上插着管子,说话很困难。温长龄给他擦手,轻轻地摸了摸他手背上被针头扎出来的青紫痕迹。

"长龄。"

"嗯。"

晏丛很困,但不想睡:"你跟我讲讲阿拿的事,我想听。"

他其实很少主动问起阿拿,因为温长龄每次说起阿拿都会很难过。不过他现在很想多知道一点儿，万一他一口气没上来，下去了，不得去找阿拿啊，那他得认得出人来。

温长龄搬来椅子，坐下来，慢慢地说："阿拿他很聪明，和你一样，长得很好看，有暗恋他的小女生，也有最好的朋友。虽然山下村里的人不喜欢我们，说我们家会下蛊，但我妈妈很好，很疼爱我和阿拿。"

他们家独立一户，避世，住在山上，和村里的人不怎么来往，只有寄住在白桃村亲戚家的傅家姐弟跟他们要好，4个孩子从小玩在一起。

"阿拿喜欢看杂书，课本之外的所有书他都喜欢，村委会发的那种厚厚一册的旅游宣传册他都爱看，还能背下来。阿拿很会炒茶叶，他炒的茶比白桃村里的老师傅炒的茶还要香。"

晏丛侧躺着，在看温长龄。提起阿拿，她总是很温柔。

"阿拿体育也很好，小时候被狗追，狗都跑不过他。他游泳也好，我会游泳就是他教的。

"阿拿最好的朋友叫明奥，他们两个从小就黏在一起，明奥很内向，不爱说话，阿拿最喜欢逗他。他们在天上应该已经重聚了。"

如果阿拿和明奥都好好长大了，以他们现在的年纪，或许都有爱的人了。

温长龄停顿了很久，才继续讲。

"阿拿很少叫我姐姐，他总说他不一定比我小。我和他是妈妈同一天从外面抱回来的，我先到家，所以我就当了姐姐。

"我小时候很傻，只会读书，总是迷路，每次都是阿拿出来找我，带我回家。"

不是她这个做姐姐的偏心自夸，是阿拿真的是很好很好的孩子，只要是了解他的人，都会喜欢他的。

"除了读书，阿拿什么都比我好，谢叔叔只教过几遍的曲子，他就能用茶碗敲出来。"

一闪一闪亮晶晶，满天都是小星星。这是谢泽教过的曲子，儿歌，很简单，阿拿学会了，她没有学会。谢泽就是谢清泽，他去风镇的时候没有用真名。谢泽说，他有个学东西很快的侄子，跟阿拿一样聪明。

晏丛已经合上了眼睛，呼吸很轻。温长龄小声地唱着年少时用叶子吹过的儿歌："一闪一闪亮晶晶，满天都是小星星，挂在天空放光明，好像许多小眼睛……"

温长龄今天下班晚了3个小时。谢商开车去接她，路上两个人都没说话。谢商没有解释为什么昨晚彻夜未归，温长龄也没有问。

到荷塘街已经晚上8点多了，谢商停好车，没有下车。

"为什么今天这么晚？"

温长龄看上去精神不振，解释说："晏丛状态不太好。"

晏丛，又是晏丛。克制了太久的情绪没有得到疏解，"晏丛"两个字像一把火，一下将他点着了。

"温长龄，"谢商连名带姓地叫她，语气很重，"我才是你男朋友。"

温长龄神色疲惫："你连这个都要介意吗？"晏丛没有多少天了。

404

"我介意。"此时的谢商,身上的攻击性很强。

温长龄今天真的很累:"我不想跟你吵架。"她解开安全带,推开门,下车,从包里找出钥匙,开门。钥匙几次都没对准锁孔,这让她很烦躁。谢商过来,接过她的钥匙,帮她打开门。

"对不起。"温长龄喜欢乖的。

他握住温长龄的手,主动低下头:"不该对你乱发脾气,对不起。"

温长龄叹气,抱住谢商,有点儿不知道拿他怎么办。

"星星。"

她安抚地拍了拍谢商的后背。

谢商垂着眸,把野兽关回笼子里。

次日,晚上。谢商去了谷易欢的酒吧,要了瓶酒。这地方够吵,适合什么都不想。

谷易欢把贺冬洲拉到一边:"四哥怎么了?"

贺冬洲往卡座那边看了一眼:"可能温小姐又给他苦头吃了。"

"温长龄怎么回事啊?捡了金子还不珍惜。"

谷易欢以前加过宋三方某一任女友的好友。宋三方那个女友,恨不得天天晒男朋友,晒男朋友买的包,晒男朋友买的口红,晒和男朋友牵手、吃饭,真是恨不得一天24小时都直播,恨不得街上的狗都知道她有个英俊有钱的男朋友。

再看看温长龄,不融入四哥的朋友圈,不黏四哥,没电话,没短信,四哥心情不好的时候哄都不哄一句。

谷易欢对温长龄有好大的意见:"宋三方不是说男人的爱是递减的,女人的爱才是递增的吗?怎么到了四哥这里反过来了?"

谁都看得出来,谢商越陷越深。温长龄呢,八风不动,油盐不进。谷易欢看不得自己兄弟吃这种苦,很损地问贺冬洲:"你那儿有认识的还不错的对象吗?给四哥介绍介绍。"

"这么多年,你见他跟哪个女生多说过一句吗?"

也就温长龄了。因为谢清泽的关系,从谢商19岁起,温长龄这个名字就成了他绕不开的魔障。

10点多的时候,温长龄打电话来了。

"你在哪儿?"她听得出来那边很吵。

谢商说:"在酒吧。"

"喝酒吗?"

"嗯。"

"什么时候回来?"

谢商的声音很低,有点儿沙哑:"要晚一点儿。"

"那你喝吧。"

电话挂了。谢商酒量不行,没喝多少就微醺了。

谷易欢叫上他乐队的人一起过去:"四哥,我们来玩游戏吧。"

酒后的谢商整个人懒懒散散的:"好啊。"

温长龄借了陶姐的车。陶姐有点儿担心,敲了敲车窗,窗子降下来,陶姐问温长龄:"这么晚你开车去哪儿?"

"我去接谢商,他喝了酒,开不了车。"

温长龄车技不好,陶姐是知道的。

"你一个人开得过去吗?"

温长龄其实也没底:"应该可以。"

"那你开慢点儿。"

"好。"

温长龄出发了,脖子前倾的姿势像一只旱獭。她将车开得很慢,非常慢,所以花了很长时间才开到酒吧。到了门口附近,她停下来,找停车的地方。

酒吧的保安过来,表情很凶:"这里不准停车。"

"哦,对不起啊。"

温长龄又开走,一边开,一边找停车位。那种只剩中间位子的车位温长龄不敢停,怕剐蹭。她绕了很大一圈,终于在很远的地方找到了两个连在一起的空车位。

她停好车,走了将近10分钟,才到谷易欢的酒吧门口。虽然已经很晚,但酒吧里面依旧热闹。

萧丁竹起身:"你们先玩,我去趟洗手间。"

她坐在卡座的最中间,左边是王元青和谢商,右边是谷易欢和江越。她从左边过去,灯光很暗,她没看见王元青伸出来的脚,被绊了一下,人往前扑,一只手撑在了桌子上,另一只手慌乱间扶在了谢商的手臂上。

萧丁竹转头看向谢商。谢商拿开手,在侧身让开的同时,看见了突然出现的温长龄,原本淡漠的目光突然变得有了神。

"你怎么来了?"

温长龄看了一眼那位小姐的手,觉得自己可能来得不是时候。她直接走人。谢商的眼神在她转身的那一瞬间冷了下去,但他依旧坐着,没有任何动作。

萧丁竹心情复杂地回到了原座位。

"四哥,"谷易欢试探性地问,"还玩吗?"

"继续。"

这才对嘛,不能太惯着温长龄。谷易欢继续发牌。

"要不我们今天通……"

"宵"字还没有说完,谢商起身,走了。

谷易欢:"……"

贺冬洲一副看戏的表情,见怪不怪:"又要吃苦头了。"

温长龄没有走远，谢商一出酒吧就看到了她。她站在一辆电动车的旁边，电动车上有人放了张宣传单，她探着头在看上面的内容，上面印有黄焖鸡米饭的图片。

谢商过去："你站在这儿干吗？"

她把目光从黄焖鸡米饭上移开："等你。"

她觉得有点儿饿，饿的时候，她心情会不好。

"为什么不叫我出来？"

"我看你还没有玩完。"温长龄走在谢商前面，"走吧，车停得比较远。"

谢商跟着："你开车来的？"

"嗯。"

"你开车还不熟练，以后晚上还是别一个人开车。"

可是谢老板，我是来接你的，你不夸就算了，还嫌我车技不好。直线思维的温长龄心情更差了，走得很快。上了车之后，她懒得说话，直接启动车子，踩油门前进。

路上没什么车，温长龄开得比来的时候要快。除了中途提醒她变道之外，谢商一路上没说别的。到了荷塘街，温长龄把车停在了水果店附近。她先下车，谢商跟着下车。她觉得谢商可能喝了不少，还体贴地帮他用钥匙开了门。

"晚安。"她准备回家。

谢商突然开口解释："刚刚在酒吧，那个女生被绊了一下，我喝了酒，反应有点儿慢。"

"哦。"温长龄面无表情。她太平静，谢商这两天草木皆兵，而且极度悲观，温长龄的每一个字、每一个表情，他都忍不住往坏的方面去想。

"你是不是一点儿都不在乎？"

"你已经解释了。"

"你不吃醋、不生气，不说一句话把我留在那里，是不是因为我对你一点儿都不重要？"被谢商关进笼子里的那头野兽是他的支配欲和掌控欲，是疯狂、野蛮地生长于他骨子里的强势和叛逆，他的眼神此时此刻给人极强的压迫感，"晏丛比我重要，阿拿比我重要，都比我重要，是吗？"

温长龄觉得谢商完全不讲道理，本来就烦躁，被他质问得更烦躁，直接回答："是。"

谢商将她拉过去，单手抱起来，越过门槛石，关上门，把她整个摁进怀里，低头吻她，没有过渡，粗暴野蛮。一个成年男人，一个经常运动、力量感十足的成年男人，如果不收着力，真的能折断她的骨头。他的手掌扣着她的后腰，另一只手摁在她的后颈上，让两具身体毫无缝隙地贴在一起，这是一个男性绝对掌控的姿态。

这才是谢商，不装乖的他。力量太过悬殊，温长龄几乎动不了，在呼吸的间隙里叫他："谢商。"

谢商从来没吻得这么凶过，第一次不顾气度，丢掉所有读过的圣贤书，像个病态的、恶劣的、原始到没有理智的雄性，冲撞她，撕咬她，触摸她，潮水一般贴近，在她的身上找寻慰藉。

"够了。"温长龄用手抵着他的肩，推开，"谢商，你喝多了。"

北城三大茶楼里,静安香榭位置最偏,但最受文人墨客喜欢。2楼天字一号包间,里面有客。

"常律师,你能不能安排一下,让我跟周晟见一面?"

常律师是周晟的代理律师,而这位想见周晟一面的,是周晟的表弟,庞世方。

常律师放下茶杯,解释说:"犯罪嫌疑人在结案之前不允许和外界有任何接触。"

庞世方神色着急:"那你就不能想想办法?"

常律师是个有原则的人,不做不合法的事:"庞先生,你如果有什么要交代的事情,我可以替你转达。"

转达就算了,有些事情知道的人越少越好。

"没什么事,就是想见见我表哥。"

常律师的手机响了。

"失陪一下。"他出去接电话了。门刚一关上,庞世方就沉不住气了,十分惶恐不安:"肯定是有人在报复他们,我打听过了,他们三个在里面都很惨,尤其是郑律宏,他好像瞎了。"

包间里还有第3个人。那个人很是悠闲地倚着窗户,看着外面忙碌的行人,居高临下的姿态像审判者,审判这一群无聊的人。

"下一个,"那人转过头来,笑了笑,"是不是到你了?"

庞世方失手打翻了杯子。

2楼天字三号包间,里面也有客。申国安推门进来。约好的时间还没到,他是提前到的,不过谢商比他来得更早,已经点好茶,在里面等了。申国安把门关好。

"谢先生。"

"申律师,请坐。"

申国安是KE的律师,也是谢商的父亲谢良姜的左膀右臂。他放下公文包,坐下:"您找我是有什么事吗?"

谢商为他倒茶:"是有些事想问您。"

申国安态度很恭敬:"您请问。"

谢商没兜圈子,开门见山:"7年前的温招阳案您知不知道?"

申国安神色并无异样,坦白道:"听过,当年我刚好在香城那边的分所。"

"这个案子,我们KE有没有人经手过?"谢商还不能确定温长龄是在报复,还是在利用自己。

谢家在法律领域里有着举足轻重的地位,要插手一个案件并不难。申国安是聪明人,知道谢商想问的是什么。

"应该没有。"申国安说,"提起公诉的是检察院,温招阳当时的代理律师是花都一位地位很高的老律师。"

那位老律师已经过世了。他为人很正派,不可能做出对自己当事人不利的事。

"我父亲或者我爷爷，有没有接触过这个案子？"

"少东家"这是对两位"大东家"不信任。说到这里已经是谢家的家事了，申国安不敢妄言："这我就不清楚了，您不妨亲自去问问？"

谢商不想打草惊蛇。

"申律师，"谢商斯文优雅地品茶，温声细语，"好意"提醒，"我今天见过您的事，我不希望第3个人知道。"

这是警告。谢家这位四公子虽然没有进KE，但手段和城府都名声在外。

申国安不寒而栗："我明白。"

喝完茶，谢商离开包间。

静安香榭是对称建筑，左右两边都有上下的楼梯。下楼梯时，谢商不经意望向对面，脚步停顿了片刻——庞世方。谢商以前见过他，但没和他正式打过照面。从茶楼出来，谢商上了车，在回荷塘街的路上接了通电话。

"谢先生，事情已经办妥了。"

谢商"嗯"了一声。他这人比较记仇，郑律宏之前想挖温长龄的眼角膜来着，这个仇得报。

这个时间点，温长龄已经下班回家了。谢商停好车，直接去她那边。她又在捣鼓她的菜地，她对菜地的兴趣好像比对男朋友的兴趣高。

谢商过去，从后面抱住她："长龄。"

他蹭着她的脖子，亲了亲。

温长龄像只受惊的豚鼠，一边东张西望一边推谢商："朱婆婆在。"青天白日，搂搂抱抱像什么样子？

谢商不松手："朱婆婆进屋了。"

院子里只有他们两个人。不对，还有只电灯泡。

"喵。"夕阳西下，猫猫惬意。

温长龄叹气："谢星星，你好黏人啊。"

她抬起头，笑："我很喜欢。"

温长龄问："还生气吗？"

谢商将手放在身后，怕碰到她，一动不动地任由她抱着，只是低着头，希望她能来吻他："我没有生气。"

温长龄觉得他不诚实："你从昨天就开始闹脾气了，星星。"

他好喜欢她喊他星星。他以前不喜欢的小名，她每次叫的时候，都像在撒娇。

"你现在是在哄我吗？"谢商不确定，他现在对温长龄没有一点儿把握。

"是啊。"

哪儿有这样的？你分明是在玩我。谢商闭眼，把脸埋在温长龄的颈间。她的手掌轻轻地压在谢商的手臂上——被别的女人碰过的地方，她突然问："晚上玩得开心吗？"

谢商说:"不开心。"他一直在想某个没良心的人。

温长龄有一下没一下地、全凭心情地拍拍谢商的后背,帮他缓解情绪:"和你们一起玩的那位小姐,你之前还用她的仙女棒点过烟。"

"你吃醋了吗?"谢商去看温长龄的眼睛。

她说:"我不喜欢别人碰我的东西。"被谢商放出来的那头野兽跟他本人一样,非常好哄,温长龄模棱两可的在意都足够安抚他。她对他的感情只是单单的占有欲也无所谓。

渴望被爱的人底线只会越降越低,谢商把身体往后退一点儿:"长龄,别抱了,我身上脏。"

"不脏啊。"她踮脚,咬他的耳朵,"星星,你刚才好性感。"她轻而易举就能点燃谢商的火。她可能真的是山里某只妖精化形的。

谢商把她箍紧:"长龄……"温长龄知道他想要什么,但她这个人,心是钢铁做的。

她推开他:"我要回去睡觉了。都赖你,我昨晚没有睡好。"

她走了,留下一颗星星。

第十七章
希望温小姐可以爱我

陈白石还没醒，但所幸已经可以转去普通病房了。主治医生说得比较含糊，大致意思是，陈白石苏醒的概率有，但不是很大。周家还在内乱，傅影难得闲下来，今天来了医院。

温长龄从食堂打了饭过来。

"月月。"

傅影坐在病床旁边，在发呆。温长龄把饭盒放在桌子上，拆开一次性筷子："我给你打了饭。"

傅影坐着没动。温长龄搬了张凳子，坐到傅影的身边陪她："陈崔安呢？"

"她回香城办转学手续了。"

陈白石只有陈崔安一个亲人。他提前安排好了陈崔安以后的生活，学费和房子都准备好了，连照顾她的阿姨也找好了。他去东站十字之前就做了最坏的打算。

傅影不经常喝酒，不过她知道有些酒有很强的后劲。陈白石就像那种酒。

"月月，你是不是爱上他了？"可是陈白石不一定能醒。温长龄私心里希望傅影找一个可以一直陪她的人，这样，就算以后温长龄不在了，傅影也不会一个人。

傅影摇头："不知道。"

温长龄的手机响了，是谢商打给她的，她接了电话，小声地回答谢商的问题。

"在上班。"

"不忙。"

"已经吃过了，吃了糖醋排骨。"温长龄和谢商抱怨，"排骨做得好老，没有你做的好吃。"

傅影看着温长龄。温长龄变化很大。她之前不爱说话，几乎不会主动挑起话题。

不过温长龄也不是一直都这样，她年少时话很多的，而且很爱跟依赖亲近的人撒娇。

"你忙的话，不用来接我。"温长龄低着头抠工作证上的挂绳，"下班的时候天不黑，我可以打车回去。"

谢商说过来接她。

"那随你吧，反正累的是你。"

通话结束，温长龄挂了电话。

"长龄。"

"嗯？"

温长龄在看手机里的未读消息，有谢商发的。她读了，没回。

傅影突然问："你喜欢谢商是吗？"

温长龄抬头，愣了一下，然后坚决地否认："不喜欢。"

谢商是带着目的来她身边的。当然，她也是。

"我不会喜欢他，他是谢良姜的儿子。"她的眼神变得冰冷，光是提到谢良姜的名字，她的大脑都会做出情绪反应，"这个世上，我最想杀死的人就是谢良姜。"

阿拿和温沅刚离世的那段时间，温长龄的心理出了问题。虽然现在不用看医生了，但是她的心理问题还没好。

她曾经和傅影说过："月月，我害死了阿拿，这辈子都好不了。"

"长龄，如果有一天，你真的喜欢上了谢商，不要责怪你自己，不是你的错。"

这个时候，温长龄还不懂傅影这句话。

她非常抗拒这个话题："我不喜欢他。"

晚上，朱婆婆做了桂花糖芋头当消夜，温长龄端了一碗去谢商那边。他在洗澡，她去他的房间等，在他的桌子上看到了澳汀酒吧的音乐节入场券。

谢商洗漱回来，她问他："酒吧的音乐节谷先生会登台吗？"

谢商把擦头发的毛巾扔在桌子上，随意地抓了抓头发："应该会。"

那庞小姐应该也会去。

"谢商，你去不去？"

"嗯。"谢商尝了一口温长龄端过来的消夜——很甜，放了很多糖，是温长龄喜欢的口味，他舀了一勺喂给她，"要一起去吗？"

"要的。"

温长龄表现出了很大的兴趣。谢商放下勺子，揽着她的腰，把她抱到桌子上坐着，手撑在她身体的两侧。他刚洗过澡，穿得单薄，湿的头发，湿的眼睛。

"长龄。"

"嗯？"

空气里能闻到很淡的桂花香，掺着一丝丝甜甜的糖味。如果不沾染俗世的欲望，昏黄灯下的谢商，邪气不显，清逸得像不食人间烟火的神佛。他问温长龄："你养成一个习惯要多久？"

温长龄摇头："不知道。"

"有一位医学方面的专家通过大量的截肢手术发现，截肢的患者在手术后的 21 天里还能'感觉到'身体缺失部分的存在，会有一些无意识的动作；在 21 天之后，身体就不会再无意识地去使用缺失的部位。"

医学专家就推出结论：21 天可以养成一个习惯。

"你能不能和我做一个约定？"

温长龄表情迷茫，这会儿很乖地坐着："什么约定？"

"之后的 21 天，每天闭上眼睡觉之前，念一次我的名字。"谢商压着嗓子，声音让人耳膜发痒，"可不可以？"

在温长龄的剧本结束之前，他想让她养成记住他在她身边的习惯，这样她也许就会舍不得丢掉他。温长龄没有说话，在思忖。

谢商看着她的目光温柔恳切："可以吗？"

温长龄轻声应："好。"

谢商笑："抱抱我，温小姐。"

他真的越来越黏人了，难伺候啊。温长龄叹气，抱住谢商。那碗桂花糖芋头，最后大部分还是进了温长龄的肚子。她吃饱后像只发懒的猫咪，不想动，拉着谢商的手让他给她揉肚子。

音乐节那天，谢商交好的朋友都在，除了在研究院做保密项目的关思行。酒吧把能清走的桌椅台子都清走了，地方大了很多，能容纳很多人。好多人脸上贴着各种各样的贴纸，戴着发光的头箍，拿着荧光棒。谢商说，谷易欢请了知名歌手过来，所以今晚来了很多歌迷。

演出还没开始，谢商怕温长龄觉得吵，带她去了相对安静的后台。贺冬洲和谷开云也在，还有酒吧乐队的人。温长龄看了眼乐队里唯一的女士，她穿得很朋克风，很漂亮。

谢商介绍了一句："他们是小欢乐队的队友。"并不算深交的朋友，所以谢商没有一一介绍他们。

温长龄点了点头。谷易欢喊队友过去准备，萧丁竹转身离开之际，望了一眼谢商小心翼翼护在温长龄肩上的手。王元青早就看出来了，等到没有旁人了，说："丁竹，算了吧，看谢商对他女朋友的态度，他们应该是不会分手的。"

萧丁竹有些难堪："你乱说什么？"

"好吧，当我没说。"

音乐节晚上 7 点准时开始。舞台四周立地的烟火在架子鼓敲响之后被齐齐点燃，开场的歌手在一片火光里来到舞台中央。

场子立马热了。温长龄从来没去过演唱会，她想：演唱会应该就类似这样，在众人合唱之时，心脏会跟着发热。她一个非粉丝的路人都忍不住摇一摇手、晃一晃脑袋。

前面都是热闹的歌，第四位歌手唱完摇滚歌曲之后，唱了一首情歌。温长龄站在人群的最后："这个歌手是谁？"

谢商没听清，低头靠近她："嗯？"

温长龄头上戴着一颗荧光绿的星星，四周很暗，星星的五个角的光芒映在她的脸上。她在夸台上那位歌手："他很帅气，唱歌也好听。"温长龄平时不太关注艺人，问谢商，"他是谁啊？"

谢商认识他，回："不认识。"

温长龄拿出手机搜索。哦，是他啊。温长龄知道歌手的名字了。太吵了，她靠近谢商的耳朵，拜托他一件事："谢商，你可以帮我找谷先生要这位歌手的签名吗？"

谢商"嗯"了一声。

这首歌结束，温长龄去了趟洗手间，回来时路过吧台。吧台这边离舞台远，人很少，她找了空位坐下，拿下头上的星星发箍。

温长龄的右手边有人，是个年轻的女孩子。女孩子扎着干练的低马尾，穿露单肩的黑色衬衫，柳叶眉，弯弯的眼睛，唇峰明显的红唇，让她看上去知性、大气。她的长相是长辈最偏爱的那种。

温长龄先开口："庞小姐。"庞子衿，庞世方的妹妹。

她转过头："温小姐。"

"好久不见。"

她也说："好久不见。"

两个人上一次见面还是6年前。谷易欢上台了，带着他的乐队一起。他的声音一出来，立马吸引了温长龄的注意力，因为他唱破音了。

"谷先生唱歌还是跟以前一样。"不好听。

庞子衿撑着脸，笑着看舞台："挺好听的。"

庞小姐也还跟以前一样，听歌的口味独特。

温长龄怕谢商久等，不聊闲话了："庞小姐，还记得我们的约定吗？"

庞子衿放下酒杯："想要我帮你做什么？"

她欠温长龄一件事。

"我和你有一样的目标。"

"庞世方？"

温长龄点头。温长龄这么开诚布公，说明已经摸清了庞家所有的底。庞子衿也很爽快，伸手："合作愉快。"

温长龄与她握了一下手："在庞家如果遇到麻烦，傅影会帮你。"

庞家和周家是姻亲，庞世方的妈妈是周康仪的妹妹。按照辈分来算的话，庞子衿要称呼傅影一声舅妈。

她有点儿诧异："你和傅影认识啊。"

她想起了她跟温长龄的第一次见面，是7年前，在33层的图书馆楼顶。两个少女，在楼顶相遇了，场面很古怪，两个人都愣愣地看着对方。

当时是温长龄先开的口："你先跳还是我先跳？"

"我先吧。"庞子衿往前走。

温长龄等了几秒，过去拉住了她："可是我也想先跳。"

庞子衿回头，看到了温长龄的胳膊，上面缠着绷带。那个时候，温长龄有轻微的自虐倾向。很奇怪，那一刻她们默契地有了一样的想法，自己不想活，却想救另外一条生命。

于是温长龄提议："要不今天我们都别跳了？"

"好吧。"那一次，她们都没跳。

大概6个月后，她们第2次见面，在公共卫生间，庞子衿被3个女人暴力地摁在隔间的墙上。温长龄捡起旁边的拖把，把那3个女人打了，当然，她也受了不轻的伤。温长龄似乎知道庞子衿的遭遇，主动提议："你如果想转学，我可以帮你。"

"谢谢你帮我。"

温长龄也很诚实，说出了她帮忙的目的："要还的。"

"我记住了。"

庞子衿现在回想起来，估计那个时候，温长龄就开始未雨绸缪。庞子衿并不觉得自己被利用了，相反，她很感激当初温长龄拉了她一把。

温长龄走了，去了谢商那里。庞子衿看向舞台，谷易欢在跟台下的女孩子们互动。她又想起了另外一件事：她跟温长龄在马革里的沙滩啤酒节上还见过一次。那次，谷易欢也在沙滩上。

"出门在外，遇见老乡不容易，帮个忙吧。"

"好啊，你说。"

"那个……那个……你的内衣是什么颜色？"

"什么颜色自己看啊。"

谷易欢被吓得不轻。

"弟弟，你还小，不能玩大人的游戏。"

庞子衿旁边的同伴喊了温长龄一声："Ling！"

温长龄过来，看见庞子衿目光专注，正在看谷易欢。

"你认识他？"

"嗯，是个傻子。"

傻子玩游戏又输了，在唱歌，声音隔老远都能听到。温长龄觉得不好听。

庞子衿却说："还挺好听的。"

音乐节结束的时候，过10点了。谢商从后台出来，温长龄等在门口："签名要到了吗？"

"嗯。"

温长龄今天穿的鞋子走路不是很舒服，从酒吧出来，她走到公园有座位的地方就不走了。

"我不想走了，你把车开过来，我在这里等你。"

"好。"

因为音乐节来了很多人，停车的地方不够用，谢商的车停得很远。他把车开过来，看见温长龄坐在公园椅上玩仙女棒。仙女棒是他们刚刚走的时候调酒师给的，说是表演用剩的，发给女孩子们玩。

谢商下了车，走到温长龄面前："走不走啊？"

她坐着："谢商，你想不想抽烟？"

温小姐的思维很跳跃。

"我没有带烟。"

温长龄变魔术似的从口袋里掏出一包男士香烟："我买了。"刚刚去买打火机的时候，她心血来潮，买了烟。她拆掉包装，拿出来一根烟，站起身来，推着谢商坐下，把烟递到他嘴边。

谢商不清楚她要做什么，张嘴，配合地咬住烟嘴。她用打火机点燃一根新的仙女棒，站在谢商的双腿之间，用手护着火光，靠近："用这个点。"

谢商笑："你在介意这个啊。"

"不是。"

温长龄重新让他叼着烟，手指按了一下他的唇，意思是，不要说话。谢商望着她的眼睛，照着她想要的做：靠近火光，低下头，将烟点燃，轻吸一口，喉结滚动，让烟过肺。

烟花的光照进眼睛里时，人会下意识地眯眼，视线模糊的时候，最容易陷入爱情。比如那位主唱萧小姐。温长龄抬起手，细细地摸着谢商的轮廓。月月说错了，她不会喜欢谢商，在视线模糊的时候也不会。

因为她此时此刻没有性冲动。网上是这么说的，爱一个人时，自己的身体不会说谎。她把手拿开，准备扔掉手里的仙女棒。谢商却握住她的手，将烟夹在手上，双腿稍微用力，把温长龄困在自己的领域里。

"那个歌手长得比我好吗？"

温长龄摇头。根据以往的经验，谢老板一定是又吃醋了，她说："那是给我同事要的签名。"佳慧知道她要来酒吧音乐节，特意托她要签名。

仙女棒快要烧完了。谢商在火光熄灭的前一秒仰头吻她。

"谢商，这是外面。"

温长龄往后躲，她在外面脸皮薄。谢商扣住她的后颈，把她拉过去，继续。路灯就在他们头顶，风吹得几片叶子和飞絮在半空中旋转，光洒下，形成环状，把他们罩在里面。谢商很动情，闭着眼，吻得缠绵，手指无意识地摩挲着她后颈的皮肤，把舌尖的余热渡给她，唇齿张合间有轻微的声响。

Pamdow，庞氏，是庞敏德创立的国产品牌，纺织起家，发展到今天，拥有成衣、配饰、化妆品（主要是香水、彩妆、护肤品）3个大类的产品。

这个月的第3个周日，Pamdow在博览馆举办了新香的试香会。对这次的试香会，

416

网上一片好评。

"推荐橘美人！花香调，基调西西里柑橘，适合各个年龄段的女生。"

"真实测评：除了橘美人，其他几款和去年秋季新品的香型很类似，无功无过，没有什么突破。只推荐橘美人。"

"橘美人，真的戳中了我的心！"

"橘美人！！！都给我冲！！！"

"Pamdow 终于争气了一回，出了一款能打的香水。"

"这次试香也太仓促了吧，是不是看午渡的新品要出来了，赶在人家之前给自己造势？"

"一直没买过午渡，太贵了。"

"我是穷人，只配用 Pamdow，请问新香什么时候上市？"

官方回："很快，等确定好包装就可以上市了。"

午渡和 Pamdow 算是竞争关系，不过客户群体不一样，通俗来讲，午渡更贵。竞争对手在给新品疯狂宣传造势的时候，谢商正在家里教温长龄做香氛蜡烛。

"熔蜡碗的温度很高，你搅拌的时候小心一点儿，别被烫着了。"

"哦。"温长龄握着搅拌勺，顺时针搅动蜡油。

谢商的手机响了。

"我出去接个电话。"

"哦。"

温长龄盯着蜡油，搅得很专心。谢商还是怕她烫到，把手套拿过来："还是戴上吧。"

温长龄戴上了手套。谢商这才放心地出去，走到院子里，站的位置可以看到茶室里的温长龄。

电话是贺冬洲打过来的。"Pamdow 昨晚的试香会我去了，他们主推的那款橘美人，和我们的黎山闻起来几乎没有区别。"

谢商说："我知道。"

"你知道？"贺冬洲立刻就明白了，"你故意的？"

"嗯。"

午渡研发室的安保系统贺冬洲是花了大价钱的，如果不是内部人士故意把配方透露出去，外人不太可能轻易窃取到配方。贺冬洲不知道谢商在搞什么："从什么时候开始计划的？"

庞家的主营业务正好是谢商的本行，从谢商知道温长龄的下一个目标是庞世方的时候，捕猎游戏就开始了。

"冬洲，这次的计划是为了我的私事，如果给午渡造成了经济损失，由我个人来承担。"

这不是钱的问题。贺冬洲问："是跟温长龄有关的私事吗？"

"是。"

"那你看着办吧，不用顾虑我。"

417

谢商什么性子，贺冬洲了解得很，谢商才不会做亏本的买卖。

与贺冬洲通完话后，谢商又接了一个电话。电话那头的人说："庞小姐那边已经有动作了。"

"适当的时候推一把。"

音乐节那晚温长龄见了庞家三小姐，谢商是知道的。他回到茶室，大豆蜡已经熔化完了，温长龄用测温枪在测温度。她做什么都很认真，有模有样的。

谢商过来，她立马问："一定要等到80℃再加精油吗？"精油她已经调好了，选了雪松味道的。

谢商站到她身后，握着她的手，带着测温枪再靠近一点儿："香氛精油的闪点不一样，适合的蜡油温度也不一样，你挑的这个精油，80℃最合适。"

"什么是闪点？"

"通俗一点儿讲，就是令香水着火或改变其成分的温度。"蜡油温度还没降下来，谢商把温长龄选好的杯子拿过来，"加香的温度要略低于香氛精油的闪点，以防在制作过程中精油因为温度过高而快速挥发；但也不能太低，蜡液的温度如果不够高，精油就不会和蜡液融合，会沉淀到杯子底部，导致气味不均匀。"

温长龄凑过去看谢商贴烛芯胶，由衷地说："你懂得好多。"

"我是做这一行的。"

哦。他还是懂得好多，好厉害。上午做的香氛蜡烛，温长龄晚上就用上了。蜡烛的味道是一种略带酸性的檀香味，比较淡的木香，不刺鼻。这个气味温长龄觉得似曾相识，像儿时在白桃村的后山上闻到过的某种常绿乔木，让她想起了风镇的冬天。

她正发着呆，手机响了，号码是一串数字。傅影的手机里，温长龄给她装了个程序，她们联系的时候，号码会随机生成，归属地也会改变。

"庞世方最近在找一个人。"

温长龄猜测："是董万龙吗？"

"对，董万龙。"

温长龄知道这个名字："庞小姐跟我说，两年前庞世方给董万龙转过一笔钱。"

庞世方的父亲庞原综养了众多情人，庞子衿的生母是其中的一个。庞子衿8岁才被接回庞家，14岁被庞原综的妻子（庞世方的母亲）送出国，两年前才回来，目前在Pamdow任个闲职。

"这个董万龙估计知道点儿什么。"庞世方应该已经知道自己是下一个目标了，这个节骨眼儿上能让他费心去找的人，温长龄觉得一定大有文章。

"应该跟他岳父肇事逃逸那件事有关。"

这件事傅影一直都怀疑另有内幕。4年前，还不是庞世方岳父的甘立书前脚因为酒驾肇事逃逸致人死亡获罪，庞世方后脚就娶了甘立书的女儿甘晓屏。这个董万龙很可能知道内情。

"庞世方对我已经起疑了。"傅影说，"他现在在查他前面那几个人的事，你估计藏不了太久。"

周晟是因为傅影才进去的，庞世方第一个怀疑的对象就是傅影。

"他的3个伙伴都进去了，他会起疑也是意料之中。"

傅影嘱咐道："他现在是被逼到了墙角的狗，急了什么事都做得出来，保不准会乱咬人，你要小心一点儿。"

"我会小心的，你也是。"蜡烛的火苗烧得太高，温长龄用剪刀比画着角度，找准后，利索地一剪刀下去，剪掉多余的烛芯，"乱咬人也好，他越急，越容易犯错。"

挂了电话，温长龄去开窗户。蜡烛很耐烧，这么久才烧出一个坑。

有人敲门："长龄。"

温长龄在睡衣外面套上外套："进来。"

门还没锁。谢商推门进来，让门半开着。

"这么晚了，有事吗？"

"有件事和你说一下。"谢商的头发还没干，他刚刚洗漱完，"我最近会比较忙，没有时间接送你上下班。"

"我自己打车就可以了。"

"我给你找了个司机。"

温长龄表情很吃惊："用不着吧？我一个小护士，上下班还有专车司机接送，很奇怪呀。"谢商自己都没司机。他不是个很讲究这些的人，也不喜欢经常换车。

温长龄的消费观就更朴实无华了，她最近还想买辆电动车来着。

"已经请了，钱退不了。"

温长龄说谢商："你钱多啊？"

"你下班不准时，我不放心你晚上打车，有司机接送也好。"

"行吧。"

谢商坐下来，把站着的温长龄拉到身边，没再说其他的，也没再做其他的，就这样一只手环住温长龄，虚度夜晚的时间。

香氛蜡烛的那个小坑被烧成了小的蜡油池。烛芯又变长了，火焰蹿得很高，火光在眼睛里绕着人的影子跳跃。谢商这两天比以往要黏人，看着温长龄的目光总是很眷恋，带着她看不懂的不安，可是她就在他眼前啊，他为什么会不安呢？

"谢商，"温长龄说，"我要睡觉了。"

"嗯。"

谢商没有松手，仰起头，下巴无意间擦到了温长龄的腹部。她有点儿痒，躲了躲："星星，我要睡觉了。"

谢商用灭烛罩把蜡烛灭了，淡淡一缕烟散去，他把灭烛罩擦干净，放好："点着蜡烛睡觉不好。"他起身，"晚安。"

等谢商离开，温长龄熄灯睡觉。

她躺下，闭上眼睛，嘴里轻轻地念："谢商。"

她之前答应过谢商的，睡觉前要叫他的名字，她也想知道 21 天能不能养成一个习惯。21 天已经过去了 5 天。

庞世方的跑车配置很高，车内装有智能系统，而科技智能刚好是温长龄最擅长的领域。温长龄远程入侵了庞世方的车的系统，于是听到了一段对话。

"你明天就走。"这是庞世方的声音。

车上还有另外一个人，是个男人："就这点儿钱，你让我去国外喝西北风啊？"

"那你要多少？"

"不能少于这个数。"

庞世方当即怒道："你当我是提款机吗？狮子大开口也要有个度！"

男人一副无赖的口吻，破罐子破摔道："那我不走呗。"

这是在敲诈。庞世方沉默了一阵，妥协说："我暂时拿不出那么多现金，给我 3 天时间。"他对男人说，"3 天后来找我拿钱。"

男人吹着口哨下了车。温长龄猜测，这个找庞世方要钱的人应该就是董万龙。董万龙要钱要得那么嚣张，手里估计握有庞世方的什么把柄。

敌人的敌人就是朋友。温长龄花了两个晚上，通过监控系统，找到了董万龙的住址：沙溪北，国安大道，第三中学。第三中学不是真的学校，是个由废弃学校改造成的小区，位置很偏，里面的住户大都是外地来的租客。

9 月 18 日晚，10 点 54 分。温长龄在车上等，傅影只身进了小区。小区门口倒是有保安亭，但保安亭里的保安是位退休老大爷，早早就开始打瞌睡，忘记关掉的收音机声音很大。

这一带太偏僻，附近修了铁路之后，能搬的都搬走了，夜里几乎没什么人出没。

"月月，你到了吗？"

"到了。"

傅影已经上了 5 楼。车停得很远，温长龄有点儿担心傅影那边的情况："那边没有监控器，我在车上帮不了你，我过去找你吧。"

"不用过来，你在车上等我。"

温长龄想了想，应了声"好"。虽然不是来打架的，但万一有什么突发情况，她在的话傅影反而瞻前顾后不好发挥。

傅影白天已经来过一趟了，找了个外卖员，摸清楚了董万龙住哪一楼哪一间：主教学楼 5 楼，最里面那间。

因为是学校改造的小区，走廊很长，泥子掉得很严重，墙上"好好学习"的红字已经掉漆了，声控灯是坏的，没有一点儿光线。傅影用手机照明，找到最里面一间屋子，正准备敲门，手机的光打到墙上，墙上有一条手指画出来的、长长的血迹。

门没锁，开着一条缝。傅影戴上手套，推开门，用手机一照。

"长龄，我们来晚了。"

地上有一摊血。傅影怕留下脚印，没有进去。因为这是教室改的出租屋，不分功能区域，里面的情况一目了然，傅影站在外面查看完之后回到车上。

傅影把手套摘了："估计已经遇害了。"

温长龄坐在后面，旁边放着电脑："你没看到尸体吗？"

"房间里没有尸体，只有血。"

情况很古怪。没看到尸体，门也不关，血迹也不清理，凶手似乎并不担心被人发现。

温长龄追查庞世方有一段时间了，庞世方最信任的人是他的司机许中瀚。许中瀚在还未成年的时候，因为故意杀人罪进了少管所，后来又去了监狱，虽然是重刑犯，但并没有坐很久的牢就出来了，出来之后就一直在帮庞世方做事，未婚无子，是个杀过人的狠角色。

"会不会是许中瀚？"

傅影说有可能。这可能是命案，温长龄很小心，问傅影："你上楼的时候，有没有人看到你？"

"没有，我走的楼梯，一路上没碰到人。"

小区里面住的都是外地租客，邻里之间几乎不交流。而且附近有好几个工地，工地晚上会加班，小区里应该有不少在工地上班的工人，一共4栋楼，没亮几盏灯。

"长龄，"傅影手里有东西，她把东西递给温长龄，"这是在5楼走廊里发现的。"

这是一张沾到了血的名片。名片是纯黑色底面，烫金字。

谢商快12点才回家，刚锁好门，就听见温长龄叫他："谢商。"

谢商抬头看过去，温长龄探出脑袋，正趴在院子的围墙上。

他走过去："你在上面干吗？"

温长龄踩着梯子，翻墙。谢商怕她摔下来，扶住他这边院子里的梯子。她顺着梯子爬下来，拍拍手上的灰："你怎么回来得这么晚？"

院子里只开着入户院门那里的一盏灯，光线不够亮，温长龄有点儿看不清谢商的脸，他说："午渡要办试香会，事情比较多。"

温长龄凑过去，小狗一样闻了闻："有香水味。"香味还比较重。

"调香的时候沾上的。"

温长龄揣着手，非常中肯、客观地评价："你这个职业，对你以后的太太很不友好。"

他以后的太太只会是温长龄。

"怎么不友好？"非常不友好。

温长龄思维跳跃，但逻辑满分："你要是出去鬼混，沾上了别的女人身上的味道，被发现了你都可以推给工作。"

谢商的声音里混着笑："我不出去鬼混。"

她一本正经地、温柔沉稳地说："男人的嘴，骗人的鬼。"

虽然灯不太亮，但温长龄还是发现了，谢商的袖子上有一滴血。

她没有戳破："我回去睡觉了。"她踩上梯子，谢商过来扶梯子的时候，她回头，"谢老板，晚安。"

她又顺着梯子，爬回了自己的院子。

次日，早上 6 点 42 分，与沙溪北国安大道相隔 9 千米的张西路花园，不少早起的大爷大妈正在练太极。不知是谁家的宠物狗，没拴绳子，在扒拉被撞翻的垃圾桶。垃圾被狗叼得到处都是。

狗的主人见了，有点儿崩溃："豆豆，你又翻垃圾！"

豆豆是条哈士奇，一溜烟儿跑了。它的主人无语地过去收拾，看见一袋黑色的可疑物体，特地凑近去看："这是什么呀？"

她用脚扒开袋子一看，第一眼还没看清楚，再凑近一看，惊恐地大叫了一声，双腿发软，一屁股坐到地上。

早上 9 点 28 分，第三中学小区物业的保洁阿姨去收楼道里的垃圾，看见 5 楼的墙上有血，顺着找过去，推开门一看，尖叫了一声。

同一天之内，景丰分局刑侦大队接到两起报案。

傍晚，荷塘街街头情报小组的成员聚到了一块，说起了一件骇人听闻的惊天大案。干果铺子的老板娘是主讲人，说起大案，脸上的表情很凝重、很惊悚："听说被分成了好多块扔在公园的垃圾桶里，被狗叼了出来，剩下的都被丢到了别的地方。"

记者第一时间赶到现场，网上都出新闻了。

粮油铺老板生意也不做了："那剩下的部分都找到了没？"

"警察还在找，说是公园的监控摄像头都拍到了，是个穿黑衣服戴黑帽子的男人。他骑着摩托车，车上捆着好几个黑袋子，估计剩下的都被丢得很远。"

米粉店老板娘搓搓鸡皮疙瘩，双下巴都被吓出来了："这么变态吗？杀人还不够，居然还……"她说都不敢说，太让人毛骨悚然了。

干果铺子老板娘的弟媳的姐姐的老公就在刑侦大队工作："分尸应该是为了掩藏死者的身份。"

当天晚上，法医的鉴定报告就出来了：两个案子的被害人是同一个。

"死者身份确定了。"负责这起案子的刑警林耀平说，"董万龙，男，45 岁。"

媒体无孔不入，分尸案成了热点新闻。

Pamdow 总经理办公室。

"不是你做的？"

许中瀚回答："在工地上让他跑了。"按照原本的计划，是在工地上解决董万龙，但许中瀚没成功。许中瀚的外貌、体形都没什么特别的记忆点：中等身材，不胖不瘦不高不矮，五官没有任何突出点，长着一张见了很容易忘记的脸。

做刑侦的都知道，这种没特点的人，侦查起来难度会更大。庞世方在办公桌前走来走去，很焦虑，也很惊喜，这种矛盾的感觉就如同被巨大的馅儿饼砸中了。

"到底是谁杀的？"这不是一般人做得出来的。

有一点庞世方可以确定："肯定不是那个想抓我的把柄的人。"

那会是谁？董万龙这个人吃喝嫖赌，睡别人老婆，得罪过不少人，想必是被仇家报复了。

"倒是帮了我的大忙。"庞世方觉得老天都在帮他。

他已经摸出那个想对付他的人惯用的路数了：对方原则性太强，有底线，喜欢用法律的手段。

现在董万龙死了，他就没有后顾之忧了。项目也很顺利，一切都在朝好的方向发展。

庞世方越想越激动，打电话下去催促："让各部门加快速度，我们的香水一定要赶在午渡之前上市。"

当天下午，庞子衿就接到了电话。

"三小姐，橘美人的大货生产线已经启动了。"

"知道了。"庞子衿挂了电话，双手挡在额头上，遮太阳。

唉，这个蠢货啊，唯一的本事就是会投胎。庞世方的业绩一直不行，老爷子也在看他的表现，傅影和董事会那边稍微逼一逼，他就狗急跳墙，连午渡的东西都敢偷，午渡那可是谢商加贺冬洲的超级组合。

别人不知道，庞子衿是知道的，橘美人是谢商调的。贺冬洲更是个投资鬼才，他的商业池不知道淹死了多少对家。看到人了，庞子衿招手。前面是幼儿园，她今天是专门过来接小侄女的。

幼儿园老师不认得庞子衿："你是……？"

她笑了笑："我是庞悠然的姑姑。"庞悠然是庞世方的女儿，今年3岁半，9月1日刚上幼儿园。幼儿园是高级幼儿园，老师都是专门受过培训的，十分谨慎，轻易不会让生人接走孩子，于是问小孩儿："然然，这是你姑姑吗？"

庞悠然怯怯地点头，喊了声"青青姑姑"。庞子衿的小名叫青青。

"跟姑姑走吧，带你去吃好吃的。"

庞悠然看了看老师，有点儿拘谨地拉住了庞子衿的手。姑侄两个看着很生分，幼儿园老师立马给庞悠然的妈妈甘晓屏打了电话。

庞子衿把庞悠然带到了商场的一家汉堡店，给她点了儿童套餐。甘晓屏40分钟前来过一通电话。

"然然！"

人赶来了。

庞子衿挥挥手："嫂嫂来了。"

甘晓屏上前，一把将孩子抱过去，眼神防备："你想干什么？"

甘晓屏的婆婆很不喜欢庞子衿，她嘴里的庞子衿是只狐狸，那种主人喂了水还恩将仇报、一肚子坏水会咬主人的狐狸。

"这么紧张做什么？"庞子衿笑得亲切，"我是然然的亲姑姑，我还能卖了她？"

庞家的老爷子庞敏德有两儿一女，庞世方的父亲庞原综是长子，次子庞原锋有一儿一女，但庞原锋的儿女都没什么经商才能，倒是很会挥霍。

庞原综的长子庞世方因为会投胎，老爷子最为器重，长子长孙嘛，只要他在生意上不犯大错，其他的老爷子都会宽容。但老爷子也不糊涂，很爱惜自己亲手创立的公司，手里的权力和股份都还没分出去，还在观望中，毕竟庞世方有点儿……蠢。

庞原综有私生子一个、私生女两个，庞子衿在孙辈里排行老三，母早逝，爹不疼，十几岁被庞大夫人送出了国，要不是温长龄当年拉她一把，她现在估计是个瘾君子，或者死在国外了。

庞夫人针对她也没什么特别的原因，就是她以前书念得好，头脑机灵，老爷子夸了几次。庞夫人怕她威胁到自己的儿子，对她可谓欲除之而后快。可是呢，她这个人虽然命贱，但也命硬。

"嫂嫂，你平时是不是不给然然吃外面的东西？我看她吃得很香。"庞子衿拨弄拨弄托盘里的薯条，"那你给我大哥吃外面的东西吗？"

甘晓屏没听明白："你到底在说什么？"

庞子衿下巴一抬："喏，那边。"

她坐的位置刚好正对门口，汉堡店对面是商场的儿童室内游乐园。甘晓屏顺着庞子衿的视线看过去。

一个少妇带着一对双胞胎儿子，正在玩滑梯。

"嫂嫂知不知道？那两个孩子也姓庞。"庞子衿笑，感慨道，"真是龙生龙凤生凤啊，庞原综的儿子跟他爹一个样。"

甘晓屏脸色惨白。庞世方在外面有女人不奇怪，但婚前他们约定过，除了她，任何女人都不能生下孩子。就外貌来说，甘晓屏长得并不突出，也没有体面的工作和显贵的家世。她能嫁给庞世方，是她父亲用牢狱之灾换来的。

"你为什么要告诉我这些？"甘晓屏觉得庞子衿一样没安好心，"你有什么目的？"

能在她婆婆那样的人手底下毫发无伤地回国的人，怎么可能没手段？庞子衿一定有野心。

"嫂嫂比大哥聪明。嫂嫂你猜猜，大哥如果有10块钱，会分给然然几块？"庞子衿撑着下巴，看着外面融洽的母子三人，十分悠闲自在，"偷偷透露给你一件事，我大哥就快玩完了。嫂嫂你回去好好想想，为了然然好好想想，不用着急，先观望观望，看看后面的势头，不要站错队了。"

她起身，温柔地摸摸小侄女的头："多吃点儿，姑姑先走了。"

9月22日，午渡在美术馆举办秋季新品试香会。时间比往年早了一些，午渡的高层一个都没出现，今年的秋季试香会办得很随意且仓促。

Pamdow 前不久刚办完新品试香会，午渡就赶紧办了试香会，外行都看出来了这里面的不寻常。

还有更不寻常的，午渡的试香会上，有一款新品面世——黎山。

"黎山和 Pamdow 的橘美人也太像了。"

"这是抄袭吧？黎山抄橘美人？"

"谁抄谁还不一定，午渡的调香师跟 Pamdow 的根本就不是一个级别，用得着抄吗？"

"橘美人先出来的。"

"大牌就不会抄袭吗？这一次我站橘美人。"

"用不起午渡，我也站橘美人。"

"我用过 Pamdow 的试用小样，跟黎山可以说一模一样。"

"不一样吧，黎山闻起来更高级一点儿。"

"不懂高级，我是穷鬼，只知道午渡的定价贵得离谱儿。"

"救命，好不容易有一款味道和价格我都喜欢的香水，午渡放过平民吧。"

"谁抄袭谁跟我没关系，谁好用、便宜就买谁，橘美人赶快上市吧。"

…………

总体来说，舆论的风向偏向于 Pamdow，毕竟午渡的目标群体是极少部分的高消费人群。

午渡目前还没有出任何声明。午渡的试香会之后，庞世方看到了前景，立马加大生产力度。一时间，Pamdow 新香橘美人的预售广告铺天盖地。

橘美人的设计理念也很值得一提，它是一款安抚性香水，因为配方里有微量药物成分，夜间使用可以助眠。

很少人知道谢商是午渡的高级调香师，所以他的生活并没有因为负面言论受到影响。当然，贺冬洲也没有，他家小疤女士最近状态不好，他大部分时间在医院陪她。

急的是午渡的研发团队——目前还没有找出研发室里泄露配方的人，无法证明谁是原创。

急的还有谷易欢。谷易欢看到热搜后，第一时间打电话给谢商。

"四哥，是不是庞世方那孙子抄你的？"

"嗯。"

谷易欢不理解："那你们怎么什么都不做？就让他抄？"不应该啊，四哥和贺狗都不是任人欺负的性格。

谢商说："让他抄。"

"为什么？"

"钓鱼得先准备鱼饵。"

谷易欢是笨蛋帅哥，理解能力最多达到三年级小学生的水平："说什么钓鱼？我不钓鱼。"

谢商懒得跟他解释太多："你跟庞三小姐什么时候认识的？"

怎么又扯到别的了？谷易欢脑子跟不上，一时卡住了："谁啊？庞三？"

每次谷易欢登台，庞三小姐都会光顾酒吧。庞三小姐就是那种非常擅长钓鱼的人。但谷易欢太迟钝了，完全没发现端倪。

"自己去找答案。"

谢商挂了电话。

傅影说："谢商是不是知道我们的目标？"温长龄已经猜到了，谢商知道庞世方是她的目标，在给她筹谋。那他知不知道她的下一个目标是谁？

没有多少慈悲心的温长龄突然有点儿心软。心软不好，她对自己说，不要心软。

今天她跟往常一样，躺下后，闭上眼睛，叫谢商的名字，没多久，又睁开眼睛，辗转后再闭上。她觉得很麻烦，但还是又叫了谢商的名字。她是信守承诺的人。

不知道重复睁眼闭眼多少次之后，她仍然没有睡意，起来点了香薰，坐了一会儿，披上衣服出门。

她敲了谢商的房门。里面的灯是亮的，谢商也没睡，过来开门："怎么还没睡？"

她还是有点儿心软，所以鬼使神差地走到了这里，问他："谢商，你有什么愿望吗？"

"为什么突然这么问？"

温长龄没有说实话："因为我心情好。"

谢商看着她。不是心情好，心情好的温长龄不是这样的表情，她心情好的时候眉宇很放松，语调也不一样，会轻快很多。

现在的温长龄更像那位森林里的女巫，在给饥饿的旅人吃下苹果之前，温柔地问他："你有愿望吗？"

"你有愿望吗？"她把房间的门关上，"不过你只能说我现在做得到的。"

女巫的苹果不能乱吃，会被挖心脏。可是女巫是温长龄。

"你能爱我吗？"

不能。温长龄皱起眉，似乎在苦恼，低着头没看谢商，做了决定，才抬起头："谢商，你想不想要我？"

心和灵魂不能给，但身体可以，如果这个人是谢商。反正拥有过星星的她也不会再爱别人。

"你要的话，我现在就可以给。"她靠近谢商，抓住他腰间的衣服，抬着头，眼神很乖，很顺从，"你想不想要？"

谢商没有回答，但他的眼神变了，他在克制，在压抑雄性生来就存于基因里的占领欲、征服欲，还有攻击本能。温长龄抬起手，主动抱住谢商。她以前在一部国外的电影里听过一句台词："夜晚要用来做梦和犯错。"

她感觉得到谢商的身体绷得很紧。

"我知道了，你想的，对不对？"温长龄把手慢慢地伸进谢商的衣服里。她喜欢谢商的身体，腰腹的肌肉分明，不过分夸张，又很有力量感，能让她感觉到安全。她的指尖有点儿凉，但碰到的每一寸肌肤都在变热。

"长龄，"谢商控制着呼吸，眼神不似平日的清醒，多了几分迷离与挣扎，"再继续就停不下来了。"

温长龄没打算停。她把手拿出来，埋着头，专心地解谢商睡衣的扣子。

谢商深深地吸了一口气，抓住温长龄的手："下次吧。"她今天并不是心情好，他感觉得到，她的神情中有种想要豁出去的孤勇，还有一丝不易被察觉的不安，她似乎在焦虑什么，在和自己抗争什么。

"为什么不想？"温长龄眼神困惑地看着谢商，她靠近的时候他分明有很强烈的反应。

谢商找了个也是理由的理由："家里没有避孕套。"

"不用就行了。"温长龄疯起来比谢商还乱来。

"那怀孕了你会跟我结婚吗？"

不会怀孕的，她可以吃药。不知道为什么，她的脑子里突然闪过好多非正常的念头，想点火，想沉入海底，想去很高的地方，想躺在铺满荆棘的地上，和谢商一起，做最疯狂的事。

在她各种病态的想法不断疯长的时候，谢商过来拥抱她。

"我只有一个愿望。"

谢商在她的耳边祈求，声音温柔而坚定："希望温小姐可以爱我。"

Pamdow秋季新香上市的日子前脚定下，午渡的销售总监米秀文后脚就接受了采访。

对最近网上的言论，米秀文当众做了回应："午渡不存在任何抄袭行为，一年前，我们的调香师就开始了功能型香水的研发。过程并不顺利，配方经过了反复修改、试验，甚至出现过配方泄露的管理疏忽。不过好在泄露的配方只是被弃用的半成品。"

记者问："泄露的配方是指橘美人吗？为什么说是被弃用的半成品？"

第一个问题米秀文没回应。

"被弃用的那个配方不适合作为日常香水使用，药物含量不是最佳配比，若是久用，可能会在日间出现嗜睡、疲劳甚至昏厥等不良症状。"

记者又问："那黎山的配方是最佳配比吗？"

"黎山采用的是修改后的配方，经过了大量的内部试用，不会有任何不良症状。稍后午渡也会把相关部门的审查和检测报告发布出来。"

午渡官方账号把采访内容发了出来。

"看看人家的格局。"

"这也太模棱两可了，说人家抄袭，拿出证据来啊。"

"什么意思？橘美人不能久用？"

"人家午渡不要的东西，当个宝偷回去，笑死。"

"这是什么飞来横祸？？？我在Pamdow试香会上领的小样已经快用完了，是不是得去医院做个检查？？？"

"这么诋毁竞争对手不好吧，又没有实质性的证据。"

"我也试用了，没有不良反应啊。"

…………

在午渡做出回应之后，Pamdow 紧急召开了股东会。庞子衿也在会上，老爷子庞敏德亲自点名让她过来。她的态度是："立马发道歉声明。"

总经理庞世方坚决反对："你在开什么玩笑？发了道歉声明，不就等于承认我们窃取了人家的配方？"

窃取比抄袭更严重。

庞子衿坐在他对面，从容不迫："橘美人是你的团队研发出来的吗？"

"当然。"

"你敢做担保吗？"

庞世方语塞了一下，望向庞敏德："爷爷。"他希望老爷子出面挺他。

庞敏德还没老糊涂："子衿的意思就是我的意思。"

庞世方迟疑了。午渡要是有证据，早就拿出来了，现在用的肯定是心理战术，是在诈他。橘美人的大货已经开始生产了，广告、包装费用全部投出去了，如果配方出了问题，损失不可估量，这么大的决策失误，那他这个总经理也就做到头儿了。

他现在已经收不了场，只能赌一把："担保就担保，配方没有任何问题。"

"那行，就按大哥的意思办。"

会议结束之后，Pamdow 发表了声明："自主研发，配方没有任何问题，对于诋毁 Pamdow 的言论，会采取法律手段。"

Pamdow 的回应态度很强硬，挽回了一些形象。

然而——次日，去过 Pamdow 试香会的一位香水测评博主在网上公布了自己试用橘美人一周的测评结果：的确出现了不良反应。

一开始还有人说这位博主是蹭热度的，是午渡请的托儿。可之后几天，陆陆续续有不少用过橘美人试用装的人也出现了不良反应。

橘美人是不是采用的午渡弃用的半成品配方已经毋庸置疑了，事实胜于雄辩。

关于 Pamdow 和橘美人的负面消息一时间铺天盖地，这次事件如果处理不好，不仅香水产品，Pamdow 的成衣、配饰以及彩妆、护肤品都会受到重创。

庞子衿临危受命，代表公司做了以下回应：

首先，向公众道歉，因为管理疏忽，个别调香师做出了侵权行为，Pamdow 会积极配合相关部门的调查。其次，向午渡公司道歉，赔偿给午渡公司造成的一切损失。再次，解雇集团总经理庞世方，且不再聘用；解雇橘美人研发团队的两位高级调香师，团队其他成员一律罚薪 6 个月；停止橘美人的生产线，收回所有发出的试用产品；因为橘美人出现不良反应的所有试用者，Pamdow 全权负责，除了承担相关检查和治疗的一切费用，还会按照相关法规予以赔偿。最后，Pamdow 暂停香水门店的营业，整顿自查后重新开业。

这一系列回应举措，效果立竿见影。

"这公关策略谁做的？好牛。"

"虽然侵权不对，但 Pamdow 也挺负责的。"

"午渡是最大赢家，广告费都省了。"

"应该是个别调香师的问题，然后牵连了整个公司。"

"原谅吧，能怎么办？我还想用 Pamdow。"

"集团总经理是董事长的亲孙子，亲孙子都被解雇了，看来是下狠手了。"

"Pamdow 真的很用心了，他们的新任总经理亲自上门道了歉，是个很年轻的小姐姐。"

新任总经理：庞家三小姐，庞子衿。

前任总经理庞世方的好日子到头儿了，噩梦正式开始。

庞世方被解除职务，总经理办公室换了主人。庞子衿坐在老板椅上，一脸抱歉地看着正在收拾东西的前任总经理秘书和前任总经理："大哥多见谅，为了公司形象，只能委屈你了。"

她嘴上说着人话，眼神像得逞的狐狸。

"少得意！"庞世方愤愤地警告道，"不会就这么结束，你给我等着！"

当然不会就这么结束，这才哪儿到哪儿。庞子衿起身，体贴地把桌上前任总经理的工位牌放进打包好的箱子里，笑着摆摆手："慢走不送。"

庞世方揣着一肚子火走出办公室。去停车场的路上，他接了一通电话。

"庞先生，您让我查的事有眉目了。"

对方将调查结果在电话里详细说来。庞世方听完，整个人头皮发麻，表情僵硬，心里除了意外，还有惊恐："怎么是他？"

当天晚上，庞世方喝到烂醉如泥才回家，一进门，扶着墙吐了一通，脚步跟跟跄跄，躺在沙发上，嘴里醉醺醺地喊着"要完了""一起死"之类的话。

甘晓屏听到声音，从楼上下来，刚到客厅，立马闻到了刺鼻的酒味。

她看了看地上的一摊污秽，走到沙发旁，推了推丈夫的手臂："去房间里睡吧。"

庞世方暴怒地甩开她的手："滚开！"

甘晓屏去厨房，倒了杯水过来。

"你这样睡会不舒服，起来喝点儿蜂蜜水。"

庞世方坐起来，抢过杯子就往地上砸，语气不耐烦、狂躁："让你滚开听不懂是吧？！现在连你一个洗头妹都敢无视我了！"

庞世方之前有两个司机：许中瀚只是偶尔开车，更多时候是给庞世方办别的事；甘晓屏的父亲甘立书是庞世方的另外一个司机，专门开车。嫁给庞世方之前，甘晓屏在理发店工作。结婚之后，庞世方对她动辄打骂，有时候甚至当着孩子的面。她知道，庞世方一直都瞧不起她，觉得她不配。

"滚远点儿，少来碍老子的眼！"庞世方一脚踹开茶几，又躺回沙发上。

甘晓屏在原地站了一会儿，然后拿来扫把，把地上的玻璃碎片和污秽清理干净，做完这些，庞世方已经睡死了，鼾声如雷。

甘晓屏拿出手机，给庞子衿打电话："如果我帮你，你能给我什么？"

势头已经变了，聪明人不会站错队。

谢商给温长龄请的司机是一位不太爱说话的大哥。谢商在路口等，温长龄就在路口下了车。这个时间点正好是下班和放学的点，街上人很多，小孩儿在嬉笑打闹，摊贩的叫卖声响亮热闹。

温长龄走在前面，停下脚："那里有卖板栗的，彤彤喜欢吃，我去买一点儿。"

谢商好像没听见，还在往前走。

温长龄拉了一下他的衣服："谢商。"

他望向她。

"你怎么了？一直在走神儿。"

"在想一些事情。"

温长龄说："我去买板栗了。"

她先过了马路，谢商跟在后面。买完板栗，她想起朱婆婆昨天说白芝麻用完了，又去了干果铺子。干果铺子3楼这两天在施工，为了不影响做生意，后门口搭了临时的楼梯，施工队的人都从后面进出。

谢商在门口等。温长龄付完钱出来："走吧。"

谢商接过她手里的袋子，隐约听到细微的声响，出于防御本能，下意识地抬头，看到一只手。谢商迅速做出反应，抱住温长龄，转身之际，用手护着温长龄的头，两个人一起滚到地上。几乎同时，两块砖头从上面砸下来，摔得四分五裂。

谢商顾不上楼顶的人，第一时间查看温长龄的状况："有没有伤到哪儿？"

她坐起来，还有点儿蒙，摇了摇头："你呢？"

"我没事。"

栗子和白芝麻撒了一地。谢商抬头看向楼上，人已经不在那里了。

"报案吧。"

"我先送你回去。"

谢商把温长龄送回朱婆婆家，然后把他给温长龄请的那位司机叫过来，再去警局报案。

荷塘街的街上有监控系统，但摄像头不够多，有不少盲区。负责此案的刑警调了监控录像出来，监控摄像头拍到了作案的人。干果铺子施工队的人走之后，他就一直躲在楼顶。

不只今天，昨天和前天也是。作案之后，他骑着一辆摩托车从干果铺的后门逃走了。

"这辆摩托车属于失窃车辆。"

作案的人戴着口罩和帽子，一米七五左右，体形上没有什么显著特征。

刑警姓张，询问谢商："谢先生最近有得罪过什么人吗？"

"庞世方。"这个名字最近上过热搜。

"Pamdow 的那位总经理？"

"是。"谢商补充说，"我是午渡的调香师。"

那对方就有动机了。这个案子可大可小，可能是简单的教训恐吓，也可能是蓄意杀人，张刑警又问："你女朋友怎么没一起过来？最好让她也过来做份笔录，是她的仇家也说不定。"

"她就不用了。"谢商面不改色，"我女朋友性格很好，从来不得罪人。"

张刑警知道谢商，北城的刑警就没有一个不知道 KE 的。

这位作案人真是胆大包天，惹谁不好，惹家里全是律师的人。

"有消息会再联系你。"

谢商道谢，起身离开。外面的天已经完全黑了，因为前段时间的分尸案，警察都在加班。

"林队，有发现。"

谢商刚好走到门口。外出回来的刑警边往办公室里走，边汇报说："两年前，董万龙有一笔来路不明的大额进账。"

"应该是冲着我来的。"

"庞世方可能查到你了。"傅影嘱咐温长龄，"最近最好不要一个人出门。"

温长龄心不在焉地"嗯"了一声，站在家门口，探着身子往外看。

远处的灯笼下出现人影，是谢商从警局回来了。之后的两天，谢商早出晚归。医院最近都不忙，温长龄请了假，在家里休息。这天傍晚，她接到一通电话，号码没存过。

"喂。"

"我，谷易欢。"

温长龄知道——她记性好，认得那串数字："你好，请问有事吗？"

"快来市医院，四哥受伤了。"

温长龄短暂地呆愣了一下。她猜错了，那条乱咬人的狗是冲着谢商来的。挂了电话，她往门口走。

朱婆婆在门口叫住她："太阳马上落山了，你去哪儿啊？"

"我去医院。"

朱婆婆不解："你不是在休假吗？"

她的表情异常平静，平静得有点儿呆板，她说："谢商受伤了。"

朱婆婆被她的话吓了一跳，心里七上八下："我跟你一块儿去。"

"不了，我自己去。"

朱婆婆不放心："那你先把鞋换了。"

温长龄低头看，脚上还穿着拖鞋。

手术室外面，谢家的人在，苏家的人也在。第一个发现温长龄的是谷易欢。

"来了。"

谷易欢一开口，所有人都看向了温长龄，包括谢良姜。谷易欢不知道谢商有没有带温长龄见过两边的家长，他一个外人，也不好说太多，只简单介绍了一句："她是四哥的女朋友。"

虽然有点儿不礼貌，但温长龄并不想去认识谢商的家人，对苏家人点了点头后，就低着头远远地站在旁边等，不和任何人对视，也没有跟任何人交流。过了将近两个小时，手术才结束。

主刀医生出来："手术很顺利，等病人醒了，还要送去监护病房再观察一段时间。"告知了手术结果之后，主刀医生才向家属说明术中情况。

温长龄站得远，只听到了一些字眼：外伤，脾破裂，包膜修补。苏、谢两家人谢过医生之后，去监护病房等，出走廊时，都停了一下脚，这才有工夫打量温长龄。

苏家人看过温长龄的照片，不过真人是第一次见。谢家那边，温长龄的名字谢商都没提过。

这样突然见面，确实猝不及防，谢、苏两家人都没有准备。翟文瑾提议："温小姐，一起过去等吧。"

温长龄摇了摇头，先走了。这姑娘，心态很稳，有点儿让人捉摸不透——这是翟文瑾对温长龄的初始印象，说不上好也说不上坏，就是隐隐有些担心，觉得这姑娘不好"驾驭"。"驾驭"这个词不太尊重人，但是翟文瑾一时也想不到更好的词。

谷易欢在一边埋怨：狠心的女人！

10点左右，谢商醒了。

翟文瑾悬着的心总算踏实了一点儿："星星，你醒了。"

谢商没说话，目光在房间里找了一圈。除了谢研理母女，谢家人都在，苏家人也都在。翟文瑾知道谢商在找谁，上前说："温小姐刚走。"

他"嗯"了一声，脸上的血色还没恢复，意识完全清醒，与往日无异，就是目光格外沉静："你们都回去吧，让小欢留下来。"

谢景先不放心，拄着拐杖走到病床边。

"星星刚做完手术，要多休息，我们都回去吧。"翟文瑾拿了包，帮着谢商赶人："老爷子，你也回去吧。"

两家人这才离开病房。谷易欢一个人留下。刚刚长辈在，他不好说太多："四哥，怎么回事啊？你玩了这么多年赛车，从来没受过这么重的伤。"

谢商本来是去帮朋友试车的，具体怎么受的伤谷易欢也不是很清楚。

"车子被人动了手脚。"这居然是人为。谷易欢立马说，"我去报警。"

"你哥已经去处理了。"

麻药虽失效了，但伤口不是很疼，谢商向来比较能忍受疼痛，这时有点儿累，有点儿犯困，却不怎么想睡。谷易欢有时候是很心细的，犹犹豫豫地问："要不要……我帮你把温长龄叫来？"

"不用。"

谷易欢忍不住嘟囔："她怎么这样啊？"电话都不打一个。

夜里，谷易欢睡在病房的沙发上，他不认床，在哪儿都睡得着。有人推开了病房的门。

谢商睁开眼，低声叫了句："长龄。"

走廊的光从门口照进来，他看清楚了人。

"谢先生，"是护士，"我来给您换药。"

两个小时前，温长龄其实来过。只是很不巧，在病房的走廊里，她碰到了谢良姜。她停下来，没有再往前走。谢良姜的眼神不再伪装，目光如炬，他好像是特意在等她。

"温小姐，"他走过来，"可以借一步说话吗？"

说完，他先一步往楼梯间走。不给人拒绝的余地，喜欢掌控局面，他完全是上位者的姿态。温长龄跟上去。谢良姜知道温长龄的存在已经有一段时间了。温招阳那个案子，很多人在遮掩，包括他。谢商找祝焕之查这个案子的时候，他就察觉了。

关于庞家最近发生的事，谢良姜也能猜到一些来龙去脉。夜间的楼梯间里，说话甚至有回声。

"你应该不想见到我，我就不兜圈子了。"谢良姜习惯处于主动位，"你弟弟的死是必然的，就算那4位的家长当年没有来找我，你弟弟也不可能活着出来，因为当时的你们没有自保能力，不是我，也会是别人。"

温长龄看着谢良姜。她以为她会发疯一样上去报复撕咬，但是没有，她很平静地在听笑话。律师是不是都这样，这么会偷换概念？你本来就会死，我杀了你不是我的错，是你命该如此。

"现在也一样，弱肉强食的规则从来没变过，不要做以卵击石的事，你如果聪明，就点到为止，离谢商远点儿。"

温长龄研究谢良姜很久了，立马就能洞悉他的真实心理："你在害怕。"

谢良姜蹙眉，眼神变得阴狠。温长龄感觉到从未有过的畅快，那是一种大仇将报的兴奋："怕我对你儿子做什么吗？谢良姜，"在她短暂的沉默里，声控灯暗了，昏暗里，她的眼睛像琥珀，封着两簇火苗，她慢慢地、一个字一个字地说，"父债，子偿。"

"小姑娘，不要太自信。还有，"谢良姜拉开楼梯间的门，光照在他半张脸上，"别逼我。"

谢良姜离开之后，温长龄仍站在原地。她手心黏腻，不知道是出了汗，还是被指甲刺破了皮肉。她应该用更恶毒的话去攻击，她都抓到敌人的弱点了。谢商就是谢良姜的弱点，她应该更狠毒的。

她深呼吸，松开紧握的手，从楼梯间出来，回头看了一眼病房的方向，然后毅然转身。

第十八章
星星，我在爱你

KE律所。谢良姜的办公室在大楼的顶层。

助理的内线电话打过来："主任，庞先生来了。"

"让他进来。"

助理把人带到了办公室门口。庞世方一进来就是质问的态度："谢律师，你知道你儿子都做了什么吗？"

谢良姜戴着一副半框的银边眼镜，西装革履，气质儒雅："他做了什么？"

庞世方坐到沙发上。今天来的如果是他爸，可能会选择站着说话，年轻人嘛，年轻气盛，不懂事："佟泰实、郑律宏、周晟，都是他送进去的。"

看来谢商的确做了什么，比如给了一些错误的引导，把自己推了出来，把温长龄藏得严严实实。

"这次的香水事件，他就是冲着我来的。"庞世方因为职场失意，满腔愤怒，"谢律师，当年的事还是你帮的忙，我们都是一条船上的人，现在你儿子要整死我，你就不管管？"

傅影去过如意当铺，崔瑛也去过如意当铺，还有郑律宏的眼睛，所有的资料和证据都指向了谢商。

"这么说，"谢良姜突然停下手里的动作，盖上钢笔的笔帽，黑金色的胸针被别在西服的左边，他将钢笔放下，"谢商受伤是你做的手脚？"

庞世方语塞了一下，否认："不是我。"

谢良姜懂一点儿微表情。庞家的老爷子真不会教育人，后辈被养成这个样子。

"你今天做了一件很蠢的事。"谢良姜看着这个后辈，觉得他蠢得不可思议，"我跟谢商再怎么生分，谢商也是我唯一的儿子，你居然来找我告我儿子的状。"

你居然敢动谢商。谢良姜笑了。

庞世方被镜片后那双温润含笑的眼睛盯得毛骨悚然："我……我……"

"我还有案子要忙，不送。"

助理过来，把客人带出去。谢良姜打了一通电话给相熟的法官。

当天晚上，庞世方到家时，3位刑警已经在等他了。

"庞世方先生，"林耀平亮出警察证，"我们是景丰分局的刑警，你涉嫌一起肇事逃逸致人死亡案，请跟我们走一趟。"

庞世方刚刚去了老爷子那里，求老爷子保命，万万没想到警察会来得这么快。

"那个案子已经终审了。"

"甘立书先生提交了再审申请。"

本来再审申请没那么快通过，不知道上面是谁施了压。庞世方眼底闪过惊慌之色，不过很快又镇定下来："我有几句话要交代一下我的妻子，一分钟就够了。"

甘晓屏就在客厅坐着。客厅的茶几上还摆着她给几位刑警泡的茶，她一点儿都不惊讶的样子，早就让保姆把孩子带出去了。

庞世方走到甘晓屏跟前，俯身到她耳边说："这几年我待你不薄，哪怕我妈不同意，我都娶了你过门，你和你爸还真是两个养不熟的白眼儿狼。"

甘晓屏会嫁给庞世方是因为她的父亲甘立书给庞世方顶了罪，明明她一家才是庞世方的恩人，但这几年来，庞世方总搞不清自己的处境。

庞世方小声警告："别太天真了，我早就问过律师，一个人的证言是孤证，孤证不能定罪。给我等着，等我回来再跟你算账。"董万龙已经死了，他根本不担心他那位岳丈反水。

庞世方被带走之后，甘晓屏在客厅打扫卫生，她心情好的时候就喜欢做家务。昨天傍晚，警局来了一个独臂男人。

"请问你是要报案吗？"

男人取下帽子和口罩："我是董万龙。"

孤证不能定罪，但如果还有一个证人，证言与甘立书的证言能相互印证，且有转账记录，能形成完整的证据链，那就另当别论。

时间拨回到"分尸案"发生的3天前，9月15号。董万龙那天见了庞世方，谈好了价钱，心情好，就喝了点儿酒，脚步踉跄地往家里走。家门口好像有个人，他以为是自己喝多了，眼花了，甩了甩头，然而那个人还在。

"谁在那里？"

董万龙用手机照了照。那是个男人，长了一副好皮相。

"你好，董先生。"

董万龙喝了酒，酒壮怂人胆，他态度有点儿嚣张地问："你是谁啊？你怎么认识我？"

对方好像是在等他。黑色的外套上沾到了些许白色的墙灰，但丝毫不影响他一身的贵气。神仪明秀，朗目疏眉，书香门第里金堆玉砌养出来的气质是不一样的，董万龙一眼就看出来，自己和这位先生不是一个世界的人。

来人并没有介绍自己："庞世方有没有找过你？"

提到庞世方，董万龙酒醒了一半，立刻否认说："我不知道你在说什么。我不认识庞世方。"

"那我跟你讲个故事吧。"那人半点儿不介意墙脏，随意地倚着墙，从容地讲起了故事，"4年前庞世方趁酒兴飙车，撞到了一对新婚的夫妇。庞世方知道那条路没有监控，就直接驾车离开了，两名受害人因为错过抢救时间，失血而亡。当时庞世方的司机甘立书也在车上，两天后，甘立书去警局自首了，说人是他撞的。"

他讲第一句的时候，董万龙的神色就变了。

"一审开庭的前一周，有证人匿名举报，说自己看到了开车的人，但最后证人没有出庭。"讲故事的人是谢商，"董先生，还有要补充的吗？"

董万龙心虚地移开视线："我听不懂，不知道你在说什么。"

4年前，董万龙目睹了庞世方酒驾撞人，知道甘立书是顶罪的。但开庭前一周，他收了庞世方给的封口费。比起突然出现的谢商，董万龙更愿意相信已经承诺会再给他钱的庞世方，只要他一直握着庞世方的这个把柄，那庞世方以后就是他的摇钱树。

"董先生，多留个心眼儿，别钱到手了，没有命花。"谢商站直，掸了掸袖子上的灰，把名片放在了门把手上，"有需要的话可以联系我，我姓谢。"

名片是黑色底面，正面有4个烫金字：如意当铺。

名片的背面写有一串数字。

董万龙和庞世方约好3天后给钱，即9月18日晚，地点约在一个没有人的工地。董万龙这次留了个心眼儿，早到了两个小时，藏身在一堵红砖墙的后面，打算先静观其变。大概过了20分钟，庞世方的司机许中瀚来了，手里提着一个工具箱，蹲在还没完全安装好的电梯旁边，用扳手在组装什么。

中途，许中瀚接了个电话。

"都准备好了。"

"33楼，会摔成肉酱。"

董万龙听到后，心里一慌，踩到了一块砖头。

许中瀚回头，握着扳手站起来。

"出来吧。"

许中瀚不紧不慢地走向红砖墙，用扳手敲着手掌，撞击出声音。董万龙惊恐至极，瑟缩地往后退，后背很快抵住了墙。他往后看，这栋建筑还没完成，33楼的阳台没有封，外面有塔吊。

董万龙是工地工人，很熟悉塔吊，许中瀚越逼越近，他只想着逃命，就奋力一跳，跳到了塔吊上，徒手往下爬，完全是在搏命。

当晚有风，33楼的高度，董万龙整个人几乎虚脱，但求生意志很强，擦了无数次手心的汗才慢慢下去。这个工地晚上没有人，下面黑灯瞎火。许中瀚的手电筒朝着这边照过来，光束上上下下地扫，董万龙心一急，脚下踩空，侧身摔在了一块竖放的钢板上，整个左手几乎被切断。

他差点儿痛晕过去，用衣服和地上的塑料袋包住手，一路摸黑，抄近路逃走。他不敢去医院，找到了那张黑色烫金的名片，在昏过去之前拨了上面的号码。

"谢先生，帮帮我。"

董万龙的左手没保住。于是有了"分尸案"。

苏南枝今天工作结束得早，往日只有晚上能过来看谢商。她听她家翟女士说，谢商的女朋友这几天没来过。

"你和温小姐吵架了？"

谢商翻书的动作停顿了一下："没有。"

苏南枝拿了苹果在削，动作很不熟练："她很忙吗？"

"嗯。"

谢商这几天话比较少。

"没有什么想跟我说的吗？"苏南枝看得出来，谢商和温长龄之间出现了问题。她主动展开话题："随便聊聊也行，我对温小姐还不是很了解。"

谢商用手指摩挲着书页。这是本外文书，书名用华国的语言翻译过来叫《饥饿小镇》，讲的是小镇的居民感染了一种会让人不断饥饿的病毒，然后他们相互蚕食。这是个有些血腥暴力的故事，没有好结局，最后小镇上一个人也没活下来。

国外有不同的翻译版本，有人把饥饿病毒直接翻译成greed（贪婪）。谢商这几天把这本书看了两遍，不是多喜欢，就是懒惰，懒得换书，懒得做任何事。他现在懒得翻页了，随手把书扔在了手边："她不来看我是有原因的，希望您不要误会她。"

他不希望他的家人把温长龄想得不好。苏南枝看了看伤痕累累的苹果，放弃削皮，直接连皮啃："知道了，还怕我小心眼儿记她的仇啊。"

以前谢商不近女色的时候，苏南枝盼着他沾点儿情情爱爱的烟火气，现在看他跟头栽得这么狠，又怕他伤筋动骨。苏南枝不是记仇的人，谷易欢是。

他在病房外面，特地避着谢商吐槽温长龄："温长龄怎么回事？面都不来露一个。宋三方之前就割个阑尾，他女朋友鞍前马后衣不解带地照顾，温长龄倒好，直接人间蒸发。"谷易欢越说越气，"不行，我得去找她。"

贺冬洲找了把椅子坐下，昨晚在小疤的病房没睡好，犯困："你别帮倒忙。"

谷易欢干着急："不找她来怎么办？四哥什么也不跟我说。"

他都看得出来，谢商在等温长龄。

"我今天早上凌晨三四点起来上厕所，看见四哥一个人在外面抽烟。怪不得伤口不见好,他这哪儿是养伤,分明是受罪。"

谷易欢心里骂:温长龄铁石心肠,温长龄狼心狗肺,温长龄人面兽心,温长龄不仁不义,温长龄残酷无情,温长龄令人发指……

"甘立书提交了再审申请,还有董万龙这个证人,4年前的酒驾案应该不会再有变数了。肇事逃逸致人死亡、收买证人、找人顶罪,3项罪名加一起,庞世方至少要判十几年。"傅影说,"要是许中瀚背叛他,他能被判更久。"

温长龄的手机开着免提放在竹床上,她也躺在上面:"许中瀚应该不会背叛庞世方。我查过许中瀚的档案,他跟庞世方不仅仅是雇佣关系,他们从小学起就是同学,之前他坐牢,是庞世方暗中帮他疏通的。许中瀚还接受过心理治疗,他有轻微的反社会倾向,物欲不强。"

"长龄,你看到如意当铺名片的时候,怀疑过谢商吗?"

当时傅影和温长龄都以为董万龙被分尸了,如意当铺的名片又出现在董万龙的住处,理论上来讲,谢商是嫌疑人。

温长龄没有丝毫迟疑:"没怀疑。"她看着夜幕,笃定地说,"谢商不会杀人。"

谢商是律师,熟知法律;谢商虽然有时很疯狂,喜欢刺激,但有底线;谢商还很聪明,真要弄死谁,用不着他自己动手。

温长龄看着天上零散的几颗星星:他的伤养好了吗?

"喵。"花花又跳上了围墙。

温长龄挂断电话,坐起来,看着围墙上的猫:"下来。"

花花"喵"了一声。

"你怎么总喜欢去他那边?"

不听话的猫。温长龄不喜欢它了:"你的猫粮都是我买的。"花花通人性,可能听得懂,所以她骂,"叛徒。"

"喵。"温长龄起来,把梯子搬过去,想把叛徒抓下来。她刚爬上去,叛徒纵身一跃,跳进了谢商的院子。

这猫好烦。温长龄翻过围墙,去抓猫。抓猫她不在行,没抓到,不知不觉走到了谢商房间的门前。谢商的备用钥匙她知道藏在哪里。

她打开了门。她也不知道自己在做什么,就是放空了自己,行为由本能和习惯在控制。她坐到了谢商的椅子上,打开香炉,里面有一块没有燃烧完的沉香木,像以前很多次那样,她点燃了香木。她现在点沉香已经很熟练了,看过太多次,谢商也教过。

桌上放着谢商常看的书,她翻开,是关于各种沉香、檀木的书籍。

其中有一页介绍道:"蜂香楠木,产自乌达拉美,形如蜂巢,味道类似栀子花香,久闻会让人产生幻觉,别名日有所思香。"

谢商以前和她说起过这种香,只是她没有太在意。

香炉里的味道慢慢出来了,是很淡的花香味,像开在5月里漫山遍野的栀子花。

温长龄突然反应过来，怔怔地看向香炉，手肘不小心碰到了书，书掉在了地上。这个味道她闻过，她上次点的香就是这个味道。她慌忙捡起书，翻到介绍蜂香楠木的第二页，上面有配图。

炉子里的香木是蜂巢状，棕黑色，和图片里的一样。谢商说过，蜂香楠木的香味闻久了会让人产生幻觉，看到想看到的一切，才有了日有所思香这个别名。那次她点了香，除了阿拿，还看到了一个人。日有所思香还能让闻到者看到两个人吗？谢商这个说法一定不准。

温长龄盯着炉子里的沉香木很久，一遍一遍地告诉自己：肯定不准，这只是一块香料而已。她凑过去，努力吹着炉子，希望它快点儿烧，快点儿把那些荒唐的可能烧成灰烬。

"嘎吱——"风吹开了门。

温长龄下意识地抬头："谢商。"

"喵。"谢商又不见了。花花蹲在门口，在冲她叫，好像在说：你也是叛徒。

谷易欢在沙发上睡觉。有人推门进来，坐在了病床旁边的椅子上。谢商睁开眼，光在一瞬间照进眼睛里，很刺目。那种由暗突然到明的不适感会让人本能地合上眼去减少光照，但谢商没有，迎着光看，任由眼睛被刺得发疼。

"你终于来了。"

温长龄看了一眼沙发那边，说话声音很小："你没睡啊。"

"我一直在等你。"

温长龄不想来的，是蜂香楠木在作祟，害得她没法儿睡，所以她才来了。她觉得蜂香楠木可能类似酒精，会短暂地麻痹人的神经，让人的行为举止变得不正常。反正以后她不会再点它，反正就这一次。

"你的伤口疼不疼？"

"疼。"谢商在向她示弱。

"要不要叫医生过来给你打止疼药？"

他摇头，眼睛因为直视光，有点儿泛红："你陪陪我，天亮再走。"

"好。"

温长龄答应得很快，谢商反而觉得不真实。她起身，绕到没有输液架的另外一头，掀开被子的一个角："你睡过去一点儿。"

谢商往旁边挪，眼睛一直看着温长龄，动作有些迟钝。温长龄躺上去。

"星星。"

"嗯。"

温长龄身上有轻微的烟熏气味。点香的火烧得太旺，沉香过度燃烧才会出来这种味道。

"你现在有愿望吗？"温长龄觉得既然来了，既然要荒唐一次，那就彻底一点儿，

"不要说之前的那个，你换一个我现在就能帮你实现的。"

这是温长龄第二次问谢商的愿望。

谢商看向沙发："小欢。"

"嗯？"

谷易欢被叫醒了，迷迷糊糊地蹬掉被子，坐了起来，脑袋左转右转，还没找到东南西北。

谢商说："你出去。"

"啊？"

"出去。"

谷易欢先是茫然，然后慢慢清醒了，看到了病床上拱起来的被子，后知后觉地反应过来："哦……"

心狠的温小姐终于来了。

谷易欢抱着他的被子，瞄了两眼病床，忍着快要爆炸的好奇心出去了，并且贴心地关上了门。

谢商把灯关了。

"长龄。"

温长龄被他抱紧。

她答应："嗯。"

谢商握住她的手，放到自己身上，等了片刻之后，带着她的手，触碰自己。

温长龄知道他要什么了。

"你的伤没好。"

"没关系，疼也没关系。"

谢商始终没有真实感。他想要强烈的感官刺激，想要温长龄顺从他、安抚他，让他明确地知道，他并不是可有可无的。

"长龄。"

温长龄"嗯"了一声，然后遂了他的愿。黑暗里，谢商的呼吸声很重。谢商把右手上的针头拔掉，紧紧地抱住温长龄："你只会这样对我，不会有别人，对不对？"

"嗯。"

至少，他是不一样的。

他重新握住温长龄的手，教她，像末日来临，想要不顾一切地完成最后的狂欢。

单人病房里有浴室，水声响了一会儿，然后停下。谢商用自己的毛巾帮温长龄擦掉手上的水，亲了亲她的掌心。

温长龄把手抽走："你还亲。"

他笑。

温长龄这时才发现："刀口好像裂了。"他衣服上有一点点血迹，她蹲下来，掀开衣服去看伤口。

"不要紧。"

纱布上有血。温长龄反省了一下,刚刚不应该那样对病人,她表情严肃:"我去叫护士过来。"

谢商却拉着她不放手,低头与她接吻,不留空隙,一边深吻一边把她抱起来,放在铺了毛巾的洗手台上。她的膝盖不小心碰到了他的刀口,他不觉得疼,反而觉得畅快。

他承认,他是个劣等人,如果不是在医院,他不会点到为止,会不管不顾,然后祈求永远都不要天亮。

云层被撕开了一道口子,透出亮橙色的光。温长龄背对着谢商,看晨光一点儿一点儿地从窗帘下面的缝隙里洒进来。

"天亮了。"

她不知道昨晚自己是什么时候睡着的,或许根本没有睡着,迷迷糊糊的,好像听到护士说话,又好像是在做梦。

谢商手上抱紧了些:"要走了吗?"

"嗯。"

日有所思香的作用时效过了,她该清醒了。谢商松开手,没有挽留。温长龄突然跑来问他有没有愿望的那个晚上,他知道了一件事。

那晚,他问温长龄:"那怀孕了你会跟我结婚吗?"

温长龄不回答。

"我只有一个愿望。"他说,"希望温小姐可以爱我。"

她过来他这边,也不穿件厚的外套,9月的北城晚上很凉。他抱着她,等到她的手暖了一些,再把他的外套拿来给她穿上。

"走吧,送你回去。"已经很晚了,整个荷塘街静悄悄的,偶尔风吹树叶,簌簌作响。今晚星河不明亮,月亮笼了纱。

温长龄回去就睡觉,躺下后,卷着被子滚到墙角缩起来,只留给谢商一个后脑勺儿:"你走的时候,帮我关门。"

"嗯。"

谢商带上房门,没有急着回自己院子,坐在外面树下的竹床上,思绪有点儿乱,在想刚才的事。如果真的怀孕了,温长龄会要这个孩子吗?

他觉得不会。

"喵。"

花花从外面游荡回来,在温长龄房门外的走廊上迈着猫步。谢商过去,把它拎到外面。它趴了没一会儿,走开了,又开始叫。

"喵。"

"喵。"猫叫声的穿透力很强，在夜里很容易扰人清梦。谢商怕它吵着温长龄，打算把它带回自己那边。可这只好动的狸花猫往楼上去了，一路叫个不停。

它躲在了门后的角落里。谢商过来，蹲下，想把它带走。它用爪子扒拉门，门没上锁，被推开了一条缝，它敏捷地钻了进去。

谢商便也跟着进去了。灯的开关就在门框旁边，亮灯后，谢商才看清房间里面，正对门的方向放着6台电脑，电脑旁边有个垃圾桶，地上有张纸，纸上有字，因为字迹熟悉，谢商把纸捡了起来。

谢商：
××年10月11日。
187厘米。
O型血。
调香师。
4年前接手如意当铺。当铺只接受死当，他只亲自接待VIP。
他喜欢听故事。
不熬夜，爱喝茶，爱点香，偶尔抽烟，偶尔喝酒，酒量不好。
一周常规运动两次，在市体育馆。经常进行极限运动。
雷雨天易怒，反复无常，不要在那个时候惹他。
心情好的时候很好说话。
讨厌等人，从来不等人，但会早到。
文雅，疯狂，读过很多书，喜欢刺激，喜欢有挑战性的冒险。
朋友不多，谷易欢、谷开云、贺冬洲、关思行。
谢清泽的忌日前后他会去莱利图，去冥茫雪山。
擅长的很多，滑雪、赛车、潜水、跳伞……
不擅长的没有（这一句被划掉了），不擅长用筷子。

这是一份手写的观察笔记，字迹是温长龄的。照片墙上，正中间的位置贴着谢良姜的照片，喉咙被飞镖扎穿了，左下角有谢商的照片。

谢商走到照片墙前。他的这张照片是两年前拍的，他当时在莱利图。原来温长龄那么早就开始布局了。怪不得他们能在莱利图遇见，怪不得她会在雷雨天出现，怪不得她会成为他的VIP，顺着他的剧本，和他交往。他以为的巧合，都是她精心策划的。

他终于知道她联合傅影引他入局的真正目的，终于明白她问过几次的那句话："你如果爱上一个人，能做到什么地步？能为了她背叛至亲吗？"

终日打雁的人，被雁啄了眼睛。温长龄才是猎人，伪装成猎物，来到他身边。

被蛊惑，深爱，爱而不得，痛不欲生——这是他给温长龄准备的剧本，也是温长龄给他准备的剧本。

他把那张写满了观察笔记的纸放回了原位,选择装聋作哑。

谷易欢在走廊的椅子上睡了一晚。他以为他会整晚好奇得睡不着,事实上他躺下不到5分钟就睡着了。他真想把自己的好睡眠匀一点儿给谢商。

他抱着被子回病房的时候,温长龄已经不在房间里了,主治医生正在给谢商重新清理刀口。

"你的刀口怎么出血了?"也就谷易欢单纯,要是贺冬洲,他就知道这刀口出血是什么情况。

谷易欢打了个哈欠,扒拉扒拉头发,脖子疼,他揉了揉,落枕了。

将刀口处理好,医生出去了。换下来的病号服被谢商拿在手里,他看着上面沾到的血,问谷易欢:"昨晚你为什么出去睡?"

四哥失忆了?

"你叫我出去的啊。"谷易欢动了动睡落枕的脖子,"不是你嫌我打扰了你跟温长龄吗?"

谢商知道。他就是确认一下,温长龄真的来过。

下午,谷开云来了医院。

"许中瀚昨晚被抓了。"

谷易欢因为睡落枕了,不想再睡沙发,搞了张折叠床过来。他从折叠床上坐起来:"警方找到证据了?"

谢商放下书,没有接话,在听。

"找到了指纹。"谷开云说,"他承认了荷塘街的案子是他做的,也认了在你的车上动了手脚,但没有指认庞世方。"

这在谢商意料之中。谢商查过许中瀚这个人。许中瀚的成长环境很复杂。他幼年丧父,他的母亲带着他改嫁了3次。他前面两任继父都死于意外,他的母亲花完保险金后就再嫁了。他最后一任继父和他的母亲是被他放火烧死的,那时候他还没成年。

许中瀚身上还发生过一件事,在他小学的时候。同班级的男生被烟花炸瞎了一只眼睛,当时有好几个人说是许中瀚用手持烟花炸的,在场的同学只有一个说不是许中瀚,那个人就是庞世方。

凶手到底是不是许中瀚,旁人也无从知晓。

"小欢,你把水果拿去洗一下。"

"哦。"

谷易欢把游戏机放下,去洗水果。

把谷易欢支开后,谷开云单独问谢商:"你上车之前,真的不知道你的车被动了手脚吗?"

"不知道。"

"你以前每次玩赛车，都会先检查你的车。"

谢商重新拿起书，书还是那本《饥饿小镇》，他手指翻着书页："这次忘了。"

他肯定不是忘了。谷开云太了解谢商，他做什么事情都谨慎周全，不会大意。

9月底，朱婆婆院子里的那棵老桂花树终于开花了。树被钩吻的藤缠得太紧，今年的花比往年开得晚，开得少。

温长龄今天休息，想着摘点儿花，给朱婆婆做桂花茶。

"长龄。"

"嗯？"她在搬梯子。

朱婆婆提着个保温桶从厨房出来："我去医院给谢老板送点儿鸡汤，你去不去？"

她眼睛看过去，过了几秒，回答："不去了。"

陶姐在门口等——她跟朱婆婆一块去。

"长龄这几天怪怪的，像她刚搬来那会儿，都不怎么说话。"陶姐问朱婆婆，"她跟谢老板是不是分手了？"

"没吧。"

昨晚朱婆婆还看到温长龄去了谢商的院子。谢商不在，不知道她去那边干什么。

温长龄去浇花。谢商的盆栽都要渴死了。温长龄今晚也去了，没有走大门，爬梯子过去的。谢商有几株花十分名贵娇气，不能不浇水，也不能浇太多水，最好早晚各一次，一次少量。

这些花真难伺候，像以前的谢商。

"喵。"花花突然从花架后面冒出脑袋来。

温长龄把它拎出来："小叛徒，你怎么也来了？"

小叛徒："喵。"

"你到底有没有带谢商去2楼？"

"喵。"

"你不是很聪明吗？我都带你去2楼认路了，你怎么就知道往这边跑？"温长龄用浇花壶轻轻滋它，"叛徒。"

"叛徒"撒腿跑了。温长龄是故意没锁门的，因为该结束了。

次日是10月1日，温长龄照常上班。庞世方被捕之后，她就没有再让司机接送。因为是黄金周，路上堵得水泄不通。

司机师傅在给家里人打电话："老婆，你们先吃，不用等我，我被堵路上了。"挂了电话之后，师傅从扶手箱里拿出两包饼干，递给温长龄一包："来点儿？"

她接过去："谢谢。"

"估计还要堵一会儿。"师傅是个很健谈的人，"每年十一都这样。北城也没什么好玩的，结果一到节假日，街上全是人。小姑娘，你不是北城人吧？"

"不是。"

司机师傅和温长龄闲聊："那你是哪儿的？"

"香城。"

"香城好啊，山好水好，适合养老。"

前面红绿灯路口堵死了，车子走不动，刚好停在了商场的广场门口，广场上的显示屏上正在播报最近的科技新闻。

"东方汽车作为牵头公司，华旗技术作为联合体，已取得自动驾驶示范区印发的'智能网联汽车道路测试通知书'，并已获得公安交通管理局颁发的路测牌照，不日将在京门区划定的时间与路线内开展全自动无人驾驶测试。"

华旗技术。温长龄好久没听到这4个字，都有点儿陌生了。

司机师傅"唉"了一声，叹气："以后技术发达了，开车都不用人开，我们这些老司机都要去喝西北风了。"

不会那么快，华国的自动驾驶政策还没有进一步放开，汽车智能化和无人驾驶出行服务在国际上不具有竞争优势，华旗技术真正要做的是新型辅助驾驶系统。

这个项目的启动书温长龄看过。路上堵了一个多小时，温长龄到荷塘街的时候，天已经黑了。温长龄推开门，先闻到桂花香，院子里亮着灯，旧竹床边蹲着一个人，在喂猫。

温长龄站定不动。

他抬头："路上堵车了吗？"

是谢商，好久不见。多少天没见温长龄不记得了。

"你什么时候出院的？"

"今天上午。"谢商过来，"你吃晚饭了吗？"

"没有。"

他的肩上落了几朵桂花。温长龄盯着他，觉得他瘦了些。市医院的医生技术不好吗？他还是大病未愈的样子。

"朱婆婆给你留了饭，我去帮你热一下。"

"你坐着吧，我自己去。"

温长龄去厨房弄吃的。谢商没有跟过去。她以为他回去了，吃完饭出来，发现他还坐在外面的竹床上。夜晚的秋意浓，风把头发吹乱了，他手撑在两侧，腿随意地伸着，猫趴在他的脚边。风晃动树枝，桂花飘下来，落在他的手背上，他看了一眼，没管，继续低头，看猫舔爪子，露出的后颈很白，有清瘦的感觉。

温长龄坐过去："你怎么这么快就出院了？伤好了吗？"

"没有。"

"没好为什么出院？"

谢商说："医院很无聊。"

温长龄安静地坐了一会儿："今晚有风，你不要在外面坐太久。"

"嗯。"

温长龄起身，去房间了。她不知道谢商是什么时候走的，洗漱完去院子里看了一眼，谢商和猫都不在，竹床上落了好多金色的桂花。

她捡了一些桂花，带回房间。临睡前，她和往常一样，闭上眼睛，轻轻地念："谢商。"

声音刚落下去，她忽然睁开眼睛。她怎么又忘了？已经过了21天，她不用念名字了。她重新闭上眼，这次不念名字。过了很久，她的大脑依旧很清醒。金桂是桂花品种中最香的一种，可能是花香太浓，影响了睡眠。她起来，想把桂花扔掉，手碰到了本子，夹在里面的名片掉了出来，是傅影从"分尸案"现场带回来的那张。

不关桂花的事，是谢商。21天让她养成了一个坏习惯：闭上眼睛就会想到他。

她捡起名片，打了个电话给谢商，电话响了一声就通了。

"睡了吗？"

"没有。"

"我过去找你，有话要说。"

温长龄套了件外套出门。她开院门的时候，声音惊动了朱婆婆，朱婆婆问了两句，她如实相告，说去谢商那边。

"要给你留门吗？"

"嗯。"

街上的灯笼还亮着，秋风萧瑟，满地落叶。谢商站在当铺的门口等温长龄，等她过来后，和她一起进去。他今晚话很少，不管是刚刚还是现在。

温长龄把名片放在桌面上，背靠桌子站着。

"这是你给董万龙的吗？"

谢商坐在椅子上，微微仰头："嗯。"

"庞世方有私生子的事也是你告诉庞三小姐的吗？"

他点头，"嗯"了一声。

庞子衿说，如果不是谢商推动，事情的进展不会那么快。

"你什么时候知道我想对付庞世方？"

"周晟被抓之后。"

这么早。温长龄看着谢商："怎么知道的？"

谢商是完全服从的姿态，问什么答什么："我查了你弟弟的案件资料。"

"我和傅影的关系你也都知道是吗？"

"嗯。"温长龄本来还想问他有没有去过2楼，知不知道她的下一个目标，可突然走了一下神儿，目光移到了他的两鬓。

这么冷的天，他只穿着睡衣，却在出汗。温长龄甚至还没来得及思考，大脑就已经发出了指令，用手背碰了碰他的额头："你身上怎么这么烫？"

谢商握住她的手，放到脖子上，让她的掌心贴着自己的皮肤："长龄，我不舒服。"

温长龄第一次在谢商身上看到脆弱感。这个给过她最大安全感的人，他本该强大、无坚不摧，本该做掌控局面的天之骄子，永远骄傲，永远野性，永远不低头。

不要心软，温长龄。

"我们……"她想说分手。

谢商打断她的话："长龄。"她看到他的手背，冷白的皮肤因为用力而紧绷，青色的血管清晰可见。

她鬼使神差地改了口："去医院吧。"她掌心碰到的肌肤很烫，可能是刀口感染导致的。

谢商曾经有段时间很喜欢跳伞，在经历漫长的高空坠落之后，拴在身上的那根绳子骤然拉紧的那一秒，仿佛劫后重生。

温长龄就像那根绳子。他终于得到了喘息之机："不用去医院，家里有药。"

"药在哪儿？"

"抽屉里。"

温长龄过去把药拿来。桌上有水，她用手指碰了一下杯子，水是温的。

"几颗？"

"两颗。"

她倒出两颗药，拉过谢商的手，将药放在他手里。

他很配合，把药吃了。

"如果烧退不下来，就去医院。"

他把嘴里含的水吞下，抬起头，灯光缩成两个明亮的点儿，落在他的眼睛里，像琥珀上嵌了明珠："嗯。"

他很听话，很温顺。

温长龄非常吃这一套，哪怕知道这可能是苦肉计。

"你去床上躺着。"

谢商点头，躺到床上去，往里面睡了些，留出位置："你上来吗？"

温长龄拉了椅子过来："我坐这儿。"她坐下，"星星，你把眼睛闭上。"

谢商闭上了眼。

漂亮的琥珀终于被藏起来了。

温长龄皱起眉，讨厌自己的优柔寡断。她无声地叹完气，起身。

谢商立刻睁开眼："你去哪儿？"

"去拿体温计。"

下一次吧，等他好了再说。

温长龄拿来电子体温计，20分钟给谢商量一次体温。他吃过药一个小时之后，体温就降了下来。温长龄多等了一个小时，确定温度没有反复，才离开谢商的房间。

谢商第二天醒来时，温长龄已经去上班了。

朱婆婆送了早饭过来，叮嘱他别忘了吃药。应该是温长龄跟朱婆婆说了他的情况。

下午。谢景先过来了

谢商给他倒了茶，他没喝。谷易欢站在谢景先后面，一个劲儿地给谢商使眼色。谷易欢是在花间堂的路上碰到谢景先的，知道对方要来谢商这边，就一道过来了，在路上他就发现气氛不对。

谢景先把拐杖放在一边："你交往的那个姑娘叫什么名字？"

谢良姜也来了，在院子里坐着，没有进茶室。

温长龄的身份谢良姜应该已经说了，谢商没有必要再隐瞒："温长龄。"

"温沅的女儿？"

"是。"

"你知道你在做什么吗？"谢景先震怒，握着拳，气得声音发抖，"你小叔就是为了出去找她才失足丧命的！"

谢商站着，背脊挺直："那是意外，她没有做错什么。"

"以前你可不这么以为！"谢景先从来没对谢商发过这么大的脾气，指着他骂道，"温家女到底给你灌了什么迷魂汤？真会下蛊不成？！"

谢商没有辩解。谢景先态度坚决地说："跟她分手吧，谁都可以，她不行。"

"爷爷，您知道我为了不让她提分手，都做过什么吗？"谢商的语气很平静，"我一开始就知道车子被人动了手脚。"

他是故意受伤的。谢景先难以置信："你……"

气血上涌的一瞬间，谢景先整个人往后倒。谷易欢赶紧上前扶住老人，连忙给他拍背顺气："谢爷爷，您别动气，深呼吸。"他也跟着深呼吸，"吸气，呼气，吸气，呼气……"

换了几口气，谢景先才慢慢缓过来。

谷易欢赶紧把茶杯端过来："爷爷喝口茶，压压惊。"

说实话，谷易欢自己的惊都压不下去，他全程听下来，没文化的大脑里除了天哪就是天哪。

他是真没想到，谢商和温长龄之间还有这样一层关系，更没想到谢商为了温长龄，性命都能拿来赌。

谢景先不接杯子，这是谢商泡的茶，他不喝。

谢商上前："对不起，爷爷。"

认错，但他一意孤行。谢景先拿起手边的拐杖，举起来就要往谢商身上砸。

他也不躲，低头受着。谢景先看到他那张大病未愈没什么血色的脸，狠不下心，打不下去，可又气不过，重重的一声，拐杖跺在地面上。

谢商前头的哥哥姐姐都没养大，谢商一出生，谢景先就找人算命，为了谢商顺利长大，他曾经好几年吃斋念佛。捧在手里都怕摔了的孙子，他怎么可能不心疼？

"当年你小叔也是这样，我叫他回来，他就是不肯，非要留在风镇。"谢景先沉默了很久，才继续说道，"你是你小叔带大的，性格最像他。"

他长叹一声，实在无可奈何，用拐杖撑着身体，弓着背离开。

谷易欢看了一眼谢商，也叹了口气，然后追出去，扶着谢景先，小声说："爷爷，现在四哥还在热恋期，等他冷静下来，冷静下来了我们再劝。"

刚刚得到的信息量太大，谷易欢还要再消化一下。谢良姜还坐在院子里喝茶，还没有走的意思。

谢商过去。谢良姜放下杯子："温长龄在利用你。"

温长龄的身份是他告诉老爷子的，为了断了谢商这段孽缘。在他看来，这就是孽缘。

"您做了什么？让她这么恨您。"

谢良姜站起来，比起律师，他的气质更像一位儒商："我没做什么，是那四家人过度解读了我的话。"

"是不是过度解读我会查清楚。"其实谢商身上多多少少有一些谢良姜的影子，比如优雅从容，比如不择手段。他平静且理智地奉劝："父亲，我不是什么孝子，您在有下一步行动之前，请三思。"

这是威胁，也是表态。

谢商的刀口感染了，不算严重，但也不见好。他不愿去医院，温长龄每天都会过来，给刀口清理消毒。

她今天下班晚了一些，天已经黑了。她拿了药过来："你今天有发烧吗？"

谢商昨天有点儿发热。他放下抄书的笔，拉动椅子，坐到温长龄面前："没有。"

温长龄轻轻地推了推他的肩。这几天清理伤口的流程走了好多遍，她只要一个动作，他就知道做什么，身体顺着她的手往后靠，左手掀起衣服。

温长龄揭掉上面的无菌敷料，刀口处还是很红肿："为什么还不好？"

谢商没说话。她的头发长长了很多，弯着腰的时候，发梢落在他的身上，有点儿刺人的痒，他忍不住伸手去摸。

她转头去拿药。发丝从谢商的手里溜走了。她用棉球蘸着碘伏消毒，手法很专业，还戴了手套，消完毒，在局部涂上抗生素软膏，贴好新的敷料，手指轻轻摸着伤口："以后好了，也会留下疤痕。"

谢商做的是开腹手术，刀口在腹腔左上方，有一指长。

他问温长龄："你介意吗？"他自己无所谓，只在乎温长龄的喜恶。

温长龄没有回答这个问题，摘掉手套，用掌心覆在刀口上："还疼吗？"

谢商摇头。

傅影今天去见了庞世方的律师。

"长龄，有件事很奇怪，庞世方好像到现在都不知道你的存在。"

傅影因为要进周家，所以用了假名。温长龄因为要接近谢商，只能用真实身份。前面进去了三个人，庞世方要查出温长龄其实并不难。

她到现在都没有被庞世方察觉，那就只有一种可能。

她问谢商:"在你的车上动手脚的人是许中瀚吗?"

"嗯。"

"庞世方为什么害你?"

"我让他丢了职位。"

谢老板最近真的撒了好多谎。温长龄摸着他身上的刀口,这是替她受的。

她把手拿开,帮他整理好衣服,背过身收拾托盘里的医用物品:"11日那天,可以早一点儿回来吗?我有话跟你说。"

我有话跟你说。这一类句子,是谢商最近最怕听到的。他每天都想和温长龄见面,每天又害怕见面,因为她给的缓刑随时可能结束。

过了一会儿,谢商才回答:"嗯。"

10月11日那天,天气不好,偏偏是雷雨天。谢商不喜欢交际,也不喜欢热闹。他的生日历年都过得很简单,他不组局,谁叫也不去,回苏家,和家人一起吃饭。

晚饭已经结束了两个小时。

谢商坐在客厅的沙发上,看着黑屏的手机,什么也没做,就那样坐着。

翟文瑾女士看了看时间:"星星,这么晚了,你怎么还不回去啊?"

他说:"雨还没停。"

翟文瑾看得出来,谢商兴致不高,心思不在这儿:"温小姐知道你今天生日吗?"

"嗯。"

温长龄的观察笔记里有他的生日。翟文瑾知道谢商和温长龄最近出了问题,但不知道具体是什么问题,她觉得生日这种特殊的日子有利于小情侣感情升温,于是催促:"那你赶紧回去,万一她在等你呢?"

万一她要说分手呢?谢商看向窗外,本就焦躁不安的情绪被喧嚣的雷雨不断放大。

翟文瑾去楼上嘱咐苏北禾:"北禾,你等会儿送星星回去,外面打雷下雨的,别让他自己开车。"

苏北禾拿上车钥匙,下去。

"走吗?"

谢商起身。

路上。一向沉默寡言的苏北禾冷不丁地问了句:"和温小姐不顺利?"

车外电闪雷鸣,车子低速开过水坑,溅起杂乱的水花,雨点砸在玻璃上,很吵,水滴破开、滑落,再密密麻麻地连到一起,把清晰的世界变得模糊。

谢商答非所问:"我讨厌雷雨天。"

路上花了一个多小时,谢商到荷塘街的时候,已经过了11点。他房间里的灯亮着,是温长龄在等他。他路过院子,收起雨伞,把身上的雨水掸掉,推开门。

秋夜的凉风一道吹进屋。桌上有个盒子,温长龄起身过去:"为什么回来得这么晚?"

谢商关上门，把身上沾了雨水的外套脱下来："天气不好。"

温长龄今天穿了裙子——她不经常穿裙子——米黄色的裙摆刚刚到小腿，袜子遮住脚踝，露出一小截白皙的皮肤，外套是料子很软和的长款针织衫，头发被松松垮垮地绑成了低丸子发型，此时的她看上去格外文静乖巧。

"我记得你很讨厌雷雨天，你现在是不是心情不好？"她没有等谢商回答，"今天你生日，不能让寿星公心情不好。"

她过去关掉灯。蜡烛亮起来，是那种细细的生日蜡烛，火苗很小，在黑暗里只拉开了一个小口子，光刚刚好罩住温长龄。

"谢商，生日快乐。"蛋糕是一个金黄色的星星的形状。

窗没关严实，火苗被风吹得晃动，她赶紧用手去护："我没有准备生日礼物，所以要送你一个生日愿望。"

又是愿望。谢商关上窗，握住温长龄的手，将她的手从烫手的火光旁拿开："什么都可以吗？"她今晚很奇怪。

"什么都可以。"谢商从她的眼神里看到了纵容。

于是，他起了贪心："我希望你能爱我。"

喧嚣杂乱的雨水里，他听到了温长龄的回答。

"好。"这很像梦境。谢商开始质疑眼前的一切。

蜡烛还在烧。温长龄朝他走过来，抱住他，踮起脚吻他。

她以前也主动过，只是总是很清醒，总是带着些玩弄，很少真正动情。不同于此时的她，吻他时，她低垂的眼睫都跟着微微战栗。

唇轻轻吮过，细腻，热烈，她忍不住轻咬，动作开始混乱，心情变得急切，急于把舌尖的温度、把没有说出口的话传递给他。

她想要给予，也想要索取。谢商本能地回应她，张开嘴，让她的气息胡乱地侵入、占据。窗外的雨下得越来越大，喧嚣能盖住房间里所有的声音，亲吻变得更加放肆，门窗紧闭的房内渐渐闷热，隐约有些潮湿，还有一丝丝蛋糕的香甜。

"长龄，"谢商还有最后一丝理智，在喘息的间隙里问温长龄，"我不懂，你到底要做什么？"

"我在实现你的愿望。"温长龄温柔地喊他"星星"，用力抱紧他，"我在爱你。"

她的眼睛里好像真的有爱意，有汹涌的情潮，有不顾一切想要放纵的决然。

她承诺一般，郑重地说："谢商，从现在起，我会满足你所有的要求。"

7年前。温长龄还没有失去家人，是生活在山里无忧无虑的少女，4月采茶，6月捕蝉，9月捉鱼，等到冬季，就和阿拿、月月一起玩雪。

炊烟升起，暮色照着大地，院子里有三两只鸡，一条家养的田园犬，有人在吹曲子，好热闹的人间烟火。

青石搭建的石板床很吸热，夕阳还没有落，温长龄搬来竹席铺在石板上，盘腿坐上去，放上一张草稿纸，撅着屁股趴着，手上握着笔，飞快地推算着物理公式。

吹曲子的是谢清泽，没有乐器，只用一片叶子。阿拿在煮茶，摆弄几下茶碗，便敲出了一样的曲子。家养的田园犬绕着院子里的大树欢乐地来回打转。

埋头做题的温长龄也抬了头，毫无音准地跟着乱哼。

"一闪一闪亮晶晶，满天都是小星星……"曲子结束，温长龄十分骄傲地说，"我们阿拿学得好快。"

"阿拿很聪明。"谢清泽是个温温柔柔、脾气很好的人，"我有个侄子，跟阿拿一样聪明，学东西也很快。"

年少时的温长龄是远近闻名的天才少女，天才嘛，总会有一些奇奇怪怪的胜负欲。她蹬着腿，文静、娇俏地说："他跟阿拿一样大吗？"

"比阿拿大1岁。"

她觉得她家阿拿是最好的："那他去年有阿拿这么高吗？"

"差不多吧。"风把写满了数字和公式的草稿纸吹走了。

谢清泽去将纸捡回来。温长龄把纸接过去："他有阿拿体育好吗？"

谢清泽故意逗她："他体育也好。"

"他有阿拿看的书多吗？"

"他也喜欢看书。"

哼。

温长龄看见院子里的鸡，于是问："他有阿拿会抓鸡吗？"

谢清泽笑，脸上的神情十分宠溺："他没有阿拿会抓鸡。"

温长龄很开心，大声叫着阿拿，叫他去抓一只鸡来。阿拿无奈，却也听她的，带着狗狗，把鸡追得上蹿下跳。

"要看看他的照片吗？"

少女勉勉强强的样子："那看一下吧。"她嘴上表现得不感兴趣，视线早就飞到谢清泽的手机屏幕上了。

她看清楚手机里的少年之后，表情错愕。是他。12岁那年，她去北城参加物理竞赛，带队的老师领着她去了关老先生家——关老先生是物理领域里举足轻重的人物。

就是在关家，她下水救了个人。

谢清泽说："他小时候身体不好，差点儿没养活。算命先生说，他命里有灾，但会遇到给他挡灾的贵人。"

挡灾。温长龄那个时候不信命。

"那现在呢？身体好了吗？"

"现在好了。"

少女摸了摸自己戴着助听器的耳朵。

"下次我带他一起来。"

但命运弄人，谢清泽没有等到下次。后来，温长龄家破人亡，在仇恨和愤怒无处宣泄的时候，她怨天，怨世道，怨自己，怨命。

在所有的复仇计划都准备好之时，月月问她。

"你选中他了吗？"

她选中了谢商："我利用他，就当他还了我耳朵。"

她偷偷观察了谢商很久，在暗处，像一个影子，在不被他发现的地带里，窥探他的世界。她去过他去过的地方，见过他见过的人，看过他看过的风景。她知道他的一些习惯，知道他喜欢喝茶，喜欢点香，喜欢冒险，喜欢一切未知的刺激。

每年谢清泽忌日前后，谢商都会去莱利图，温长龄也会去，那时候，他们还没有正式相遇。

每年春夏季，莱利图都有很多游客，路上有很多卖花的小孩儿。

"姐姐，买一束美人葵吧。"美人葵是莱利图的国花，长在库不颠沙漠和冥茫雪山的交界处，有各种颜色，不仅可以染头发，还是最好的肥料。

在莱利图的古神话里，慈爱的创世神为了保护世人，把所有代表邪恶的骨头剥离出来，压在库不颠沙漠和冥茫雪山下，因为那里是无人区，寸草不生。

后来美人葵长了出来，就长在寸草不生的地方，每一种颜色都代表一种邪恶的品质。

卖花的小孩儿收了客人的钱，帮客人跑腿。客人说，要把花送给雪山上那位滑雪的、来自东方的、长得最好看的男士。

"哥哥，这是一位姐姐让我送给你的。"

温长龄不知道那束花谢商有没有收，反正这不重要。绿色的美人葵代表欺骗。

今年3月，温长龄制订了和谢商正式认识的计划。

"月月，我把选择权给他，如果他拒绝了你的典当生意，那就算了。"

可是谢商接了典当生意，搬到了荷塘街。那就怪不了她了，大家都是猎人，各凭手段。

时间回到当下。许愿用的生日蜡烛还没有灭。

温长龄承诺："谢商，从现在起，我会满足你所有的要求。"

理智被击溃，谢商停止了思考，已经无法去剖析温长龄奇怪的行为可能带来的后果。他遵循身体的本能，托起她的腰，把她整个人抱起来，仰起头与她接吻。雷雨没有一刻停歇，被子似乎有些潮湿，也可能是他出汗了，谢商已经顾不了那么多，把温长龄放在被子上面，低下头去亲吻她的腿。

裙子被扔在了地上，谢商身上很烫，温长龄把被子踢掉。

他抱紧她："不冷吗？"

"很热。"因为体型的差异，温长龄几乎整个人都被谢商挡住，周围全是他的气息——他身上独有的荷尔蒙气息，充满了安全感，也充满了侵略性。

蜡烛已经灭了，房间里很暗。

温长龄看不清谢商:"谢商,开灯,我想看你。"

他说"好",掌心覆在她的眼睛上,将床头那盏灯打开,等到她慢慢适应了明亮,才将手拿开。

她借着光看他,搂在他脖子上的手去碰他发烫的耳朵。

"长龄。"

他抓住她的手,放到自己身上。她不禁抚摩着他的伤口,轻轻地,小心翼翼地:"你要好好吃药,快一点儿好。"

"好。"

谢商抽屉里的药被他自己换掉了,根本不是抗生素。

"不可以再拖延。"

"好。"谢商什么都说"好",什么都听温长龄的,就算现在她让他去给阿拿偿命,他也会成全她。

他想要让温长龄得偿所愿,因为他知道了得偿所愿是什么滋味。那一刻所有的感官都被满足,体温升高,血液快速运转,会有濒临极限的兴奋感,却不会害怕,比坠落中被拽紧的劫后余生感还要畅快。

他握住她的手,和她手指相扣,然后将她的手稍稍抬高,压在枕头上。

他边吻她,边拉开床头的抽屉。

她听见声音,睁开眼,眼睛泛红而潮湿:"什么时候买的?"

"你第一次问我愿望后,隔天去买的。"

"我不想用。"

"不可以。"谢商用手掌托着温长龄的后腰,她的身体几乎悬空,整个人在他怀里。袜子不知道被踢到哪里去了,灯光从左上方打下来,白皙的脚背在地上留下影子,微微晃着。

她有时很任性、疯狂,想要极致,想要刺激,想要燃烧,想要热烈地爱一场,想要在爆炸里呐喊,想要感受生和死那一刹那的临界点。

她年少时,有人说她是天才,她更愿意称自己为疯子。

"我不要用。"

"长龄。"

哪怕说了要满足谢商的一切要求,温长龄也还是他们之间更有话语权的那一个,她只需要喊他一声:"星星。"

谢商就妥协了:"好。"有一瞬间,温长龄仰起头,滚烫的眼眸看着灯光,在极度沉迷混乱里,却依旧有一丝微弱的清醒。

谢商在情最浓的时候问她:"长龄,你爱我吗?"

她闭着眼睛,抱紧他。

"你爱不爱我?"

"爱。"

动心又如何，她的世界里除了爱情，还有其他很重要、重要过生命的东西。

温长龄不喜欢欠人东西，谢商为她添了一道伤疤，那她还他一个愿望。

"谢商，从现在起，我会满足你所有的要求。"

只不过，她定好了期限。

11 点 55 分，酒吧的卡座依旧爆满。

"今晚最后一首歌，送给我朋友，他今天生日。"台上，谷易欢举起手，手腕上的彩带飞扬，他高喊，"祝他生日快乐，得偿所愿！"

架子鼓最先响起，然后是贝斯，一首改编的《生日歌》把气氛推向了最高点……如果主唱不开口。卡座里，一位男士这样评价："这个歌手缺了点儿意思啊。"

男士是 Pamdow 公司总经理办公室的员工。今天总经理办公室给新总经理举办"迎新"会。新总经理上任已经有一段时间了，但前阵子 Pamdow 因为香水事件名誉出现危机，这些天事情才妥善处理完，于是部门组织了聚会。这已经是第 3 轮了，吃完饭，唱完歌，最后蹦迪，完全是年轻人的玩法，因为新总经理年纪轻。

有女同事接了话："音色挺好的，就是唱功不行。"

在场有个同事是澳汀酒吧的常客："他是酒吧老板，听说是个富家少爷，开酒吧就是为了当歌手。"

最开始展开评价的那个男同事口吻有几分贬低嘲讽的意思："歌手的门槛这么低吗？"

一直没说话、这群人里最年轻的总经理突然说了一句："他以后会火。"

总经理办公室的员工们都朝老板看过去。

庞子衿看着台上，骨相美的人，扛得住酒吧的灯光。她笑着说："因为有人会捧他。"

男同事表情很蒙："啊？谁捧他？"

"我啊。"

男同事尴尬地笑："庞总真会开玩笑。"

庞总没开玩笑呢。庞总这么晚还在跟员工应酬喝酒，为了什么？为了收买员工，让他们卖命，给她赚钱，赚够钱了，她才能捧歌手，不是吗？

谢商看了一眼手机上的时间，凌晨 5 点 58 分。他起来，去浴室。浴室的灯亮着，门敞着没有关，温长龄听见脚步声，转头望向门口。

"我吵醒你了吗？"她身上穿着谢商的睡衣，睡衣不合身，裤脚垂到了地上。

谢商过去，蹲下，给她把裤脚挽好。他站到她身后，单手绕过她的腰，自然地低下头，亲吻他之前留在她肩上的痕迹："我本来就没睡。"

洗手台上放着一盒药，温长龄在拆药盒的包装袋，药是她提前就买好了的。谢商没有做出任何阻止的动作，只是搂在她腰上的手收紧了些，低声恳求："不吃药行不行？"

"不行。"温长龄没有丝毫迟疑，拆掉包装，取出药，"我不会生小孩儿的。"

等报完仇，她就要去见阿拿和母亲，院子里的那株钩吻她已经养了很久了。她拿起洗手台上的水杯，把药吞了下去。

谢商在她耳边轻声道歉："对不起。"是他心存侥幸，想着有了孩子也好，有了孩子她可能会心软。如果知道她会吃药，他不会由着她。

温长龄转过身来："又不是你的问题，是我的问题。"她不想聊这个，手抓着谢商腰两侧的衣服，"有点儿苦。"

"我去给你找糖。"

她拉着谢商不松手，语气娇娇的："星星。"

她仰起头，"嗯"了一声，要谢商亲她。她很会撒娇。谢商心脏被她挠得发软，担心她被洗手台的边缘硌到，一只手护在她的后腰上，另一只手撑在台面上，压低身体去亲吻她，舌尖带着湿意，倒是没尝到苦味。

他们吻了很久，然后拥抱。谢商虽然是进攻型的性格，但交往的进度一直是温长龄在主导，他们在一起5个月，之前接吻的次数并不多，两只手数得出来，加起来都没有今天晚上多。原来相爱是这样子，想要更亲近，想要拥有，想要被拥有。

温长龄靠在谢商怀里，平复着呼吸："星星。"

"嗯。"

"星星。"

"怎么了？"

她摇摇头，潮湿的眼盯着谢商好一会儿。谢商的气质很正派端方，只有她见过他事后的样子，很魅惑。她曾经坚定地以为，她不会为皮囊所惑，再好的样貌也不过是表象，所以她对皮相这种东西向来不在意。现在她才发现，是她狂妄了，灯下看美人，很容易掉进旋涡里。

她还以为她不知道怎么爱谢商，但好像一切很自然，大脑少一丝清醒，放纵本性就行了。

她不禁又去吻他。谢商的配合度很高，每次都是等她玩够了，他才会拿回主动权。

温长龄是怎么舒服怎么来的性格，把谢商推开："星星，我站得好累。"

谢商太高了。他把毛巾垫在洗手台上，把她放上去："这样可以吗？"

她踢掉鞋子，白皙的脚不安分，有一下没一下地踢着谢商上衣的衣摆。她看窗户，浴室的百叶窗透光，但从外面看不清里面的人，雷雨早在下半夜就歇了，外面很安静，只偶尔有鸟雀的声音。

天边的墨黑散去，有隐约的白，似烟似雾。

"星星，天快亮了。"

"去睡会儿？"

温长龄没有睡多久。她摇头："我不想睡。"她拉过谢商的手，放在自己的小腹上。

这是她在给信号。谢商把门锁好。
"长龄。"
"嗯。"
"你冷不冷？"
"不冷。"
镜子里，谢商握着温长龄的一只脚的脚踝，低下了头。
窗外，疏竹影萧萧，桂花香拂拂。

吴浩敏今天休假，一早带着彤彤过来了。朱婆婆在厨房煎饺子，香味飘到院子里。吴浩敏进厨房，揭开锅盖，看了一眼灶上蒸的是什么：红薯、玉米。
"长龄呢？"
"还没起吧。"
吴浩敏拿了个玉米在手上，被烫得左手换右手，把玉米搓得滚来滚去："我去叫她吃饭。"
朱婆婆叫住吴浩敏："不用去了。"
昨晚温长龄说，不用留门。她还在谢商那边。
"她昨天跟我说了，今天不吃早饭。"
秋天的上午很适合用来睡觉，最好下点儿小雨，风吹树叶，雨打窗台，催眠又舒适，这是温长龄最喜欢的白噪音。
窗帘的遮光效果很好，房间里很暗，她醒来有点儿蒙，分不清是白天还是黑夜。谢商已经起了，只有她一个人在房里。昨晚，因为她体温偏低，谢商换上了稍厚的被子。她把助听器戴上。手机在床头柜上，她拿过来，看了眼时间，10点21分。她起来，换好衣服，去浴室刷牙。
谢商不在院子里，他有间房专门用来制香，温长龄去了那间房，一进去就闻到了沉香粉的香味。
"你在做什么？"
"做线香。"下个月梁述川的父亲做寿，苏南枝女士托谢商帮她做点儿线香，梁述川的父亲很喜欢香道，尤其喜欢谢商制的香。
谢商把筛网放下："饿了吗？我做了粥。"温长龄早饭还没吃。
"等会儿再吃。"她坐到谢商旁边，看了看桌上各种她不认识的工具，没有骨头般靠在谢商的手臂上，是很依赖的姿态，打着哈欠，像发懒犯困的猫，"好困啊。"
她没睡够，眼睛都困得沁出泪花了。
她在这儿，谢商也没有心思制香："再去睡会儿，嗯？"
温长龄摇头："我不想睡，睡觉好浪费时间。"她没有很多时间。
她说着不想睡，眼皮却在打架。阳光透过窗户照到了温长龄的脸上，她把眼睛眯了起来。谢商移了移椅子，把光挡住，她抱着他的手臂，不知道他动什么，就跟着移了移椅子，以和刚刚一样的姿势，靠在他身上，光又回到了她的脸上。

她今天很黏人。谢商很喜欢她这样子，左手不动，让她靠着，用另外一只手去拉窗帘。

她摸到他的手，目光平静温柔："疼吗？"

"不疼。"

谢商的手腕上有齿痕，是她昨晚咬的。温长龄知道自己心理不正常，有破坏欲，有施虐欲，也不光是对谢商，有时候也对自己。但昨晚她很收敛、很克制，因为谢商的伤还没好，她没有乱来。

"谢商，你吃药了吗？"

"吃了。"

那就好。好好吃药伤才好得快。温长龄有点儿昏昏欲睡，突然想起一件好玩的事，瞌睡醒了几分："我跟你说，你的朋友谷易欢，他好幼稚。昨天早上，他用匿名号码给我发了一条短信，说他是反坏女人协会的，还说协会已经盯上我了，要我好好对男朋友，不然他们协会不会放过我。"

谢商："……"这是谷易欢干得出来的事。

温长龄笑得眼睛弯弯："他也不知道用个临时号码，我一打过去，他队友就接了。"

"他比较傻。"谢商说，"回头我说说他。"

"不用说他，我觉得他人很好，对你很好。"

谷易欢一定是在很多爱里长大的，被保护得很好，天真单纯，热烈赤诚。

"是因为那条短信你才对我好吗？"谢商的眼神里带着小心和谨慎。

哪怕他们已经是彼此最亲密的人，谢商还是没有把握，没得到的时候想得到，得到了怕失去，患得患失，草木皆兵。

温长龄回答："当然不是。"

"那是为什么？"

谢商不觉得自己重要到能让温长龄放弃复仇，甚至不敢在她面前提跟他父亲有关的事情。他不清楚温长龄突然成全他的理由是什么，这让他很不安。

"还记得我当初找你典当吗？"

"记得。"

温长龄闭上眼睛，昏昏欲睡："星星，我在兑现我的承诺。"

当时典当的时候说好了，他帮她解决曾志利，她会爱他，现在她也算兑现了承诺。

虽然这个典当生意是她设的一个局。曾志利之所以会找上门，是因为她泄露了自己的住址，她当时需要一个引谢商入局的契机。

458

第十九章
你输了，谢先生

之后的一周，温长龄把自己变得很忙碌。她把她的衣服搬到谢商那里，和谢商一起做饭（谢商做），一起散步，一起去超市。谢商一只手推车，一只手牵着温长龄，她正对着一堆蔬菜苦恼。

她转头问谢商的意见："你想吃什么？"

"买你想吃的，我不挑食。"

温长龄露出十分诧异的表情："谢老板，你哪里不挑食？"让她数数，"你不吃葱姜蒜，不吃内脏，不吃胡萝卜，不吃芹菜，不吃香菇，不吃豆子。"谢老板富贵人家出身，挑得很。

温长龄叹气："你好难伺候。"谢商在笑。他有一点儿相信，或许温长龄真的在爱他。

他们还一起去了浣西山的露营地。那里有露天电影院，每天在同一个地方同一个时间播放同一部电影，听说很多情侣会在每年的纪念日过来，温长龄不经意听路过的露营客说，这叫"物是人是"。

温长龄是直线思维的理科女，不懂浪漫，她来这里是因为上网查了别人是怎么谈恋爱的。

电影开始不到20分钟，前面的女士已经回头了很多次。电影里正好在放男女主角的学生时代。

"谢商。"

谢商靠过来听她说话。

为了不影响别人观影，她很小声地问："你学生时代是不是很受欢迎？"

"还好吧。"

温长龄在谢清泽的手机里见过谢商十八九岁时的样子。照片应该是谢清泽抓拍的，谢商在骑马，单手拉紧缰绳，身上的气质很独特，既有青涩的少年感，也有青年人的成熟沉稳，疏离中带着少年特有的意气和不羁。他高坐马背，优雅明朗，让她想起了一句诗："当时年少春衫薄。骑马倚斜桥，满楼红袖招。"

温长龄觉得他太谦虚了。

"你念书的时候没遇到过有好感的对象吗？"

谢商不用考虑："没有。"

十几岁的时候是他对这个世界最好奇的时候。他年幼时身体不好，很多事没做过，后来身体素质提升了，他开始报复性地玩各种令心跳加速的刺激游戏，对异性关注很少。再之后谢清泽去世，温长龄被他恨上了，她的名字跟魔咒一样刻在了他的脑子里，他哪儿还有心情关注别的异性？

温长龄睁着一双天真"有邪"、又乖又坏的眼睛，一本正经地感叹："那你好可怜，还没尝过一点儿甜头，就被我这个坏女人骗了。"

她倒是会自我批评。电影已经演到男女主角定情了。

"谢商，"温长龄拉拉谢商的袖子，"后面那个人说这部电影是个悲剧，我不喜欢悲剧，我们回帐篷吧。"

"好。"

这部电影的时代背景是国人的思想还没有解放的时候，家里给定了亲的男主角在他适婚的年纪遇到了女主角。

结局是男女主角双双自杀。搭帐篷的地方离露天电影院有一段距离，山间的小路在晚上会给人一种没有尽头的错觉，沿路有地灯，灯光把草染成了嫩黄的颜色，影子随风摇曳。远处四散着各种颜色的帐篷。

温长龄慢悠悠地走在小路上："今晚好多星星。"她转头看谢商，笑眯眯地说，"我是拥有星星的人呢。"

然后——星星在吻她啊。吊灯被挂在帐篷外面。山上夜里很冷，温长龄抱着谢商的手取暖。

临睡前，她说："我们去风镇吧，我想回故乡看看。"

"好。"

她闭上眼睛，习惯性地喊了谢商一声。

谢商答应。她很快睡着了。

温长龄请了 10 天假，和谢商自驾去风镇，一路上走走停停，经过了很多城市，看了很多风景。他们去白湾峡谷蹦极，从高空俯瞰，看落日余晖铺进峡谷长河；他们去旧古安草原，看金秋飞雪，看落叶与雪花在高山交织，感受皑皑白雪和斑斓落叶的视觉碰撞；他们去凌晨 5 点的蓝海，看第一缕光照亮海面，波光粼粼。

蓝海离风镇已经很近了，她的故乡快到了，她定的期限也快到了。她和谢商在海边，在无人的沙滩上，听了很久的浪声。

她不自觉地往大海深处走。谢商拉住她："长龄。"

她回头，看见谢商担忧的目光。喧嚣汹涌的海浪不断地刺激着她的神经，有个声音在她的耳边说："疯狂吧，趁现在。"

她想抱着谢商沉入海底。

"星星。"

"嗯。"

海浪已经打湿了她的鞋，她望着大海遥远的另一头："大海很美。"

谢商在她的眼睛里看到了阴郁、悲伤。他想起了《特比庄园》里形容女主角安妮的一段话："悲伤又美丽，像冬天百花凋零时还在绽放的花，像唯美却结局凄惨的童话。"

他上前，拥抱温长龄："你喜欢的话，我们以后可以经常来。"

谢商，我们没有以后。温长龄开始吻他，开始扯他的衣服。

"长龄。"她没有理会。

谢商按住了她的手："这里不合适。"

7年前，温长龄在病得最严重的时候，背着一包自制的炸药去了无人岛。点燃引线的前一秒，她在岸边看到一只被海浪打翻后翻不过身来的海龟。

她跟那只海龟好像。她给海龟翻了身，放弃了引爆。

"没有其他人。"

凌晨5点的蓝海海滩上除了他们没有一个人，远处的环海公路上偶尔有车辆经过，路灯还亮着，太阳还躲在海平线下面。

谢商摇头，轻拍温长龄的后背，试着安抚她："宝宝，这里不安全。"

他很少这样叫她，仅有的一两次都是在情最浓的时候。温长龄不管，不肯停下来。

谢商不知道她到底怎么了，但是隐约知道，他不能拒绝处在当下情绪状态里的温长龄。她好像随时都要离去，离开他，离开这个她毫不留恋的世界。

谢商把车窗全部关上。

"长龄，你是不是……？"是不是给完甜头儿，就要彻底了断？

谢商不敢摊开说。他了解温长龄，她还有很多秘密，没有真正接受他。

"你想做的事我会帮你，你能不能把我划到你的阵营里？"

她推着谢商的肩，坐在他身上，所有的主动权都在她的手里，她说："我要做的事已经快做完了，我现在只想和你在一起。"

谢商闭上眼睛，祈求温长龄骗他久一些。车窗紧闭，海风在外面狂乱地吹。理智和本能在拉锯，温长龄感觉自己快要被割裂，她大汗淋漓。

"谢商，我有点儿冷。"

谢商用毯子盖住她。

"还是冷。"

他把车上的空调打开。

温长龄感冒了,在酒店休养了两天,才再次出发。其实也不叫休养,她这几天放纵得不行,谢商管不住她,哄她也不听,只能任由她闹,任由她折腾。

白桃村的后山前两年修了路,车可以开上山。这个季节,茶树已经成熟,层层梯田,绵延叠翠,一碧万顷,这里便是温长龄的家乡。

在山脚下,温长龄指着最后面的山跟谢商说:"那上面,就是我长大的地方。"

谢清泽说,以后要带谢商一起来。他没有做到,带谢商一起来的成了温长龄。红砖平房,篱笆院子,院子里有口井,温长龄的家在山的高处。家里很空,什么也没有,7年前她把所有的东西都烧了。

谢商在打扫。温长龄在车里睡觉。她感冒还没有好,有一点儿低烧,吃了药,很困。

车上有帐篷,有被子和防潮垫,谢商把屋里擦干净后,垫好垫子,把温长龄抱进屋。她没有醒,助听器也没有摘。

"长龄。"

"长龄。"

温长龄眼睛稍稍睁开,有些迷糊:"嗯?"

"我下山去买点儿东西,你在家里等我。"

车里的饮用水用完了,谢商还想买些食材回来。

"哦。"

温长龄应了一声,用被子裹住自己,身体下意识地贴着墙。谢商很不放心,莫名其妙地不安、焦虑,走到门口,又折回来:"长龄,先别睡,起来把门锁好。"

温长龄钻出被子,脸上的神色显得有些呆滞。

"锁了门再睡。"

"哦。"

她爬起来,跟谢商一起走到门口。回到风镇之后,她情绪就很不对。

谢商摸了摸她的脸:"我很快回来。"

谢商回来后没有看到温长龄:"长龄。"

院子里、屋里都没人,温长龄的手机放在枕头下面,没有带在身边。谢商立刻出去找她。开车回来的路上他没有碰上她,她应该没走那条路。

出院子往左有条小路,谢商沿着小路往山里走,越到后面岔路越多。他第一次来风镇,不熟悉路,挑了通往高处的那条路,那条路上有草木被踩踏的痕迹。他边找边喊温长龄的名字,山里安静,他的声音一遍一遍地回荡。

半山腰处有棵参天大树。温长龄听到谢商的声音,从大树后面走出来。

"谢商。"

谢商快步过来,额头有汗:"你去哪里了?"

"有点儿闷,出来走走。"

温长龄去了谢清泽失足坠崖的地方,那里跟以前一样,没什么变化。极度心慌会让人有窒息感,谢商深呼吸了几下,刚刚脑子里想了太多最坏的可能,余悸难消,抱温长龄的时候,指尖还微微战栗。

"出来怎么不跟我说一声?万一迷路了怎么办?"

温长龄双手垂在身体两侧:"这条路我不会迷路的。"

这条路在阿拿去世之后,她走了无数遍。

谢商碰到她的手——很凉,冰块一样:"你身上怎么这么冷?"

"山里温度低。"

谢商把外套脱下来,给她穿上,又帮她把卫衣的帽子戴上,绳子系紧:"回去吗?"

"嗯。"

他们回到家已经不早了。谢商买了很多需要用到的东西,这时在厨房里烧水。温长龄躺在垫了麦秆的青石板上,安静地看夕阳。

麦秆不知道是谁家晒的,可能以为这个房子没有主人了,在院子里堆了很多麦秆和木柴。

"长龄。"

谢商说:"水烧好了。"

温长龄去了卫生间。她太冷了,要洗热水澡。长时间不住人的老房子水龙头是坏的,锁也是坏的。谢商刚要敲门,从门缝里看到了温长龄的手,她的手里拿着一把剪刀。

谢商立刻推开门:"你拿剪刀干吗?"

她神色平静:"剪毛巾的吊牌。"

谢商不知道自己为什么这么杯弓蛇影,刚刚那一瞬间,他甚至以为温长龄要用剪刀伤害自己。他接过她手里的剪刀,把毛巾的吊牌剪掉。

"我先出去,你快一点儿洗,不要等水凉了。"

他刚转身,温长龄拉住他。

"谢商,"她把谢商手里的剪刀拿开,丢在一边,握住他的手,放到自己的腰上,"你能不能弄疼我?"

谢商知道温长龄有施虐欲,亲热的时候看得出来,如果咬破皮肤,如果出血,她会兴奋。但之前都是她在他身上实施。

"长龄,告诉我,你怎么了?"

风镇的风把她的大脑吹清醒了,故地会让记忆变得更深刻。她很痛苦。她不该点日有所思香,不该动心。阿拿是因为她才死的,她穿了阿拿的雨衣,谢良姜才认错了人。该死的人本来是她,她怎么能对谢良姜的儿子仁慈?

她罪不可赦。

"没怎么，就是想玩点儿刺激的。"

她用最平淡的语气对谢商要求道："要你弄疼我。"

因为舍不得，谢商很克制。但这仍然是他们有过的最粗暴的一次。

"你在想什么？"谢商用被子裹着温长龄，与她一起躺在拉上了拉链的帐篷里，"长龄，告诉我好不好？"

"我想我的家人了。"温长龄闭上眼。

这一次，她没有叫谢商的名字。她要改掉这个坏习惯。

次日，天气很好，秋高气爽。香城有花都之称，这个季节很多花会开，白芷、向日葵、秋海棠，还有玫瑰和芙蓉。风镇有很多游客，但都在梯田下面，下面有花海，游客不会上山来。温长龄坐谢商的车去了一趟山下的超市，买了水果和花，用竹篮装好，跟谢商说她要出门。

"你要去哪里？"

"我去看我妈妈和弟弟。"

谢商去帮她提篮子："我陪你去。"

她的表情突然变得冷漠："你不可以去。"

他的手僵住，慢慢地垂下："我在家里等你。"

温长龄走了，谢商坐在院子里，守着这个他很陌生的房子。白桃村的人嫌他们姓温的晦气，不让他们葬在村里的公墓里。温沅和阿拿的坟墓在同一个地方，那座山是温长龄早就过世的外婆留下来的私山。

坟前有个人，他戴着眼镜，手腕上戴了一串奇楠手串。男人听见温长龄的脚步声，回头看她。

两个人的目光对上，温长龄上前："你是秦齐？"

他诧异："你认得我？"

温长龄把篮子里的水果和花拿出来，低着头，语气平常，告诉男人："我妈妈临终前喊过'秦齐'这个名字，你是我见过的唯一一个来看妈妈的外人。"

秦齐在打量她，目光温和慈爱："你是温沅的女儿？"

温长龄抬头，迎着秦齐的目光，点了点头："我叫温长龄。"她有些迟疑地问，"你……是我父亲吗？"

秦齐愣了一下，如实说："我也不知道。"

天快黑了，温长龄还没有回来。谢商打她的电话，她没有接。谢商问白桃村的人，温沅的墓地怎么走。被问的大婶坐在路边择菜，审视着眼前这位气度不凡的外地人："小伙子，你去温沅的墓地做什么？"

谢商没有说。

"你还是别去了。"温家女邪乎得很，会下蛊。这句大婶没有说出口。

谢商没有过多地解释，礼貌地请求："麻烦您告诉我怎么走。"

果然邪乎，今天有两个男人来问温沅的墓地，说温家女不会下蛊，谁信？不过大婶还是帮忙指了路。温沅的墓离白桃村比较远，谢商不熟悉这一带，走了快一个小时才到。他见到了温沅和阿拿的墓，见到了墓碑上的照片。但温长龄不在，墓碑旁放的花早就被太阳晒枯了。

遗照上没有一点儿灰尘，应该已经被擦拭过了。两座墓碑靠在一起，后面生长着大片大片的钩吻，钩吻开了花，是黄色的花。

谢商走到阿拿的墓碑前，站了一会儿，什么都没说，下了山。他在温长龄长大的房子里一直等，一直等，等到天黑，又等到天亮，但是没有等到温长龄。

3个小时前。

"我叫温长龄。"温长龄问秦齐，"你……是我父亲吗？"

"我也不知道。"

温长龄的手机这个时候响了，是晏伯庸打来的电话。晏伯庸打电话给她只有一种情况。

"晏爷爷。"

"长龄，"晏伯庸说，"晏丛在等你。"

温长龄立刻往山下走。秦齐叫住她："温小姐。"

她站在原地回头。

"能否告知我你现在的住址？"

"荷塘街，532号。"

再会，秦先生。温长龄下山了。温长龄订了最近一班飞机回北城，到帝宏医院时，已经快11点了。

晏丛在重症监护室，主治医生和蒋尤尤都在，但他们已经没有什么能为晏丛做的。晏丛能熬到现在，已经是个例。

温长龄换好无菌衣进去，坐下来。

"晏丛。"

晏丛缓缓地睁开了眼睛。温长龄觉得自己太贪心了，就因为她一句"还没有做好准备"，就让晏丛受了这么久的罪，当初意气风发的英俊少年如今被病痛折磨得几乎不成人样。

他手指动了动："长龄。"

"嗯。"温长龄握住他的手，"我来了。"

"我跟我姑父说好了，你如果想去秦家，就去找他。"

"嗯。"

"碰到解决不了的事，去找我爷爷，他会帮你。"

"嗯。"

他在交代遗言，因为鼻腔里插着导管，每一个字都说得很困难。

"长龄，我这一生，遇到的幸事不多，认识你我很高兴。"

他这一生太短了，才19年。他没有碰到疼爱他的父母；从小练体育，没能好好看看这个世界；17岁被诊断出胰腺癌，手术后放弃了体育，没能参加奥运会；过了两年正常人的生活，癌症就复发了，没能真正好好爱一个人。这就是他的19年。

除了他爷爷，他为数不多的幸事就是遇到了温长龄，一个会在他吃药的时候给他准备糖的人。

"我知道你把我当成了阿拿。"

"姐姐。"

晏丛很少叫温长龄"姐姐"。只有她每次喝醉，偏要叫他"阿拿"时，他才会短暂地扮演阿拿，叫她"姐姐"。

"我是晏丛。"

温长龄另一只手放在椅子后面，紧紧地握着，掌心里有块塑料，是飞机上配的塑料勺子，被她折断了。她也不知道怎么就把塑料勺子带下了飞机，塑料将掌心的皮肤割破了，她却仿佛没有知觉，木讷又机械地回答晏丛："我知道的，我知道的。"

你不知道。

"长龄，我很……"我很喜欢你。

晏丛最后还是把这句话咽了回去。他不能跟温长龄说，说了会让她更难过。

"你不要哭。"他向温长龄承诺，"我不会死。"

温长龄像个没灵魂的木偶一样，呆呆地坐着，说不出话，只有眼睛是活的，眼睛在流泪。

晏丛感觉眼皮快要睁不开了。他已经见到温长龄了，该走了。

"长龄，我有话跟我爷爷说。"

温长龄好像没有听到一样。晏伯庸对蒋尤尤点了点头，蒋尤尤过去："长龄。"

温长龄回过神，自己站起来，看了看晏丛，然后出去。

晏伯庸坐到病床前，满头白发，老泪纵横。

"小丛，爷爷在这儿呢。"晏丛的目光已经开始涣散。

"爷爷，"他说得很慢，吐字困难，"你答应过我，不让我死在长龄面前。"

"爷爷带你走。爷爷现在就带你走。"

温长龄是看着晏丛乘车离开的。晏丛说，他要回家了。他闭着眼，静静地躺着，然后车门关上，他消失在温长龄的视线里。

温长龄想起了她和晏丛的第一次见面。

科室的同事说，肿瘤科来了个冰球少年，长得好看，可惜命不好，得了胰腺癌。同事还说，冰球少年家境好，脾气大，不肯吃药，喜欢为难医护人员。

在晏丛痛得满床打滚儿乱摔东西的时候，温长龄来了。

"弟弟。"

她轻轻地拉了拉晏丛罩住头的被子:"不吃药会更疼的。"

"滚。"谁是你弟弟?

温长龄剥了一颗糖,把手伸进被子里。

晏丛掀开被子:"滚……"

一张嘴,他嘴里被塞进了一颗硬糖。

温长龄眼里有浅浅的笑,但被眼镜挡着:"甜吧?"

糖很甜。晏丛从小就嗜甜。

"我叫温长龄。"胆大包天的护士说。如果他想,他可以立马让她失业。

他背过身去。

"晏丛。"他咬碎了嘴里的糖,含混不清地说,"我叫晏丛。"

温长龄叫他:"晏丛弟弟。"

他不耐烦:"我叫晏丛!"

初见时,温长龄喊晏丛"弟弟"。

她不知道,晏丛对她一见钟情,她不知道,永远都不会知道。胰腺癌是癌症之王,他没有资格,他连最基本的陪伴都做不到,所以不能告诉她。

温长龄在医院门口从晚上站到第二天白天,那块她从飞机上带下来的塑料被扔在脚边,上面鲜血淋漓。

"长龄。"

傅影赶过来。

温长龄迟钝地转头,双脚早就麻木,动不了:"月月。"她呆愣愣的,嘴里呢喃,"晏丛也没了。"

傅影抱住她:"哭出来吧。"

她摇头:"晏丛说,不要哭。"

傅影把温长龄带回了自己家。温长龄没吃没喝地睡了两天一夜,不愿起来,不愿醒来。她的手机关机了,晏伯庸联系了傅影。

傅影把电话给温长龄接听。

"长龄。"

"晏爷爷。"

晏伯庸说:"不要难过,我带晏丛去国外了,国外有新药,晏丛会好的。"

温长龄沉默了很久,才平静地附和:"嗯,会好的。"

她觉得这话是假的。挂了电话,温长龄起床,洗漱,吃了傅影给她准备的粥,恢复到平日的样子,冷静得出奇。

"我回家了。"

傅影不放心她:"我送你回去。"

她摇头:"我没事的,月月,我可以自己回去。"

她一个人出门了,傅影小心地一路跟着。温长龄下车下早了,走了很长一段路,到荷塘街的时候，天已经黑了。她脚步晃晃悠悠，一直低着头，看地上自己的影子。

"长龄。"

她听到声音，抬起头。

是谢商。刚刚在路上她还在想：今晚怎么没有星星？

谢商走过来，眼睛很红。从温长龄把他留下到现在，他一刻都没有合过眼。回北城后，他到处找温长龄，找不到就在这里等，没有期限地一直等。他本能地伸手去牵温长龄的手。

她立刻甩开他的手，像一只刺猬，朝他立起全身的刺："谢商，你那么聪明，应该知道我的意思了。"

谢商知道晏丛的事。

"我知道你现在很难过，"他目光中带着讨好，低声央求，"我们以后再谈好不好？"

温长龄很冷静："我们分手了。"她的反应在他意料之中，从温长龄改变态度开始，谢商就猜到了，她已经给他下了判决。这是他假想过无数遍的结果，他也提前想过无数遍应对的方法，怎样求她，怎样拖延，怎样示弱，怎样让她心软，但看着她决然的目光，他先败下阵来。

他有点儿自暴自弃地想：如果她想要的是父债子偿，那是不是顺着她的想法让自己痛不欲生对她来说更好一点儿？因为他也想让她如愿以偿。

"能不能不分手？"

他理智在说：成全她吧。阴暗的念头立马化成毒蛇，勒住他的喉咙，释放所有存于他骨子里的卑劣和残忍，不停地蛊惑他：快困住她，快绑住她，快折断她的手脚，这样她就能留下了。

他压着嗓子，喉咙发苦："你不是说会爱我吗？"

"一个骗子的话你也信？你不是都知道吗？我自始至终都在算计你。傅影是我的朋友，她拿着玉镯找你讲温家女的故事是我授意的，我知道只要提到谢清泽你就会上钩。但你也不无辜，你不也是来找我报仇的吗？求而不得，痛不欲生，这是你给我准备的，不是吗？"灯下，温长龄的脸上有一种阴郁颓丧的冷感，"只不过是，你输了，谢先生。"

她好累，走了太多路，脑袋很沉，像要炸开，她想立刻放一缸冷水，躺进去，淹没自己。

她垂下眼睫，刚抬脚，谢商拉住她的手。

"够了。"她红着眼，用最后的力气说，"让我喘口气，行吗？"

那条毒蛇突然安静了。他所有的卑劣残忍都经不住温长龄红一下眼睛。

他松开手，让她走了。

温长龄快到中午才醒来，身体在发热，烧到多少摄氏度她不知道，无所谓。朱婆婆敲了门，端着粥进来。

"吃点儿东西吧。"

她"嗯"了一声,声带像粘了东西。

朱婆婆欲言又止了很久才问道:"你和谢老板……?"

温长龄把粥送进嘴里,麻木地吞咽:"我们分手了。"

朱婆婆叹了口气,没有问原因。

"婆婆,我有事和您说。"

"你说。"

温长龄放下勺子,稍稍握紧手,把掌心的痂藏起来:"我可能不久之后要搬走了。"

"为什么突然要搬走?因为谢老板吗?"

温长龄摇头,解释说:"因为有件事要去做。"

温长龄有很多秘密,她来荷塘街的第一天,朱婆婆就看出来了。当时她漫无目的地走在街上,来来回回绕了几次。朱婆婆就问她:是不是找谁?

她说她迷路了。朱婆婆招待了她一顿饭,她问:"我可不可以不走了?脚很累。"

"那你记得常回来。"

温长龄说"好":"谢谢您。"

傍晚,温长龄出了一趟门。谢商看到了她,但没有叫住她。晏丛离开她了,她肯定想起了阿拿,她需要喘口气。他会等,也可以等。他现在很擅长等待。

所有人都看出来了,谢商不对劲。他在城西的地下赛车场设了赌局,只要有人能赢他,他就给对方1000万元。游戏这周末开始,规则很简单:两车对撞,谁踩刹车谁就输。

这个游戏谢商以前也玩过,但纯玩和加注是两码事。

贺冬洲推开研发室的门:"你疯了是不是?"

谢商没抬头,在调香水:"不过是玩个游戏。"

"1000万元,你知道1000万元能让多少人不要命吗?"贺冬洲闻到了一股浓郁的辛味,"你也不要命了?"

谢商语气平淡:"死不了。"

他很平静。贺冬洲很懂他,知道这种风平浪静下面暗藏的是汹涌的深海风暴。

"你铁打的?你死不了?"

谢商不回答,好像很专注于手上的事,好像对别的毫无兴致。

贺冬洲最烦他这克制压抑的性格,有意挑他的禁区捅:"不是说以后不玩这游戏了吗?不是说有了温长龄要惜命吗?"

滴管碰到培养皿,发出声音。谢商手上的动作停住了,黑色的手表戴在冷白皮的腕上,颜色对比明显,两种不一样的冷色叠加,让他看上去圣洁又阴暗。

"她甩了我。"他垂下眼睫。

怪不得。贺冬洲知道源头了。

谢商要做什么事，没人拉得住。第一个来找温长龄的是谷易欢，他永远是最沉不住气的那一个。谷易欢先说了地下赛车场的事，剩下的就全是他的不平："我四哥对你掏心掏肺，你到底还有什么不满意？他为了你，跟长辈决裂，也不计较他小叔的死，你还要怎样？"

温长龄是工作中被谷易欢叫出来的，穿着护士服。她不说话。

这哪儿是什么白衣天使？这是魔鬼。谷易欢急躁得不行："你说话！"

"没什么好说的。"

谷易欢被噎住，过了半天才愤愤地说了一句："温长龄，你真狠心！"

谷易欢走之后没多久，温长龄在帝宏医院原来的 VIP 楼栋碰到了贺冬洲。

贺冬洲应该是知道谷易欢来过，所以只说了一句："城西大道，周日晚 8 点，去不去随你的便。"

周日，城西大道。谷易欢在看台的最前面，探头探脑地往入口那边看。

"怎么办？8 点快到了，温长龄还不来。"

贺冬洲嫌头顶的灯刺眼，半眯着眼睛，懒洋洋地坐着，像头在打盹儿的野狮子。

谷易欢就是只好动的狍子，在贺冬洲面前走来走去："怎么来了那么多人？这群见钱眼开的家伙！"他频繁地看时间，一头金发被抓得乱糟糟的，"实在不行，我去把四哥外婆叫来。"

"先别急，再等等。"

温长龄会来的。贺冬洲喜欢用非常规的手段办事情，温长龄那里他找人盯着了。

她不来，那就把她绑来。

贺冬洲眼皮抬起来："来了。"

谷易欢扭头看过去。那是温长龄，没戴眼镜。几个穿着性感的车模刚好从温长龄身旁路过，谷易欢还是一眼就看到了她。她就是有那样的魔力，穿着最不起眼的衣服，也没化妆，没有烫过的头发用一个鲨鱼夹随意地盘着，走路总是很慢，好像什么事都和她没关，但就是满身的故事感，像从老电影里走出来似的，风情万种又微带颓丧。

她走过来，没有跟任何人打招呼，眼睛张望着，在找什么。

贺冬洲看了眼手表：8 点。服了，这人踩着点来。

游戏开始。看客很激动。

某位看客："1000 万块啊，这要是我，闭着眼往死里撞！"

另一位："那你怎么不上？"

"嘿嘿，我惜命。"

"1000 万块哪儿有那么好赚，庄家那辆车一看就不是普通的车。"

今晚的庄家是谢商。这里是地下赛车场，不用实名，所以大部分人不认得谢商，但谢商那辆车好认，北 G·AA201，从无败绩。

看吧，有好戏呢。看客都伸长了脖子。

开始了，两方发车。温长龄找到最醒目的地方了——车模小姐举旗的那个高台。她走过去，没有上去，就站在那个台子旁边。

谢商看到了她，下一秒，踩下刹车，1000万元没了。

温长龄心想：乱来。结束了？看客不明所以。谢商下了车，走到温长龄面前才摘下口罩。

温长龄有点儿心烦，真的烦，谢商这张脸她不想看，但又忍不住看，这种感觉好像抽烟，知道有害健康，但诱惑力好大。

"你知道我会来？"

谢商比以前瘦了些，轮廓更分明，目光有穿透力，像要透过她的皮肉看到她的骨："我不知道。"

他只是在赌而已。他只是等不到她，发疯而已。

"我们谈谈。"

"好。"这游戏开局就废了，但谢商顾不上任何人。他快一周没有见到温长龄，骨头都在发痒，神经在叫嚣。饮鸩止渴原来是这个滋味，好容易上瘾。

他把温长龄带到一个房间，应该是工具房之类的，里面有货架，没有椅子。他把外套脱下来，垫在一个塑料硬筐上。

温长龄坐在他的外套上。他不嫌脏，自己坐在满是脏污的旧轮胎上，没有离她太近。

温长龄先开口："我今天是来找你典当的，我们是这么开始的，就也这么结束吧。"

"你要当什么？"

"一个故事。"

谢商一直看不透温长龄，哪怕在他进入她的身体里最亲密的时候，哪怕在他摸着她的皮肉骨头的时候，两个人之间也是像隔着什么东西。

她像冬日晚上那轮黑暗中蒙着雾的白月。白月终于要揭开她的纱了。

"香城有个美称，叫花都。花都风镇有一户姓温的人家，那家的女儿都随母姓，姓温。她们从祖辈开始就避世而居，很少同人往来。有人说她们会下蛊，那种能让男人神魂颠倒的蛊。被下蛊的男人都不会有好下场，不是死于非命，就是殉情或出家，迄今为止，无一例外。"

她的声音柔软，却很有力："这一段你应该听过，我现在要跟你讲一段你没有听过的。"

这一段，傅影当初在典当的时候讲过，这一段是在外人看来的谢清泽的死因：他迷上了一个会下蛊的女人，被诅咒，死于非命。

温长龄不太会讲故事，没有抑扬顿挫，干巴巴、麻木地吐字："7年前，谢清泽化名谢泽，慕名来到香城风镇，上山采风时，对采茶女温沅一见钟情。当时温沅已经有一对成年的儿女，不是世人眼里的良配，谢景先得知后极力反对，多次催促谢清泽归家未果。"她看着谢商，目光像拉开弓后紧紧搭在弦上的冷箭，"当时你的父亲谢良姜因为公事也在香城,他去过风镇,你知道吗?"

"我不知道。"

果然,这段往事被谢良姜抹得一干二净。

"谢良姜去过谢清泽住的民宿。半山腰的那座红房子,我上次指给你看过,那里以前就是民宿。"温长龄继续讲那个曾经有段时间夜夜都入她梦的故事,"那天快要下雨了,走了几十遍的路我这个傻子还能走错。我跟我弟弟阿拿约定过,迷路了就去最高的地方等他。阿拿出来寻我,路过了谢清泽住的民宿。我不知道谢清泽什么时候也出来寻我了,是阿拿先找到了我,阿拿把他的雨衣给我穿了。我们回去的时候,不小心看到了一件事。"

谢商刚刚锁门了,房间隔音效果很好,很安静,这种静让他惴惴不安,像某种预兆,某种铺垫,像在为接下来的爆发作序。

房间里只有温长龄的声音,如同从原始森林里传出来的靡靡蛊惑之音。

"你猜我看到了什么?"她放缓语速,生怕谢商听不清楚,一个字一个字地加重声音,"你小叔失足,抓着树枝往上爬,我和阿拿本来要去拉,走近了才发现悬崖上有个人,是你的父亲。"

她突然发笑:"你的父亲,他伸手推了一把。"

和她的话一起出现的还有一只手,拽着谢商往深井里沉,他的口鼻似被堵住,窒息感随之而来。

他的眼神由平静到充满惊涛骇浪。

"为什么会推一把你应该比我更清楚。"

谢商很清楚。因为那个时候,他爷爷动了放权的念头。跟他父亲不一样,他小叔正派坦荡,永远都会坚守身为一名律师的底线。哪怕小叔并不想成为一名律师,依然是他爷爷最中意的接班人。

温长龄的眼神像冰做的镖,直直地飞向谢商:"我和阿拿当时太慌张,踩到了石头,被谢良姜发现了。严格来说,只有我被发现了,阿拿没有,但我身上穿着阿拿的雨衣。"讲到这里,温长龄无波无澜的眼眸里开始有浪翻涌,那是她用了7年都化解不了的恨意,"我找人上山去救人了,但是晚了,谢清泽尸骨不全。村里的人都说是我妈妈下了蛊,我们姓温的不祥,我们能怎么辩解?我们敢辩解吗?谢家要捏死我们一家太容易了,所以我们家搬走了,是我要搬的。我以为我们保持沉默,躲起来做人,就能避开谢家的纷争。"

但是没有,没结束,谢良姜不肯结束。

"两个月后,阿拿因为被诬陷进了监狱,你父亲等的机会来了。"

谢商一言不发,撑在轮胎上的手被油污弄脏了指尖,腕骨凸出,肌肉绷紧,有着绝对的力量感,不过因为克制隐藏在平静之下。

"以你谢家当时的地位,你父亲有必要为了那4个禽兽亲自出面'建议'吗?还体贴地提供善后帮助。"温长龄的话是一把无形的利刃,她不急不徐地把最后一刀插进谢

472

商的心脏,"他是在借刀杀人,在杀人灭口。"

屋内和窗外的灯光交织在一起,照在谢商的脸上,为他的脸部轮廓镀上一层银箔。情绪被死死地控制着,在他的眼底翻涌,仿佛在等待一个爆发的机会。

"我的故事讲完了,够精彩吗?可以作为当品吗?"

如果是别人来讲这个故事,哪怕这个人是半年前的温长龄,谢商都不会被动到这个地步。

如今的温长龄,她说的每一个字,谢商都不会有一丝怀疑,也不会防御。明知道这是她的计策,是她花半年时间设好的陷阱,他也会跳,他只能跳。

"你要什么当金?"

"你有没有去过我院子的2楼?"

"去过。"谢商看着她,目光一刻不离,"你报仇的对象轮到谢良姜了。"

"对,轮到他了。"

"你要我怎么做?"他声音低沉,没有反抗,那是一种没有底线到近乎自虐的纵容。

在接近谢商之前,温长龄追查过谢良姜很久,但谢良姜不是那些蠢货,他滴水不漏,外人根本拿不到他的把柄。

所以她选中了谢商。谢商的身份最合适,他是谢良姜的独苗,是整个谢家对谢清泽的死最耿耿于怀的人,是本质和她一样的有仇必报的人。而且他欠她一双耳朵,就当还债了。

很短暂的沉默之后,温长龄问:"你爱我吗?"

谢商毫不迟疑:"爱。"

让谢商爱而不得痛不欲生不是温长龄的目的,她要谢商当她的刀,当她的冷箭,当她的工具。

"你说过可以为了挚爱背叛至亲,那就让我得偿所愿吧。"她用最温柔的语气蛊惑他,"我要你父亲众叛亲离,恶有恶报。"

"那我呢?"谢商双手撑在轮胎上,因为用力,手指反向弓起,又慢慢放平。强大如谢商,脸上也会出现这样的表情——被置之死地却依旧无力反抗的脆弱:"你不会要我是吗?"

"星星,"温长龄叫他"星星",有种残忍的宠溺味道,"你是谢良姜的儿子,你没有资格的。"

她也没有资格,她害死了阿拿。她起身,捡起外套,仔细拂掉上面的灰,走到谢商面前,微微弯腰,为他披上外套,低下头,亲吻他发红的眼睛,最后一次品尝这支烟。

"不要玩危险的游戏,要惜命。"当初他说给她的话,她还给他,"星星,你很贵的。"

如果这世上真有挡灾一说,那谢商这条命就是她用一生的灾祸换来的。她转身,离开，没有迟疑，没有回头。

谢商很久都没有出去。谷易欢进来了，一进来就感觉到气压很低，低得人透不过气。

"四哥。"

人怎么走了？他们俩没和好吗？

谷易欢不敢问。

"以后不管我做什么事情，都不要去找她。"谢商手里拿着外套，上面还有温长龄留下来的很轻微的气息，他深深地呼吸，把所有的贪恋都关进笼子里，"我跟她已经分手了。"

"……"

谷易欢一个字都不敢说。

因为他知道，他强大到无所不能的四哥被那个狠心的女人抛弃了。

周末，温长龄回朱婆婆那里搬行李。

"喵。"花花在外面一直叫，温长龄从房间里出来。朱婆婆也从厨房里出来了。

"它这是怎么了？"

花花焦躁不安地在院子里走来走去，一直用自己的前肢去抓挠头部和颈部，地上有一摊呕吐物。

朱婆婆把它抱起来，摁着掰开喉咙："好像被卡到了。"

花花八成是又出去捡什么东西吃了。

"长龄，你去拿双筷子来。"

温长龄去厨房，挑了双最细的筷子。她抱着猫，朱婆婆用筷子去揿异物。花花很乖，不乱动，但异物卡得比较深，朱婆婆不敢用蛮力，异物取不出来。

"朱婶。"

朱婆婆答应了帮人修钟表，客人已经来了。温长龄说："您去忙吧，我带它去看宠物医生。"

这个点不算太晚。温长龄把花花装在猫包里，打车去了最近的宠物诊所——郑医生宠物诊所。

门开着，大堂里没有人。温长龄提着猫包走进去。门正对着前台，前台后面的墙上挂着诊所的各种营业执照，还有兽医师的职业资格证书。

前台的右下角画了个框，里面写着："今日在职，江医生。"字旁边还有张照片。

"有人吗？"没有人回应。

温长龄往里走了一些："有人吗？"大门上写了诊所的营业时间，还没有到下班时间，还有半个小时。

"请问——"温长龄的声音被下楼的脚步声打断了。她抬头，自下而上，最先看到一只鞋，很干净的白鞋。

然后是腿，男人的腿，笔直修长，穿着灰色的裤子，白色的长袖上衣没有整理好，一个角缩着，遮不住男人的皮带。他慵懒、散漫，带着轻微的让温长龄闻不惯的味道走下来。

她看清了他的脸：眼窝够深，明亮乌黑的眼珠嵌在里面，眉骨和鼻骨的存在感都很强，唇色淡，肤色白，长相有种病态的冰冷感，典型的东方皮相西方骨相。

这张脸温长龄见过，在砚禾堂的外面，当时两个人都在车上，有过几秒对视。男人穿得单薄，看得出来体脂率极低，身上有股脆弱枯槁的感觉。他也在看温长龄，目光过分直白。

温长龄先开口："你好。"

"你好。"他将头发都捋到了脑后，袖子卷着，手臂上面有几道红痕。温长龄明白过来那种她闻不惯的气味是什么了——事后，非常放纵的情事之后留下的味道。

温长龄突然想换家诊所。

"看诊吗？"

算了。温长龄点头。他应该就是江医生，前台那里贴的照片有些失真，兽医师资格证上有他的名字：江城雪。

他打开一扇门："进来吧。"

温长龄提着猫包进去。白大褂被挂在衣架上，江城雪取来穿上，戴上一次性的手套和口罩。诊疗室里有张台子，他把台子上面的杂物清走。

"你的猫哪里不舒服？"

温长龄把猫包放在台子上，拉开拉链，抱出猫："喉咙里卡了异物。"

猫咪虚弱地叫唤。江城雪轻轻固定住猫咪的头，俯身。两个人的距离突然拉近，存在感极强的气息争先恐后地侵袭温长龄的鼻腔，她微微后退。

"卡多久了？"

他眼神淡淡的，拇指、食指伸到犬齿后面，迫使猫张开嘴，右手取来手电筒，借助手电筒的光查看异物卡住的位置。

温长龄如实回答："不知道卡了多久，半个小时前刚发现。"

"中午正常进食了吗？"

她点头。江城雪抬眸，睫毛很长，和他的发色一样乌黑："打过疫苗吗？"

"打过。"

江城雪放下手电筒："卡了块骨头，挺深的。"

他去取来工具，固定手电筒。

花花很配合，不乱动也不乱叫，可以不打麻醉药。

"你按着它的舌头。"

温长龄照做，接过按着猫咪舌头的器械。

江城雪把圆头的医用镊子浸在消毒水里片刻，取出来，擦拭干净，一只手固定猫咪的头，把镊子伸进猫的喉咙里，腕骨无意间碰到了温长龄的衣袖。

温长龄看了一眼他手上的红痕。江城雪尝试了几次，骨头取不出来。

江城雪换了种温长龄不认得的像剪子的器械重新伸进猫咪的喉咙，解释道："骨头太大了，要先剪碎。"

他剪碎骨头，又换了一种器械，从猫的喉咙里夹出来一块边缘锋利的碎骨，放在托盘里。他稍稍调了一下手电筒的光的角度，又夹出来两块碎骨。

一共3块碎骨，拼一起是一块很大的鸭骨头。花花一向贪吃，这么大块骨头，它生咽，怪不得被卡住。

"好了。"江城雪放下手里的医用器械，"回去再给它喂点儿消炎药。"

诊疗室后面的柜子里就放着常用药，他取来一盒，放在台子上。

"喵。"花花的叫声比刚才有力了一些。

江城雪摸摸它的头，很温柔地夸赞："真乖。"

温长龄把猫装回包里，收好药："多少钱？"

"60块。"

温长龄扫了码："谢谢。"

她提着猫走了。江城雪后一步走出诊疗室，倚着门的边缘，看美人的后背：肩胛骨真标致，想做成标本。

他从大堂的柜子里拿了一把猫咪专用的指甲钳，上楼，推开门，走进一间房间，打开灯，坐在沙发上。

"过来。"他温声细语，像恶魔在低吟。

躺在地毯上赤身裸体的女人爬过来，跪到他的脚边，仰起头，嘴角还有残留的浊物。

江城雪轻柔地牵起女人的手，用粉色的猫用指甲钳给她剪指甲。

女人本能地瑟缩了一下，眼底有恐惧，也有深深的痴迷。

"别动，"江城雪轻哄，"会出血的。"

女人很听话，一动不动。

她好爱慕眼前的男人，尽管他只把她当作一件玩物。

江城雪施舍一般摸摸她的头："真乖。"

猫用的指甲钳不适合人用，剪指甲时，发出的声音听着就很痛。

上一秒他还温柔地夸赞，下一秒，神明下地狱，变成诛心的魔鬼："以后你不用再来了。"

女人红着眼睛，卑微地问："我做错什么了吗？"灯光照在女人身上，一身细腻的皮肤斑痕累累。

"你抓伤我了。"他笑着批评，"不太乖。"锋利的金属碰撞，发出"咔嚓"的声音。指甲被剪下来，一起被剪下来的还有一块皮肉，血慢慢地滴在木纹砖上。

男人把玩着那根已经不完美的手指，像在看一件残缺的艺术品。他叹气，把血抹到手臂的红痕上。

唉，让她看到了呢。

朱婆婆家那位不爱说话的小温房客搬走了，如意当铺的谢老板也搬走了，听说两个人分手了。听说某天下午，有辆豪车停在了朱婆婆家门口，豪车离开之后，小温房客眼眶微红。听说是谢家人来棒打鸳鸯了。

以上"听说"，来自荷塘街街头情报小组。兴许是以前没有注意过，最近温长龄发现，她经常能在医院碰到贺冬洲。

电梯轿厢很宽敞，温长龄靠后站着，贺冬洲靠前。他稍稍往后侧头，礼节性地开口："温小姐。"

温长龄回："贺先生。"

光滑的电梯门像镜面，两个人的目光在镜子里碰撞。贺冬洲站姿慵懒，但仪态好，有风度。现在撇开了谢商那层关系，他对温长龄的态度就不是那么随和了。

"温小姐最近过得还好吗？"

"挺好。"

你倒是好，某人不好。贺冬洲先下了电梯。帝宏医院 VIP 楼栋被废除之后，专门服务 VIP 客户的医疗团队也被解散了，这栋楼不像之前那样层层守卫，而是作为普通的单间病房使用，但病房的环境和设施都很好，收费自然也不便宜。

这一楼的病房里住的都是内科的病人。电梯门关上的前一秒，温长龄听到了女人的声音："冬洲。"

吴侬软语，听声音像是从雾蒙蒙的江南水乡里来的姑娘。

贺冬洲走进病房："你怎么下床了？"

女孩生得很美，是那种最能激起人的保护欲的美，没有一点儿攻击性，因为生着病，身形瘦弱，仙气飘飘，美得有种破碎感。

"今天天气很好，我想出去走走。"

她叫小疤，因为左边眼角有个花纹状的红色胎记，所以小名叫小疤。胎记很小，蚕豆大小，颜色像晚霞。小疤之前因为这个胎记，总是不肯抬头，有些自卑。贺冬洲说这是天上的神给特殊的孩子留下的印记，是很漂亮的记号。

贺冬洲把她抱起来，放到轮椅上，从病床上拿来毯子。

"冬洲。"

贺冬洲"嗯"了一声，把毯子盖在她的腿上。

"14 号床的那个大叔昨晚走了。"也是肾衰竭。

小疤有些不安，抓着贺冬洲的手："我……"

贺冬洲没让她说下去："你不会的。你很快就可以做手术了。"

小疤住院已经有半年了，在等待肾源做移植手术。

贺冬洲已经找好肾源了。

晚饭温长龄是在医院吃的。她搬家了，搬到了涪陵云顶，一个高档小区。小区的门卫很礼貌，温长龄搬来没几天，门卫就认得她了，每天在她上下班的时候都会亲切地跟她打招呼。

"温小姐。"

温长龄点点头。

门卫大叔说："今天下班挺早的。"

"今天不忙。"

温长龄从袋子里拿出两个柑橘，从保安室的窗口放到里面的桌子上。柑橘是佳慧给的，佳慧的姐姐给她寄了一箱，她给温长龄拿了一袋。

门卫大叔笑得每一条皱纹都十分慈祥："谢谢啊。"

多好一姑娘，怎么就走上了歪路呢？这里是高档小区，很多富豪喜欢把情人安置在这边，光他知道的就有好几个。他见过这位温小姐从一个中年男人的车上下来。

温长龄住在3栋701室，200多平方米她一个人住。她的东西少，显得屋里很空，装修是商家自带的精装修，没有改过，风格很现代，黑白灰配色，冷冰冰的。

11月份，下午6点多天就开始暗了。

温长龄刚打开灯，电话来了。

她接通："秦叔叔。"

秦齐说话的语气很温和："下周末有空吗？"

"有的。"

秦齐说想带她去秦家，见一见老人家。

她说"好"。

挂了电话，她走到窗户前，看向楼下。小区的外面停了一辆车，看不清车牌，但她知道那是谁的车。隔得太远，车的轮廓都有些模糊。

她拉上窗帘。谢商从扶手箱里拿出打火机和烟，将烟放到嘴里叼住，点燃，吐出的烟从眼前飘过，把视线模糊，他眼前之物开始变得不真实。

年少时，谢商有一次看到苏北禾抽烟，随便问了句："有什么好抽的？"

苏北禾不是好舅舅，不教好，当时是这么回的："看到这烟了吗？像不像呼吸？里面就像有氧气。"

那次之后没过几天，苏北禾就跟家里坦白了。

谢商满了18岁就买烟尝了尝，什么氧气？扯淡。现在他有不同看法了，觉得苏北禾扯得挺对。

"先生，"门卫走过来，"您在等人吗？"

这辆车好几个晚上都停在这里。照理说这里不让停车的，但这个人周身的气派，一看就是贵人，不好随便得罪。

门卫很周到地问道："需要我帮您联系业主吗？"

"不用，谢谢。"

谢商把手伸到车窗外，抖了抖烟灰，没有再抽，就那样让烟燃着。他看着手机，本能地按下数字，盯着跳出来的名字，始终没有拨打出去。她不接怎么办？她接了怎么办？

温长龄说得没错，他没有资格。

谷开云推开房门。房间里的窗帘拉着，桌子上点着沉香。他走到窗前，拉开窗，光刚漏进来一缕，床上的谢商就抬手遮眼。

"别拉开，刺眼。"

谷开云放下窗帘，看了一眼床头的药瓶，知道自己不能再给他开药了，这么个吃法儿不行。

谷开云过去把炉子里点着的沉香灭了："你点了什么香？"

这香应该点了很久，栀子花味很浓。谢商的手搭在眼睛上，没睡着："蜂香楠木。"

谷开云听过蜂香楠木，怪不得最近总在谢商的身上闻到栀子花香。

"昨晚没睡？"谢商没应。

谷开云在不远处的椅子上坐下，将羽扫拿在手里，轻扫炉上沾到的香灰。他一身气质清雅，手指甲修剪得干净，小物件也被他衬得像价值不菲的艺术品："我听冬洲说，你要去 KE，已经铺好了路。你决定了？"

"嗯。"当律师要的证谢商都有。他先前做过几次法律顾问，还帮贺冬洲的朋友处理过涉外案件，要重新当律师随时都可以。

"我知道你不喜欢当律师。"

谢商说："喜不喜欢不重要。"

谷开云知道他是为了谁。谢商以前太顺风顺水，所以做什么都不怎么走心，也没什么能束缚住他，在谢家养成了一身反骨，更没谁能掌控他。

现在炉子里长时间不熄的日有所思香就是证据，他向他人投降的证据。

"你这样子，让人很不习惯。"谷开云把桌上的香具收拾好，"我以前以为你不是这样的人。"

他以为谢商要做一辈子飞在高空中的鹰。

谢商坐起来，不睡了："你这样的人都巧取豪夺了，我怎么样都不奇怪吧。"

也是。谷开云能理解，他以前也没觉得自己会这么乱来。怪不得说物以类聚，贺冬洲是这样的人，谢商是，他自己也是，动了心思就太执着，遇到墙都要凿穿，想要的宁愿断手都不放手，这并不是什么好事。

谢商问："抢来的感觉怎么样？"

"有点儿后悔。"

谷开云是真君子。谷家老爷子带在身边亲自教养出来的长孙，温文尔雅，冰魂雪魄，克己复礼，风度气节谁人不夸？

"怎么说？"

479

谷开云实话说:"应该早点儿抢。"

谢商进了 KE 总部,以律师的身份。KE 的创始人是谢景先和他的两位堂兄弟。合伙人大会是 KE 律所的最高权力机关,但律所不是企业,创始人的孙子也没有绿灯,谢商这些年很少接触案件,只做过几次顾问,执业 5 年以上这一点他不符合要求,也还没有创收,申请不了合伙人。

KE 与一般律所有所不同,除了合伙人,其他都是授薪律师,当然,薪资很高很高,KE 向来财大气粗。KE 的决策高层是管理委员会,由 7 位高级合伙人组成,7 位中有 3 位姓谢。外人戏称"KE 是谢家律所"也不是没有道理的,创始人、管理委员会主席都是谢家人。谢家几代人都从事与法律相关的工作,谢家有顶级的人脉,KE 很大一部分案源来自谢家,来自谢家几代人累积下来的口碑,所以哪怕是授薪制,KE 律所也是很多律师梦寐以求的供职单位。

半个月内,谢商参与了两起案子,不是作为辩护人,只是作为助理。孔仲瑜是 KE 管理委员会里的 7 位成员之一,也是谢良姜的同学兼老友,最擅长处理刑事案件,精明心细。

"谢商一来,容家就要求换律师。谢律,"孔仲瑜的语气带了几分玩笑,"你家公子不简单啊。"

谢商参与的那两起案子,创收都上了 8 位数。时间点掐得正正好,他一来容家就换律师,这不可能是巧合。孔仲瑜知道谢家这位长孙不简单,但还是很意外,之前人没在 KE,还能神不知鬼不觉地把内部的人事和案源摸得这么透。

谢良姜倒是不怎么意外:"我生的,像我。"

孔仲瑜说真的:"你就不怕他取代你?"

谢家老爷子虽然退了,但还挂着管理委员会成员的名头,在律所的影响力依旧很大。比起儿子,谢老爷子似乎更喜欢孙子,不然也不会什么重要场合都把人带在身边,资源、人脉一个不落地给孙子占着。再加上苏家这层关系,父子俩真要争,老姜未必辣得过新姜。

"他做得到的话,那也是他的本事。"这要是别人来争,谢良姜不会说这种话,谢商到底是儿子,谢良姜心里还是护的。孔仲瑜也不好多说,这算是谢家的家事。

孔仲瑜出去了,带上门。助理宋金给谢良姜添茶,宋金早就能独立接案,但在职位上,是谢良姜的助理律师:"您不担心他做出对您不利的事吗?"

谢良姜没说话。宋金替上司想了很多:"主任,还是要防着点儿。"

谢良姜不悦地抬眸,镜片后,眼神凌厉:"说话注意点儿,那是我儿子。"

他的儿子,他能说,但不是什么人都能说。

周六。谢景先把谢商叫到花间堂,留了他吃午饭。谢良姜不在,谢继文带老婆孩子出去了,也不在,饭桌边就祖孙二人。

谢景先问道:"在律所还适应吗?"

谢商放下筷子答话:"还好。"

"碰到不懂的,你要是不想找你爸,就去找你二爷爷。"

谢景先的堂弟一家也都从事法律行业,有当律师的,也有在检察院和法院的。

谢商应了声。

"你跟那个谁,"谢景先没直接提那个名字,"真分了?"

最近谢家没人在谢商面前提温长龄。谢商看上去很正常,但了解他的人都知道,他善于克制情绪。

他答得轻飘飘的:"分了。"

"谁提的?"

"她提的。"

谢景先既庆幸又生气。他不想他谢家的人跟姓温的再有任何瓜葛,但心里也十分不平:他谢家的长孙差哪儿了?多少老东西明里暗里来帮自家孙女问,凭什么谢商是被分手?

"爷爷,您当初为什么想让小叔接替您的位子?"

谢清泽跟谢商一样,对律师这个行业没有热爱,甚至有点儿抵触。

"他最适合。"谢景先语气郑重,也是告诫谢商,"一个律师,除了专业能力,底线和原则也很重要。"

"那我父亲呢?"

谢景先沉默了片刻才回答:"他野心太大了。"

律师毕竟不是商人。谢良姜接管 KE 这几年,KE 的规模大了不止一倍,分所开到了很多国家,如今的 KE 充满了商业的气息。

"我吃饱了,您慢用。"

谢商下了饭桌。

谢景先也起身,去了厨房,叮嘱做饭的人:"你待会儿炖点儿有营养的汤,让季甫带回去。"他瞅着谢商瘦了不少。

楼上。谢商在接电话。

"谢商,"贺冬洲说,"我刚刚见到温长龄了,你知道在哪儿吗?"

没等谢商问,他说:"在西山首府,秦家。"

贺冬洲是秦家为了押子收养的养子。赵老太早年丧夫,靠着卖豆腐把一对儿子抚养成人。一胎两子,长子秦齐出类拔萃,次子秦克昏庸无能。秦齐一生未婚。秦克先后结了两次婚。第一任妻子进门两年没有生育。赵老太没读过什么书,大半辈子活在山里,见识短,非常迷信,嫌儿媳是"不会下蛋的母鸡",托人看八字领养了个小孩儿来押子。

这个小孩儿就是贺冬洲。他原本姓周,来秦家之后被改了姓,姓秦。贺冬洲来秦家的第三年,秦克的第一任妻子终于有孕了,生了个男孩儿。秦家有了自己的孩子,就看领养的不顺眼了,所以贺冬洲就被送走了——他原来的父母不要他,送的是另外一户人家，姓贺，他又改了姓。

可惜，秦家这根独苗没养大，2岁多的时候夭折了。赵老太又嫌儿媳命硬，克子，让秦克离了婚，娶了第二任妻子。这个儿媳过门一段时间后，肚子也没反应。

贺冬洲就又被接了回来，这次他没改姓，还姓贺。赵老太不满意，觉得这孩子年岁大了，在外面养野了，不听话了，但一时也没有八字更合的。

秦克的第二任妻子中间流过一次产，伤了身子，好几年后才得一女，取名秦奈。赵老太倒是想要孙子，这不是命里没有吗？

再说秦齐，他是真争气，从偏远大山保送进入名牌大学，拿全额奖学金，研究生没毕业就跟着导师创业，现在是华旗技术创始合伙人之一，任公司首席运营官。

秦齐不想温长龄听到不好听的话，特地把母亲赵老太拉到房间里私下说话。

赵老太大名叫赵俊霞，手上戴着两个克数一看就很足的金镯子，穿大衣，戴珍珠，享福嘞。秦齐事业成功之后就把她接来了北城，在此之前，赵老太没出过小镇，卖了半辈子豆腐，老了嗓门儿也依旧洪亮。

"你是什么时候在外面有了女人？我怎么不知道？"

赵老太对大儿子别的方面都很满意，就是不结婚这一点，她很不满。现在大儿子还领回来个私生女，在赵老太看来，这是很丢脸面的事。

"都是过去的事。"

赵老太是农村人，年轻守寡，吃过不少苦头，养成了一副强势蛮横的性子："那个女人呢？"

秦齐说："她已经去世了。"

赵老太眉头皱得死紧："那谁能证明她生的一定是你的女儿？万一是别的男人的野种呢？"谁知道是哪里的"野狐狸"，勾得她儿子留了种？

"我做了DNA亲子鉴定。"秦齐能凭自己坐上今天的职位，头脑当然不差，不可能随随便便就认个女儿回来。

"怎么偏偏是女孩儿？"这要是个孙子就好了，赵老太很嫌弃，一脸刻薄地说，"耳朵还不好。"他们老秦家之前就没出过残疾人，这简直让老秦家蒙羞。

"我想让长龄住在家里，等你过寿那天把她介绍给大家。"

秦齐的脸和秦克的几乎一模一样，但颧骨上没有痣，戴着眼镜，身上多了读书人的气质，也不像秦克那么暴躁性急。秦齐浸淫商场多年，深谙交际之道，待人温和，周到妥帖。

"有什么好介绍的，又不是什么光彩的事。"赵老太数落道，"她一个私生女，还是个聋子，没什么拿得出手的，说出去平白给你丢脸。"

秦齐平时很纵着老母，极少这样拉着脸："妈，你不要这样说长龄。"

赵老太看儿子偏袒外人，立马抹泪哭闹："我哪里有说错吗？你现在有了女儿，连我这个老母都可以不要了，当初我可是省吃省穿才把你送出大岩山的。"

秦齐头疼，连忙说："我没有那个意思。"

"我不管，她住在家里我不同意。"

赵老太的脾性秦齐自然知晓，他也想了应对之策："那这样吧，我在附近给她买个房子住。"

赵老太一听要花钱，立马不乐意："你疯了不成？现在的房子多贵，这附近都是别墅，那得花多少钱，就算赚到了钱也不能这么挥霍。"

秦齐再提温长龄住在家里的事，赵老太就没有那么反对了。

温长龄在大厅坐着，保姆从厨房偷偷探出头来看了她好几次。

突然，温长龄脚下被扔了一只纸飞机。一个穿得像洋娃娃的女孩儿跑过来，七八岁大，手里抱着玩偶，一脸敌意地瞪着温长龄。

"你就是我大伯带回来的便宜姐姐？"

女孩是秦克的女儿，秦奈。

秦奈是赵老太唯一的孙女，贺冬洲只是押子的。赵老太对自己孙女宠得不得了，惯得小女孩儿脾气大。秦奈凶巴巴地朝温长龄抬下巴："我奶奶说，你是来抢我东西的！"她把娃娃扔在温长龄身上，"坏女人！"

秦奈做了个鬼脸，转头就跑了。

温长龄把玩偶捡起来，放在沙发上。

谢商的车停在了西山首府的大门外面，他没有下车。他出门急，外套没穿，上身是黑色的高领上衣，白的人穿黑色衣服身上的冷感会加重。他原本是在看案件资料，所以戴着眼镜。他不常戴眼镜，眼镜让他看上去会有一种律政精英的禁欲感和诱惑力。

贺冬洲坐在副驾驶座上："DNA鉴定结果有问题。"

这个谢商知道。

晏丛的姑父有这方面的路子，可以帮温长龄。

"你怎么知道有问题？"

贺冬洲半边肩靠着车门，是懒散的坐姿，仪态里透着松弛感："秦齐的事我都知道。他是有个女儿，温沅生的，但温沅把那孩子扔了，扔掉的第二天抱养了温长龄和温招阳。"

也就是说，贺冬洲早就知道温长龄的家庭关系。

"你之前怎么没告诉我？"

"我不清楚温长龄知不知道自己是被领养的，之前她没来秦家，秦齐那时候跟她、跟你都没有关系。而且温沅的亲生女儿是被遗弃的，温沅既然把孩子遗弃了，就说明不想和秦齐有干系，那你们也没有太大的必要知道她的存在。"

这个"她"，谢商听出了贺冬洲语气里的情绪，是袒护。谢商非常了解贺冬洲，所以不再追问。

"温长龄到底在谋划什么？"

谢商没有回答这个问题，而是请求："冬洲，不要拆穿她。"他在温长龄2楼的照片墙上看到过秦齐的照片。

"你至少告诉我，她跟秦齐是敌是友？"

"是敌。"

秦齐是温长龄的下一个目标。贺冬洲想做的事，谢商也猜得到，两件事并不冲突。

"那正好。"

贺冬洲应下了，其他的没问。

"她如果有什么麻烦，第一时间告诉我。"

"都前女友了，你还护着。"前女友，真是个很微妙的称呼，贺冬洲相熟的朋友里，只有谢商有前女友，也算是稀奇事了。贺冬洲调侃道："不去见见你那狠心的前女友？"

谢商扶了一下眼镜。他一张脸得天独厚，配上手的动作，斯文里透着一股子又狠又野的劲儿，是收不住的张力。他换挡："你是下车还是坐我的车走？"

分手？分什么手。贺冬洲还能不知道谢商什么性子？这手分不了，只要谢商还没死，早晚他要凿穿墙，要移山海，铲除他所有的障碍。

贺冬洲下车："我去看看你前女友认亲认得怎么样。"车子开走了。

谢商有不能告诉贺冬洲的事情，贺冬洲一样有不能告诉谢商的事情，但他们都了解彼此，也互不追问，这是多年来养成的默契。

他们认识很多年了，第一次见面就是在这条路上。

当时两个人都还年幼，贺冬洲背了个书包，手上还提着个很大的袋子，脸上有被殴打的伤痕，眼睛肿着，嘴角有结痂，一瘸一拐地走在路上。

这是刚挨了打。谢商叫住了他："喂。"

贺冬洲回头，10岁的年纪，眼神又冷又傲，像一匹孤军奋战的幼狼。

谢商叫住他倒不是因为慈悲心，只是觉得他们身上有相同的气场："你有钱吗？"

他没作声。谢商把身上所有的钱都给了他。就这样，他们认识了，到现在17年了。

谢商是后来才知道，那时候秦家刚得了男孙，有了亲生的，看押子的贺冬洲就很不顺眼，虐待成了家常便饭。

第二十章
救命之恩，失聪之痛

温长龄在秦家住下了。贺冬洲成年后就独立出去了，基本不去秦家。

秦克经常在外面花天酒地，夜不归宿。赵老太不管，巴不得他花天酒地能花个儿子出来。秦克的妻子刘文华是个很传统、很软弱的女人，身体不好，整日大门不出，赵老太嫌她膝下无子，经常刁难，她也从不反抗。

温长龄住进来才3天，就见过两回赵老太让刘文华给她洗脚捶腿。赵老太也看温长龄不顺眼，逮到机会就要数落几句，但秦齐很袒护温长龄，只是他很忙，总是早出晚归。

最让温长龄头疼的是秦家那位小公主。可能小公主觉得温长龄是来抢她东西的，所以只要是温长龄的东西，她都要抢。

比如椅子——"那是我的位子，你不准坐。"

比如晚饭——"这是做给我吃的。"

比如车子——"我要出去玩，让司机叔叔先送我。"

比如房间——"奶奶，我要睡她那间房。"

随便。温长龄刚要让出去，下班回来的秦齐正巧听到了秦奈的话，上前训斥道："小奈，不要胡闹。"秦齐一向温和慈爱，很少板着脸，"那是姐姐的房间。"

秦克一把年纪，虽然在华旗技术挂了闲职，但那点儿微薄的工资哪儿够他在酒池肉林里泡，还是要用秦齐的，住秦齐的。秦齐自然而然成了家里最有话语权的大家长。

被训斥了的小公主不服气，嘟囔说："我才没有姐姐，奶奶说了，她是外面的狐狸精生的。"

秦齐怒喝："秦奈！"秦奈立马往她妈妈身后躲。

"给姐姐道歉。"

秦奈是秦家唯一的孙女，平时所有人都哄着、纵着她，这是大伯第一次这么训她，都怪狐狸精生的坏女人。她皱着小脸儿瞪温长龄，撇撇嘴："我不。"

"道歉。"

她"哇"的一声就哭。她妈妈刘文华立马蹲下来哄。

秦齐皱了皱眉，有点儿不悦，语气虽不重，但有命令的意味："带她回房间抄书，不抄完不准出来。"

刘文华没回一句嘴，低着头把孩子抱走。

"长龄，"秦齐有意支开温长龄，"你也上楼。"

温长龄很听话，上楼了。

赵老太的嗓门儿洪亮有力，2楼也听得到。

"你好大的脾气。"

"妈，哪儿有你这样教小孩儿的？"

"我就随便说了两句，哪儿知道她会跟着学？"

…………

"我就随便说了两句，哪儿知道她会自杀？"

当年阿拿狱中"自杀"，白桃村流言四起，说温家女给人下蛊，所以也要遭报应。村民的唾沫星子淹到了温沆的家门外，没多久，温沆也自杀了。

这些村民愚昧、无知、迷信、张嘴就来，就像赵老太那样。有人敲门。

"请进。"

秦齐进来："长龄，我代小奈跟你道个歉，她年纪小，不懂事，让你受委屈了。"

温长龄在这个家扮演透明又沉默的角色，不反抗，没怨言，眼镜底下情绪平平："没关系，我没有放在心上。"

秦齐走近些，欲言又止了许久，小心地看着温长龄的脸色问："你妈妈有没有跟你说起过我？"

妈妈说起什么呢？你怕什么呢？

温长龄摇头："我只在她临终的时候听她叫过你的名字。"

秦齐露出悔恨不已的表情："是我对不起她，我不知道分手后她把孩子生下来了。"他眼眶发红，深情又慈爱，"你是不是也在怪我，才一直不肯改口？"

分手？温沆说过，她此生只爱过一个人，是谢清泽。这是个秘密，谢清泽都不知道。

温长龄没有回答秦齐。秦齐伸手，想拍她的后背。

她本能地往后退。秦齐僵了一下，尴尬地收回手："不改口也没关系。"

此时秦齐的手机响了。

"我接个电话。"

秦齐接通电话，边往外走边喊："陈老师。"

陈秋禅，秦齐的老师，也是他的上司，华旗技术现任首席执行官。

秦齐接完电话出门了。刘文华心疼女儿，没舍得真让她抄书，秦齐刚走，小公主就跑到温长龄面前，吐舌头做鬼脸。

温长龄从抽屉里拿出一个布丁，包装的瓶子很漂亮。

"这是什么？"

"布丁。"

秦奈一听是吃的，骄横地护食："冰箱里的吃的都是我的，谁准你动了？"

"这个不是。"

"我说是就是！"

小公主说一不二，上去就抢。温长龄松开手，由着她抢。

晚饭过后，温长龄回到房间，发现被子是湿的，玩具水枪被扔在地上。小孩子不会粉饰太平，这是谁的杰作不用想也知道。

要快一点儿结束，住在这里很烦。温长龄把椅子搬到窗前，坐下来，趴在窗口看星空。

谢商在做什么呢？

"以后抬头看星星的时候，我都会想起你。"

她曾经随口说过的话，一语成谶。温长龄发了很久的呆，直到脖子发酸，才动了动手臂。她看看时间，10点了。她有点儿口渴，起身下楼。

秦家的别墅很大，楼层高，夜里显得空旷。温长龄突然停下脚步，望向厨房。

"慢点儿。"秦家的保姆名叫沈茹，年纪不大，平时也不怎么说话，温长龄都不知道，原来她的声音这么娇媚。

沈茹有所感应似的，突然抬头，目光和温长龄的撞上了，她立马伸手去推压在她身上的男人。

男人也抬头。他没戴眼镜，颧骨上有一颗痣，这是秦克和秦齐外貌上唯一的不同。秦克年近半百，不知道是身体好，还是爱吃药，生龙活虎，有人在看，他更起劲儿，一边继续，一边盯着温长龄。

温长龄有点儿想吐。秦克经常夜不归宿，这是头一回跟他大哥的"私生女"打照面：果然让人难忘，好美的眼睛。

"要不要走近点儿看？"不顾沈茹的挣扎，秦克很兴奋，盯着温长龄的眼神越来越露骨。

温长龄直接转身，回楼上。2楼的走廊上，刘文华正穿着睡衣站在那里，与温长龄短暂对视之后，她低下头，回房间。

她知道自己的丈夫在楼下做什么。温长龄也回到房间，门没关紧，留了一条缝。大概过了半个小时，外面传来声音。

"怎么好端端的过敏了？"

秦克对自己的妻子态度很差，语气暴躁："你怎么照顾孩子的？"

秦奈一边吵着身上很痒，一边委屈地跟她爸爸告状："都是那个坏姐姐，她给我吃了朳果布丁。"

"朳果？"秦克看向刘文华。

刘文华唯唯诺诺地说她去找药。

不一会儿——

"哪儿来的药？"

刘文华回答丈夫："楼下的药箱里刚好有抗过敏药。"

秦齐对多种食物过敏，家里经常备着药。

被子是湿的。外面已经安静了，该休息了，但温长龄不想换被子。这里是秦家的地盘，空气中好像有一张无形的网，让她感到很不适。

秦齐塑造慈父形象上瘾，昨日还给她买了辆车。她开车出门，车技依旧不娴熟，在路上慢吞吞地挪，本来只是想喘口气，不知不觉到了荷塘街。

在秦家的每一个晚上，她都无法安心地闭眼。就进去睡一晚，她这么跟自己说。谢商之前给她的备用钥匙她放在了花盆底下，没有带走。她过去搬动花盆，钥匙还在那里。

她用钥匙开了门，路过院子时，看到了花花。花花冲她"喵"了一声，她没理，借着月光，往谢商的房间走。推开门，她闻到了很重的栀子花味。从窗帘漏进来的月光勉强能用来视物，桌上有香炉，飘着袅袅一缕薄烟。

她打开灯。光线充满房间的那一瞬间，谢商抬手挡了一下眼。温长龄在手指的缝隙里看到了他漂亮如琥珀的眼睛，他错愕而呆滞，一动不动地坐在床上。

她应该掉头就走，但她忘记了挪动脚。

"你怎么在这儿？"

"蜂香楠木用完了，我就回来了。"要点了香他才能看到她。

她慢慢走过来。和之前蜂香楠木起作用的每一次都不一样，那些幻觉里的她不会动。谢商赤着脚下床，下意识地抬起手，却在碰到她的脸的前一秒停下来，没敢碰。

"是幻觉吗？"谢商不确定。他闻了太多日有所思香。

温长龄回答："是幻觉。"谢商抬起她的脸，吻下去，暴烈，凶狠。

这是他的本性。他单手抱起她，将她放到床上，跪在她的双腿间，抓住她的脚踝，碰到一手的汗。他的身体不断向前，她往后倒时，因为距离被拉开，两个人的唇齿若有若无地擦过，他很快追过去，轻轻地吻。等唇上的余温散了，等身体贴近了，他又重重地吻，偶尔轻咬，偶尔会用力，会道歉，说是不是把她弄疼了。

道完歉，他更加发狠地吻她，到后面丝毫不收着力，只有私心，想要索取，想要放纵，想要完全由他主导。

大梦初醒。谢商看着空荡荡的房间，怅然，恍惚。他坐了很久，起身下床，走到院子里。

猫趴在藤编椅上晒太阳，耷拉着眼皮，摇着尾，好不惬意。谢商走过去。

"喵。"

他稍稍弯下腰，摸摸猫的脑袋："是她来过了吗？"

"喵。"

猫舒服地用脑袋去拱男人的手心。谢商拿开手，拉起袖子，手臂上有个牙印儿。

他笑。人的习惯很难改，就像他喜欢从后面不用力地咬温小姐的后颈，温小姐每次就喜欢用力地咬他的手臂。

他摩挲着手上的印子："睡完就丢，她怎么这么狠心？"

"喵。"温长龄给它喂粮了，水足饭饱，它眯着猫眼，打瞌睡。

快要入冬了，太阳很温柔。谢商抬起手，稍稍挡着眼睛，看日头，看手上的牙印儿。

安徒生童话里有只夜莺，它愿意为荷马墓上那一朵不愿为它开花的玫瑰，歌唱到死。

KE总部。孟文霆当下只有一个想法：真大胆，敢这么明目张胆地在本部、在他父亲的眼皮子底下"篡位"。

"我的提议，您考虑得怎么样？"

孟文霆已经辗转了两个晚上，还没有下定决心："除了两位老爷子和我，委员会里剩下的那几位都不是好啃的骨头。"

孟文霆也是KE管理委员会中的一员，论资历，论胜诉率，他不比谢良姜差，但这么多年来，一直屈居人下。

谢商坐在孟文霆对面的沙发上，随意得好似在闲聊："下次合伙人大会，委员会的成员会重新洗牌。"

孟文霆震惊："你要换人？"他怎么换？能跻身KE管理委员会的，哪一个没几把刷子？孟文霆不禁看向谢商，谢商才二十几岁，这么年轻，但他身上那种自信和从容好像是与生俱来的，高贵，淡然，能游刃有余地掌控全局，让人忍不住信服。

"大会之后给我答复。"说完，谢商起身。

"我还有一个问题。"谢商停下。

孟文霆问："为什么选我？"

"你最不服谢良姜。"

谢商推开门，出去。门口刚好等着一个人，两个人的目光不偏不倚地对上。

气场这个东西很微妙。两个不同的气场在这一刻，剧烈地撞了一下，彼此不相融、不相和，不是一个世界的。两个人一个无波无澜，一个玩味打量。

谢商抬脚，往左走。对方往右，刚好错开。

助理律师在前面带路，客客气气："江少请。"

江城雪。谢商知道他，蔺北商圈的新贵，东方汽车有个知识产权的案件过了一下他的手。

江城雪进了孟文霆的办公室，门被关上，百叶窗也被拉上了。谢商往那边看了一眼，一个眼力见儿十足的同事立马过来。

"谢律师认识他？"

"不认识。"

"他是东方汽车新任的董事长。他是来办遗产继承的，江家老爷子也不知道是不是昏了头，家业都给了一个外人。"

江城雪不是江家人。他7岁跟着再嫁的母亲进了江家门。他母亲去世后，他被江家弃养。后来江家不知道发生了什么变故，又把他认了回去，还让他继承家业。

连着晴了几天。这两天温长龄都自己开车上下班，她觉得她的车技突飞猛进了。夜班是早上8点交班，同事因为有事，来晚了点儿，和她交接完已经快9点了。她的车停在医院的地下停车场。

光线昏暗的地下停车场真的是最容易迷路的地方。她找不到她的车，只能按着车钥匙，一辆一辆地找过去。

前面的路有坡度，一个白色的药瓶从上面滚下来。温长龄停下，那药瓶刚好被她挡住了，不再滚动，停在了她的脚边。她捡起药瓶来，看了看药瓶上的字——治心脏的。她顺着药瓶滚来的方向，往上走。上面也是停车位，停车场有盏灯坏了，很暗，她模模糊糊地看到墙角有个人影扶着墙。

她走过去："几颗？"

对方抬头，满头大汗，目光很亮，看着她："一颗。"

温长龄倒出一颗药，递给他——兽医先生。他把药吞了。他应该是常年用药，吞得很熟练，不需要用水，手仍然扶着墙，后背慢慢地挺直。他个子很高，偏瘦，不是干瘦，是有点儿肌肉的那种瘦。

温长龄没见过哪个东方人眼窝这么深，对视的时候，给人很强的压迫感。可能因为身体不舒服，他比上次见面看着更白，像她看过的外国电影里那种会吸血的鬼怪，身上有种枯槁感和"死气"。

出于医护人员的职业素养，温长龄询问："需要帮你打急救电话吗？"

她记得兽医先生的名字——江城雪。他似乎缓过来了，看人的目光变得悠闲懒散起来："我已经打过电话了。"

依旧是出于医护人员的职业素养，温长龄没有走，留下来，跟着等。没有交谈，没有对视，她侧着身当一块背景板，只是留了心，听病人的呼吸——有点儿重，但还算正常。

黑暗里，一双眼睛注视一处，疲惫、阴郁，却灼灼发亮。

"江董。"

人来了。温长龄转头就走。江城雪的秘书跑过来，小心地扶住他。

他仍然一动不动，歪着头，手摸向自己的心脏：哇，跳得好像犯病了呢。

他感到兴奋，从未有过的兴奋。

农历初六，赵老太七十大寿，秦齐包下整个仰光楼，给老太太贺寿。

7点左右，宾客陆续到场。秦齐把秦克单独叫到走廊，有几句话要叮嘱。

"之后的一个月很关键，你最好给我安分点儿，不要惹出事来。"

秦克的名声很差，赌博、嫖娼、酒驾、养女学生。

"说得好像都是我惹的事。"秦克不服，阴阳怪气地说，"你顶着我这张脸也没少惹事。"

刚好有工作人员路过走廊。秦齐用眼神警告秦克，等人走远了，呵斥道："在外面不要乱说话。"他压低音量，"我升了职，好处不也有你的？"

"知道了，管好你自己就行。"

8点准时开席，温长龄7点20分到仰光楼。仰光楼是古式建筑，楼层虽不高，但院落很大，造景复杂。她正打算找人问路，迎面走过来一位女士。女士穿着黑色礼裙，长鬈发，她在温长龄的面前停下。

"温小姐。"温长龄知道她，戴秋，秦齐的秘书，很年轻，但学历很高。

"我是秦总的秘书，我姓戴，秦总让我过来接你。"

温长龄微微点头："麻烦你了。"

戴秋在前面带路，她们通过庭院，走进仰光楼的主楼，搭乘电梯到4楼，拐进左边的走廊，再沿着楼道一直往里走。喧嚣声越来越远，这不是去晚宴厅的路。

温长龄询问："这是去哪儿？"

戴秋递上一张房卡："秦总给你准备了礼服。"

温长龄穿得挺正式的，只不过因为天气太冷，选了比较保暖的款式，看来她没达到这位秘书小姐的要求。

温长龄接过房卡。

7点28分，司机把谢研理送到了仰光楼，陪同她来的还有继女方既盈。晚宴厅的装修很复古，一看就不是年轻人的聚会场所，方既盈不喜欢这种场合，挽着谢研理一路抱怨。

"外公怎么让你来参加这种寿宴？秦齐只不过是华旗技术的一个高管而已。"

像这种酒宴晚会，都是用来做资源置换的，谢家是顶级世家，方既盈眼皮子浅，觉得秦齐只是个打工的，用不着谢家给那么大面子。

"你懂什么？"谢研理整日沉迷投资，对商场动态了解透彻，"华旗技术的首席执行官要退休了，秦齐是最有希望的接班人。"

华旗技术这几年发展得很好，在科技企业里头算是翘楚。方既盈一眼望过去，没见到几张熟面孔："那带我来干吗？我也不认识那些高管老总。"

谢研理把大衣脱下来，交给酒店服务生保管。

"高管老总们的儿子也会来，你多参加这种场合，多认识一些人，对你没坏处。"方既盈总不能下一辈子围棋，谢研理还是想帮继女拓展一下人脉，以后成家的选择也能多一些。

"我不想认识他们。"

"你是不是还想着谢商？"

方既盈不作声。

"你外公找我说了好几次，让我们别再提当年的恩情。谢家没人做得了谢商的主，他的婚事他自己说了算，我也没办法。"

谢研理倒是想把继女嫁给谢商，但老爷子祖护孙子，狠话都放了，说再挟恩图报就各过各的，以后都别回谢家。

谢研理这些年投资，把之前离婚得到的那点儿家产赔得所剩无几了，老爷子的财产她倒不指望，但谢家这个活招牌还是很好用的。

她劝说继女："盈盈，算了吧。"

方既盈很执拗，一句劝也听不进去："四哥刚刚分手，以后的事情谁说得准？"

"你真是死脑筋。"

方既盈挽着谢研理撒娇讨好："妈妈，你再帮帮我嘛，除了四哥，我谁也不喜欢。"

谢研理就她这一个继女，以后还指着她，当然希望她嫁得好，思来想去也有点儿不甘心："那你倒是拿出点儿本事来啊，都说近水楼台先得月，你从小跟谢商接触，每个月在谢家也能和他见个一两回，还不够近吗？"

方既盈以前也是这么想的，近水楼台先得月。事实上，月亮的影子她都看不到。

"四哥不是那种随随便便的人。"她为自己的不甘心找理由。

"那个姓温的，不是才用了几个月，就让你四哥神魂颠倒了吗？"

提起温长龄，方既盈就愤恨难平："我又不是那种狐狸精！"谁知道温长龄用了什么狐媚手段？

谢研理觉得她还是太单纯："你要是真想跟谢商有点儿什么，就主动点儿。他也是男人，男人都一样。"

这世上就没有真正黄卷青灯、餐霞饮液的人。

方既盈闻言跃跃欲试："真的吗？"

"试试不就知道了？"

温长龄换好衣服出来，没看到戴秋。她所在的房间位于走廊的中间，左边、右边都是一样的房间、一样的门和墙，她一时分不清该往左还是该往右。她刚把脚迈出去，一个声音提醒她："左边。"

她朝着声源的方向抬头，看到了那位兽医先生，兽医先生把叼在嘴上没点着的烟扔进了垃圾桶里。温长龄往左边走，兽医先生走在后面，脚步不快也不慢，黑色的正装外套随意地搭在手臂上，稍显落拓不羁。

"谢谢。"他突然道谢。

温长龄回头。

"上次忘了跟你道谢。"他指医院那次。

"不客气。"

他慢悠悠地走着,后面的视角刚刚好。

裙子很漂亮,粉白色。她美得像一株垂丝海棠。她很适合露出脖子。不过他还是觉得她更适合黑色,无人区的黑玫瑰更像她。

"你的药是治心脏病的。"作为一名医护人员,温长龄好意提醒,"心脏病患者的话,忌烟,忌酒。"忌剧烈运动。

江城雪笑,踩着地上她的影子。

"小时候做了手术,很多年没发过病,就上次一回,被你撞见了。"

秦齐在晚宴厅门口招待客人,看见了温长龄,还有走在她后面的江城雪。东方汽车和华旗技术是合作关系,共同研发了新型辅助驾驶系统。江城雪作为东方汽车的新任董事长,秦齐礼数不能少,特地送去了请柬,但他预料江城雪不会来,毕竟人家贵人事忙。

江城雪会出现,秦齐很意外。

"长龄。"秦齐上前,看了看温长龄,又看了看江城雪,"你们……?"

温长龄往旁边站,离远一点儿,表示和对方很不熟。秦齐打消了不切实际的念头。

"江董。"秦齐主动介绍,"这是我女儿,温长龄。"

温长龄不讨好,也不怯场,落落大方地站着。

江城雪微微点头,礼貌绅士:"江城雪。"

这样两个人就算正式认识了。秦齐亲自领着温长龄进了晚宴厅,宾客已经到得差不多了。今天贺寿是其次,华旗技术首席执行官换人在即,陈秋禅和其他创始合伙人都来了,大家心知肚明,今天的晚宴是给秦齐之后上任预热。

秦齐是东道主,站在他身边的温长龄自然而然成了大家关注的重点。

"给你们介绍一下。"

秦齐没有藏着掖着,把温长龄带到华旗技术一众高管面前,大大方方地介绍:"这是我女儿,长龄。"

有人打趣:"秦总什么时候添了个如花似玉的女儿?"

秦齐未婚,众所周知。秦齐笑着说:"我女儿之前在国外,最近才回来。"

很多双眼睛在看温长龄,各种意味都有,不过大家默契地达成了共识,这是秦齐的私生女。圈子里这种事很常见。温长龄身上的这件礼服不知道是谁挑的,粉白色,长裙摆,仙气飘飘的纱一层盖一层,将最里层颜色稍重的绣花遮得若隐若现,衬得她像玫瑰庄园的在逃公主。

她略施粉黛,美得不扎眼,舒展大方地站着,文文静静,不卑不亢,任由人打量。

"这么漂亮,跟你不像啊。"开玩笑的这位老总姓严,是华旗技术的首席财务官。

秦齐半真半假地说:"像她妈。"

温长龄忍着不适。她非常讨厌从秦齐的嘴里听到任何关于温沅的话。

"怪不得藏得紧，我要是有个这么好看的闺女，我也藏起来。"严总是个胖乎乎的中年人，和善圆滑，堆着一脸笑意问温长龄："侄女今年多大了？"

温长龄还没开口，寿星老太太代她回答了。

"已经过了25岁了，还没对象呢。"

这话好懂。严总立马引见身边的青年："我们小吴不也没对象吗？正好，认识一下。"

华旗技术首席风险官，吴越，创始合伙人里最年轻的一位，上个月因为和公司员工的老婆不清不楚，小范围地被人谈论了一番。

男人对男人一向包容，只要他事业有成，在其他男人眼中就是好男人。秦齐拍了拍温长龄的手："我去招待客人，你跟小吴聊聊，你们年轻人有话题。"

温长龄有点儿明白秦齐为什么要把"私生女"公之于众了。

吴越主动过来。

"秦小姐之前是在国外留学吗？"吴越很满意，虽然对方是个私生女，身份有点儿低，但脸和身材很加分。

温长龄纠正："我姓温。"

她文文静静，有点儿冷漠。吴越并不觉得受挫，反而觉得很有挑战性："随母姓啊。"他朝温长龄走近一步，跟她面对面，"正式认识一下，我叫吴越，是你爸爸的同事。不过不要把我想得太老，我刚毕业的时候就加入了华旗的创始人团队，出学校比较早。"

温长龄没接话，往旁边站。

"温小姐在哪里工作？"

"医院。"

吴越的目光落在温长龄的身上，她的身材比例他越看越满意："温小姐是医生？"

"护士。"

她的耐心快要耗尽。

"挺好的，女人嘛，也不用事业心太重，"吴越意有所指，"尤其是像温小姐这么漂亮的女人。"

漂亮又如何？

女人只有漂亮这一个衡量标准吗？戴眼镜留刘海儿的时候，她也被人说过丑。她没有问过谢商喜欢她哪里，但有一点她可以确定，谢商不是喜欢她的样貌。

毕竟谢商爱上她的时候，她很"丑"。这位吴先生到底是哪里来的自信，眼神里的优越感那么强？他又没有谢商高，没有谢商有钱，没有谢商读的书多，没有谢商有礼貌，没有谢商懂得尊重女性，没有谢商长得好看，没有谢商……

她怎么又想起谢商了？温长龄更觉得烦了，从包里拿出手机——还是黑屏——放到耳边，"喂"了一声："抱歉，我接个电话。"

她走开了。那个吴先生什么表情,她不关心。隔着两张桌子,江城雪把烟头浸在了红酒里。

8点准时开席。本来想在角落躲懒的温长龄被秦齐叫了过去。

"长龄,你来这桌坐。"

今天一共摆了8桌,秦齐那一桌是主桌,坐的都是企业家和华旗的高管。赵老太是寿星,坐上座,左边是陈秋禅,右边是一位国企老总。

一桌20个位子,剩了2个空位。那位爱"开玩笑"的严总高声说:"小吴旁边有空位子。"

温长龄站着没动。这时,一位女士拉开了身边的椅子:"坐这儿吧。"

女士是华旗创始合伙人里唯一一位女性,石丽红,是华旗的首席人才官。

温长龄坐下。然后酒桌社会开始了,从大家的敬酒交谈之中可以看出来,里面有各种派系,真情假意,虚与委蛇,这群浸淫商场的老油条个个都是八面玲珑的好手儿。

有位老总突然问:"秦总,怎么没看到贺总?"

秦齐说:"他比较忙。"

"也对,午渡发展得那么好,贺总现在是大忙人。"

以前没人知道秦克还有个养子,后来贺冬洲出来创业,才有人知道他和秦家的关系。贺冬洲这人,在场的不少人听说过,都说他的商业池很深,各行各业都有所涉猎,但到底有多深那就不知道了。

说曹操曹操到,贺冬洲进场了,现在是8点36分。来的不只贺冬洲,还有一位跟他一道走进来。那位一出现,整个晚宴厅,8桌宾客,都在看他。

厅里一下子安静下来。

有人低声问:"贺总身边那位是……?"

有人低声答:"KE的谢律师。"

KE,谢。

有人猜到了:"谢家那位长孙?"

"他怎么来了?"

这句是陈秋禅问秦齐的。倒不是说谢家多高傲,是这位谢四公子平时极少参加应酬。前不久他经手了几个大案,在座的都听过他的名字,但很多人是第一次见真人。

贺冬洲走过来,站得懒散又有风度,笑着恭贺:"冬洲祝老太太,福如东海,寿比南山。"

赵老太干笑。

赵老太很怵她这个"孙子"。他小时候不听话,她用那种量体裁衣的木尺子打一顿再饿他几顿就好了,后来不知道哪一天,任打任骂的孩子突然就长大了,长高了,反手能抢过尺子,少年人消瘦的后背挺得笔直,眼神让人发怵。

"来得匆忙,没有准备贺礼。"谢商致歉,"失礼了。"

他穿了正装,不过没有打领带,正式又有几分随意,不高傲也不迎合,优雅礼貌,身上没有商人气息，也没有律师的严肃刻板，看得出世家的教养和风度，一身贵气，却不盛气凌人，有种应对自如的松弛感。

秦齐很是受宠若惊，站起来："谢律师能来就已经很给我秦某面子了。"他让出自己的座位，"谢律师请坐。"

谢商没推辞，坐下了。

秦齐赶忙叫来服务生："给这桌加两把椅子。"

贺冬洲自然坐在谢商旁边，秦齐只能往后坐。因为谢商突然到访，酒桌上的各位大佬没开始那么自在了，说话都要先过下脑。

手腕了得的律师总是让人忌惮的。温长龄坐在谢商对面，大概只有她胃口比刚才好，一直在吃东西。

寿宴的座位安排都是有讲究的，谢研理母女被安排在了主桌左侧的第一桌。

"方小姐。"

方既盈的右手边坐的是位男士，他是某企业家的公子，正在和方既盈搭讪。方既盈没心思应付别人，谢商一出现，她的注意力就全部转移到了谢商身上。

"四哥怎么来了？"

秦齐没那么大的面子。

谢研理猜："因为那个姓温的吧。"

方既盈咬了咬牙，饱含怒意的目光盯着温长龄："阴魂不散。"

温长龄怎么突然成了秦齐的私生女？谢研理想起了风镇那个害她四弟殒命的温家女。真是见了鬼，难道姓温的都会下蛊不成？

主桌上的气氛有点儿冷。相比一桌子的企业家和高管，谢商的辈分在里面算低的，但他就是有那个气场，哪怕不说话，也让人难以忽视。

在座的和谢家关系近些的也就陈秋禅。陈秋禅与谢景先是钓友，偶尔会一起钓鱼。

谢商正好坐在陈秋禅的右手边。

"有一阵子没见到你爷爷了。"陈秋禅与谢商寒暄，"老爷子身体还好吧？"

"还好。"

"我听说他最近在养鸟。"

谢商没有动筷，只是悠闲地坐着。桌上有酒，也有茶。谢商端起茶杯，喝了一口，抬眸时，自然而然地望向对面，稍作停顿后，把视线移开，回答长辈的问话："是养了几只。"

"会说话不？"

"会一点儿。"

谢景先日日教那鸟儿说话，它已经会叫"季甫"了。

聊完了鸟儿，陈秋禅又说起了字画。他前阵子得了幅好画，知道谢商字好，想请他帮忙题字。

谢商有问有答，给茶杯添了几次茶，他的注意力全部集中在温长龄身上。温长龄当作不认识他，都没有好好地看他一眼。

她坐在石丽红和江城雪的中间。吃到七八分饱的时候，她想喝饮料，发现杯子空了。饮料瓶在桌上，她刚要伸手去拿，饮料却被人拿走了。

"杯子。"左边的人说。温长龄把杯子放过去。

左边的是江城雪，他给她倒了一满杯饮料。

"谢谢。"

江城雪把饮料瓶放在了地上，温长龄的脚边。这种晚宴，菜品好像是摆着看的，大家都不怎么动筷。温长龄转了一下转盘，用公筷去撺菜。

筷子刚碰到芋头。

"那个是辣的。"

温长龄不太能吃辣。她收回筷子，奇怪地看了江城雪一眼。有人在敬他酒，应该是职位没他高，对方站了起来，他还坐着，笑说自己忌酒，只能喝一点点，然后象征性地抿了一口。

他放下杯子："你的猫的喉咙好了吗？"

他突然聊到猫，声音刚刚够温长龄听清楚。

她说："好了。"江城雪把糖醋排骨转到她面前。

她抬头，看他："你以前见过我？"

"为什么这么说？"感觉，温长龄对江城雪有一种莫名其妙的熟悉感。

江城雪右手搭在椅子上，灯下的皮肤白得过分，浓墨一般的眼睛悠闲地望着对面，漫不经心地与谢商对视，接着看向温长龄："砚禾堂之前，我们没见过。"

酒过三巡后，桌上的气氛热烈了不少。华旗技术的严总主动和谢商攀谈："谢律师，"他介绍坐在他身边的女士，"这位是我们华旗的法务总监，孟总监。"

华旗技术的法务总监，孟多蓝。她礼节性地朝谢商点了点头。严总喝了几杯酒，热气上了脸，精神有点儿亢奋："她父亲和你还是同事呢。"

姓孟，那应该是孟文霆的女儿。谢商也没特别说什么。严总熟络地开始牵线搭桥："你们都是学法律的，没准儿以后会有合作。"严总拍了拍孟多蓝的手臂："孟总监，还不给谢律师敬杯酒？"

孟多蓝皱了皱眉，坐着没动。严总不悦："孟总监。"

漂亮年轻的女员工要陪酒，这是一些商业酒桌上默认的规则，很低级，将部分男性的劣根性体现得淋漓尽致。要是以往，谢商不会管这档子事，直接拒了就是了，但对面有个男的很碍眼，弄得他非常不痛快。

不痛快的时候，他脾气就不是那么好。谢商目光淡淡地看向那位严总："你自己怎么不敬？"

严总愣了一下，然后赔笑："是是是，我疏忽了。"他给自己倒上满满一杯白酒，站起来，"我敬谢律师一杯。"

谢商的眼神里有种生人勿近的冷漠："我不喝酒。"

严总举着杯子的手尴尬地僵着，上也不是，下也不是。坐在他旁边的孟多蓝看着谢商，目光专注。

众人都不明所以：刚刚还优雅随和的人，怎么突然气场大开？

贺冬洲用手肘碰了一下谢商的手臂：别太明显了。

最后还是要贺冬洲来收场，不过贺冬洲也是个黑心狐狸，给自己倒了杯白开水："谢商酒量不好，我代他喝，严总不介意吧？"

严总干笑："不介意，不介意。"

贺冬洲喝了半杯白开水，严总干了一杯白酒。有人笑着看戏。

温长龄起身，去了洗手间。她把包放在洗手台上，口红在包里，她翻找的时候，戴秋给的那张房卡掉了出来。

她把房卡捡起来。一双杏粉色的高跟鞋停在了她面前："你真厉害，"鞋的主人出言讥讽，"前脚刚被我四哥甩，后脚就傍上了高管父亲。"

温长龄用纸巾擦了擦房卡上的水渍，卡上面有房号和姓氏，是以秦齐的名字开的。她把卡放回包里。

"你四哥？"她打开水龙头，重新洗手，抬头看着镜子里方既盈那双怒火中烧的眼睛，"他怎么就成你的了？"

"他的命是我救的，我是他姑姑的女儿，我们从小一起长大，中秋、春节我们都一起过，我跟他之间的联系不管什么时候都断不了。"

温长龄关掉水，转身看着方既盈，目光像深夜里的井，看不到任何波澜："你确定是你救的？"

这平静的语气却让方既盈后背生寒。她本能地避开温长龄的视线，不敢接也接不住温长龄的问题，结巴了一下："你……你不是都有新目标了？别再勾引我四哥了。"

温长龄对着镜子补完口红："你不应该来警告我，应该好好去劝劝谢商，让他别来勾引我。"

她最近很深刻地明白了一件事：她不太经得起谢商的勾引。她收好包里的东西，转身出去。

谢商等在外面："长龄。"

好烦，这个人又来勾引她。温长龄不想理他，让他去做别人的四哥吧。

温长龄是"我跟你不熟"的态度："谢先生有事吗？"

"江城雪这个人很复杂，别和他走得太近。"

有的人还和别人一起过中秋和春节。他怎么好意思只许州官放火不许百姓点灯？

温长龄冷着一双漂亮的眼睛："我跟谁走得近与你无关。"

她不想跟谢商说话，从旁边绕开。谢商轻轻地拉了一下她礼裙上装饰在后腰的蝴蝶结，没有用力。温长龄只感觉到很轻微的拉扯感，然后就莫名其妙地停了下来。她用后背对着谢商，但终于乖了一些，没有把他撂下不理。

那蝴蝶结刚才就有点儿松了。谢商弯下腰，重新给她系好："你能不能等等我？不

498

要给别人机会。"

他不会一直没有资格。他会做到所有她期盼的事，重新站到她面前，唯一怕的是她不留在原地。

温长龄转过身来："谢商，我们已经分手了。"

"那那天晚上算什么？"谢商的目光略带侵略性，不容许她躲，牢牢地锁住她的视线。

"我没有不认。"提起那天晚上，温长龄有点儿生气，生自己的气，破罐子破摔地说，"是你主动的。"

她总有法子让他不断退让，早晚有一天，他要被她驯化得毫无底线，做尽疯狂的事来取悦她。

"好，我的错。"谢商妥协，低声请求温小姐，"但你至少还喜欢我的身体对不对？那你不要找别人。"

他们再谈下去，话题就要五颜六色了。

温长龄在网上看到过一句话："合格的前任要像死了一样。"

她提起裙摆，很快地转身："不要你管。"

她先走了。谢商在走廊里站了一会儿，想抽根烟，墙上贴了禁烟的图标，他只能作罢。

洗手间在晚宴厅的右边，要路过两条很长的走廊。

两个女孩儿在去洗手间的路上碰到了回晚宴厅的温长龄，等距离拉远了，两个女孩儿开始谈论。

"就是她，谢商的前女友。"穿白色礼服的女孩儿是华旗技术一位高管的女儿，叫程玲，"上次帝宏医院的周年庆，她把谢商带去了。"

那次周年庆程玲也去了。

"她居然还跟谢商交往过。"这一位是红菱空调董事长的孙女，钟欣然。

"我爸也有私生女，跟她那个妈一样，很会勾搭人。"程玲嘲讽，"温长龄不也是私生女吗？"

钟欣然觉得闺密说得有理，温长龄肯定是那种会用手段勾引人的女人："还好谢商把她甩了，不然也太亏了，她根本配不上好吧。"

"谢商什么出身，怎么可能跟她长久？谢家的大门又不是什么随随便便的人都能进，方既盈仗着她继母的关系都嫁不进去，何况温长……"

前面是转角。

程玲猛地停下脚："谢……谢商。"

转角刚好没有灯，略微昏暗。

谢商站着没动，阴影从后往前压下来，形成一种极强的压迫感。墙上挂着一幅20世纪的壁画，笔触夸张，油墨色彩鲜艳大胆，与他周身的黑形成鲜明的对比。艺术品在左，他在右，眼皮半垂，半明半暗的光里，他一个轮廓就让画成了陪衬。

一半神明，一半修罗，勉强能概括谢商这个人。

"我是律师，你们不知道吗？"

没有咄咄逼人，谢商对女士向来礼貌。

程玲低着头，不敢看他："知道。"

"那还造我的谣？"

两个女孩儿都道了歉："对不起。"

谢商记仇。但如果别人好好道歉，他也不会太过分。

"温长龄不是私生女。我没有甩她，是她甩了我。勾搭她的是我，死缠烂打求复合的也是我，我谢家的大门她想什么时候进就能什么时候进。"谢商眼底太平静，黑色衬衫使他看上去更沉稳，更不近人情，"如果非要谈论她，请按事实说。"

他只是站在那里，陈述一个事实，没有任何动作。但有时候，男性的魅力只在于一个眼神、一句肯定的话。

"知……知道了。"

两个女孩儿心脏疯狂地跳。几乎没有女孩儿扛得住这种绝对偏爱带来的安全感，哪怕是局外人，也会为之动容。

谢商的话，方既盈全部听到了，只觉难以置信。温长龄她凭什么？她不屑一顾的人，是多少人求之不得的，而自己只能像个贼一样，躲在角落里，忌妒得快要发疯。就在这个时候，旁边安全通道里的一个声音传进了她的耳朵里。

"她一个私生女，高傲个什么劲？还在我面前装。"

那是吴越。朋友问他今晚有没有什么艳遇，他就说起了温长龄。

"她爸能不能顺利地当上集团首席执行官，还要看我们这些创始合伙人投票的结果。我要是真想玩玩她，她爸估计也不会说什么。"

朋友起哄，让他下手，还问温长龄姿色怎么样。

"长得倒是不错，身材够火辣。"走廊里有禁烟标志，吴越在楼梯间吞云吐雾，大放厥词，"蛮想搞的。"

如果温长龄被别人弄脏了……这一刻，最恶毒的念头钻进了方既盈的大脑里，无孔不入地扎根，疯长，她失去了理智，甚至想鱼死网破。

她往晚宴厅走，晚宴厅的大门正对着3楼服务前台。

前台的接待员在交接班。

"房间秦总都订下来了，这些是客人的备用房卡。这是代驾司机的联系方式，10点左右，要帮宾客安排车。"

"好的。"

"那我下班了。"

"拜拜。"

方既盈停下了脚，连老天都在帮她。

她改变方向，走向前台。

"你好。"

前台的接待员把还没来得及收好的备用房卡放在旁边，面带微笑地接待客人："您好，女士，有什么可以帮助您的吗？"

方既盈看了一眼那一堆房卡："我要一杯热牛奶。"

"我给您联系一下后厨。"

方既盈的语气听着很和善："你帮我热，不行吗？"

话是请求的话，但眼神高傲，是不容人拒绝的姿态。仰光楼的消费水平很高，来这边的客人非富即贵，为难员工的少爷、千金并不少见。客人为尊，这是仰光楼最基本的员工守则。

"好的，请您稍等。"

前台的接待员只能暂时离开岗位。原本前台还有一个同事，但10分钟之前被另一位客人叫过去了，还没有回来。

方既盈四下看看，没有人注意到这边，她从一堆备用房卡里翻找出温长龄房间的那一张。

刚刚在洗手间，她看到了温长龄掉在地上的房卡上的房间号。不到5分钟，前台接待员把热好的牛奶端了过来。

方既盈道了谢，端着牛奶回了晚宴厅。那杯热牛奶她没有动，连同杯子一起扔进了垃圾桶里。她叫来一位服务生："能帮个忙吗？"

"您说。"

她脸上是有些难为情的表情，低声羞怯地说："帮我把我的房卡给主桌的吴先生。"

她拿出房卡。那张房卡上的房号贴纸被撕掉了，看不出来是备用卡。在晚宴上，互相有意思的男女互送房卡共度良宵是很常见的事，所以服务员完全没有起疑，也没有过多地询问客人的隐私。

"好的，女士。"

服务员把房卡送去给了主桌的吴越先生。

酒过好几巡。吴越中途离开了一小段时间。旁边的王总喝得醉醺醺的，抓到吴越问："刚喝起来你就溜，去哪儿了？"

"回车里拿了点儿东西。"

"偷偷去喝解酒药了吧？"

他是去拿药了，但不是解酒的药，是助兴的。吴越很期待之后的夜晚时光，喝掉杯子里的酒，满面春风，大方地把自己的车钥匙丢给王总："你没开车来吧，我的车给你用，我今晚不回去。"

秦齐包下了整座仰光楼，喝了酒的宾客今晚可以留宿，若不想留宿，酒店也会帮忙安排代驾司机。

王总语气羡慕："没家室就是爽，可以随便夜宿，我就不行了，一晚不回去，家里那位得闹翻天。"

10点，晚宴结束。贺冬洲把谢商叫出去了，他们走没走温长龄不知道。

客人送得差不多了，秦齐问温长龄："你开车来的吗？"

"打车来的。"

"那你坐我的车回去。"

"我先去换衣服。"

晚上很冷，温长龄身上的裙子不御寒，她自己的衣服还在酒店的房间里。走廊上没有人，她找酒店员工问了路，找到了房卡号码对应的房间，手刚碰到门把手，有人叫住她。

"温长龄。"

她回头看。长长的走廊里空荡荡的，光线柔和、偏暗，地上铺了大片羊毛地毯，江城雪从远处走过来，几乎没有脚步声。

深不可测，仿佛从悬崖上俯视，看不清轮廓，不知道崖底的是野兽还是人类，只能看见一双在夜里发着幽光的眼睛，这是江城雪给温长龄最直观的印象。

他走近，在温长龄的对面停下，靠着身后的墙，旁边挂着一幅铺色没有规则的壁画，画里有深红、深蓝的颜色，衬得他的肤色格外白。他说："你房间里有脏东西。"

温长龄收回手。

"什么脏东西？"

"人。"

温长龄很警惕，一针见血地问："你怎么会知道？"

"我看到了。"他笑，望着温长龄的目光里有一种关系熟络的自然，像在看自己同类，或者说同伙，"不过我已经帮你报仇了。"

他的语气很轻松，仿佛他只是解决了一只猫、一条狗，不值一提。

门突然被推开。方既盈从里面冲出来，衣服凌乱，头发披散，赤着脚，曳地的裙摆上沾着血，脸上慌张恐惧的表情在看到温长龄之后，全部变成了愤恨。

"又是你！"

她大口喘气，像在隐忍什么，皮肤和眼角都泛着不正常的红，攥紧了手，死死地盯着温长龄："又是你害我！"

温长龄往房间里看了一眼。吴越躺在地上，已经昏死过去，裤子还没穿好。在他的旁边，烟灰缸碎了，玻璃碴儿混着鲜血。温长龄明白是怎么回事了，望向对面的江城雪。他说已经帮她报仇了，他就是这样报仇的。

他在笑，似乎挺满意。这个人，有很大概率是个"法外狂徒"，旁人最好远离他。温长龄收回目光，回答方既盈："是你自作孽。"

方既盈骤然抬头，上一秒还目光凶狠愤怒，下一秒就泪光盈盈，楚楚可怜地用哭腔喊："四哥……"

温长龄回头。谢商出现在拐角处，轮廓在昏暗的走廊灯光里慢慢变得清晰。

方既盈扶着墙，跌跌撞撞地朝谢商走去："四哥。"

四哥、四哥、四哥……温长龄的烦躁值瞬间飙到了顶点。吴越应该是给方既盈灌了药，或者，是江城雪灌的。

总之结果是，方既盈走都走不稳，跪坐在了地上，挡住了谢商的路，喘着气，攥着裙摆，忍着从骨头里散发出来的痒意。

"温长龄她……"她难受至极，眼泪大颗地往下落，"她给我灌药，还把我……扔进陌生男人的房间，她怎么能这么害我？"

她声泪俱下，哽咽痛哭："四哥，你看看她，看看她的真面目！"

谢商在看温长龄。如果温长龄猜得没错，方既盈应该是想让她跟吴越发生点儿什么，就算没有发生什么，被拍到或者让别人看到什么也可以，一男一女一间房，足够不清不楚不干不净了。

温长龄看了看躺在地上的吴越，他胸口还有起伏，没死。她打了电话叫救护车。

谢商大致确认了，吃亏的不是温长龄。方既盈怎么样跟他没关系，他更在意看戏的那位。

江城雪挑了挑眉，很有兴致地对上了谢商的视线。谢商绕开方既盈，继续往前走。方既盈跪着扑上去，抓住了谢商搭在小臂上的正装外套："四哥。"药已经生效了，她梨花带雨，媚眼如丝，仰着头，渴求地、痴迷地看着谢商，"你帮帮我，带我离开这里，我不能让别人看到我这个样子，不能给谢家丢脸。"

裙子肩带被扯断了，她一条手臂挡在胸前，半遮半掩。她中途被人打晕过，醒来身体就有了奇怪的反应。她忍不住去看谢商的喉结，只觉得身体好痒。她娇声哭："四哥，我好难受。"

谢商没有看她："松手。"

她想起了谢研理的话——"要主动"。只要谢商肯带她离开，只要有独处的机会，只要发生……

她不需要脸面，也不需要尊严，这是她爱慕了多年的人。她紧紧地抓着谢商的衣服："你帮帮我，就当还了我当年下水救你的恩情。"美人跪坐，衣衫不整，仰面轻喘着，泪眼婆娑地娇声哀求，"四哥，你带我走吧。"

谢商把衣服扔了，走到温长龄面前："想先回去吗？这里我来处理。"

方既盈哭喊："四哥……"

方既盈叫得像发春的猫，听得温长龄耳朵疼，她不爽。她本来想永远保守这个秘密，但她真的很讨厌别的女人在谢商面前发情。

她越过谢商，走到方既盈面前："你什么时候下过水？什么时候救过谢商？13年前在关家那次吗？"

方既盈停止了哭泣，捡起地上的外套，披在身上，扶着墙，站起来。

"游泳池旁边是不是有本书？"温长龄问。

方既盈抓着胸口破碎的礼服，手捂不住脖子上的伤痕，怯怯地后退，赤着脚比温长龄矮了一截，一副柔弱的受害者姿态："我不知道你在说什么。你为什么要害我？"

不知道？她答错了呢。温长龄看向谢商，缓慢而清晰地念出了那本书的名字："《列周游》。"

谢商的心一下揪紧了："长龄，这些是谁告诉你的？"

温长龄答非所问："方既盈没救过你，不要被她绑架。"

谢商抓住她的手，指节绷紧，直直地看着她的眼睛："你为什么会知道《列周游》？"

温长龄隐约听到了救护车的声音：来得好快。

"不记得听谁说过。"她撒完拙劣的谎，把手从谢商发烫的掌中抽出来，"很晚了，我要走了。"

她不想说，说了谢商怎么办？她只要谢商不被那所谓的恩情绑架就够了，其他的她并不想谢商知道。她不再管谢商近乎逼问的眼神，撂下他，转头先走，走得很快。

谢商并没有急着去追，隔着一段距离，极具穿透力的目光落在方既盈的脸上。

她莫名其妙地有些怕："四哥。"

"救我的是你吗？"

她不敢犹豫："是我。"她怯怯地上前，药物折磨得她头脑缺氧发昏，身上又热又燥。谢商没跟温长龄走，是不是意味着他还顾念一起长大的交情？她试探地朝他伸手："四哥，我难受。"

谢商避开。

"是不是温长龄做的我不在乎，但是你，"他留下来是要代温长龄善后，"最好别乱说话。"

方既盈第一次在谢商身上见识到骇人的杀意。他的言行和神情都在传达一个信息：为了温长龄，他什么都能做，能让她再也说不出话。方既盈仿佛被定住，直到谢商离开，她才整个人瘫软在地。

戏散了，主角都走了，看戏的人还没走。因为看了一出好戏，江城雪心情不错，脚步悠闲，来到方既盈面前，近距离地看一个跳梁小丑可笑又可怜的表情。

这出戏好有意思。方既盈猛地抬头：这个香水味……一只手掌遮住了她头顶的光线，用力地按在了她后脑被人重击过的痛处上。

"盈盈！"

是谢研理赶来了。手掌的力道很大，把方既盈的头按到阴影里，江城雪低声问："疼吗？"

计划完成之后，方既盈本来是藏在拐角后面，打算目睹，打算拍下点儿什么，但突然被重物击中了后脑，晕了过去，醒来之后就躺在了吴越旁边，身体发热。

她没有看到对她动手的人，但记得男士香水的味道，清淡、甘洌，却有一种刺激人神经的辛味。

"是你……"

江城雪笑了笑，然后起身，转头看着急忙跑过来的谢研理，发出略带可惜的惊叹：

504

"方夫人，令爱好像受了不小的惊吓呢。"

方既盈几乎失去声音，一句话都说不出来。

谢商找了仰光楼的经理，经理说，监控系统半个小时前出了故障。

这应该是那个姓江的干的，但谢商现在顾不上那个人。他开车去了秦家，秦家别墅里的灯还亮着。他最后的理智管束着他，他才没有直接冲进去，而是拨了温长龄的电话。

温长龄挂了3次。他一直打。

她最后气呼呼地接了："干吗？"

"我在秦家外面。"

她凶凶地说："你回去！"

"你不能这样。"谢商看着别墅2楼的方向，声音越平静，被压制在眼底的情绪越汹涌，"你这样让我回去，我会什么都做不了，一直想你说的话。"

他的声音绷到发紧："长龄，我求你，出来见我。"

温长龄挂了电话。十几分钟后，她出来了。夜里很冷，她裹着厚外套，趿拉着棉拖鞋，看到谢商穿着黑衬衫站在路灯下，她很烦躁地抱怨："你怎么这么烦啊？我们都分手了。"

初冬的月色冷，他身上沐浴着寒气，漂亮的琥珀色眼睛发着烫人的光："《列周游》是谁跟你说的？"

温长龄别开脸不回答。谢商扶着她的肩，语气强硬，低着头去看她，却是求她的姿态："告诉我，长龄。"

温长龄推开他的手："你猜到了吧。"

她有个下意识的动作——摸了一下耳朵。

谢商的手僵住。温长龄以前说过，一次高烧之后耳朵就听不见了。他还听朱婆婆说过，温长龄失去听力是在她12岁那一年。

那也就是13年前。

一个让谢商战栗心惊的猜测忽然占据了他的大脑。大脑出现短暂的空白之后，他的呼吸不由自主地放轻："你的耳朵是怎么听不到的？"

温长龄错愕。谢商好聪明，通过蛛丝马迹就能猜到全貌。

"你真的想知道吗？"温长龄目光平静，眼眸被凉风吹得湿润，像3月无风的湖水，"你知道了以后要怎么面对我？"

心脏在剧烈地跳，很用力地，一下一下，谢商目光灼灼："告诉我。"

这事瞒不了了。也好，她干脆说得狠一点儿，反正他们之间没有可能，那就断得再干净一点儿。

温长龄的声音不大，但字字都很清晰："下水救了个人，耳朵因为进水，感染了。"

"你救的那个人是我？"

"是。"这一个字，化成一把利刃，他的心脏一瞬间被劈开，然后剧烈地疼了起来。

他第二次见温长龄是在医院急诊室，当时一个伤了腿的男人说她是残疾人。她和人家相亲，人家母亲嫌她听不到，说她不是正常人。

在蒋家，沈非叫她"小龙女"。上次帝宏医院起火，她因为助听器坏了，听不到警报。

她睡觉都经常戴着助听器，她学了手语、唇语。不知道多少人说到她，总是要加一个前缀："耳朵不好。"

之前给外祖母抄经的时候，他根本没有心怀敬意，还怨恨神佛不长眼，夺走了温长龄的听力，原来夺走她听力的人是他自己。

他的身体几乎麻木，定在那里，忘记了动。风很大，温长龄裹紧身上的外套，稍稍往左移，挡在风口处，说："我以前是学物理的，我的物理成绩很好，拿过很多奖。那一年我来北城参加竞赛，领队老师带我去关家，想把我介绍给关老教授。"

如果不是因为学物理，她不会遇到谢商，不会在阿拿出事的时候还在国外的物理研究室做那该死的保密项目。所以她后来放弃了物理。

"那次没见到关老教授，我把你从泳池拉上来就走了，回去后开始发高烧。我一个人住酒店，没有家人在身边，错过了医治时间。"

感染导致听觉神经不可逆受损，她右耳全聋，左耳只有残余听力。刚开始配助听器的时候，她不习惯，心理上接受不了自己残疾，有一段时间失声了，慢慢地才重新说话，开始学习唇语和手语。

"你小叔说，你小时候遇到了贵人，贵人给你挡了灾，后来你的身体就好了。假设真有挡灾这种说法……"

对不起，谢商，我想断干净。她狠下心，说着一定会让他痛的话："我可能是给人挡了灾，听力没了，弟弟没了，妈妈也没了。"

谢商一句话都说不出来，凉风吹进眼里，眼睛却在发烫。

"有些话本来不想跟你说。"温长龄的声音轻轻的，好像要随风散去的蒲公英，"谢商，我不欠你，就算我欺骗你、利用你，让你报复你的父亲，我也不欠你。你的命是我救的，我的耳朵是因为你听不见的。"

谢商缓慢地抬起有些颤抖的手，想去摸温长龄的耳朵。她转开头，避开了他的手。

路灯在后面，地上的影子被拉得又长又细，显得很单薄、脆弱。她借着光看谢商的脸。她曾经一直想看谢商哭来着，想看他漂亮的眼睛里盛满泪。

她终于看到了。琥珀浸在水里，一寸秋波，千斛明珠觉未多。

谢商问她："我要怎么还？"

温长龄摇头："还不了，我妈妈和弟弟回不来，我的耳朵也治不好。"她的眼睛很明亮，专注地看着谢商，"星星，我不后悔救你，你也没有错，只不过我跟你没有好的缘分，就像我们的名字一样，犯冲。"

她抬起手摸谢商的眼睛——美得让人心痛，她又舍不得了。

谢商握住她的手："对不起。"

这一刻，他信命了，信本该属于他的灾难落到了温长龄身上。如果她没有救他，是不是就会产生蝴蝶效应，她不会再不幸，不会家破人亡。如果可以，他情愿死在13岁那年。

"对不起，长龄。"

温长龄抱住谢商，很温柔地说："你没有错。"她很难过，觉得不公平，"可是我也没有错。"

谢商用力地回抱她。他很想把耳朵割下来。

温长龄抬头，看见月亮进到云层里去了，松开手："你回去吧，好冷。"

13年前。竞赛的领队老师袁老师带温长龄来到关家。

关家的家政阿姨把两位客人带到楼上的书房，端来了茶和甜点："老先生正在会客，两位在这边等一下。"

家政阿姨给客人倒了茶，然后出去了。

温长龄喝了一口茶：好饿啊。午饭时她去吃了这边的特色菜，但因为吃不惯，所以没有吃饱。眼睛忍不住看向桌上的甜品，但她不好意思去拿。

袁老师把装甜品的盘子推到了她面前。

"吃吧。"

她抿着嘴笑了笑，拿了一块小的点儿，咬了一口："很甜。"少女笑得也很甜，"老师你也吃。"

那个时候温长龄12岁，还没有长很高，留着学生头，漂亮白嫩得像个瓷娃娃。读书的时候她跳了好几级，正在念初三。袁老师是年级主任，教物理，温长龄是他带过的天赋最好的学生。

袁老师惜才，觉得自己能教的有限，所以带她来了关家。

"关老教授知道你，上次还跟校长打听了你。"袁老师担心小姑娘怕生，宽慰说，"待会儿见到人不用紧张，老教授人很好。"

她嘴里有甜品，鼓着腮帮子，像一只进食的小仓鼠："嗯嗯。"

等了一会儿，袁老师接了一通电话。

"喂。"

那边的人说了什么，袁老师起身出去接。深秋的夕阳从窗户洒进来，给木桌和木椅都镀上了金色。温长龄等得有点儿无聊，起身站到了窗前。

关家后面有个泳池。温长龄站的地方能看到大半个泳池——深水池，不知道是水蓝还是池子里面的瓷砖蓝，池水看上去像海水。

泳池里有水花。温长龄趴到窗台仔细看，池底有人。她跑下楼，只记得脱掉鞋，忘了从衣兜里拿出手机，跑到池边，毫不犹豫地跳了下去。

她水性还好，游泳是阿拿教的。她潜到池底，抓住少年的手，拽着他往上游。少年个子太高，两个人的体型和体重差得多，她游得很吃力，因为体力不足，中途沉到了下面。不甘心松手扔掉少年，她尝试了好几次，慌乱间呛了水，鼻子、耳朵被灌得难受。幸好泳池边上有扶梯，她抓住栏杆，踩在阶梯上面，才终于把人拖了上去。

鼻腔太难受，她咳嗽完，去看少年的状态。他的脸都有点儿发青。

"喂。"

她拍他的脸："喂。"

少年没有反应。她趴上去，听了听，没听到呼吸声。阿拿喜欢看"杂书"，什么都懂，她耳濡目染，也被科普过一些常识。她按照从书里看到的步骤，给少年按压胸廓，做心肺复苏，多次之后，给他吹气。

反复多次后，少年终于吐出了一口水。她摸摸他的脖子，发现有呼吸了。她脱力地坐在地上，大口地喘着气，不知道是肺里进了水，还是刚刚做人工呼吸缺了氧，头很重，不舒服。

她摸了摸耳朵，里面有水，有点儿耳鸣。她甩了甩头，转头看向躺在地上的少年，人没醒，胸口有微弱的起伏。

她从兜里掏出手机，手机泡了水，开不了机了。她吃力地站起身，穿上鞋，脚步有点儿晃，导致身体撞到了泳池旁边的桌子，桌上的书掉了下来。

《列周游》。她把书捡起来，放好，回头看了一眼：好俊的少年郎。

她从侧门回到屋里，一路上没看到别人，关家不是那种架子很大的家族，没有随处可见的用人。方既盈从后院过来，看到了躺在泳池边的谢商以及一个离开的背影。

"四哥。"

"四哥。"

温长龄在2楼的走廊找到了袁老师。

"老师。"

看她浑身湿透，袁老师吓了一跳："这是怎么了？衣服怎么都湿了？"

"泳池那边有人溺水了，我手机坏了，还没有叫救护车。"

袁老师一边打急救电话，一边去找关家的人。温长龄回到门口，看到少年旁边有人在，就没有再过去。关家的家政阿姨一边叫人，一边联系谢家。

袁老师神色很着急。

"长龄，我得先回酒店，周冕那边出了点儿事。"

周冕是和温长龄一起来参加竞赛的学生，他的竞赛成绩不理想，没有拿到奖。关家的地上都铺了地毯，看着就很贵，温长龄身上在滴水，只好站到角落："我也回去吧，我的衣服都湿了。"

"那我去跟教授打声招呼。"

离开关家的时候，温长龄在大门口看到一高一矮两个男孩儿在找什么东西，大半个身子扎在灌木丛里。

"你找到没？"

这是年少的谷易欢。

"没。"

这是年少的关思行。

"快找，快找。"谷易欢撅着屁股，扒拉开长得密密麻麻的绿植，"要是弄丢了，我爷爷非揍我不可。"

关思行有点儿烦他："你是不是掉在别的地方了？"

"我昨天就来过你家。"

他们在找一枚平安扣，那是谷易欢已逝的祖母在灵修寺跪了一夜求来的东西，是他的护身符。平安扣其实掉在泳池旁边，被打扫泳池的阿姨不小心踢到了池中。谢商本来是下去捡平安扣的，腿抽筋，溺了水。

当时泳池旁只有方既盈在，谷易欢问是不是她把谢商救上来的。

她说"是"。

那之后没多久，方既盈得了哮喘病。谢研理说，是方既盈给谢商挡了灾，还说等谢商成年，就让两个孩子订婚，既报了救命之恩，也成就了一桩美事。

吴越没有事，就破了头。仰光楼的经理报了警，但两位当事人都声称是误会，吴越说自己是不小心摔倒的，方既盈说自己只是路过。没有受害人，警方也没的查。

事件发生的第二天，谢研理带着方既盈到谢家，找谢景先告状。

"谢商也太过分了，就由着外人欺负盈盈，什么都不做，盈盈差点儿被……"谢研理怒不可遏，"他的良心都喂狗了吗？当年要不是盈盈救他……"

谢景先打断她的话："说了多少遍，不要再提这件事。"

挟恩图报，他这个女儿实在是糊涂。

"就算没有这件事，那盈盈也是我的女儿，跟他从小一起长大，算是他半个妹妹，他怎么能这么冷血？"谢研理今天就是要讨个公道。

谢研理不喜欢苏南枝，每次看到苏南枝都让她有矮一头的感觉，都是女人，苏南枝活成了她不敢想的样子。

苏南枝生的儿子她也不喜欢，从小不服管教，城府又深，老爷子还偏心得不行。

"季甫这么做一定有他的理由，你有没有问清楚事情的缘由？"谢景先皱眉，被吵得头疼。

"还能有什么缘由？都是因为谢商那个前女友，她看不惯盈盈，要害盈盈。"

谢家有室内游泳池。方既盈找了一圈，在游泳池旁边看到了谢商的手机。外面天快黑了，室内没有开灯。她走到池边，看不清水底，只能隐约看到虚影。

"四哥。"她蹲下来。谢商还在水里，好久没有上来。

"四哥。"

水里一点儿动静都没有，他就像睡着了。方既盈伸手，想拨动水面，提醒他上来换气，手刚碰到水，池中骤然翻起水花，一只手探出水面，抓住她的手臂，将她拽

509

下去。

方既盈不会游泳。

"四……"

她张嘴呼救,池水瞬间灌进口鼻。谢商游上岸,站在泳池旁边,没什么表情地看着水里的人挣扎。

若是当年方既盈不撒谎,他或许会知道温长龄的存在,然后他就可以更早地认识她,后面所有的事情都会跟着改变。

"四……哥……"水没过了方既盈的头,她把手伸出来。

谢商冷漠地看着:"恩人这顶帽子你也不能白戴这么多年,让你喝几口水不过分吧?"

方既盈挣扎的幅度越来越小,水花逐渐安静。

"谢商!"是谢研理,人未到,声音先到。

"你在干什么?"谢研理走近之后,才看到泳池里的方既盈:"盈盈!"

人已经沉到了池底。谢研理急得双腿发软,瘫软在地上。她自己不会游泳,下意识地看向谢商,却见他无动于衷,她慌忙大喊:"快来人!"

"二哥,二哥!"谢继文听见叫声赶来,愣了愣,没搞清楚状况,就听见谢研理哭着喊着继女的名字,谢继文也来不及多问,先下水捞人。

接着玫姨、司机仲叔、谢继文的妻子严美美都过来了,泳池边热闹得很。谢商不爱热闹,抬脚离开。

谢研理怒吼:"谢商!"

她猜这件事就是谢商搞的。谢商从小就是个不折不扣的坏坯子,没有哪个正常人会像他那样,8岁敢养蛇,11岁折断过同龄小孩儿的手骨,15岁背着长辈玩极限游戏,18岁差点儿打死人,接手苏家当铺的第一年就逼得一位耄耋老人跳楼。

一个连自己的命都可以拿来玩的人,当然不会在乎别人的性命。谢研理双目通红,气到浑身发抖:"你到底发什么疯?非要这么对盈盈!"

对谢研理的质问,谢商置若罔闻,余光漠然地扫了一下已经被捞上来的方既盈。

她还有气,没死,要是她能坏掉一双耳朵就完美了。

谢商忍住肆意发酵的暴怒,一言不发地抬脚离开。

门口,谢景先叫住他:"季甫。"谢景先往泳池那边看了一眼,"怎么回事?"

方既盈已经醒过来了,躺在谢研理的怀里又喘又咳,哆嗦着说不出话。

谢商的目光落在她的身上,像一柄利剑,要穿透她的骨头和内脏,锋利冰冷:"方既盈没救过我,她是冒充的。"

谢商的话掷地有声。包括谢研理在内,所有人都惊愕得愣住了。

谢景先第一时间看向方既盈,只见她避开他的视线,捂着嘴猛烈地咳嗽。

谢研理出声辩解:"你在胡说什么?不是盈盈救你还能是谁?"

谢商的眼神深沉平静,那种静会让人背脊生寒,不知道他是不是下一秒就会爆发,

510

那样引而不发的愤怒压得人喘不上气。

谢商10岁之前是谢良姜在教养,之后一直是谢清泽带,当然谢景先也会时常提点、教养他。律师他没正经当过,但也经手过一些案子,苏家的当铺被他带进了灰色地带,他的手底下有一张巨大的消息网和人脉网。

他极其聪慧,学会了所有的白,也学会了所有的黑,能轻松地在安全界限里,制定最疯狂刺激并且利于他的规则。

这样的人,要对付谁,只要他想,他能有一百种方法。

"我不知道姑姑您知不知道这件事,是装不知道,还是真不知道,都无所谓,反正我连您一起记恨上了。您是爷爷的女儿,我只能忍,但如果您和您的继女继续出现在我面前,让我不痛快,那我就不敢保证还忍不忍得了了。"

这是他最后给的体面。

他说完,带着一身湿漉漉的寒气离开了。

谢景先好半晌才反应过来:"盈盈,季甫说的是不是真的?"

方既盈虚弱无力地靠着谢研理,委屈地带着哭腔喊:"外公……"

"我不是你外公。"

谢景先知道谢商是什么性子,谢商不可能无缘无故发难。

谢研理帮继女鸣不平:"爸!"

谢景先对母女二人失望透顶,满脸疲倦地叹了口气,对方既盈说:"你以后不要再来谢家。"

这是要断绝关系的意思。

方既盈惊慌失语,脸色惨白,梗着脖子喘了几下,开始浑身抽搐,四肢痉挛,口吐白沫。

她的哮喘发作了,呼吸困难,四肢僵直,咬着牙齿发抖。

"盈盈!"

谢研理急得大吼:"药呢?快拿药来!"药在方既盈的包里。

谢继文碰了碰妻子严美美的胳膊。严美美撇了撇嘴,去帮忙拿药,心里想的是:哼,活该。

谢研理一直瞧不上严美美,嫌她出身不好,不配进谢家的门。

"救护车马上就来了,盈盈,你再坚持一下。"

"盈盈!"

当晚,方既盈被抬上救护车,紧急送往医院。

乌达拉美盛产一种沉香，叫蜂香楠木，形状很像蜂巢，它闻起来味道很淡，有点像栀子花，但闻久了会让人产生幻觉，看到你想看到的一切。因此它有个别名，叫日有所思香。

谢商点的是日有所思香。

抬头是温长龄，低头也是温长龄，他的世界里漫天遍地都是温长龄。

贺冬洲曾经戏说，蜂香楠木应该叫情人香。

入画

顾南西 著

下 册

青岛出版集团 | 青岛出版社

第二十一章
温小姐，你的马甲掉了

　　谢商在玉帘苑。这个季节，北城已经开始冷了。谢商昨晚不知道在水里泡了多久，身上的衣服倒是干了，但沙发是湿的，地上有水。他把门窗都关了，室内的空气不流通，沉香的味道混合着烟草味，算不上好闻，太浓郁，显得氧气稀薄，让人不适。
　　桌上的洋酒瓶敞开着，酒精肆意挥发。谢商躺靠在沙发上。窗帘没拉，他用手挡着眼睛，听见开门声，也没有反应，甚至懒得动一下。
　　谷开云先去把窗打开了，换换空气："你爷爷给我打了电话，让我过来看看你。"
　　谢商的手指上有道口子，是被酒刀划伤的，他没有管，伤口已经结痂了。他的脸上没什么血色，白得很病态。他整个人都显得脆弱、颓丧。有个词用来形容现在的谢商很贴切：伤痕美学。
　　谷开云把酒瓶收拾好，看到桌上的酒刀，刀上面有血渍："你这个样子，好像不想活了。"
　　谢商否认："没有。"他怎么敢死？他的命是温长龄用听力换的。
　　谷开云走到沙发后面，将谢商的手拉过去，手指搭在谢商腕上，号了号脉——外邪入体，为浮脉，体温也高于正常值。谷开云带了药箱过来，基础药都有。
　　他配好药，倒了杯水，放在茶几上："把药吃了。"
　　"这是什么药？"
　　"退烧的，抗感染的。"谷开云怀疑他已经烧了很久，因为他有脱水的症状。
　　谢商看着药，不知道在想些什么，沉默了很久，问谷开云："不吃的话，会不会烧坏耳朵？"聋了也不错，他想经历温长龄经历过的。
　　"不一定。"谷开云实话实说，"也可能烧坏脑子。"
　　放在茶几上的手机响了，来电显示：温小姐。谢商呆滞了几秒，才拿起手机，接通电话，轻轻地喊："长龄。"

两个小时前。温长龄约傅影喝酒，因为心情好。方既盈昨晚被送到帝宏医院急救了，今天白天刚好转一点儿，就在病房里发脾气。温长龄路过方既盈的病房，看了一下热闹，方既盈看到她，立马气到又发病了。温长龄知道幸灾乐祸不厚道，但是她就是心里好舒坦。

不要劝人家大度，看讨厌的人难受真的超爽。

啊，她好坏。她喝了很多酒，以她的酒量，要喝醉，得倒下一堆酒瓶子，光有啤酒不够，还得来点儿红酒、白酒。她好酒，在外人面前一般不会喝醉，但跟傅影喝，十次可能会醉个三四次。她把浑身的兜都掏了一遍，找手机。

手机在她的包里，傅影拿过来给她。她对着屏幕戳了一通，放到耳边："喂。

"谢商。"那头的人不答应，她喊，"谢星星。"

"星星。"她唠唠叨叨一直喊，"星星，星星。"她还是喝醉了比较诚实，会找最想找的人。

傅影是最了解温长龄的人，温长龄喊的这几声"星星"，傅影听得出来她的迫切、纠结、难过。"你没按到。"傅影去拿她的手机，"我帮你拨。"

温长龄抱住手机，转身躲避："不能拨。"她低声念叨，"我跟谢星星已经断干净了。"她像个近视眼一样，离屏幕很近，把通讯录一路往下滑，看到一串熟悉的数字后，手指停下来。

这个是晏丛的号码。她自言自语："这个也不能拨。"她转头，跟傅影说："拨了我怕没有新药。"

晏爷爷说，带晏丛去国外了。只要没有确切的死讯，温长龄就可以骗自己，国外有新药，晏丛还活着。所以这么久，她一次都没有打过这个号码，也没有找晏丛的姑父确认，也不联系晏爷爷。

"月月，我好想晏丛。"她把手机丢在一边，趴在桌子上，声音闷闷的，"我好想阿拿，好想妈妈。"

温长龄很能忍。她很少哭，只有借着酒劲儿的时候，在绝对信任的人面前，会红一红眼睛。

"月月，我想去找他们。"

傅影立马问："去哪里找他们？"

这家店是普通的街头小店，老板娘酒酿得好，温长龄和傅影以前经常来，温长龄还带晏丛来过，但没有带谢商来过。她们坐在靠窗的地方。

温长龄指着窗户外面，指天上："那儿。"

傅影立刻就想到了一种可能。阿拿和温沅刚走那段时间，温长龄的心理出现了问题。她在国外很配合治疗，也吃了很久的药，回国之后才停药。傅影还以为她已经打消了那些不好的念头。

温长龄喝了酒，很放松，大脑轻飘飘的："月月，我走了你不要孤单，等陈白石醒了，你就跟他好好的，"她握着傅影的手，宣誓一样，郑重地说，"结婚生子，百岁长龄。"

村里人谣传，说温家女会下蛊，其实还有一个原因：温家的女儿不知道是不是命不好，都没能长寿。所以温沅才给女儿取名长龄。长龄这个名字很好，是祝福。

六一儿童节那天，温长龄许的愿望也是百岁长龄，是送给谢商的愿望。她又去看窗外，外面人来人往，总是挡住她的视线，她挥手驱赶："让开，不要挡着我看星星。"

她拍玻璃，很凶地说："让开，都让开！"行人离开，视野重新变得开阔。一抬头，能看到满天的繁星，她很开心，开始唱歌："一闪一闪亮晶晶，满天都是小星星……一闪一闪亮晶晶，满天都是谢星星。"

原来星星是谢商。之前有一次，傅影问温长龄，等报完仇，想过什么样的生活。温长龄答非所问："想要一颗天上的星星。"那自己摘给温长龄好了。

傅影捡起温长龄的手机，拨通了谢商的电话。

"长龄。"

"是我，傅影。"傅影报了个地址，言简意赅地说，"到这儿来，长龄在这儿。"

谢商来得很快。温长龄躺在长椅上睡着了，身上盖着傅影的外套。

"谢先生，不要误会，我叫你来没别的意思。"傅影是这么解释的，"我抱不动，叫你来当劳动力。"这附近不好停车，谢商应该是跑过来的，额头上出了汗。他朝傅影点了点头，打完招呼，蹲到温长龄面前，摸摸她被酒精熏红的脸。

"长龄。"温长龄睡得很沉。谢商把傅影的外套还给傅影，再给温长龄穿上他自己的，小心地把她抱起来。温长龄开始有点儿不安，挣扎了一下，可能是感受到熟悉的气息，立马乖巧了，双手抱住谢商的脖子。

谢商把温长龄送到了傅影那边。傅影全程没沾手，从给温长龄脱鞋、盖被子、喂水，到给她洗手擦脸，都是谢商做的。

"傅小姐。"傅影是房子的主人，谢商向她请求，"能否让我跟温长龄单独待一会儿？"

傅影出去，关上了门。谢商把房间的吊灯关掉，打开床头光线柔和的台灯，在床边坐下。很奇怪，明明正在看着她，他为什么还是觉得很想念？负罪感和心疼变成了一条条藤蔓，勒住他的心脏，让呼吸都变得沉重，哪怕如此，他还是想见她。

谢商俯身，遮住光，忍不住抚摸她的耳朵，轻轻吻她。她突然睁开眼。谢商有一瞬间的呆滞，很怕她生气，反应过来就从她的唇上离开了。她把手从被子里伸出来，钩住谢商的脖子，把人拉过去，继续刚刚那个蜻蜓点水的吻。不过她才不是蜻蜓，她喝了酒，是狂风和海啸。

她喜欢深吻，喜欢谢商失控的时候弄疼她。唇齿纠缠，在夜里发出轻微黏腻的声音，手指摸到谢商的喉结，她能感受到他在吞咽。这是一个潮湿且带着一点点暧昧的吻，从她主导，慢慢变成谢商主导，他情不自禁地托起她的后腰，把她搂紧。吻得有点儿久了,她感觉缺氧,在谢商眼里的情欲还未退却的时候,她收回在他的衣服里抚摸的手,无情地推开他。

"你走开,我今天没兴趣。"温长龄背过身去。

谢商:"……"她怎么这样?

床头柜上有刚刚她喝剩的水,谢商拿过来喝掉,天气冷,水凉得快。过了一会儿,温长龄又转过来。她被他吵醒了,但酒还没有全醒,脾气大又娇气,骂他:"谢商,你好烦。"

温小姐不怎么擅长骂人:"你好讨厌。"

谢商不作声地看着她。

"我都说了那么多让你难受的话,你怎么还来我这里讨苦头吃?"她把脚从被子里伸出来,踹了谢商一下,蛮轻的一下,然后重重地说道,"讨厌死你了。"

谢商把她的脚放回被子里,用被子盖严实:"真讨厌吗?"

她的手还在外面,伸到谢商的腰上,掐他,也是蛮轻的一下。她顶着一张酒后红通通的脸,酒精使她四肢绵软,像一只纸老虎,一点儿威慑力都没有,娇声娇气地骂:"谢商最讨厌。"

谢商不反驳。

掐完,温长龄问:"疼吗?"

"疼。"她掐得跟挠痒似的。谢商是故意喊疼,一肚子坏心思,想吻她,想拥抱她。

"疼死你算了。"喝了酒的温小姐心好软,眼神也好软,说完重话咬住唇,自己跟自己拗了一下,重新说,"刚刚那句不算数,你不能死,你是我好不容易才救回来的。"她用不讲理的口气说,"你的命是我的。"

说完她就背过身去,闭上眼睛。这次她不会再转过去了,过了一会儿,睡意袭来,潜意识主导了大脑,她习惯性地完成每天睡前都会做的事——

她喊:"谢商。"这是她用 21 天养成的习惯,分手后她一直在改,但还没改掉。她这个人恋旧得可怕,习惯总改不掉,活在过去,想念过去的人,一旦适应了什么,就不想改变,也很难改变。

谢商花了半年时间让她习惯了他,所以哪怕睡着了,她也会不由自主地,从远远的地方,从温暖的被子的那一头,滚过来,挨着谢商。

谢商俯身,温柔地亲吻她的耳朵:"真的讨厌谢商吗?"

她应该没醒,但回答了:"不……"她好乖,可是温小姐不会一直这么乖。酒精是好东西。不管她听不听得进去,谢商都想告诉她,坚定明确地告诉她:"他是你的,就算你不要,他也永远属于你。"

傅影在客厅等。谢商在房间里一共待了 48 分钟。他从房间里出来时,傅影抱着手坐在沙发上:"聊聊。"

谢商过去,坐下。傅影看着谢商这张优越的脸。和他打交道的次数不多,但她很信服他,他从容谨慎,情绪稳定,输出和控制都是顶级的,不被任何人和事束缚,是能给伴侣最大安全感的强者。如果他不姓谢，傅影觉得他挺适合温长龄的，傅影刚刚就见识到了，他这个强者在温长龄面前如履薄冰。

傅影对他的态度算不上友好，眼神夹冰带箭："她耳朵的事，都跟你说了吧？"

"说了。"

"你和你谢家欠长龄的债该有一箩筐了吧？"

谢商不做任何辩解。

"当初你要是不接我的典当生意，长龄根本不会利用你。虽然她的目的是让你报复你父亲，但那不也是在给你小叔讨公道吗？长龄对你仁至义尽了。"傅影是温长龄这边的人，所以她无条件站在温长龄一边，"我倒挺希望她只是玩玩你。"玩完了就丢掉。

谁让他姓谢？

"可惜我家长龄还是心太软了。"

以上都是傅影之前的想法，但今天她改变想法了，她希望温长龄能被什么牵绊住，什么都好，姓谢的也没关系。

傅影重复一下重点："她对她真正在乎的人很容易心软。"

这算是透题了。谢商的第一反应却是："她在乎我吗？"

傅影诧异："这么没自信吗，谢先生？"

客观来讲，谢商很得上苍的偏爱，有优越的皮囊、出色的家世、顶级的处事能力，这样的天之骄子在感情里居然会这么没把握。

傅影不点破，只建议："长龄是不容易动心，不爱钱财，不是只看外貌，但她会记住别人的好，每一桩她都会记着。你要对她很好，一直对她好，给她很多爱，让她心软，让她舍不得。"傅影略作思考，再补充一句，"死缠烂打、苦肉计，这些对长龄都好使。"

当然，好使的前提是那个人是温长龄在意的人。谢商当局者迷，但傅影看得很明白，温长龄那么独立的一个人，如果不是很依赖、很在乎，根本不会给人靠近她的机会。

"为什么帮我？"

"我比你更希望她好。"温长龄给傅影的祝愿，傅影也想给她，"你跟她要好好的，结婚生子，百岁长龄。"

谷开云跟着他的老师去义诊了，有份资料让谷易欢转交给谢商。谢商下班之后去了一趟谷易欢的酒吧。

"东西在我车上，四哥你在这儿等一下，我去拿。"谷易欢去拿东西，谢商在吧台找了空位子坐下。

调酒师 Nick 和谢商挺熟："喝点儿什么？"

"给我一杯水。"

Nick 给了谢商一杯温水。

"谢谢。"谢商坐着等。

灯红酒绿，夜生活刚刚开始。谢商无疑是最引人注意的存在，哪怕他什么都没做。他刚从 KE 过来，大衣黑裤，穿得很正式，戴了一副低度数的眼镜，与酒吧吵闹热烈的氛围并不相称，有种沉稳优雅的冷感。他坐在吧台边，姿态松弛随意，喝着水，有点儿悠闲，似乎对什么都不关心，目光偶尔掠过人群，不在任何人身上停留。

很多女士在看他，却没有人过去搭讪。因为他无论是穿着，还是气质，都向外传递着一个信息：不好接近，要跟他产生联系非常难。

谷易欢回来了。他把密封的文件袋递给谢商："喏。"谢商拆的时候，谷易欢忍不住拿眼睛瞟："里面是什么呀？我哥说是从国外寄过来的。"

谷开云有朋友在金洲顿大学任教，找关系查了温长龄在国外的履历。

Ling，16 岁拿到黄猷昆奖学金，赴车车利尔，就读于金洲顿大学物理系。

她 18 岁被选入 GFI 物理研究室，是当时 GFI 唯一一个外籍物理工程师。温长龄从金洲顿大学物理系辍学之后，温长龄的老师黄猷昆推荐她到阑图理工大学攻读计算机专业。

如果说黄猷昆是温长龄的第一位伯乐，那么孟鹤山就是她的第二位伯乐。孟鹤山与黄猷昆是至交，孟鹤山是计算机领域的顶尖人物，也是 Tipcoo 集团（太宝集团）的创始人之一。

两年后，温长龄就职于 Tipcoo 公司，任集团总部首席技术官，是 Tipcoo 自创立以来最年轻的首席技术官。

资料上全是外文。谷易欢身边有很多学霸，还都是留过学的学霸，但对不起，他拖后腿了。他外语很差，一眼瞄过去，什么都看不懂。

"写的什么呀？"谷易欢很好奇，看不懂也兴致勃勃地凑过去看。

谢商把资料合上了，但眼尖的谷易欢还是看到了一张一寸照片，温长龄的一寸照片，应该是她很年轻的时候拍的。照片里她染了一头金色的发，自信，蓬勃。

谢商是调香师，曾经调过一款挥发不受控的香水，18 岁的温长龄很像那款香水，有着香水瓶都密封不住的肆意和张扬。她去过顶峰，拥有常人所没有的天赋和智慧。她本该熠熠生辉。

"易欢。"王元青喊谷易欢过去。谷易欢正一脸深沉地在想怎么才能让谢商尽快走出前女友的阴影，根本没听到王元青在叫他。

王元青："谷易欢！"

谷易欢：要不要给四哥安排相亲？听说忘记一段感情最好的办法是开始新的感情。

王元青过来，拍了一下谷易欢的肩膀："叫你呢，聋了吗？"

王元青跟谷易欢关系近，这种程度不算骂他，顶多是嘴贱，谷易欢没放在心上，但他心细地发现，谢商的神色变了。谢商看着王元青，眼神很静，那种静像是风平浪静的海面，但海的深处蕴藏着瞬息万变的诡谲暗流。

谷易欢都感觉到了危险，那是一种无形的压力："四哥。"

此刻的谢商一身戾气。本该在世界的顶峰熠熠生辉的温长龄失去了听力，失去了家人。

　　王元青被谢商看得心脏"噔噔"乱跳，心里以为谢商是太护谷易欢这个异母异父的弟弟才反应这么大，赶紧解释："我开玩笑的。"

　　谷易欢也帮着解释："他开玩笑的。"谷易欢察言观色，"四哥。"

　　谢商收回视线："抱歉。"

　　聋。谢商对这个字异常敏感。谷易欢不会自作多情到觉得谢商是舍不得他被人调侃，那只能是因为某人。谷易欢临时把这种效应取名为"温长龄效应"。

　　谢商起身："走了。"

　　谷易欢是撒娇鬼："再玩会儿嘛。"

　　"要回去看案子。"谢商放下杯子走了。

　　律师好忙啊。听贺冬洲说，四哥回去当律师是因为温长龄。谷易欢心想：这也是温长龄效应。

　　他得帮四哥戒掉这种效应，回归正常生活。谷易欢正想着，看到那边一个喝得晕头转向的男人晃晃悠悠地往他四哥的肩膀上撞去。男人戴着一顶鸭舌帽，低着头，不看人，敷衍地道歉。

　　"对不起。"道完歉，男人一边跟着音乐摇头晃脑，一边往外面走。

　　谷易欢喊了一句："四哥！"

　　谢商好似没有听到，看了看撞他的那个人，跟上去。谷易欢是个眼尖心细的人，第一时间察觉到谢商周身的气场骇人，就像以前雷雨天的时候，他不克制情绪，随时可能爆发。

　　难道是温长龄效应的时效还没过？谷易欢赶紧追上去。

　　男人是出来抽烟的。他走进酒吧附近的一个巷子，点了一根烟。巷子很深，里面没有路灯，外面的灯照不到深处，昏昏暗暗的。烟抽到一半，一道光线从男人的眼前晃过去，来回了两次，精准地照在了他的脸上。男人抖了抖烟灰，暴躁地喊："照什么照，没看到有人啊？"

　　巷子口漏进来一些光，男人借着光隐隐约约能看到大概。他先认出了衣服，是刚刚在酒吧里撞到的人。男人以为对方是来算账的："找碴儿是吧，我朋友可都在里面。"对方一言不发，手机手电筒的光始终照着男人的脸，不紧不慢地走进巷子里。

　　随着人影逼近，男人闻到了木质香的味道，一股压迫感紧随而来，男人本能地感觉到不安全，立马拿出自己的手机，正打算喊人，手机屏幕的光让他看清了对方的脸。这相貌，见过的人绝对不会忘。

　　"谢律师？"

　　谷易欢从酒吧追出来之后，没有看到谢商的人影，就在附近找。突然，他听到了叫声——有点儿瘆人，他循着声音找过去，果然在巷子里看到了谢商。

"四哥！"

谷易欢正担心，走近一看，吓了一跳。地上躺了个人，鸭舌帽掉在旁边。那人应该是原本头受伤了，后脑缠着绷带，手指骨节能看到明显的错位。

谷易欢颤抖地伸出手，打算摸摸那个人的呼吸："他……"

"没死。"

谷易欢顿时松了一口气。今天也不是雷雨天，四哥怎么下狠手？又是温长龄效应？

"给他叫救护车。"

"哦。"

谢商往外面走，出了巷子，大片的霓虹灯光打在他的身上，拿在手上的文件没有沾一滴血，袖口洁净，修剪整齐的指甲上有莹白的月牙儿。天上也有一个月牙儿，星星绕在它周围。

风微微吹动大衣的衣角，他优雅从容，又是那个克制冷静的谢四公子。

半个小时左右，救护车来了。谷易欢告诉医护人员，巷口的醉汉摔倒了，摔到了脑袋和手。医护人员问谷易欢认不认识醉汉。谷易欢说不认识，说他的酒吧生意夜夜火爆，哪儿能哪个客人都认识。医护人员在醉汉身上翻到了身份证：吴越。

一周后，吴越被华旗技术撤职，因为性丑闻和挪用公款。

谢商离开北城，在望海待了几天。刚回来，他就被苏南枝叫回了苏家。苏南枝的新电影正在筹备，之前导演偶然看到过谢商的画，就"厚着脸皮"想让谢商帮忙画一幅概念海报，谢商也答应了，画在他去望海之前就已经完成了一半。

谢商正在画剩下的一半。谢商的画用色很大胆，个人风格强烈。画纸铺满了整张桌子，软毫、硬毫有序地摆放在笔架上。

苏南枝怕冷，披着毛茸茸的毯子，手里捧着梁述川刚煮好的奶茶，家里的金毛跟她一起进了书房。金毛叫福到，按辈分是谢商的小舅舅。福到很温顺，在书桌的附近趴下。翟女士花了大价钱富养福到，养得它毛发根根顺滑光亮。

苏南枝怕奶茶不小心洒到画上，坐得远远的："你去望海做什么？"

谢商低头作画："去改族谱。"

"改你的名字？"

"嗯。"族谱上，他还叫谢殇。

苏南枝问："怎么突然想起要改族谱上的名字？"

"不喜欢那个名字。"

"殇"字和温长龄不配。谢家祖上在望海，谢商前几天回望海改了族谱上的名字。他成年时改名只改了身份证上的名字，因为谢景先当时不同意改族谱。在望海，族谱不能随随便便更改，要斋戒沐浴请示祖先。

苏南枝还听说了一桩事。

"华旗技术的那位吴总怎么得罪你了？"苏南枝也猜到了，"是因为温小姐吗？"

谢商没否认。

"你进 KE，也是因为她吧？"苏南枝之前几乎没过问谢商的感情生活，但最近他动静搞得有点儿大，"星星，你到底在计划什么？你不要胡来。"

他调好色，用笔蘸上颜料，先上底色，一步步，细致耐心："您放心，我很冷静，没有胡来。"他一步一步，冷静地清除他和温长龄之间的障碍。

苏南枝陈述事实："你们已经分手了。"苏南枝的新电影是神话故事，导演对海报的要求是要气势磅礴。

画里有神佛，有妖魔，画风艳丽，人物形态扭曲，但神态抓得精准，极具张力，这样大胆复杂的铺色，因为线条洒脱流畅，完全不显杂乱。

谢商的画跟他的人一样，有种反差感。他说："分手只是暂时的。"

"温小姐也这么想吗？"

谢商和温长龄分手之后，了解他的人都看得出来，他被温长龄带走了魂，只剩下个躯壳，对周围的人和事失去了兴趣和探索欲，开始做他不喜欢的事，越来越沉默。

"很多事情强求不来，星星，要不算了？"

谢商放下画笔："您还记得给我算命的那位老先生说过的话吗？"算命先生说谢家这一代子嗣福缘浅薄，说谢商命里有一灾，但会遇到贵人。

"你不是不信这些吗？"苏南枝走近去看画，画里有神佛妖魔，诡异扭曲的身体一半在烟雾里，一半在熔岩里。

"我现在信。"

苏南枝目光离开画，看向谢商。

"当年在关家救我的人是温长龄，因为我，她失去了听力。"

苏南枝被这句话里的信息震惊到了。她已经知道方既盈冒领了救命之恩，但怎么也没想到，温长龄竟然那么早就和谢商结了缘。她以前还惋惜过，惋惜温长龄听不见，明珠因此蒙了尘。

"我和温长龄不会就这么算了，我以后会去她身边，为了达到这个目的，我可以不择手段，不要自尊。"谢商从来没求过苏南枝什么，这是第一次，他语气恳切地向她央求，"妈，我希望您能支持我，能像爱护我一样爱护她。"

苏南枝不信鬼神，也不信命，却在谢商和温长龄的身上看到了宿命感。她点头，答应谢商："好。"

谢商道了谢。他对家里人都是这样，会客客气气地用敬辞。您、谢谢、请，这些都是他的高频词，总显得不那么亲昵，也就在他小叔面前，他说话会不那么讲究礼数。

不知道他在温长龄面前是什么样子。谢商提笔，继续作画。

苏南枝想到谢商是被甩的，于是提了建议："你长了一张这么好看的脸，要好好利用起来。"

"她不看脸。"怎么可能？人都是视觉动物。

"那一定是你诱惑得不够。"谢商听罢停笔思忖。

温长龄锁上门，打开电脑查看邮件。

"Ling，方便视频吗？"

她回："方便。"

几分钟后，她的恩师孟鹤山发来视频邀请。

"Ling，你要做的事情快完成了吗？"

孟鹤山是华裔，会说华国话。温长龄在老师面前坐得很乖巧："快了。"

"结束之后就回来吧，你的职位已经空了很久。"孟鹤山是 Tipcoo 集团的创始人之一，也是轮值董事长，温长龄是他的得意门生，Tipcoo 集团的好几个核心项目之前都是由温长龄主导开展的。

"老师，我应该不会回去了。"

孟鹤山不解："你要留在华国继续当护士吗？"

她摇头，回答说："我想回到故乡去。"

孟鹤山知道她家里的事："虽然很可惜，但如果这是你想要的，我尊重你的选择。"真的很可惜。

孟鹤山和黄猷昆是多年的好友，温长龄刚进黄猷昆的物理实验室，孟鹤山就知道她了，因为黄猷昆天天把她挂在嘴上夸。温长龄也担得起夸，是孟鹤山见过的天赋最高、最全能的学生。

"陈秋禅的接班人，你有中意人选吗？"孟鹤山问温长龄。

温长龄推荐："首席人才官，石丽红。"华旗技术的 23 位创始合伙人，温长龄都私下做过功课。

"她很有能力，但因为性别问题，一直被团队里的人排挤。"温长龄说，"华旗技术的创始合伙人团队内部虽然有矛盾，但对外很团结，就算雅调创投投赞成票，要废除同股不同权的合伙人制度也不太可能，陈秋禅不会放弃手里的股份。"

孟鹤山虽远在国外，但消息并不闭塞："陈秋禅很支持秦齐。"

"对，所以要先把秦齐踢出去。"

华旗技术在发展前期，缺少资金，只能融资。目前华旗技术的股份主要分成 3 个部分——Tipcoo 集团、雅调创投、华旗的创始合伙人团队。其中 Tipcoo 集团股权占比最高，为 36%。

不过 Tipcoo 集团只出资，不控股。华旗技术的最高决策中心还是创始合伙人团队。温长龄虽然是 Tipcoo 集团的技术官，但没有权力决定华旗技术的接班人，要打破秦齐的美梦还是要走别的途径。

昨晚手术的病人术后状态不稳，蒋尤尤没有回家，睡在值班室。早晨 6 点多，病人终于恢复了意识。上午 9 点多，她回到出租屋，推开门，看到桌上放着早餐。她立刻丢下钥匙和包，门都没关，就跑到客厅。

关思行躺在沙发上睡着了，毯子掉在了地上。他身上穿着软乎乎的米色毛衣，睡得好乖，笔直地仰面躺着，两只手老老实实地放在身体两侧。蒋尤尤轻手轻脚地走过去，把毯子捡起来，盖在他的身上。好想结婚。突然生出来的念头使她愣了一下。下一秒关思行就醒了，蒙蒙地看了她一会儿，爬起来。

　　"你回来了。"声音很哑，他应该很累。

　　"你什么时候过来的？"

　　"早上7点。"

　　凌晨3点实验测试结束，他回宿舍写了报告；凌晨5点拿到手机，从研究院出来，步行过来的；不到6点就到了，但想着她还在睡觉，在外面等到7点才敲门。

　　可她不在家。

　　"你还要上班吗？"

　　"不用，我今天休息。你吃早饭了吗？"

　　关思行摇头。

　　他买了早饭，等她一起吃。

　　蒋尤尤已经在医院吃过了："我去热一下。"

　　关思行去洗手间洗脸。

　　"尤尤。"

　　蒋尤尤在厨房应了声。

　　"我的毛巾不见了。"

　　"我收起来了。"蒋尤尤过来，从洗手间的柜子里找出他的毛巾。

　　他脸上的水还没擦，眼睛湿漉漉的，他看着蒋尤尤，像一只乖巧温顺的小动物在等主人的指示。头发都被他弄湿了。

　　蒋尤尤用毛巾给他擦脸，手指碰到皮肤："好凉，你用冷水了？"

　　"嗯。"

　　关思行所在的第七研究院做的都是国家级项目，是一级保密项目，对外一句都不能提及，进项目组之后，手机也要上交。

　　他们已经好久没见面了。蒋尤尤把毛巾挂在他的脖子上，拽着毛巾的两头往下拉，踮着脚，仰头吻他，只是轻轻的一下。

　　"想我吗？"

　　关思行点头："想。"

　　蒋尤尤轻推他的肩，他顺着她的力道坐在椅子上，她跨坐到他的腿上，主动抱住他的脖子，与他深吻。他很会吻。他一直都很聪明，孺子可教。他吻得很轻柔、绵软，耐心很好地去缠蒋尤尤，就是手不知道往哪里放。他看视频学了接吻，但忘了学其他的，所以手就很笨拙地贴在裤子的两边，不知道做什么，耳朵红红的。接吻的时候他会下意识地往蒋尤尤那边靠。

　　她推了推他："好了，去吃饭。"

他摇摇头："还要。"

他的眼神乖巧又柔软，刚才接吻时不知道往哪儿放的手终于知道搂住她了。他稍微用了力，红着脸说"还要"，既大胆又生涩，在蒋尤尤的审美线上乱踩。她心脏都酥了，腿很软，钩住他的脖子，吻住他嘴唇的同时，握住他的手，带着他教他手该做什么。

她以前的男朋友，要是哪个在接吻时敢动手，就要被甩咯。他不一样，她想多宠着点儿。两个人在洗手间亲亲抱抱磨磨蹭蹭了十几分钟，如果不是怕锅里的水被蒸干，会更久。蒋尤尤在医院吃过了，不饿，就吃了几个煎饺，剩下的都推给关思行。

"你几天没睡？"

"两个晚上。"

"实验室这么忙啊，那你的项目做完了吗？"她把鸡蛋剥好，挑出他不爱吃的蛋黄，把蛋白放在盘子里给他，突然想起来，"对了，不能问来着。"

她知道他是学物理的，跟着老师在做保密项目，其他的都不知道。他们真正相处的时间其实非常短，好多事情来不及了解——他很忙，经常失联，比她一个已经工作的人都忙。

他突然道歉："对不起。"

"什么？"

"没有时间陪你。"

她笑："我也很忙的好吧。"

第一次谈这种聚少离多的恋爱，小别胜新婚，她感觉还不错。吃完早饭，蒋尤尤催关思行去睡觉，他看上去很疲倦。她从柜子里拿出新的枕头，开始铺床。关思行拉住她的手，他的手腕上戴着她给他的小金锁："我有话和你说。"

"我也有话和你说。"蒋尤尤觉得他们感情稳定，是时候谈终身大事了，"等你睡醒了，我们谈谈。"

"好。"

关思行真的很缺觉，入睡得很快。蒋尤尤的手机响了，她到外面走廊去接听。

"三姐。"

"你真不来吗？"

今天是蒋正豪的儿子18岁生日。

本来蒋尤尤是不去的，现在改变主意了："我晚点儿去。"

"晚上你跟爸好好聊聊。"

"我跟他没什么好聊的，我只是回去拿东西。"

蒋真真劝她："尤尤。"

她不想听："三姐，你别劝我了，我是跟蒋正豪断关系，又不是跟你们，而且我现在过得很好。"

"好什么好？每天上下班还要赶地铁，车都没一辆。你那个男朋友家里做什么的你问过没有？"

"没问过。"

什么都没问她就把小金锁给出去了，那可是母亲留给她们姐妹的嫁妆。

"尤尤，别爱得太盲目。"

关思行醒来的时候，天已经黑了，他呆坐了一会儿。

"尤尤。"

屋里黑乎乎的。他起床，走到客厅，打开灯。

"尤尤。"

蒋尤尤不在家。关思行找到手机，要给她打电话，刚好有电话打进来。

"喂。"是谷易欢打来的电话。

"你出实验室了？我还以为会打不通。"谷易欢说，"你赶紧去蒋家。"

关思行刚睡醒，反应有点儿迟钝："去蒋家干吗？"

"我听我妈说，你妈和王太太去蒋家了。"谷学渣还挺会用成语的，"我怀疑你妈已经知道你跟蒋尤尤'暗通款曲'了。"

之前蒋尤尤过生日，蒋正豪给关家送了邀请函，很意外，关家的小孙子竟然来了。这次蒋正豪给儿子办18岁成年礼，又给关家送了邀请函。

成年礼只是个噱头，蒋正豪是想拉投资。关思行的母亲谈令兰女士收到邀请函的时候，王太太正好在。王太太说蒋正豪现在那个妻子是"小三"上位，厉害得很，怕谈女士吃亏，非常"热心"要陪着过去。

王太太在北城太太圈是交际花一样的存在，谁都认识。她把蒋家的女儿指给谈女士看："那是蒋家的老三，那个是老四。"

王太太还说："蒋家的女儿长相都随妈，个个都是美人。"她特别指出，"最美的还是那位五姑娘。"

宴会在别墅外面办。哪个圈子都一样，看人下菜，蒋氏如今越来越不行，今天到场的客人不多。王太太往四周看了看，没瞧见蒋家的五姑娘。

"我听我老公说，蒋氏背了很多债务，要不是他几个女婿在帮扶，早就破产了。"王太太吐槽，"和蒋家结亲也是够倒霉的，要被蒋正豪吸血。你还是趁早让你家思行和蒋家五姑娘分手，不然等感情深了……"

王太太别的什么都好，就是这张嘴太碎。

谈女士打断她的话："你口不渴吗？说了一路了。"

王太太这才住了嘴。王太太以为谈女士是来棒打鸳鸯的，其实不是，谈女士就是想亲眼看看蒋家五姑娘，毕竟耳听为虚。

谈女士的到来让蒋正豪受宠若惊。北城上流社会的圈子也是有等级的，关家世代名门，和蒋正豪这种充满铜臭味的商人不是一个级别。

蒋正豪亲自过去相迎："关夫人。"

谈女士很客气："蒋先生。"

关家老爷子是物理学家，桃李满天下。老爷子的两个儿子一个做电影，一个做玻璃，要资源有资源，要人脉有人脉，要资金有资金，要是能和关家攀上关系，蒋氏就有救了。

蒋正豪脸上堆着笑："您能来我真是太荣幸了。"

"你上次送来的玉，我家老爷子很喜欢。"谈女士拿出带来的礼盒，"这是老爷子托我带来的回礼。"

蒋正豪知道关慕生爱玉，特地寻了玉来做人情，这下关家回礼了，人情又两清了。

蒋正豪也不能不收，把礼盒接过去："老爷子真是太客气了，那玉又不是什么值钱玩意儿，哪儿用得着回礼？"

这种算盘谈女士见得多了，应付自如："无功不受禄，自然是要回礼的。"她换了话题，问道，"怎么没看到你家五姑娘？"

蒋正豪诧异："关夫人认识我家小五？"

"听说过。"

蒋正豪在脑子里把各种猜测都过了一遍。

"她医院忙，要晚点儿过来。"蒋正豪急着去求证，"关夫人，我先去招待客人，失陪了。"

蒋正豪在屋里屋外找了一圈，没看到蒋尤尤。他把三女儿蒋真真叫到一边去询问："尤尤呢？"

"可能不来吧。"

"把她叫来，就说关夫人想见她。"

蒋真真以为父亲是要张罗相亲，就替妹妹推托："尤尤不想联姻，你就放过她吧。"

蒋正豪冷着脸训斥："关家是什么家庭，哪儿是她能得罪的？"蒋正豪催促，"你赶紧把她叫过来，不是联姻，咱们家没那么大面子。"

蒋家充其量是个暴发户，现在还濒临破产。蒋正豪虽然想让女儿高嫁，但也没敢往关家那种级别的人家上想，关家老爷子出国坐的可是国家的专机。蒋尤尤一刻钟前就到了，但她不是来给她那个便宜弟弟庆生的，所以她走的后门，直接从车库上到2楼。

保姆上楼来给夫人拿外套，看到主卧的门开着，走上前，从门缝里看到个背影，那人正蹲在床边，在翻床头柜。

"五小姐？"

蒋尤尤回头，将手指压在唇上，示意保姆噤声："嘘。"

保姆进来，关上门。蒋尤尤继续翻抽屉。保姆从衣柜里拿出夫人的皮草披肩，探头去看："五小姐，您在找什么？"

蒋尤尤摆摆手："你去忙吧，不用管我。"她叮嘱，"不要告诉任何人我在这里。"

保姆拿了衣服出去。申丽在陪几位太太打牌，保姆把衣服给她，然后去别墅外面，找到蒋正豪，汇报说："先生，五小姐来了。"

宾客大多在外面。男人们聊股票投资，女人们聊香水包包。谈女士遇到了一位相熟的夫人，正聊着，王太太突然说："令兰，那不是你家思行吗？"

谈女士往门口看，还真是她那两个月没见着的宝贝儿子。看到儿子，谈女士没法儿保持优雅矜持，脸上满是欢喜。

"思行，"谈女士飞步上前，兴奋得像一只蝴蝶，"你出实验室了怎么也没给妈妈打个电话？"

谈女士不知道的是，她的宝贝儿子不仅没给她打电话，放假一出来，就找女朋友去了，睡醒了找的也是女朋友，到这里来还是因为女朋友。

"我们出去说。"关思行担心会遇到蒋尤尤，虽然她已经和蒋正豪断绝了关系，不太可能出现在这里。

谈女士疑惑："去哪儿啊？"

"到外面说。"

关思行带谈女士出去了，出了蒋家别墅的大门。这边没人。

关思行这才问："妈妈，你来蒋家做什么？"

"你先告诉我，你是不是交女朋友了？"

他点头。看来王太太说的是真的，谈女士跟他确认："是蒋家的五小姐吧？"

"嗯。"

这事感觉好奇幻。谈女士还以为她家宝贝儿子要跟物理过一辈子呢，竟然会谈恋爱了。想到这里，谈女士有点儿伤心："交女朋友了也不告诉我。"她哼了哼，"我还要从别人嘴里知道。"

关思行从小就不黏人，活在自己的小世界里，不爱说话，也不爱跟父母撒娇，小时候被老爷子送去谷家住，搞得谈女士泛滥的母爱都没地方用。

"妈妈，"关思行问得十分认真，"你是来棒打鸳鸯的吗？"

谈女士只是过来看看，顺便帮儿子把把关，毕竟上次在医院她也听到了一些不太正面的话。主要是她家宝贝儿子把聪明才智都用来搞科研和学术了，社会经验少，她怕他吃亏。

"宝贝，你觉得妈妈是那种会棒打鸳鸯的人吗？"

关思行诚实地回答："不知道。"

谈女士："……"

这孩子一点儿爱妈妈的表现都没有。

"关夫人。"

说话的是蒋正豪。保姆说蒋尤尤拿了什么东西跑了，蒋正豪出来找她。他看到谈女士身边的关思行，想到刚才谈女士还问起了小女儿，心里顿时有了猜想。

"关少爷也来了。"

外人一般称呼关思行为"关教授"或者"关老师"。蒋正豪想跟关家攀关系，在称呼上也是极力讨好。

关思行只是点了点头。蒋正豪把奉承的心思都摆在脸上了："外面冷，怎么不进去？"

有什么东西掉在地上，发出声音，门口的3个人都看向声音传来的方向。

"尤尤！"

一排花园灯从下往上打光，形成一簇一簇的锥形光束。

蒋尤尤跨坐在围墙上面，两束光在她左右，她正看着关思行。

"你怎么爬那上面去了？一点儿规矩都没有！"蒋正豪呵斥，"还不快下来？"

她爬墙是为了避开蒋正豪，因为她是回蒋家来"偷"东西的。她把另一只脚也跨过来，手撑在围墙上，准备往下跳。

"尤尤。"

关思行走到围墙下面。谈女士的脸上是惊呆了的表情，她儿子就叫了一声人家的名字，她都能听出那种带着眷恋的亲昵感。

"不要跳。"关思行转头问蒋正豪："有梯子吗？"

蒋正豪说有，但没立刻去拿，目光在关思行和蒋尤尤身上来回扫过，心里不停地琢磨他们之间的关系。

"不需要梯子。"蒋尤尤对关思行说，"你让开点儿。"

关思行听得出来，她在生气。他往旁边让开。

蒋尤尤直接跳了下去，因为跳得急，没有用手缓冲，地又不平，她踩到了石子儿，脚踝崴了一下。

关思行立马过去："是不是崴到脚了？"他蹲下来，"给我看看。"

蒋尤尤往后退。

"你不是叫王善喜吗？"很不巧，她听到了他们的话，"关少爷。"

王善喜？谈女士竖起耳朵在听。

关思行的神色很焦急慌张，他解释说："王善喜是我的一个学生。"

所以——"你骗我。"

关思行不擅长辩解，嘴笨的他只会回答："我不是故意骗你的。"

他不擅长撒谎。蒋尤尤现在回想，虽然两个人相处的时间不多，但确实有很多可疑的地方。她叫他"王同学"的时候，他很少答应。他从来不谈他家里的事。他若只是一个学生，也不太可能参与第七研究院的保密项目。

其实他漏洞百出，可她怎么就没发现呢？三姐说得对，她爱得太盲目。

"你们认识啊。"蒋正豪抓住时机，见缝插针，"尤尤，怎么也不介绍一下？"

蒋尤尤不说话，不想把关思行介绍给蒋正豪。

关思行过来，牵住她的手，把她带到谈女士面前，主动介绍说："妈妈，这是我女朋友。"

蒋尤尤把手抽出来："你好，关夫人。"

关思行把空空的手放下，脸上露出失落的表情。

谈女士全看在眼里。谈女士也听过一些关于蒋家五小姐的传闻，说是端庄贤良，喜欢在家绣花；也听王太太说过一些负面的言论，说五小姐心机重，专门攀高枝儿。

今日一见，谈女士就觉得这姑娘很有想法，不像会被她父亲随便拿捏的，还有就是漂亮，是个明艳大美人，比女演员还漂亮。

蒋正豪听到关思行的介绍，反应比谈女士还大，嘴角压都压不住："你们在交往

528

啊？尤尤你也真是，怎么也没跟我说一声？"

蒋正豪转头，态度热情熟络得好似见到了家人："关夫人，关少爷，外面冷，我叫人沏壶热茶，我们进去聊。"

猜想得到了证实，蒋正豪狂喜：还是小女儿厉害，一出手就钓到了大鱼。只要关家能稍微帮扶一下……

蒋尤尤太了解蒋正豪了，他脸上那种看到救星的表情让她感到无地自容。关思行的妈妈会怎么想她？

以前他只是普普通通的"王同学"，现在不一样了，他成了那个她一个圈外人都听说过的传奇。

她怎么能让天才物理学家被蒋家的铜臭气沾染？

"不用了。"她替关思行回绝了蒋正豪的盛情邀请，转身捡起落在地上的东西，将其揣进口袋里，对关思行说："我们单独谈谈。"

她往后院走，关思行立马跟上。后院安静，适合谈话。蒋尤尤站在庭院灯旁边，转过身来，没有立刻开口，而是看着关思行。

关思行很害怕她这种平静的状态，他希望她跟他闹。谷易欢的狐朋狗友说，女孩子如果还肯跟你闹，说明还在乎你，真正失望了反而会不吵不闹。

"尤尤。"

他小心翼翼地道歉："对不起，尤尤。我想跟你说的，但没有找到合适的时机。"

一开始他是不敢说，怕她生气再也不理他；后面她二姐出事，局面不适合说；再后面他就去研究院了。

"为什么要说自己是王善喜？"

"学校体检的时候，我学生的卡落在我这里了，然后你误会了。"

"那你为什么不解释？"

"上次你生日，我也来你家了，你喝多了酒，说喜欢男大学生，然后亲了我。"关思行指着蒋尤尤身后的花园椅，"就在那里，但是你不记得我了。"

那一次才是他们的初吻，她一点儿都不记得。开始他也是生气的，但心里喜欢她，想跟她有进一步的可能，所以撒了谎。

蒋尤尤回头看了眼椅子，脑子里闪过几个模糊的片段，她没有深想，承认："好，都是我的错。"

她语气里有种不管不顾的决然。

关思行去拉她的手："不是的，是我错了。"

她甩开他的手，看他的眼神变得冷淡："你怎么能有错？你可是关少爷。"

"尤尤。"

蒋尤尤不看他："我们分手吧。"

他顿时心慌得不知所措，因为着急，眼角微微发红："我错了，不要分手好不好？"他嘴笨，不知道怎么挽留，只知道去拉她的手，但也只敢抓住她的一根手指，轻轻地叫她的名字,"尤尤。"

如果他们结婚,如果他们以后吵架,他肯定永远都吵不过她。蒋尤尤抬头看他。她是那种令人看一眼就惊艳的长相,不笑的时候依然明艳,很冷,也很强势:"你不是知道吗?我喜欢男大学生,不喜欢你这种搞研究的。你没时间陪我,还经常失联,谈得没意思。你回去吧,不用进屋坐了。"

你进去坐了,蒋正豪就会赖上你。

他的表情很难过,眼里都是舍不得:"尤尤。"

她生气地说:"我的话你听不懂吗?"

她当然生气,被骗了这么久。她本来都做好了所有的规划:先结婚,帝宏医院外科医生的工资也不低,她可以省着点儿花,不穿好的,不买贵的,等存够钱了就买个小一点儿的房子,没车上下班也没关系。像她三姐说的那样,她爱得太盲目。

关思行慢慢松开了手。她不再看他脸上的表情,转身先走了。他没有追上去,在原地站着,手和耳朵被冷风吹得通红。

在侧门口,蒋正豪追上蒋尤尤问:"你和关少爷……?"

"我和他没关系。"

话刚说完,蒋尤尤一抬头,看到了正往这边走的谈女士。

蒋尤尤加快脚步,往车库走去。蒋正豪跟谈女士说了声"抱歉",恼火地追去车库,怒斥蒋尤尤不懂事:"你们不是在交往吗?你把未来婆婆撂在外面算怎么回事?"

婆婆?

他攀关系攀得真快。

"我跟关思行分手了。"

蒋正豪立马焦急地说:"你疯了吧!关家就这么一个孙子,你要是跟了他……"

蒋尤尤觉得窒息,听不下去:"别做梦了,我配得上吗?他跟我只是玩玩,现在已经玩完了。"

蒋真真也在车库。蒋尤尤跑过去,坐进蒋真真车里,把蒋正豪的怒吼全部抛到脑后:"三姐,我坐你的车回去。"

蒋正豪冲过来,要拉开车门。蒋真真立刻把门锁上。

蒋正豪拍打车玻璃,在外面喊:"蒋尤尤,你给我下来!"

车门隔音效果好,里面根本听不见蒋正豪的声音。蒋真真本来也是个软性子,可能跟成长环境有关,软弱的母亲加上强势的父亲,养出来的孩子都是唯唯诺诺的,也就蒋尤尤骨子里有些叛逆。因为心疼妹妹,蒋真真才忤逆了父亲一回,没有打开车门。

她问妹妹:"出什么事了?"

蒋尤尤不说。蒋真真在车子座椅下面看到个白色塑料袋,把塑料袋捡起来:"这是什么?"

她打开袋子一看,里面是户口本。刚刚蒋尤尤上车着急,户口本从口袋里掉出来了。

"你拿户口本干吗?"

蒋尤尤把户口本拿回去,揣回兜里。她本来想结婚的,现在结不成了,等蒋正豪破了产再说。

关思行一个人坐在花园椅上，低着头，没有人要的样子。

谈女士好心疼。

"宝贝。"

他抬起头："她走了吗？"

"已经坐车走了。"

关思行是第一次谈恋爱。

谈女士也是第一次看儿子谈恋爱，还没适应。她也不知道怎么安慰："你们吵架了？"

"她跟我分手了。"

他垂头丧气，扶在椅子上的手不自觉地去抓挠椅子，不知道重复了多少遍这个动作。木质的椅子被指甲刮坏，木屑扎进了手指里，没怎么出血，但刺入很深，他没感觉到痛，习惯性地重复动作。

谈女士看着就心疼："对不起，宝贝，是我不好，没有提前打招呼就冒昧地来她家里。你把她的电话给我，我去和她解释。"

他无精打采，情绪处在被抛弃后的低谷："不是因为这个分手，是我骗了她。"

"你骗了她什么？"

"我用假名字骗她说我是大学生。"他看向谈女士，表情无措又茫然，"妈妈，我可以重新去上大学吗？我可以改名叫王善喜吗？"

他好像也没有他自己想的那么热爱物理，因为刚刚在反省的时候，他动了念头，想要转行。如果不转行，他以后还是会很忙，会参与很多国家的研发项目，会失联，会不能陪她。如果他真的转行了，爷爷可能会打断他的腿。打断就打断吧，他这么想着。他恳切地看着谈女士，希望她能够同意。

谈女士的心软成了稀泥巴："如果你女朋友希望，我也没有意见，就是，"谈女士很不忍心，但是，"宝贝，我觉得问题应该不在这儿。"

关思行也明白，只是没有更好的办法了。他继续抠木椅，新的木屑刺进皮肉里，血珠冒出来。夜越深，天气越冷。

"我们回家吧。"司机柳叔已经在别墅门口等了。

关思行坐进车里："柳叔，去中南路。"他不想回家，想回出租屋。

谈女士也没说什么，都随他。

"宝贝。"

关思行在情绪不好的时候就不喜欢理人，喜欢自我封闭。

谈女士不希望他胡思乱想，就找话题跟他聊："你跟尤尤是怎么认识的啊？"

他看着外面，没说话。他16岁的时候，有人带他去过蒋家，那人是谁他不记得了，好像是谷易欢的狐朋狗友之中的一个。谷易欢总说他自闭没朋友，去凑热闹的时候老是喜欢拉上他，他一点儿都不喜欢热闹，但是没有办法，谷易欢非常缠人。

那天是蒋尤尤的升学宴举办日。他嫌别墅里面吵，一个人坐在别墅外面的路沿石上，看《大学物理》。有一个背包被从围墙上面扔下来，他一抬头，看见了蒋尤尤。她很不淑女地叉开腿坐在高高的围墙上面，手忙脚乱地用手去压被风吹起来的裙摆。

谷易欢的狐朋狗友说："蒋家的五小姐漂亮得不得了。"

他心想：这应该就是蒋家的五小姐，因为她很漂亮，比他爷爷最喜欢的那个古董花瓶还要漂亮百倍。

她瞪他："看什么看？"

他低下头，翻了一页书，分明上一页他还没有看完。

她利索地从围墙上跳了下来，踩进了泥坑，前两天刚下过雨，她被溅了一腿的泥点子。她捡起背包，走到他的面前。

"哎，你有纸吗？"

他把向前伸着的腿放好，把书搁在腿上，将正在看的那页物理书撕下来给她。

她有点儿无语地看着他。

"卫生纸没有吗？"

他摇头。

她只好勉强接了那书，弯着腰，擦腿上的泥点子。

他稍稍抬眼，看到了女孩子细长白皙的腿，书的纸太硬，碰到的那块皮肤都红了，他又把头低下去。

"谢谢啊。"

那页物理书被她揉成纸团扔进了垃圾桶，她背着背包走了。

那天蒋正豪让她相看富家公子来着，说有合适的可以先定下来，可是她才高中毕业。于是她假装肚子痛，跑路了。

等她跑远，关思行去把那页物理书捡了起来。

晚上11点多，谷易欢接到谈令兰女士的电话。

"喂，舅妈。"

谈女士问："你现在有时间吗？"

"有啊，怎么了？"

"你去中南路，陪陪你表哥。"他们表兄弟关系没这么好吧？谷易欢很烦关思行这个就会看书做实验还特别会装的书呆子。

"干吗要我陪？他女朋友呢？"

谈女士语气沉重："他女朋友跟他分手了。"

又是分手？怎么一个个的情路都这么坎坷？

谷易欢发散思维极强："舅妈，不会是你棒打鸳鸯了吧？"

"别乱说，是因为别的。"谈女士很着急，"别扯这些有的没的，你快去，他一个人我不放心。"

谷易欢一副"算了算了没有办法"的口吻："行吧，这个家没了我不行。"

谈女士："……"

谷易欢从小就是学渣。一般来说，家长都不怎么喜欢学渣，会让自己家的小孩儿不要跟学渣玩，但谷易欢是个例外，他还蛮人见人爱的。虽然他学习不好，总是上房揭瓦上树掏鸟，脾气易燃易爆一点就乱炸，但他是个温暖的小棉袄。

谷易欢没有自己一个人去，叫上了感情经历非常丰富的宋三方。宋三方开车好猛，带油门拐弯，然后一个急刹车，谷易欢脑袋磕在了座椅的椅背上。汽车后窗台上一个香水瓶子因为惯性，掉进了装啤酒的袋子里。

那是谷易欢替宋三方从谢商那里讨来的催情香，宋三方用过之后随手扔在了车上。

磕到头的谷易欢嚷嚷："你会不会开车？"

"那你来？"宋三方打了个哈欠。他是从温柔乡里被谷易欢叫出来的，当然不爽了。

谷易欢："我忙着呢。"

他忙着给关思行发消息。

谷家口歌神："接电话！"

谷家口歌神："接电话！！"

谷家口歌神："接电话！！！"

电话打不通，急"死"个人啊。宋三方从后视镜里瞥了一眼："我是你的司机吗？你坐后面。"

谷易欢不要脸："是的，宋司机，给我好好开车。"

宋司机："……"

到了关思行住的地方，谷易欢"嘭嘭"敲门："关思行。

"开门。

"开门，开门，快开门，别躲在里面不出声，我知道你在家。"

关思行不开门他就继续敲。

"关思……"

门开了。

关思行皱着眉，心情极差的样子："不要扰民。"

谷易欢挤开他，泥鳅一样溜进去，探头在床上、地上看了看："在里面干吗呢？没想不开吧？"

"睡觉。"关思行神情恹恹的，"你来干吗？"

谷易欢举起手里的啤酒袋子："来教你喝酒啊。"

关思行的酒量：两杯白酒。他酒品还行，喝多了也不吵，逻辑思维也不乱，拿了手机和充电器，坐在插座旁边的地板上，一边充电一边打电话。

他很坚持，打到第 19 个，电话通了，之后就一直保持通话。

"尤尤。"

蒋尤尤的手机快没电了："我挂断了。"

"不要挂。

"对不起。

"我们和好好不好?"

"尤尤。

"对不起。

"和好好不好?"

他反反复复,来来去去,就是这几句话,讲了不知道多少遍。理科天才的语言水平很一般,喝醉之后更加不行。电话刚通的时候,蒋尤尤就问过他在哪儿,他说在地板上。她估计他还在地板上,也不怕冷。

"挂断了。"

他不让:"不要挂,不要挂。

"对不起。

"和好好不好?"

"尤尤。"

他应该没跟人吵过架,没求过人,不会油嘴滑舌,不会花言巧语,低头和认错都很笨拙,很直白、纯粹。

"我真挂了。"

"不要挂。"

蒋尤尤:"……"

她看了一眼通话时间,115 分钟了,他不会要这样到酒醒吧?

"你快去睡觉,我也要睡了。"

"你睡吧。"他认真地叮嘱,"不要挂电话。"

"……"

到底是谁给他喝了酒?蒋尤尤听到电话里面传来两个声音。

"小欢,你干吗舔烟灰缸?"

"傻子,这是冰棍儿。"

"哦,那给我也舔一口。"

之后的两天,蒋正豪不断地用不同号码的电话"轰炸"蒋尤尤。

"喂。"这次是蒋尤尤四姐的号。

蒋尤尤一接通,对面的人又是蒋正豪。他打感情牌,说蒋氏是他半辈子的心血。

蒋尤尤不胜其烦:"你破产关我什么事?"

蒋正豪看软的不行,就来硬的,说要直接去关家。

"我跟关思行已经分手了,你去不去关家和我没关系。"蒋尤尤软硬不吃,是事不关己的态度,"你不怕得罪关家你就去。"

这时,温长龄进来了,推开洗手间隔间的门,吐在马桶里。

"别再打给我。"蒋尤尤直接挂了电话,走到温长龄后面:"没事吧?"

温长龄摇头，冲水。

蒋尤尤看了看她的脸色："你的脸色很差。"

温长龄最近的气色不太好。

"胃不太舒服。"洗手的时候，温长龄看着镜子里的蒋尤尤，"你脸色也不太好。"

"昨晚没睡好。"

昨晚蒋尤尤去了一趟出租屋。她没有睡多久，凌晨5点，病人家属连打几个电话，说病人情况不好，催着她去医院。两个人一同从洗手间出来，路过护士站时，何叶叫住蒋尤尤。

"蒋医生，有人找。"

何叶抬了抬下巴，示意看对面。蒋尤尤转头望过去，看到人后，眉头舒展开来，随即微微低头，有点儿不自在，快步走过去，握住关思行的手腕。

"跟我来。"

蒋尤尤把关思行带到了楼梯间，这里没人。她没说话，等他先说，等到耳根发烫，他都没开口，就怔怔地看着自己被拉着的手。

蒋尤尤别扭地松开手："你不用去研究院吗？"

"我请了假。"

她"哦"了一声，低着头看关思行的鞋。

"对不起。"

她抬起头："你就没有别的跟我说的？"这句话她听厌了，尤其是今天，最不想听这句。关思行拿出一串钥匙，递到她面前。

"什么意思？"

"备用钥匙给你，你回去住吧，在你消气之前，我不去家里烦你，你不要住外面，会不安全。"

现在他知道不烦她了？那昨天晚上烦她的是谁？

"你昨晚喝酒了？"

关思行不知道她怎么知道了，诚实地点头："喝了一点点。"

蒋尤尤又问："几点睡的？"

"10点。"

她突然想到一句话：因果循环，风水轮流转。

她接过钥匙："行啊，都学会喝酒了。"

关思行听得出来她很恼火，立刻说："我晚饭温长龄是和她一起吃的，在上次醉酒的小店。小店的老板娘除了酒酿得好，汤也煲得好。

"谢商的动作好快，KE 7位高级合伙人已经有两位被约去喝茶了。"

"哪两位？"

傅影说："汪、乔两位。"这两位都是谢良姜的臂膀。

"应该很快就轮到谢良姜了。"傅影是找内部的人查探的消息，"管理委员会的成员大换血，KE内部悄悄地就给办了，一点儿风声都没传出来，网上甚至连关键词都搜索不到。KE的公关能力还真是前无古人。"

谢景先有3个兄弟。他的三弟谢景渊的次子娶了望新传媒赵家的独女，赵家是新闻业的龙头，跟谢家有关的消息估计都要在赵家过一遍。

谢商进KE总部不到一个月，管理委员会重新洗牌，进度快到出乎谢景先的意料。

"你这么做太冒险了。"

控制和运筹是谢商擅长的领域，他应对自如："KE内部官僚化太严重，这些毒瘤早该切掉了。"

道理是这个道理，但如果他手腕太过铁血，容易成为众矢之的。

"管理委员会是存在问题，但水至清则无鱼。"

"水清不了。"谢商最近已经习惯了戴眼镜，一掌遮半脸，轻推镜框，低头饮茶，似乎对所有的不可变因素都了如指掌，云淡风轻地说，"不是还有我父亲吗？"

谢景先不反对谢商肃清律所的不正之风，但不愿意看到谢家人内斗。

"季甫，你是不是有什么事瞒着我？"

"等时机到了，您自然会知道。"谢商起身，"爷爷，我还有案子要处理，不陪您吃晚饭了。"

谢良姜等在书房外面。谢商推门出来，二人的目光短暂地交会，谢商收回视线，从旁边绕过。

"现在连'父亲'都不叫了？"

谢商停下。地上铺了地毯，脚踩在上面寂静无声。谢良姜走到谢商面前，父子二人身高相差无几，他们的眉眼不像，但言行举止还是有些相似的。

"你想坐我的位子可以，只要你有本事，你尽管把我拉下来。但有一点你别忘了，KE是你爷爷的心血，是谢家的根本。"

"我不想坐你的位子。"谢商不再对谢良姜用敬辞。

"那你想做什么？帮你那个前女友的弟弟报仇？"

谢商看着谢良姜，没有针锋相对，而是用冷淡平静的语气陈述："你承认了。"

谢良姜之前申辩，说是那4家人过度解读了他的话，不承认是他造成了温招阳的死。

"承不承认你不都认定了吗？报完仇之后呢？温长龄就会接受你了吗？跟她弟弟的案子有关的人她一个都没放过，可见她是个很记仇的人，就算你帮了她，你们也没有可能。"谢良姜叹气，此时的他像位慈父、儒雅、包容，"谢商，别再昏头了，我跟你才是至亲，温长龄只是把你当棋子。"

他胸前戴的胸针谢商认得，那是国外的一个品牌的产品，设计师也是律师出身，胸针的图案是一个天平，代表公平和正义。

"父亲，我小时候体弱多病，你有没有想过是因为报应？"谢商的一句话让谢良姜哑口无言。

第二十二章
它叫断肠草，全株有毒

当晚，寒流来袭，温度骤降。万燧星繁，银装素裹，冬季的夜幕有种凄凉的美，万家灯火和世间的景致都罩在朦胧的纱里，风把纱外的所有影子都吹得摇摇欲坠。

女人赤脚走在马路上，趔趔趄趄似要晕倒。路灯下，树影一次次掠过她的脸，明暗交错。

她走进警局。从办公室出来倒热水的值班警察看到她，吓了一跳，只见她披散着头发，脸被冻得发紫，穿着暴露的短裙，身上鲜红的血已经干涸。

"你好，我要报警。"

次日，北城出了一桩大新闻。君临马术俱乐部非法为高级会员提供特殊服务。俱乐部每个月会举办一次会员活动，具备资格的高级会员都可以用虚拟代号参加，戴面具出席，坐在贵宾室里，观看俱乐部精心准备的逃脱游戏。

因为参加会员活动的高级会员登记的都是虚拟代号，警方只能撒网式侦查，盘查每一个去过君临马术俱乐部的客人。

警察一大早来秦家问话。

"你待在楼上，不用下去。"温长龄来秦家有一段时间了，这是刘文华第一次主动和她说话。温长龄也没打算下去，她的助听器超级贵，能听很远。

刘文华下楼了。赵老太护犊心切，又是法盲，和警察胡搅蛮缠："问什么话？我们家可没人犯法。"

两位警察刚刚已经解释过是例行询问，也出示了证件："请您配合我们的工作。"

赵老太生怕他们抓自己的儿子，叉着腰蛮横地挡在前面："你们这是私闯……"

刘文华拉住赵老太，摇了摇头。赵老太不满地瞪了儿媳一眼，最后还是收敛了。

秦克倒是挺镇定："你们要问什么？"

问话的警察叫张谦："秦克先生，你昨晚去过君临马术俱乐部吗？"

秦克坐在客厅的沙发上，跷着腿："去过。"

"几点去的？几点回的？"

"8点多去的，12点多回的。"

张谦问："有人同行吗？"

"没有。"

"俱乐部举办的高级会员活动你是否参加了？"

秦克很自然地反问，不像装的："那是什么？听都没听说过。"他掏完耳朵，手指捏在一起弹了弹，"我上个月在君临订了一匹马，前几天才到，昨晚去验货，不信你们可以去查。"

张谦的同事徐鸿桥问："验货需要4个小时吗？"

秦克回答自如，抖着腿，优哉游哉："君临又不是只有马，我还玩了几把牌，喝了点儿酒，这也不行吗？"

赵老太在旁边帮腔，说自己儿子是遵纪守法的人，还搬出了在上市大公司管着几万人的大儿子，总之，意思是：我们家不好惹。

"秦先生，我们需要对您进行活体检查，还请配合。"

秦克双手摊开："随便你们查。"

警察走之后，过了半个小时，秦齐从公司赶回家，把秦克叫到书房。两个人应该发生了争执，书房里面传出了砸东西的声音。秦齐发火是因为秦克又向他要钱。

"我以前跟你说过多少遍，有些东西不能碰。这已经是这个月第3次了，你要知道适可而止。"

秦克咧嘴冷笑："我适可而止？你用我的身份去君临的时候怎么不适可而止？你背着我搞我老婆的时候怎么不适可而止？"

外人都说秦克昏庸无能，嫖娼赌博畜生一个，曾经还因为故意伤害致人残疾坐过牢，而秦齐学富五车，德才兼备。大家都赞誉秦齐仁至义尽，这么多年都不分家，时常帮胞弟收拾烂摊子。兄弟两个是同卵双生，秦齐若是在脸上画个痣，亲妈赵老太估计都认不出来。

秦齐只是短暂地错愕了一下，习惯性地摸了摸腕上的奇楠手串，然后面不改色地说："君临的事是个意外。我跟文华什么事都没有。"

话都说到这个份儿上了，秦克不怕撕破脸："什么事都没有，那小奈怎么来的？"

"小奈是你女儿。"

"小奈吃枇果过敏，跟你一样。"

秦齐冷着脸，很不悦："单凭这个你就在这儿胡说？"

脸不红心不跳，秦齐这睁着眼说瞎话的本事，连和秦齐一个娘胎里出来的秦克都觉得很惊人。上次秦奈过敏，刘文华很熟练地找到了过敏药，怀疑的种子从那时候就在秦克的心里种下了。

"我算是明白你了，哄骗我说你没儿没女，以后家里的一切都是小奈的，也都是我的，我还以为你是对小奈视如己出。"秦克气极，脖子上的青筋暴起，"原来还真是己出。"

秦齐身居高位多年，早已养成了喜怒不形于色的本事："没有的事，你要是怀疑，就去做亲子鉴定。"

"你当我傻啊？我跟你是同卵双生，查得出来个屁！"没法儿查证，这让秦克更加窝火，"就算小奈不是你的种，楼上不是还住着一个吗？"

"她只是暂时住在家里。我们一起生活这么多年，我们才是一家人，以后……"

秦克本就暴躁没有耐心，愤怒地打断秦齐的话："别跟我扯以后，我只看现在！也别跟我谈感情！我现在不吃画大饼这一套了，你只管打钱。"

他现在急需用钱，没钱他会生不如死，那还不如大家一起死。他豁出去了："你的那点儿事我都知道，我还替你坐过牢。我只要把那些事随便抖搂出去一两件，别说首席执行官了，你现在的位置都保不住。哥，"他压低声音，咧着嘴笑，无赖至极，"我好过了，你才能好过。"

秦克最近交了一些社会上的朋友，沾染了不能沾染的东西。两兄弟在书房"谈"了很久。楼下来客人了，也不算客人。赵老太见到来人，下意识地犯怵结巴："你……你怎么来了？"

贺冬洲拎着个行李箱进来了："我回来住几天。"

赵老太的表情堪称惊悚："你要住这儿？"

贺冬洲笑得像个大孝子："您不欢迎我吗？"

赵老太嘴角抽搐："怎么会？"

贺冬洲个子长到比赵老太高之后，赵老太就很怵他，也不敢再打他了。有一次，秦克"教育"他，结果失足滚下楼梯，差点儿摔死。赵老太总觉得贺冬洲是个坏种，要是发起狠来，可能人都敢杀。赵老太没见过他杀人，但见过他杀鸡，赵老太养的鸡被他一只手拧断了脖子，他还说不是故意的。

他独立之后就搬出秦家，以前逢年过节还过来装装样子，这几年样子都不装了，突然要搬回来，这是要吓死谁啊？他笑，露出一个梨涡："我一个朋友的奶奶，人说没就没了。朋友劝我，要多陪陪家里的老人，还说上了年纪的人可能睡一觉就过去了。"

赵老太："……"这坏种盼着她死呢。

晚上在饭桌边看到贺冬洲，温长龄很诧异。桌边除了贺冬洲没人说话："你就是新来的妹妹吧？上次老太太寿宴，我走得急，没跟你打上招呼。"他招招手，长了一张很周正的脸，坐姿不正，但仪态又很好，很松弛，笑起来有种玩世不恭的感觉，"妹妹好啊。"

温妹妹："你好。"

桌上很安静。秦齐、秦克都不在，看得出来，赵老太很怕贺冬洲，秦奈那小霸王也很怕贺冬洲。

晚饭后，温长龄回房间，不一会儿，有人敲门。她开了门。贺冬洲站在门口："我住你隔壁。"

温长龄不知道他是什么意思。

"你知道吧？"

"什么？"

"你前男友让我来的。"贺冬洲一副很烦温长龄前男友的表情。

谢商不放心温长龄一个人在秦家，和贺冬洲打了招呼。前几天小疤精神不太好，贺冬洲晚了几天才过来。贺冬洲觉得谢商就是瞎操心，温长龄又不是什么小白花，她是食人花。

她回："现在知道了。"

交代完了，贺冬洲转头回自己房间了。贺冬洲住到秦家，温长龄安心了很多，毕竟他们是盟友。搬来秦家的第3天，她在秦家碰到了贺冬洲。她当时正在下楼，被上楼的他堵在了台阶上。

他抱着手，开门见山，自信到都不怕人偷听："合作吗？"

"合作什么？"

"我知道你要做什么，我们有一样的目的，要不要一起？"

温长龄不是很了解贺冬洲，跟贺冬洲唯一的联系只有谢商。

她有理由怀疑："因为谢商吗？他让你帮我？"

"不是。"

那是因为什么？她等着他的下文。

"我是秦家押子领养的小孩儿，怪只能怪秦家，千挑万选挑了我押子——很不巧，我呢，是个天生的坏种。"

温长龄知道押子是什么，也打探过贺冬洲跟秦家的关系。她不赞同贺冬洲的话，并不认为他是天生的坏种，从秦家人对贺冬洲的态度不难猜出来，他曾经在秦家过的是什么样的日子。

贺冬洲再问一次："要不要合作？"他抱着手等待答案，好像知道温长龄一定会点头。

如果是别人，温长龄会谨慎防备，但谢商的朋友，她无条件信任。

"好啊。"

午休的时候，一位男士到关怀病房的护士站找温长龄："温小姐是吗？"

男士西装革履，戴着袖扣和领带夹。温长龄并不认识这位男士："我是。请问你是……？"

"郑律宏先生是我的委托人，他让我给温小姐你带句话。"他原话转述，"你弟弟的案子还有隐情。"

温长龄请了3个小时的假，去了一趟郑律宏服刑的监狱。她拿起电话，隔着隔音玻璃，看着一身囚服的郑律宏："什么隐情？"

郑律宏的脖子上有新旧伤痕："你先答应我一件事。"他的眼睛四周通红，"想办法帮我保外就医，我要出去治眼睛。"

"可以，只要你接下来说的话有价值。"

郑律宏服刑的监狱允许家属以外的人探监，但有时间规定。从监狱出来，温长龄接到朱婆婆的电话。朱婆婆说，冬吃萝卜夏吃姜，天冷了，她炖了萝卜排骨汤，让温长龄过去吃饭。

出租车还没到荷塘街，温长龄就叫道："师傅，在路边停。"

司机师傅迟疑地踩了刹车，但没让车完全停下："还没到呢，还有挺长一段路。"

温长龄看着车窗外的一块门店招牌："没关系，在路边停，我走回去。"

司机师傅靠边停车。温长龄下车，往回走了几步，站在了一家宠物诊所门前。郑医生宠物诊所，她上次带花花来这里取了卡在喉咙里的骨头。

她推门进去："江城雪。"

他蹲在地上逗猫，抬起头，对温长龄笑了笑："第一次听你叫我的名字。"他这个人笑起来很有特点，那双阴郁的眼睛只要弯一点点，就很容易让人陷进反差带来的舒适感里，忘记防备。

"这是你的诊所吗？"温长龄问。地上的猫对她做出了防御的姿态，很凶，是一只性格不好惹的猫。

"不是，我只是偶尔过来。"江城雪抱起地上的猫，把它放进嵌入墙体的猫笼里，"你的猫又生病了？"上一秒还在对温长龄凶的缅因猫，在江城雪伸出的手掌之下瞬间变得无比温顺。

"没有，路过这里，突然想到上次的事还没跟你道谢。"

他锁上笼子："那请我吃饭吧。"

温长龄仅仅迟疑了几秒钟："可以。"

餐厅是江城雪选的，他开车，温长龄坐在副驾驶座上。他的车意外地朴素，不像他这个人，他给人的感觉很像一种动物——黑曼巴蛇。

餐厅的老板认识他，称呼他为"江少"，亲自带他们去了单独的包间。东方汽车的大本营在蒲北，但江城雪在北城混得也很开，还有个兽医的副业。他把菜单放到温长龄面前："这家餐厅的甜口菜做得很好，你可以尝尝。"

"你来过？"

"我之前的朋友是这家餐厅的老板。"

不巧，温长龄刚好知道这家餐厅的前老板是谁："你的朋友是郑律宏？"

服务生敲门，进来送佐餐的餐前茶，正要上前为客人斟茶，江城雪抬手，示意服务生出去。

江城雪倒了一杯七分满的茶，递给温长龄："你知道他？"

"他上过头条。"

江城雪完全不避讳且自然地说:"他现在进去了。"他是笑着说的,没有替朋友觉得惋惜或者不平,表情甚至会让人觉得他感到有趣。这个人很复杂,温长龄看不懂他:"你和那种人做朋友?"

他用有些诧异的口吻反问道:"有问题吗?"

温长龄不太客气但很诚实地说:"物以类聚,人以群分。"

他端起杯子饮茶,颜色偏淡的唇被浸润之后红润了几分,减少了他身上的枯槁冷漠感。他说:"聚在一起的也不一定是同类,如果一群人里有一个是领导者,剩下的都是小丑,也是可以一起玩的。"他的五官非常立体,拼凑在一起,有种令人眼前一亮也令人胆寒的妖异感,他接着说,"看小丑跳梁还蛮有意思的。"

他把郑律宏当作小丑。一群小丑是指那4个人吗?他则是领导者。

温长龄看着他,目光充满了探究和好奇。

"我的观点很奇怪吗?这样看我。"

温长龄实话实说:"你很奇怪。"

江城雪丝毫不介意:"你不是第一个这么说的人。"他轻松地结束了这个话题,"点菜吧。"

这家餐厅只设了4间包间,温长龄他们那间隔壁的被孟文霆订了,孟文霆和谢商约了7点。谢商6点50分就到了。他推开门,房间里除了孟文霆,还有一个人。

"下次如果有其他人,希望孟律师提前说一声。"

孟文霆脸上有点儿挂不住,嘴上还是说:"抱歉,谢律师,是我考虑不周。"他主动介绍坐在他旁边的人,"这是我女儿,孟多蓝。她刚好在附近,过来陪我吃顿饭。"

孟多蓝起身,穿着简洁大方,西装配短裙,漂亮、干练又英气。她走到谢商面前,主动伸手:"久仰大名,谢律师。"

谢商礼节性地握了一下对方的手,松开后,在孟文霆的对面坐下。

服务员把菜单递给了女士。

"谢律师有忌口的吗?"

"没有。"

孟多蓝让服务员推荐了几道特色菜,又转头问她的父亲:"爸,你要不要喝点儿酒?"

孟文霆看向对面:"谢律师,陪我喝两杯?"

谢商婉拒:"不好意思,开车来的,不喝酒。"

孟文霆想要劝酒,被孟多蓝拉了一下袖子,于是作罢,要了一壶茶。孟多蓝点完餐之后,把菜单放到谢商那边。他直接把菜单给了服务员。茶先上来,服务员给客人斟完茶,默不作声地退出去,并带上门。

孟文霆聊起来:"你上次的提议……"

"孟律师,今天不适合聊公事。"本来两个人是来聊公事的,现在有外人在,谢商不喜欢公私不分。

"那聊聊私事吧。"孟文霆健谈，主动展开话题，"谢律师平时不忙的时候，都有什么爱好？"

谢商脱下大衣，将大衣妥帖而整齐地放在旁边的空位子上，上身是黑衬衫搭黑色的领带。这样同色系的搭配，理论上会很大程度地降低存在感，但在谢商身上并没有出现这样的情况，黑色衬他，让他看上去更加沉稳、优雅。衬衫的纽扣全部被扣好，分明显得很禁欲、疏离，却让人移不开眼。

"没什么爱好，"谢商自我评价，"我这个人很无聊。"

孟文霆用长辈的口吻自然地说："我家多蓝也是，不怎么爱出门。下次你们可以约出去放松放松，年轻人在一起也有话题。"

谢商没有接话。服务员敲门，进来上菜。

用餐期间，孟文霆聊了几句，谢商每句都会回，但回答得都很简短，礼貌、分寸有，距离感也有。孟多蓝在用餐的间隙总是忍不住望向谢商。她很早之前就听说过他，还以为一个会琴棋书画又擅长司香的人，身上会有很重的书香气，像执笔作画的诗人之类的，清雅居多。但上次在仰光楼一见，谢商给她的感觉更像拿枪猎兽的猎人，用个不太恰当的比喻：优雅的暴徒。

"上次在秦家老夫人的寿宴上，多谢你为我解围。"孟多蓝拿起杯子，拂裙起身，"我以茶代酒，敬你一杯。"

谢商放下筷子，仍坐着："不需要敬我，我没有替你解围，只是碰巧那天心情不好。"

"不管怎么说，我都是受益者。"孟多蓝喝了杯中的茶："爸，你们先聊，我去趟洗手间。"

孟文霆有话和谢商说，孟多蓝是聪明人。今天她过来，是她主动和孟文霆提的。人一生当中会遇到无数的人，但一眼就令人心动的人不多，她不想错过，想正式认识谢商，孟文霆也支持她。

孟文霆就不绕圈子了，问得比较直接："谢律师，你觉得我女儿怎么样？"

谢商在进门看见孟多蓝的那一刻就明白了孟文霆的打算。

"这是你的合作要求？"

孟文霆不想把话说得太绝，毕竟谢商是他很难掌控的对象，所以他的话语中还是带着几分试探："我就是觉得你们刚好年纪合适，可以相互认识一下。而且我们合作的话，缔结更牢固的关系对我们双方都有利无害。"

这番话也可以换成个简单一点儿的词：联姻。

"您做这个打算之前，应该先问我一个问题。"

"什么问题？"

谢商说："我是否单身。"

孟文霆面带笑意，让自己显得不那么没有主动权："我听你二叔说，你目前没有对象。"

谢商纠正道："我有结婚对象。"谢商的目标是他的父亲谢良姜，事关重大，没有十足的把握，孟文霆不想打破现在的平衡，最主要原因的还是他不信任谢商，也不敢信任谢商，毕竟谢商可不是什么善茬。

如果可以，孟文霆还是希望谢商能真正和他坐到一条船上，缔结姻亲是最好的办法："不是还没结婚吗？"

"孟律师，你好像搞错了一个问题，被选择的是你，不是我。"谢商不想再浪费口舌，"今晚之前给我答复。"

孟文霆的脸色不太好看了。孟多蓝刚好回来，随口问了一句："在聊什么呢？"

孟文霆说："聊工作。"

孟多蓝："吃饭就别聊工作了。"孟多蓝坐回座位上。她补了妆，没有再动筷。

谢商吃得很少，菜不合他的胃口，人也不合他的胃口。他拿了衣服："我还有事，两位慢用。"

孟多蓝看了父亲一眼。孟文霆点了下头，意思是也吃好了。

孟多蓝刚刚出去已经结过账了："我们也吃完了，一起走吧。"

餐厅在4楼，车库在B1楼。搭乘电梯时，孟文霆问谢商："谢律师方不方便帮我送一下多蓝？"他解释，"我得回一趟律所。"

谢商站在最左边，身体靠后，拒绝道："抱歉，不顺路。"他问孟多蓝："需要帮你叫车吗？"这人好难接近，但又礼貌得让人挑不出任何问题。

"不用。"

电梯到了负一楼，门打开。孟文霆父女先一步出去，谢商却停了几秒。

孟多蓝回头："谢律师？"

他看着电梯外面，目光和刚刚很不一样，刚刚的他似乎对什么都提不起兴趣，但现在，他的眼神亮而灼热。他从电梯出去，开始很缓慢，后面脚步快了，径直往前走，而他的车停在左边的停车位上。

孟多蓝跟着看过去，谢商走到一个人面前，车库的光线暗，她看不清人。

"长龄。"

温长龄没应声儿。谢商问她："你在等人吗？"

温长龄一副超级敷衍的语气："嗯。"她的视线往孟多蓝那边扫了一下，不经心、不在意的样子，"约会啊？"

"不是。"

哦。是不是都跟她没关系。

她随口又问："相亲啊？"

"不是，"谢商说，"是公事。"

公事个鬼。孟多蓝是华旗技术的法务总监，华旗技术和KE律所最近可没什么合作。而且那个上了年纪的男士温长龄也认得，是KE管理委员会的成员孟文霆，温长龄不用想就知道他是孟多蓝的父亲。父亲带着女儿见适婚男人，公事。

谢商真是太烦了。

温长龄一脸漠不关心的表情："你'同事'在等你。"

谢商看都没往回看一眼，眼里只有温长龄："坐我的车吧，我送你回去。"

温长龄冷淡地说道："我有伴。"

"你和谁一起来的？"

正对着谢商方向的一辆白车闪了一下车灯，车子的主人踩着油门开车过来，到了近处，车速才降下来。谢商看清楚了车里的人。

车子停下来，没靠太近，隔着几米，江城雪降下车窗，坐在车里等。

"我先走了。"温长龄还没走出一步，谢商拉住了她。

她回头，瞪人："你干吗呀？"

谢商眼睛直视前方，与车里的人对视。二人眼神交锋，像森林里的一个王遇到了另一个王。前者在自己标记完的领地上保持绝对警惕，不准任何外来者入侵；后者就在领地边界处来回地试探与巡视。

"别坐他的车。"谢商怕语气太重，加了一句，"好不好？"

管你"同事"去吧。

"不要你管。"温长龄甩开谢商的手，上了江城雪的车。江城雪扬了下嘴角，对谢商笑了一下，一脚踩下油门，车飞快地开走了。

孟多蓝走过来："刚刚那是温小姐吧？"她没有看清楚人，但关于谢商的前女友，孟多蓝在秦家的寿宴上听人说过：谢商只有温长龄这一任女朋友，他还是被分手。温长龄到底有什么过人之处，让谢商如此念念不忘？

"孟小姐，"谢商语气客套，很不近人情，"请不要探问我的私事。"

孟多蓝一时哑口无言。她只是问了一句温小姐，他就警告她。

"抱歉。"她说。

"我先走了，两位请便。"

温长龄回了荷塘街。车子没有开进去，她让江城雪停在了小巷入口。

"谢谢你送我。"她客客气气地道别，"再见。"

她推开车门，准备下去，一股不重不轻的力道从后面钩住了她的包。她回头，看见自己包包拉链上的吊坠正被江城雪捏在手里把玩着："留个联系方式吧。"

温长龄犹豫了几秒钟，把手机给他。他拨了自己的号，通了之后挂掉，低着头帮温长龄把号码存进通讯录，没看她。"你跟谢商会复合吗？"他突然问。他是个奇怪的人，可疑的人，让人稍微深想就会毛骨悚然的人。

"你问我这个问题不合适，"温长龄在生人面前会内敛、安静很多，情绪不太外露，眼神里仿佛有一道屏障，"我和你不熟。"

江城雪把手机还给温长龄，笑着，说不上温柔，但会让他看着没那么可怕："那要怎么才能跟你熟起来？"

温长龄看了一眼手机，通讯录里他存的是"江城雪"三个字。

"你喜欢跟小丑玩，我不喜欢。"

温长龄把吊坠从江城雪的手指间拉出来,推门下了车。他没有急着走,坐在车里,看着她离开,等到看不见她了,把手机里最近通话记录最上面的号码点开。

"你会来找我玩的。"

在餐厅的时候,温长龄就和朱婆婆打过招呼了,说晚点儿过来。还在门外,她就闻到了汤的香味。她推开门,狸花猫最先出现。

"喵。"

"花花,"她蹲下来,轻柔地摸摸猫咪的头,"残忍"地说,"你胖了。"

"喵。"花花要是听得懂人话,会挠她吧。

朱婆婆循着声音过来:"长龄。"

"婆婆。"

彤彤也在,乖巧地喊温长龄"姐姐"。

朱婆婆小声说:"来客人了。"

温长龄走进院子里,看见了秦齐,打招呼:"秦叔叔。"

昨天秦齐问起温长龄之前的生活,她提到了朱婆婆这里,今天他就上门拜访了,慈父形象倒是立得很稳。

秦齐为什么重视她?温长龄不觉得是因为"血缘"。见过了秦齐和秦克那个相处模式,她甚至觉得秦齐可能是个没有亲情需求的人。那么为什么呢?温长龄根据秦齐的利己主义,只能想到一种可能:投资。他投资一个"女儿",将来用来置换资源,毕竟她长得还行。上次寿宴上,秦齐就挺乐意撮合她和吴越。

秦齐这次买了很多贵重的礼品过来,朱婆婆不想收,温长龄把婆婆拉到一边,让她都收下,回头去隔壁如意当铺换成钱,捐了也行。秦齐留下来吃了晚饭,温长龄在外面已经吃过了,只喝了一点儿汤。饭后,秦齐在院子里喝茶。朱婆婆家的茶是自己做的,桂花茶。

"你晚饭是和江董一起吃的?"温长龄表情疑惑。

秦齐解释:"我的秘书刚好也在那边吃饭。"

"他帮过我的忙,我请他吃饭。"

"你们以前就认识?"秦齐很敏锐,是当商人的那块料。

温长龄撇清关系:"不熟。"

"江董是个非常有能力的人。"秦齐喝着茶,拉家常般说道,"你要是跟他相处得来,可以和他结交一下。"

他果然在投资她。江城雪年纪轻轻已经是上市公司的董事长,确实是个值得笼络的对象。

"长龄,你想去华旗上班吗?"

在秦齐眼里,温长龄只是个学历不高的护士。温护士:"我去了能做什么?"

"你可以去你感兴趣的部门,像秦克那样挂个闲职也行。"

温长龄"苦恼"了一会儿，说："我考虑一下。"

他又来了，装出那副慈父的样子："以前让你受委屈了，等你进了公司，我就能好好照看你。"

温长龄不作声，在秦齐面前，她装不出孝女的样子。

"长龄，你妈妈她……"秦齐表情悲痛，"她为什么会自杀？"

温长龄迎着秦齐的目光，看他的神色变化："因为我弟弟没了。"

秦齐长叹。他仔细地回忆，却发现记不起温沅的脸了，只记得她很美，仙女一样。她站在茶园的梯田上，戴着帽子，比以景出名的风镇还要美丽。

温长龄突然指着前面的藤本植物问秦齐："你认识这株植物吗？"

秦齐看向缠在树枝上的藤蔓。

"我妈妈就是吃这个自杀的，它叫钩吻，民间也叫它断肠草，全株有毒。"

秦齐目不转睛地看着它。

温长龄说："你看，它开花了。"它竟然开花了，零零散散的几朵，是黄色的花。钩吻的花和金银花的花相似，因此经常有人误食。

秦齐回去了，温长龄今晚住在朱婆婆这边。她有一阵子没有过来了，但也没有很久，钩吻开花了，花花胖了，朱婆婆好像多了些许白头发，物也非，人也非。不知道隔壁如意当铺生意是不是一如既往的不好。

这个季节坐在旧竹床上好凉，朱婆婆给温长龄垫了一个垫子，还给了她一个老式的热水袋，她揣着热水袋，躺着消食。

好烦啊，又是有星星的晚上。有星星的晚上，她总是做蠢事，比如现在，在手机上按下了一串数字，反应过来想要挂断，但是电话通了。

"喂。"

温长龄不作声，自暴自弃地双手往两边一摊，装死，可是脑袋不受控地一点儿一点儿挪到手机附近，直到听得见。

"长龄。"怎么会有人声音这么好听？分手之后，这是温长龄第一次主动联系谢商。她不出声，只有风声和偶尔的猫叫声提醒着谢商手机还在通话中，他不知道她有没有在听。

"长龄。"

温长龄认命地拿起手机："我不小心按到的。"听到谢商的声音，她有一点儿生气，"挂了。"

"别挂。"

温长龄的手指顿住了。

"和我说说话。"谢商的声音从听筒里传过来，像有电流导向助听器，造成了一种瞬间的冲击力。

哦，原来是她贴得太近了。她把手机拿远了一点儿。她说什么呀？合格的前任应该当个"死人"。但这一刻，天上有星星，不久前还有讨人厌的秦齐，有开花的钩吻，这些都是温长龄心情不平静的诱因。

"还跟你'同事'在一块儿吗？"她在冷静的时候绝对不会问出这种问题。

"哪个同事？"

热水袋"咕噜噜"滚到地上，不偏不倚地砸到了花花。

温长龄没有管它："你那个相亲对象。"

谢商纠正她："不是相亲对象。"

"还跟她在一块儿吗？"这么晚。

那边的人沉默了一会儿，回答："嗯，在一块儿呢。"

温长龄不吱声，很久。她应该是晚上汤喝多了，撑得不舒服。

"怎么不说话？"

你让我说的。

她说："谢商，你过来找我。"以前就有人说过她是小疯子。

"现在？"

"现在。"

直白、强势，这个时候的温小姐像高坐魔殿的王。

"为什么要我去找你？"

他好啰唆。温长龄语气里带着一点儿怒气，不容拒绝："你之前说的，让我不要找别人，找你。"

温长龄不觉得谢商会跟孟多蓝过夜，他不是那种人。但两个人哪怕只是单纯地相处，她也觉得不爽。以前妈妈还在的时候也说过她，说她对喜欢的人、喜欢的东西，都有着不正常的索取欲和占有欲。

她命令道："你现在就过来。"

谢商语气轻快，好像在笑："好。"他好会哄人，好听她的话，"我现在就过去。"

然后电话被挂断了，谢商先挂的。

"喵。"猫比温长龄先发现来人。推门声过去了好几秒，温长龄才回头，看到谢商在门口。他刚刚还说他和孟多蓝在一块儿。

温长龄瞬间好气："你骗我。"

是啊，谢商本来就是个狡猾的人。他听温长龄的话，在她面前拔掉爪子，是因为很爱她，但不要忘了，他可是名门谢家养出来的"歹笋"。

他是跟着江城雪的车过来的，温长龄没走，他就一直在隔壁院子。

他走过去。院子里的灯在他后面，他的影子罩住了温长龄，罩住了猫。猫好久没见到以前经常给它喂食的男人，"喵喵喵"地好兴奋。

谢商单膝半跪在老旧的竹床上，压低身体，目光在阴影里找寻温长龄的眼睛："长龄，为什么不愿意我跟别人在一块儿？"

他的问题里有一丝隐忍克制的攻击性，那是雄性在感情关系里天生就存在的掌控欲，是力量和体型优势下爆发的激素。他可以很听话，但骨子里还是掠夺者。

"你在乎我的，对不对？"

温长龄的眼神半点儿不示弱，她本来就很不乖，闻言立刻否认："不是。"她的手摸上谢商的腰，手指流连。如果是别人做这个动作，或许会显得轻浮，但她的眼神很坦率："我就是这么坏，我不要也不给别人。"

谢商笑："行，那你就一直占着。"

她的手移到他的脖子上，按着他的锁骨，毫不留恋地推开他，她凶巴巴地说："你骗我。"

"嗯。"谢商顺着温长龄手指的力道往后坐下，故意压住了她外套的衣摆，这样她就跑不掉了。这是他分手以后心情最好的一天，他不怕温小姐生气，温小姐能对他撒气也是好的。

温长龄用脚踢他，但力气不大："你好烦，好讨厌。"

什么都强的温小姐，就是骂人不太行。

她逐客："你走吧，我这里不欢迎你。"院子里的灯是用电线接的灯泡，风大的时候，会被吹得摇晃。灯光偏暗，摇动的光将谢商的轮廓照得忽明忽暗，他眼里有缠绵的、若隐若现的欲望，直直地看着温长龄："是你要我来的。"

她不看谢商，不要受他的诱惑："现在我让你走。"

"温小姐，你不能这样。"

"我就要这样。"

下巴被他轻轻抬起来，她一瞬间望进了他的眼睛里，他的眼睛如珠如宝，漂亮得过分。她还在失神的时候，他靠过来吻她。

这是带着掠夺意味的深吻，她的气息被完全吞没。他很会吻。她唇上的温度原本有点儿低，于是他用了力，把湿热传给她。他的吻不太温柔，甚至有点儿野性和蛮横，却是刺激的，会让人兴奋，让人意识空白、呼吸停滞。

在她憋红了脸的时候，他又会稍稍松开，手按住她的脖颈儿，带着安抚意味地摩挲她发烫的皮肤，提醒她呼吸，然后轻轻啄吻。等她缓过来，他又开始进攻。

他不听话、不顺从的时候，她其实很难掌握主动权。她在呼吸的间隙将谢商推开一点儿，唇稍微移开，他追过来，被她用手抵着肩拉开距离。谢商反握住她的手，带着她搂住自己的脖子。他双手托住她的腰，抱她起来的同时，继续刚刚没有得到满足的吻。

院子里只有猫。谢商抱着温长龄一路深吻，进到房间里，锁上门。

这个季节天亮得很晚。温长龄的生物钟很准，睁眼时她还迷糊着，下意识地抱紧身边的人。

"星星。"

"嗯。"

温长龄不喜欢北城的天气，北城的冬季很冷。她整个人都挨着谢商，旁边没被睡过的被子冰冷冰冷的，伸懒腰时，碰到一手的凉，她立马缩回手，将手往谢商的衣服里放。

他身上很暖。温长龄睡觉习惯埋头躲进被子里，就露出一个头顶。她人刚醒，声音奶乎乎的："几点了？"

谢商把手伸出去，拿起手机看时间。

"7点。"

温长龄还很困："10分钟后叫我。"

谢商5点多就醒了——不想睡太久，觉得错过了这段时间可惜，毕竟温长龄这么乖乖抱着他的时间不会很长。

过了10分钟。他叫醒她："长龄。"温长龄往被子里钻。

"不起了吗？"温长龄像一只毛毛虫一样，在被子里拱了几下。谢商把她卷上去的睡衣拉下来整理好，再抱住她。冬天的被子里很适合拥抱，他把她整个人都包裹起来，陪她磨蹭。

温长龄在心里默数。等数到60，她滚到旁边去。旁边的被子好凉，但是有用，她几乎立马就清醒了，拿过自己睡的那个枕头，塞在她和谢商之间。她的意思很明显：楚河汉界，关系结束。

谢商坐起来，看着她。她这边有他的睡衣，但睡衣是秋天的，很薄，不御寒。藏青色的衣领既称他冷白的皮肤，也称温长龄昨晚在他的脖子和锁骨上留下的红痕。她找到衣服，在被子里换下睡衣，不理会谢商的注视，从他的身上跨过去，为了不碰到他，动作有一点儿滑稽，像一只笨鸭子。她撇关系撇得很干净。

"还去上班吗？"谢商问。

她已经下了床："要上班。"

"我送你去。"

刚刚迷迷糊糊时撒娇的温长龄已经不存在了，她现在就是负心女，清醒又冷淡："不用你送。"她蹲着穿鞋。

谢商下床，去柜子里拿她的外套，递给她。她接过外套，穿上："我先出去，你等一下再出去。"她又说，"走的时候不要让朱婆婆看到。"

谢商看着她出门，坐回还没有凉的床上。

她又这样无情。要是到了21次，她是不是就要养成这个坏习惯了？

温长龄辞了医院的工作——秦齐希望她能进华旗技术。周一，她去华旗报到，刚进公司的大门，秦齐的秘书戴秋就过来了，是专程来接她的。

"温小姐，"戴秋说，"秦总还在开会，我先带你去办理入职手续。"

"麻烦你了。"

"不用客气。"

温长龄已经不戴眼镜了，穿衣服以舒服为主，薄款的圆领菱形格纹羽绒服里面穿着米白色的卫衣，搭配一条样式简单的牛仔裤，清爽干净，像刚出学校的学生。她没有刻意打扮，但还是很亮眼，连同为女性的戴秋也忍不住多看了她两眼：怪不得那位那么费尽心思。

戴秋收拾好心情，领着温长龄进了电梯。华旗技术最主要的业务是通信网络和智能终端，技术和研发部门是华旗最大的职能部门，又细分了几个部门，其中技术部负责集团核心技术的研究。

王军是技术部二组的一名高级网络工程师。茶水间里，王军的同事刘传龙在泡咖啡期间开玩笑说："以后要叫你副经理了。"王军今年已经32岁了，进华旗的技术部满了7年，技术部的晋升是整个公司竞争最激烈的。

"别乱说。"

"人事的任命邮件还没下来吗？"

王军扶了扶鼻梁上笨重的眼镜，手上不停搅拌的动作泄露了他的焦虑和忐忑："本来就是没准头的事。"

刘传龙的职位比王军的低，因此他说话有奉承的成分："怎么没准头了？不是你还能是谁？上次周经理都说得很明白了。"

王军回到工位后，一直反复刷新工作邮箱。

技术部的一位同事田海林从外面回来，说道："刚刚在人事部看见戴秋领着个女的在办入职手续，我过去瞄了一眼，竟然是我们技术二组的。"

刘传龙接腔："咱们'和尚窝'里终于要有女人了？"

技术部二组其实也不是没有女员工——有一位高级女工程师，这会儿刚好不在，只是没有年轻的、单身的女员工。田海林的语气充满了夸张的惊叹："还是个大美人！"

刘传龙不信："我看你是单身太久，看什么都眉清目秀吧。"

"真是美人。"

刘传龙这个人，对搞计算机科学和网络技术的女人有点儿偏见："女人也能搞技术？不会是'空降兵'吧？"他说完发现话不妥，就补充了一句，"沈工例外。"

沈工就是同组那位高级女工程师。说到空降，研发体系里的技术部是华旗众所周知的镀金部门，因为接触得到核心技术，最容易出成绩。

半个小时后，人力资源部的经理亲自把人带了过来。眼见为实，刘传龙信了，新人还真是大美女，漂亮得不像学网络技术的。

刚入职的人没有任何工作，甚至没有任何人来和温长龄说话，她的直属上司王军给了一堆项目资料让她看。

快到12点的时候，戴秋给温长龄发了消息，说有事不能带她去吃饭，但可以安排一个人陪她。温长龄拒绝了，自己一个人去了员工食堂。华旗技术规模很大，总公司的食堂就有3个。她点完餐刚坐下，座位对面来了人。

"这儿有人吗？"

温长龄抬头："没有。"

来的是两位女士，温长龄认得其中一位：孟多蓝，华旗技术的法务总监。另外一位女士的工卡上写着："人力资源部，虞雯。"

她们在温长龄的对面坐下。

"我听说温小姐你今天入职。"孟多蓝说,"祝贺你。"

温长龄对不熟的人挺温和客气的,但不会多聊:"谢谢。"

孟多蓝从上到下都很精致,漂亮昂贵的衣服、精心打理的头发、搭配讲究的饰品,还有餐桌礼仪、说话艺术,都透露着精英式的知性和从容:"上次在寿宴上听秦总说温小姐你是护士,那以前应该没有接触过信息与通信技术相关的工作吧?"

温长龄斯斯文文地说:"懂一点点。"她的两位老师都奉行在外要低调的原则。

孟多蓝笑了笑,神色友好:"在华旗,懂一点点应该不够,尤其是技术研发部门。"

温长龄没有接话。虞雯这个人很喜欢传八卦消息,全公司的人都知道。技术二组来了个后台很硬的"花瓶"这件事,很快就在全公司传开了。

华旗技术部有个重度强迫症患者,叫云易。他每天在同一个时间,坐在同一个位置,点同样的菜,用餐到第8分钟去拿汤,步骤每天雷打不动。

今天情况有点儿不同。他放在桌上的笔记本旁边多了一张纸,他看了一眼,不爱乱捡东西的他还把纸捡了起来,认真地看。

纸上是两行代码。这两行代码如果加到他的程序里,按照这个逻辑算法来运行,是更优解。

"阿姨。"

旁边收盘子的阿姨:"你叫我?"

他点头。阿姨走过来。

云易在华旗技术很有名,是技术部最年轻的高级工程师,虽然只有初中文凭,但技术很过硬,不过极其不爱跟人打交道,开始别人还以为他是哑巴。

他难得主动问问题:"刚刚是谁坐在这里?"

你跟人家坐对面都几天了,还不知道人家是谁?

"我也不认识。"阿姨说,"是个女孩子,长得真俊俏嘞。"谁叫你吃饭不抬头。

云易是黑客出身,被重金挖到华旗技术,和东方汽车合作研发的新型驾驶辅助系统就是他在负责。

午休时间刚结束,二组的周经理走到温长龄的工位旁边:"小温啊。"

小温抬头。

周经理特地过来关心慰问:"这几天还适应吧?"

"适应。"

周经理面带慈祥的微笑:"工作上有什么不方便的或者不懂的,都可以跟我说,找沈工也行。"

小温的直属上司是王军,周经理怕她一个女孩子不方便,特地让二组唯一的女工程师多带带她。

小温:"哦。"

小温性子有点儿冷呢。没事,可以冷,小温可是关系户。照顾关系户周经理很有经验。

"好好工作。"

"好的。"

虽然回答简短略显冷淡,但小温看着很温顺,文文静静、老实巴交的,不是爱惹事的,完全没有关系户的架子呢。

周经理是一位体贴关系户的好经理:"要是工作累了,咱们公司4楼有奶茶店,7楼还有健身房,8楼有按摩椅。"

怪不得华旗能做大做强,华旗的经营模式复刻了国外一家很成功的上市公司的模式。

小温:"哦。"

周经理笑出了褶子:"那你忙。"

根本没有人给小温工作,她还在"学习"阶段,不是被带着开会旁听,就是看资料。

她叫住周经理:"周经理。"

周经理回头,用看亲生女儿的眼神和蔼地看着她。

"可以给我开几个权限吗?我想多学习学习,但很多资料我看不了。"

听说小温是秦总的私生女,秦总可是未来的CEO。

"当然可以。"

周经理当场打电话给IT部门:"帮我们二组的小温开一下内部工程师的权限。"

小温礼貌地道谢:"谢谢周经理。"

周经理摆摆手,是"不值得一提"的表情:"小事一桩。"

周经理转头:"王工,你来一下办公室。"

王军的工位在最里面,和温长龄的工位隔了一个工位。

周经理把他叫到办公室,关上门,拉上百叶窗,这是和下属谈话的必要程序。

"坐。"周经理亲自给王军倒了一杯茶,示意他坐下来,和他谈心,"王工你是不是有什么心事?我看你这两天精神不怎么集中。"

周经理以前在人力资源部待过,眼力一绝。

"最近没睡好。"

"真没其他事?"

王军说:"没有。"王军给人的印象就是那种话不多但很努力的员工。人力资源部的人对他的评价是黏性高,不容易跳槽,但能力有限。

周经理是个人精:"是不是因为晋升的事?"人精嘛,擅长甩锅,"人事那边目前没有晋升名额,还得再等等。"

王军没说话。周经理安慰道:"你还年轻,以后有的是机会。"

上次部门聚餐,周经理多喝了几杯,承诺帮王军申请晋升,还说八九不离十。32岁,不年轻了,王军研究生毕业就来华旗技术,他那些出国的同学哪个都混得比他好。他也是名校毕业,却连北城的房子都要贷款买,本来以为晋升没跑了,狠了狠心,付了首付。

王军起身，茶一口没喝："我去工作了。"

周经理熟练地画饼："那你先忙，等下次我跟总监吃饭，再帮你申请一下。"

王军从办公室出来，往温长龄的工位瞥了一眼。不是没有名额，是名额被人占了吧。

今晚秦齐难得没出去应酬，在家里吃饭。吃饭期间，他问起温长龄工作上的事："在技术部感觉怎么样？有意思吗？"

温长龄回答得简短："还好。"

"同事呢？都对你怎么样？"

"还好。"

技术部二组的人都知道她是关系户，除了沈工，其他人基本不和她说话。不过不打紧，她也不是去交朋友的，当初她刚去帝宏医院也是如此，独来独往有独来独往的自在。

秦齐时刻不忘扮演一个合格的慈爱父亲："你要是待得不开心，我就帮你换个职位，千万别委屈自己。"

华旗技术的员工电脑只能用内网，只能内部使用，而且都被加密过——两道加密，一道是IT部负责，另一道是技术部负责。计算机科学与技术、电子工程、通信工程、软件工程这些刚好温长龄也擅长。

"不用换，现在挺好的。"

"好就行。我听周勖说，你上手很快，以前学过计算机？"

温长龄回："学过一点儿。"

对面的秦奈小公主突然敲碗。秦齐呵斥道："别敲碗。"她不听，继续敲，一边敲一边瞪温长龄。小孩子不知道隐藏情绪，什么心思都摆在脸上。

"秦奈。"被秦齐喊了全名，秦奈总算消停了。

秦齐在这个家中就是大家长般的存在："为什么敲碗？"

秦奈撇了撇嘴："我要吃排骨。"她敲碗当然不是因为想吃排骨，是为了争宠。以前她在家里最受宠，温长龄来了之后，她觉得大伯就不爱她了。

"想吃什么可以说，在饭桌上敲碗是很没礼貌的行为。"

秦齐管小孩儿的样子很自然，秦克没作声，但眼神变了。秦齐是秦家读书最多的人，别墅是他买的，一家老小都靠他养，所以除非赵老太撒泼，否则他在这个家有绝对的话语权。如果是以往，秦齐管教秦奈，秦克不会有什么不痛快，但自从秦克开始怀疑秦奈不是他的种，秦克就看什么都不对劲。

被管教的秦奈不服气，骄纵地把筷子摔到地上，指着对面的温长龄说："她才没有礼貌。"

她"哼"了一声，赌气跑下桌。这时，保姆沈茹端汤上来，站的位置刚好在秦克和赵老太之间，她把汤放到桌子中间，俯身时，翘起了臀。秦克把手伸到沈茹后面，捏了一把她的臀部。

这一幕赵老太全看到了，瞪了沈茹一眼，但没有说什么。秦克和沈茹的关系，懦弱的刘文华知道，还想要孙子的赵老太也知道。

晚饭过后，秦齐要出门。赵老太问："这么晚还出去？"

"我约了严总夜钓。"

温长龄发现，华旗4楼的奶茶很好喝。戴秋说，华旗4楼所有的店面都是公司内部员工开的，甜品、饮品、零食一应俱全。温长龄点了一杯大杯的生椰拿铁，找了个位子坐下。前面的位子有人，是石丽红，温长龄上次在秦家的寿宴上见过她，她是华旗技术唯一一位女性创始合伙人。

石丽红看上去不到40岁的样子，正在接电话。

"蓝老师。

"我知道了，我现在就打电话问一下。"挂断后，石丽红又拨了一通电话。

"你妈把姜姜接走了？"电话那边的是她的丈夫。

"今天周五，周五不用补数学。"

"姜姜喜欢画画，我托了很多关系才把她送进那个兴趣班。"

"画画怎么没用了？"

"好，就算没用，姜姜喜欢就行了。"

"我不想跟你说这些。"

"我怎么就显摆我的人脉了？"后面两个人就吵起来了。

温长龄大致听明白了，石丽红和她丈夫育儿观不同、价值观不同，还有社会地位跟收入也不同，导致夫妻之间分歧很大。

当石丽红的丈夫开始指责她一个女人成天就知道工作，质问她到底是靠能力还是靠别的爬到现在的职位时，石丽红再也听不下去，直接挂断了电话。调整了一下情绪之后，她回头，对温长龄说了声"抱歉"，为自己刚才声音过大。

石丽红是一位非常有教养的女士。温长龄说没关系。

"温小姐，我能拜托你一件事吗？"

"请说。"

"抱歉，可能有点儿冒昧，"她询问，"能否问你要一下谢律师的联系方式？"她解释，"想让你男朋友给我介绍一个好一点儿的律师。"

她要打离婚官司，孩子、房子、钱她都要。

温长龄连连否认："你误会了，他不是我男朋友，我们没有关系。"

石丽红表示疑惑："不是吗？"

温长龄斩钉截铁："不是。"

上次在仰光楼，两个人的互动分明还有情意。石丽红表示遗憾："哦，那是我看错了，实在不好意思。"

555

"没关系。"

石丽红说还有工作，先走了。过了一会儿，甜品店的店员端了一块黑森林蛋糕过来，对温长龄说："温小姐，这是石总给你点的。"

温长龄收了蛋糕。作为答谢，她联系了谢商。

温长龄："我可以把你的联系方式给别人吗？"

谢商："给谁？"

温长龄："石丽红。"

谢商："可以。"

温长龄的对话框上面显示了很久的"对方正在输入"，但谢商最终什么都没有发过来。吃完蛋糕，温长龄起身回办公室，刚走到电梯口，两个人朝她走过来。

"温长龄小姐是吗？"

"我是。"

其中一人亮出了证件："我们是景丰分局的刑警，请你跟我们走一趟。"

温长龄问："有什么事吗？"

"一个小时前，秦克在家中身亡。"秦克的死亡时间是 9 点到 10 点，法医的鉴定报告还没有出来，目前法医排除了机械性损伤，初步判断死因是中毒。秦克是在家中身亡的，熟人作案的可能性很大，住在秦家的每一个人都有嫌疑，都被刑侦队传唤做了笔录。

秦齐在 3 号审讯室。

"我早上出门的时候他还没有起床。"秦齐表情悲痛，"我弟弟这人玩心重，有时候夜不归宿，虽然我给他在公司找了个职位，但他并不会每天都按时去上班，早上看不到他是很寻常的事，我也就没有多留心。"

刑警问秦齐，兄弟感情怎么样。秦齐难以克制情绪，捂脸哽咽，平复了许久才继续说："和普通人家的兄弟一样，偶尔也会争论，但感情还可以。我有时也很气他，不争气，成天无所事事，还经常给我惹麻烦，但我跟他是一母同胞的亲兄弟，这么多年我不愿意分家，就是想着能照顾、管束他。"

刘文华在 2 号审讯室。刘文华是最早到警局的，做笔录的中途哭晕过去了，现在好一点儿了才继续。

"今天上午 9 点到 11 点，这段时间你在哪里？"

刘文华脸色憔悴，虚弱无力，强打着精神："在上花艺课，和严太太一起。"

负责讯问的刑警张谦如实记录。不过依照他的办案经验，毒杀案的不在场证明太容易制造了，准备好毒药就行，凶手并不需要在现场。

张谦问："你最后一次见到秦克是什么时候？"

"昨天早上，我和他一起用的早餐。"

"之后就一直没见过他？"

"我身体不太好，晚上经常咳嗽，怕打扰我先生睡觉，有时会跟他分房睡。昨晚他回来得晚，我听见了声音，但没有出房门，他睡在了隔壁的房间。"刘文华抹了抹泪，

"今天早上我出门的时候，他还在补觉。"

之前因为君临马术俱乐部的案子，张谦还去秦家做过调查。秦克的社会关系、家庭关系，张谦都查过。

秦克和妻子刘文华感情并不好。君临马术俱乐部的案子秦克已经被排除了嫌疑，因为他身上没有受害者造成的伤痕。

秦家的保姆沈茹在1号审讯室。

"二先生经常晚睡，9点左右我在外面叫他起床，他还应了我。之后我送老太太去福临馆打牌，顺便买菜。"

司机送秦奈去兴趣班了，送赵老太去打牌的工作就落到了沈茹头上。赵老太沉迷麻将，经常在牌馆一待就是一整天。

"我10点15分左右回到家，因为离午饭时间还早，就去院子里修剪了花草，当时以为二先生还在睡觉。"沈茹似乎是吓到了，脸色到现在都是苍白的，声音颤抖，"准备好午饭后我去叫他，才发现……"人已经没气了。

报警的是沈茹，当时秦家只有她在。

负责讯问的刑警林耀平问："秦家有谁在吃药吗？"秦克很大可能是被投毒的。

沈茹如实回答："二太太生小奈的时候伤了身体，这些年一直在吃中药；二先生也在吃药，吃的是补药，因为老太太希望家里再添个男孙。"

林耀平抓到了重点："秦克从什么时候开始吃药的？"

"上个礼拜。"

温长龄是最后一个到警局的。她到的时候，秦齐已经做完笔录了。两位女刑警负责讯问她，带她去了3号审讯室。

"你来秦家多久了？"

"将近一个月。"

问话的女刑警叫郭丹："你和秦克平时关系怎么样？"

温长龄的表情很平静："不熟。"

她的脸上没有一点儿悲伤。不过没有也正常，她来秦家才多久，秦克对她来说就是个不熟的人。

"你们起过什么冲突吗？"

"我们没有说过话。"

温长龄给郭丹的感觉就是不太爱说话，文静又淡然。

"在你看来，秦克是个怎样的人？"

温长龄思考了一下才回答："他经常喝酒、晚归。"因为和秦克不熟，温长龄说，"我在秦家不常见到他。"

郭丹又问了几个问题，比如最近秦克有没有什么异常、有没有得罪什么人，秦家有没有什么异常、有没有什么纷争之类的。因为暂时还没有找到有指向性的证据，所以郭丹只是问了一些寻常的问题。

温长龄和秦家人都不太熟的样子，提供的信息不多。做完笔录，温长龄出去，刚推开门，外面的赵老太立马从椅子上站了起来："是她！"

赵老太指着温长龄，眼神恨不得吞了她："是她杀了我儿子！"

郭丹提醒："老夫人，指认人杀人要有证据。"

秦齐上前去拉，但根本拉不住情绪失控的赵老太。

"她来之前，我家好好的，她一来我儿子就死了。"赵老太头发凌乱，昂贵的貂绒大衣上全是污泥。得知儿子的死讯，她当场哭倒在地，嗓子早就哭哑了，神志也不太清醒，一口咬定温长龄就是凶手，癫狂地大喊："快把她抓起来，就是她杀了我儿子！她觊觎我家的财产，谋财害命！我要她赔我儿子的命！"她冲上去就要打人。

郭丹拦在前面："老夫人不要激动，案件事实如何我们会查清楚。"

赵老太没了一个儿子，脑子发昏，情绪激动，口无遮拦地喊道："死的又不是你儿子，你当然不会激动！你们都是一伙的，你肯定收了她的钱，你们要冤死我儿子，你……"

秦齐大声喝止："妈！"

赵老太推开秦齐拉着她的手，冲到一张办公桌前，拿起桌上的保温杯——里面有满满一杯开水——直接往温长龄身上泼去，心里咒温长龄去死。

一套动作下来，赵老太没有丝毫的迟疑停顿，一旁的刑警都没有反应过来，温长龄也没躲，眼看那热水就要落到她身上。

混乱间，有人拉了温长龄一把，热水浇在了后面的墙上，她的胳膊撞上了拉她的人，她几乎立马闻到了沉香的味道。

谢商有些急，说话不免重了："傻站着干吗？"

烫伤了我才好起诉。

刚从审讯室出来的林耀平认出了谢商："谢律师。"他因为案子跟谢商打过好几次交道，"你怎么来了？"

温长龄右边的衣袖上被溅到了水。谢商拿出手帕，给她擦了擦："来接我女朋友。"

秦齐立刻看向温长龄。温长龄没作声，试图把手从谢商的手里抽出来，他却握紧了她的手。自从他们认识，在任何她孤立无援，哪怕只是看上去孤立无援的时候，谢商都在她的阵营里，不论对错，不问缘由，给她最笃定、最有安全感的偏爱和维护。

"你说她觊觎你家的财产，她想要钱，和我结婚就有了，你家那点儿财产有被觊觎的必要吗？"

赵老太欺软怕硬，谢商在，她不敢再对温长龄恶语相向，就哭天抢地地说她儿命苦，她儿死得冤。

温长龄不想和秦齐一块儿回去，因为一定会被问和谢商的关系，所以她跟着谢商出去了。出了警局，谢商松开她的手。

"如果警方再传唤你问话，让律师陪你来。你不想找我的话，找其他律师也可以，律师的号码我发给你。"

他应该是从律所直接过来的，身上穿着正装。当初的谢老板已经变成了谢律师，因为她，他在做他不喜欢的事情。虽然这不是她的本意，但当初的狠话也确实成真了，父债子偿。

"你不忙吗？"

"忙。"

"那你不要在我身上浪费时间了。"

"不是浪费时间，"谢商看着她，虹膜在阳光的照射下，颜色漂亮得像纯净的琥珀，"是我在找借口来见你。"

温长龄沉默着。清醒的时候，她总是在纠结、挣扎，心不由己，理智又不放过自己。她不愿意为了谁留在这个世界上，何况是仇人之子。

"你现在要去哪儿？"

"华旗。"

谢商问："坐我的车吗？"

"不坐，我自己有车。"温长龄眼神疏远，"我先走了。"

谢商站在原地，看着她过马路，上车，越来越远。

温小姐好难追。

秦家的人离开了，林耀平在深思。

"林队，"张谦过来问，"是不是有什么发现？"

林耀平也没太多头绪，但有点儿直觉："秦齐和秦克太像了。"

张谦认同："是很像。"二人就差一颗痣，相像到足以让人混淆。

林耀平觉得秦克以前的案底也需要仔仔细细地再过一遍：秦克以前坐过一次牢，罪名是故意伤害，当时秦克主动认了罪。

"郭丹，"林耀平说，"你去调查一下刘文华和秦克的药方，还有药的来源。"

"OK。"

次日。尸检报告出来了，报告证实了秦克死于中毒。法医在他的胃内容物里检测到了有毒成分：钩吻碱。钩吻碱是一种强神经毒素，进入人体后会使运动神经末梢麻痹，抑制人的延髓呼吸中枢，导致人最终因呼吸衰竭而死亡。秦克的尸体表现也符合钩吻生物碱中毒的症状：各脏器充血，心肌断裂，心室血深红。钩吻生物碱存在于马钱科钩吻属常绿木质藤本植物中。

"民间也管它叫断肠草。"法医把图片发出来，在案件会议上讲解，"钩吻从根到茎、叶、花全部有毒。"法医补充说明了钩吻的生长条件和分布地区。

"另外秦克的胃内容物里还检测到了其他药物成分，我找中医药相关的人员帮忙推测了一下药方，里面有好几味药都是用来调经补气血的。"

郭丹立马猜测："这是刘文华的药？"

"有这个可能。"法医继续说，"其中有一味药是金银花，钩吻花和金银花外观相似，被当成金银花误食误用的例子也不少。"

当天，警方再一次去秦家搜查，在别墅外的盆栽里找到了药渣，从而证实了法医的推测，药渣里的确有钩吻花和金银花。

警方传唤了刘文华、沈茹、开药的医生过来询问。开药的医生情绪激动地表示，绝对不可能认错金银花和钩吻花，绝对不可能抓错药，说这是对他职业水平的侮辱，而且刘文华的药不是第一次开，之前一直是这个方子，没有出过任何问题。这位开药的医生是一位名气挺大的老中医，和秦家没有任何仇怨。

郭丹再一次给沈茹做了笔录。沈茹说："平时太太都是下午吃药，二先生是上午，如果二先生上午要补觉，就不用给他熬药，我不会弄混的。"

"那秦克怎么会服用刘文华的药？"

沈茹思考了一会儿，突然想起来了："二先生出事那天，太太的药是上午熬的——太太要出门，所以交代我上午熬药，熬好之后我把药温在了厨房。等我买菜回来，药已经被喝了。"她蓦地瞪大了眼，意外又惊慌，"难道是被二先生喝了？"

沈茹所说的，和刘文华的笔录对上了："昨天我要去上花艺课，因为不确定下午几点结束，就让保姆提前熬了药。"

林耀平问："那药你喝了吗？"

刘文华说："没有，保姆可能忘了，我出门的时候在厨房没看到药。"

目前，可以确定秦克喝的是刘文华的药。但是不是开药的医生弄错了金银花和钩吻花，还没有确凿的证据。也不排除是在煎药的时候有人在药里放了钩吻花投毒，或者有人提前在药包里塞入了钩吻花的可能。秦家每一个人都排除不了嫌疑，秦克被毒杀前两天都夜宿在医院的贺冬洲也不能排除嫌疑，同样被传唤来问了话，但警方还是没问出什么。目前嫌疑最大的是刘文华和沈茹，不过警方没有足够证据，不能对二人进行刑事拘留，传唤时间满了24小时还是要放人。

秦齐这两天肉眼可见地憔悴了。秦家的命案没有对外公开，怕对公司影响不好，但陈秋禅和秦齐是师徒，关系亲近，秦家的事陈秋禅都知道，他把秦齐叫到了办公室。

"你弟弟的案子有进展了吗？"

秦齐摇头，神色悲痛沉重。

"节哀。"

陈秋禅也没什么能安慰的，据他所知，秦家兄弟两个感情很好。

"我卸任在即，下周就是董事大会，是你职业发展最关键的时候，我希望你不要受影响。"陈秋禅已经内定秦齐了。

"您放心，我分得清公私，不会影响工作的。"

第二十三章
沉冤得雪，恶有恶报

温长龄和技术部二组的同事关系非常一般，除了沈工，其他人几乎没和温长龄说过话。戴秋很照顾她，只要有空闲，就会和她一起吃午饭。她们座位前面坐着一位男士，温长龄随意地看了一眼。

戴秋是做行政文秘的，眼力很好："那是 IT 部的高级总监。公司很少人知道，他是严总的表弟。"

公司的电脑涉及很多技术机密，研发和技术人员的电脑都经过了 IT 部和技术部的两道加密。

"你怎么知道的？"温长龄问。

"我给秦总当秘书有好几年了，秦总和严总一直私交甚笃。"戴秋说，玩笑的口吻，"你有不懂的或者想知道的，都可以来问我，八卦也行，我知道的还挺多的。"

温长龄什么也没问。她没有那么容易相信别人。

午饭结束，戴秋回到工位，然后接了一个电话，是走到楼梯间去接的："江少。"知性的事业女性在这一刻眼神变得柔和了，变成一个妩媚的女人。

她对电话里的人说："她一切都好。"

又过了一天，离秦克死亡的时间已经过了破案的黄金 48 小时，终于，张谦带回来新的突破。

"林队，有发现。"张谦说，"温长龄在搬去秦家之前住在荷塘街，她房东家的院子里刚好有一株钩吻。"那株钩吻的存在就很古怪。钩吻因为有毒，一般人不会家养。荷塘街的地理环境也不太适合钩吻的生长，但那株钩吻长得出奇好，还开了花，虽然花期略晚。

接着，温长龄又被"请"来了警局。她一个人来的，没有让谢商推荐的律师陪同，因为没有必要。警方查到荷塘街的钩吻在她的意料之中，秦家每一个人都有嫌疑，警方当然也会对她做详细调查。除了那株钩吻，她没有什么能查出来的。

林耀平问："为什么要在院子里养钩吻？"这个问题以前谢商也问过。

"因为荷塘街蚊子很多，钩吻外用是一味药，可以杀虫止痒。"林耀平在审讯室里见过各色的人，温长龄是少见的几乎没有微表情的人，眼睛静得像被冰封的湖面。这个人心理素质很强。

"秦家有谁去过你之前的住处？"

温长龄如实说："秦齐去过，赵老太、秦克、沈茹都去过。"秦齐拿着礼品去拜访朱婆婆的第二天，秦克开车载赵老太和沈茹也去了一趟，沈茹搀着赵老太，一副老佛爷驾到的架势，就为了要回礼品。

"你的老家在风镇。"林耀平说，"风镇那一带的地理环境很适合钩吻生长，钩吻在那边很常见吧？"

温长龄答："是很常见。"钩吻反而在北城不常见，荷塘街那株能养活是因为她费了很多心思。

"那你知道钩吻内服有毒吗？"

"知道。"她声音淡然，文文静静，眼神比较温顺，"林警官，我还知道一件事，但不知道跟这个案子有没有关系。"

林耀平坐直，手放在桌子上："什么事？"

"秦克和沈茹有私情。"

秦克和沈茹之间有转账记录，手机里还有照片，要查到两个人有私情很简单。林耀平说："这个我们知道。"

还有你们不知道的。温长龄说："20日晚上，我下楼喝水，听到了秦克和沈茹的一段对话。"

20日晚上，秦齐不在家，和严总夜钓去了。凌晨一两点，秦克和沈茹应该是刚亲热完。秦克不知道是不是有什么毛病，喜欢在楼梯上、客厅、户外等一些公共场所和沈茹亲热。

温长龄最近老是胃口不好、消化不好也不是没有原因的，撞到这两个人不止一次了。

沈茹滴滴地问秦克："你到底爱不爱我？"

"爱，爱，爱，当然爱你。"

"那你为什么还不离婚？"

"离婚哪儿有那么容易？文华不会同意。我起诉离婚的话，我的私产她会分走一半。"

沈茹娇娇地"哼"了声，捶打男人的胸膛："别以为我不知道，你根本没什么私产，秦家的钱都在你哥那儿。"

"这套别墅就在我名下。"秦克说，"万一文华还要小奈的抚养权，那就更麻烦了。"

秦齐当初说了，他的股份以后会给小奈一份。"

沈茹一看"转正"无望，委屈极了，声音都带着哭腔："那我怎么办？难道我们就一直这么偷偷摸摸？"

温长龄在楼上。

楼下的一头禽兽说："文华身体不好，活不了多久，等她不在了，我就娶你。"

林耀平没有留温长龄24小时，问完话就让她回去了。这下所有的事都说得通了：沈茹想毒害的是刘文华，在药里加了和金银花相似的钩吻花，刘文华的身体本来就不好，如果毒发，只要秦克不报案，根本不会被察觉。结果掺了钩吻的药却被秦克误喝了。不过林耀平觉得案子进展得太过顺利，巧合也太多了。

林耀平申请了逮捕令，但还是晚了一步，沈茹从秦家离开了，没有打一声招呼，就这么不见了。

今天是周末，王太太陪儿媳妇马女士去市人民医院做产检。从医生的诊室出来，王太太脸上笑开了花："肯定是男孩儿。"

儿媳妇马女士的脸立马拉下来："妈，你不会重男轻女吧？"

"怎么会？"王太太当然不承认了，"你吐得这么严重，跟我当初怀红光的时候一模一样。"

马女士撇撇嘴。婆媳二人走了一段，王太太突然停下来。

"怎么不走了？"马女士也看向婆婆王太太看的方向，"你看什么呢？"

我看热闹啊。天哪！大新闻！！！

王太太立马掏出手机："苏女士。"她跟苏南枝不是很熟，但互相留有号码，"是我，王太太。"

苏南枝客套地问有什么事。王太太很激动："我陪我儿媳妇做产检，你猜你看到了什么？！"她激动得就像自己儿媳妇怀孕了，"你家谢商的前女友来妇产科做检查了！"王太太以前在帝宏医院周年庆上见过谢商当时的女朋友温长龄。

王太太的嘴巴真的是超大的喇叭。

温长龄刚从化验科出来，谢商的电话就打了过来。

温长龄接了："喂。"

"你还在市医院吗？"

温长龄皱了皱眉头："谁跟你说我在市医院？"今天的行程她没有告诉过任何人。

"认识的一位夫人和苏女士说在市医院看到了你。"谢商很少这样着急，"长龄，稍微等我一下行吗？我很快就到。"

他好像误会什么了。

"你是不是在开车？"

"嗯。"

他开得太快了，温长龄在电话这头听到了很大的风声，风声又急又猛地灌进耳朵里，莫名其妙地催得人心跳失常。

"开慢一点儿。"

"你等等我。"

车的速度没降下来，风声依旧很大，谢商把她的话当作了耳旁风。

"谢商，"她的声调提高了几分，"叫你开慢一点儿。"

谢商多少是有点儿怕温长龄的："嗯……"开车不能打电话，温长龄直接挂断了。

检查结果还没有出来，温长龄还要在医院等。谢商赶到的时候，她正坐在医院康复楼外面活动区的椅子上，头上戴着外套的帽子。帽子很大，把她的脑袋整个罩住了。

椅子后面有个喷泉池，旁边还有一棵银杏，今早刚被扫过的地面上零零落落地又躺了些扇子似的叶子，是被风摇下来的。

冬天的阳光不强烈，暖烘烘的，光照到喷泉池的水，风过时，荡起一层金色的波光。不远处，几个病人在活动筋骨，温长龄眯着眼看。

"长龄。"

太阳把她晒得发懒，猫似的，闻声慢半拍地、懒懒地抬头。谢商过来，先查看她的状态，她的脸色看上去没有不妥，除了被太阳晒红了。谢商在椅子的另一头坐下。

"那位夫人怎么和苏女士说的？"

"说你在妇产科做检查。"

妇产科有很多检查，但如果来的是年轻女士，最先让人联想到的是孕产检。温长龄一点儿悬念不留地直接辟谣："我没怀孕。"

谢商明显松了一口气。温长龄靠着椅背，头朝向谢商那边，她是怕冷体质，一到冬天就裹得圆乎乎的："你好像很庆幸。"

他是很庆幸，说："你以前和我说过，你不生小孩儿。"谢商在来的路上也有过短暂的侥幸心理：万一温长龄不舍得不要呢。但他更多的还是紧张和不安，他不敢想象温长龄会遭受的伤害。

"你赶过来是以为我怀孕了，来阻止我的吗？"

"不是，是来陪你。"谢商坦诚地说出他的想法，"长龄，我其实很想用孩子绑住你，但我做不出来强迫你的事，我更想尊重你的生育选择权。我希望你自由，有自主权，有抉择权，不用被任何人、任何事束缚。"

这是他的教养，也是他想最大程度为她维护的一种权力：永远可以说"不"的权力。

风把他的话和沙子一起吹来了，温长龄的眼睛可能进了沙子，一下子变得好酸。她把头转开，去看别处。她看男人不太看脸的。以前她也在心里问过自己：为什么会喜欢上谢商，喜欢上她最不应该喜欢的人？

不是因为他乖，她又不是不知道，他骨子里并不乖。没有一个人像他这样，疯狂，温柔。他给爱人的偏爱可以打消对方所有的不安，可以和岁月对抗，可以敌过千军万马，让她觉得很安全，不用害怕任何变故。

好可惜。她替谢商可惜，他值得更好的伴侣。

"你以后有了小孩儿，一定会教得很好。"

"你不想生，哪儿来的小孩儿？"

"以后的事，说不准的。"那就等以后再说。

"你怎么来妇产科了？"

温长龄说："陪朋友来的。"能被温长龄称作朋友的人不多。如果是傅影的话，没必要舍近求远来市医院，完全可以去帝宏医院，陈白石也在帝宏。

谢商猜测："蒋医生吗？"那个人是蒋医生的话，不想在熟人众多的帝宏医院检查就说得通了。

温长龄猛地转头，惊讶于谢商的洞察力和逻辑水平，立马否认："不是。"

"孕产检？"

她继续大声否认："不是！"

谢商笑。

"笑什么？"

"温小姐，你撒谎了。"

温长龄有点儿被惹怒："你好烦。"

谢商还挺喜欢她骂他的，反正一点儿伤害值都没有，就会说他烦。主要是，温小姐骂人的样子很生动，他觉得她骂得好乖。

"蒋医生同意之前，你不准泄露出去，这是她的隐私。"温长龄冷着脸警告谢商。

"好。"

她又警告道："不可以跟关先生说。"

谢商都听她的："好。"

封口工作做完了，温长龄掸掉身上的银杏叶子，起身："我走了。"

谢商拉住她厚厚棉服的衣摆："再坐会儿好吗？"

他的眼神好软，比冬天的被窝还软，温长龄是一个怕冷的人，所以她对被窝格外偏爱。她从口袋里找出一个硬币来，张开手心，把硬币放在上面，指了指喷泉池最中间那个用来许愿扔硬币的坛子："扔进去了，就再坐 10 分钟。"那么小的口子，硬币应该很难扔进去。

谢商从她的手心里拿走硬币，没有瞄准，甚至喷泉还在喷水，他轻轻一掷，精准地扔了进去。

除了用筷子，谢商还有其他不擅长的吗？天要她这么做的，那她也没办法。她坐下，打开手机，开始计时。谢商没有祈祷时间慢点儿走，用很轻松的语气，慢慢与她聊天。

"我在外面看到你的车了。"他问，"你开车来的？"

"嗯。"温长龄开的车还是秦齐买的那辆，不开白不开，等离开秦家，她就把车卖了，把钱捐出去。

"现在开得熟练吗？"

温长龄觉得自己进步很大："还可以。"

他们很久没有这样坐下来闲聊。温小姐在身边，风都让人觉得很舒适。

"现在学会停车了吗？"

"我在车上做记号了。"侧方位停车和倒车入库她慢慢挪都进得去，问题不大。

"开车不能开太快。"

"没你快，"刚刚也不知道是谁在路上飙车，温长龄不点名，"赛车手。"

谢商笑了。温长龄不由自主地看向他，他此刻的眼神该怎么形容呢？她曾经有段时间喜欢天文。浩瀚无际的宇宙里，星系与星系碰撞，恒星爆炸，原本布满气体和尘埃云的空间散发出无数星光，无数颗闪耀着瑰丽光芒的新恒星正在形成。天文学上管这种现象叫星暴。

温长龄挪开眼，不再看星星。他们各坐长椅的一端，但日光下的影子离得很近。

"技术组的工作还顺利吗？"

温长龄有点儿走神地回答："嗯。"

"你之前在 Tipcoo 的时候，是不是负责智能家电的医用研究？"

"你怎么知道？"

谢商坦然承认："我找人问了，也去 Tipcoo 的主页看了。"

温长龄踢了一脚地上的草以及落在草上的某个人的影子："你查我。"

谢商语气无奈："不然怎么办？你又不肯告诉我，什么都瞒着我。"

温长龄看了一眼手机："时间到了。"

她起身，一秒钟都不多给。谢商本能地拉住她，她一回头，他就立马放手了。唉，他真的怕她，缠她都不太敢，怕惹她不快。

他身上没有硬币，于是取下袖扣，扔进许愿池中的坛子里，说："再聊 10 分钟行不行？"

像"行不行""好不好"这一类提问后缀词，通常有几分求人的意思。

温长龄拒绝："不行。"蒋医生在等她。

好吧，他不能逼她："下次见，温小姐。"

温小姐无情地转身，先走了。他们两个下次见又得什么时候？谢商有点儿自暴自弃地想，要不然悄悄追上去？

算了，温小姐会生气。

谢商给苏南枝打了通电话。苏南枝接得很快，一接通就问："王太太说的属实吗？"

"不属实。"

苏南枝倒没有特别惋惜："没怀孕也好，我看温小姐暂时还没有跟你复合的打算，有孩子对她反而不好。"

谢商没说话。苏南枝也摸不准他的想法，不过，她的看法是："父凭子贵那种复合方式我不是特别认同，我觉得孩子不应该成为工具和绑架女方的理由。星星，我希望你慎重。"

如果站在谢商的角度，苏南枝当然希望他跟温小姐多个连接的纽带。但她也是女性，觉得因为孩子妥协有点儿不公平，对女方不公平，对小孩儿也不公平。

风月里的小算计是情趣，大算计就容易成为日后的隐患。毕竟一辈子那么长，两个人总会有拌嘴的时候，若以后争吵，这句话一出来——"要不是因为孩子……"，伤害值真的很高。

谢商回苏南枝说："我知道。"

"说多了讨人嫌，我就不说了，你有分寸就行。"

市医院的妇产科包括产科和妇科。

苏南枝问："温小姐去医院是哪里不舒服吗？"

"不是，她来医院是因为别的事。"谢商没有具体解释是什么事，"有件事想提前和您打个招呼。"

"什么事？"

谢商说："我以后不会要孩子。"

"丁克？"苏南枝问到了重点，"你不想要还是温小姐不想要？"

"我不想要。"

不一定吧。苏南枝没追根究底，毕竟这是人家小两口的私事，她也不是活在旧王朝的老古董："行，知道了。"她理解并尊重，虽然没有奶娃娃抱有点儿可惜。

"王太太那边，您能否帮我辟一下谣，我不希望长龄被外人议论。"

苏南枝爽快地答应了："交给我。"

血液检查的结果出来了。蒋尤尤自己先看到了化验单子。她虽然不是妇产科的医生，但看得懂上面的意思。温长龄同样看得懂。自从拿到单子，蒋尤尤就没有再说话。

"你好像不是很开心。"

"他来得不是时候。"

医生也看出来了，孕妇心事重重，表情有点儿错愕、茫然。以为孩子不受欢迎，所以医生问："孩子要不要？"

孕妇立马抬头："要。"她倒是没犹豫。

医生："那可以开始吃叶酸了。"

从诊室出来，温长龄问蒋尤尤："你不打算告诉关先生吗？"

"告诉他干吗？他又不记得。"

蒋尤尤很生气，温长龄觉得，这或许是赌气。蒋医生生气也正常，造了个孩子关先生居然也能忘了。谢商要是敢犯这种错误，一定会挨她的打……温长龄立马打住这种没有任何可能性的假设。

7日，华旗技术的对家中硕通信发布了智能家电在医学应用上的最新研究成果以及下一步的研究方向。华旗技术当天就紧急召开了高层会议。随后，公司监察会的一群人气势汹汹地来到技术部。

"都先停下手上的工作，站到后面去。"正在工作的技术人员全部停下手头的事，站到后面，大家面面相觑。

刘传龙低声问旁边的同事田海林："监察会的人怎么来了？"

"你没看中硕通信发布的视频？"

刘传龙看了："你是说我们内部有人泄密了？"

中硕通信发布的内容与华旗技术的研究成果及方向高度重合，有一定可能是项目的核心技术泄密了。公司监察会第一时间没收了技术部所有员工的电脑，查了工位，并对员工进行了一对一面谈调查。

"上周四，有份紧急文件要经理审批，晚上 10 点左右我来了一趟公司，看到办公室里还有人。"

监察会的人问："谁？"

"我们部门的小温。"以上是技术部二组高级工程师王军的部分面谈内容。

以下是技术部二组新进职员温长龄的面谈内容：

"温小姐，目前你手上的工作多吗？"

"不多。"

陆监事接着问："需要加班才能完成吗？"

"不需要。"

"不需要加班的话，上周四晚上 10 点，你怎么还在公司？"

"手头的项目资料还没有看完。"

陆监事也不好多问，要给未来的 CEO 面子。不管是项目被泄密了，还是只是和中硕通信撞了研究方向，目前都还没有证据，但华旗技术公司内部有很多传闻。

"我听说技术部二组有人泄露了公司的项目机密。"

"谁啊？"

"那个关系户。"

"当关系户真好，犯了错也有人兜着。"

类似这种对话频繁发生，温长龄在洗手间也听到过，没管，没在意。

下班回到秦家，秦齐把温长龄叫到书房，特地询问了几句，又专门宽慰了她一番，叫她不用担心。

次日，监察会的总监发了一封邮件，抄送给了公司所有员工。邮件的大致内容是：事情还在调查中，请勿造谣传谣。

傍晚。

"林队！"

张谦冲进办公室："沈茹来自首了。"

审讯室。

沈茹沉默了很久。

568

"如果我把事情都说出来，"她终于开口，"可以减刑吗？"

林耀平说："可以争取从轻或者减轻处罚。"

沈茹很紧张，频繁地喝水："药里面的钩吻花是我加的，但我想毒害的是刘文华，不是二先生。"不知道是因为悔恨还是因为害怕，沈茹没说两句就开始哽咽，"二先生说，如果刘文华不在了，他就娶我。那是他第一次承诺娶我，我就昏了头。"

"钩吻花是从哪儿弄来的？"

"在一家中药馆买的。"沈茹抹了抹泪，"大先生嘱咐过我，说钩吻花和金银花相似，但是钩吻花有毒，叫我好好认一认这两味药，免得医生抓错了药我不认得。"

"秦齐说的？"

沈茹点头："知道这两味药相似之后，我就鬼迷心窍，偷偷把药里的一部分金银花换成了钩吻花，本想着太太身体不好，就算毒发了，只要二先生不报案，就可以糊弄过去。可是没想到……没想到阴错阳差，药被二先生喝了。"

这也太阴错阳差了。林耀平觉得很怪，但又说不出来哪里怪。

"林警官，你能不能让我再见见二先生？"沈茹痛哭流涕，"都是我害了他，求求你让我再见他一面。"

此时，在秦家，温长龄正在喝酒。有好事发生的时候，她就喜欢喝点儿小酒，最好微醺，酒精能刺激神经系统，让大脑兴奋起来。

"长龄？"

她抬头，手里还端着杯子。秦齐从屋里出来，还以为看错了："怎么这么晚还在喝酒？"

草坪灯亮着，隔几米一盏。温长龄坐在庭院里的石椅上，桌上放着一瓶只剩了一半的洋酒，她说："我在提前庆祝。"

秦齐过去："庆祝什么？"

庆祝你美梦破碎，从天堂堕入地狱。这应该是她最后一次在这个令人作呕的地方说违心的假话："恭喜你，要当集团 CEO 了。"

"还没定呢。"

"定了，内定了。"

陈秋禅卸任在即，明天的董事大会会投票推选新的集团 CEO。

桌上有空杯子，秦齐给自己倒了一杯酒："我只有你这一个女儿，我的东西以后都是要留给你的。"

温长龄笑而不语，举杯饮酒。仰头时，她露出纤细的脖颈，迷离的月色混杂着花园灯的光照在上面，她是真真实实的骨相美人，像精致的白瓷，漂亮得让人移不开眼，头脑发昏。

"你和你妈妈长得真像。"都那么美。

"你记混了，我和她长得不像。"温长龄在心里冷笑：加害者怎么能连受害者的脸都记不清呢？真该死。

秦齐反问了句"是吗"，然后感慨道："可能时间太久，我老了，记性不好了。"

次日，9日。华旗技术董事大会，所有创始合伙人都要到场。温长龄特地搭了秦齐的顺风车到公司，还没下车，远远地就看到华旗公司门口堵了很多人，手上拿着设备，是媒体记者。

秦齐倍感诧异："怎么来了那么多记者？"

温长龄趴在车窗上，看外面的热闹。记者是她叫来的。当初秦齐最怕的就是温沅和阿拿暴露在公众的视线里，每一笔账她都记着呢。

她转头，随意地看了一眼秦齐的手腕上的奇楠手串："你先进去吧，等记者走了我再下车。"

脑中的记忆卷土重来——

"你答应过会曝光那4个人，为什么反悔？"

"有人给了我一笔钱，警告我不要蹚这趟浑水。"

"谁？"

"我没见到那个人的脸，他的手上戴着一串奇楠手串。"

当初因为佟、郑、周、庞四家家大业大，温沅申冤无门，公检法静悄悄地就给阿拿定了罪。后面阿拿死了，尸体也是静悄悄地就被处理了。要是记者顺利曝光了案子，借着舆论让事情发酵，让黑暗暴露在阳光下，那群恶人哪儿敢这么猖狂？

"老张，"秦齐吩咐司机，"你把车靠边停。"

温长龄悠悠地说："不用了，就停在这儿。"这里视线好。

秦齐没说什么，下了车。今天将成为他事业的里程碑，龙门就在前面，只待他一跃。有记者看到他，喊了一声，随后记者们一窝蜂地围了上来——秦齐可是华旗技术最炙手可热的CEO候选人。场面过于热闹和混乱，门口的保安连忙上前去维护秩序。保安刚拨开人群，秦齐就看到了两张熟面孔。

那两个人从人群外走来。秦齐脸色骤变，龙门变鬼门，所有的期待瞬间落空。

"秦齐先生，"林耀平亮出警察证和逮捕令，"你涉嫌一起故意杀人案，这是逮捕令，请跟我们走一趟。"

此时此刻，围上来的记者都安静了。秦齐嘴唇发白："你们弄错了吧？"

"你有权保持沉默，也可以请律师，不过你现在说的每一句话将来都会作为呈堂证供。"林耀平上前，与同事一左一右控制住秦齐的双手，"请配合我们的侦查工作。"

秦齐没有反抗，转头交代戴秋："你和陈董说一声，先把董事会议延期。"

接着，秦齐就被带上了警车。华旗技术推选CEO的当天，最热候选人沦为杀人案嫌疑人，惊天大新闻从天而降，媒体记者疯狂拍照。

火石轮滚动，蓝色火焰从打火机的火嘴生起。温长龄将照片置于火上，黑烟伴着火光生起，照片打着卷燃烧。指尖慢慢发烫，她松手，燃着的照片掉进了车载垃圾桶里。

照片中秦齐的脸被烧成了灰。她看向窗外，对警车挥挥手："慢走。"

陈秋禅目睹了秦齐被警察带走的全过程。他让保安守在门口，无关人员不得入内。警车开走之后，堵在门口的记者进不了华旗，陆续离开了。

温长龄进来。陈秋禅给秘书使了个眼色，秘书会意，先行一步，去按电梯。

"陈董，"温长龄走过来，"现在相信我说的话了吗？"

"是你搞的鬼？"

"我没那么大的本事，顶多会一点点占卜之术。我刚刚算了一下，秦齐应该没机会出来了。"温长龄认真且诚心地建议，"希望你能重新考虑一下我之前的提议。"

大概一周前，陈秋禅到静安香榭赴约。

服务员把他带到天字一号包间："里面请。"

他进去之后，大吃一惊："怎么是你？"

"你好，陈董。"温长龄起身，礼貌地双手递上名片，重新介绍自己，"我是 Tipcoo 集团技术官，Ling。"

她递过来的是紫色的名片。Tipcoo 集团用名片颜色区分职位，最高级别是金色，其次就是紫色。

今天约陈秋禅见面的是 Tipcoo 集团的轮值董事长，孟鹤山。陈秋禅知道 Ling，她是 Tipcoo 集团有史以来最年轻的首席技术官，是孟鹤山的得意门生。

Ling 怎么会是温长龄？陈秋禅错愕到一时搞不清状况。

"陈董请坐。"

陈秋禅坐下，目光警觉，质问温长龄："你潜进华旗有什么目的？"

温长龄开门见山："我认为秦齐不适合接你的位置。"

"当初融资的时候就签订了协议，同股不同权，Tipcoo 集团没有权力插手华旗的经营。"

Tipcoo 集团是华旗技术的第一大股东，但华旗技术是合伙人制度，合伙人享有董事会成员的提名权。

温长龄的语速不急不缓："协议里还有一条，股东表决权如果高于 90%，可以修改合伙人制度。"

华旗技术的第二大股东是雅调创投。她要获得 90% 的股东表决权，必须让 Tipcoo 集团和雅调创投站在一个阵营里。

陈秋禅觉得温长龄的话就是天方夜谭："你还能代表雅调创投？"

她看了一下手表："他应该快到了。"

他？谁？陈秋禅有很不好的预感。

温长龄给陈秋禅倒了一杯茶："我不是很懂茶，听人说陈董你喜欢静安香榭的茶，不知道点的合不合你的胃口。"

一杯茶喝完，她等的人到了。

贺冬洲，秦克的养子。陈秋禅认得他，恭恭敬敬跟在他后面的那个人陈秋禅也认得，是雅调创投的董事长张彦忠。陈秋禅突然明白了，雅调创投的老板不是张彦忠。

为了保证华旗技术的经营权在合伙人手里，4位永久合伙人持股总数超过了10%。然而陈秋禅现在怀疑，永久合伙人里有贺冬洲的人。

"你们一个是秦家的养子，一个是秦家的私生女，你们到底想干什么？"陈秋禅情绪激动，"想废除华旗的合伙人制度？"

贺冬洲来看戏似的，尝了尝桌上的茶点。

温长龄说话时温声细语，没有半点儿逼迫人的意思："如果废除合伙人制度，你和你的团队应该都会引咎辞职，管理层若是全体离职，华旗就成了一盘散沙。不管是Tipcoo集团还是雅调创投，都没有夺权的意思。只是接班人的选择，希望你三思而后行。"她用最温柔的语调说出不容拒绝的话，"秦齐不行，品德欠缺。"

"那谁行？"

温长龄推荐了石丽红。

陈秋禅立马否决："她不行。"

看戏的贺冬洲突然开口了："为什么？因为性别吗？"他没温长龄那么好的耐心，擦了擦手上的糕点屑，脸上笑着，话却很直接，"陈董，我觉得你也不太行。"他说完，转头看温长龄："温妹妹觉得呢？"

温妹妹点头。陈秋禅的脸都青了，憋的。

贺冬洲做生意有一个原则：如果可以，客客气气的；如果不可以，那两败俱伤喽，他又不怕出血。

秦齐被捕，董事会延后。讯问之前，警方先给秦齐做了人身检查。

林耀平往桌上放了两张照片："这两张照片，哪一张是你？"两张照片肉眼看上去一模一样，一张是秦齐，一张是秦克，但秦齐那张用电脑技术点了一颗痣。

秦齐拒绝回答："这种诱导性的问题，我可以不回答。"

林耀平把那两张照片收回，重新放了另外两张："那这是你吧？"

秦齐看了一眼，承认了："是。"

"这是西山首府上个月20日晚监控拍到的画面。画面中，你于晚上8点39分驾车离开小区。"林耀平问，"你当时外出去了哪里？"

秦齐很配合刑侦工作，回答："我去夜钓了。因为不经常夜钓，所以记得日子。"

"去哪里夜钓？有没有人证明？"

"十里库，跟我的同事一起。"

"哪位同事？"

"严高翔。"

OK。下一桩案子。

林耀平有条不紊地继续提问："君临马术俱乐部的案件你知不知道？知道多少？"

秦齐回答得很严谨："看过新闻，你们还来我家调查过我弟弟。"

"上个月13日，君临马术俱乐部为高级会员举办会员活动，一位被侵害的女性幸运地逃了出来。受害人指出，凶手被她用玻璃碎片刺伤了左腹。"

俱乐部的人把现场清理干净了，没有留下侵害者的血迹。而且那次活动，所有高级会员都是以虚拟代号参加的。

"事发当晚，秦克被拍到出入君临马术俱乐部，因为他身上没有伤痕，可以排除他作案的嫌疑。"林耀平的问题是，"事发当晚，晚上8点到12点，你在哪里？"

"我想想。"秦齐思考了良久，"在应酬。"

"当时还有谁在场？"

"我好几个同事都在场。"

林耀平身体前倾，目光骤然逼近："你撒谎。你没有去十里库夜钓，也没有和同事出去应酬。20日晚上，在秦家教唆诱导沈茹杀人的是你；13日晚上，在君临俱乐部被拍到的也是你。"林耀平把那两张当事人都分不清的照片再一次推到秦齐面前，"你们兄弟一直在玩一个游戏，换身份的游戏。"

秦齐否认："你诬蔑我。"他皱着眉，还算镇定，"你们有证据吗？这是诬蔑。"

林耀平当然不是无端推测："刚刚我们的同事给你做了检查，你的左腹刚好有伤口，根据疤痕愈合的情况，受伤时间就在君临事件前后。"

秦齐辩解道："那是我自己起夜时砸碎了烟灰缸，不小心弄伤的。"

"那是君临案件的受害人用玻璃刺伤的。"

秦齐严防死守："不是，是我自己弄伤的。"

他条理很清晰。林耀平也不急，一步一步来。

"13日晚上，你有没有去过君临俱乐部？"

"没有，我和同事在应酬。"

"20日晚上你在哪儿？"

"在十里库夜钓。"

林耀平音量提高、语速加快，重复问题："我再问一遍，20日晚上你在哪儿？"

"在十里库夜钓。"秦齐直视对面的刑警，语气笃定，"你们可以去问我的同事，他可以给我做证。"

林耀平突然笑了："你每次顶着秦克的身份违法犯罪的时候，严高翔就会给你做不在场的假证明。"

秦齐张嘴要否认。林耀平突然开始步步紧逼："20日晚上，你让秦克去十里库找严高翔拿钱，你骗他说，这些钱来历不干净，不能走账面，让他亲自去十里库拿。支开他之后，你假扮他和沈茹发生关系，说会娶她，诱导她帮你杀人。也是你告诉沈茹，金银花和钩吻花相似，但钩吻花有毒。"

秦齐脸上的表情发生了细微的变化，但他很快又恢复了镇定："你在编故事吗？"他咬定自己没做过这些事，"去十里库的是我，我只是去夜钓。"

林耀平往后靠，表情放松了："严高翔可不是这么说的。"

秦齐神色惊诧："他说什么了？！"

秦齐在做检查的时候，华旗技术的严总，严高翔，来警局自首了。

"秦齐让我给他制造不在场的证明。"

负责录口供的刑警是郭丹："说具体点儿，几次？分别是什么时候？"

"前前后后有好几次。第一次是在5年前，开始我还不知道他为什么让我做假证，直到秦克被抓入狱。"

5年前，"秦克"因为醉酒，故意伤害致人残疾，当时秦克主动认了罪，被判了5年，但因为减了刑，不到4年就被放出来了。

"中间还有几次，每次都跟秦克惹事有关，我隐隐约约也猜到了一些。"严高翔供述，"最近一次是在上个月20日，秦齐给了我一笔钱，让我去十里库交给秦克。我问他为什么不直接转账，他说不能走账面，还说如果有人问起，就说是约了他夜钓。"

"你给秦齐做假证，他给你什么好处？"

"他是陈董的学生，早晚会接陈董的位子，算是我的上司。"

"只是如此？"

严高翔目光闪躲。

郭丹觉得可疑："你想好了，如果再有隐瞒，数罪并罚。"

严高翔立马摇头："没有了，就这些。我是看到秦齐被捕，心里害怕，才来自首的。"他战战兢兢地问，"警察同志，我会不会被判坐牢很久？"

"等上了庭就知道了。"

这是半个小时前严高翔的证言。

时间回到当下。

"严高翔可不是这么说的。"

秦齐神色惊诧："他说什么了？！"

"你做了什么，自己不清楚吗？"林耀平指了指墙上，"现在是你最后的机会，看到上面那4个字了吗？"

坦白从宽。秦齐不是秦克，他精明善谋，纵横商场这么多年，胆量和心理素质早就锻炼出来了，面不改色地否认了所有罪行："严高翔撒谎，他觊觎公司CEO的位子，故意诬蔑我。"

旁边审讯室。

"谁诬蔑他了？！"

严高翔气得差点儿跳起来："我有证据！"

严高翔录音了。

时间再回到秦齐这边，讯问时间已经超过了1个小时。

中途，秦齐又改口了。他认了一部分罪："就算是我让他做假证，那也只能证明我冒充秦克和沈茹有私情而已。"他很聪明，故意避重就轻，"我没有教唆、诱导沈茹杀人，那都是她自己的臆想，她想上位，误杀了我弟弟。"

"误杀？"林耀平嗓子都干了，喝了口水，"我从头到尾没说过'误杀'两个字。"

秦齐终于乱了——不打自招了。

"你的目的是'误杀'，准确地说，是假装误杀。"

秦齐选择沉默。林耀平不怕他沉默，有的是时间跟他磨："你让严高翔给你做了多少次假证？"

秦齐拒绝回答。

"秦克的案底你比我更清楚。5年前，他因为故意伤害罪获刑入狱。5年前，正好是你第一次让严高翔给你做假证。那个案子定罪的关键是秦克认罪了，现场的DNA也符合，而你的不在场证明是假的。"林耀平看着秦齐的眼睛说，"秦克是替你认了罪。"

秦齐不装哑巴了："我不知道你在说什么。"

"还要装蒜是吗？"

秦克身上有赌债，尸检也查出了他有吸毒史。秦齐谎称夜钓那晚，秦克被支开去找严高翔，就是为了拿钱，证据链都连上了。这些年，这种互换身份的戏码他们兄弟不知道玩了多少次，秦克知道秦齐太多秘密，又染上了毒瘾，还赌博，是个无底洞，秦齐就干脆将他灭口。沈茹和秦克有私情在秦家不是秘密，秦齐也知道他们有私情，于是利用了沈茹。

警方已经在秦家的厨房里发现了摄像头，秦齐就是从摄像头里知道沈茹已经把一部分金银花换成了钩吻花，然后安排了一场"误杀"的戏码。

"你先是让严高翔的太太约刘文华去上花艺课，再把家里的司机支开，送你母亲去打牌的工作就落到了沈茹身上，那碗原本熬给刘文华的药就这样被秦克'误喝'了。"林耀平问嘴硬的嫌疑人，"我说得对吗？"

在审问秦齐的过程中，严高翔的太太和秦家的司机都已经被审完了。秦齐终于不再嘴硬否认："我要请律师。"

之后，秦齐被关押在看守所里。严高翔和秦齐彻底撕破了脸，严太太在口供中承认丈夫是受秦齐所托，让她将刘文华约出去。另外，秦家的司机也在笔录中明确指出，秦克遇害当天，秦奈的课程是临时加的。所有的证据都间接指向了秦齐，现在最关键的是刘文华的说辞。刘文华因为身体不适，在秦齐被捕的第二天才被请到警局。

她头上别着白色布条，是在为她丈夫戴孝，脸色憔悴，看上去十分虚弱，除了哭泣和咳嗽，全程就只说了两句话——

"我不知道，什么都不知道。

"秦齐没有指使我做任何事情，我丈夫的死是意外。"

没有证据证明刘文华也参与了这起谋杀，传唤时间满24小时后，警方只能暂时放人。

刘文华回到家中时，天将将暗下去。看她一个人回来，赵老太垮着脸："你怎么一个人回来了？阿齐怎么没回来？"

刘文华回答不了，低着头不说话。赵老太推搡她："是不是你跟警察说了对阿齐不利的话？"

"我没有。"

"那警察怎么不抓你就抓阿齐？"赵老太上手去扯刘文华的头发，哭号咒骂，"你这个扫把星，我们秦家遭此横祸都是因为你！你怎么不喝毒药？！怎么不去死？！扫把星！害人精！"

刘文华任打任骂，不回嘴，也不还手。赵老太蛮横了一辈子，到了晚年，两个儿子先后出事，她连受打击，一下子失了主心骨，头发全白了。她打累了，骂累了，就坐在地上哭，哭她命苦，哭她两个儿子命苦。

这边赵老太还没哭完，那边警察又来了。赵老太爬起来，不让办案人员进门，还指着办案人员骂骂咧咧："你们害我两个儿子还不够，又来干什么？"

林耀平给张谦使了个眼色，张谦带人去了别墅后面的花房。2楼的走廊尽头能看到玻璃花房的全貌，刘文华站在窗前，看着楼下的花房。

"你知道警察在找什么吗？"温长龄走过来，站在刘文华旁边，"在找秦齐去君临俱乐部那晚穿过的衣服。"

刘文华猛地转头。温长龄冷不防问了她一个问题："你觉得这个家里只有厨房有摄像头吗？"

温长龄神色怡然，像看戏的局外人，也像布局的棋手，好像早就知道了结局。

刘文华本能地感到恐惧："你……"

"刘女士，你还有孩子要养，我觉得你不如断尾求生。"温长龄看着刘女士的眼神充满了仁慈和怜悯，仿佛她是来救赎对方的，"你觉得呢？"

一个小时前，沈茹突然想起来一件事：20日晚上，她帮"秦克"处理过两件沾血的衣服。警察在秦家花房的盆栽里找到了那两件衣服的碎片。

接着，刘文华主动改了口供："秦齐跟我说，不要喝提前熬的那碗药。"

刘文华还说："我不知道那里面有毒，也不敢问，秦齐让我做什么我就做什么，因为，"她主动承认，"他是我女儿的亲生父亲。"

证据链终于完整了，人证、物证都有，铁证如山，给秦齐定罪已经十拿九稳了。

林耀平在办公室睡了一周了，案子已经告一段落，他还在看资料。

"不是都水落石出了吗？还有什么疑点？"

林耀平说不上来："你不觉得太顺利了吗？"

"有吗？"

"秦齐是凶手我不怀疑，但所有的证据、证人都是自己送上门的，这就很蹊跷。"

张谦仔细一想，好像是这样。这个案子的转折在沈茹身上。一开始的证据表明是沈茹想嫁到给秦克，因此给刘文华下毒，却被秦克误喝。警方原以为是误杀，结果沈茹自首的时候无意间提供了一条至关重要的线索。

沈茹自首那晚——"知道这两味药相似之后，我就鬼迷心窍，偷偷把药里的一部分金银花换成了钩吻花，本想着太太身体不好，就算毒发了，只要二先生不报案，就可以糊弄过去。可是没想到……没想到阴错阳差，药被二先生喝了。"

她哭得像死了丈夫："林警官，你能不能让我再见见二先生？都是我害了他，求求你让我再见他一面。"

林耀平觉得很怪，但又说不出来哪里怪，直觉告诉他沈茹是关键，所以他破例答应了沈茹，带她去见了秦克的尸体。

沈茹一看见尸体，第一句说的是："我记得他的左腹有伤，伤口怎么不见了？"

因为沈茹的话，案件走向一下变得明朗了：不是误杀，是谋杀。秦克的尸体没有伤，那么当晚和沈茹发生关系、说出那番话的就不是秦克，而是秦齐。秦齐身上有伤，跟君临马术俱乐部案件受害人的证言也对上了。

林耀平越想越觉得沈茹不简单："去查一下沈茹的身份。"

半轮孤月，在寂寥的夜色里，伶仃高挂，今夜不见星辰。不，今夜见星辰。

温长龄灭掉打火机，抬头见"星辰"朝她走来："你怎么来了？"

谢商说："路过。"

是钱周周给他报了信。直觉告诉他：今晚要陪在温小姐身边。他把猫抱起来，放在他和温长龄之间，他们一起坐在旧竹床上，地上的影子部分重叠。

"你在烧什么？"

地上的一堆纸还没有烧完。温长龄今晚有很强烈的倾诉欲望，她看着火光的眼睛很亮："烧秦齐的资料。"

谢商不是第一次看见她在这儿烧东西，她每完成一次复仇，都会在钩吻藤旁边烧掉资料和照片。

"这株钩吻是从我妈妈坟前移栽过来的。"温长龄觉得它长得这么好，在不适合的环境里都能疯长，可能是因为它的根里有冤魂。

温长龄第一次跟人讲温沅的故事："你也见过她的照片吧，她很美，很善良。我和阿拿都不是她亲生的孩子，是她抱养的弃婴。我年幼的时候听她说过，19岁那年是她最不幸的一年，当时我听不懂。后来阿拿出事，她服用钩吻自杀，弥留之际喊了一个人的名字。她喊了'秦齐'。"

弥留之际都念念不忘的人，不是挚爱，就是至恨。温沅的挚爱是谢清泽，但温沅没有接受他。温沅只会在一次次拒绝之后躲起来哭，说她不配。温沅是个软弱的女人，可是她这个软弱的女人扛住了那么多流言蜚语，养大了两个和她没有血缘关系的孩子。

"我以前跟你说过，我曾经在亲戚家住过一段时间。去亲戚家住是为了查秦齐是谁。"

谢商记得。

温长龄说过，曾志利是她亲戚的养子，她在亲戚家住过。

"秦齐是害温沅自杀的人。"

温长龄现在讲这些都不会哭了，哭不出来，眼睛是干的："星星，你知道当年在风镇被佟、郑、周、庞4个人灌药欺负的那个女人最后怎么样了吗？"说起来温长龄只觉得很可笑，"她拿了钱，移民去了国外。当初不管月月怎么求，她都不肯站出来，不肯为明奥做证。明奥是因为她才被打死的，她居然选了钱。"

温长龄觉得明奥好冤，高估了人性。

"原本答应曝光那4个人的记者收了别人的钱，也临时反悔了。那时候温沅应该很绝望吧，找不到人申冤。所以当她知道收买记者的人是秦齐之后，她选择了结自己，为了赎罪。她临死前都在怪自己，说是自己害了阿拿，可是她什么都没有做错。村里的人骂她不检点，骂她莫名其妙怀了野种。温沅那么善良的人，亲手扔了自己的孩子，只有一种可能。"

她是非自愿怀上孩子的。

怪不得她说，如果没有强大到足以保护自己的力量，美丽会成为一种罪。

秦齐以为阿拿是他的孩子，怕案子闹大，怕媒体顺藤摸瓜挖出他做过的事，所以阻止了记者曝光，扯断了温沅的最后一根救命稻草。

温长龄看着谢商，没有眼泪，只是眼睛微红："星星，我希望他死。"

"好，我帮你。"

她又摇头，"喃喃"自语："他不能死。"

温沅吃了打胎药，但那个孩子还是活下来了。她给那个孩子取了名字。她太恨秦齐了，所以扔了那个孩子，可是她又心软了，只是等她回头时，孩子已经找不到了，所以她抱养了两个孩子。

"你知道我为什么叫长龄吗？"

"她希望你百岁长龄。"

温长龄的眼里终于有了泪光："这个名字，是温沅给她女儿取的。"

温沅说："长龄，不要怪妈妈。"

她说那个长龄也好可怜，因为她这个母亲胡乱吃药，害得小小的长龄脸上落了疤。

就在上周，温长龄见到了那个脸上落了疤的女孩子。医院的儿童之家外面有一排椅子，椅子被做成各种水果的形状。一个穿着病号服的小男孩儿独自坐在一根"香蕉"上面。

"你怎么一个人在这儿？"

小男孩儿抬头，叫了一声"许姐姐"："护工阿姨说，赖赖死了。"小孩儿年纪很小，还不懂什么是死亡，"许姐姐，什么是死了？"

许姐姐是大人，也穿着病号服，坐在一个"苹果"上面。

她想了想，告诉小朋友："死了就是身体坏了，已经治不好了，要去天上领一个好的身体，再变成小孩子，重新来到这个世界。"

小男孩儿似懂非懂："那我还能再见到赖赖吗？"

"天上要排队，要排很久很久的队。"

温长龄认为，这是她听到过的对死亡的最好解释。

"长龄。"是佳慧的声音。

坐在"苹果"上的女孩儿比温长龄先回头,于是站在后面的温长龄看到了她的脸。她左边眼角有个胎记,小小的,像晚霞落下的吻。

确认了别人叫的不是她,女孩儿就收回了视线,牵着小男孩儿离开。

佳慧过来,跟温长龄说,蒋尤尤在楼下等她。温长龄给蒋尤尤发了条消息,然后跟上女孩儿。

主治医生叫女孩儿"小疤"。温长龄问主治医生,小疤生了什么病。

"慢性肾衰竭,终末期。"

温长龄没有进病房,在外面等。

"温小姐。"贺冬洲来了。这间病房温长龄知道,她以前在这里碰到过贺冬洲,不止一次。她猜得没错,只要在这间病房外面,一定等得到贺冬洲。

她直接问了:"她也叫长龄是吗?"

"被你发现了。"

"她姓什么?"

病房的门关着,贺冬洲的眼睛依旧看着那个方向:"许,言午许。"

当初把女儿遗弃的时候,温沅在婴儿被里放了她所有的积蓄,还有一张她在寺里求来的祈福纸,上面写着"长龄"二字。

"她过得好不好?身边有没有家人?"

"有一个奶奶,很疼爱她。"

温长龄已经猜到了一部分,向贺冬洲确认:"你和她认识是偶然吗?"

"不是。我想报复秦齐,费了很大功夫才找到她。"

这个回答在温长龄的意料之中。贺冬洲能和谢商成为朋友,那是因为他们是同一类人,都有仇必报。

"那现在呢?"

贺冬洲回答得干脆:"她现在是我的未婚妻。"

温长龄想起了之前贺冬洲在跟她合作时提的唯一条件:"我只有一个条件,秦齐不能死。"

当时贺冬洲没有解释为什么,温长龄现在才明白他的用意。

"活体移植要本人同意。"

贺冬洲胸有成竹:"他会同意的。"

肾总没有命重要。

以前赵老太经常骂贺冬洲是坏种,贺冬洲觉得很有道理。那些打在他身上的鞭子、烫在他身上的烟头,他都记着呢。

秦家都是靠秦齐养着,得先废了秦齐。有次秦克喝多了,说出了秦齐在凤镇犯过的事。当时温沅报案了,但秦齐使了手段,警方以证据不足为由,没有立案。贺冬洲查了将近一年,才找到当初被温沅遗弃的那个孩子。她被一位独居老人收养了,身体不好，还缺钱。贺冬洲资助了她，从她高二那年开始。

她在信里说，她叫小疤。贺冬洲当时想的是：再等等吧，他再禽兽也不能利用个未成年去报复秦家，那就再等两年。

小疤每两个月都会给他写一封信，信的内容都是汇报她最近的学习情况以及表达对他的感激。后来他去国外了，不方便收信，就给她买了部手机。她的习惯没改过，还是两个月汇报一次，用词都是"您"或者"先生"，恭恭敬敬地把他当长辈。

估计那小姑娘以为他是老头吧。

有一次，他喝了点儿酒，无意间按了视频通话，刚要挂掉，那边的人接了。

"贺先生？"

女孩儿的声音清甜，像裹了蜜。她非常惊讶，昏暗的光线里，眼睛睁得很大："是您吗？"

两年来，这是他们第一次通话。镜头晃动，贺冬洲头晕得厉害，有种缺氧的不适感，酒喝得多，他很渴。他看到了生日蛋糕——巴掌大小，上面插着一支蜡烛。

"今天你生日？"小疤点头。

"多大了？"

她端端正正地坐在手机那边："18岁。"

贺冬洲笑了：养成年了，可以带回秦家给秦齐惊喜了。

他对今日刚成年的女孩儿说了声："生日快乐。"

"谢谢您。"

贺冬洲挂了通话。

酒醒后，他给女孩儿寄了一条裙子，庆祝她成年。

乔林镇四面环山，导航上显示的路程不远，贺冬洲预计中午能到，结果导航在山里导错了两次，他下午4点多才兜兜转转找到猴头庄。车子只能开到猴头庄立村名石碑的地方，再往里是小路，他只能靠两条腿。

猴头庄很小，一个村子才十几户人家，房屋很分散，这里一户，那里一户。猴头庄的人是杂姓，小疤随她奶奶姓许。许奶奶说方言，把小疤从房间里叫出来。小疤看到贺冬洲很惊讶，表情甚至有点儿不敢置信。

"贺先生。"她这样称呼贺冬洲。贺冬洲之前只见过小疤的照片，上次视频通话时光线太暗，也没瞧清她的脸。18岁的姑娘出落得很漂亮，是那种会让人蠢蠢欲动的漂亮。就贺冬洲个人的眼光来看，他甚至觉得她眼角的那个胎记长得很好，多了几分恰到好处的破碎感。

她长得很像温沅。从贺冬洲进门开始，许奶奶就没闲着，泡茶，拿点心，还出了趟门，带回来两个西瓜、一大袋现摘的葡萄，还有一条鱼和一只鸭。

许奶奶不会讲普通话，用手势招呼贺冬洲吃东西，又说了什么，他没听懂。

小疤在旁边翻译："奶奶说她去做饭，让您留下来吃饭。"老人家太诚心，贺冬洲不好拒绝。一层楼的红砖房顶多四五十平方米，一间厅、两间房，一眼能看到全貌，厨房在外面，旁边搭了草棚。

小疤拘谨地坐在桌子旁边。桌子是她和奶奶用来吃饭的，用了很多年，虽然擦得很干净，但还是有像污垢一样的黑色纹路。她很担心恩人会不习惯。当初奶奶要做心脏搭桥手术，是贺先生掏的钱，贺先生还出钱让她继续读书，对她恩重如山。恩人好像没有见过乡下的零食，盯着盘子。

"这是南瓜子。"小疤以为贺冬洲不知道怎么吃，就抓了一把南瓜子，一颗一颗耐心地剥掉皮，把里面的瓜子仁放在盘子的角落里。

"什么时候出分？"

剥了一堆瓜子仁，她坐好，姿势端正："23日。"

"想上哪所大学？"

"帝大。"

贺冬洲的杯子空了。

小疤站起来添茶。贺冬洲见过她两年前的照片，她比之前高了一点儿，脸上有点儿肉了，不像之前，像根干瘪缺水、营养不良的豆角。

"裙子合身吗？"贺冬洲突然问。

小疤点头。她的耳朵很红。看来不合身，贺冬洲心想，下次要买大一点儿。

许奶奶把贺冬洲当再造恩人，做了一桌子菜，鸡鸭鱼肉都有，比过年还丰盛。祖孙二人平时过得很清贫，虽然贺冬洲每个月会给小疤打足够多的钱，但祖孙二人从不乱花一分钱。

饭桌上，许奶奶用干净的碗筷给贺冬洲揽菜，小疤没怎么说话，低着头，敬了他一杯饮料，还祝他身体健康。

贺冬洲车子的油不多，要是再像来时一样走错路，那点儿油估计不够。附近都是山，没有旅馆，小疤把自己的房间让出来给客人住，床上用品都换了干净的，有晒过太阳后的味道。

房间不大，桌子上的书堆得很高，墙上贴满了奖状。窗子是那种老式的玻璃窗，上面的钢筋生了锈，被房间的主人缠上了麻绳，绳子上挂着一串串彩纸折的星星。

"贺先生。"小疤在外面敲门。

"进来。"

她拿来一个花露水瓶子，里面装着小半瓶深绿色的液体："这个是驱蚊药水。"

驱蚊药水是她奶奶用草药做的，很好使，唯一的缺点就是不太好闻。

"怎么用？"

"可以擦在手腕上。"

贺冬洲把手伸出来，另一只手撑在床沿上，后背靠着床头的墙。

小疤迟疑了一下，倒了点儿药水在手心上，弯着腰，用手指轻轻点涂在他的手腕上。她的手不像大多数年轻女孩儿的手，是经常干活的手。她身上穿着校服，校服可能洗了很多次，单薄泛白，灯光能透过去。

宽大的衣摆里，女孩子的腰细细一截。

贺冬洲出了很多汗。6月的晚上，山里不算太热。

小疤把家里二手的电风扇找来，用半干的抹布擦了3遍，等它完全晾干，插上电试了试，还能用。

她打算将它拿去给恩人用。她在外面敲门，里面的人没有应。

"贺先生。"她等了几秒，推开门，贺先生好像睡着了。她轻手轻脚地进去，把她写作业用的椅子搬到床边，将电风扇放在上面，风速调到中挡。她看了床上的人一眼，又把风速调快了一挡。准备出去时，她才发现不对。

"贺先生，贺先生。"饭桌上那句身体健康的祝词没应验，贺冬洲高烧到意识都不清醒。

许家的祖孙二人都很自责，觉得是自家的饭菜有问题，恩人吃不惯，病倒了。家里除了一辆老旧的自行车，唯一的交通工具是牛车，但是没有牛。

许奶奶腿脚不便，小疤用手拉着牛车走了3里地，把贺冬洲拉去了乡里的卫生院。

"贺先生，贺先生。"

…………

迷迷糊糊间，这3个字贺冬洲听了一路。晚上，山间的虫鸟叫个不停，牛车轧过凹凸不平的石子路，非常颠簸，不时发出声响。

贺冬洲醒来的时候人在卫生院。这边条件很差，没有单间病房，在他旁边输液的小孩儿一直在哭。

灯泡的瓦数太高，很刺眼。贺冬洲看到了无数个重影，重影里，扎着低马尾的女孩儿抱着大红色的开水瓶，眼睛很亮："您醒了。"

很陌生，周围的一切都很陌生，他感觉像做梦。小疤放下开水瓶，坐在床边生了锈的凳子上："卫生院做不了手术，要等天亮去县医院。"

"什么病？"

小姑娘红着眼："阑尾炎。"不就是个阑尾炎，他又不是要死了。

贺冬洲不知道这姑娘的泪点怎么这么低，可能是吓的。太小时候的事情他不记得，所以她是第一个为他哭的人。

她的手脱了一层皮，因为拉着牛车走了两个小时。算了，他再等等吧，等她再长大点儿。

贺冬洲暂时搁置了他的报复计划。

出分那天，小疤给贺冬洲打了一通电话。

"贺先生。"

这是她第一次给他打电话，因为要报喜。

"我考上了。"

"恭喜。"贺冬洲说，"北城见。"

袁律师进来。沈茹朝袁律师身后看了看。袁律师坐下，说："贺先生没来。"他解释，"这边的规矩是案件判决之前不允许律师以外的人探视。"

沈茹低头不语。规矩虽然如此，但如果贺冬洲想来，规矩又怎么拦得住他？他不来只是因为不想来。自首的前一晚，沈茹去见了贺冬洲，他在秦家。他站在楼梯上面，没有走下来，只开了走廊的过道灯，他的目光很淡漠，不喜不怒："害怕了？"

沈茹摇头。

"贺先生，你满意现在的结果吗？"

贺冬洲反问："你满意吗？"

她没有回答。刚才问他的那一瞬间，她暂时性地忘掉了她来秦家最初的目的：不是为了让贺冬洲满意，是为了让自己满意。

她犯错了，问了不该问的问题。

"你服刑期间，我会助你减刑，让你尽快出来。"

坐多久的牢她其实不是很在乎，反正刚刚已经犯了错，她也就不藏了，仰头看着高处的贺冬洲，有点儿愚蠢地问："以后还有机会再见吗？"

"不是必要的话，最好别见。"

贺冬洲平时看着很好相处，其实比谁都心狠。

沈茹并不是孤儿，虽然表面上是。她有家人，年幼时和家人走散，后来团聚了，但好日子没有过多久，她家就遭了难。她有一个哥哥。5年前，她的哥哥被醉酒的"秦克"殴打致残。正当壮年，突然不良于行，她哥哥接受不了，用打火机引爆微波炉自杀。嫂嫂流掉孩子再嫁，年迈的父母因为丧子之痛相继倒下。前后不到半年，她失去了哥哥，失去了双亲。

反正无牵无挂，她就找人买了一桶汽油，打算让秦克也尝尝家破人亡的滋味。她挑了一个阴雨天，在西山首府外面守着，汽油被她严严实实地装在袋子里。她盯着里面的动静，太专注，都没注意有人走到了身后。

"就用这玩意儿？"

她猛地回头。那是她第一次见到贺冬洲。烟雨空蒙，他撑着一把绿色的雨伞，人看着懒懒散散，但后背挺直，仪态很好。他笑，脸上有一个梨涡："以暴制暴，是最不聪明的玩法。"

沈茹立马去拿袋子里的汽油。他抬起手，轻轻摁住她的手。

沈茹警惕地看着他："你是谁？"

他递给她一把雨伞："可以帮你的人。"

计划开始之前，贺冬洲问过沈茹，为了达到目的，她能做到什么地步。沈茹说，死都不怕。

所以，她主动勾引了秦克。原本的计划不是这样。原本他们只打算让秦齐和秦克撕破脸，借秦克的手揭露秦齐的恶行。但秦齐远比他们想象的还要丧心病狂，居然对自己的亲弟弟动了杀心。一个禽兽要置另一个禽兽于死地，他们没有阻止的理由，于是沈茹将计就计,"成全"了秦齐。

整个过程都很顺利,只出现了一个小变数:沈茹的目的不知道从哪一刻开始,从报仇变成了让贺冬洲满意。其实这都称不上变数,贺冬洲看她的眼神和看棋盘上一颗棋子的眼神没有任何区别。

沈茹的身份没有查出问题。另外,警方从在秦家找到的衣服上面检测到了君临俱乐部受害者的血液。给秦齐定罪的铁证又多了一条。金律师给秦齐的意见是自首、悔过,争取宽大处理。

秦齐满眼血丝地怒吼:"我绝不认罪!"

"你要做无罪辩护?"

"我本来就没罪。"秦齐不信任任何人,包括他自己请的律师,自始至终都在否认罪行。

金律师也没劝,一副悉听尊便的态度:"既然你执意如此,那随你。"

秦齐低声说:"让我女儿来一趟,我要见她。"

"你是说温小姐?"

秦齐神色急迫:"让她来见我,或者你去找她,她肯定有办法帮我。"

"你想让她怎么帮你?"

秦齐这些天在里面想了很多,目前只有一个办法能保住他:"让她去找谢商,只要谢家出面,什么事都好解决。"

金律师笑了:这人还在做梦呢。

"温小姐有两句话让我带给你。"金律师用只有两个人能听到的声音说,"DNA鉴定报告是假的。"

秦齐大惊失色:"她……她……"

"还有一句,"金律师原封不动地转达温长龄的话,"保重身体,好好忏悔。"

秦齐反应过来,金律师也是 KE 的律师。完了,他彻底完了。当初在温沅的坟前,温长龄故意问秦齐,他是不是她的父亲。在那种情况下,秦齐为了稳住她,只能认下来,然后装慈父,最终,养虎为患。

两天后,秦齐认罪了,承认是自己蓄意谋杀。当刑警问刘文华有没有参与时,他否认了,说刘文华不知情。

"我觉得刘文华肯定参与了,不然时间哪儿能掐得那么精准?"这是张谦的直觉。为了查案子,郭丹这些天脸都没时间好好洗,此时她的脸上贴着面膜:"秦齐否认的话,要给刘文华一并定罪很难。秦齐把刘文华摘出去也合理,毕竟他们还有个女儿,家里还有老母要照顾。"

张谦很怀疑:"秦齐这种人,还会有人性吗?"

"人都是很复杂的。"

人都是复杂的,禽兽也会权衡利弊。

第二十四章
他在等她，坚定且忠诚

周一，早上8点，打工人一个个都没精打采的。快乐上班不可能，这辈子都不可能，上班就不快乐。原本蔫头蔫脑的刘晓萌突然精神了，惊叹一声："哇！"

同事葛璐璐："干吗？"

"看前面。"

葛璐璐看向前面，眼睛睁大："这也太大胆了。"

刘晓萌忍不住一直盯着前面："好酷。"

整个电梯里的人都在看温长龄，她剪头发了——鲻鱼狼尾，鬓角处染了银白色。放眼国内的技术圈，估计找不出比她还潮的。她穿了件长度到小腿、又宽又厚的羽绒服，这样的版型都遮不住她的好身材，她没戴任何首饰，身上唯一的金属元素是靴子上的吊坠拉链，鱼骨形状，仿铜色。

她这样美是很美，但也很另类，张扬大胆到会让人忽略她的性别，只注意到她的眼睛传达出来的东西：温顺和邪恶并存，很矛盾，柔中带刚，慵懒且叛逆。

华旗技术有6个研究基地，分别在不同的城市，研发本部在公司的总部。总部一共22层。公司对研发和技术部门的保密工作要求很严格，相关部门都在高楼层，去的人需要在12楼换乘。

市场部在6楼。电梯到了6楼，市场部的同事依次出去。李强和柯建安照常先去茶水间，泡杯咖啡醒醒神。华旗对员工很大方，每一层楼的茶水间都配备了咖啡机。

柯建安拿了个杯子在水龙头下面冲洗："她爸不是因为杀人被抓了吗？她怎么好意思来上班，还打扮得那么漂亮？"

这个"她"指的是谁，不用明说。刚刚在电梯里，柯建安和李强交换了好几次眼神。有些男人，觉得看女人很正常，聊聊女人也很正常，尤其对方是个漂亮女人。

"不打扮漂亮点儿，怎么找下一个后台？"李强在心里感叹：当女人真好，不像他们男人，只能累死累活地工作。

"要找后台还裹那么严实。"柯建安习以为常地评价女性，"不过她那身材是真会长，那么厚的衣服都遮不住。"

李强打趣他："擦擦口水吧你，人家那长相，还当过千金大小姐，看不上你一个部门主管。"

"我也很挑的好吧。"柯建安的口吻有点儿不屑，"她那个发型，每一根头发丝都像有男人的样子。"

听不下去了，早饭都想吐出来，刘晓萌冲进茶水间："说别人之前先照照镜子吧。"周一早上8点的"小仙女"脾气很暴躁，"人家是每根头发丝都有男人，你是每根头发丝都油得能炒一盘菜。"

柯建安："……"

葛璐璐拉了拉刘晓萌，但根本拉不住。刘晓萌的眼睛跟扫描仪似的，这次对准李强，"扫描仪"上下一扫，她露出万分嫌弃的表情："人家的腿都到你的胸口了，你都不自卑吗？还好意思对大美女指指点点。"

李强："……"

葛璐璐性格内向，赶紧把她的外向朋友拽走。

被莫名其妙臭骂一顿，柯建安很火大："她是谁啊？"

李强也窝火："陈董的外孙女。"

柯建安："……"

对温长龄的新发型，她的直属上司有意见："你这头发怎么回事？"

温长龄一边开电脑一边问："我的头发有问题吗？"

温长龄的态度很好，温顺斯文。升职的事周经理没有再提过，王军对此一直耿耿于怀：如果不是温长龄空降，他早就晋升了。技术泄密一事，监察会到现在都还不处置温长龄，这更让他着急上火。

"我们是技术部，对外的形象要稳重一点儿。"王军当众说，"你看看大家，没人像你这样。"

这是对技术和研发人员的刻板印象。温长龄知道王军是故意找碴儿，轻声细语，态度端正："公司的员工守则里没有不能烫染发这一条。"

"你跟我说员工守则是吧。"王军板着脸，神情严厉，"员工守则里有没有说要服从上司的工作安排？"

温长龄疑惑地看着他："剪什么头发也算工作吗？"

王军的脸色更加难看了。沈新燕过来了。她跟王军是同级，都是高级工程师："王工，你是不是昨晚没睡好？"她帮忙找了台阶，"去喝杯咖啡醒醒头脑吧。"

办公室里的其他人都不作声，假装很忙，但都竖着耳朵在听。王军压压火气，作罢。

等王军走了，沈新燕对温长龄说："别介意，王工这个人思想比较老派。新发型很好看，很适合你。"

"谢谢。"

沈新燕回工位了。周经理刚好到办公室，看见温长龄的新发型，脚步顿了一下，接着露出笑容，很慈祥："小温，你跟我来一下。"

上周五下班前，周经理收到了陈秋禅的邮件，陈秋禅让他以后把技术部二组的项目邮件和重要事项都抄送给温长龄。这封邮件，陈秋禅还发给了技术和研发部门的其他管理人员。

周经理是个人精，看出了苗头：小温这个姑娘有点儿东西。

所以周一一上班，周经理就把小温叫到办公室，好好安慰了一番，让她想开点儿，说父有过，子女无过。

"秦齐不是我父亲。"

"呃……？"

怎么回事？小温不是私生女吗？周经理很蒙啊。

温长龄没有多做解释："我先去工作了。"

"哦，去吧，去吧。"

在茶水间看到周经理客客气气地把人送出来，王军把一整杯咖啡倒进水池，用水冲掉，去吸烟区打了个电话。

"老叶，帮我个忙。"

九点半，技术部和研发部一起开项目会议。这次周经理把温长龄也叫上了，让她旁听。温长龄进来，大家都很意外。智能家电医用研究那个项目泄密的事还没有结果，照理说，她应该避嫌，但陈秋禅没说什么。

大家纷纷看眼色行事。也有不少人频频看向坐在角落里的温长龄。她坐在那里，给人的感觉乖乖的、酷酷的。银白色的挑染很独特，头发被别到耳后，大大方方地露出耳朵上的助听器，浓密卷翘的睫毛下面，瞳孔和至纯的宝石一样，没有一点儿杂质。她很漂亮，像一比一还原的洋娃娃。

这次的议题，是关于华旗技术和东方汽车合作研发的驾驶辅助系统。无人驾驶在华国还不太现实，目前相关企业的研发方向是驾驶智能化。

做项目汇报的是三组的高级工程师高工，汇报结束后，他问在座的人员："大家还有什么问题吗？"

会议室里30多个人，除几位高管之外，其他的都是技术人员，因此关于驾驶芯片的算力需求，PPT里只是大致过了一下。

有几个同事提了一些疑问，但都不是技术层面的——今天主要是汇报项目进度，具体的核心技术问题没打算在会上细说。

几个问题过后，会议室里安静下来。这时，一个声音从角落里传来："这个运算逻辑终端的速度会很慢，要再加两点——智能行为预测，动态内存压缩。"

这不是问题，是提议，技术上的提议。所有人都看向温长龄，做项目汇报的高工一时都没反应过来，很意外他只是匆匆演示了一遍代码，她一个"外行"居然能看出门道。

"云易。"陈秋禅想听听项目的主负责人怎么说。

云易眼睛看着温长龄，点头："要加。"

"就按小温说的去做。"

会议结束。周经理兴冲冲地走到小温面前："小温，你懂计算机啊？"

小温说："懂一点儿。"

周经理感觉自己挖到宝了。天哪，他可能要晋升了！温长龄走在回办公室的路上，突然，一张纸从后面递过来。

"这是你写的吗？"

说话的是云易。温长龄看了一眼纸上的内容："嗯。"这是上次在食堂，她随便改的。云易今年才20岁出头，不是专科出身，是跟着他偶像的视频自学的计算机科学和网络技术。

"你要不要来我的组？"他觉得她的算法风格很像一个人，很厉害，想跟她共事。

温长龄摇头，拒绝了。

"你没听过传闻吗？二组技术泄密的事，我还没排除嫌疑。"

云易扶了下眼镜，惜字如金："不是你。"以她的技术，没必要。

"谢谢你的信任，但我暂时还不想换组。"

云易挠挠头，走了。

温长龄进了电梯，电梯门即将合上之时，被人用文件袋挡了一下。门重新打开，走进来一个人。温长龄闻到了香水味。她知道这款香水，是午渡的一款冷门香，味道很独特，一般人驾驭不住。

"温小姐。"孟多蓝之前还以为温长龄是那种温顺的乖乖女，原来温长龄不乖啊，发型很大胆。这样的温长龄给孟多蓝的感觉很矛盾，孟多蓝没见过张扬和内敛两种截然相反的气质出现在同一个人身上。

温长龄点头回应："孟小姐。"孟多蓝按了楼层键，手机刚好响了，电梯里有信号，她接了电话。

"爸。"

"什么主题活动？"

温长龄对别人的电话内容不感兴趣，低着头，看自己的鞋带。

孟多蓝问她父亲："谢商去吗？"

那边的人回答之后，孟多蓝说："那我也去。"

温长龄手背在后面，无意识地挠了挠电梯的轿厢壁板，有点儿手痒，有点儿烦躁。

孟多蓝挂断了电话："温小姐。"

温长龄抬头。

"你和谢商平时联系多吗?"

温长龄没有回答,皱着眉,不解又诧异,表情仿佛在说:你很怪,问这么奇怪的问题。

"抱歉,是我冒昧了。"孟多蓝身穿黑色的套装,脖子上系了一条米色丝巾,很贵气、精致。她解释道:"我正在追求谢商,所以比较介意这个。"

温长龄要去的楼层到了,她一只脚迈了出去,又停下:"谢商不好追。"

孟多蓝看似友好,笑容大方:"温小姐有什么建议吗?"

"没有。"温小姐觉得莫名其妙,很烦,"我没追过他。"

她出去。电梯门关上后,她拿出手机,拉黑谢商。

贺冬洲说,温长龄从秦家搬出去了。手里的文件很久没有翻页,谢商心不静,看不进去。他合上资料,打开香炉,点燃里面的蜂香楠木。他最近经常燃这个香,不止21次,习惯已经养成,估计以后只要闻到栀子花的味道,他就会想到温长龄。

放在桌上的手机响了。谢商摘掉眼镜,靠着椅子往后仰,抬高头,枕在椅背上,喉结从黑色的高领里稍稍露出。他点开免提。谷易欢在电话里问他:"四哥,明晚元旦嘉年华去不去?"

"不去。"

他没兴趣。除了温小姐,除了为了有资格站在温小姐身边必须做的事,谢商对什么都没兴趣,不想参加。

"去嘛,去嘛,你都好久没出来玩了。"

"你找别人陪你去,我没空。"

他没空是真的,明天有律师主题活动,律师协会是主办方,KE律所是承办方。谷易欢有好一阵子没见到谢商了,闻言抱怨道:"你一天天的除了工作就是工作,不出来娱乐,不去认识新的人,这样还怎么找女朋友?"

谷易欢说的女朋友是指新欢,不是旧爱。谢商抬手挡住灯光:"不找。"

蜂香楠木对他起效很快,被压抑在理智之下的情绪和念头又开始疯狂蔓延。每天种一颗相思豆,不知道种满一山之后,温长龄来不来看一眼。

"你是不是还念着那个狠心的女人?"好合时宜的问题。

谢商回答:"嗯。"他很想她。

谷易欢:"……"

四哥都不挣扎一下。谷易欢气得挂了电话。

蒋氏破产了。蒋尤尤觉得应该普天同庆。她查完病房,去护士站:"明晚正和广场有元旦嘉年华,去不去?我请你。"

气象局预计今年元旦前后将有百年不遇的大雪,为了广大民众的安全着想,元旦嘉年华的时间提前了。正和广场能容纳万人，元旦嘉年华每年去的人很多，一票难求。

佳慧很激动："你抢到票了？"

"我姐给的。"

蒋尤尤的三姐夫家是做精酿的，嘉年华的酒水她姐夫赞助了。

"太棒了，我正愁抢不到票。"佳慧现在就开始期待了，"除了你跟我，还有其他人吗？"

蒋尤尤有3张票："我再叫上长龄。"

次日，室外温度最低3摄氏度。温长龄怕冷，不太想出去，但佳慧软磨硬泡，她拒绝不了。3个人约好6点在广场的A2地铁口碰面。室外3摄氏度，佳慧穿着长靴和短裙，打底衣外面就穿了件小皮衣，美丽"冻人"，而她的另外两个小伙伴都裹成了蚕蛹。

"不是吧，晚上还有电音蹦迪呢，你们俩穿得太多了吧。"

温长龄把脸往围巾里缩："好冷。"

温长龄怕冷就算了，佳慧看向蒋尤尤——这个在夜店蹦最野的迪、穿得最火辣最性感的女人。

蒋尤尤把长羽绒服的帽子戴上，抽绳拉紧，坚决不吹一点儿冷风："我特殊时期，不能感冒。"

佳慧以为蒋尤尤来例假了："那你们不蹦迪了？"

温长龄的鲻鱼狼尾被风吹得像在拍大片，她在充满夜晚滤镜的环境里瑟瑟发抖："好冷。"

蒋尤尤最近都不穿高跟鞋，但身高和身材摆在那里，套个麻袋都好看："特殊时期，蹦不了。"

夜游不易，佳慧叹气。她从包里掏出4张暖宝宝，给温长龄和蒋尤尤一人两张。

温长龄开心地接过去："谢谢佳慧。"

长龄好乖。佳慧产生了一种带女儿出来玩的错觉。

正和广场是环形结构，这次嘉年华的主题是MASK（面具）音乐。舞台搭在广场正中间的草坪上，观众席环绕舞台一周。广场外面左右两侧也是活动区，左边是美食街和购物摊，右边有沉浸式游戏。因为主题是MASK音乐，主办方给每一个进场的观众都免费发放了一个面具。

佳慧吐槽："主办方发的面具也太丑了，质感太差了。"佳慧不乐意戴那丑玩意儿，"那边有卖面具的，我们去那边。"

佳慧兴冲冲地往前跑。蒋尤尤护着肚子跟在后面："走慢一点儿。"

温长龄忍不住看她的肚子："有感觉吗？"

"没有。"

离显怀还早着呢。蒋尤尤约了周末做检查，确定妊娠囊的位置，明确是否宫内孕。

她走快的时候就会莫名其妙地捂住平坦的小腹，觉得："是心理作用。"

附近有很多卖面具的小摊，各式各样的面具都有。温长龄挑了一个狐狸面具——很素，没有什么花纹，是那种很纯粹的冷白色，有种白骨骷髅的森然感，但很配她挑染了银白色的头发。

"我们先去美食街吧，我故意空着肚子来的。"佳慧挑了个白菜叶子的面具，她的脸圆圆的，单眼皮，但眼睛很大，笑起来很可爱，"我现在能吃下一头牛。"

3个人一起去觅食。佳慧什么都想吃，各个小摊都跑了一遍。温长龄觉得好冷，蒋尤尤总怕别人撞到自己的肚子，所以她们两个就慢吞吞地逛着。

突然，肩膀被人拍了一下，温长龄回头。

"能加个微信吗？"男孩子很年轻，像在读的大学生。

温长龄婉拒："抱歉，不方便。"

男孩儿也没有死缠烂打，推了一下他旁边的同伴。同伴也是个男孩子，胆子应该有点儿小，很羞涩地看向蒋尤尤。蒋尤尤是明艳型的大美人，半脸的红色面具很称她，性感热辣。她抬手搭在温长龄的肩上，笑着胡说八道："不好意思啊，我们俩是一对。"

温长龄学到了。

男孩儿很窘："对不起，打扰了。"他赶紧拉着同伴走了。

路两边都是摊子，人山人海，越来越拥挤。

"长龄，尤尤，"佳慧在不远处招手，"快来，这儿有位子。"

佳慧买了一堆吃的，没有主食，全是夜宵和零食，摆了一桌子。旁边桌也是年轻人，男女都有，有两个女孩子频频看向佳慧她们这一桌，没什么恶意，就是被美到了。

佳慧怕口红被吃掉，很"没灵魂"地用筷子把串上的食物撸下来："跟两个大美女一起出街，回头率好高。还好我化了全妆。"

算了，用筷子撸下来吃好麻烦。佳慧用纸把口红擦掉，直接上手。

"这个好辣。"温长龄将奶茶插好吸管，给佳慧。温长龄喜欢甜食，买的食物都是甜的，此时正用勺子舀着热热的红豆粥吃。蒋尤尤在忌口，也吃粥。

谷易欢今晚也来了。谷开云最近不知道在忙什么，都不搭理他，谢商和关思行失恋，也不搭理他，他只能跟狐朋狗友一起玩了。

狐朋：齐贤。

狗友：宋三方。他们三个不是一届的，但他们三个高考数学分数加在一起，也只比谢商高了一点点。可能就是这个原因，他们能玩到一起。学渣也是需要学渣朋友的。

"那边有剧本杀和密室逃脱，"齐贤戴着个有点儿变形金刚范儿的面具，"玩不玩？"

宋三方把面具挂在手上，转着玩："要用脑子的就算了。"他的胳膊肘往后捅了捅，"这儿有个脑力游戏黑洞。"

谷易欢戴着有羽毛的面具，白眼翻上天："你才黑洞。"

宋三方无情地揭短："上次剧本杀，你没玩一会儿就自暴了。"

谷易欢反击："你的推理能力是很烂。"

"那也比你自暴好。"

"滚。"

"狗。"

"没你狗。"

齐贤："……"

菜鸡互啄，大哥笑二哥，齐贤在旁边都听累了。他往前走，不想跟菜鸡一路，走着走着突然发现——

"哇，3点钟方向，两个大美女！"

谷易欢和宋三方停止互啄，都看向3点钟方向。

宋三方觉得："有点儿眼熟。"

齐贤有一个见到美女就走不动路的毛病："左边那个好酷，右边那个……"他的后脑勺被谷易欢拍了一巴掌。

"打我干吗？"

谷易欢凶狠地警告："眼睛放尊重点儿，左边那个是我嫂子，右边那个也是我嫂子。"

温长龄和蒋尤尤在吃东西，都没戴面具。

操碎了心的谷易欢立即报信。

他先打电话给关思行："快来，我看到你前女友了。"

他又打电话给谢商："四哥，我看到你前女友了。"

时间回到一个小时前。由律师协会主办，KE律师事务所、金周律师事务所、方和律师事务所承办的"法治他力量"主题活动，在KE律师事务所举办。近百名法律工作者受邀参加了这次的主题活动，活动结束后，在附近的酒店用餐。

走廊的过道灯把灰色地毯晕染成了暗黄的颜色，谢商靠墙站着，影子映在对面的墙纸上，旁边还有另外一个影子。

"范子彦明天下午在帝北国际机场转机，您只有两个小时的时间。"

对方犯难："万一我说服不了他怎么办？"他脸圆、下巴短，有几分憨态，"我又不像你，那么有本事。"

"二叔，您过谦了。"

谢商旁边站的是他二叔，谢继文。外人对谢继文的印象似乎只有婚姻，因为他一直在结婚、离婚，妻子已经娶到第6任了。但有一种人，他们大智若愚，擅长隐藏锋芒。谢良姜没空来这种活动，谢继文作为半个东道主，辗转在各个酒桌之间。谢商不喜欢应酬，随便挑了一桌，坐下用餐。

席间，有人劝酒。

"谢律师不喝酒吗？"

"我酒量不好，你们喝吧。"不是熟人局，谢商一般不会沾酒。他放下筷子，把用过的餐巾简单折叠后放回桌上，表示用餐已经结束，服务员可以过来收盘碟了。

孟多蓝也在这桌，与谢商隔着一个人，看见他吃得很少，不禁问道："饭菜不合胃口吗？"

"没有。"

孟多蓝叫来服务生，要了一杯温水，并不是给自己要的。她把杯子放在餐桌的转盘上，将水转到谢商面前。桌边坐的都是律师，都懂。

孟多蓝隔着一个人看向谢商，目光关切："要不要让主厨另外给你弄点儿吃的？"

"不用了。"

有人取笑："怎么回事啊？老同学，"开玩笑的这人是孟多蓝的同学，"你居然还有这么体贴的一面。"

孟多蓝家世好，样貌也好，向来都是别人对她献殷勤，老同学哪里见过她这么主动的时候？

在座的一位女士顺着话接了一句："那你也不看看是对谁。"那可是谢商。学生时代，不知道多少女生跑去法学院看他。谢商对女士向来很绅士，不会当众让人难堪。那杯温水，他没有碰。在没有人攘菜的空隙，他拨动转盘，杯子转了一圈，重新回到孟多蓝面前。

"孟小姐，你的水杯忘了拿下去。"

孟小姐。一个称谓，把界限划得明明白白，却也没让人下不来台，给了女士体面。刚刚调侃孟多蓝的二人都有些尴尬，本以为是男女间的暧昧拉扯，没想到却是落花有意流水无情。

出于礼貌，谢商等到饭后茶点上来才起身告辞，与桌边的前辈打完招呼，把椅子轻轻放回原处。孟多蓝随后也离席了，去乘坐电梯要经过酒店大堂。酒店高33层，大堂四面都是落地窗，视野很好，外面刚好烟花升空，刹那间，落地窗的玻璃上无数朵带着焰光的花一起盛放。

孟多蓝走在谢商身后："正和广场在办嘉年华，离酒店这边很近。"这是她第一次对一个人主动，"要不要一起去逛逛？"

她想要拼尽全力争取，直觉告诉她，谢商这样的人，要与他产生关系很难，但只要产生了关系，其必定会很牢固。

"抱歉，没有时间。"

孟多蓝想起来温长龄的话："谢商不好追。"

温长龄还说，她没追过谢商，所以，是谢商主动的吗？他对人主动是什么样子呢？

孟多蓝只见过他拒人于千里之外的样子，突然很不甘心："刚刚的水是给你要的。"

他终于停下来："我知道。"

孟多蓝脸有些发烫，这样看着谢商的眼睛，好像有什么在拽着她陷进去："那我在追求你，你知道吗？"

谢商明确地点破："孟小姐，我已经拒绝了。"尊重女性，给人体面，这是谢商的教养。

"据我所知，你目前还是单身。"谢商基本符合女性对另一半所有的想象，孟多蓝说服不了自己放弃，"不能给个机会吗？排队等也可以。"

面对异性的示好，谢商平静得好像此事与他无关："谢谢你的抬爱，但我已经有爱人了，以我对我自己的了解，我会爱她很久，请不要在我的身上浪费时间。"

电梯来了。谢商侧身让开："女士优先，我等下一趟。"电梯门开，谢商没有进去。孟多蓝独自搭乘电梯，很无力，要走进谢商的社交范围真的非常难。

他不给任何人半点儿机会，为了温长龄严防死守，坚定且忠诚。被他爱上的人，该有多幸运。

在等电梯期间，谢商接到了谷易欢的电话。

"四哥，我看到你前女友了。"

"她在哪儿？"

"正和广场。"

谢商下意识地回头，望向玻璃窗外，酒店离正和广场不远，从他站的地方能看到广场的灯光。

"她一个人吗？"

"她和她的两个朋友。"谷易欢不忘补充，"女性朋友。"

昨天谷易欢就约过谢商，但谢商以没空为由拒绝了。谷易欢问谢商："你来不来？"

"你不要上去打扰她，我现在过去。"

谷易欢："……"

四哥没空？见前女友倒是有空得很。

广场上人山人海，温长龄被人潮推着往前走，没一会儿工夫就找不到佳慧了。舞台周围的观众席挤满了人，人太多了，不安全，幸好蒋尤尤怕被挤到，没有过来这边。烟火升空，一声响后，炸开一束束光，像无数流星闪过，像银河星暴。将近十分钟的烟火表演之后，架子鼓声响起，MASK 音乐会开始。所有人都戴上面具，跟开场的歌手一起狂欢。

万人齐唱，热闹汹涌。观众席外面仍不断有人往里面挤，温长龄已经站在很后面了，还是被人群推搡着往后退，后面的人往前走时撞到了她，连锁反应，她撞到了她前面的人。

一个面具掉到地上，纯白色，形状是半张人脸。

"抱歉。"道完歉，温长龄趁着没人挤过来，快速捡起了面具，这才抬起头，看到一张脸，黑色围巾衬得面具的主人的皮肤白得像在夜间出没的吸血鬼。有个句子，不恰当，但温长龄觉得很适合用来形容晚上的江城雪："他很像一具白骨上披了一张精致的人皮，缺少血肉感。"

"温长龄。"江城雪念她的名字，字正腔圆，混着笑。

温长龄还拿着他的面具，在想事情，忘了归还。他说了一句话，但灯光太暗，周围的环境太吵，温长龄听不清楚，也看不清口型。在嘈杂声里，她的声音也不由得变大："你刚刚说什么？"助听器接收的高频噪声太多，她的耳朵感到不适，有些耳鸣。

江城雪突然俯身靠近她，她立马警惕地后退，把距离拉开。

只见他拍了拍一位同伴的肩膀，用手指了一下出口，然后对温长龄使用手势：这边太吵了，我们出去吧。他会手语。

温长龄点头："好。"温长龄和江城雪一起离开了喧嚣地。

嘉年华的重头戏就是 MASK 万人音乐会，歌手已经开唱，外面人就少了很多。环形广场的两边是下沉式的人造湖，湖上各建了一座拱形的桥，上下都有台阶。

温长龄的脸上还戴着面具，她将自己的面具取下来，又把江城雪的面具还给他。他们的面具可能是在一个小摊上买的。

"不用管你的同伴吗？"

江城雪说："不用管。"

她换发型了，很漂亮呢，像无人区盛开的黑玫瑰。

"他们是你找的新玩伴吗？"温长龄小心地试探。

"对啊。"江城雪好像对她不设防，也好像是根本不在乎那些人，"不过他们还很笨，不怎么会玩游戏。"

"聚在一起的也不一定是同类，如果一群人里有一个是领导者，剩下的都是小丑，也是可以一起玩的。看小丑跳梁还蛮有意思的。"

这是江城雪之前说过的原话。

温长龄走得很慢："你们通常都玩什么游戏？"

江城雪走在前面，已经上桥了。他停下来，靠着围栏看着台阶上的温长龄，似乎很爱笑："问这么多，对我好奇啊？"

温长龄诚实地回答："是，我对你很好奇。"她好奇佟、郑、周、庞 4 个人曾经是不是他的小丑玩伴，好奇他到底有没有参加他们的游戏。他站在桥上，高处的灯光把他的影子拉得很长，纯黑色的大衣与白色的皮肤相互映衬，从温长龄那个视角来看，这个画面很像一帧漫画。

他是画里的鬼怪，微鬈的头发稍稍遮住了眉眼："既然好奇，那就过来。"

路人不小心碰到了他的手臂，半人脸面具再一次掉到地上，滑下台阶，滚落到温长龄的脚边。

她捡起面具，那一瞬间，突然想起了一个熟悉的画面。她看了江城雪几秒，然后走上台阶，来到桥上，停在江城雪的面前。包里的手机振动了，她没管，再一次看着他，确认完猜想之后，拿着面具往他的脸上戴。

"要我低头吗？"

没等温长龄回答，江城雪主动低了头。

半人脸面具与他的上半张脸重合。

温长龄确定了："是你啊。"

江城雪接过面具，戴上，笑："终于认出我了。"

阿拿死后，温沉自杀了，那个指认阿拿手拿凶器杀人的"目击证人"也人间蒸发了，沉冤不得雪。温长龄万念俱灰，办完了丧事，了无牵挂，就买了一桶汽油，去找那4个凶手。你猜他们在做什么？他们在别墅里开面具舞会，在庆祝劫后余生。

我们一起下地狱吧。那一刻，温长龄只想毁灭。她摸了摸口袋里的打火机。

"同归于尽有什么意思？"突然响起的声音打乱了她的计划，她抬头，被靠近的阴影罩住。那是少年模样的江城雪，戴着半脸长的面具，面具上的彩绘画得很狰狞，他像死神派来的使者，居高临下地谈论生死，带着笑，好像一切都无关紧要。

"死得太容易了，不是便宜他们了吗？"

温长龄复仇的念头就是在那时候萌芽的。

喜欢热闹的谷易欢为了兄弟的幸福，都没进场去玩闹，巴巴地守在入口外，等了没多久，就看到了谢商的车。

"四哥，这儿！"

谷易欢还有多余的票。

谢商进来："她呢？"

她，她，她，就知道她！谷易欢搓了搓冻僵的手："人太多了，没跟上。"

谢商衬衫外面只穿了件正装，大衣忘了拿。他站在风里给温长龄打电话，电话响了很久，没有人接听。

谢商给温长龄发了条消息："长龄。"屏幕上显示："消息已发出，但被对方拒收了。"

谢商第一次碰到这种情况，有点儿无措。

谷易欢凑过去，偷瞄了一眼屏幕，嘴贱地来了一句："四哥，你被温长龄拉黑了。"牛啊，温长龄。

谢商："……"

温小姐真是……要气死他。还有更气人的。

谢商走了几步，一抬头，看到了桥上的两个人。温长龄手里拿着面具，戴在江城雪的脸上，她踮脚，他低头。

看到这一幕的谷易欢气得牙痒痒：温长龄居然这么快就有新欢了！

她怎么能有新欢？！还在众目睽睽之下这样亲密！

"四哥，别难过，咱们也……"谷易欢怂恿谢商也找新欢的话还没说完，谢商就走上了拱桥的台阶。

"长龄。"离得近了，谢商才看清她的头发，仿佛看到了十八九岁的她——倔强、潇洒、不迎合世俗的她，不乖、有棱角、蓬勃张扬的她。如果不是场合不合适，谢商很想夸她。

温长龄看到谢商，有点儿意外："你怎么在这儿？"

他找理由："我路过附近，过来逛逛。"

"那你继续。"

温长龄往旁边站了站，是让路的意思。谢商看了一眼江城雪手里的面具，忍住撕碎一切的冲动，然后从桥上走过，走下台阶。

谷易欢跟上，走过温长龄身边的时候，为了表达他不满的态度，无声地哼了哼：温长龄染这个头发，更像个会玩的坏女人。

等距离拉开到听不到桥上的声音了，谷易欢才郁闷地问谢商："就这么走了？"

"不然呢？"

谷易欢想当然："把人抢回来啊。"

谢商反问道："我用什么立场去抢？"

谷易欢答不上来，但就是觉得不甘心，替谢商不甘心。

谢良姜虽然不是个合格的父亲，但谢商确实是在琼堆玉砌里长大的。他第一次那么喜欢一个人，明明那么喜欢，却很克制。

谷易欢不懂："这不像你。"谢家的四公子还是继续当优雅的疯子更好，不被定义，不被框住，不受束缚。

他的四哥就应该想要什么就得到什么，哪怕不择手段。人造湖的四周被围栏围了起来，因为嘉年华，围栏上挂着一串串彩灯，彩灯的光影铺在水面上，像浩瀚星河微缩进了湖中。连接路面和湖面的入口旁停了一艘小船，谢商在船的附近停下，所站之处正好能看见桥上的温长龄。

"强抢不行，你不了解她。"

谷易欢追问："那怎么才行？"

谢商没有说："你去玩你的。"

用完就丢，你跟谁学的？！

谷易欢气呼呼地走了，但没有走远。

谢商站在围栏边，看着桥上的人，手下意识地摸了摸口袋，想抽烟，却突然意识到，烟在大衣的口袋里，而大衣放在车上忘了拿。

强抢不行，他要等，要乖乖地等。

温长龄还有几个问题要问江城雪。

"在那次面具舞会之前，你见过我吗？"

"没有。"

她没有掩饰她对江城雪的好奇和探究："那你怎么知道我是去和人同归于尽的？"

"你当时的表情很好猜。"

这些都不重要，重要的是，他那颗有病的心脏第一次那么活跃。

那种感觉该怎么形容？在这个没人能理解他、无趣至极的世界里，找到了同类的那种兴奋。

"你会被邀请，说明你是他们的朋友。"她在试图撬开他的世界呢。

他大方地敞开自己的世界："嗯，没错。"

"我要和你的朋友同归于尽，你劝我不要让他们死得太容易。你就是这么对朋友的？"温长龄的眼神仿佛在说：你真奇怪。

江城雪又笑了，眼睛弯起来的时候像多情的风流公子："你都要同归于尽了，那肯定是他们做错了事，做错了事受到惩罚不是应该的吗？"

他的语气轻松得好像要惩罚的只是路边的猫猫狗狗。温长龄确定了，那4个人不是他的朋友，是他用来玩乐的小丑。

她看着他说："是应该的，做错了事就要受到惩罚。"他好像对她的身份一点儿都不好奇，对她为什么要与他们同归于尽也不好奇，可能他知道的更多。

江城雪毫不吝啬地夸奖她："你做得很好，他们都受到惩罚了。"江城雪手指钩着围栏上的灯串把玩，抬了抬下巴，指向桥头那边，"他是在等你吗？"

温长龄知道谢商没走。

"我去找我的玩伴了。"江城雪把面具重新戴上，半张人脸，半块面具，好像人皮与白骨的组合，割裂感很强，"再见，温长龄。"

江城雪走了。温长龄从桥上下来，走到谢商面前。

"你和他聊了什么？"

温长龄不想说："和你没有关系。"

她很想问谢商：不冷吗？这么冷的天，他为什么不走？为什么还要留下来受她的冷眼？

"东方汽车上一任董事长江立松原本有3个孙子，两年内，一死一残一疯。江董事长迫不得已，将儿子的继子接回江家继承家业，这个继子曾经被江家弃养过。"

江城雪就是这个继子。

"我不是要干涉你的社交，只是你要防着一点儿，江城雪这个人城府很深。"虽然心里很酸很酸很酸，但谢商相信温长龄的话，她说过，她拥有过星星，不会对别人动心。她不会去做没有意义的事，那么，江城雪的身上，应该有她想要的某个答案。

"谢先生。"

谢商现在对温长龄的喜怒了如指掌。她叫"谢先生"，就是她很清醒的时候，会跟他撇得干干净净。

"你是不是又忘了？我们早就分手了。我的事情，不论是哪一件，都和你没有关系。"

要他不管她，怎么可能？

谢商说："分手了也可以当朋友。"

"那是别人。"温长龄的表情很冷淡,"我不可以。"

"所以你把我拉黑了。"

提到这件事,本来心情就糟糕的温长龄这下心情更糟糕了。她像只刺猬,眼神都变得扎人了:"是,我把你拉黑了。你是来质问我的吗?"

"不是。"

谢商吵架永远都吵不过温长龄。

这都不应该叫吵架,吵架是需要立场和资格的,他都没有。谷易欢还说让他抢,他怎么抢?哪儿敢抢?谷易欢是不知道谢商有多怕温长龄。

"别拉黑我了,"他示弱,"好不好?"

温长龄拒绝:"不要,前男友就应该待在黑名单里。"她转头就走。

谢商刚迈开步子,她回头,很凶地说:"不要跟着我。"赶紧回你家去!

她走了,脚步很快地走了。谢商留在原地。没办法,他怕她。

谷易欢坐在一个烧烤摊边,看了全程,虽然听得不怎么清楚,但谁哄谁,谁骂谁,他看得是清清楚楚。

谷易欢是个急脾气:"四哥,你就不能换一个人喜欢吗?"

"换不了。"

谷易欢无条件支持谢商,所以在他看来,温长龄的行为简直无理取闹:"你犯了什么罪,要这样被她召之即来挥之即去?"

谢商平静且理智:"是我欠她的。"

谷易欢搞不懂了:"你欠她什么了?"

"当年在关家,下水救我的人不是方既盈。"

方既盈冒领救命之恩的事谷易欢已经知道了。

谢研理在谢家哭闹了多次都没有用,谢景先下了禁令:方既盈再也不准进谢家的门,对外也不准称是谢家的人,谢家和方既盈彻彻底底地断绝了关系。

但这跟欠温长龄有什么关系?谷易欢突然想到一种可能:"难道是……温长龄?"

"她是因为救我才失去了听力。"

谷易欢脸上是受到了巨大冲击的表情。当初知道谢商和温长龄交往的时候,谷易欢其实在心里暗暗反对过。他偏心谢商,觉得谢商可以有更好的选择。他甚至偷偷担心过:万一以后生的小孩儿也听不到怎么办?

"我不是因为救命之恩才想复合,我想复合只是因为我爱她,想跟她在一起。"谢商很少这么郑重其事地和谷易欢谈话,"我告诉你这件事,是想让你知道,温长龄除了是我爱的人,也是救过我的命的人,我希望你可以对她友好一点儿,不要因为我而怨她。"

谢商很在意至亲挚友对温长龄的态度。至少他最亲的人,他希望,他们能多维护温长龄一点儿。

谷易欢低下头,反省自己经常在心里骂温长龄的行为:"我知道了。"

同时，他也松了一口气：四哥和温长龄的小孩儿不会听不见的。

"四哥，"谷易欢鼓励道，"温长龄只是把你拉黑，不是把你删除，说明她还是舍不得你的。"

谢商抬眸，看着谷易欢。

"你要相信我。"谷易欢虽然没吃过猪肉，但看过猪跑，宋三方交过的女朋友有两箩筐了。

谢商的手机这时候响了。谷易欢凑过去看了一眼来电显示：温小姐！！

谷易欢很激动："看吧，看吧，她就是舍不得你。"

谢商接了电话。那边的人沉默。

"长龄。"她还是沉默。

谢商问她："怎么了？"

她很小声地问："你能不能帮我个忙？"在小摊上买面具的时候，温长龄就有不妙的预感，因为肚子痛。她本来以为是太冷受凉了，但不是。

佳慧的电话打了没人接，她应该在音乐会上，那边很吵。蒋尤尤的电话也没人接。

温长龄还能想到的人只有刚刚被她"丢掉"的前男友。但凡有别的选择，她都不会打电话给谢商。她已经在卫生间待了15分钟了。如果是平时还好，今天正和广场有数万人，女厕外面排队的人太多了，她不能一直不出去。

"你能不能帮我个忙？"

谢商没有问是什么事，答应："好。"

温长龄真的很烦，烦她自己："我来例假了。"

她真的好糟糕。她刚刚还那么凶，现在又找人家，她讨厌这么糟糕、反复的自己。

"你在哪儿？"

"3号出口附近的女洗手间。"她的语气听起来真的很急，"快点儿来。"

"好。"

挂断电话后，谢商去最近的便利店买了纸、卫生棉、自热贴。

女洗手间外面排了很长的队，女士们大多低着头在看手机。

"你好。"一个声音引得数人抬头，男性的身高优势在这一刻凸显出来。最高那个人，穿着正装，是橱窗里的模特都比不过的衣架子。

路的两边种着树，一辆白色面包车呼啸而过，车轮带起的风把焦黄的叶子吹起来，飘到路灯形成的光圈下。这本来只是很寻常的场景，然后有人走进了这个再寻常不过的场景里。

秋天一落叶，萧瑟感就出来了；雨天配清茶，再闹也会显得宁静。有些事物、有些人就是这样的存在，放到相机的镜头里，什么都不用调，就会出来顶级的氛围。

女生愣了一下。

"你好。"

女生的脸瞬间红了。

"我女朋友在里面,能否帮我把东西送进去?"他说,"我姓谢。"

"给我吧。"

"谢谢。"

女生说了声"不客气",拿着袋子进去了。这边的女洗手间有两排十多个隔间,她总不能一间一间地敲门吧,于是女生高声问了一句:"谁是谢先生的女朋友?"

温长龄听到了。她不想这么高调。

"你男朋友让我给你送东西来了。"

她真不想。左边最里面那间隔间的门被推开一条缝,一只手慢吞吞地伸出来:"这里。"

女生把袋子挂到了那只手上。

手的主人:"谢谢。"

谢商在人群外面等。温长龄很快就出来了。她低着头,半张脸藏在围巾里,包包鼓鼓的,里面装着剩下的东西。

谢商过去:"冷吗?"

她"嗯"了声。

"要不要吃点儿热的东西?"

她不想吃,低着头,在反思自己的行为,然后看见谢商的手指被冻红了。

"嗯。"

他们去了一家汤圆店,点了两碗小汤圆。

大概 20 分钟前,汤圆店对面的水饺店,一对小情侣在闹矛盾。

男生小心翼翼地看女生的脸色:"生气了?"

女生一脸不高兴:"你每次都这样。"

男生开始哄女生。

"对不起嘛。"他边哄边去牵女生的手,"别生气了,嗯?"

女生甩开他的手。

"都是我的错,下次不会了,我保证。"

男生又去牵。这次女生只是象征性地甩了两下手,就让男生牵住了:"这次先原谅你,但这是最后一次。"

关思行看得很认真。

水饺店的门被从里面推开,蒋尤尤走到店里揽客的立式招牌后面:"你还要跟着我多久?"

关思行的学习能力很强:"都是我的错,下次不会了,我保证。"

他想去牵蒋尤尤的手。

可是,她突然抱起手:"你错哪儿了?"

关思行有认真反省过："我不该骗你。"

她其实还蛮好哄的，他骗她这事，起因是她亲完人忘了，她也有责任，可以翻篇儿。

"还有呢？"

"很忙，没有时间陪你。"

他是第七研究院里最年轻的物理工程师，忙是应该的，为国家办事，她没有那么小气，这个也可以翻篇儿。

"不是这个。"

"经常断联。"

她上次说的都是赌气话，就为了分手，本来就不介意这个，翻篇儿，翻篇儿。

"也不是。"

关思行想了想："我不是男大学生。"

蒋尤尤："……"

蒋尤尤有点儿上火。她深呼吸，告诉自己：特殊时期，不能生气。牵不到她的手，关思行拉住她围巾上的流苏："尤尤。"

"不要叫我。"蒋尤尤把围巾的流苏从他的手里拉出来，"不要跟我说话。"她理了理被风吹乱的鬓发，五官明艳，像复古电影里的大美人，"等你知道自己错哪儿了，再来跟我说话。"

她转身回店里，刚推开门，一个小孩儿撞上来，她用手挡了一下，小孩儿手里的关东煮洒了她一手。小孩儿见闯了祸，手足无措地站着。他的妈妈过来，连忙道歉，小孩儿也跟着道歉。

"没关系。"关东煮不烫，只是弄脏了袖子。蒋尤尤借用店里的卫生间简单收拾了一下，温长龄的电话就是在这期间打过来的，所以蒋尤尤没接到。

蒋尤尤从卫生间出来，走到门口："关思行。"

他过来。她突然问他："你喜欢小孩儿吗？"

"不喜欢。"

行，这回答精准踩雷。蒋尤尤关上门，坐回去。再理他，她就是狗。

关思行在外面吹冷风。

谷易欢今晚很忙，真的忙。他揣着手，蹲在烤红薯的炉子旁，一会儿看左边，一会儿看右边。这儿"地理位置"绝佳，还暖和，他脚麻了都不想挪窝。

宋三方从后面拽他的衣服："你不去蹦迪啊？"

"不去。"

他哪儿有空蹦迪？宋三方也左看右看，但他近视，还不爱戴眼镜："你鬼鬼祟祟蹲这儿干吗呢？"

"你才鬼鬼祟祟。"

宋三方买了俩红薯，递给谷易欢一个，自己也蹲在炉子旁边，挨着谷易欢："问你个事。"

"说。"

"我车上那个香水哪儿去了？"

"什么香水？"

路人走过都忍不住看他们几眼，两个穿着很潮的帅哥蹲在地上啃红薯的样子有点儿滑稽。

"你管你四哥要的那瓶。"宋三方车多，今天换车开才想起那瓶被他放在车上的催情香。

谷易欢对着滚烫的红薯吹气，吹几下，吃一口："我哪儿知道哪儿去了？我又不用。"

香水哪儿去了？被某人装在啤酒袋里拎关思行家里去了。

汤圆店。小汤圆上来了。谢商碰了碰碗的外壁："有一点儿烫，小心手。"他把用水洗过的陶瓷汤匙递给温长龄。

她接过去。

"谢商。"

谢商看着她，听她说话。天气很冷，刚出锅的汤圆冒着热气，热气轻飘飘地挡在两个人的视线之间。

"你都不会对我失望吗？我这样对你。"

"不失望。"谢商在温长龄的眼里看到自厌的情绪，"分手了还纠缠不清的是我，你本来就有拒绝的权利。长龄，不要质疑你自己。"

温长龄其实不爱自己。她会拿自己当筹码去报仇，会给自己种钩吻，就算在日有所思香里看到了谢商也不会成全自己，怨自己害死了阿拿——她不爱自己。这个世上，最爱温长龄的人是谢商。

汤圆是芝麻馅的，店主用料很足，汤圆是温长龄喜欢的甜度。店里开着空调，不用担心汤圆会冷掉，所以她吃得很慢。

MASK 音乐会开始不久，那边正热闹，这边也就没什么人。店主开门拿东西的工夫，一只流浪猫溜了进来，店主也没赶它，由着它蹭空调。温长龄用一碗小汤圆，也蹭了半个小时的空调。

从汤圆店出来，迎面的风吹得温长龄立马把脸躲进围巾里，室外的温度接近零摄氏度。

谢商问她："还玩吗？"

"不玩了。"

"我送你回去。"

她犹豫了几秒钟："嗯。"

温长龄想快点儿回家,也想谢商快点儿回家。今年或许真的会有百年不遇的大雪,今年北城的冬天比往年的要冷。上了车,温长龄先给蒋尤尤和佳慧发消息,告知她们自己要先回去。

谢商调好空调的温度,把自己的外套盖在她的身上。

"还冷不冷?"

她在回复佳慧的消息:"不冷。"车子开动了,速度很慢。

温长龄生理期不会痛,但是会犯困、会乏、会懒。她睡了一路,谢商把车子停在了当铺门口,刚停稳她就醒了,但是没有动。她不想动,缩了缩身体,往盖在身上的大衣里面躲。

"很不舒服吗?"

她没有力气似的:"没有。"她蔫巴巴的,整个人看上去好丧好丧。谢商解开自己的安全带,手撑在扶手箱上,靠近去解她的安全带。

温长龄闻到了栀子花的味道:是蜂香楠木吗?

"谢商。"

"嗯。"谢商抬头,车顶的灯光稍微虚化了他的轮廓。他的五官不算特别立体,越虚化越好看。他的唇峰明显,唇色天生就红。

温长龄想起了佳慧曾经说过的话。那时候谢商和她还"不熟",佳慧称他为"谷家那个极品"。佳慧开玩笑说:"谷家那个极品看起来很好亲又很难亲的样子。"

"咔嗒"一声,安全带的卡扣被解开,几乎同时,温长龄拉着谢商的领带吻上去,完全由她主动。所以,这个吻一开始就是深吻。温长龄没有耐心过渡,生理期使她更容易烦躁,她更想要粗暴的、激烈的、带着侵略和攻占性质的亲吻。谢商对她的喜好已经了如指掌,知道她想要什么,于是顺从地让出主动权,仰头,吞咽,急促地呼吸,接受一切她给的。

她有时候很任性,比如现在,仗着生理期,给自己找好了借口,就开始对谢商做一些越界的事。她咬破了谢商的舌尖。

"疼吗?"

"不疼。"

领带被她弄乱了,谢商一身正装,满眼的欲望。

"你的耳朵好红。"两个人的气息缠在一起,唇轻轻地贴着,她伸手去摸谢商的耳朵,"冻的吗?"

"不是。"

想拿回主动权,他克制着。

谢商:"手还冷吗?"

冬天的时候,温长龄的手脚总是很凉,很难焐暖。

"冷。"

谢商抓着她的手放进自己的衣服里,她的手本来只是放在他的腰上。但温小姐这个人，有时候挺恶劣的。她用冷得像冰一样的手去碰谢商发烫的身体，单方面地、带着折磨性质地碰他。

"谢商，我很恶劣，你要对我失望。"

谢商不语，低头，亲吻温小姐完全失聪的右耳。亲吻结束是因为花花的叫声，朱婆婆给温长龄留了门，花花站在门口，朝着谢商的车子叫唤。

温长龄先抽身，推开谢商，开门下车。

"慢走，谢律师。"

谢商没走，看着温长龄进屋后，在车里坐着。以前年少轻狂时，他也去过一些风月场所，看别人玩。那时候他不懂，怎么会有人玩得那么脏？

刚刚他有点儿懂了：这才叫恶劣。

次日，没出太阳，气温依旧很低。一大早，周经理就在忙活，阵仗闹得像搬家。两个工人在他的指挥下，把黑色的真皮沙发从电梯里搬进办公室。过道里有人。

周经理挥手："都让让。"沙发好不容易被搬进来了。周经理打开一直空着的那间独立办公室的房门："放那里面。"

沈工问了一句："经理，谁要调来我们办公室吗？"

"是小温。"

沈工疑惑，公司只有经理及以上级别的人才配有独立办公室。

"以后不能叫'小温'了。"周经理拍拍手，示意大家看过来："正好，我给大家重新介绍一下——"

周经理的话被王军打断了："周经理，我有件事想跟你反映。"

"有什么事等会儿再说。"现在小温的事是重中之重。

王军没有作罢，直接当众说出来："我们组技术泄密是温长龄做的。"

所有人都停下了手头的工作。

"王军！"周经理提前知道了一些风声，是为他好，小声提醒他，"还想在公司干就别乱说话。"

王军却铁了心要"揭穿"温长龄："我有证据。"

他打开电脑，点开老叶发给他的东西。

"这是温长龄草稿箱里删除过的邮件。只要她编辑过，就算不发送，IT部门也可以用内部软件恢复。"

王军把电脑屏幕转过来，让大家都看到。

"3日晚上，温长龄的草稿箱里有一封未发送出去的邮件，收件方是中硕通信的高管。"

周经理不明白王军这是闹哪出：怎么就非要去揪小温的辫子，这不是给老虎拔毛吗？

"这都是你的猜测。"

王军得理不饶人："中硕通信发布的视频经理你也看了吧？如果不是源代码泄露，重合度不会那么高。"

周经理平时是个八面玲珑谁都不得罪的人，这会儿也拉下了脸："那个项目温长龄都没有参与过。"

"你不是给她开过内部工程师的权限吗？"

就在王军像个愤青一样咄咄逼人时，他的电脑里弹出了新邮件提醒。

邮件是人事部的人发的。周经理很会做人，与多位高管是饭友，知道一些内部消息，已经猜到了这封邮件的内容："你先看邮件吧。"

王军点开邮件。人事部用双语发的任命邮件，抄送给了所有人。

"为实现集团全面智能化的战略目标，集团决定任命温长龄（Ling）女士为华旗技术首席技术官（CTO），同时担任技术与研发项目组高级总监，负责集团的网络技术、云服务、AI技术、芯片技术等开发工作，向集团首席执行官（CEO）陈秋禅先生汇报工作。"

邮件里还附了一张温长龄的证件照。证件照里，她佩戴着Tipcoo集团的工卡，工卡上面写着："首席技术官，Ling。"

这封邮件还抄送给了Tipcoo集团轮值董事长以及雅调集团的首席执行官。

Tipcoo集团那位最年轻的CTO，业内无人不晓。人工智能家电在医学领域应用的研究，Tipcoo集团领先于国内，但就在去年，Tipcoo集团的首席技术官Ling公开了自己的研发进度和源代码。

她认为医学无国界，丝毫不在意别人窃取她的成果。智能家电获取生命体征，再连接医院的数据库，从身体检测到智能急救，甚至各个医疗方案的整合，这些都需要强大的技术和海量的数据支持。目前国内相关方面的研究进度止步不前，最主要的原因是医院那边的数据库还做不到共享。

要做到医疗全面智能化还有很长的路要走，不过夸张点儿说，国内关于这一块的研究，大多是以Ling的成果为基础的。现在你说她泄密？她有那个必要这么做吗？

王军的手心都捏出了汗："她怎么可能是Ling？"她一个靠后台混进技术部的"空降兵"，怎么可能是业界大名鼎鼎的Ling？

周经理说："Tipcoo集团发了调任书，在官网，你自己去看。"

Tipcoo集团舍不得放Ling走，所以写的不是离职，是调任。说温长龄是调任也勉强说得过去，毕竟Tipcoo集团是华旗技术的大股东。

9点，董事会议开始。华旗技术的创始合伙人拥有董事会成员的提名权。温长龄坐在右边第一排，所有人都在看她，陈秋禅这样介绍她："这位是新的董事会成员。"

陈秋禅和温长龄做了一个交易——

她来华旗就职，带领华旗的技术研发部，他接受她上次的提议。当然，他这么做也有贺冬洲的原因，贺冬洲那个家伙，轻易不能得罪。

"各位上午好。"温长龄没有起身，坐着，羽绒服被她脱下来搭在椅背上，挑染的银白的头发落在黑色的毛衣上，颜色很素，却有种说不来的高级感，她简简单单自我介绍了一句，"我是温长龄。"

陈秋禅亲自提名的成员，没有哪位合伙人会反对。而且温长龄的履历够硬，Tipcoo集团都舍不得放人，这送上门的人才，华旗技术没有不欢迎的道理。

大家纷纷鼓掌。陈秋禅看了看温长龄："说两句吧。"

那她就说两句，一句私事，一句公事："我不是秦齐的私生女，都是谣传。"她不过多解释，"和东方汽车合作研发的项目，后面由我来负责。"

她看向对面的云易。

云易点头。

"不耽误大家的时间，开始下一个议题吧。"还是轻轻柔柔的声音，温长龄却跟变了个人似的。这位新任的技术官虽然寡言少语，但气场很强。

主持会议的秘书继续下面的议题："下面开始CEO投票推选。"

会议结束。温长龄最后一个出来，孟多蓝在门口，应该是在等她。

"以后是不是要叫你'温总'？"

"随你。"

孟多蓝笑着说："恭喜。"

温长龄没听出来喜："谢谢。"

孟多蓝先走，转身后，脸上的笑迅速消失。她觉得吧，上天太偏爱温长龄了，偏爱得让人忌妒。

监察会的人带走了王军，与温长龄在电梯里碰到了。

王军一路沉默，直到电梯门开。

"你这样的大人物，何必跟我们这种糊口过日子的人争？"这话说得好像是温长龄恃强凌弱。

"周经理上个月跟齐总提过你晋升的事，如果你沉得住气，正式文件这个月就能下来。"她平静而清醒地纠正，"别再给自己找借口，没人跟你争，你犯了错就是犯了错，和他人无关，是你自己的问题。品行和能力你只要具备一样，都不会是这个结果。"

王军听完面如死灰。温长龄草稿箱里没发出去的那封邮件是他编辑的。3日那天晚上，温长龄在公司，他也在。中途温长龄出去过一趟，他动了她的电脑。他泄密是因为房贷，很俗套、很现实的原因。

3日那天晚上，温长龄钓到了一条"鱼"。秦齐和严高翔交好，交好到严高翔不惜犯罪都要为他做假证，温长龄不觉得这位首席财务官仅仅是凭义气行事，怀疑他有什么"难言之隐"。所以她查了一下严高翔的账户，明面上和暗地里的都查了，财产数量惊人。

除了技术和研发人员的电脑，华旗高管的电脑也都做过加密，而且只能使用内网。严高翔的表弟是IT部的高级总监，有这个"定海神针"在，严高翔要在账面上做手脚很容易。

果然让她发现了"好东西"。托那位 IT 总监表弟的福，严高翔消息很灵通，电脑被控制不到 10 分钟，他就打电话给温长龄："你对我的电脑做了什么？"

"把你粉碎的东西还原了一份。"

王军就是在温长龄出去接电话的工夫里碰了她的电脑。

电话里严高翔急得口不择言："谁指使你做的？秦齐吗？是他让你来找证据的？"

秦齐果然知道。这就说得通了，两个人互有把柄才会狼狈为奸。

"我算了算，金额很大，应该够你蹲个几年。"这比做假证蹲得久。

严高翔也是聪明人，又是会计出身，擅长计算利弊："温小姐，还请你高抬贵手，如果有什么我能为你做的，你尽管吩咐。"

女孩子的声音清脆温和："我有一个建议，要不要听一下？"

就这样，严高翔背叛了秦齐，承认自己多次为秦齐伪造不在场证明。

周经理这个人，是一条滑不溜丢的鱼。"温总，"周经理手一挥，展示他精心布置的办公室，"您看还满意吗？要是不满意我再换。"

他想着上司年纪小，还特地把转椅换成了粉色。

"不用换了。"温长龄不太习惯这个新称呼，"还是叫我'小温'吧。"

周经理改口很快："好的，小温总。"

温长龄："……"温长龄把戴秋调到了技术部，工作性质不变，还是做文秘。CEO 票选结果已经出来了，但离陈秋禅退休还有些日子，公司暂时没有对外公布接班人选。

华旗技术高层换血，秦齐被捕，严高翔因为做假证主动辞去了职位。

Tipcoo 集团首席技术官加入华旗的消息上了财经新闻。同一天，KE 律所的负责人谢良姜被实名举报涉嫌行贿，停职接受调查的消息也上了新闻。

举报人：孟文霆，KE 律所的高级合伙人，也是管理委员会的成员。

司法部门的人已经来了。

"主任。"助理宋金神色略显慌张。

谢良姜倒是不慌不忙："不用大惊小怪。"他对司法部门的人点头致意，随后起身，很从容，交代宋金，"我手上的案子交给孙律师，下周的合伙人大会照常。"

"那谁来主持？"

离合伙人大会还有 6 天，时间够了。

谢良姜说："我来主持。"

谢良姜被司法部门的人员带走的时候，一众律师都看到了。经过孟文霆旁边时，谢良姜特地给他的这位老友留了句话：

"老孟，与虎谋皮，你做好心理准备了吗？"

孟文霆心里"咯噔"了一下。

那只虎……

谢良姜往谢商办公室的方向看了一眼。

当天下午,谢景先就把谢商叫到了花间堂。

"你父亲的事,是不是你做的?"

谢商面不改色地承认了:"是。"

谢景先把拐杖重重地踱在地上:"你真要把他送进去?"

"他罪有应得。"

"你……"

拐杖举起来了,没打下去,谢景先感到痛心,一个是他的儿子,一个是他的孙子,血脉相连的两个人怎么就闹到了这种地步?

他寄予厚望的孙子,他已经看不懂了,也管不了了。

他摆摆手,无力地瘫坐下来:"你走吧。"

谢商把桌上的沉香点着,然后才出去。那是他带过来的香,有平喘息风、安神清心的效用。

谢继文正在客厅。

"小商,"他留谢商吃饭,"吃了晚饭再走吧。"

"不了。"

谢继文也不勉强,把谢商送到了门口。四下无人,谢继文说:"小商,别忘了你的承诺。"

谢商承诺了谢继文,让他坐上那把椅子。谢继文在家中排行第二。好像所有的老二都是如此,没有存在感,上面有野心勃勃的兄长,下面有独得父亲偏爱的弟弟,中间的他,什么也不是。

"二叔。"准备回屋的谢继文回头。

谢商一直有一个猜想:"小叔的死因,你是不是一开始就猜到了?"

就是从那时候开始,谢继文业务能力越来越差,在律所慢慢被边缘化。

他笑了笑,表情憨憨的:"没有证据的事,我也不能乱说。"

尺布斗粟,阋墙之争,这就是谢家,谢商讨厌的谢家。趁着夕阳还没落,谢商开车去了荷塘街。温长龄已经搬回朱婆婆那里了,今天这样的日子,他很想见见她。朱婆婆买菜去了,院门开着。院子里放了把摇椅,温长龄裹着毯子躺在上面。

谢商走近之后,发现她闭着眼睛,夕阳在她的脸上铺了一层柔柔的光,她的脸上细小的绒毛他都看得清。谢商没有出声打扰她,去房里拿来她的厚外套,盖在她的身上。

"喵。"花花讨好地去扒谢商的鞋,他做了个嘘声的动作,它好似懂了,安静下来。

这几天天太冷了,钩吻开的花都掉了。谢商走到钩吻旁。温长龄说这株钩吻是从温沅和阿拿的坟墓旁移栽过来的,她还在这地里埋了酒,说等大仇得报就把酒挖出来喝了。

谢商在摇椅旁站了许久。

长龄,再等等我。很快,你就能得偿所愿了。

…………

谢商离开后,温长龄睁开了眼睛。

众叛亲离,恶有恶报——这是她当初向谢商要的当金。

第二十五章
为她翻天覆地，为她众叛亲离

  谢良姜被举报行贿，这件事 KE 律所没有做公关，消息传得沸沸扬扬。相关部门很重视，专门立案调查，但查着查着，发现不对劲，经过抽丝剥茧之后，最终的证据指向了另一个人——最初的举报者，孟文霆。

  事情反转得让众人始料未及，但细想也合理：谢良姜管理 KE 律所多年，KE 在他的手里越做越大，他作为律师，专业能力毋庸置疑；作为管理人，他运筹帷幄、滴水不漏，不少合伙人是他提拔上来的，要拉他下台，哪儿是那么容易的事？

  司法部门的人来"请"人了。

  孟文霆挣脱要带走他的人，冲到谢商面前。

  "你要我！"

  谢商坐在电脑前，不疾不徐地把手头的案件文档放置好，然后抬头，平静地看着孟文霆。

  孟文霆脸色阴沉："你们父子联起手来搞我？"

  对面的谢商仍然坐着，镇定而理智："我没有和他联手。"解释完了，他看着愤怒得红了眼的孟文霆，淡淡地询问，"谢良姜诬陷你了吗？"

  他手里握着刻有他表字的钢笔，银白色的金属笔帽落在白纸上，偶尔轻点白纸："违法乱纪的事你做没做过？"

  孟文霆一时间哑口无言。他们俩不是合作吗？谢商为什么这么一副事不关己的模样？运筹帷幄，仿佛一切都在他的算计之中。

  谢商的身体稍稍往后靠，坐姿松弛而优雅，神色从容不迫："孟律师，我没有食言，是你失去了资格。"

  孟文霆突然想起了谢良姜的警告——与虎谋皮。他低估了谢商，也低估了谢良姜。

谢家这两父子，各有算计，都吃人不吐骨头。

司法部门的人赶来，将孟文霆带走了。KE律所内乱，两位管理委员会成员相互检举，业内都等着看，是谢良姜被拉下水，还是孟文霆偷鸡不成蚀把米。

周三，合伙人大会。宋金8点就到了司法局。8点26分，谢良姜从司法局的大门出来。

宋金上前："主任。"

谢良姜身上还穿着几日前的那套西装，衣摆处有些许褶皱："谢商那边有没有什么动静？"

"暂时没有。"

宋金拉开车门，等谢良姜上了车，他再关上车门，坐到主驾驶座上："回律所吗？"

"先去趟花间堂。"

谢良姜回了花间堂谢家，没什么特别的事，只是洗漱、换衣。他新换的服饰，从袖扣到胸针，无一不是定制，极其讲究。

KE律所的合伙人大会两个月召开一次，如果有重大事件，律所主任也可以临时召开，国内各分所的负责人都会来总部参加会议，国外分所的负责人则是用视频连线参加。10点整，谢良姜衣着整齐地出现在律所顶层。

谢商不是合伙人，不需要参加会议。他在顶层大厅的落地窗前。KE律所财大气粗，坐落在最繁华的商圈，顶层大厅开阔、大气，从这里俯瞰，能看到北城大桥和明珠丽江，有最佳的观景视角，整个世界仿佛都匍匐于脚下。怪不得谢良姜执着于顶层这个位置。

谢良姜走过去。谢商转过身来，目光毫无波澜。

"你好像一点儿都不意外。"

他是不意外。谢商就没考虑过孟文霆把谢良姜拉下来的可能，从孟文霆有动作开始，谢良姜就做好了反击准备。

"孟文霆在我手底下这么多年都翻不出风浪，你选他就是个错误。谢商，我很认同你的野心，不过……"

谢商对付他，他并不感到愤怒。他的儿子，注定不会平庸，不会甘于现状，要有野心、有魄力。

他用胜利者的姿态和口吻教育谢商："你要学的还有很多。"

他转头走向会议室的大门，整理好西装，双手推开门。300平方米的会议室里坐满了人，右侧首位原本是他的位子，现在，一个让他很意外的人坐在了那里。

"大哥，你回来了。"

"你怎么在这儿？"

谢继文憨笑："我来申请成为高级合伙人。"

谢景先有三子一女，三个儿子当中，谢良姜综合实力最强，综合实力是指专业能力和管理能力。谢清泽谦逊正直，最得人心。谢继文从小到大都是最平庸的那一个，早年给谢良姜打下手，后来频频结婚、离婚，业务能力越来越差，慢慢地，案子也不怎么接了，算是荒疏了。

现在他说他要申请成为高级合伙人。

谢良姜语气轻蔑："你？"

谢继文表情很老实，满脸堆笑："对，我。"

"你的创收……"

谢良姜说到一半突然停下，想起了上个月谢商参与过几个高创收的案子。

谢继文帮他把话说完："我的创收够了。"

那些案子，有的谢继文也在团队里挂了名。在 KE 律所，要成为高级合伙人，除了执业年限和 3 年内未受过停止执业以上的行政处罚的要求，还有年创收要求。

谢继文起身，主动让出座位："大哥，你来了正好，你来主持会议吧。"

会议室里有不少谢良姜不怎么熟悉的面孔，前不久汪、乔两位管理委员会成员被查出违规，委员会席位就空缺了两位，他们二人下面的团队成员也或多或少受到了影响。那一次，是律所第一次大换血。这次谢良姜和孟文霆被调查，是第二次换血。

谢良姜回头，看向大厅，谢商已经不在那儿了。KE 律所已经变了天。

大会结束，谢良姜打电话给谢商。

"你在哪儿？"

他说："我小叔房里。"

谢良姜回到谢家，直接去了谢清泽的房间。谢商正跪在遗像前，铜炉里点着香，有淡淡的烟，满屋的檀香味。

谢良姜把门摔上："你把谢继文推上去想干吗？想让他取代我？"

谢商目光不移，依旧看着他小叔的遗像："嗯。"

"就凭他？"谢良姜看不上也看不起谢继文，"我不点头，他管理委员会都进不去。"

KE 律所发展到现在已经变质了，授薪律师越来越多，管理模式太商业化，权力太集中，不像个律所，反而像个资本聚集地，该改了，该肃清了。

谢商心平气和地说："把你拉下来就可以了。"

没有了孟文霆和谢良姜，管理委员会成员一半都换了，那什么都好办了。谢良姜面上的从容终于被打破，他怒道："为什么要推谢继文上去？为什么不是你自己？我可以容忍你把我拉下来，但接管 KE 的只能是你，谢继文就是个废物，只会毁了 KE。"

谢商神情自若，就好像 KE 的存亡对他来说无关紧要。

谢良姜心里有警钟敲响："谢商，你到底要干什么？"

谢商看着遗像问："你看着小叔的遗像会不会害怕？"

谢良姜脸色骤变，满脸惊愕："你在说什么？"

谢商从蒲团上起身，面向谢良姜，想看看他有没有一丝悔过之意："你杀了他，还能心安理得地住在这里。"

谢良姜只是短暂地惊诧了一下，神色就恢复如初："谁跟你说的？温长龄吗？她说是我杀的？"

他的脸上没有一丝悔恨。从进门到现在，他一眼都不曾看过遗像。只有遗像的房间空荡荡的，谢商的话轻轻落地："是你把小叔推下去的。"

"她骗你。"

谢商重复："是你杀的。"即便不为了温长龄，这笔人命账，他也要算清。父子二人最像的是眼睛，四目相对，不见刀光，只有互不相让的气场在短暂的寂静里无声地碰撞。

谢良姜目光如炬："你就这么信她？"

"不然呢？信你吗？"谢商喊了一声"父亲"，他已经很久没有这样称呼过谢良姜，"你知道我为什么不想当律师吗？"

他学法律只是为了堵家里人的嘴，留学一回来就接手了如意当铺。外人都说他是天生反骨不服管、离经叛道；说他生在了法学世家，却骨头不正，孺子不可教，是风雅竹林里的歹笋。

"我8岁的时候，你给我看《刑法》，转头你就告诉你的委托人，只要证人没了就可以了。你以为谢家为什么会出歹笋？"谢商的神色平静得就好像已经麻木了，"因为我是你的种。"

谢良姜脸上血色全无，眼镜都遮不住他眼底的慌乱。他说不出话。谢清泽的死他能理直气壮地诡辩，是因为他觉得不痛不痒，谢清泽是他的竞争对手，是从小压在他身上的一座山，但谢商是他寄予厚望的接班人，是他接连失去两个孩子之后盼来的独子。

"季甫。"

谢良姜很少叫谢商的表字，总是直呼姓名，是因为他觉得男孩子要严厉教养；他更不会叫谢商的小名，怕娇惯谢商。谢商也从小不和谢良姜亲近，最亲近的是他的小叔。

谢商没答应，转过身去，不再开口。寂静没有持续很久，铜炉里的香烧完之际，门被从外面推开，接着一群人进来。

"谢良姜先生。"

是司法部门的人，还有警察。

"啸林钢铁一案，你涉嫌故意提供虚假证明文件，妨碍证人做证以及职务侵占，请你跟我们走一趟。"

啸林钢铁案，是谢良姜一战成名的案子。

谢良姜被带走了。谢商抄完了一整本经书，才从谢清泽的房间出来，去见谢景先。谢景先这几天都卧病在床，合伙人大会也没有参加。

谢商进来。

谢景先问他："你现在满意了？"

他沉默。谢景先只是叹气，什么都没再说。

KE律所管理层里有派系，孟文霆和谢良姜相继"进去"，他们的左膀右臂要么被调查，要么变成"尸体"——装死。

管理委员会一次少了两个人，谢继文理所当然地被推选为临时主任。谢继文是个大义灭亲的，啸林钢铁的案子就是他提供的证据。当年他还在给谢良姜打下手，这个案子涉及信托和继承，谢良姜用外资企业的壳，狸猫换太子，给啸林钢铁换了芯，吞下了一大块蛋糕。

就在谢良姜被孟文霆缠住的时候，谢继文找到了当年的证人范子彦，还检举谢良姜是多家上市公司的幕后控股人。有人说，谢继文装疯卖傻，卧薪尝胆；也有人说，谢继文有样学样，捏造证据。

事实如何，自有法官去评判。除了谢良姜本人，KE律所也存在多处违反《律师法》的行为，多位委托人实名举报KE律所的收费乱象：不合法收购小型律所，高层有资本渗入，搞垄断。

KE律所一夜之间成了全国民众口诛笔伐的对象。律所被调查，本部和所有分所全部停业整顿。

还有人传，这一切都是谢家四公子搞出来的事情，说他大逆不道，狠起来连自家人都搞。

谢景先狠狠一巴掌打下去。谢商嘴角见血。

谢景先是第一次动手打他："你还清醒吗？知道自己在做什么吗？你不是说你只是要肃清律所内部的蛀虫吗？你现在在做什么？你要你父亲下半辈子都在监狱里过吗？"

谢良姜的罪名一样加一样，谢商这是下了狠手。谢商擦掉嘴角的血，笔直地站着，不低头，对自己的所作所为不做任何辩解："他那样的人，不适合当律师。"

谢景先气得发抖："他不适合谁适合？你吗？"

"我更不适合。"虽然谢商很不想承认，但事实是，他有谢良姜的基因，为达目的，毫无底线。

谢景先呼吸加重，扶着桌子喘着气怒道："你还要赔上KE！"

"KE已经烂了。"要整顿，要釜底抽薪。

"烂了可以改。我这么信任你，配合你的计划，帮你把你二叔推上主任的位子，不是为了让你把KE毁了。"

KE律所是谢景先和他的两个堂兄弟大半辈子的心血，整个谢家的存亡都跟KE律所息息相关。

谢商把药瓶放在桌子上，跪下来："对不起，爷爷，有件事必须告诉您。"他这样做，不只是为了温长龄，也是为了谢清泽。她的弟弟，他最敬重的小叔，两条人命，血债不能不还。

谢商说："小叔失足当天，谢良姜也在风镇。他帮助那4个罪犯除掉温招阳是为了杀人灭口，他以为温招阳看到了他的恶行。"

"什么恶行？"

"小叔是被他推下山崖的。"

谢景先难以置信，红着眼摇头，"喃喃"道："不可能。"

不可能，他谢家不可能养出这样的恶魔。

"谁能证明？"

"当年是二叔帮他隐瞒了行程。"这件事谢商已经查证过了。

安静立在一旁的谢继文也"扑通"一声跪下："爸，大哥当时确实在风镇，当时我也不知道他为什么让我帮他隐瞒行踪。"谢继文面露悔恨之色，"是我太懦弱，不敢违背大哥的意思。"

他可不懦弱，要是懦弱，就不会被谢商选为帮手，他聪明得很！谢景先都不知道他养出了这么一群妖魔鬼怪，父不父、子不子，兄弟相残，同室操戈。谢景先握着拐杖的手颤抖不已："我怎么能信你们？你们一个被女人迷了眼，一心要毁了自己的父亲；一个被权力迷了眼，一心要当律所主任。你们说的话我不信，我不信，我不……"

一句话没说完，谢景先仰头，脸发白，整个人往后倒。

"爸！"

谢继文立马扶住了他。

"爷爷。"谢商倒了药递过去。

谢景先重重地推开他的手，吼道："我不信，我一句都不信！滚，你给我滚！"

白色的药丸掉在地上，瓶子滚到了谢商的脚边。

"谢季甫，你给我滚出谢家！"谢景先痛心至极，这是自己最疼爱的孙子，他却亲手把谢家搅得天翻地覆。谢景先红着眼，目光决绝："从今往后，我没你这个孙子。"

谢商把药捡起来，重新倒好一粒，放在桌上。

"爷爷，请您保重身体。"他转身离开。从今往后，再没有谢家四公子。

玟姨从屋里追出来，抹了抹泪，不舍地问："四哥儿，以后不回来了吗？"

谢商摇头："不知道。"他走了几步，回头，看着谢家园林。这儿是他长大的地方，在这里，祖母教他古筝，小叔教他骑马，爷爷和谢良姜教他法律，他留恋吗？

他不知道，总之是不好受的，为他爷爷感到可悲，有这样的儿子，有这样的孙子。他什么都没带走，停在谢家车库里的那辆车也没有开走。他去了荷塘街，到的时候夕阳已经西下了。

温长龄在院子里拔萝卜。天气很冷，寒冬已至，冬吃萝卜夏吃姜。

"温长龄。"

温长龄回头，满手的土。谢商站在她身后，眼底没有大获全胜的喜悦，有的只是可悲又无奈的凄凉："我被我爷爷赶出来了，现在不算是谢家的人。"他问她，"我现在有资格吗？"

当初分手时，温长龄说，他是谢良姜的儿子，没有资格。

温长龄拿着铲子在挖土，没有正面回答谢商的问题："你小叔的事，你告诉你爷爷了吗？"

"嗯。"

谢清泽真正的死因，谢景先作为父亲有知情权。

"他相不相信？"

谢商说："他需要时间。"谢景先需要时间去查证谢继文的话，也需要时间接受。

"他身体还好吧？"

以前最恨的时候，温长龄恨过谢家每一个人。但现在……算了，他们都是谢商的亲人。冤有头，债有主，谢良姜恶有恶报就够了。

"来的路上我跟医生通了电话。"谢商说，"目前情况还算稳定，需要静养。"

在向谢景先坦白之前，谢商提前准备好了药，也提前叫了医生。

"律所呢？你还管吗？"

他如实答："要管，那是我爷爷的心血。"他要把烂的部分全部挖掉，要肃清所有渗入的资本，要重新制定规则。温长龄放下铲子，掸掉手上的土，走到谢商面前，看着他的眼睛，轻轻问他："谢商，你难过吗？"

"他罪有应得。"谢商的眼波很平静，但温长龄还是看到了波澜，看到了他克制、压抑着的悲哀。

虽然谢清泽的仇报了，虽然答应她的都做到了，虽然是恶有恶报，虽然……有很多虽然，但是，那是谢商的父亲。所以即便大仇得报，温长龄也不觉得痛快，只是很难过，为好多人难过，为谢清泽，为阿拿，为温沅，为谢商。

她问他："你难过吗？"

"长龄。"谢商只是叫她，然后什么都没说。

温长龄把铲子拿过来给他："你来帮我挖酒吧。"她让开，指着钩吻根系附近，"这下面埋了一坛酒，我去拿纸牌，我们来玩游戏。"

她说完，去房间拿东西。她的兴致来得很突然，谢商照着她的话把酒挖了出来。酒坛子很大，能装好几斤酒，里面是糯米酒，一开盖，醇香扑鼻。温长龄很会酿酒，米酒、果酒她都会酿。她拿来两个杯子，还有一副看上去很新的纸牌。

将毯子铺在旧竹床上，她和谢商一人坐一头。

"之前玩过的，赌酒游戏，还记得吗？"

"嗯。"

谢商不知道温长龄想玩什么，但都随她。

"今天规则不一样，点数大的可以让点数小的做一件事，如果拒绝，就要喝酒，差多少点喝多少杯。"

"什么事都可以吗？"

温长龄补充了规则："不违背道德，仅今日有效。"就今日啊。

谢商给自己倒满一杯酒："好。"

酒杯很大，一杯能装好几两。温长龄的酒量很好，谢商已经做好了喝醉的打算，反正他每次都玩不过她。

　　"牌已经打乱了。"她没有重新洗牌，用手把一整副牌铺开，"你先抽。"

　　谢商随手抽了一张，翻开：9。温长龄抽到了3。

　　第一局，她输了。

　　她没给自己倒酒，一只脚搭在另一只脚上，卡通棉拖鞋跟着晃晃悠悠，她的表情很轻松，输得起的样子："想让我做什么？"

　　谢商说："离我近一点儿。"

　　"嗯？"就这个？

　　"你坐过来一点儿。"

　　温长龄是愿赌服输的人，脱掉拖鞋，坐到谢商的旁边。今天的气温上升了一些，但太阳已经落山了，还是冷。谢商把毯子对折，一半垫着，一半盖在温长龄的腿上。

　　第二局。

　　"还是你先抽。"

　　谢商抽到了5。温长龄挑了最左边的一张牌，翻过来：4。

　　她又输了。她嫌冷，把手放在毯子里面，没有拿出来，抬头看谢商，示意他提要求。

　　"你不喝吗？"

　　温长龄摇头。她今天不想喝酒，虽然这酒是为了庆祝大仇得报才埋的，但她此刻没有丝毫酒兴。谢商的要求也很简单："和我一起吃晚饭。"

　　"好。"

　　第三局，温长龄先抽，抽了最小的点数1。谢商抽到了7。她似乎打定了主意不沾酒，放在毯子里取暖的手不曾拿出来。

　　"回答我刚才的问题。"天色昏暗，院子里没有开灯，月亮还没出来，只有谢商的眼睛是亮的，仿佛整个星河微缩在里面，"我现在有资格吗？"

　　温长龄没有犹豫地点了头。没资格的是她自己。

　　不违背道德，仅今日有效。现在是北城时间5点38分，离明天还有很长时间，如果谢商狡诈一点儿，恶劣一点儿，可以提的要求其实有很多。她其实是在豪赌。

　　第四局，谢商先抽，3。温长龄抽到了2。

　　她撇了撇嘴："我今天运气好背。"一坛糯米酒，贪杯的温小姐今天一杯都没喝，"还要我为你做什么？"

　　温小姐酒量好，玩赌酒游戏没有输过。

　　谢商第二局就看出来了，温小姐今天心软了，从她问他难不难过开始。他分不清楚是难过多一点儿，还是解脱多一点儿，但他很清楚，他现在很需要温长龄。

　　"长龄，你抱抱我。"

　　"你赢了，要听你的嘛。"

她一直嫌冷不肯拿出来的手掀开了毯子，抱住谢商。他好容易满足啊，她都背下整副被打乱的纸牌了，他却只要了一个拥抱。

她用力地抱紧他。

荷塘街街头情报小组又有新话题了。街上的蔬菜摊子前，女士们正在买菜。

"如意当铺的谢老板和朱婆婆家的小温房客又要谈了！"老板娘欢喜得就跟自家闺女谈上了似的。

街里街坊的都认识，凑一起这嘴巴就闲不住。

街坊李大婶："他们不是分手了吗？"

"年轻人分分合合很正常。"菜摊老板娘很笃定，"分手的时候，两个人不都搬走了吗？现在又都搬回来了，肯定是和好了。"

街坊赵姐："他们俩之前怎么就分手了？我看谢老板喜欢小温喜欢得不得了，之前谈的时候，他经常去路口接小温下班。"

李大婶在麻将桌上听说过一点儿消息："好像是谢老板家里人不同意。"

"我怎么听说是小温甩了谢老板？"隔壁卖电器的老板家儿媳是个国产电视剧迷，"会不会是谢家给了小温一大笔钱，让小温甩了谢老板？电视里不都这么演吗？"

李大婶边挑葱边说："应该没给钱吧，要是给了钱，小温哪儿还用租房？"

赵姐去朱婆婆那儿修东西见过小温几次："小温就是太老实了。"

"昨天小温来我店里吃早饭，我差点儿没认出来。"说话的是米粉店的老板娘，"以前怎么没发现小温长得这么俊俏？"

赵姐说："她之前那刘海跟眼镜太碍事了，还是现在好看。"

说到眼镜，菜摊老板娘又展开了新话题："我家莎莎近视都快 1000 度了，现在离了眼镜，走路跟摸瞎似的。"

"近视眼不是可以做手术吗？"

"那不好，我听人说有副作用。"

…………

张小明自从来如意当铺上班，就没加过几次班，今天老板留他加班。他在来如意当铺之前是催债的，再之前是个木工，因为他爸是个木工。

老板说，要在院墙上开个门，材料已经买好了。工具院子里就有，之前建茶室留的。张小明先在墙上画了个大致的形状，准备开钻定位。

"太大了。"

"不大啊。"张小明看了看他画的门，又看了看老板的身高，由于墙的高度有限，他已经把门缩到最小了，"再矮您就要蹲着过去了。"

谢商沉默了几秒，才说："这门是给猫开的。"

"给猫开的？我还以为是给您……"张小明立马打住，捂嘴，佯装咳嗽。

猫会爬墙。张小明觉得，比起猫，老板更需要个门。

"老板，"钱周周从前厅过来，"有人找你。"

来找谢商的是孟多蓝。KE律所正在停业整顿，谢商人不在律所，她打听了很久，才找到这里。

"孟小姐请坐。"

她坐下。

谢商倒完茶，等客人先开口。

"你能不能帮帮我爸？"

"怎么帮？"

孟多蓝答不上来。她一点儿办法都没有。

谢商语气平淡地陈述事实："他违法了。"

孟多蓝目光焦急地看着谢商："你肯定有办法。"

谢继文被推上主任的位置是谢商一手所为。他进KE不到两个月，就变更了整个管理层的构架。只要他肯，一定什么都能办到。

"要把违法的弄成不违法的，那过程肯定会违法。"

狸花猫听到了钻墙的声音，从院墙上一跃而下，跳到谢商的脚边，绕了两圈，趴下来。

他把猫咪抱到腿上，温柔地抚摸着它的头："我是遵纪守法的人。"

这是拒绝的意思。孟多蓝不甘心无功而返："谢商，就当我求你。"

猫爪子在谢商的衣服上按下了印子，他却不介意，眼神纵容。

"抱歉，你找其他人吧。"

她心急地说道："看在我喜欢过你的分儿上，你能不能——"

谢商很少打断别人的话："孟小姐，"他看向她，"你的喜欢对我没有任何价值。"

他看她的目光虽然礼貌，但很淡漠，那种淡，隔绝了所有个人情绪，她都比不上他抱着的那只猫。

"我爸不是你的帮手吗？"

他笑，眼里荡起浅浅淡淡的波澜，琥珀色的眼睛惑人得很，隔着薄薄的镜片从容地看人："谁跟你说他是我的帮手？"

不是帮手，那是什么？是借刀杀人的刀，还是声东击西的诱饵，抑或只是KE那盘棋中一颗他觉得碍事的棋子？

"这个你不能吃。"

谢商把猫咪伸出去扒拉茶点的爪子拿下桌。

他绅士，优雅，却也狠辣。孟多蓝彻底清醒了。她错了，太天真了，之前还妄图掌控这样的人。他这样的人，毫无慈悲心，温柔只给在乎的人，骨子里残忍至极。

他问那猫咪："温小姐下班了吗？"

温长龄下午五点半下班。这两天天气很冷，早上下了一会儿雨，路面结了冰，温长龄没有自己开车。司机师傅开着车载电台，一首歌结束，电台的主持人提醒听众朋友注意防寒保暖。

等红绿灯的时候，司机师傅擦了擦车窗上的水珠："这天真冷啊，要下雪了。"

天气预报也说元旦前后有雪。

"今年闰了一个二月，天冷得好早。"司机师傅回头问，"姑娘，你住翰林街是吧？"

"我住荷塘街。"

"那怎么在五里行大道下车？"

快到下车的地方了，温长龄把围巾戴好："巷子里不好掉头。"

荷塘街的路窄，宽度刚好容一来一去两辆车子通行，对向没有车还好，如果有车，很考验开车人的技术。

温长龄以前就遇到过，师傅在掉头的时候，剐蹭到了旁边的墙。

"也就多倒几把的事。"司机师傅对自己的倒车技术还是有把握的，不过，"应该不堵车吧？"

"有时候会堵。"

好吧，司机师傅放弃了开进去的打算。

"在五里行大道下车你还要走一段路，天太冷了，我开到你们街后面吧，那边路宽，多出来的路费就不收你钱了。"

温长龄道了谢。下车的时候，她还是付了多出来的路费。

晚饭过后，温长龄给陶姐家的小儿子爱民补了一个小时的课，回朱婆婆家的时候，碰到了出来收落地招牌的钱周周。

钱周周看到温长龄，十分惊讶："小温姐，你回来了？"

"嗯。"

现在已经7点多了，钱周周问得很奇怪，温长龄不解地看着她。

她很快解释道："大公司平常要加班吗？"

"我不加班。"

"那挺好的。"

钱周周把门口的落地招牌搬进去。

等到隔壁院门关上，钱周周打了个电话："老板，温小姐已经回来了。"

次日下午，下了一阵冰霰，傍晚的时候，路面都冻上了，天气太冷，街上的摊贩都早早收了摊。

朱婆婆在厨房喊温长龄："长龄，你去帮我买两个梨，要雪梨。"

"好。"

温长龄拿了手机出门。

陶姐的水果店里有客人，她正在忙，温长龄说完要什么之后就在旁边等。爱国、爱民在外面玩，俩小孩儿脸冻得通红。

陶姐叫俩小孩儿："快进来，外面冷。"

爱民兴奋地喊:"妈妈,下雪了!"

温长龄抬头看向外面。

下雪了。气象台说,今年元旦前后会有百年不遇的大雪。还有两天就到元旦,北城终于飘雪,这是这座城市今年的第一场雪。

水果店隔壁的隔壁是一家药店。

"呀,下雪了。"

听到熟悉的声音,温长龄看过去。谷易欢穿着一件荧光粉的羽绒服,整条街上他最显眼:"听说对着初雪许愿很灵。"

他旁边是穿藏青色外套的宋三方:"听谁说的?"

"你某任前女友。"

宋三方:"……"

他是有几任前女友加过谷易欢好友,为了查岗。

"那灵吗?"宋三方问。

"你那前女友下雪天发朋友圈想要个包,你第二天就送了。"

宋三方对此毫无印象:"我怎么不记得?"

谷易欢用"你在自取其辱"的眼神看着宋三方:"因为你渣。"

宋三方不认同,并且回了一个白眼。雪梨称好了,温长龄拎着袋子回家。

温长龄走在路上,后面有人叫她:"喂。"

温长龄没理会。

"温长龄。"

温长龄转过身去。唇红齿白荧光粉,谷易欢撞脸了某位在网上走红的大眼甜妹:"我四哥病了。"

温长龄面无表情。

"他发烧,38 摄氏度。"

温长龄依旧面无表情。

"昨天那么冷,他在路口等了你很久。"

她还是面无表情。

谷易欢看了一眼她的助听器,怀疑它坏了:"你听没听见?"

"听见了。"

温长龄的表情在说:所以呢?

所以:"你是铜墙铁壁钢筋混凝土做的吗?"这么硬!

谷易欢直接把药袋子塞给温长龄:"这是给他买的药,你要是不想送过去就丢了,让他烧死,让他咳死吧。"

他放完狠话就走人。

宋三方一脸蒙地追上去:"小欢,我们不吃火锅了?"

他是被谷易欢拉来吃火锅的。谢商病了,谷易欢说要以毒攻毒。

"长点儿心吧你。"谷易欢回头看了看，露出一脸深藏功与名的表情。

冰糖雪梨炖枇杷叶，清肺止咳的土方子。温长龄没问朱婆婆是做给谁的。

气象台的天气预报不准，雪很小，下了两个小时屋顶还没有一丝白色。温长龄盖着厚厚的被子，窝在被子里看手机，窝了很久，被子里面还是冷的。雪落没有声音，外面很安静，她好像听见了咳嗽声。一定是错觉，老院子再不隔音，声音也不可能传这么远。

她来回翻身，咳嗽声一阵一阵的，很烦人。她起来，穿好衣服，带上药，出了房门。

花花的门已经开好了，还没有刷漆。开门是朱婆婆应允的，说花花总是跳墙，不如给它开个门。张小明的手很巧，拱形门做得小巧精致。

院子里有梯子，温长龄爬梯子过去了。张小明还给花花做了个猫窝，放在谢商的院子里。它看了温长龄一眼，继续安详地睡觉。

温长龄敲门。

"是婆婆吗？您有事吗？"谢商的声音有重感冒后的鼻音，"您别进来了，免得被我传染。"

"是我。"

谢商在咳嗽。温长龄把装药的袋子放下："药放门口了。"她说，"不是我买的，是谷易欢买的，他硬塞给了我。"

她转身要走。门突然打开。

"你在躲我吗？"

"没有。"温长龄回头解释，"我没有做亏心事，为什么要躲你？"

这么冷的天，谢商只穿了一件很薄的上衣，因为频繁咳嗽，他的眼睛有点儿红、有点儿湿，皮肤和唇都很白。

温长龄想到了一个词：病弱美。

"那就好。"

他转头，咳嗽。温长龄把药袋子捡起来，递过去："把药吃了。你一直咳，吵得我睡不着觉。"

"你听得到？"

"嗯。"

谢商接过药："抱歉。"

两个人的指尖碰到，他的身体很热。温长龄本能地把手背到后面："早点儿睡。"

药送到了，作为邻居的本分已经尽到了，温长龄把外套的帽子戴上，没走几步，又停下来。

她回头："今天下雪了。"

"嗯？"隔着纷纷扬扬的雪，谢商目光专注地看着她。

"有一个很不靠谱的人说，对着初雪许愿很灵。"

谢商笑:"那我能许一个愿望吗?"

温长龄眨了一下眼,睫毛上的雪落下,她当场拒绝:"不能。"她也不知道她为什么要说许愿的事。

谢商话只听一半,知道温小姐今晚比较好说话:"希望你把我从黑名单里放出来。"

愿望说大了,温小姐不会应允,所以他说了个小的。

"说了不能。"

谢商又咳嗽,他上衣的衣领不高,露出的锁骨因为他咳嗽的动作而凸显。

温长龄听得好烦躁,上前把药拿过来,用缺乏耐心的口吻命令道:"回去躺着。"

她掸掸身上的雪,往屋里走。

谢商拉住她:"别进去。"他的一双眼睛因病微红,"会传染。"

谢商没用力,温长龄手一挣就挣脱了:"不会,我是铜墙铁壁钢筋混凝土做的。"

她把药放在桌子上,拿杯子去倒水。谢商没关门,把口罩戴上,坐回了床上。温小姐不是钢筋混凝土做的,很容易心软。

温长龄仔细看完药的说明书,把正确药量的3种药装在药盖子里,递给谢商。

"你干吗要去路口等我?"

谢商把药吞下去:"你是真不知道吗?"相比迂回拉扯,谢商更喜欢直白明确,"长龄,我在追求你。"

傅小姐的原话是:"她对她真正在乎的人很容易心软。"

在她沉默不语的时候,谢商一直看着她的眼睛,目光温柔之中还有一丝强势,不容许她后退躲避。

"你来给我送药,是因为在乎我,对吗?"

温小姐渣得理直气壮:"在乎啊,我超级喜欢你的身体。"

谢商叹气:"我今天病了,不能满足你的需求。"

温长龄:"……"

他真的超级烦!她转身回家。

"长龄。"

她几乎立马停下。

谢商刻意压着,但还是有断断续续的咳嗽声:"要是觉得吵,就把助听器摘了,但要戴着手环。"

"操心你自己吧。"

温长龄走了。外面雪停了,地上没有积雪,初雪离开得悄无声息。次日一早,温长龄发现有一条未读消息——

"晚安。"

她想起来了,她昨晚睡着前把谢商从黑名单里放出来了。

元旦放了3天假,周四、周五、周六放假,调休一天,周日上班。

周日，谢研理来了花间堂。她边削苹果边埋怨道："当初我说他会败光谢家你还不高兴，你看看现在的 KE，名声都烂透了，不知道要损失多少案源。"

谢景先卧病在床，今天气色刚好了一点儿，听到这番话，呼吸又不顺了："行了。"

"他做出这样的事，我还说不得他了。"

因为 KE 的风波，谢研理的投资都受了影响，她把这一切都归咎于谢商。

"要抱怨就回你自己家去。"

谢景先喉咙里有痰，呼吸加重时会发出异响。

谢研理这才打住："我不说了，你别动气。"

她把削好的苹果递过去。谢景先摆手。

在一旁照顾谢景先的仲叔都觉得三小姐不懂事：病人哪儿能吃凉的？她这哪儿是探病，就是来添堵的，病人听不得什么她偏说什么。

谢研理把苹果放在一边："爸，盈盈还在外面。她听说你病了，很担心你，特地熬了汤带过来，要不让她进来吧？"

她又来添堵了。

谢景先气得胸口快速起伏："我是病了，不是死了，想让你那继女踏进谢家的门，等我死了再说！"

爸还护着谢商。谢研理不死心，继续为继女说好话："盈盈也是好心……"

谢景先边喘边咳，一口痰卡着，导致他呼吸困难，因为过度用力，手都紧紧地握成了拳头。

仲叔都看不下去了，一边给老爷子顺气，一边把输液的速度调慢："三小姐，您还是先回去吧。"就少来添堵了。

谢研理还有点儿委屈，磨磨蹭蹭半天才起身出去。门被她摔得很响。

谢景先摇头："这一个个的，都是什么妖魔鬼怪。"

仲叔把温水递过去："刚刚我听见罗医生在跟四哥儿通话。"仲叔还听出来谢商病了，他知道老爷子嘴硬心软，就没提谢商生病的事，免得老爷子担心，只说，"四哥儿很关心您的身体，这屋里点的都是他送来的药香，能温肾通心。"

仲叔心里明白，谢景先把谢商赶出谢家，不是真舍得这个孙子，是一时接受不了真相，产生了自欺和逃避心理。

他的一个儿子害死了另一个儿子，让他怎么接受？

"那件事，查证了吗？"

"查证了。"

谢景先不会偏听偏信，第一时间就让仲叔去查证："良姜当时在不在风镇？"

仲叔表情凝重："在。"

如果不是心里有鬼，谢良姜完全没有必要隐匿行踪。

谢景先眼含热泪，悔恨至极："这一切都是我造成的，是我一碗水没有端平。"

仲叔宽慰道："先生，您千万别这么想。"

房外有人敲门，仲叔去开门。来者是谢景先的堂弟，谢景崇。

"身体怎么样了？"

谢景先从床上坐起来："说不定哪天就去见你二哥了。"他如今已经满头白发，喘气都累，"律所如今这个模样，我拿什么脸去见他？"

KE律所是谢景先和两个堂弟一起创立的。

"你好好养病，律所的事就别操心了。"

谢景先忧思过重："我家老二装傻充愣这么多年，也不是个好的，不知道又要搞出什么名堂来。"

谢景崇摇头："不是老二，真正有话语权的还是小商。"

KE律所现在的管理委员会成员一大半是谢商新换的，他说话比谢继文管用。

谢景崇说："小商已经在做内部整顿了，你放宽心，他还是顾及你的，不是真的要毁掉律所。"

谢景先冷哼，怒斥道："他好本事，一肚子算计，谁都不放在眼里，谁也管不了他。"

"真把他赶出家门了？"

谢景先还在恼谢商："我看他巴不得不姓谢。"

KE律所。助理律师余进把文件放在桌上："主任，这是授牌仪式的事项细则，您看看还有要补充的没有。"

谢继文扫了一眼文件："谢商看过了？"

"谢律师已经看过了。"

谢继文立马拉下脸："他都看过了，还拿来给我看什么？装模作样走流程？"

余进是通过校招进律所的，总是一副笑脸："您是主任嘛，要您签字的。"

"我是主任？"谢继文把文件往地上一扔，也不怕隔墙有耳，大发脾气，"我就是个吉祥物！"

谢商那个奸诈小人。

市公共法律服务中心和市律师协会要设立法律援助工作站，不知道谢商哪里来的门道，拿到了工作站的授牌名额。谢商想用营收的30%来做公益法律服务，并在每个分所设立法律援助站。所有细则都安排好之后，谢继文才知道这件事，他唯一要做的，就是签名盖章。

当初说好了谢商助他当上主任，他当是当上了，结果是他当主任，谢商做决策。搞什么？忙活了半天，他最后就当了个吉祥物，一点儿实权都没有，人脉和案源都在谢商手里，高级合伙人和团队也只服谢商。不知道谢商给他们灌了什么迷魂汤，他们居然舍得拿出那么大一笔营收。

谢继文拿着授牌仪式的事项细则去了谢商的办公室。他把东西往桌上一摔："你爸的案子还没结束呢，你就过河拆桥。"

余进跟着进来，要上前去拉人。谢商抬头看了一眼门口，余进立刻明白，转身出去，并且带上门。

"二叔这话是什么意思？"

谢继文忍很久了，积了一肚子的不满："那些个合伙人，哪一个不看你的眼色行事？我这个主任就是个摆设。"

谢商起身，倒了一杯茶——清火的，放在桌上，说："我只承诺了帮您当上主任，至于当成什么样，这要看二叔您的管理能力。"

谢继文更加火冒三丈："你就是坑我！"他往椅子上一坐，撂挑子不干了，"你爸的案子你自己解决吧，我不管了。"

"您会管的。"

谢继文咬了咬后槽牙。

"您如果不管，他无罪释放之后，第一个要解决的就是您。"

"你……"谢继文一掌拍在转椅的扶手上，怒不可遏，到嘴边的话却生生被咽了回去。

他能说什么？上了谢商这艘贼船，如今他下不去了。谢良姜的事之后，外面都说他心黑，他黑得过谢商？

"二叔，我不喜欢做律师，等律所上了正途，我会离开。"

谢继文立马看向谢商，目光警惕，不敢轻信。

这又是什么招数？先兵后礼？戴着眼镜的谢商举手投足都透着律政人士的优雅和从容："我对您是有期待的，我希望律所是良性经营的模式。"

他礼貌十足，话也说得客气，但这不是建议，是谈判。谢继文不清楚这个"良性"的度在哪儿，但有件事他很清楚，这个度后面会由谢商来定。

谢继文也不跟这只成精的狐狸装了："别期待，我就想赚钱。"

谢商端起茶杯，递过去："这两者并不冲突。"

谢继文很不甘心，但是服气。他接过茶杯。

7日，KE律所设立法律援助工作站。KE律所出了条新规定：只要是KE的律师，都必须在援助站轮值一年。律所的负责人谢继文还当众表示，会将营收的30%用于公益法律服务，所有数据将会公开、透明化。

民众都知道，KE律所是要把碎掉的金字招牌重新拼回来，设立法律援助站是一种"洗白"的手段。但KE拿出来的真金白银不是假的，社会对公益法律服务的需求也不是假的，请不起律师、请不到名律师的群体很庞大，因此，纵使负面的声音很多，支持KE律所这个决定的受益人更多。

当天下午，谢商去看守所见了谢良姜，以律师的名义，这是谢良姜提出来的。看守所的警务人员关上门。

"KE现在还有两个人对你的威胁很大。"谢良姜没有一句寒暄和开场白，"孔仲瑜和你二叔，他们两个都不能重用。你二叔那边断了他的案源就行，孔仲瑜你不用管，我……"

谢商没有听完："你还不罢手吗？"

谢良姜哪怕穿着囚犯的衣服，也高傲从容："我在帮你。"

他在帮谢商铲除异己，他的想法从来没有变过：他自己可以下台，但接班的必须是谢商。

"你根本不知道我想要什么。"

谢良姜看着谢商，沉默了片刻，问："你要什么？"

谢商的眼神平静冷漠，像在看陌生人："什么都别做。"

"所以你知道我要做什么？"

一个人如果有能力和城府，但没有良知，那他能做的事有很多；如果他还是一个懂法的律师，那他能做的更多。所以谢良姜如果想出去，不是没有办法，杀人灭口、找替罪羊、钻法律漏洞……多的是办法。

"我所拥有的一切，以后都要给你。"谢良姜目光凌厉、强势，"财富、权力，这些东西有什么不好？你为什么就不能和我一条心？"

谢商神色平静，情绪和声音都很淡："你想做什么随你，但你也应该知道我的手段，你不停手，那我也不会罢休。"

"谢商！"

"我和你没什么好说的。"

谢商起身，走到门口，手刚碰到门把手，身后传来谢良姜压抑着怒火的质问："就因为一个女人？"

他就不该来，谢良姜怎么会反省？

"从我进来开始，你没有提过一句跟我小叔有关的话。"谢商握着门把手——金属材质的，冰手，"当年在关家，是温长龄把我拉上来的，没有她，我早死了。她是我的救命恩人，甚至因为救我失聪，你却害死了她的弟弟。她怎么对我都不过分，我付出什么代价都是应该的，那是我的报应，因为我姓谢，是你的儿子，我享受了这个姓氏和身份带来的优待。"

谢良姜整个人都呆住了。

翟文瑾女士曾经这样评价她的前女婿谢良姜："毫无人性，也就对自己的儿子还有良知。"

很多人都是矛盾体，谢良姜也是。他不在乎和自己亲弟弟的血缘，但谢商这个独子，他在乎。他接连失去两个孩子才盼来谢商，从谢商出生起，他就想给谢商打造一个王国，这些年他一直在绘制这个蓝图。当然，他自己也想要财富和权力，这不冲突，所以他能容忍谢商把他拉下台，他还可以帮谢商铲除异己。

谢商的救命恩人居然是温长龄，谢良姜有种被命运耍了的荒诞感。

"我以后不会来见你，我这条命是温长龄给的，你就当我死了，就像我以前的名字

628

那样。"这是谢商的最后一句话。

谢殇。谢家老四人已夭折，索命无常勿再纠缠。"谢殇"这个名字当初是用来挡灾的。

门被关上，看守的警务人员还没进来，谢良姜一个人坐在空荡荡的会见室里，独自发笑。

3天前，谢景先来过。谢景先是个古板的人，这应该是他第一次动用关系。按规定，未决犯不能单独和亲属见面。

"那是你亲弟弟！"

"这句话我听腻了。"谢良姜情绪很稳定，表情甚至很麻木，"'那是你亲弟弟，你是哥哥，要多让着弟弟。'这句话，我听了30年。"

谢景先整个人脱力地瘫坐在椅子上，眼神充满了愤怒和懊悔："你这个畜生……"

"我没推他，温家那个女孩儿也没看错，只是存在一点点角度误差。"谢良姜抬头，看着对面年迈的父亲，"爸，我没推，我是把想要拉清泽的那只手收回来了。"

谢景先扶着桌子、爬满了老年斑的手在颤抖："有区别吗？"

没有。谢良姜不狡辩。他不救，就是存了要谢清泽死的心思，所以没区别，所以他容不下目睹这一切的人。

当年他去风镇本来是想虚伪地装一装，劝他的好弟弟回北城。那个少年上山寻找走丢的姐姐，路过了谢清泽住的民宿，他看到了少年身上的雨衣。

谢清泽跟着少年上了山。因为返回北城要走一段山路，在谢良姜一念为恶的时候，又看到了那件雨衣。

谢商来看守所的次日，宋金给谢良姜带来了新消息。

"主任，事情已经办妥了，只要范子彦……"

"都停手。"

宋金诧异地看着他："主任，您怎么了？您不想出去了吗？是不是谢律师又跟您说……"

谢良姜的目光立马阴沉下来："那是我儿子！轮不到你来指点。"他眼底满是杀伐的冷意，绝不容许违逆，下达命令说，"什么都别做。"

如果真有报应，他来担。

7日，陈秋禅退休，石丽红正式接任华旗技术CEO的职位。

温长龄送了一个花篮过去："恭喜。"

"谢谢。"石丽红是聪明人，"我知道是你选择了我。"

"能者居之而已。"

石丽红坚定、自信地笑着说："我会证明你的眼光没有错。"

9日是个好日子，关家办喜事，在西山首府关宅摆宴8桌。温长龄早上出门时，隔壁当铺刚开门，凌晨下了点儿雪，谢商在扫门前雪。

"晚上去关家吗？"

"嗯。"作为邻居，温长龄问，"你感冒好了没有？"

"还没有。"

其实感冒已经好了，谁叫温小姐心软呢，谢商觉得最好不要好得太快。

温小姐："哦。"

"你的车修好了吗？"谢商听朱婆婆说，温长龄的车爆胎了。

之前秦齐给温长龄买的车被她卖了，钱都捐了，现在她用的那辆是她新买的车，买来没几天车胎就爆了，因为轧到了尖锐的落石。

"没有。"

"晚上坐我的车去吧。"温长龄车技一般，又是路痴，方向感几乎为零，她开车谢商不放心，不开车谢商也不放心。

"不坐。"温长龄的理由是，"感冒会传染。"

她上班去了。

下午5点。温长龄在公司大厅遇到戴秋。

戴秋说："路测方案我发到你的邮箱了。"

"我晚点儿看。"

华旗技术和东方汽车合作的新型驾驶辅助系统已经初步完成，接下来就是路测。

"关家今晚有订婚宴。"戴秋知道温长龄和蒋尤尤以前是同事，"你去参加吗？"

"嗯。"

温长龄刚刚在办公室已经换了适合晚宴穿的衣服，虽然在外面套了外套，但还是很冷。出公司大门之前，她把围巾戴好。

戴秋记得温长龄的车坏了，提议说："我送你过去吧。"

"不用麻烦了。"

"不麻烦，我是你的秘书，负责你的出行是我的本职工作，而且我刚好要去那附近办点儿事。"

40分钟后，戴秋把温长龄送到了西山首府。西山首府每两栋别墅之间都规划了停车位，关家今天摆宴，停车位几乎停满了，都是宾客的车。

温长龄下了车："谢谢你送我。"

"不客气。"戴秋觉得坐在车里和上司说话不好，也下了车，"结束了给我打电话，我过来接你。"

温长龄不喜欢麻烦别人："不用来接，我自己打车回去。"

这时，一辆红色的轿车停在了戴秋的车旁边，车门被推开，江城雪一身正装从车上下来。江城雪的头发应该是天生的，微鬈，发色很黑。他上次心脏病发，佳慧在医院见过他，这样形容他："他那脸长得好像变态又优雅的贵族少爷，病态和杀气都有。"看脸辨气质这一块佳慧擅长。她如果不当护士，可以去剧组，做选角的工作。

他走到温长龄面前："温长龄。"

"关家邀请了你？"

关家这次只摆了 8 桌，请的都是关系很好的亲朋好友。

"很意外吗？"江城雪的手臂上搭着黑色大衣，"南玻集团是东方汽车的玻璃供应商。"

关慕生虽然桃李满天下，但几个儿女都不在物理学界，关思行的父亲关正安是做玻璃生意的。

南玻集团和东方汽车有合作，温长龄也知道。

江城雪把大衣披上，正装也是黑色，唯有领带是深紫色——很难驾驭的颜色，但这种浓重的色调倒是很适合他。

"一起进去？"他提议。

温长龄拒绝："不了。"

后面有奔跑的脚步声传来，温长龄刚转身看过去，就听见那人大喊她的名字："温长龄！"

秦宅也在西山首府，刚刚戴秋的车经过秦家时，赵老太看到了车上的温长龄。赵老太手里拿着一个黄铜色的水壶，在温长龄转头时，将水壶里的水泼出去。

江城雪正对赵老太的方向，反应更快，握住温长龄的手，把她往后拽开。黑色大衣掉在地上，一大半水浇在了江城雪的左手腕上。

赵老太见没泼到温长龄，大声辱骂："你这个害人精，下贱坯子！就是你，害了我两个儿子！"

水接触到冷空气，立马有热气冒出来，应该是开水。

江城雪看着温长龄："烫到哪儿了？"

"我没烫到。"两个人距离太近，他带来的压迫感很强，温长龄后退到安全的社交距离之外，提醒，"你的手。"

江城雪看了一眼自己的左手，袖子都湿了，还冒着热气。他没管自己的手，转过身去，深深的眼窝透着森森冷意，眼睛直视仍在尖声辱骂的赵老太。

"她是谁？"

他不是问"你是谁"。

戴秋回答："秦齐的母亲。"

赵老太这个人一向欺软怕硬，江城雪一开口，她就本能地闭上了嘴。她认得江城雪，在仰光楼办寿宴的时候，江城雪去了，华旗技术的高管都对他恭恭敬敬。

"大庭广众之下，"江城雪慢悠悠地说道，尾音扬起，"逞凶杀人？"

赵老太立马心慌，支吾道："什……什么杀人？我就是教训一下这个害人精。"

江城雪扫了她一眼。这老太跳梁小丑都够不上。他的余光掠过戴秋："解决一下。"

戴秋过去，拉住赵老太的胳膊，不顾她的挣扎喊叫，把她往关家大门口的方向拉，那边有保安在。

温长龄去戴秋车上拿了两瓶水过来。

"袖子卷起来。"

江城雪侧了一下头，表示疑惑，但照做了，伸出手，卷起了左手的袖子。

温长龄是护士，知道烫伤应该怎么处理——用凉水冲洗散热。她动作很慢，保证水流的速度不会造成二次伤害。

她处理得很专注，没有分心去注意那道一直在她身上的视线。倒是一旁的戴秋错愕地看着江城雪，看着他慢慢低头，眼底的冰冷阴郁开始发烫，像干燥的柴突然被点燃。

两瓶水温长龄都用完了。

江城雪收回手："温护士，你判断一下，要去医院吗？"

江城雪的手腕上已经起了水疱。

温长龄在急诊室待过："要去。"

他捡起地上的大衣："能麻烦你开车送我一趟吗？"他抬了抬手，"我这手开不了车。"

如果不是他拉一把，被烫伤的就是温长龄，她没理由拒绝，点头答应了，走之前给蒋尤尤打了个电话，另外托戴秋去送礼金。

关家摆宴，谷易欢一家都来了。谷易欢他妈关正明把他叫到一边，好一顿骂，嫌弃他不上心，送的礼物敷衍。

谷易欢觉得冤。挨完了骂，他坐到离长辈最远、全是年轻人那一桌。他堂哥谷开云也在那桌。

"四哥还没来？"

谷开云说："你外公把他叫过去了。"

谢商被谢景先赶出家门的事，关慕生去探病的时候知道了，他有意帮着缓和谢家这爷孙俩的关系，是以把谢商叫过去谈话。

桌边，谷易欢的狐朋问道："易欢，你这次送了什么礼？"

"你管我送什么礼。"

谷易欢的狗友帮着回答了一句："他送了一只金猪。"

谷易欢送礼喜欢送金子，之前关慕生过寿，他就送了一只金龟，所以关正明女士才说他敷衍。

"金猪？"狐朋调侃他，"有点儿俗啊。"

谷易欢掰了块茶点往嘴里扔，表情欠揍地说："明年我过寿，寿礼你们不用愁了，我喜欢俗的。"

狐朋狗友都笑了。

宋三方说他："有你这么要礼物的吗？脸要不要了？"

谷易欢的脚在桌底下踹宋三方，一个没踹准，踹到谷开云了。谷开云抬了下眼皮，某人立马就消停下来，端正姿势，规矩喝茶。没办法，这是血脉压制。

谢商从楼上下来，看了看各桌宾客，温长龄还没到。

谷易欢立马招手："四哥，这儿。"

他让出自己的座位给谢商，推了推后边的一个人，大家依次向旁挪一个座。谢商坐在了谷家两兄弟中间。他一来，桌上的气氛不像刚刚那么轻松了，没人再乱开玩笑了，一个个都很沉默。

KE律所的事在北城传得沸沸扬扬，谢商连自己亲爹都能送进去，心黑手狠，大家都对他退避三舍，不敢招惹。

谢商一杯茶没喝完，贺冬洲的电话打了过来。

"刚刚秦家老太太去关家门口闹了，还往人身上泼了开水，听描述那人像是温长龄。"

谢商挂了电话，打电话给温长龄。谷开云看他神色有变，问他何事，他没顾得上解释。

好在温长龄接了电话。

"你在哪儿？"

她说："帝宏医院。"

谢商起身离席。谷开云看到了通讯录上的"温小姐"，便没多问。

"四哥，"谷易欢大大的眼睛里有大大的疑惑，"订婚宴还没开始呢，你去哪儿啊？"

谢商直接走了。

谷易欢歪头看他堂哥，寻求答案，他堂哥饮茶不语。

帝宏医院。值班的急诊医生是赵医生，赵医生一看烫伤处就知道做了处理了："应急处理做得很好，烫伤不算严重，不用住院，消毒清创做完就可以回去，后天过来换药。"

包扎完，赵医生另外开了一些外用的膏药。

赵医生走后，温长龄向江城雪道谢："谢谢。"

江城雪整理衣袖，将取下来的袖扣扔进了垃圾桶里："只有口头的吗？"

温长龄一脸正义凛然："施恩不图报。"

江城雪笑了。她不报就不报吧。

"那位老太太你打算怎么处置？"

处置。他的用词很直接、大胆，可以说是目无法纪。

温长龄的脸上是文静又乖巧的表情："处置犯了错的人不是我该做的事，那是警察该做的事。"

"你不是不信警察吗？"他骨相更像西方人，眼窝稍稍凹陷，目光深沉，仿佛能洞察人心，看穿一切。温长龄是不信，但不傻，会权衡。

"一壶开水而已，不值得我兴师动众。"她的眼神无比清澈又无辜，好像这件事和她没多大关系，"何况受伤的也不是我。"纯、邪，温长龄身上同时具备这两种截然相反的特性。

江城雪敛笑凝眸，直直地看着她。他的眼神滚烫，毫不掩饰，直白地暴露出他对她浓厚的兴趣。

那是看同类的眼神。哪怕他们的本性不一样，他也觉得温长龄应该成为他的同路人。

"戴秘书。"

温长龄移开视线，看向门口："江董手伤了不方便，你留下来，拿了药后帮我送江董回去。"

戴秋回话："好的，温总。"

烫伤已经处理完了，除了拿药也没别的事，温长龄告辞："我还有事，先走了。"知会完，她就先走了。

戴秋走上前，把急诊病床上的医用隔帘拉上。

她蹲下来，伸手轻轻抚摸江城雪左手上的绷带，仰头看他的目光满满都是心疼和眷恋："疼吗？"

江城雪握住她那只手，捏着她的腕骨。她皱眉忍痛。

他没有停手，几乎要捏碎女人纤细的骨头，俯身，同样问她："疼吗？"

戴秋见过他太多模样，他眼底总是有蠢蠢欲动的毁灭欲，对所有人都是如此。他极其擅长攻心，所以哪怕知道要被毁，很多人也心甘情愿。

他松了手，卸去力道，变得温柔，摩挲着被他捏红的手腕："如果再发生这样的事，你要上去给她挡。"

她低下头，乖巧地答应："我知道了。"

谢商没有去急诊室找温长龄，而是等在她返程必经的路上。他来之前见了关家请的保安，弄清了情况。

温长龄没有受伤，他知道这个就行了，至于她要做什么，他等她做完再说。

温长龄出来就看到了谢商，室外风很大，他站在绿化带的路沿旁。

"你怎么在这儿？"

谢商说："路过。"

温长龄无语地沉默了几秒："你能不能找个好一点儿的理由？"

温小姐也知道他在找理由。

行吧，她说什么他不得听啊。他找了个不错的理由："感冒没好，过来看医生。"

温长龄不相信，从他身边走过去，往医院出口走。

"江城雪和阿拿的事有关吗？"

温长龄止步，回头。

谢商看她的神色很认真："你和他接触，我想不到其他的可能。"

她不会做没有意义的事，江城雪身上一定有她要取的某种东西。

"就不能是我看上他了？"

直觉告诉谢商不是，但他还是忍不住问："看上他什么？"

温长龄被问住了。他上前，稍稍弯下腰，与温长龄对视，他加了夜色滤镜的脸在她的眼里放大。他换了一种问法："我哪里不如他？"

他头悬明月，皎如玉树临风前，有画笔都画不出来的风致。因为谢商，以前从来不关注皮囊的温长龄多了一个很不好的毛病——贪恋美色。月光下的皮肤呈柔和的白，他的眼睛本来就好看，像琥珀色的星星掉进了深海，温柔专注地看别人时，仿佛能让人溺在里面。温长龄忘了做出反应。

"尾号07××，"一辆出租车停在了路边，门口只有温长龄和谢商两个人，司机从车窗探出头来，"是你叫的车？"

温长龄顿时清醒，丢下谢商上了车，不等司机师傅问去哪儿就报了地点。车子开走了。

谢商自己开车过来的。他看了一眼出租车的车牌，等车开远了，拨了个电话："东方汽车的江城雪，查深一点儿，我要知道他的底细。"

温长龄不知道谢商把他的车停在了哪里，也不知道他什么时候到的，总之，她下出租车走进老街深巷的时候，他走在她的后面。刚刚在医院的门口被美色蛊惑了心神让她心情不太好，回头骂谢商："你跟够了没有？"

谢商语气无奈："温小姐，我也是这条路回家。"

温小姐抱住被冷风吹的自己，走快一点儿。谢商不远不近地跟在她身后。

荷塘街臭名昭著的恶犬小黑居然没被主人拴绳子，老远就冲着温长龄龇牙叫唤，朝她奔跑过来，似要咬她的裤脚。

这恶狗！温长龄停下来，跺了下脚，但不管用。因为以前被小黑追着咬过裤脚，心理上有点儿障碍，她本能地后退，本能地喊谢商。

"星星。"

谢商应她："怎么了？"

她催道："你过来。"

谢商走到她身边，小黑立马就不叫了，还冲着谢商摇尾巴。但她一迈出脚，它又发出那种要奓毛发怒的声音。

这欺软怕硬、看脸说话的恶狗！对了，小黑是母的。

温长龄收回脚，小步小步地往谢商那边移动。

"还怕它？"

她本来是要去订婚宴的，羽绒服里穿的是裙子，没有裤脚给小黑咬，能不怕吗？小黑可是会真咬的。

她推了推谢商的手臂，两根手指钳着他后腰左边的衣角："你走我前面。"

"遵命。"

谢商闲庭信步般在前面领路，一直在笑。温长龄狠狠捏紧他的衣服，等把小黑甩开了，立马撒手，满脸的不高兴。

严冬的晚上，街上的小摊很早就收摊了，不过沿路的灯亮着，沿街的万家灯火也亮着，还有星光与月光，一起拼成了被诗人万般描绘的夜色。

温长龄与谢商大概隔着两米，她突然打了个喷嚏。

"被我传染了吗？"谢商脚步慢下来，等距离拉近。

"不是。"温长龄把脸往围巾里缩，"太冷了。"

她的故乡香城的冬天不冷，她虽然来北城几年了，还是不适应这边冷得刺骨的寒冬。

谢商说："等我一下。"

温长龄立刻说："我不等。"

"等一下。"

谢商用这种温柔里带着示弱和央求的眼神看她，她拒绝不了，在原地等。

谢商去了街上还没打烊的药店，没一会儿就出来了，手里多了一袋东西。

"上次你也给我送了药，这是还你的。"

"我不用吃药。"

谢商把袋子递过去："备着吧，这几天还会降温。"

温长龄迟疑了一下，接了。袋子里面除了药品，还有一个粉色毛绒小兔子的暖手宝，她提着袋子的手指碰到了。她把暖手宝拿出来，抱在手里："怎么是热的？"她看了看，绒毛有点儿脏，像是用旧的。

"不是新买的，我向店员小姐讨来的。"

店员小姐不肯收暖手宝的钱，结账的时候谢商就多付了一部分。

温长龄站在路边，借着昏沉的光线看着谢商。

"谢商。"

"嗯。"

她欲言又止。狠心的话说不出口，可是埋在钩吻下的酒被挖出来了，根系已经松动，钩吻活不了多久了，她也没有多少时间了。

"我进去了。"她把手揣进毛绒暖手宝里，低着头往朱婆婆家的院门走。

"长龄。"谢商叫她。

她总是这样，总是克制不住，又停了下来。谢商走到她面前，握住她空闲的那只手，将它放进毛绒暖手宝里面："你还在怪你自己吗？"

她的手很快就暖了。谢商并不是个温良慈善的好人，他所有的心软、所有的好都给了她："你连我都肯原谅，为什么不原谅你自己？"

她抬起头。这世上不会有比谢商还懂她的人。她至今没有原谅自己，因为是她穿了阿拿的雨衣，她让阿拿淋了雨，害阿拿失去了生命，她释怀不了。

谢商轻轻抱住她："我可以对你好，也可以给你很多，但是最了解你需求的人还是你自己，所以不要对自己吝啬。"

哪怕谢商没有好看的皮囊，没有谢家和苏家赋予他的一切，不是天之骄子，她也会喜欢他，会很喜欢他。因为他能靠近她千疮百孔的灵魂。

"谢商。"她把脸靠在他的身上，"很冷。"

谢商把她抱紧了一些。暖手宝在低温的户外冷得很快，谢商没有抱很久，松开了她："进去吧，外面有风。"

他看着温长龄走进朱婆婆家的院子里。院子里的那株钩吻叶子都蜷起来了，蔫蔫的，不精神。温长龄停下了脚步，定定地看着它。

她把兔子暖手宝放在了桂花树下的旧竹床上，转身回房间。

"喵。"

"喵。"

还没睡的狸花猫踏着猫步，钻进它的专属小门，要去隔壁男主人家的手工猫窝过夜。听见开门声，又把脑袋从小门里钻回来，它看见温长龄走到竹床前，把那只小粉兔子又带走了。

第二十六章
我们复合吧

且说回关家的订婚宴。一切流程从简,这是蒋尤尤的要求。

楼下的宴席已经散了,关思行不喜欢交际,蒋尤尤不宜操劳,谈令兰女士让他们去楼上歇息,自己和丈夫送客。关思行把门关上。

"尤尤。"蒋尤尤没答应,坐到床上。床上摆着一对迎福送喜的公仔,她戳了戳公仔的肚子——硬硬的,里面有东西。

她把公仔外面衣服的拉链拉开,里面衣服的兜里装着桂圆和红枣。

关思行走过去:"还生我的气吗?"

其实蒋尤尤不气了,但是别扭闹久了,需要一个慢慢下来的台阶。

她在剥桂圆。关思行喝了酒,有点儿晕,蹲下来,半趴在床边,把另一只公仔兜里的桂圆一颗一颗掏出来。

"我把谷易欢灌醉了。"他剥了一颗桂圆,给蒋尤尤,"是谷易欢把那瓶香水带去了我家。"

他问过谢商了,那香水里面有琏凝素,琏凝素会催情。他在打碎了香水瓶之后做了好几场那样的梦,才把真实的事当成了梦。

都怪谷易欢,把香水误带去了他家。蒋尤尤接了他递过来的桂圆,可以了,台阶够了,她还挺好打发的:"就你这个酒量,怎么把他灌醉的?"

"我的酒里兑了很多水。"

桂圆很甜。蒋尤尤以前不怎么爱吃甜的,可能受孕激素的影响,最近口味变了,很喜欢甜的。

"谁教你的阴招?"

关思行全都告诉了蒋尤尤:"开云教的。"

谷开云不是正人君子吗？君子也这么阴脸啊。

蒋尤尤看了看床头柜和梳妆台，找东西吐核。关思行抽了一张纸，垫在手上，把手伸过去。

"别生气了好不好？"

她把桂圆核吐在纸上："你把订婚书念一遍。"

"好。"

订婚书被放在了抽屉里，关思行不用去拿，他的记性很好，看了几遍就能背下来。他一字不漏地背给蒋尤尤听："从兹缔结良缘，订成佳偶，赤绳早系，欣宴尔之，诗咏关雎，雅歌麟趾。瑞叶五世其昌，祥开二南之化，指鸳侣而先盟，谨订此约。"

背完，他仰着头，看着蒋尤尤。

"你爷爷写的？"

"嗯。"

"好难懂。"

以前念书的时候，蒋尤尤文言文学得很一般。

"不难懂。"关思行把订婚书总结成一句白话，"我想娶你。"

"哦，懂了。"

她把剥了皮的桂圆喂到他的嘴边，他张嘴，她俯身吻他，引诱他一点儿一点儿跟上她的节奏，伸出舌尖……

外面有人用力拍门。蒋尤尤提前结束亲吻，用指腹擦掉关思行唇上沾到的她的口红。

关思行去开门，拍门的是已经喝醉的谷易欢。

被打扰了，关思行语气不怎么好："干什么？"

"我想好你结婚要送你什么了。"谷易欢喝多了酒，很兴奋，眼睛笑成了弯弯的月牙形，"送你一块金砖。女大三，抱金砖。"

蒋尤尤比关思行大3岁。关思行把门给关上了。

蒋尤尤和关思行订婚这事，还要从上个月说起。蒋氏破产后，财产被清算，蒋正豪大受打击，不甘心一手创办的公司就这样倒闭，就挨个儿给几位女婿打电话，女婿们都不接，他气得进了医院。一开始，申丽在医院陪护。

打不通女婿的电话，蒋正豪很暴躁："小何、小许他们都不接我电话，你用你的手机给他们打。"

蒋正豪现在变成穷光蛋了，也别指望申丽对他有好脸色。

"打什么打，惹烦了看他们以后还给不给你养老。"

蒋正豪的几个女婿都是有家底的，就算不支持老丈人的事业，以后那点儿养老钱还是会出的。

申丽觉得这个时候不能得罪女婿。蒋正豪听不进去，摆出一家之主的架子，板着脸命令："少说这些没用的，让你打就打。"

申丽把拧干水的毛巾往蒋正豪的身上摔，不伺候了："蒋正豪，你冲我发什么脾气，我欠你的了？我当初年纪轻轻嫁给你，给你生儿子，才享了几年福，家底就被你玩没了，没本事东山再起就别冲我吼！"

要是以前，申丽哪儿敢这么跟蒋正豪说话？要是以前，蒋正豪高低要发点儿一家之主的脾气，但是现在，他只是个没钱的老头，一门心思惦记着钱。

"你那儿有多少钱？"

申丽也很敏感，说到钱立马警惕起来："你什么意思？算盘都打到我这里来了？"

有句话说得好，夫妻本是同林鸟，大难临头各自飞。

"只要有资金，我一定能东山再起。"

申丽都顾不上经营了多年的贵妇形象，翻了个白眼："家里的房产、车子都拍卖了，我的银行卡也被冻结了，我哪儿有钱？"

蒋正豪的算盘珠子直接崩到了申丽的脸上："你不是有很多珠宝首饰吗？"

"蒋正豪，你还是不是男人？"申丽确实有几件私藏起来的珠宝，"民民留学还要一大笔钱，你少打我的主意，不然我们就离婚，我带民民出国。"

申丽拿包走人。蒋正豪急了："老婆，老婆——"

他叫老婆也没用。之后，申丽连医院都不来了。蒋家几个女儿过来照顾，蒋正豪也没给她们好脸色，天天摆着一张被欠了几个亿的棺材脸。

大女儿蒋莎莎炖了汤送过来。

蒋正豪心里记恨女婿不肯帮他东山再起，火气都往女儿身上撒："我不吃，让我饿死！"

"爸。"

"别叫我爸！我没有你们这样的女儿，一个个的，都是没用的白眼狼！"他给她们找那么好的夫婿有什么用，关键时候一个也不顶用。

蒋莎莎上前去劝："爸……"

老三蒋真真拉住她。来病房之前，蒋真真去见了蒋尤尤，蒋尤尤说不能惯着这老头的毛病。

蒋真真狠下心来："别管他了，让他饿吧，反正在医院，饿不死。"

以前对他言听计从的女儿，现在一个个都反了天，蒋正豪把装汤的保温壶重重地摔在地上："你们都给我滚，滚！"

蒋莎莎收拾完地上的一片狼藉，和两个妹妹一起离开了。三姐妹怕蒋正豪想不开，特地安排他住六人间，又请了一个护工。

六人间搬来了一个有冠心病的老头儿。

"我姓曹，你们可以叫我老曹。"

老曹为人非常热心，一来就给大家分他儿子做的小面包，老曹的儿子是开面包店的。他在蒋正豪的床头也放了一袋小面包，自来熟地问："大哥，你姓什么呀？"

蒋正豪最近火气相当大："谁是你大哥？"蒋正豪瞥了一眼那袋小面包，一脸嫌弃，又瞥了老曹一眼，那眼神，就像皇帝看老太监，"我姓蒋，别人都叫我'蒋总'。"

老曹："……"

反正，老曹和蒋总的梁子就这么结下了。之后的几天，老曹动不动就呛蒋总几句。

"蒋总今天怎么又吃医院餐？鲍鱼海参不来点儿？"

"蒋总应该有很多下属吧，怎么没有人来探病呢？"

"蒋总你结婚了没？有孩子没？不会是孤家寡人吧，我看你都没个照顾的人。"

"蒋总怎么不去单人套房啊？"

"蒋总今天还亲自尿尿呢。"

本来就火气很大的蒋总快要气晕了，血压"噌噌"飙升。他冲去肿瘤外科蒋尤尤的办公室，拍桌子说："给我换到单人间！"

蒋尤尤头都没抬，在看病历。

蒋正豪火冒三丈，脖子疼，扶着脖子说："我说话你听到没有？"

蒋尤尤起身，表情冷酷，不讲情面："我要去查房了，请让一让。"

蒋正豪不让，蒋尤尤直接绕过他。

蒋正豪气到踹凳子："我是你父亲，你连给我开间单人病房都不肯，你这个大逆不道的不孝女！"

蒋尤尤随便他怎么骂，他们都断绝关系了，他还说什么孝不孝。

下午。心内科的护士到肿瘤外科找蒋尤尤。

"蒋医生，你爸他不肯吃东西，在闹绝食。"

蒋尤尤早就看过蒋正豪的病历了，他除了血压有点儿高，其他都正常，她非常淡定："随他去吧。"

绝食？蒋正豪可舍不得死。

今天是蒋正豪绝食的第二天。今天，老曹向护士小姐反映了一个问题："护士小姐，我们病房是不是有老鼠啊？晚上总有声音。"

"应该不会，我让我同事过来看看。"

随后来了两个男医生，在病房一通搜索，没发现老鼠。

当天晚上，六人间病房又传出来声音，那种"窸窸窣窣"的声音，像老鼠在咬塑料袋，咬得正起劲呢。

老曹一把拉开对面床铺的帘子，"嘿嘿"一笑："老鼠在这儿呢。"

老鼠叫蒋总。

蒋总蹲在柜子前，咬着面包，眼睛瞪得像铜铃，嘴边还有面包屑，正是老曹前几天给蒋总但蒋总看不上的那几个面包。

绝食？不可能，蒋总这辈子都不可能绝食。

老曹用手电筒照着蒋总脸上的面包屑："看把我们蒋总饿的。"

蒋总把没吃完的面包扔进垃圾桶，气得把帘子拉上，故意翻身把床搞得"吱吱呀呀"响，偶尔还发出"哼哼""呵呵"的声音。

第二天老曹跟所有病友说，他的病房里有个"蒋总"，又穷又爱装，牛哄哄的嘞。

快 12 点，蒋尤尤出诊结束。

"没有了吧？"

刘护士回："没有了，刚刚是最后一位。"

蒋尤尤脖子和腰都坐酸了，边活动筋骨边往办公室走。同事都去吃饭了，办公室里就蒋真真在，坐在蒋尤尤的办公桌前。

"三姐，你怎么在我这儿？"

蒋真真把药瓶放在桌上："说吧，怎么回事？"

那瓶药是叶酸。

蒋尤尤开始胡说八道："治头疼的，最近老是头疼。"

这药蒋真真自己也吃过："你当我傻吗？"

蒋尤尤见这个理由糊弄不过去，继续瞎扯："是我同事的，她怀二胎了。"

"哪个同事？"

最近没听说哪个同事怀孕，蒋尤尤编不下去了。

蒋真真拉着她往外走："跟我去抽血，我看你还找不找理由。"

"我招，我招。"没办法了，蒋尤尤一副破罐子破摔的表情，"叶酸是我的，我怀孕了。"

蒋真真神情立马严肃起来，去把门关上："孩子是谁的？"

蒋尤尤拉开椅子坐下："你就别问那么多了。"

"你都要当单亲妈妈了，我能不问吗？"蒋真真心急如焚，"你快告诉我，孩子是谁的？是不是关思行的？"

"不是。"

"不是他是谁？"

蒋尤尤不想说，低头装鸵鸟："你别问了。"

这么大的事，蒋真真不可能由着她三言两语糊弄过去："是不是李同？"

她抬头，很茫然："李同是谁？"

蒋真真要被她气死了："你前前男友。"

前前男友叫李同？对名字没多少印象，蒋尤尤就记得对方是个体育生，亲完就想去酒店，她当天就把人甩了。她辟谣："不是。"

"安临风？"安临风又是谁？

蒋真真："……"

蒋真真提醒："你前前前男友。"

蒋尤尤懒得回忆他是哪位："别乱猜了，我跟他们就是纯玩。"她举起 3 根手指，坚定地发誓，"纯洁地玩耍。"

蒋真真实在猜不出来了。

"我以前那些……"蒋尤尤谨慎地措辞,"那些玩伴,你怎么都知道?"

毕竟她以前的形象是成日在闺阁里绣花的名媛淑女,每一任男友都是背着家里交往的,除了关思行。

"你姐夫在酒吧看到过你,当时两个男的在为你打架。"

蒋尤尤:"……"

她无话可说。她以前是享乐主义者,心里接受了以后要嫁一个蒋正豪挑的金龟婿,所以疯玩,男朋友换得很勤,尤其是无聊的时候,日抛和无缝衔接的事也干过,不走心也不走肾,不走心是因为不想走心,不走肾是之前她清心寡欲,可能就是因为没走心吧,真没那方面的需求。

不过三姐夫是个能处的,嘴真严。

"你还没说孩子是谁的,别给我转移话题。"

言归正传,蒋尤尤继续瞎说:"我孩子没爹,我做的试管。"

蒋真真:"……"你猜我信不信。

"我得去看病人了,你先回去吧。"

蒋尤尤开始赶人。在办公室外面驻足多时的申丽静悄悄地离开了。

申丽去了蒋正豪的病房,一脸兴奋:"老蒋,你东山再起的机会来了!"

蒋尤尤下午有一台手术,1点左右开始,4点多结束。她看完病人的情况后再次回到办公室。

同事正好出去:"蒋医生,你的手机刚刚响了很久。"

蒋尤尤把放在抽屉里的手机拿出来,有3通未接来电,都是她三姐打来的。

她拨回去。

蒋真真一秒接通,急急忙忙地在电话里说:"尤尤,爸要去西山首府,现在在车上,我拉不住他。"

"他去西山首府干吗?"

"他说要去找关思行负责。"

这是蒋正豪干得出来的事,哪怕她不承认孩子是关思行的,蒋正豪为了东山再起,也会去"碰瓷",关家在蒋正豪眼里,是镶了金边的肥羊。

"让他接电话。"

蒋真真把手机给蒋正豪。

"打电话来干吗?"蒋正豪理直气壮地说,"我这是去帮你做主。"

蒋尤尤简明扼要就一句话:"孩子不是关思行的。"

蒋正豪直接把电话挂了。蒋尤尤深深吸了一口气,冷静完,换衣服,去主任办公室请假。

"师傅,去西山首府,麻烦您开快点儿。"

出发之后,蒋尤尤给她三姐发了一条消息:"帮我拖一拖。"

蒋正豪下了车直接往西山首府的大门走，蒋真真拉住他。一路上被叨叨，蒋正豪很不耐烦："你别拉着我，你这个吃里爬外的！"

蒋真真不撒手，拖住蒋正豪的胳膊："尤尤说了，和关思行没有关系，这么闯去关家，太没有规矩了。"

蒋氏都破产了，蒋正豪才没闲工夫管什么规矩："有没有关系，问了不就知道了？"

这时申丽上前，唱红脸："真真，你放心，我们不会直接问的，就去探探口风。"申丽边说边挽住蒋真真，暗暗使劲把她的手拉开。

蒋正豪火急火燎地就往大门走。

蒋真真心里着急，嗓子都喊破了："你别去，别给尤尤找麻烦！"

大门口的保安听到声音，从屋里出来，隔着别墅区的大门查看外面的情况。

"你们是什么人，在这里吵吵闹闹要干吗？"

蒋正豪推了下门，发现是锁着的："我是来关家拜访的客人。"

"你们等等。"保安回办公室查了一下今天的来访备注，查完出来说，"关家没说今天有客人。"

西山首府是富人区，安保很严，轻易不让外人进，户主如果有客人，客人还是生面孔，保安室会提前做好记录或者登记车牌，以确保不会有不相干的人混进去。

蒋正豪隔着门解释："我们是临时来拜访的，麻烦你开一下门。"

"这可不行，哪儿能随便开门？要不您给关家人打个电话？"

蒋正豪以前怎么说也算个老总，哪里受得了这种怠慢："打什么电话？你不认识我？我以前来过。"

保安还真不认识蒋正豪，如果不是户主的亲戚或常客，他哪儿能都记住？他劝这位火气很大的客人："还是打个电话吧。"

蒋正豪就开始发脾气，20米之外都听得到他的声音。

20米之外，谷易欢手里拿着个篮球。西山首府有体育馆，他刚跟关思行打完球，本来要回关宅。

他停下来看热闹："那是蒋正豪吧？"

关思行直接过去。

谷易欢拉住他："等等，先看看。"

蒋正豪正在对保安发火。

"你不过是个看门的，还敢在这里狗眼看人低。"

保安也不敢轻易得罪人，蒋正豪吼他让他开门，他不能开，就一直道歉。这时，一辆出租车停在路边，蒋尤尤从车上下来。

蒋真真叫她："尤尤。"

蒋尤尤脸色很不好，径直走到门口："闹够了没有？"她没有大吵大闹地发脾气，但谁都看得出来她有多生气。

644

蒋正豪在保安那里吃了瘪，火气也很大："关思行搞大了你的肚子，我怎么不能闹了？"他大声嚷嚷，"他们关家得负责！"

蒋尤尤忍无可忍："你要我说多少遍，我的孩子不是关思行的！"

谷易欢手里的篮球掉在了地上。

球不停地往前滚，滚到了大门的铁栅栏下，惊动了门外的4个人。

蒋正豪回头，虽然绿植把人挡住了一半，但他还是眼尖地发现了关思行，刚刚还咄咄逼人，立马眉开眼笑："关贤侄，你来得正好。"

贤侄？蒋尤尤觉得刺耳。

蒋正豪满脸堆着笑："我女儿怀孕了，你……"

"蒋正豪，"她不敢看关思行脸上的表情，蒋正豪这副卖女儿的嘴脸让她太难堪，无地自容到只想立马消失，"你再说一句，我现在就撞路灯杆上把我自己撞死。"

她转头就走。关思行却追了上来。

她不想见他："你不都听到了吗？还追过来干吗？"

愤怒和被击碎的自尊变成了一把火，烧心燎肺，让她难受。她喘不上气，停在原地，手轻轻按着小腹，身体不自觉地躬着。

"怎么了？"她慢慢蹲下。关思行不知道她是哪里不舒服，也不敢随便碰她，只能一只手在她的腰后托着，给她支撑力："小欢，快去把车开来。"

谷易欢应了一声，立马去开车。

"尤尤。"蒋真真过去扶着她，问她哪里不舒服。

肚子很疼，她说不出话，蹲在地上不敢动，脸都白了。

蒋正豪和申丽也都围上去。

"你……"

蒋正豪刚开口，蒋真真就朝他大吼道："你别再说话了！"

蒋正豪悻悻地闭上了嘴。

蒋尤尤被送到最近的市人民医院。她中途昏迷了，不知道过了多久，睁开眼的时候外面已经天黑，房间里亮了灯。她用了几秒反应过来自己在哪儿，然后立马去摸自己的肚子。

孩子月份很小，其实什么都摸不出来，这只是她下意识的动作。

"孩子没事。"

手上的动作停下来，她这才转头看向床边，关思行身上还穿着下午打球时穿的运动服。

她现在的情绪很平静："你走吧。"

关思行站着没有动："我们结婚吧。"

蒋尤尤的4个姐姐都嫁得"不错"，是蒋正豪认为的那种"不错"。二姐自杀之前，她没多少反抗心理，接受了自己以后也会嫁个蒋正豪挑的"不错"的人。她对婚姻没

· 645 ·

有任何期待，所以也从来没有幻想过求婚、结婚之类的场景。

第一次被人求婚竟然是在这样的情况下，蒋尤尤没有一点儿欢喜，哪怕求婚的那个人是唯一让她动了结婚念头的人。

"你不问问孩子是谁的？"

关思行没有迟疑地说："是你的。"

"你还挺大方。"

蒋尤尤坐起来，推开关思行伸过来想要扶她的那只手，嘴角在笑，眼神却是冷漠的："在你眼里，我就是这种人啊？会不明不白随随便便地找人'接盘'？"

不能发脾气，不能哭，情绪激动对孩子不好，她面无表情："想当我孩子爹的人多的是，你给我滚。"

她一句话都不想再听，侧身躺下，拉高被子，盖住耳朵。关思行在病床边站了一会儿，然后出去了。病房门口有椅子，他坐下来，四周很安静，可以静下来思考。

他想了很多，想了所有的可能。除去不可能的，那剩下的再怎么不可思议，也是最有可能的答案。

他拨了谷易欢的电话。

"你带来我家的那个香水是不是有问题？"

"什么香水？"

"青柠味道的。"

那个香水，关思行无意间打破了瓶子，味道几天都没有散干净。

谷易欢说："那个香水是宋三方的，怎么在你家？"

关思行是物理天才，生活技能很差，但不是什么都不懂，还很聪明："那是什么香水？"

"促进男女感情发展的。"谷易欢脑子转得可没那么快，反应不过来，"那香水是四哥调的，没量产，对身体也没坏处。你问香水干吗？你现在该关心的不是你的前女友和你前女友的孩……"

关思行挂断了电话。他打电话给谢商，想要确认一些事情。关思行在病房外的椅子上坐了很久，捋完思绪后起身敲门，里面的人没有回应，他等了片刻，才说："我进去了。"

他推门进去，说："尤尤，可以听我解释吗？"

蒋尤尤没睁开眼。关思行看到枕头上有湿痕，刚伸手，还没有碰到她的眼角，她就推开他的手，转过身去，背对着他。

孩子没事，但医生说，胎不稳定，她不能受刺激，关思行说："那你先休息，我去外面等。"

关思行走到门口，蒋尤尤说话了，背对着他说的："解释。"她真的很好。他这样惹她生气，她还肯听他解释。

"你来出租屋拿行李的那天晚上，我喝了酒，但没有喝多，我都记得，我只是误以为是我在做梦，恰好早上醒来的时候你不在。"他局促地捏着衣服，手不知道该往哪儿放，"那几天，我一直做那样的梦。"

蒋尤尤转过身："你是不是看了什么不健康的东西？"

关思行立马摇头："没有。"

她目不转睛地盯着他。

"是香水的问题。"他解释，"谷易欢来我家找我喝酒的时候落了一瓶香水在我家，被我不小心打碎了。我刚刚问了谢商，那个香水里面有琎凝素。"

"催情的？"

关思行点头。蒋尤尤想起来了，那晚她也闻到香水味了。不过她很清楚，动情不是因为香水。她也不后悔，她是自己愿意的，在关思行抱着她不肯让她走的时候，她就想都由着他。

"就算这样，你也不能分不清。"她忽然觉得很委屈，非常非常委屈，眼睛忍不住发酸，"我的金锁都给你了，我不是告诉你了吗？那是我妈妈给我留的嫁妆。我怎么会生别人的孩子？你怎么能那么久才想明白？"

她一哭，关思行就慌了神，眼睛也跟着红了。

"对不起，我不好，总是做错事。"

她将头转去一边，不看他："我还不想原谅你。"

"不想原谅"的前面还加了个"还"。她好像比她以为的还要喜欢他，要不然依照她的脾气，依照"不乖就拜拜"的渣女作风，这件事不可能轻易翻篇儿。

她躺下："我要睡了。"

关思行"嗯"了声，开门出去。

"你去哪儿？"

"去门口坐着。"他要守在这里，不会走。

蒋尤尤语气带着气，生气有，但赌气的成分更多："要么回家，要么在病房待着，随你的便。"

他也不知道让谷易欢带件衣服来。她闭上眼，睡觉。关思行进来，关上门，轻手轻脚地搬了椅子放到床头边。他坐下来，看了好久蒋尤尤的脸，然后视线不自觉地移到她的小腹的位置。

蒋真真说，尤尤很珍惜这个孩子。中奖是这种感觉吗？不知道，关思行从小到大都没有中过奖。

大概过了半个小时，谷易欢来送了一次粥。谷易欢有很多想问的，关思行把粥拿过来，把人赶走。

吃了晚饭，蒋尤尤就睡了，中途醒了两次，都看见关思行坐在椅子上，用床头的柜子垫着纸，不知道在写什么。她当时半睡半醒，在柔和昏暗的光线里看着他低下头露出的后颈，听着笔尖滑过纸张的声音，这声音很催眠，她又睡了过去。

早上醒来的时候，病床边没有人，蒋尤尤朝卫生间的门口张望。有人开门进来，蒋尤尤听见声音，立马看向门口，是过来换药的护士。护士看出了她在找人："你男朋友刚出去，应该是去买早饭了。"

护士给她换了药。她在病床前的柜子上看到了关思行留下的纸——用杯子压着，第一页的最上面写着3个字："检讨书。"

杯子里的水还是温的，检讨书一共5页纸长。

"尤尤，你很好，哪里都好。是我不好，我除了物理，什么都不擅长，嘴很笨，情商很低。

"知道你有了宝宝，我的第一反应是我要出局了。我不敢认为孩子是我的，不是不相信你，也不是把你想成你说的'那种人'，是我不自信，我不觉得我有那样的资格。

"我进了第七研究院，我爷爷说，他很为我骄傲，周围很多人觉得这是荣耀，是光环。但我知道，对我未来的另一半来说，这是缺点。我的工作会限制我很多，日常通信、交谈、自由支配的时间，连最普通的日常报备我都做不到，可能随时失联，可能在你最需要我的时候，我不能出实验室，不能告诉你我在忙什么。

"假装王善喜骗你，也有工作上的原因，作为关思行，我没有任何优势。你问过我，什么时候喜欢你的。

"我第一次见你，是在你的升学宴上……"

关思行在外面敲门，等了几秒才进来，手里提着早餐。

蒋尤尤抬头看他。

"要先刷牙吗？"

"嗯。"

她把检讨书放在柜子的抽屉里，掀开被子，打算起身。

"你躺着，医生说，今天最好不要下床。"

她又躺回去。关思行把早餐放下，去卫生间拿了水杯和牙刷，还有一个盆。他把水杯和牙刷给她，自己端着盆。

检讨书的最后一句是："我有很多很多缺点，但是尤尤，我非常非常喜欢你。"

蒋尤尤把漱口水吐在盆里。

"这个检讨你写了多久？"

关思行放下盆，将已经打湿的毛巾递给她："一晚上。"

他不善言辞，所以字字都斟酌。他们吃完早饭没多久，有人来探病。

关思行去开门："爷爷。"

除了关慕生，一起来的还有关正安夫妇。

保安把蒋正豪"来访"的事告诉了关正安。关正安去见了蒋正豪，知道了蒋尤尤怀孕的事。昨天晚上11点多，谈令兰在电话里和关思行确认了孩子的事。本来要来探病的是谈令兰，老爷子知道了，说她一个人来礼数不够，自己亲自过来了。

关慕生进门："思行，你先出去。"

关思行站着没动，看向蒋尤尤。

蒋尤尤说:"你出去吧。"

他这才出去。关正安把门关上。

蒋尤尤向3位长辈问了好。

关慕生上前,脸上的表情不像刚才对关思行那样严厉,很和蔼慈祥:"身体好点儿了吗?"

"没什么事了。"蒋尤尤坐直身体,"关爷爷,您坐。"

关慕生坐下,把拐杖放在一边:"尤尤啊。"

她出声答应,表情很拘谨。她是第一次见关慕生,有些紧张,以前只在新闻和电视上见过他的名字,知道关慕生是物理领域的泰斗,是为国家做出过重大贡献的人物。

关慕生一点儿架子都没有:"不用紧张,我们过来是想当面给你赔个礼。你们的事思行和我说了,是他没处理好,让你受委屈了。"

不知道关思行是怎么和家里说的,她猜他应该只说了他自己的不是。

"关爷爷,我没受委屈,思行也没做错什么。"

"他有没有做错你可以在心里评判,我不是来替他求情的。"关慕生表明不会袒护自己的孙子,用平等的态度来和蒋尤尤说,"你和你父亲的关系我了解了一些,所以自作主张越过了他,亲自来和你说。尤尤,你不用有负担,你和思行的事你们自己商量就行,我们做长辈的不会干涉你们做的决定。如果你不想再和思行相处也没有关系。至于孩子,你决定就好,那本来就是你的权利。如果你还愿意给思行机会,是先相处还是直接定下来,都依你的意思,你有任何想要思行做的、想要我们关家做的,都可以跟我提,我都能给你做主。"

这一番话表明了关家的态度,也表明了关家对蒋尤尤的看重和尊重。关慕生主动越过蒋正豪,代表着关家不介意她与生父断绝关系,认同并且支持她的决定。

关家是真正的书香世家,通情,知理,给足了蒋尤尤退路与选择。

"你不用现在就做决定,慢慢想,要是不好意思跟我说,跟思行说也行,或者跟思行妈妈说。"

蒋尤尤点头:"好。"

"我们一直待在这儿你也不自在。"关慕生拿起拐杖,"那我们就先回去了,你好好休息。"

蒋尤尤掀开被子,想下床去送送。

谈令兰连忙阻止:"不用起来,不用起来,躺着吧。"

在刚刚谈话的时间里,谈令兰切好了一盘水果,放在了柜子上。地上放了一堆营养品和补品,都是关正安带过来的。关思行在外面等,坐立不安。

关慕生出来了,该训的昨晚都训了,就交代了一句:"研究院那边我去帮你打招呼,这段时间你好好照顾尤尤。"

"谢谢爷爷。"

关慕生瞪了他一眼。年轻人的感情纠葛他不过问,但让人家女孩子怀孕住院,还一次都没陪人家去做过检查，男方就是要负主要责任。谈令兰是慈母，没关慕生那么严厉，扶着关慕生离开时不忘回头使眼色，示意关思行看手机。

她发了条信息："宝贝，要好好哄，争取双喜临门。"

关思行目送长辈离开后，回到病房。

"我不知道他们会来，有没有吓到你？"

"没有，你的家人都很好相处。"

蒋尤尤拉了拉关思行的衣服，他顺势坐下。

"关于孩子，我想听听你的想法。"

他想都没想："我都听你的。"

"不要都听我的，你怎么想也很重要。"蒋尤尤郑重地问，"你做好当父亲的准备了吗？"

关思行的职业特殊，她不能只考虑自己的意愿。而且她气消得差不多了，不想让好事多磨。户口本她早就偷出来了。

"我不知道需要做什么准备，不过可以学。"关思行握住蒋尤尤的手，眼里满是期待，"尤尤，我很开心，我想和你和好，我想和你结婚。"

蒋尤尤早就想好了，所以没再考虑："我有一个要求——不管蒋正豪怎么耍无赖，都不要帮他，不要给他钱，不要给他资源，不要让蒋正豪吸关家的血。"

关思行答应了："好。"

"我们结婚吧。"

他笑："好。"

关思行和蒋尤尤在 26 日领了证。婚礼的话，短时间内筹办不了，蒋尤尤不想大着肚子穿婚纱，所以决定暂时不办婚礼。谈令兰就提议，可以先办个订婚宴，让关家的亲友都过来认认人，这样也算定下了。蒋尤尤没有意见。

订婚宴蒋尤尤的 3 个姐姐都来了，但蒋尤尤没给蒋正豪和申丽发请帖。蒋正豪在门外进不去，骂了半个小时的不孝女和白眼狼。

谈令兰吩咐人抬了桌子、椅子出去，茶点、饭菜、酒水一应俱全，都给亲家公、亲家母端过去，但门不开，主打的就是一个有礼貌，但不往来。

"温总。"温长龄被叫醒了，睁开眼。

戴秋说："飞机落地了。"

华旗技术和东方汽车合作的新型辅助驾驶系统已经完成，东方汽车的总部在蔺北，路测的地点在蔺北的京门区环山路上。东方汽车已经取得了自动驾驶示范区印发的"智能网联汽车道路测试通知书"和交通管理局颁发的路测牌照，这次的路测项目除了自动避障、半自动新型驾驶辅助，还有全智能自动驾驶。

华旗技术作为系统的研发公司，不仅温长龄这个首席技术官，整个项目团队的核心技术人员都来了蔺北。

"车已经安排好了，在3号出口。"戴秋是此次的随行秘书，"温总，你要不要先过去？我们去取行李。"

"不用了，一起过去吧。"

一行十几人，拿了行李，往出口走。温长龄拖着自己的箱子，手机刚刚开机，低着头在看手机里的消息。

团队里有人说："江董来接我们了。"温长龄抬头。

江城雪站在出口指示牌旁边，抬起手，挥了一下。他个子很高，身穿格纹大衣，在人群中十分显眼。他没有上前，在原地，等着温长龄走出来。

"温长龄，"江城雪喜欢叫温长龄的全名，"欢迎来到蔺北。"

他神色雀跃，仿佛在说：欢迎来到我的王国。出于对东道主的尊重，温长龄乘坐了江城雪安排的车。戴秋在副驾驶座，温长龄和江城雪坐在后座。

她看着窗外。蔺北和北城差不多，都是繁华的大都市，一眼望去高楼大厦，车水马龙。

"第一次来蔺北吗？"

"嗯。"

"路测在后天，你明天可以出去逛逛。"车内很宽敞，江城雪靠左而坐，与右侧的温长龄保持着一个人的距离，"需要导游吗？"

温长龄礼貌地拒绝："不用了，谢谢。"

酒店是东方汽车安排的。温长龄一行人的车停在了门口，迎宾员上前，为客人开门。

温长龄下车。江城雪坐在车里，靠着座椅，视线转向温长龄："后天见。"

他移开目光，迎宾员立马会意，上前将车门关上。

温长龄的房间在37层，她简单收拾了一下行李。她和同事约了下午六点半聚餐，现在还不到6点。她给朱婆婆打了一通报平安的电话，挂断之后，没有第一时间退出通讯录，手指鬼使神差地滑到了谢商的号码上。

可能因为来到陌生的地方，从下飞机起，她就莫名其妙地感到不安。

思绪出走了几秒，就在那几秒，手指按了下去，她立马反应过来，想要挂掉，电话却通了。

"喂。"温长龄看着手机，像在看一个烫手山芋，磨蹭了很久，才将手机放到耳边。

"我按错了。"解释完，她准备挂断电话。

谢商叫她："长龄。"

她又把手机放回耳边："嗯。"

"到酒店了吗？"

"到了。"

"君悦酒店？"

谢商在她身上装了定位器吗？

"你怎么知道？"

谢商说："猜的。"

君悦集团的少东家和江城雪往来密切。

门外有人敲门："温总。"

是戴秋。温长龄起身去开门，和谢商说："我同事过来了，先挂了。"

"好。"

电话挂断后，谢商去抽烟区点了根烟。蔺北是江城雪的地盘，江城雪这个人黑白两道通吃，谢商不放心温长龄。

楚官林也从饭局出来了，刚刚谢商看到来电后的神色他可是注意到了。

他过去，问谢商借了打火机，玩笑地问："女朋友来查岗啊？"

谢商摇了摇头。楚官林和谢商是大学同学，在政法系里工作，谢商的事他知道一些，之前温招阳的案子他帮忙找过庭审资料。

"还是那位？没换？"

谢商点了烟，却没怎么抽："就她一个。"

次日，蔺北阴天。蔺北更靠北，温度比北城还要低几摄氏度。温长龄独自一人去了一个地方——安定医院。安定医院有蔺北最好的精神科，护士已经被提前打点过，直接带温长龄去了病房。

病房的门上了锁，里面的人没有自由。护士开了门之后主动回避，温长龄进去，关上门。

"江先生。"

江汝才，东方汽车前任董事长江立松的小孙子。

他抬头，冲温长龄笑。温长龄走过去，长话短说："江先生，如果你想离开这里，我可以帮你。"

江汝才今年34岁，坐在地上，衣服上、脸上全是颜料，撅着屁股在纸上乱画："画，嘿嘿，画画。"

江立松原本有3个孙子，两年内，一死一残一疯。江家再无人可用，之后江城雪就被接回了江家。他和江家没有血缘关系，7岁时，他生母再嫁，带着他进了江家门。他母亲一死，江家就弃养了他，他继父对外给出的弃养原因是：继子精神有问题。

温长龄把名片放在地上，随后离开。

门又被锁上了。趴在地上画画的男人坐起来，捡起名片看了一会儿，把名片放进嘴里嚼碎，吞下去。

路测9点开始，温长龄7点就到了环山路现场。这次的路测路段对外封闭，不会有社会车辆。隔离带外面围了很多人，大多拿着摄像机，是媒体人士。

"怎么这么多记者？"

江城雪穿着黑色冲锋衣，不像个商人，但商人本色不改："技术要变现，也需要造势。"

温长龄不反对他造势："既然要造势，那就造大点儿。"她提议，"智能自动驾驶路段，你亲自上车体验，如何？"

江城雪反问："你一起？"

商人就是商人，一点儿利都不让。

"可以。"

一个车企董事长，一个首席技术官，一群媒体，这个势造得够大。不过这也算双赢，东方汽车要卖车，华旗技术也要卖系统。

温长龄对戴秋说："去安排一下。"

前期准备工作有条不紊地在进行，温长龄忙前忙后地统筹安排，某位董事长躺在户外椅上，戴着墨镜，日光没有，闪光灯不少。

"温总，"情况有变，云易过来跟温长龄汇报，"气象台发来了最新消息，下午4点之后，很大概率会下雪。"

之前的预报是没有雪的，但以防万一，技术团队在路测项目里加了天气模式，如果下雪，系统会自动开启雪天模式。

"降雪量在我们预测的计算范围之内吗？"

云易说："超过了23%。"

人工智能和人一样，也有安全范畴里的极限值，如果雪太大，同样不宜出行。

江城雪人在旁边，温长龄就不复述问题了："我建议提前半个小时开始。"

东方汽车的高管和技术人员也在场，他们没有发言权，只能等老板发话。

江城雪一副好脾气的模样："都听温总的。"

下面的人去安排了。

八点半，路测开始。温长龄和江城雪乘坐的那辆车除了他们二人，副驾驶座还有一个安全员。主驾驶座无人，全自动智能驾驶。

上车之后，温长龄和江城雪各坐一边。

"你们的系统安全吗？"

他看着可不像怕的样子，坐姿舒展随意。

安全员回答："当然安全。"安全员是华旗的技术人员，"江董放心，我们团队和贵公司的团队一起模拟实验过很多次，绝对不会出任何差错。"

"出差错也不要紧。"江城雪枕着后座靠背上的头枕，工卡的线缠在左手指尖上，工卡越过中间座位的中线，偏向温长龄，上面写着："东方汽车，江城雪。"他的语调慢悠悠的，"反正有你们温总陪着。"

温长龄没接话，打开系统语音，连线云易，进入工作状态："云易，准备好了吗？"

"准备好了。"

"开始。"

温长龄话音落后 5 秒，驾驶系统启动，自动播报："ATS046 号，开始路测。"

汽车启动，行驶。

这次的路测项目有 3 个：全自动智能驾驶、自动避障、半自动新型驾驶辅助。路测时间从八点半到下午三点半。除了体验，技术人员还要完成数据的采集。

"ATS046 号，路测结束。"

"AES021 号，路测结束。"

"SAS011 号，路测结束。"

随着系统的播报声，路测毫无差错地全部结束了。

温长龄在路测路段的终点："云易。"

云易在起点，回答："数据一切正常。"

温长龄看了一眼时间，和路测之前计算的分毫不差，她的工作完成了："后面造势的工作就麻烦江董了。"

她推门下车，刚走出去几步，雪花飘落。

江城雪从她身旁走过："听说会有暴雪。"

路测结束了，工作团队有序地撤离，环山路封闭段重新开放。

回程温长龄坐戴秋的车。云易工作效率很高，采集到的数据已经发到了温长龄的邮箱，车上有平板电脑，她打开了表格。

戴秋在主驾驶座。启动了两次车都无果之后，她下车查看，再回到车里，还是不行。

温长龄问："怎么了？"

"油路系统故障了，车启动不了。"戴秋下车，"我去协调一下。"

这辆出行的车是临时借的，他们这次出差没有开车过来，而路测的车辆是不能拿来开的，回去还要采集系统数据。

"温总，"戴秋回来，站在车窗外面，对温长龄说，"江董的车还可以坐两个人。"

温长龄关掉平板电脑，把东西都收进背包，下了车。

江城雪的秘书薛先生在江城雪的车旁边等，看见温长龄过来，他绕到后座，将车门打开。

"谢谢。"

温长龄上车，坐在后座的左边。

"坏的那辆车，"江城雪问了一句，"什么牌子的？"

"不是东方汽车。"

他笑了笑，要是是东方汽车的车，好多人要失业呢。

车从路测路段到山下的国道，正常速度的话，需要一个小时左右。车里没人说话，各做各的事。

温长龄在看手机。

谢商发了消息过来："路测结束了吗？"

她回:"结束了。"

"下雪路滑,注意安全。"

她看着窗外在想:北城也下雪了吗?

途中,江城雪接了一通电话。

"CT结果我看了,没有手术的必要。"

车厢里只有江城雪的声音:"波特已经很痛苦了。"他说,"安乐死吧。"

温长龄转头,撞上了江城雪的目光。几秒的目光交会,二人都很平静,她先移开视线,他也移开。贴了黑色防窥膜的车窗上映出两张侧脸,偶尔重叠。

车子行驶到路段中间,前方路况有变,穿着橙黄色制服的消防员挥动着发光的指挥棒,薛先生将车停下来。

"前面好像堵了,我下去看看。"

薛先生下车去查看情况。几分钟后,薛先生回来:"江董,前面路段发生了山体坍塌,消防员在清障。"

"要多久?"

"半个小时左右。"

"等吧。"

江城雪闭目养神。薛先生打开老板爱听的钢琴曲,调子悠扬和缓。车里开着空调,窗户紧闭,车窗里侧凝结了一层水珠,车里的人不太看得清楚外面,只能看见茫茫白影。

可能因为长时间不开窗,温长龄感觉不适,氧气稀薄,很压抑。她推了一下车门,发现是锁着的:"薛先生,麻烦开一下车门锁,我想下去透透气。"

薛先生说:"外面在下雪,很冷的。"

"没关系,我很快上来。"

薛先生从后视镜中看了一眼老板的脸色,老板没睁眼。薛先生打开车门锁。

温长龄下了车,只拿了手机。她走到车的后面,望着空旷的远处,深呼吸。

路灯把夜幕映得微微泛红,草木葱郁的山已经被雪覆了白。

温长龄的电话响了。

"月月。"

"我刚得到消息,"傅影说,"江汝才死了。"

温长龄愣怔了一下:"怎么死的?"

"安定医院给的解释是发病了,从17楼跳了下去。"

车门突然打开。温长龄回头,江城雪下了车,撑着雨伞,一步一步走向她,风迎面扑来,他在白色的雪里,像黑夜恶灵。

他走到温长龄面前,把伞递给她。

"暴雪要来了。"

温长龄本能地推开他,伞和手机都掉在了地上。

四周寂静无声，手机里传来傅影的声音："长龄。"

温长龄没有应答。

"长龄？"

傅影问："听得到我说话吗？"

温长龄捡起手机，结束了通话，眼睛看着江城雪："波特是谁？"

江城雪捡起伞："波特是一条狗。你忘了，我是兽医。"

他眼窝深，让人难以看透，她与他对视时，仿佛望着的是远方被大雪遮蔽的残月。在东方神话里，残月为不吉。

他将雨伞举高，往前走了一步，将温长龄纳入他的伞下："回车里吧。"

温长龄往后退。薛伯勇、戴秋，他们都是江城雪的人。被安乐死的波特真的是狗吗？温长龄感到强烈的不安。就在这时，她的手机突然振动，发出的声音在大雪纷飞的夜里出奇地突兀和诡异。

"我不下山了。"温长龄指着远处的酒店，"我去那里。"

她转身走进大雪里。不能再和他们待在一个空间里，她会喘不过气。

她接了电话："月月。"

"刚刚发生什么事了吗？"

"没事。"

戴秋在后面喊："温总。"

温长龄没有回头。

"温总！"

戴秋刚追出去，听见伞下传来温柔的低语，像恶鬼的引诱："随她吧，她长了脚，总不能不让她逃。"

视线里的背影越来越小，直到变成黑色的点，江城雪无奈地叹气："应该带上伞，这么大的雪，淋湿了怎么办？"

雪越下越大，正是暴雪来时。

山上有度假酒店，从温长龄出发的地方走过去至少要两个小时。她走了不到一个小时，脚步就开始变重了，鞋子湿淋淋的，她的每一步都像踩在冰刃上。温度太低了，路又陡，她的呼吸越来越重，越重喉咙越痛。这里太安静了，安静到她一个不怕死的人都觉得恐惧。

谢商的电话来得很及时。

"谢商。"

温长龄只喊了一声，谢商就听出不对来了。

"怎么了？"

他的声音一下子驱散了温长龄所有的不安。

她吸了吸鼻子，将手和手机一起缩到袖子里面，低着头，眼睛快要被帽子罩住，抱怨："蔺北好冷啊。"

谢商听见了风声："你在室外？"

她不诚实："没有啊。"

"我听得出来。"

温长龄本能地捂了一下听筒。

谢商说："把位置发给我。"

她转移话题："北城下雪了吗？"他人在北城，发位置也没用。

"长龄，把位置发给我。"

他好烦。

温长龄把手和手机从袖子里拿出来，手指都僵了，很不灵活地把位置共享给了谢商。手机的电量已经岌岌可危，但是她太需要谢商的声音，于是继续刚才的话题："北城下雪了吗？"

"没有，明天应该会下。"

她"哦"了声，脚步不自觉地变慢了："今年好像真的会有百年难遇的暴雪，好多地方在下大雪。"

谢商问："你喜欢下雪吗？"

"不喜欢。"温长龄说，"我喜欢春暖花开。"

"那以后去香城定居。"

花都香城是温长龄的故乡，那里的冬天一点儿都不冷，春夏很长，秋天也会开满鲜花，四季都有茶。

"我会回去的，早晚都要回到故乡去。"

等她死了，她就要魂归故里，去妈妈和阿拿的身边。

她一个人，但路灯的光交错，地上不止一个影子。她不想一个人走夜路，需要谢商陪着，所以话很多，一直没话找话。

"谢商，我都没有听过你唱歌，你给我唱首歌吧。"

"我唱歌不好听。"

不会吧，谢商古筝弹得那么好。

温长龄觉得他一定是在谦虚："我想听。"

"我会唱的不多。"

她报了一首最简单的："《小星星》。"

谢商说过，他学的第一首古筝曲子就是《小星星》。

电话那边安静了许久，才缓缓传来很低的声音："一闪一闪亮晶晶，满天都是小星星，挂在天上放光明，好像许多小眼睛。一闪一闪亮晶晶……"

谢商不是在谦虚。

温长龄抿着嘴笑："除了用筷子和喝酒，我又找到了你不擅长的东西。"她想到一出是一出，"星星，你会跳舞吗？"

"不会。"

"会摄影吗？"

"会一点儿。"谢商说，"不擅长。"

她问题好多："会写程序吗？"

谢商很无奈："长龄，我只是个普通人，不会的很多。"

没有啊，谢商在温长龄眼里无所不能。

她走累了，停下来，抬头看天上，雪花落进眼睛里，很凉："今晚都看不到星星。"手机的背面在发烫，她看了一眼，"我的手机快要没电了。"

"再等等，会看到……"

谢商的话还没有说完，手机自动关机了，周围一下子又变得好安静。冬天动物都冬眠了吗？林中没有一点儿声音。

温长龄继续前行。应该不远了，她能看到半个酒店了，但酒店也可能很远，毕竟山路都是弯弯绕绕的。

脚踩在雪地里的声音很清脆。暴雪时分，漫长到没有尽头的上坡路上，只有温长龄一个人和数不清的路灯杆。雪浸湿了衣服，她很冷很冷。

她又走了好久好久，一阵风吹来，她的身体晃了晃。她停下来，走不动了。

不同于路灯光颜色的一束光从远处铺到她的脚下。荒山野岭，她第一反应是警惕。脚下的光越来越亮。

她转身，迎着光，半眯着眼睛，从指缝里看夜里的"不速之客"。

"长龄。"

温长龄的手机关机前，谢商没有说完的话是："再等等，会看到星星。"

落在睫毛上的冰晶模糊了视线，温长龄看不清楚远处，冷得声音发抖："星星。"是你吗？

"是我。"

谢商的声音坚定有力，穿过风雪，他走到她身边。这不是幻觉，她的星星真的来了。

"一个人怕不怕？"

这个时候被问怕不怕，人会变脆弱。

"怕。"

她的眼睛很红。

谢商擦掉她眼睫上的冰雪："哭了？"

"没有，风吹的。"

温长龄身后的路上多了一串谢商的脚印，就在温长龄被雪覆盖得已经不清晰的脚印旁边。接下来是很长很长的路，坡度很大，雪下得很嚣张，风仿佛要把人吹走，动物也不敢出没，但她已经不怕了。

"你不是在北城吗？"

"不放心你，订了早上的航班，但因为天气，飞机延误了。"谢商从随身带的背包里取出一件防水的长羽绒服、一双适合雪地行走的靴子，"先把外套换上。"

温长龄的外套不防水，早就被雪打湿了，穿在身上很重。她拉了两下拉链，但是手指被冻僵太久了，没拉下来。

"手僵了。"

谢商摘下手套，给温长龄戴上，手套大小不合适，他就把手腕的扣带绑紧一点儿，再帮她拉下拉链，换上干燥的外套。

"山下封了路，你怎么上来的？"温长龄把外套的帽子戴上。

"走上来的。"谢商蹲下，给她换鞋，"我在封路的地方看到了戴秋，猜到你可能落单了。"

抬脚的时候站不稳，她扶着谢商，无意间发现羽绒服的袖子上有泥点。

"这是哪儿来的衣服？"

"坍塌的路段有受困车辆，救援队的人过来了，衣服是跟他们借的。"

谢商带的衣服都是男装，温长龄穿着很大，但这些衣服适合这样的天气，能挡住腿。谢商把她换下来的衣服折起来："口袋里有东西吗？"

"没有。"

温长龄已经把手机拿出来了。

"湿衣服很重，不能带了。"谢商把被换下来的衣服和鞋子装在背包里，一起扔进了垃圾桶。他把温长龄帽子下面的魔术贴贴好，再将她的全身检查了一遍，确定都整理好了，问她："还能走吗？"

她尝试抬了一下脚，脚是麻木的："走不动了。"

谢商蹲下来。她趴到他的背上，整理好他外套的帽子后，双手抱住他的脖子。

"雪太厚了，你背着我会很难走。"

"不难走，你很轻。"

谢商体力很好，背着温长龄走雪路也不吃力。

她咳了几下，连忙转开头："你感冒刚好，不能传给你。"

"传就传吧，没关系。"

离山上的度假酒店还有一段路，谢商担心温长龄冷太久会吃不消，走得很快。覆了雪的上坡路打滑，他小心翼翼的，把每一步都踩稳。

温长龄把头枕在谢商的肩上，脸不自觉地往他的脖子上靠："你要是没来，我明天可能会上新闻。"就在刚刚冻得走不动的时候，新闻的内容她都想好了，"华旗首席技术官为了她热爱的事业，冻死在了雪地里。"

"不要胡说。"

没胡说，温长龄脑子很清醒，只是有点儿犯困："星星，你以后不要再因为我耳朵不好自责了。"她手紧紧地搂着谢商，脸贴着他的脖子取暖，声音越来越小，在他的耳边呢喃，"你也救了我，你来救我了。"

"长龄。"

"嗯……"

体力快要耗尽,她又累又冷。

"不要睡,会越睡越冷。"谢商给了她一块巧克力,风声很大,他的声音轻轻的,"给我唱《小星星》吧。"

温长龄拆开巧克力的包装。

"一闪一闪亮晶晶,满天都是谢星星……"

路灯下面,雪花打着圈飘落,整个世界银装素裹。冰天雪地里,温长龄抱着谢商取暖,冷得说着没有逻辑的胡话,唱着没有调子的歌,几句里就有一句"星星"。

他是她所有安全感的来源。他们走了半个多小时。天气太冷,度假酒店的生意一般般,那种两个人只能被迫睡一个房间的事情发生不了,酒店有大把的空房间,套房、标间都有。考虑到还不是情侣关系,谢商订了两间房,房间相邻。

房间在7楼,电梯里没有其他人。

"还冷吗?"

温长龄吃了巧克力,已经缓过来一些:"不冷了。"

酒店的暖气开得很足,过道里也不冷。

谢商用房卡开了门,把卡插好,灯光亮起来,他调好空调温度。温长龄把已经关机的手机放在玄关的柜子上,她的脸看上去很红。

谢商摸了摸她额头的温度:"有点儿发热。"

她里面的毛衣还是潮的。

谢商去浴室,把拖鞋和浴袍找出来:"你先去洗澡,我去附近看看有没有药店。"

温长龄"嗯"了声,拉开拉链脱衣服。

谢商出去,把浴室的门关上。

"长龄,"他在外面嘱咐,"我带了房卡,不要给人开门。"

"好。"

谢商点完餐才出门。度假酒店出门往左走有一条小的商业街,不算很繁华,店铺不多,谢商先去买了体温计和药。

东西都买完后,他去了酒店前台:"你好。"

前台有两位女士,一位在打盹儿,听到声音抬起头来,一下子清醒了。另一位女士是标准站姿:"晚上好,先生。"

谢商打开手机里的照片:"请问有这个型号的充电线吗?"他在商业街没有买到充电线。

"有的。"女士把充电线找出来,递上,之后依旧是标准站姿。

谢商离开后,原本在打盹儿的那位女士现在精神得不得了,发出一声惊叹:"哇,身材真好,腿比我的命还长!"

"上班时间,注意你的工作态度。"

打工族不配沉迷于美色:"是,组长大人。"

温长龄吹干了头发才从浴室出来。屋里的灯都开着,热水壶往外冒着热气,手机在充电,屏幕已经亮了。

她走到玄关的转角:"谢商。"

谢商在看药的说明书,见她过来,把体温计递给她。

"先量一下温度。"

温长龄在热水里泡了很久,皮肤泛红。她把体温计放好,然后抱着手臂等。

购物袋被放在玄关的柜子上,袋口散开,里面有一次性贴身衣物、药品,还有一瓶儿童霜。旁边的换鞋凳上放着一个很大的纸袋子,装着女士外套和围巾。

温长龄把袋子里的儿童霜拿出来,看了看上面的文字:"你买这个做什么?"

"没找到护肤品和冻伤膏,只有这个。"她的脸吹了太久的冷风,谢商怕她冻伤。

水烧好了。

他拿了两个杯子,杯子的表面还有水珠,是清洗过的。他倒了半杯开水,用两个杯子来回倒,给水降温。温长龄擦完儿童霜,带着一身水果香凑到谢商面前:"你以前照顾过别人吗?"

"没有。"

温长龄心想:谢商以后要是不开当铺了,还可以去当护工,肯定好评如潮,肯定很多人找他。

"应该量好体温了,给我看一下。"

温长龄把体温计取出来,给谢商。谢商仔细看里面的标线,38.5摄氏度,她在发烧。他取了一颗退烧药,把药和水杯给她:"先把这个药吃了。"

水已经变温了,温长龄吃了退烧药。谢商重新倒水,准备冲感冒冲剂。

门铃响了。温长龄身上穿着浴袍,其实也没露什么,但谢商在这方面很注意,开门之前和她说:"你去沙发那边。"

"哦。"

温长龄把冲剂和水都拿过去。

酒店的工作人员来送餐,谢商没让人进来,签了单,自己把粥放到餐桌上。

在床头充电的手机响了,温长龄看了眼来电显示,是戴秋打来的,她没管。

"充电线哪儿来的?"看着不是新的。

"从前台借的。"

谢商把勺子拿过来,拆了感冒冲剂的包装,把感冒冲剂倒进水里,搅拌了几下。他用手试了试杯子的温度,还是有点儿烫。

"你怎么什么都能借到?"温长龄盯着他的脸,"靠脸借的吗?"

他笑:"我的脸没那么好用。"

她一本正经地予以肯定:"好用的。"

"对你就不管用。"

她坐过去,视线从他的眼睛、唇、喉结,一直移到他撑在沙发上的手臂上,袖子挽着,手臂的肌肉线条很明显。谢商不能单纯地用"好看"去形容,她很迷恋谢商身上这种张力,不只性感,而且让她觉得很安全,能勾起她的欲望。

他的脸对她哪里不管用?他对他自己怎么会有这么错误的认知?

她舔了一下唇:"刚刚吃的退烧药好苦。"

"我去找找有没有糖。"

谢商正要起身,温长龄拉住他的手:"感冒传给你没关系吗?"

他懂了,手绕到她的背后,稍稍用力,扣着她的后腰把她按进怀里,低头吻她,她配合地叉开腿坐到他的身上。

她给的信号是:可以过分一点儿。谢商箍着她的腰,只温柔了几秒,就开始吻得特别凶。他喜欢温长龄被吻到缺氧时目光迷离,只能紧紧地抱着他、依附他的模样,就像他已经完全拥有她。

她只穿了浴袍,衣摆因为她不安分的动作早就乱了,白色的皮肤压在他黑色的长裤上,黑白永远都是最极致的对比、最相配的颜色。

谢商伸手,摸到一手的凉。他稍稍后退:"长龄,"他微微喘气,扶着她的脸,让她的眼睛看着他,"要继续吗?"

她的眼神坚定:"我们复合吧。"

不管了,不想管了,她以前是做临终关怀的,如果她最后还是想去陪妈妈和阿拿,那关怀一下自己,也不是罪大恶极的事吧?

谢商告诉过她,不要对自己吝啬,那她就大方一次,把最想要的给自己。

"不能反悔。"谢商托着她的腰。

他把已经不烫的感冒冲剂端过来:"把药喝了。"

温长龄背着手,不配合。谢商耐心好,也不生气,情绪很稳定,把药喂到她的嘴边。

第二十七章
星星，我日有所思的是你

　　度假酒店的门口停着一辆车，已经停了很久了。车牌号彰显着车主人身份的不凡，迎宾员犹豫了几次，还是硬着头皮上前。
　　"先生，这里禁止抽烟。"
　　车窗开着，男人的手伸出窗外，手指细长骨感，夹着一根烟，少许烟灰落在了地面的雪上。
　　男人抬头。视线对上，迎宾员被对方的目光震慑住，对方哪怕一句话都没说，那气场也让人遍体生寒。
　　迎宾员一时间不知道该怎么办，不料对方竟配合地收回了手，甚至好脾气地道了歉：
　　"抱歉。"
　　江城雪直接用手指捻灭了香烟，抽了张纸包着烟头，扔在了车内的垃圾桶里，用手帕慢条斯理地擦手。
　　迎宾员见识过各种往来的大人物，这位客人都不能用"喜怒无常"去形容，阴沉和良善切换得太自如了，让人难以分清他是人是鬼。
　　迎宾员连忙退下。戴秋从酒店出来，坐进副驾驶座。
　　江城雪眼睛看着酒店门口："在里面吗？"
　　"在。"戴秋迟疑了一下，还是如实说了，"谢商来了。"
　　这暴雪不仅没冻死她，还把她的老情人给送来了，哪儿用得着他来接？
　　人家你侬我侬，他就不在这里当妖魔鬼怪了，关上窗，眼皮合上："走吧。"
　　谢商洗漱完出来，温长龄正坐在餐桌边的椅子上，一边刷视频一边喝粥，听到动静，抬头，笑嘻嘻的，眉眼温温柔柔。

谢商把沙发上的毯子拿过来,盖在她的脚上:"要再叫点儿吗?"

"不用,我吃饱了。"另一份没动的粥用盖子盖着,被放在倒了热水的果盘里温着,温长龄将它端出来,给谢商,"你的我用开水温着,还没凉。"

谢商用餐很快,看着却很斯文。

温长龄撑着下巴看他吃东西:"隔壁的房间能退吗?"

"退不了。"

"浪费钱。"温长龄虽然不缺钱,但是从来不奢靡,习惯非常好,"你去隔壁睡吧,不能浪费钱。"

她还生着病,谢商不会放任她一个人睡觉。

"那你一起去。"

温长龄想了想:"算了,还是别弄乱房间了,工作人员收拾也很辛苦。"两个人一起睡,就这么决定了,"我去刷牙了。"

洗漱完,温长龄躺在被子里玩手机,偶尔咳嗽几声,从咳嗽声能听出鼻子不通气。

谢商收拾完餐盒,洗了手,坐到床边,摸了摸她的额头,她额头还是很烫:"烧还没退,别玩手机了。"他把手机拿开,"难受吗?"

她点头。

她有点儿不习惯现在的自己,在谢商面前好娇气啊。

谢商抱住她,心里被装得好满,手上不自觉地用了力:"长龄,我们不要再分手,好不好?"

刚得到,他就开始害怕失去。温长龄乖乖地用脑袋蹭蹭他:"好。"

晚上,温长龄一直不退烧,体温最高的时候到了40摄氏度。在暴雪里让寒气入体了,她咳得很厉害。

酒店附近也没有医院,只能用物理办法退烧,谢商不停地给她换毛巾,几乎一晚上没合眼,所幸天亮后她的体温终于降下来了。

因为暴雪,飞机停运,谢商和温长龄在蔺北待了3天,有两天都在医院输液。17日返程,温长龄没有和同事一起走,同事问原因,她也大方地坦白,说家属来了。

谢商订了上午10点20分的飞机票,快9点了,温长龄还没有起床。谢商在外面的走廊里打电话。电话那边的人是谢商留学时的校友柯少卿,在省公安厅工作:"安定医院的医护人员都有不在场的证明,警方排除了他杀的嫌疑。"

谢商之前怀疑江汝才不是真疯,现在死无对证了。

柯少卿问:"你怎么对蔺北的案子这么感兴趣?"

"我对江城雪这个人比较感兴趣。"

"他啊。"柯少卿也听过江城雪的大名,"我有个同学在蔺北市的政法系统里,跟我提起过他,不少人觉得他有问题,但就是没人查得出他的问题。"

温长龄醒了,喊:"谢商。"

谢商挂掉电话,回房间,看到温长龄穿着睡衣在翻沙发上的抱枕,他把从酒店餐厅打包的早餐放在桌上。

"在找什么？"

温长龄从沙发上下来，又去翻桌子，连外卖盒都没放过："我的头绳呢？放哪儿去了？找不到了。"

头绳这种东西，就算有十个，也总会有八个找不见。谢商从枕头底下翻出来一个黑色的头绳，是昨晚温长龄自己放的，但她忘了。她从谢商手里拿了头绳，边绑头发，边去浴室洗漱。

她催谢商："你快去收拾行李，要来不及了。"

"都收拾好了。"

"车呢？"

"叫了。"

知道温长龄会赖床，谢商已经都安排好了。

她刷完牙，接了捧水就往脸上浇。谢商按住她的手："这是冷水。"他把水龙头换到热水，"不用着急，时间够。"

"哦。"

温长龄吃了早餐才出发。

在休息室候机的时候，温长龄接了个电话，是陌生号码打来的，没存名字。她避开谢商，去休息室的外面接。

给她来电的是江汝才以前的秘书，柳先生。柳先生也是江汝才太太的堂兄。

"法医的尸检报告出来了，没有他杀的痕迹，现场和监控也没有任何可疑的地方。"

温长龄问："警方那边确认的死亡时间是什么时候？"

"13日，下午5点左右。"

13日下午5点，当时江城雪跟温长龄在一辆车上。

江汝才为什么会跳楼？是意外吗？还是因为她去找过他？温长龄没有办法像个没事人一样，忍不住自责、自省。

她回到休息室，有点儿魂不守舍。

"长龄。"

"嗯？"

谢商问："谁打来的？"

"同事。"

谢商太了解她了，知道她没有说实话："你那天为什么会落单？"

"我下车透气，走丢了。"

关于江城雪的事，温长龄不想把谢商牵扯进来。江城雪是个很危险的人，她自己没关系，死了就死了，谢商不行，谢商得长命百岁。

"环山路除了通往度假酒店的那条支路，没有其他岔路，怎么走丢的？"

温长龄找理由："我路痴。"

"戴秋他们也没等你？"

谢商很聪明，不好糊弄。

温长龄不想展开聊这件事："我说是走丢了就是走丢了，你不要再问了。"

"长龄……"

休息室的工作人员过来提醒："先生，女士，你们乘坐的MU3421航班已经开始登机了，在245号登机口登机。"

温长龄先走。

"谢谢。"谢商道完谢，去追温长龄。

245号登机口就在休息室的左手边，一出去就可以看到。温长龄上了飞机，位子在第二排，她把手机拿出来，准备把包放到上面的行李架上。

谢商接过她的包，帮她放好。

她坐里侧，在扣安全带。

"生气了？"

她把头转向一边："没生气。"

"那怎么不看我？"

她就是怕谢商问。她有一些事不能说，比如江城雪，比如她那些"杀敌八百自损一千"的打算。

"别生气了。"谢商小心翼翼地扯她的衣角，"我不是要管你，只是很担心你，不放心你身边的人。"

"我又不是小孩子。"温长龄转过头来，态度很坚决，"我工作上的事你不要插手，行吗？"她指的是江城雪。

谢商还能说什么？这段关系的主动权本来就在温长龄那里。

他只能点头，不过，他怎么可能真不管？

"你不要瞎担心。"温长龄挽住谢商的手，主动示好，"你不是知道吗？我又不是好欺负的人。"

她吸了吸鼻子，鼻塞，不通气。谢商用手帕给她擦了擦鼻子，一点儿都不介意被传染，靠过去亲她的脸。

温小姐是个冒险家，习惯了孤岛生活。谢商每时每刻都在草木皆兵，总是担心她，怕她受到伤害，怕她单枪匹马去冒险，想无限靠近她，又怕惊扰到她。

谢商刚给温长龄盖好毯子，她又站起来，去按上面的呼叫器，但手够不到。

谢商帮她按了："要什么？"他把毯子给她重新盖好。

"可乐。"

空姐过来了。

谢商说："麻烦给我一杯可乐。"

"好的，先生。"

空姐拿来的可乐是常温的，但因为天气太冷，常温的饮料也很冰。温长龄这次在暴雪中被冻狠了，风寒好得很慢，断断续续烧了两天，肺部还有炎症，今天才稍微好转。

谢商用擦手的热毛巾焐着杯底："你咳嗽还没好，这个太凉了，等会儿再喝。"

"嗯。"

等毛巾冷了，谢商叫来空姐："不好意思，可以再帮我热一下毛巾吗？"

空姐看了看十分登对养眼的二人，嘴角带笑："可以的，先生。"

谢商是真有耐心，一杯饮料，他就这样焐暖了才给温长龄喝。温长龄喝完了可乐，摘了助听器，靠着谢商补眠。她一直咳嗽，谢商不放心，找空姐要了体温计。

坐在右后方的一位旅客悄悄关了正在摄像的手机，给刚拍的视频里的两个主人公脸部加上遮挡特效，将视频发到微博上。

"不愿透露姓名的小仙女"："在飞机上看到一对小情侣，男生惹女生生气了，一直在哄，看得我好爽。我身边的美女们怎么净找丑男？丑男还又渣又自大。终于看到大帅哥低声下气了（虽然用特效挡住了脸，但我发誓，他是真的帅！超级帅那种！他女朋友也很美！！）哈哈哈，男同胞们，请按照这个标准卷起来。"

这条微博虽然明面上是在呼吁男同胞卷起来，但"不愿透露姓名的小仙女"实际是在暗示自己的闺密：别找丑男了！

她闺密真的很美，但找了个丑男当男朋友，丑男没钱人还油滑，闺密居然还中邪似的贴钱、贴资源。

飞机11点40分落地，谢商的车就停在机场附近的停车场。吃完午餐，温长龄要回公司，谢商送她过去，保安让谢商把车开进了华旗的车库。

谢商送温长龄到电梯口后，依然拉着她没松手："不能先休息两天吗？你病还没好。"

"路测之后有很多数据要处理，项目团队的人都在加班，我缺席不好。"

谢商没辙，不放心地嘱咐："如果不舒服，不要硬扛。"

"嗯。"

电梯到负一层了。谢商很自然地和温长龄吻别。

她用手挡住唇："有人。"

电梯门开，里面的确有人。

谢商亲在了她的手背上："我走了。"

等谢商上车了，温长龄才往电梯里走。孟多蓝从电梯里出来，与温长龄擦肩而过。她手上拿着一个箱子，箱子里都是她的私人物品。

"你离职了？"

孟多蓝没理会，径直越过温长龄。

温长龄也不自讨没趣，松开了电梯的开门键。电梯门快要关上之际，孟多蓝不甘心，还是回了头："你很得意吧？"

孟多蓝话里有话。温长龄抬手阻止了门关上："你想说什么？"

孟多蓝冷笑着嘲讽："一个谢商，一个江城雪，他们两个都把你捧得那么高，你也不怕摔了。"她说完就转身离开。

孟多蓝离职并不是出于自愿，是江城雪的意思。前些日子，她因为父亲的事求助无门，心情低落，约了好友喝酒。

好友劝她："与其去求谢商，你还不如去求温长龄。"

好友也是律师圈的，从孟多蓝那里听说过谢商和温长龄"藕断丝连"的那些事，对 KE 律所的风云变幻也知道一些，所以实话实说地劝了一嘴。

孟多蓝完全听不进去，加上喝了酒，当众把气撒了出来："温长龄算什么东西，没有谢商，她什么都不是。"

好友干脆闭上嘴，因为很难评价。

调酒师端过来一杯蓝色的鸡尾酒。

孟多蓝看了一眼："我们没点这个酒。"

调酒师用目光示意："是那边那位先生请的。"

两位女士看过去。

好友问："你认识？"

孟多蓝认识他，对方是东方汽车的董事长。关于江城雪的传闻，孟多蓝听过一些，除了他的雷霆手段，被大家传得最多的是他的风流韵事：他女伴换得很勤，会玩，也敢玩。

那一刻，孟多蓝仿佛看到了救命稻草。她端着那杯鸡尾酒过去。江城雪开的卡座背光，四周很昏暗。环境越暗，他的轮廓却越分明。

他的确有玩的资本，不管是外在，还是他背后的商业王国。

"江董。"

女人的橄榄枝江城雪见过太多了。

"你是华旗技术的法务总监，对吧？"

孟多蓝盈盈一笑："我叫孟多蓝。"

江城雪吐出烟圈，端起酒杯喝了一口，轻笑："你刚刚骂温长龄了。"

他分明是笑着说的，孟多蓝却感受到了一股无形的、让人喘不过气的压力，不禁胆寒，连忙解释："我只是随口说说。"

他抖掉烟灰，收了嘴角的笑："你骂她了。"

孟多蓝被这气场压得说不出话。

这时，一位婀娜的女士走过来，娇声喊："江少。"她走近后才看到孟多蓝，瞬间戒备起来，眼神充满了敌意，"她是谁啊？"

女士是江城雪带过来的女伴，于是她以为她有拈酸吃醋的资格。

江城雪起身，走到孟多蓝面前，酒吧五颜六色的激光灯让他的眼神变幻莫测。他捏着女伴的脸，让她面向孟多蓝："你觉得她长得像温长龄吗？"

668

孟多蓝脸发白。

女伴娇嗔地喊道："江少！"

"嘴巴像。"

江城雪把手里的烟塞进了女伴的嘴里，揽着她走了。孟多蓝站在原地，出了一身冷汗。喜欢温长龄的男人怎么一个比一个疯魔？

次日，戴秋拿着孟多蓝之前做的一个商标侵权案找到她。

"自己离职吧，不想坐牢的话。"

孟多蓝看完案件资料后面如死灰："温长龄想赶我走，大可不必用这种方式。"她以为要她走的是温长龄，因为戴秋是温长龄的秘书。

戴秋纠正："是江董。"

把温长龄送去公司后，谢商被谷易欢叫到了滑雪场。谷易欢滑雪把滑雪镜都摔碎了，已经吐槽了10分钟："贺冬洲一直骂我笨，气死我了，分明是他不会教。"这状越告他越生气，"骂我笨就算了，转头跟他女朋友打电话，那黏黏糊糊的语气，恶心死老子了。"

谢商在发微信。

谢商："在工作吗？"

温长龄："嗯。"

谢商："先去把药吃了。"

谢商："黄色的胶囊吃2颗，白色的3颗。"

这些药要饭后一个小时吃，他怕温长龄忙忘了。

温长龄发了个表情，表示知道了。

"四哥，你有没有在听？"

谢商抬头："在听。"

谷易欢戴着个橙色的头盔，顶着头盔凑过去看："你在跟谁聊？"

"女朋友。"

四哥的女朋友，那就不可能是别人。

"你跟温长龄复合了？！"

"嗯。"

谢商继续发微信。

谢商："工作结束了给我电话，我去接你。"

温长龄："要是结束得早，我自己打车回去。"

温长龄："你在律所吗？"

谢商主动报备："在滑雪场，小欢和冬洲也在。"

温长龄："哦。"

温长龄："我先去忙了。"

谢商："药吃了吗？"

温长龄："吃了。"

谷易欢被晾了半天，哀怨得冒泡泡。

"四哥。"

谢商分了个眼神给他。

"你还玩不玩了？"

"我不玩。"

谷易欢顿时有了好大的意见："那你来干吗？"

谢商心情不错："你叫我来的。"

"我是叫你来教我滑雪的。"不是叫你来抱着手机跟温长龄谈恋爱的。

"叫冬洲教你。"

谷易欢："……"

所以他刚才吐槽贺冬洲没耐心还爱骂人，都说给空气听了呗。

旁边换鞋凳上坐着两个女孩儿，一个戴白帽子，一个戴粉帽子。白帽子女士唉声叹气，粉帽子女士问她怎么了。

"生气。"白帽子女士拉着粉帽子女士就开始吐槽，"我跟你说，我妹也太恋爱至上了。"

她妹那些恋爱失去自我的事迹真的是一口气说不完。

"那男的交往期间就对她爱搭不理的，现在人家都把她甩了，她还巴巴地跑去求复合。我说了她两句，她还不乐意，说我对她男朋友有偏见。"

谷易欢竖起耳朵听得津津有味。

"她真是瞎了眼了，肤白貌美，要什么男人没有，非要吊死在那棵歪脖子树上。人家根本就不爱她，就是看她好拿捏。她以前多自信，跟那个男的交往之后，简直变了个人，总是担心自己被抛弃，我都怀疑她被精神控制了。"白帽子女士说起这些事来就气得七窍生烟，"为了离那个男的近点儿，她还辞了工作，搬到那个男的那边，帮他洗衣服做饭。她原来那工作多好，都要升职了，她说辞就辞了，我都要气死了。每次她跟那个男的闹别扭，都是她先低头。而且，那个渣男还不戴套。"

粉帽子女士："渣男天打雷劈。"

"本来我还高兴呢，可算是分手了，我妹居然追到那个男的老家去了。"

"这也太可怕了。"

白帽子女士恨铁不成钢："山上的野菜都不够她挖的。"

听了全程的谷易欢："……"

啊，他听着有点儿尴尬。

他忍不住偷偷瞟谢商：四哥，你就没点儿代入感吗？好像在说你呢。

"四哥，你又在跟温长龄聊啊？"

"不是。"

谢商在回复他母亲苏南枝女士。

苏南枝女士在卢内亚看珠宝展，看中了两条项链，问谢商哪一条更合适。

谢商："蓝色那条。"

谢商："能否帮我买下来？"

苏南枝："要送给我？"

谢商："它更适合温小姐。"

贺冬洲和小疤说了三点半回去，他一分钟都没多待，时间一到就走了。谷易欢被扫了兴，不滑雪了，跟着谢商去了荷塘街。

他其实就是不放心，想跟去看看温长龄现在对他四哥好不好。唉，他非常能理解白帽子女士的心情。

温长龄的行李还在谢商的车上。

谢商先去了朱婆婆的院子，朱婆婆问他："长龄没一起回来吗？"

"她去公司了，我帮她把东西拿过来。"

朱婆婆注意到谢商后面跟了个人。

谷易欢嘴很甜："婆婆好，我是谢老板的弟弟。"

朱婆婆觉得这"谢弟弟"还怪讨喜的："你好，你好。"

"您就是朱婆婆吧，我四哥说您做的饭可好吃了。"

谢商没说过这话。谷易欢这嘴向来会夸人，不然怎么他一个学渣，花间堂的长辈们还都喜欢他呢？尤其是女性长辈，都喜欢他。嘴甜的人谁不喜欢？

朱婆婆也喜欢嘴甜的："那晚上在这儿吃饭吧。"

"好啊。"

搞定了晚饭，谷易欢欢喜地跟谢商一起进了院子。看到院子里的猫，他夸了句"真圆润"。

花花："喵！"

谢商把温长龄的行李箱放到她房间。谷易欢跟过去，一只脚刚迈进房门——

"在外面等。"

谷易欢不满地哼哼。

门没关严实，看到他四哥在给温长龄收拾箱子里的东西，他好酸："你怎么还帮她收拾行李啊？她自己不会收拾吗？"

这哪里是谈了个女朋友？这是养了个小祖宗。

"我初中去学校寄宿，都没让我妈给我收拾过行李。"

"你话怎么那么多？"谢商把门关严了。

谷易欢故意提高音量，玩嘅耍宝："你女朋友好可怕，不像我，我只会心疼哥哥。"

谢商："……"

他就不该让谷易欢来。

"朱姐，"院子里来客人了，"朱姐，在家吗？"

朱婆婆从厨房出来："你今天怎么有空过来？"

客人是邻街的老姐妹，大家都叫她冬娘。

冬娘手里提了半斤瓜子："我这不是忙里偷闲来找你这个老姐妹聊聊天吗？"

冬娘是十里八街有名的媒婆。

天还早，不急着做晚饭，朱婆婆搬来凳子，和冬娘在院子里闲聊。

"小温在家吗？"

朱婆婆说："上班去了。"

聊了一轮，冬娘开始说正题了："弯马街开杂货铺的楼老板你知道吧？"

"知道啊。"

"他们家去年做烟火批发，赚了不少钱呢。"冬娘嗑着瓜子，"楼老板家有个小儿子，今年刚30岁，还单身呢。"

她果然是来说媒的。

朱婆婆摆手："我家浩敏的事我做不了主。"

"不是浩敏，是小温。"

小温？谷易欢打起精神听。

朱婆婆诧异，冬娘居然是来给小温说媒的："小温的事我就更做不了主了。"

小温和谢商已经和好的事，朱婆婆还不知道。街坊都知道小温和如意当铺的谢老板谈过恋爱，但已经分手了，现在各自婚嫁互不相干。小温现在不戴眼镜，美名也传出去了，在十里八街挺出名的。

"做什么主，现在都什么年代了，不搞那套老古板。"冬娘能说会道，"就是让他们小年轻认识认识，交个朋友。"

朱婆婆就笑笑，不表态。

冬娘说媒是有钱赚的，就只拣好话说："楼老板家的小儿子我见过，长得是一表人才。"

谷易欢搬个凳子过去，坐在冬娘和朱婆婆中间，一副好奇宝宝的样子："怎么一表人才了？"

冬娘以为谷易欢是朱婆婆的亲戚，没拿他当外人，热情地招呼他吃瓜子。

谷易欢没客气，抓了一把，边嗑瓜子边听人说媒。

冬娘说："个子很高，快一米八了。"

谷易欢惊叹："还没一米八啊！"

冬娘继续说："阳光帅气，喜欢打球，长得特别健壮。"

"没一米八，还胖。"谷易欢睁着一双清澈无辜的大眼睛，"是不是还很黑啊？"

冬娘立马说："男孩子黑点儿没事。"

"都30岁了，还男孩子。"谷易欢扭头看朱婆婆："小温才刚过25岁呢。"

"年纪大的会疼人。"

"那可不一定。"

冬娘："……"你拆台是吧。

冬娘接着夸："人特别孝顺。"

他能跟我四哥比？

谷易欢跟谁都自来熟，刚刚还拿屁股对着他的花花，现在已经趴到他的脚边用尾巴去扫他了。他抱着别人的猫，熟稔得像抱着自己的猫："太孝顺也不好，万一是'妈宝男'呢？"

谷易欢吃完了一把，伸手去抓瓜子。

冬娘手疾眼快地把装瓜子的袋子收起来："他还留过学。"

"哇，是吗？"谷易欢用没见过世面一样的超级夸张的语气问，"这么厉害啊！在哪个学校留的学？"

冬娘回想："拉什么图。"

他没听过这个大学。谷易欢一副原来如此的表情："哦，野鸡大学啊。"

冬娘翻白眼："朱姐，他是谁啊？"

朱婆婆笑。

谷易欢自我介绍："我是隔壁当铺谢老板的弟弟。"他说渴了，把朱婆婆给冬娘倒的但冬娘没喝的那杯水给喝了，"继续，继续，楼老板家的小儿子还有什么优点？"

这人想撬他四嫂？呵，当他死了啊。

冬娘继续推销……啊呸，继续做媒："他在网上开了个店，自己当老板，生意还不错。"

"卖什么的呀？"

谷易欢笑得跟偶像剧里的女主角一样甜，很容易就让人卸下防备。冬娘一时不察，老底都掏出来了。

"好像是帮人充值的。"

"代充值？"谷易欢露出"不得了"的惊讶表情，"要是没有运营商授权的话，那可是违法的。"

冬娘心肝一颤，赶忙改口："呵呵，应该是我记错了吧。"

谷易欢手上撸着猫："楼老板的小儿子那么优秀，怎么看上我们小温了？"

朱婆婆：我们小温？？

朱婆婆牙口不好，瓜子吃不完，拍拍"我们小谷"的肩，示意他把手伸出来。

小谷笑眯眯地伸手，又得到了半把瓜子。

说起二人的相识过程，冬娘说都是缘分："上次小温去楼老板家买烟火，两个人见过一面。"

谷易欢一句话总结："见色起意啊。"

冬娘脸一拉："你这孩子怎么这么说话呢？"

谷易欢嗑着瓜子，心想：还不让人说实话了。

"喵。"花花叫了一声，跑走了，原来是谢商从温长龄的房间出来了，花花抛弃谷易欢,跑到了男人的身边。

谢商出来了,但丝毫不影响谷易欢发挥,他一脸最纯真无辜的表情,喊冬娘:"奶奶。"

冬娘:谁是你奶奶?!

"那是我四哥,隔壁如意当铺的老板。"谷易欢开始推销……不,推荐,"他身高187厘米。"他特别强调,"净身高。"

说起他四哥的优点,谷易欢能说三天三夜。

"琴棋书画、调香、滑雪、赛车、跳伞,什么都会。"他不顾他四哥制止的眼神,双手一伸,往那边指,"您瞧瞧,不黑不胖也不老,就比小温大一岁,而且很会疼人。"

四哥优点太多,他没办法一一细说,就对标那个楼老板家的小儿子随便说几条吧。

"虽然不孝顺,但百分之百无条件帮女朋友。而且我四哥的妈妈非常明事理,婚后肯定不会有婆媳矛盾。"

不孝顺也算实话,毕竟四哥把亲爹送进监狱去了。

"也留过学,约伯翰大学,世界级高等学府。"还有什么来着?对了,谷易欢继续对标楼老板家小儿子,"也是自己开店当老板,除了当铺,还有家香水公司,要是不好好努力,就得回家继承一堆律所和银行。"

冬娘:"……"

谷易欢歪着头,虚心求教:"奶奶,您不是帮人做媒的吗?您觉得我四哥这样的在婚恋市场上可以打几分啊?"

冬娘干巴巴地说着场面话:"谢老板人中龙凤,肯定是10分。"

"这样啊。"谷易欢以惋惜的口吻说道,"可惜有主了。"

朱婆婆惊讶地问:"谢老板有对象了?"

"有啊,小温就是他女朋友,他们已经复合了。"

冬娘:"……"

小丑竟是我自己。

朱婆婆笑得见牙不见眼。她可太喜欢谢老板这弟弟了。

"小欢。"

家长开口了,谷易欢老实地闭嘴。

谢商走过来:"抱歉。"他代谷易欢道歉,态度有礼,但语气纵容,"我弟弟在家里被惯坏了,说话没个规矩。"

冬娘也是人精,知道谢老板来头大,接了台阶就赶紧下:"误会,都是误会。"

谢商看向谷易欢,神色严厉了几分:"吃了人家的东西,也不知道沏壶茶来?"

谷易欢拍拍手:"我这就去。"

他跟着谢商回当铺,走远了一点儿,才小声抱怨:"小温怎么这样啊?"

他倒是把小温喊顺口了。

"四哥你对她死心塌地,她怎么还出去认识什么楼老板家的小儿子?那个小矮子……"脚刚跨出门槛，谷易欢头一抬，看见了温长龄，吐槽的话瞬间被咽了回去："四嫂……"

温长龄点了点头。

路测的数据都处理完了，她就提前下班了。

谢商和她说："去我那边吧，朱婆婆有客人。"

"哦。"

温长龄跟着谢商去了当铺。谷易欢跟在两个人的后面，一起进了院子，忍不住抻着脖子往前面瞧。

走到卧室门口，谢商回头："不去沏茶？"

谷易欢："哦。"

谈恋爱还不让人看了。

谷易欢装模作样地去沏茶，用视力5.0的眼睛往谢商的房间瞄。

谢商关上了门。他抱起温长龄，将她放在桌子上，是不需要她仰头，他抬头就能接吻的距离："楼老板家的小儿子你见过几回？"

温长龄想了一下："没印象。"

"人家对你一见钟情，你怎么还没印象？"

她听出来了，这人好酸。

她乖乖附和："那我去认识一下，加深加深印象。"

谢商搂在她腰上的手收紧："温长龄。"

她回："小心眼。"

谢商把她扣在怀里，贴近她："嗯，我就是小心眼。"她是明珠，到哪儿都发着光，别人多看她一眼，谢商都担心。

她叹气："你怎么那么爱乱吃醋啊？"她刚从外面回来，手很凉，坏心眼地把手伸进谢商的衣服里，有一下没一下地挠痒痒似的碰他。

谢商现在对她没多少抵抗力，按住她的手："你就不能说点儿我爱听的哄我一下？"

她说："不哄。"她直接且坦率，不怎么说甜言蜜语。

她把手拿出来，搂住谢商的脖子，拉着他靠近，轻轻松松就伏到了他的肩上，象征性地亲了一下，然后玩心大起，吮着他耳后下方那一处的皮肤，吮红了还不够，又用牙去咬。

谢商稍稍仰起头，提醒温小姐："这里别人看得到。"他自己倒无所谓，但别人要议论的话，她也跑不了。

温长龄一副纯真且温顺的样子，摸着被自己弄来的痕迹，好乖、好温柔地说："星星，标记就是要让人看到的。"

她就是个小恶魔，坏得很，老实本分都是伪装。

谢商手掌扣着她的后颈，让她重新伏在自己的肩上，将衣领往下扯了一些，方便她的动作："继续。"

佛经白读了，礼义廉耻和君子之仪也学到狗肚子里去了，他竟然很喜欢这样。

他可能有病，温长龄把他弄疼，他都会兴奋。

吃饭的时候，谷易欢忍不住一直偷瞄谢商脖子上的红痕。他用他那没谈过恋爱的脑子胡思乱想：谈恋爱用得着咬人吗？

朱婆婆很喜欢谷易欢，把珍藏了很久的酒都拿出来了。谢商酒量不好，温长龄和谷易欢喝了不少。

吃完饭，朱婆婆在厨房收拾，温长龄在给猫咪喂食。

"四哥。"

谷易欢不自然地摸了摸自己的脖子，暗示得很明显："你……不疼吗？"他感觉小温总在四哥身上弄出伤来，他都瞧见好几回了。

谢商下逐客令："吃完了就回你自己家去。"

谷易欢嘟囔："我也是关心你嘛。"

这人年纪不大，心操得不少。

"你喝了酒，让你哥来接你。"

说起谷开云，谷易欢也很惆怅："我哥好像也谈恋爱了，最近都不搭理我。"他偷偷告诉谢商，"我上次看到他的脸上有伤，不知道是不是他女朋友抓的。"

唉。哥哥们都好不让人省心，恋爱谈得跟打架一样。谷易欢更加坚定了好好搞歌唱事业的决心，恋爱他决不谈。

谷开云谈恋爱的事谢商知道。谷开云家那位是他用计谋夺来的，他只是被抓脸，说明那姑娘的性子算好的。

"你叫个代驾司机，开我的车回去。"

谷易欢是个撒娇鬼："你就不能送送我吗？"

谢商把车钥匙扔过去，谷易欢条件反射地接住。

谢商转身去找温长龄。

谷易欢："……"

四哥不爱他了。

晚上没星光也没月光，万籁俱寂，天是冰冷的烟青色。连着下了几天雪，枝头和屋檐上的白色还未消融。林中有一团模模糊糊的浓雾，散不去。雾中传来阿拿的声音："姐姐，姐姐。"

回声一声跟着一声。

"你怎么还不来陪我？"

"你又迷路了吗？"

"姐姐。"

温长龄猛地睁开眼，从梦里惊醒，床头亮着小夜灯，她极度缺氧，仰起脖子，张开嘴，急促地喘息。她已经很久没梦到阿拿了。

她喘不过气，慌忙起身下了床，从柜子的抽屉里翻找出药瓶，打开瓶盖，倒出一堆药丸，不知道多少颗，全部往嘴里倒，就着凉水咽下去。

她去开窗，让新鲜的空气进来，冷风也跟着进来了，吹得她毫无睡意。她拿了外套，轻轻推开房门。

当初给花花在墙上开门的时候，她应该开个大一点儿的。

院子里有梯子，温长龄翻墙下去。花花听见声音，从猫窝出来。

温长龄摸摸它的脑袋："你很喜欢这个窝吧，现在都不回家睡觉。"她也想要个窝，安在谢商家里。

"喵。"她把它抱起来，放回了窝里。

谢商的院子她很熟，不开灯也不会撞到东西。她还没走到谢商房间的门口，房里的灯亮了。他打开房门。

"你怎么知道有人来了？"

"听见猫叫了。"

温长龄进屋，扑过去抱住谢商。

谢商伸手接住她，扶着她的腰："怎么了？"

"想跟你睡。"她抱得很紧。

谢商能感觉到她情绪低落，抬起她的脸："告诉我，你怎么了？"

"太冷了，我睡不着。"

谢商关上门，牵着她进了屋。她很自觉，脱掉外套，爬上他的床，躺到里侧。

谢商加了床薄毯，盖到她的腿上。他躺下，她立马靠过来，很乖地把自己整个人都藏进他的怀里。

她眯着眼，舒服地咕哝："你身上好暖。"

她像小狗一样，在谢商的肩上乱蹭。

温长龄把助听器取下来，放到谢商手里，让他帮她放到柜子上。

睡觉前要叫他的名字，她闭上眼："星星。"

"在。"她摘了助听器，听不到谢商答应她。

炎症引起的咳嗽好得很慢，温长龄晚上还是总咳。谢商睡得不沉，她一咳出声，他就立马醒了，然后抱她，哪怕她听不到，他也会一声一声叫她。

可能因为睡前吃了很多药，温长龄早上起晚了。她推开房门，睡眼惺忪地找人。

"谢商。"

谢商不在院子里。

钱周周从前厅过来："老板去律所了。"

温长龄坐在院子里醒了一会儿瞌睡，给谢商打电话。下雪天没有化雪天冷，她身上裹着谢商的毯子。

电话接通了。

"起了吗？"

"嗯。"温长龄刚睡醒，声音很软，"怎么没叫我？"

"今天周日，想让你多睡会儿。"

太阳出来了，照得人犯懒，温长龄窝在藤编的椅子上，不想动弹："你周日也要上班吗？"

"平时不用，今天上午临时有个案子。"

喉咙很痒，总像卡着东西，咽不下去，她干咳了两下。

"厨房有早饭，你先去吃饭。"谢商说，"我煮了中药，在茶室的保温壶里，是开云开的方子，能止咳。你吃完饭把药喝了，然后15分钟内先不要喝水。"

之前在医院拿的药不怎么管用，温长龄晚上还是咳得厉害，谢商带着她的检查单子，早上去了赵谷开云的医馆。

谢商那边有人敲门喊他："谢律师。"

"你先去忙吧。"温长龄不打扰他了，挂了电话。

她又坐了会儿，才去洗漱。

中药很苦，不过谢商准备了解苦的糕点，放在铺了保温棉的炭火炉子上温着。张小明说，那炉子是古董。钱周周说，糕点是早上老板外婆家的阿姨送过来的。

周日温长龄没什么活动，打算浪费光阴。下午听佳慧说，蒋尤尤因为见了红，住院了，温长龄开车去医院探病。

关思行在医院照顾蒋尤尤，动作生疏地端茶、倒水、切水果，一看就是没干过活的。

"身体还好吗？"

"没什么事，长辈比较紧张，我住两天院他们放心点儿。"

温长龄下午没事，就留下来陪蒋尤尤。病房里有电视机，在播一个古装剧。

蒋尤尤说："这个剧最近很火，你看了吗？"

温长龄平时不怎么追剧："没有。"

这是个大女主复仇剧，剧情不好评价，女主演的演技很好，英姿飒爽，演出了女将军的风范。

蒋尤尤最近喜欢酸的东西，半生的猕猴桃很合她的胃口："我怎么觉得，这女主角的眼睛跟你的有点儿像？"

温长龄吃了一块关思行切的奇形怪状的猕猴桃，被酸出了很生动的表情。

她看了一眼电视上的女主角："是有点儿。"

她陪着蒋尤尤看了两集电视剧，时间不早了。冬天天黑得早，她不敢开夜车，要在天黑之前回家。

这栋住院楼是帝宏医院之前的VIP楼栋。VIP楼栋那些见不得人的交易都被废除了，但这边的病房设施好、安保好，住的依旧是非富即贵的病患。

有间病房的门没关严实，温长龄在经过走廊时，偶然听到了里面说话的声音。

"你让我做什么都行，只要别分手。"这个声音温长龄很耳熟。

"分手？"男人声音低，一副好嗓子，却说着残忍至极的话，"我们什么时候交往了？"

温长龄停下脚步。男人是江城雪。

"哪儿有人自杀割这里的？"他捏着女人的手腕，白色纱布瞬间被血液洇红，"你不就是想让我过来吗？"

女人的手指周围有一圈圈疤痕，那是猫用指甲钳剪出来的伤。

她泪流满面："你从来没爱过我吗？"

她的目光依旧充满眷恋。

"我连我自己都不爱，你让我爱你啊。"他笑了，温柔地抚摸着女人的眼睛，告诉她不要犯傻。

温长龄想起来了，这个声音刚刚还听过，是电视剧里那位英姿飒爽的女将军的声音。

她抬脚离开。她的车停在医院的停车库里最左边的一个车位上，她开进车位的时候，右边的车位是空着的，现在停了辆车，而且车停得很不正，离她的车太近了，车标是东方汽车。

好晦气啊。温长龄上车，启动车子，把车开出车位。她没有车感，倒车入库是看视频学的，肩膀过旁边车的轮子就打方向盘。

可是——那辆晦气的东方汽车靠得太近了，她开车出去的时候差点儿蹭上它。她只能倒回去，重来。她重来了好几把都过不去，雷达响得她发慌。

她觉得还是先把自己的车往左移一点儿才安全。在车库里平移车，她也是跟视频学的。事实证明，她在开车方面没有天赋，哪怕现在正在做驾驶辅助系统。

下一个项目，她觉得可以做自动泊车系统。她来来回回地移车，越移越烦躁。

突然有人来敲窗户："需要帮忙吗？"是那辆晦气的东方汽车的老板。

温长龄表情冷漠："不用。"

江城雪就抱着手在旁边看，还点了根烟，但烟没有温长龄有趣，他让烟燃着没抽，笑着看温长龄的车进进出出。

温长龄耐心用完了，油门一下子踩多了，左边是墙，车身蹭了上去。

温长龄："……"她想骂人。

她解开安全带，下车去看，车后门那一块蹭在左边的墙上了。旁边有人说风凉话，那语调轻快得充分说明他心情极好："这么倔干吗？自讨苦吃。"

温长龄很少对人发脾气："关你什么事？"

要不是他公司产的那辆东方汽车挡道，她能出不去？

江城雪一副好脾气的样子，没生气，嘴角噙着笑："温长龄，你冲我发什么火？讲点儿道理啊。"

讲道理是吧。温长龄表情平静："你会遭报应的。"

"听见了？"江城雪把烟丢在地上，踩灭，皮肤白得像从未见过阳光，"什么毛病，偷听人说话。"

他不气恼，反而兴致勃勃，似乎一点儿都不介意温长龄看到他恶劣的样子。

"是你们自己没关门。"

所以啊，他又不怪她。他回答她刚才很无情的"诅咒"："要是真有报应，我早死八百回了。"

他的生父是被烧死的——电器着火。他当时抱着他的积木，走出大火，锁上门。

报应？还是小孩子的时候，他就知道没这玩意儿。没有审判恶人的神，只有天真和无能的蝼蚁才会忌惮这种虚无缥缈的东西。

他上前，对她真的好有耐心啊："要帮忙吗？"

"不要。"

反正车漆已经被蹭掉了。温长龄上车，直接蹭着墙开出去。

看着车尾巴从他的视线里跑走，江城雪留在原地，重新点了一根烟，很有闲情逸致地抽着。

他做过心脏手术，医生说不能抽烟，他抽了，不也没死吗？

那辆晦气的东方汽车的车主下来了，一边走一边打电话，是个口气很猖狂的男人，嘴上说着"让兄弟们等着"。

"我这就去干死那孙子。"

男人挂了电话，发动车子，刚要踩油门，有人挡在了他的车前面。

男人摇下车窗，凶神恶煞："干吗呢？！没长眼啊？！"

江城雪把烟头按在车前盖上，解开手表，将表带锋利的那一头摁在车上，剐着车，绕了一圈，走到男人面前。

男人几乎跳脚，怒骂了一句脏话，解开安全带，要下去打架，但没等他打开车门，一只手帮他拉开了门，他还没反应过来，就被一股力量拽下了车。

医生还说，江城雪不能剧烈运动。

他一脚将男人踹到墙上。他怎么不能剧烈运动？他哪次在床上运动不剧烈？可即便这样，他这颗破心脏还是没有一点儿凶猛跳动的兴奋感，就好像死了一样。

他抬起脚，踩在男人试图撑起身体的手臂上："这手车都不会开，就别要了吧。"

他的脚用力踩下去，将男人的手骨踩碎。

那辆东方汽车的左前方停着一辆灰色的面包车，相机的镜头早已伸出了车窗。

江城雪被拘留了，因为打人，他自己报的警，并且上热搜了：东方汽车董事长，冲冠一怒为红颜。

狗仔很敢取标题。狗仔本来是来蹲拍最近有热播剧的知名女艺人——虞蔷，娱乐新闻没拍到，财经新闻也可以啊，何况江城雪有一定的知名度，年纪轻轻，相貌不凡，是上市公司的董事长，这些点叠加起来，网友肯定爱看。

晚上6点，谷易欢的某个狐朋狗友组了个局，来的都是最会吃喝玩乐的那群人，宋三方他弟宋肆林也在。

饭后，他们打台球的打台球，玩飞镖的玩飞镖，逗女人的逗女人。谷易欢在拉投资，问狐朋狗友们要不要出钱投一个很有潜力的"歌手"。

"欢欢，"宋肆林把手机拿过去，"这是那位吗？"

谷易欢用余光瞟了一眼："什么？"

宋肆林把狗仔拍的照片点开，放大："四哥家那位啊。"北城的圈子就这么大，四哥家那位虽然低调，但她的照片很多人还是见过的。

狗仔拍的照片虽然有点儿模糊，但谷易欢眼睛尖，发现照片上的还真是温长龄。

宋肆林大胆猜测："她不会是……出轨了吧？"

谷易欢把没剥皮的砂糖橘塞进宋肆林的嘴里："出你个头。"

"出轨"两个字刚好被旁边一个耳力好的人听到了，他兴奋地拿起了手机，和狗友分享惊天大"瓜"。

谢商那是天边的月，是爷爷辈挂在嘴边的人，他们平时哪儿吃得到他的"瓜"？

"刚听到个大秘密，谢商被他女朋友戴绿帽了！"

"谢商？不是我想的那个谢商吧？"

"不然还有哪个？"

"他那条件也会被戴绿帽？"

谢商的名声虽然不怎么样，但忌妒的人也得承认，谢商很有能耐。

"这你就不懂了，男人女人都一样，家花哪儿有野花香？这事我就告诉了你一个人，你可别说出去。"

"你可别说出去"这句话，一般来说，是一个谣言的开始。

果然，不到两个小时，谢商"被戴绿帽"的消息就传到了谢商本人的耳朵里。

贺冬洲传的："听说你被温长龄戴绿帽了。"

谢商："谁说的？"

贺冬洲把热搜新闻发给了谢商。

热搜话题没挂在前排，但也有一些曝光度，毕竟华旗技术和东方汽车的路测刚结束，无人驾驶的热度还没有散。

温长龄的身份也被人扒出来了。谢商想办法撤了热搜，另外跟认识的媒体打了声招呼。没一会儿，苏南枝打了电话过来——艺人嘛，"冲浪"速度比较快。

"网上那个新闻是你撤的？"

"嗯。"

苏南枝女士知道谢商和温长龄已经复合了，但"破镜重圆"到什么程度她就不清楚了："你跟温小姐还顺利吧？"

"顺利。"

"那位东方汽车的董事长，他要撤新闻不是什么难事，但他没管。"苏南枝提醒，

"星星，你的宝贝可能被人惦记上了。"

梁述川的外祖家根基在蔺北，苏南枝找梁述川问了。这个江城雪不是个善茬儿，江家那一家子人被他搞得死的死、残的残。

这样的人是没有底线的。

朱婆婆晚上做了大锅饭，烧完饭，用木柴的余烬烤了红薯。温长龄和彤彤一大一小蹲在灶口，红薯刚被从灶里扒出来，两只手就忍不住去拿。

"烫！"

"烫！"

一大一小都叫出了声。

朱婆婆忍俊不禁："说了很烫了，急什么？"她折了柴叶子，包住红薯，给了两个小馋鬼一人一个。

谢商打完电话进来。

温长龄两只手捧着红薯，红薯还是有点儿烫，她也不嫌脏，用袖子垫着手："谢商，吃红薯吗？"

"不吃了。"

谢商没有饭后再进食的习惯。温长龄任何时间点都有可能进食，毫无规律。她被红薯皮烫了一下手，用发烫的手指捏住冰凉的耳朵来降温。

"给我吧，我帮你剥。"

温长龄把红薯给了谢商，自己去搬来一条长凳子，两个人一起坐在厨房门口，旁边放着木框铁盆的老式炭火盆。

温长龄把脚搭在炭火盆的木框边缘，一边烤火一边等着吃："网上的新闻是你撤的吗？"

"嗯。"

谢商是冷白皮，手指很快被红薯皮上面的木柴灰弄脏了。

"花钱了吗？"

"花了。"

温长龄还想问问花了多少钱。

谢商把剥好皮的红薯肉喂到她的嘴边："吹一吹再吃。"

"哦。"

温长龄鼓着腮帮子把红薯吹凉。她一共吃了3个（小的），钱的事忘了。

今晚温长龄本来打算自己睡的，不过她觉得还是要去解释一下，网上传得太难听了，于是她又去了谢商那边。房门没锁，谢商在洗澡，等他的时候，她注意到柜子里有个形状很特别的香水瓶，在灯光下看，瓶身很像一块抛过光的、不规则的多面体黑曜石。

谢商洗完出来，身上穿着睡衣，头发半干。

温长龄站在柜子旁边:"我可以看看那瓶香水吗?"

谢商去将香水拿下来。

"这是黑曜石吗?"

"瓶身外面是,接触液体的部分是铅晶玻璃。"

温长龄是理科生,不懂艺术设计,只是觉得这个黑色的瓶子很有厚重感,完全踩在了她的审美点上。

怪不得那么多人砸钱收集午渡的香水瓶。

"这瓶香水叫什么?我在午渡的官网上没看到过。"

"没取名字。"谢商说,"给自己调的,不是午渡的商品。"瓶盖的设计导致瓶盖有点儿硌手,他打开盖子,把瓶子给温长龄拿着玩,"在这儿等我一下。"

他拿了件衣服出去了。

温长龄往手腕上喷了一点儿香水,过了几秒才闻到味道:比较中性,很淡,很独特,前调甘冽,后调有点儿苦。

她在香水瓶的底部摸到了字母。

谢商拿了药过来。

"开云开了7天的药,每天要喝两次。"

温长龄把香水瓶放在桌上。这香水很奇怪,明明味道很淡,却能完全遮盖住中药的味道,有一种不显山不露水的霸道。

怪不得有人把谢商称作"香水界的魔法师"。

温长龄捏着鼻子一口气把中药喝了。和早上一样,谢商准备了解苦的糕点,不过糕点的味道和早上的不一样,甜,但不腻,是温长龄喜欢的口味。

"我今天下午去医院看蒋医生,在停车场碰到了江城雪。新闻是记者乱写的,我跟他没什么关系,也没怎么说话。"

谢商"嗯"了声,表示知道了。

"你怎么不主动问?"消息都上热搜了他还这么沉得住气。

"你觉得有必要就会跟我说,对吗?"

温长龄点头。

"要是你不想说,我问了你也不会说,所以我没问。"

谢商对她的包容度非常高,而且他特别了解她。

温长龄掰了半块豆沙馅的糕点喂到谢商的嘴里,脸上带着很乖巧的表情做着"大逆不道"的假设:"如果我真出轨了,你打算怎么办?"

谢商:"长龄,别做这样的假设。"

他和温长龄分手期间,谷易欢劝过他放下,说保不准温长龄已经另寻新欢了。他当时还真想过那种可能,设想后发现他的道德底线比他自己想的低。他不可能让别人得到温长龄,也忍受不了,所以如果真出现这种情况,他都不是做"小三"这么简单。

光是假设,温长龄已经感受到谢商眼底克制的情绪,于是换了个话题:"瓶子下面的 3 个字母是我名字的首字母吗？"

"嗯，之前交往的时候调的。"

这瓶香水如果要取名字，"温长龄" 3 个字最合适。

"谢商，"空气里还有细微的苦调，温长龄一只手环在谢商的腰上，这么冷的天，他的周围也是热的，"我以前是不是让你很痛苦？"

她终于良心发现了。她以前给谢商准备的剧本是爱而不得，痛不欲生。

"不要往回看。"谢商觉得自己最近开始贪得无厌了，低下头来，央求温长龄，"以后你试着爱我好不好？"

复合之前，他和自己说，只要好好爱温小姐，不被爱也没关系。这才过去几天，他就想要被爱了。

他的贪欲根本喂不饱。

"你觉得我不爱你吗？"温长龄仰着头看谢商，"我不爱你，那现在为什么要跟你在一起？"

她今晚的问题都很难回答。谢商沉默。

温长龄不禁反省了一下她以前对谢商的所作所为，她承认，中间确实有一段时间是在玩弄他："星星，你是不是很没安全感啊？你对我没有信心。"

谢商纠正："我是对自己没有信心。"

温长龄不说甜言蜜语，不表达爱意，性格独立，不黏人，不查岗，这让谢商患得患失。滑雪场那两位女士的对话他也听到了，他和被谈论的那位主人公情况类似，不自信，担忧自己会被抛弃。

毕竟钢铁做的温小姐有"前科"。

"这样啊。"

温长龄对谢商这里很熟，熟门熟路地从抽屉里拿出一块蜂香楠木，还有各种点香的香具。

她现在已经能很熟练地燃香了。她打开炉子，点燃蜂香楠木，然后抱着谢商等了等，等到情感升温，等到日有所思的东西在脑子里翻滚躁动。

她踮起脚，很细致地吻着谢商，从含着他的唇，到深入，到恨不得把他吞了，亲吻的声音很缠绵，带着要把人完全拉进深渊的色欲。

她被欲望迷了眼，眼中含着迷离的雾看他："你知道现在我的脑子里在想什么吗？"

从她开始吻他，谢商就起了强烈的反应。

"星星，我日有所思的是你。"

谢商同样闻了这个香，眼角已经通红："蜂香楠木会让人看到幻觉，看到想看到的一切。"他伏在她的耳边换气，"长龄，是幻觉吗？"

温长龄咬他的锁骨上的痣，很用力："疼吗？"

他笑："疼。"

蜂香楠木的别名也叫情人香。

他几乎整个人贴着温长龄,恨不能再紧一点儿:"刚刚的话能不能再说一次?"

温长龄推开他,去睡觉。

他俯身亲吻她的脸,然后拿了件外套去外面打电话。电话没响多久,那边的人接了。

那边的人问了句:"几点啊?"

谢商看了眼手机上的时间:"凌晨1点14分。"

"不用睡?"

"苏女士发了微博,说今晚要拍夜戏,我想你应该会陪她。"不然谢商也不会打这通电话扰人清梦。

梁述川确实没睡,这个点还在片场。

"想问蔺北江家和江城雪的事?"

"嗯。"

梁述川处事很谨慎,既然查了,就不可能只查个表面。谢商虽然没跟他在一个屋檐下当过"父子",但对他还是有一定了解的,依照他宠苏南枝的程度,有些过于危险的信息,他在苏南枝面前肯定会先过滤一次。

"江城雪的生父江望图在江城雪7岁那年被烧死了,人死之后,警方在他家里发现了地牢。"梁述川问谢商,"蔺北红裙子案你听过吗?"

"听过。"

那是多年前的一桩连环杀人案,当时引起了很大的轰动。

"地牢里的证据表明,江望图就是那个案子的凶手。"

当时很多记者报道了此案,很多相关专家还分析了江望图的人格特征。他是高知分子,工作顺利,衣食无忧,也没有童年阴影,是天生的人格缺陷。

"之后江城雪的母亲再嫁,他跟着去了江家。"

江城雪在江家生活了7年。

"他母亲病故后,他被江家弃养了,当时他14岁。他还有个养父,他跟他养父生活不到两年,他养父也死了,死于重大疾病,他作为重疾保险的受益人,拿着那笔钱出去独立了。后面江家的继承人一个一个出事,他又被接回了江家。"

"他为什么会被弃养?"

江家的两个儿子都不是什么好玩意儿,但老爷子江立松不是个心肠冷硬的人,若非有什么特殊缘由,不至于弃养未成年人。

"江家对外给出的原因是江城雪有精神疾病。"梁述川说,"我舅父和江立松关系还不错,前几天从他嘴里套到了话,他说江城雪身上有生父的反社会基因,养不熟。"

天只晴了两天,又开始转阴、下雪。

江城雪被拘留了两天,被打的男人签了谅解书,双方达成了和解。薛伯勇中午就来警局门口等，等了好几个小时，看见江城雪出来，他下车去开车门。

"江董。"

江城雪把外套扔到垃圾桶里，车里已经准备好了干净的衣服。

他上车："去荷塘街。"

积雪未消，又覆新雪。围墙、屋顶都堆着厚厚的雪，探出院墙的树枝被压弯了腰，灯笼也穿了一层白衣，满世界都是干净的白。

车停在街道上，江城雪没下车，开着窗，看着对面街边。温长龄跟个小孩儿在堆雪人，倒是童心未泯。

谢商在旁边为两个人打伞，雪一直没停。

温长龄已经摘了手套，和彤彤蹲着在做雪人的身体。前几天一个小贩上门卖冬天的花棉袄，朱婆婆买了好几套，温长龄和彤彤身上都穿着朱婆婆买的大红花棉袄，戴着红色的围巾，有点儿臃肿，像两只非常喜庆的企鹅。

谢商看得直蹙眉："手不冷吗？"

温长龄："不冷。"

彤彤："不冷。"

伞不够大，谢商自己在伞外："我来堆吧，太凉了，你们别碰了。"温长龄止咳的中药都还没喝完。

"大企鹅"："不要。"

"小企鹅"也学"大企鹅"："不要。"

谢商无奈，把彤彤抱到温长龄身边，好让伞能遮住这两只"企鹅"。

雪人的身子和头都做完了，温长龄抱着雪人的头放到它的身子上，用力拍了拍，再给雪人戴上帽子。她看了看，觉得少了点儿什么。

她转头看谢商："你低点儿。"

谢商弯下腰。

温长龄取下他的围巾，给雪人戴上。

"可以了。"她拍拍手，使唤撑伞的工具人："谢商，你帮我们拍照。"

谢商把伞给她："拿着伞。"

温长龄拿着伞，牵着彤彤一起比剪刀手，刚拍完一张，雪人的头"啪"地掉到地上，碎了。

彤彤惊呼："呀，头又掉了。"

这已经是雪人的头第二次掉了。

温长龄露出了一筹莫展的表情。这条街上，每个店铺、每家门口都堆了一个雪人，社区那边还统一发了红帽子，说这也是一种城市建设。

温长龄不想再建设了。

彤彤向谢商求助："哥哥。"

"大企鹅"学"小企鹅"，也回头叫"哥哥"。

隔得远，江城雪听不到他们说话的声音。

温长龄笑得真开心，那么乖地让谢商牵着、抱着，沉溺在爱情那种廉价的东西里，好让人失望。

她很适合红色，红色的围巾很称她的皮肤。她穿红裙子一定也很漂亮。他记事很早，几岁时的事情都记得，还记得地牢里那些穿着红裙子的女人每天晚上都哭。

他胸膛里的心脏又开始猛烈地跳动。

温长龄再次见到虞蔷是在一个商业酒局上，虞蔷穿着昂贵的高定礼服，落落大方地挽着品牌方，和之前在医院哭着问江城雪有没有爱过她时判若两人。

温长龄懒得应酬，跟在傅影后面。

华旗技术的首席技术官和派美集团的傅董私交甚密现在已经不是什么秘密了。派美集团的前身就是周氏集团，现在已经被傅影完全接手了，并且改了名字。周家那群等着分一杯羹的亲戚现在一个个都做了鸵鸟，老实得不得了，毕竟周家这艘破船，只有傅影开得了。

"温小姐，"虞蔷走到温长龄面前，"方便聊两句吗？"

温长龄跟傅影打了声招呼，随虞蔷出了宴会厅，来到酒店楼顶的室外露台。

露台的桌子上摆放着各种酒水，虞蔷递给温长龄一杯蓝色的酒，温长龄以不喝酒为由婉拒了："虞小姐，你认识我吗？"

虞蔷端着酒，自饮："听过。"她说，"谢谢你送的花，我收到了。"

"不客气。"

虞蔷住院期间，温长龄给她送了一束九株水培的风信子，但没有留下只言片语。虞蔷应该是个很心细的人，收到花都会去查证。

那她应该也知道，那束花的花语是重生。

"在你眼里，江城雪是个什么样的人？"虞蔷主动聊起了关于江城雪的话题。

她很聪明，温长龄对她的第一印象很好。

温长龄回答："恶人。"

她笑了笑："他的确是。"她身上的礼服很单薄，眼角和鼻尖被冻红了，手腕上的纱布还没有拆，骨头细细的，仿佛风都能将其折断，"但我不会背叛他，永远都不会。"

她说得很坚定、无悔。

她看向温长龄："你是不是觉得我很蠢，被他那样对待，还这么执迷不悟？如果你多了解他一点儿，你就会发现，他身边的人都跟我一样。"

温长龄不觉得她蠢，只觉得江城雪很可怕。

"我出道很早，跟错了人，曾经活在地狱里，是江城雪把我拉出来的，所以他再把我推回去我也不会有怨言。"

作为那束花的回礼，虞蔷真心给了温长龄一个建议："温小姐，不要靠近江城雪，离他越远越好。"

虞蔷还记得第一次见江城雪时，她以为是神来救她了。

当时他被一群人簇拥着走进包间，落座时，他的目光在她身上停留了几秒。她当时的经纪人手疾眼快，立马安排她坐过去。

她给他倒酒，他说水就好。

这个饭桌上不成文的规矩是，贵客喝什么，作陪的女伴也喝什么。

"你多大？看着很小。"

她低声回答。

他笑了，扫了一眼桌上的女孩儿们，似是不满，问组局的东家："有更小的吗？"

经纪人又叫来了4个年纪更小的女孩儿。连同她在内的5个女孩子都被他带走了，但什么都没发生，她们拿回了合约，获得了新生。

她是例外，只有她例外。

她被他的秘书请到了酒店，他的住所就在酒店，顶层，里面很乱，东西摆放得非常随意。

"我喜欢你的眼睛，要不要跟我玩玩？"他坐在黑色的皮质沙发上，腿上放着笔记本电脑，并没有看她，"当然，要等到你再长大一点儿、成熟一点儿，能够独立思考和抉择。"

他说得很明白，是玩，但也给了她选择权。

她也清楚，他不只跟她一个人玩，他不会怜惜她们中的任何一个，不乖的他都会惩罚，她们是流血还是流泪，他也不在乎。

直到上次在宠物诊所，她知道了温长龄的存在之后，终于明白她为什么会被挑中。

在古神话里，恶魔都有着美丽的皮囊，有着人类喜欢的品性，会伪装成人类最喜欢的样子，那样才能诱惑到猎物。

"他身边的人都跟我一样。"

虞蔷这句话是不是意味着江城雪身上没有弱点？

"下这么大的雪，也不撑伞。"

谢商走到温长龄身边，给她撑着伞。

她已经在外面站了很久了，一直盯着院子里被雪完全覆盖的钩吻藤："谢商，这株钩吻好像快要死了。"

"你喜欢的话，我们重新种一株。"

"很难种活的，北城的气候不适合钩吻存活，这一株能活这么久已经是奇迹了。"她一身花袄子，与穿黑色大衣的黑色的大衣挨在一起却也不显得突兀。身高差使得她要抬头看他，她把手缩进袖子里，隔着袖子抓住谢商腰两侧的衣服，站到桂花树的水泥树围上："今年好冷，一直下雪。你说，这是不是大凶之兆？"

谢商将伞往她那边倾斜："不是，是瑞雪兆丰年。"

可是这是暴雪啊，她还是觉得是凶兆。

"长龄,我们同居好不好?"

这是谢商第二次提同居。

温长龄摇头:"不要。"

她的眼底总有散不开的阴云,这让谢商非常不安。傅影私下和他提过,说温长龄的心理状态并不好。

"你不是爱我吗?"他在向她索求。

她非常老实本分地看着谢商:"我想你的时候会找你的。"

谢商笑。温小姐好难搞定。

"你这样弄得我很像后宫里等着被翻牌的妃子。"

温长龄一点儿都不觉得理亏:"但是后宫只有你一个啊,星星,你不满足吗?"她张开手,仰起头,闭上眼睛,像一个准备献身的忠诚勇士,"那你挖吧,把我的心挖去。"

她又耍赖。谢商亲了一下她的眼睛:"今天去我那边吗?"

她睁开眼,摇头,平静而正经地说:"今天温小姐清心寡欲。"

第二十八章
欢迎来到怪物的世界

清心寡欲的温小姐今天自己睡。她睡得不好，被困在了梦里，醒不过来。
"我们当时都很慌，就给他打了电话。"这是郑律宏的声音。
"他说找个替罪羊就行了。
"他教我们操作，让我们从傅明奥的通话记录里找出通话频率最高的3个人。"
她问："是哪3个人？"
"你、你弟弟、傅明奥他姐。"
明奥很内向，他的通话记录里来来回回只有几个最亲近的人。
"为什么选了我弟弟？"
明奥和阿拿是最好的朋友。
"不是我们选的，是他选的。他用酒瓶子转的，转到谁就是谁。"
用酒瓶子转的，真儿戏，他就像只是在玩一场游戏。
"他，是谁？"
"蔺北，江城雪。"
梦境像一幅沙画。画面被打碎，再重组。
"聚在一起的也不一定是同类，如果一群人里有一个是领导者，剩下的都是小丑，也是可以一起玩的。看小丑跳梁还蛮有意思的。"
"同归于尽有什么意思？"
"死得太容易了，不是便宜他们了吗？"
他在引诱她，他在制作另外一场游戏。可是她醒不过来，他的声音像束缚着她的魔咒。
"做错了事就要受到惩罚。"

"你做得很好，他们都受到惩罚了。"

梦里的画面回到了她小时候。

阿拿第一次把明奥带回家，白桃村的人都当姓温的是瘟神，明奥是阿拿带回来的第一个朋友。

"这是我姐。"少年用胳膊肘捅了捅身后那个内向安静的少年，"叫人啊，愣着干吗？"

"长龄姐。"

她起身，想要分享自己刚摘的板栗，视线里突然出现了大雾，又什么都看不见了。大雾里传来两个弟弟的声音：

"长龄姐。"

"姐。"

"你快来，我们在等你。"

"不要迷路了。"

"快来。"

浓雾里面容模糊的少年朝她伸出手。

她毫不犹豫地去抓，手又突然消失了。

"阿拿！"

温长龄睁开了眼，眼前的雾终于散了。后背黏腻，出了很多冷汗，她一动不动地躺着，潮湿的衣服慢慢变得冰凉。

她越睡越冷，索性掀开被子下了床。

手机在桌子上，她看了看时间，凌晨 4 点 31 分。她把手机放回桌上，桌上还放着一盘昨晚没有吃完的脐橙。她的目光落在盘子里的水果刀上，不由自主地伸手，她看了一眼自己的手臂，大脑里有两股力道在拉扯，头痛欲裂，收回手，去找药。

因为连日大雪，路面结冰。温长龄信不过自己的车技，最近都没有自己开车，刚好她的车上次在医院剐蹭了，也要送去补漆。

下班回家的路上，温长龄乘坐的出租车路过了郑医生宠物诊所。

温长龄说道："师傅，在路边停。"

司机师傅说："还没到呢。"

"没关系，在这里停就好了。"

温长龄下了车，进了宠物诊所。

诊所后面的墙上写着："今日在职，郑医生。"

"你好。"

这位应该就是诊所的主人，郑医生。

郑医生看上去 30 岁左右，身上穿着印有宠物诊所标志的白大褂。他看温长龄没带宠物过来，问她："有什么需要的吗？"

"有猫粮吗？"

"有。"

郑医生领着温长龄来到诊所的货架前。

"你的猫有习惯吃的牌子吗？"

"没有。"

郑医生介绍："这边是国产的，那边是进口的，你可以看看。"

货架在左边，架子上都是宠物用品。右边是宠物的居所，内嵌在墙上，装修得像一个个树洞，树洞里住着几只猫，还有狗。

它们有的怕生，冲温长龄叫着。

树洞的右下角有一面照片墙，墙上都是宠物的照片，每个相框下面都刻了名字。

温长龄走到照片墙前，被其中一张照片吸引了，问郑医生："它叫波特吗？"

"对。"

照片里，波特是一条柴犬。

郑医生说："他是我朋友捡的一条流浪狗。"

温长龄试探地问："我可以领养它吗？它很可爱。"

郑医生摇头，语气有些遗憾："波特得了重病，已经死了。"

原来真有一条叫波特的狗。

"不好意思，可以借用一下洗手间吗？"

温长龄上次就发现了，诊所的1楼没有洗手间。

郑医生说可以，指了指楼梯："洗手间在楼上，左手边。"

温长龄上了2楼。2楼有3扇门，只有一扇门是关着的。她走过去，转了一下门把手，门没锁。

她推开门。房间里窗户关着，有些空，家具很少，地上扔了几件衣服，有点儿乱。对着门的是一整面墙的酒柜，上面放着各种酒。

温长龄是爱酒人士，认得一些酒，大多是昂贵难求的酒。她目光定格，盯着床后面墙上挂的照片——很大一幅，照片里是一棵树。她认得那棵树，是阚图理工大学那棵已有百年的橡树，阚图的学子称之为许愿树。

她在阚图理工大学就读过一年半，也在树下许过愿：愿恶有恶报。

温长龄从货架上拿了两袋国产猫粮，结账后，道了谢，转身离开。她刚走到门口，门被推开了，她停下脚。

江城雪收了伞，走进来，看了眼她手上的袋子："来买猫粮？"

温长龄"嗯"了声。

东方汽车也没请职业经理人，这个董事长倒是很闲，都快常驻宠物诊所了。

"外面在下雪。"江城雪把伞递给温长龄，"用我的伞吧。"

温长龄接过伞，走出宠物诊所。

"认识？"郑医生问。

江城雪倚着门，看着外面："认识。"

温长龄走到没人的街角后，把伞扔进了垃圾桶。江城雪应该一开始就知道她是阿拿的姐姐，因为明奥的通话记录里有她。

不知道贺冬洲用了什么办法，秦齐同意了捐肾。小疤的手术时间被定在了周五上午。小疤奶奶身体不好，受不住长途奔波，贺冬洲就没有接她来北城，请了人在老家照顾她。

周四的早上，小疤精神还好，吃了小半碗粥。

"冬洲。"

"嗯。"

手术前一周，贺冬洲就推掉了所有工作，几乎住在了医院。小疤的肾衰已经很严重了，因为毒素排不出去，脸发黄，瘦得没有几两肉，那双漂亮的眼睛失去了光彩。

"我想见见她。"

"想见谁？"

小疤说："另一个长龄。"

肾移植是大手术，不一定会成功，她不想留下遗憾。她知道给她捐肾的是谁，也知道几个月前秦家的风波，所以猜到了温长龄的身份。

贺冬洲说"好"。

下午，温长龄来医院了。

小疤坐在病床上，戴着帽子。她看着温长龄，笑了笑："你长得真好看。"

温长龄不太敢上前，有些木讷地站着："你也很好看。"

小疤很像温沅。

"你能告诉我她是什么样的人吗？"

被奶奶捡到的时候，她的包被里有一沓纸币，大大小小的面额都有，还有一张祈福纸，上面写着"长龄"二字。

奶奶说，那个祈福纸很难求。

温长龄慢慢走上前，告诉小疤："她是很温柔、很好的人。"

小疤已经了解过秦齐的为人了："她是有不得已的原因才抛弃我的吗？"

"是。"

有一年，秦齐去风镇做地理调研，在山里遇到了大雨，温沅好心收留了他。

然后……

"她去找过你，没有找到。她经常提起你，每次都会哭。"

温沅会酿酒，温长龄就是和她学的喝酒，喝多了酒她就哭。她说她有个女儿，眼角有疤，说她的女儿可怜，投生在了她的肚子里，说她太坏，把她的孩子丢了。

她总是喝酒，总是哭。

"她给我也取名叫长龄。"

小疤静静地流泪。

温长龄说:"她希望你百岁长龄。"

周五,9点20分,小疤被推进了手术室。

温长龄站在医院走廊的窗边,看着外面车棚顶上的雪,一直在发呆。

谢商把买来的热饮放到她的手里:"在想什么?"

"在想如果我没有被我妈妈抱回家,会不会当尼姑。"她告诉谢商,"我是她从寺庙里抱养的,是别人丢掉不要的孩子。阿拿是妈妈远亲家的孩子,父母双亡,也是没人要的孩子。"

他们两个是同一天被温沅抱回家的,温长龄先到家,所以当了姐姐。因为温沅避世而居,山下的人不知道他们姐弟两个是抱养的,也不清楚温沅有没有生孩子、生了谁的孩子,也并不关心,反正一律都叫野种。

温家的女儿当然不会下蛊,温家的女儿只是基因强罢了,每一个都生得很美,而美丽成了原罪,所以她们大多很不幸。

"小时候我听山下的村民说,我们温家的女儿都短寿。他们说我们给人下蛊,所以遭了报应,活不长久。"

谢商突然心慌,握住温长龄的手:"不会,你会长龄。"

自己会长龄吗?温长龄觉得不会。

温沅只活了38岁,温沅的母亲也是早逝。温沅的父亲因为思念亡妻,在寺庙里出家了,半生未入尘世。谢清泽因为爱慕温沅,不愿意回家,最后命丧风镇。他们都是痴情人,都认认真真地爱着,只是命途多舛,就被无关的外人称作被下了蛊。

下午2点43分,手术结束。主刀医生说,手术很顺利。小疤和秦齐都在观察室。

谢商走之前问过贺冬洲:"秦齐你打算怎么处理?"

秦齐的辩护律师是KE律所的一位合伙人,秦齐的案子已经快开庭了。

"不能判死刑,要好吃好喝地养着、供着。"

这么做当然不是因为贺冬洲善良,他不善良。

他说:"秦齐还有一个肾。"

以防万一,秦齐的命得留着。贺冬洲为了小疤,什么都敢做。

晚上8点,小疤再次从睡梦中醒来,但还不能说话,氧气罩没有摘。她动动眼珠,告诉贺冬洲她一切都好。

贺冬洲守在她身边:"小疤。"

她的手指微微收紧,握紧贺冬洲的手。

"不怕,以后你会健康、长龄。"

他的眼睛很红。

小疤知道,她的贺先生哭了。

秦齐很大可能被判死缓。刘文华还在接受调查中,因为家里有老有小,申请了取保候审。秦家的动产、不动产都被清算拍卖了。

刘文华把赵老太送去了养老院。被送走的当天,赵老太指着刘文华大骂:"我是你婆婆,你居然要把我送到那种鬼地方!你是不是不想伺候我,想让我死在外面?"

刘文华冷漠地看着她闹:"是。"

赵老太被噎住。

"我嫁到你们秦家13年,每天都盼着你死在外面。"

刘文华和秦奈现在住的地方是贺冬洲安排的。贺冬洲承诺了,秦齐名下的股份在秦奈成年之后都会被转给秦奈。

为了这一天,她忍了13年。

1月28号晚,苏南枝女士凭借电影《金粉佳人》摘得了金麟奖最佳女主角桂冠。消息在热搜上挂了两天。

30日,庆功宴在南楼小筑办,苏南枝只请了一些私交好的亲友和同事。

"那是谢商吧?"

汪启伦一来就注意到了牌桌上的谢商。他是导演,拍了几十年电影,眼睛尖,看谁都下意识地"选角"。

苏南枝的处女作就是跟汪启伦合作的,汪启伦可以说是她的伯乐。

苏南枝把"伯乐"领进门:"你不是见过他吗?"

汪启伦的目光就没从谢商的脸上移开过:"我上次见他,他才十几岁。"看到谢商这张脸,汪启伦不禁说道,"他这骨相不错,适合大银幕。"

谢商的脸亦正亦邪,汪启伦觉得他既能演深宅大院里吟诗煮茶的翩翩公子,也能演西子湖畔凭栏抽烟的奸邪佞臣,总之,让他这个当导演的很心动。

苏南枝颇为无语:"汪导,你这职业病能不能治治?挖人都挖到我家里来了。"

"真不考虑让他子承母业?"汪启伦半开玩笑地说,"我手上正好有个不错的本子,你把人给我,我一定能让他大红大紫。"

"不是我不考虑,是他不考虑。"

汪启伦"啧"了声:可惜了。

谢商没有牌瘾,万家的人到了他就下了牌桌,让出位子。万家一家最近刚好在北城度假,老小都过来了。

万家的小孙女凝凝不到4岁,小丫头就见过谢商两次,竟然还认得他,要谢商抱。

"哥哥,我要吃那个。"

谢商一只手抱着小朋友,给她拿了两个栗子。

栗子还没有吃完,凝凝又要橘子。

"凝凝下来。"翟秋瑾过去,要把凝凝抱下来,"别老黏着哥哥。"

凝凝不肯,抱着谢商的脖子不松手:"我不。"

"没事,我抱着吧。"

谢商抱着小孩儿在餐桌旁坐下。

翟文瑾特地过来，和宝贝外孙说说话："星星，"她屋里屋外找了一圈了，"温小姐怎么没来？你没叫她吗？"

谢商回外祖母："她比较忙。"

"晚上也要忙？"

谢商低着头，在给小孩儿剥橘子："她公司的新系统最近上线，事情比较多。"

事情再多，一个小时她总抽得出来。

翟文瑾知道谢商对温长龄很重视，但他到现在都还没有正式带她来见家长。前阵子热搜上的事她从老姐妹那里听说了，不禁担忧："你和温小姐交往还顺利吧？"

"嗯。"

"那什么时候带她来家里坐坐？你们交往也有一段时间了。"翟文瑾旁敲侧击地问过苏南枝，想知道谢商有没有结婚的打算，苏南枝的意思是，谢商有，温小姐好像还没有。

"您就别操心了，我心里有数。"

谢商不愿多说。

翟文瑾觉得他有心事。

凝凝被她妈妈抱走了。屋里有点儿吵，谢商拿了烟和打火机去了外面，苏北禾也在外面抽烟。

平时惜字如金的苏北禾难得过问一次外甥的私事："不是心里有数吗，在这儿抽什么烟？"

南楼小筑的房子是梁述川给苏南枝的礼物。一楼的南面是一整面的玻璃墙，外面种满了苏南枝喜欢的花卉树木。

梁述川种了17年，才有如今的满园花树。坐在客厅的沙发上，刚好能看到外面点烟的舅甥俩。

"谢商也会抽烟啊。"说话的女孩子是翟秋瑾的外孙女喻理，"我爷爷天天夸他，我还以为他已经成仙了呢。"

旁边的庄晓梦附和："我爸也是。"庄晓梦的爸爸是《金粉佳人》的投资人，"他让我以后找男朋友找谢商这样的。"

不喜欢谢商的长辈很多，但欣赏他的也很多。

"上哪儿找去啊？别的不说，那张脸就没有第二张。"

庄晓梦笑骂好友："你就知道看脸。"

喻理回她："你不看脸？"

好吧，大哥莫说二哥。

庄晓梦吃着零食望着玻璃墙外，突生感慨："你说谢商他女朋友要是跟他吵架，面对这张脸，还舍得骂他吗？"

谷易欢坐在对面的沙发上，心里回答：舍得。

696

温小姐很舍得。

就在昨天,谷易欢和宋肆林两个吃饱了饭没事干的闲人本来要一起出去浪,然后被人碰瓷了。碰瓷的是个年轻人,还有同伙。年轻人有手有脚干什么不行,干碰瓷?谷易欢和宋肆林就跟人打了起来,然后车被交警拖走了。本来有行车记录仪,报个警就能解决的事,但两个冲动鬼凑不齐一个理智脑,硬是把碰瓷搞成了斗殴。

有麻烦事咋办?找谢商。谢商是律师。

两个冲动鬼坐在谢商的车里,犯了错,都表现得很老实,像鹌鹑一样埋着头,乖巧温顺。

"四哥,这是去哪儿?"

"医院。"

谷易欢感动坏了:"四哥你真好,还关心我的伤,不过这点儿小伤不用去医院。"他就破了点儿皮,不算什么,对方被他打得更惨。

"我去医院接温长龄。"

谷易欢:"……"

他白感动了。

谢商的手机自动连了车上的蓝牙,来电话时车载显示屏上会有来电显示。

谷易欢眼尖:"江城雪?"他立马趴到前面的椅背上,打起十二分的精神,"他怎么会给你打电话?"

几个月前,东方汽车有个知识产权案件过了谢商的手。号码是那时候存的,但谢商没有联系过江城雪。

扶手箱里没看到蓝牙耳机,谢商直接点了接听。

"喂。"

那边是女声:"是我。"

温长龄!谷易欢和宋肆林屏气凝神,面面相觑。

"我的手机没电了,我已经从医院出来了,在医院大门对面的药店。"

"我大概10分钟后到。"谢商问温长龄,"带雨伞了吗?"

"没有。"

"那你在药店里面等我。"

"好。"

温长龄挂了电话,把手机还给江城雪。

"谢谢。"

"不客气。"

雨下得不急,把街道洗涤得很干净,树上的积雪结了冰,风过,吹动树叶"沙沙"作响,絮状的冰晶被摇裂,簌簌落下。

温长龄转身回药店。

"你跟谢商又在一起了?"

又。

温长龄听得出来他耐心告罄。

温长龄回头，目光平静："你好像知道我很多事情。"

"是挺多的。"

她没有再接话，推开门，走进药店。

江城雪走下台阶。

秘书薛先生跟在他身后，给他撑伞："江董，您的药还没拿。"

江城雪每3个月要做一次心脏检查。

门诊楼的电梯离医院对面的药店有近百米，但他在电梯里一眼就认出了温长龄的侧脸——他搜罗了一堆五官像她的人，对她的五官太熟悉了。

"不吃了，以后都不用吃了。"

车里的气氛很古怪，后面搭顺风车的两个人都不敢作声了，默默地掏出手机，微信联系。

肆帅："四哥的女朋友不会真出轨了吧？"

谷家口歌神："少放屁。"

肆帅："可是她刚刚跟那个姓江的在一块儿啊。"

谷家口歌神："不要脸的野男人！"

"你怎么借了江城雪的手机？"谢商突然开口。

后面两个人停止打字，竖起耳朵听。

温长龄说："我的手机没电了，他刚好在旁边。"

小疤恢复得很好，温长龄只要有空就会去医院看她。最近的气温很低，朱婆婆总是关节疼，温长龄在药店给朱婆婆买了膏药，刚付完药钱，手机就自动关机了。

车子开得很慢，谢商说："你也可以借别人的。"

借手机是温长龄临时起意，因为她突然想到，可以趁这个机会在江城雪的手机里"种"点儿东西。

她没有和谢商说实话："我认识他，借他的手机有什么不对吗？"

有啊！

谷易欢：你们的"奸情"还上过热搜！

苏南枝的消息这个时候发过来了。

等红灯的时候，谢商点开消息看了，没有继续江城雪的话题："苏女士明晚在南楼小筑办庆功宴，你和我一起去吧。"

他们俩接触得越多，日后她去陪阿拿的时候，谢商要收拾的烂摊子就会越多。

温长龄拒绝："我不去了。"

"吃完饭就回家，不用很长时间，可以吗？"

谢商的声音很轻，轻到不像在询问，更像在请求。

他希望她去，希望温小姐能走进他的圈子。

"我不想去。"

"可以告诉我为什么吗？"

温长龄低着头，手指反复地抠着药盒的边缘："我有工作要忙。"

谢商知道这是她的借口，如果是往常，他可能就由着她了，但刚才她用江城雪的手机打的那通电话让他不理智了。

"后天是周末，有什么工作一定要明天晚上做？"

温长龄抬起头，眼里仿佛聚了两束发烫的光："你想问什么？你在怀疑什么？"

车子停下来。

谢商看着温长龄："你们两个下去。"

宋肆林朝谷易欢挤眉弄眼：我们？

谷易欢推门下车，看宋肆林磨磨蹭蹭的，拽了他一把。

车门关上。

宋肆林打了个寒战，搓搓手："不会吵起来吧？"

"已经吵起来了。"

谷易欢缩手，蹲在路边，眼睛忍不住往主驾驶座那边偷瞄。

温长龄下意识地用手指绞着塑料袋的提手。

她的手已经被勒红了，谢商把袋子从她的手上解下来，放到一边："为什么故意接近江城雪？"

温长龄低着头："没有，你想多了。"

"你不想去庆功宴，"谢商猜测，"是不想见我的家人吗？"

她不说话，手上没有其他的东西，就自虐一般用力抠着手指上的肉。

谢商握住她的手，把被她抠红的皮肤从她的手指下解救出来，声音放低："长龄，不要瞒着我，你的事情能不能都告诉我？"

温长龄沉默了片刻。

"让他们上车吧，外面太冷了，而且这里不能长时间停车。"

"你说谢商他女朋友要是跟他吵架，面对这张脸，还舍得骂他吗？"

温小姐不仅舍得，而且事后不哄。

谷易欢越发觉得谈恋爱没有一点儿好处，太影响情绪。正当他深思的时候，旁边两个生意人在寒暄。

"庞总，好久不见。"

"戚总，好久不见。"

两个人聊生意、聊投资、聊股价，反正谷易欢是一句没听懂。他开了瓶酒精饮料，身边的沙发坐垫凹陷下去，有人坐下了。

谷易欢听说过庞子衿——庞家的私生女，几个月前高调接管了庞家的生意。北城的圈子就这么大，他朋友多，什么局都去，前不久还见过庞子衿，在这样那样的场合，但没聊过。好像小时候也见过她来着，他印象不深。

不过，他听说庞子衿接管 Pamdow 之后发展了不少新业务，其中就有影视投资和音乐制作。谷易欢觉得这也是个不错的人脉，那结交一下吧。

"你好。"

庞子衿浅笑："你好。"

谷易欢结交人脉干吗？当然是为了出道。

"你有兴趣投资一个有潜力的歌手吗？"谷易欢都没抱希望，就是随口一问。

庞子衿看着他，目光柔软："有啊。"她问，"哪个歌手？"

谷易欢两眼瞬间发亮："我。"

庞子衿是柳叶眉、长眼睛，给人一种端庄、好说话的感觉。她拿出手机："那加个微信吧，有些事情需要细聊。"

"好啊，好啊。"

谷易欢感觉接到了天上砸下来的馅饼，有点儿晕头转向。

"小欢。"

有人叫他。

"我过去一下。"谷易欢把抱枕放在沙发上，占好座位，"我马上回来，等我。"

谷易欢被长辈叫走了。

一只手伸过来，要把沙发上占座的抱枕拿开。庞子衿把自己的包放上去，轻轻压了压，示意：有人。

对方收回手，见庞子衿眉眼带笑，就问："庞总是有什么好事吗？这么高兴。"

"几年前做的一个投资，今天终于有回报了。"

"那恭喜啊。"

对方也是做影视投资的，举起了杯子。庞子衿与他碰了碰杯，心情极好。她的商业版图已经垒好了，可以送谷易欢去顶峰玩了。

温长龄看了看时间，还没到 8 点。

南楼小筑的大门上有电子锁，外人无法进出。她走到保安亭的窗口前："你好，可以开一下门吗？"

保安询问："您是哪位业主家的客人？"

"我来参加苏南枝女士的庆功宴。"

"那您有请帖吗？"

温长龄没有请帖。她不想谢商失望，所以还是过来了。

梁述川种的茶花已经开了。南楼小筑依山傍水，夜里的气温很低。谢商站在室外，指间的香烟燃着，他没抽，全喂给了南楼的风。

白烟一缕，像舞女手腕上的纱，蜿蜒地与风缠绵，平白给夜色多添了几分凄楚。

烟灰落地，苏北禾说他："你干什么？点了又不抽。"

"她咳嗽还没好。"

苏北禾知道这个"她"是谁。

谢商把手里的烟灭了。他刚刚是想抽，但想到了温长龄。她咳嗽还没好全，他今晚不在家，不知道她记不记得吃药。

"你的也灭了吧，我怕有味儿。"

谢商和苏北禾虽然隔了一辈，但年纪相差得不多，说话没那么多规矩。

苏北禾把烟掐了："你很怕她？"

"嗯。"

"出息。"

谢商今晚情绪不佳，庆功宴很热闹，但他没什么兴致，明显心思不在这里。

电话响了。

谢商看了眼来电显示，目光瞬间就变了，就像月光突然照了进去。

"长龄。"

电话那边的人不知道说了什么。

苏北禾第一次听谢商这么轻声细语：

"好，我马上过去。"

谢商挂了电话。

苏北禾问了句："去哪儿？"

谢商平时矜平躁释，很少这样情绪外露，眉宇间的欣喜不言自明："她来了，我去接她。"

哦，温小姐来了。

苏北禾进屋，把消息告知翟文瑾女士。

谢商个子高，很好认，保安老远就认出来了，提前把大门打开。

谢商脚步略急，走到温长龄面前："你不是不来吗？"

她的手里提着一个扎了红色蝴蝶结的纸袋子："你不是想要我来吗？"

昨天他们其实不太愉快，回到家后，温长龄急着把"种"在江城雪手机里的东西连接好，所以直接去了2楼的电脑房，他们算是不欢而散。

温长龄来南楼小筑也是想哄一下谢商。谢商牵着她的手进去，经过保安亭时，他特地打了招呼："齐先生。"

保安姓齐。

南楼小筑有5幢独栋别墅，别墅的主人及家人们叫他"老齐"，叫他"保安"，甚至还有叫他"喂"的，只有苏女士一家称呼他"齐先生"。

"这是我女朋友，她姓温，下次她过来，请直接让她进去。"

齐先生笑着应下："好的，谢先生。"

南楼小筑很大，每栋别墅之间隔得很远，环境幽静。温长龄被谢商牵着，踩着树影，走在铺着小石子的路上。

"来的人很多吗？"

"不多。"

温长龄很少参加这种私人宴会。她问谢商："我穿成这样合不合适？"

她身上穿了件藏青色的斗篷款式上衣，衣领有一圈白色绒毛，朱婆婆说很好看，就是不太保暖。

不合适的话，她可以换。她带了更正式的衣服，放在了车里。

"苏女士请的都是相熟的亲友和同事，穿什么不讲究，你这样就很好看。"她的手有点儿凉，谢商说，"袋子给我。"

"我自己拿。"温长龄把手里的袋子提起来给谢商看了一眼，"这是给苏女士的礼物。"她觉得空手来不好。

苏南枝女士已经在门外等了。

苏女士很爱漂亮，这么冷的天，她穿着露肩的裙子，披了一件淡紫色的披肩，风华绝代，是被岁月格外偏爱的美人。

温长龄平时不喜欢交际，谢商把她挡在身后："您怎么出来了？"

苏南枝悄声说话，但温小姐应该也听得到："知道你的宝贝温小姐要来，出来迎接。"她绕过谢商，挥挥手，指甲很漂亮："你好啊，温小姐。"

温长龄礼貌地回复："您好。"

她在想该怎么称呼苏南枝。

苏南枝看她如此纠结，笑说："叫我'苏女士'就可以。"

"苏女士，"温长龄站在谢商身边，很文静，落落大方，"祝贺您获奖，这是送给您的礼物。"

苏南枝接过袋子，提在手里——很重。她将礼物拿出来看了看，是一幅金属的拼图挂画，画里所有的碎片都是她饰演过的角色。

苏南枝把画妥善地放回袋子里。

"我很喜欢，谢谢。"

梁述川出来了，手里拿着苏南枝的外套。

"这是我爱人。"苏南枝向温长龄介绍说，"你可以叫他'梁先生'。"

"梁先生。"

梁述川点了点头，走到苏南枝身边，把外套递给她。

苏南枝爱美，推开外套，不愿意穿："进去吧，外面冷。"

谢商带温长龄先进去。走在后面的苏南枝被梁述川拉住了。

"枝枝，"梁述川接过装礼物的袋子，把外套给苏南枝穿上，"你刚刚说'爱人'。"

苏南枝嫌衣服臃肿，皱着眉，不乐意穿，但也没动，由着梁述川把扣子都扣上。她反问："不然呢？"虽然他们俩没有领结婚证。

他笑了，很喜欢"爱人"这个称呼。

他笑起来眼角有浅浅的纹路，苏南枝伸手去摸。她离婚第二年和他在一起，到现在有 9 年了。

"你十几岁的时候就老是跟着我，现在都老了。"

苏南枝 18 岁那年去梁家学琵琶。梁家是艺术世家，梁述川是家里的老幺，幼时学的也是艺术。因为她，他进了演艺圈。这样看来，从年少到现在，都是她在前面走，他在她身后跟。

他说："那时候我太小了，追不上你。"

苏南枝比他早生了 9 年，她到适婚年纪的时候，他还只是少年，所以他们错过了很多很多年，但幸好，现在无憾。

"那是星星的女朋友吧？"翟秋瑾麻将都不打了。

翟文瑾也望了过去。谢商像是怕怀里的人被人撞到，挡得很严实。翟秋瑾看不到温长龄的样貌，让儿媳过来接了她的牌，自己下了牌桌："我过去瞧瞧。"

翟文瑾拉住她："别给我吓跑了。"

今天来的人不多，但再不多也有几十个，这些人大部分认得谢商，今儿个屋里的香就是谢商亲自点的。

少有谢商这样的年轻人喜欢香道。所以你想想，一个擅长司香、文雅却不风流的年轻先生，而且他名声在外，现在捧宝贝似的带个姑娘进来，谁都忍不住多瞧几眼。

四面八方的视线让温长龄不太适应。

"要过去见见我外婆吗？"

温长龄点头。和长辈打招呼是基本的礼数，但除了谢商的长辈，其他人她不想有过多交集。

谢商把温长龄带到了翟文瑾面前。

"长龄，这是我外婆。"

"您好，"温长龄独来独往很多年，没有多少跟老人相处的经验，表情拘谨，称呼起来也很生疏，"外婆。"

翟文瑾笑开了花："好，好，好。"

翟文瑾不是第一次见温长龄，照片她早就见过了，之前谢商受伤在医院做手术时，她和温长龄短暂地见了一面，但当时是在手术室外面，没来得及好好打招呼。

那次翟文瑾就觉得这姑娘心境很稳，这次见感觉又不一样，温长龄身上多了几分拘谨和小心，有小姑娘"第一次"见家长的那种赧然了。

因为这是宝贝外孙的心上人，翟文瑾爱屋及乌，越看越喜欢："长龄啊，你吃过晚饭了没有？"

温长龄诚实地回答："还没有。"

"星星，快去给长龄拿吃的。"

谢商去厨房了。

翟文瑾一脚把坐在岛台旁边的苏北禾踢开，转头笑眯眯地对温长龄说："坐这儿。"

温长龄乖巧地坐下。

岛台上有茶点和饮料。

"先吃点儿点心垫垫。"翟文瑾把一碟样子精致的糕点放到温长龄面前,"这个云片糕很好吃,你尝尝。"

"谢谢。"

温长龄擦了擦手,拿了一片。

"对了,我带过来的汤还有点儿,我去拿。"

翟文瑾急匆匆地去了厨房。

云片糕确实很好吃,但温长龄不太好意思拿第二片。突然有个人坐到她的旁边,撑着下巴看她:"你这个头发哪里染的?"男人对她的头发很感兴趣,称赞说,"简直黑白混淆,美不胜收。"

温长龄在鬓角处染了银白,其余的头发还是黑色的。

但"黑白混淆"不是这样用的。

苏北禾简直头疼:"宁宋,坐这边来。"

宁宋非常烦他:"铁嘴钢牙,管得真多。"

宁宋是在国外长大的,华国话一般般,但他很喜欢用成语。他一脸不爽,但还是坐过去了。

南楼小筑这边的厨房很大。外面的餐桌边人太多,谢商怕温长龄不自在,叫她进厨房:"长龄,来这边。"

厨房有个小吧台,温长龄坐那儿喝汤,谢商把厨房的门关上了,不过门是玻璃的,只隔得了声音。

"我看到庞三小姐了。"

庞子衿和谷易欢坐在一起,不知道在聊什么。

谢商说:"苏女士获奖的电影,她是投资人之一。"

温长龄探着头看外面:"她跟谷先生在谈恋爱吗?"

"没有。"谢商抽了几张纸巾,垫在台面上让温长龄吐骨头,"你看出来了?"庞子衿对谷易欢有意。

"之前月月给庞三小姐做背景调查,发现她经常去澳汀,只要谷先生登台,她一定在。"温长龄对情情爱爱不是很精通,但庞子衿太明显了,连她都看出了苗头。

"小欢比较迟钝。"

谷易欢一门心思想出道。

庞子衿用了好几年,先是拿下Pamdow的话语权,接着收购了华盛音乐,签约了数位头部音乐制作人。

庞子衿的目标很明确,而且她每一步都走得很稳。

温长龄客观地说:"庞三小姐很擅长钓鱼。"

谢商把剔好了刺的鱼肉放到她的碗里。温长龄平时不怎么吃鱼、虾、螃蟹之类的,嫌麻烦。

离厨房最近的那张双人沙发上挤了 4 个人，一个个都像长颈鹿，头恨不得钻到厨房里。

翟文瑾过来："都在这儿干吗呢？"

"看谢商谈恋爱。"

"有什么好看的？该干吗干吗去。"

翟文瑾把小辈们轰走，和翟秋瑾坐下来——看谢商谈恋爱。

厨房的门什么也挡不住：谢商把排骨里的骨头剔出来，肉放在女朋友的碗里。小姑娘估计不怎么爱吃素菜，她每舀一勺饭，谢商就给她搛一点点蔬菜，惹得她不高兴了，他低着头在说什么。翟秋瑾给家里的小孙女喂饭都没这么细致。

"这姑娘家里做什么的？"

"不重要。"翟文瑾不看重这些，"星星难得碰到个喜欢的。"

像他们这种家庭，家里的孩子能接触到的社会资源多，遇到的诱惑也多，年轻的男孩子有使不完的精力。翟文瑾好几个牌友就跟她吐露过，家里的小辈正经的女孩子不谈，不正经的女孩子谈一堆，还有干脆不谈的，在外面"养"，私生活一个比一个乱。

翟文瑾担心的跟牌友正好相反。

谢商的私生活太干净了，干净到翟文瑾一度以为谢商不喜欢异性。

"既然喜欢，那干脆早点儿把婚事定下来。"翟秋瑾感慨道，"咱们这个年纪，过一天就少一天。"

"我说了不算，得看人家长龄乐不乐意。"

"她不乐意啊？"

"我看她心事重，可能心里还搁着事吧。"

翟文瑾活得通透，看人很准。

温长龄和来参加庆功宴的客人都不熟，吃完饭，谢商带她去 2 楼躲清净。楼上朝南的房间的窗户刚好正对楼下的花园，藤蔓植物已经爬到了窗台上。这个季节，山茶花和蜡梅都开了，红的粉的，俏立枝头。

树枝跃上墙头，今晚月色不错，风吹起了一地月牙儿一样的花瓣。

陶壶里在煮茶，热气袅袅，水还没有沸腾，几颗红枣漂浮在水面上。窗户开着，有风轻轻吹过，谢商拿了条毯子过来。

"你送给苏女士的礼物什么时候买的？"

温长龄怕冷，自觉地用毯子把自己裹成蚕蛹："昨天晚上。"她说，"我之前加过苏女士的粉丝群，里面有个妹妹是做定制礼物的。她住在明河区，我去她家里买的。"

"你开车去的？"

"打车去的。"温长龄老实说，"晚上我不敢开。"

"怎么不叫我送你？"

温长龄把手伸出窗外，张开手心，去接风吹来的花瓣："你在生我的气，不敢叫你。"

陶壶里的茶煮好了。

谢商倒了一杯,让温长龄拿着暖手:"那幅画你拼了多久?"

"3个小时。"

那幅挂画是金属材质,碎片很多,不太好拼。

"那你几点睡的?"

从朱婆婆家到明河区来回就要4个多小时。

"凌晨5点多吧。"

她上次被暴雪冻出来的病还没有好全,哪儿能这样折腾?谢商说:"庆功宴不用送礼,别人也都没送,怎么不先问我一下?"

"别人是别人啊,我是我。"

她吹了吹热茶,尝了一口,有红枣的甜。

她把茶杯放在窗台上,手抓着毯子的边缘,钻到谢商的腰侧,把他一起包裹起来:"昨天对你很凶,态度也不好,对不起。"她踮起脚,亲在他的嘴角上,"原谅我好不好?"

温温软软的语调,朱婆婆院子里那只猫咪撒娇讨要吃食时也是这样。

猫和猫的女主人都知道,谢商很吃这一套。谷易欢那个机灵鬼就很喜欢跟谢商撒娇,因为真的管用。

别说谢商没生气,就算真生气了,只要温长龄撒撒娇,就什么事都翻篇了。

"我没生气。"

"没生气为什么一整天不联系我?"

"想看看你会不会主动找我。"谢商的目光很温柔,与翻过窗镀在她的脸上的银白月光一样,偏爱她,"你能来庆功宴,我很高兴。"

温长龄十分诚实:"我是来哄你的。"

他轻轻地重复着说:"我很高兴。"他的眼睛很亮,像波光粼粼的湖面,"长龄,我很好哄。"

他是很好哄,都不用怎么哄。

风吹着一片蜡梅花瓣掉进了窗台上的茶杯里,花瓣漂在水面上,枣香混入了花香。温长龄裹着毯子,偎在谢商怀里,安安静静的,没有说话。

"困吗?"

"有一点儿。"她昨晚只睡了两个小时。

"那我们回去。"

"好。"

谢商跟长辈打完招呼,和温长龄先走了。

她是真困了,睡了一路。车停稳后,谢商才叫醒她。

脚下有个袋子,被她踢倒了,她捡起来:"这是什么?"

"给你的。"袋子里是条项链,项链的坠子是蓝钻石。

"苏女士前不久去了珠宝展,我让她帮我拍的。"

项链看着很贵的样子。温长龄是个没什么物欲的人,除了必要的场合,她的穿戴都以舒适为主:"我不经常戴首饰。"

"我想给你买,你戴不戴无所谓。"

温长龄可以不戴,但是别人有的,谢商希望她也都拥有。

她把项链装回盒子里,因为刚睡醒,浑身软绵绵的,身上有股黏黏糊糊的劲儿,很自然地趴在扶手箱上,撑着身体靠过去,亲了一下谢商的脸。

她亲完往后退,但谢商的手掌扣在她的后腰上,不准她撩拨完就走,托着她的身体稍微用力,低头吻下去。

洗漱完,温长龄独自去了2楼。电脑房已经被她重新上了锁,她用钥匙开了门,打开灯,关上门。

电脑一直开着,自动存档的文件夹里有3条新的电话录音,温长龄戴上耳机,一条一条点开。

第一条录音,上午9点14分,电话是薛伯勇打给江城雪的。

"周董已经私下见了好几位董事。"

"还是太闲了。"江城雪大概刚起,语调很慵懒,散漫随意得仿佛什么都无关紧要,"给他找点儿事做吧。"

第二条,上午11点零8分。

"爷爷。"

能让江城雪这样称呼的人,只有东方汽车的前任董事长江立松。

"我不是你爷爷,当初你把汝成从楼上推下去的时候,我就应该掐死你。"

就是那次,江汝成跛了右脚。

电话里江立松的呼吸声很大,声音发抖:"你分明答应过我,会放过汝才。"

"爷爷,您为什么不信我呢?当初把江汝成推下楼梯的不是我,是江汝才,他们两个偏说是我。您看,他们这不就遭报应了吗?他们一个又跛了一只脚,另一个摔下楼死了。"

"你……你……"

江立松那边没了声,紧接着传来一阵急促的脚步声,然后通话结束了。

第三条通话录音,里面的声音温长龄很熟悉。

"江少。"

是戴秋。

"她今天迟到了。"

温长龄今天迟到了。

温长龄昨晚几乎没睡。她本来很困,但一闭上眼,噩梦就像湖底的藻,牢牢地缠住她的手脚，她挣不脱，然后惊醒，再闭眼，继续被噩梦缠住，就这样反复。

凌晨5点多，她又醒了，戴上助听器，起床穿衣。她只刷了牙，没有洗脸。嗓子有点儿干，她倒了一杯热水，拿在手里喝，身上穿了件长度到小腿的黑色羽绒服，羽绒服有点儿宽松，但厚实保暖。

冬天夜长，天还没有亮。院子里亮着灯，老人家觉少，朱婆婆已经起了，在院里清洗早饭要做的红薯。

"婆婆，早。"

朱婆婆有轻微的耳背，直到温长龄说话了才发现她："怎么起这么早？"

"中途醒了，然后睡不着。"

她最近的睡眠质量很差。

"你怎么觉少得跟我这个老人家一样？"朱婆婆说，"天还没亮，你再去睡个回笼觉。"

黎明很冷，室外的温度应该在零摄氏度之下了。

"不睡了，我要出门一趟。"

"这么早去哪儿啊？"朱婆婆边问边给红薯削皮。

温长龄说："去买吃的。"她把热水喝完了才出门。

街上的灯都亮着，环卫工人在清扫昨夜北风卷下来的落叶，卖早餐的小店已经开门了，街上稀稀落落有几个支好的摊子，三两行人脚步匆匆。

天未亮，人已至，炊烟也升起了。昨天在南楼小筑，走之前，谢商去楼上和苏南枝辞行，温长龄在楼下等，听见翟文瑾女士让做饭的阿姨给谢商打包点心，说他爱吃徐记八品的云片糕和梅子酥，但云片糕和梅子酥都被吃完了，没法打包。

徐记八品是北城的老字号，生意很好，招牌的点心每天只限量200份，天不亮就有人排队买了。

谢商晨跑回来，看到茶室的桌上放着两盒徐记的点心。

钱周周在整理昨日的当品。

"桌上的点心谁放的？"

钱周周说："老板娘拿过来的。"

"老板娘"叫得很顺口，钱周周毕业于顶尖学府伯臣理工大学，这么优秀不是没有道理的。

谢商把点心收好，去了隔壁。

彤彤已经放寒假了，在院子里玩。这几天天气已经转晴，太阳出来了，花花好懒，趴在一块能晒到太阳的石头上，除了尾巴，动都懒得动弹一下，肉肉的，像一张小垫子。

谢商过来，彤彤叫了声"哥哥"，花花叫了声"喵"。

"看到长龄姐姐了吗？"

"姐姐在睡觉。"

谢商进了屋，脚步很轻。温长龄没摘助听器，听见门锁发出轻微的碰撞声，她的头从被子里钻出来，头发被静电弄得乍起，软趴趴、乱糟糟的。

"我吵醒你了？"

"我没睡着。"

周末不用上班，温长龄躺了有半个小时了，可依旧没有睡意。

谢商在床边坐下："你早起去买的点心？"

温长龄把脖子周围的被子掖紧，只露出一个脑袋："晨跑正好路过。"

"不要骗我，你从来都不晨跑。"谢商浅笑着，窗外的阳光打在他的脸上，"你是专门去给我买的。"

谢商的虹膜颜色随混血的谢景先，在光下很亮，琥珀色更明显，再漂亮的美瞳也不及。

温长龄不爱运动。

"星星，"旁边的被子太凉了，她只挪了一点点，"你上来陪我。"

"我刚跑步回来，没有洗澡。"

她把手伸出被子，拽住谢商的衣角："上来陪我睡。"

他的手够长，扶着床头够得到南面的窗帘，他将窗帘拉上一半，脱下外衣躺上去。他身上暖和，温长龄自觉地靠过去。

"是不是起很早？"

"嗯。"

谢商侧着身抱她，手习惯性地放在她后腰的位置。她的骨架很小，谢商手指长，张开手几乎能罩住她的整个腰部，每次抱她的时候，他都不敢太用力。

"下次别赶早了。"

"你不是喜欢那个点心吗？"

他在她的耳边说，没什么比她重要。

"你抵抗力不好，早上太冷，要是冻感冒了，又要吃很久的药。"他环住她的腰的手缓缓收紧，能摸到薄薄皮肉下的骨头，"长龄，你以后跟着我跑步吧，锻炼一下身体，你最近瘦了很多。"

"不要，不跑。"

温长龄和花花一样，不喜欢动。她开始发困，眼皮变重。她闭上眼，抓着谢商的手，往肚子上放："你摸摸，有肉的。"

谢商握住她的手："手怎么了？"她左手的食指上贴着创可贴。

"切水果的时候不小心切到了。"

谢商撕开创可贴看了看，刀口很长，她也没涂药。谢商好像比安眠药管用，温长龄昏昏欲睡，梦呓似的咕哝："等我睡着了你就去吃早饭，不要叫醒我。"

"好。"

"星星。"她习惯睡觉前叫他。

"嗯。"

谢商摘下温长龄的助听器,她的世界安静下来。

温长龄睡到了11点,刚好朱婆婆的汤炖好了。她在院子里喝汤,谢商拿了医药箱过来,帮她涂了药,换了个创可贴。

"今天周末,我们出去看电影吧。"她提议。

"好。"

下午的电影是温长龄选的,她没看网上的影评,看海报选的。电影结局不好,将军战死,发妻与敌军同归于尽,国破家亡,山河不再。

两个人从电影院出来时,天已经黑了。

车开到红绿灯路口,本来要直行,温长龄说:"去湖边吧,我想吹吹夜风。"

柏杨湖就在路口的右边。

"不饿吗?"

"不饿。"

谢商把车开到了湖边。柏杨湖是华国第二大淡水湖,现在是枯水期,湖面上没有船,风依旧很大。湖边栽种了很多树,树上挂着颜色各异的灯串。

这几年柏杨湖周边变化很大,湖景房一栋接着一栋环湖而立,谢商的车子停靠的位置能看到各个小区的边边角角,灯火炊烟,各有各的美好。

温长龄打开车窗,风把声音吹进来,安静的车厢开始变得吵闹,她听到了远处小吃摊上的叫卖声。

吹了会儿夜风,她突然问谢商:"如果我先死了,你要多久能忘了我?"

这个问题很悲观,或许是受了电影的影响。

"电影是杜撰的,不要瞎想。"

她望着枝头被风吹得摇摇欲坠的花瓣:"没瞎想,假设而已,毕竟世事无常,不是谁都能长命百岁。"她转过头来,看着谢商,"你不要随口回答我,你好好想一想。"

谢商没有立刻回答。他有答案,但他不知道温长龄想听什么样的答案。

"那儿有卖糖炒栗子的。"

"我去买,你在车上等我。"

晚饭是在苏北禾的店里吃的,温长龄吃得很少,她最近胃口一直不好。回到荷塘街还没到9点,谢商把车停在了当铺的院子后面。

下车后,他问温长龄:"去我那边吗?"

"不去了。"

她回朱婆婆的院子。

"长龄。"

她回头。

谢商不说话,就看着她。

她已经走到了朱婆婆家后门口,放下装着糖炒栗子的袋子,又折回去,哄人似的亲了谢商一下："晚安。"

她踮起的脚刚落下，谢商就伸手扣住了她的腰。

"你这样不公平。"

"什么不公平？"

谢商收紧手臂，抱着温长龄迈过门槛，抬手关门的同时，身体压下去："你不能只管你的需求。"他叫了一声"温小姐"，"也管管我。"

他在她的房间里发现了安眠药的瓶子，不敢让她独处。两个人对视，他在引诱她，视线像夏日正午的阳光，被他直视过的皮肤会变得滚烫。

然后顺其自然地，他们开始接吻。吻先由温长龄主导，等她慢慢没有力气了，她就拽住谢商的衣角。谢商会托着她的腰，浅浅地吮吻，给她喘息的时间，再深入。

她慢慢跟不上他，身体不断向后，手臂抵在门上，她皱了下眉，不小心咬到了谢商。

他停下："手怎么了？"

"没什么。"

月光只够照亮轮廓，看不真切。谢商将灯打开，握着温长龄的左手，把她的袖子拉高。她的左手臂上缠了一层很薄的绷带，应该是她自己缠的，包扎得很随意。

"怎么受伤的？"

"切水果的时候手滑了。"

她手指上的伤，她也是这么解释的。

谢商解开绷带，她的伤口没有上药，刚刚不小心被碰到了，有轻微出血。

"在湖边你问我的问题，我现在回答你。"他的目光很平静，没有丝毫冲动的迹象，是深思熟虑后的笃定，"小欢总说我是爱情至上主义者，我从来没有反驳过。长龄，我没那么爱惜生命，不然也不会刚成年就去莱利图玩深海逃脱。"

温长龄整个人仿佛被定住了，这不是她想要的答案。

她一言不发，任由谢商拉着她进屋，上药。

"以后不要自己切水果。"

过了很久，她才说："好。"

阿拿和温沅相继离世后，她就病了，病了很久，一直没好。她连坟地都选好了，就在阿拿的坟旁边。她计划好了一切，等到大仇得报，就去和家人团聚。

谢商是意外，是她给自己的临终关怀。

以前她在关怀病房当护士的时候，护士长跟她说过一句话："临终关怀也要有个度，不然不得不走的人会舍不得走。"

温长龄把浴室的水龙头打开，拨了一个电话。

"陶医生，"她看着重新包扎好的手臂："下周六可以预约吗？"

她以前也遇到过这样的病人，转到临终病房后又舍不得了，但是他们自救不了。

小年夜谢商要去苏家过，温长龄没有一起去。苏南枝晚上有活动，到家时已经过了饭点。

苏宅的院子里有棵香椿树，长得很高，因为没有刻意修剪，枝丫肆意生长。香椿不是观赏性很高的植物，和别墅内外的造景不太协调。

这棵树是谢商出生那年种下的，香椿寓意长寿，有护宅和祈福的说法。

谢商在树下站了有一会儿了。

苏南枝过去："喝酒了？"

"一点点。"

谢商喝酒不怎么上脸，只是他的酒量实在一般，喝一点点别人都能从他的眼睛里看出微醺感。

"新年快乐。"

谢商望向苏南枝："新年快乐。"

西山首府可以燃放烟花，但必须在指定的地方按照规定燃放。饭点刚过，不远处的天空火树银花，绚丽灿烂。烟火炸开，千点万点火光聚成的花坠在香椿树的高枝之上，像星星陨落，降临人间。

谢商看了看时间："我走了。"

"去陪温小姐？"

"嗯。"

前两天有位夫人到苏南枝跟前说，谢商太娇惯自己的恋人，把一个还没进门的外人的地位抬得太高了，这样不好，做长辈的最好趁早管教，不然等日后儿媳进了门，当婆婆的都没有话语权。

这位夫人也没什么恶意，就是家里有个厉害的儿媳，自己心又不够宽，家中矛盾颇多。

对谢商的婚姻问题，苏南枝看得还挺开的。谢商首先是他自己，其次才是她的儿子，在伴侣的选择上，他才是唯一的决策者。她自己也一样，也是独立的个体，无论是隐退、复出，还是离婚、再婚，都是为她自己做出的决定，不是为了母亲这个角色。她尊重谢商的选择，就像谢商也尊重她在人生各个阶段做出的选择一样。

"星星，"苏南枝叫住了谢商，"你怎么去？你不是喝了酒吗？"

"梁述川没喝。"

"那是你后爸，别没大没小。"

对了，苏南枝和梁述川已经领证了。一点儿征兆都没有，就是前两天苏南枝起床后发现天气不错，就问梁述川要不要去拍证件照，梁述川都没问拍什么证件照就乖乖跟着去了，两个人顺便领了个证。

为了迎新春，火红的塑料鞭炮挂满了荷塘街，沿街的店铺很多支了个小摊，卖对联和年货，北城这座钢铁森林也就老街深巷里年味足一些。

手机响了，谢商驻足在院门口，接听电话。

"监狱里的那几个人已经松口了。"

"我知道了,谢谢。"

谢商挂了电话,推开院门,一簇火光映入眼帘,然后慢慢散开,火光由密到疏,温长龄的脸在强光里渐渐变得清晰。

这应该就是前两天在烟火摊子上被老板夸上了天的"孔雀开屏"。

"谢商。"

温长龄发现了他,招手叫他过去。

"老板说能燃放3分钟,其实好短。"她挽着谢商的胳膊吐槽,"他怎么虚假宣传啊?"

她是理科天才嘛,擅长物理,也擅长化学。

她蹲着去哄没看够烟火的彤彤:"等以后姐姐给你做,做个又漂亮又大的。"

彤彤笑着说"好"。

今早,谷易欢在小群里非要玩游戏,规则是每个人许个新年愿望,然后摇骰子抽签,抽中谁的愿望其他人就要帮忙实现。

谢商没参加。他希望温长龄的以后很长。

北城的气候实在算不上舒适,一连几天阴雨绵绵,又冷又潮。温长龄裹着厚厚的大衣坐在电脑前,旁边放着朱婆婆给她买的烤火炉。

江城雪今天上午接了两通电话。

第一通对方一直没开口,江城雪挂断了。不到10分钟,同一个号码又打过来。

这次来电的人出声了:"江汝才跳楼之前留下了一段录音。"

"所以呢?"

"你就不怕我把录音交给警方?"

这是一通威胁电话。

江城雪没有丝毫慌张:"你要是想交给警方,就不会打这通电话。"

"我要500万元,后天下午4点,蓝翎湾工业园7号楼。"

通话到此结束。

温长龄盯着电脑屏幕出神了很久,直到烤火炉照得腿有点儿发烫了,她才拿起手机,打了一个电话。

"陶医生。"

陶医生和温长龄的恩师孟先生是旧友,她初来北城那半年一直在陶医生那里做心理治疗。

"抱歉,我要取消周六的预约。"

周六下午,谢商去了一趟监狱,温长龄也出门了。她天黑才回来,那会儿外面飘着雾气似的小雨。

她的衣服看着没湿，但潮了。谢商把挂在衣架上的外套拿来："朱婆婆说你出去玩了，去哪儿玩了？"

温长龄边换外套边回答："去看了小丑表演。"

一块木牌从她的外套口袋里掉出来。

谢商捡起木牌："这是什么？"

橡木做的许愿牌，上面写着："愿恶有恶报。"

6年前，她对着阆图理工大学的橡树许愿，亲手把许愿牌挂在了树上。

"路上捡到的，因为寓意好，就留下来了。"

江城雪故意让她看到诊所2楼的橡树照片，故意让她监听他的电话。

两个小时前，她去了蓝翎湾工业园。

工业园的7号楼是制沙场，里面放着大型机器。因为是年底，工人已经停工了，制沙场里面空无一人。靠后门处有一间小办公室，门关着。

温长龄小心地靠近。

"我等你很久了，"里面有人说话，下一秒，他叫了她的名字，"温长龄。"

和温长龄料想的差不多，江城雪早就知道手机被监听了。

她推开门，办公室里的陈设一览无遗，江城雪坐在那张和他的气场格格不入的破旧沙发上，左手张开搭在沙发背上。

"你好像一点儿都不惊讶。"他遗憾地说，"这就不好玩了。"

温长龄在他的对面坐下："我有几个问题要问。"

"你问。"

"你是不是一开始就知道我是温招阳的姐姐？"

他点头，笑着。

温长龄远比他想的要平静。

"是你让郑律宏把你自己供出来的？"

他大方地承认："是。"

捕猎游戏嘛，当然要撒饵。

"你把我也当成了小丑，引诱我报仇，一步一步看我送上门。"就像猫抓到了老鼠，不会直接吃掉，要先逗一逗、玩一玩，享受一次次捕捉的快感。

他摇头，一副很无辜的模样："你不是小丑，他们怎么能跟你相提并论？你是我的同类。"

温长龄看着他。他漫不经心地收起伸出去的腿，手撑着双膝靠近她："你现在是不是很想杀了我？"他的表情很温柔，仿佛多深情，"就是这个眼神，我第一次见你，你就是这样。"

他从小心脏不好，母亲总是叮嘱他，不能喜，不能怒，要像个死人一样没有情绪地活着。可是他的心脏哪儿有那么脆弱？江望图都当着他的面给那些女人穿红裙子。

他以前一直觉得他已经死了，死在了母亲酒后指着他骂"怪物"的那个晚上，母

714

亲说他身上流着变态杀人犯的血，就该一起被火烧死。直到温长龄出现在那 4 个小丑的面具舞会上，他发现他的心脏竟然还在用力地跳。

怪物又活了。

"我一直在等你来找我报仇，可你来得好慢，你被谢商绊住了脚，让我等了好久。"

他伸手触碰她。她后退躲开。他不会生她的气，永远都不会："不过没关系，你还是来找我了。"

她会来找他是因为他一直在给她留漏洞，让她一步一步察觉，一步一步按照他预定的轨迹走向他。

从事件的最初开始，从明奥手机里她的通话记录开始，江城雪就知道她所有的底牌了。他蛰伏的时间比她为了报复谢良姜暗中窥探谢商的时间还要久，所以他很了解她，知道她所有的喜好，旁观了她的整个复仇计划。

"你的目的只是让我陪你玩复仇游戏？"

江城雪的思维和常人的不同，温长龄想不到其他可能，他甚至不惜自暴漏洞，她只能用疯狂又病态的视角去揣测他的想法。

他的眼睛里映着一个小小的她："你不觉得有趣吗？"

她的眼神在说：你有病。

他将半撑着靠向她的身体坐直，把随意放在沙发上的录音笔拿过来："想听这个录音吗？"

他放给她听，那条要被拿来敲诈他 500 万元的录音。

"爷爷，汝成是我推下去的，当时江城雪就在旁边。我和汝成达成了协议，把这件事推到江城雪的头上。因为我们不如江城雪，他才是你眼里的可塑之才。如果不这么做，你不会弃养江城雪那个怪物。"

这是江汝才录给江立松的遗言。

"我们三兄弟当年看不惯生父是杀人犯的江城雪，做了不少欺辱他的事，如今一个个都遭了报应，马上就要轮到我了。"

录音里有很大的风声，留下遗言的时候江汝才应该已经站在楼顶了。

"我犯下的罪孽我会赎，但我的妻女是无辜的，等我死后，请你帮我庇护她们。"

遗言结束。

怪不得江城雪不怕那人的敲诈，这个录音对他根本没有威胁。

"江汝才是自己跳下去的。"江城雪似乎很苦恼，叹了口气，"你们为什么总是不信我呢？"

温长龄冷静地试探："你用他的妻女威胁他，他能不跳吗？"

她不相信江家的继承人相继出事和江城雪没有一点儿关系。

"谁说我威胁他了？我只是看他们一家人两地分离，不能团圆，就把人接过来让他们见上一面。我连面都没有露，怎么威胁他？"

兵不血刃才更让人头皮发麻。

"江城雪，"此刻，温长龄也认同江汝才遗言里对眼前这个人的形容，"你真是个怪物。"

很多人骂过江城雪是怪物。

在他没有眼泪的时候，在他在别人的葬礼上发笑的时候，在他给母亲的金鱼开膛破肚的时候，他们都说他是怪物。

他生来就是怪物，因为他的身体里有变态杀人狂的基因。

可是，他不想被温长龄这么骂。

他真的脾气很好，闻言依旧轻声问她："那你要不要跟我玩？"

他好孤独，没有人肯跟一个怪物玩。温长龄也不肯，所以一言不发，目光憎恶。

风把门吹上了，年久失修的门发出了异响。桌上有个盒子，江城雪将它打开，温长龄才注意到，盒子里装着她当年挂在阆图理工大学橡树上的许愿牌。

他念出上面的字："愿恶有恶报。"

至于这个牌子为什么会在江城雪的手里，温长龄已经一点儿都不在乎了——他在她还不知道他存在的时候，就已经在她的生活里无处不在了。

"只要你陪我玩，我就血债血偿，让你如愿以偿。"他的语气很轻柔，像在劝她，"不然你赢不了我的。"

虞蔷说，江城雪身边的人都跟她一样，绝不会背叛他。

他一定很会引诱猎物，很会伪装，擅长把毒药包裹成蜜糖，让别人心甘情愿地吃下去。

温长龄直视他，眼底无惊无惧："怎么陪你玩？"

"和谢商分手，和我在一起，跟我堆雪人，给我买点心，陪我看电影……把所有你跟他做过的事都跟我做一遍，做完了，我就让你如愿。"

他很缓慢地抬起手，带着试探，伸向温长龄。

她没有躲。他碰到了她的手，笑了，把橡木许愿牌放到她的手里："我不会脏了你的手。我小时候算过命，我活不久，所以你也不用陪我玩很久，答应我好吗？温长龄。"

温长龄握紧了牌子。

依照江城雪的病态程度，他自己弄死自己完全有可能。

他盯着她的手，像在看一件从来没有见过但又让他充满了兴趣的玩具，眼里满是好奇、兴奋，还有欢喜。

温长龄把手抽走，本能地放在衣服上擦了一下："我们根本不是同类。"

她转身要走。

"温长龄，"他语气很悠闲，仿佛志在必得，"谢商去监狱见那几个人了，你知道吗？"

温长龄没有回头，拉开门，径直离开。

但她把许愿牌带走了。

江城雪知道，她会来找他的，她还会来找他。

第二十九章
长龄,我很需要你

那块橡木许愿牌被温长龄压在了枕头底下,和她一起入了梦。
"姐姐。
"姐姐。"
又是那片满是浓雾的深林。阿拿在呼唤她。
"你怎么还不来陪我?
"你快来陪我。
"我们都在等你。我、妈妈,还有明奥,我们都在等你,你快来。"
"阿拿。
她手里拿着许愿牌,走进浓雾里:"阿拿。"
"姐姐。
"姐姐你快来。"
她把手伸进浓雾里,想拉住阿拿的手,突然,一只手从雾中伸出来,拽住了牌子……
"长龄。"
温长龄被谢商摇醒了。她睁开眼,满头都是汗,目光没有焦点地看着房顶。
谢商帮她戴上助听器她也一动不动,然后她就听到了谢商的声音。
"不怕,只是被梦魇着了。"
她呆呆地转过头,看着谢商:"我又梦见阿拿了。"
阿拿让她下去陪他。
"长龄,"他用祈求的语气说,"我们去看医生好不好?"
已经没必要了。

她背对谢商:"我没病。"

许愿牌的事,她不想告诉谢商。江城雪太危险了,他有病,没有任何底线,什么都敢做。

"长龄——"

她转过来,难过地看着谢商:"星星,你抱抱我。"

谢商抱住她:"抱紧我。"

我不会让你沉下去,谁都不能拉你下去。

除夕那天下午,谷易欢的酒吧有歌会,谢商带温长龄去了。谷易欢是个注重仪式感的人,酒吧内外布置得很有新春氛围。因为不需要门票,而且酒水饮料免费,来的人很多。

来之前,温长龄问过谢商:"谷易欢还有钱吗?"

据她所知,谷易欢的酒吧因为总是打折,某个主唱的唱功又不行,所以亏损得很厉害。

谢商说:"庞三小姐买单。"

原来如此。谢商还说,这是庞三小姐送给谷易欢的签约大礼,等新年的热度过了,谷易欢在酒吧的表演视频会"一不小心"走红网络,然后他就"顺其自然"地作为歌手出道。

温长龄觉得庞三小姐真是一位成功的商人。

开场曲是谷易欢唱的,他独唱,唱了一首中低音情歌。

温长龄惊叹:"他进步好多啊!"

"庞子衿为他请了老师,专门给他改编了一首适合他的音色、音域的曲子。"

温长龄更加觉得庞三小姐是一位成功的商人,舍得投资,懂得包装。

第二首歌是新年主题,现场立马热了起来。每一个来参加歌会的观众都会被发一个会发光的红色头箍,全场观众跟着舞动,站在高处的人能看到一片红海。

舞台四周,半人高的烟火四散开来,前排不少女生就着火光点燃了手里的仙女棒。温长龄没有去前面凑热闹,和谢商坐在人相对少一些的吧台边。他问她:"要玩吗?"

她摇头。她是个消防意识很强的人:"室内玩烟火,不怕发生火灾吗?"

"不会,这个烟火是特制的,燃点很低。"用香烟也能点着。

谢商给温长龄点了度数很低的果酒,她喝完了,又把谢商只喝了几口的酒连杯端走,笑得天真:"做这个烟火的人好会玩。"

谷易欢有合同问题要问谢商,谢商中途被他叫了过去。就在温长龄落单的几分钟时间里,有人过来搭讪。

酒吧里面很热,温长龄脱下外套,米白色的卫衣显得她很清纯,纯得像没入过社会,但她的头发挑染的颜色看着又不乖,显得她矛盾又特别。

男人坐过来,右手撑在吧台上,帅气地抬起下巴,露出下颌线:"美女,跳舞吗？"

这么老土又烂大街的称呼温长龄是第一次听到，觉得新奇，目光越过男人，看向已经走过来的谢商，有样学样，学人家在酒吧里猎艳时常用的语气，跟个女"海王"似的撒娇："宝贝，他叫我美女呢。"

男人回头，看到谢商，表情略显尴尬，拿起吧台上的酒，故作淡定地喝了一口，走了。

欢呼声突然高涨。台上有歌手登台，是华盛音乐最红的那位。这也是庞子衿给谷易欢送的签约大礼，网络时代，要迅速被大众记住，炒作是最快的手段之一。

谢商坐回温长龄身边，台上在唱什么他没心思听，酒吧里灯光昏沉，他望着温长龄的眼睛："你刚刚叫我什么？"

"乱叫的。"

Nick 今晚调的果酒真好喝，温长龄专心喝酒。

谢商低头靠近些，笑着哄："温小姐，能不能再乱叫一次？"

温小姐嘴巴很严，哪怕是在她最动情的时候，谢商哄着，她也不会喊"谢商"和"星星"以外的称呼。

她真诚地发问："你不觉得肉麻吗？"

谢商摇头："我想听。"

温长龄叫不出口，只能喝酒。她是敢玩，也敢做，但她这个理工女的嘴巴是钢筋做的。

谢商把她用来战术性喝酒的杯子拿走了："长龄。"

温长龄没喝够，微微张着嘴，追着酒杯倾身靠过去。

谢商怕她磕到牙，无奈地收手，让她含住杯口，他稍微抬高杯身，把剩下的半杯果酒喂给了贪杯的她。

红色的酒液洒出几滴，落在她的唇角，他低头去吻，被她抵着胸膛躲开。

酒喝完了，她起身："回去了，回去了。"歌会还没结束，不过，她也不是爱乐人士。

谢商拿上她的外套追上去："温长龄。"

他的语气还是带着几分哄人的意味。他好固执，就是想听她说点儿平时不会说的缠绵情话。

温长龄走在前面，回头瞪他，有点儿骄纵，有点儿凶："宝贝，你好烦啊。"

谢商笑着拥住她。

外面天将将黑，沿路的华灯亮了。

他给她把外套穿好："长龄，新年快乐。"

刚刚还凶凶的姑娘这会儿乖乖地把手伸出袖子，抱住谢商的腰："新年快乐。"

"想要什么新年礼物？"

她想了一下，好像没什么想要的了，就说："想要星星。"

"给你摘。"

温长龄在浴室待了将近半个小时，直到谢商来敲门。她打开门，让谢商进来。谢商过去关掉她因发呆忘记关的水龙头。浴室里有玻璃杯，有打火机，有水，有坚硬的瓷砖，可能是他太草木皆兵了，觉得这些东西都很不安全。

"你拿打火机做什么？"

打火机被温长龄搁在了洗手台上，她应该拿在手里把玩过，打火机上面有水珠。

"我本来想把你的烟找出来，但没有找到。"

"家里没有烟，我正在戒。"谢商本来烟瘾也不重，前阵子温长龄咳嗽，他不想让她吸二手烟，就没再碰过烟。

他问："你想抽烟？"

"想试试。"

她失眠很严重，想找点儿事来做。

"别试了，会上瘾。"

她穿得很单薄，后腰直接靠在洗手台上，谢商的手绕到她身后，护着她的腰，隔开冰冷的陶瓷台面。

浴室的窗帘没拉，偶尔有明亮的火光映在水纹玻璃上。这边有风俗，除夕的零点过后要迎春，但零点早就过了。

温长龄侧着头看窗外，负面心理越是晚上越难以抑制："外面好吵啊，这么晚了还有人放鞭炮。"

"睡不着吗？"

"嗯。"

谢商带她回到卧室，从柜子里拿出一根线香，将它插在香炉里点燃。她就在旁边看他点香，很快就闻到了清淡的药香味。

室内的温度好像变高了，她看向桌上的香炉："你点了什么香？"

"安神的。"

在浴室发呆的那半个小时里，温长龄脑子里不受控地闪过了很多不好的念头，比如用打火机点燃窗帘，比如放满一缸水，躺在里面。

谢商也一定察觉了她的不正常。她有一个秘密谁都没有告诉过，连月月都不知道：准备报仇的时候，她在她"密室"的墙上贴了所有仇人的照片，在最后一个仇人照片的背后还藏了一张照片，那一张是她自己的照片。

她的最后一个报复对象是她自己。

当初因为她的一句"阿拿，我好冷"，阿拿把自己的雨衣脱下来给了她，这是所有不幸的开始。

后半夜，温长龄久违地睡了个好觉。

大年初一，谢商去了花间堂谢家。按照惯例，他要给家里的长辈敬新年茶。谢景先没喝，摔了杯子。虽然茶没喝，但如果不是谢景先默认，仲叔也不会放谢商进门。

初二，谢商去了苏家。朱婆婆一家回老家了，谢商不放心温长龄一个人在家，初三之后的时间，他都在荷塘街陪温长龄。

初四，水果店的陶姐请温长龄吃年节饭，温长龄早早去陶姐家帮忙，谢商抽空去了一趟谷开云的医馆。

谷开云给温长龄配了药。

"我开的药只有镇定安神的作用，温长龄的情况还是要找精神科的医生对症下药。"

谢商知道，但温长龄目前不肯就医。

配完药，谷开云摘了手套。谢商注意到他手上的伤："手怎么了？"

谷开云没说，但能在谷开云身上留下这种伤的不会有第二个人。

"这牙印看着不浅。"谢商存心取笑人，"你那位祝小姐性子不是挺温顺的吗？"

谷开云从容不迫惯了，少见地眉宇添愁："逼急了也咬人。"

谷开云家那位祝小姐是大家闺秀，别说咬人了，骂人都很不常见。祝小姐叫祝卿安，她的事谷开云瞒得很紧，知情的人不多。

谷开云的舅舅陆观礼二婚娶了祝卿安的母亲吴女士，吴女士也是二婚，前夫已逝，只得祝卿安一个女儿。祝卿安没被养在继父陆家，而是被养在了她外祖吴家。

祝卿安有一门长辈定下的亲事。去年6月，她与未婚夫订婚，按照外祖家那边的习俗，要未婚的兄长牵着她入场，不巧的是，她外祖家那边和继父这边都没有未婚的兄长，于是陆观礼找了谷开云。

祝卿安一直被养在吴家，在订婚宴上是第一次见谷开云。

在牵着祝卿安走向她未婚夫的那段红毯上，谷开云确定了一件事：她这双手他是交不出去了。

他没时间慢慢来，掠夺是最快的办法。

和谢商那样从小叛逆随心的性格不同，谷开云是矜持清雅的翩翩君子，这是他唯一一次离经叛道。

初五，朱婆婆一家从老家回来了。隔壁的林奶奶已经开始做花灯了，打算在元宵节卖，谢商手巧，看了几遍就会了，彤彤想要个小熊花灯，谢商就给她做。

温长龄的手机响了，她看了来电显示，去院子外面接。

"最近过得好吗？"

温长龄没回答。

"新年快乐，温长龄。"那边的人语气很轻松，好似在叙旧，"说句话呗，让我听听你的声音。"

她开口，认认真真、正正经经地咒人："新年好，祝你早登极乐。"

电话那头的人笑出了声，回她："那祝你如愿以偿喽。"

如愿以偿,这个词是在敲打、提醒她。

温长龄把电话挂断,刚回到院子里,谢商就提着花灯过来了。

"给你的。"

"可以许愿吗?"

谢商说可以。

那愿江城雪早登极乐,温长龄"恶毒"地在心里许愿。

初七之后,温长龄复工了,谢商却闲了下来,每天除了她工作的那8个小时,其他时间都和她待在一起。

下班后,温长龄帮着朱婆婆挑拣发了芽的土豆。朱婆婆说,切块后每一块上最好有两个芽,土豆种下去才会长得好。谢商是少爷命,没见过土豆是怎么种出来的,在一旁看着,感觉很新奇。

他最近好像很清闲。但温长龄昨天在朋友圈看到谷易欢发动态,抱怨某人好难请。

埋头切土豆的时候,温长龄随口问了句:"你不工作了吗?"

某位尊贵好命的少爷撸着猫,晒着太阳,皮肤怎么也晒不黑,白得让人忌妒:"不想工作了,想吃软饭。"他的语调懒懒的,"温小姐,以后就我主内,你主外,好不好?"

温小姐拒绝了某人的"软饭"提议,并且给了一个"哼哼":"你要是闲着没事,就来帮我切土豆。"

谢商放下猫:"你亲我一下。"

还在场的朱婆婆:"……"小年轻真恩爱。

温长龄凶巴巴地瞪人,警告道:"青天白日,不要这么不正经!"

谢商笑着坐过来:"不是,就亲一下,怎么不正经了?"

她把砧板往谢商那边一推,是一家之主的样子:"切土豆吧你。"

行。

谢商任劳任怨地当劳工。

温长龄抱着猫监工,看着看着就有点儿走神:怎么谢商的手就算沾了灰,看上去还是这么干净?而且他手指好长,她观察过,他每一个指甲上都有小月牙。

谢商刚才的不正经害得她也想起了一件不正经的事:谢商的手她舔过。

"我切得好不好?"

温长龄没接话。朱婆婆帮忙捧场:"很好,很好,切得好极了。"

谢商用沾了灰的手戳了戳温长龄表情呆愣愣的脸,把她的脸弄脏后又用袖子去擦:"也不夸夸我啊,宝宝。"

温长龄:"……"谢商最近总喜欢叫她"宝宝",她有点儿苦恼:他现在都不管场合的呀,以前只在床上喊的。

转眼初九,阴了一周的天终于放晴了。桌上的日历又被撕去了一页,温长龄看着上面的数字出神,年快过完了,有些该做的事不能拖了。

桌上的手机突然振动,她回过神来,接了谢商的电话。

"长龄。"

"你怎么还不睡?"

已经快晚上 10 点了。

"你也没睡。"隔着手机,谢商的声音轻得像在她身侧耳语,"你不在我睡不着。"

"以前我不在你也睡得着,没谈恋爱的时候你不也是一个人?"温长龄把抽屉里的安眠药拿出来,拧开盖子,倒出来好几粒,"谷先生还说,你好讲究,你的床别人碰都不能碰。"

谢商到底是千娇万宠长大的,一些少爷毛病他也有。

"你也说了那是以前。"他不满,好像在抱怨,"温小姐,21 天会养成一个习惯的,你数数,我跟你睡了多少次了。"

温长龄睡眠差,不想让谢商也睡不好。她放下手机,把桌上的杯子拿过来。

这时,屋外敲门声响起。温长龄只好把药倒回去,拧好盖子放回抽屉里,起身去开门。

她就知道是谢商。她的语气好像一个渣女:"你怎么不听话啊?"

"明天再听。"谢商关上门,抱起她,将她的腿缠到自己的腰上,边吻她边往床边走。他好会亲,三两下就弄软了她的腰。

那双她非常迷恋的手,此时与她十指相扣。

她对他真的好痴迷啊。

从春节假期过后到现在,谢商除了去过谢家和苏家,谁的局都不去,就像谷易欢抱怨的那样,难请得要命。

下周午渡有新香试香会,谢商作为老板和首席调香师,还没去公司露过面。

贺冬洲打电话过来。

"最近都见不到你,在忙什么?"

谢商答:"嗯。"

"抽空来一趟午渡,有事找你。"

"嗯。"

太明显了,谢商完全心不在焉。

"在听?"

"抱歉,没在听。"

能这么影响谢商状态的,只有温小姐。

"等你听得进去了再回我。"贺冬洲挂了电话。

谢商在车里坐了很久。

朱婆婆私下和他说,温长龄很奇怪,用针扎了自己。

因为用针不会留下伤痕。

谢商去找过心理医生，医生说，患者抑郁、焦躁。从温长龄问他如果她先死他要多久能忘记她，他就知道她生病了，所以总是伤害自己。他想要她怜悯，想要她不舍，想要她看看他这颗如果她陨灭也会跟着暗掉的星星。

温长龄很快接了他的电话："谢商，你怎么又打电话给我啊？"

温长龄已经复工了，谢商还是闲人一个。

人一空闲下来，思维就容易发散，很多事情谢商其实不太敢去想。烟戒了，戒烟糖吃多了，他嗓子有点儿不舒服。

他说："想你了。"

"我们才分开不到5个小时。"

早上是谢商送温长龄到公司的。温长龄不知道，谢商根本没走，一直待到现在。

"我在你公司的停车场，下来好不好？让我见见你。"

她在电话里抱怨他好烦，气呼呼地把电话挂了。没过几分钟，停车场的电梯门打开，穿着米白色外套的姑娘跑着过来了，打开车门后，嘴里嘟嘟囔囔："星星，你好黏人……"

谢商抱住她。

他全面停工，有大把时间，连着几天在她公司楼下一坐就是几个小时，什么都不做，就守在离她不远的地方。

他表现得好像一刻都离不开她。她知道，他在用他的方式挽留她。在温长龄的时间表里，元宵节是过年的最后一天。这天上午，谷易欢来了谢商这里。

他从谢商卧室出来，低着头，脚步十分匆忙。温长龄特意躲开了，他不看路，还是撞了上来。他手里的文件掉在了地上。

他抬头，看见人，更慌张："四嫂。"

温长龄看了一眼地上。她立马捡起掉在地上的文件，用双手抱着，眼睛乱瞟，一脸此地无银三百两的心虚表情："我还有事，先走了。"

谷易欢掉的文件上的内容，温长龄已经看到了。

朱婆婆早起发现，屋顶白了。钩吻的叶子快要掉光了，只余光秃秃的茎缠绕在桂花树上，细细的枝丫上压了薄雪，不堪重负，摇摇欲坠。

谢商站在檐下，看着屋外飘雪。

朱婆婆从菜地里回来，掸掉身上的雪："今年的冬天真长，年都过完了，还下这么大的雪。"她问谢商，"长龄起了吗？"

"还没。"

"那让她多睡会儿吧，难得睡这么久。"

朱婆婆拿着扫把，去院子外面扫雪。

谢商接了一个电话。

"郑律宏想见你。"

谢商"嗯"了声，挂断电话，回到房间。

温长龄还在睡。后半夜，她身上出了汗，之后一直喊冷，屋里就开了空调制暖。谢商在门口站了会儿，等身上暖了，才走到床边，把她伸到被子外面的手放好，吻了吻她的脸，然后起身出去。

门被轻轻关上。温长龄睁开眼睛，眼神清明，并无睡意。她坐起来，摸到放在枕头底下的手机，打电话给石丽红。

"跟你请个假，我今天不去上班了。"她停顿了一下，补充了一句，"明天也不去。"

石丽红问她要请多久的假。

"很久。"这不是她心血来潮的决定，她年前就开始做准备了，"工作已经都交接好了，云易很有能力，你可以放心地把工作交给他。"

石丽红没有追问"请假"的原因："如果我挽留，你会改变主意吗？"

"不会。"

石丽红很遗憾，但尊重温长龄的选择："那祝你心想事成。"

"谢谢。"

挂断电话后，温长龄打电话给另一人："何律师。"

她要处理她名下的资产。

最后一个电话，她打给了殡仪馆。

"温小姐，刚想打电话给你。"殡仪馆的负责人说，"墓地那边出了点儿问题。"

男子监狱。佟、郑、周、庞4个人之前得罪过太多人，在狱中的日子很不好过。郑律宏是他们4个人当中最有主意的，为了寻求谢商的庇护，接了谢商抛的橄榄枝，说动了另外3个人，说出了温招阳案件的真相。

隔着玻璃，郑律宏说："我还有一个条件。"

"说。"

"这个案子，必须由你来做辩护律师。"

谢商的背后是谢、苏两家，还有整个KE律所。

谢商答应："可以。"

郑律宏这才松口："我要见林耀平。"

不到10点，谢商回到了荷塘街，雪已经停了。彤彤被门槛绊住了脚，一下撞过来，谢商接住她："慢点儿。"

"谢谢哥哥。"彤彤跑出去玩了。

谢商进屋，朱婆婆不在，花花也不知道跑哪儿去玩了，院子里很安静。他停下脚，看向后院的那块空地，那里只剩孤零零的一棵桂花树，那株钩吻被连根挖掉了。

他走过去，看到地上有一摊灰烬，新雪覆盖了昨夜被风吹落的残叶，残叶之间有一块没有烧干净的照片碎片。

他捡起照片，把照片翻过来——

金色头发，18岁的温长龄。

他立刻跑向房间。

院子里的钩吻是从温沅坟前移栽过来的，谢商知道温长龄有个习惯，当她解决完一个仇人，会在钩吻下烧掉仇人的照片，以告慰亡灵。

温沅是服用钩吻自杀的，他之前以为温长龄栽种钩吻是为了提醒自己不要忘记仇恨，原来不只如此，这株钩吻是温长龄给自己准备的。

她不在房间里，不接电话。

被放在桌上的手机再次响起。温长龄看着来电显示，沉默着，突然想起了早上殡仪馆负责人说过的话。

"曾裕龙先生把空墓地卖了。"

曾裕龙是曾志利的养父，和温沅是表亲，温沅所葬的那座山是温沅母家的私山，目前在曾裕龙名下。

"买主姓商。"

谢商好烦啊。

温长龄有那么一瞬间想把响个不停的手机砸了。

"不接吗？"

温长龄抬头，看向对面。她的对面坐着江城雪。

手机响了很久，终于安静了。

江城雪的面前放着一杯茶，温长龄的面前也有一杯。是她约的江城雪，她早到了半个小时，茶是她亲手泡的。她院子里那株钩吻在她把酒挖出来的时候根系就松动了，叶子一天天掉，最后的几片都在这壶茶里了。

只要江城雪喝下去，她也喝下去，一切就都结束了。

他端起茶杯。

她很快就可以去见妈妈和阿拿了……

在江城雪的唇即将碰到茶水时，温长龄不受控地再一次想到了谢商。求生欲突然占据了大脑，她本能地握住了江城雪的手，茶水洒出来，流到他的指尖上。

江城雪的目光定定地落在她的手上。

肢体接触，第一次呢。

他抬头："这是你专门给我准备的茶，又不舍得给我喝了？"

"茶里有毒。"

他知道啊。他拿开温长龄的手："你那杯也有毒，对吗？"

他低头笑着要喝她给他倒的茶。

她立马起身，抢过茶杯，重重地摔在地上，茶水四溅，杯子应声而碎。

"你还是舍不得。"

和仇人同归于尽，多完美的赴死方式，可是被她搞砸了。

江城雪用手帕细致地擦干净手上的茶水，很失望："温长龄，你怎么能这么贪心？你舍不得跟谢商分手，就要拉我一起走，我都要成全你了，你又舍不得离开他。你还想怎么样？你还要我怎么样？你还要不要报仇？你怎么变得这么畏首畏尾？"

温长龄怔怔地看着自己面前那杯茶，是什么时候她被谢商"绑住"了手脚呢？

"谢商跟监狱里那几个人联手了，你觉得他能赢我吗？"窗外的世界银装素裹，光线落在江城雪的脸上，衬得他的皮肤白得生冷，像书里的玉面罗刹，"他赢不了，他有底线，我没有。"

他看向温长龄的目光惬意、耐心，像在玩一场猫捉老鼠的游戏。

温长龄最讨厌他这副审判者的姿态。她把面前的杯子倒扣在桌上，任由茶水流到手上，微微发烫的茶水使她清醒："来之前我看过你的病历，你的心脏机能已经很差了。"

手机再一次响起。谢商肯定很着急，她突然不想死了。

"我觉得我可以换个思路，不用同归于尽，我完全可以熬死你。至于报仇，"她冰冷的语气轻松又从容，"你这样的恶人，天收还是人收，好像也没多大不同。"

江城雪唇边的笑骤然凝固。

看他的反应温长龄就知道，她终于赢了一回。

她把攥在手里许久的橡木许愿牌放在桌上，推到对面："江城雪，你那无聊的游戏，我不陪你玩了。"

她起身，毫不犹豫地离开这里。

"呵。"

江城雪笑出了声，看着手指上被茶水烫红的皮肤，"喃喃"道："好没意思啊。"

等走到茶楼外面的马路边，温长龄接了谢商的电话。

"长龄——"

她打断了谢商的话："你买墓地做什么？"

听到她的声音，知道她安然无恙，谢商长长地舒了一口气，下过雪的世界很安静，所有的杂音都被困在积雪松散的孔里，她耳边好像只剩下他的声音："还能做什么？陪你。"

疯子，真敢死啊。

谢商说："抬头。"

温长龄抬头，看见他站在十字路口的斜对面。

她以前读《加缪手记》，里面有句话她很喜欢："每个冬天的句点都是春暖花开。"

她这边的交通信号灯变绿了，她走上斑马线。这时，路口停止线外的一辆黑车突然启动，加速冲出去。

"长龄！"

来不及了，谢商站得太远了……

"砰！"

一声巨响，路边的树摇落了满地白雪，然后慢慢地，一切又归于平静。黑车侧翻，轮子空转，黑烟滚滚。

谢商跑过来，拉住温长龄，将她整个人挡在身后。惊魂甫定，她这才看向撞翻黑车的那辆白车。

刚刚，在黑车驶向她的那一瞬间，一辆白车开到她前面撞了上去。

远处的交警吹响了哨子，声音急促尖锐。

白车在撞翻黑车之后，因为车速太快，整个车身旋转大半圈之后，车尾撞在绿化带的护栏上，后面的车标面目全非，但即便面目全非，温长龄也认得那个车标——东方汽车。

"砰"的一声，江城雪踹开了车门。

温长龄失神地看着他。他的头被撞破了，血流到了眼睛里，眼白被染红。他只看了温长龄一眼，然后带血的眸子望向了黑车里的肇事者。他走过去，打开车门，将人拖拽出来，当着交警和无数目击证人的面，一脚一脚狠狠踹下去。

"谁指使你违背我的命令？"

肇事者本就遍体鳞伤，江城雪的每一脚都踹在他的伤口上，血流了一地。

"谁让你撞她的？"

肇事者不是生面孔，是江城雪的秘书，薛伯勇。他吐出一口血，蜷缩在地上，眼里一片坦然，无悔，也无恨："喀喀喀……没有谁指使。"

虞蔷曾说过，江城雪身边的人都不会背叛他，因为他是他们这群人的救星。他救他们不是因为正义，更不是因为仁慈，只是因为他需要绝对的忠心。恶魔在蛊惑人类的时候，都会先给诱饵。

薛伯勇像个旁观者，遥遥地望着温长龄："您因为她，连药都断了。"

江城雪一脚踩在他的胸口，不像个施暴者，动作慢条斯理，一点儿一点儿加大力度，将伤口踩得血肉模糊："我真是养了一条好狗。"

警笛声响起，远处有两辆车开过来，停在路边。

林耀平从车上下来，亮出证件："江城雪，你涉嫌一起故意杀人案，现在对你实施紧急逮捕，请你配合。"

血流了满脸，江城雪放任不管，久久地看着温长龄。

"我跟她说一句话。"

林耀平给同事使了个眼色，一同跟着江城雪。

江城雪的车撞向护栏时，风挡玻璃碎了，玻璃碴扎进了右腿，白色的鞋面全部被染红。这对江城雪来说，不疼，就是很烦，让他走不快。他一瘸一拐地走到温长龄面前，扬了扬嘴角，对她笑，被血染过的眸子嫣红艳丽："对不起咯，不能让你如愿，我还没死。"

温长龄沉默地看着江城雪。

林耀平拉过他的手，铐上手铐，把人带上警车。

　　雪又开始下，盖住了地上的血，血的余温融化了雪，在白茫茫的世界里，凝成一片一片红色的花纹。

　　警车开远了。

　　温长龄久久地看着地上被血染红的雪出神。她看不懂江城雪，看不懂他一边要逼死她，一边又舍命救她的扭曲心理。

　　"长龄。"

　　谢商抱住她，心有余悸，指尖在发颤。

　　她慢慢平静下来："你怎么找到这里的？"

　　"找人调了监控。"

　　天寒地冻，她摸到谢商的掌心发潮，想来她失联的这几个小时里，他一定很难熬。她突然感到很泄气，很自厌，她带给谢商的好像一直都只有负面的东西。

　　前不久还只想跟人同归于尽的温疯子终于长出了良心，自责、懊恼地低声道歉："对不起。"

　　"什么？"

　　"所有的事。"我只顾着报仇，只顾着自己解脱，对你隐瞒，无视你的心惊胆战。

　　谢商搂在她的腰上的手不自觉地收紧，他失而复得，心脏还在狂跳："真觉得对不起我？"

　　"嗯。"

　　她抬头，头发因为拥抱时蹭到衣服变得乱糟糟的，毛茸茸的碎发岔开，有种放弃抵抗后狼狈的乖巧感。

　　"那答应我一件事。"

　　谢商的眼角早就红透。半个小时前，他一通电话打给贺冬洲求援，在慌乱无措地解释之后冷静下来，交代了后事，因为他知道温长龄不想活了，她带走了院子里最后的钩吻。

　　贺冬洲一边承诺，一边暴怒地骂他脑子有病。

　　贺冬洲骂不醒他，他现在抱着温长龄才清醒。就算要求，就算要跪，他也要磨到温长龄为他心软。

　　"我帮你约陶医生，去见见他，嗯？"

　　温长龄安安静静地看了谢商几秒，点头。

　　"好。"

　　她隐瞒的事情谢商好像都知道，只是他从来不戳破，一味地纵容。

　　休息了一天，第二天，谢商陪温长龄去了心理咨询室。陶医生跟她聊了两个小时，就聊了一些她以前还是物理天才时，除了学习什么都不会而闹出的糗事，气氛很轻松。她告诉陶医生，每次都是阿拿帮她收拾烂摊子。

陶医生问：阿拿是不是性格很好，很受欢迎？

她说是。

两个人回到家时，天已经快黑了。陶医生重新开了药，治焦虑的、治抑郁的、治失眠的，加在一起一次要吃十多颗。

温长龄很擅长吃药，一次吞下去，只要喝一小口水就行了。谢商剥了颗糖，青苹果味的硬糖，给她解苦。

"不苦，药都是胶囊。"

谢商把糖喂给她。

他觉得她苦，命运不眷顾她，对她一点儿都不好。

温长龄嚼碎糖，心情突然失落："你好亏啊。"

"亏什么？"

"摊上了我这么个有心理疾病还满脑子只想报仇的。从你遇到我，我就给了你好多苦头吃。要是你不遇到我，你会一直顺风顺水。"

情绪很悲观，她的病又在作祟。

谢商抬起她的脸，突然吻过去。她刚吃了药，不想接吻，用手去推他，但谢商不罢休，抓着她的手带到他身后，偏要继续。

他含着她的舌尖，缠缠绵绵地吮，吻得暧昧，缠绵至极，等她喘不过气了才抱着她，拍拍她的后背："不苦，挺甜的。"不知道他是说糖还是说什么。

温长龄在自厌情绪里忍不住走神，心想：谢商好会亲……唉，好烦人。

"长龄。"

温长龄没答应，眼睛被亲得水汪汪的，一抬头，撞进谢商深沉专注的目光里。

"跟你说过的，我就是个爱情至上主义者，你只要回应我一点点，我就能获得很多的正面情绪，足够我满足，哪里亏了？"

他又去吻温长龄，一会儿贴近了含吮，一会儿轻轻地啄，偶尔停下来，看她不肯闭上眼睛，就用手挡住她的视线，吻变得很凶，是带着引诱意味的安抚。

在深吻的间隙里，他移开一直挡住她视线的手，让她看清他对她的渴求。他的眼神、抱她时发白的手指、滚烫的皮肤和急促的呼吸都在告诉她一件事：她被爱和被需要着。

"我在吻你，能回应我吗？"

他刚才说，只要一点点回应，就能获得很多的正面情绪。

温长龄抬起手臂，抱住谢商的脖子。糖在她的嘴里化了，甜腻腻的。

江城雪会怎样温长龄没问，把麻烦留给了谢商。她的工作停了，除了去心理咨询室，其他时间她都用来"挥霍"，看看杂书，看看新种的土豆有没有发芽，煮煮茶，焚焚香，练练毛笔字，还和谢商学了围棋和筝。

学完一首曲子，她大言不惭地跟谢商说："你那点儿琴棋书画的本事，我快学完了。"

"《小星星》会了吗？"

她坐在谢商那张稀有到有市无价的古筝前，打算大展身手："谢老师，别小瞧我。"

然后曲子被她弹得破破烂烂、断断续续……谢商好脾气地听完了整首，任由温小姐荼毒他的耳朵和那张祖母留下的筝。

温长龄在家一宅就是几天，谢商担心她太封闭了，周末谷易欢叫他出去玩，他就没拒绝，问温长龄去不去。

温长龄一边换漂亮的衣服一边抱怨谢商好烦好烦。

局组在了花间堂谷家。谷易欢他爸又惹出了风流债，这次女方年纪比谷易欢还小，谷易欢他妈关正明女士终于下定决心和他爸一拍两散，谷易欢知道后高兴地朝他爸撂了一句话："我跟我妈！"

然后谷易欢就呼朋唤友，组局庆祝关正明女士脱离苦海。托谷易欢这个乐天派的福，关女士心情还算开朗，在厨房和家里的阿姨学烤饼干。

谷易欢在古韵十足的园林里烧烤，就他，十指没沾过一滴阳春水，什么都不会烤，搞得到处都是烟。

谢商咳嗽了一声。

贺冬洲一脚把谷易欢踹开，让小疤坐远一点儿，自己卷起袖子去烤，其间瞥了谢商一眼，随口问了句："又感冒了？"

谢商身体素质一向好，就是这个冬天感冒频繁。

谢商之前立遗嘱和交代后事很让贺冬洲心惊，贺冬洲眼下看谢商的精神头，也确实不怎么好。

谷易欢听到后，一脸关切："四哥你感冒了？"他刚想说让家里最会熬十全大补汤的阿姨给炖汤补补，就听到谢商哑着嗓子说："温长龄喜欢抢被子。"

谷易欢完全听不出来谢商是在秀女朋友，替谢商不服："你还抢不过她？"

"没抢，都给她了。"

谷易欢："……"愿打愿挨的臭情侣，当他没说！

女人好麻烦啊，庞子衿最近天天盯着他练声乐，管得比他妈都多，还总是唠唠叨叨地暗示他现在是歌手了，要自觉，不准和女艺人走得太近，闹出绯闻就减他的资源。资本家真是太坏了。

谢商起身进屋："我进去看看。"

看谁？温长龄呗。

谷易欢嘟嘟囔囔："才几分钟啊，不用看这么紧吧。"跟庞子衿似的。

他瞄了眼一直在喂鱼的谷开云，叹气：还喂，一有心事就喂鱼，池子里的鱼都要被撑死了。

温长龄在棋牌室里打麻将，另外三家分别是关庆雨、宋三方、宋肆林，看牌的有蒋尤尤和关思行。

谢商坐到温长龄旁边，她说了句什么，谢商没听清，侧身靠过去细听。

"我没现金了。"

她一直点炮，现金输没了。

谢商把钱包拿出来，放在温长龄面前的麻将桌上。

温长龄打了3个小时的麻将，谢商就在旁边坐了3个小时。他几乎没说话，只是偶尔给温长龄喂东西吃。在场的都是熟人，知道谢商没牌瘾，当然不是看牌，是看了温长龄3个小时。

温长龄说渴，谢商出去拿喝的。

谷易欢和两个狐朋狗友在客厅摇骰子玩啤酒炸弹的游戏，喊谢商一起，被谢商拒绝了。谷易欢知道他要陪温长龄，可是都陪了3个小时了。

"不无聊吗？"

谢商把桌上的饮料全部仔细看了一遍，最后选了没酒精、甜度合适的那款："她一听牌就喜欢把手放到麻将桌上，坐得很直。"

这是温长龄打了3个小时麻将新养成的肢体习惯，除了谢商，牌桌上没一个人发现。

谢商回到棋牌室。

他不无聊，别人不会懂这种只要守着温长龄就能拥有的正面情绪。

外面太阳已经落山。

谢商去室外接了个电话，进屋时，谷家的家政阿姨过来留他吃饭，谢商应下了。

谢家和谷家是世交，谢商在少年时就经常来谷家，家政阿姨知道他的口味，但不知道温小姐有没有忌口。棋牌室的门关着，阿姨犹豫着要不要进去问。

"她吃不了辣，喜欢甜口。"

"好的，谢先生。"

家政阿姨一直觉得谢先生很特别，谢先生是唯一一位记住了谷家所有家政人员姓氏的客人。

谷家两位少爷没带过女孩子回家，谷家两位老爷为了寻求刺激倒是偷偷带回来不少，但没留哪一位吃过饭，只让她们吃过避孕药，更别说记住女伴的口味。

家政阿姨正要回厨房，听到二太太在里面训人。

"你切的这是什么鬼？这么粗，土豆棍吗？"

关正明女士正逼着谷易欢学做饭，说上得厅堂和下得厨房总要占一头。

关女士穿着某家新出的高定服装，保养得跟葱段似的、从没沾过阳春水的手指捏着谷易欢切的土豆丝，露出了万分嫌弃的表情："就你这水平，哪个好女孩儿看得上你？"

谷易欢甩手罢工："小爷是大歌手，才不谈恋爱！"

打压式教育在谷易欢这里行不通，谷小爷擅长自抬身价。

"小爷？你还敢跟我'小爷'！"

后面就是一顿"嗷嗷"叫。

还是棍棒教育更适合谷小爷。

家政阿姨在心里默默地帮小少爷说话：其实土豆切不好也不能全怪小少爷，小少爷在很多方面都遗传了二太太，一样学不会做生意，一样斗不过第三者，一样下不得厨房，但好在都天生是富贵命。

谷家的酒窖里有很多稀有藏酒。晚上温长龄喝了点儿小酒，没有醉，只是微醺。谢商要开车，滴酒未沾。

谢商的车停在了园林宅院室外的停车位上。谷开云的母亲很喜欢灯笼，园中写着"谷"字的灯笼随处可见。

长廊幽静，小桥流水，月亮落进鲤鱼池，几点灯笼的光随风微荡。飞檐翘角，月洞门下灯角坠流苏。花间堂是北城最贵的房产不是没有道理的，这景人间能得几回见。

温长龄垂着脑袋，摸索了半天才把安全带的卡扣塞进孔里，仪表盘上的指示灯却依旧是红色。

"长龄，没扣好。"

"嗯？"

喝了酒的缘故，温长龄的动作和思绪都很迟钝。

谢商靠过去给她重新系，还没摸到卡扣，她忽然抬头，唇擦过谢商的脖子，带着酒意的气息落在他的耳边。她眉眼带着笑，缠绵地喊谢商的小名。

"星星。"

"嗯。"

谢商的动作也变得迟钝了，他扣了几下才扣好安全带。

"我今天赢钱了。"她的眼睛亮晶晶的，像有满天星星落在里面，像价值连城的宝石，"我厉不厉害？"

"厉害。"

她聪慧，记性好，学习能力强，除了刚开始不太熟悉玩法，输了几圈，后面上手了，就开始大杀特杀。

当年的"小天才"不是白叫的。

她在谢商面前会有点儿任性，有点儿骄傲，缠着要夸奖："你要说我超厉害。"

谢商给足了情绪价值："你超厉害。"

她笑得眼角弯弯的。

"今天开心吗？"

"开心。"她跟谢商说，"你的朋友都好有意思，谷易欢还给我变了魔术。可是他的手速好慢呀，我两个眼睛都看到他穿帮了。不过我没有拆穿他，拆穿魔术师非常不礼貌，所以我就装作很惊讶，可是我演技不好，不知道他看没看出来。"

为了让女朋友更开心，谢商可以暂时"背叛"朋友："应该没有，他不是很聪明，你做得很好。"

"你怎么能这么说朋友啊？"

温长龄满足地抱着谢商，暂时不想他开车，很想抱着他。抱住手还不够，她解开安全带，越过扶手箱，跨坐在谢商的腿上，手臂摇晃着，额头贴着他的额头，软语撒娇。

"星星。"

"嗯。"

"记得我们在谷家第一次见面的时候吗？"

"记得。"

那时候，谷老先生大限将至，温长龄作为临终关怀护士出现在谷家。

她眯着眼睛回忆，思绪被拉到那时候："当时好想搞你。"

谢商停顿了几秒，才问："怎么搞？"

温长龄坦白："就是把你弄哭，让你吃苦，报复你，伤害你。"

温长龄身上总是有一种很直白、很纯真的坏，"纯真"和"坏"似乎水火不容，同时放在她身上却不显得矛盾。

"温小姐，你有点儿狠心。"

温长龄承认，确实如此："你呢？对我什么印象？"在谢商回答之前，她有点儿狠心地威胁，"你要是说没印象我会咬你。"

他有印象。谢商还记得他在给谷家的客人点香时，她在楼上看了很久，也不知道在看什么。

那时候他还不了解她，但奇怪地想到了一种香，适合她、很像她的香。那种香很淡，但留香时间很久，沾上了非常难去掉，消散前的那个时刻是香味最浓烈的时候。它有个寓意不太好的名字：就木，"行将就木"的"就木"，有垂危、死亡的含义。

谢商没有说这一段。

"当时下雨，我打着伞，没看清你的脸，只看到了手，觉得手腕好细，以我的力道，很容易把骨头折断。"

就是拥有这么一具脆弱的身体的人，却在第一面就想搞他。

温小姐当真大胆。

"为什么想的是这个？"温长龄说，"你好奇怪。"

"是，我好奇怪。"

脆弱的温小姐后来也确实搞到了他，让他吃苦，让他流泪，让他现在情不自禁地侧过头去，细细地亲吻她的手腕。

谢商觉得这一切都是天注定，他注定要栽在温小姐的手上。很多人问过他为什么，为什么是温长龄，为什么爱上她。

谢商说不清，有很多理由：爱她藏起利爪时平静的眼睛，爱她刻意蛊惑引诱他时大胆的言辞和泛红的耳朵，爱她与他相似的疯狂的灵魂，爱她目标坚定、善恶分明，爱她细腻聪明，爱她年少时不妥协、不畏惧地挡在母亲身前用扫把赶走不怀好意的人，甚至爱她曾经不爱他的样子。好像只要她是温长龄就行，"温长龄"这3个字在他年少时就莫名其妙地在他心中扎了根，由恨到爱是迟早的过程。

他还在亲吻她的手。

"好痒。"温长龄推开他，"不要亲了。"

谢商停下来。他很奇怪，以前的他断不会在车里用这种容易让人误会、让人诟病的姿势抱她、亲吻她。倒不是他有多正直，他从来都不是正直的人，只是他受过的教育不允许他让一位女士因为他而受到任何可能存在的非议。

夜间，室外，车内，亲昵的一男一女，有太多可以让人揣测遐想的空间。

谢商还有理智在："长龄，坐回去。"

温长龄抱得更紧，脚钩钩缠缠，姿势更加暧昧地去蹭谢商的脖子。

"谷家很漂亮。"

"喜欢？"

"嗯。"温长龄嫌坐得不舒服，在谢商身上乱动找姿势，"宅子很贵，你看起来也很贵。"

"想拥有吗？"

"宅子吗？"

她的醉言醉语，谢商句句有回应："嗯。"

"不想，这么大，要好多人打理。"

她今天下午见到的光是家政人员就有十多个，负责做饭的，负责打扫的，负责维护庭院的，负责驯马的。

是的，谷家甚至养了马。她算是不缺钱的，还是无法想象金字塔顶端那些人到底积累了多少财富。她知道谢家的宅子也在花间堂，和谷家离得很近。

所以说，谢商是真的很贵。

她忍不住去抚摸他的身体，在此刻，那些暴虐、贪婪、破坏的因子占据了绝对优势："不要宅子，我只想拥有你。"

谢商微微仰起头，因为被她弄得很难受，体温在升高："已经是你的了。"他很无奈，抓住了她的手，又不好太用力，"长龄。"

"可你刚刚不让我抱，还要赶我下去。"

"我的错。"

谢商松开了她的手。随她吧，在室外也无所谓了，温小姐还在吃药，他得再配合她一点儿，随便他人怎么揣测遐想，他只想让开心的温小姐今天再开心一点儿。

温长龄趴到谢商的身上，挨挨蹭蹭，抬起脸："那亲亲我吧，就当哄我。"

谢商把座位调低一点点，开始吻她，同时腾出手打开车窗，告诉可能经过的人，他在亲吻他的女友，但也只是在亲吻她。

相隔不到10米的人工湖旁边，有人在看，是谷家的家政园林师小夏和小尹。小尹还是忍不住抬脚，打算过去。

小夏觉得她疯了："干什么？你还要过去啊？"

"我去提醒一下。"

这是在外面。

"你懂不懂分寸？"

"是那位温小姐不懂分寸。"

小尹是研究生，专业的园林设计师，谷家开了高价，她才屈尊当了家政园林师，但她无疑是骄傲的、有目标的。

小尹的心思小夏都知道："温小姐是谢先生的女朋友，你眼红也没有用。"

谢先生还在亲吻温小姐。他是那么有教养的人，可他那么偏爱温小姐。那些别人眼中他的光环，在此刻，全部落在了温小姐的身上。

谢商开车很稳，几乎是匀速，温长龄睡了一路，到家后也没有醒。谢商把她抱进房间，给她换好衣服擦洗完，才到外面去打电话。

"怎么死的？"

林耀平说："尸检报告还没有出来。"

今天在谷家，晚饭前，林耀平打电话来说，郑律宏死了。

次日，傅影陪温长龄去心理咨询室，谢商去了趟警局。北城的3月早就入春了，温度慢慢升了上来。

尸检报告刚刚出来，郑律宏不是自杀，是被人用毛巾勒死的。嫌疑人也锁定了，郑律宏的狱友，黄列。

谢商此行的身份是律师，也是当年温招阳案件中受害人温招阳的家属。

"让我见见黄列。"

"不行，得按规矩办事。"

"对付江城雪那样的人不能完全按规矩办。"

谢商查过江城雪5年前的治疗记录，江城雪有无情型人格障碍。

林耀平思考了片刻，还是坚持原则："我知道你在怀疑什么，我也怀疑，但我们办案有办案的章程。"

副队张谦敲门进来："林队。"

张谦看了谢商一眼。

林耀平说："没事，说吧。"

"江城雪被保释出去了。"

"怎么没经过我？谁批的？"

温招阳案被重新调查，林耀平是这个案子的经办人。郑律宏主动说出了当年案子的隐情，供出了新的同伙江城雪，作为共同犯罪嫌疑人，就算郑律宏已经死了，江城雪也不可能这么快被保释出去。

张谦说："江城雪的律师出示了医院的病历证明，是汪局批的。"

这位汪局谢商听过。谢商直接出去，不再在这里耽搁。

林耀平叫住他："谢律师。"

他故意加重了"律师"两个字。

他跟谢商打过的交道不多，但KE之前的大换血他也有所耳闻，谢商太懂法律，懂怎么利用，也懂怎么规避，不然只按谢商的喜好和心情来经营的如意当铺也不会在北城屹立这么多年。

他郑重地提醒谢商："还是要按规矩来。"

谢商没接话。出了警局，谢商立马打电话给温长龄。

"咨询结束了吗？"

"结束了。"

江城雪已经被保释，是个随时会爆炸的炸弹。

谢商问温长龄："你在哪儿？"

"在家里。"

"傅影呢？"

"她已经回去了。"

"在家等我，不要一个人出门。"

"好。"

今天下午谢商很不顺，先是车被人追尾，费了半个小时处理，然后又被堵在了高架桥上，因为前方路段发生车祸，大桥护栏被撞毁，路被临时封了。

等到交通恢复，太阳已经西下。

车子重新启动，速度越来越快，谢商不放心，又给温长龄打了一通电话，那边的人接得很慢，铃声响了十几秒才接通。

"长龄。"

回应谢商的是江城雪的声音，懒懒的，惬意的，带着志在必得的悠闲："她睡着了。"

江城雪挂断了电话。车子急刹，停在了路边，谢商握在方向盘上的手用力到指尖已经发青。

炸弹被引爆了。谢商只给了自己片刻时间冷静，然后找人追踪温长龄的位置，查探江城雪被保释后见过的人、做过的事。

谢商没有报警。

"谢先生，人在荷塘街。"

两个小时前。温长龄在卧室听到声音，以为是谢商回来了，没来得及吃的药还握在手里，她放下水杯，去开门。

风吹进来，淡淡的香味跟着进来，不知道是须后水还是男士香水的味道，味道不浓，但烈到第一时间就会入侵人的呼吸系统，那是一种极强的侵略感。

温长龄立马关上门。

左臂被按住，她右手握紧药板，毫不犹豫地割向江城雪的颈动脉，几乎同时，他将针管刺进她左手的皮肤里，液体瞬间被推入。

可惜装药的塑料板不够锋利，只划破了皮肤，没能划破动脉。温长龄失去意识倒下，江城雪张开手，接住她。两个人全程没有一句对话，他用这种方式，高调张扬地告诉她：我出来了。

朱婆婆外出了，互通的两个院子里没有其他人，花花倒在了它的猫窝旁，猫盆里还有半盒没吃完的罐头。

今晚静得诡异。谢商推开门，正在喝茶的江城雪停下来，抬头："来了。"他继续喝茶，桌上放着他翻了几页的经书。

好虚伪，谢商可不是什么圣人，看的都是什么书？

温长龄躺在卧室的床上，身上盖着被子。谢商先过去确认她的脉搏、呼吸，检查她有没有外伤。她看上去像睡着了，脖子上有明显的痕迹。

"你对她做了什么？"

两个小时可以做的事情太多了。江城雪把香炉里烧剩的沉香木取出来："这是不是蜂香楠木？"

谢商的耐心消耗殆尽，暴戾情绪达到了顶峰，他拉开书桌，一脚踢向江城雪的心口。

书桌摩擦地面发出刺耳的声响，香炉滚下来，撒了一地灰，江城雪的后背撞在柜子上，心脏剧烈地抽痛，他手撑在地上，呼吸急促，两鬓有冷汗沁出。

谢商俯视着地上的江城雪："你对她做了什么？"

"我刚刚点了……"江城雪重重咳了几下，抬起头，呼吸慢下来，一字一顿缓缓地念出香道人才懂的那个别称，"日有所思香。"

江城雪不玩香，懂一点儿仅仅是因为他调查了解过温长龄身边所有的人。

书桌上，香炉旁放着古筝，谢商按住弦轴盒，将琴弦生生扯下来。突然的外力拉扯，让古筝发出长长的刺耳的弦音。今天上午温长龄还用这张古筝弹过曲子，现在它废了。谢商用琴弦勒住江城雪的手臂，没有再说一句话，用尽全力，只想废掉江城雪碰过温长龄的手。

细韧的弦极其锋利，皮肉瞬间破裂，血滴在地上，从开始的一滴一滴到成股喷溅。谢商眼都没眨一下。

这张筝是百年前3个斫筝师傅历时3年打造的，制弦的材料叫千金丝，坚韧无比，制成的弦不会断，哪怕江城雪的骨头断裂。

江城雪的皮肉被生生切割开来，谢商的衣袖上全是血。

失血过多和心脏受到压迫让江城雪脱力，从头到尾他都没有挣扎，哪怕命已经去了半条，也只是从容地看着谢商施暴行凶。江城雪的眼睛接近纯黑，像无尽的夜，谁也窥不到底。

他脸很白，唇色惨青，却依然自得，目光傲得没有一丝的狼狈："如果不是你绊住了她的脚，她解决完所有的仇人就会来找我，为了抓住我的把柄，她会一直留在我身边。"

他手臂的血肉已经模糊，琴弦再往下就是人骨。

江城雪丝毫不在意："谢商，你坏了我的事。"

空气中还有蜂香楠木没散尽的栀子花香，谢商没心情去猜江城雪日有所思的是什么，只要江城雪死，然后他会哄好温长龄，告诉她什么都不曾发生。血腥气越来越重。

有人推门闯进来，看到一地血，惊愕地大喊："四哥！"

谷易欢心猛跳，赶紧上去拉。

"四哥，快住手！"

"快住手！"

谷易欢劝不住谢商。

贺冬洲进来了，把门关上，把罪恶和血腥都藏在这间屋子里。他太了解谢商，没过去拉，就说了一句："再不停手会把你赔进去，冷静下来，想想温长龄。"

温长龄还在房间里。江城雪这具久病的身子还敢留下来，不是不怕死，就是笃定不会死，用一条烂命疯狂豪赌。

谢商目光渐渐平静，松开手上勒紧的弦，将江城雪丢在地上，脱下沾血的外套，用毯子擦干净手上的血，走到床边。

"长龄。"

她只是眉宇微动，没有睁眼。谢商抱起她，送往医院。

贺冬洲留下来善后。

温长龄醒来的第一反应是脖子好麻、好痒。

"你在干什么？"

谢商从她的脖颈间抬头："亲你。"

她把谢商推开点儿，摸了摸脖子——有点儿疼，一定留下印子了。身体还有点儿酸软，她拉着谢商的手坐起来。

"江城雪做了什么？"

失去意识之后的事，她都不知道。

"他准备了药。"

"什么药？"

"钩吻。"

谢商放香料的柜子里多了一瓶红酒。

医生说温长龄的身体里除了麻醉剂成分，没有检测到其他药物，江城雪那瓶加了钩吻的红酒并没有被喂给温长龄。

江城雪带了毒药去，又没用，温长龄理解不透江城雪这个人。

"他还做了什么？"

"什么都没做。"

她下意识地去摸脖子，谢商拿开她的手去亲那个有痕迹的地方。

贺冬洲把江城雪送去了医院，和温长龄所在的医院相隔很远的医院。他做完手术醒过来已经是两天后了。

他的右手几乎动不了。

"手动不了只是暂时的。"

薛伯勇在看守所，病房里只有戴秋在，她哭过，眼睛很红："等以后做了复健就会好的。"

"她怎么样？"

江城雪不在意手，问的是温长龄。

"在帝宏医院，没什么事。"

他躺着，脸色白得像尸体："去找个点香的炉子来。"

戴秋趴到床边，哀求道："放过她，也放过你自己，好不好？"

"去找炉子。"

江城雪的左手一直握成拳，手术的时候也没松开，掌心藏了一块沉香木，那是他从谢商那里偷来的烧剩的日有所思香。

只有谢商那种人才有兴致玩这种偷闲的东西，他不信这玩意儿，不信。

温长龄在医院住了两天，荷塘街那两个小时里发生的事谁都没有说出去。

郑律宏死了，佟泰实他们3个人全部改了口供，说当年温招阳的案子没有任何隐情，就是温招阳杀了傅明奥，他们甚至不承认和江城雪有往来。很明显，这3个人都被郑律宏的死吓到了，只求保命，不敢再惹江城雪那个名副其实的精神病。

又过了一周，温长龄的脖子上的咬痕已经淡了。

"江城雪出院了。"

谢商听到这个消息，笔尖停顿，随即凌乱的一笔画过纸张，破坏了这页快抄好的经文。

他的旁边点着凝神静气的香，不到半个小时，桌上的手机响了。

谢商接了。

"接得很快，在等我？"

有些事情该了断了。

江城雪说："望背山，过来吧。"

第三十章
种一棵香椿树，愿温小姐长寿

　　谢商以前玩赛车，是望背山环山赛车场上的季神。车子已经准备好了，戴秋望着近在咫尺的人，觉得他很陌生。她分明那么了解他，为什么就是走进不了他的世界，总是和他隔得好远？

　　"你一定要这么做吗？"

　　江城雪蹲下来，捡了一块石头，看着赛道的起点，用石头画已经存在的起点线，画了一次又一次。

　　年幼时他就是这样，总是机械地重复做一件没有意义的事，沉浸在自己的世界里，随便别人怎么骂。

　　戴秋在年幼时就认识他了。后来他长大了，学会了"融入"。

　　"温长龄的耳朵是因为他坏掉的。"

　　江城雪好像在自言自语，用石头不停地描着地上的起点线。

　　小时候他做错了事，他那个厌恶他至极的母亲就会把他赶到外面去，他就在外面的墙上画裙子，然后把手割破，给裙子涂上血，把裙子变成红裙子。没有人懂他为什么总是画红裙子，只觉得他有病，总是自残，听不懂人话。但他的母亲懂，因为懂，所以更厌恶、更恶心，更加恨不得他去死。

　　他同样很厌恶自己。他好脏，血好脏，骨头好脏，哪里都脏。

　　"温长龄还是爱他。

　　"温长龄太讨厌了。

　　"谢商更讨厌。

　　"他好该死。"

　　他好羡慕谢商。

戴秋说:"你也会死的。"

画线的手停下来,江城雪突然看向戴秋。他有过很多女人,但除了温长龄,没有这样认真地看过谁:"我死了,你会为我哭吗?"

戴秋哽咽地说道:"我会。"

她会把眼睛哭疼,除了她,不会有别人哭。

"不要为我哭。"江城雪笑了笑,很温柔地给戴秋擦眼泪,只是眼神很麻木,"如果要哭,为你自己。"

谢商来了,这里是他熟悉的场地。

江城雪穿着赛车服,受伤的手藏在袖子里,看上去好像正常:"温长龄睡着的那两个小时,想知道我对她做了什么吗?"

温长龄的脖子上的痕迹是他留的。谢商眼神沉静,所有的情绪都被压制在深不见底的眼波之下。他年少时沉迷于一切让心跳加速的极限运动,琴棋书画是学给长辈看的,他是偏执的人,稳定的情绪之下是最叛逆的骨头,极具攻击力和胜负欲。

赌命游戏是会让他血液滚烫的,并且是他擅长的领域。

"选一辆吧,季神。"江城雪扔给谢商一件赛车服,"赢了我,我就告诉你。"

谢商选了红色赛车,江城雪的是黑色的,除了颜色,两辆车的外观和性能一模一样。

不需要裁判,两个人都是行家。车子同时驶出起点线,在环山赛道的内场时几乎齐平,之后红车先进入外场赛道,黑车跟得很紧。

环山路的中段弯路是望背山最出名的夺命九道弯,很多职业赛车手曾经在这里栽过。

黑车在最大弯道上漂移过弯,超过了红车,之后油门被踩死,一路疾驰。过了夺命九弯的最后一道弯后,黑车突然猛打方向盘掉头,整个车身翻过大半,只有一边轮子在地上,甚至擦出了火星。

红车在疾速下没有踩刹车,微调方向之后,往右侧翻半圈,避无可避地撞上去。两辆车几乎支离破碎,车身冒出浓烟。真正的赛车即便受到高速撞击,也不会破损到连内部支架都散掉的程度——

车子有问题。今天江城雪是来做了结的,谢商也是,结果只会有一种,同归于尽或你死我活。

红车的车门打开,谢商从车上下来,走到黑车旁,左边手臂扎进了车玻璃,还在流血。他摘掉头盔,露出一张端正的脸,只是唇角沾了几滴血。

"你输了。"

这是城西地下赛车场的规矩:如果双方对撞都没刹车,那活的人赢,死的人输。

"本来想咬破她的脖子。"江城雪的脚被卡住了,他动都懒得动,随便血怎么流。他输了,没意思,叹气:"没咬破。"

除此之外,那两个小时里他什么都没做,连一开始的计划都没实施。

"谢商。"

江城雪很少这样叫谢商的名字，因为他不想叫。他讨厌谢这个姓，这个姓的背后是生来就会圆满的千娇万宠，哪儿像江望图的江，好恶心，想想就好恶心。

"谢商。"

他又叫了一次：温长龄也是这么叫的吧？

"你以为我是输给了你吗？我是输给了温长龄。"

江城雪说完，"轰"的一声，油箱起火。

谢商只是看着，隔着距离看着火从车尾烧到车头，看着江城雪闭上眼睛笑。谢商转身，背着火光离开现场。

一切都结束了。

翟文瑾女士在京郊的乡下有个宅子，一周前，谢商把温长龄送去那里休养。宅子后面有几亩地，这时节最适合春耕和栽种。

除了谢商找的保镖，傅影也去了——傅影以前是散打冠军。除了傅影，谷易欢也去了。他去就有点儿多余，不过也不算太多余，他在，温长龄应该不会太无聊。

一亩多的地被分成了好几块，分别种了蔬菜和瓜果树苗。

谷易欢这个人，潮里潮气的，穿着橙色的冲锋衣，身上挂了一堆"丁零当啷"的吊坠，搭配了双破了好多洞的裤子，鸭舌帽是红绿撞色。

潮流这种东西，还是看颜值，人丑，穿这一身就是街溜子；人好看，穿这一身就是特立独行的贵公子。

谷易欢在种苹果树。他这人读书不行，但除了读书，其他的他还是很有胜负欲的，就是被老师罚去扫厕所，都要扫得比别人干净。

"等着看吧，我种的肯定比你种的长得好。"

宁宋"呵呵"："痴人说梦吧你，就你选的这几株果树苗，一看就是残花败柳，简直不堪一击。"

宁宋还是这么喜欢乱七八糟地说一些乱七八糟的成语。

谷易欢扶着他那"不堪一击的残花败柳"，无语至极："救命，谁能管管他的成语？！"

谁也管不了。

苏北禾坐在铺着蛇皮袋的地上，给摩林集团的高管们发邮件——休了几天假，工作堆成山。翟女士只疼外孙，对儿子不当回事，因为他是半个厨子，谢商说了句温小姐挺喜欢他做的菜，翟女士就一天一百个电话，把他叫过来负责一日三餐。宁宋人闲爱玩，也跟着来了。

"长龄。"

温长龄起身，回头，是谢商来了。谷易欢在她后面招手，欢快地喊四哥。

突然来了一阵风，温长龄捂住头，但来不及了："帽子。"她高喊，"谢商，我的帽子飞了！"

她急急忙忙踮脚去抓帽子，手却够不着，风把帽子越吹越高。

"我的也飞了！"

谷易欢急忙朝谢商求救，风往谢商那边吹，田地后面是个池塘。

谢商先去捡帽子，捡了温长龄的小黄鸭渔夫帽，没管红绿配的鸭舌帽，任由它掉进了池塘里。

谷易欢："……"

牙痒痒，他好想骂人："不堪入目，蛇蝎心肠！"

这些成语的用法应该都是跟宁宋学的。

谢商把帽子给温长龄戴好，左臂的伤已经在衣服里藏好："回家吗？"他是来接温长龄回去的。

"树还没种完，种完了苹果还要种板栗。"温长龄爱上了种树，沉迷于种树。

"那种完了再回去。"

温长龄点点头："你去帮我浇水，那一排都没浇。"

谢商去装水，顺带打捞了谷易欢的帽子。

谷易欢又爱四哥了："四哥助人为乐！四哥丰功伟绩！"

宁宋一副又学到了的表情。

说起种地，还有个小插曲。谷易欢不是有人捧吗？他最近有点儿火，还接到了不少综艺节目的邀约。上周二晚上，他跑完活动，一个电话打到他老板庞子衿那里——

"那个种地的综艺为什么要给我推了？"

"不适合你。"

谷易欢不觉得，想去参加综艺节目："怎么不适合了？"

庞子衿说话的声调有点儿上扬："你闲得慌？去种地？"

"你要累死我是吧？你看看我的行程，从过年到现在，我都要忙死了，我就是头牛，也会耕地耕坏的。"

哼，资本家。

资本家庞子衿："那你还去种地。"

他是去种地吗？他是去综艺节目里喘息！

"我是签给你了又不是卖给你了，我不管，我就要去上综艺节目。"

电话那边的人不说话。

谷易欢直呼老板大名："庞子衿，"他的耳朵凑近手机听筒，"干吗不说话？"

他听到了奇怪的声音，像电流，猝不及防地电了一下他的耳朵，莫名其妙地勾起了他的好奇心。

"你在干吗？"

他仔细听，越听越奇怪。

她干吗这么喘？

"你到底在干吗？"他好奇死了，好奇死了，好奇死了，"庞子衿？"

他突然想起了他叛逆期四哥为了矫正他，给他看过的那一箱片子："你不会是跟男朋友在……？"

天哪，不小心听到老板的房事怎么办？！

"我单身。"

还好不是。

谷易欢刚要鄙视自己思想龌龊——

"在跟自己玩。"

跟自己玩？

谷易欢懂后，脸爆红："你……你……你要不要脸啊？庞子衿！"

"是谁大晚上打扰我的好事？你看看现在几点。"

谷易欢看了一下，12点。

"那你接电话怎么不停下来？！"

"干吗要停下来？"

庞子衿声音含笑，不用看谷易欢都能想象出她那逗猫逗狗一样的表情，她总是这样，轻而易举就能把人搞爹毛。

"你无耻！！！"

谷易欢怒挂电话。

凌晨3点，庞子衿给谷易欢发了一条消息："行吧，让你去种地。"

然后谷易欢就睡不着了。他精神抖擞地给他的经纪人徐诚打电话，有点儿不确定，又有点儿新奇地问："诚哥，庞子衿是不是想追我？"

徐诚困出了气泡音："怎么得来的结论？"

"她答应让我去种地了，还是凌晨3点答应的。"

徐诚困得都没力气骂人了："睡吧，祖宗。"

谷易欢还是睡不着，脑子里列出了很多条庞子衿想追他的证据，比如他很帅，比如他很帅，比如他很帅……

为了在后续的综艺里看上去不那么四体不勤五谷不分，谷易欢就忙里偷闲，去乡下种苹果了。主要是为了躲庞子衿，他就是觉得庞子衿想追他。

下午回市区，傅影坐了谢商的车。温长龄在后座，躺在傅影的腿上睡觉。她最近在吃药，嗜睡。

傅影接了个电话，低声问谢商："能先送我去趟医院吗？"

温长龄睡得不熟，醒了："去医院干吗？"

"陈白石醒了。"

温长龄抱紧傅影的腰，依恋地蹭了蹭。

寒冬过后，果然都是春暖花开。温长龄和谢商一道过去了。到了病房外面，傅影没有立刻开门，有点儿迟疑，对温长龄说："你和谢商先回去吧。"

"我也想去看看他。"

"那好吧。"

傅影握住门把手，有种类似近乡情怯的心情。陈白石昏睡了太久，她甚至都做好了他一辈子醒不过来的心理准备。

她慢慢推开门。病床上的人靠着床头坐着，听见声音，望向窗外的眼睛转过来，然后一下子定住，一动不动地看着傅影。

眼睛好亮，她的阿拉拜咬狼犬。傅影迎着他的视线走过去："陈白石。"

他不出声，呆呆地看着她。

"说不了话吗？"

傅影很心慌。她在路上和医生通过电话了，医生分明说陈白石一切正常。她握了一下温长龄的手，温长龄懂了，立马去叫医生。

他说不了话她也会管他一辈子的。傅影坐到床边，手伸到陈白石的眼前，上下动了动："我是谁？"

陈白石抓住她的手，小心地握住她的指尖。

"傅明月。

"傅明月。

"傅明月。"

他叫了她3声。

忠诚的阿拉拜咬狼犬一生只认一个主人。傅影笑了一下，笑着笑着就哭了。

谢商的车让人蹭了一下，他过去处理了，温长龄在医院的走廊里碰到了熟人。

"温小姐。"

是戴秋。温长龄有段时间没见过她了。

"好久不见。"

"好久不见。"戴秋说，"我辞职了。"

"听说了。"

温长龄从华旗技术离职之后，戴秋紧跟着也辞职了，至于为什么，戴秋言明："你一直知道吧，我是江少那边的人。"

"知道。"

"为什么没一开始就开除我？"

"我觉得把你留在身边看着会更安全，而且你的工作能力很优秀。"温长龄态度很平和，对戴秋没有什么怨恨。

虽然戴秋是江城雪放在她身边的人，但戴秋没有真正伤害到她什么，相反，她觉得戴秋很可怜，不被爱还甘愿被利用。

谢商发消息来了，温长龄看完，朝戴秋点了点头，转身离开。

走廊前面就是ICU病区，门口有警察守着。警方已经立案，望背山那场比赛江城雪故意杀人未遂，谢商的车子被动过手脚，证据确凿。

戴秋走过去，手指触碰玻璃，一寸一寸抚摸着玻璃上的人影："听到她的声音了吗？"

温长龄一周会去陶医生那里两次，陶医生之前和她聊天比较多，最近经常会让她睡觉，因为她失眠很严重，总是睡不好。睡着了她就会做梦，做同样的梦，反反复复。

"姐姐。

"你又迷路了吗？

"你怎么还不来陪我？"

梦中又是那片光照不进去的深林，抬头看不见天，浓雾弥漫，被笼罩在雾里的阿拿一直在喊她。

"姐姐，我好想你。

"你快来陪我好不好？

"姐姐。"

她穿过厚厚的雾，遇到很多很多树，每棵树都一模一样，阿拿的声音越来越近，雾却越来越浓。她看到阿拿蹲在地上，垂头抱着双膝，大雾在后退，阿拿也在后退。她拼命跑过去，想伸手拽住他。

"阿拿！"

浓雾突然散开，光照进来，地上的人抬起了头。

温长龄睁开眼睛。

"醒了。"

陶医生就坐在旁边，音乐不知道循环了多少遍，牛顿摆还在有规律地来回撞击。

温长龄坐起来，思绪放空。陶医生没有急着问话，静静地等着。

"我又做梦了。"

陶医生问她："这次梦见了什么？"

"不是阿拿。"

"那是谁？"

"在浓雾里迷路的人不是阿拿，是我。"

迷路的是18岁的温长龄。

自始至终，把她困在过去的都是她自己。

朱婆婆院子里的那株钩吻已经被连根挖掉了，那里的地空了出来，早上起来，温长龄看到谢商在空地处种树。

温长龄不认得："这是什么树？"

"香椿树。"

之前被药倒的花花已经恢复了精神头，在帮着挖土刨坑，爪子弄得脏兮兮的。

"为什么种香椿树？"隔壁林奶奶家的院子里种了很多芍药和月季，荷塘街许多街坊喜欢种花树，一到花期，满街姹紫嫣红，吸引了很多游客来老街观赏。

"吃过香椿炒蛋吗？"

温长龄点头。

谢商说："种来吃。"

3月香椿打头，4月槐花正当时，现在正是"吃春"时节。

温长龄再一次见到戴秋还是在医院。她本来不想打招呼，就当陌路，戴秋却叫住了她。

"他应该没几天了，你去见见他吧。"

温长龄态度冷淡地拒绝："我不想见他。"

相比上一次见，戴秋瘦了很多。她没化妆，脸色憔悴，整个人都失去了神采，像一株快要开败的花。

"他在等你，算我求你了，去见他最后一面。"

温长龄奇怪地看着戴秋，无法理解戴秋的想法：为什么要为一个不值得的人低三下四？为什么非要她去见江城雪？仇人之间有什么好见的？

"他知道你和谢商复合之后就断了药，他的病断药等同于自寻死路。"戴秋已经哭到干枯的眼睛还是会湿，只要提到那个人，"他保释出来去找你的那天，原本的计划是带你一起死，你知道的，他是个有病的疯子。"

温长龄觉得好笑："他没带我一起去死，我就要对他感恩戴德是吗？"她不会共情罪犯，只知道她的阿拿孤单地死在了狱中。

"你知道他的过去吗？"

"我不想知道。"

不管江城雪的过去是什么样，都无法改变一个事实：他用酒瓶子玩了一个恶人游戏，选中18岁的阿拿当了替罪羊。

温长龄直接绕过戴秋。

"去见见他吧。"戴秋哭着说，"他说，想让你得偿所愿。"

得偿所愿，这4个字还是说服了温长龄。

江城雪在ICU，望背山上爆炸的赛车几乎震碎了他所有的脏器。

温长龄走到玻璃前，没有进去。门口守着警察。江城雪醒着，浑身都是管子，却没有躺着。他在等她，等了3天，从他醒来就开始等。

温长龄。

他知道，温长龄懂唇语，他不需要发生声音——

那天我只咬了你一口，其他什么都没做。

隔着窗，他的目光发烫，烫到仿佛在燃烧。他在温长龄面前一向爱笑，此时也扬了扬嘴角，哪怕是这个时候，还要惹怒她——

本来想吻你。

温长龄的表情更加冰冷了。她好冷漠啊。

不过他从来都不会生温长龄的气：你生气了？

他也看得懂唇语。温招阳死后第二年，他去车车利尔，回来后学了唇语和手语。不过温长龄不知道他会，一个字都没说。

他又说我喜欢看你生气。

你信吗？温长龄，我点了日有所思香，看到了你。你信吗？我就那样看了你两个小时。连死都不怕的怪胎，竟然不敢吻你。

心电监护仪的警报响了，是那颗破烂的心脏又在乱跳。

江城雪抬起手，把攥在手里的东西给温长龄看，是那个他取来后她不要的橡木许愿牌。她的愿望是恶有恶报。

"你如愿了，温长龄。"

江望图曾经告诉他，那些女人很美，所以给她们穿上红裙子，让她们永远属于自己，这才是拥有。

江城雪很想拥有温长龄，所以想和她一起死。

戴秋说："放过她，也放过你自己。"

他放过了她，那掺了钩吻的酒一滴都没给她喝。

"嘀——嘀——嘀——"

许愿牌掉在地上，一起掉下来的还有几片钩吻叶子。

江城雪闭上眼，倒下。

戴秋在哭喊："医生！"

"医生！"

谢商来了。他走到温长龄身边，牵住她的手："走吧。"

戴秋坐在地上哭，泪眼婆娑间看到了谢商的后背，于是彻底崩溃，哭着不停地重复："对不起，对不起……"

江城雪，你那么可恨，也那么可怜，我知道，你只是很想温长龄陪你玩。

你的世界太无趣了，似乎死都不可惜。为了让温长龄如愿以偿，你可以亲手结束生命，可以断药，可以服下钩吻，只要她陪你玩一会儿就行了，就一会儿。只要她陪你堆雪人，给你买点心，和你看电影……把和谢商做的事做一遍就可以了，你就愿意去死了。

你生来就是江望图养的怪物，他教年幼的你给女人穿红裙子，教你把她们泡在福尔马林里，没有一个人来教你做正常人，所以你理所当然地做了怪物。你不知道什么是善恶，什么是爱，你以为爱是一起玩，一起烂掉，一起死。

没有人会跟怪物玩，所以你只能跟小丑们玩，让他们害怕你。你对这个世界一点儿都不留恋，所以你会孤单地来，孤单地走。

如果知道当年小丑们选的那个替罪羊是温长龄的弟弟，你会选择不开始这个游戏吗？

没有如果。你甚至没有告诉温长龄，她打算和那4个人同归于尽的那个晚上不是你们第一次见面，第一次见是在阚图的机场，温长龄得知弟弟去世，在机场哭了一个晚上，你在候机厅的外面看了一个晚上。其实这不算你们第一次见，因为你只看到了她哭到发抖的后背，你想知道什么样的感情值得这样哭。

只有我知道，只有我知道，你需要的自始至终都不是同类和玩伴，你需要有人来爱你。

戴秋拍着 ICU 的门，痛哭："对不起……"

江城雪，我背叛了你。

江城雪死了。他的心脏、他的伤都会让他死，但真正加速他死亡的，是他服用了钩吻的叶子，他选择了和温沅一样的死法。

他一死，佟泰实他们再一次选择坦白真相——欠了温招阳 8 年的真相。

房间的窗户没关，夹在书页里的纸张被风吹了下来。

温长龄捡起纸，纸上是一道物理题，她很懂物理，所以看得懂那张纸上的数字、角度是什么意思。

傍晚，谢商从警局回来。温长龄在房间等他："你知道那两辆赛车都有问题是吗？"

谢商甚至提前算好了赛车的撞击力，算好了用什么样的角度能够让自己受到的伤害最小，只要谢商赌赢了，江城雪不死也得因为故意杀人罪进去。

"是。"

"那你还跟他赌。"

谢商撕掉放在桌上的那张纸，在温长龄的面前蹲下，谁也审判不了他，但温长龄可以："长龄，那是最快的办法。"

江城雪要同归于尽，那他就将计就计，极限赛车是他最擅长的领域，这赌命局他不会输。

手臂的伤还没有好，所以他很多天没抱过温长龄了。温长龄早就闻到了药味："你出去，我今天自己睡，不想跟你吵架。"

谢商知道她为什么生气——他用命去赌了。

有人说江城雪身边的人都不会背叛他，未必。谢商只是让戴秋知道了一件事，她就背叛了江城雪。

江城雪在医院结扎那天保存了精子。他为什么会存？不知道，谁也不知道一个疯子的脑子里到底在想什么。就算他把温长龄绑起来，强制让她怀孕，在他那里似乎都合理。他去医院结扎是在他拿出许愿牌要温长龄和他在一起的第二天。

当年的红裙子案有一个幸存者，没有被报道出来。那个幸存者是案件最小的受害人，叫秋莹，后来改名戴秋。

江城雪烧死江望图的那天，她获救了。她爱江城雪，也恨他。人性很复杂，不是所有的爱恨黑白都有分明的界限。

她爱江城雪，所以偷偷做了试管婴儿；她也恨江城雪，所以在知道江城雪停了药要结束生命之后，她选择了和谢商合作，留下孩子，送走江城雪，亲手把他故意杀人的证据送到了警方手里。因为只要谢商告诉江城雪，她偷偷有了孩子，那江城雪一定不会容忍。他这个人就心软过一次，是对温长龄。

因为和温长龄谈恋爱，谢商收敛了很多，可能就有人忘了，他是谢家竹林里长出来的歹笋。他要江城雪血债血偿，所以他从年前就开始筹划，和戴秋合作，知道了江城雪所有的计划，也知道了赛车有问题。

要理解江城雪不难，只要把自己代入疯子，把思想病态化就行，这对谢商来说很简单。如果是他自己，得不到温长龄，他也不会让任何人得到她，那么只有两个办法：带温长龄一起死，或者带温长龄的爱人一起死。放了钩吻的红酒最后没有被喂给温长龄，说明江城雪心软了。他对温长龄心软了，舍不得带着温长龄去死，那他最后一定不会留下谢商。

谢商成全他，在同归于尽的局里设计了一个人的求生，再顺理成章地送了江城雪一程，哪怕那场赛车比赛结束后江城雪性命无虞，他故意杀人的罪名也会被坐实。

最后，谢商赢了。

温长龄睡在床的角落里，谢商不在，她根本睡不着，助听器都没有摘，闭着眼睛不知道几点了。夜里，她听见开门声，声音很轻，然后身边有人躺下。

她往里挪了挪："我们还在吵架。"

"嗯，我们还在吵架，我只是过来陪你睡觉。"

温长龄不想理他。她喜欢乖的人，谢商一点儿也不乖。

"我手上的伤很疼。"

谁让你乱来的？活该。

"长龄。"谢商很会用他那副好听的嗓子哄人，"宝宝，能不能抱我？"

窗外的月光像细细的糖霜，洒了点儿在枕边。

温长龄转过身来，手放到谢商的腰上："以后不准碰赛车。"她其实更怪自己——一直在吃药，状态一塌糊涂，给他添了很多麻烦，连累他受伤。

"好。"

第二天一早，有客上门。那人西装革履，礼貌地敲了敲照壁，等谢商和温长龄看过来后，望向温长龄询问："温小姐是吗？"

温长龄正躺在椅子上晒太阳，花花在她的脚边打盹儿："我是。"

他又看向谢商："谢律师。"

谢商认得他戴的徽章，他是一名律师。

"我是江城雪先生的代理律师，姓杨，今天过来是想找温小姐处理一下遗产继承的问题。"

温长龄仍有些困，正努力让自己清醒："江城雪的遗产？"

"是的。"杨律师说,"依照遗嘱的内容,江城雪先生名下的动产和不动产全部由温小姐继承。"

温长龄觉得很离谱:"我不需要。"

"如果您不需要,等继承手续办完,您可以随意处理。"

温长龄坐起身,毯子落地,她烦躁得有点儿想吵架。谢商放下浇花的水壶,拾起毯子:"我来处理吧。"

她"嗯"了声,不想管。

3天后,流程走完,后面的事都是谢商在处理。东方汽车请了职业经理人来管,江城雪的其他遗产除了给戴秋的一部分,剩下的谢商弄了个基金会,全部用作公益。

戴秋离开了北城,这是谢商的意思。

春分那天,翟文瑾女士邀请温长龄去苏家吃饭。翟女士根本不过什么春分,就是想见温长龄了。翟女士把爱屋及乌贯彻得很彻底,隔三岔五给温长龄送珠宝,一副要星星月亮都给摘的架势。

温长龄发现苏家也有一棵香椿树,树干很高、很粗,从2楼的窗户伸手可以够到树上的嫩芽。

翟女士在家里养了鸡,说养大了给温长龄炖汤喝。刚刚翟女士让苏南枝带温长龄去院子里看小鸡,经过香椿树时,温长龄想到了香椿炒蛋,停下来看树。

"长嫩芽了,可以吃了。"

苏南枝又做了新的美甲,指甲一如既往地好看:"你喜欢吃?"

"嗯。"

谢商应该喜欢,都种香椿了。

"你的口味跟我的像。"苏南枝新接了角色,需要增肥,丰腴了几分,气色很好,是岁月都不忍心败的美人,"谢商就好挑,都不吃香椿。"

那他为什么要种呢?

苏南枝告诉温长龄:"这棵树是谢商出生那年他外婆种的,老人家迷信,说寓意好,能长寿。"

这样啊。

温长龄看完小鸡回来,站在2楼的窗户前,把手伸到外面,踮起脚去摘香椿。

她的腰被搂住,谢商将她往后面抱:"往后面点儿,别摔下去了。"

香椿没采到,温长龄只抓到了一把3月暖暖的阳光。

"谢商,你好迷信。"

谢商没听明白:"嗯?"

翟女士给谢商种了一棵香椿,现在谢商给温长龄也种了一棵,祖孙两个都迷信。温长龄踩着窗户前的树影,伸手抱住谢商。

"你妈妈和梁先生什么时候领的证?"她换了话题。

"年前。"

温长龄听到厨房的阿姨叫梁述川"姑爷"。

这位阿姨是新请的，苏家没什么规矩，很随意，但阿姨是个电视剧迷，一口一个"姑爷""少爷""小姐"的，沉迷于扮演电视剧角色。

"没摆酒吗？"

"苏女士懒得办。"这几天温度高，温长龄穿得薄，谢商单手能搂住她整个腰，使得他不太敢用力，"年前暴雪期间出了两天太阳，苏女士看天气不错，就问梁述川要不要拍证件照，都没说是去拍结婚照，梁述川就跟苏女士去了。"

在谢商看来，梁述川太好拐了。

他客观冷静地评价苏南枝女士的求婚："太随意，一点儿都不浪漫。"

"那他们已经结婚了，我还叫'梁先生'合适吗？"温长龄现在叫苏北禾都是直接叫"舅舅"，翟女士说这样不生分。

"我也这么叫。"谢商刚刚在给翟文瑾抄书，手指上沾到了些许墨，黑色衬着白色，反而显得手指更干净。他手背上青筋凸起，男士的手力量感很足，轻轻揽着女孩子的腰，眼里如有星辰："你也可以叫他'苏先生'，冠妻姓我想他应该会很乐意。"

反正谢商自己是不会反对的。

说起苏南枝夫妇，温长龄很感兴趣："我看网上说，他们是青梅竹马。"

"算是青梅竹马，苏女士18岁那年去梁家学琵琶，我外婆说她琵琶只学了个半吊子，还把老师最器重的小儿子拐出了师门，带进了演艺圈。"还有件事，谢商说，"苏女士第一次结婚时，婚纱裙摆是梁述川拎的。"

温长龄忍不住想象，少年跟在深爱的女孩儿后面，看她嫁人生子，画面有点儿悲伤，好在结局是好的。

"今天天气不错。"温长龄心念一动，突然说，"星星，要不要去拍证件照？"

谢商愣住。

没立刻得到答复，温长龄不确定了："是不是太随意了？"

谢商抱紧她，眼角微微热了："没有，很浪漫。"

阳光照在香椿的芽上，扇子状的影子被放大后映在地上，刚好洒在女孩子的影子旁，像散开的头纱。

无数春光这一刻都朝他们倾斜。

谢商和温长龄新婚第一晚是在苏家过的，因为温长龄求婚求得太随意并且仓促，翟文瑾女士根本来不及准备，只匆匆布置了一对红烛、一双"囍"字、一床新被。

晚饭后，翟女士把谢商拉到一边："你也太随意了，怎么着也得先找人挑个日子，我也好提前准备。"

"领证是长龄的意思，是仓促了点儿，不过我也想快点儿定下来。"

谢商晚上没有喝酒，耳朵却红了很久，谁都看得出来他有多欢喜。

今天不是经过精挑细选的一天,稀松平常,也不知道是否是好日子,宜不宜嫁娶,不过这些都不重要,因为以后,不管多久以后,这个日子会因为要和温长龄一起纪念而变得特殊。

房间里点了红烛,火光轻轻摇晃。温长龄觉得有点儿热。她将衣服脱下,都丢在了床边的地毯上。新铺的被子很松软,她推着谢商躺下。

她现在有证了,觉得跟以前不一样了。

7月的第一个周六,谢商和温长龄举办了婚礼,在苏家的私人古堡里,象征着热爱与真诚的蓝风铃花爬满了整个古堡的高墙。

蓝风铃是别名,这种花盛开的时候,花枝会微微下垂,蓝色的花朵错落地开在枝头,风吹起时,满世界荡起"风铃"。

婚礼只请了亲友,但苏、谢两家大喜,记者闻风而来,不过全都被挡在了古堡外面,唯一流传出去的照片并不清晰:大片大片的蓝风铃,红色的地毯,白色的婚纱,头纱被风吹得飞扬在半空中,谢商亲吻着新娘。

古堡外面——白发苍苍的老人抻着脖子往大门里面瞧。

仲叔实在担心他的颈椎:"要不咱进去看?"

谢景先收回脖子,嘴比混凝土都硬:"有什么好看的?"

仲叔叹气:孙子结婚,爷爷不出席,这算个什么事?

婚礼的请帖一个月前就被送到了谢家,但谢景先给扔了。当初他放了话出去,谢家再没谢商这个孙子,话都放出去了,哪儿有收回来的道理?

谢景先摸摸脖子——酸得很,往前伸伸,锻炼锻炼。

仲叔劝:"来都来了,还是……"

"我又不是来参加婚礼的。"谢景先用拐杖怒敲地砖,"导游呢?导游怎么带路的?怎么把我带到这儿来了?"

昨天,谢景先毫无预兆地来这边旅游,硬是钦点了老二谢继文当随行"导游"。

"导游"谢继文已经携妻儿进了古堡。

这时有记者发现了苗头,镜头扫过来。

谢景先取下礼帽挡住脸,气鼓鼓地上了车:他不能让人拍到,不然那些记者指不定又要编派那个不肖子孙。

8月8日,关家的小曾孙出生了,关慕生给小曾孙取名惊弦。"马作的卢飞快,弓如霹雳弦惊",关惊弦。

蒋尤尤是个取名奇才,说小孩子贱名好养活,得再取个贱贱的乳名,于是惊弦又名:渐渐。渐渐像关思行更多,不仅长得像,性格也像,不爱哭,哼都懒得哼。

关思行是谢商好友圈里第一个当爸爸的。

谷易欢吐槽他:"关思行从小就这样,闷不吭声搞大事。"

关于生育，谢商和温长龄聊过。温长龄目前还在接受心理治疗，需要吃药，并不适合生育。谢商问过她是否丁克，她说不确定，可能今天很烦小孩，明天想法就又变了。

"再看吧。"温长龄这样说。

温长龄的心理治疗持续了两年，两年里发生了很多事。

比如，"宝灯"四号发射成功。

比如，关思行获得了科科斯林物理学奖，是华国唯一一个拿到这个奖项的物理学家。

比如，贺冬洲家的小疤小姐因为排异感染，一年内做了两次手术。贺冬洲也做了个小手术——结扎。他给的理由是不喜欢小孩儿，但小疤小姐很清楚，她的身体不适合怀孕。

比如，傅影的商业版图扩展到了海外。

比如，温长龄每年都收到一张明信片，寄件人是晏丛，寄件地址是国外的一个小镇。他在明信片上说他过得很好，见了很多以前没见过的风景，所以暂时还舍不得回国。温长龄把明信片妥善保管。她已经收到了3张明信片，每年的6月份她都会收到一张。

她知道晏丛的墓在哪里，也知道这些明信片是晏丛很久之前就准备好的。她经常去看晏爷爷，但她从来没有拆穿过，就当当年的新药起了作用，就当晏丛真的生活在异国的某个小镇上。

还比如，歌手谷易欢被爆出恋情的第二天就宣布结婚了，结婚证上的日期是4个月前。

8个月后，谷易欢家添了个小老虎——虎年出生的，谷易欢取的名字叫"不群"，很有武侠风格对不对？小老虎出生的时候，谷易欢正好接了个武侠剧，演被男主角杀死的女主角的"白月光"，那部剧里，男主角他爹就叫不群。

让男主角当他孙子，这是谷易欢干得出来的事。至于他为什么演的是死去的"白月光"而不是男主角，因为谷易欢演技实在太烂，靠脸打打酱油还行，上主桌就算了。

不群的小名就叫虎子。

两岁的时候，虎子说话已经很利索了。妈妈带他去如意当铺玩，他问妈妈什么是当铺，妈妈告诉他，当铺就是可以用东西换东西的地方。

虎子扒着柜台，爬到凳子上面。

"姨姨。"

张小明去做当品鉴定了，钱周周请了假，温长龄在看店："你好啊，小老虎。"

虎子妈妈庞三小姐在打工作电话，一只手拦在虎子后面护着，防止小家伙摔跤。

他一双乌溜溜的眼睛看着温长龄，伸出还沾着口水的胖乎乎的小手，把奶酪棒放下了："当。"

人小胆大，像他爸。

他白白胖胖的脸很好捏的样子，温长龄忍不住轻轻地捏了一下："姨姨给你买糖吃好不好？"

"不要糖，要妹妹。"

温长龄听说了，庞家那边在催庞子衿生二胎。庞家最近很动荡，老爷子把外面已经成年的"遗珠"接了回来，有意收回庞子衿在庞氏的管理权。应该是庞家人在虎子面前说了什么，比如要一个妹妹之类的，想借着小孩儿的童言无忌，让庞子衿回归家庭。

这些人到底还是小瞧了庞子衿。让位？怎么可能？"宠夫狂魔"庞子衿早就让庞氏改姓谷了。

谢商最近很忙，KE的一位高级合伙人被拍到和案件的证人出入酒店。对方是冲着KE来的，这个案子就是一场提前布好的局。

谢继文愁得没办法，请了谢商回去。一大早，律所那边就打电话过来，手机开着免提，谢商在换正装。

"KE是律所，不是报社，没必要发文字声明，直接走法律程序。"

电话那边的人谨慎地请示，问要不要全部提告。

谢商把领带扔回桌上，懒得系："挑几个有代表性的。"

那边的人又问涉事人的高级合伙人协议。

温长龄进来了。

"你要出门吗？"

手机那边的人安静了，根本不敢插嘴。

谢商说："要去一趟律所。"

"是很棘手的事吗？"

"不棘手，已经在解决了。"

温长龄："哦。"

她没问是什么事，律所的事她从来都不问。

"怎么了？"谢商把免提关掉，"是不是有事跟我说？"

她拉着谢商走到窗户旁边，晨光的温度刚刚好，晒得人惬意、舒服。她从兜里掏出一根奶酪棒，拆了包装，喂到谢商的嘴边。

对谢商来说，这玩意儿腻得慌。

"好吃吗？"

"还可以。"

温长龄还穿着睡衣——牛油果色，帽子毛茸茸的。奶酪棒谢商只吃了一口，剩下的温长龄吃了，奶乎乎的，很甜，是她喜欢的口味。

"这个是当铺的当品。"

"谁当的？"

温长龄告诉谢商："谷易欢家的小老虎当的。"

他们已经把当品吃掉了。

"今天天气不错，"温长龄很突然地提议，"要不要去做个孕前检查？"

求婚的时候，温长龄也是只看了天气。有了谢商之后，她随性多了，因为她知道，无论她怎么选，谢商都不会让她选错——

她毫无顾虑，所以可以随心所欲。

谢商沉默了片刻才问："长龄，你想好了吗？"

"没怎么想。"被爱的人可能就是有恃无恐，她语气轻松，"就是突然很想要一颗小星星。"

谢商抱了抱她，无声地叹了口气。他从现在开始就要担忧了，十月怀胎，妊娠生产，他又不能替她。

他拿起放在桌上还没挂断通话的手机："会议我不参加了，今天有事。"

不过，他们今天还是没做成检查，因为不是空腹，吃了根奶酪棒。不过没关系，第二天的天气依旧很好。

温长龄一年前就回了华旗工作。她不是一个勤快的人，接手的项目不多。心理治疗结束之后她就不需要吃药了，身体状况和精神状况都良好，可以开始备孕了。

备孕到第三个月的时候依旧无果，然后温长龄放弃了，随缘。

4月份，温长龄应恩师孟先生的邀请，前往车车利尔，参与Tipcoo集团的一个人工智能研发项目。她在车车利尔待了两个月，她还好，谢商很不适应异地婚姻生活。

温长龄很忙，又因为时差的关系，和谢商视频的时间很少。

在公司门口，同事海蒂叫住温长龄："Ling。"

温长龄停下来等海蒂。

海带从电梯口跑过来："你怎么又没带伞？"

首都阑图的雨水很多，这个季节一周能下5天雨，整个阑图都湿漉漉的。温长龄加了几天班，天气潮湿令她更加烦躁。

"忘记了。"

在华国的时候，她从来不记这些，反正有谢商。

"阑图天天下雨你都能忘记带伞。"海蒂的伞很大，她提议，"我送你吧，我正好有个数据出了点儿问题，去你家你帮我看看。"

温长龄说好，两个人撑着一把伞走出去。

温长龄之前是Tipcoo的首席技术官，和海蒂认识好几年了。海蒂是一位漂亮的金发美人，是不婚主义者，但她谈过很多次恋爱，感情经验极其丰富。

风从前面吹过来，海蒂将伞往前倾斜，边走边聊："以撒又缠着我要你的联系方式。"

以撒是海蒂的直系学弟，上个月她组织烧烤，邀请了以撒。温长龄在聚会快结束的时候过来露了个面，以撒见到人后单方面陷入了爱情，一直缠着海蒂帮他牵线搭桥。

"你没告诉他我已经结婚了吗？"

"告诉了。"

温长龄一直戴着婚戒。

"他说他很懂事，等你回国了不会纠缠你的。"海蒂很爱玩，不觉得这有什么，"你要不要跟他玩玩？"

像这种异地夫妻各玩各的的情况，海蒂见了太多。以撒是很健康的男人，黑皮肤，长得帅气，温长龄和他玩一玩也不亏。

温长龄刚要拒绝，前方的路面上出现了一双黑色的男士皮鞋，顺着鞋往上，能看到黑色的西装裤脚。伞倾斜得太厉害，海蒂把伞正了正。温长龄看到鞋的主人，表情很惊喜："你怎么来了？"

谢商上个月也过来了。

"来陪你玩。"

海蒂的话他一定听到了，温长龄心想：下次一定要跟海蒂说清楚，不能带坏她，她家里管得严。

她推开海蒂，走到谢商的伞下，对海蒂说："今天不能带你回我家了。"

海蒂猜出谢商的身份了，她是第一次见谢商本人。她经验丰富，不知道见过多少帅哥，东方的、西方的，白皮肤的，黑皮肤的，但没哪一位有眼前这位亮眼。怪不得Ling会跟他结婚，他气质、品位都很优越，太有魅力了。

海蒂的眼珠子忍不住两边转。

温长龄主动介绍："这是我先生。"

海蒂摆摆手："你好。"

谢商点头回应。

温长龄有一段时间没见到谢商，不想浪费时间在社交上，和海蒂告别："我们先走了。"

她带谢商去她暂住的公寓，公寓离公司不远。

谢商进门，把外套脱下来，黑色衬衫显得人很克制："以撒是谁？"

"同事的朋友。"温长龄不知道他听到了多少，拉住去拿毛巾的谢商，眼神又乖又软，"星星，不要生气，我同事开玩笑的。"

谢商先吻她。他吻得很浅，她刚探出舌尖，他就后退了些，钓得人心痒难挨。

"没生气。"

他只是不想回去了而已。这是谢商第三次飞来阑图看温长龄。他这次待的时间很长，如果不是梁述川和经纪公司发生了合同纠纷，谢商没打算单独回国。

庭审刚结束，温长龄的电话就打了过来。

"梁先生的事解决了吗？"

"解决了。"

电梯到了法院的负一楼，苏南枝女士问谢商要不要一起回去，谢商回绝，先下了电梯。

温长龄在电话里说："我到机场了，你来接我吧。"

谢商按住电梯按键，门重新打开。

苏女士问："怎么了？"

"我今晚不回苏家，长龄回来了。"

温长龄在国外这段时间，谢商都住在苏家，没有单独在外面住。用贺冬洲的话说，这是已婚男人的自觉。

温长龄在机场等了半个多小时。她的行李不多，就一个小箱子。箱子很结实，她站得太累，干脆坐在上面。

旁边不远的地方有一对母子在候车，小朋友也有自己的行李箱，图案是黄色的海绵宝宝，十分可爱，温长龄忍住上前去要购物链接的冲动。

可能是温长龄多看了几眼的缘故，小朋友以为她是在看他手里的零食，于是很大方地拿出来分享："姐姐，你吃吗？"

零食是冰过的碎冰冰。

温长龄接过去："谢谢。"

她给小朋友回了一盒巧克力，然后把包挂在行李箱的拉手上，自己坐在箱子上面，拆开袋子，从中间掰开碎冰冰。因为她手上用力，行李箱的轮子随着力量往后滚动。

一只脚从后面抵住了行李箱的轮子。

温长龄立马回头，看见谢商，嘴角忍不住翘起："你来得好快。"

"不是说还要 3 个月？项目做完了吗？"

"没做完，不想做了。"她从行李箱上下来，拉住谢商的袖口，把他的手往自己的肚子上放，"星星，我有小星星了。"

谢商的手明显地僵了一下，许久之后才轻轻拿开，他说话的声音都不自觉地轻了："可以吃冰的吗？"

"今天很热。"

她咬了一口碎冰冰。

谢商抱住她，任由行李箱滚到一边，也不说话，手指很用力，但没有抱得很紧。

"怎么不说话？"

"不知道说什么。"

谢商的心情很复杂，开心的同时伴随着忐忑。备孕的时候他看了太多该看的、不该看的书，焦虑在碰到她的小腹的那一瞬间滋生出来。

"不知道说什么，那就说'恭喜'。"

他说："恭喜。"

她笑："同喜，同喜。"

番 外
温家多了一颗小星星

仅一随妈妈姓，姓温，温仅一，小名唯唯，"唯一"的"唯"。

唯唯很安静，喜欢天文，喜欢物理。虽然她还听不太懂，但她很喜欢去关家和渐渐哥哥一起听太爷爷讲课。

除了父母和谢、苏两家的长辈，最宠唯唯的是小疤小姐。唯唯很多毛衣、背包、公仔是小疤手工编织的。

唯唯叫小疤"小姨"。还在牙牙学语的时候，唯唯就会叫"姨姨"了。

人工智能在医用领域的研究取得了阶段性突破，温长龄因此很忙，唯唯多数时候是谢商在带。琴棋书画唯不是很喜欢，只是随便学了学，但都学得有模有样，这一点很像谢商。

唯唯虽然不怎么爱说话，但好奇心很重，有十万个为什么：为什么大海是蓝色？为什么有的西瓜没有籽？为什么船不会往下沉？为什么一根棍子可以撬动一辆车？为什么河水不向上流而要向下流？为什么谷家的虎子哥哥数学只考了30分？

幼儿园的辛老师说，唯唯不合群，不爱同别的小朋友玩。

"唯唯，我们来玩拔萝卜吧。"

朗朗说，他可以先当萝卜，让唯唯先拔他。

唯唯在看图画书，没有看蹲在地上等着被拔的萝卜头："我不玩。"

朗朗失望地找别人去玩拔萝卜了。

过了一会儿，朵朵来找唯唯玩："唯唯，你的发卡真好看，能给我戴一天吗？我把美美借你玩。"

美美是朵朵最喜爱的洋娃娃。

"不能。"唯唯转头坐到另外一边去，专心致志地转动手里的二阶魔方。魔方是渐渐哥哥给她的。

朵朵悲伤得要哭，辛老师过来安慰朵朵。

焕焕是草莓班最好动的小朋友，最喜欢唯唯，因为唯唯好看，唯唯还聪明。上次他流鼻血，唯唯帮他按按他就好了。唯唯家里有当中医的叔叔，唯唯认得穴位，可太厉害了！

"唯唯，我抓到蝴蝶了，我也太厉害了！"

焕焕献宝似的给唯唯看。

唯唯的桌子上放着一个6个面颜色都拼好的二阶魔方，她抬了一下头："这是飞蛾。"

"啊，飞蛾啊。"

焕焕把飞蛾放生了，绕着唯唯蹦蹦跳跳："唯唯，你快来捉我呀。"

"唯唯。"

"唯唯，唯唯，你怎么不理我？"

唯唯拿出一个三阶魔方："季焕，你好吵。"

好吧，焕焕去找朵朵玩了。

将一切都看在眼里的辛老师露出了忧虑的表情，觉得需要找唯唯的家长聊一聊。

一般是谢商来接唯唯放学。

唯唯和老师说了"再见"，背着绘有太阳花的书包自己走出来："爸爸。"

谢商是从律所过来的，正装外套搭在手臂上，他牵着他家的小星星："今天过得开心吗？"

"没有开心，也没有不开心。"

唯唯性格有点儿像苏北禾，情绪不丰富，比同龄的孩子沉稳许多。

"爸爸，我想吃红薯。"

谢商带她过去买红薯。卖红薯的婆婆每天都会在幼儿园门外的樟树下摆摊。婆婆是少数民族，头上戴着一块已经很老旧的头巾。婆婆看上去很苍老，头发白了很多，手背上都是老年斑。她不太会说普通话，但听得懂。

谢商付了钱："谢谢。"

唯唯也说："谢谢。"

唯唯每次都会跟婆婆说谢谢，婆婆认得她，把几颗烤好的栗子装在袋子里，递给唯唯，用掺杂着方言的普通话说着什么。

唯唯看向谢商。

谢商点头。

唯唯这才两只手去接婆婆给的栗子："谢谢婆婆。"

婆婆连连摆手。

谢商的车停得不远。下午就开始刮风，最近经常下雨。几滴雨落下来，砸在了唯唯的脸上。

下雨了。

唯唯把车门重新关上:"爸爸,你可以请我的同学吃红薯吗?"

谢商把钱包给了她:"自己去买。"

唯唯能自主完成的事谢商会尽量让她自己去做,唯唯的成长环境很好,但家人对她并不娇纵。

婆婆把红薯装了两个袋子,和唯唯一起提到了幼儿园的门口。辛老师将红薯分给小朋友和小朋友的家长吃了,小朋友和小朋友的家长都很开心。

那天傍晚下了好大的阵雨,但老婆婆没有淋到雨,因为她的红薯早早卖完了。

辛老师说,唯唯不合群,但是唯唯的人缘很好,小朋友们都喜欢和她玩。儿童节的时候朗朗和唯唯一起表演了拔萝卜,朗朗当萝卜。朵朵从家里带了最好看的发卡,第二天和唯唯换了。焕焕捉了4只飞蛾会送给唯唯3只,唯唯会帮他捉一只蝴蝶。唯唯很聪明,会用辛老师的丝袜做捉蝴蝶的网兜。

辛老师最终还是打消了和唯唯家长聊聊的想法。

儿童节那天,辛老师把小朋友的照片发到了家长群里——"伊斯顿草莓班班群"。

何朝彤妈妈@温仅一妈妈:"仅一妈妈,仅一的辫子是怎么编的?我家小孩儿也要我给她编,我哪儿会啊?"

温仅一妈妈:"孩子爸爸编的。"

许蓝朵妈妈:"求教程。"

张梓涵妈妈:"求教程。"

顾瞳妈妈:"求教程。"

温长龄发了编发视频到群里。

一众妈妈:我有罪……

谁懂?五指修长,骨节分明,仅一爸爸只是给小孩儿编个发,性张力和人夫感却溢出了屏幕。

今晚星星很多,芍药花越过墙头,花影落到地上。

一大一小坐在院子里的竹床上。

"妈妈,星星为什么会闪烁?"

唯唯有很强的求知欲。

翟女士每次都骄傲地在外面夸赞,说长龄是大天才,大天才生了个小天才。

"因为星光在传到眼睛里之前要经过大气层。"温长龄耐心地给小星星解惑,"星光穿过大气层的时候,大气层的密度和温度是不断变化的,折射后的光的强弱也就不一样,所以星星忽明忽暗,一闪一闪。"

唯唯听得半懂不懂。

温长龄开了个瓜,和唯唯一人一半。

"唯唯,儿童节快乐。"

唯唯笑了:"妈妈,生日快乐。"

儿童节是温长龄的生日。

隔壁林奶奶送的那盏星星灯被挂在了朱婆婆院子里的香椿树上。谢商点燃驱蚊的沉香,将香炉放到院中。星星灯亮着,愿岁岁如今朝。

关于唯唯为什么姓温,和谢商关系近的人都不会问这个问题,有关系不太近的人问过。那次是苏家的家宴,来了一些远亲。

有一位远亲婶婶就问了这个问题,大致意思是:哪儿有第一个孩子跟母亲姓的,这不合规矩。

当时谢商和温长龄不在客厅,苏南枝女士回答了这位远亲婶婶:"您没听说过我前夫是怎么进去的吗?"

听说过,被亲儿子送进去的,远亲婶婶现在才想起这茬儿。

"星星自己都不想姓谢呢。"

远亲婶婶:"……"谢商真是孝顺啊。

远亲婶婶重新开了话题:"唯唯也快4岁了吧,小温可以再生一个了,还年轻,生了恢复也快。"

翟文瑾女士优雅地端起茶杯:"我晒的这果茶是不是不好喝啊?怎么都光说话不喝茶?"

远亲婶婶尴尬地喝茶,催生话题到此结束。

温长龄生唯唯的时候是顺产转剖宫产,当时出血很严重,谢商怎么可能让她再经历一次?至于唯唯随谁姓的问题,在谢商那里根本不需要考虑,谢良姜做过的事永远都不可能一笔勾销,所以一开始就没有姓谢这个选项。

倒是贺冬洲在开玩笑的时候提过一嘴:"姓苏也可以。"

苏家家大业大,将来有个姓苏的继承人也不错。

"我希望我的小孩儿能跟我太太姓。"

这是谢商当时的回答。

唯唯没有上谢家的户口,谢景先也没说什么。老爷子倔得很,这几年没让谢商进过一次门。孙子老爷子不认,但曾孙女是老爷子的心肝宝贝。

这几年,谢景先寿辰从不办酒席,但每年都会叫温长龄带唯唯到花间堂吃饭。

谢商把人送到大门口,仲叔出来开门。

"唯唯来了。"

唯唯穿着喜庆的红色小斗篷:"仲爷爷好。"

"好,好,好,快进来。"仲叔接过温长龄手里提的贺礼,笑盈盈地说,"老先生一大早就起来等了,怕您不高兴,没让三小姐过来,二先生一家也都被打发出去了。"

阿拿的仇虽然已经报了,但谢家的人,温长龄不可能毫无负担地和他们相处。谢景先考虑到这些,每年寿辰都会把谢继文和谢研理打发走,避免他们和温长龄碰面。

谢商把唯唯的水壶给温长龄："去吧，我在外面等你们。"

温长龄带着唯唯进去了，仲叔留下来，还有些话要说。

谢商问："爷爷最近身体怎么样？"

"你送来的药管用，腿比前阵子好多了。"仲叔神色惆怅，"四哥儿，别怪你爷爷。"

"没怪他。"

和温长龄结婚之后，谢商性子柔和了很多，以前他心思重，现在更释然随性，更像旧时品茶弄花的闲散公子了。

"老先生就是面子上过不去，开不了那个口，那些东西他都知道是你送的，装不知道呢。"这几年都是仲叔在爷孙两个之间调解，"上回他和肖老去钓鱼，肖老说了你几句不中听的话，老先生气得现在都不肯理肖老。"

谢商笑道："我知道，肖老来我这儿告状了。"

北城看不惯他的老爷子还挺多，但怪就怪在有个什么事又都爱来找他，对此谢商也颇为无奈。

"这些个老爷子啊。"仲叔叹完气，又关心地说，"恐怕要下雨了，四哥儿你先回去吧，别在外面等了。"

谢商看了看天："车里有伞。"

他留下来等。仲叔进去了，门也关上了。没一会儿，开始下雨。花间堂这边都是中式园林建筑，路对面就有小桥流水，烟雨空蒙，微风细雨，倒是惜花天气。

一辆白色超跑从远处飘来，停在了谢家门口。

超跑上的男人喊了声："谢四哥。"男人是肖家的孙子，肖聪聪。

这几年谢商脾气好了很多，哪怕是遇到雷雨天，也不像以前那般不好招惹。肖聪聪也敢跟他开玩笑了："又被你爷爷轰出来了？"

谢商撑着雨伞，懒懒地将伞柄靠在他的肩上，背后是一墙垂吊绿植。他自在而闲散："没让进去过。"

肖聪聪"哈哈"大笑："四哥孝出天际啊。"

"滚。"

"好的。"

超跑又飘走了，溅起一串水花。

快吃午饭的时候，仲叔撑着伞出来了："四哥儿，"像是有喜事，仲叔脸上挂着笑容，"你爷爷让你进来。"

虽然雨不大，但谢商的裤脚已经湿了。

"爷爷怎么突然松口了？"

仲叔说："唯唯有道题不会做，老先生也不会，说让你进来教，教完了再滚。"

教题？

谢商失笑："长龄也不会？"

"是的呢，都不会。"

唯唯年纪小，做的题能有多难，老爷子就是想找个台阶下。

仲叔哪里会不懂谢景先那点儿心思，半明半暗地点出："雨要下大了。"老爷子心疼孙子了。

谢商撑着伞，走过月洞门，远远地便看见在主屋门口张望的谢景先。

说说同辈的几个小孩儿吧，各有各的性格。谷易欢家的虎子养了一只大鹅，这只大鹅原本是他奶奶要炖给他吃的，他不让炖，非要和大鹅结拜，说大鹅是他"兄弟"，要同吃同住、同生共死。

这天，"鹅兄弟"闯祸了，把虎子他爸——"谷家口歌神"的奖杯撞下了桌，奖杯被摔得稀烂。当时大人们不在，小孩儿们都在。虎子怕他兄弟会因闯祸被炖，就让小伙伴们帮他想办法。

渐渐最年长，理智沉稳。

"你可以写检讨认错。"

虎子一万个不情愿："我不会写。"

"我教你。"渐渐把纸和笔放好，"我念你写。检讨书。"

已经上小学二年级的虎子睁着一双清澈懵懂的大眼睛："哥，'检'字怎么写？"

渐渐："……"

渐渐继续看他的物理书。

虎子挠头思考，想出一个主意："要不不承认？"

虎子是一点儿都没遗传到庞三小姐的精明、聪慧，又皮又菜，一天不打上房揭瓦。

乖巧地坐在虎子旁边、穿烟紫色小裙子的是谷开云家的小千金，提朝。

提朝从来不撒谎："虎子哥哥，我们不可以撒谎。"

提朝年纪最小，比唯唯小5个月。

祝卿安的外祖家是文学世家，提朝的名字就是吴老太爷取的，谷提朝，字喜之。

虎子嘴硬脾气踹："我爸爸又没看见。"

提朝："不可以撒谎。"

提朝双手压着小裙子，是个斯文温柔的小淑女，乖巧得很。

虎子看向另一位妹妹唯唯——唯唯是最聪明的。

"把鹅藏起来，你让你爸爸打一顿出气。"

唯唯喜欢高效直接。

最后虎子听了唯唯的话，让他爸打了一顿，拯救了他的"兄弟"。为"兄弟"两肋插刀，虎子就是这么个"顶天立地"的性格。